AF892158

मेरी
संसदीय
यात्रा

३

आर्थिक स्थिति

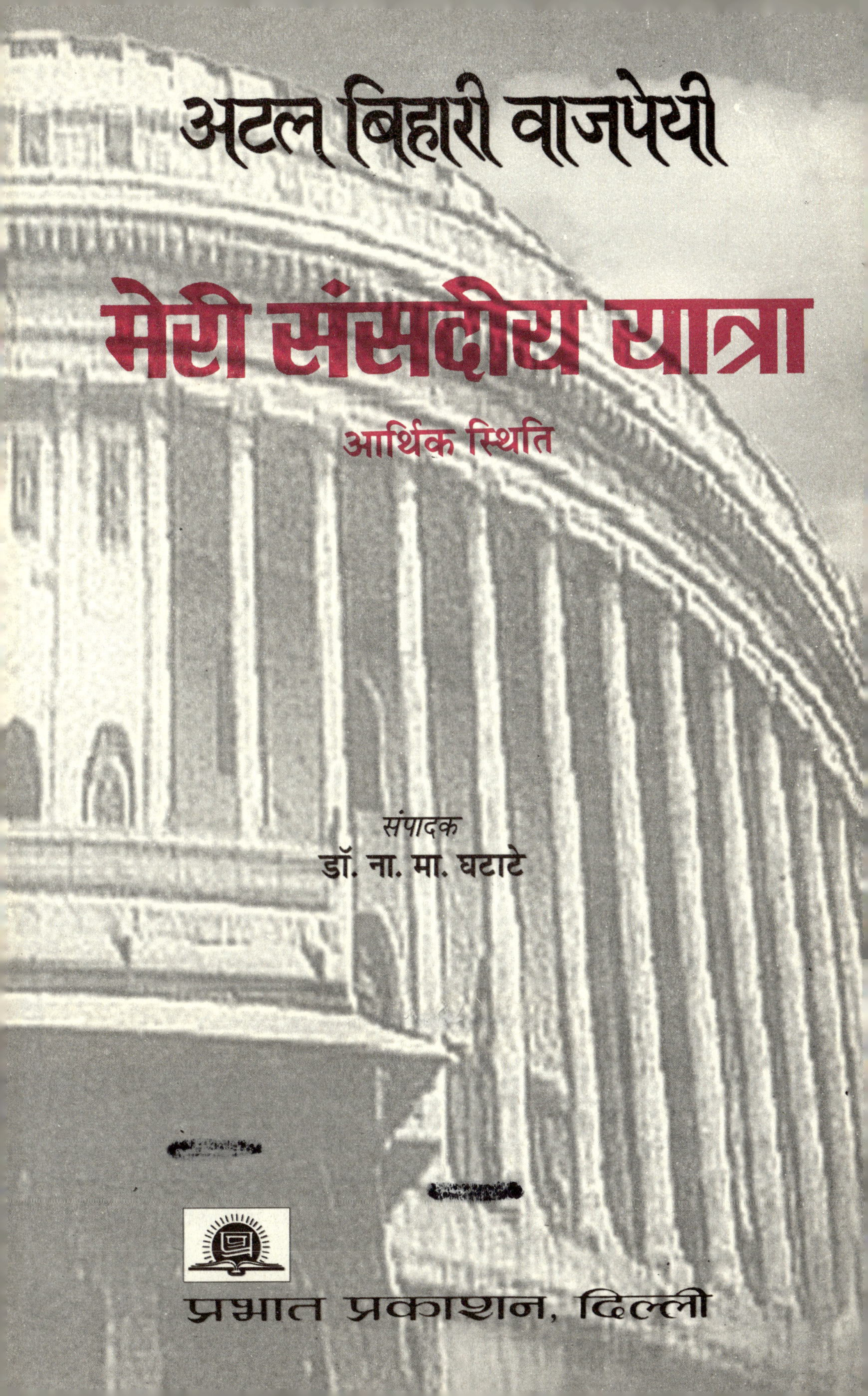

अटल बिहारी वाजपेयी

मेरी संसदीय यात्रा

आर्थिक स्थिति

संपादक
डॉ. ना. मा. घटाटे

प्रभात प्रकाशन, दिल्ली

प्रकाशक • **प्रभात प्रकाशन**
४/१९ आसफ अली रोड,
नई दिल्ली-११०००२
संस्करण • २०१४

मुद्रक • नरुला प्रिंटर्स, दिल्ली

MERI SANSADIYA YATRA (Speeches in Parliament)
by Shri Atal Bihari Vajpayee • *Ed.* Dr. N.M. Ghatate [redacted]
Published by Prabhat Prakashan, 4/19 Asaf Ali Road, New Delhi-2
Vol. III [redacted] ISBN 81-7315-279-9
Set of Four Vols. Rs. 3000.00 ISBN 81-7315-281-0

श्री अटल बिहारी वाजपेयी

एक परिचय

भारत के प्रधानमंत्री श्री अटल बिहारी वाजपेयी एक प्रतिष्ठित राष्ट्रीय नेता हैं जो सार्वजनिक जीवन में अपने महत्वपूर्ण योगदान के लिए सुविख्यात हैं।

आपका जन्म २५ दिसंबर, १९२४ को ग्वालियर, मध्य प्रदेश में हुआ। आपके पिता का नाम श्री कृष्ण बिहारी वाजपेयी था। एक भरे-पूरे परिवार के सदस्य अटल बिहारी वाजपेयी ने विक्टोरिया (अब लक्ष्मीबाई) कालेज, ग्वालियर और डी.ए.वी. कालेज, कानपुर में अपनी पढ़ाई पूरी की। आपने राजनीति शास्त्र से एम.ए. तक की पढ़ाई की है। आप १९४२ के स्वतंत्रता आंदोलन में गिरफ्तार हुए थे और कुछ दिन जेल में रहे थे। आपने एक पत्रकार के रूप में अपना जीवन शुरू किया। आपने १९४७-५० के दौरान 'राष्ट्र धर्म'; १९४८-५० के दौरान 'पाञ्चजन्य' (साप्ताहिक); १९४९-५० के दौरान 'स्वदेश' (दैनिक) तथा १९५०-५२ के दौरान 'वीर अर्जुन' (दैनिक तथा साप्ताहिक) के संपादक के पदों को सुशोभित किया।

१९५१ में आप जनसंघ के संस्थापक सदस्य थे तथा १९६८-७३ के दौरान आप इसके अध्यक्ष रहे। आप १९७७ में जनता पार्टी के संस्थापक सदस्यों में से थे। जनता पार्टी की सरकार में १९७७-७९ की अवधि के दौरान आपने विदेश मंत्री के पद को सुशोभित किया। आप १९८० में भारतीय जनता पार्टी के संस्थापक सदस्य रहे तथा १९८०-८६ के बीच आप इसके अध्यक्ष पद पर आसीन रहे। आप १९८०-८४ तथा १९८६-९१ में भारतीय जनता संसदीय दल के नेता थे। लोकसभा या राज्यसभा के सदस्य के रूप में आप १९५७ से लगातार संसद सदस्य रहे हैं। १९९१-९६, दसवीं लोकसभा में आप नेता प्रतिपक्ष रहे। ग्यारहवीं लोकसभा के गठन के तुरंत बाद आप १६ मई, १९९६ से २८ मई, १९९६ तक भारत के प्रधानमंत्री रहे। जून १९९६ से फरवरी १९९८ तक ग्यारहवीं लोकसभा में नेता प्रतिपक्ष रहे। मार्च १९९८ में बारहवीं लोकसभा के गठन के बाद से आप पुनः भारत के प्रधानमंत्री हैं।

सन् १९८५ को छोड़कर आप पिछले ४१ वर्ष के लंबे कालखंड में संसद के किसी न किसी सदन के सदस्य रहे। चार दशकों से भारतीय संसद में अपनी गौरवपूर्ण उपस्थिति से आप देश और संसद की गरिमा की श्रीवृद्धि में महत्वपूर्ण योगदान देते रहे हैं।

श्री वाजपेयी १९६६-६७ के दौरान सरकारी आश्वासन संबंधी समिति के; १९६९-७० और

१९९१-९२ के दौरान लोक लेखा समिति; तथा १९९०-९१ के दौरान याचिका-समिति के अध्यक्ष रहे। १९६५ में पूर्वी अफ्रीका गए संसदीय सद्‌भावना मिशन के, १९८३ में यूरोपीय संसद में संसदीय शिष्ट मंडल के; कनाडा (१९६६), जांबिया (१९८०), आइल ऑफ मैन (१९८४) में आयोजित राष्ट्रमंडल संसदीय संघ में संसदीय शिष्टमंडल के; जापान (१९७४), श्रीलंका (१९७५), स्विट्‌जरलैंड (१९८४) में आयोजित अंतर संसदीय यूनियन सम्मेलन में भारतीय शिष्टमंडल के तथा १९८८, ८९, ९०, ९१, ९२, ९३, ९४ और ९६ में संयुक्त राष्ट्रसंघ महासभा में भारतीय शिष्टमंडल के आप सदस्य रहे हैं। अनेक अवसरों पर आप राष्ट्रीय एकता परिषद के सदस्य रह चुके हैं। फरवरी १९९४ में भारत के तत्कालीन प्रधानमंत्री श्री पी.वी. नरसिंह राव के विशेष आग्रह पर आपने जेनेवा में मानवाधिकारों के सम्मेलन में न केवल भारत का प्रतिनिधित्व किया अपितु प्रतिपक्ष के नेता द्वारा सरकार का पक्ष प्रस्तुत किए जाने की यह घटना अपने-आप में वहां उपस्थित सभी राष्ट्र प्रमुखों के लिए आश्चर्य और भारत के लोकतंत्र के प्रति निष्ठा और विश्वास का अवसर बनी।

१९९५ में संयुक्त राष्ट्र की ५०वीं वर्षगांठ मनाने के लिए आयोजित विशेष सत्र में भी वाजपेयी जी ने देश के दल का नेतृत्व किया। विदेश मामलों की समिति के चेयरमैन के रूप में भी वाजपेयी जी ने १९९७ में बहरीन, कुवैत और संयुक्त अरब अमीरात की यात्रा की।

श्री अटल बिहारी वाजपेयी ने स्वतंत्रता आंदोलन में भी बढ़-चढ़कर भाग लिया। १९४२ में आपको ब्रिटिश हुक्मरानों ने जेल भेजा। आपातकाल के पूरे दौर में १९७५ से ७७ तक आप जेल में रहे। राष्ट्र के प्रति आपकी समर्पित सेवाओं के लिए राष्ट्रपति ने १९९२ में 'पद्म विभूषण' से विभूषित किया। १९९३ में कानपुर विश्वविद्यालय ने फिलॉसफी में डॉक्टरेट की मानद उपाधि प्रदान की। १९९४ में 'लोकमान्य तिलक' पुरस्कार दिया गया। १९९४ में 'सर्वश्रेष्ठ सांसद' चुना गया और गोविंद बल्लभ पंत पुरस्कार से सम्मानित किया गया। २६ नवंबर, १९९८ को सुलभ इंटरनेशनल फाउंडेशन ने वर्ष ९७ के सबसे ईमानदार व्यक्ति के रूप में चुना। उपराष्ट्रपति श्री कृष्णकांत ने इस पुरस्कार से सम्मानित किया।

श्री वाजपेयी १९६५-७० के दौरान अखिल भारतीय स्टेशन मास्टर्स एंड असिस्टेंट स्टेशन मास्टर्स एसोसिएशन के तथा १९६८-८४ के दौरान पंडित दीनदयाल उपाध्याय स्मारक समिति के अध्यक्ष रह चुके हैं तथा अभी आप १९७६ से पंडित दीनदयाल उपाध्याय जन्मभूमि स्मारक समिति के अध्यक्ष पद को शोभायमान कर रहे हैं।

श्री वाजपेयी को 'कैदी कविराज की कुंडलियां', 'न्यू डाइमेंशंस ऑफ एशियन फॉरेन पॉलिसी'; 'मृत्यु या हत्या', 'जनसंघ और मुसलमान' और 'मेरी इक्यावन कविताएं' नामक पुस्तकें लिखने का श्रेय प्राप्त है। १९९२ में प्रकाशित 'संसद में तीन दशक' के तीन खंडों को समाहित करते हुए और उनमें सम्मिलित् होने से रह गए और उसके बाद आपने सन् ५७ से अब तक लोकसभा और राज्यसभा में जितने भी महत्वपूर्ण भाषण दिए हैं, वे सब 'मेरी संसदीय यात्रा' के इन चार खंडों के प्रकाशन के साथ ही पुस्तक रूप में पाठकों तक आ चुके हैं। 'अटलजींचे आह्वान' नाम से मराठी में आपके सार्वजनिक मंचों, सदन और पार्टी बैठकों के चुनिंदा संभाषणों का संग्रह कई वर्ष पहले प्रकाशित हो चुका है।

श्री अटल बिहारी वाजपेयी संसद में

१९५७-१९६२ दूसरी लोकसभा
बलरामपुर (उ.प्र.) का प्रतिनिधित्व

*

१९६२-१९६७ राज्यसभा
उत्तर प्रदेश का प्रतिनिधित्व

*

१९६७-१९७१ चौथी लोकसभा
बलरामपुर (उ.प्र.) का प्रतिनिधित्व

*

१९७२-१९७७ पांचवीं लोकसभा
ग्वालियर (म.प्र.) का प्रतिनिधित्व

*

१९७७-१९७९ छठी लोकसभा
नई दिल्ली का प्रतिनिधित्व
जनता सरकार में भारत के विदेश मंत्री

*

१९७९-१९८४ सातवीं लोकसभा
नई दिल्ली का प्रतिनिधित्व

*

१९८६-१९९१ राज्यसभा
मध्य प्रदेश का प्रतिनिधित्व

*

१९९१-१९९६ दसवीं लोकसभा
लखनऊ (उ.प्र.) का प्रतिनिधित्व
सदन में प्रतिपक्ष के नेता

*

१९९६-१९९८ ग्यारहवीं लोकसभा
लखनऊ (उ.प्र.) का प्रतिनिधित्व
१६ से २८ मई, १९९६ तक भारत के प्रधानमंत्री
तदनंतर फरवरी, १९९८ तक प्रतिपक्ष के नेता

*

१९९८-१९९९ बारहवीं लोकसभा
लखनऊ (उ.प्र.) का प्रतिनिधित्व
भारत के प्रधानमंत्री

*

संप्रति नवंबर १९९९ से तेरहवीं लोकसभा
लखनऊ (उ.प्र.) का प्रतिनिधित्व
भारत के प्रधानमंत्री

भारतीय जनसंघ के युवा संस्थापक सदस्य श्री वाजपेयी का दुर्लभ चित्र। (१९५०)

रेलवे मास्टर यूनियन के अधिवेशन में जनसंघ सांसद यू. एम. त्रिवेदी से मंत्रणा करते हुए। श्री वाजपेयी १९६५ से १९७० तक यूनियन के अध्यक्ष रहे।

जनसंघ के कार्यकर्ताओं की एक सभा को संबोधित करते हुए। छठे दशक का एक दुर्लभ चित्र।

प्रधानमंत्री कार्यालय में प्रथम दिन। (१९९८)

लखनऊ के मतदान केंद्र १८३ में अपने मताधिकार का उपयोग करते हुए। (१९९८)

लोकसभा में नेता प्रतिपक्ष की एक मुद्रा। (१९९६)

राज्यसभा में प्रधानमंत्री के रूप में वक्तव्य। (१९९८)

'संसद में तीन दशक' के लोकार्पण के अवसर पर श्री शिवराज पाटिल और श्री चंद्रशेखर के साथ।

'मेरी संसदीय यात्रा' के संपादक डॉ. ना. मा. घटाटे के साथ। (१९९३)

'भारतीय संस्कृति' पुस्तक का लोकार्पण करने के बाद पहली प्रति पर हस्ताक्षर करते हुए।
साथ में हैं श्री आडवाणी और पुस्तक के लेखक सांसद नरेंद्र मोहन। (१९९७)

प्रधानमंत्री के रूप में आम सभा को संबोधित करते हुए। (१९९८)

२. भ्रष्टाचार और घोटाले

३. कराधान और बैंकिंग

प्रधानमंत्री के रूप में आम-जन की समस्याएं सुनते हुए। (१९९६)

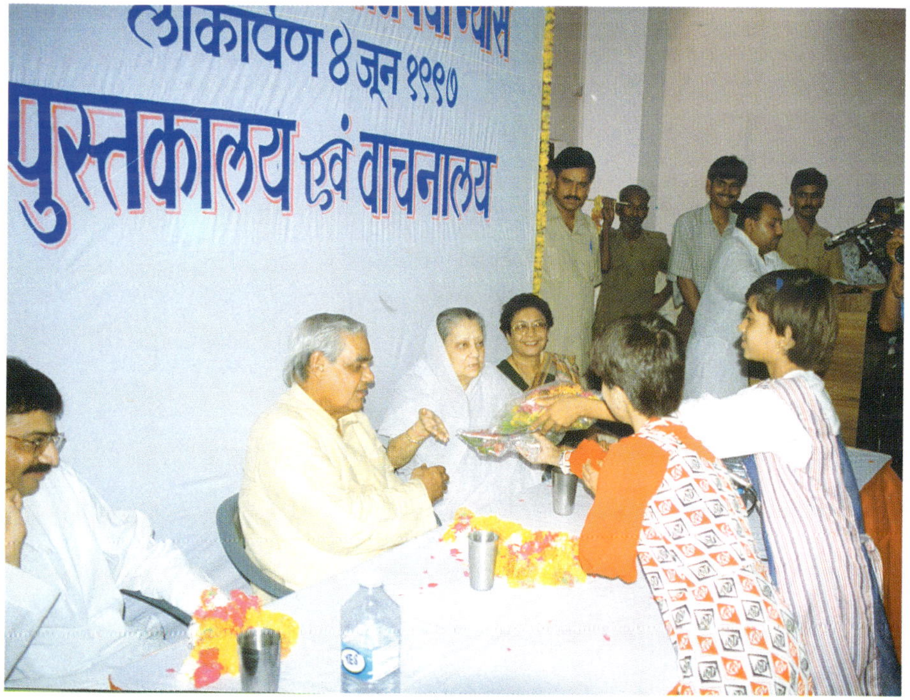

ग्वालियर में कृष्ण बिहारी वाजपेयी न्यास के पुस्तकालय के उद्घाटन-अवसर पर विजयाराजे सिंधिया, न्यासी रंजन भट्टाचार्य (बाएं) और शीला घटाटे के साथ श्री वाजपेयी। (१९९७)

सार्वजनिक सभा को संबोधित करते क्षण का एक दुर्लभ चित्र।

अनुक्रमणिका

१. बजट और योजना

४. उद्योग और कामकाजी वर्ग

५. मूल्यवृद्धि और प्रकोप

६. कृषि

७. रेलवे और परिवहन

८. श्रद्धांजलि

बजट और योजना

नियोजन अनुशासन से सफल होगा • २६ फरवरी, १९६४
नियोजन केवल केंद्र का विषय नहीं • २२ अगस्त, १९६१
योजना उत्पादक हाथ भी बढ़ाए • २३ अगस्त, १९६०
प्रत्यक्ष करों की सीमा क्या है? • २८ अप्रैल, १९६०
योजना आयोग में मंत्रियों का जमघट • २२ अप्रैल, १९५९
वर्तमान के लिए भविष्य रेहन • १२ मार्च, १९५९
बजट भरोसा नहीं जगाता • १३ मार्च, १९५८
दूसरी योजना : चादर से बड़े पांव • २० नवंबर, १९५७
बजट : अकेलेपन की सौगात • ३० मई, १९५७

बजट : बाहरी ताकतों से प्रभावित

राष्ट्रपति के ताजा अभिभाषण पर सदन में जब मैं धन्यवाद प्रस्ताव पर बोल रहा था, मैंने संकेत किया था कि फरवरी में दोनों सदनों के संयुक्त अधिवेशन को संबोधित करने से लेकर मई में धन्यवाद प्रस्ताव पर चर्चा तक किस तरह से ग्यारह सप्ताह का समय और धन्यवाद प्रस्ताव की तत्परता तथा संदर्भ को नष्ट कर दिया गया। १९९५-९६ का बजट १५ मार्च को पेश करने तथा बजट प्रस्तावों पर अब मई के तीसरे सप्ताह में चर्चा होने तक एक लंबी भूल हुई है। यह और अधिक दुर्भाग्यपूर्ण है, क्योंकि सदन और बजट में अधिक दबाव के लिए ध्यान देने योग्य मामले, गणराज्य के आर्थिक जीवन में अधिक महत्वपूर्ण वार्षिक क्रियाकलापों पर अधिक समय बर्बाद हो जाने के कारण, केवल औपचारिक ध्यान ही दिया जा सकेगा। हमारे अनुशासन की कमी और मैं जोड़ सकता हूं कि नियंत्रित की जा सकनेवाली परिस्थितियों के गठजोड़ ने बजट की चर्चा, इसके अपेक्षित अध्ययन एवं प्रमुखता को बर्बाद कर दिया है। मैं आशा करता हूं कि मेरे कथन पर माननीय अध्यक्ष महोदय प्रकाश डालेंगे।

अध्यक्ष महोदय, अब पहली बात इस बजट के विषय में, जिसने मुझे धक्का दिया, यह है कि डॉ. मनमोहन सिंह ने बजट और चालू आर्थिक नीतियों के बीच खाई पैदा कर दी है, जो हमें--राजनीतिज्ञों और वित्त मंत्री को—अलग-अलग करती है।

चुनावी राजनीति के दबाव और प्रतिस्पर्धात्मक लोकप्रियता ने डॉ. मनमोहन सिंह पर दबाव बनाया है। डॉ. सिंह का बजट शायद नार्थ ब्लाक से बाहर की ताकतों से प्रभावित है। मैं गरीबी दूर करने के मापदंडों के विरुद्ध नहीं हूं, लेकिन डॉ. सिंह केवल घूस देते-से लगते हैं। क्या इससे मदद मिलेगी? जब अपने पास वित्तीय एवं मुद्रा स्फीति नियंत्रण के लिए सामान्यतया बुद्धि की जरूरत है, वित्त मंत्री लोकप्रियतावादी हो गए हैं, चेतावनी दे रही मौद्रिक स्थिरता की उन्होंने स्वयं चर्चा की है और कुछ साहस के साथ बल भी दिया है।

कुछ दूसरे प्रमुख क्षेत्रों से भी वित्त मंत्री अपनी प्रतिबद्धता से हटे हैं। बैंकिंग को ही लें। जब सरकार स्वयं ही अपने आप बैंकिंग उद्योग के प्रशासन से दूर हटने की घोषणा बार-बार कर रही थी, वित्त मंत्री ग्रामीण ढांचागत विकास के लिए फंड एकत्र करने हेतु नाबार्ड द्वारा औद्योगिक बैंकों

---

* *बजट प्रस्तावों पर चर्चा के दौरान लोकसभा में २३ मई, १९९५ को नेता प्रतिपक्ष का भाषण।*

का सहयोग लेने की योजना बना रहे थे। नाबार्ड अधिक कार्यक्षमता के लिए नहीं जाना जाता। यह कृषि बैंक रिजर्व बैंक से ६.५०% दर पर फंड लेता है, नाबार्ड औद्योगिक बैंकों द्वारा ११.५०% ब्याज-दर पर वितरित करता है। केवल दो मध्यस्थों के लिए यह बहुत विस्तार से घोटाला-स्वरूप में फैला हुआ है। कम-से-कम जरूरतमंद की सहायता के क्षेत्रों में बैंक को उसकी कार्यक्षमता तथा आत्मसंचय का आकलन करना चाहिए। वित्तीय संस्थाओं को जरूरी होना चाहिए कि वे उत्तर-पूर्वी विकास बैंक के लिए फंड करें। बैंकों को चाहिए कि वे अनुसूचित जाति एवं जनजाति के सदस्यों को ऋण उपलब्ध कराएं। राष्ट्रीयकृत बैंकों की इक्विटी में गत दो वर्षों में ११,३०० करोड़ रु. मिला देने के बावजूद कुछ बैंक लगातार अपना धन खो रहे हैं। १९९२-९३ और १९९३-९४ दो वर्षों में १४ बड़े राष्ट्रीयकृत बैंक ८५०० करोड़ रु. से अधिक खो चुके हैं। ठीक है कि उनमें से कुछ अब चालू हालत में ठीक चल रहे हैं, लेकिन गत समय में उनकी अधिकांश समस्याएं गैर-बैंकिंग क्रियाकलाप थे। उनके व्यापार एवं व्यवहार पर क्या नए बोझ पड़ेंगे? क्षेत्रीय बैंक भी धन खो रहे हैं। १९६ क्षेत्रीय ग्रामीण बैंकों में से १७२ बैंकों को १९९३-९४ में घाटा हुआ। इस तथ्य को सभी जानते हैं कि गरीब और दबे-कुचले लोगों के पास कोई संपत्ति नहीं है, जिससे कि वे बैंकों से लाभ ले सकें, उन्हें लूट-खसोट सकें, चाहे वे बड़े राष्ट्रीयकृत बैंक हों या छोटे क्षेत्रीय बैंक। उनकी लूट-खसोट ग्रामीण क्षेत्रों में मालदार कुलकों द्वारा तथा शहर और कस्बों में व्यापारियों या सफेदपोशों द्वारा की जाती है। बड़े निगम और कुछ प्रमुख व्यक्तियों पर ३०,००० करोड़ रु. तक के कर्जों की बकायादारी है। सरकार को चाहिए कि इन बकायादारों की सूची तथा इस धन की वसूली के लिए उठाए गए कदम देश को बताए। पिछली कांग्रेस सरकार ने स्वीकार किया था कि केंद्र द्वारा राज्य को भेजी मदद का लाभार्थी गरीब के पास तक केवल १६% ही पहुंच पाता है। तब वित्त मंत्री क्यों ऐसे अलाभकारी रास्ते पर कदम बढ़ाना चाहते हैं? मेरी वित्त मंत्री से चार गरीबी-लक्षित योजनाओं के प्रशासन के लिए और अधिक संख्या में नौकरशाहों के नाम सुनने में रुचि रहेगी। योजनाओं का क्या ढांचा होगा, कैसे प्रशासन रहेगा, इसकी संक्षिप्त जानकारी मिलने से, आनेवाले दृश्य को समझने में हमें सहायता मिलेगी।

डॉ. सिंह ने कोई अपेक्षा पूरी नहीं की

महोदय, डॉ. सिंह द्वारा इस वर्ष मार्च में प्रस्तुत किया गया बजट उनका पांचवां बजट है। उनके पांचवें बजट द्वारा वित्त मंत्री से गरीबी कम करने के लिए थूनी (टेक) लगाने की बजाय गरीबी समाप्त करने की कोई योजना बनाने के लिए कोई भी अपेक्षा कर सकता था, क्योंकि ये थूनी या सहारे कभी काम नहीं करते। उद्योग को सहारा देकर उठाने के लिए केवल सीमा-शुल्क और उत्पादन-शुल्क में छूट देकर छोड़ देने के स्थान पर ढांचागत सुधार पर बड़ी कार्यवाही की कोई भी अपेक्षा कर सकता था। पूना-मंडल में आयकर वसूली तथा दिल्ली में सीमा-शुल्क वसूली में कुछ समय से हुई बढ़ोतरी से संतुष्ट होने के स्थान पर शुल्क और करों की चोरी पर प्रशासनिक सख्ती की अपेक्षा की जा सकती थी। किसी को भी अब तक यह सुनने की अपेक्षा थी कि शेयर बाजार/बैंकिंग घोटाले का लाभ पानेवाले कौन हैं और इस रहस्य का बोझ समाप्त होने की अपेक्षा थी कि क्यों और कैसे भारतीय यूनिट ट्रस्ट ने एक हजार करोड़ रुपए के रिलायंस शेयर खरीदे, जिन पर केवल ६ माह में भारतीय यूनिट ट्रस्ट अपने निवेश का २५% खो चुका है। किसी का भी इससे

खिन्न होना ठीक है। अपने पांचवें बजट द्वारा वित्त मंत्री विशालकाय निगमों की बड़ी मजबूत बैलेंस शीट की बजाय राजस्व मजबूत करने के लिए कोई नीति, उपाय बनाने में असफल रहे। पच्चीस शीर्ष कंपनियां जो पूर्व कर-लाभ के रूप में 4000 करोड़ रु. से अधिक का लाभ ले चुकी हैं, उन्होंने बहुत कम कर या बिल्कुल भी कर भुगतान नहीं किया है।

बड़े निगम, जिन्होंने यूरो इशू एवं अन्य साधनों से एक बिलियन यू.एस. डॉलर से अधिक, एक वर्ष से अधिक पहले इकट्ठा किया था, प्राइवेट बैंकर बन गए हैं। अभी तक उधार लिए धन को उस उपयोग में नहीं लगाया है, जिसके लिए वह लिया गया था। अंततोगत्वा इस नकद मुद्रा-प्रतिबद्धता के लिए देश जिम्मेदार है।

न ऊर्जा में निवेश, न मुद्रा-बाजार में

१८५ मिलियन टन की अच्छी अन्न पैदावार, भुगतान स्थिति की सुविधाजनक बचत, बढ़ता निर्यात, एक स्थिर रुपया, सकल उत्पादन की वृद्धि-दर ५.३% और उद्योग के लिए वृद्धि-दर ८% होते हुए किसी को भी अधिकार है एक अच्छे दृश्य की अपेक्षा करने का, इस महान शक्ति को महसूस करने का जो हमारे देश ने प्रदर्शित की है। लेकिन इसके बजाय हम नुक्ताचीनी कर रहे हैं। ऐसा कोई महान दृश्य इस बजट में नहीं है, जिसका डॉ. सिंह ने पहले बजट में वादा किया था और जिस वायदे के आनेवाले बजटों में सपने देखे गए थे। शक्ति-जैसे आधारभूत क्षेत्र में भी कोई नीति नहीं है, केवल तदर्थ अपमैनशिप। हम एक पावर स्टेशन के लिए पक्का आश्वासन दे चुके हैं। ९० करोड़ की जनसंख्यावाला यह गणतंत्र, विदेशी कंपनियों को भी शक्ति देने का आश्वासन देता है। हम विदेशी निवेश की बातें करते हैं, लेकिन नकद मुद्रा निवेश के आंकड़े क्या हैं? बहुत कम परिवर्तन। न तो ऊर्जा के क्षेत्र में निवेश और न ही अपने मुद्रा बाजार में निवेश के लिए हम विवेकपूर्ण नीति स्थापित कर पाए हैं। मौरगन स्टेनले-जैसा फंड हमारी हंसी का स्टाक बन गया है। सरकार को जानकारी है अपने देश से संबंधित धन के विशाल भंडार की, जो गत वर्षों में हवाला के द्वारा विदेशों में जाता रहा है और भारतीय हाथों में विदेशी बैंकों के तहखानों में पड़ा है। सरकार उस धन को अपनी मातृभूमि पर फिर चलन में लाने के लिए कोई लाभदायक योजना प्रस्तुत करने में असफल रही है। और इसी दौरान, गत वर्ष आंतरिक और बाह्य कर्ज पर हमने ५२,००० करोड़ रु. का केवल ब्याज के रूप में भुगतान किया है।

सार्वजनिक क्षेत्र के उपक्रमों के लिए नीति की कल्पना ही नहीं है। सार्वजनिक क्षेत्र के उपक्रमों के शेयर सस्ते में प्रस्तुत करने की गलती के बाद लगता है सरकार को लकवा मार गया है। सेल तथा कुछ अन्य सार्वजनिक क्षेत्र के उपक्रमों की अच्छी उपलब्धियां, जिन्होंने अपने महत्व को बढ़ाया है, एक आदर्श नीति के रूप में सार्वजनिक क्षेत्र की इकाइयों के लिए स्पर्धा करने के उदाहरण हैं। लेकिन इच्छा शक्ति और दृढ़ निश्चय कम होता-सा लग रहा है। सरकार सार्वजनिक क्षेत्र के उपक्रमों को सरल और कारगर बनाने व वृद्धि के लिए नीति क्यों नहीं बना रही है? और इसी विषय पर सरकार निजी क्षेत्र की कंपनियों में एफ.आई. पकड़ की नीति क्यों नहीं बना रही है? जब कि गत समय में दुरुपयोग होता रहा है, जहां हजारों करोड़ रुपए के शेयर चांदी के कुछ टुकड़ों में बेचे गए हैं। जन-दबाव ने सरकार को एफ.आई. के शेयरों को निजी पार्टियों को उपहार स्वरूप देने से रोका है। मैं यह नहीं कहता कि माननीय वित्त मंत्री किसी भी तरह से इस घिनौने कार्य में शामिल हैं, लेकिन उन्होंने नीति क्यों नहीं बनाई है? जब एक अप्रवर्तक भी एफ.आई.

से कंपनी को नियंत्रित करना चाहता है, उसे बाजार-मूल्य पर इसके लिए भुगतान करना चाहिए। हम यह स्पष्ट करना चाहते हैं कि हम कम-से-कम किसी भी राज्य की संपत्ति को बाजार-मूल्य से कम पर बेचे जाने की अनुमति नहीं देंगे। असलियत में, निजी पार्टियों को नियंत्रण देने के लिए एफ.आई. के लिए प्रीमियम होना चाहिए। सरकार बीमार कंपनियों के लिए विवेकपूर्ण कुछ नहीं कर रही है, बल्कि उन्हें और अधिक बीमार कर रही है, धन बरबाद कर रही है। राष्ट्रीय कपड़ा निगम की मिलों में २००० करोड़ रु. से अधिक लगाया जाना है। इस मिलों की कौन व्यवस्था करेगा? उनकी व्यापार-योजना क्या है? इस योजना पर राष्ट्रीय कपड़ा निगम मिलों के कर्मचारी भी संदेह व्यक्त कर रहे हैं। केवल एक योजना, जिसमें वास्तविक हिस्सेदारी और उत्प्रेरण हो, के सफलता के अवसर हैं। सरकार ने आई.आई.एस.सी.ओ. का निजीकरण होने से रोक लिया है। लेकिन आगे क्या? कंपनी अब टोकरी के केस की तरह है। कोई भी इसके लिए कुछ नहीं करना चाहता या कुछ करने को नहीं है। अब एक प्रस्ताव बढ़ रहा है, आई.आई.एस.सी.ओ. को समाप्त करना जो अत्यधिक विनाशकारी होगा।

सार्वजनिक उपक्रमों की सौदेबाजी?

जो भी सार्वजनिक क्षेत्र के उपक्रम अपने यहां हैं, उन्हें बनाने में पिछले ४० वर्षों में इस देश के प्रत्येक नागरिक ने अपना योगदान किया है। हम जो भी औद्योगिक शक्ति हैं, उसे बनाने में उन्होंने हमारी सहायता की है। हां, उनमें से बहुतों का प्रबंध बुरा हुआ है, बहुतों का प्रबंध अब भी बुरा हो रहा है, लेकिन वे हमारे पास हैं। उन्होंने काफी धन बर्बाद किया है और पूंजीनिवेश पर वापसी बहुत कम है। लेकिन हमारे पास सेल है, भेल है, और दूसरे अन्य दर्जनों ढांचागत विशाल उपक्रम हैं। उनकी महान क्षमता है और हमारे औद्योगिक आधार में एक स्थान है। क्या उनके निजीकरण का समय आ गया है? लेकिन पहले हमें उन्हें अच्छी हालत में रखने दो। इन राष्ट्रीय परिसंपत्तियों की पूर्ण कीमत का एहसास करने के लिए भारत संसाधनों की दक्षता की कमी नहीं करता। लेकिन क्या सरकार के पास कोई नीति है? क्या सरकार के पास इच्छाशक्ति है? या वह इन उपक्रमों को निजी सौदेबाजी के लिए ताश के पत्तों की तरह प्रयोग करना चाहती है? मुझे यह कहना पड़ रहा है, इसके लिए खेद है, लेकिन सरकार का रिकार्ड तो इस मामले में बहुत भयंकर है। आज यह सामान्य रूप से स्वीकार किया जाता है और मेरी पार्टी इसे बहुत-बहुत समय से कहती रही है कि राजनेता व्यापारी नहीं है, वे नहीं जानते कि व्यापार कैसे चलाया जाए। मैं आग्रह करना चाहता हूं कि हमारे देश में और लगभग सभी समाजवादी देशों में अनुभव ने यह सिद्ध किया है कि नौकरशाह भी व्यापारी नहीं हैं, और वे नहीं जानते कि व्यापार कैसे किया जाए। इस सच्चाई को ध्यान में रखते हुए, सरकार को केंद्र व राज्य दोनों स्तरों पर एक प्रबंधकीय कैडर खड़ा करने के विषय में सोचना चाहिए। मैं आशा करता हूं कि सरकार इस पर गौर करेगी।

प्रबंध की यह समस्या धन संबंधी मामलों में और अधिक तीक्ष्ण एवं गंभीर है। वित्त मंत्रालय के साथ जुड़े हुए अनेक हमारे मामले और वित्तीय मामलों के ऊपर इतने अधिक प्राधिकरण हैं जो विदेश विनिमय समस्याओं, मुद्रा विनिमय दरों में लगभग प्रतिदिन उतार-चढ़ाव, नए वित्तीय उपबंधों की विस्तृत सूची की शर्तों में और अधिक उलझते जाते हैं, हमें राजस्व संबंधी विभागों में स्थायी रूप से विशेषज्ञता की वृद्धि की जरूरत है। सरकार की वर्तमान नीति अधिकांश ऐसे व्यक्तियों को 'फिक्स' करने की है जो अंतरराष्ट्रीय वित्तीय संस्थानों में कार्य कर चुके हों। उनकी

नियुक्ति करके भारत लौटने पर 'संतुलन' बनाने के लिए। एक सज्जन जिसने वाशिंगटन में विशेष योग्यता के साथ एफ.आई. में सेवा की है, अब वापस भारत में हैं, और एक पूर्वी राज्य में पशुधन डेयरी के प्रमुख हैं, दूसरा उसी पूर्व भूमिकावाला दक्षिणी राज्य में उपक्रमों का प्रभारी है। राजस्व संबंधी मामलों को प्रशासनिक सेवा की मौज-मस्ती में नहीं छोड़ा जा सकता। मैं प्रस्ताव करता हूं कि वित्त मंत्री एक भारतीय राजस्व सेवा स्थापित करने पर विचार करें और केवल उसी विभाग में एक लंबी अवधि की सेवा का कैरियर उपलब्ध करवाएं। सिंहों के अतिरिक्त भारत को इस क्षेत्र में विशेषज्ञों की जरूरत है। यह कार्य वित्त मंत्री की सलाह से केवल रिजर्व बैंक द्वारा पूरा किया जाना चाहिए। इस विशेष विभाग को संभालने की भारी योग्यता भारतीयों में उपलब्ध है।

डॉ. मनमोहन सिंह ने किसी बात की ऐसी विशेषता पैदा कर दी है कि हम सब काफी समय से कहते रहे हैं कि कम कर से अधिक अच्छा राजस्व आता है, और कम-से-कम मैं एक उनकी नगण्य राशि ४०,००० रु. तक कर छूट बढ़ाने में बरती गई मितव्ययता को स्वीकार नहीं कर सकता। तो भी इस मंजूरी से कि इस स्तर तक कर-भुगतान नहीं करना है, किसी को भी अधिकांश मामलों में ५७,००० रु. तक के स्तर पर कर-छूट मिल जाती है, मैं सोचता हूं कि केवल डॉ. सिंह के वित्त मंत्री रहते हुए महसूल आदि में बढ़त से हुई पारिवारिक बजट में वृद्धि के संतुलन हेतु कर-छूट की सीमा कम-से-कम ६०,००० रु. तक बढ़ाए जाने की जरूरत है। पति-पत्नी और दो बच्चों के एक सामान्य परिवार को हमारे शहरों या बड़े कस्बों में केवल जीवनयापन के लिए प्रतिवर्ष ७५,००० रु. की जरूरत पड़ती है। हमारे व्यापारी और उद्योगपति बिना किसी पलायन के कर-भुगतान नहीं करते। सरकारी कर्मचारी व अन्य वेतनभोगी ही व्यापारियों की तरह कर-वंचना के बिना ही, कर-भुगतान करते हैं। व्यापारी व्यक्तिगत रूप से इतना कम या बिल्कुल नहीं कर भुगतान करते हैं कि अब समय आ गया है, महानगरों के प्रमुख १००० श्रेष्ठ व्यापारियों द्वारा उनके जीवन स्तर के विपरीत भुगतान किए जा रहे निजी कर की सूची प्रकाशित की जाए। वे जो राज्य के संसाधनों से आय करते हैं, उनका खुलासा किया जाना चाहिए। यदि आवश्यक हो तो एक अति तीक्ष्ण विधि द्वारा अधिक करों का भुगतान कराया जाना चाहिए। वित्त मंत्री निगम करों पर से अधिक न उठाने में भी कंजूसी बरत रहे हैं, जैसा उन्होंने वायदा किया था और न ही करों की दर घटा रहे हैं, जैसा उनका असल में वायदा था। सच्चे उदारीकरण का अर्थ है जांच और तीक्ष्ण जांच, ऊंचे कर और ढीला प्रशासन नहीं।

गैट संधि पर चर्चा कायदे से हो

अध्यक्ष महोदय, असल में गतिरोध पैदा हो गया है और यह गतिरोध चैंबर में हल किया जा सकता था।

अध्यक्ष महोदय : इसीलिए तीन मीटिंग बुलाई थीं।

श्री वाजपेयी : तीन मीटिंग तो बुलाईं मगर मीटिंगों में अगर यह तय हो जाता कि इस प्रस्ताव को नियम १८४ में लिया जाएगा तो समस्या का समाधान निकल सकता था। वहां इस बात पर बल दिया गया कि नियम १८४ के अंतर्गत मोशन नहीं आएगा।

अध्यक्ष महोदय, नियम १८४ के अंतर्गत यह मोशन आ सकता था कि वाणिज्य मंत्री ने मारकेश से लौटने के बाद जो वक्तव्य दिया है, उस पर विचार किया जाए और उसमें यह संशोधन किया जा सकता था कि यह सदन वक्तव्य पर विचार करने के बाद सरकार को यह सलाह देता है कि वह अपनी स्थिति पर पुनर्विचार करे। सदन यह कह सकता है। हम प्रतिदिन सरकार से मांग करते हैं कि उसे इस दिशा में आगे बढ़ना चाहिए। सरकार मना कर सकती है; लेकिन प्रक्रिया का आधार बनाकर अगर चर्चा रोकी जाएगी और सदन को अपना अभिमत वोट के द्वारा प्रकट करने से रोका जाएगा, तो कठिनाई पैदा होगी।

अध्यक्ष महोदय, कानून से तो यह भी जरूरी नहीं है कि सरकार इस तरह से दस्तावेज पर दस्तखत करने के बाद सदन में स्वीकृति ले और क्या नियम इस बात की इजाजत देते हैं कि इस तरह का कोई संशोधन आ जाए, तो उसे लिया जाए?

अध्यक्ष महोदय, मैं आपसे एक प्रश्न पूछना चाहता हूं।

अध्यक्ष महोदय : आपको मुझसे प्रश्न पूछने की बजाय सरकार से प्रश्न पूछना चाहिए।

श्री वाजपेयी : नहीं, अध्यक्ष महोदय, यह प्रक्रिया का मामला है। मान लीजिए आप १८४ के अंतर्गत इजाजत नहीं देते, लेकिन बैलट में गैर-सरकारी प्रस्ताव में पेश मेरा नाम आ जाता है और मैं यह प्रस्ताव पेश करता हूं कि "यह सदन गैट को ठुकरा दे" तो क्या आप उसे रूल-आउट कर देते? नहीं कर सकते। उस पर सदन में चर्चा होती और हम वोट की मांग भी कर सकते थे, और सरकार अपने बहुमत के बल पर उसे अस्वीकार कर देती। लेकिन मुझे इस प्रस्ताव को

** गैट संबंधी चर्चा के दौरान लोकसभा में २६ अप्रैल, १९९४ को टिप्पणी।*

रखने से कैसे रोका जा सकता है। और यदि यह काम मैं गैर-सरकारी सदस्य के नाते कर सकता हूं, तो मैं एक दूसरे तरह का १८४ में प्रस्ताव देकर वही परिस्थिति पैदा क्यों नहीं कर सकता हूं?

मेरी समझ में नहीं आता है कि सरकार इस मामले में ऐसा रवैया क्यों अपना रही है? आप संसद की मोहर लगवा लीजिए और फिर देश में जाकर कहिए कि हमने विरोधी दल को पछाड़ दिया। जैसे भी हमने बहुमत बनाया, बहुमत हमारे साथ है, भले ही देश हमारे साथ न हो। जाकर कहिए।···(व्यवधान)

अध्यक्ष महोदय, जब सदन भोजन के अवकाश के लिए उठा, तो प्रतिपक्ष और सत्तापक्ष में इस बात पर गतिरोध था कि हम वाणिज्य मंत्री के वक्तव्य पर किस रूप में चर्चा करें। चर्चा नियम १८४ में हो सकती है, चर्चा नियम १९३ में हो सकती है, लेकिन हमारा जोर इस बात पर था कि चर्चा केवल नियम १८४ में होनी चाहिए। सदन को न केवल अपनी भावनाएं प्रकट करने का अवसर मिलना चाहिए, बल्कि सदस्यों को भी मत-विभाजन के द्वारा देश को यह बताने का मौका मिलना चाहिए कि इस महत्वपूर्ण मौके पर सदन, उसमें उपस्थित पार्टियां, उन पार्टियों के सदस्यों का क्या रुख था, क्या रवैया था।

इस बात का प्रयास हुआ। हम आपके कक्ष में मिले थे और सरकार को समझाने का प्रयास करते रहे कि नियम १८४ का कोई प्रस्ताव स्वीकार करने में उन्हें कठिनाई नहीं होनी चाहिए। लेकिन खेद का विषय है कि हम सत्तापक्ष को यह बात अभी समझा नहीं सके हैं। हम भी अपनी बात पर कायम हैं कि चर्चा नियम १८४ के अंतर्गत होनी चाहिए, नियम १९३ के अंतर्गत नहीं। यह भी तय हुआ कि इस पर आगे विचार-विनिमय किया जाए। इस पर थोड़ा और समय देकर अगर हम सत्तापक्ष को मना सके तो उसके लिए तैयार हैं और सत्तापक्ष हमें मना सके तो हमने अभी अपना दिमाग खुला हुआ रखा है, बंद नहीं किया है। लेकिन हम यह चाहते हैं कि इस सवाल पर जो बातें प्रारंभ में कही गई थीं, उनके प्रकाश में निर्णय लिया जाए। अगर मत-विभाजन को टालना एक उद्देश्य है, तो सदन में मत-विभाजन इस मुद्दे पर हमेशा के लिए नहीं टाला जा सकता। मान लीजिए कट मोशन आ जाए और कट मोशन में इसी मुद्दे पर जोर दिया जाए और हम मत विभाजन की मांग करें तो क्या उसे टाला जा सकता है? लेकिन सत्तापक्ष के दृष्टिकोण को भी हम समझने का प्रयास कर सकते हैं।

इसलिए मेरा अनुरोध है कि यदि सदन की राय हो, सबकी सहमति हो तो आप इस पर अभी चर्चा स्थगित कर दें। हमें बातचीत का और मौका दें, जिससे हम अपने पक्ष में सत्तापक्ष को कर सकें।

वित्त मंत्री का एलान-ए-जंग

सभापति महोदय, मेरे सामने वित्त मंत्री के दो भाषण हैं। दोनों बजट पर हैं। एक भाषण यहां पर दिया गया था और दूसरा पुस्तक के रूप में सदस्यों में बांटा गया है। लेकिन दोनों भाषणों में अंतर है। वित्त मंत्री ने बजट पेश करते हुए जो चंद शेर या अशआर कहे थे, वे छपे हुए भाषण में नहीं हैं। लोगों के पास छपा हुआ भाषण है, लोकसभा का उनका भाषण एक दस्तावेज का काम देगा, लेकिन उसके लिए खोज करनी पड़ेगी, अनुसंधान करना पड़ेगा। आनेवाली संततियों को यह पता लगना चाहिए कि भारत में ऐसा वित्त मंत्री था जो केवल अर्थ की बात नहीं करता था, बल्कि कुछ रस की बातें भी करता था। वित्त मंत्री ने कहा : "लम्हों ने खता की थी, सदियों ने सज़ा पाई···" कहीं ऐसा तो नहीं कि जिन लम्हों ने खता की थी, वे यही लम्हे हैं और आनेवाली सदियों को सज़ा मिलेगी?

महोदय, वित्त मंत्री जमीन की पस्तियों से आसमान को पैदा करना चाहते हैं। लेकिन आसमान की ओर देखते हुए हमारे पांव जमीन से उखड़ने नहीं चाहिए। आज इस बात की आशंका पैदा हो रही है। वित्त मंत्री हवा के रुख को भी बदलना चाहते हैं। उनकी जवांमर्दी की दाद देनी चाहिए। सचमुच में हवा के रुख को बदलने की जरूरत है। लेकिन महोदय, क्या यह विश्वासपूर्वक कहा जा सकता है कि हवा का रुख बदलने के बाद, बदली हुई हवा किश्ती को किनारे पर ले जाएगी या किसी भंवर की ओर ले जाएगी। वित्त मंत्री जी ने एक और शेर कहा है : "यूनान, मिस्र, रोम सब मिट गए जमीं से···" अच्छा होता अगर सरकार गैट को रद्द कर देती और उसके बाद उस शेर को पढ़ती जिसमें कहा गया है : "बहुत से देश मिट गए, मगर हम खड़े हैं और खड़े रहेंगे।" कभी-कभी ऐसा लगता है कि वित्त मंत्री के शेर बहुत मौजूं नहीं थे, लेकिन उन्होंने शेर कहा, यह अच्छी बात है। यह बात अलग है कि हमारे सोमनाथ चटर्जी साहब को शेर पसंद नहीं आया।···(व्यवधान)

सभापति महोदय, वित्त मंत्री ने शेर काफी फैलाकर कहे थे और अगर अनुवाद में हमारे कामरेड समझना चाहते तो समझ सकते थे।···(व्यवधान) भाई, उनको समझ में नहीं आ रहा होगा कि इस शेर-ओ-शायरी का बजट से क्या संबंध है। लेकिन जैसा अभी दूसरे कामरेड ने कहा कि

** आम बजट पर हुई चर्चा में लोकसभा में २५ अप्रैल, १९९४ को नेता प्रतिपक्ष का भाषण।*

बजट में भी एक दर्शन है, आर्थिक दर्शन का प्रतिबिंब है। यह बात अलग है कि उस दर्शन से और सत्तापक्ष के दर्शन से हमारा आज मतभेद है। लेकिन जिस तरह का भारत हम बनाना चाहते हैं···(व्यवधान) उसकी एक झलक बजट में मिलनी चाहिए।

अब मैं बजट पर आना चाहता हूं क्योंकि मेरा समय कम है।

सभापति महोदय, मुझे शिकायत है कि यह जो बजट पर चर्चा हुई है, यह दो टुकड़ों में हुई है। खंडों में हुई चर्चा न तो बजट के साथ न्याय करती है और न सदन की भावनाओं को उनकी समग्रता में प्रकट करती है। दूसरे सदन में चर्चा हो गई और वित्त मंत्री ने जवाब दे दिया, लेकिन यहां चर्चा लंबी की जा रही है। अगर चर्चा पहले हो जाती तो शायद हम लोगों के सुझावों के प्रकाश से वित्त मंत्री अपने कुछ कर-प्रस्ताव में संशोधन करते। यह मामला भी लटक गया। बजट की ऐसी छीछालेदर नहीं होनी चाहिए। मैं आशा करता हूं कि जब अगले वर्ष का बजट पेश होगा, तो उस पर चर्चा करते समय सदन में यह बात ध्यान में रखी जाएगी।

आशावाद बनाम यथार्थवाद

सभापति महोदय, वित्त मंत्री जी ने बजट पेश करते समय जिस आशावाद का परिचय दिया था, वह आशावाद यथार्थ से मेल नहीं खाता है। इन्फ्लेशन के मामले में यह सिद्ध हो गया है, जैसा कि कामरेड इंद्रजीत गुप्त ने कहा था कि बजट के बाद चेतावनियां दी गई थीं कि बजट से मुद्रास्फीति बढ़ेगी, कीमतें चढ़ेंगी, सरकार ने उसे स्वीकार नहीं किया। अब इन्फ्लेशन डबल डिजिट पार कर गया है। वित्त मंत्री पहले इन्फ्लेशन के बारे में क्या कह चुके हैं, उसे मैं दोहराना नहीं चाहता। १९९१-९२ का उनका भाषण है।···(व्यवधान)

श्री सोमनाथ चटर्जी (बेलापुर) : उसको छोड़िए, उसका तो इन्होंने मान लिया है कि वह सब गड़बड़ हो गया है।···(व्यवधान)

श्री वाजपेयी : अब निकट भविष्य में मुद्रास्फीति पर रोक लगेगी, इसके आसार नहीं हैं, क्योंकि आपका जो अनुमान है और पिछले बजट के समय आपने जो अनुमान लगाए थे, उनमें से फॉरेन एक्सचेंज रिजर्व को छोड़कर बाकी के सारे अनुमान गलत साबित हुए हैं। फिस्कल डेफेसिट बढ़ा है, रेवेन्यू डेफेसिट बढ़ गया है, कर्जे के बदले में जो ब्याज देते हैं, उसकी राशि बढ़ गई। यद्यपि वित्त मंत्री जी ने उस समय के भाषण में इसकी आलोचना की थी और कहा था कि इससे भी मुद्रास्फीति पर असर पड़ता है।

विदेशी मुद्रा का भंडार बढ़ा है, अच्छी बात है और वित्त मंत्री जी अगर इसके लिए बधाई लेना चाहते हैं तो उसे देने में हम कंजूसी नहीं करेंगे, लेकिन जैसा श्री इंद्रजीत गुप्त ने कहा कि विदेशी मुद्रा-भंडार का विवरण क्या है, किन-किन स्रोतों से विदेशी मुद्रा प्राप्त हुई है? पिछले साल के मुकाबले विदेशी कर्ज बढ़ा है और घरेलू कर्ज दुगना हो गया है। अगर वित्त मंत्री जी इसका खंडन करेंगे तो मुझे प्रसन्नता होगी। जो आंकड़े हमारे पास हैं, उनके आधार पर हम निष्कर्ष निकालते हैं। विदेशी मुद्रा का भंडार किन-किन स्रोतों से बढ़ा है, इस संबंध में ट्रांस्प्रेंसी होनी चाहिए। आजकल इसकी बड़ी चर्चा हो रही है कि खुलापन होना चाहिए, ट्रांस्प्रेंसी होनी चाहिए, मैं तो कहता हूं कि बजट के निर्माण में भी ट्रांस्प्रेंसी होनी चाहिए। आप टैक्सवाला हिस्सा छोड़ दीजिए। कहां कस्टम ड्यूटी बढ़ानी है, कहां एक्साइज ड्यूटी घटानी है, इसको छोड़कर इस संसद में और पूरे देश में बजट पर, बजट के एलोकेशन पर खुली चर्चा होनी चाहिए और वह चर्चा लगातार

चलनी चाहिए। दुनिया के और देशों में ऐसा होता है, जापान में ऐसा होता है, तो हम यहां क्यों नहीं कर सकते? आखिर गरीबी-उन्मूलन के लिए जो पैसा दिया जानेवाला है, इस पर कितना एलोकेशन है, कितना एलोकेशन होना चाहिए, क्या बजट पेश करने से पहले इसका अनुमान नहीं लगाया जा सकता, इसकी चर्चा नहीं हो सकती?

विदेशी मुद्रा-भंडार का विवरण क्या है?

सभापति महोदय, मैं विदेशी मुद्रा की बात कर रहा था। वित्त मंत्री सदन को विश्वास में लें कि विदेशी मुद्रा-भंडार का हिसाब क्या है। इसमें से सचमुच में इन्वेस्टमेंट कितना है। मेरे पास कुछ जानकारी है, उसके अनुसार कुल विदेशी निवेश १९९३-९४ में ३ बिलियन डालर को स्पर्श कर रहा है, लेकिन इसमें से कुल ४२५ मिलियन डालर डायरेक्ट इन्वेस्टमेंट के रूप में है। १९९२-९३ में डायरेक्ट इन्वेस्टमेंट राशि ३४३.५ मिलियन डालर थी, उस दृष्टि से विदेशी निवेश में कोई खास वृद्धि का दावा नहीं किया जा सकता। बाकी विदेशी पूंजी पोर्टफोलियो इन्वेस्टमेंट के रूप में आई है। यह राशि १.३६ बिलियन डालर है, जिसमें १.१ बिलियन डालर अक्तूबर-नवंबर-दिसंबर, इन तीन महीनों में आई है। यह ज्यादातर फाइनेंस कैपीटल के रूप में आई है, प्रोडक्टिव कैपिटल के रूप में नहीं। अगर ये आंकड़े सही हैं तो विदेशी मुद्रा भंडार बढ़ गया है और इसलिए अर्थ-व्यवस्था के अन्य पहलुओं की ओर हम ध्यान न दें, मैं समझता हूं कि यह ठीक नहीं होगा।

वित्त मंत्री ने जो बजट पेश किया है, उसमें वे कुछ बातें मानकर चल रहे हैं। पहली बात यह मानकर चल रहे हैं कि पिछले छह वर्षों की तरह इस वर्ष भी मानसून ठीक रहेगा। हमारी खेती मानसून पर निर्भर है, यह सच है। लेकिन यह कटु सच है कि बजट बनाते समय इसका विचार रखा जाए, यह बहुत आवश्यक है। अभी भी देश के कई भागों में अकाल है, अभाव है। मैं राजस्थान गया था। वहां साठ हजार मजदूर राहत कार्यों में लगे हुए हैं और मांग हो रही है कि उन मजदूरों की संख्या बढ़ाकर एक लाख होनी चाहिए। कई क्षेत्रों में ऐसी स्थिति है। वित्त मंत्री को इस देश का सौभाग्य मानना चाहिए, क्योंकि वित्त मंत्री को छह मानसून लगातार ऐसे मिले हैं जिनमें फसल अच्छी हुई है। वे यह मानकर चल रहे हैं कि आगे भी मानसून अच्छा रहेगा। वे यह मानकर भी चल रहे हैं कि उन्होंने घरेलू और विदेशी उद्योगों को जो टैक्स संबंधी सुविधाएं दी हैं, उनसे औद्योगिक विकास ६ से ८% के बीच में रहेगा। यह भी मानकर चल रहे हैं कि देश की कानून-व्यवस्था की स्थिति सामान्य रहेगी और सामाजिक तनाव पैदा नहीं होंगे। वे, यह भी मानकर चल रहे हैं कि तेल का अंतरराष्ट्रीय मूल्य नहीं बढ़ेगा और आज की दर पर कायम रहेगा। यह भी मानकर चल रहे हैं कि उन्होंने मध्यम वर्ग को जो छूट दी है, उससे मांग बढ़ेगी और मांग बढ़ने से उद्योग बढ़ेंगे और जो औद्योगिक मंदी आई है, वह दूर हो जाएगी और उद्योगों में जो क्षमता काम में नहीं लाई जा रही है, वह काम में लाई जाएगी। वित्त मंत्री यह भी मानते हैं कि विदेशी पूंजी का निवेश बढ़ेगा।

सभापति जी, यह बड़ा देश है। इसमें समस्याएं जटिल हैं। इस देश में सामाजिक तनाव पैदा न हो, ऐसा प्रयत्न होना चाहिए। लेकिन वित्त मंत्री, अगर सामाजिक तनाव पैदा होते हैं तो उनका हवाला देकर यह कहते हैं कि डेफिसिट इसलिए बढ़ गया कि अयोध्या का कांड हो गया, बम विस्फोट हो गए। तो यह उचित नहीं होगा। ऐसी बातें असर डालती हैं। लेकिन इतने बड़े देश में

कहीं-न-कहीं, कुछ-न-कुछ ऐसी घटना हो सकती है जिसका अनुमान लगाकर अपनी अर्थनीति और कर-प्रस्ताव निर्धारित किए जाने चाहिए। पता नहीं पड़ोसी के साथ संबंध कौन सा मोड़ ले? पता नहीं उत्तरांचल में किस समय कैसी गंभीर स्थिति पैदा हो जाए? अगर सारे बजट का ढांचा इस आधार पर है कि सब परिस्थितियां अनुकूल होंगी, देश तेजी से आर्थिक विकास करेगा तो वह ठीक नहीं होगा। समस्या इतनी सरल नहीं है और परिस्थिति इतनी आसान नहीं है, इसलिए आवश्यक है कि कोई भी वित्त मंत्री हो, वह इन सब बातों को ध्यान में रखे।

मैं वित्त मंत्री से कहूंगा कि ये सामाजिक तनाव पैदा क्यों होने दिए जाते हैं? उन्हें पहले से हल करने की कोशिश क्यों नहीं की जाती? क्या इसमें वित्त मंत्री का कोई भाग नहीं है? वित्त मंत्री का संबंध क्या खाली वित्त मंत्रालय से है? गृह मंत्रालय स्वतंत्र है, वह चाहे जो करे। क्या हर मंत्रालय स्वतंत्र है? अयोध्या के मामले को हल करने में देर हुई। अब इसका हवाला वित्त मंत्री दे रहे हैं। वह धर्म का मामला है, संस्कृति का मामला है और राष्ट्रीयता का मामला है। लेकिन आप पर असर करता है और करेगा, इसलिए सामाजिक तनाव पैदा नहीं होने देना चाहिए। मैं नहीं जानता कि इस संबंध में मंत्रिमंडल में कभी चर्चा होती है या नहीं होती है।

उद्योगों में मंदी

सभापति जी, जो बजट पेश किया गया उसमें हम वित्त मंत्री से आशा करते थे कि इस तरह के कर-प्रस्ताव लाएंगे जिनके परिणामस्वरूप मूल्य स्थिर रहेंगे, रोजगार के अवसर बढ़ेंगे, विषमता घटेगी और देश स्वावलंबन की ओर आगे बढ़ेगा। लेकिन कर-प्रस्ताव इसका संकेत नहीं देते हैं। उद्योगों में एक मंदी आई हुई है। अनेक उद्योग बी.आई.एफ.आर. के सामने लाइन लगाकर सहायता के लिए खड़े हैं। ऋण लेना चाहते हैं। सरकार अगर ऋण ले रही है तो निजी उद्योग ऋण लेने से क्यों पीछे रहें। इसके साथ घटते हुए रोजगार के अवसर सामाजिक तनाव पैदा कर सकते हैं। बड़े पैमाने पर अगर कारखाने बंद कर दिए गए, लोग सड़कों पर निकल आएंगे और उसके साथ-साथ अगर महंगाई नहीं रोक सके तो सामाजिक तनाव की स्थिति पैदा हो सकती है। उस स्थिति के लिए तो वित्त मंत्री स्वयं जिम्मेदार होंगे।

वित्त मंत्री ने अपने भाषण में एक जगह कहा है कि एंप्लायमेंट एक्सचेंज में बेरोजगारों की जो संख्या थी, वह घट गई है, थोड़ी सी, १% घटी है। हम लोग जानते हैं कि एंप्लायमेंट एक्सचेंज में एक बार नाम लिखा दें और एक समय के भीतर अगर रोजगार न मिले तो उसको रिन्यू कराना पड़ता है, यह हमेशा नहीं रहता है। आप कह रहे हैं कि रोजगार के अवसर एंप्लायमेंट एक्सचेंज में उपलब्ध हैं। बेरोजगारों की लाइन में कमी आई है। रोजगार के अवसर कितने बढ़े, इसका विवरण दीजिए। स्टेटिसिटकल आर्गनाइजेशन इसकी हामी नहीं भरता। क्या आपके पास ये आंकड़े नहीं हैं कि इतने रोजगार के अवसर उपलब्ध हुए, इतने नए लोगों को रोजगार मिला? वह सच्ची कसौटी होगी। रजिस्टर पर घटती हुई संख्या पर न जाइए। कुछ आंकड़े मैंने इकट्ठे किए हैं। जवाहर रोजगार योजना के अंतर्गत जो मिलियन मेनडेज थे, वे कम हुए हैं। गरीबी-उन्मूलन की और योजनाओं में जो आप धन देते थे, उसमें भी कमी आई है। आई.आर.डी.पी. के अंतर्गत कितने परिवारों की मदद की जानी चाहिए थी, वह आंकड़े मेरे पास हैं। १९८९-९० में ३.३५ मिलियन परिवारों को मदद दी गई। १९९०-९१ में यह आंकड़ा घट गया, केवल २.९० मिलियन परिवारों को मदद दी गई। १९९१-९२ में २.५४ मिलियन और १९९२-९३ में २.०६ मिलियन परिवारों को

मदद दी गई। यही हाल जवाहर रोजगार योजना का है। हम वित्त मंत्री से जानना चाहेंगे कि रोजगार के आंकड़े कहां बढ़ रहे हैं?

जिस तरह से पूंजी का निवेश हो रहा है, उससे बड़े उद्योग फलेंगे-फूलेंगे। विदेशियों की रुचि भी बड़े उद्योगों में है। सचमुच में उनकी योजनाएं छोटे उद्योगों के लिए घातक सिद्ध हो रही हैं। संगठित क्षेत्र इस देश में रोजगार के अधिक अवसर नहीं दे सकता। हम नई टेक्नॉलाजी चाहते हैं। ऑटोमेशन का जमाना है। औद्योगीकरण बढ़ जाएगा, रोजगार के अवसर घट जाएंगे, ऐसी परिस्थिति पैदा होगी। इस परिस्थिति में वित्त मंत्री ने छोटे उद्योगों पर एक्साइज लगाने का काम किया है। श्री इंद्रजीत गुप्त ने ठीक कहा, मैंने भी कल गोरखपुर में इन्हीं शब्दों का उपयोग किया था कि वित्त मंत्री ने छोटे उद्योगों के खिलाफ जंग का एलान कर दिया है, एलान-ए-जंग। 'लम्हों ने खता की थी, सदियों ने सज़ा पाई।' छोटे उद्योग अधिक रोजगार देते हैं, विदेशी व्यापार में उनका हाथ है, सत्ता को केंद्रित नहीं होने देंगे, पूंजी को भी केंद्रित नहीं होने देते। ठीक है, उनमें ऐसे छोटे उद्योग होंगे जो सुविधाओं का अनुचित लाभ उठाते हैं। क्या बड़े उद्योगों में ऐसा नहीं है? धागे से लेकर छतरी तक वित्त मंत्री ने ऐसा जाल बिछाया है कि बड़े-बड़े मगरमच्छ तो निकल गए, लेकिन छोटी-छोटी मछलियां फंस गई हैं। कारखाने बंद हैं। मैं स्वयं कई बार प्रतिनिधि मंडलों को लेकर वित्त मंत्री जी से मिला हूं और मुझे लगता है कि वित्त मंत्री महोदय ने अपना मन बना लिया है।

छोटे उद्योगों को राहत दीजिए

गैट के समर्थक समझते हैं कि छोटे उद्योग कूड़ा-कबाड़खाना है। ग्लोबलाइजेशन से यह कोई मेल नहीं खाता है। छोटे-छोटे उद्योग, गरीब लोग कहीं टप्पर में, कहीं टीन की छत में बैठे हुए हैं और कुछ बना रहे हैं। इसकी क्या जरूरत है? मैं आशा करता हूं कि वित्त मंत्री महोदय अपने बजट भाषण में कुछ एलान करेंगे और छोटे उद्योगों को कुछ राहत देंगे। छोटे उद्योगों के बारे में गंभीरता से अध्ययन हुए हैं। पीएसी ने भी विश्लेषण किया था कि छोटे-छोटे उद्योगों के नाम पर कुछ लोगों द्वारा इन सुविधाओं का अनुचित लाभ उठाया जा रहा है। तर्क यह है कि छोटे उद्योग अगर धन कमा रहे हैं और सरकारी हिस्से का खजाना देने के लिए तैयार नहीं हैं तो उस पर विचार किया जा सकता है। किंतु छोटे उद्योगों का यह कहना है कि छोटे-छोटे उद्योग सरकार के खजाने में हिस्सा देने में कोताही नहीं बरतते हैं और उसके लिए वे तैयार हैं, मगर उन्हें इंस्पेक्टर राज से बचाने की जरूरत है।

वित्त मंत्री महोदय ने अपने भाषण में बहुत सी बातें कहीं और रात ही में नोटिफिकेशन निकाल दिए गए। सबेरे कारखाने के बाहर इंस्पेक्टर मौजूद थे। कारखाने पर ताला बंद है और वह कुर्सी लगाकर बाहर बैठे हुए हैं। लोगों की नजर पार्लियामेंट पर है और पार्लियामेंट की नजर वित्त मंत्री की तरफ है। क्या इंस्पेक्टर राज फिर से वापस लाना है? केवल १०० करोड़ रुपए की आमदनी का अनुमान लगाया गया है। छोटे उद्योगों से बात करके टैक्स-वसूली का ऐसा तरीका निकाला जा सकता है कि सरकार की आमदनी भी हो जाए और हिसाब-किताब रखने के झंझट से और इंस्पेक्टरों के भ्रष्टाचार से भी बच जाए। इस तरह की व्यवस्था करने की जरूरत है, अन्यथा छोटे उद्योगों के साथ इस तरह का बर्ताव करके हम आशा करें कि कोई तनाव पैदा नहीं होगा, अगर हम आशा करें कि संपत्ति का वितरण होगा, अगर हम आशा करें कि समृद्धि में सबको हिस्सा मिलेगा तो वह हमारी आशा पूरी नहीं होगी।

सभापति महोदय, वित्त मंत्री जी ने देश के सुरक्षा-बजट में नाममात्र की वृद्धि की है। ऐसा नहीं होना चाहिए था। सुरक्षा का वातावरण बिगड़ रहा है। पड़ोसी अधिक से अधिक मारक शस्त्र प्राप्त करने की कोशिश कर रहे हैं। हमें अपने को सन्नद्ध रखना है। हमारी लंबी समुद्री सीमाएं हैं। हमारे वैज्ञानिकों ने प्रक्षेपास्त्रों और अंतरिक्ष के मामले में जो प्रगति की है, उस पर सबको गर्व और अभिमान है, और हम उनका अभिनंदन करना चाहते हैं। लेकिन किसी के दबाव में आकर इस प्रगति को अवरुद्ध नहीं किया जाना चाहिए। सुरक्षा प्राथमिक आवश्यकता है।

वर्ष १९९३-९४ का बजट ऐस्टिमेट १९८०० करोड़ रुपए का था, लेकिन रेवेन्यू एक्सपेंडिचर २१००० करोड़ हुआ है। १९९४-९५ का रिवाइज्ड बजट २३००० करोड़ रुपए का है। यह बढ़ोतरी मात्र १% है, जो अपर्याप्त है। अगर इनफ्लेशन जोड़ लिया जाए तो यह कोई बढ़ोतरी नहीं है। हम जहां खड़े थे, वहीं खड़े हुए हैं और सरकार यह जानती है। वित्त मंत्री को पता होगा कि हम सुरक्षा बलों के लिए जो भी बजट मंजूर करते हैं, उसका ६५% इस्टेबलिशमेंट पर खर्च होता है। अन्वेषण, अनुसंधान, नए शस्त्रों का निर्माण या नए शस्त्रों की खरीद, आधुनिकीकरण इसकी बहुत बड़ी आवश्यकता है। उसके लिए धन कहां से आएगा? हमारे सुरक्षा विशेषज्ञ बताते हैं कि आज अगर कोई मारक हथियार हम लेने का फैसला करें तो उसको खपाने में, उसकी ट्रेनिंग देने में कई साल लगते हैं, कई साल बाद उसकी उपयोगिता हो सकती है। इस दृष्टि से हमें फिर से विचार करना पड़ेगा। सुरक्षा के लिए धन देने में इस सदन को आपत्ति नहीं होगी। परंतु जहां धन बचाने, खर्च में कमी करने की गुंजाइश है, उसकी ओर ध्यान दिया जाना चाहिए।

सर्विस टैक्स क्यों?

अब वित्त मंत्री जी ने एक नया टैक्स-सर्विस लगा दिया है। यह आगे बढ़ेगा, इसकी आशंका प्रकट की गई है। इस सर्विस टैक्स की क्या आवश्यकता है? जिस सर्विस पर टैक्स लगाया गया है, उसका उपयोगिता से, क्षमता से और चुस्ती से कोई संबंध नहीं है। आपको सर्विस टैक्स चाहिए, इसलिए आपने ५% लगा दिया। आज यदि छोटी सी खिड़की खुली है तो कल बड़ा दरवाजा खुल जाएगा, इसका डर पैदा हो रहा है। यह सही कदम नहीं है। कस्टम ड्यूटी घटाना और एक्साइज ड्यूटी बढ़ाना, यह कोई प्रतिस्पर्धा को प्रोत्साहन देने का तरीका नहीं हो सकता। अभी श्री इंद्रजीत गुप्त जी कह रहे थे कि प्रतिस्पर्धा का अर्थ यह नहीं हो सकता कि विदेशी कंपनियां हमारी कंपनियों को निगलना शुरू कर दें। होना तो यह चाहिए कि किसी दिन भारतीय कंपनियां अंतरराष्ट्रीय कंपनियां बनें और अपने माल की गुणवत्ता के आधार पर विदेशों में जाएं। लेकिन आपकी जो वर्तमान नीति है, उससे ऐसी आशा नहीं दिखाई देती। अभी तो भारतीय कंपनियों को निगलने का सिलसिला चल रहा है। इसको रोका जाना चाहिए।

विदेशी पूंजी सट्टा बाजार में लगे, यह उचित नहीं है। सट्टा बाजार में आज अराजकता मची है। ऐसा लगता है कि सरकार का उस पर कोई नियंत्रण नहीं है। उसको नियंत्रित करने की आवश्यकता है, अन्यथा फिर से कोई बैंकिंग स्कैम जैसा बड़ा घोटाला खड़ा हो जाएगा और फिर जे.पी.सी. बनाने के बाद भी पता नहीं लगेगा कि ५००० करोड़ रुपए की बड़ी धनराशि कहां गई? उसके लिए दूसरी कमेटी बनाने का सुझाव दिया जाएगा।

सभापति महोदय, लोग रुपया कमाएं, रुपया बचाएं, मगर उत्पादन में लगाएं, सट्टा बाजार में नहीं। मगर आज सट्टा बाजार में रुपया लगाकर तत्काल धन कमाने की प्रवृत्ति बढ़ रही है। क्या

हम विदेशी पूंजी को भी इसके लिए प्रोत्साहित करेंगे?

सभापति जी, हमने आई.एम.एफ. से जो लोन लिया था, उसका एक हिस्सा वापस कर दिया गया, यह बहुत अच्छा किया। इससे विदेशों में हमारी साख बढ़ेगी। लेकिन मैं चाहता हूं कि आई. एम.एफ. से हम जो कर्ज लेते हैं या वर्ल्ड बैंक से जो कर्ज लेते हैं, उसमें थोड़ी ज्यादा ट्रांसपेरेंसी होनी चाहिए कि कितना कर्जा लेते हैं, किन शर्तों पर लेते हैं और क्या कर्जे के बारे में एक आम राय नहीं बनाई जा सकती··(व्यवधान) कर्जा लेकर क्या करते हैं, उसकी भी हमें जांच-पड़ताल करनी पड़ेगी, लेकिन अभी कर्जा लेने की सारी प्रक्रिया अंधेरे में होती है, गुप्तता में होती है और उससे आशंकाएं उत्पन्न होती हैं। ऐसा नहीं होना चाहिए। वर्ल्ड बैंक के साथ, आई.एम.एफ. के साथ हमारा जो भी व्यापार है, जो भी व्यवहार है, वह जरा खुले में होना चाहिए और ऐसे मुद्दों पर एक आम राय बनाने की जरूरत है।

रिजर्व बैंक को एक इंडिपेंडेंट मॉनिटरी अथॉरिटी के रूप में विकसित करना बहुत जरूरी है। बैंक घोटाले में रिजर्व बैंक की कोई बहुत अच्छी भूमिका नहीं रही है। कभी लगता है रिजर्व बैंक वित्त मंत्रालय का हिस्सा है, कभी लगता है कि प्रधानमंत्री सचिवालय का अंग है। अनेक देशों में रिजर्व बैंक इंडिपेंडेंट मॉनिटरी अथॉरिटी के रूप में काम करता है। रिजर्व बैंक के गवर्नर बहुत अच्छे हैं, इससे बहुत बड़ा फर्क पड़नेवाला नहीं है। व्यवस्था कैसी है और आवश्यकता पड़ने पर रिजर्व बैंक सरकार को भी ठीक सलाह दे सके, ऐसी स्थिति में रिजर्व बैंक को काम करने की आवश्यकता है। ऐसा नहीं कि सरकार जो चाहे, वह रिजर्व बैंक मान ले।

रिजर्व बैंक से उधार की सीमा

वित्त मंत्री जी ने एक और कदम उठाया है कि रिजर्व बैंक से हम कितना उधार ले सकते हैं, इसकी सीमा तय होनी चाहिए। लेकिन वह सीमा अपने लिए लागू करने के लिए तैयार नहीं हैं। डॉ. मनमोहन सिंह जी के बाद जो वित्त मंत्री आएगा, वह इस सीमा से बांधा जाएगा। अगर रिजर्व बैंक से उधार लेने की सीमा तय करने का प्रस्ताव अच्छा है, तो उस पर तत्काल कार्रवाई क्यों नहीं की जाती है?

वित्त मंत्री डॉ. मनमोहन सिंह : इसी वर्ष से।

श्री वाजपेयी : अगर वित्त मंत्री इसको अभी से लागू कर रहे हैं तो बहुत अच्छी बात है, लेकिन उनके बजट-अभिभाषण में से यह ध्वनि निकलती है कि यह अभी लागू नहीं होगा। इसको आगे से लागू किया जाएगा।

सभापति महोदय, मैं चाहता हूं कि वित्त मंत्री महोदय, आज के अपने भाषण में इन्कमटैक्स एग्जंपशन लिमिट बढ़ाने के बारे में भी कहें।

डॉ. मनमोहन सिंह : उसका मैं उल्लेख कर चुका हूं। आप विलंब से पधारे हैं।

श्री वाजपेयी : यह लिमिट ३०००० से ३५००० बढ़ा दी गई है। रीयल टर्म्स में यह ५००० रुपए नहीं है, २००० रुपए है, क्योंकि इन्फ्लेशन का असर इसके ऊपर भी है। गत वर्ष जो ३०००० रुपए की परचेजिंग पावर थी, वह आज ३२,७५० रुपए है, तो आपने क्या राहत दी? आपने आंसू बंद नहीं किए। आंसू पोंछने के लिए रूमाल दे दिया है। उससे आंसू निकलने बंद नहीं होंगे। वित्त मंत्री कहते हैं कि हम यह एग्जंपशन लिमिट बढ़ाने के लिए तैयार हैं, लेकिन राज्यों की वित्तीय स्थिति पर बुरा असर होगा। तो क्या राज्यों को कंपनसेट करने का कोई और तरीका नहीं निकाला

जा सकता है? निकाला जा सकता है और यदि वित्त मंत्री की इच्छा हो तो वे स्वयं निकाल सकते हैं। अरे, आप जमीन की पस्तियों से आसमान पैदा करने की बात कर रहे हैं और राज्यों को जो घाटा होनेवाला है, उसका इलाज करने के लिए तैयार नहीं हैं?

सभापति महोदय, मैं एक बात और कहना चाहता हूं। इंडिविजुअल व्यक्ति के लिए ३० से ३५००० रुपए की छूट है, लेकिन हिंदू अनडिवाइडेड फेमिली के लिए अभी तक १८००० रुपए की छूट है। आखिर हिंदू अनडिवाइडेड फेमिली के प्रति, जहां तक टैक्स का मामला है, सरकार का रवैया क्या होना चाहिए, क्या संयुक्त परिवार हमारे देश में सोशल सिक्योरिटी के सिस्टम का काम नहीं करता है? क्या समाज की इकाई व्यक्ति है या परिवार है? कभी ऐसा नहीं होगा कि सरकार सभी व्यक्तियों के लिए सामाजिक सुरक्षा का प्रबंध कर सके। संयुक्त परिवार में आज भी देखभाल होती है। एक-दूसरे की चिंता की जाती है। टैक्सों के मामले में उनके साथ भेदभाव क्यों हो? अगर चार भाई हैं और वे एक मकान में रहते हैं, तो उन्हें ज्यादा टैक्स देना पड़ेगा और अगर वे चारों चार मकानों में रहें, तो टैक्स कम देना पड़ेगा। अगर वे एक मकान में रहते हैं, तो तीन मकान वे औरों के लिए छोड़ देते हैं। सचमुच में उन्हें इसके लिए पुरस्कृत किया जाना चाहिए, यहां दंडित किया जा रहा है। संयुक्त परिवार के प्रति अभी तक जो टैक्सों की नीति थी, उस पर पुनर्विचार करने की आवश्यकता है।

कामकाजी महिलाओं के साथ अन्याय

अध्यक्ष महोदय, ऊर्जा मंत्री मेरे लिए कठिनाई पैदा कर रहे हैं। वित्त मंत्री ने कामकाजी महिलाओं के साथ भी बड़ा अन्याय किया है, ऐसी मुझे सूचना दी गई है। स्टेंडर्ड डिडक्शन में १००० रुपए की कमी कर दी गई है। यह सही है। अगर सही नहीं है तो अच्छा है। वे कह रहे हैं, नहीं है। मुझे कहा गया है और इस बारे में एक प्रतिनिधि मंडल मुझसे मिला था। मुझे समझ में नहीं आता कि मैं प्रतिनिधि मंडल की बात सही मानूं या वित्त मंत्री की गर्दन जिस तरह से झुक रही है, उससे अपने नतीजे निकालूं।

लिमिटेड कंपनियों का जहां तक सवाल है, छोटी-बड़ी का भेद नहीं होना चाहिए। ४०% का टैक्स है और सब पर है, छोटी पर है, बड़ी पर है। यदि कंपनी अधिक उत्पादन करती है, उत्पादकता बढ़ाती है तो उसे प्रोत्साहित किया जाना चाहिए। प्लांट-मशीनरी लगाने पर इनवैस्टमेंट एलाउंस दिया जा सकता है।

सरकार ने उत्तर-पूर्व के दस पिछड़े राज्यों के लिए उद्योग लगाने पर सुविधाएं दी हैं। लेकिन यह सुविधा केवल ५ साल के लिए दी जा रही है। जो उद्योगों से संबंधित हैं, उनका कहना है कि ५ साल पर्याप्त नहीं हैं, ३-४ साल तो उद्योग को पांव जमाने में लग जाते हैं। यह सुविधा ५ साल की बजाय १० साल होनी चाहिए और यह अन्य राज्यों के भी जो पिछड़े क्षेत्र हैं, उनको प्राप्त होनी चाहिए, कम-से-कम इस बजट में उसका एलान नहीं किया गया है।

अध्यक्ष महोदय, मैं अपने भाषण को समाप्ति की ओर ले जाना चाहता हूं। बजट पेश करते समय जो आशंकाएं प्रकट की गई थीं, वे सही साबित हुई हैं। वित्त मंत्री का आशावाद लोगों में नई आशा जगाने में विफल रहा है। यह बात अलग है कि वित्त मंत्री जिन सम्मेलनों में, सेमिनारों में जाते हैं तो उन्हें चमकते हुए चेहरे दिखाई देते हैं, और इससे अगर वित्त मंत्री को गलतफहमी

हो जाए तो कोई ताज्जुब नहीं है।

उनके देखे से चेहरे पे जो आ जाती है रौनक,
वे समझते हैं कि बीमार का हाल अच्छा है।

जो इसको उर्दू में ठीक से नहीं समझे हैं, उनके लिए मैं हिंदी में कर देता हूं :

उनके देखे से मुंह पर जो आ जाती है आभा,
वे समझते हैं रोगी की दशा उत्तम है।

अध्यक्ष महोदय, आज वित्त मंत्री के उत्तर की ओर लोगों का ध्यान लगा हुआ है। मैं नहीं जानता वित्त मंत्री किस सीमा तक जाने के लिए तैयार हैं। मगर उनका बजट लोगों को संतुष्ट करने में विफल रहा है। बाद की घटनाओं ने लोगों की आशंकाओं को सिद्ध किया है। अभी समय है। जो भूलें हुई हैं, उनको सुधारा जा सकता है और देश में ऐसा वातावरण बनाया जा सकता है, जिसमें नए सामाजिक तनाव आर्थिक कारणों से पैदा न हों। धन्यवाद।

आर्थिक संकट : दोषी कौन?

उपाध्यक्ष महोदय, मैं बजट प्रस्तावों की चर्चा का आरंभ करने के लिए खड़ा हुआ हूं। वित्त मंत्री जी का यह दूसरा बजट है। मुझे यह मानने में कोई संकोच नहीं है कि वित्त मंत्री जी ने बजट प्रस्ताव तैयार करने में काफी मेहनत की और काफी चतुराई से काम लिया है। उस दिन तो ऐसा लगा कि डॉ. मनमोहन सिंह ने अपने नाम के अनुरूप सदन में एक मोहिनी डाल दी। जिन्होंने बजट को दूरदर्शन पर देखा, वे भी बड़े प्रभावित हुए, लेकिन यह मोहिनी, कोई और भी मोहिनी, ज्यादा दिन नहीं चलती। जब मोहभंग हो जाता है तो मोहिनी टूट जाती है। जब लोग उनके भाषण से फैली माया में से निकले तो उन्होंने देखा कि यथार्थ न केवल भिन्न है, ब़ल्कि काफी चिंता पैदा करनेवाला है।

किसी भी बजट को और आज की स्थिति में पेश किए गए बजट को, मुख्य रूप से दो कसौटियों पर कसा जाना स्वाभाविक है—एक, मुद्रास्फीति और दूसरा, बढ़ती हुई बेरोजगारी। इससे कोई इन्कार नहीं कर सकता कि इन्फ्लेशन जो बीच में थोड़ा घटा था, अब फिर बढ़ रहा है। पिछले २५ दिनों में एक प्वाइंट परसेंट इन्फ्लेशन बढ़ गया है। यह और आगे बढ़ेगा, इसकी आशंका है। लोग इस आशंका से पीड़ित हैं।

जहां तक बेरोजगारी को दूर करने का सवाल है, वित्त मंत्री अपने बजट भाषण में लगभग मौन हैं। एग्जिट पॉलिसी की चर्चा हुई है, लेकिन एंट्री पॉलिसी का कोई प्रबंध नहीं है। डर इस बात का है कि काम में लगे लोग बेरोजगार हो जाएंगे। नई लेबर फोर्स बाजार में आएगी। रोजगार की तलाश करेगी। हम विश्व के बाजार से प्रतियोगिता करना चाहते हैं। उस प्रतियोगिता के लिए हम अच्छे से अच्छा माल बनाना चाहते हैं। नई टेक्नॉलाजी का उपयोग करना चाहते हैं। कुल मिलाकर इसका परिणाम यह होगा कि संगठित क्षेत्र में लगे हुए, रोजगार में लगे हुए लोग कम होंगे। बीमार उद्योग अगर बंद किए जा रहे हैं, कुछ उद्योग ऐसे हैं जिन्हें बंद करने के अलावा कोई चारा दिखाई नहीं देता है। लेकिन उस विषय पर मैं बाद में आऊंगा, स्पष्ट है लोग रोजगार से हटाए जाएंगे।

वित्त मंत्री ने रिन्यूवल फंड की घोषणा की है। यह एक सही कदम है। लेकिन जिस तरह

---

* *बजट प्रस्तावों पर चर्चा आरंभ करते हुए लोकसभा में २३ मार्च, १९९२ को भाषण।*

का संकट भविष्य में आता हुआ दिखाई दे रहा है और वित्त मंत्री स्वयं यह स्वीकार करते हैं कि भारत की आर्थिक नाव भले ही भंवर में से निकल गई हो, लेकिन यह किनारे नहीं लगी है। वह इसके लिए समय चाहते हैं, तीन साल का समय चाहते हैं। संकट से निकलने के लिए तीन साल का समय कौन देगा? बेकार नौजवान, जो काम की तलाश में मारा-मारा फिर रहा है, नौकरी से निकला हुआ मजदूर, खेतिहर श्रमजीवी, दलित, परिगणित जनजातियों के लोग, जो वर्षों से वंचित हैं और अंधेरे में भटक रहे हैं, उन्हें इस बजट में कोई आशा नहीं दिखती। क्या वे तीन साल इंतजार करेंगे? मैं नहीं जानता वित्त मंत्री ने तीन साल की चर्चा क्यों की है? क्या इस समय को घटाया नहीं जा सकता? यह लोकतंत्रवादी देश है, महंगाई और बेरोजगारी सामाजिक असंतोष को जन्म देंगी, लोग सड़कों पर निकलेंगे, उन्हें इस आशा के सहारे धैर्य बांधने के लिए कहा जाएगा?

उपाध्यक्ष महोदय, एक बात अच्छी है कि अब अर्थनीतियों पर खुले में चर्चा हो रही है। अर्थ-नीतियों को अर्थनीतियों के रूप में देखा जा रहा है, उन्हें राजनीति के एक हिस्से के रूप में नहीं देखा जा रहा। अभी तक राजनीति हावी रहती थी। थोड़ी देर के लिए वित्त मंत्री स्वयं उस राजनीति का शिकार हो गए, जब दूसरे सदन में उन्होंने सारे आर्थिक संकट के लिए वी.पी. सिंह की सरकार और चंद्रशेखर की सरकार को दोष दे दिया। अपने पहले भाषण में उन्होंने कहा था कि हम सब दोषी हैं और तब मैंने कहा था कि हम सब दोषी हैं, मगर सबसे अधिक दोष उनका है, जो सबसे ज्यादा शासन में रहे, और उनका दोष बिल्कुल नहीं है जो बिल्कुल शासन में नहीं रहे। लेकिन यह दोषारोपण क्यों? आज वित्त मंत्री से पूछा जा सकता है; जनता सरकार के दौरान आप वित्त सचिव थे और अच्छे सचिव थे, योग्य सचिव थे और इसलिए १९७० के दशक में देश विकास के रास्ते पर आगे बढ़ा। गड़बड़ी शुरू हुई १९८० के दशक में। तब वित्त मंत्री रिजर्व बैंक के गवर्नर बने, फिर चीफ इकोनॉमिक एडवाइजर रहे। मेरे मित्र चंद्रशेखर जी को वह सलाह दिया करते थे। पता नहीं कैसी सलाह देते थे।

श्री चंद्रशेखर (बलिया) : वही बताएंगे।

श्री वाजपेयी : नहीं, थोड़ा आप भी बता दीजिए।

आज डॉ. सिंह वित्त मंत्री हैं। अब तक उनकी भूमिका क्या थी? क्या सारा संकट विश्वनाथ प्रताप सिंह की सरकार और चंद्रशेखर की सरकार, जो आपके समर्थन से बनी थी, आपके बल पर टिकी थी, उसके कारण पैदा हो गए? इसे स्वीकार नहीं किया जा सकता। अंधाधुंध खर्च और अंधाधुंध ऋण, इसके कारण स्थिति बिगड़ी।

मेरे पास उस समय के वित्त मंत्री और आज के राष्ट्रपति श्री वेंकटरमण के पत्र का एक हिस्सा है, मैं उसे सुनाना नहीं चाहता, जिसमें उन्होंने कहा था कि ७० के दशक तक हमारी आर्थिक प्रगति तेजी से हो रही थी। उन्होंने अन्न उत्पादन का हवाला दिया, औद्योगिक प्रगति का हवाला दिया, औद्योगिक उत्पादन में वृद्धि का हवाला दिया। बाद में स्थिति बिगड़ी। दोषारोपण मत करिए, क्योंकि एक तरह से ऋण लेने ने और राजनीति ने हमारी अर्थनीति को बिगाड़ा है। मैं राजनीति को संकुचित अर्थ में कह रहा हूं, व्यापक अर्थ में नहीं। वैसे तो अर्थनीति राजनीति का भाग है, लेकिन दलगत राजनीति, सस्ती लोकप्रियता प्राप्त करने की तलाश, महत्वपूर्ण आर्थिक निर्णयों को आनेवाले चुनाव की नजर में रखकर लेने की प्रवृत्ति, इससे स्थिति बिगड़ी है।

मुझे आश्चर्य है कि आमदनी से ज्यादा खर्च करने का फैसला कोई कैसे कर सकता है? मगर यह फैसला किया गया। स्टेट बैंक को विदेशी ऋण लेने के लिए लगाया गया, जिसको लगाने

की जरूरत नहीं थी। आज हमारे बैंकिंग उद्योग का हाल क्या है? राष्ट्रीयकरण सही था या गलत था, मैं उसमें नहीं जाना चाहता, मगर ऐसी जल्दबाजी में किया गया लगता है कि आज हमारी बैंकिंग प्रणाली अनएफीसिऐंसी का घर हो गई है। हमें अपना पैसा निकालना मुश्किल है। सरकार जो ऋण स्वीकृत कर दे, उसे प्राप्त करना कठिन है।

श्री भोगेंद्र झा (मधुबनी) : आप तो अधिक जमा करनेवाले नहीं हैं, वापसी में कैसे मुश्किल हो गई है?

श्री वाजपेयी : मगर मेरे कुछ वोटर जमा करते हैं, वे आकर रोते हैं।

बैंक में काम करनेवालों में अगर यह भावना नहीं है कि यह राष्ट्रीयकृत बैंक है, इसे अगर सरकार ने अपने हाथ में लेने का फैसला किया है, तो कुछ व्यापक सामाजिक उद्देश्यों को पूरा करने के लिए किया है, तो राष्ट्रीयकरण होकर भी सफल नहीं होगा। हुआ भी ऐसा ही। इसके कारण ऐसे फैसले हुए, जिन्होंने हमें दिवालिएपन के दरवाजे पर फेंक दिया।

अब वित्त मंत्री दावा करते हैं कि पहले से स्थिति अच्छी है। उनके ताजा भाषण की पहले के भाषण से तुलना करने के बाद तो लगा कि हां, तेवर कुछ बदले हुए हैं, बाहें कुछ चढ़ी हुई हैं, दो-दो हाथ करने की तैयारी है। लेकिन उस दिन भी मैंने कहा था, राष्ट्रपति के अभिभाषण पर हुई चर्चा में हमारे और आपके बीच में दो-दो हाथ हों, इसकी जरूरत नहीं है। जो संकट सामने खड़े हैं, वित्त मंत्री का भाषण और उनके बजट प्रस्ताव सारे संकटों का जवाब नहीं देते।

छोटे उद्योगों का क्या होगा?

बढ़ती हुई बेरोजगारी का क्या होगा? रोजगार देने में छोटे उद्योग अहम भूमिका अदा कर रहे हैं, कर सकते हैं। बड़े उद्योगों की तुलना में अगर पूंजी लगाने की प्रक्रिया को देखा जाए तो छोटे उद्योग ६ गुना रोजगार उपलब्ध कराते हैं। निर्यात भी ४०% योगदान देते हैं। नई अर्थनीति के आने के बाद लाइसेंस, परमिट, कोटा राज खत्म करने के पश्चात, जो सही दिशा में कदम है, जिसका हमने स्वागत किया है, छोटे उद्योगों का क्या होगा? अब विदेशी कंपनियां आ रही हैं। वे मांग कर रही हैं कि छोटे उद्योगों के लिए उत्पादन की वस्तुएं रिजर्व नहीं होनी चाहिए।

वर्षों से हमारी नीति उनके लिए कुछ वस्तुओं का रिजर्वेशन करने की रही है। यह बात अलग है कि उस नीति पर ईमानदारी से अमल नहीं हुआ। जैसे मैं एक उदाहरण देना चाहता हूं—साबुन है। क्या साबुन छोटे उद्योगों में नहीं बन सकता? क्या इसके लिए बड़े भारी उद्योग की आवश्यकता है? एक बार यह फैसला किया गया, जार्ज साहब को याद होगा कि साबुन छोटे उद्योग में बनेगा, लेकिन बड़े उद्योगों को साबुन बनाने से रोका नहीं गया। रोकने का एक तरीका यह था कि एक फेज्ड प्रोग्राम बनाया जाता और उनसे कहा जाता कि आप बड़े उद्योगपति हैं, आप साबुन जैसी छोटी चीज मत बनाइए, आप बिजली का उत्पादन करिए, आप इस्पात का कारखाना लगाइए, आप मशीन बनाने का कारखाना लगाइए, साबुन छोटे उद्योगों के लिए छोड़ दीजिए और धीरे-धीरे फेज आउट हो जाइए। यह नहीं हुआ। अब तो कोई बंधन ही नहीं है। अब तो रिजर्वेशन के बारे में भी आशंका है।

श्री मणिशंकर अय्यर (मईलादुतुराई) : एक प्रश्न पूछूं साहब?

श्री वाजपेयी : जरूर।

श्री मणिशंकर अय्यर : यही साबुन के क्षेत्र में हमारे एक छोटे लघु उत्पादक करसन भाई

पटेल जी, जो निरमा साबुन बनाते हैं, उन्होंने लीवर से मुकाबला किया और लीवर का सर्फ साबुन कम किया। यहां तक कि जो दो-तिहाई मार्केट है, वह करसन भाई पटेल जी के पास है। बड़े मल्टी मिलिनेयर को उन्होंने हराया। फिर रिजर्वेशन करने की जरूरत क्या है? सबको मदद कीजिए और इससे हमारे जो छोटे लोग हैं, वे खुद-ब-खुद ऊपर जाएंगे।

श्री वाजपेयी : उपाध्यक्ष महोदय, अगर बड़े विदेशी उद्योग की जगह, बड़ा स्वदेशी उद्योग आने वाला है और छोटे-छोटे उद्योगों पर पानी फेरनेवाला है, तो सरकार क्या इस नीति पर चलने का फैसला कर रही है? उस दिन मैंने कहा था कि हमें मोनोपॉली नहीं चाहिए...(व्यवधान)

श्री मणिशंकर अय्यर : यह मोनोपॉली नहीं, छोटे लघु उद्योग हैं।

श्री वाजपेयी : उपाध्यक्ष महोदय, हमारे अय्यर साहब, उनका एक विराट दृष्टिकोण है, यह छोटी सी बात उनकी समझ में नहीं आ सकती है। मैं मानता हूं कि छोटे उद्योगों को प्रतियोगिता के लिए तैयार रहना चाहिए, लेकिन प्रतियोगिता के लिए उन्हें सक्षम तो किया जाना चाहिए, साधन मुहैया कराना चाहिए। ९५% छोटे उद्योग टाइनी उद्योग हैं। ऐसा लगता है, मीडियम इंडस्ट्री अगर डेवलप हो रही है, तो बहुत अच्छी बात है। उसमें ६५ लाख की पूंजी लगी है, लेकिन पांच लाख लगानेवाला कहां जाएगा? स्व-रोजगार का क्या होगा? छोटे उद्योगों का जाल—क्या यह केवल कल्पना रहेगी?

छोटे उद्योग भी बीमार हो रहे हैं। लाखों छोटे उद्योग बंद हैं, कोई उनकी चिंता करनेवाला नहीं है। उनमें पूंजी फंसी है, उन्होंने जमीन घेरी है। उनमें काम करनेवाले दूसरी जगह रोजगार नहीं पा सके हैं, क्योंकि दूसरी जगह उत्पादन के जो तरीके अपनाए जा रहे हैं, वे उत्पादन के वही तरीके हैं, जिन उद्योगों से वे टक्कर लेना चाहते हैं, उन उद्योगों के तरीके हैं। छोटे उद्योग पनपेंगे कैसे?

क्या सरकार यह फैसला करने जा रही है कि लिब्रलाइजेशन का मतलब है कि छोटे उद्योगों को भगवान की दया पर छोड़ दो और मरने दो। इसके सामाजिक परिणाम क्या होंगे, इसका हमें ध्यान रखना चाहिए। अगर बुनकर आत्महत्या करके मर जाएगा, तो देश में चिनगारियां फैलेंगी। लेकिन आज ऐसा हो रहा है।

इसलिए परिवर्तन जरूरी है, मगर परिवर्तन के साथ कंटीन्यूटी भी रहनी चाहिए। परिवर्तन की एक रिद्म होती है, एक लहर होती है, लेकिन उसमें झटका नहीं लगना चाहिए। मुझे मालूम है, वैसे तो वित्त मंत्री जी 'झटका' पसंद करते हैं, 'हलाली' पसंद नहीं हैं, लेकिन विकास की रिद्म नहीं टूटनी चाहिए और यह रिद्म टूट रही है, बिगड़ रही है। बीच-बीच में वित्त मंत्री का कर्कश स्वर और उससे भी ज्यादा कर्कश नीतियां संगीत-लहरी को तोड़ रही हैं।

मुझे कभी-कभी आश्चर्य होता है कि आखिर देश इतने आर्थिक संकट में फंस गया, उसके लिए कोई जिम्मेदार है या नहीं। आखिर आर्थिक नीति का निर्धारण कौन करता है? निःसंदेह राजनीतिक नेता दोषी हैं, मगर जो हमारे आर्थिक विशेषज्ञ हैं, आर्थिक मामलों के विशेषज्ञ, जो स्थायी सेवा में हैं, कुछ उनका भी दोष है या नहीं? ऐसा लगता है कि पांच-छह लोग हैं, उनमें से कभी कोई नार्थ ब्लाक से प्रधानमंत्री सचिवालय में चला जाता है, फिर नार्थ ब्लाक में आ जाता है और फिर नार्थ ब्लाक से निकलकर योजना आयोग में चला जाता है।

श्री सोमनाथ चटर्जी (बोलपुर) : आई.एम.एफ. में चला जाता है।

श्री वाजपेयी : आई.एम.एफ. में चला जाता है।

श्री निर्मल कांति चटर्जी (दमदम) : आप उसे क्यों भूल गए?

श्री वाजपेयी : मैंने इसलिए छोड़ दिया था ताकि आप मुझे याद दिलाएं।

श्री निर्मल कांति चटर्जी : मैं उससे बचूंगा नहीं।

श्री वाजपेयी : मैं आपको साथ लेकर चलना चाहता हूं।

श्री सोमनाथ चटर्जी : साथ सभी चाहते हैं। वे लोग भी चाहते हैं और आप भी चाहते हैं।

श्री वाजपेयी : उपाध्यक्ष महोदय, माफ करिए, आप गैट से नेगोसिएशंस कर रहे हैं। वर्ल्ड बैंक और आई.एम.एफ. से भी अपनी बातें मनवाने की कोशिश कर रहे हैं।

इनसे बात करनेवाले लोग कौन हैं, नेगोसिएटिंग स्ट्रेटजी क्या है? हम उन लोगों में से नहीं हैं जो यह कहते हैं कि बातें मत करो, हम लोग उन लोगों में से नहीं हैं जो कहते हैं कि डंकल प्रस्ताव को बिना देखे, बिना विचार किए अस्वीकार कर दो। जैसा मैंने उस दिन कहा था कि प्रस्तावों में ऐसी बातें हैं जो हम स्वीकार नहीं कर सकते। जैसे अमेरिका इस बात को स्वीकार नहीं कर सकता कि हमारी टेक्सटाइल्स के लिए अपने दरवाजे खोल दे। उन्हें अगर अपने दरवाजे बंद करने का अधिकार है तो हमें भी अपने विकास के लिए कदम उठाने का अधिकार है। लेकिन मैं बात कर रहा हूं नेगोशिएटिंग स्ट्रेटजी की, स्ट्रेटजी ठीक नहीं है। हमारी ऑफेंस-डिफेंस की स्ट्रेटजी होनी चाहिए। जहां हमें दबाया जा सकता है, वहां दबना चाहिए और जहां हमें मान लेने की जरूरत है, वहां मान लेना चाहिए, लेकिन ऐसा नहीं हो रहा है। क्या वही ऑफीसर बात करनेवाले हैं जो आगे जाकर वर्ल्ड बैंक या आई.एम.एफ. में नौकरी तलाश करनेवाले हैं? मैं किसी पर आरोप नहीं लगा रहा हूं। मगर मुझे दुख के साथ कहना पड़ता है कि इस देश के प्रशासन तंत्र में बड़े प्रतिभशाली लोग हैं, इसमें बड़े बुद्धिमान लोग हैं…(व्यवधान) लेकिन उनके द्वारा इस देश के साथ न्याय नहीं किया गया। अब हर वित्त मंत्री तो डॉ. मनमोहन सिंह जैसा आर्थिक विशेषज्ञ नहीं होता, वह तो जनता का प्रतिनिधि होता है।

वित्त मंत्री श्री मनमोहन सिंह : मैं समझता हूं कि यह बहुत दुर्भाग्यपूर्ण चीज है, यदि आपका निहितार्थ यह है कि उन अधिकारियों, जिन्होंने भारत सरकार की सेवा की है, की निष्ठा इस देश के बाहर के किसी संस्थान के प्रति है, मैं पूरे विश्वास के साथ कह सकता हूं कि मैं उन अधिकांश अधिकारियों को जानता हूं जिन्होंने इस देश की सेवा की है। मैं समझता हूं कि यह बहुत अनुचित आरोप है।…(व्यवधान)

श्री भोगेंद्र झा : सभी नहीं। सिर्फ उनमें से अधिकांश।

श्री वाजपेयी : उपाध्यक्ष महोदय, मैं किसी पर आरोप नहीं लगा रहा हूं मगर मैं एक आम बात कह रहा हूं जिसकी उपेक्षा नहीं की जा सकती। वित्त मंत्री महोदय, इस आर्थिक संकट के लिए राजनीतिक नेता तो जिम्मेदार हैं मगर उनके हर कदम की हां में हां भरनेवाला अधिकारी क्या जिम्मेदार नहीं है? मैं देख रहा हूं कि किस तरह से पब्लिक सेक्टर चलाया जा रहा है, उस दिन भी मैंने उल्लेख किया था, हम उत्तर प्रदेश में, राजस्थान में, और मध्य प्रदेश में देख रहे हैं। मैं अफसरों की देशभक्ति पर संदेह नहीं कर रहा हूं, लेकिन ठकुरसुहाती कहने की इस देश में एक संस्कृति है। उन्हें गलत बात पर चेतावनी देनी चाहिए। अधिकारी हमारे हितों की रक्षा नहीं करेंगे, ऐसा तो मैं नहीं कहता, मगर कभी-कभी सोचने में इतना अंतर हो जाता है कि व्यापक हित आंखों से ओझल हो जाते हैं।

उपाध्यक्ष महोदय, अब लिब्रलाइजेशन हो गया है, नई टैक्स-व्यवस्था आई है, स्ट्रक्चरल चैलेंज की बात है, सरकार की नीतियों में परिवर्तन हुए हैं। लेकिन इन परिवर्तित नीतियों के लिए,

टैक्स के नए ढांचे के लिए क्या लोगों को तैयार किया गया है? क्या वित्त मंत्री को विश्वास है कि उद्योगपति, पूंजीपति और पैसेवाले अब तक जो खेल खेलते थे और उस खेल को इस आधार पर ठीक ठहराते थे कि टैक्स की दर इतनी ज्यादा है कि बिना चोरी किए काम नहीं चलता; अब ऐसा नहीं कहेंगे? क्या अब ईमानदारी से टैक्स दिए जाएंगे, क्या शासनतंत्र ईमानदारी से टैक्स वसूल करने की प्रक्रिया को कड़ा करेगा, प्रभावी करेगा? इतना बड़ा हमारा देश है और इन वर्षों में हमने कोई आर्थिक विकास न किया हो, ऐसा भी कोई कारण नहीं है। मगर इतने बड़े देश में सिर्फ पांच हजार लोग हैं जो पांच लाख से ज्यादा आमदनी के कोटे में आते हैं, टैक्स देने के लिए। एक बड़े पूंजीपति ने कहा कि मैंने तो ९५,००० रु. टैक्स दिया है, साल-भर में। मैक्सिको में ऐसी स्थिति थी, ब्राजील में ऐसी स्थिति थी, मगर मेक्सिको में परिवर्तन हो गया, एक राष्ट्रपति आया, उसने कठोर कार्यवाही की। मेक्सिको का धन अमेरिकी बैंकों में जमा होता था, अमेरिकन बैंकर्स ने जो आंकड़े दिए हैं, वह आंखें खोलनेवाले हैं। उसने १० बड़े उद्योगपतियों को जेल में बंद कर दिया। मैं यहां किसी को जेल में बंद करने की बात नहीं करता, लेकिन क्या वित्त मंत्री यह नहीं समझते कि अगर लिब्रलाइजेशन का, ४०% टैक्स की सीमा घटाने का उद्योगपतियों ने जवाब नहीं दिया तो क्या होगा? टैक्स वसूली करने की पद्धति में कड़ाई कैसे बरती जाएगी? अब माफी नहीं मिलनी चाहिए। देश में उद्योग लगाना कोई देश के ऊपर अहसान करना नहीं है। देश के आर्थिक विकास में योगदान देना अपने कर्तव्य का पालन करना है। मैंने कहीं पढ़ा था, वित्त मंत्री जी ने स्विस बैंक अथॉरिटीज से कहीं चर्चा की और जब फॉरेन एक्सचेंज की कमी की बात होने लगी तो स्विस बैंकर्स ने कहा कि आपकी समस्या फॉरेन एक्सचेंज की कमी नहीं है, आपकी समस्या यह है कि आपके यहां का धन बाहर आ रहा है और यहां बैंकों में जमा हो रहा है। अब तो खुली छूट दी गई है। क्या इस खुली छूट का उद्योगपति, व्यापारी, पूंजीपति गलत उत्तर देंगे? अब तो चीते को बंधनमुक्त कर दिया गया है, अनचेंड टाइगर, चीता बंधनमुक्त हो गया है, अब वह सही छलांग लगाए तो मैं समझ सकता हूं, लेकिन कहीं आदमखोर न हो जाए, इसकी चिंता मुझे हो रही है। इस दृष्टि से सरकार को सावधान रहना चाहिए।

टैक्स देनेवाले कुल कितने लोग हैं?

उपाध्यक्ष महोदय, मैं आपसे कह रहा था कि धनी लोग टैक्स देने के लिए तैयार नहीं हैं। टैक्स देनेवालों की संख्या कितनी है, १९९०-९१ में ५००० लोगों ने ५ लाख से ज्यादा आमदनी घोषित की है, लेकिन टाटा ने एक नई गाड़ी निकाली है और उस गाड़ी की कीमत ५ लाख रुपया है। ६००० लोग उस गाड़ी को खरीदने के लिए अपना नाम लिखा चुके हैं और २५००० एडवांस दे चुके हैं। अब यह स्थिति मेरी समझ में नहीं आती है।⋯(व्यवधान)

उपाध्यक्ष महोदय, मैंने ५ अगस्त, १९९१ के अपने भाषण में तीन बातें कही थीं। मैंने कहा था कि वर्तमान आर्थिक संकट के लिए ओवर इनवाइसिंग ऑफ इंपोर्ट, अंडर इनवाइसिंग ऑफ एक्सपोर्ट तथा सोने की स्मगलिंग, ये चीजें जिम्मेदार हैं। जहां तक ओवर इनवाइसिंग ऑफ इंपोर्ट और अंडर इनवाइसिंग ऑफ एक्सपोर्ट रोकने की बात है, जो सुझाव मैंने दिए थे, उन पर सरकार ने अमल नहीं किया। सरकार कहेगी कि हमने सबकुछ खोल दिया है, लेकिन तब भी आवश्यकता बनी रहेगी। हमको कितना इंपोर्ट करना चाहिए, कितना एक्सपोर्ट करना चाहिए, इसमें धांधली न होने पाए, ईमानदारी के साथ इम्पोर्ट-एक्सपोर्ट व्यापार चले, इस दृष्टि से कुछ कदम उठाने जरूरी होंगे।

मुझे खुशी है कि वित्त मंत्री महोदय ने स्वर्ण बांड जारी करने का हम लोगों का प्रस्ताव स्वीकार कर लिया है। एक साल पहले क्यों नहीं स्वीकार किया, उन्होंने समझाने की कोशिश की है, लेकिन मैं समझने से इन्कार कर रहा हूं। बात मेरे गले के नीचे पूरी नहीं उतर रही है, लेकिन स्वर्ण की तस्करी को रोकना बहुत जरूरी था। जो अनिवासी भारतीय देश में आना चाहते हैं, अगर अपने साथ स्वर्ण लाना चाहते हैं तो इसकी अनुमति उनको होनी चाहिए। एक रीजनेबल ड्यूटी लेकर अनुमति दी जानी चाहिए। यह सुझाव चर्चा में दिया गया था, साल बीत गया, अब माना गया है। देर आयद-दुरुस्त आयद, सुबह का भूला शाम को घर आ जाए तो उसको भूला नहीं कहते, लेकिन रास्ता भटककर फिर कहीं और न चला जाए, इसका डर मेरे अंदर पैदा हो रहा है।

देश में भारी मात्रा में सोना है

उपाध्यक्ष महोदय, देश में बडी मात्रा में सोना है। अब स्वर्ण बांड जारी हो रहे हैं, विदेशों से सोना लाने की छूट दी गई है। हवाला बाजार में संकट पैदा हो गया है। जहां से सोना तस्करी के रूप में आता था, वहां हड़कंप मचा हुआ है। विदेशों में सोने की कीमत गिर गई है, वह कीमत और गिरेगी। हम लोगों ने हिसाब लगाया है कि अब दस ग्राम पर, हर दस ग्राम सोने की खरीद पर एक भारतीय को आठ सौ रुपए कम देने पड़ रहे हैं। इतनी कीमत घट गई है, यह पच्चीस दिन में हो गया है। अगर, एक टन के हिसाब से जोड़ें तो आठ करोड़ की बचत होगी। १५० टन सोने का उपयोग देश में होता है। अगर उसका हिसाब लगाया जाए तो १२०० करोड़ रुपए की बचत की संभावना है। देश में कितना सोना है, इसका अलग-अलग अनुमान है, ७५०० टन है। हमारा कहना है कि १०००० टन सोना देश में है, अगर उसमें से २००० टन बांड में आ जाए और मुझे लगता है कि आ जाएगा, वित्त मंत्री ने जो सुविधाएं दी हैं वे सुविधाएं पर्याप्त हैं, अगर हम २००० टन सोना इकट्ठा कर सकें तो आर्थिक संकट को बहुत दूर तक हल कर सकते हैं। लेकिन इसके लिए अभियान की आवश्यकता होगी।

मैंने सुझाव दिया था कि इस स्वर्ण-अभियान में समाज को शामिल करना, सभी संगठनों को जोड़ना बहुत जरूरी है। यह केवल सरकारी स्तर पर नहीं होना चाहिए। इसे जन-आंदोलन का रूप दिया जा सकता है। हम अभी भारत डिफाल्टर न हो, इतना लक्ष्य रखकर चले हैं। हमारा राष्ट्रीय लक्ष्य होना चाहिए—ऋण मुक्त भारत की स्थापना करना, उसकी रचना करना। जल्दी से जल्दी इस लक्ष्य को पूरा करना। हमें ऋण मुक्त भारत चाहिए। आज हम ३२००० करोड़ रुपया ब्याज में दे रहे हैं। इसमें देशी और विदेशी दोनों तरह का ब्याज शामिल है। भारत को ऋण मुक्त किया जा सकता है। यह असंभव नहीं है। देश में पूंजी है। संकट के समय इस देश में पूरी ताकत के साथ खड़े होने की शक्ति भी है। आवश्यकता इस बात की है कि हम देश को अनुप्राणित करें और अनुप्राणित करने के लिए सही नीति अपनाएं।

मैंने छोटे उद्योगों की बात कही है। बड़े उद्योग भी बीमार हैं। मैं कारणों में नहीं जाना चाहता। लेकिन, उन सारे बीमार बड़े उद्योगों को बी.आई.आर.एफ. के जिम्मे छोड़ा जा रहा है। क्या वह स्वयं बीमार नहीं है? क्या वह अपने दायित्व का ठीक तरह से पालन करने में समर्थ है? क्या उसके पूरे सदस्य हैं? क्या बैठने के लिए दफ्तर है? क्या स्टाफ है? क्या इसमें और सदस्यों की नियुक्ति नहीं चाहिए? ५६ बड़े उद्योगों को जो बीमार हो गए हैं, इस संस्था के जिम्मे सौंप दिया

है। वह कैसे न्याय करेगी? पब्लिक सेक्टर है, प्राइवेट सेक्टर की बात नहीं है। लोग कहां हैं? मुझे लगता है कि पहले इस संस्था को स्ट्रीम लाइन करना पड़ेगा, संगठित करना पड़ेगा।

मैं चाहता हूं कि एक बात और हो। खेत में पैदा होनेवाली फसल का दाम तय करते समय हम लागत का विचार करते हैं और करना चाहिए। लेकिन इंडस्ट्रियल गुड्स की कीमत पर जब विचार होता है, तो क्या उसका लागत के साथ कोई संबंध नहीं होना चाहिए? क्या इसका विचार किया जाता है, कहां किया जाता है? क्या अनाप-शनाप मुनाफा कमाने की छूट देनी चाहिए? मैं कंट्रोल की बात नहीं कर रहा, लेकिन बाजार में मिलनेवाले एक औद्योगिक माल की कीमत का आधार क्या होना चाहिए? मैं सवाल करता रहा हूं पार्लियामेंट में, सरकार उत्तर देती रही है, कहती रही है कि इस बारे में, जो भी जांच की जाती है, जो भी आंकड़े इकट्ठे किए जाते हैं, उनको बताया नहीं जाएगा। क्यों? कृषि में जो को-ऑपरेटिव सोयाइटीज भी हैं उनके अकाउंट्स रखे जाते हैं, ऑडिट होता है। सार्वजनिक प्रकाशन होता है। कारखानों के बारे में यह बात क्यों नही अपनाई जा सकती?

अनियंत्रित उपभोक्तावाद

शृंगार प्रसाधन की चीजें बनानेवाले १४००% मुनाफा कमा रहे हैं। मैं जानता हूं वित्त मंत्री को इसकी चिंता है। उन्होंने अपने भाषण में कहा भी है। उन्होंने कहा है कि हमें अनियंत्रित उपभोक्तावाद और पश्चिम के समृद्ध देशों की विलासपूर्ण शैली की नकल नहीं करनी चाहिए। आडंबरपूर्ण उपभोग को कारगर ढंग से हतोत्साहित करना चाहिए। किफायत के गुणों को बल देना चाहिए। उनकी ये भावनाएं बहुत अच्छी हैं, बहुत ऊंची हैं। अनलिमिटेड कन्ज्यूमरिज्म इस गरीब देश को पता नहीं कहां ले जाएगा। लेकिन इसे रोकने का क्या तरीका है? सरकारी टेलीविजन, बड़ी-बड़ी कंपनीज के विज्ञापन से अपना काम चलानेवाले अखबार, विज्ञापन एजेंसीज, अनलिमिटेड कन्ज्यूमरिज्म का प्रचार कर रहे हैं। यह तो टेलीविजन सरकार के नियंत्रण में है तब यह हालत है, अभी केबल आ रहा है, स्टार टी.वी. आ रहा है, आ गए हैं, विलास की चीजें बेचेंगे। लोग झोंपड़ियों में बैठकर देखेंगे। भले ही घर में बच्चे को पिलाने के लिए दूध न हो, लेकिन शैंपू खरीदा जाएगा, वह शैंपू जो रंगीन टेलीविजन पर आकर्षक मुख-मुद्रा के साथ दिखाया जाएगा, वहां से वह गरीब के घर में भी पहुंच जाएगा।

श्री निर्मल कांति चटर्जी : आपको शैंपू और शैंपेन के बीच अंतर करना चाहिए।

श्री मनोरंजन भक्त (अंडमान निकोबार) : आपने शैंपन कह दिया।

श्री वाजपेयी : हमने शैंपन नहीं कहा, जिनको शैंपेन से प्रेम है, उनको लगा कि मैंने शैंपन कह दिया। जाकी रही भावना जैसी, प्रभु मूरत देखी तिन तैसी।

श्री भोगेंद्र झा : कम-से-कम आकर्षक मुद्रा के फेर में जो नहीं पड़े उनको चिंता होनी चाहिए।

श्री वाजपेयी : इसके लिए कोई कारगर स्ट्रेटजी नहीं बनाई है। मैं समझता हूं कि यह केवल सत्तापक्ष का ही सवाल नहीं है। जो करोड़ों की संख्या में मध्यम वर्ग तैयार हो गया है, उसकी आशाएं हैं, उसकी मांगें हैं, उसकी अपेक्षाएं हैं, उसके तकाजे हैं; और अगर ऊपर से नेतृत्व के स्तर पर मितव्ययिता नहीं है, अगर संयम नहीं है, अगर सरकारी खर्च में कटौती करने का दृढ़ संकल्प नहीं है, और उस संकल्प को अमल में लाने की रणनीति नहीं है तो कोई बात बननेवाली

नहीं है।

उपाध्यक्ष महोदय, वित्त मंत्री ने उस दिन अपने भाषण में काफी तालियां पिटवाईं, यह तो मानना ही पड़ेगा। थोड़ा दिया और धन्यवाद ज्यादा लिया। लेकिन आयकर की छूट देने में उन्होंने काफी कंजूसी दिखाई है। अब अगर २२००० से २८००० करना था और उसके साथ-साथ जो अन्य सुविधाएं ८० सी.सी.ए., ८० सी.सी.बी., ८० एल., इनको अगर वापस लेना था तो सीमा न बढ़ाना ही ठीक रहता।

आयकर सीमा बढ़ाई, छूटों में हाथ समेटा

यह तो ऐसे ही हुआ, फिर मुझे मनमोहन की याद आ रही है कि गोपियां कुछ मांगने गई थीं, मगर मनमोहन ने ऐसी मोहिनी फेंकी कि कपड़े भी गायब हो गए। यह चीरहरण का आधुनिक संस्करण है। चौबे जी चले थे छब्बे बनने, दुबे ही रह गए। दुबे डूबे। इसका क्या औचित्य है? आपको याद होगा कि पहले छूट की सीमा १५००० थी, फिर १८००० हुई। समय के साथ बदली। अब महंगाई बढ़ रही है, प्राइस इंडेक्स कहां पहुंच गया है? अब तो ४८००० तक छूट देने की हमारी मांग ठीक है। लेकिन वित्त मंत्री कहते हैं कि उनकी कठिनाई है। वे कहते हैं कि ईमानदारी से कठिनाई है, मैं छूट दे दूंगा मगर राज्यों का क्या होगा? हम, राज्यों के वित्तीय स्रोत कम हों, यह नहीं चाहते। इसलिए वित्त मंत्री हम लोगों के साथ बैठकर, क्या रास्ता हो सकता है, इस पर विचार करें। सीमा भी बढ़ जाए और राज्यों को मिलनेवाला अंशदान भी कम न हो, इस तरह का कोई रास्ता निकालना, मध्यम मार्ग निकालना बहुत जरूरी है।

उपाध्यक्ष महोदय, एक बात और है। वित्त मंत्री जी ने जो फाइनेंस बिल पेश किया है, उसमें डायरेक्ट टैक्स लॉज के ११५ संशोधन हैं। कुछ महीने पहले एक संशोधन हो चुका है, जिसमें १६३ संशोधन थे डाइरेक्ट टैक्सेशन लॉज में। सचमुच में तो यह फाइनेंस बिल का हिस्सा नहीं होना चाहिए, एक अलग बिल आना चाहिए। आवश्यक हो तो उसको सलेक्ट कमेटी में भी भेजा जा सकता है। वित्त विधेयक में अनेक ऐसी बातें हैं जिन पर गहराई से चर्चा करने की जरूरत है। जैसे—क्या नाबालिग बच्चे की कुल आय माता-पिता की आय में जोड़ना ठीक है? कुल आय जोड़ी जाए माइनर की—ऐसा अभी तक नहीं हुआ है। दूसरा—क्या पार्टनरशिप संबंधी संशोधन ठीक है? कैपिटल गेंज टैक्स, वैल्थ टैक्स के बारे में भी लोगों के सुझाव हैं। मेरा निवेदन है कि अगर इन सब पर वित्त-विधेयक में विचार किया गया तो फिर कठिनाई पैदा होगी। यह सदन इतनी बड़ी संख्या में आनेवाले संशोधनों के साथ न्याय नहीं कर सकेगा।

उपाध्यक्ष महोदय, वित्त मंत्री ने अपने भाषण में घाटे को कम करने के लिए जो अनेक तरीके अपनाए हैं और जिनका उन्होंने अपने भाषण में उल्लेख किया है और जिसमें एक तरीका है—पब्लिक अंडरटेकिंग्स में डिस-इन्वेस्टमेंट करना। मैं जानता हूं कि इस सवाल पर काफी मतभेद हैं, लेकिन सभी इस बात को स्वीकार करेंगे कि डिस-इन्वेस्टमेंट होना है तो वह अच्छी से अच्छी कीमत पर होना चाहिए। अच्छे से अच्छे ढंग से होना चाहिए। यह ठीक है कि अब जितना डिस-इन्वेस्टमेंट हुआ है, वह यू.टी.आई. में, म्यूच्अल फंड के माध्यम से हुआ है, लेकिन जिस कीमत पर हुआ है वह कीमत ठीक नहीं। शेयर बाजार में तो बड़ी लंबी लाइनें लग रही हैं। आम आदमी भी अब शेयर खरीदना चाहता है। यह अच्छी बात है, लेकिन सरकार अगर अपने पब्लिक अंडरटेकिंग्स के शेयर दे, रुपए कमाने के लिए दे और अच्छी कीमत पर दे, तो इसे स्वीकार नहीं

किया जा सकता। यह किसकी सलाह से हुआ, मैं नहीं जानता। कहीं न कहीं इस संबंध में असावधानी से काम लिया गया है। भविष्य में ऐसा नहीं होना चाहिए।

उपाध्यक्ष महोदय, रीस्ट्रक्चरिंग की बात हो रही है। रीस्ट्रक्चरिंग केवल इकॉनामी की ही काफी नहीं है, सामाजिक रीस्ट्रक्चरिंग भी जरूरी है। क्या लोग परिवर्तन के लिए तैयार हैं? क्या इस परिवर्तन के लिए जो आम सहमति चाहिए और जिसके बारे में प्रधानमंत्री दावा करते हैं कि सत्ता संभालने के बाद उन्होंने सबकी बैठक बुलाई थी और एक आम सहमति बनाई थी; क्या वह आम सहमति बरकरार है? क्या उस आम सहमति को फिर से जोड़ने की कोशिश नहीं होनी चाहिए? हमने एक बड़ा भारी कदम उठाया है। इसमें संकट भी हैं, इसमें खतरे भी हैं। विश्व की ताकतें किस तरह से व्यवहार करती हैं, एक पहलू यह भी है। मगर हम अपने घर में किस तरह का आचरण करते हैं, दूसरा पहलू यह भी है। क्या राजनीति का खेल एक आम सहमति बनने देगा? वित्त मंत्री ने अपने भाषण में जो कुछ कहा है, मैं उसकी ओर उनका ध्यान खींचना चाहता हूं :

"हमारा दीर्घावधि उद्देश्य उत्पादन की एक ऐसी प्रणाली विकसित करना है जो श्रम-प्रधान हो और जिससे उत्पादक उच्च आय उपार्जन में अधिकाधिक रोजगार के अवसर पैदा हों तो ग्रामीण और शहरी क्षेत्रों के बीच आय और संपत्ति के मध्य असमानताओं में कमी आए।"

यह तो बहुत अच्छा उद्देश्य है। हम भी यही चाहते हैं कि श्रम-प्रधान औद्योगीकरण होना चाहिए, विषमता घटनी चाहिए और रोजगार के अवसर बढ़ने चाहिए। मगर तीन साल का समय क्यों? क्या वर्तमान आर्थिक सुधारों का नतीजा यह होगा कि आज जो श्रम-प्रधान उद्योग हैं, वे तो तितर-बितर हो जाएंगे, लेकिन सरकार जब रीस्ट्रक्चर करने में सफल होगी तो नए ढंग से श्रम-प्रधान उत्पादक रोजगार देनेवाले उद्योगों को शुरू करेगी। यह तो मंशा नहीं हो सकती।

तीन वर्ष कौन देगा, क्यों देगा?

लेकिन तीन साल की बात मैंने पहले भी उठाई थी और मैं उस पर फिर आना चाहता हूं। वित्त मंत्री ने आगे कहा है, "कम-से-कम तीन वर्ष तक कठिन प्रयास करना पड़ेगा।" मैंने पूछा था कि यह तीन वर्ष कौन देगा, क्यों देगा? अगर पूरे देश में सादगी का वातावरण हो, अगर राष्ट्रीय संकट की अनुभूति हो, अगर नेतृत्व लोगों के सामने उदाहरण रखे, केवल भाषण नहीं, तो लोगों को प्रतीक्षा करने के लिए कहा जा सकता है। वित्त मंत्री ने अपने भाषण में कहा है कि उद्योगपतियों को समाज का ट्रस्टी होना चाहिए, उनके पास जो संपत्ति है, उसके लिए स्वयं को ट्रस्टी समझना चाहिए। यह गांधी जी का विचार है, बहुत अच्छा विचार है। सचमुच में स्वामित्व का एक भारतीय तरीका हो सकता है, ऑनरशिप का, कि अपने को ट्रस्टी समझो। और देशों में इस पर कुछ प्रयोग भी हुए हैं, मगर गांधी का देश इस बारे में आगे नहीं बढ़ा। वित्त मंत्री के भाषण के बाद बढ़ेगा, मुझे इसमें संदेह है। ट्रस्टी होने के लिए पहले तो लाभ छोड़ना पड़ेगा, शोषण-प्रवृत्ति छोड़नी पड़ेगी, टैक्स बचाने की कला को अलविदा कहना पड़ेगा। जिन्होंने विदेशों में ले जाकर पैसा जमा किया है, उन्हें कभी माफ नहीं किया जा सकता। अभी उन्हें मौका मिला है, वापस ले आएं। कितनी पूंजी विदेशों में जमा है? मगर मैं एक बात कहना चाहता हूं। अगर हम पूंजीपतियों से आशा करते हैं कि अपनी संपत्ति को, अपने आपको समाज का ट्रस्टी समझें, तो क्या राजनैतिक नेताओं को और सत्ताधीशों को स्वयं को सत्ता का ट्रस्टी नहीं समझना चाहिए? आखिर देश आज जिन मुसीबतों में फंसा है, उनमें कैसे फंस गया? मैं और प्रश्नों की चर्चा नहीं करता। आई.एम.

एफ. और वर्ल्ड बैंक की दया पर चलनेवाला देश। इस भारत का तो हम लोगों ने, किसी ने सपना नहीं देखा था।

विश्व बैंक से कैसी-कैसी मदद

अब वित्त मंत्री कहते हैं कि आयात कम होना चाहिए, उसके लिए स्वदेशी का जागरण जरूरी है, स्वावलंबन की धारणा उत्पन्न करना आवश्यक है। यह ठीक है कि हम अलग-थलग नहीं रह सकते, टापू बनकर नहीं जी सकते, लेकिन अगर विश्व बैंक से मदद लेनी है तो शिक्षा के लिए, पानी के लिए क्यों लें? किसी बड़े काम के लिए मदद लें तो समझ सकते हैं। हमने शिक्षा की उपेक्षा की, हमने स्वास्थ्य की चिंता नहीं की है। १७०० करोड़ रुपया, १५०० करोड़ रुपया हम शिक्षा के लिए, स्वास्थ्य के लिए, जिसमें फैमिली प्लानिंग भी शामिल है, रख रहे हैं। मैं एक बात और कहना चाहता हूं। शिक्षा मंत्री सदन में नहीं हैं। प्रौढ़ शिक्षा का प्रचार बहुत अच्छा है, मगर प्राइमरी शिक्षा का यूनिवर्सलाइजेशन करने का प्रोग्राम ढीला नहीं पड़ना चाहिए। मुझे डर है प्रचार की दृष्टि से एडल्ट एजूकेशन की चर्चा ज्यादा हो रही है, लोग अपना नाम लिखना सीख रहे हैं, मगर जो लड़का और लड़की अभी पैदा हुए हैं, अगर बचपन में पढ़ नहीं सकते, तो क्या प्रौढ़ होने पर पढ़ेंगे? क्या इसके लिए विदेशी साधनों की जरूरत है। मैं देखता हूं हर राज्य सरकार, किसी भी दल की राज्य सरकार हो, माफ करिए, पश्चिम बंगाल की सरकार भी विश्व बैंक की सहायता से प्रोजेक्ट हाथ में लेना चाहती है। कौन से प्रोजेक्ट हैं? अगर कोई भारी उद्योग लगाएं, बिजली पैदा करने में हमारी मदद करें, यातायात, संचार, इसमें हमारी सहायता करें, इन्फ्रास्ट्रक्चर बनाने में देश के लिए कुछ आगे बढ़कर आएं तो समझ में आ सकता है।

हम एक तिराहे पर खड़े हैं। वित्त मंत्री आशावाद पैदा करें यह जरूरी है, मगर स्वयं उस आशावाद का शिकार न हों, यह भी जरूरी है। इस देश का छोटे-से-छोटा आदमी हमारे सामने रहना चाहिए। गांधी जी ने यही कसौटी दी थी। कहा था मैं तुम्हें एक तिलिस्मात देता हूं कि जो भी कदम उठाए जा रहे हैं, जो नीतियां बनाई जा रही हैं, उनका असर छोटे-से-छोटे आदमी पर कैसा पड़ेगा, इसका विचार करो। जो सीढ़ी में सबसे नीचे हैं, जिसे अंत्योदय द्वारा हम उठाना चाहते हैं, उस पर क्या असर होगा? वित्त मंत्री महोदय, आपने शायरी से खत्म किया था, शायरी से नहीं, शेर से खत्म किया था। मैं भी अपना भाषण एक शेर से खत्म करना चाहता हूं। वित्त मंत्री तीन साल की बात कर रहे हैं :

"आह को चाहिए, इक उम्र असर होने तक,
कौन जीता है, तेरी जुल्फ के सर होने तक।"

इसके मायने यह हैं कि मेरा दुख तुझ तक पहुंचते-पहुंचते जिंदगी गुजर जाएगी। आह को चाहिए, एक उम्र असर होने तक, कौन जीता है, तेरी जुल्फ के सर होने तक। आपकी जुल्फ जब··सरदार जी के तो जुल्फें भी हैं, तब तक पता नहीं हमारा हाल क्या होगा। धन्यवाद।

आर्थिक विकास : जरूरी है जनचेतना

उपाध्यक्ष महोदय, अब यह चर्चा अपनी समाप्ति पर है, वित्त मंत्री महोदय उत्तर देनेवाले हैं, मैं उनके और सदन के बीच में ज्यादा देर खड़ा नहीं रहूंगा।

वित्त मंत्री ने देश की आर्थिक स्थिति के संबंध में अपने वक्तव्य में जो तस्वीर खींची है, उसमें उन्होंने बड़ी स्पष्टवादिता से काम लिया है। मैं उसके लिए उन्हें बधाई देना चाहता हूं। उस वक्तव्य से यह साफ है कि हम विदेशी कर्ज की तात्कालिक कठिनाई में से भले ही निकल गए हैं, लेकिन हम अभी किनारे पर नहीं लगे हैं।

पिछले ६ महीनों में आर्थिक नीतियों में, उद्योग में, व्यापार में, वित्त में अनेक परिवर्तन किए गए हैं। ये परिवर्तन दूरगामी हैं और कुछ दृष्टियों से ये परिवर्तन बुनियादी परिवर्तन हैं। पुराना ढांचा विफल हो गया, इस तरह की बात कहनेवालों में मैं नहीं हूं। आजादी के बाद हमने मिश्रित अर्थ-व्यवस्था को अपनाया था। यह एक सही फैसला था, लेकिन बाद में राजनीतिक कारणों से, राज्य का अधिकार-क्षेत्र बढ़ता गया। हमारे देश के उद्योगपतियों ने भी देश के साथ न्याय नहीं किया। उनकी नजर मुनाफे पर रही, विकास पर उतनी नहीं रही। उन्हें एक संरक्षित बाजार चाहिए था, वे प्रतियोगिता को पसंद नहीं करते थे।

यूरोप में जो कुछ हुआ, उससे एक बात साफ हो गई है कि तब तक आर्थिक विकास नहीं होगा जब तक प्रतियोगिता नहीं होगी, प्रतिस्पर्धा नहीं होगी। मोनोपॉली चाहे सरकार की हो, चाहे उद्योगपतियों की हो, वह आर्थिक विकास के मार्ग में बाधक बनती है। सार्वजनिक उद्योगों की परिकल्पना में मैं कोई दोष नहीं देख रहा हूं। सार्वजनिक उद्योग आरंभ किए गए जनहित के लिए, लेकिन हम उन्हें ठीक तरह से चला नहीं सके, क्योंकि हम उनका प्रोफेशनल मैनेजमेंट नहीं कर सके। हमने सार्वजनिक उद्योगों को आई.ए.एस. अफसरों के भरोसे छोड़ दिया। वे प्रशासन की ट्रेनिंग प्राप्त करते हैं, वे कोई उद्योग चलाने की शिक्षा नहीं लेते हैं। आज उद्योग घाटे में चल रहे हैं, अब क्या किया जाए। हम उद्योगों में बननेवाले माल की कीमत बढ़ाते हैं। वह लोगों पर टैक्स के रूप में लागू होता है, समस्या हल नहीं होती है। लेकिन अगर बड़े पैमाने पर उद्योग बंद करने हैं और जैसा कि दिखाई देता है, एक बड़ी सूची प्रकाशित की गई है, मैं जानना चाहता हूं कि क्या

** आर्थिक स्थिति पर चर्चा के दौरान लोकसभा में १८ दिसंबर, १९९१ को भाषण।*

इसके लिए देश को तैयार किया गया है? मेरी शिकायत है और शिकायत में मैं क्या कहूं, शायद परिस्थिति ऐसी थी कि वित्त मंत्री को तत्काल कुछ फैसले करने पड़े। हमने जो दूरगामी परिवर्तन किए, लिबरलाइजेशन के और प्राइवेटाइजेशन के, उनके लिए देश को दिमागी तौर पर तैयार नहीं किया गया है और विशेषकर हमारे मजदूर वर्ग को बिल्कुल तैयार नहीं किया गया है। कारखाना बंद कर देंगे तो वे कहां जाएंगे? नई आर्थिक नीतियां दो चट्टानों से टकराकर कहीं चूर-चूर न हो जाएं, इसका मुझे डर है। एक चट्टान है, बढ़ती हुई महंगाई की। कीमतें बढ़ रही हैं।

वित्त मंत्री बाहर से खाने का तेल मंगाकर तत्काल राहत दे सकते हैं, मगर उससे विदेशी व्यापार का घाटा बढ़ेगा। लेकिन तेल मंगाना पड़ेगा, लोग तेल के लिए हाहाकार करेंगे। लोकतांत्रिक ढांचे में हमें परिवर्तन लाने हैं। ढांचा ऐसा है जिसमें राजनीति बड़ी प्रतियोगितात्मक है, एक होड़ लगी है, पता नहीं कब चुनाव हो जाएं, यह भी लोगों के मन में है।

इसलिए इन सुधारों पर जो एक नेशनल कन्सेंसस विकसित होनी चाहिए थी और सुधार लागू करने से पहले वह प्रक्रिया होनी चाहिए थी, वह नहीं हुई। धारणा यह बनी है कि ये सुधार आई. एम.एफ. या वर्ल्ड बैंक के दबाव में किए गए हैं, इसके कारण भी कठिनाई है। इसके लिए दिमाग तैयार न होने की वजह से जो थोड़ी अस्तव्यस्तता होगी, जैसा कि २-३ साल का समय देख रहा हूं, दो-तीन साल में महंगाई बढ़ेगी और बेरोजगारी बढ़ेगी। मैं इंटरनेशनल लेबर आर्गेनाइजेशन के आंकड़े देख रहा था। उनका कहना यह है कि १९९२-९३ में १० लाख से लेकर ३० लाख तक रोजगार की तलाश में घूमनेवाले लोग तैयार होंगे और १९९३-९४ में यह संख्या बढ़कर ४० लाख से लेकर ६० लाख तक हो जाएगी। औद्योगिक उत्पादन, ऐसा हो सकता है कि बढ़े और रोजगार के अवसर कम हो जाएं।

हम नई टेक्नोलॉजी की बात कर रहे हैं। नई टेक्नोलॉजी आवश्यक भी है, उत्पादन बढ़ना चाहिए, उत्पादकता बढ़नी चाहिए, हमारे माल की क्वालिटी बढ़नी चाहिए, हमें दुनिया के बाजार में सामान बेचना है, घटिया माल कौन खरीदेगा? लेकिन अगर नई टेक्नोलॉजी आएगी तो रोजगार के अवसर कम होंगे, तब लोग कहां जाएंगे?

सार्वजनिक उद्योगों में घाटा

सार्वजनिक उद्योग जो घाटे में चल रहे हैं, उन्हें बंद करना जरूरी है, उनसे जो मजदूर निकलेंगे, उनका क्या होगा? इस पर सब राजनैतिक दलों में एक आम सहमति की जरूरत है, वह आम सहमति है नहीं। अभी २९ तारीख की हड़ताल का जिक्र हो रहा था, हमारे वामपंथी दल अपने धर्म का पालन कर रहे हैं, मैं उन्हें दोष नहीं देता। उनके सोचने का एक तरीका है, अब या तो इस पर सघन बहस होती···(व्यवधान)

श्री भोगेंद्र झा (मधुबनी) : वाजपेयी जी, आपका तो यह तरीका कभी नहीं रहा कि सार्वजनिक उद्योगों को बंद ही कर दो, कि मरीज को मार ही दो। यह क्यों नहीं कहते कि इनको सुधारकर मजदूरों को भागीदार बनाकर उन उद्योगों को चलाया जाना चाहिए?

श्री वाजपेयी : सार्वजनिक उद्योगों को सुधारकर चलाने की कोशिश होनी चाहिए। मैं जानता हूं कि कुछ उद्योग ऐसे हैं जो चल नहीं सकते। कपड़े की मिलों का क्या करें?

श्री भोगेंद्र झा : वह तो निजी क्षेत्र में भी हैं।

श्री वाजपेयी : हां, निजी क्षेत्र में भी हैं। अब उनका क्या किया जाए? अब सरकार का जो

रवैया है, इसका भी मैं उल्लेख कर दूं। चौबीस परगना, दक्षिण में एक जूट मिल है, न्यू सेंट्रल मिल्स कंपनी। १३००० मजदूर उसमें काम करते हैं। मालिकों ने उसमें अप्रैल, १९८६ में लॉक आउट कर दिया, लेकिन मजदूर इकट्ठे हो गए। उन्होंने कहा कि हम अपनी कमाई में से पैसा देंगे। ६ करोड़ रुपया मजदूर देने के लिए तैयार हो गए। उन्होंने दिया भी, मगर बी.आई.एफ.आर. ने रिपोर्ट देने में देर की, और फाइनेंशियल एजेंसीज ने पैसा नहीं दिया। शायद एक ही कारखाना ऐसा है कि जिसके बीमार होने के बाद मजदूर उसको चलाने के लिए तैयार हुए, लेकिन सरकार की गलत नीति के कारण ही वह कारखाना फिर अटक गया। ऐसे और भी उदाहरण हो सकते हैं, जहां बीमार उद्योग मजदूरों की सहायता से प्रबंध में सुधार कर सकते हैं। मैं उन्हें बंद करने के पक्ष में नहीं हूं, लेकिन कुछ सफेद हाथी तैयार हो गए हैं, उनका इलाज किया जाना चाहिए। लेकिन एग्जिट पॉलिसी पर कोई राय तो बननी चाहिए।

अगर कारखाना बंद होने के कारण मजदूर कारखाने से सड़क पर आ गया, माफ करिए, प्राइवेटाइजेशन में अगर उद्योगपतियों को भ्रष्टाचार के आधार पर कारखाने देने का प्रयत्न हुआ, तो मजदूर उसे कभी स्वीकार नहीं करेंगे। जैसे डाला फैक्टरी में यही हो रहा है। क्षमा कीजिए—सार्वजनिक उद्योग भ्रष्टाचार का गढ़ बन गया है।

सार्वजनिक उद्योगों का दुरुपयोग

मैं एक उदाहरण देना चाहता हूं। मैं नाम नहीं लूंगा। केंद्र में सरकार बदल गई और वी.पी. सिंह की सरकार बन गई। उसमें हम शामिल नहीं थे। हम बाहर से समर्थन कर रहे थे। एक सज्जन एक सार्वजनिक उद्योग के बड़े अधिकारी को लेकर मेरे पास आए। मैं उनका नाम नहीं लूंगा, अगर वित्त मंत्री महोदय चाहेंगे तो मैं उन्हें नाम बाद में बता सकता हूं, मुझे कहा गया कि उस सार्वजनिक उद्योग में नया चेयरमैन बनना है, नए मैनेजिंग डायरेक्टर बनने हैं, एक उन्होंने नाम लिया कि इनको बनाया जा सकता है और अगर आप उनको बनाने में मदद दें तो आपकी पार्टी को हर साल एक करोड़ रुपया उसमें से उपलब्ध करा सकते हैं। मैं तो सुनकर चकित हो गया। क्या सार्वजनिक उद्योग इसके लिए बने हैं? मगर सार्वजनिक उद्योगों का इसके लिए दुरुपयोग किया गया। इसलिए भी घाटा हुआ। आज सार्वजनिक उद्योग इस तरह से नहीं चलाए जा सकते। ये विकृतियां पैदा हो गई हैं। मदद के लिए कंट्रोल लगाए, मगर कंट्रोल से कृत्रिम अभाव पैदा हुआ, भ्रष्टाचार बढ़ा और प्रतियोगिता की भावना समाप्त हो गई। अनावश्यक कंट्रोल नहीं होना चाहिए। अनावश्यक रैग्यूलेशन नहीं होना चाहिए। लेकिन इसके कारण जो गला काटने की प्रतियोगिता पैदा होगी, उसमें छोटा व्यक्ति, छोटे उद्योग, छोटी जोतवाला किसान कैसे बचेगा—ये चुनौतियां हैं। मेरा निवेदन है कि इन चुनौतियों का उत्तर माननीय वित्त मंत्री जी बहुत चतुर हैं, बिना एक आम राय बनाए नहीं खोज सकते। फैसले सही हों, लेकिन अगर उसको अमल में लाने के लिए देश में एक वातावरण नहीं होगा—सही वातावरण—वह वातावरण अभी नहीं है। उसे पैदा करने का प्रयत्न भी नहीं किया जा रहा है।

बिजली की कमी है। माफ करिए—मेरे खिलाफ छप जाएगा, किसानों को बिजली नाममात्र की कीमत पर मिल रही है। उसकी भी कीमत वसूल नहीं हो रही है। बिजली की इतने बड़े पैमाने पर चोरी हो रही है, जिसका कोई हिसाब नहीं है, लेकिन आप उसको रोक नहीं सकते।

श्री भोगेंद्र झा : शहरों में क्या चोरी कम हो रही है?

श्री वाजपेयी : हां, वह भी हो रही है। आप उसको रोक नहीं सकते। दाम आप बढ़ा नहीं सकते। बिजली बोर्ड घाटे में चल रहे हैं। अभी हमारे मित्र कह रहे थे कि केंद्र ले ले। लेकिन केंद्र के लेने से समस्या हल नहीं होगी। सब जगह एक ही बीमारी है। इस देश में वर्क-एथिक्स नहीं है। इस संकट के काल में हमें परिश्रम की पराकाष्ठा करनी है, तब हम संकट में से निकलेंगे, यह भाव नहीं है। सरकार यह भाव पैदा नहीं कर पा रही। इसलिए मुझे डर है कि महंगाई बढ़ेगी, लोग सड़कों पर निकलेंगे। जैसा हमारे मित्र कह रहे थे कि बेरोजगारी बढ़ेगी, नौजवान मैदान में आ जाएंगे और राजनीतिक द्वंद्व शुरू हो जाएगा। हमने देखा—फर्टिलाइजर की सब्सिडी कम करने का फैसला बुनियादी तौर पर सही फैसला था। कितनी सब्सिडी, कितने दिनों तक? यह देश सब्सिडी के भरोसे नहीं चल सकता। लेकिन कौन कम करेगा? और कम करेंगे तो हम यहां मान लेंगे और बाहर विरोध करेंगे, फिर क्या होगा? अभी भी समय है, आम राय बनाइए।

देश में आपने सरकारी खर्च में कमी करने की बात कही है। माफ करिए—खर्च में बहुत कमी नहीं हुई है। सादगी का वातावरण नहीं है। देश संकट में है, यह अनुभूति नहीं है। इस संकट पर मिलकर विजय प्राप्त करने का संकल्प नहीं है। आप मुसीबत से निकलेंगे कैसे? अगर राजनीतिक होड़ चली है तो चलने दीजिए। मुझे इसमें कुछ ज्यादा नहीं कहना है, लेकिन वित्त मंत्री महोदय ने जो परिवर्तन किए हैं, वे परिवर्तन अगर वे चाहते हैं कि सफल हों, तो उस सफलता के लिए वातावरण बनाइए। आम सहमति का विकास करिए—यही मेरा निवेदन है। धन्यवाद।

आई.एम.एफ. की शर्तें क्या हैं?

अध्यक्ष जी, १८ जुलाई को इस सदन में धन्यवाद प्रस्ताव पर बोलते हुए, उस समय तक बजट पेश नहीं हुआ था, मैंने कुछ बातें कही थीं। मैंने कहा था कि भुगतान-संतुलन का जो संकट है, उसका सबसे बड़ा कारण गैर-कानूनी तरीके से भारत की पूंजी का बाहर जाना है। इस संबंध में मैंने गोल्ड स्मगलिंग की चर्चा की थी। अंडर-इनवायसिंग और ओवर-इनवायसिंग को जिम्मेदार ठहराया था। इन तरीकों से बाहर जानेवाली दौलत का अगर हम हिसाब लगाएं तो पिछले १० साल में ५६ बिलियन डालर रही होगी।

वित्त मंत्री जी इसे पूंजी का पलायन कहते हैं। सचमुच में यह पूंजी का पलायन नहीं है, यह तो चोरी है, विशुद्ध चोरी। देश का धन विदेशों में जाता है और हम इसे रोकने में असमर्थ हैं। जब देश में आर्थिक संकट गंभीर हो जाता है, विदेशों में जमा धन की हमें जरूरत पड़ती है, तो हम उसे अमनेस्टी दे देते हैं, अभयदान दे देते हैं और काले धन को सफेद धन में बदलने का एक सिलसिला शुरू हो जाता है। अध्यक्ष महोदय, यह सिलसिला कब तक चलेगा?

अध्यक्ष महोदय, मैंने अपने भाषण में कुछ ठोस सुझाव दिए थे, लेकिन मुझे खेद है कि सरकार ने उनको ध्यान में नहीं रखा, उनके प्रकाश में बजट के प्रस्ताव नहीं बनाए। सरकार आज भी यह बताने के लिए तैयार नहीं है कि भविष्य में इस तरह की पूंजी को अवैध तरीके से बाहर जाने से रोकने के लिए कौन से कदम उठाए जा रहे हैं। अगर इस संबंध में प्रभावी कदम नहीं उठाए जाएंगे तो पूंजी बाहर जाती रहेगी, देश आर्थिक संकट में फंसता रहेगा। अगर सरकार ने इस संबंध में कोई विचार किया हो तो सदन को उसे विश्वास में लेना चाहिए।

अध्यक्ष जी, मैंने यह भी मांग की थी कि इंटरनेशनल मानेटरी फंड के साथ हमारी बातचीत किस आधार पर हो रही है, इसके बारे में भी सदन को और देश को विश्वास में लिया जाना चाहिए। मैंने मांग की थी कि जो पुराने वित्त मंत्री और आज के वित्त मंत्री, इन्होंने आई.एम.एफ. के बोर्ड ऑफ डायरेक्टर्स, मैनेजिंग डायरेक्टर के साथ जो पत्र-व्यवहार किया है, उसकी प्रतियां सभा पटल पर रखी जानी चाहिए, लेकिन सरकार इस बारे में भी मौन धारण किए हुए है।

इस बीच आई.एम.एफ. से ऋण लेने का काम बराबर जारी है। हम प्रतिदिन समाचारपत्रों में

** आम बजट पर चर्चा के दौरान लोकसभा में ५ अगस्त, १९९१ को भाषण।*

पढ़ते हैं कि आई.एम.एफ. के प्रतिनिधि मंडल आ रहे हैं, जा रहे हैं। बोर्ड ऑफ डायरेक्टर्स में ३० देश हैं। उनको पता है कि ऋण की शर्तें क्या हैं, हमारे श्री गोपी अरोड़ा को भी पता है कि ऋण की शर्तें क्या हैं, लेकिन हमें पता नहीं है, इस सदन के सदस्यों को पता नहीं है। क्या यह स्थिति संतोषजनक है? इस पर सरकार जरा गंभीरता से विचार करे। आखिर हमें मालूम तो होना चाहिए कि आई.एम.एफ. के साथ क्या खिचड़ी पक रही है।

अध्यक्ष महोदय, २६ जुलाई, १९९१ के इकोनॉमिक टाइम्स में वित्त मंत्री ने एक भेंट में कहा, जिसको मैं उद्धृत कर रहा हूं : "यदि तमाम शर्तें मान ली गईं तो देश की सड़कों पर जबर्दस्त विद्रोह हो जाएगा।"

अगर सारी शर्तें मान ली गईं तो भारत की सड़कों पर बगावत हो जाएगी, सारी शर्तें भारत सरकार नहीं मानने जा रही है, माननी भी नहीं चाहिए, लेकिन ये कौन सी शर्तें हैं जो आई.एम.एफ. हमसे मनवाना चाहता है? क्या शर्तें इतनी अपमानजनक हैं कि उनको मानने से भारत की सड़कों पर विद्रोह हो जाएगा? यह वित्त मंत्री जी का स्वयं का बयान है। अब इस बयान के प्रकाश में यह और भी जरूरी हो जाता है कि सदन के सामने सारी बातें साफ कर दी जाएं। क्या शर्तें हैं? हमने कौन-कौन सी शर्तें मानी हैं और कौन-कौन सी शर्तें हमने अस्वीकार कर दी हैं?

अध्यक्ष महोदय, यह इसलिए भी जरूरी है कि आई.एम.एफ. का संबंध केवल हमसे ही नहीं है, और भी विकासशील देशों से है। हमने तो स्वतंत्रता प्राप्ति के ४० वर्षों में एक औद्योगिक ढांचा खड़ा किया है, अन्न के मामले में हम आत्मनिर्भर बने हैं, और दिशाओं में भी हमने प्रगति की है, यद्यपि गलत नीतियों के कारण देश आज आर्थिक संकट में फंस गया है, फिर भी हम इस स्थिति में हैं कि आई.एम.एफ. का थोड़ा-बहुत सामना कर सकते हैं। जिन देशों की स्थिति हमसे भी खराब है, क्या उन पर आई.एम.एफ. की अपमानजनक शर्तें लागू नहीं होंगी? क्या उन शर्तों के बारे में चर्चा नहीं होनी चाहिए? हम अगर इस संबंध में सदन को विश्वास में नहीं लेंगे तो पूरी तस्वीर देश के सामने नहीं आएगी।

विदेशी ऋण में स्टेट बैंक की भूमिका

अध्यक्ष महोदय, मैंने यह भी मांग की थी कि विदेशी ऋण लेने में स्टेट बैंक की क्या भूमिका है, यह भी बताइए। स्टेट बैंक का काम नहीं है विदेशी कर्ज लेना। यह काम रिजर्व बैंक का होता है। स्टेट बैंक तस्वीर में क्यों लाया गया? ऐसा लगता है कि सरकार स्टेट बैंक का दुरुपयोग कर रही है। अभी समाचार मिला है कि स्टेट बैंक के चेयरमैन और मैनेजिंग डायरेक्टर को भी, जिनका कार्यकाल अभी समाप्त नहीं हुआ है, जल्दी से हटाने की कोशिश हो रही है। कारण यह है कि सरकार कुछ बातों पर पर्दा डालना चाहती है। वित्त मंत्री ने इकोनॉमिक टाइम्स को दी गई भेंट में यह भी कहा था, मैं उद्धृत कर रहा हूं :

"बैंक व्यवस्था की मुझे चिंता है जिस पर तमाम दबावों के बंधन हैं।" ये बंधन क्या हैं, दबाव क्या हैं? वित्त मंत्री सदन में नहीं हैं, श्री पोट दुखे महाराज भी सदन में नहीं हैं। वह पोट दुखे हैं, मैं उनके सिर में दर्द नहीं करना चाहता।

स्टेट बैंक की रिपोर्ट अभी प्रकाशित हुई है १९९१ की। यह वार्षिक रिपोर्ट है। उसके अनुसार स्टेट बैंक ने विदेश में १९००० करोड़ रुपए का ऋण लिया, जो मार्च १९८९ और मार्च १९९१ के बीच में ८००० करोड़ ज्यादा बढ़ गया। अब यह गंभीर बात है, चिंता की बात है। इस संबंध में

स्टेट बैंक की भूमिका को स्पष्ट किया जाना चाहिए।

अध्यक्ष महोदय, यह जो बैलेंस ऑफ पेमेंट की क्राइसिस है, भुगतान का जो संकट है, उसमें हमारे अफसरों की क्या भूमिका है, इस पर भी विचार होना चाहिए। १९८५-१९९१ के बीच में हर महीने स्थिति बिगड़ती गई। क्या हमारे बड़े-बड़े अफसरों ने बिगड़ती हुई स्थिति के बारे में चेतावनी दी? क्या उन्होंने अपने कर्तव्य का पालन किया? क्या उनका यह दायित्व नहीं है कि वे जिस कदम को गलत समझते हैं, कम-से-कम संबंधित मंत्री को, सरकार को उसके बारे में जानकारी दें, उसके बारे में बताएं? यह ठीक है कि नीति का निर्धारण मंत्रिमंडल करेगा, राजनेता करेंगे। राजनेता तो चुनाव लड़ते हैं। राजनेताओं को तो जनता के सामने जवाबदेह होना पड़ता है। लोग उन्हें चुनाव में परास्त करते हैं। मगर जो बड़े-बड़े अधिकारी, जो वित्तीय और आर्थिक मामलों के जिम्मेदार थे, उनकी भूमिका क्या थी, इस पर गहराई से विचार होना चाहिए।

एक सेमिनार हुआ था, जिसमें श्री विमल जालान ने कहा : "नौकरशाह इस बात की कोई फिक्र नहीं करते कि उनके उठाए कदमों का असर क्या पड़ रहा है।"

अब अगर उस सेमिनार की रिपोर्ट, जो प्रकाशित हुई है, वह सही है तो वह बड़ी खलबली पैदा करनेवाली है। अब सरकार कुछ नई नीतियां बना रही है। नई नीतियों को कार्यान्वित करने का भार इसी प्रशासन पर होगा, इसी तंत्र पर होगा। क्या नीतियों को सफलतापूर्वक क्रियान्वित किया जाएगा? क्या अफसरों को भी जवाबदेह बनाया जाएगा?

उद्योगपति-नेता-अफसर गठबंधन

मैं उद्योगपतियों के बारे में भी कहना चाहता हूं। उद्योगपति लिबरेलाइजेशन की मांग करते रहे हैं, किंतु उद्योगपति ऐसे हैं जिन्हें हिंदुस्तान में एक संरक्षित बाजार की आदत पड़ गई है, जो प्रतियोगिता से डरते हैं, जो मैदान में आना नहीं चाहते और जो चाहते हैं कि कंट्रोल बने रहें, रेगुलेशन बने रहें, जिससे कि वह भ्रष्ट नेताओं और अफसरों के साथ गठबंधन करके अपनी गोटी लाल करते रहें। अब उन्हें भी प्रतियोगिता में उतरना पड़ेगा। क्या वे चुनौती का सामना करने के लिए तैयार हैं?

मैं इस संबंध में एक छोटा सा उदाहरण देना चाहता हूं। अभी इस बारे में प्रधानमंत्री जी से चर्चा हो रही थी। देश में विवाद है कि फर्टिलाइजर पर जो सब्सिडी लगाई गई है, वह कहां तक ठीक है, उसे कम किया जाए, तो कितना कम किया जाए?

अध्यक्ष महोदय, क्या हम जानते हैं कि हम विदेशी मुद्रा खर्च करके यूरिया मंगा रहे हैं, और उस कमी को पूरा करने के लिए हम गैस पर आधारित पांच फर्टिलाइजर कारखाने लगाना चाहते हैं। उन पांच कारखानों में से तीन कारखानों के प्रमोटरों का कहना है कि कुछ मामलों में सरकार से हरी झंडी नहीं मिली है, इसलिए निर्माण लगभग थम गया है। प्रतिदिन चार करोड़ विदेशी मुद्रा का घाटा हो रहा है और जिस मामले पर हरी झंडी नहीं मिली है, वह बहुत ही छोटा सा मामला है। लेकिन, कौन हरी झंडी दे और दे भी तो क्यों दे? अगर यही स्थिति आगे रहनेवाली है, तो हम जिस अर्थ-व्यवस्था को उदार बनाने की बातें कर रहे हैं, उससे अपेक्षित लाभ नहीं होंगे।

अध्यक्ष महोदय, अब मैं कुछ कर-प्रस्तावों के बारे में कहना चाहता हूं। सरकार ने एक्सपेंडीचर टैक्स एक्ट-१९८७ में संशोधन करने की बात कही है। अभी तक पांच सितारा होटलों में खर्चे पर टैक्स लगता था। लेकिन अब वित्त मंत्री महोदय छोटे-छोटे होटलों को भी, जिनमें

अगर एक एयरकंडीशनर लगाया गया है, एक्सपेंडीचर टैक्स की सीमा में लाना चाहते हैं। पांच सितारा होटल संख्या में कम हैं, वहां लगे हुए टैक्स को आसानी से वसूल किया जा सकता है। सारे देश में फैले हुए छोटे-छोटे भोजनालयों को अगर इस टैक्स की पकड़ में भी लाया गया तो मैं नहीं समझता कि सरकार की आमदनी में बढ़ोतरी होगी। यह जरूर है कि भ्रष्टाचार बढ़ेगा। होटलों के, छोटे-छोटे होटलों के मालिक परेशानी के शिकार बनाए जाएंगे। मेरा निवेदन है कि इस बारे में सरकार को पुनर्विचार करना चाहिए।

आयकर में छूट की सीमा बढ़ाएं

जहां तक व्यक्तिगत आयकर की सीमा का सवाल है, पिछले १८ महीनों में मुद्रास्फीति बढ़ी है, अब २२००० की सीमा रखने का सचमुच में कोई अर्थ नहीं है। भविष्य में कीमतें और भी बढ़ सकती हैं। हम तो मांग करते रहे हैं कि यह सीमा ४०००० होनी चाहिए। लेकिन, कम-से-कम ३०००० इस बजट में निर्धारित कर दी जाए, इसकी मैं मांग करता हूं।

अध्यक्ष महोदय, एक प्रश्न बार-बार मेरे मन को मथता रहता है कि क्या इस देश में अभी तक टैक्सों की चोरी करनेवाले किसी सज्जन को सज़ा हुई है? मैं सज्जन कह रहा हूं क्योंकि सज़ा नहीं हुई। इसलिए मैं उन पर दुर्जन होने का आरोप नहीं लगाता। मुकदमे चले, मामले दायर किए गए, मगर मुझे याद नहीं है, अगर कोई सदस्य याद कराना चाहे तो···श्री इंद्रजीत गुप्त शायद इस संबंध में सहायता दें। क्या टैक्सों की चोरी करनेवाले किसी व्यक्ति को अभी तक इस देश में सज़ा हुई? क्या कोई ऐसा उदाहरण आपको याद आता है?

श्री इंद्रजीत गुप्त (मिदनापुर) : टैक्स की चोरी की, वही तो प्रमाण नहीं मिलता।

श्री वाजपेयी : इसका मतलब है कि चोरी भी हुई और सीनाजोरी भी हुई। इस सफाई से चोरी हुई कि पकड़ नहीं सके। लेकिन मुझे मालूम है, इंग्लैंड का एक उदाहरण मुझे मालूम है। क्वीन के जो घोड़े दौड़ानेवाला था, सर लैस्टर पिगट।

श्री अब्दुल गफूर (गोपालगंज) : एक अच्छा जॉकी था।

श्री वाजपेयी : गफूर साहब को घोड़ों के बारे में अच्छी जानकारी है। मैं तो घोड़े से जो नीचे नस्ल होती है, उसकी बात कर रहा हूं।

अध्यक्ष महोदय, सर लैस्टर पिगट को ढाई साल की सज़ा हुई थी और भारी जुर्माना हुआ था। लोग ईमानदारी से टैक्स दें, यह जरूरी है, लेकिन यह भी जरूरी है कि टैक्सों का बोझा इतना भारी नहीं होना चाहिए कि चोरी करना ज्यादा लाभदायक हो जाए और टैक्स अदा करना घाटे का सौदा हो जाए।

वित्त मंत्री महोदय ने अपने भाषण में प्रोफेसर कैल्डर के हवाले से कहा है कि ४५% से ज्यादा आयकर की सीमा नहीं होनी चाहिए। लेकिन उन्होंने इस बार उसको लागू नहीं किया है, उसे लागू करने का साहस नहीं जुटा सके हैं और कहा है कि आप पांच साल प्रतीक्षा करिए। पता नहीं पांच साल में वित्त मंत्री कहां होंगे और हम लोग कहां होंगे। वह इतनी लंबी प्रतीक्षा करने के लिए न कहें।

आयकर की सीमा, अधिकतम सीमा, सचमुच में हमारे विचार से ४०% से अधिक नहीं होनी चाहिए। जो टैक्स लगाया जाता है, उसे ईमानदारी से वसूल करिए। उसमें कड़ाई करिए, किसी तरह की राहत मत दीजिए। लेकिन टैक्सों की चोरी को प्रोत्साहन अगर रोकना है तो भार इतना नहीं

होना चाहिए, जिसको व्यक्ति उठा नहीं सके।

बजट में डैप्रिसिएशन एलाउंस को घटाने की बात कही है। अब २५% कर दिया है, पहले ३३% था।

श्री इंद्रजीत गुप्त : कम कर रहे हैं।

श्री वाजपेयी : वही कह रहा हूं। बजट में डैप्रिसिएशन एलाउंस ३३% से घटाकर २५% कर दिया है। यही मैंने कहा है। यह कटौती ज्यादा है। मेरा सुझाव है कि २५% पर इसको स्थिर कर देना चाहिए। नई औद्योगिक नीति बनी है। उसके प्रकाश में भी औद्योगिक संस्थानों को थोड़ी स्थिरता प्रदान करने का प्रयत्न होना चाहिए।

आमदनी के नए जरिए

वित्त मंत्री ने कहा है कि वह सबसे ज्यादा परेशान वित्तमंत्रियों में से एक हैं। हमारी उनके साथ सहानुभूति है। इसलिए हम केवल टैक्सों में राहत की बात नहीं कर रहे हैं, मैं उनको आमदनी के कुछ नए जरिए भी सुझाना चाहता हूं। वित्त मंत्री ने मोडवेट स्कीम को रेशों और यार्न पर लागू करने का एलान किया है। उनका इरादा अच्छा है, मगर परिणाम गलत हो रहा है। सरकार २३० करोड़ रुपए की आमदनी खोएगी। लेकिन वित्त मंत्री ने अपने बजट भाषण में आशा प्रकट की है कि इसका लाभ उपभोक्ताओं को मिलेगा। यह नहीं हो रहा है। फाइबर और यार्न उद्योगवालों ने कीमतें बढ़ा दी हैं। उन्होंने न केवल यार्न की राहत हजम कर ली है, प्रति किलो ११ रुपए, और प्रति टन ११ हजार रुपए के दाम भी बढ़ा दिए। अगर उपभोक्ता को लाभ नहीं होता तो वित्त मंत्री का सारा उद्देश्य विफल हो जाएगा।

इस बारे में अध्यक्ष महोदय, मैं उल्लेख करना चाहूंगा, १९८८ में इसी तरह की स्थिति पैदा हुई थी। पी.ए.सी. की १५६वीं रिपोर्ट में इस तरह के कंसेशन देने की, जिससे न उपभोक्ता को लाभ होता है, न सरकारी खजाने में धन आता है, तीखी आलोचना की गई थी। उस रिपोर्ट पर सदन में काफी हंगामा हुआ था। मैं समझता हूं कि रेशे और धागे के निर्माताओं को बुलाकर साफ कह देना चाहिए कि या तो वे उपभोक्ताओं को राहत दें, अन्यथा इस राहत को वापस ले लिया जाना चाहिए। इस तरह से कोई बात बनेगी नहीं।

अध्यक्ष महोदय, वित्त मंत्री ने यह स्वीकार किया है कि देश में बड़े पैमाने पर टैक्सों की चोरी होती है। वे काले धन को प्रकाश में लाने के लिए चोरों को आखिरी मौका देना चाहते हैं। अपने भाषण में उन्होंने यह कहा है। एक अनुमान के अनुसार प्रतिवर्ष ८०००० करोड़ रुपए का काला धन देश में तैयार होता है। अब उसे सफेद बनाने की कोशिश हो रही है और वित्त मंत्री जी ने तीन योजनाएं रखी हैं।

पहली स्कीम के अंतर्गत जो व्यक्ति ३० नवंबर के पहले अपने काले धन को नेशनल हाउसिंग बैंक में जमा करा देगा, उसे अभयदान दे दिया जाएगा, उस पर कोई मुकदमा नहीं चलेगा। हां, काले धन में उसे ४०% छोड़ना पड़ेगा। दूसरी स्कीम जो भुगतान संतुलन की स्थिति सुधारने के लिए है, यह छूट देती है कि विदेशी मुद्रा में बाहर से धन किसी भी भारतीय के हाथों में रुपए के रूप में आ सकता है। ऐसे धन पर उपहार-कर नहीं लगेगा। धन कहां से आएगा, इसकी भी जांच नहीं की जाएगी। तीसरी स्कीम के अंतर्गत स्टेट बैंक भारतीय विकास बांड जारी करेगा, जिनका मूल्य डॉलर में होगा। ये बांड अनिवासी भारतीय—नॉन रेजिडेंट इंडियंस—खरीद सकेंगे। मुझे

ताज्जुब है कि वित्त मंत्री महोदय ने इन तीनों योजनाओं को एक साथ मिलाकर क्यों नहीं देखा?

देश के भीतर जो काला धन है, उसे बाहर लाने के लिए उन्होंने कहा है कि आप जमा करिए, ४०% छोड़ दीजिए और उस धन के बारे में पूछा नहीं जाएगा कि कहां से आया? आपको दंडित नहीं किया जाएगा। लेकिन उन्होंने जो दूसरी और तीसरी योजना बनाई है, उसके कारण सारी योजनाएं ही खटाई में पड़ गईं। अगर ४०% काला धन देश के भीतर देने के बाद बाकी का धन आपको सफेद करने की सुविधा मिलती है तो सरकार के पास धन जमा करने के बजाय हवाला प्रीमियम से धन बाहर भेजकर उसे डॉलर के रूप में लाने की कोशिश क्यों नहीं होगी? हो रही है। हवाला प्रीमियम का रेट बढ़ गया है। मुझे नहीं लगता कि लोग हाउसिंग बैंक में धन जमा करेंगे। ये योजनाएं अलग-अलग होनी चाहिए थीं। ये तीनों एक साथ नहीं आनी चाहिए थीं। शायद वित्त मंत्री को सही सलाह नहीं मिली।

हवाला प्रीमियम का रेट बढ़ रहा है

आप जानते हैं कि इस समय हवाला का प्रीमियम रेट बढ़ गया है, ३०% हो गया है। ४०% सरकार जमा करा लेना चाहती है। करोड़ों रुपया प्रतिदिन हवाला के तरीके से देश के बाहर जाता है। अब उसको वापस डॉलर के रूप में लाने का वित्त मंत्री ने रास्ता खोल दिया है। यह गंभीर स्थिति है, इसको गहराई से देखा जाना चाहिए। लोग दुगना टैक्स देकर घाटा क्यों उठाना चाहेंगे?

माफ कीजिए, जो पैसा बाहर ले गए हैं, वे बड़े चतुर हैं। उनकी देशभक्ति को हम जगाने का प्रयास भले ही करें, मगर वे लालची हैं। उन्होंने देश के हितों के साथ न्याय नहीं किया है और अगर उन्हें धन लाने के लिए प्रेरित करना है, तो सब तरह के छिद्र बंद करने के बाद और उचित प्रोत्साहन देने के बाद ही संभव हो सकता है। सवाल यह है कि सरकार पूंजी-पलायन को रोकना चाहती है या उसे प्रोत्साहित करना चाहती है? मेरा सुझाव है कि सरकार इन तीनों योजनाओं पर फिर से विचार करे।

और योजनाएं हो सकती हैं, और तरीके अपनाए जा सकते हैं, जिनसे विदेशों में गई हुई भारतीय पूंजी वापस लौट सके। सरकार स्वयं पब्लिक सेक्टर की कुछ कंपनियों में इक्विटी शेयर देने के लिए तैयार है। वित्त मंत्री ने २०% की बात कही है। कुछ विदेशी कंपनियों को ५१%, यहां तक कि १००% की भागीदारी पर भी निमंत्रण देने की तैयारी हो रही है। मेरा सुझाव है कि सरकार पब्लिक सेक्टर की कुछ कंपनियों, जो अच्छी कंपनियां हों, उनका नेट वर्क क्या है, इसका मूल्यांकन कराए। उनके शेयर होल्डिंग को नेशनल रैनयुअल फंड में रखे और मूल्यांकन के अनुसार उसका दाम लगाए। कीमत को वीयरर में बदले और प्रति शेयर की कीमत, उसकी फेस वैल्यू १० रुपया हो। यह शेयर अपने लोगों को बेचे जाएं। यह पूछना जरूरी नहीं है कि धन कहां से आया। मुझे लगता है कि इससे धन भी आएगा और उसके जो दुष्परिणाम होनेवाले हैं दूसरी योजनाओं से, उनसे भी बचा जा सकेगा।

अध्यक्ष महोदय, मैं सोने की तस्करी के मामले पर आना चाहता हूं। अभी तक संसार में एक लाख छह हजार टन सोना खानों से निकाला गया है। इसमें से १० हजार टन सोना हमारे यहां है, जिसमें से ५००० टन सोना होर्डेड है, तस्करी का है ५००० टन। यदि हम इसमें से २००० टन सोना लोगों से लेने का प्रबंध कर लें, मैं ५००० टन की बात नहीं कर रहा हूं, २००० टन का सुझाव दे रहा हूं; यह जरूरी है कि वह सोना जेवर के रूप में नहीं होना चाहिए, लेकिन यहां

बिस्कुट के रूप में भी सोना है। अगर हम २००० टन सोना राष्ट्र के लिए प्राप्त कर सकें, गंभीर स्थिति को देखते हुए, और उसे २.५०% के ब्याज पर १० वर्ष में मैच्योर होनेवाले गोल्ड बांड के आधार पर प्राप्त कर सकें तो वर्तमान संकट को हल करने का एक नया रास्ता निकल सकता है। मुझे याद है, चीनी आक्रमण के बाद, श्री जवाहरलाल नेहरू जीवित थे, हमने लोगों से स्वर्ण-दान की अपील की थी। बड़ी मात्रा में सोना आया था। उस सोने को हमने ब्याज के साथ वापस कर दिया था। आज आर्थिक क्षेत्र में इससे कम संकट नहीं है। सोना पड़ा हुआ है, जमीन में गड़ा हुआ है, उसे निकालना चाहिए। उससे वर्तमान संकट को हल करने का रास्ता खोजना चाहिए। वित्त मंत्री इस बारे में बिल्कुल चुप हैं।

अध्यक्ष महोदय, अगर २००० टन सोना हम प्राप्त करने में सफल हों, तो उसकी कीमत होगी ३६ बिलियन अमेरिकन डॉलर्स। अब संसार में सोने का आकर्षण कम हो गया है। खाड़ी युद्ध में भी सोने का भाव नहीं बढ़ा। थोड़ा सा बढ़ा था, ज्यादा नहीं बढ़ा। लोग अब और तरह से संपत्ति रखना चाहते हैं। हमारे देश में भी अगर लोगों को प्रेरित किया जाए, इसके लिए लोगों को प्रेरित करना जरूरी है, और साथ में उनको यह भी विश्वास दिलाया जाए कि आपका सोना सुरक्षित रहेगा, और अगर सोना सुरक्षित नहीं रहेगा तो सोने के बदले में आपको ऐसा साधन मिलेगा, जो आड़े वक्त में आपके काम आ सके, और इसके लिए कई सुझाव मेरे पास हैं।

सोने के बदले जमीन देने का प्रस्ताव रखें

अगर हम २५ बिलियन डॉलर सोने को बेचकर कर्ज उतारने में लगा दें और शेष को हम इस तरफ से इन्वैस्ट करें कि हमें १०% का लाभ हो तो देश के आर्थिक संकट को हल करने में मदद मिलेगी। हम अगर चाहें तो सोना देनेवालों से यह वायदा कर सकते हैं कि १० साल बाद उन्हें बड़े शहरों में अच्छी जमीन दी जाएगी। सोने के साथ-साथ अब जमीन का आकर्षण भी बहुत बढ़ रहा है। जमीन कम होती जा रही है। लोग जमीन के लिए किसी भी सीमा तक खर्च करने को तैयार हैं। जिम्मेदारी सरकार को लेनी होगी। सरकार के पास काफी जमीन है, जो बेकार पड़ी है। श्री जसवंत सिंह जी यहां बैठे हैं, वह चेयरमैन थे और उन्होंने इस बात की जांच-पड़ताल की थी कि आर्मी कैन्टोनमैंट्स में लाखों एकड़ जमीन पड़ी है। आर्मी के उपयोग की जमीन आर्मी के पास रहनी चाहिए और भविष्य में विस्तार को भी ध्यान में रखना चाहिए, लेकिन अगर सरकार चाहे तो बड़े-बड़े शहरों में सोने के बदले लोगों को १० साल बाद जमीन देने और साथ ही ब्याज भी देने का वायदा करे तो लोग सोना देने के लिए तैयार हो जाएंगे। इस बारे में गहराई से सोचने की जरूरत है।

श्री इंद्रजीत गुप्त : १० साल बाद कौन सरकार रहेगी, इसका क्या पता?

कई माननीय सदस्य : देश तो रहेगा।

श्री वाजपेयी : अब तो विकास पत्र लिए जा रहे हैं, कुछ ५ साल के लिए जा रहे हैं, कुछ १० साल के लिए जा रहे हैं। भरोसे के बिना काम नहीं होगा, कामरेड! कुछ तो भरोसा रखना पड़ेगा।

मेरा एक सुझाव और है कि सरकार एन.आर.आईज को देश में सोना लाने की इजाजत दे और वह सोना बिस्कुटों के रूप में होना चाहिए, और किसी रूप में नहीं। उस पर फ्लैट रेट से ड्यूटी लगा दी जाए और वह ड्यूटी भी डॉलर्स में वसूल की जाए या सोने के रूप में वसूल की

जाए। इससे तस्करी भी रुकेगी, देश में जो सोने की मांग है, वह भी कुछ अंश में पूरी होगी और हवाला का धंधा भी मंदा हो जाएगा।

भारतीय पूंजी की स्वदेश वापसी जरूरी

अध्यक्ष महोदय, भारतीय पूंजी को स्वदेश लौटाने के लिए और उपाय भी जरूरी हैं। जैसा मैंने उल्लेख किया था कि नई औद्योगिक नीति के अंतर्गत पब्लिक सेक्टर में भागीदारी के लिए हम निजी पूंजी को निमंत्रित कर रहे हैं, विदेशी पूंजी को निमंत्रित कर रहे हैं, अगर सरकार चाहे तो इस संबंध में गहराई से विचार करके योजना बना सकती है। परंतु सरकार अभी तक अपना दिमाग नहीं बना पाई है, और उसका कारण यह है कि संकट की गंभीरता की अनुभूति तो सबको है लेकिन राजनैतिक दबाव के बीच में रास्ता कैसे निकाला जाए, यह कठिनाई आ रही है। मेरा निवेदन है कि पहले सत्तापक्ष अपना दिमाग बनाए और फिर प्रतिपक्ष से बातचीत करे। अभी संवाद नहीं हो रहा है। नीतियां निर्धारित हो रही हैं और सदन के सामने भी रख दी गई हैं। हमारे सामने विकल्प यही है कि या तो उन नीतियों को अस्वीकार करें या स्वीकार कर लें। यह स्थिति संतोषजनक नहीं है।

मैंने पहले अपने भाषण में कहा था और मैं फिर उसी बात को दोहराते हुए अपने वक्तव्य को उपसंहार की ओर ले जाना चाहता हूं कि हम जिस गहरे आर्थिक संकट में फंसे हैं, उसके लिए अगर हमने अपनी नीतियों में दूरगामी परिवर्तन नहीं किए और जैसा मैंने प्रारंभ में उल्लेख किया था, मान लीजिए आज जो काला धन है उसे हमने अमनैस्टी दे दी, पहले भी अमनैस्टी दी जा चुकी है और काला धन सफेद हो गया तथा काला धन बनानेवाले मूंछों पर ताव देकर अपने धंधे में फिर से लग गए, १० साल बाद फिर काला धन हमारे सामने एक प्रश्न बनकर खड़ा हो जाएगा। इसको रोकना होगा, काले धन के जैनरेशन को रोकना होगा। इसीलिए यदि अर्थ-व्यवस्था को कानूनों से, कायदों से, नियमों से मुक्त किया जाता है, नौकरशाही के चंगुल से मुक्त किया जाता है, उसका स्वागत होना चाहिए।

यह ठीक है कि सरकार जो उपेक्षित वर्ग हैं, उपेक्षित क्षेत्र हैं, उनका ध्यान रखे, यह आवश्यक है। हमारी सरकार आज के जमाने में केवल लॉ एंड आर्डर मेन्टेन करनेवाली सरकार नहीं हो सकती, उसको समाज के कल्याण की चिंता भी करनी पड़ेगी। सरकार को अनेक काम स्वयं करने पड़ेंगे, लेकिन उन कामों को करते हुए इस बात का ध्यान रखना होगा कि जो हमारे सीमित साधन हैं, उनका दुरुपयोग नहीं होना चाहिए और भविष्य के लिए एक सही दिशा बननी चाहिए।

मैं विश्वास करता हूं कि वित्त मंत्री जब बहस का जवाब देंगे, तो इन बुनियादी प्रश्नों को भी उठाएंगे और सदन को विश्वास में लेने का प्रयत्न करेंगे। धन्यवाद।

जीवन और चीजों के मूल्य संकट में

महोदया, मैं आपका आभारी हूं कि आपने मुझे देश में मूल्यों की स्थिति पर अल्पकालिक चर्चा प्रारंभ करने का अवसर दिया है।

कोई इस बात से इन्कार नहीं कर सकता कि देश मूल्यों के संकट में फंसा है। मूल्यों का यह संकट दोहरा संकट है। एक ओर हम जीवन-मूल्यों के संकट में फंसे हैं और दूसरी ओर जीवनोपयोगी वस्तुओं के मूल्यों में वृद्धि के कारण संकट में फंसे हैं। मैं यहां जीवन-मूल्यों के संकट की चर्चा नहीं करूंगा। वह अलग विषय है। उस पर फिर कभी चर्चा होगी। मेरा उद्देश्य इस समय कीमतों की वृद्धि के कारण जो स्थिति हुई है, उसकी ओर सदन का ध्यान खींचना है।

इससे कोई इन्कार नहीं कर सकता कि वर्तमान सरकार को जो आर्थिक स्थिति उत्तराधिकार में मिली थी, वह बड़ी शोचनीय है।

श्री सुरेश कलमाड़ी (महाराष्ट्र) : कितने दिन ऐसा कहोगे?

श्री वाजपेयी : मैं आपकी बात पर आ रहा था।

श्री सुरेंद्रजीत सिंह अहलुवालिया (बिहार) : इन्हें कांग्रेस से निकाले गए जो नेता मिले थे, वह बड़े घटिया थे। वह सरकार नहीं चला सके।

उपसभापति : ऑनरेबल मेंबर्स, किसी लीडर ऑफ द अपोजीशन के कहने से हम लोगों ने यह डिस्कसन लिया है। अगर आपको प्राइस राइज की सिचुएशन गंभीर लगती है तो मैं समझती हूं कि हम इसको एक शांत वातावरण में डिस्कस करें, ताकि उसका कुछ मतलब निकले। कृपया किसी को डिस्टर्ब मत करिए।

श्री सैयद सिब्ते रज़ी (उत्तर प्रदेश) : इन्होंने पिछली सरकार का रेफरेंस···(व्यवधान) ये बताएं कि क्यों प्राइसेस इतनी बढ़ रही हैं?

उपसभापति : आप अगली सरकार का जिक्र करिए, कोई पिछली बात करे, मगर डिस्टर्ब मत कीजिए।

श्री वाजपेयी : अगर प्रतिपक्ष के सदस्य मुझे टोकते नहीं तो भूमिका बांधने के बाद मैं वहीं आनेवाला था, लेकिन आपने मौका नहीं दिया। पहले, आप मान लीजिए कि स्थिति अच्छी नहीं

** देश में मूल्यों की स्थिति पर राज्यसभा में ७ अगस्त, १९९० को चर्चा का आरंभ।*

थी। लेकिन उस कारण पिछले ८-९ महीनों में क्या हुआ है, इसको दृष्टि से ओझल नहीं किया जा सकता। सरकार को जो स्थिति उत्तराधिकार में मिली, उसको सामने रखकर सरकार ने यह आश्वासन दिया था कि बढ़ते हुए मूल्यों पर अंकुश लगाया जाएगा। यह केवल हमारा चुनाव का वायदा नहीं था। सरकार जो बनी, उसके वित्त मंत्री ने, प्रधानमंत्री जी ने भी मुख्य मंत्रियों को पत्र लिखे, संसद-सदस्यों को चिट्ठियां लिखीं। बढ़ते हुए मूल्यों पर चिंता प्रकट की और उनके लिए क्या कदम उठाए जा रहे हैं, इसकी ओर भी संकेत किया। वित्त मंत्री महोदय ने बजट पेश करते हुए जो भाषण दिया था, उसका एक अंश मैं उद्धृत करना चाहता हूं :

"नई सरकार के लिए पहला काम था कीमतों को बढ़ने से रोकना। कीमतों को लेकर मंत्रिमंडल-स्तर की एक कमेटी बनाई गई थी, ताकि जरूरी चीजों की आपूर्ति के कारगर कदम उठाने के साथ-साथ मुद्रास्फीति के मनोविज्ञान को खत्म किया जा सके, हालांकि अब भी कीमतें सरकार के लिए चिंता का विषय है। मुद्रास्फीति पर नियंत्रण रखना भी इस सरकार के लिए प्राथमिक चिंता का विषय है।"

महोदया, जो सरकार जनता से विश्वास प्राप्त करके अस्तित्व में आई, वह सरकार मूल्यों की स्थिति के बारे में चिंतित थी। उसका एक आश्वासन था कि वह कदम उठाएगी। कुछ कदम उठाए गए हैं, लेकिन उन कदमों के बावजूद कीमतें बढ़ रही हैं, यह भी एक सत्य है। आंकड़े, सरकारी आंकड़े इसकी पुष्टि करते हैं। ये आंकड़े सरकारी सूत्रों से प्राप्त हैं।

चीजों में वर्गवार थोक भावों के प्रतिशत में बढ़ोतरी हुई है। दिसंबर, १९८९ से २३ जून, १९९० के बीच दलहन १०.७%, सब्जियों में ३५.१, इलायची २१.१, अन्य खाद्य १५.०, वनस्पति तेल २२.६, चीनी, खंडसारी और गुड़ १०.०, खाने के तेल १७.५ और तंबाकू व पेय आदि ११.८% की थोक भावों में बढ़ोतरी हुई।

होलसेल, थोक मूल्य बढ़े हैं, वे आंकड़े मेरे पास हैं। लेकिन थोक मूल्य सही स्थिति का दिग्दर्शन नहीं कराते, उपभोक्ता को फुटकर मूल्यों से सामान खरीदना पड़ता है। लेकिन थोक मूल्यों की वृद्धि भी असाधारण वृद्धि है, चिंताजनक वृद्धि है, आम आदमी की कमर तोड़नेवाली महंगाई है। इस महंगाई का कारण क्या है? निस्संदेह, जो आर्थिक स्थिति उत्तराधिकार में मिली थी, जो मुद्रास्फीति इस सरकार को उत्तराधिकार में मिली है, वह कारण है। लेकिन जो उत्तराधिकार में मिला, वह तो चुनाव के बाद मिल गया···(व्यवधान)

श्री जगेश देसाई (महाराष्ट्र) : वाजपेयी जी, एक मिनट···

उपसभापति : श्री देसाई, आप कृपया परेशान न करें। उन्हें बोलने दीजिए।

श्री दीपेन घोष (पश्चिम बंगाल) : उनके अपने प्रवक्ता हैं।

उपसभापति : कृपया टोकें नहीं, मैं यह नहीं होने दूंगी।

श्री वाजपेयी : महोदया, मैं टोका-टाकी के खिलाफ नहीं हूं, मगर रोका-रोकी के खिलाफ हूं।

महोदया, मेरा निवेदन है कि जो कदम सरकार ने उठाए हैं, वे पर्याप्त नहीं हैं, क्योंकि जो स्थिति सरकार को विरासत में मिली है, वह काफी गंभीर थी। इस बार मुझे टोका नहीं गया। धन्यवाद। लेकिन अब यह कहने से काम नहीं चलेगा क्योंकि जो स्थिति मिली है, उसमें से स्थिति को कैसे सुधारा जाए, इसके लिए कदम उठाए जाने चाहिए।

मेरा निवेदन है कि जिस तरह की नीतियां बनाई गई हैं और उनमें एक बड़ा कारण है बजट

में लादे गए कर-भार। केंद्रीय बजट में १,७९० करोड़ रुपए के नए कराधान थे। रेलवे बजट में ४७० करोड़ रुपए यात्री-किराए और माल-भाड़े के रूप में वसूल किए गए। पेट्रोलियम उत्पादों के फुटकर मूल्यों में वृद्धि की गई। हम जो क्रूड ऑयल बाहर से मंगाते हैं, उसके आयात शुल्क में भी वृद्धि की गई, जिससे ८३४ करोड़ रुपए का सरकार ने धन अर्जित किया। राज्य सरकारों ने टैक्स लगाए हैं। अलग-अलग बिजली बोर्डों ने बिजली की दरों में वृद्धि की है, इनका भी असर हुआ है। यद्यपि उस समय वित्त मंत्रालय की ओर से यह दावा किया गया था कि दाम बढ़ेंगे तो नाममात्र के लिए बढ़ेंगे। रेलवे बोर्ड के अध्यक्ष ने तो जीरो, जीरो, जीरो का हिसाब लगाकर कुछ आंकड़े पेश किए थे, लेकिन सरकार यह स्वीकार करेगी कि इसका भी मूल्य-वृद्धि पर असर हुआ है।

दाल में काला

यह ठीक है कि सरकार का उत्तर होगा कि घाटा हमें बहुत मिला था और घाटे के कारण मुद्रास्फीति होती है और उस पर काबू करने के लिए और घाटे को कम करने के लिए यह आवश्यक था। लेकिन अगर मूल्य बढ़ाए गए थे, कर बढ़ाए गए थे तो फिर दूसरे उपाय अपनाए जाने चाहिए थे, जिससे कि जीवनोपयोगी वस्तुओं के मूल्यों में वृद्धि न होती। मैं बार-बार जीवनोपयोगी वस्तुओं के मूल्यों का सवाल उठा रहा हूं—आम आदमी के काम में आनेवाली चीजें। मेरे पास आंकड़े हैं, मैं आंकड़े देकर अपने भाषण को भारी नहीं बनाना चाहता। दाल के भाव बढ़े हैं। एक छोटे से टिन के ऊपर खाने के तेल के दाम में १० रुपए की वृद्धि हुई है, सीमेंट के भाव बढ़े हैं। चाय के दाम बढ़े हैं। इन वस्तुओं के मूल्यों की वृद्धि आम आदमी के बजट को बिगाड़ रही है, पारिवारिक जीवन को अस्त-व्यस्त कर रही है। नमक भी महंगा हुआ है। मैं दाल की बात इसलिए कर रहा था कि दाल गरीब का खाना है, उसमें प्रोटीन है और दाल में यह शक्ति है कि अगर बिना बुलाए मेहमान घर में आ जाएं तो जल की मात्रा बढ़ाकर मेहमानों का संतोष किया जा सकता है। यह क्षमता और किसी खाद्य पदार्थ में नहीं है।

प्रधानमंत्री श्री विश्वनाथ प्रताप सिंह : कभी-कभी उसमें काला भी होता है।

श्री वाजपेयी : दाल में काला होता है, मगर पूरी दाल काली न हो जाए, मुझे इसका डर पैदा हो रहा है।

श्री माखनलाल फोतेदार (उत्तर प्रदेश) : नमक भी होता है।

श्री वाजपेयी : श्री फोतेदार नमक की बात कर रहे थे। नमक का महत्व है, मगर फोतेदार साहब, एक उम्र के बाद थोड़ा कम नमक खाना चाहिए।

महोदया, आम आदमी के काम में आनेवाली चीजें महंगी हो रही हैं। यह ठीक है, जैसा मैंने उल्लेख किया, कि सरकार ने कदम उठाए हैं, प्रधानमंत्री चिंतित हैं, मगर मुख्यमंत्रियों को उन्होंने जो पत्र लिखा उसका नतीजा क्या निकला? सरकारी खर्च में कमी करने की बात चल रही है, कीमतों के बारे में हमें बताया गया था कि कहां मानिटरिंग हो रहा है, कोई बैठा-बैठा देख रहा है कि दाम कितने बढ़ रहे हैं, कितने चढ़ रहे हैं।

महोदया, दामों के ऊपर न्यूटन का सिद्धांत लागू नहीं होता। न्यूटन का सिद्धांत यह है कि जो ऊपर जाता है वह नीचे आता है। मगर हमारे दामों पर यह सिद्धांत लागू नहीं होता, वह अगर एक बार ऊपर चले गए तो फिर ऊपर, ऊपर, ऊपर ही रहते हैं। अब इस मानिटरिंग का नतीजा

क्या निकला?

चीनी के बारे में मैं जानता हूं कि सरकार ने फैसला किया है कि अगर चीनी रिलीज कर दी जाती है फ्री सेल के लिए, यह अगर बेची नहीं जाती है तो उसको लेवी शुगर में बदल दिया जाए। परिणाम क्या हुआ? सीमेंट के बारे में सरकार ने कदम उठाए थे। सीमेंट निर्माताओं ने कीमतें कम करने का आश्वासन दिया था, मगर मुझे यह देखकर ताज्जुब हुआ कि दिल्ली के सुपर बाजार में सीमेंट की बोरी मिल रही है ८० रुपए में और बाजार में मिल रही है ९१ रुपए में और उपभोक्ता ९१ रुपए में खरीद रहे हैं। क्या इसका कारण यह है कि सुपर बाजार के आगे लंबी लाइन लगती है? इसके साथ वितरण की समस्या भी जुड़ी हुई है, इसकी ओर भी सदन का ध्यान दिलाना चाहूंगा।

महोदया, एक बात मैं यह कहना चाहता हूं कि वित्त मंत्री महोदय ने इस बात का आश्वासन दिया था कि सरकार देश के भीतर और देश के बाहर कितना कर्जा ले सकती है, इसके बारे में कोई सीमा-रेखा निर्धारित करने के बारे में वह विचार करेंगे। वित्त मंत्री महोदय ने आश्वासन दिया था कि आर्टिकल २९२ को लागू करने के बारे में विचार करेंगे। लेकिन अभी तक इस दिशा में कोई कदम नहीं उठाया गया है।

मुझे बताया गया है कि हमारा देश रोज १२० करोड़ रुपए के कर्जे में डूब रहा है। ये श्री नाना पालखीवाला के आंकड़े हैं और मैं समझता हूं, सही हैं। इतना कर्जा कैसे बढ़ रहा है? क्या कर्ज की कोई सीमा-रेखा नहीं होनी चाहिए? क्या सरकार को इस मामले में संसद के सामने नहीं आना चाहिए? धन अगर उत्पादक कार्यों में खर्च हो तो हमें आपत्ति नहीं। लेकिन यदि अनुत्पादक कामों में खर्च हो तो? इसलिए मैं चाहूंगा कि वित्त मंत्री महोदय इस चर्चा का जवाब देते समय यह बताएं कि पिछले कुछ महीनों में सरकार के अनुत्पादक व्यय को कम करने में कितनी सफलता मिली है, इसके बारे में सदन के सामने आंकड़े रखें, सदन को विश्वास में लें।

गहरा आर्थिक संकट

महोदया, हमारे सामने आज एक गहरा आर्थिक संकट है। अब मैं राजनीति से ऊपर उठकर बात करना चाहता हूं। आरोप-प्रत्यारोप चलेंगे मगर विश्व की परिस्थिति जिस तरह से बदली है, उसमें हमारे लिए विदेशों से सहायता प्राप्त करना भी कम होनेवाला है। जो औद्योगिक देश हैं, उनके लिए पूरा यूरोप बाजार के रूप में प्रस्तुत हो गया है। वे हमारे यहां पूंजी लगाने के लिए अधिक आकृष्ट नहीं होंगे, जिससे विदेशी बाजार में हमारे माल की प्रतियोगिता बढ़ेगी। इसलिए माल के उत्पादन पर नजर, उसकी उत्पादकता पर नजर, गुणवत्ता पर नजर, जिससे कि हम विदेशी मुद्रा कमा सकें और घाटे को कम कर सकें। इसके लिए देश में जो एक आर्थिक अनुशासन की भावना चाहिए, वह अनुशासन की भावना अभी नहीं है।

मेरे सामने श्री साल्वे बैठे हैं, वह फाइनेंस कमीशन के अध्यक्ष थे। राज्यों की मांगें बढ़ रही हैं, राज्यों की जिम्मेदारियां भी बढ़ रही हैं। वे नए टैक्स लगाते हैं, मगर लगाने में उन्हें संकोच होता है। यहां एक बात मैं कहना चाहता हूं कि राज्यों के बिजली बोर्ड जिस तरह से काम कर रहे हैं, उसमें परिवर्तन होना चाहिए। मुझे बताया गया है कि बिजली बोर्डों के ऊपर रेलवे का करीब ८०० करोड़ रुपया बकाया है। रेलवे कोयला ढोती है, वह बिजलीघरों में जाता है, उससे बिजली बनती है, राज्यों के उद्योग, राज्यों की खेती पनपती है, मगर रेलवे के ८०० करोड़ रुपए बिजली

बोर्ड वापस नहीं कर रहे हैं। यह कैसे चलेगा? बिजली बोर्डों को सुधारना होगा। रेलवे का जो देय है, उसे वापस करना होगा। इस तरह की जिम्मेदारी एक-दूसरे को निभानी पड़ेगी। इसके लिए आवश्यकता है एक आर्थिक अनुशासन की, लेकिन हम दलगत राजनीति में इतना डूबे हुए हैं कि कुछ आवश्यक समस्याएं हमारी आंखों से ओझल हो रही हैं।

महोदया, मूल्यों के बारे में मैं एक बुनियादी बात उठाना चाहता हूं। किसान के साथ न्याय हो, किसान को उसकी फसल का लाभप्रद मूल्य मिले, यह सारा सदन चाहता है, यह देश चाहता है। यह किसी एक व्यक्ति की नीति नहीं है, यह हमारी सामूहिक नीति है, मिली-जुली नीति है और इसी बात को ध्यान में रखकर गेहूं और चावल के दाम बढ़े हैं, लेकिन किसान केवल उत्पादक नहीं है, उपभोक्ता भी है। गेहूं और चावल की कीमत थोड़ा बढ़ाकर उसे जो प्राप्त हुआ है, वह अन्य उपभोग्य वस्तुओं की बढ़ती हुई कीमतों के कारण व्यर्थ हो गया है।

लागत कम, कीमत ज्यादा

अब एक कमीशन है—एग्रीकल्चरल कॉस्ट एंड प्राइस कमीशन। पहले खाली प्राइस की बात होती थी, कॉस्ट का उसमें समावेश नहीं था। नाम बदला गया। कमीशन को यह जिम्मेदारी सौंपी गई और वह अपने दायित्व का पालन कर रहा है। वह ब्यौरे में जाकर देखता है। उसकी रिपोर्ट सदन में आती है, सार्वजनिक बनती है। मैं पूछना चाहता हूं कि ये जो बड़े-बड़े उद्योगपति रोजमर्रा के काम आनेवाली चीजें तैयार कर रहे हैं इनकी लागत, इनकी कीमत, इन पर कमाया जानेवाला मुनाफा, क्या इसका कोई हिसाब है? उस दिन खुले मंच पर वित्त मंत्री महोदय कह रहे थे कि औद्योगिक वस्तुओं के दामों पर हम ठीक तरह से विचार करते हैं और औद्योगिक वस्तुओं के दाम बहुत सोच-समझकर निर्धारित किए जाते हैं। मुझे इसका कोई प्रमाण नहीं मिला।

मैं काफी समय से यह सवाल उठा रहा हूं कि बाजार में जो स्कूटर १२०००, १३००० रुपए में बिकता है, उसका लागत मूल्य क्या है? जो कंपनियां हैं···(व्यवधान)

श्री विट्ठलराव माधवराव जाधव (महाराष्ट्र) : ४००० से ज्यादा नहीं···(व्यवधान)

श्री वाजपेयी : नहीं, ४००० नहीं। माधव साहब, आपने हिसाब नहीं लगाया है। उसका मूल्य २०% लाभ जोड़कर ७००० से ज्यादा नहीं होना चाहिए। हमने इस पर काम किया है। अगर कोई कहे कि आपके आंकड़े ठीक नहीं हैं और हम आपके सामने बैलेंस शीट रखने को तैयार हैं तो उसे देखा जा सकता है। मगर उद्योगपति बैलेंस शीट रखने को तैयार नहीं और सरकार उन्हें विवश करने को तैयार नहीं है कि बैलेंस शीट रखे। कभी-कभी मुझे लगता है कि सरकारें सब एक-सी चलती हैं···(व्यवधान)

एक सम्मानित सदस्य : आपके मुंह में घी-शक्कर।

श्री वाजपेयी : मुझे फिर भी भरोसा नहीं···(व्यवधान)

एक सम्मानित सदस्य : यह तो आप ही चला रहे हैं···(व्यवधान)

श्री वाजपेयी : अब यह देखिए आपने फिर टोकना शुरू कर दिया। महोदया, मैं कह रहा था कि कुछ मामलों में सरकारों का चाल-चलन एक-सा होता है।

श्री सत्यपाल मलिक (नाम निर्देशित) : नहीं साहब, सुनिए :

"खूब पर्दा है कि चिल्मन से लगे बैठे हैं, साफ छुपते भी नहीं सामने आते भी नहीं।"

श्री वाजपेयी : वल्लाह-वल्लाह, इरशाद-इरशाद। एक और हो जाए।

एक सम्मानित सदस्य : टोका-टाकी तो आप बर्दाश्त करते हैं, परंतु लीपा-पोती···(व्यवधान)

श्री वाजपेयी : अब अगर कोई गंदा कर गया है तो लीपा-पोती तो करनी पड़ेगी।

महोदया, मैं एक गंभीर प्रश्न उठा रहा हूं, मैं आपका इसमें समर्थन चाहता हूं। भूल जाइए पुरानी सरकार ने क्या किया। औद्योगिक मालों का मूल्य किस आधार पर तय होगा? औद्योगिक माल किस आधार पर बाजार में बिकेगा? जिस टूथ ब्रुश की लागत १.१० रुपया है वह तीन रुपए में, साढ़े तीन रुपए में किस हिसाब से बिक रहा है? मेरे पास और भी आंकड़े हैं—चाय में, सीमेंट में। महोदया, चाय और सीमेंट के जब आंकड़े तैयार होते हैं और उस समय जो गड़बड़ होती है, थोड़ी सी गड़बड़, वह दूरगामी परिणाम पैदा करती है। हमारी मांग है—एक ब्यूरो बना हुआ है—ब्यूरो फॉर इंडस्ट्रियल कॉस्ट एंड प्राइसेस। मगर उसकी रिपोर्ट सार्वजनिक नहीं की जाती, वह रिपोर्ट सार्वजनिक होनी चाहिए।···(व्यवधान)

अनाप-शनाप मुनाफा न कमाने दें

सरकार विचार करे कि एग्रीकल्चरल प्राइस के लिए जैसा कमीशन बनाया है, क्या इंडस्ट्रियल गुड्स के लिए वैसा कमीशन बनाना उचित नहीं होगा? उचित मुनाफा कमाया जाए, मगर अनाप-शनाप मुनाफा बंद होना चाहिए। देश में लूट की छूट है। इसमें सरकार भी अपने दायित्व का पालन नहीं कर रही है। गेहूं का दाम बढ़ाया—कितना बढ़ाया? मगर आटे के दाम में जितनी बढ़ोतरी हुई है, उसका गेहूं के बढ़े हुए दाम से कोई मेल नहीं है और सरकार भी आटे की जो मिल चलाती है, उनका भी वही हाल है। सरकार कह सकती है कि हमें बाजार-भाव से चलना है, नहीं तो घाटा होगा। घाटा होगा तो एक और कठिनाई पैदा होगी। हम एक ऐसे विषम चक्र में फंस गए हैं, जिसका कोई हल नहीं है। मेरा निवेदन है कि किसान को लाभप्रद मूल्य मिलना चाहिए, लेकिन रोजमर्रा के काम में आनेवाली उद्योगों में बनी हुई चीजों का दाम उचित हो। मुनाफा तो होना चाहिए, मुनाफे के बिना कोई उद्योग नहीं चल सकता, लेकिन मुनाफा अनाप-शनाप नहीं।

सौंदर्य प्रसाधन बनानेवाली कंपनियां ५००% मुनाफा कमा रही हैं और अपनी रिपोर्ट में घोषित कर रही हैं। टेलीविजन पर विज्ञापन भी दे रही हैं। क्या विज्ञापन के साथ उसकी कीमत नहीं आनी चाहिए? टेलीविजन पर विज्ञापन का ऐसा असर हो रहा है, देश में कंज्यूमरिज्म इस तरह से बढ़ रहा है कि जो व्यक्ति कीमतों के मारे परेशान हैं, वे भी अपने बेटे या बिटिया को टेलीविजन पर बहु प्रचारित शैंपू खरीदने से रोक नहीं सकते। उसको खरीदने के लिए जब बेटा या बिटिया जाती है तो वे दाम नहीं पूछते, क्योंकि उनकी आंखों में वह टेलीविजन पर आनेवाली सुंदर मुद्रा झलकती है।

श्री सुरेंद्र सिंह अहलूवालिया : आप बड़े भाग्यशाली हैं कि आपने शादी नहीं की। रो तो हम रहे हैं जो रोज बच्चे मांग रहे हैं।

श्री वाजपेयी : आप खाली रो रहे हैं या आनंद भी उठा रहे हैं?···(व्यवधान) महोदया, मेरा निवेदन है कि यह मांग बहुत पहले से हो रही है कि एग्रीकल्चरल प्रोड्यूस और इंडस्ट्रियल गुड्स की प्राइसेज में कोई पैरिटी होनी चाहिए, कोई संबंध तो होना चाहिए। आज कोई संबंध नहीं है।

मैंने वित्त मंत्री जी को बढ़ते हुए मूल्यों के बारे में पत्र लिखा था। उन्होंने मुझे लिखा कि हमने मंत्रिमंडल के सदस्यों की एक समिति बनाई है जो कीमतों पर विचार कर रही है। बहुत अच्छी बात है। मगर समिति की रिपोर्ट कहां है? समिति ने कौन से कदम सुझाए हैं और उन

कदमों का क्या प्रभाव पड़ा है?

श्री जगेश देसाई : दाम बढ़ाने में?

श्री वाजपेयी : दाम घटाने में। स्थिति चिंताजनक है। उस स्थिति को सुधारने के लिए जहां दूरगामी उपायों की आवश्यकता है, वहां तात्कालिक उपाय भी होने चाहिए। मुझे सरकार से शिकायत है। आपको विदेशी मुद्रा का घाटा कम करना है, इसलिए विदेशों से सामान मंगाने के बारे में आप थोड़ा कड़ाई बरत रहे हैं। लेकिन क्या यह आवश्यक था कि इस बात की पहले से घोषणा कर दी जाती कि हम खाने का तेल बाहर से नहीं मंगाएंगे? क्या इसके कारण जो तेल का भंडार करते हैं, जो दाम बढ़ाकर लाभ उठाते हैं, क्या उनको भरोसा नहीं हो गया कि तेल बाहर से आनेवाला नहीं है, जो देश में तेल उपलब्ध है, वह कम है। अब उचित दाम पर बेचने की क्या आवश्यकता है? मान लीजिए सरकार ने भीतर फैसला कर लिया था, मगर व्यापारियों पर और उद्योगपतियों पर यह धाक रहनी चाहिए कि अगर परिस्थिति का लाभ उठाकर उपभोक्ता को आवश्यकता से अधिक परेशान किया गया तो सरकार बाहर से मंगा भी सकती है। कम-से-कम एक रणनीति के रूप में इसका प्रयोग करना चाहिए था। लेकिन सरकार कहती है, हम बाहर से नहीं मंगाएंगे। जरूरत कैसे पूरी होगी? खाद्य तेल की मांग तो बढ़ गई है और लोगों की आदतें बिगड़ गई हैं। पहले सरसों का तेल खाते थे, तिली का तेल खाते थे, मूंगफली का तेल खाते थे और अब रिफाइंड ऑयल चाहिए।

वितरण में कहां गड़बड़ी हो रही है इसका मैं एक उदाहरण देना चाहता हूं। खाद्य तेल के दाम बढ़ गए, सरकार बाहर से मंगा रही है ऑयल पामोलीन।

पेट्रोलियम एवं रसायन मंत्री श्री एम.एस. गुरुपदस्वामी : वाजपेयी जी, क्या मैं महज इतना कह सकता हूं कि इस बात में सच्चाई नहीं है कि हम तेल आयात नहीं कर रहे हैं। हम खजूर का तेल आयात कर रहे हैं।

वितरण व्यवस्था सुधारें

श्री वाजपेयी : मैं इसी पर कह रहा था। पामोलीन मंगाया जा रहा है जो वेलीटेबल ऑयल से सस्ता है, लेकिन उसके वितरण की व्यवस्था ठीक नहीं है। उपभोक्ता को मिलने के बजाय वह ढाबा चलानेवालों को मिल रहा है, होटल चलानेवालों को मिल रहा है। हम स्वयं उसके भुक्तभोगी हैं। पिछले तीन हफ्ते से मैं पामोलीन खरीदवाने की कोशिश कर रहा हूं। मेरा कर्मचारी जाता है तो वह कहते हैं, खत्म हो गया। कब आया और कब खत्म हो गया? जब आया ही नहीं तो खत्म कैसे हो गया? अगर आया तो कहां आया? मैंने कर्मचारी को यह कहा था कि तुम यह नहीं बताना कि कहां से आए हो। जाकर खड़े हो जाओ, लाइन में खड़े हो जाओ, पता लगेगा। हम भी मोनीटरिंग करते हैं, क्योंकि हम इस सरकार का भला चाहते हैं।

श्री माखनलाल फोतेदार : या लोगों का...(व्यवधान)

श्री वाजपेयी : हम दोनों बात चाहते हैं और आप एक बात चाहते हैं।...(व्यवधान) जब उन्हें पता लगा तो मुझे बताया गया कि आप टेलीफोन कर दीजिए, जो सामान आपको चाहिए हम आपके घर में भेज देंगे। यह ठीक नहीं है। सरकार वितरण की व्यवस्था को और सुदृढ़ करे, प्रभावी बनाए।

जहां दुकानें नहीं हैं, वहां दुकानें खुलें, उन दुकानों पर मिलनेवाली चीजों की संख्या बढ़ाएं।

दालों को शामिल करो, खाद्य तेलों को शामिल करो, साबुन को शामिल करो और यह व्यवस्था चलनी चाहिए। यह कोई फायर वर्क की तरह से नहीं होना चाहिए कि आग बुझ गई तो दुकान नहीं खुलेंगी, दुकान खुलेंगी तो ठीक तरह से नहीं चलेंगी। व्यवस्था ठीक होनी चाहिए। इसमें ढिलाई हो रही है। ढिलाई का एक कारण यह भी है कि जब पैदावार बढ़ जाती है और अभाव नहीं रहता है, तो वितरण व्यवस्था की ओर से दृष्टि ओझल हो जाती है। ऐसा नहीं होना चाहिए। अर्थ-व्यवस्था के जिस दौर से हम गुजर रहे हैं, उसमें किसी भी चीज का अभाव हो सकता है। मैं अभी लखनऊ गया था। वहां पर ऑयल सीड्स पर अनुसंधान करनेवाली एक संस्था है। वे कहते हैं कि दालों के मामले में हम कोई ब्रेकथ्रू नहीं कर सके हैं। चने के भाव कितने बढ़ गए हैं? गरीब कैसे पेट भरेगा? वितरण व्यवस्था को और सुदृढ़ करिए, दुकान ठीक तरह से चले, इसका प्रबंध करिए। मैं जानना चाहता हूं कि मुख्य मंत्रियों ने क्या सुझाव दिए हैं?

महोदया, यह भी जरूरी है कि देश के सामने जो मूल्यों का संकट है, उसको हल करने के लिए, प्रदर्शन तो हम करते हैं, मांग उठाते हैं, लोकतंत्र में उसका स्थान है, लेकिन अगर सरकार कोई रचनात्मक सहयोग चाहती है तो सरकार बताए, हम इस मामले में रचनात्मक सहयोग के लिए भी तैयार हैं। मुझे विश्वास है कि प्रतिपक्ष के हमारे मित्र भी इस संबंध में हाथ बटाएंगे। स्थिति संकटपूर्ण है। किसी तरह की असावधानी घातक सिद्ध होगी। लोगों को तत्काल राहत की जरूरत है। दूरगामी दृष्टि से ऐसे उपाय अपनाएं कि घाटा कम हो, मुद्रास्फीति घटे और देश इस संकट में से सफलतापूर्वक निकल जाए।

अभी जो इराक और कुवैत का झगड़ा हो गया है, स्वाभाविक है उससे चिंता है। यद्यपि सरकारी प्रवक्ता कहते हैं कि उसका आपूर्ति पर कोई असर नहीं होगा, लेकिन असर होगा। अगर यह झगड़ा बढ़ गया तो? सारी दुनिया के परिप्रेक्ष्य में हम देखें तो जो हमारी आर्थिक स्थिति है, वह बहुत से तत्वों पर निर्भर करती है। लेकिन जो शक्तियां, जो तत्व, हमारे बूते में हैं उनके बारे में कड़ाई से कदम उठाने चाहिए, प्रभावी कार्यवाही होनी चाहिए। मुझे विश्वास है कि यह चर्चा अच्छे वातावरण में होगी। सरकार पर आवश्यकता हो तो जमकर प्रहार किया जाए। मैं भी प्रहार करने में कोई असर नहीं करता हूं, लेकिन उसके साथ-साथ दृष्टि रचनात्मक होनी चाहिए।

महोदया, मैं आपको धन्यवाद देता हूं। आपने मुझे बोलने का मौका दिया।

भारतीय कंपनियों के विदेशों में खाते

महोदया, किसी भी भारतीय के लिए या भारतीय कंपनी के लिए विदेशों में विदेशी मुद्रा में धन जमा करना एक गंभीर अपराध है। सरकार यह दावा करती रही है कि आर्थिक अपराधों को वह समाप्त करना चाहती है और ऐसे अपराधियों को कानून के अंतर्गत कठोर दंड देना चाहती है। लेकिन आज एक ऐसा मामला प्रकाश में आया है, जिससे सरकार का यह दावा न केवल खोखला सिद्ध होता है, बल्कि सरकार पर यह अभियोग भी बनता है कि उसने इस तरह के मामले को दबाने की कोशिश की।

महोदया, कलकत्ता की एक कंपनी है स्टीलाल एंड लिमिटेड। १९८० से ई.एम.एस. स्टीलाल एंड लिमिटेड कंपनी दुबई में अपना हिसाब रख रही है। ९ सितंबर, १९८१ में इस एकाउंट में ६५०७३४ दीनार जमा किए गए। यह मामला सरकार के ध्यान में लाया गया। मेरे पास रिजर्व बैंक ऑफ इंडिया का १० नवंबर, १९८१ का एक पत्र है। मेरी जानकारी केवल इंडियन एक्सप्रेस में छपी हुई रिपोर्ट के आधार पर नहीं है। मैं उन दस्तावेजों को सभा-पटल पर रखने के लिए तैयार हूं जो इस बात की पुष्टि करते हैं कि इस कंपनी ने विदेशों में खाता खोला। उसके लिए रिजर्व बैंक से अनुमति नहीं ली और सरकार को जब यह मामला पता लगा तो सरकार ने थोड़ी सी जांच की। लेकिन ऊपर का दबाव आने पर वह जांच बंद कर दी गई।

मैं उद्धृत करना चाहता हूं। यह सरकार की चिट्ठी है। मैं इसे आथेंटिकेट करके सभा पटल पर रखने के लिए तैयार हूं।

उपभापति : इसे आप सभा-पटल पर नहीं रख सकते।

श्री वाजपेयी : यह चिट्ठी कंट्रोलर ने लिखी १० नवंबर, १९८१ को—उपनिदेशक प्रवर्तन निदेशालय (फेरा), भारत सरकार, कलकत्ता कार्यालय से :

"महोदय,

आपके पत्र दिनांक १३ अक्तूबर, १९८१ के संदर्भ में हमारा कहना है कि हमने ऐसी किसी अधिकृत कंपनी को इजाजत नहीं दी है जिसका विदेशी मुद्रा एकाउंट विदेश में हो। ऐसा भी नहीं है कि इसकी कोई जानकारी हमें दी गई हो।"

** भारतीय कंपनियों के विदेशी खातों पर राज्यसभा में १४ मार्च, १९८८ को ध्यानाकर्षण।*

इसके बाद का पत्र है जो श्री ए.के. रायचौधरी, डिप्टी डायरेक्टर ने लिखा है कि एच.एस. बिंद्रा, डायरेक्टर, इन्फोर्समेंट डायरेक्टरेट को। यह २ जनवरी, १९८२ का पत्र है। मैं इसको सभा-पटल पर रखने के लिए तैयार हूं। मैं इसकी पूरी जिम्मेदारी लेता हूं।

उपसभापति : आप इसको मिनिस्टर को भेज सकते हैं। ऐसा कोई कायदा नहीं कि इसको सभा पटल पर रखा जाए।

श्री वाजपेयी : मैं उसको उद्धृत करना चाहता हूं :

"गुप्त सूत्र से हमें खबर मिली है कि ई.एम.एस. स्टीलाल लिमिटेड, ५१ केनाल ईस्ट रोड, कलकत्ता का एकाउंट नं. ५९२८.३ एलगमेन बैंक, नीदरलैंड में है। हमने यह भारतीय रिजर्व बैंक से पता कर लिया है कि अधिकृत कंपनी को ऐसी कोई अनुमति नहीं दी गई है कि वह विदेशी मुद्रा एकाउंट देश से बाहर रख सके।

"हमारी जांच बताती है कि यह कंपनी श्री ओ.एम. खोसला और महेद्र नाथ से संबंधित है। श्री महेंद्र नाथ···के···पिता हैं···"

आगे नहीं पढ़ रहा हूं। पत्र आगे कहता है :

"मैं गुप्त रिपोर्ट और रिजर्व बैंक ऑफ इंडिया का १० नवंबर, १९८१ का पत्र आपके लिए भेज रहा हूं ताकि इस मुद्दे की आगे जांच की जा सके।"

महोदया, एक भारतीय कंपनी विदेशों में दो एकाउंट्स रख रही है जिसमें विदेशी मुद्रा में करोड़ों रुपए जमा किए गए हैं। १९८१ से यह काम चल रहा है। सरकार को इस बारे में जानकारी मिली थी, उस कंपनी के दफ्तर पर छापे मारे गए, कंपनी से जुड़े हुए एक व्यक्ति के घर पर छापा मारा गया, पर नई दिल्ली से प्रेशर शुरू हुआ और सारा मामला ठप्प कर दिया गया, सारी जांच समाप्त कर दी गई। मैं कहना चाहता हूं कि यह मामला गंभीर है। इस मामले को इंडियन एक्सप्रेस ने उठाया है, मैं उसका आभारी हूं, कुछ हमारे पास भी दस्तावेज हैं। मैं चाहूंगा कि सरकार इस बारे में स्पष्टीकरण दे और यह बताए कि जब उसकी जानकारी में यह मामला था, तो उसने इस कंपनी और उसके अधिकारियों के खिलाफ कार्यवाही क्यों नहीं की?

रुपए का अघोषित अवमूल्यन

महोदया, वित्त मंत्री जी ने देश की अर्थ-व्यवस्था या आर्थिक स्थिति का जो उत्साहजनक चित्र खींचा है, वह वास्तविकता से मेल नहीं खाता। गत वर्ष उन्होंने कहा था कि स्टॉक मार्केट ऊंचा जा रहा है, इसलिए स्थिति सुधर रही है। इस वर्ष वह यह दावा भी नहीं कर सकते। अधिक से अधिक लोग कंपनियों के स्टॉक खरीद रहे हैं, यह खुशी की बात है, लेकिन ऐसे खरीदनेवालों की संख्या भी १३ मिलियन से अधिक नहीं हो सकती। देश में उद्योगों में पूंजी लगाने का वातावरण बना है, यह खुशी की बात है और इसके लिए यदि लिबरलाइजेशन की नीति अपनाई गई है, तो उसका विरोध नहीं होना चाहिए। लेकिन लिबरलाइजेशन के नाम पर जो अंधाधुंध विदेशों से आयात करने की छूट दी जा रही है, वह हमारे लिए कठिनाइयां पैदा कर रही है। मैं उस पर बाद में थोड़ा सा कुछ कहूंगा।

उपसभापति महोदया, वित्त मंत्री ने अपने बयान में बहुत से आंकड़े दिए हैं। मैं भी उनके सामने कुछ आंकड़े रखना चाहता हूं। आंकड़े बोलते हैं और सच्चाई के मुंह पर पड़ा पर्दा खोलते हैं।

क्या कोई इस बात से इन्कार कर सकता है कि कीमतें बढ़ रही हैं? गत वर्ष इन दिनों कंज्यूमर प्राइस इंडेक्स ६१९ था, अब ७०० है। वित्त मंत्री जी इसे मौसमी वृद्धि कहकर नहीं टाल सकते। मुझे लगता है कि वित्त मंत्री जी के लिए सारा मौसम ही बिगड़ रहा है, बसंत आने से पहले ही पतझड़ शुरू हो गई है।

क्या यह सच नहीं है कि रुपए की क्रय शक्ति निरंतर घटती जा रही है, मार्च १९८५ में एक रुपए की असली कीमत १७ पैसे थी, सितंबर, १९८६ में वह घटकर १४.७९ पैसे रह गई। रुपए का अघोषित अवमूल्यन हो गया है, सरकारी घोषणा के अनुसार नहीं, अघोषित। क्या यह सच नहीं है कि पौंड की तुलना में रुपए की कीमत २०% घट गई है, ड्यूस मार्क की तुलना में ३०% घट गई है और येन की तुलना में ४०% कम हो गई है?

क्या यह सच नहीं है कि देश पर कर्जा बढ़ा है? अगर यह कहा जाए कि देश कर्ज में डूब

** देश की अर्थव्यवस्था की पुनर्समीक्षा के अवसर पर राज्यसभा में ३ दिसंबर, १९८६ कों वाद-विवाद।*

रहा है तो अतिशयोक्ति नहीं होगी। १९८६-८७ में सार्वजनिक ऋण की राशि १०८०६५ करोड़ हो गई है जो कुल जी.एन.पी. का ४८% है। इसमें देश के भीतर और विदेश से लिया गया कर्जा दोनों शामिल हैं। एक-चौथाई कर्जा विदेशी है। आई.एम.एफ. से पांच साल पहले ५० अरब रुपए का जो ऋण लिया गया था, उसकी अदायगी इस वर्ष शुरू होगी। ऐसा लगता है कि डेट सर्विसिंग में लगभग ३०% चला जाएगा। इसका अर्थ यह हुआ कि यदि निर्यात बढ़ाकर और निर्यात बढ़ाना जरूरी है और इस संबंध में अगर ठीक कदम उठाए जाते हैं तो हम उसका समर्थन करेंगे, लेकिन निर्यात बढ़ाकर अगर हम एक रुपया कमाएंगे तो उसमें से २८ या ३० पैसे कर्जे का ब्याज अदा करने में चले जाएंगे।

विदेशी व्यापार का घाटा घटने के भी कोई आसार नहीं हैं। १९८५-८६ में ८,६०० करोड़ का घाटा था। विदेशी माल का अंधाधुंध आयात किया गया। अब हमारे उद्योगपति भी उनके विरुद्ध शिकायत करने लगे हैं। अभी तक विदेश मंत्री और व्यापार मंत्री एक ही थे।

वित्त मंत्री श्री विश्वनाथ प्रताप सिंह : एक सूचना देना चाहता हूं कि इस वर्ष जो आयात के आंकड़े आए हैं वाजपेयी जी, ६ महीने के, सितंबर के आंकड़े हमको कॉमर्स सेक्रेटरी दिखा रहे थे, आयात की वृद्धि केवल १.१ प्रतिशत है।

श्री वाजपेयी : महोदया, अगर थोड़ा सा सुधार हुआ है मरीज की हालत में तो हमें गुरेज नहीं है। लेकिन वित्त मंत्री महोदय इस भ्रम में न रहें कि मरीज हट्टा-कट्टा हो गया है और प्रगति के पथ पर दौड़ने के लिए तैयार है। वह छह महीने की बात कर रहे हैं। अगले छह महीने में क्या होगा, वित्त मंत्री महोदय भी विश्वास के साथ नहीं बता सकते, विश्वनाथ प्रताप सिंह होते हुए भी विश्वास के साथ बताना मुश्किल है।

उपसभापति महोदया, समस्या टुकड़ों में नहीं देखी जा सकती। क्या विदेश मंत्रालय को और व्यापार मंत्रालय को एक करने का फैसला गलत नहीं था? यह फैसला कैसे हुआ? हारकर उसको बदलना पड़ा, लेकिन जो नुकसान होना था वह हो गया। लेकिन यह एक राजनीतिक सवाल है, मैं इस बहस में अधिक राजनीतिक सवाल नहीं लाना चाहता।

महोदया, बेराजगारी भी बढ़ रही है। रोजगार की तलाश में नाम लिखानेवालों की संख्या में वर्ष १९८५ में ११ प्रतिशत की वृद्धि हुई। हमारे एक अनस्टार्ड क्वैश्चन नंबर १३३४ के उत्तर में श्रम मंत्री महोदय ने स्वीकार किया कि यह तादात दिसंबर, १९८५ में २६२.७ लाख थी, जो अगस्त, १९८६ में बढ़कर २८८.५ लाख हो गई। श्रम मंत्री महोदय ने यह भी कहा कि जिनके पास रोजगार है, वे भी अपना नाम लिखा देते हैं। मगर इसके साथ ही यह भी सही है कि जो बेरोजगार हैं, वे भी अपना नाम नहीं लिखवाते हैं। बेरोजगारी में वृद्धि हो रही है, इस तथ्य से इन्कार नहीं किया जा सकता।

महोदया, यह भी स्पष्ट है कि सरकारी खर्च में वृद्धि हो रही है। वित्त मंत्री महोदय ने वायदे किए थे और उन्होंने कुछ कदम भी उठाए हैं, जिनके अनुसार गैर-योजना व्यय में कमी की कोशिश हुई है, मगर वह कोशिश सफल नहीं हुई है।

पूरक मांगों का एक अपूरक सिलसिला चल निकला है। जुलाई में पहली किस्त आई थी, अब दूसरी किस्त तैयार है। पहली किस्त में ६ अरब ६४ करोड़ रुपए मांगे गए थे और अब ३० अरब ३६ करोड़ ५४ लाख रुपए की मंजूरी मांगी गई है। दोनों को जोड़ लीजिए, तो महोदया, यह राशि ३२ अरब से ऊपर होती है। चालू वर्ष में बजट के घाटे का अनुमान ३६ अरब था और

पूरक मांगें ३७ अरब की हैं। घाटा अनुमान से ज्यादा है, खर्च अनुमान से अधिक है। सरकार को साढ़े सात अरब रुपए के घाटे का प्रबंध करना होगा।

वित्त मंत्री महोदय ने अपने वक्तव्य में स्वीकार किया है कि ब्याज की अदायगी का खर्च बढ़कर अब १०,१५० करोड़ हो जाएगा, रक्षा व्यय में वृद्धि से लगभग ११,९०० करोड़ बढ़ने की आशा कर रहे हैं, स्पष्टतया चौथे वेतन आयोग ने सरकार पर अधिक बोझा डाला है, उसके कारण प्रदेशों में जो समस्याएं पैदा हो रही हैं, मुझे विश्वास है वित्त मंत्री महोदय उनसे अनभिज्ञ नहीं होंगे।

सार्वजनिक उद्योगों में काम करनेवाले, केंद्रीय कार्यालयों में काम करनेवाले और राज्यों के कार्यालयों में काम करनेवाले कर्मचारियों के वेतन में अब असमानता नहीं चलेगी। इसके लिए साधन कहां से जुटाए जाएंगे? यह एक बड़ा प्रश्न-चिह्न है। लेकिन हम केंद्र में वेतन बढ़ा दें, अधिक सुविधाएं दे दें, और राज्यों के कर्मचारियों को और नगरपालिकाओं के कर्मचारियों को उनसे वंचित रखें, तो यह आज के युगधर्म के विपरीत है। यह क्या धर्म संकट है वित्त मंत्री महोदय, यह मैं जानना चाहता हूं।

श्री विश्वनाथ प्रताप सिंह : आप अर्थनीति में बोल रहे हैं या राजनीति में?

एक मानयीय सदस्य : दोनों में···(व्यवधान)

श्री वाजपेयी : महोदया, सवाल यह है कि सरकार क्या करने जा रही है। गैर-योजना व्यय में कटौती कैसे होगी, कितनी होगी? कल डॉ. झा ने वेस्ट (फिजूलखर्ची) का सवाल उठाया था, यह सवाल बड़ा महत्त्वपूर्ण है। जो गैर-योजना व्यय है, उसमें बरबादी हो रही है, अपव्यय हो रहा है। जो योजना का व्यय है, वह भी ठीक तरह से और कामों में नहीं लग रहा है। रक्षा के लिए जो व्यय हो रहा है, क्या उसमें बचत की गुंजाइश नहीं है?

दिल्ली में खेल-तमाशों का तांता

लेकिन सवाल यह है कि देश में सादगी का, ऑस्टेरटी का, वेस्ट को अवायड करने का वातावरण नहीं है। अगर दिल्ली में खेल-तमाशों का तांता लगा रहेगा तो सादगी का वातावरण बन भी नहीं सकता।

महोदया, जिस गति से विदेशी कंपनियों के साथ गठबंधनों के समझौते हो रहे हैं और बहुराष्ट्रीय कंपनियों के लिए दरवाजे खोले जा रहे हैं, उससे स्वावलंबन के राष्ट्रीय लक्ष्य के खतरे में पड़ने की आशंका हो रही है। क्या विदेशी कंपनियां हमारे विकास के लिए लालायित हैं? या उनकी दृष्टि अपने लाभ पर है, हमारे विकास पर नहीं? उन्हें विकास नहीं, बाजार चाहिए, उन्हें हमारा सस्ता श्रम चाहिए। कूपर्स एंड लाइब्रेन मल्टीनेशनल कंपनी के चेयरमैन के भाषण के कुछ अंश मैंने पढ़े हैं, वे चौंका देनेवाले हैं। मैं उद्धृत कर रहा हूं :

"एक हजार लाख लोग मध्य वर्ग में आते हैं। मुख्यतः चार नगरों में रहनेवाले ये लोग ही अमेरीकी उद्योग की वस्तुओं और सेवाओं के निशाने हैं। कई मामलों में भारत विश्व के पांच बड़े बाजारों में एक है जो अमेरिकी निर्माताओं के आकर्षण और विकास का कारण है।"

अगर वित्त मंत्री चाहें तो इसे प्रशंसापत्र मान सकते हैं, लेकिन मुझे खतरे की घंटी सुनाई दे रही है। वह हमारी ऐसी तारीफों का पुल बांध रहे हैं जिसके ऊपर चलना तो संभव ही नहीं, नीचे से पास करना भी मुश्किल दिखाई दे रहा है :

"भारत को प्रति १५ वर्ष विकास दर बनाए रखनी चाहिए, जिसमें ७% सालाना बढ़ोत्तरी भी

होती रहे। इससे भारत विश्व के उन देशों में शमिल हो जाएगा जो सबसे तेज गति से विकास कर रहे हैं।"

जापानी-अमरीकी कंपनियों में होड़

हमारा ग्रोथ रेट का एवरेज ३.५% है। १५० मिलियन टन पर हमारा अन्न का उत्पादन स्टेगनेट हो गया है, ऐसा लगता है। औद्योगिक विकास जिस गति से होना चाहिए, नहीं हो रहा है, लेकिन बहुराष्ट्रीय कंपनियों को दिखाई दे रहा है कि ७% ग्रोथ रेट हो सकता है प्रति वर्ष और यह सिलसिला १५ साल तक लगातार चलता रहेगा। ऐसा आशावाद न तो वित्त मंत्रालय में है, न प्लानिंग कमीशन में। इसके पीछे रहस्य क्या है, यह मैं जानना चाहता हूं। अब तो अमरीकनों में और जापानियों में होड़ हो रही है कि भारत के बाजारों पर कौन कब्जा करता है। ग्रेडी मींस ने कहा है :

"भारतीय बाजारों में जापानी कार्पोरेशन का तेजी से आगे बढ़ना भी चिंता का विषय है।"

जापान क्यों घुस रहा है, अमरीका पीछे क्यों रह गया है? एक होड़ चल रही है और अगर हम समझते हैं कि ये भारत के विकास में योग देने के लिए लालायित हैं तो मैं समझता हूं कि हम देश के साथ न्याय नहीं करेंगे।

उपसभापति महोदया, मैं थोड़ा नाजुक सवाल उठाना चाहता हूं। क्या प्रधानमंत्री और वित्त मंत्री के बीच पूरा मतैक्य है? कोई कम्यूनिकेशन गैप तो नहीं है? १८ सितंबर को...

श्री विश्वनाथ प्रताप सिंह : आप इधर आकर लिंक बन जाइए।

श्री वाजपेयी : अब हमारे मित्र अर्जुन सिंह कम्यूनिकेशन मिनिस्टर बन गए हैं तो कम्यूनिकेशन गैप हो जाए तो कोई ताज्जुब नहीं होना चाहिए। लेकिन १९ सितंबर को—मैं इसे गंभीरता से रखना चाहता हूं—प्रधानमंत्री ने कलकत्ता में उद्योगपतियों के साथ जो बातचीत की और उस बातचीत का जो विवरण श्री पोद्दार ने बताया उससे ऐसा लगता है कि बड़े घरानों पर छापा मारने के बारे में प्रधानमंत्री ने जो गाइड लाइन दी थी, उनका वित्त मंत्रालय ने पालन नहीं किया। क्या यह सच है? अगर यह सच है तो बड़ा दुर्भाग्यपूर्ण है, इसका निराकरण होना चाहिए। वित्त मंत्री महोदय ने पहले लिबरलाइजेशन किया, टैक्स घटाए, उन्होंने इस बात का मौका दिया कि जिन्होंने गलत तरीके से पैसा कमाया है उसके बारे में घोषणा करें, उस पर जितना टैक्स अदा करना है, अदा करें। मैं समझता हूं कि यह प्रारंभ में सही था। पहले तो समय देते, फिर छापा मारते तो ज्यादा अच्छा होता। लेकिन अब क्या छापे सेलेक्टिव मारे जाएंगे। क्या राजनीतिक कारणों से छापामार कार्यवाही होगी?

दूसरी बात मैं यह पूछना चाहता हूं कि पब्लिक सेक्टर के बारे में केंद्र के दो मंत्रियों में जो विवाद चल रहा है, सार्वजनिक विवाद चल रहा है—एक मंत्री दूसरे मंत्री को डॉन क्विकजोट और सैकोपांजा कहते हैं और दोनों मंत्री मंत्रिमंडल में हैं, दोनों मंत्री पब्लिक सेक्टर को बढ़ाने की बातें कर रहे हैं, यह कहां तक ठीक है...(व्यवधान) मैं लड़ाना नहीं चाहता, लड़ाई खत्म कराना चाहता हूं। सरकार का दृष्टिकोण पब्लिक सेक्टर के बारे में साफ होना चाहिए। उसके अंधाधुंध विस्तार के हम खिलाफ रहे हैं, आज से नहीं, पहले से ही। हमने कहा है कि एक्सपेंशन नहीं कंसालिडेशन होना चाहिए। आप लाभ करके दिखाइए। लेकिन सरकार की नीति डांवाडोल है। पब्लिक सेक्टर से मिलनेवाले लाभ के बल पर सातवीं पंचवर्षीय योजना का सारा ढांचा खड़ा है। केवल एक

बजाज या टाटा को इंडियन एयरलाइंस या एयरइंडिया का हैड बनाने से काम नहीं चलेगा। प्रबंध सौंप दें अगर करना है तो···(व्यवधान) मेरा कहना है कि यह सब दिखावे के लिए मत कीजिए। बजाज और टाटा को इंडियन एयरलाइंस और एयर इंडिया मे लाने मात्र से काम नहीं चलेगा। पब्लिक सेक्टर को झकझोरकर उसे देश के विकास का माध्यम बनाने में आपको कौन सी कठिनाई आ रही है, यह समझ में नहीं आ रहा है।

राज्यों के जो उद्योग हैं, जो अंडरटेकिंग्स हैं उनकी हालत और भी खराब है। बिजलीघरों में वहां अंधेरे हैं। बसें चलती नहीं। गोल-माल है, भ्रष्टाचार है। ये राज्य कल आपके पास आनेवाले हैं अपने कर्मचारियों को अधिक वेतन देने के लिए। फाइनेंस कमीशन की सिफारिशों में वे संशोधन मांगेंगे। उनके साथ बैठकर भी विचार करिए कि किस तरह से यह घाटा कम किया जा सकता है। किस तरह से वित्तीय साधन जुटाए जा सकते हैं।

वित्त मंत्री बधाई के पात्र हैं, मगर···

एक बात और। आप उद्योगपतियों से चर्चा करते रहे हैं। उनसे मिलना चाहिए। हमारे वित्त मंत्री एक खुली किताब का झोंका लेकर आए हैं। मैं उसका स्वागत करता हूं। बधाई देना चाहता हूं, लेकिन मैं बधाई दे नहीं रहा हूं क्योंकि मेरी बधाई उनके खिलाफ जा सकती है। यह हो सकता है कि कोई प्रधानमंत्री को जाकर कहे कि वाजपेयी वित्त मंत्री की तारीफ कर रहा था तो वहां सोचा जाए कि जरूर कुछ गड़बड़ है, दाल में कुछ काला है। वह खुलापन अच्छी चीज है, लेकिन मेरा निवेदन यह है कि आप जिस तरह से उद्योग और व्यापार के प्रतिनिधियों से बात करते हैं, उसी तरह से किसानों और उपभोक्ताओं के प्रतिनिधियों से बात क्यों नहीं करते? क्या किसानों को उनकी फसल की उचित कीमत मिल रही है? क्या कीमतें बढ़ती हैं तो उसका लाभ किसान तक पहुंचता है, या बीच में ही लोग उसे खा जाते हैं? क्या इस बीच के मुनाफे को कम नहीं किया जा सकता? और दूसरी बात मैं यह कहना चाहता हूं कि क्या उद्योगपतियों से चर्चा करके आप यह तय नहीं कर सकते कि कारखाने में बननेवाले माल की लागत क्या है, उस पर विभिन्न टैक्स क्या हैं और उस पर मोटे तौर पर मुनाफा क्या होना चाहिए? क्या इस तरह का विवरण देश के सामने नहीं रखा जा सकता?

हमने नागपुर में प्रोफेसरों के एक ग्रुप से इसका अध्ययन कराया था। एक लोकप्रिय कंपनी का स्कूटर जो १२००० में बिक रहा है, लागत खर्चा लगाकर, टैक्स जोड़कर और ४% मुनाफा भी शामिल करके, उस स्कूटर की कीमत किसी भी हालत में ७-८००० से ज्यादा नहीं होनी चाहिए। क्या यह १२००० हजार की कीमत अधिक नहीं है? जो साबुन १.२५ रुपए में बनता है और ५ रुपए में बिकता है, उस पर कितना टैक्स है, यह हमको पता लगना चाहिए। खरीदनेवाले को पता लगना चाहिए कि केंद्र का टैक्स क्या है, प्रदेश का टैक्स क्या है और इस पर कितना मुनाफा है। उचित मुनाफा मिलना चाहिए। उचित मुनाफे के बिना कोई उद्योग नहीं चलाएगा, मगर अंधाधुंध नहीं। इस गरीब देश के आदमी की कीमत पर मुनाफा, मैं चाहूंगा कि वित्त मंत्री महोदय इस पहलू पर विचार करें। धन्यवाद।

प्रति व्यक्ति आय घटी, खपत घटी

महोदय, अगर हम विकास की कसौटी पर इस बजट को कसकर देखें और अब तक जो बजट पेश किए गए हैं, उनकी पृष्ठभूमि में इसको देखें तो खेद के साथ कहना पड़ेगा कि हमारा विकास न केवल रुद्ध हो गया है, बल्कि कुछ क्षेत्रों में हम पीछे भी हट रहे हैं। राष्ट्रीय विकास की दर गिरी है। रुपए के मूल्य में कमी आई है। जब प्रोफेसर दांडेकर और प्रोफेसर रथ ने छठवें दशक में गरीबी के स्तर के नीचे के लोगों की गणना की थी, तो उस गणना के अनुसार भारत के ४०% लोग गरीबी के स्तर के नीचे अर्थात् कंगाली का जीवन बिता रहे थे। अब यह संख्या सरकारी तौर पर बढ़कर ४४% हो गई है। प्रति व्यक्ति आय में कमी हुई है। यहां तक कि जरूरत की चीजों की प्रति व्यक्ति खपत भी घटी है। सुनने में यह बात विचित्र मालूम होती है, लेकिन यह बात सच है कि अनाज, खाद्य तेल और मोटे कपड़े की प्रति व्यक्ति खपत हमारे देश में घटी है।

प्रोफेसर शिनाय के अनुसार दाल आम आदमी के लिए प्रोटीन का सर्वोत्तम साधन उपलब्ध कराती है। १९६१ में दाल की प्रति व्यक्ति प्रतिदिन की खपत २.४३ औंस थी, लेकिन १९७२ में इसमें ३२% की कमी हो गई है।

प्रोफेसर शिनाय के विचारों से श्री भगत को मतभेद हो सकता है, आंकड़ों से मतभेद नहीं हो सकता। आंकड़े या तो सच होंगे या गलत होंगे। आंकड़े से जो निष्कर्ष निकाले जाते हैं, उनको माननीय सदस्य चुनौती दे सकते हैं, लेकिन तथ्यों से झगड़ा करने से काम नहीं चलेगा। स्पष्ट है कि विकास की कसौटी पर हमारे बजट खरे नहीं उतर रहे हैं।

वित्त मंत्री ने दूसरी कसौटी बताई है अधिक से अधिक सामाजिक न्याय। लेकिन अधिक से अधिक सामाजिक न्याय कैसे मिलेगा, जब आमदनी और खर्च में विषमता बढ़ रही है? सचमुच में यह ताज्जुब की बात है कि देश में खेतिहर मजदूरों संख्या में वृद्धि हो रही है। उत्तर प्रदेश के आंकड़े मेरे पास हैं। वहां १९५१ में खेतिहर मजदूरों की संख्या २३ लाख थी, जबकि १९७१ में यह संख्या बढ़कर ५२ लाख हो गई। इसका अर्थ यह है कि जो मार्जिनल फार्मर हैं, किनारे के किसान हैं, वे खेती के द्वारा जीवन-यापन संभव नहीं कर पा रहे हैं, वे खेती छोड़कर मजदूरी में लग रहे हैं।

** आम बजट पर चर्चा के दौरान लोकसभा में १५ मार्च, १९७४ को भाषण।*

हम भूमि-सुधारों की चर्चा कर रहे हैं, भूमिहीनों के लिए अतिरिक्त भूमि के वितरण की घोषणाएं कर रहे हैं। फिर भी खेतिहर मजदूरों की संख्या बढ़ना इस बात का प्रमाण है कि ग्रामीण क्षेत्र में गरीबों की संख्या में वृद्धि हो रही है। शहरी क्षेत्र में भी, जिन्हें प्रोफेसर दांडेकर अरबन पूअर कहते हैं, बढ़ रहे हैं। अगर इस संख्या में वृद्धि होती है तो अधिक से अधिक सामाजिक न्याय देने का वित्त मंत्री का उद्देश्य कैसे पूरा हो सकता है? रोजगार के दफ्तरों में दर्ज बेकारों के जो आंकड़े उपलब्ध हैं, वे इस प्रकार हैं :

१९७१ में ५१ लाख, १९७२ में ६९ लाख, १९७३ में ८१ लाख और १९७४ में ९५ लाख। सभी जानते हैं कि बेकारों की वास्तविक संख्या इससे कहीं अधिक है।

श्री डी.एम. तिवारी (गोपालगंज) : पापुलेशन बहुत बढ़ रही है।

श्री वाजपेयी : क्या पैदा होते ही लड़का बेकार हो जाता है?

वित्त मंत्री ने तीसरी कसौटी बताई है स्वावलंबन। स्वावलंबन हमारा राष्ट्रीय लक्ष्य है। हम स्वावलंबन की चर्चा करते हैं। जब विश्व बैंक की रिपोर्ट आती है और हमारा परावलंबन उजागर करती है, तो हमारा राष्ट्रीय स्वाभिमान आहत हो जाता है। लेकिन वित्त मंत्री के बजट में मुझे यह देखकर ताज्जुब हुआ कि पिछले साल जितनी विदेशी सहायता की हमने कामना की थी और अनुमान किया था, इस वर्ष उनके बजट भाषण में उससे अधिक विदेशी सहायता का अनुमान किया गया है। उसके अनुसार १४४ करोड़ रुपए से भी अधिक विदेशी सहायता की हम कामना कर रहे हैं, लेकिन जानकार लोगों का कहना है कि ये आंकड़े भी ठीक नहीं हैं। इन आंकड़ों में हम सोवियत रूस से गेहूं के रूप में जो ऋण प्राप्त कर रहे हैं और तेल उत्पादन करनेवाले देशों से जो सहायता ले रहे हैं, उसका समावेश नहीं किया गया है। अगर वह सहायता जोड़ ली जाए तो विदेशी सहायता १२०० करोड़ तक जाएगी, इस बात की संभावना है। अब यदि विदेशी सहायता की मात्रा बढ़ती है, तो स्वावलंबन का उद्देश्य कैसे पूरा होता है?

पी.एल. ४८० का दूसरा रूप

मैं उन लोगों में से नहीं हूं जो इस बात के लिए संतोष कर लें कि पी.एल. ४८० के बारे में समझौता हो गया, लेकिन इस बात का उल्लेख न करें कि पी.एल. ४८० का एक दूसरा रूप सोवियत रूस के साथ हमारे आर्थिक संबंधों का जो विकास हो रहा है, उस शक्ल में हमारे सामने आ रहा है। रूस से हम गेहूं ले रहे हैं, तो वह किस भाव पर हमें मिलेगा? हम सोवियत रूस से तेल ले रहे हैं, उसका भाव क्या है? हम फर्टिलाइजर प्राप्त कर रहे हैं, उसका मूल्य क्या है? हम इस्पात ले रहे हैं, उसकी कीमत क्या है? हम न्यूजप्रिंट भी सोवियत रूस से प्राप्त करना चाहते हैं। अंतरराष्ट्रीय भावों की तुलना में सोवियत रूस के भाव क्या हैं, उनके बारे में सदन को और देश को विश्वास में लेने की आवश्यकता है। आत्मनिर्भरता का यह रूप नहीं हो सकता कि अमरीका के संदर्भ में अपनी आत्मनिर्भरता घटा दें और सोवियत रूस के संबंध में अपनी निर्भरता बढ़ा दें। निर्भरता खतरनाक है, वह चाहे इस महादेश पर हो या उस महादेश पर हो। यह धारणा गलत है कि विदेशी सहायता बिना शर्तों के मिलती है। शर्तें कभी दिखाई देती हैं, कभी दिखाई नहीं भी देती हैं। लेकिन जब संकट की घड़ी आती है तो शर्तें उजागर हो जाती हैं और हमारे राष्ट्रीय विकल्प को बंद कर देती हैं। उस पर बढ़ती हुई निर्भरता कम-से-कम हमारी आत्मनिर्भरता की सूचक नहीं हो सकती।

श्री सतपाल कपूर (पटियाला) : एक डेलीगेशन लेकर जाइए आप।

श्री वाजपेयी : डेलीगेशन में तो आपको जाने का मौका मिलता है।

उपाध्यक्ष महोदय, इस कामना के बावजूद कि मूल्य स्थिर होंगे, कर-प्रस्तावों से कुल मिला कर मूल्यों में वृद्धि होगी, इस तथ्य से इन्कार नहीं किया जा सकता। यह ठीक है कि वित्त मंत्री अपने को दो पाटों के बीच में पिसता हुआ पाते हैं। एक ओर तो यथार्थवाद है जो उन्हें व्यावहारिक नीतियों का अवलंबन लेने के लिए प्रेरित करता है, जो उन्हें इस बात के लिए तैयार करता है कि वह पूंजीनिवेश को प्रोत्साहन दें जिससे उत्पादन बढ़े, लोग पूंजी बचाएं, अधिक से अधिक उद्योगों में लगाएं और विकास के लिए अनुकूल वातावरण बने, लेकिन दूसरी ओर प्रगतिवाद, रैडिकलिज्म।

एक माननीय सदस्य : समाजवाद।

श्री वाजपेयी : समाजवाद जरा पुराना पड़ गया है। आजकल रैडिकलिज्म का जमाना है। यह उन्हें यथार्थवादी बनने से रोकता है। अब इस बजट की जो प्रतिक्रिया हुई, वह वित्त मंत्री के धर्म संकट को स्पष्ट कर देती है। वित्त मंत्री ने कुछ ऐसे कदम उठाए हैं जिनसे उत्पादन में वृद्धि हो सकती है। होगी या नहीं, यह मैं निश्चयपूर्वक नहीं कह सकता। उन्होंने ९७.५% से ७७% आयकर घटाया है। उद्योग के लिए जो डेवलपमेंट रिबेट १९७४ में खत्म होनेवाली थी, उसकी अवधि बढ़ाई है। ये कदम स्टॉक एक्सचेंज में स्वागत के रूप में लिए गए हैं। कल तो हमारे मित्र श्री पीलू मोदी ने भी इनकी तारीफ कर दी। मगर वित्त मंत्री की मुश्किल यह है कि श्री पीलू मोदी जितनी उनकी तारीफ करेंगे, हमारे मित्र श्री इंद्रजीत गुप्त उतनी ही उनकी निंदा करेंगे। ऐसी स्थिति में वे करें क्या? मेरा निवेदन है कि समाजवाद, पूंजीवाद यह शब्दावली पुरानी पड़ गई है, घिस-पिट गई है…(व्यवधान)

श्री पीलू मोदी (गोधरा) : अखंड भारत लाओ।

श्री वाजपेयी : मगर अखंड भारत लाने के लिए श्री पीलू मोदी को अपने मित्र जुल्फी को तैयार करना पड़ेगा।

श्री पीलू मोदी : वही अब आपको बचा सकता है।

श्री वाजपेयी : आपको नहीं बचा पाया तो हमको क्या बचाएगा?

उपाध्यक्ष महोदय, जिन देशों में हमारी कल्पना के अनुसार पूंजीवादी सरकारें चलती हैं, वहां भी सरकारों का स्वरूप अब कल्याणकारी हो गया है। आम नागरिक की बुनियादी आवश्यकता की पूर्ति हर एक शासन का धर्म है। किसी भी विचारधारा से शासन-सत्ता बंधी हो, उसे नागरिकों की न्यूनतम आवश्यकताओं को पूरा करने के दायित्व का निर्वाह करना होगा। जो शासन ऐसा नहीं करेगा वह टिक नहीं सकेगा, चाहे कितनी भी ऊंची उद्घोषणाएं करें।

दूसरी ओर स्कैंडिनेविया के जिन देशों में पिछले २०-२५ सालों से समाजवादी सरकारें चल रही थीं, वहां की जनता ने परिवर्तन के लिए अपनी इच्छा प्रकट की है। चुनाव में समाजवादी सरकारें परास्त हो रही हैं। पालने से लेकर शिक्षा तक नागरिक की चिंता करनेवाली राज्य-व्यवस्था लोगों को परमुखापेक्षी बनाती है, उन्हें आलस्य से ग्रस्त करती है, उनके पराक्रम पर पानी फेरती है, उनके पुरुषार्थ को कुंठित करती है। स्पष्ट है कि हमें बीच के रास्ते का अवलंबन करना होगा। यह सरकार बीच के रास्ते का अवलंबन करने का प्रयत्न भी करती रही है। लेकिन इसमें राजनीति बाधक है।

वर्तमान सरकार की कठिनाई यह है कि वह आर्थिक प्रश्नों का राजनैतिक हल निकालना

चाहती है। ये राजनैतिक हल थोड़े दिनों के लिए हमारे काम के हो सकते हैं, मगर अंततोगत्वा ये देश की अर्थ-व्यवस्था को सबल और स्वस्थ नहीं बना सकते।

मुझे यह जानकर बड़ा आश्चर्य हुआ कि जिन १४ बैंकों का राष्ट्रीयकरण हमने प्रगतिवाद की बड़ी दुंदुभी बजाकर किया था वे राष्ट्रीयकृत बैंक मुनाफे की दृष्टि से, प्राफिटेबिलिटी की दृष्टि से जो कसौटी निर्धारित की गई थी, उस पर खरे नहीं उतर रहे हैं। हमने बैंक लिए। बदले में मुआवजा दिया। यह आशा की जाती थी कि बैंक कम-से-कम ५.५% का मुनाफा करके दिखाएंगे, जिस हिसाब से उनके बदले में क्षतिपूर्ति देनी पड़ी थी।

लेकिन उन १४ बैंकों का इतिहास क्या है, उनकी उपलब्धियां क्या हैं? १९७१ में यह प्राफिटेबिलिटी ५.१ थी, लेकिन १९७२ में ४.८% और १९७३ में ३.८% रह गई। मुझे स्मरण है कि एक चुनाव सभा में रक्षा मंत्री श्री जगजीवन राम ने मुरादाबाद में स्पष्ट शब्दों में यह स्वीकार किया कि बैंकों का राष्ट्रीयकरण विफल हो गया है, क्योंकि इनके द्वारा जिन वर्गों को लाभ मिलना चाहिए था, उनको लाभ नहीं मिला। कुछ बैंक तो गहरे संकट में फंस रहे हैं। इलाहाबाद बैंक जिसका मुनाफा १९७१ में ४.२% था, १९७२ में २.२% रह गया। बैंक ऑफ महाराष्ट्र का मुनाफा १९७१ में ७% था, १९७२ में ०% रह गया, सेंट्रल बैंक के १९७१ और १९७२ के मुनाफे में कोई अंतर नहीं है, १.९% है, लेकिन हमने मुनाफे की जो कसौटी निर्धारित की है, उसके आधार पर बहुत कम है। इंडियन ओवरसीज बैंक का मुनाफा १९७१ में ३.२% था, लेकिन १९७२ में ०.५% रह गया। यूनियन बैंक ऑफ इंडिया का मुनाफा भी घटा है।

राष्ट्रीयकृत बैंकों के रंग-ढंग

उपाध्यक्ष महोदय, मैं जानता हूं—वित्त मंत्री इन मुद्दों का जवाब देते हुए यह कह सकते हैं कि बैंकों का रिजर्व है और अपना रिजर्व दिखाकर बैंक यह दावा कर सकते हैं कि वे किसी आर्थिक संकट में घिरे हुए नहीं हैं। लेकिन मैं चाहता हूं कि राष्ट्रीयकृत बैंकों के आज तक के रंग-ढंग और उनकी उपलब्धियों व अनुपलब्धियों के बारे में गहराई से विचार होना चाहिए। मुझे कई ऐसे उदाहरण मालूम हैं, जिनमें राष्ट्रीयकृत बैंकों के लिए लक्ष्य निर्धारित कर दिए जाते हैं—रुपया जमा करने के, फिर कर्मचारियों और अधिकारियों को मजबूर किया जाता है—उन लक्ष्यों की पूर्ति के लिए और वे लक्ष्यों को किस तरह से पूरा करते हैं—एक उदाहरण मेरे सामने है। अगर वित्त मंत्री चाहेंगे तो उसका ब्यौरा भी दे सकता हूं। एक व्यक्ति से कहा गया कि बैंक में रुपया जमा करा दो। उससे २०००० रुपया जमा करा लिया गया, लेकिन फिक्स्ड डिपाजिट के बदले उसे १,८०००० का कर्जा दे दिया गया। २०००० रुपया जो उसने जमा किया था, वह काला धन था, लेकिन २०००० रुपया के बदले १,८०००० का कर्जा पा लिया...(व्यवधान)

श्री सतपाल कपूर : यह कौन सा बैंक है?

श्री वाजपेयी : यह १,८०००० भी काले धन का है—इस तरह की कई घटनाएं हो रही हैं।

श्री सतपाल कपूर : थ्योरी की बात नहीं, नाम लीजिए। कहानी न सुनाइए।

श्री वाजपेयी : आपको कहानी लगती है—यही तो देश का दुर्भाग्य है।

श्री सतपाल कपूर : आप कहानी सुनाकर चले जाते हैं—यह भी दुर्भाग्य है।

श्री वाजपेयी : हम कहीं नहीं जाएंगे, यहीं आपका सिर खाएंगे।

उपाध्यक्ष महोदय, आज बैंक व्यवस्था क्या होगी, क्या काले धन को सफेद धन बनाने के

साधन के रूप में बैंकों को प्रयुक्त होने की इजाजत दी जाएगी? क्या हम राष्ट्रीयकृत बैंकों की क्षमता घटने देंगे, क्या हम आंकड़ों के रूप में लक्ष्यों को निर्धारित करके इस तरह की अनियमितताओं को प्रोत्साहित होने देंगे? यदि वित्त मंत्री इसके बारे में अधिक जानना चाहते हैं, तो इंस्पेक्टर्स रिपोर्ट मंगा सकते हैं, जो राष्ट्रीयकृत बैंकों के हिसाब की जांच-पड़ताल करते हैं और यदि आवश्यकता होगी तो मैं उनको इसके बारे में और अधिक जानकारी दे सकता हूं।

वित्त मंत्री श्री यशवंत राव चह्वाण : जानकारी तो मैं दूंगा।

श्री वाजपेयी : मैं किसी संकुचित दृष्टिकोण से यह बात नहीं कह रहा हूं। आज कोई भी दल ऐसा नहीं कहता कि राष्ट्रीयकृत बैंकों को पुनः निजी हाथों में सौंप देना चाहिए। इस बात से भी इन्कार नहीं किया जा सकता कि कुछ क्षेत्रों में राष्ट्रीयकृत बैंकों ने जहां पहले कर्जा नहीं मिलता था, कर्जा देना प्रारंभ किया है, खेती के लिए, छोटे उद्योग धंधों के लिए। जो आवश्यकता हम महसूस करते हैं, उसकी दिशा में राष्ट्रीयकृत बैंक बढ़े हैं, लेकिन जो अनियमितताएं आज कायम हैं, वे हमारी दृष्टि से ओझल नहीं होनी चाहिए और हमें उनको ठीक करने का निरंतर प्रयास करते रहना चाहिए।

सरकार बैंकों से कर्जा लेना बंद करे

उपाध्यक्ष महोदय, बैंकों से सरकार द्वारा अंधाधुंध कर्जा लेने की जो पद्धति बन रही है, इसको भी बंद कराने की आवश्यकता है। सरकार ही नहीं, बड़े-बड़े उद्योग और व्यापारी भी बैंकों से कर्जा प्राप्त करने जा रहे हैं। आगे जाकर ऋणों की यह प्रक्रिया, उदार प्रक्रिया मुद्रास्फीति को बढ़ावा देती है। कुछ अर्थशास्त्रियों ने जो कल्पना की है, उनकी रिपोर्ट के एक वाक्य से उद्धृत करना चाहता हूं :

"१९६९ के समाप्त होते-होते और १९७४ की जनवरी के तीसरे सप्ताह तक बैंकों का ऋण ८७% बढ़ गया है।"

इसी रिपोर्ट का एक दूसरा हिस्सा है :

"सरकारी व्यय का जो प्रतिशत बैंक ऋण के जरिए १९६८-६९ में मिलता था, उसमें १९७२-७३ तक आते-आते १३% की बढ़ोतरी हो गई है।"

आर्थिक समीक्षा में बड़े स्पष्ट रूप से यह स्वीकार किया गया है कि हमारी अर्थव्यवस्था मुद्रास्फीति से ग्रस्त है। जितना उत्पादन बढ़ना चाहिए—माल और सेवाओं के रूप में, उतना उत्पादन नहीं बढ़ा। मुद्रा की आपूर्ति बढ़ी है। मुद्रा की आपूर्ति जो कर्ज के रूप में की जाती है, उसकी भी गणना उसमें शामिल की जानी चाहिए।

उदारहण के लिए पिछले साल यह कहा गया कि घाटा ८७ करोड़ रुपए का होगा, लेकिन वह घाटा बाद में जाकर ६५० करोड़ का निकला। मेरा निवेदन है कि यह रकम ६५० करोड़ से भी ज्यादा है, यह रकम १६४३ करोड़ रुपए है, क्योंकि इसमें नेटक्रेडिट हमको जोड़ना होगा। इसमें यह नहीं जोड़ा गया है, घाटा कम करके दिखाया गया।

इस बार के बजट में भी कहा गया है कि १२५ करोड़ रुपए का घाटा होगा। मैं नहीं समझता कि किस उम्मीद में इसको कम कहा गया है, यह तो बढ़नेवाला है। इसलिए बढ़नेवाला है कि अनाज के लिए किसानों को हमें ज्यादा मूल्य देना पड़ेगा। एग्रीकल्चर प्राइस कमीशन अधिक दाम देने की बात से सहमत हो गया है। राज्य सरकारें उससे भी दो कदम आगे चली गई हैं। वित्त मंत्री

ने स्वयं अपने राज्य महाराष्ट्र में गेहूं की कीमत १०५ रुपए क्विंटल करने का सुझाव दिया है; मुख्यमंत्रियों की बैठक आयोजित की गई है। हम आशा करते हैं कि उसमें एक सामान्य मूल्य-नीति का निर्धारण किया जाएगा।

अब इस तथ्य से आंखें नहीं मूंदी जा सकतीं कि भारत का कृषक कम मूल्य स्वीकार नहीं करेगा। उसे कोई भड़काए—इसकी आवश्यकता नहीं। मुझे दुख है कि मेरे दल पर आरोप लगाया गया है कि हमने किसानों को भड़का दिया, इसलिए किसान अधिक मूल्य मांग रहे हैं। हम अपने किसानों को इतना नासमझ न समझें। जब वह देखता है कि उससे कम दाम पर माल खरीदा जा रहा है और बाजार में अधिक दाम पर वही माल मिल रहा है, तो उसे कम दाम पर बेचने के लिए विवश नहीं किया जा सकता।

बड़े किसानों पर लेवी से सिद्धांततः किसी का विरोध नहीं हो सकता, लेकिन लेवी का अनुभव यह है कि बड़े किसान अफसरों के साथ तालमेल स्थापित करके, सांठ-गांठ कायम करके लेवी से बच जाते हैं और छोटे किसान लेवी के फंदे में फांसे जाते हैं।

उपाध्यक्ष जी, पिछले साल हमने १३० करोड़ रुपए की सबसिडी की व्यवस्था की थी, लेकिन वह बढ़ गई, १५१ करोड़ हो गई, और दाम नहीं बढ़ते तो भी यह हमारी सबसिडी की रकम १६० करोड़ रुपए हो जाएगी। लेकिन ऐसा लगता है कि दाम बढ़ाने पड़ेंगे और इसका परिणाम यह होगा कि एक ओर तो हमें किसान को अधिक देना पड़ेगा और दूसरी ओर हमें इशू प्राइस में भी वृद्धि करनी पड़ सकती है। इसके परिणामस्वरूप अनाज अधिक महंगा होगा। हमारे आम आदमी का अधिकांश बजट खाने की चीजों के ऊपर खर्च होता है। अनाज की कीमत बढ़ती है, खाद्य तेल की कीमत बढ़ती है, सरकार स्वयं वनस्पति की कीमत बढ़ा रही है, चीनी की कीमत में वृद्धि की गई है, तो फिर आम आदमी के जीवन को अधिक कष्टमय होने से नहीं रोका जा सकता।

राष्ट्रीय खाद्य नीति की जरूरत

मेरा निवेदन है कि हमें एक राष्ट्रीय खाद्य नीति का निर्धारण करना चाहिए। मैं इस बात को स्वीकार करता हूं कि आज हम जिस परिस्थिति में हैं उसमें खाद्यान्न दलगत राजनीति का विषय नहीं रह सकता, क्योंकि अगर हम फैसला भी कर लें कि हमें विदेशों से अनाज मंगाना है तो विदेशों में अनाज उपलब्ध नहीं है। जिस कीमत पर उपलब्ध है वह कीमत हम दे सकेंगे, यह भी संदेहात्मक है। लेकिन नीति के निर्धारण में नारेबाजी से प्रभावित नहीं होना चाहिए। फिर प्रश्न आता है कि क्या हम व्यावहारिक नीति अपनाएंगे या सस्ती लोकप्रियता प्राप्त करने के लिए ऐसे कदम उठाएंगे जो आगे जाकर विफल हो जाएंगे और हमारी समस्या को अधिक गंभीर कर देंगे।

उपाध्यक्ष महोदय, हम अनाज के राजकीय व्यापार के विरुद्ध थे। हम समझते थे कि वह व्यावहारिक नहीं है। अंततोगत्वा सरकार को भी उसी दृष्टिकोण पर आना पड़ा। चावल के राजकीय व्यापार को छोड़ना पड़ा। अब मोटे अनाज पर आवागमन पर लगे हुए प्रतिबंध हटा दिए गए हैं; मेरा निवेदन है कि आज की स्थिति में नियंत्रण कृत्रिम अवरोध पैदा करते हैं, भ्रष्टाचार बढ़ाते हैं, चोरी-छिपे सामान ले जाने की प्रवृत्ति को प्रोत्साहित करते हैं।

उपाध्यक्ष महोदय, कभी-कभी मुझे लगता है कि आज देश को रफी अहमद किदवई की आवश्यकता है। प्रधानमंत्री किसी वित्तीय जादूगर की तलाश में हैं, इकोनामिक विजार्ड ढूंढ़ रहे हैं। प्रश्न व्यक्ति का नहीं है, प्रश्न नीति का है।

नियंत्रण तब तक सफल नहीं हो सकते जब तक नियंत्रणों के परिणामस्वरूप बाजार में पैदा होनेवाले कृत्रिम अभाव को पूरा करने के लिए सरकार के पास पर्याप्त भंडार नहीं होंगे। आज स्थिति यह है कि नियंत्रण लगाते ही सामान बाजार से गायब हो जाता है। दाम बढ़ जाते हैं। अगर सरकार इतना भंडार करे कि लोगों की आवश्यकता पूरी कर सके तो नियंत्रणों के सफल होने की संभावना है, अन्यथा नियंत्रण बीमारी का ऐसा इलाज है जो बीमारी से भी अधिक खराब है। मेरा निवेदन है कि इस प्रश्न पर व्यावहारिकता की दृष्टि से विचार होना चाहिए। क्रांतिकारी यथार्थवाद, रेडिकल रीयलिज्म, क्रांतिकारी अयथार्थवाद नहीं, क्रांतिकारी यथार्थवाद सही मार्गदर्शक होना चाहिए। कोरा यथार्थवाद यथास्थिति को बनाए रखने का कारण हो सकता है। लेकिन अयथार्थवाद क्रांति को परिवर्तित करने का सामर्थ्य नहीं रखता। वह आकर्षक नारे के रूप में भले ही हमारा मन मोह सकता है। आवश्यकता है क्रांतिकारी यथार्थवाद की और यथार्थवादी क्रांति की। आर्थिक क्षेत्र में अगर हम इसे अपना निर्देशक बना सके तो हम परिवर्तन के साथ प्रगति कर सकते हैं। परिवर्तन आवश्यक है। विषमता घटनी चाहिए। लेकिन आज स्थिति यह है कि जीवन जैसे जड़ हो चुका है। परिवर्तन की आकांक्षा हिंसा का रूप ले गुजरात की सड़कों पर तांडव कर रही है।

भूखों की भीड़, होटलों में भीड़

उपाध्यक्ष महोदय, मैंने देखा जामा मस्जिद के इलाके में होटलों के सामने बड़ी संख्या में शाम को भूखे इकट्ठे हो जाते हैं। हर होटल के सामने भूखों की भीड़ लगी हुई है। वे मांगते नहीं हैं, किसी के सामने हाथ नहीं फैलाते। मगर एक कामना जरूर करते हैं कि होटल में से कोई खानेवाला निकलकर उनके लिए भी थोड़े से भोजन का प्रबंध कर देगा। मैं चाहूंगा, प्रधानमंत्री महोदया उस दृश्य को जाकर देखें। मैं कल गया था, इसलिए कह रहा हूं। एक ओर यह दृश्य है और दूसरी ओर यह दृश्य है कि बड़े-बड़े होटलों में, फाइव स्टार होटलों में बैठने के लिए जगह नहीं मिलेगी, ऐसी भी संभावना है। यह खाई बढ़ रही है। सारी शक्ति सरकार के हाथ में केंद्रित करने की अर्थ-व्यवस्था सफल नहीं हो सकती। हम लोकतांत्रिक ढांचे में तानाशाही फैसले नहीं कर सकते।

उपाध्यक्ष महोदय, हमारे वित्तीय अनुशासन की क्या स्थिति है? क्या वित्त मंत्री राज्यों को इस बात के लिए विवश कर सकते हैं कि रिजर्व बैंक से ओवर ड्रा करने के संबंध में जो नियम बनाए हैं, उनका पूरा पालन किया जाएगा? मुझे डर है यह पालन नहीं होगा।

श्री यशवंतराव चह्वाण : कुछ हद तक हो रहा है।

श्री वाजपेयी : कुछ हद तक, मगर वह पर्याप्त नहीं है। आप राज्यों के बजट देखिए। घाटे के बजट आ रहे हैं। हरियाणा, पंजाब, जम्मू और काश्मीर का बजट आया। वे समझते हैं कि केंद्र के पास पूंजी है और हम अगर साधन न भी जुटाएं, हम अपने खर्चों में कमी न करें, तो भी केंद्र हमारी सहायता के लिए आएगा। उत्तर प्रदेश में चुनावों के अवसर पर नवनिर्माण के कार्यों की जो बाढ़ आई, उसे देखते हुए राज्यों से वित्तीय अनुशासन की आशा नहीं की जा सकती। जब चुनाव के लिए आप राज्य को ५५० करोड़ रुपए की नई योजनाएं शुरू करने के लिए छूट दे सकते हैं तो चुनाव गुजरात में भी आ रहे हैं, फिर वहां आपको अधिक रुपए खर्च करने पड़ेंगे। मेरा निवेदन है कि राज्यों को वित्तीय अनुशासन में लाने का प्रयत्न किया जाना चाहिए। राज्यों को यह स्पष्ट कर दिया जाना चाहिए कि अगर वे अपने साधनों से अपने विकास के लिए मार्ग प्रशस्त

नहीं करेंगे तो उनके प्लान आउटले में कमी होगी।

वित्त कमीशन ने इस बार राज्यों को अच्छी सहायता दी है, और जो राज्यों को साधन प्राप्त हैं, जो वित्त प्राप्त हैं, उसके चलते उन्हें अपने विकास के लिए प्रयत्न करने में अत्यधिक कठिनाई नहीं होनी चाहिए। लेकिन वित्तीय अनुशासन राज्यों में नहीं है, वह हमें लाना पड़ेगा।

उपाध्यक्ष महोदय, वित्त मंत्री महोदय ने यह प्रयत्न किया है कि अपने बजट को पांचवीं योजना के पहले साल में समन्वित करके देखें और दोनों में तालमेल बैठाएं, लेकिन मुझे लगता है कि तालमेल बैठा नहीं है। योजना का केवल 'हार्ड कोर' रह गया है और बाकी की सारी योजना की छुट्टी-सी हो गई लगती है।

यहां तक कि कृषि के अंदर पिछले वर्ष की तुलना में एक करोड़ रुपया कम दिया गया है। जल तथा विद्युत में ३९ करोड़ की कमी है। सोशल और कम्युनिटी सर्विसिज में ९० करोड़ कम है। ड्राउट प्रोन एरियाज प्रोग्राम में केंद्र ने बहुत कम राशि रखी है। राज्यों को कितना इस मद में धन मिलेगा, इसके बारे में मुझे संदेह है। ग्रामीण क्षेत्रों में रोजगार की जिन योजनाओं का बड़े ढोल-ढमाके के साथ श्रीगणेश किया था वे आज अस्त-व्यस्त पड़ी हैं। उत्तर प्रदेश में प्रधानमंत्री द्वारा परिचालित योजनाओं के खाली साइन बोर्ड रह जाएंगे, उनके अंतर्गत निर्माण के काम नहीं होंगे। ग्रामीण क्षेत्रों में हमने मिनिमाइज प्रोग्राम के लिए भी जो पहले व्यवस्था की थी, अब उसको भी समाप्त कर दिया गया है। एक ओर सामाजिक और सामुदायिक विकास सेवाओं के लिए धनराशि कम हो रही है और दूसरी ओर सेंट्रल रिजर्व पुलिस पर धनराशि बढ़ती जा रही है। १९६६-६७ में वह ७ करोड़ थी, १९७०-७१ में वह १७ करोड़ हो गई; १९७१-७२ में २३ करोड़ और अब ४० करोड़ से ज्यादा हो गई है।

वित्त मंत्री के कर-प्रस्ताव

मैं अपने वक्तव्य को उपसंहार की ओर ले जाना चाहता हूं। वित्त मंत्री महोदय जो कर-प्रस्ताव लाए हैं उनमें एक प्रस्ताव सर्वथा आपत्तिजनक है और वह है पोस्टकार्ड की कीमत में ५०% की वृद्धि का। मेरा निवेदन है कि यह प्रस्ताव उन्हें वापस ले लेना चाहिए। डाक और तार की रिपोर्ट के अनुसार उसका मुनाफा बढ़ा है, टेलीफोन अधिक आमदनी दे रहे हैं। पोस्टकार्ड का दाम अलग करके नहीं देखा जा सकता। ताज्जुब की बात है कि पोस्टकार्ड के दाम एकदम ५०% बढ़ गए हैं, लेकिन लिफाफे के ५०% नहीं बढ़े हैं। इस ढंग से बोझा डालना कि सब पर समान रूप से न पड़े, वित्त मंत्री का इरादा हो सकता है—मैं नहीं समझता। पोस्टकार्ड के बारे में पुनर्विचार होना चाहिए।

दूसरी बात यह है कि आयकर में जो छूट दी गई है, वह बहुत देर से दी गई है और बहुत थोड़ी दी गई है। इसको ७५०० रुपए होना चाहिए था। वित्त मंत्री महोदय ने कहा है कि थोड़ी सी, माइनर-सी कमी है, ६००० तक किया है। अगर आप मूल्यों का हिसाब लगाएं तो छूट अब १०००० रुपए होनी चाहिए थी। मैं चाहता हूं कि वित्त मंत्री महोदय इस पर विचार करें।

आयकर में जो कमी की गई है, उसमें हर एक स्तर पर समान रूप से छूट नहीं मिली है। उदाहरण के लिए एक व्यक्ति जिसकी आमदनी १०००० है उसे २२ रुपए की छूट मिली है, लेकिन जिसकी आमदनी ७०००० है उसको ४००० की छूट मिली है। लेकिन जिसकी आमदनी २००००० रुपए है उसे २२००० की छूट मिली है। अधिक आमदनीवाले की छूट ११% है, बीच की आमदनी

वाले की ५.५% और छोटी आमदनीवाले की २२%। मैं समझता हूं छोटी आमदनीवाले को अधिक छूट मिले, इसमें किसी का विरोध नहीं हो सकता। लेकिन ऊंची आमदनी और बीच की आमदनीवाले के बीच में जो अंतर है, उसको आप देखें। बीच की आमदनीवाले को कम छूट मिली है। यह ठीक नहीं है। इस दृष्टि से भी इसको देखने की जरूरत है।

चौथी बात यह है कि सरकार निश्चय करे कि एक वर्ष में ५% से ज्यादा मनी सप्लाई नहीं बढ़ने दी जाएगी, आर्थिक विशेषज्ञों ने भी इस तरह की सिफारिश की है। वित्त मंत्री अगर इस सीमा के बाहर जाना चाहते हैं तो उन्हें पालियामेंट के सामने आना चाहिए और उसकी स्वीकृति प्राप्त करनी चाहिए। अंधाधुंध नोटों की छपाई हमारी अर्थ-व्यवस्था को विनाश के कगार तक ले जाएगी, इसमें संदेह नहीं है।

आखिरी बात यह है कि सरकार अपने खर्च में कमी करे, इस बार वित्त मंत्री ने इसकी चर्चा ही नहीं की है। अगर देश संकट में है तो उस संकट की अनुभूति शासन को और समाज को है, यह हर एक वर्ग को दिखाई देना चाहिए। प्रधानमंत्री अपील कर रही थीं कि युद्ध-स्तर पर हमें समस्याओं का समाधान करना है। जनता से अधिक कष्टमय जीवन बिताने की अपीलें की जा रही हैं। मैं समझता हूं कि सरकारी खर्चे में और अनुत्पादक व्यय में कमी करके, सादगी का वातावरण बनाकर अगर हम चलें तो इस आर्थिक संकट पर विजय प्राप्त कर सकते हैं। लेकिन इसके लिए सरकार को किसी भी वाद-विवाद से ऊपर उठना पड़ेगा। धन्यवाद।

अभाव के तीन कारगर उपचार

उपाध्यक्ष महोदय, आवश्यक वस्तुओं का अभाव और उनके मूल्यों में असाधारण वृद्धि एक गहरे आर्थिक संकट का परिचायक है। सरकार ने गेहूं का थोक व्यापार अपने हाथ में लेते समय यह दावा किया था कि व्यापार के सरकारीकरण से मूल्यों में कमी होगी और उपलब्धि बढ़ेगी। ये दोनों ही उद्देश्य विफल हो गए हैं। पहले जब फसल आती थी तो बाजार में पर्याप्त गेहूं उपलब्ध होता था। इस बार गेहूं उपलब्ध नहीं है। उपभोक्ता की आवश्यकता पूरी करने लायक भंडार भी सरकार के पास नहीं है।

यह आरोप नितांत निराधार है कि भारत का किसान राजनैतिक दलों द्वारा भड़काने के कारण अपना गेहूं सरकारी क्रय-केंद्रों में लाने में संकोच कर रहा है। किसान समझदार है। वह अपने हानि-लाभ को पहचानता है। जब चना, जौ और लाही बेचकर वह अधिक कीमत पा सकता है, तो जब तक गेहूं को रखने की उसकी शक्ति है, वह तब तक गेहूं को रखने का प्रयत्न करेगा। सरकार लाभप्रद मूल्य देकर किसान को गेहूं बाजार में लाने के लिए प्रेरित कर सकती है। आखिर सरकार विदेशों से गेहूं खरीदने जा रही है। उसकी कीमत विदेशी मुद्रा में चुकानी पड़ेगी। क्या वह देश के ऊपर भार नहीं होगा? इसलिए किसान को थोड़ा सा अधिक मूल्य देने में सरकार को संकोच नहीं होना चाहिए।

अब लेवी लगाने की बात की जा रही है। मैं चेतावनी देना चाहता हूं कि लेवी लगाने का अर्थ होगा किसानों में व्यापक असंतोष पैदा करना, किसान को शासनतंत्र की दया पर छोड़ना—उस शासनतंत्र की दया पर, जो भ्रष्ट, अक्षम और असंवेदनशील है। अगर बल-प्रयोग होगा तो ग्रामीण क्षेत्रों में कानून और व्यवस्था की स्थिति बिगड़ेगी, जिसे काबू कर पाना मुश्किल हो जाएगा।

आज कोयले की चोर-बाजारी का यह हाल है कि अगर फिरोजाबाद में फैक्टरी चलानेवाले कोयले का रेक पा जाते हैं, तो वे उससे फैक्टरी नहीं चलाते, बल्कि वह रेक चोर-बाजार में बेच देते हैं और फैक्टरी चलाने से उनको जितना मुनाफा होता है, उससे ज्यादा मुनाफा कोयले को चोर-बाजार में बेचकर प्राप्त कर लेते हैं। सरकार इस बात का पता लगा सकती है। जब कारखाने नहीं चलेंगे, उत्पादन घटेगा और बाजार में सामान कम आएगा, फिर मूल्य-वृद्धि को कैसे रोका

---

* *आवश्यक वस्तुओं के अभाव और मूल्यवृद्धि पर लोकसभा में १५ मई, १९७३ को वाद-विवाद।*

जा सकता है?

सरकार केवल अपने अधिकार में नई-नई चीजें लेती जाए, इससे समस्या हल होनेवाली नहीं है। मूल्य-वृद्धि को रोकने के लिए उत्पादन में वृद्धि करनी पड़ेगी—उत्पादन में वृद्धि उसकी कुंजी है।

जब खाद्य-समस्या का सवाल आता है तो प्रकृति को दोष देकर सरकार अपनी जिम्मेदारी से बचना चाहती है। क्या यह सच नहीं है कि पिछले तीन साल से अनाज की फसल घट रही है? क्यों घट रही है?

एक माननीय सदस्य : खाद नहीं मिलती है।

श्री वाजपेयी : देश में खाद की कमी के लिए कौन जिम्मेदार है?

एक माननीय सदस्य : भगवान्।

श्री वाजपेयी : भगवान् जिम्मेदार है! भगवान् खाद के कारखाने लगाएगा! जो सरकारी कारखाने लगे हैं, उनको पूरी क्षमता से भगवान् चलाएगा! भगवान् की ऐसी विभूति का दर्शन तो हम इस सदन में ही कर सकते हैं!

बिजली की कमी केवल अवर्षण के ऊपर दोष डालकर नहीं समझाई जा सकती।

एक माननीय सदस्य : कुछ हद तक।

श्री वाजपेयी : कुछ हद तक मैं मान सकता हूं, लेकिन इस हद तक नहीं। आखिर कोयले से बिजली पैदा करने के लक्ष्य क्यों पूरे नहीं किए जा सके? अणु बिजली पैदा करने के लक्ष्य निर्धारित किए गए थे, वे आज तक पूरे क्यों नहीं हुए?

डालडा का सवाल लीजिए। अच्छा होता, अगर विदेश-व्यापार मंत्री. यहां होते।...(व्यवधान)

डालडा की पैदावार गिर गई है। सरकार को जो तेल विदेशों से मंगाना चाहिए, उसे मंगाने में सरकार ने देर की। जो तेल आया है, उसे देश के एक कोने से दूसरे कोने तक ले जाने के लिए परिवहन के साधन नहीं हैं। जहां डालडा खाया जाता है, आयातित तेल नहीं है। वह तेल मद्रास में भेज दिया है, जहां खोपरे का या सरसों का या तिल का तेल खाया जाता है, डालडा नहीं खाया जाता है, फलतः डालडा के दाम बढ़ रहे हैं, वह नहीं मिलता।

आज चीनी दुर्लभ है। गांवों में चीनी के दर्शन नहीं होते। क्या चीनी मिलों का सरकारीकरण करने से चीनी की पैदावार बढ़ जाएगी? केवल सरकारीकरण समस्या का हल नहीं है।

सरकार ने सूती धागे का वितरण हाथ में लिया। वितरण की तैयारी नहीं की। लोकसभा में घोषणा कर दी कि वितरण हम हाथ में ले रहे हैं। मिलों को आदेश नहीं भेजा। मिलों को आदेश पांच दिन बाद भेजा गया। मिलों ने नकली सौदे कर लिए। सारा सूती धागा बेच दिया। राज्य सरकारों से नहीं पूछा गया कि कितना सूती धागा उनको चाहिए। आज हालत यह है कि मिलों में सूती धागा पड़ा है, उसका उपयोग हो नहीं रहा और दूसरी ओर बुनकर बेकार हैं। वे सूती धागे की कमी से गहरे आर्थिक संकट में फंस गए। जहां उत्पादन बढ़ाना चाहिए, वहां सरकार उत्पादन नहीं बढ़ा पा रही है। जहां वितरण करना चाहिए, वहां ठीक वितरण नहीं कर पा रही है। सरकार आर्थिक मोर्चे पर विफल हो गई है।

अगर आप दूरगामी दृष्टि से देखें तो हमारे विकास की दर तीन-साढ़े तीन प्रतिशत है, हमारी जनसंख्या २.५% बढ़ रही है। १५% हमारे मूल्यों में वृद्धि हो रही है। किस तरह से हम आर्थिक संकट पर पार पाएंगे? नारों से समस्या हल नहीं होगी। उत्पादन में वृद्धि, वितरण में समानता और

उपभोग में संयम—इस त्रिसूत्र के आधार पर आर्थिक संकट को हल किया जा सकता है।

उत्पादन किन चीजों का बढ़ा?

लेकिन उत्पादन बढ़ रहा है। आवश्यक वस्तुओं का नहीं, रेफ्रिजरेटर्स का उत्पादन बढ़ रहा है, एयरकंडीशनर का उत्पादन बढ़ रहा है। छोटी कार का निर्माण किया जा रहा है। भोग और विलास की वस्तुओं का उत्पादन बढ़ रहा है। तेल का उत्पादन घटा है, नमक का उत्पादन घटा है, मोटे कपड़े का उत्पादन घटा है। इंडिस्क्रिमिनेट एक्सपेंशन ऑफ लग्जरी सेक्टर हो रहा है। देश में एक लग्जरी सेक्टर पैदा हो रहा है। देश में एक लग्जरी सेक्टर पैदा हो गया है, जो पश्चिम के उन्नत और विकासशील देशों का उपभोग का स्तर हमारे देश में लाना चाहता है। २२ करोड़ लोग ऐसे हैं, जो कंगाली का जीवन बिता रहे हैं। उन्हें टेलीविजन नहीं चाहिए, उन्हें रेफ्रिजरेटर की आवश्यकता नहीं है। वे बिना एयर कंडीशनर के भी जिंदा रह सकते हैं। उन्हें छोटी कार की जरूरत नहीं है। उन्हें खाने के लिए अनाज चाहिए, पहनने के लिए कपड़ा चाहिए, बीमारी में दवा और बच्चों के लिए शिक्षा चाहिए। मैं जानना चाहता हूं कि सरकार कंट्रोल करना चाहती है, तो लग्जरी सेक्टर पर कंट्रोल क्यों नहीं करती? मगर लग्जरी सेक्टर पर कंट्रोल नहीं किया जा रहा है।

वितरण में भी समानता लानी पड़ेगी और इसके लिए काले धन की समस्या का हल आपको निकालना होगा।

वित्त मंत्री श्री यशवंतराव चह्वाण : तीसरा क्या कहा आपने?

श्री वाजपेयी : मैंने कहा उत्पादन में वृद्धि, वितरण में समानता और उपभोग में संयम।...(व्यवधान) आपको साधु बनने की जरूरत नहीं है। किन्हें उपभोग में संयम करने की जरूरत है, वह भी मैं बताऊंगा।

सभापति महोदय, वितरण में समानता इस तरह नहीं हो सकती। कंट्रोल लगाकर, कृत्रिम अभाव पैदा करके वितरण में समानता नहीं लाई जा सकती। सरकार को अपनी सीमा पहचाननी होगी। हमें लोकतंत्रिक ढांचे में चलना है। केवल फेयर प्राइस शॉप खोल देना इस बात की गारंटी नहीं है कि उसमें जो माल मिलेगा, वह फेयर प्राइस पर मिलेगा और उससे जो माल मिलेगा, वह सचमुच में उपभोक्ता तक पहुंचेगा। आज माल बीच में ही गायब हो जाता है, रास्ते में ही गायब हो जाता है। चीनी गांव तक नहीं पहुंचती। डीजल के लिए लगी हुई किसानों की लंबी लाइनें आज डीजल प्राप्त नहीं कर पा रही हैं। इसलिए आपको वितरण की ऐसी व्यवस्था का विकास करना होगा जो आज भारत के मनुष्य की स्थिति तथा स्वभाव को ध्यान में रखे और जो लोकतांत्रिक ढांचे में सफल हो सके।

तीसरी बात है उपभोग में संयम। संयम का आदर्श ऊपर से रखना होगा। राष्ट्रपति भवन पर खर्चा ज्यादा होता है, पार्लियामेंट पर खर्चा कम होता है। हमारे राज्यपाल किस दशा में रहते हैं? जो समाज के नेता कहे जाते हैं, क्या वे सादगी और सरलता का आदर्श रख रहे हैं? क्या हम यह स्पष्ट कर रहे हैं कि भारत में अगर नई अर्थ-व्यवस्था आएगी तो उसका आधार अपरिग्रह होगा, असंयम नहीं? अधिक से अधिक प्राप्त करने की हमने एक भूख जगा दी है। चुनाव में नारे लगा कर हमने अपेक्षाओं की क्रांति पैदा कर दी है। यह क्रांति अब तर्कों से शांत होनेवाली नहीं है। लोगों की जठराग्नि जाग रही है। अभाव ने लोगों को आंदोलित कर दिया है। इस अवसर पर

भी सभी दलों का सहयोग लेकर राष्ट्रीय नीतियों का निर्धारण, उनका कार्यान्वयन, यह सरकार का लक्ष्य नहीं है। जब संकट पैदा हो जाता है तब विरोधी दलों का सहयोग मांगा जाता है। उसका एक ही अर्थ है कि विरोधी दल संकट पैदा करने की जिम्मेदारी में भी हिस्सा बंटाएं और जनता के सामने भी कुसूरवार बनकर खड़े रहें। नीतियों के निर्धारण में सहयोग लेने की बजाय यह आरोप लगाना कि किसान अनाज इसलिए नहीं ला रहा है कि भारतीय जनसंघ वाले भड़का रहे हैं, इससे अधिक हास्यास्पद बात और क्या हो सकती है? कभी तो कहा जाता है कि जनसंघ के साथ कोई किसान ही नहीं है, जनसंघ का गांवों में कोई काम ही नहीं है। जब अनाज नहीं आता तो आपको किसी बलि के बकरे की जरूरत होती है और आप भारतीय जनसंघ को बलि का बकरा बनाना चाहते हैं। प्रचार के लिए यह ठीक है, लेकिन इससे बाजार में अनाज आनेवाला नहीं है। इससे अभाव की स्थिति दूर होनेवाली नहीं है। इससे मंहगाई घटनेवाली नहीं है।

वांचू कमेटी की सिफारिशें लागू करो

अगर मूल्यों को स्थिर करना है तो वित्त मंत्री महोदय घाटे की व्यवस्था को नियंत्रित करें। बैंकों से नेट क्रेडिट जो लिया गया है, वह भी काफी है। वह भी मुद्रास्फीति करनेवाला होगा। उसको भी घटाएं। मनी सप्लाई रेट ऑफ ग्रोथ से जुड़ा होना चाहिए। अभी नहीं है। अंधाधुंध हम मनी सप्लाई करते जा रहे हैं, आवश्यकता की वस्तुओं पर टैक्स नहीं लगाना चाहिए। टैक्स लग रहा है। मंहगाई असर कर ही है। काले धन को निकालने के लिए हिम्मत के साथ डीमोनेटाइजेशन करना चाहिए। इसके साथ ही भविष्य में काला धन न बने, इसके लिए भी देश में वातावरण बनाना आवश्यक है। वांचू कमेटी की सिफारिशों को लागू करिए। प्रत्यक्ष कर की दरें घटाइए। लोगों को बचत के लिए प्रोत्साहन दीजिए। लोगों को पूंजी लगाने के लिए उत्साहित कीजिए। यह अनिश्चतता का वातावरण खत्म होना चाहिए। न यह खेती का उत्पादन बढ़ने देगा न कल-कारखाने में लोगों को पूंजी लगाने देगा। सरकारीकरण की तलवार लटकाकर लोकतांत्रिक ढांचे में आप देश का आर्थिक विकास नहीं कर सकते। इसीलिए मैं कहता हूं कि देश तिराहे पर खड़ा है। यह कुछ वस्तुओं के दाम बढ़ने का सवाल नहीं है। कुछ चीजों के अभाव का भी प्रश्न नहीं है। हम तय कर लें, किधर जाना है। अगर आप सरकारी व्यापार की तरफ जाना चाहते हैं, तो समझ लीजिए उसकी चरम परिणति टोटल राशनिंग में होगी। देयर इज नो हॉफ वे हाउस। बीच का कोई रास्ता नहीं है। अगर आप टोटल राशनिंग करना चाहते हैं तो क्या करके निभा सकते हैं?

श्री यशवंतराव चह्वाण : आप वितरण में समानता चाहते हैं, वह किस तरह से करें?

श्री वाजपेयी : अगर आप राजकीय व्यापार हाथ में न लेते तो गेहूं के दाम गिरते और उपभोक्ता को कम कीमत पर गेहूं मिलता। मगर जब मैं वितरण में समानता की बात कर रहा हूं।...(व्यवधान)

श्री यशवंतराव चह्वाण : टेक ओवर का फैसला करने के पहले भी क्या स्थिति थी?

श्री वाजपेयी : पहले स्थिति यह थी कि जब फसल आती थी तो दाम गिर जाते थे।

श्री यशवंतराव चह्वाण : पहले भी यही स्थिति थी। पहले जब फसल अच्छी थी, उस वक्त भी यह स्थिति थी। आपका जो सिद्धांत है हम मानते हैं कि वितरण में समानता होनी चाहिए। लेकिन वितरण में समानता कैसे करें, यह आपने नहीं कहा। हम समझना चाहते हैं आप से।

श्री वाजपेयी : वितरण में समानता सरकारी नियंत्रण से सही नहीं होगी। सरकारी नियंत्रण से

तो माल ही बाजार से गायब हो जाएगा। वितरण में समानता का तरीका यह है कि आप उत्पादन बढ़ाइए और जो कमजोर वर्ग है, उनके लिए फेयर प्राइस शॉप में सब्सिडाइज्ड रेट पर जरूरत की चीजें देने का प्रबंध करें, मगर यह वीकर सेक्शन को, गरीब वर्गों को मिलना चाहिए, सबको देने की आवश्यकता नहीं है। और इसीलिए पूरा व्यापार लेने की आवश्यकता नहीं है। आंशिक व्यापार हाथ में लीजिए और उससे मूल्यों पर नियंत्रण कीजिए। एकाधिकार करके आप निभा नहीं सकते। आपके पास तंत्र नहीं है, आपके पास व्यक्ति नहीं हैं। देश को संकट में डालकर आप नई अर्थ-व्यवस्था की रचना नहीं कर सकते। धन्यवाद।

मूल्यवृद्धि से आम जन संत्रस्त

महोदय, बात यह है कि वित्त मंत्री को सस्ते में नहीं छोड़ा जा सकता। जब महंगाई बढ़ रही है तो उन्हें सस्ता कैसे छोड़ देंगे?

अध्यक्ष महोदय : आप किसी को भी नहीं छोड़ते।

श्री वाजपेयी : नहीं अध्यक्ष महोदय, आप से मेरी कोई नाराजगी नहीं है, बस इतनी प्रार्थना है कि शिमला समझौते का मामला आए तो ख्याल रखिएगा। मैं वित्त मंत्री जी के वक्तव्य का प्रारंभिक अंश पढ़ना चाहता हूं। वैसे उन्होंने एक वक्तव्य आज दिया है, लेकिन मैं उनके दूसरे वक्तव्य को पढ़ना चाहता हूं। मैं उद्धृत कर रहा हूं :

"मैं सम्मानीय सदन की उस चिंता में भागीदारी करना चाहूंगा, जिसमें पिछले कुछ महीनों में जरूरी चीजों की बढ़ती कीमतों के चलते निम्न आय वर्ग और निश्चित आय वर्ग के लोगों को परेशानी हो रही है।"

आज का वक्तव्य अगर आप देखें, मैं उसे फिर से पढ़ना चाहता हूं। आप दोनों का मिलान कर लें :

"कीमतों पर जो दबाव पिछले कुछ समय से पड़ा है वह गंभीर चिंता का विषय है। मैं सम्माननीय सदन की इस चिंता में हिस्सेदारी करना चाहूंगा कि अनिवार्य वस्तुओं, विशेषकर खाद्य सामग्री की बढ़ती जा रही कीमतों से निम्न और मध्य आय वर्ग के लोगों को खासी दिक्कत हो रही है।"

यह वक्तव्य आज का है और यह पहला वक्तव्य १६ नवंबर, १९७१ का है। आज ७१ नहीं है, ७२ है। नवंबर नहीं है, जुलाई है। लेकिन वक्तव्य वही है, चिंता वही है। वित्त मंत्री भी वही हैं। केवल दाम बढ़ रहे हैं।

अध्यक्ष महोदय : मैं सुधार करना चाहूंगा कि यह विषय अभी चल रहा है।

श्री वाजपेयी : अध्यक्ष महोदय, आप मुझे पूरा सुन लेते और और फैसला देते तो ज्यादा अच्छा होता। क्या केवल मूल्यवृद्धि पर चिंता प्रकट करके यह सरकार अपने कर्तव्य की इतिश्री समझना चाहती है? या केवल इस बात को दोहराकर जैसा कि इस वक्तव्य में दोहराया गया है?

** मूल्यवृद्धि पर चर्चा के दौरान लोकसभा में ३१ जुलाई, १९७२ को ध्यानाकर्षण।*

आप जरा इस पर भी गौर करें, मैं उद्धृत कर रहा हूं :

"अंतिम हल तो औद्योगिक और कृषि क्षेत्र में उत्पादन बढ़ाने में है। और इसका प्रयास योजनाबद्ध विकास के जरिए किया जा रहा है।"

जो बात कही गई है, उससे कोई इन्कार नहीं कर सकता। उत्पादन बढ़ाना होगा...

श्री रामसहाय पाण्डे : (राजनंदगांव) : कोई रेडीमेड हल बताइए।

श्री वाजपेयी : अगर आप मौन धारण करें इस समय तो आप अधिक सेवा करेंगे।

अध्यक्ष महोदय : मुश्किल है उनके लिए।

श्री वाजपेयी : लेकिन ये बातें लंबे अरसे के लिए हैं। वित्त मंत्री महोदय से पूछा जा सकता है कि औद्योगिक उत्पादन क्यों नहीं बढ़ा। योजना का लक्ष्य क्या था, उपलब्धि क्या है? ७% औद्योगिक उत्पादन बढ़ना चाहिए था, १.५% बढ़ा है। क्या केवल औद्योगिक विकास मंत्री को बदलने से औद्योगिक उत्पादन बढ़ जाएगा?

मूल्यवृद्धि से संत्रस्त जन

अध्यक्ष महोदय, यह वक्तव्य निराशाजनक है, मूल्यवृद्धि से संत्रस्त कर्मचारी और श्रमजीवी वर्ग के मन में संत्रास और असंतोष पैदा करनेवाला है। यह इस बात का प्रमाण है कि मूल्यों के मोर्चे पर सरकार विफल हो गई है। उसके पास न कोई तात्कालिक और न कोई दूरगामी उपाय या योजना है जिससे मूल्य कम करना तो दूर रहा, मूल्य स्थिर रखे जा सकें।

श्री आर. डी. भंडारे (बंबई मध्य) : यह ऐडजर्नमेंट मोशन नहीं है, कॉलिंग अटेंशन है।

श्री वाजपेयी : अध्यक्ष महोदय, यह कभी-कभी चेयरमैन बना करते हैं लेकिन अपनी आदत भूले नहीं हैं। जब यह मेंबर रहते हैं तब भी चेयरमैनी करते रहते हैं।

अध्यक्ष महोदय, जब मूल्य बढ़ते हैं तो रुपए की क्रयशक्ति घटती है, बंधी-बंधाई तनख्वाह वाला परेशान होता है। रुपए की कीमत उसकी गिनती में नहीं है। उससे बाजार में कितना सामान खरीदा जाता है, उससे रुपए की कीमत आंकी जाती है। १९५० के हिसाब से देखें तो १९७२ में रुपए की कीमत २५ पैसे रह गई है। उसे सौ पैसे मिलते हैं, लेकिन उसके बदले बाजार में उसे २५ पैसे का सामान मिलता है। महंगाई कितनी बढ़ी है, उसका अंदाजा लगाइए। जब वित्त मंत्री बोलते हैं तो थोक की बात करते हैं। आम आदमी थोक से नहीं खरीदता। फुटकर से खरीदकर वह अपनी गुजर-बसर करता है। कभी वित्त मंत्री बाजार में जाएं तो उन्हें आटे-दाल का भाव मालूम पड़ेगा।

फुटकर मूल्यों की स्थिति क्या है? गेहूं जिसके भंडार भरे पड़े हैं, जो गेहूं खुले में पड़ा हुआ प्रकृति का सामना कर रहा है, उस गेहूं का दाम ५ रुपए से लेकर १३ रुपए प्रति क्विंटल बढ़ा है। इसका लाभ किसान को नहीं हो रहा है। इसका लाभ बिचौलिए को हो रहा है। उपभोक्ता को अधिक कीमत देनी पड़ रही है। चना ९४ रुपए से बढ़कर ११८ रुपए हो गया है। चीनी ३१४ से ३४० रुपए प्रति क्विंटल हो गई है। कोई तरकारी २ रुपए किलो से सस्ती नहीं मिलती।

आश्चर्य की बात है कि जो सुपर बाजार मूल्यों को स्थिर रखने के लिए खोले गए हैं, वे बाजार अधिक कीमतों पर सामान बेच रहे हैं। मेरे सामने 'टाइम्स ऑफ इंडिया' में छपा एक पत्र है जिसे कोई श्रीमती विजय लक्ष्मी लिखनेवाली हैं। उन्होंने तुलनात्मक आंकड़े दिए हैं। उनका कहना है कि तिल ऑयल ४ किलोग्राम बाजार में मिलता है २७ रुपए २० पैसे में और सुपर बाजार

में मिलता है ३२ रुपए ७० पैसे में।

यही बात जीरा सफेद के लिए है—सुपर बाजार में ७ रुपए और खुले बाजार में ६ रुपए में बिक रहा है। काली मिर्च खुले बाजार में ७ रुपए ६० पैसे और सुपर बाजार में ९ रुपए में बिक रही है। ऑयल टीन और बॉर्न-बिटा के लिए भी ऐसा ही लिखा है। सुपर बाजार मूल्यों को स्थिर रखने के लिए खोले गए थे, वे घाटे में चल रहे हैं, यह अलग बात है, लेकिन कई चीजों के दाम खुले बाजार की तुलना में सुपर बाजार में ज्यादा हैं।

फेयर प्राइस शॉप्स अनफेयर न हों

वित्त मंत्री महोदय ने अपने वक्तव्य में फेयर प्राइस शॉप्स की बात की है। मैं जानता हूं कि यह राज्यों का विषय है, लेकिन वित्त मंत्री स्वीकार करेंगे कि आम आदमी को उचित मूल्य पर पर्याप्त मात्रा में आवश्यकता की वस्तुएं उपलब्ध नहीं हैं। इसलिए सुपर बाजार के दाम ठीक हों—यह आवश्यक है तथा फेयर प्राइस शॉप्स की संख्या बढ़ाई जाए, उनमें ठीक तरह से बिक्री हो, उन्हें माल मिले, उनमें किसी तरह की गलती न हो—इसके लिए कदम उठाना आवश्यक है। मैं वित्त मंत्री महोदय से पूछना चाहता हूं कि इस दिशा में वे क्या कर रहे हैं? मैं पूरा व्यापार सरकार के हाथ में लिए जाने के हक में नहीं हूं। अगर वह ऐसा इलाज करेंगे तो वह बीमारी से भी ज्यादा खराब होगा और अगर आप करके देखना चाहते हैं तो करके देख लीजिए। मैं आपके और कम्युनिस्टों के मार्ग में बाधक नहीं बनूंगा। वह आपके मित्र हैं, सलाह वे दे सकते हैं। आप उनकी सलाह स्वीकार कर सकते हैं। मगर राजनीति नारों से, अर्थ-व्यवस्था नारों से नहीं चलती है, व्यावहारिकता की कसौटी पर आपको खाद्य के उत्पादन और वितरण का प्रबंध करना होगा।

मैं वित्त मंत्री जी से एक बात जानना चाहता हूं—क्या यह सच है कि मूल्यवृद्धि में डैफिसिट फाइनेंसिंग का, जो बढ़ गया है, बहुत बड़ा हाथ है। इस साल के डैफिसिट फाइनेंसिंग का जो लक्ष्य था, हम उसका उल्लंघन कर गए हैं, हमने सीमोल्लंघन कर दिया है। चौथी पंचवर्षीय योजना में जितना डैफिसिट फाइनेंसिंग करना था, उससे दुगने आंकड़े पहुंच गए हैं और यदि इसी रफ्तार से रुपया बाजार में जाता रहेगा और माल की पूर्ति नहीं बढ़ेगी, तो मूल्यवृद्धि अवश्य होगी।

मैं चाहूंगा कि वित्त मंत्री महोदय कर्मचारियों को, मजदूरों को आश्वासन दें कि सरकार की विफल नीतियों के कारण जो महंगाई बढ़ी है, उसकी पूर्ति जब भी पे-कमीशन की रिपोर्ट आएगी, उसको रीट्रास्पेक्टिव इफेक्ट से लागू करके उनका सारा घाटा पूरा कर दिया जाएगा।

क्या वित्त मंत्री यह भी आश्वासन देने के लिए तैयार हैं कि जिनकी आमदनी ३०० रुपए महीने से कम है, उन्हें सब्सीडाइज्ड रेट पर बुनियादी आवश्यकता की चीजें मुहैया की जाएंगी और उसके लिए यह सरकार ठोस और प्रभावी कार्यवाही करेगी? अगर वित्त मंत्री संतोषजनक उत्तर नहीं देंगे, तो हम फिर एडजार्नमेंट मोशन लाने की मांग करेंगे। धन्यवाद।

बजट विकास को गति नहीं देगा

अध्यक्ष जी, इसके पहले कि बजट के संबंध में मैं कुछ कहूं, जो माननीय सदस्य अभी बोल रहे थे, मेरा उनका अच्छा परिचय है; मैं श्री साठे को उनके सुंदर भाषण के लिए बधाई देना चाहता हूं। वह इस सदन में नए-नए आए हैं और हमें विश्वास है कि अपने तर्कपूर्ण भाषणों से वे इस सदन की गरिमा में वृद्धि करेंगे और विचार-विमर्श की जो प्रक्रिया चल रही है, उसमें महत्वपूर्ण योगदान देंगे।

अध्यक्ष जी, वित्त मंत्री ने जो बजट पेश किया है वह एक बरफ के पहाड़ की तरह से है, जो जितना दिखाई देता है, उससे अधिक दिखाई नहीं देता। संक्षेप में अगर कहना हो तो यह बजट जनता की आंखों में धूल झोंकने की एक चतुरतापूर्ण कार्यवाही है। चातुर्य के लिए मैं चह्वाण साहब को बधाई देने के लिए तैयार हूं, लेकिन धूल झोंकने का यह प्रयत्न सफल नहीं होगा। यह एक डिसेप्टिव बजट है, लोगों को धोखा देने का प्रयास किया गया है। मैं चाहूंगा कि सदन इस पर गंभीरता से विचार करे।

सबसे पहले तो मैं यह कहना चाहता हूं कि जो नए टैक्स लगाए गए हैं, उनसे होनेवाली कुल आमदनी के संबंध में कई सदस्यों ने भाषण दिएं और कहा कि इस बार यह आशंका प्रकट की गई थी कि भारी टैक्स लगाए जाएंगे, लेकिन वित्त मंत्री ने करदाताओं को सस्ते में छोड़ दिया।

यह बात तथ्यों के विपरीत है। इस बार के बजट में १८३ करोड़ रुपए के नए टैक्स लगाए गए हैं, लेकिन आंकड़े रखते समय वित्त मंत्री ने यह बताने का यत्न नहीं किया कि पिछले वर्ष जो अतिरिक्त कर लगाए थे, उनका इस बार आम आदमी पर कितना बोझा पड़ेगा। यदि आप १९७१-७२ का बजट देखें तो करों से जो आमदनी होनेवाली थी, उसका अनुमान लगाया गया था ३६०७.८६ करोड़। १९७२-७३ के बजट में यह राशि बढ़कर ४२२८.५० करोड़ हो गई। इसी प्रकार गैर कर राजस्व में भी वृद्धि हुई है। १९७१-७२ के बजट में अनुमान किया गया था ४६७०.३७ करोड़ की आय होगी, जबकि १९७२-७३ के अनुसार यह आमदनी ५३४८.७७ करोड़ हो गई। इसका अर्थ यह है कि कर राजस्व में ६१० करोड़ रुपए की और नॉन-टैक्स रेवेन्यू में ११० करोड़ की बढ़ोतरी हुई। कुल मिलाकर यह राशि ७३१ करोड़ रुपए होती है।

---

* *आम बजट पर लोकसभा में २४ मार्च, १९७२ को हुई चर्चा में हिस्सेदारी।*

लेकिन चह्वाण साहब ने चतुरता यह की है कि ओरिजिनल एस्टीमेट्स के बजाय रिवाइज्ड एस्टीमेट्स के आधार पर आमदनी जोड़ी है जो कि एक उचित कदम नहीं माना जा सकता। रिवाइज्ड एस्टीमेट्स में पिछले साल जो बोझ डाला गया था, उससे प्राप्त आमदनी भी शामिल है। रिवाइज्ड एस्टीमेट्स को अगर हम देखें तो ७३१ करोड़ रुपए की टैक्स से आमदनी नहीं होती, ३२३ करोड़ होती है। उन्होंने यह धारणा पैदा करने की कोशिश की है कि जो अतिरिक्त साधन जुटाए गए हैं, उनसे ३६८ करोड़ की आमदनी हुई है। सचाई यह है कि आमदनी उससे ज्यादा हुई है।

मेरा कहना है कि जो टैक्स लगाए गए हैं, उनसे ३३२ करोड़ रुपए का भार आम आदमी पर पड़ेगा। ११८ करोड़ रुपए एडीशनल इंपोर्ट और कस्टम्स ड्यूटी के जो पिछले साल लगे थे, वह इस वर्ष में आम आदमी को देने पड़ेंगे। ३१ करोड़ रुपया एडीशनल एक्साइज ड्यूटी का भी इस वर्ष देना पड़ेगा। कुल मिलाकर ३३२ करोड़ के टैक्स लगे हैं। इसके साथ २४२ करोड़ का अनकवर्ड गैप छोड़ दिया गया है। मुझे लगता है कि यह घाटा बढ़ेगा। इस बात की भी आशंका है कि इस घाटे को पूरा करने के लिए वित्त मंत्री कोई पूरक बजट लाएंगे। चुनाव के तुरंत बाद चतुराई पैदा करके यह धारणा पैदा करना चाहते हैं कि सरकार आम आदमी पर अधिक बोझा डालने के लिए इस समय तैयार नहीं है। लेकिन यह धारणा गलत है। बोझ अधिक बढ़ा है और भविष्य में और अधिक बढ़ने की आशंका है।

अध्यक्ष जी, यह बात बजट को पढ़ने से स्पष्ट हो जाती है कि यह बजट विकास को गति नहीं देगा, यह बजट विकास को रुद्ध करेगा। पिछले तीन वर्ष में विकास की दर में कमी होती जा रही है। राष्ट्रीय विकास की दर घट रही है। यह कहना पर्याप्त नहीं है, जैसा कि चह्वाण साहब ने कहा है कि थोड़ी सी मंदी आ गई है, सचाई यह है कि ६८-६९ से विकास की गति निरंतर कम हो रही है। यह बजट इस बात का आश्वासन नहीं देता कि विकास की दर बढ़ेगी। योजना के जो लक्ष्य हैं, उनमें भारी कमी हुई है। इस बजट की इस आधार पर प्रशंसा की जा रही है कि इसमें विकास के लिए पब्लिक सेक्टर में काफी रुपया रखा गया है। लेकिन क्या केवल रुपया रखना काफी है? वित्त मंत्री महोदय ने स्वयं अपने भाषण में यह माना है कि केवल रुपया रखना पर्याप्त नहीं है। यदि रुपया रखने के साथ ठीक से कार्यक्रम बनाकर उनको अमल में लाने की कोशिश नहीं की गई तो रुपए का लाभ नहीं होगा। मैं उनके ही शब्दों को दोहराना चाहता हूं :

"चालू वर्ष में हमें जो अनुभव हुआ है उससे एक बार फिर इस तथ्य की पुष्टि होती है कि प्रगति की रफ्तार, केवल वित्त व्यवस्था कर देने से ही कायम नहीं रह सकती। इसके लिए ठीक समय पर परियोजनाओं का रूपांकन और चुनाव करना तथा तेजी के साथ उनका कार्यान्वयन करना भी उतना ही महत्वपूर्ण है।"

क्या यह अनुभूति वित्त मंत्री जी को पिछले साल के बजट में बेकारी के निराकरण के लिए ७५ करोड़ रुपया रखने के बाद हुई है? ग्रामीण क्षेत्रों की बेरोजगारी के निराकरण के लिए ५० करोड़ रुपया रखा गया था, जिसमें से केवल १.५ करोड़ रुपया खर्च हुआ है। पढ़े-लिखे बेरोजगारों के लिए जो २५ करोड़ रुपए रखे गए थे, उसमें से केवल ९ करोड़ रुपया व्यय किया गया। कमी केवल साधनों की नहीं है। साधन जुटा लिए गए, आम आदमी पर उसके लिए टैक्स लगा दिए गए, वे साधन खर्च करने के लिए पार्लियामेंट की स्वीकृति भी ले ली गई लेकिन यह सरकार रुपए को व्यय नहीं कर सकी। इस बजट की केवल इस आधार पर प्रशंसा की जा सकती है कि नए-नए क्षेत्रों के लिए रुपया खर्च करने का इंतजाम किया गया है। इस बजट से कोई संकेत नहीं मिलता

कि उन क्षेत्रों में गहराई में जाकर विशिष्ट और ठोस योजनाएं तैयार की गई हैं या नहीं। मैं नहीं समझता कि यह बजट विकास को गति देगा। न इससे बचत के लिए प्रोत्साहन मिलेगा और न इससे पूंजी लगाने के लिए आदमी आगे आएगा। तो फिर जो विकास की दर गिर रही है, जो चौथी योजना के निर्धारित लक्ष्य से भी पीछे चली गई है, उसमें वृद्धि कैसे होगी? यदि विकास की दर नहीं बढ़ेगी तो लोगों का जीवन-स्तर कैसे ऊंचा होगा, गरीबी हटाओ के नारे को सार्थकता कैसे मिलेगी? रोजगार के अवसर कैसे बढ़ेंगे?

खपत घट रही है, मूल्य बढ़ रहे हैं

अभी मैं 'आर्थिक समीक्षा' देख रहा था जिससे पता लगता है कि १९७०-७१ में एडिबिल ऑयल्स की खपत १९६४-६५ की तुलना में कम हो गई, सूती कपड़े की प्रति व्यक्ति खपत भी १९७०-७१ में कम हुई है। कॉफी की खपत भी १९६७-६८ में प्रति व्यक्ति जितनी होती थी, उससे १९७०-७१ में कम हो गई। आवश्यक वस्तुओं की खपत कम होती जा रही है और मूल्य बढ़ रहे हैं। नए टैक्सों का बोझ आम आदमी पर पड़ रहा है। इस बजट में उसको आशा देने लायक कौन सी चीज है? उसके मन में यह विश्वास कैसे जागेगा कि नई राजनीतिक परिस्थिति में उसके जीवन-स्तर को ऊंचा उठाने के लिए कोई ठोस कार्यवाही की जाएगी? यह बजट एक खोखला बजट है। यह एक निराशाजनक बजट है। यह बजट आर्थिक स्थिति में जो गंभीर समस्याएं हैं, उनको भी हल करने का प्रयत्न नहीं करता।

आज सवेरे चर्चा हो रही थी विदेशी सहायता पर निर्भरता को समाप्त करने की। मैं चाहता हूं सरकार की कथनी और करनी में कोई साम्य होना चाहिए। यह पाखंड कब तक चलेगा? पाकिस्तान को हमने परास्त किया, देश में विजय के अभिमान की भावना जागी, उस विजय की भावना में सुर मिलाने के लिए कहा जा रहा है कि हम विदेशी सहायता के बिना काम चला सकते हैं, लेकिन सारी योजनाएं ऐसी बनाई जा रही हैं जिससे विदेशी सहायता बढ़े। मेरा आरोप है कि सरकार अमेरिका के साथ पर्दे के पीछे विदेशी सहायता बढ़ाने के लिए बातचीत कर रही है। आज जब उनके सामने एक्सप्लेनेटरी मेमोरेंडम रखा गया—तो वित्त मंत्री जी ने कहा, ये पुराने आंकड़े हैं। मैं जानना चाहता हूं कि नए आंकड़े कौन से हैं? गत वर्ष की तुलना में इस साल ७५ करोड़ रुपए विदेशी सहायता बढ़ेगी और हम बातें कर रहे हैं आत्म-निर्भरता की? हम किसको धोखा दे रहे हैं? अपने को धोखा दे रहे हैं या देश को धोखा दे रहे हैं? अगर आत्मनिर्भरता का संकल्प हमने इस समय नहीं किया, अगर जनता में स्वावलंबन की जो भावना जागी है, उसका उपयोग हमने इस समय नहीं किया तो हम कभी स्वावलंबी नहीं हो सकेंगे। लेकिन सरकार के बजट आंकड़ों से तो इस बात का संकेत नहीं मिलता⋯(व्यवधान) दमानी साहब जानते हैं कि अनाज की जो पैदावार बढ़ी है, वह अब समस्याएं पैदा कर रही है और जब उसमें से राजकोय सहायता कम कर दी जाएगी तो उसका लाभ उत्पादक को नहीं होगा और उपभोक्ता को कीमत देनी पड़ेगी।

लेकिन मैं ऐसा नहीं कहता कि अन्न की दृष्टि से हम आत्मनिर्भर नहीं हुए। अन्न की दृष्टि से हम आत्मनिर्भर हुए हैं, लेकिन केवल उस आत्मनिर्भरता से सारी अर्थव्यवस्था को आत्मनिर्भर बनाने की जो हमारी कोशिश है वह पूरी हो सकेगी, इस मुगालते में हमें नहीं रहना चाहिए। सचाई यह है कि औद्योगिक क्षेत्र में हम दूसरों पर निर्भरता बढ़ाने जा रहे हैं।

अध्यक्ष महोदय, इसी आर्थिक समीक्षा में सरकार ने माना है। मैं उद्धृत करना चाहता हूं :

"हाल की घटनाओं ने यह स्पष्ट कर दिया है कि आर्थिक सहायता कूटनीति का अन्य साधन भी है जिसे अत्यंत आवश्यकता के नाजुक समय पर हमारे विरुद्ध इस्तेमाल किया जा सकता है।"

अब कहा जा रहा है कि हम ऐसी आर्थिक सहायता लेंगे जिसके साथ शर्तें न होंगी। क्या कोई ऐसी आर्थिक सहायता होती है जिसके साथ शर्त न हो? शर्तें कभी दिखाई देती हैं, कभी दिखाई नहीं देतीं। लेकिन जब राष्ट्र संकट में फंसता है तो वे शर्तें उजागर हो जाती हैं। वह आर्थिक सहायता हमारे निर्णयों को बदलवाने के लिए काम में लाई जाती है। सन् १९६२ में यही हुआ। सन् १९६५ में इसकी पुनरावृत्ति की गई। १९७१ में हमने वही कटु अनुभव फिर किया, और आज फिर भी हम आत्मनिर्भरता के मार्ग पर आगे नहीं बढ़ रहे हैं।

विदेशी सहायता न लेने का संकल्प लें

आर्थिक समीक्षा में यह भी कहा गया है कि जितनी हम विदेशी सहायता प्राप्त कर रहे हैं उसका अधिकांश, जो ऋण हमने लिया है, उसका ब्याज देने में खर्च हो रहा है। समीक्षा के अनुसार यह भी कहा गया है कि ७०-७१ में शुद्ध आर्थिक सहायता २४८ करोड़ की है। मेरा निवेदन है कि हम एक संकल्प करें कि हम विदेशी सहायता नहीं लेंगे। कर्जा लेना हो तो अंतरराष्ट्रीय पूंजी बाजार में जाकर कर्जा लिया जा सकता है। यह ठीक है कि वह कुछ कठिन शर्तों पर मिलेगा। यह भी ठीक है कि उसकी अदायगी हमें शायद थोड़ा जल्द करनी पड़ेगी। लेकिन वह बिना शर्तों के होगा। वह सशर्त सहायता नहीं होगी। आर्थिक समीक्षा में अब कहा गया है कि जो भी सहायता मिलती है उसका ९०% सशर्त होता है। हमें उन्हीं देशों से माल खरीदना पड़ता है जिनसे कि हमें सहायता मिलती है, उन्हीं भावों पर माल खरीदना पड़ता है जो भाव वहां पर प्रचलित हैं और अदायगी के लिए भी जो दाता देश है, उनकी सुविधाओं का विचार करना पड़ता है। आज इस संकल्प को लेने की आवश्यकता है कि हम बिना विदेशी सहायता के काम चला सकते हैं, और अगर सरकार ऐसा संकल्प करेगी तो फिर जनता त्याग और बलिदान के लिए तैयार की जा सकती है। लेकिन एक ओर स्वावलंबन का नारा लगाना और दूसरी ओर अधिक विदेशी सहायता के लिए समझौता वार्ता करना, कभी प्रत्यक्ष तो कभी अप्रत्यक्ष, यह भी राष्ट्र के मानस में एक दुविधा पैदा करनेवाली बात है। यह राष्ट्र के व्यक्तित्व को बांटनेवाली बात है। इससे जनता में संकल्प पैदा नहीं होगा और बिना संकल्प के अपने पैरों पर खड़े होने की बात कभी हमारे आचरण में नहीं आ सकती।

अध्यक्ष महोदय, भले ही उत्पादन के लक्ष्य पूरे न हुए हों, न बचत के लक्ष्य पूरे हुए हैं, लेकिन तीन क्षेत्रों में सरकार ने काफी तरक्की की है। सरकारी खर्च को बढ़ाने का लक्ष्य जो २% था, वह ९% हो गया है। नोटों के छापने का लक्ष्य ७% था जो कि १३% हो गया है। कहा गया था कि वस्तुओं के मूल्यों में मार्जिनल इनक्रीज होगी। अभी तक सरकार को यह पता नहीं है कि मार्जिनल इनक्रीज क्या है? मैंने एक सवाल के जवाब में देखा कि मार्जिनल फारमर की मदद के लिए जो रुपया रखा गया था, वह खर्च नहीं हुआ। वह क्यों नहीं खर्च हुआ। मार्जिनल फारमर कौन है? इसके बारे में हम अभी तय नहीं कर सके। मूल्यों में मार्जिनल वृद्धि नहीं हुई है। गत वर्ष १०% वृद्धि हुई है। अब जो टैक्स लगने जा रहा है, उनसे मेरा अनुमान है कि ८% चीजों के दाम बढ़ेंगे।

कोई औचित्य नहीं है मिट्टी के तेल पर टैक्स लगाने का। क्या हम घरों में अंधेरा बढ़ाना चाहते

हैं? मिट्टी के तेल को पेट्रोल में मिलाया जाता है, इसलिए मिट्टी के तेल का दाम बढ़ाना वैसा ही है जैसे कोई कहे कि पानी दूध में मिलाया जाता है, इसलिए मिलावट को रोकने के लिए हम पानी का दाम बढ़ा रहे हैं। इससे मिलावट नहीं रुकेगी, लेकिन व्यक्ति के लिए पानी महंगा हो जाएगा।

उर्वरक के दाम बढ़ाने का भी कोई औचित्य नहीं है। मैं एक पब्लिक एकाउंट्स कमेटी की एक रिपोर्ट देख रहा था। उर्वरक के दाम पहले से ज्यादा हैं। नए शुल्क से हम १२ करोड़ रुपए ज्यादा प्राप्त करना चाहते हैं, लेकिन उर्वरक को एक राज्य से दूसरे राज्य में ले जाने में पिछले ३ वर्षों में हमने साढ़े १० करोड़ रुपया खर्च कर दिया। क्या यह ताज्जुब की बात नहीं है कि मद्रास के लिए फर्टिलाइजर उड़ीसा से जाता है और आंध्र का फर्टिलाइजर बिहार जाता है? इस पर करोड़ों रुपए खर्च होते हैं। इसके लिए कौन उत्तरदायी है? वैसे ही हमारे उर्वरक के दाम काफी हैं और अन्य देशों की तुलना में हम महंगा उर्वरक बेच रहे हैं। पाकिस्तान में अल्मीनियम सल्फेट १२८२ रुपया प्रति मीट्रिक टन और यूरिया १०३५ रुपया प्रति मीट्रिक टन है, लेकिन हमारे यहां अल्मीनियम सल्फेट २३४० रुपए मीट्रिक टन और यूरिया १८२२ रुपया प्रति मीट्रिक टन है। अमरीका की तुलना में भी हमारे फर्टिलाइजर्स के दाम पहले से ज्यादा हैं, अब उसे और महंगा बनाया जा रहा है। छोटे किसान अब उर्वरक का उपयोग नहीं कर सकेंगे। वह हरित क्रांति में भाग नहीं ले सकेंगे। इससे ग्रामीण क्षेत्रों में विषमता बढ़ेगी।

उर्वरक पर टैक्स क्यों?

मैं नहीं समझता कि किसके लाभ को देखकर उर्वरक पर, पावर ड्रिवैन पंप्स पर टैक्स लगाने की बुद्धिमत्ता दिखाई गई है। इसके साथ ही जो ट्रैक्टरों के दाम रहस्यमय ढंग से बढ़ाए गए हैं, उसके लिए सरकार सदन को विश्वास में ले। पता नहीं इन चुनावों के दिनों में क्या-क्या हुआ है। ११ फरवरी को अचानक ट्रैक्टरों के दाम बढ़ा दिए गए। किसान पहले ही ट्रैक्टर पा नहीं रहे हैं और अब तो ट्रैक्टर उसकी पहुंच के बाहर हो जाएंगे। मेरा अनुमान है कि ट्रैक्टर्स बनानेवाली कंपनियों को १० करोड़ रुपए का फायदा हुआ है। यह दाम बढ़ाने का निर्णय कैसे किया गया? किसान के लिए हर चीज महंगी की जा रही है, अन्न की खरीद में राज-सहायता घटाई जा रही है। यह बजट किसान विरोधी बजट है। इससे उत्पादन नहीं बढ़ेगा, विषमता नहीं घटेगी, लेकिन एक ऐसा भ्रमजाल पैदा किया गया है कि आम आदमी बच गया है। लेकिन हकीकत यह है कि वह बचा नहीं है। इन टैक्सों के परिणाम दूरगामी होंगे।

आज हमारे देश में बड़े पैमाने पर आयकर की चोरी होती है। यह किसी से छिपा हुआ नहीं है। वांचू कमेटी ने सिफारिश की है और मैं समझता हूं कि उसकी बहुत सी सिफारिशें यथार्थवादी हैं। जो काला धन है उसको निकालने की ही समस्या नहीं है, बल्कि यह भी समस्या है कि भविष्य में काला धन बनने से कैसे रोका जाए। अगर परिश्रम करके रुपया कमाने की अपेक्षा थोड़ी सी चोरी करना ज्यादा लाभदायक है तो आदमी परिश्रम करके कमाई नहीं करेगा वरन् थोड़ा सा टैक्सों की चोरी करके वैभव और विलास की जिंदगी बिताएगा। मैं चाहता हूं कि वांचू कमेटी की सिफारिशें गंभीरता से सरकार के सामने अध्ययन के लिए आनी चाहिए। मैंने समाचारपत्रों में पढ़ा कि किसी माननीय सदस्य ने यह कहा कि वांचू कमेटी की रिपोर्ट एक थर्ड क्लास रिपोर्ट है। अब जो उन्हें पसंद नहीं है, वह घटिया है और वह तीसरे दर्जे की है? आर्थिक प्रश्नों पर निर्णय इस तरीके से नहीं हो सकता है।

आयकर की चोरी

लेकिन मैं टैक्सों की चोरी के संबंध में एक विशेष बात कहना चाहता हूं। दिल्ली में आयकर की चोरी का एक बड़ा मामला पकड़ा गया है। लाखों रुपए की चोरी उसमें शामिल है, लेकिन जिस व्यक्ति ने खबर दी, उस व्यक्ति को आज जान से मारने की धमकी दी जा रही है। मेरे पास पत्र है जिसमें डिप्टी डायरेक्टर इन्कमटैक्स इंटेलीजेंस, इन्कमटैक्स डिपार्टमेंट ने होम मिनिस्ट्री को लिखा है कि उस व्यक्ति की जान की रक्षा की जानी चाहिए। लेकिन अभी तक पुलिस ने कोई कदम नहीं उठाया है। उस व्यक्ति के द्वारा दी गई जानकारी के आधार पर इन्कमटैक्स डिपार्टमेंट की इंटेलीजेंस ब्रांच ने वहां खानातलाशी ली थी। कई बही-खाते उसके हाथ में आ गए हैं। २५० घड़ियां वहां पर चोरी से लाई गई बरामद हुई हैं, लेकिन पुलिस अगर उस व्यक्ति की जान की रक्षा नहीं करेगी तो सारा मामला दबाया जा सकता है, इस बात की आशंका है। मैं मंत्री महोदय से कहना चाहता हूं कि वह पता लगाएं कि गृह मंत्रालय क्या कर रहा है। जब वह व्यक्ति पुलिस में गया तो पुलिस ने उससे कहा कि तुम्हारी खैर इसी में है कि तुम दिल्ली छोड़कर चले जाओ। यदि टैक्सों की चोरी करनेवालों के खिलाफ शिकायत करनेवाले लोगों की हिफाजत नहीं की जा सकती तो फिर टैक्सों की चोरी रोकने के सारे दावे महज एक पाखंड और दंभ हैं। मैं चाहता हूं कि इस मामले में मंत्री महोदय स्वयं विशेष रूप से जानकारी लें। राजनीतिक कारण उनके मार्ग में बाधक नहीं बनने चाहिए। टैक्सों की चोरी करनेवाला कोई भी हो, उसे कटघरे में खड़ा किया जाना चाहिए और जिसने जानकारी दी है उसे पुरस्कृत किया जाना चाहिए। लेकिन पुरस्कार मिलना तो अलग रहा, यहां जान खतरे में है।

मैं इतना ही कह सकता हूं कि यह बजट आम आदमी की आशाओं को पूरा करनेवाला बजट नहीं है, यह बजट मूल्यों को बढ़ाएगा, यह बजट बढ़ते हुए मूल्यों से परेशान वर्ग के लिए यह आवश्यक करेगा कि वे अधिक वेतन की मांग करें, और फिर एक विषम चक्र चलेगा, अर्थ-व्यवस्था और भी संकट में जकड़ेगी। आवश्यकता इस बात की है कि कर-प्रस्तावों में आमूल संशोधन किए जाएं।

मेरी मांग है कि बंगला देश के बारे में जो भी अधिभार इस समय वसूल किए जा रहे हैं, वे समाप्त कर दिए जाएं। बंगला देश बन गया, हमें बड़ी प्रसन्नता है, विस्थापित वापस चले गए। अब बंगला देश के नाम से हमारे देश में टैक्स नहीं लगना चाहिए। यह किसी भी देश की स्वाभिमानी जनता के लिए ठीक नहीं है। हम भी और देशों से सहायता लेते हैं, मगर भारत के नाम पर कहीं डाकटिकट में नहीं लिखा जाता कि यह सहायता भारत को जा रही है। इस स्थिति में परिवर्तन करना आवश्यक है।

मिट्टी के तेल पर, फर्टिलाइजर पर, पावर ड्रिवैन पंप और कच्ची तंबाकू पर जो टैक्स लगाया गया है, एक्साइज ड्यूटी लगाई गई है, उसे वापस कर लेना चाहिए और स्टील की ड्यूटी को घटाने के बारे में गंभीरता से सोचना चाहिए। क्या हमने मान लिया कि स्टील में हरदम कालाबाजार चलेगा? अगर स्टील के दाम ३०% बढ़ेंगे तो उसका प्रभाव हर क्षेत्र में पड़ेगा।

यह भी आवश्यक है कि कराधान के संबंध में सरकार आमूल रूप से विचार करे। छोटी आमदनीवालों को राहत मिलनी चाहिए और बड़ी आमदनीवालों को चोरी के लिए प्रोत्साहन न मिले, इस तरह कर-पद्धति में संशोधन आवश्यक है।

योजना की कसौटी अधिक धन नहीं

उपाध्यक्ष महोदय, मध्यावधि चुनावों में भारी-भरकम बहुमत प्राप्त करने के बाद वित्त मंत्री महोदय ने एक अंतरिम बजट पेश किया था और उसमें जो कुछ कहा था, उसको मैं उनके शब्दों में से उद्धृत करना चाहता हूं :

"हम विकास की गति तीव्र करेंगे और समाज के कमजोर वर्गों की आवश्यकताओं को पूरा करेंगे।"

वित्त मंत्री ने आगे चलकर यह भी कहा था; मैं उन्हीं के शब्दों को उद्धृत कर रहा हूं :

"अब हम गरीबी और अन्याय के विरुद्ध एक नई लड़ाई लड़ रहे हैं। मुझे कोई संदेह नहीं है कि भारत की जनता एक बार फिर विजयी होगी और इस महान और प्रजातंत्रीय देश में शीघ्र ही सामाजिक और आर्थिक स्वतंत्रता का नया अरुणोदय होगा।"

वित्त मंत्री के इन शब्दों से और इन शब्दों में निहित भावनाओं से किसी का मतभेद नहीं हो सकता। किंतु जब हम उनके नए बजट को इस कसौटी पर कसते हैं तो वह उचित सिद्ध नहीं होता। नए बजट में विकास की दर बढ़ेगी, इसका कोई आश्वासन नहीं दिया गया है। कमजोर वर्गों को राहत मिलेगी, इसके संबंध में भी कोई ठोस उपाय या योजना नहीं की गई है। अब यह कहा जा रहा है कि यह बजट समाजवादी नहीं है, क्योंकि एक बजट से समाजवाद नहीं आ सकता। यह भी कहा जा रहा है कि गरीबी हटाने के लिए हमारे वित्त मंत्री के पास कोई जादू का डंडा नहीं है।

उपाध्यक्ष महोदय, मेरा निवेदन है कि यह बजट विकास विरोधी बजट है। यह बजट बचत को प्रोत्साहन नहीं देता। यह बजट विषमता कम नहीं करता और न यह बजट विकास की दर बढ़ाने के लिए जिन साधनों को जुटाया जा सकता है, उन साधनों को जुटाने का साहसपूर्ण प्रयत्न ही करता है।

उपाध्यक्ष महोदय, मुझे ताज्जुब है कि हर बजट में योजना के नाम पर अधिक रुपया रखने की बात कही जाती है। इस बजट में भी वित्त मंत्री महोदय ने अपने भाषण में कहा है कि हम १५५ करोड़ रुपए इस साल की चौथी योजना के लिए अधिक रख रहे हैं। जब वित्त मंत्री महोदय

---

* *आम बजट पर चर्चा के दौरान लोकसभा में ९ जून, १९७१ को वाद-विवाद।*

ने यह बात कही तो अनेक माननीय सदस्यों ने तालियां बजाईं। मैं जानना चाहता हूं कि क्या योजना की कसौटी, योजना की सफलता या उसके लक्ष्यों की प्राप्ति केवल उसके लिए रुपए रखने तक ही सीमित है? आप अगर अंतरिम बजट देखें और वित्त मंत्री महोदय ने जो एक्सप्लेनेटरी मेमोरेंडम रखा था, उसको उठाकर देखें तो आपको पढ़कर ताज्जुब होगा कि पिछले बजट में हमने अलग-अलग मदों के लिए योजना के निमित्त कई जगह रुपया रखा था, लेकिन वह रुपया खर्च नहीं हुआ। टोटल प्लान एक्सपेंडीचर में पब्लिक सेंटर के लिए २१२२ करोड़ था और खर्च हुआ १९५३ करोड़। शार्टफॉल था १६९ करोड़। रुपया रखा गया, लेकिन खर्च नहीं किया जा सका। जो रुपया रखा गया और जिन मदों के लिए रखा गया और जो खर्च नहीं हो सका, उनको देखकर आपको ताज्जुब होगा।

रूरल वर्क्स (ड्राउड एरिया) के लिए २५ करोड़ रुपया रखा गया था, जबकि केवल ६ करोड़ खर्च हुआ और १९ करोड़ बिना खर्च किए हुए पड़ा है। आज देश के अनेक भागों में अकाल की स्थिति है। उसके लिए संसद ने प्रावधान किया था। लेकिन यह शासनतंत्र इतना निकम्मा है कि वह उस रुपए का लाभ नहीं उठा सका, उसको व्यय नहीं कर सका। फिर जब बजट पेश किया जाता है तो अधिक रुपया मांगा जाता है। फर्टिलाइजर की देश में कमी है। फर्टिलाइजर का हम विदेशों से आयात कर रहे हैं। फर्टिलाइजर किसानों को महंगा बेचा जा रहा है। लेकिन फर्टिलाइजर के लिए हमने २७ करोड़ रुपया रखा था। उसमें से १९ करोड़ खर्च हुआ और ८ करोड़ बच गया। गवर्नमेंट कंपनीज एंड कारपोरेशंस ने २४१ करोड़ खर्च करने का प्लान किया था, लेकिन १९१ करोड़ खर्च किया और ५० करोड़ बच गया। मैं यह समझने में असमर्थ हूं कि खर्च में कमी होने के कारण क्या हैं? इस बार भी जो १५५ करोड़ रुपया रखा गया है, उसमें से वित्त मंत्री महोदय ने हवाला दिया है, हम अन्न की वसूली के लिए १८ करोड़ रुपया रख रहे हैं। अगर वह पिछले हिसाब को उठाकर देखें तो उनको पता चलेगा कि फूड कार्पोरेशन के लिए जितना रुपया रखा गया था, वह खर्च नहीं किया गया। मैं जानना चाहता हूं कि अन्न की वसूली फूड कार्पोरेशन के अलावा कौन करनेवाला है? अगर राज्य सरकारें कर रही हैं तो उसके लिए तो केंद्र के बजट में प्रावधान करने की आवश्यकता नहीं है। निश्चित रूप से वह रकम फूड कार्पोरेशन में जाएगी और फूड कार्पोरेशन पिछले साल का रुपया खर्च नहीं कर सका है।

'गरीबी हटाओ' का नारा लगा था। यह तो कोई नहीं कहता कि एक बजट से गरीबी हट जाएगी, लेकिन अगर गरीबी हटे नहीं, तो कम-से-कम घटे तो जरूर। जो कर लगाए गए हैं, क्या वे आम आदमी पर पड़े हुए बोझे को बढ़ानेवाले नहीं हैं? वित्त मंत्री महोदय से पहले रेल मंत्री ने बजट पेश किया और किराए की दर में वृद्धि कर दी—तीसरे दर्जे में सफर करनेवालों पर ११ करोड़ रुपए का बोझ डाल दिया और माल-भाड़े की दर में बढ़ोत्तरी कर दी। क्या उसका असर चीजों के मूल्यों पर नहीं पड़ेगा? और उसके बाद पेट्रोल का दाम बढ़ाया गया है। अभी वित्त मंत्री कह रहे थे, टैक्सी और स्कूटर चलानेवालों को अधिक दाम मिलेंगे। लेकिन वे अधिक दाम किसकी जेब में से जाएंगे? जो टैक्सी में बैठते हैं, उनकी जेब में से। और ध्यान रखिए कि अगर टैक्सी में बैठने का किराया बढ़ेगा, तो टैक्सी में बैठनेवालों की संख्या भी प्रभावित होगी, जिसका घाटा आखिर में टैक्सी चलानेवालों को भी उठाना पड़ेगा। अगर परिवहन महंगा होगा—डीजल के दाम भी बढ़े हैं—तो अंततोगत्वा आम आदमी पर जाकर बोझा पड़ेगा। क्या आम आदमी बोझा उठाने की स्थिति में है?

इस बजट के द्वारा हमने आम आदमी को कौन सा उत्साह का संदेश दिया है? विषमता घटाने के लिए कौन सा कदम उठाया है? जो दुर्बल वर्ग हैं, उनको राहत देने के लिए कौन सी प्रभावी उपाय-योजना की है?

वित्त मंत्री महोदय ने स्वयं अपने अंतरिम बजट भाषण में चिंता प्रकट की थी कि मूल्यवृद्धि हो रही है। और यह विचित्र बात है कि अन्न की पैदावार में वृद्धि होने के बाद भी मूल्यवृद्धि हो रही है। मूल्यवृद्धि के जो कारण पिछले साल थे, वे अब भी लागू हैं। गन्ने को छोड़कर और व्यावसायिक फसलों की कमी है। उसका परिणाम मूल्यों पर पड़ेगा। वित्त मंत्री महोदय ने अपने बजट में जो कर-प्रस्ताव रखे हैं, उन सबका असर कुल मिलाकर यह होनेवाला है कि ८% से लेकर १०% तक चीजों के दाम बढ़ेंगे। हम एक ऐसे खुले बाजार की स्थिति में रह रहे हैं, जिसमें भले ही वित्त मंत्री कहें कि हम आधा पैसा दाम बढ़ा रहे हैं, लेकिन यह उपभोक्ता तक पहुंचते-पहुंचते पांच नए पैसे में बदल जाता है।

अद्वितीय कर-भार

इस बजट में १७० करोड़ रुपए के टैक्स नहीं लगे हैं, २२० करोड़ रुपए के टैक्स लगे हैं। अगर राज्यों का भी हिस्सा शामिल कर लिया जाए तो २८६ करोड़ रुपए के लगभग नया भार डाला गया है। वित्त मंत्री यह स्वीकार करेंगे कि चीनी आक्रमण के बाद के वर्ष को छोड़कर इतना बड़ा बोझ कभी नहीं लादा गया है। इतना बड़ा बोझा लादने का परिणाम अगर यह होता कि विकास की दर बढ़ती, हर एक सक्षम व्यक्ति के लिए रोजगार का प्रबंध होता, उपेक्षित वर्ग और उपेक्षित क्षेत्र अधिक गति से विकासशील हो सकते तो फिर आम आदमी पर बोझ डालकर भी स्वर्णिम भविष्य के निर्माण के लिए होनेवाले प्रयत्न का समर्थन किया जा सकता था। लेकिन जैसा मैंने निवेदन किया है, बोझ आम आदमी पर पड़ेगा। इस बजट से कौन खुश है? बड़े उद्योगपति खुश हैं, जिनके कार्पोरेट सेक्टर को स्पर्श नहीं किया गया है। इस बजट से बड़े किसान खुश हैं, जिनके प्रतिनिधि सत्तारूढ़ दल में बहुत बड़ी संख्या में बैठे हैं, और जिनको हाथ लगाने का वित्त मंत्री महोदय ने साहस नहीं दिखाया है।

श्री के.एन. तिवारी (बेतिया) : यह बात नहीं है। उनको भी हाथ लगाया गया है।

श्री वाजपेयी : इस बजट से मुनाफाखोर खुश हैं, जिन्हें उपभोक्ताओं से अधिक दाम लेने का अवसर मिलेगा। और इस बजट से असंतुष्ट हैं मध्यम वर्ग के लोग, दलित वर्ग के लोग, पिछड़े वर्ग के लोग, बंधी-बंधाई तनख्वाह पानेवाले लोग, जिन पर बोझ बढ़ा है, जिनके लिए मूल्यवृद्धि एक भयंकर संकट के रूप में आएगी।

लेकिन सरकार भी उस संकट से बच नहीं सकेगी। महंगाई-भत्ता बढ़ाने की मांग हो रही है। इंडेक्स २२५ बताया जा रहा है। २२८ होते ही—दस प्वाइंट बढ़ने पर मंहगाई-भत्ता बढ़ाना पड़ेगा। केंद्र में मंहगाई-भत्ता बढ़ेगा, तो राज्यों के कर्मचारी चुप नहीं रहेंगे। यह मांग जोर पकड़नेवाली है कि मंहगाई-भत्ते में समानता होनी चाहिए, चाहे केंद्र के कर्मचारी हों या राज्य के। और फिर एक विषम चक्र चलेगा, जिसमें से निकलने का कोई रास्ता दिखाई नहीं देता है।

यह कहा जा सकता है कि आखिर हम साधन कहां से जुटाएं। और बजट की कोई भी आलोचना सार्थक नहीं होगी, यदि हम वैकल्पिक संसाधनों का सुझाव न दे सकें। इस बात पर गंभीरता से विचार किया जाना चाहिए कि क्या इंपोर्ट लाइसेंसों को नीलाम नहीं किया जा सकता?

यदि नीलाम करना उपयुक्त नहीं है, तो आज इंपोर्ट लाइसेंसों की बाजार में जो कीमत है, क्या उन्हें उस कीमत पर लोगों को बेचा जा सकता है? वित्त मंत्री महोदय इस बात से इन्कार नहीं कर सकते कि इंपोर्ट लाइसेंस में मुनाफे का मार्जिन बहुत ज्यादा है। कुछ वस्तुओं के आयात के लाइसेंस दो सौ, तीन सौ गुणा ज्यादा कीमत पर बाजार में बिक रहे हैं। जो वास्तविक उपयोगकर्ता हैं, वे ऊंचे दाम पर कच्चा माल खरीदते हैं। बीच के लोग मुनाफा बना रहे हैं। यह मुनाफा सरकार के खजाने में क्यों नहीं आना चाहिए? ऊंची से ऊंची बोली बोलनेवाले को इंपोर्ट लाइसेंस क्यों नहीं दिया जाना चाहिए?

जैसा कि मैंने हवाला दिया है, ग्रामीण क्षेत्र में एक वर्ग के पास समृद्धि आ रही है, जिसने खेती के नए तरीकों का उपयोग किया है, जिसके पास सिंचाई के साधन उपलब्ध हैं। जो बड़ा किसान है, वह राष्ट्रीय समृद्धि में भागीदार बन रहा है, लेकिन उसकी समृद्धि में राष्ट्र को जितना भाग मिलना चाहिए था, वह नहीं मिला है। मुझे याद है कि वित्त मंत्री जब गृह मंत्री थे, तो उन्होंने चेतावनी दी थी कि यदि हमने सावधानी से काम नहीं लिया, तो हरी क्रांति लाल क्रांति में बदल जाएगी। मगर इस बजट में कृषिजन्य आय पर कर लगाने का कोई प्रयत्न नहीं किया गया है।

मैं नहीं जानता कि कहां तक ठीक है, मैंने समाचारपत्रों में पढ़ा है कि कोई महाराष्ट्र के मंत्री थे, जिन्होंने शादी की दावत दी और उस शादी की दावत में सिर्फ डेढ़ लाख लोग भोजन करने के लिए आए। पड़ोसी गांव की बिजली बुझा दी गई, ताकि विवाह के मंडप में उजाला हो सके, ताकि एक घर प्रकाश के आलोक से मंडित हो सके। यह वैभव और विलास का भोंडा प्रदर्शन है। मुझे खेद है कि वित्त मंत्री महोदय भी वहां उपस्थित थे। मैं उनकी कठिनाई जानता हूं कि जब वे वहां पहुंच गए और उन्हें पता लगा कि यहां डेढ़ लाख लोग मौजूद हैं तो जिन्होंने बुलाया उनको वह क्या कह सकते थे। लेकिन वह यह स्वीकार करेंगे कि ग्रामीण क्षेत्र में कुछ लोगों के हाथ में जो संपत्ति इकट्ठा हो रही है, उसमें से राष्ट्र को हिस्सा चाहिए। साथ ही संपत्ति का यह भोंडा प्रदर्शन रोका जाना चाहिए। और इसलिए हमारी मांग है···(व्यवधान)

एक माननीय सदस्य : ब्राह्मणों को भोजन कराया था।

श्री वाजपेयी : अध्यक्ष महोदय, मुझे पता नहीं, यह वहां थे या नहीं।

खपत टैक्स लगाएं

हमारी तीसरी मांग है कि एक स्तर के ऊपर वह स्तर ५००० महीना हो सकता है, हम तो चाहेंगे कि २५०० रुपए महाने हो, २५०० रुपए महीने से ऊपर जो भी खर्च करेगा, उसे भारी *खपत* टैक्स देना पड़ेगा। अगर वह रुपया निर्माण में लगता है, उसका स्वागत होना चाहिए। अगर वह उससे शेयर खरीदता है, कारखानों का विकास करता है तो उस पर टैक्स लगाने की आवश्यकता नहीं। लेकिन अगर वह अपने उपभोग की वस्तुएं खरीदता है, अपने लिए वैभव और विलास के सामान खरीदता है तो उस पर भारी कर लगाया जाना चाहिए। एक तो इससे साधन प्राप्त होंगे, और दूसरी ओर सादगी का वातावरण बनेगा। लेकिन जब समाचारपत्रों में आता है कि प्रधानमंत्री के एक दिन के दौरे के लिए एक सर्किट को ठीक करने के लिए २५००० रुपए खर्च किए गए तो देश में सादगी का वातावरण नहीं बन सकता।

चौथा तरीका जिस पर वित्त मंत्री महोदय गंभीरता से विचार कर सकते हैं, वह यह कि हमने एक ज्वाइंट सेक्टर की कल्पना की है। जो निजी कारखाने चल रहे हैं, सरकार उनको कर्जा देती

है, बैंक कर्जा देते हैं और फाइनेंशियल इंस्टीट्यूशंस कर्जा देते हैं। उस कर्जे के बदले में ईक्विटी शेयर्स प्राप्त करने का प्रयत्न हो रहा है। इसका कोई विरोध नहीं करेगा। लेकिन दूसरी ओर सार्वजनिक कारखाने हैं। क्या हम ऐसा नहीं कर सकते कि सार्वजनिक कारखानों में जनता को शेयर खरीदने की छूट दे दें? मेजारिटी शेयर नहीं, ३०%, ३५%...

श्री पीलू मोदी (गोधरा) : कौन खरीदेगा?

श्री वाजपेयी : लोग खरीदेंगे। यह भावना गलत है कि सब कारखाने घाटे में चल रहे हैं, कुछ कारखाने लाभ में चल रहे हैं। जो लाभ में चल रहे हैं उनमें लोग शेयर खरीद सकते हैं। वहां के कर्मचारियों को शेयर खरीदने के लिए प्रोत्साहित किया जा सकता है। यह बंधन लगाया जा सकता है कि कोई एक फर्म ज्यादा शेयर न खरीदे, लेकिन छोटे-छोटे लोग बहुत बड़ी तादात में शेयर खरीदें और पब्लिक सेक्टर सच्चे अर्थों में पब्लिक सेक्टर बने, इसका प्रयत्न होना चाहिए। इससे कुछ साधन भी जुट सकते हैं, और अगर कर्मचारियों के, छोटे-छोटे शेयर होल्डरों के प्रतिनिधि चुनकर जाएंगे तो वह नौकरशाही पर नजर भी रख सकेंगे, उस कारखाने की क्षमता बढ़े, उत्पादन बढ़े, इस चीज में भी वह सहायक हो सकते हैं। इस पर भी गंभीरता से विचार करने की जरूरत है।

वित्त मंत्री महोदय ने टैक्सों के कानून में थोड़ा सा संशोधन करने का प्रयत्न किया है। मैं समझता हूं टैक्सों के सारे कानून पर पुनर्विचार करना आवश्यक है और मैं डॉ. वी.के.आर.वी. राव के सुझाव से सहमत हूं कि एक टैक्सेशन इंक्वायरी कमीशन नियुक्त होना चाहिए, जो सारे मामलों में गहराई से जाकर विचार कर सके।

श्री यशवंत राव चह्वाण : उन्होंने एक्सपेंडिचर कमीशन की बात कही थी, टैक्सेशन की नहीं।

श्री वाजपेयी : यह कमीशन उस पर भी विचार कर सकता है। और आप चाहें तो दोनों कमीशनों को एक कर दें...

श्री यशवंत राव चह्वाण : मैं उसको भी नहीं मान रहा हूं।

श्री वाजपेयी : आप दोनों को नहीं मान रहे हैं? मेरे सुझाव का विरोध कर रहे हैं?

कर ज्यादा, बेईमानी ज्यादा

आप यह स्वीकार करेंगे कि प्रत्यक्ष कर भी इतना नहीं होना चाहिए जिससे बेईमानी को प्रोत्साहन मिले। अब हम लोगों ने जो हिसाब लगाया, उसके अनुसार आज स्थिति यह है कि अगर एक आदमी ढाई लाख रुपए सालाना कमाता है तो उसके पास टैक्स देकर ४९,३२५ रुपए बचेगा। लेकिन अगर वही आदमी ढाई लाख से ऊपर साढ़े सात लाख रुपए कमाता है तो उसके पास १६,८७५ रुपए बचेगा। मैं चाहता हूं कि वित्त मंत्री महोदय इन आंकड़ों की जांच करवाएं। श्री साल्वे ने भी कुछ इसी तरह की बात कही थी। आज यह स्थिति है कि टैक्सों की बहुत बड़े पैमाने पर चोरी हो रही है। ७०० करोड़ रुपए का इन्कमटैक्स बकाया है। हर रुपए कमानेवाले को बेईमान समझा जाता है। यह वातावरण बदलने की जरूरत है। यह वातावरण बदला जा सकता है। आज जितना हम टैक्सों से रुपया वसूल करते हैं, एक ओर तो उसको ठीक तरह से वसूल करने की पद्धति अपनाएं और दूसरी ओर यह देखें कि क्या ऊंची से ऊंची दर में कुछ कमी करने की गुंजाइश है। मैं नहीं चाहता कि इसका निर्णय कोई राजनैतिक आधार पर किया जाए।

एक बुथलिंगम् कमेटी बनी थी, उसने सिफारिश की कि साढ़े सात हजार रुपए तक

इन्कमटैक्स नहीं लगाया जाना चाहिए और पब्लिक एकाउंट्स कमेटी में हमने देखा है कि इन्कम टैक्स डिपार्टमेंट का जितना समय, जितने साधन, जितनी शक्ति छोटी आमदनीवाले लोगों के टैक्सों की जांच करने में लगती है उतनी बड़ा टैक्सवालों पर नहीं लगती। नतीजा यह होता है कि बड़े टैक्स देनेवाले आसानी से छूट जाते हैं और सारे साधन, सारी शक्ति छोटे टैक्स देनेवालों पर ही लग जाया करती है। यह सिफारिश स्वीकार की जानी चाहिए और टैक्स वसूलने की मशीनरी को ऐसा मजबूत बनाया जाना चाहिए कि जिससे बड़ी मछलियां न निकलने पाएं। आज बड़े-बड़े मगरमच्छ तो निकल जाते हैं और छोटी-छोटी मछलियां फंस जाती हैं। आज सवेरे ही एक चर्चा चल रही थी। यह जो डायरेक्ट डायलिंग है, इसमें कुछ गड़बड़ी की जा रही है। किसी की लाइन किसी से जोड़ दी जाती है। कॉल कोई करता है बिल का भुगतान कोई और करता है। संचार मंत्री ने अपने उत्तर में बताया है कि हमने एक लाइनमैन को पकड़ा है और एक चौकीदार को पकड़ा है। क्या यह सारी गड़बड़ एक लाइनमैन और एक चौकीदार कर सकता है? जरूर उसके ऊपर और कोई होगा। मगर मगरमच्छ तो निकल जाते हैं और छोटी मछलियां फंस जाती हैं। जाल बिछाने का यह तरीका बड़ा विचित्र है। इसको बदलने की आवश्यकता है।

शिक्षित बेरोजगारों के लिए २५ करोड़ की बात कही गई। वित्त मंत्री स्वीकार करेंगे कि २५ करोड़ रुपए की रकम पर्याप्त नहीं है। ग्रामीण क्षेत्रों में रोजगार के लिए जो पहले ५० करोड़ रखा गया है, वह भी नाकाफी है। होना यह चाहिए कि हम बड़े पैमाने पर शिक्षित-अशिक्षित बेरोजगारों के लिए काम दें। लेकिन यहां फिर प्रश्न पैदा होगा कि साधन कहां से आएं? वित्त मंत्री कह सकते हैं कि मैं तो सौ करोड़ रुपए रख सकता हूं, आप मुझे साधन दीजिए।

राज्य सरकारों पर अंकुश जरूरी

इस संबंध में मैं निवेदन करूंगा कि हमारे जो राज्य हैं, इनके लिए भी कोई फाइनेंशियल डिसिप्लिन है या नहीं? हम एक नियोजित अर्थ-व्यवस्था में रह रहे हैं। हम हर एक व्यक्ति से त्याग की, बलिदान की आशा करते हैं। उज्ज्वल भविष्य के लिए वर्तमान में थोड़ा सा कष्टकर जीवन बिताना पड़ेगा, ऐसी हमारी कामना है। लेकिन राज्य सरकारें किसी भी वित्तीय अनुशासन में रहने के लिए तैयार नहीं हैं। वित्त मंत्री महोदय ने अपने अंतरिम बजट में यह भी आशा प्रकट की थी कि राज्य सरकारें जरा ओवर-ड्रा कम करेंगी और इस बजट में भी उन्होंने यही बात कही है। लेकिन क्या कोई राज्य सरकार मानने को तैयार है? स्थिति यह है कि अब सभी राज्यों के बजट घाटे के बजट हैं। राज्य सरकारें नए साधन जुटाने का साहस नहीं रखतीं। उन्हें आगामी विधानसभा के चुनावों की चिंता है। इसलिए वह सीधा रास्ता ढूंढ़ती हैं रिजर्व बैंक से रुपया निकालने का। आज स्थिति यह है कि भारत विदेशों से कर्जा ले रहा है और राज्य सरकारें केंद्र से कर्जा ले रही हैं। राज्य सरकारों के कर्जे की कोई सीमा नहीं है। वित्त मंत्री महादेय की अपीलें पर्याप्त नहीं हैं।

उन्होंने स्वीकार किया है अपने बजट भाषण में कि १९७०-७१ में राज्यों को १९५ करोड़ रुपए की विशेष सहायता दी गई, मगर ओवरड्राफ्ट फिर भी जारी रहा। गत मार्च के अंत तक कम-से-कम १४ राज्यों से कुल मिलाकर २६० करोड़ का ओवर-ड्राफ्ट लिया। अब यह रुपया किस तरह से खर्च किया जाता है, इसकी भी कोई देख-रेख नहीं है। वह गैर-परियोजनाओं के व्यय पर भी खर्च किया जा सकता है, वह ऐसे कामों पर भी खर्च किया जा सकता है जिनकी आर्थिक

दृष्टि से प्राथमिकता नहीं है। लेकिन केंद्रीय सरकार सलाह देने के अलावा कुछ नहीं कर रही है। मेरा निवेदन है कि केंद्रीय सरकार चाहे तो इस मामले में संविधान का उपयोग कर सकती है, आर्टीकल ३६० के अंदर फाइनेंशियल इमर्जेंसी घोषित कर सकती है। मैं उसे उद्धृत करना चाहता हूं :

"यदि राष्ट्रपति का यह समाधान हो जाता है कि ऐसी स्थिति पैदा हो गई है कि जिससे भारत या उसके राज्य क्षेत्र के किसी भाग का वित्तीय स्थायित्व या प्रत्यय खतरे में है तो वह उद्घोषणा द्वारा इस आशय की घोषणा कर सकेगा।"

और आगे संविधान में कहा गया :

"उस अवधि के दौरान, जिसमें खंड (१) में उल्लिखित घोषणा प्रवृत्त रहती है, संघ की कार्यपालिका शक्ति का विस्तार किसी राज्य को वित्तीय औचित्य संबंधी ऐसे सिद्धांतों का पालन करने के लिए निदेश देने तक, निदेशों में विनिर्दिष्ट किए जाएं और ऐसे अन्य निदेश देने तक होगा जिन्हें राष्ट्रपति उस प्रयोजन के लिए देना आवश्यक और उचित समझे।"

अभी तक हमने इस प्रावधान का उपयोग नहीं किया। मैं आंकड़े देख रहा था कि राज्य सरकारें किस तरह से ओवर ड्राफ्ट कर रही हैं और मुझे लगा कि इस संबंध में किसी कठोर कार्यवाही की आवश्यकता है। लेकिन कार्यवाही तब तक संभव नहीं है, जब तक कि हम राज्यों को डाइरेक्शन न दें और डाइरेक्शंस आर्टीकल ३६० के अंतर्गत दी जा सकती है। वित्त मंत्री महोदय गंभीरता से विचार करें कि क्या राज्यों को इस तरह का निर्देश देने का समय आ गया है? जब तक हम राज्यों को एक वित्तीय अनुशासन में नहीं लेंगे, केंद्रीय स्तर पर कितने ही साधन जुटाएं, जो हमारा लक्ष्य है, हम उसको प्राप्त नहीं कर सकते। राज्यों को इस संबंध में केंद्र के साथ कदम मिलाकर चलना होगा और यह तब तक संभव नहीं है, जब तक राज्यों को विवश नहीं किया जाएगा कि उनके पास जो भी साधन उपलब्ध हैं, उसका ठीक तरह से उपयोग करें।

यह ठीक है कि वित्त मंत्री महोदय ने अपील की है कि साधन बढ़ाओ, नॉन-प्लान एक्सपेंडीचर कम करो, मगर ये अपीलें कोई असर करनेवाली नहीं हैं। केंद्र को कुछ कठोर कदम उठाने की आवश्यकता है। एक कठोर कदम यह हो सकता है कि आर्टीकल ३६० के अंतर्गत राज्यों को डाइरेक्शन जारी किए जाएं।

बंगलादेशियों के लिए रकम अपर्याप्त

उपाध्यक्ष महोदय, बंगला देश के निर्वासितों के लिए केवल ६० करोड़ रुपए की रकम रखी गई। वित्त मंत्री स्वीकार करेंगे कि ६० करोड़ रुपए की रकम अयथार्थवादी, अवास्तविक और अपर्याप्त है। स्वयं प्रधानमंत्री जी ने कहा था कि ६ महीने में हमें १८० करोड़ रुपए खर्च करने पड़ेंगे। इस तरह से कुल मिलाकर साल-भर में जितना व्यय होगा, इसका सहज ही अनुमान लगाया जा सकता है। अंतर्राष्ट्रीय सहायता पर हम ज्यादा निर्भर न करें। आज सवेरे की रिपोर्ट के अनुसार शायद अधिक से अधिक २३ करोड़ रुपए की सहायता हमें प्राप्त हुई है जो औषधियों के रूप में है, दूध के डिब्बों के रूप में है और अन्य चीजों के रूप में है। अधिकांश बोझा हमें स्वयं उठाना पड़ेगा। २२० करोड़ रुपए का घाटा वित्त मंत्री जी ने पहले ही छोड़ दिया। इस घाटे की रकम और ज्यादा बढ़नेवाली है, निर्वासितों पर खर्च होगा और कुल मिलाकर इसमें मुद्रा-स्फीति बढ़ेगी, दाम बढ़ेंगे, असंतोष फैलेगा और यह सरकार अपने नारों की स्वयं बंदी बन जाएगी।

उपाध्यक्ष महोदय, आर्थिक पुनर्निमाण के प्रश्न पर भी देश में एक मतैक्य स्थापित करना होगा। अर्थनीति को केवल आकर्षण बनाकर हम आर्थिक नियमों को नहीं बदल सकते, नारे लगाकर हम वास्तविकता में परिवर्तन नहीं ला सकते। मैं चाहूंगा कि वित्त मंत्री महोदय को अब चुनाव समाप्त हो गए हैं, सत्तारूढ़ दल भारी बहुमत में आ गया है...

श्री पीलू मोदी : मेसिव मेंडेट मिल गया है।

श्री वाजपेयी : हां, मेसिव मेंडेट मिल गया है जो अब मेसिव बर्डन में बदल गया है।

एक ऐसा मध्यम मार्ग खोजना होगा जो लोकतांत्रिक ढांचे में हमारे आर्थिक और सामाजिक स्वतंत्रता के लक्ष्यों को शीघ्रता से पूरा कर सके। लेकिन यह तब तक संभव नहीं है, जब तक देश में एक नई हवा पैदा नहीं की जाएगी।

उपाध्यक्ष महोदय, यह तो ६० लाख का सवाल है, क्या यह नए बजट से एक नई हवा पैदा करता है। ६० लाख मैं इसलिए कह रहा हूं कि अमेरिका में एक अंग्रेजी कहावत है कि जब कोई सवाल गंभीर होता है तो उसे कहते हैं कि यह ६४ मिलियन डॉलर क्वेश्चन है। हमारा देश अमेरिका नहीं है, यहां डॉलर नहीं रुपया चलता है। वहां डॉलर की बात करते हैं। हमारे यहां जब कोई महत्वपूर्ण सवाल आएगा तो उसे कहना होगा कि ६० लाख रुपए का सवाल है। इसलिए उपाध्यक्ष महोदय, यह ६० लाख रुपए का सवाल है कि यह बजट नया वातावरण पैदा करता है या नहीं?

जब ६० लाख रुपए की बात आ गई है तो मैं यह कहकर खत्म कर दूं कि वित्त मंत्री महोदय जब जवाब दें तो यह भी बताएं कि स्टेट बैंक से जो ६० लाख रुपया निकाला गया, वह किस मद में से निकाला गया? इस प्रश्न पर अभी तक प्रकाश नहीं डाला गया है। यह प्रश्न अदालत के विचाराधीन भी नहीं है। नागरवाला महोदय ने ६० लाख रुपया निकाला, मल्होत्रा महोदय ने ६० लाख रुपया दिया, वह स्टेट बैंक के किस मद में से निकाला गया, यह सदन जानना चाहता है, यह देश जानना चाहता है, और मुझे विश्वास है कि वित्त मंत्री महोदय, इस पर लीपापोती नहीं करेंगे और तथ्यों को सदन के सामने रखेंगे। धन्यवाद।

वित्त मंत्री की सूचनाएं भ्रामक हैं

अध्यक्ष महोदय, मैं अविलंबनीय लोक महत्व के निम्नलिखित विषय की ओर माननीय वित्त मंत्री का ध्यान दिलाता हूं और प्रार्थना करता हूं कि वे इसके संबंध में अपना वक्तव्य दें—

"साबुन, वनस्पति, औषधियां, इस्पात, आदि जैसी विभिन्न अत्यावश्यक वस्तुओं के मूल्य में हाल ही में हुई वृद्धि।"

अध्यक्ष महोदय, मुझे खेद है कि वित्त मंत्रलाय ने नए वित्त मंत्री को जो जानकारी दी है, वह ठीक नहीं है। सरकारी सूत्रों से प्राप्त सूचनाएं वित्त मंत्री के इस कथन का खंडन करेंगी कि अधिकांश आवश्यक वस्तुओं के मूल्यों में वृद्धि नहीं हुई है। यह कमिश्नर की रिपोर्ट है—दिल्ली में जो दाम हैं उनके संबंध में कमिश्नर ने जो जानकारी एकत्र की है, उसमें से कुछ की ओर मैं वित्त मंत्री का ध्यान खींचना चाहता हूं। उन्होंने स्वीकार किया है कि चावल का दाम नहीं घटा है। नहीं घटा, इतना ही नहीं, चावल का दाम बढ़ा है···(व्यवधान)···बजट के पहले और बजट के बाद चावल के दाम में वृद्धि हुई है! मक्खन के दाम में ३३% की वृद्धि हुई है और दूध का दाम ७% बढ़ा है। पांच सौ ग्राम चाय का मूल्य १४ से ३३% तक बढ़ा है, वनस्पति घी में १६% की वृद्धि हुई है, सरसों का तेल २६% बढ़ा है, कपड़े धोने का साबुन २५% बढ़ा है और नहाने के साबुन में ७% की वृद्धि हुई है—क्या ये आवश्यक वस्तुएं नहीं हैं? क्या जनसाधारण इनके बिना अपना काम चला सकता है? जब प्रधानमंत्री ने बजट पेश किया था तो उस बजट के साथ एक आर्थिक समीक्षा रखी गई थी, जिसमें स्वीकार किया गया था कि गत वर्ष चीजों के दाम ७% बढ़े हैं। उसके बाद फुटकर चीजों के मूल्यों में १५ से २०% तक की वृद्धि हुई है। प्रश्न यह है कि सरकार की कोई मूल्य-नीति है या नहीं? वित्त मंत्री महोदय के वक्तव्य को सुनने या पढ़ने से यह नहीं मालूम होता कि गवर्नमेंट की कोई प्राइस-पालिसी है। पहले योजना के साथ एक प्राइस-पालिसी का चैप्टर होता था, जिसमें पिछले पांच वर्षों में मूल्यों में किस तरह से वृद्धि हुई है, उसका विश्लेषण करते हुए भविष्य में मूल्यों को नियंत्रित करने के लिए कौन से कदम उठाए जाएंगे, इसका निर्देशन किया जाता था। लेकिन इस बार योजना आयोग ने अपनी चौथी पंचवर्षीय योजना में से प्राइस-पालिसी

** आवश्यक वस्तुओं की मूल्यवृद्धि और नए वित्त मंत्री के वक्तव्य पर लोकसभा में ५ अगस्त, १९७० को टिप्पणी।*

के चैप्टर को निकाल दिया है।

मैं जानना चाहता हूं कि जब कभी व्यापारी दाम बढ़ाते हैं तो उन्हें मुनाफाखोर कहा जाता है, लेकिन जब सरकार की सहमति से दाम बढ़ाए जाते हैं तो सरकार को किस नाम से संबोधित किया जाना चाहिए? वित्त मंत्री महोदय ने अभी कहा कि उन्होंने साबुन के दाम में थोड़ी सी वृद्धि की इजाजत दी है। क्या वित्त मंत्री महोदय को मालूम है कि उस दाम पर साबुन नहीं बिक रहा है, साबुन बेचनेवालों ने दाम अधिक बढ़ा दिए हैं? फिर साबुन निर्माताओं के साथ समझौता करने का अर्थ क्या है? वित्त मंत्री ने कहा कि कपड़ा धोने का साबुन बजट के पहले २८० रु. प्रति क्विंटल था, फिर २९० हो गया और अब उसका दाम ३०३ रुपए ५० पैसे है। यह वृद्धि १४ पैसे नहीं, उससे ज्यादा है। यही बात स्टील के बारे में, दवाओं के बारे में भी लागू होती है। यह कहा जाता है कि दवाओं के दाम कम कर दिए गए हैं, लेकिन स्थिति यह है कि कम दाम पर दवाइयां मिल नहीं रही हैं और कुछ मामलों में दवाओं के दाम कितने कम किए गए हैं, उसके बारे में निर्माताओं की ओर से दवा विक्रेताओं को कोई सूचना नहीं है। क्या वित्त मंत्रालय का काम केवल दाम कम कर देना ही है या उसका काम यह भी देखना है कि उस दाम पर उपभोक्ता को माल मिलता है या नहीं? मैं मंत्री महोदय से पूछना चाहता हूं कि साबुन, वनस्पति तेल में यह तर्क दिया जाता है कि टेलो, चर्बी हम बाहर से मंगाते हैं, इसलिए साबुन का दाम बढ़ाना पड़ा और ग्राउंटनट की कमी हो गई, इसलिए हमको वनस्पति का दाम बढ़ाना पड़ा, लेकिन क्या मंत्रालय में, सरकार में कोई ऐसा यंत्र है, कोई ऐसी मशीनरी है जो इस बात का पता लगाए कि किस माल पर लागत कितनी आती है, कितना उचित मुनाफा है और किस मूल्य पर वह चीज बेची जानी चाहिए? जब टेलो सस्ते दर पर आ रहा था तब साबुन के दाम कम नहीं किए गए, तब साबुन निर्माताओं ने अपने मुनाफे में कमी नहीं की, लेकिन आज थोड़े से दाम टेलो के बढ़ गए हैं तो उपभोक्ता की जेब काटी जा रही है। वनस्पति के दाम लगातार बढ़ाए जा रहे हैं। मैं कोई आरोप नहीं लगाना चाहता हूं लेकिन जनता में प्रवाद चल रहा है कि ये दाम राजनीतिक कारणों से बढ़ाए जा रहे हैं।

मैं मंत्री महोदय से जानना चाहता हूं कि क्या केवल चिंता प्रकट करना काफी है? पहले प्रधानमंत्री कहती थीं कि दाम बढ़ने नहीं दिए जाएंगे, लेकिन अभी दाम बढ़ गए। अब कहा जा रहा है कि हम इनको वॉच कर रहे हैं। अध्यक्ष महोदय, मुझे ऐसा लगता है कि भले ही चह्वाण साहब गृह मंत्रालय से वित्त मंत्रालय में आ गए हों, मगर उनकी भाषा नहीं बदली है।

"बढ़ती कीमतों को थाम लिया जाएगा। कड़ी नजर रखी जाएगी।"

यह गृह मंत्री की भाषा है, यह वित्त मंत्री की भाषा नहीं है। उस वक्तव्य में कोई भी ठोस उपाय नहीं बतलाया गया है। अध्यक्ष महोदय, मैं वित्त मंत्री जी से पूछना चाहता हूं कि उचित मूल्य पर चीजें आम आदमी को मिलें, इसके संबंध में वह क्या व्यवस्था कर रहे हैं?

जब वह इन्फॉरमल कंट्रोल की बात करते हैं तो तेल, वनस्पति ऑयल तथा साबुन आदि के निर्माताओं के साथ बैठकर कितना उनका मुनाफा बढ़ाया जाए, क्या इसकी चर्चा करते हैं? क्या इसके लिए कोई विशेषज्ञों की समिति नहीं बनाई जा सकती जो तय करे कि उनकी लागत कितनी है और उस पर उनको कितना मुनाफा मिलना चाहिए और उपभोक्ता के लिए कौन सी दर उचित हो सकती है?

बजट नितांत निराशावादी है

उपाध्यक्ष महोदय, इससे पहले कि मैं बजट के बारे में कुछ कहूं, आज के समाचारपत्रों में कल सदन में जो कुछ हुआ था, उसकी गलत रिपोर्ट छपी है और मैं उसकी ओर आपका ध्यान दिलाना चाहता हूं।

कल प्रतिपक्ष की ओर से यह प्रश्न खड़ा किया गया था कि कृषि संपत्ति पर कर लगाते समय उप प्रधानमंत्री महोदय ने एटार्नी जनरल की राय ली थी या नहीं, और उप प्रधानमंत्री महोदय ने अपने जवाब में कहा कि उन्होंने एटार्नी जनरल की राय ली थी। लेकिन समाचारपत्रों में ऐसा छपा है कि उप प्रधानमंत्री जी ने वर्तमान एटार्नी जनरल की राय ली थी। जबकि मुझे ऐसा पता लगा है कि राय वर्तमान एटार्नी जनरल की नहीं ली गई, बल्कि उप प्रधानमंत्री महोदय ने जो पहले एटार्नी जनरल थे, उनकी राय ली थी। इस समाचार के प्रकाशन से किसी प्रकार की गलतफहमी न हो, इसलिए रेकार्ड को साफ कर लेना जरूरी है और मैं आशा करता हूं कि उप प्रधानमंत्री महोदय जब इस बहस का जवाब देंगे तो वह इस प्रश्न को स्पष्ट कर देंगे।

उपाध्यक्ष महोदय, एक विकासशील अर्थ-व्यवस्था में बजट केवल आय-व्यय का लेखा-जोखा मात्र नहीं होता है। बजट को आर्थिक पुनर्निर्माण के लिए अपनाई जानेवाली नीतियों, व्यूह-रचना और कार्यक्रम को कार्यान्वित करने का एक समर्थ उपकरण होना चाहिए। प्रश्न यह है कि क्या इस कसौटी पर आर्थिक बजट खरा उतरता है? दूसरे शब्दों में, हमें यह देखना होगा कि क्या बजट के प्रस्तावों से उत्पादन और उत्पादकता में वृद्धि होगी? क्या रोजगार के अवसर बढ़ेंगे? क्या बचत और निवेश को बढ़ावा मिलेगा? क्या महंगाई के पाटों में पिसनेवाले आम आदमी को राहत मिलेगी? क्या विषमता की जो खाई चौड़ी होती जा रही है, वह कम होगी? इन कसौटियों पर कसकर मैं बजट को देखना चाहता हूं और इन प्रश्नों का उत्तर बजट के प्रस्तावों में मैं खोजना चाहता हूं।

वित्त मंत्री महोदय ने अपने भाषण में आर्थिक स्थिति का जो चित्र खींचा है, मुझे लगता है कि वह यथार्थवादी नहीं है। उसमें अतिरंजन की मात्रा है। उन्होंने तस्वीर के केवल उजागर पक्ष को सामने रखा है और जो काले और भूरे पहलू हैं, वह दृष्टि से ओझल हो गए हैं। वित्त मंत्री

** बजट पर लोकसभा में ७ मार्च, १९६९ को आम चर्चा में हिस्सेदारी।*

के शब्दों में इस वर्ष अन्न की फसल संतोषाजनक होने की उम्मीद है, किंतु उप प्रधानमंत्री जी यह कहना भूल गए कि अच्छी फसल का अधिकांश श्रेय मौसम को है। अभी तक हमारी खेती आसमान पर निर्भर है। एक वर्ष मौसम की कृपा न हो तो हमें फिर अन्न-संकट का सामना करना पड़ सकता है। आज भी पानी के अभाव में देश के अनेक भागों में सूखा है और कहीं-कहीं तो मनुष्य और जानवर अन्न और जल के अभाव में मारे-मारे फिर रहे हैं।

उप प्रधानमंत्री ने निर्यात में वृद्धि की बात कही है, लेकिन सचाई यह है कि निर्यात में जितनी वृद्धि होनी चाहिए थी, उतनी नहीं हुई है। यह भी एक कटु सत्य है कि अवमूल्यन के कारण पहले कम निर्यात करके हम अधिक प्राप्ति कर सकते थे, अब अधिक निर्यात करके उतनी प्राप्ति नहीं कर पा रहे हैं। चाय, जूट और सूती कपड़े का बाजार हमारे हाथ से निकल रहा है। अन्य देशों की तुलना में हमारे मूल्य अधिक हैं, हमारा माल भी उतना बढ़िया नहीं है जो प्रतियोगिता में टिक सके और हमारी साख में कमी न हो। वस्तुस्थिति यह है कि विदेशों पर हमारी आर्थिक निर्भरता एक खतरनाक स्थिति तक पहुंच गई है। हालत यह है कि नई दिल्ली विदेशी राजधानियों की ओर देखती है, प्रादेशिक सरकारें नई दिल्ली की ओर देखती हैं और जनता प्रादेशिक सरकारों की ओर देखती है। स्वाधीनता की लड़ाई में हमने एक स्वावलंबी, स्वाभिमानी भारत की रचना का स्वप्न देखा था, लेकिन आज जो भारत की तस्वीर हमारे सामने है वह एक परावलंबी, परमुखापेक्षी और पंगु भारत की तस्वीर है। इस कटु सत्य का हमें सामना करना होगा।

उप प्रधानमंत्री महोदय ने आर्थिक स्थिति का जो रंग भरा चित्र खींचा है, उसमें उन करोड़ों बेकारों का कोई स्थान नहीं है जो काम करना चाहते हैं, लेकिन जिन्हें काम करने के अवसर उपलब्ध नहीं हैं। बढ़ती हुई बेकारी, विशेषकर शिक्षित व्यक्तियों की बेराजगारी एक गंभीर चिंता का विषय है। वह न केवल सरकार की आर्थिक नीतियों और नियोजन की विफलता का प्रमाण है, अपितु वह हमारे राजनीतिक और सामाजिक ढांचे के लिए भी एक गहरा संकट पैदा करनेवाली बात है।

सरकार का अनुमान है कि इस वर्ष विकास की दर ३% होगी, लेकिन जिस गति से जनसंख्या बढ़ रही है, उसमें ३% विकास की दर हमारे आर्थिक पिछड़ेपन को दूर नहीं कर सकती। जितना हम विकास कर रहे हैं, यह बढ़ती हुई जनसंख्या निगलती जा रही है और जो पिछड़ापन है, उसे दूर करने के कोई आसार दिखाई नहीं देते। वर्तमान को सुखकर बनाने के लिए और उज्ज्वल भविष्य के निर्माण के लिए हमें विकास की दर को बढ़ाना होगा। वर्तमान बजट इसमें सहायता दे सकेगा, इस प्रकार के लक्षण नहीं दिखाई देते हैं। वर्तमान बजट को न तो विकास का बजट कह सकते हैं न पुनरुत्थान का बजट कह सकते हैं, यद्यपि आशा यह की जाती थी कि बजट विकासशील बजट होगा और अर्थ-व्यवस्था में पुनरुत्थान करेगा। यह एक निराशाजनक बजट है जिसमें निर्भीक चिंतन, यथार्थवादी आकलन और भविष्योन्मुखी दृष्टि का अभाव दिखाई देता है।

अब मैं बजट प्रस्तावों पर आना चाहता हूं। उनका अलग-अलग जिक्र करने के पूर्व मैं एक बात कहूंगा कि उप प्रधानमंत्री महोदय ने कई क्षेत्रों में राहत दी है और कई क्षेत्रों पर नया भार डाला है, लेकिन जो राहत दी है वह लगता है डरते-डरते, सहमते-सहमते दी है और मजबूरी के मारे दी है। लेकिन जो नया भार डाला गया है उसमें बड़ी निर्भीकता से काम लिया है, शायद परिणामों की चिंता किए बगैर भार डाला गया है। राहत देने में झिझक और भार डालने में परिणामों की चिंता न करना, यह एक ऐसी स्थिति है जिस पर सदन को गंभीरता से विचार करना होगा।

उदाहरण के लिए उप प्रधानमंत्री ने बड़ी कृपा करके भारतीय कंपनियों से लाभांश के रूप में होनेवाली आय के लिए कर में छूट देने की वर्तमान सीमा को ५०० रुपए से १००० रुपए तक कर दिया है। इस कदम का स्वागत किया जा सकता था। यह सही दिशा में एक कदम है और वित्त मंत्री इसके लिए बधाई के पात्र होते, लेकिन जहां सही दिशा में उन्होंने एक कदम उठाया है वहां गलत दिशा में दो कदम उठाए हैं।

वह गलत कदम कौन-से हैं, अब मैं उनकी चर्चा करूंगा।

मध्यम वर्ग पर वक्र दृष्टि क्यों?

सभापति जी, पहली बात व्यक्तिगत आयकर की दरों में क्रमिक वृद्धि करने का प्रस्ताव एक प्रतिगामी प्रस्ताव है और उसकी सीधी चोट उसी मध्यम वर्ग पर पड़ेगी जो पहले से ही आर्थिक भार में दबा जा रहा है। १०,००१ रुपए से १५,००० रुंपए तक की आमदनी पर कर की दर में २% और १५,००१ से २०,००० की दर में ३% की वृद्धि का सुझाव विवेकपूर्ण नहीं माना जा सकता। इस सुझाव को वापस लिया जाना चाहिए। क्या यह आश्चर्य की बात नहीं है कि इस मध्यम वर्ग पर वित्त मंत्री और उप प्रधानमंत्री की वक्र दृष्टि काफी समय से पड़ रही है? करों के संबंध में जो भी नए प्रयोग किए जाते हैं उसमें इस मध्यम वर्ग को अपना निशाना जरूर बनाया जाता है, चाहे वह अनिवार्य बचत योजना हो, चाहे वार्षिक जमा योजना हो। जो वर्ग समाज की रीढ़ की हड्डी है, उस वर्ग को नए बोझों से लादा जाता है। इससे उसकी बचत की शक्ति कम होती है। इसके परिणामस्वरूप आर्थिक पुनर्निमाण में उस वर्ग से जो योगदान मिलना चाहिए, वह नहीं मिल पाता।

अब मैं उत्पादन-शुल्कों पर आता हूं। यहां वित्त मंत्री जी ने अपना जाल बड़ा चौड़ा और बड़ा गहरा फैलाया है। न केवल पुरानी चीजों पर उत्पादन-शुल्क बढ़ाया गया, बल्कि नई चीजों को भी उत्पादन-शुल्कों की लपेट में लिया गया है। सीमेंट, वनस्पति, बिजली के पंखे, बिजली की लट्टू और ट्यूबें, साबुन, सोडा-एश, कॉस्टिक सोडा और सोडियम सिलिकेड पर लगे हुए वर्तमान परिणाम-शुल्कों को मूल्यानुसार शुल्कों में अर्थात ऍड वैलोरम में परिवर्तित किया जाएगा। वित्त मंत्री ने आशा प्रकट की है कि इस परिवर्तन से उत्पादनकर्ताओं को लागत और कीमत घटाने की प्रेरणा मिलेगी। उनकी यह आशा पूरी होगी, इसके कोई लक्षण नहीं हैं। जो भी परिवर्तन किया जाएगा, उसकी कीमत उपभोक्ता को चुकानी पड़ेगी। इन चीजों के लिए उपभोक्ता को अब अधिक मूल्य देना होगा।

दानेदार चीनी में २३% उत्पादन-शुल्क लगाया गया है जो अनावश्यक है, अनुचित है। यह न गन्ना-उत्पादक के हित में है और न ही चीनी उद्योग के हित में है। कहा यह गया है कि दानेदार चीनी पर उत्पादन-शुल्क बढ़ने से नियंत्रित और खुले बाजार में बिकनेवाली चीनी के भाव में एकरूपता आएगी। लेकिन स्थिति यह है कि खुले बाजार में चीनी का भाव बढ़ गया है और पहले से काफी ऊंचा है। भाव में और वृद्धि होने पर आम आदमी को चीनी के लिए अधिक खर्चा करना पड़ेगा, क्योंकि नियंत्रित चीनी सब लोगों को पर्याप्त मात्रा में नहीं मिलती है। दिल्ली प्रशासन बधाई का पात्र है कि दिल्ली नगर में रहनेवाले और दिल्ली के गांवों में रहनेवाले लोग चीनी की बराबर मात्रा पाते हैं, लेकिन अन्य प्रदेशों में यह स्थिति नहीं है। ग्रामीण जनता नियंत्रित मूल्य पर अपनी आवश्यकताओं के अनुसार चीनी नहीं पा सकती। उसे खुले बाजार में अपनी आवश्यकताएं पूरी

करनी पड़ेंगी और अधिक दाम देना पड़ेगा। बड़े आश्चर्य की बात यह है कि वित्त मंत्री महोदय ने अपने भाषण में कहा है—मैं उनके शब्दों को उद्धृत कर रहा हूं :

"…चीनी पर शुल्क लगाए जाने पर माननीय सदस्य सिर्फ इस कारण आपत्ति नहीं करेंगे कि इससे २७ करोड़ रुपए का अतिरिक्त राजस्व प्राप्त होगा।"

प्रसंगवश—ईंसिडेंट्ली! उप प्रधानमंत्री शुल्क को बढ़ाना नहीं चाहते, उनकी नीयत अच्छी है, लेकिन जो नीति उन्होंने अपनाई है, अगर उसमें चलते-चलते २७ करोड़ रुपए का लाभ हो जाए तो फिर वह उस लाभ को लेने से इन्कार नहीं करेंगे!

मैं पूछना चाहता हूं कि अगर उनको लाभ होगा, तो वह किसकी जेब में जाएगा, उसका बोझ किस पर पड़ेगा? विनोद करने की उनकी क्षमता का मैं आदर करता हूं और उसके लिए उन्हें बधाई देता हूं। मगर इससे चीनी की मिठास में कुछ कमी हो गई है, चीनी अब कड़वी लगने लगेगी, यह बात वित्त मंत्री अपने ध्यान से न उतारें।

गन्ना सस्ता, चीनी महंगी

यह भी प्रश्न है कि चीनी पर बढ़ाए गए उत्पादन-शुल्क में से गन्ना-उत्पादक को क्या मिलेगा? मध्यावधि चुनावों के पूर्व खाद्य तथा कृषि मंत्री ने यह घोषणा की थी कि कहीं भी गन्ने का दाम १० रुपए प्रति क्विंटल से कम नहीं होगा। इस घोषणा पर अमल नहीं किया गया है। मिलों ने गन्ना-उत्पादकों के साथ न्याय नहीं किया है। गन्ना-उत्पादक अपना गन्ना सस्ता बेचता है और अब उसे चीनी महंगी खरीदनी पड़ेगी। इसे तो संतुलित दृष्टिकोण नहीं कहा जा सकता। खेत में जो चीज पैदा होती है, उसकी कीमत में और कल-कारखानों में जो माल बनता है, उसके मूल्य में कोई ताल-मेल होना चाहिए। यह ताल-मेल स्थापित करने में सरकार विफल रही है। दानेदार चीनी पर उत्पादन-शुल्क बढ़ाकर उप प्रधानमंत्री ने इस असंतुलन को और भी बिगाड़ दिया है।

भूरे कपड़े पर शुल्क हटाने से कुछ कपड़ा मिलों को अवश्य राहत मिलेगी। किंतु बहुत बारीक तथा बारीक किस्म के छपे कपड़े पर ५ पैसे प्रति वर्गमीटर और दूसरी सब किस्मों में छपे कपड़े पर २.५ पैसे प्रति वर्गमीटर का और ऊंचा शुल्क लगाकर वित्त मंत्री ने एक हाथ से जो दिया है, वह दूसरे हाथ से वापस ले लिया है! सब कपड़ा मिलें भूरा कपड़ा नहीं बनातीं। जिन्हें राहत मिलेगी, उन मिलों की संख्या कम है और जिन पर भार पड़ेगा, उनकी संख्या अधिक है।

श्री एस.आर. दामानी (शोलापुर) : राहतवाली मिलों की संख्या ज्यादा है।

श्री वाजपेयी : क्या माननीय सदस्य को मालूम नहीं है कि जो अहमदाबाद की मिलें हैं, उनको राहत का फायदा बहुत कम होगा?

श्री एस.आर. दामानी : आज ८८% कोर्स, लोअर मीडियम और हाई मीडियम का उत्पादन है और १२% फाइन और सुपरफाइन का उत्पादन है, यह मैं माननीय सदस्य की जानकारी के लिए अर्ज कर दूं।

श्री वाजपेयी : मैं भूरे कपड़े की बात कर रहा हूं। राहत केवल भूरे कपड़े में दी गई है, और किसी तरह के कपड़े में नहीं। सब मिलें भूरे कपड़े का उत्पादन नहीं कर रही हैं, माननीय सदस्य इस बात को स्वीकार करेंगे।

प्रश्न यह है कि सूट के कपड़े, परदे, सजावट के कपड़े और टर्किश तौलिए पर १५%

मूल्यानुसार शुल्क लगाकर उस वर्ग पर प्रहार किया गया है, जिससे अधिक बचत की आशा की जा सकती है। और यह बचत पुनर्निर्माण में लगे, इस प्रकार की वित्त मंत्री आकांक्षा रखते हैं।

मैं सिगरेट का उपयोग नहीं करता हूं, इसलिए मैं दावे के साथ नहीं कह सकता हूं, मगर जो सिगरेट पीनेवाले हैं, उनका कहना है—मैं चाहूंगा कि वित्त मंत्री इस बात को स्पष्ट करें—कि सिगरेट पर जो ६% से लेकर १८% तक उत्पादन-शुल्क बढ़ाया गया है उसका बोझ मध्यम दर्जे की सिगरेट पीनेवालों पर पड़ेगा, बहुत अचछी सिगरेट पीनेवालों पर नहीं। अगर यही स्थिति है, तो इस पर पुनर्विचार करने की आवश्यकता है।

मोटर स्पिरिट में ७ पैसे प्रति लिटर उत्पादन-शुल्क की वृद्धि सड़क परिवहन उद्योग को संकट में डाल देगी, जिसमें छोटे तथा मध्यम दर्जे के लोगों ने पूंजी लगा रखी है। मोटर स्पिरिट के दाम बढ़ेंगे तो बसों के किराए बढ़ेंगे, माल ढोने की कीमत बढ़ेगी। कुल मिलाकर इसका असर मूल्य वृद्धि पर होगा। सड़कों की दशा सुधारने के लिए कुछ रकम निर्धारित करने के बजाय सरकार सड़क परिवहन से लगातार कमाई करती जा रही है। इस नीति को दूरदर्शितापूर्ण नहीं कहा जा सकता। यह तो तात्कालिक लाभ के लिए दूरगामी लक्ष्यों को विफल करनेवाली बात है।

यह भी याद रखना होगा कि हाल ही में रेल मंत्री ने बिना संसद की स्वीकृति के माल-भाड़े की दर में १०% की वृद्धि की है। रेल के भाड़े में १०% की वृद्धि और मोटर स्पिरिट के उत्पादन-शुल्क में ७ पैसे प्रति लीटर की वृद्धि कुल मिलाकर मूल्यों में बढ़ोतरी का कारण बनेगी।

खाद पर उत्पादन-शुल्क क्यों?

जहां तक रासायनिक खाद पर १०% मूल्यानुसार उत्पादन-शुल्क और शक्ति-चालित पंपों पर २०% मूल्यानुसार उत्पादन-शुल्क लगाने का प्रश्न है, उसका समर्थन नहीं किया जा सकता। मुझे आश्चर्य है कि स्वयं वित्त मंत्री ने अपने भाषण में जो बात कही है, यह शुल्क लगाकर उन्होंने उसका खंडन कर दिया है। अपने भाषण के तीसरे पैराग्राफ में वित्त मंत्री ने जो कुछ कहा है, मैं उसकी ओर उनका और इस सदन का ध्यान खींचना चाहता हूं। उन्होंने कहा है :

"यद्यपि अन्न की पैदावार बढ़ गई है, तो भी देश की बढ़ती हुई आबादी के लिए अन्न का संतोषजनक प्रबंध करने के लिए हमें अभी बहुत प्रयत्न करना है। कृषिजन्य कच्चे माल और अन्न का आयात अब भी काफी हो रहा है। इसलिए हमारे सीमित साधनों से कृषि में, जिसके अंतर्गत अनुसंधान, रासायनिक खाद और पानी जैसी खेती के लिए आवश्यक चीजें और किसानों को ऋण देने तथा अनाज के संग्रह की सुविधाएं भी आती हैं, पूंजी लगाने की प्रथम आवश्यकता है।"

प्रश्न इतना ही है कि इस पूंजी की आवश्यकता को पूरा करने के लिए अगर किसान स्वयं आगे बढ़ते हैं, तो क्या उन्हें निरुत्साहित किया जाना चाहिए? खाद पर उत्पादन-शुल्क लगाने का कोई औचित्य नहीं है। देश में रासायनिक खाद की पहले से कमी है—मांग अधिक है और माल कम है। दूसरी ओर सब किसान अभी तक रासायनिक खाद का उपयोग करने की आदत नहीं डाल सके हैं। हमें अधिकाधिक किसानों को रासायनिक खाद का उपयोग करने के लिए प्रवृत करना है। रासायनिक खाद पर जो सबसिडी थी, सरकार उसे वापस ले चुकी है। अब १०% उत्पादन-शुल्क लगाकर उसने खेती के साथ, और खेती में लगे हुए लोगों के साथ न्याय नहीं किया है। इससे न केवल अन्नोत्पादन के प्रयत्नों को धक्का लगेगा, अपितु किसान का उत्साह भी मारा जाएगा।

मैं इस बात से सहमत हूं कि समृद्ध किसानों में बचत की प्रवृत्ति बढ़नी चाहिए। उस बचत

को नए उत्पादनों में लगाया जाए, इस तरह की परिस्थिति भी पैदा करना आवश्यक है। किंतु रासायनिक खाद और बिजली के पंपों पर टैक्स लगाने से यह उद्देश्य पूरा नहीं होगा। क्या यह संभव नहीं है कि समृद्ध किसानों को इस बात के लिए प्रेरित किया जाए कि वे अपनी पूंजी लगाकर नल-कूप खुदवाएं और अन्य किसानों को उचित मूल्य पर उन नल-कूपों का पानी दिया जाए? क्या नल-कूपों की खुदाई के लिए हम किसानों में बचत का प्रयोग करने का वातावरण नहीं पैदा कर सकते? ग्रामीण क्षेत्र में जो फालतू रुपया आता है, इस प्रकार उसका सदुपयोग होगा और साथ ही किसानों को भी संतोष होगा।

कृषि संपत्ति पर कर क्यों?

ग्रामीण क्षेत्रों में खेती पर आधारित छोटे और मध्यम वर्ग के उद्योगों को प्रारंभ करने के लिए समृद्ध किसानों को प्रोत्साहित किया जा सकता है। सरकार आवश्यक सुविधाएं जुटाए तो खेती पर आधारित एग्रो इंडस्ट्रीज ग्रामीण क्षेत्र में प्रारंभ हो सकती है और जो समृद्धि ग्रामीण क्षेत्र में हमें दिखाई देती है, वह ग्रामीण क्षेत्र में ही उद्योगीकरण के काम में लगाई जा सकती है। इस दृष्टि से सरकार योजना बनाए, इसकी बहुत आवश्यकता है। वित्त मंत्री ने कृषि संबंधी संपत्ति पर कर-प्रस्ताव रखकर बर्र के छत्ते में हाथ डाल दिया है। अब चारों ओर से बर्रें, भिड़ें, उप प्रधानमंत्री को घेर रही हैं। ये भिड़ें मंत्रिमंडल में भी हैं, ये भिड़ें उनके दल में भी हैं।

उप प्रधानमंत्री तथा वित्त मंत्री श्री मोरारजी देसाई : इनसे बच जाएंगे।

श्री वाजपेयी : अब अगर चमड़ा मोटा है तो आप बच सकते हैं। सवाल बचने का नहीं है। सवाल इस बात का है कि क्या कृषि संपत्ति पर कर लगाना आवश्यक है? और अगर आवश्यक है तो वह केंद्र में लगना चाहिए या राज्य में लगना चाहिए? कल मैंने आकाशवाणी सुनी, रेडियो बोला कि केरल के मुख्यमंत्री श्री नंबूदरीपाद और आंध्र के मुख्यमंत्री श्री ब्रह्मानंद रेड्डी कृषि संपत्ति पर कर लगाने का समर्थन करते हैं। अगर रेडियो का समाचार सही है तो वह फिर अपने राज्य में कृषि संपत्ति पर कर लगाने के लिए कदम क्यों नहीं उठाते हैं?

श्री मोरारजी देसाई : उन्हें अधिकार नहीं है।

श्री वाजपेयी : एग्रीकल्चर टैक्स लगा सकते हैं।

श्री मोरारजी देसाई : वह अलग बात है।

श्री वाजपेयी : वह अपना सिरदर्द आपके ऊपर मढ़ना चाहते हैं। मेरा निवेदन है कि केंद्र और राज्यों में पहले से ही विवाद के कई मुद्दे हैं। इस सवाल पर नया विवाद खड़ा करने की आवश्यकता नहीं है।

श्री मोरारजी देसाई : आप कर रहे हैं।

श्री वाजपेयी : आप मौका दे रहे हैं, इसलिए कर रहे हैं। हम मौका जाने थोड़े ही देंगे। मेरा मतलब है कि कृषि संपत्ति पर कर असंवैधानिक है, गैरकानूनी है। यह राज्य का विषय है। यह राज्य की तरफ से लगना चाहिए, केंद्र की तरफ से नहीं।

वित्त मंत्री ने यह अनुमान किया है कि इससे कोई पांच करोड़ रुपए की आमदनी होगी। यह अनुमान कम करके लगाया गया है। लेकिन मैं पूछता हूं कि अगर अनुमान सही है और केवल पांच करोड़ की आमदनी होनेवाली है और यह पांच करोड़ रुपया भी वित्त मंत्री महोदय राज्यों को दे देनेवाले हैं तो फिर केंद्र को इस विवाद में क्यों डालना चाहते हैं? राज्यों को परामर्श दिया जा

सकता है कि इस तरह के साधनों से अपने खर्च को चलाने का प्रयत्न करें, लेकिन केंद्र द्वारा इस कर को लगाने का समर्थन नहीं किया जा सकता। हमें यह भी नहीं भूलना चाहिए कि ग्रामीण क्षेत्र में जो समृद्धि आई है, वह अभी पैर जमा नहीं पाई है। प्रारंभ में ही कोई ऐसा काम नहीं होना चाहिए जो उत्साह पर पाला डाले, जन-असंतोष को जन्म दे और नई आर्थिक और राजनैतिक कठिनाइयां पैदा करे। इस करके संबंध में केंद्रीय मंत्रिमंडल में, कांग्रेस संसदीय दल में जो मतभेद हैं, वे सामने आ गए हैं। वित्त मंत्री ने सच्चे किसानों को, जेनुइन एग्रीकल्चरिस्ट को इस कर की वृद्धि से बाहर रखने का वादा करके अपने प्रहार की चोट को कम करने का प्रयत्न जरूर किया है, किंतु इससे समस्या हल नहीं होगी। कौन किसान सच्चा है, कौन झूठा है, कौन असली है, कौन नकली है, कौन फसली है, इसकी छानबीन में तो सरकारी अधिकारियों को ऐसे अधिकार मिलेंगे, जिनका दुरुपयोग हो सकता है और सच्चे तथा ईमानदार किसानों की परेशानी भी बढ़ सकती है। मेरा निवेदन है कि इस तरह के कृषि संपत्ति पर लगाए हुए कर को वापस लेने की आवश्यकता है।

चाय के उत्पादन-शुल्क में कमी करो

चाय का निर्यात शुल्क घटाकर २०% प्रति किलोग्राम से १५% प्रति किलोग्राम किया जा रहा है और उस पर दी जानेवाली छूट बढ़ाकर २५ पैसे से ५५ पैसे प्रति किलोग्राम की गई है। धातु के बने डिब्बों में बंद चाय पर लगा हुआ निर्यात शुल्क बिल्कुल हटा लिया गया है। यह ठीक कदम है, किंतु थोड़ी देर से आया है और पर्याप्त नहीं है। चाय का उत्पादन का खर्च बढ़ रहा है, आगे और भी बढ़ेगा। अगर रासायनिक खाद के मूल्य में वृद्धि होगी तो फिर चाय के उत्पादन के मूल्य में भी वृद्धि होगी। उसका उप प्रधानमंत्री को विचार करना होगा। निर्यात शुल्क में कमी का लाभ व्यापारी उठाएंगे। लेकिन अगर चाय के उत्पादकों को राहत देनी है तो चाय पर लगे हुए उत्पादन-शुल्क में कमी होनी चाहिए।

जूट के संबंध में मैं यह निवेदन करना चाहूंगा कि शुल्क में कमी करने के बाद भी पाकिस्तान की प्रतियोगिता में हमारे जूट का निर्यातक टिक नहीं सकेगा। यह अनुमान लगाया गया है कि पाकिस्तान के निर्यातक को हैसेन के निर्यात में एक टन पर ६०० रुपए का फायदा होता है, जबकि भारतीय निर्यातक को ३०० रुपए का घाटा होता है। जूट का बाजार हमारे लिए संकुचित होता जा रहा है। जूट का उद्योग संकट में है। इस उद्योग को प्राथमिकता की सूची में रखने का उप प्रधानमंत्री का निर्णय उचित है। लेकिन इस समय जो जूट का संकट आया है, इतनी सहायता से यह संकट हल नहीं होगा।

प्रति वर्ष बजट में एक्साइज ड्यूटीज, उत्पादन-शुल्क बढ़ाए जाते हैं और अगर पिछले कई वर्षों का इतिहास देखें तो यह वृद्धि १०० करोड़ के लगभग होती है। इसका बोझ आम आदमी पर पड़ता है। प्रश्न यह है कि क्या उत्पादन-शुल्क में वृद्धि करना आवश्यक है? एक ओर कहा जाता है कि हम आर्थिक मंदी में से निकल रहे हैं। अगर मंदी में से पूरी तरह से निकलना है तो बाजार में माल की मांग बढ़नी चाहिए। लोगों की खरीदने की ताकत बढ़नी चाहिए। लेकिन नए टैक्स लगाकर, उत्पादन-शुल्क लगाकर चीजों को महंगा किया जा रहा है। एक कंज्यूमर रेजिस्टेंट जैसी चीज भी होती है। अगर मांग नहीं बढ़ेगी तो उत्पादन नहीं बढ़ेगा। आर्थिक शिथिलता को पूरी तरह से दूर नहीं किया जा सकता। लेकिन माल के दाम हम इतने न बढ़ने दें कि कंज्यूमर रेजिस्टेंट्स पैदा हो जाए। उप प्रधानमंत्री को इस संबंध में ध्यान रखना होगा।

यह बात कही गई है और मैं इसको दोहराना चाहता हूं कि बजट में गैर-आयोजना संबंधी खर्चे में कमी करने के प्रयत्नों का कोई उल्लेख नहीं है। आयोजना व्यय से भिन्न व्यय में वृद्धि के जो कारण बताए हैं, वह सर्वविदित हैं। महंगाई बढ़ेगी तो महंगाई-भत्ता बढ़ेगा। उस बढ़ोतरी को टाला नहीं जा सकता। लेकिन फिर भी सरकारी खर्चे में कमी की गुंजाइश है। यह अनुमान लगाया गया था कि सरकारी खर्चे में १०० करोड़ रुपए की कटौती की जा सकती है। अगर फिजूलखर्ची रोकी जाए, मितव्ययिता से काम लिया जाए तो सरकार सौ करोड़ रुपए की बचत कर सकती है। इस बचत के लिए प्रयत्न करने का उप प्रधानमंत्री ने कोई आश्वासन नहीं दिया है।

बजट की अच्छी बातें

बजट की दो बातें मुझे पसंद आई हैं, जिनकी मैं चर्चा करना चाहूंगा। अभी तक यह विवाद चलता था कि चौथी योजना का निर्णय किस तरह से किया जाए, क्या हम पहले यह तय करें कि हमें कितना रुपया खर्च करना है और फिर हम वह रुपया प्राप्त करने के उपायों पर विचार करें, यह तरीका गलत था। इसने हमारे सामने संकट पैदा किया। लेकिन बजट भाषण से ऐसा लगता है कि इस बारे में केंद्रीय सरकार में, विशेषकर वित्त मंत्रालय और योजना आयोग में जो संघर्ष हो रहा था, उसमें वित्त मंत्रालय विजयी हुआ है और उप प्रधानमंत्री ने अपने भाषण में चतुर्थ पंचवर्षीय योजना के लिए इस साल कुल कितनी राशि है, इसका स्पष्टीकरण किया है। क्या मैं यह समझूं कि भविष्य में भी यही तरीका अपनाया जाएगा, जितने साधन उपलब्ध हैं, उनके आधार पर योजना का निर्धारण होगा? अगर यह नीति के तौर पर स्वीकार किया गया है तो मैं इसका स्वागत करता हूं। आर्थिक नियोजन को यथार्थवादी बनाने का इसके अलावा और कोई चारा नहीं है।

उप प्रधानमंत्री महोदय ने अपने भाषण में उपभोग्य वस्तुओं का उत्पादन करनेवाले उद्योगों को बढ़ावा देने का जो तथ्य स्वीकार किया है, उसकी भी सराहना की जानी चाहिए। हमें भारी उद्योगों की आवश्यकता है, हमें अर्थ-व्यवस्था को स्वावलंबी बनाना है, लेकिन हम यह नहीं भूल सकते कि हमारे आर्थिक नियोजन को लोकतांत्रिक ढांचे में चलना है। जनता को बुनियादी आवश्यकता की चीजों से महरूम रखकर, हम आर्थिक नियोजन के लिए जो उत्साह पैदा करना चाहिए, वह उनके मन में पैदा नहीं कर सकते। उप प्रधानमंत्री महोदय ने अपने भाषण में जो कहा है, मैं उसका उल्लेख करना चाहता हूं :

"यह जरूरी है कि कृषि की उत्पादकता के साथ-साथ उपभोक्ता वस्तुओं का उत्पादन करने वाले उद्योग-धंधों में भी कुशलता और उत्पादन क्षमता ज्यादा हो। इन उद्योग-धंधों की ओर ध्यान देना इसलिए विशेष रूप से आवश्यक है कि ऐसा करने से उत्पादकता बढ़ाने के लिए प्रेरणा मिलती है और सरकार की आमदनी बढ़ती है।"

कंज्यूमर गुड्स की आवश्यकता सर्वमान्य है। उप प्रधानमंत्री ने यह आवश्यकता स्वीकार की है। यह भी पुरानी नीति से थोड़ा परिवर्तन का संकेत है। यह परिवर्तन पहले ही हो जाना चाहिए था। लेकिन उपभोग्य वस्तुओं का उत्पादन बढ़ाना और फिर उन पर एक्साइज ड्यूटी लगाकर उपभोग्य वस्तुओं को महंगा करना—ये परस्पर विरोधी नीतियां हैं और इनकी संगति बैठाना उप प्रधानमंत्री के लिए मुश्किल होगा।

सभापति महोदय, वित्त मंत्री महोदय ने अपने बजट भाषण में अपने को सूत्रधार कहा है।

उन्होंने कहा है : "इस समय तो मैं केवल सूत्रधार के रूप में आपके सामने उपस्थित हुआ हूं जिसका काम नाटक आरंभ होने से पहले कुछ समय के लिए रंगमंच पर आकर नाटक में दर्शकों की रुचि बढ़ाना होता है।" मगर मैं जानना चाहता हूं कि इस नाटक का नाटककार कौन है, यह नाटक किसने लिखा है और अगर उप प्रधानमंत्री सूत्रधार हैं तो इस नाटक का नायक कौन है, नायिका कौन है और इन सबसे बड़ी बात है कि खलनायक कौन है? क्या सूत्रधार का कर्तव्य केवल दर्शकों में रुचि पैदा करना है या सूत्रधार महोदय निर्देशक भी बनना चाहते हैं? यह नाटक नहीं है, यह जीवन है। यह अभिनय नहीं है, यह वास्तविकता है। कालचक्र ने उप प्रधानमंत्री को ५० करोड़ जनता के जीवन के नाटक के रंगमंच पर एक महत्वपूर्ण भूमिका देने का निर्धारण किया है। यह नाटक देखने के लिए नहीं हो रहा है, यहां भारत के भाग्य का निर्णय हो रहा है और आवश्यक है कि आज जब देश राजनीतिक दृष्टि से परिवर्तन की प्रक्रिया में से गुजर रहा है, आर्थिक क्षेत्र में हमारे चिंतन में स्पष्टता होनी चाहिए, लक्ष्यों में वास्तविकता होनी चाहिए और हमारे प्रस्ताव ऐसे होने चाहिए जो उत्पादन बढ़ाएं, बढ़े हुए उत्पादन के समांतर वितरण को प्रोत्साहन दें, अल्पबचत की प्रवृत्ति को बढ़ावा देकर विकास की दर में वेग ला सकें। वर्तमान बजट इन उद्देश्यों की पूर्ति कर सकेगा—इसमें मुझे संदेह है।

उप प्रधानमंत्री सदन की चर्चा सुनेंगे, उन चर्चाओं के प्रकाश में उन्हें अपने बजट प्रस्तावों को संशोधित करने का मौका भी मिलेगा; लेकिन ऐसे कर-प्रस्ताव जो मध्यम वर्ग पर बोझा डालते हैं, ग्रामीण क्षेत्रों की जनता पर ऐसा भार डालते हैं, जो कृषि उत्पादन के कार्य में बाधक सिद्ध होंगे, ऐसे प्रस्ताव उप प्रधानमंत्री को वापस लेने चाहिए। बजट के प्रस्तावों के बारे में अंतिम निर्णय करते हुए हमें इन कसौटियों का ध्यान रखना होगा; और मुझे विश्वास है कि सदन और देश की प्रतिक्रिया को ध्यान में रखकर उप प्रधानमंत्री ऐसे संशोधन करेंगे, जिनसे बजट ऐसा बन सके, जिसे जनता के गले के नीचे उतारा जा सके।

बजट में सब धान बाईस पसेरी

उपाध्यक्ष महोदय, उप प्रधानमंत्री के बजट भाषण से उनके व्यक्तित्व का एक नया पहलू हमारे सामने आया है। बजट भाषण एक रूखी चीज है, लेकिन उप प्रधानमंत्री महोदय ने उसमें कहीं विनोद किया है, कहीं व्यंग्य किया है। ऐसा लगता है कि बजट भाषण में कहीं रंग के छींटे हैं और कुछ गुलाल के कण भी हैं। उन्होंने अपने भाषण में अभिनेताओं और अभिनेत्रियों का उल्लेख किया है और उनकी चिरंजीवी रहने की कामना पर छींटा कसा है। पति-पत्नी के संबंधों की नजाकत को स्वीकार किया है और उसमें न पड़ने की कुशलता दिखाई है।

श्री दी.चं. शर्मा (गुरदासपुर) : माननीय सदस्य तो उसको कुछ भी नहीं समझते हैं।

श्री वाजपेयी : किंतु उनका सबसे बड़ा विनोद प्लास्टिक सर्जरी के बारे में है। उन्होंने कहा है कि वह कोई बड़ा ऑपरेशन नहीं करना चाहते; छोटा सा ऑपरेशन कर रहे हैं, जो प्लास्टिक सर्जरी के ढंग का होगा, जिसमें थोड़ा सा चमड़ा यहां से हटाकर दूसरी जगह लगाया जाएगा। प्लास्टिक सर्जरी में ऐसा चमड़ा ऐसी जगह से निकाला जाता है, जहां से निकल सके और जो दिखाई न दे और ऐसी जगह लगाया जाता है, जहां दिखाई दे और किसी कमी को पूरा करे।

वित्त मंत्री महोदय ने कारपोरेट करों के क्षेत्र में कुछ चमड़ा लगाया है।

उन्होंने उदारता से काम लिया है। कुछ मात्रा में कारपोरेट करों में राहत देना जरूरी था। देश जिस आर्थिक शिथिलता का शिकार है उसमें पूंजी का निर्माण बढ़े, पूंजी-बाजार में सजीवता आए, लोग अपनी बचत बढ़ाकर विकास की गति को बल प्रदान करें, इस दृष्टि से जो कुछ सुविधाएं दी गई हैं, वे उचित हैं और उन पर किसी को अधिक शिकायत नहीं होनी चाहिए। उदाहरण के लिए सामान्य शेयर के लाभांशों के अतिरिक्त वितरण पर लगनेवाले लाभांश-कर को समाप्त करना, कंपनी के लाभों पर लगनेवाले अतिरिक्त प्रति-कर को ३५% से घटाकर २५% करना, बिना कमाई और कमाई हुई आमदनियों पर से अलग-अलग सरचार्ज हटाना और व्यक्तिगत आमदनियों के क्षेत्र में वार्षिक जमा योजना समाप्त करना, ये ठीक कदम हैं और हमें आशा करनी चाहिए कि इन कदमों का उचित प्रभाव पड़ेगा, देश की आर्थिक मंदी को दूर करने में ये कदम सहायक होंगे।

** आम बजट पर चर्चा के दौरान लोकसभा में ४ मार्च, १९६८ को संशोधन प्रस्ताव।*

लेकिन कारपोरेट क्षेत्र को इतनी सुविधाएं देने के लिए क्या यह आवश्यक था कि प्रत्यक्ष करों में ऐसे करों की वृद्धि की जाती, जिसका भार सीधे आमदनी पर पड़ता है? अब यह कहा जा सकता है कि अगर अप्रत्यक्ष कर बिल्कुल न लगाए जाते तो बजट का घाटा बढ़ जाता। बजट पर हुई चर्चा में बार-बार वित्त मंत्री को उनके पुराने भाषणों का हवाला देकर यह याद दिलाया गया है कि आप घाटे की अर्थ-व्यवस्था न करने के लिए वचनबद्ध थे, लेकिन इस बजट में २५० करोड़ का अनुपूरित घाटा छोड़ दिया है। इस संबंध में मेरा निवेदन यह है कि घाटे की अर्थ-व्यवस्था मुद्रा-स्फीति को बढ़ावा देती है; इससे इन्कार नहीं किया जा सकता। लेकिन हम किसी भी स्थिति में कभी भी घाटे की अर्थ-व्यवस्था नहीं करेंगे, यह कठोर और गैर-लचीला दृष्टिकोण अपनाना भी ठीक नहीं होगा। अगर घाटे की अर्थ-व्यवस्था पथ्य के तौर पर की जाती है, तब वह समझ में आ सकती है। ध्यान इतना ही रखना होगा कि उससे मुद्रा-स्फीति एक सीमा के बाहर न जाने पाए और मूल्यवृद्धि पर उसका दुष्परिणाम न हो।

सरकारी प्रवक्ता कह रहे हैं कि २९० करोड़ में से १४० करोड़ रुपए अन्नभंडार बनाने के लिए रखा गया है और पी.एल. ४८० के अंतर्गत जो हम गेहूं का आयात करते थे, उसमें कमी होने के कारण, १०० करोड़ रुपए उसके लिए, इसका प्रबंध नहीं किया गया है। मुझे विश्वास है कि वित्त मंत्री महोदय जब उत्तर देंगे तो इन बातों का स्पष्टीकरण करेंगे। अगर सरकारी प्रवक्ता के ये कथन ठीक हैं तो फिर जिसे घाटे की अर्थ-व्यवस्था कहा जा रहा है, वह एक हिसाब में से दूसरे हिसाब में धनराशि का लिखना हुआ। उसे एक खतरनाक स्थिति के घाटे की अर्थ-व्यवस्था नहीं कह सकते।

उपाध्यक्ष महोदय, मुझे लगता है कि वित्त मंत्री का बजट समुद्र में तैरनेवाले बर्फ के पहाड़ की तरह से है जो जितना दिखाई देता है, उससे अधिक दिखाई नहीं देता है। मुझे भय है उप प्रधानमंत्री महोदय पूरक बजट लाने की तैयारी कर रहे हैं। यही कारण है कि इस बजट में घाटा छोड़ा गया है। यही कारण है इस बार प्लास्टिक सर्जरी करके वह संतोष कर रहे हैं। लेकिन वह एक बड़े ऑपरेशन की तैयारी कर रहे हैं। प्लास्टिक सर्जरी मरीज को टटोलने के लिए है कि उसकी प्रतिक्रिया क्या होती है। क्या वह प्लास्टिक सर्जरी को सहन कर सकता है? और अगर वित्त मंत्री महोदय इस परिणाम पर पहुंचे कि प्लास्टिक सर्जरी गले के नीचे उतर गई, अब बड़ा ऑपरेशन करना चाहिए, तो वे उसकी तैयारी करेंगे। बड़ी स्पष्टवादिता से काम लेते हुए उन्होंने अपने भाषण में कहा कि इतना बड़ा घाटा वित्त मंत्री से तकाजा करता है कि अतिरिक्त साधनों के वास्ते भारी ऑपरेशन करने के लिए अपनी छुरी तेज करें और वह छुरी तेज कर रहे हैं। इस बार जो बोझा जनता पर पड़ा है उसमें अगर हम राहत देने के लिए उनको मजबूर कर सके तो आगे आनेवाले पूरक बजट में भी आम आदमी की रक्षा की जा सकेगी। अगर हम इस बार हार गए तो फिर बड़े ऑपरेशन में मांस का एक बड़ा टुकड़ा काटने का डर मुझे साफ दिखाई दे रहा है।

उपाध्यक्ष महोदय, डाक और तार विभाग के राजस्व बजट में इस वर्ष २२ करोड़ रुपए के घाटे का अनुमान है। उसके लिए बजट में डाक शुल्क दरों में वृद्धि का प्रस्ताव रखा गया है। इस वृद्धि का कोई औचित्य नहीं है। वित्त मंत्री महोदय उस वृद्धि के समर्थन में महावीर त्यागी कमेटी की सिफारिशें का उल्लेख करेंगे। निश्चय ही श्री महातीर त्यागी बड़े सौभाग्यशाली व्यक्ति हैं। अनेक महत्वपूर्ण कमेटियों और कमीशनों की अध्यक्षता का उनको मौका मिलता है। लेकिन जो समिति बनी थी, उसके टर्म्स ऑफ रेफरेंस को अगर हम देखें तो पता लग जाएगा कि जब

सरकार ने कमेटी बनाई उसकी मंशा डाक और तार शुल्क की सभी दरों में वृद्धि करना था। और इस वृद्धि के लिए वह किसी कमेटी की सिफारिश चाहते थे और त्यागी कमेटी की सिफारिश सरकार की मनचाही है।

प्रश्न यह है कि डाक और तार सेवाएं व्यापारिक संस्थानों के अनुसार चलाई जाएं, जिनसे लाभ हो या उन्हें अनिवार्य सेवा माना जाए, जिसे व्यवस्था को नुकसान सहकर भी चलाना जरूरी होगा? दुनिया में दोनों तरह के उदाहरण मिल सकते हैं। लेकिन त्यागी कमेटी ने केवल अपने पक्ष के उदाहरणों का उल्लेख किया है। अन्य उदाहरणों की उपेक्षा कर दी है। मेरा निवेदन है कि रेलों या डाक या तार सेवा को हम टुकड़ों में बांटकर नहीं देख सकते। जब रेलें जनरल रेवेन्यू में अपना योगदान देती थीं तब रेलों में मुनाफा हो रहा है, यह कहकर रेलमंत्री ने किराए और माल भाड़े की दरों में वृद्धि करने के लोभ का संवरण नहीं किया। जब डाक-तार सेवा मुनाफे में चल रही थी, तब भी दरें बढ़ाई गईं। आज घाटे के नाम पर जिन दरों को बढ़ाने का समर्थन किया जा रहा है, वह समस्या को टुकड़ों में देखने का प्रयत्न है जो कभी भी हमें एक सम्यक् निर्णय पर पहुंचने में सहायक नहीं हो सकता। कटु सत्य यह है कि डाक और तार के शुल्क की दरों में बढ़ावा देना डाक और तार सेवा की अक्षमता को, उसमें होनेवाले अपव्यय को, कुप्रबंध को प्रोत्साहन देना है और उसके लिए जनता को सज़ा देना है। त्यागी कमेटी ने कुछ चौंका देनेवाले रहस्योद्घाटन किए हैं, यद्यपि उनका संबंध छोटे कर्मचारियों से है। लेकिन डॉ. रामसुभग सिंह जिस साम्राज्य पर अपना अधिकार चला रहे हैं, उनके सिंहासन के नीचे क्या घटित हो रहा है, यह त्यागी कमेटी ने बताने की छोटी सी कोशिश की है।

त्यागी कमेटी के तथ्य

उपाध्यक्ष महोदय, मैं उस कमेटी की रिपोर्ट से दो उदाहरण उद्धृत करना चाहता हूं। प्रथम, ७५-९५ के वेतनमान में काम करनेवाले एक डाकिए ने चिकित्सा खर्च की प्रतिपूर्ति के रूप में सितंबर १९६७ में २२२० रुपए और अक्तूबर १९६७ में ८४६० रुपए वसूल किए। एक दूसरा उदाहरण है, एक क्लर्क ने जिसका वेतन प्रति माह २४० रुपया है, अक्तूबर १९६७ में ९७५ रुपए २० पैसे ओवरटाइम एलाउंस के लिए और १९६७ के पहले दस महीनों में इसी भत्ते के नाम पर ५५५२ रुपए लिए। त्यागी कमेटी ने और भी उदाहरण दिए हैं। छोटे कर्मचारी इस सीमा तक अगर सुविधाओं का दुरुपयोग कर रहे हैं तो अफसरों का क्या हाल होगा, इसका सहज में ही अनुमान लगाया जा सकता है। डाक और तार सेवाओं में फिजूलखर्ची को कम करने की गुंजाइश है। सेवाओं को सक्षम बनाकर जो घाटा हो रहा है, उसको दूर किया जा सकता है, लेकिन दर बढ़ाने का कोई औचित्य नहीं है।

फिर दरें बढ़ाई भी जा रही हैं तो पोस्टकार्ड पर, अंतर्देशीय पत्र पर। पोस्टकार्ड आम आदमी के काम की चीज है। न तो पोस्टकार्ड पर सरकार विरोधपत्र भेजती है और न आदमी उस पर प्रेमपत्र भेजते हैं। अपना दुखड़ा लिखकर, थोड़ा लिखा बहुत समझना, यह कहकर पोस्टकार्ड समाप्त कर देते हैं। मैं वित्त मंत्री महोदय से अपील करूंगा कि पोस्टकार्ड और इन्लैंड लिफाफों को इस वृद्धि से बरी कर दीजिए, जिन्हें पूरा लिफाफा लिखना है, वे थोड़ा ज्यादा पैसा दें, तब हम इसकी शिकायत नहीं करेंगे।

उपाध्यक्ष महोदय, वित्त मंत्री ने सभी किस्मों के अनिर्मित (अनमैन्यूफैक्चर्ड) तंबाकू शुल्कों

की मौजूदा दरों में १०% वृद्धि का प्रस्ताव रखा है और सभी धान बाईस पसेरी की नीति अपना कर, सबको एक ही छड़ी से हांकने का दृष्टिकोण स्वीकार कर उन्होंने अपने बजट भाषण में बड़े गर्व के साथ कहा है—मैं उन्हीं के शब्दों से उद्धृत कर रहा हूं : "इस मौके पर मैंने निकोटीन के विभिन्न प्रेमियों के प्रति निष्पक्ष रहने का फैसला किया है, भले ही वे मामूली बीड़ी, हुक्का या खाने की तंबाकू के शौकीन हों या सिगरेट, सिगार और पाइप के।" यह वित्त मंत्री का निष्पक्ष रवैया है—बीड़ी को और सिगार को एक ही श्रेणी में रखना और यह कहना कि हम निष्पक्ष हैं, सचमुच में दोनों के साथ अन्याय करना है। बीड़ी के साथ इसलिए अन्याय करना है कि बीड़ी इतना बोझ नहीं सह सकती और सिगार के साथ इसलिए अन्याय करना है कि सिगार इससे भी ज्यादा बोझ सह सकती है। अब अगर हमारे वित्त मंत्री महोदय अपने मंत्रालय के श्री जगन्नाथ पहाड़िया और हमारे विरोधी दल के श्री पीलू मोदी को एक श्रेणी में रख दें और कहें कि हम दोनों के ऊपर बराबर बोझ डाल रहे हैं और हम बड़े निष्पक्ष हैं तो फिर श्री जगन्नाथ पहाड़िया की कमर बिना टूटे नहीं रहेगी और श्री पीलू मोदी पर जितना बोझ पड़ना चाहिए, वह नहीं पड़ेगा। बीड़ी में काम आनेवाली तंबाकू और खाने के काम आनेवाली तंबाकू—ये नए भार से मुक्त रहनी चाहिए। मुझे विश्वास है वित्त मंत्री महोदय इस पर गंभीरता से विचार करेंगे। जो सिगरेट पीते हैं, अच्छी सिगरेट पीते हैं, उन्हें अगर कुछ अधिक पैसा देना पड़े तो वह चिंता की बात नहीं होगी, लेकिन तंबाकू खाकर जो अपना ग़म गलत करते हैं या बीड़ी के धुएं में अपने कष्टों को भुलाना चाहते हैं, वे वित्त मंत्री की छड़ी से बच न सकें, यह अच्छा नहीं दिखाई देता।

पब्लिक सेक्टर, प्राइवेट सेक्टर

उपाध्यक्ष महोदय, बजट पर जो चर्चा हुई है, उसमें पब्लिक सेक्टर और प्राइवेट सेक्टर का हवाला दिया गया है। ऐसा दिखाई देता है कि हमारे देश में दोनों सेक्टरों के बीच में एक शीत युद्ध चल रहा है। जब पब्लिक सेक्टर पर हमला करनेवाले बोलते हैं तो उन्हें पब्लिक सेक्टर में कोई अच्छाई दिखाई नहीं देती और जब प्राइवेट सेक्टर की आलोचना करनेवाले मुंह खोलते हैं तो उन्हें प्राइवेट सेक्टर सारी बुराइयों का भंडार दिखाई देता है। यह दृष्टिकोण स्वस्थ नहीं है, कुछ मात्रा में यह दृष्टिकोण दूषित है, विकृत है। हमें यह मानकर चलना होगा कि प्राइवेट सेक्टर और पब्लिक सेक्टर एक ही नेशनल सेक्टर के दो हिस्से हैं और आज देश की वर्तमान स्थिति में हर एक को अपनी क्षमता और शक्ति के अनुसार विकास करने का पूरा मौका मिलना चाहिएँ। दोनों के बीच में चलनेवाला यह शीतयुद्ध समाप्त करने की जरूरत है। यह भी स्वाभाविक है कि जब पब्लिक सेक्टर और प्राइवेट सेक्टर का झगड़ा बढ़ता है तो जनता का जो सेक्टर है, पीपुल्स सेक्टर, सेल्फ एम्पलायमेंट का सेक्टर, जिसमें छोटे-छोटे धंधे करनेवाले, अपने परिश्रम से कमानेवाले लोग आते हैं, उनकी उपेक्षा हो जाती है। मैं चाहूंगा कि इस बारे में हम स्वस्थ दृष्टिकोण अपनाकर चलें।

एक बात कहकर मैं समाप्त कर दूंगा। उपाध्यक्ष महोदय, मैं उन लोगों में से नहीं हूं जो यह समझते हैं कि राष्ट्रीयकरण ही सारी बीमारियों का रामबाण उपाय है। आवश्यकता होने पर सरकार अपने अधिकार क्षेत्र को बढ़ा सकती है, लेकिन आज की स्थिति में जो कल-कारखाने सरकार चला रही है, अगर उन्हें अच्छी तरह से चलाकर दिखाए, उनमें उत्पादन तथा उत्पादकता बढ़ाए, जो क्षमता है उसके अनुसार काम हो और मजदूरों के बारे में पब्लिक सेक्टर एक आदर्श रख सके,

तो पब्लिक सेक्टर की जो आलोचना होती है, यह बहुत कम हो जाएगी और फिर विस्तार का काम हाथ में लिया जा सकता है। आज तो उस क्षेत्र को दृढ़ करने की आवश्यकता है। जब तक हम मैनेजरों का कैडर तैयार नहीं करते, तब तक पब्लिक सेक्टर का अनाप-शनाप विस्तार देश की अर्थ-व्यवस्था के लिए हितकर नहीं हो सकता।

चंदा, प्रिवीपर्स और दलीय राजनीति

यह भी जरूरी है कि किसी उद्योग-धंधे का राष्ट्रीयकरण करते समय राजनीति बीच में न आने दी जाए। हमारा सुझाव है कि किसी उद्योग की स्थिति की जांच के लिए एक जूडीशियल कमीशन बनाएं और सब पहलुओं पर विचार कर अगर वह सिफारिश करता है कि वह उद्योग सरकार को अपने हाथ में ले लेना चाहिए, तो उस पर निर्णय हो सकता है। लेकिन दुर्भाग्य की बात यह है कि महत्वपूर्ण निर्णय राजनीतिक कारणों से प्रेरित होकर लिए जाते हैं। जैसे कंपनियों द्वारा राजनीतिक दलों को चंदा देने का सवाल है—मेरे मित्र श्री मीनू मसानी यहां बैठे हैं, वे भी उस लोकसभा के सदस्य थे, जब वह पहले-पहल यह बिल लाए कि कंपनियों को राजनीतिक दलों को चंदा देने की छूट नहीं देनी चाहिए; मैं भी उस समय राज्यसभा में इसी आशय का एक बिल लाया था, मगर उस समय के वित्त मंत्री श्री टी.टी. कृष्णामाचारी ने मेरे विधेयक का जवाब देते हुए कहा—ऐसा नहीं हो सकता, इसकी आवश्यकता नहीं है। अब आप कंपनियों को चंदा देने से रोकने की बात कर रहे हैं—क्या यह राजनीतिक कारणों से प्रेरित होकर नहीं किया जा रहा है? चूंकि अब विरोधी दलों को भी थोड़ा चंदा मिलने लगा है, इसलिए अब कानून की बात हो रही है। उपाध्यक्ष महोदय, जब तक राजा कांग्रेस का साथ देते थे, तब तक प्रिवीपर्स देना ठीक था, अब राजा थोड़ा सा मुंह मोड़ रहे हैं, तो प्रिवीपर्स बंद करने की धमकी दी जा रही है।

उपाध्यक्ष महोदय, यह देश की अर्थ-व्यवस्था को सुधारने का तरीका नहीं हो सकता। हमारा दृष्टिकोण वस्तुवादी, व्यवहारवादी होना चाहिए। देश के साधनों को, शक्तियों को मिलाकर देश की आर्थिक प्रगति की गति को बढ़ानेवाला होना चाहिए। इस दृष्टि से वित्त मंत्री अगर अपने बजट में संशोधन करेंगे तो हम उनका स्वागत करेंगे। धन्यवाद।

रुपए का अवमूल्यन अनुचित

महोदया, सदन की पिछली बैठक में बजट पर अपनी बात कहते हुए मैंने अवमूल्यन के विरुद्ध सरकार को चेतावनी दी थी। उसे अनसुना करके रुपए का अवमूल्यन कर दिया गया है। मैं जानना चाहता हूं : यह अवमूल्यन का निर्णय कब किया गया? क्या यह निर्णय उस समय किया गया जब श्री अशोक मेहता वाशिंगटन में थे या उनके जाने के बाद वाशिंगटन के दबाव पर यह फैसला किया गया? श्री मेहता ने जब वे दिल्ली में थे, एक अंग्रेजी दैनिक पत्र के प्रतिनिधि को भेंट में बताया था कि मैंने हजारों मील की यात्रा रुपए की कीमत घटाने के लिए नहीं की है। मैं चाहता हूं कि श्री अशोक मेहता की वाशिंगटन में जो भी वार्ता हुई, उससे संबंधित सभी कागज-पत्र प्रकाशित किए जाएं जिससे सदन को और देश को पता लग सके कि अमेरिका ने अवमूल्यन कराने के लिए कितना दबाव डाला और भारत सरकार की ओर से किस सीमा तक उस दबाव का प्रतिरोध किया गया।

इस बात से इन्कार नहीं किया जा सकता, और इन्कार किया भी नहीं जाना चाहिए, कि अवमूल्यन का दुर्भाग्यपूर्ण निर्णय हमने विदेशी दबाव में आकर किया है। ८ जून को वित्त मंत्री ने संसद सदस्यों को जो नोट दिया, उसमें यह बात साफ नहीं की थी। उसे दोहराया जा चुका है और मैं उसे फिर उद्धृत करता हूं। उस नोट में एक वाक्य था : "the action could not be postponed as all further aid negotiations hinged on it." अर्थ यह है कि विदेशी सहायता आगे मिलने के सभी आसार इस बात पर निर्भर करते थे कि हम रुपए की कीमत घटाते हैं या नहीं। क्या यह सच नहीं है कि अवमूल्यन का फैसला करने के १० दिन बाद अमेरिका ने रोकी हुई आर्थिक सहायता जारी कर दी? कहने के लिए तो स्टेट डिपार्टमेंट की ओर से यह कहा गया कि हम इस भूखंड में शांति चाहते हैं और अब वहां पर शांति हो गई है, इसलिए हम सहायता जारी कर रहे हैं। मगर शांति हुए तो ९ महीने हो चुके थे। युद्ध विराम के ९ महीने बाद तक भी अमेरिकी सहायता जारी नहीं की गई और ताशकंद घोषणा के ६ महीने बाद तक हमारे उद्योगों के लिए विदेशी मुद्रा उपलब्ध नहीं कराई गई। लेकिन अवमूल्यन का फैसला करने के १० दिन बाद ही अमेरिकी सहायता फिर से जारी करने का ऐलान कर दिया गया।

** रुपए के अवमूल्यन पर चर्चा के दौरान राज्यसभा में २३ अगस्त, १९६६ को ध्यानाकर्षण प्रस्ताव।*

महोदया, अमेरिकी दबाव केवल रुपए पर ही नहीं है, पौंड पर भी है। कुछ दिन पहले मुझे यू.के. जाने का अवसर मिला था और हाउस ऑफ कामंस की बैठकों में और कुछ अन्य प्रतिनिधियों से बातें करते हुए मुझे लगा कि अमेरिका पौंड की कीमत को घटाने में हाथ डाल रहा है। प्राइम मिनिस्टर विल्सन ने २० जुलाई को हाउस ऑफ कामंस में कहा था : "For several weeks there has been at increasing pressure on liquidity world's financial centres." और २७ तारीख को उन्होंने स्पष्ट शब्दों में कहा था, मैं उनको उद्धृत कर रहा हूं :

"पिछले कुछ वर्षों में यह देखा जाना चाहिए था कि अमेरिकी मूल की कुछ कंपनियों पर यह दबाव उनकी सरकारों की तरफ से डाला गया कि वे अपना लाभ ज्यादा तेजी से अमेरिका स्थानांतरित करें।"

सोने के मूल्य को मुद्दा बनाइए

मेरा निवेदन है कि समय आ गया है जब भारत को अन्य देशों के साथ मिलकर यह मांग करनी चाहिए कि सोने के मूल्य का पुनर्निधारण किया जाए। हमारी मांग यह होनी चाहिए कि सोने का अंतरराष्ट्रीय मूल्य कम हो। सचमुच में यह ताज्जुब की बात है कि अंतरराष्ट्रीय मौनेटरी सिस्टम में सुधार पर विचार करने के लिए १० देशों की जो कमेटी बनी है, उसके विचार की परिधि से सोने का मूल्य कम करने के प्रश्न को निकाल दिया गया है। सोने का मूल्य अगर कम होगा तो डॉलर का मूल्य कम होगा। इससे पौंड भी बचेगा और रुपया भी बचेगा। अंतरराष्ट्रीय लिक्विडिटी को बढ़ाने का इसके अलावा मुझे और कोई तरीका दिखाई नहीं देता है। सवाल यह है कि अगर अमेरिका ने दबाव डाला था रुपए की कीमत घटाने के लिए, तो क्या हम उसका मुकाबला नहीं कर सकते थे? आखिर ब्रिटेन पौंड को बचाने में सफल हुआ है, क्या भारत के लिए रुपए का रक्षण करना संभव नहीं था? आखिर यह एक राजनैतिक फैसला था और अगर हम राजनैतिक दबाव के सामने झुकने से इन्कार कर देते, तो हम रुपए को बचा सकते थे।

अपनी विदेश यात्रा में मुझे अनुभव हुआ कि अनेक देशों को ताज्जुब है कि भारत ने रुपए की कीमत घटाने का फैसला इतनी जल्दी कैसे मान लिया? पश्चिमी जर्मनी और फ्रांस रुपए की कीमत घटाई जाए, इस बात के लिए बहुत उत्सुक नहीं थे। ब्रिटेन चिंता की नजर से हमें देख रहा था कि क्या भारत दबाव का सामना कर सकेगा या नहीं कर सकेगा? अगर हम दृढ़ता के साथ खड़े रहते, हम पिछले दो वर्षों से दृढ़ता के साथ खड़े थे—क्योंकि अवमूल्यन की मांग कोई नई मांग नहीं है, जब से वर्ल्ड बैंक के बेल मिशन ने अपनी रिपोर्ट पेश की तब से कहा जाता रहा कि रुपए की कीमत घटाई जाए, मगर हमने रुपए की कीमत घटाने से इन्कार किया और हम उसमें सफल हुए थे, लेकिन यह सरकार अमेरिकी दबाव के आगे टिक नहीं सकी। न यह वाशिंगटन के दबाव के सामने टिक सकी और न मास्को के दबाव के सामने टिक सकी। वाशिंगटन के दबाव में आकर यह रुपए की कीमत घटा सकती है, मास्को के दबाव में आकर यह ताशकंद घोषणा पर दस्तखत करने की गलती कर सकती है। यदि यह सरकार अंतरराष्ट्रीय दबाव के सामने दृढ़ता के साथ खड़े रहने का साहस नहीं जुटाएगी तो यह अपने आप को और देश को भी आगे गड्ढे की तरफ ले जाएगी।

महोदया, यदि हम रुपए का अवमूल्यन करने से इन्कार कर देते तो भी अमेरिका को आर्थिक सहायता चालू करने के सवाल पर विचार करने के लिए विवश होना पड़ता। जो देश हमारी

सहायता करते हैं, उनके भी हित में यह है कि हम सबल और सशक्त हों। यह ठीक है कि वे हमें पहली श्रेणी का राष्ट्र देखना नहीं चाहते, मगर हमारी दुकान चलती रहे, यह वह जरूर चाहते हैं और किसी न किसी रूप में वे हमें सहायता देने के लिए आगे आते।

अवमूल्यन में जल्दबाजी

सच्चाई की बात यह है कि अवमूल्यन का निर्णय इतनी जल्दबाजी में किया गया कि निर्णय के बाद कौन से कदम उठाए जाएंगे, इसका भी विचार करने का सरकार को अवसर नहीं मिला। अवमूल्यन का फैसला ले लिया गया मगर बढ़ती हुई कीमतों को कैसे रोका जाएगा, जो एक्सपोर्ट इंसेंटिव दिया था और जिन इंपोर्ट्स को घटाने का फैसला किया गया है, उनकी जगह कौन सी वैकल्पिक व्यवस्था की जाएगी, जो हमने इंपोर्ट लिबरेलाइजेशन, आयात को उदार करने का फैसला किया है उसमें हम कहां तक जाएंगे, ये सारी चीजें ऐसी थीं जिनके बारे में भारत सरकार का दिमाग साफ नहीं था, जिनके बारे में भारत सरकार के पास कोई योजना नहीं थी। और इससे पता लगता है कि सरकार अवमूल्यन के लिए तैयार नहीं थी। उसे विदेशी दबाव में आकर अवमूल्यन करना पड़ा और ईमानदारी का तकाजा है कि सरकार को यह बात मान लेनी चाहिए। किंतु सच्चाई को मानना सरल नहीं होता है।

महोदया, मैं इस बात से सहमत नहीं हूं कि अवमूल्यन करने का फैसला करने से पहले सरकार को संसद को खबर करनी चाहिए थी या विरोधी दलों को विश्वास में लेना चाहिए था। यह मांग हास्यास्पद है। अवमूल्यन जैसा निर्णय पहले विचार के लिए पेश नहीं किया जा सकता है। उसे आवश्यक रूप से गुप्त रखना ही होता है। मगर क्या सचमुच में अवमूल्यन का निर्णय गुप्त रखा गया? क्या यह सच नहीं है कि अवमूल्यन के निर्णय के बारे में कलकत्ते के कुछ उद्योगपतियों को पहले से ही पता लग गया था?

कई माननीय सदस्य : नहीं, नहीं।

श्री वाजपेयी : इस तरह की रिपोर्ट प्रकाशित हुई है और मैं सरकार से जानना चाहूंगा कि क्या इन रिपोर्टों की छानबीन की गई है? जिस तरह से गुप्तचर पकड़े जा रहे हैं, उस स्थिति में कुछ असंभव दिखाई नहीं देता है। गुप्तचर केवल ऑल इंडिया कांग्रेस कमेटी के दफ्तर में ही नहीं पकड़े गए, हमारे सचिवालय में भी अवांछनीय व्यक्ति हो सकते हैं। इस संबंध में एक बात का उल्लेख कर दूं। मुझे पता लगा है कि लैफ्ट कम्युनिस्टों की गतिविधियों के बारे में गुप्तचर विभाग के एक अधिकारी ने रिपोर्ट तैयार की थी और वह रिपोर्ट सरकार के पास गई, मगर रिपोर्ट ऐसे हाथ में पहुंच गई, जिन हाथों में वह नहीं पहुंचनी चाहिए थी। मैं चाहूंगा कि इस बात की जांच की जाए कि इस आरोप में कहां तक सच्चाई है? वह रिपोर्ट बड़े जिम्मेदार व्यक्ति ने लिखी और उसे और भी बड़े जिम्मेदार व्यक्ति को पहुंचाया गया। मगर वह रिपोर्ट छप गई, उसका अंश समाचार पत्रों में आ गया। यह कैसे हुआ? यह चीज ऐसी नहीं है कि जिस पर पर्दा डाला जा सके।

महोदया, अब अवमूल्यन की तारीफ के पुल बांधे जा रहे हैं और कहा जा रहा है कि अवमूल्यन से हमारी अर्थ-व्यवस्था को एक नई चेतना प्राप्त होगी। विदेशों में हमारे माल का निर्यात बढ़ेगा, कच्चे माल का आयात होने से हमारे उद्योग-धंधे चलेंगे, और आर्थिक क्षेत्र में जो जड़ता आ गई है, वह दूर हो जाएगी। अगर अवमूल्यन इतना ही अच्छा है तो हम इतनी देर तक क्यों रुके रहे और फिर अमेरिकी दबाव के लिए क्यों बैठे रहे? हमने अपनी बुद्धि और अक्ल

से अवमूल्यन करने का फैसला क्यों नहीं किया? आज यूगोस्लाविया और फ्रांस का उदाहरण दिया जाता है। अर्जेंटाइना ने तो साल में पांच मर्तबा अवमूल्यन किया, मगर किसी दबाव के कारण नहीं किया, बल्कि अपनी आवश्यकता को समझकर किया।

अवमूल्यन से समस्याएं बढ़ेंगी

क्या सरकार अपने हृदय पर हाथ रखकर कह सकती है कि अवमूल्यन से हमारी समस्याएं हल हो जाएंगी। सच्चाई तो यह है कि हमें उन्हीं समस्याओं का फिर से सामना करना पड़ेगा, जिन समस्याओं के कारण अवमूल्यन हुआ। चीजों के दाम बढ़ रहे हैं, कितने प्रतिशत बढ़े, इसमें जाने की आवश्यकता नहीं। ये चीजों के बढ़ते हुए दाम कैसे रोके जाएंगे? हम विदेशों को जो वस्तुएं भेजेंगे, उसमें अधिक गुंजाइश नहीं है। ५८% हमारा निर्यात परंपरागत का है। इंजीनियरिंग के सामान को बेचने की संभावना है, लेकिन वह हमारे निर्यात का कुल ३% है। इसीलिए तो कामर्स मिनिस्ट्री ने अभी रिपोर्ट में अवमूल्यन का विरोध किया था। वह रिपोर्ट कहां है? उसे प्रकाशित करना चाहिए। कम-से-कम संसद के सदस्यों को उस रिपोर्ट को उपलब्ध कराना चाहिए। वाणिज्य मंत्रालय की रिपोर्ट में है कि अवमूल्यन हमारे हित में नहीं है। और उसी आधार पर अवमूल्यन की तारीफ की जा रही है।

एक और तर्क यह दिया जाता है कि रुपए की अंतरराष्ट्रीय कीमत तो पहले से कम हो गई थी और जो असलियत थी, हमने उसको केवल स्वीकार किया है। मैं जानना चाहता हूं कि यह कीमत कब से कम हो गई थी? मुझे याद है कि मैं १९६२ में हांगकांग गया था, तो एक पौंड के बदले में २० रुपए हांगकांग में उस समय मिलते थे और एक डॉलर के बदले में १० रु. मिलते थे। मगर उस समय हमने अवमूल्यन नहीं किया, क्योंकि हमने उसे राष्ट्र के हित में नहीं समझा। आज क्या रुपए की घरेलू कीमत और अंतरराष्ट्रीय कीमत एक हो गई है? लंदन में एक पौंड के बदले में ३० रुपए मिलते हैं।

कई माननीय सदस्य : आज भी?

श्री वाजपेयी : आज भी ३० रु. मिलते हैं। दुनिया में कुछ केंद्र ऐसे भी हैं जहां एक पौंड के बदले में ४० रुपए तक मिल सकते हैं। क्या सरकार इस बात को नहीं जानती? क्या वित्त मंत्री इससे इन्कार कर सकते हैं? क्या हम रुपए की अंतरराष्ट्रीय कीमत को वस्तुस्थिति तक लाने के लिए और भी अवमूल्यन करेंगे? इन कारणों में कोई दम नहीं है। महोदया, कारण एक ही है कि हम अपनी अर्थ-व्यवस्था का ठीक तरह से संचालन नहीं कर सके, हम अपनी योजनाओं को यथार्थवादी नहीं बना सके, हम राष्ट्र की श्रमशक्ति को जगाकर अपनी आवश्यकताओं के अनुरूप अपना उत्पादन नहीं बढ़ा सके, हम आर्थिक और प्रशासनिक अनुशासन नहीं ला सके। श्री अशोक मेहता कहते हैं कि अवमूल्यन के बाद की जो स्थिति है, अगर उसका सामना करना है तो ऐडमिनिस्ट्रेटिव और फाइनेंशियल डिसिप्लिन चाहिए। अगर इस देश में, शासन में, ऐडमिनिस्ट्रेटिव, फाइनेंशियल, फिजिकल डिसिप्लिन होता तो अवमूल्यन की आवश्यकता ही नहीं पड़ती। आज वही समस्याएं हमारे सामने खड़ी हैं, जो समस्याएं अवमूल्यन के पहले थीं।

महोदया, कहा जाता है कि बुराई में से अच्छाई भी निकल सकती है। अवमूल्यन एक चेतावनी है, अवमूल्यन एक चुनौती है। चेतावनी इस बात की है कि अगर अभी भी हमने आंखें नहीं खोलीं तो हमें और भी अवमूल्यन करना पड़ सकता है। यह चुनौती इस बात की है कि हम

अपना घर ठीक करें। मगर अवमूल्यन के बाद मुझे तो कहीं आंखें खुलने का सबूत दिखाई नहीं देता। क्या राज्यों को आर्थिक अनुशासन में बांधा जा रहा है? क्या राज्यों को अपनी क्षमता के अनुसार खर्च करने के लिए मजबूर किया जा रहा है? मैंने बजट अधिवेशन में सुझाव दिया था कि कुछ राज्यों में संविधान का सहारा ले करके फाइनेंशियल इमर्जेंसी घोषित कर देनी चाहिए। वे रिजर्व बैंक से ओवरड्रा करते जा रहे हैं। वे हमारे देश को आर्थिक गड्ढे में ले जा रहे हैं। संविधान में व्यवस्था की गई है कि केंद्र फाइनेंशियल इमर्जेंसी घोषित कर सकता है। मगर केंद्रीय सरकार किसी राज्य को हाथ लगाने को तैयार नहीं। अगर राज्य सरकारें अपने खर्चे में कमी नहीं करेंगी और अगर केंद्र में नॉन-प्लान एक्सपेंडीचर घटाया नहीं जाएगा और डेफिसिट फाइनेंसिंग करना हम बंद नहीं करेंगे और सबसे बड़ी बात यह है कि हम देश में जो विश्वास का संकट पैदा हो गया है, उस विश्वास के संकट पर विजय नहीं प्राप्त करेंगे तो यह अवमूल्यन दवा साबित नहीं होगी और अगर दवा साबित होगी तो ऐसी साबित होगी जो बीमारी से भी अधिक खतरनाक होगी।

सरकार की हवाई उड़ान जारी है

महोदया, सरकार की आंखें नहीं खुली हैं। इसका प्रमाण यह भी है कि चौथी पंचवर्षीय योजना का जो खाका सामने आया है, वह सरकार के हवा में उड़ने का सबूत है। वह इस बात का प्रमाण नहीं है कि सरकार वास्तविकता की धरती पर पैर रखकर चलने को तैयार है। आज भी विदेशी सहायता पर हमारी निर्भरता बढ़ती जा रही है। यह कर्जा कहां से चुकेगा? क्या हम कर्जा चुकाने की स्थिति में हैं? १७०० करोड़ रु. का स्टर्लिंग बैलेंस हमको उत्तराधिकार में मिला था। हमने उसे समाप्त कर दिया। आज ४३०० करोड़ रुपए का विदेशी कर्जा है जो अवमूल्यन के कारण बढ़ गया है। अभी भी हमारी योजना इस संभावना को ध्यान में रखकर बन रही है कि बड़ी मात्रा में हमें विदेशी सहायता प्राप्त होगी। मैं सिद्धांततः विदेशी सहायता का विरोधी नहीं हूं। मगर विदेशी सहायता शर्तों के साथ मिलती है, इससे इन्कार नहीं किया जा सकता। अमेरिका शर्तें लगा रहा है कि भारत और पाकिस्तान के बीच में शांति बनी रहनी चाहिए। अगर एक तरफ शांति का उल्लंघन हो गया, पाकिस्तान ने गड़बड़ कर दी, फिर सहायता बंद हो जाएगी और फिर चौथी योजना खटाई में पड़ जाएगी। क्या हम अपने साधनों के अनुरूप योजना नहीं बना सकते? हमें बनानी चाहिए। मैं छोटी योजना के हक में नहीं हूं। योजना बड़ी से बड़ी बनाइए, मगर बड़ी से बड़ी योजना बनाते हुए देश के साधनों पर निर्भर रहिए। विदेशी सहायता कुछ मात्रा में ली जा सकती है, मगर इतनी मात्रा में कि जिसको हम हजम कर सकें।

महोदया, देश में न तो समाजवाद है और न पूंजीवाद है क्योंकि यदि सच्चे अर्थों में पूंजीवाद होता तब भी देश आगे बढ़ता हुआ दिखाई देता। मैं सच्चे अर्थों में इसलिए कह रहा हूं कि अगर सच्चे अर्थों में पूंजीवाद होता तो विज्ञान की नई प्रगति को उद्योग में, कृषि में काम में लाने का प्रयत्न किया जाता, एक स्वस्थ प्रतियोगिता चलती और देश में अधिक से अधिक पूंजी लगाकर अधिक से अधिक उत्पादन बढ़ाने का वातावरण बनता। संधि काल में पूंजीवाद को सहन भी किया जा सकता है, मगर आज देश में भ्रष्ट राजनीतिज्ञों, लक्ष्मीलोलुप पूंजीपतियों और निकम्मे नौकरशाहों के बीच में एक साजिश चल रही है। इसमें न तो व्यक्तिगत प्रयत्नों के लिए जगह है, न ईमानदारी के लिए प्रश्रय है और न अपनी इच्छा से काम करनेवाले हमारे अधिकारियों के लिए गुंजाइश है।

मैं आपके सामने दो उदाहरण रखना चाहता हूं। उदाहरण बहुत छोटे-छोटे हैं, मगर नमूने के लिए हैं। बंबई के सांताक्रूज़ हवाई अड्डे के पास जमीन पड़ी है जो हर साल ठेके पर घास काटने के लिए दी जाती है। १७ साल से एक सज्जन वह ठेका लेते रहे हैं। कहा जाता है कि वें टेंडर के अनुसार ठेका लेते हैं। मगर टेंडर कब मांगे जाते हैं, कब मंजूर किए जाते हैं, इसकी खबर उनके अलावा और किसी को नहीं लगती। ठेका लेते हैं २०००० या ३०००० रुपए में और फिर बाद में वह जमीन वे गाय चरानेवालों को दो लाख रुपए में देते हैं। इस बार ऐसा हुआ कि उस को-ऑपरेटिव सोसायटी को पता लग गया जो उनसे दो लाख रु. में जमीन लेती थी। उसने एक टेंडर दे दिया ५१००० रुपए का। वह टेंडर ज्यादा था, इसलिए मंजूर करना पड़ा। मगर बंबई से तार हिले, राजनैतिक दबाव आए। टेंडर मंजूर कर लिया गया था और मंजूरी की सूचना उस को-ऑपरेटिव सोसायटी को दे दी गई थी, मगर बाद में वह टेंडर रद्द कर दिया गया, दूसरे टेंडर मांगे गए और उसमें उसी सज्जन का टेंडर आया और ठेका उनको दे दिया गया।

श्री बाबूभाई एम. चिनाई (महाराष्ट्र) : कितने रुपए में दे दिया?

श्री वाजपेयी : यह तो सरकार को बताना होगा।

श्री राजनारायण : दो हजार ज्यादा हैं। पहले ५१००० में दिया था और फिर ५३००० में उसी को दे दिया।

श्री वाजपेयी : जो पुराना था, जिसने ५१००० का टेंडर दिया था, उसको खबर दी जानी चाहिए थी कि नए सिरे से टेंडर मांगे जा रहे हैं। ५३००० की जो जमीन दी गई थी वह उसी को-ऑपरेटिव सोसायटी को दो लाख रुपए में दी जाएगी। यह सिविल एविएशन मिनिस्ट्री का मामला है, राज्य का मामला नहीं है। मैं चाहूंगा कि इस मामले की जांच होनी चाहिए। को-ऑपरेटिव सोसायटियां बना कर चीजों की कीमत कम की जाएगी, यह सरकार का दावा है, लेकिन को-ऑपरेटिव सोसायटियों के अधिकारों पर इस तरह से डाका डाला जाएगा तो सहकारिता की भावना में भी जनता का विश्वास कम हो जाएगा, धीरे-धीरे कम होता जा रहा है। यह खतरनाक है।

प्राइवेट बस मालिकों और कांग्रेस में सौदेबाजी

एक मामला और है। यह राजनीतिक भ्रष्टाचार का मामला है। डी.टी.सी., दिल्ली परिवहन कुछ प्राइवेट बसें चलाती है। ये बसें पीक ऑवर्स में ली जाती हैं। पहले दिल्ली के कांग्रेसी नेता यह दावा करते थे कि बसें चलें तो सरकारी चलें, प्राइवेट बसों के लिए सोशलिज्म में कोई जगह नहीं हो सकती। सोशलिज्म की उनकी क्या व्याख्या है, यह मैं समझने में असमर्थ हूं। बसों के स्टाप पर लोग खड़े रहें, लेकिन सोशलिज्म प्राइवेट बसों को चलने से रोकता है तो ऐसे सोशलिज्म को कोई पसंद नही करेगा और यह सोशलिज्म है भी नहीं। पहले यह तय कर दिया कि प्राइवेट बसें नहीं चल सकतीं। बाद में प्राइवेट बसों का चलना मान लिया गया। इसके लिए एक सौदा हुआ। सौदा हुआ दिल्ली कांग्रेस कमेटी और जो प्राइवेट बस ऑपरेटर्स हैं उनके बीच में, और यह सौदा हुआ कि जो भी प्राइवेट बस चलेगी उसके लिए हर महीने ५० रुपया दिल्ली प्रदेश कांग्रेस कमेटी को दिया जाएगा।

श्री लोकनाथ मिश्र : समाजवादी सहूलियत।

श्री वाजपेयी : मैं बड़ी जिम्मेदारी के साथ यह आरोप लगा रहा हूं। यह आरोप अगर गलत साबित होगा तो मैं दंड भुगतने के लिए तैयार हूं। मैं चाहता हू कि इस आरोप की जांच होनी

चाहिए। हर महीने एक बस ऑपरेटर ५० रुपए दिल्ली प्रदेश कांग्रेस कमेटी को देता है, उसके बदले में रसीद दी जाती है। आप कहेंगे यह भ्रष्टाचार नहीं है, कांग्रेस कमेटी को चंदा दिया जा रहा है। मगर मैं यह पूछना चाहूंगा कि चंदा घटता-बढ़ता क्यों रहता है? जितनी बसें चलती हैं, उतना ही चंदा मिलता है और जिस महीने में बसें कम हो जाती हैं, चंदा कम हो जाता है; जिस महीने में बसें बढ़ जाती हैं, चंदा भी बढ़ जाता है! और यह ५० रुपया जो बस ऑपरेटर्स की एसोसिएशन है—दिल्ली कंट्रेक्ट कैरेज बस-एसोसिएशन—उसके जरिए दिया जाता है। मैं चाहूंगा कि इस मामले की जांच की जाए। बस एसोसिएशन का हिसाब-किताब जब्त कर लिया जाए, दिल्ली प्रदेश कांग्रेस कमेटी का हिसाब भी जब्त होना चाहिए। पंजाब नेशनल बैंक की जो नया बाजार की शाखा है, उसमें चैक के जरिए रुपया दिया जाता है, हर महीने चैक से रुपया जमा होता है। मैं साबित कर सकता हूं कि जितनी बसें चलती हैं, उसी के हिसाब से ५० रुपए हर बस का भुगतान किया जाता है। बसों की संख्या यात्रियों पर निर्भर नहीं करती, बसों की संख्या दिल्ली के नागरिकों की आवश्यकता पर निर्भर नहीं करती, बसों की संख्या इस बात पर निर्भर करती है कि दिल्ली के कांग्रेसियों को इतना रुपया चाहिए। यह आरोप लगाते हुए मुझे खुशी नहीं हो रही, लेकिन मैं अपने कर्तव्य से चूकता अगर मैं इस तथ्य को सदन के सामने न लाता।

तीन तिगाड़ा-देश बिगाड़ा

भ्रष्ट राजनीतिज्ञ, पैसे के पीछे पागल पूंजीपति और निकम्मे नौकरशाह-यह तीनों देश को पतन की ओर ले जा रहे हैं। अगर अवमूल्यन हमारी आंखें खोल सके, अगर हमें शॉक ट्रीटमेंट दे सके, अगर हम देश के दिवालिएपन को अपनी अनुभूति से देख सकें, आनेवाले संकट का सामना करने के लिए दृढ़ता के साथ खड़े हो सकें तो बुराई में से अच्छाई निकलने की कहावत भी चरितार्थ हो सकती है। ब्रिटेन की जनता प्राइम मिनिस्टर विल्सन के नेतृत्व में पौंड के डिवेल्युएशन को टालकर आर्थिक संकट का सामना कर रही है। जो ब्रिटेन कर सकता है, वह भारत के लिए करना असंभव नहीं होना चाहिए। कमी नेतृत्व की है, कमी जनता की नहीं है। कमी यथार्थवादी नीति न अपनाने की है। कोरे किताबी सिद्धांतों से हमारी समस्या हल नहीं हो सकती। अगर हम अपव्यय पर रोक लगा देते, अगर हम चीजों के दामों को नियंत्रित करते और हम सारी शक्ति रुपए को बचाने में लगा देते तो हम शायद रुपए को भी बचा ले जाते और आर्थिक संकट में से निकलने का रास्ता भी ढूंढ़ पाते। अभी तो हम रास्ता ढूंढ़ नहीं पा रहे हैं। और मैं चेतावनी देना चाहता हूं कि यह डिवेल्युएशन अंतिम डिवेल्युएशन साबित नहीं होगा। अगर सरकार की गलत नीतियां इसी तरह से चलती रहीं, तो देश को आगे भी डिवेल्युएशन के लिए तैयार रहना चाहिए। धन्यवाद।

योजना आयोग चला किताबी चाल

सभापति जी, एक विकासशील अर्थ-व्यवस्था में बजट आमदनी और खर्च का ब्यौरा नहीं होता, वह आर्थिक और सामाजिक उद्देश्यों की प्राप्ति का एक सक्षम और सशक्त साधन होता है। हमारा उद्देश्य ऐसे समाज की रचना करना है जिसमें समृद्धि हो और उस समृद्धि का उचित बंटवारा हो, सब उसमें भागीदार बन सकें। इस कसौटी पर यदि बजट को कसा जाए, तो बजट निराशाजनक है। बजट में ऐसी व्यवस्था नहीं की गई है जिसमें हमारे विकास की दर बढ़े, हम शीघ्रता से समृद्धि की ओर प्रयाण कर सकें। अन्य विकासशील देशों की तुलना में हमारी विकास की दर बहुत कम है और इस दर को बढ़ाने के लिए हमें अर्थ-व्यवस्था को सुधारने पर विचार करना होगा।

बजट के प्रस्ताव इस बात के लिए प्रोत्साहन नहीं देते कि लोग अधिकाधिक पूंजी कल-कारखानों में लगाएं और उत्पादन बढ़े, जिससे बढ़े हुए उत्पादन का उचित बंटवारा करके लोगों की बुनियादी आवश्यकताओं की पूर्ति हो सके। साथ ही बजट में ऐसे कर-प्रस्ताव हैं जिनका बोझा आम आदमी पर पड़ता है। सभी यह स्वीकार करेंगे कि देश की बहुसंख्या अभी अभाव की स्थिति में रहती है। स्वर्णिम भविष्य के निर्माण के लिए सबको बलिदान करना चाहिए, यह ठीक है, लेकिन जो हमारी उपलब्धियां हैं, प्राप्तियां हैं, उनमें जो दलित हैं, पीड़ित हैं उनको भी हिस्सा मिलना चाहिए। आवश्यकता की चीजों पर एक्साइज ड्यूटी का बढ़ाया जाना लोगों को बचत के लिए प्रेरित नहीं करेगा। शासन का उद्देश्य हो सकता है कि लोग चीजें कम खर्च करें, पैसा कम खर्च करें और यह बात निर्विवाद है कि बचत की दर बढ़नी चाहिए, ताकि वह बचत देश के विकास कार्य में लगाई जा सके; लेकिन हर चीज की मांग लचीली नहीं होती। चीनी या कपड़ा ऐसी चीजें नहीं हैं जिनकी मांग को कम किया जा सके। आम आदमी इन वस्तुओं का आवश्यकता से अधिक उपयोग नहीं करता। ऐसी स्थिति में जब चीजों पर एक्साइज ड्यूटी बढ़ती है, तो आम आदमी पर बोझ पड़ता है।

आयकर के मामले में वित्त मंत्री ने एक हाथ से जो कुछ दिया है, वह दूसरे हाथ से वापस ले लिया। बजट प्रस्ताव आम आदमी में आशा पैदा नहीं करते। वे हमारी आर्थिक समस्याओं के हल में भी सहायक नहीं होते। देश गंभीर आर्थिक संकट में फंसा है। उत्पादन गिर रहा है, कच्चे

* *आम बजट पर चर्चा के दौरान राज्यसभा में २३ मार्च, १९६६ को भाषण।*

माल का अभाव है, विदेशी मुद्रा का संकट है, बेकारी में वृद्धि हो रही है और विदेशों पर हमारी निर्भरता बढ़ती जा रही है। इसके साथ ही नियोजन में, नियोजित अर्थ-व्यवस्था में आम जनता का, आम आदमी का विश्वास ढीला होता जा रहा है, क्योंकि पिछली तीन पंचवर्षीय योजनाओं के बाद भी उसकी बुनियादी आवश्यकताओं को हम पूरा नहीं कर सके। यहा विश्वास पूरी तरह से डिग न जाए, इसके लिए भी जरूरी है कि आम आदमी पर बोझा कम किया जाए। उसको थोड़ी सी राहत दी जाए। वित्त मंत्री इस उद्देश्य में पूरी तरह से विफल हुए हैं। ऐसा लगता है कि वित्त मंत्री हमारे आर्थिक नियोजन के बंदी बन गए हैं। वित्त मंत्रालय हमारे योजना आयोग का एक हिस्सा बनकर रह गया है और आयोग किताबी सिद्धांतों के आधार पर आगे बढ़ने का प्रयत्न करता है, जो वास्तविकता से मेल नहीं खाता और इसके कारण हमारी आर्थिक प्रगति जितनी तीव्र गति से होनी चाहिए, उतनी नहीं हो पा रही है।

महोदय, महंगाई बढ़ रही है और यह शासन महंगाई को रोकने में विफल रहा है। जब तक आर्थिक, वित्तीय और मौद्रिक नीतियां बदली नहीं जाएंगी, तब तक महंगाई को रोकना संभव नहीं होगा। लेकिन बढ़ती हुई महंगाई के कारण निश्चित आयवाले वर्ग की जो आमदनी घटती है, खरीदने की ताकत घटती है, उसको किस तरह से पूरा किया जाएगा? केंद्रीय कर्मचारियों का महंगाई-भत्ता बढ़ गया है, लेकिन राज्य कर्मचारियों का महंगाई-भत्ता नहीं बढ़ा है। उनमें असंतोष होना स्वाभाविक है। राज्य और केंद्र को इस प्रश्न का मिलकर हल निकालना होगा। अधिक दिनों तक महंगाई-भत्ते का यह भेद चल नहीं सकता। अन्यथा राज्यों के ६० लाख कर्मचारी सड़कों पर निकलने के लिए विवश होंगे। हममें से कोई भी यह स्थिति नहीं चाहेगा। लेकिन केंद्रीय सरकार यदि राज्यों को सहायता दे, तो वे अपने कर्मचारियों के महंगाई-भत्ते में उचित वृद्धि कर सकते हैं।

निर्यात से आई रकम कहां है ?

महोदया, हमारा देश एक युद्ध की स्थिति में से गुजर रहा है। यह युद्ध हमने मांगा नहीं था, यह युद्ध हमारे ऊपर लाद दिया गया है। हमारी सेनाएं सीमा पार करके पाकिस्तान में प्रविष्ट हुई हैं, लेकिन हमारा उद्देश्य पाकिस्तान को जीतना या पाकिस्तान पर कब्जा करना नहीं है, हम पाकिस्तान के साथ शांति के साथ जीवित रहना चाहते हैं। लेकिन शांति की रक्षा के लिए आज युद्ध करना अनिवार्य हो गया दिखाई देता है। यदि पाकिस्तान भारत के विरुद्ध अपना आक्रमणकारी इरादा छोड़ दे, स्वयं शांति से रहे और हमें शांति से रहने दे तो हमारे सामने युद्ध के लिए उतारू होने का कोई कारण नहीं होगा। एक बात सारी दुनिया को समझ लेनी चाहिए और जिसमें पाकिस्तान भी शामिल है कि भारत जम्मू-काश्मीर के सवाल पर किसी तरह से झुकने को तैयार नहीं है। जम्मू-काश्मीर भारत का अंग है और जम्मू-काश्मीर भारत का अंग रहेगा।

हमें खेद हुआ है कि जो हमारे भी मित्र हैं और पकिस्तान के साथी हैं, वे इस समय हमारे प्रति न्यायोचित रवैया नहीं अपना रहे हैं। जब पाकिस्तानी आक्रमणकारी युद्ध विराम रेखा का खुला उल्लंघन कर जम्मू-काश्मीर में प्रविष्ट हुए तो ब्रिटेन, अमेरिका अथवा अन्य देशों ने जो आज हमें दोष दे रहे हैं कि हमारी सेनाएं अपनी रक्षा के लिए, पाकिस्तान के भावी आक्रमण को रोकने के लिए, पश्चिम पंजाब में क्यों घुस गईं, वे देश चुप रहे, उन्होंने पाकिस्तान की निंदा करने की आवश्यकता नहीं समझी। अगर पाकिस्तान अपने हथियारबंद लोगों को चोरी-छिपे बहुत बड़ी संख्या में जम्मू-काश्मीर में प्रविष्ट न करता तो आज की परिस्थिति पैदा न होती। हमने जो भी कदम उठाया है वह रक्षात्मक है, आक्रमणात्मक नहीं। ब्रिटेन कॉमनवैल्थ का प्रमुख है तथा भारत और पाकिस्तान दोनों कॉमनवैल्थ के सदस्य हैं, उसकी शांति की स्थापना की इच्छा हम समझ सकते हैं। शांति हमें भी प्रिय है, लेकिन इस भूखंड में तब तक शांति नहीं होगी जब तक पाकिस्तान बल प्रयोग के द्वारा अपनी अनुचित और अन्यायमूलक मांगों को मनवाने का इरादा नहीं छोड़ेगा। हम ब्रिटेन और अमेरिका से आशा करते हैं कि वे कोई ऐसा काम नहीं करेंगे जिससे भारत और उनके संबंधों को चोट लगे।

महोदया, इस संकट काल में सारा देश एक व्यक्ति की तरह से खड़ा है। दलों की सीमाएं

** वित्त विधेयक पर चर्चा के दौरान राज्यसभा में ७ सितंबर, १९६५ को भाषण।*

मिट गई हैं। हमारे भेद समाप्त हो जाने चाहिए। सारे देश को इस चुनौती का दृढ़ता के साथ, एकता के साथ सामना करना है। आज आंदोलनों के लिए या सीधी कार्यवाहियों के लिए जगह नहीं रह गई है। अगर सभाएं होनी हैं, जलूस निकलने हैं, प्रदर्शन होने हैं तो वे सब जनता के मनोबल को ऊंचा उठाने के लिए, युद्ध-प्रयत्नों को बल पहुंचाने के लिए होने चाहिए।

यह भी आवश्यक है कि पीकिंगपरस्त कम्युनिस्टों को छोड़कर, जो व्यक्ति भारत सुरक्षा अधिनियम में गिरफ्तार किए गए हैं, उन्हें रिहा कर दिया जाए। आज मेरे मित्र डॉ. राममनोहर लोहिया जेल में रहें, यह मुझे अच्छा नहीं लगता। वह देशभक्त हैं, जेल के बाहर निकलेंगे तो जनता को युद्ध जीतने के लिए प्रेरित करेंगे। महाराष्ट्र में खाद्य आंदोलन के संबंध में अनेक राजनैतिक नेता, कार्यकर्त्ता, गिरफ्तार किए गए हैं, उनका रिहा किया जाना भी आवश्यक है।

महोदया, देश में सांप्रदायिक शांति रहे इसकी बहुत बड़ी आवश्यकता है। जहां तक भारतीय जनसंघ का संबंध है, हम इस संबंध में शासन के साथ पूरा सहयोग करने को तैयार हैं। जब हमारे जवान मोर्चे पर जान की बाजी लगाकर युद्ध को जीतने का प्रयत्न कर रहे हैं, हम देश के भीतर सांप्रदायिक विग्रह या वैमनस्य को बढ़ाने की गलती नहीं कर सकते। कुछ पकिस्तानी तत्व शरारत पर आमादा हो सकते हैं, वे लोगों को उत्तेजित कर सकते हैं मगर कितनी भी गंभीर उत्तेजना क्यों न हो, लोगों को संयम रखना होगा। अपने पर नियंत्रण रखना होगा।

महोदया, इस संकटपूर्ण परिस्थिति में जब हम अपनी अर्थ-व्यवस्था पर विचार करते हैं तो हमें ऐसा लगता है कि पिछले वर्षों में हमने अपनी अर्थ-व्यवस्था का विकास या आर्थिक नियोजन की रचना इस दृष्टि से नहीं की कि हमें युद्ध भी लड़ना पड़ सकता है और वह युद्ध हमें जीतकर दिखाना पड़ सकता है। बहुत वर्षों से हम यह मांग करते आ रहे हैं कि हमारे आर्थिक नियोजन में सुरक्षा के पहलू को भी प्राथमिकता दी जाए। हमने यह भी मांग की थी, और हम उस मांग को दोहराते हैं, कि योजना आयोग में एक सदस्य ऐसा होना चाहिए जो सुरक्षा-मामलों का विशेषज्ञ हो, जो आर्थिक नियोजन करते समय सुरक्षा की आवश्यकताओं को भी आयोग के दृष्टि-पथ में रख सके। लड़ाई केवल मोर्चे पर नहीं चलती, लड़ाई को घरेलू मोर्चे पर भी जीतना होगा और उसके लिए अर्थ-व्यवस्था को ठीक करना, उत्पादन बढ़ाना, वितरण में औचित्य रखना, लोगों को उपभोग में संयम के लिए प्रेरित करना, ये बातें आवश्यक हैं। लेकिन आज हम अपने देश को एक आर्थिक संकट के बीच भी पाते हैं। वित्त मंत्री ने अपने भाषण में स्वीकार किया है कि मुद्रा बाजार में सुस्ती है, ऋण में लक्ष्य से २० करोड़ रुपए कम प्राप्त होंगे। अल्प बचत की गति मंद हो गई है, उसमें भी १० करोड़ रु. की कमी होगी, वार्षिक जमाव के अंतर्गत भी प्रायः १५ करोड़ रु. की कमी का अनुमान है। यह बात स्पष्ट है कि शासन मूल्यों को स्थिर रखने में बुरी तरह विफल हुआ है। जब प्रधानमंत्री ने शासन-भार संभाला और देश के नाम ब्राडकॉस्ट किया तो उन्होंने घोषणा की थी कि मूल्यों को स्थिर रखने के प्रश्न को प्रमुखता दी जाएगी और हम प्रयत्न करेंगे कि अगर मूल्यों को कम न कर सके तो कम-से-कम उन्हें स्थिर रख सकें। लेकिन शासन इस प्रयत्न में सफल नहीं हुआ है।

विदेशी मुद्रा का संकट गंभीर हो गया है। जब बजट—मेरा मतलब प्रमुख बजट से है, अब तो साल में दो बजट पेश किए जाने लगे हैं, कहीं तिमाही बजट पेश न होने लगे—पेश किया गया था तो वित्त मंत्री ने विदेशी मुद्रा की बचत के लिए कुछ कठोर कदम अपनाए जाने की घोषणा की थी। उन्होंने कहा था कि हम निर्यात बढ़ाकर और आयात कम करके अपना बैलेंस बढ़ाएंगे।

विदेश में यात्रियों पर भी प्रतिबंध लगा, जो विदेशों में हमारे दूतावास कार्य करते हैं उनके प्रचार पर भी, उनके व्यय पर भी कुछ नियंत्रण लगाने का प्रयत्न हुआ। लेकिन उसके बाद भी विदेशी मुद्रा की स्थिति गंभीर है। क्या कारण है इसका, हमें गंभीरता से सोचना होगा।

कभी-कभी मुझे लगता है कि विदेशियों के साथ औद्योगिक क्षेत्र में आज अनाप-शनाप गठबंधन करने की जो छूट दे रहे हैं, उसके कारण भी देश की मुद्रा बाहर जाती है, देश की पूंजी विदेशों की ओर आकृष्ट होती है। कुछ क्षेत्र ऐसे हैं जिनमें गठबंधन आवश्यक है, जिनमें हमें विदेशी मुद्रा की जरूरत है, जिनमें हमें तकनीकी ज्ञान की आवश्यकता है। उनमें गठबंधन का विरोध नहीं है, लेकिन महोदया, चाकलेट बनाने में और मुंह का पाउडर और क्रीम बनाने और बच्चों का ग्राइप वाटर बनाने में विदेशों से गठबंधन और उसके साथ ही जितना मुनाफा होता है, उसको ले जाने की छूट, यह बात मेरी समझ में नहीं आती। कैडवरी का नाम सबने सुना होगा, मुझे उनका हिसाब देखकर ताज्जुब हुआ। मैं विदेश मंत्री से कहूंगा, वे इस संबंध में स्पष्टीकरण करें कि १९६२ में उन्हें रायल्टी में १०,८७,३१६ रु. मिले। मैं यह तो विश्वासपूर्वक नहीं कह सकता कि रायल्टी के सारे रुपए बाहर ले गए मगर मैं जानना चाहता हूं कि उस रुपए का क्या हुआ, वह कहां लगा, क्या वह देश के आर्थिक विकास के काम में आया? फिर १९६४ में उनका मुनाफा और भी बढ़ गया, उन्हें रायल्टी के १३,८३,९६४ रु. मिले।

कैडवरी और कृष्णामाचारी

अब कहनेवाले कहते हैं, और किसी की जुबान नहीं रोकी जा सकती, कि कैडबरी एंड कंपनी की सेलिंग एजेंट टी.टी. कृष्णामाचारी एंड कंपनी है। हमारे वित्त मंत्री का टी.टी. कृष्णामाचारी एंड कंपनी से कोई संबंध नहीं रहा, मगर नाम की भी महिमा होती है। मैं उस प्रश्न को नहीं उठाता, मैं यह जानना चाहता हूं—और मैंने बजट भाषण के समय भी चेतावनी दी थी—कि हम विदेशियों के साथ गठबंधन के अपने क्षेत्र को बढ़ाते जा रहे हैं, मैंने आंकड़े देकर सिद्ध किया था कि ब्रिटेन से, अमेरिका से हमारे जितने गठबंधन गत दस साल में नहीं हुए, उतने दो-तीन साल में हो गए। क्या यह देश की सही दिशा में आर्थिक प्रगति का लक्षण है? मुझे इसमें संदेह पैदा होता है। फिर हम अलग-अलग देशों से एक ही क्षेत्र में गठबंधन करते हैं, अलग-अलग देशों से एक ही माल तैयार करने के बारे में गठबंधन करते हैं। उनके कारखाने अलग होते हैं, उनके स्पेयर पार्ट्स की समस्या अलग होती है, कोई स्टैंडर्डाइजेशन नहीं होता।

क्या शासन के लिए संभव नहीं है कि हम फॉरेन कॉलोबोरेशन में, विदेशी गठबंधन में, क्षेत्र बांट दें, एक देश के साथ एक क्षेत्र में गठबंधन करें, दूसरे देश के साथ दूसरे क्षेत्र में गठबंधन करें, जिससे कि स्टैंडर्डाइजेशन की समस्या पैदा न हो और कारखानों के हिस्से, स्पेयर पार्ट्स के बारे में भी हम कठिनाई में न पड़ें। एक ही क्षेत्र में अनेक देशों से गठबंधन, उनके अलग ढंग के कारखानों के टुकड़े, ये हमारे लिए कठिनाइयां पैदा करते हैं। इस संबंध में विचार होना चाहिए। यह विदेशी गठबंधन बढ़ेगा तो बड़ी मात्रा में हमारी पूंजी बाहर जाएगी, इसको कोई रोक नहीं सकता।

महोदया, हमारा निर्यात बढ़ा है। वित्त मंत्री ने घोषणा की है निर्यात और बढ़ना चाहिए। उन्होंने आयात कम किया है। कुछ क्षेत्रों में आयात की कमी के लिए गुंजाइश है, लेकिन कुछ क्षेत्र ऐसे हैं कि अगर हम उनमें आयात में कटौती करेंगे तो उसका आर्थिक विकास की गति पर प्रभाव पड़ेगा। उदाहरण के लिए, हमें अच्छा स्टील चाहिए, उस पर हमारे रक्षा प्रयत्न निर्भर करते हैं, उससे

हमारी मशीनरी बनाने के प्रयत्न जुड़े हुए हैं, उसमें कटौती करने का विचार उपयुक्त नहीं है। हां, जहां कटौती हो सकती है वहां देश को आयात की कटौती के लिए तैयार रहना चाहिए। मगर मुझे यह देखकर आश्चर्य हुआ है कि जो हमने निर्यात किया है और उसके बदले में जो हमें आमदनी हुई है, हमें जो प्राप्ति हुई है वह सब की सब रिजर्व बैंक में नहीं पहुंची और कहा जाता है कि इस संबंध में वाणिज्य मंत्रालय और वित्त मंत्रालय में कुछ मतभेद हैं। रिजर्व बैंक के आंकड़े देखने से पता लगता है कि लगभग १०० करोड़ रुपए जो निर्यात के रूप में उन्हें मिलने चाहिए, जो वाणिज्य मंत्रालय दावा करता है कि उसने निर्यात करके कमाए, वह अभी तक रिजर्व बैंक की तिजोरी में नहीं पहुंचे। इस तरह का गैप क्यों हुआ, मैं यह मालूम करना चाहता हूं? क्या यह शासन की अक्षमता का दिग्दर्शक नहीं है? क्या आयात-निर्यात के क्षेत्र में चलनेवाली बुराइयों का संकेत नहीं है? मैं चाहूंगा कि वित्त मंत्री जी अपने भाषण में इस संबंध में प्रकाश डालें कि १०० करोड़ का गैप किस तरह से हुआ और इसका कारण क्या है?

रुपए का मूल्य गिरा, उसका आना रुका

रुपए का मूल्य गिरने से जो विदेशों में हम विदेशी मुद्रा प्राप्त करते थे, विदेशों में बैठे भारतीय जो रुपया भेजते थे, उनमें ऐसी प्रवृत्ति बढ़ रही है कि वह रुपया न भेजें और वह रुपया वहां लंदन में तथा हांगकांग में जमा रहे। उनकी तरफ से कुछ लोग यहां पर उसके बदले में उन्हें नकद रुपया दे देते हैं तथा विदेशों में जमा होनेवाली विदेशी मुद्रा अपने काम में ले आते हैं। अगर इस तरह की स्थिति है तो यह स्थिति बड़ी चिंताजनक है। विदेशों में बैठे हुए जो भारतीय वहां पर काम कर रहे हैं उनके परिश्रम का देश को लाभ मिलना चाहिए, लेकिन अगर उनमें यह प्रवृत्ति बढ़ेगी कि अपनी कमाई का धन विदेशों में रखें और देश के भीतर कुछ तत्व उनसे इस तरह का संदिग्ध समझौता कर लें कि उस विदेशी मुद्रा का जो उन्होंने विदेशों में जमा की है, उसके बदले में नकद रुपया उनके परिवारवालों को, उनके संबंधियों को पहुंचा दिया जाए, तो इस तरह से हमारा देश बड़े घाटे में पड़ जाएगा। वित्त मंत्री जी को इस संबंध में भी विचार करना चाहिए।

यह भी शिकायत है कि हम मशीनरी मंगाने का आदेश दे देते हैं, उसके लिए कुछ पेशगी मनी दिया जाता है, लेकिन मशीनरी नहीं आती है और इस तरह से हमारा पेशगी रुपया काफी मात्रा में विदेशों में पड़ा हुआ है तथा उलझा है। इसलिए मैं चाहूंगा कि इस बारे में अच्छी तरह से पता लगाया जाए कि वह कब तक फंसा रहेगा, क्योंकि इसके कारण हमारी वित्त-व्यवस्था पर असर होता है।

महोदया, मैं चाहता था कि वित्त मंत्री जी सदन में होते, मैं उनसे संबंधित एक बात उठाना चाहता हूं। कल भी सभा में इसका उल्लेख हुआ था और लोकसभा में हमारे विधि मंत्री श्री अशोक सेन ने ११ मार्च, १९६५ को अविश्वास प्रस्ताव पर भाषण देते हुए यह कहा था कि हमारे वित्त मंत्री महोदय ने टी.टी. कृष्णामाचारी कंपनी से सन् १९४२ में अपना सारा संबंध तोड़ लिया था। श्री अशोक सेन ने जो शब्द कहे मैं उन्हें उद्धृत करता हूं—हमने उस फर्म के साथ १९४२ में सारे संबंध तोड़ लिए थे। 'ऑल कनेक्शन' का यह अर्थ लगाया था कि 'डायरेक्ट', 'इनडायरेक्ट', प्रत्यक्ष और अप्रत्यक्ष रूप से सभी तरह का संबंध तोड़ लिया गया, लेकिन यह बात गलत निकली। वित्त मंत्री महोदय ने ३१-८-६५ को इसी वित्त विधेयक पर भाषण करते हुए लोकसभा में कहा और मैं उनके शब्द उद्धृत करता हूं : सबसे छोटा बेटा २४ अप्रैल, १९४६ को मेजर बन गया था और

इसी के साथ मेरी जिम्मेदारियां खत्म हो गई थीं।

प्रसंग एक, वक्तव्य दो

उनके शब्दों पर विश्वास न करें, कोई कारण नहीं है। मगर विधि मंत्री जी ने जो बात कही और वित्त मंत्री ने जो बात कही, उनका मेल बैठाना मुश्किल है। विधि मंत्री जी ने कहा कि १९४२ में सारे संबंध टूट गए थे और वित्त मंत्री महोदय कहते हैं कि सन् १९४६ में सारे संबंध छूट गए थे। किसकी बात सही मानी जानी चाहिए क्योंकि दोनों माननीय मंत्री हैं, एक कानून का ज्ञाता है और दूसरा वित्त विशेषज्ञ है, मगर दोनों वर्ष के संबंध में एक मत नहीं हो सके।

श्री लोकनाथ मिश्र (उड़ीसा) : दोनों गलत हैं।

श्री वाजपेयी : एक तीसरा तथ्य मेरे सामने आया है जिसका शायद उल्लेख किया गया है कि मद्रास के रजिस्ट्रार के यहां जो प्रमाण उपलब्ध हैं, उससे यह ज्ञात होता है कि टी.टी. कृष्णामाचारी के लड़के २४ अप्रैल, १९४६ को वयस्क नहीं हुए थे और उनकी वयस्कता की सूचना ५ अप्रैल, १९५२ को दी गई है। स्पष्ट है मंत्री जी ने अपना संबंध १९४६ में नहीं तोड़ा। वह फोटो-स्टेट कापी है जो वित्त मंत्री को दे दी गई है। इस तरह से तारीखों में बड़ा फर्क है और इस बारे में उनकी स्थिति स्पष्ट होनी चाहिए। वैसे वे सन् १९५२ तक गार्जियन के रूप में, अपने पुत्र के संरक्षक के रूप में रहे, तो इसमें कोई आपत्तिजनक बात नहीं है, मगर इस तरह से यह तारीखी गड़बड़ क्यों? इस तरह की बात से संदेह पैदा होता है और संसद-सदस्यों में यह भावना जाग सकती है कि तथ्यों को छिपाया जा रहा है। मैं चाहूंगा कि वित्त मंत्री जी भाषण देते समय इस स्थिति को स्पष्ट करेंगे। हो सकता है कि १९४६ किसी गलती की वजह से कहा गया है लेकिन १९५२ तक संरक्षक के रूप में उनका संबंध रहा, यह प्रमाण उपलब्ध है। इसलिए मैं चाहूंगा कि यह स्थिति स्पष्ट हो।

महोदया, हम संकट की स्थिति से गुजर रहे हैं और इस समय सरकार के जिम्मेदार मंत्री संदेह से परे होने चाहिए। इस समय पुराने हिसाब-किताब चुकाने का समय नहीं है या किसी से त्यागपत्र मांगने का समय नहीं है, लेकिन यदि किसी के हृदय में यह संदेह पैदा हो कि जो नीति निर्धारित की जाती है उसके निर्धारण में भेदभाव किया जाता है, उनको अमल में लाने में कौन निकट है, कौन दूर है, इसका विचार किया जा सकता है, तो फिर शासन के संबंध में जैसी आस्था जनता में उत्पन्न होनी चाहिए, वह नहीं होगी। इस संकटकाल में इस तरह का वातावरण हमें नहीं चाहिए और उसको शुद्ध करने की आवश्यकता है।

हमारे वित्त मंत्री जी कुछ दिनों से एक बादल के नीचे आ गए हैं—मैं अंग्रेजी शब्दावली का अनुवाद कर रहा हूं—मैं चाहता हूं कि वे उस बादल को चीरकर निकलें और देश की वित्त व्यवस्था का उचित रूप से निर्धारण करें। इसके लिए उन्हें तथ्यों को सदन के सामने बड़ी स्पष्टता से तथा निर्भीकता के साथ रखना चाहिए।

इन शब्दों के साथ मैं समाप्त करता हूं। धन्यवाद।

बजट यथार्थ से मेल नहीं खाता

महोदया, इससे पहले कि मैं बजट के बारे में कुछ कहूं, कल इस सदन में श्री नौशेर अली ने जो भाषण दिया है, उसकी ओर मैं सदन का ध्यान खींचना चाहता हूं। मुझे खेद है कि मैं उनके भाषण के समय उपस्थित नहीं था, किंतु उस भाषण की रिपोर्ट मैंने बाद में पढ़ी है और उसे पढ़कर मुझे बड़ा धक्का लगा है। भारत का कोई नागरिक और उस पर भी संसद का एक सदस्य सदन में ऐसा वक्तव्य दे, जिससे कम्युनिस्ट चीन को सहायता मिले, यह बड़े दुर्भाग्य की बात है। उन्होंने कहा, चीन हमारा शत्रु नहीं है। उन्होंने यह भी कहा कि भारत की और कम्युनिस्ट चीन की सीमा तय नहीं है। इतना ही नहीं, उन्होंने चीन का पक्ष लेने के लिए यहां तक कहा कि हम जो सीमा पर अपनी सेनाएं इकट्ठी कर रहे हैं, उनके बारे में यह कहा जा सकता है कि ये सेनाएं चीन पर आक्रमण के लिए इकट्ठी की जा रही हैं। उन्होंने यह भी मानने से इन्कार किया कि चीन ने भारत पर आक्रमण किया है और यह भी कहा है कि कोई कम्युनिस्ट देश किसी दूसरे राष्ट्र पर आक्रमण नहीं कर सकता। सदन में ऐसी भावनाओं का प्रकटीकरण बड़ा आपत्तिजनक है। वे सदन में उपस्थित नहीं हैं। वे एक बुजुर्ग व्यक्ति हैं। मैं कड़े शब्दों का उपयोग नहीं करना चाहता। किंतु जो भावनाएं उन्होंने प्रकट की हैं, वे भावनाएं देशभक्ति से मेल नहीं खातीं। उनके भाषण ने सरकार द्वारा वामपक्षी कम्युनिस्टों के खिलाफ उठाए गए कदम की सार्थकता सिद्ध कर दी है। गृह मंत्री ने जो वक्तव्य दिया और उसमें जो तथ्य दिए हैं, यदि हम उन तथ्यों की चर्चा न भी करें और जो तथ्य गृह मंत्री ने सदन और देश के सामने नहीं रखे और जो गृह मंत्री दावा करते हैं कि उनके पास हैं, यदि हम उनकी भी उपेक्षा कर दें, तो कल श्री नौशेर अली का भाषण ही ऐसा था, जिससे यह स्पष्ट है कि देश में एक ऐसा वर्ग है जो आक्रमणकारियों के साथ गठबंधन में है और जो समय आने पर हमारी स्वाधीनता, हमारी अखंडता के खिलाफ सक्रिय षड्यंत्र करने में संकोच नहीं करेगा। शासन को और सदन को भी उनके भाषण पर और उससे मिलनेवाले खतरे के संकेत पर गंभीरता से विचार करना होगा।

जहां तक बजट का संबंध है, उस पर हमारे वित्त मंत्री के व्यक्तित्व की पूरी छाप है। एक चतुर जादूगर की तरह से उन्होंने अपना मायाजाल फैलाने का यत्न किया है और यह आभास

---

* *आम बजट पर चर्चा के दौरान राज्यसभा में १६ मार्च, १९६५ को संशोधन प्रस्ताव।*

उत्पन्न करने की कोशिश की है कि देश संकट की घाटी में से निकलकर प्रगति के पठार पर आ गया है, और अब समृद्धि का शिखर कोई बहुत दूर नहीं है। एक दृष्टि से वित्त मंत्री की जादूगरी मैं समझ सकता हूं; क्योंकि देश में आज विश्वास का संकट है, क्राइसिस ऑफ कॉन्फिडेंस है, और वित्त मंत्री ने ऐसा बजट पेश किया है जिससे समाज के हर एक वर्ग के खोए हुए विश्वास को पुनः जगाने की चेष्टा की है, लेकिन कठिनाई यह है कि वित्त मंत्री का आशावाद यथार्थ से मेल नहीं खाता।

चालू वर्ष आर्थिक और वित्तीय दृष्टियों से बड़ा असंतुलित रहा है। भीषण अन्न का संकट, असाधारण महंगाई, मूल्यों में वृद्धि, विदेशी मुद्रा का ह्रास, बाजार की गिरती हुई हालत और जिस मात्रा में पूंजी का एकत्रीकरण होना चाहिए, उसमें पूंजी निवेश का न होना यह बताता है कि हमारी आर्थिक स्थिति अभी संकटापन्न है और जो आशाएं वित्त मंत्री बंधाना चाहते हैं, उनके लिए कोई ठोस आधार नहीं है।

वित्त मंत्री जी ने दावा किया है कि राष्ट्रीय आमदनी में ४.५% की वृद्धि हुई है और पिछले तीन वर्षों की तुलना में, जब यह वृद्धि २.५% थी, ४.५% की वृद्धि हमें संतोष दे सकती है। लेकिन ४.५% की वृद्धि पर्याप्त नहीं है। यह न तो हमारी आवश्यकताओं को पूरा करेगी और न इससे जनता की अपेक्षाएं ही पूर्ण होंगी। ४.५% की वृद्धि से तो हम केवल अपना कर्जा लौटा सकते हैं। देश में ऐसे समाज की रचना के लिए, जिसमें समृद्धि और समता होगी, हम इस वृद्धि का उपयोग नहीं कर सकेंगे। यदि हम और विकसित देशों की तुलना न भी करें, जैसे जापान में प्रतिवर्ष १५% और इटली और जर्मनी में क्रमशः ११% और १४% राष्ट्रीय आमदनी में वृद्धि हो रही है, किंतु यदि हमें आर्थिक पिछड़ेपन को दूर करना है और हर व्यक्ति के लिए एक न्यूनतम जीवन स्तर की गारंटी देनी है, तो राष्ट्रीय आय में कम-से-कम ७ या ८% प्रतिवर्ष की वृद्धि होनी चाहिए। कल श्री भगत ने कहा कि हम ५% की वृद्धि कर लेंगे और चौथी पंचवर्षीय योजना में जो ३००० करोड़ रुपए की कमी है, उसको पूरा कर लिया जाएगा। मुझे इसमें संदेह है। चौथी पंचवर्षीय योजना का जो खाका या उसके संबंध में योजना आयोग द्वारा तैयार किया हुआ जो स्मृति-पत्र हमारे सामने आया है, उससे ऐसा लगता है कि योजना आयोग न तो कुछ सीखने के लिए तैयार है और न कुछ भूलने को तैयार है। योजना आयोग अपनी असफलताओं का शिकार हो गया है और अपनी भूलें देखने के लिए तैयार नहीं है। इस स्मृति-पत्र के अनुसार ३००० करोड़ रु. नए टैक्सों से उगाया जाएगा और इतनी ही राशि की...

योजना मंत्री श्री बी.आर. भगत : टैक्स से नहीं।

प्रो. मुकुट बिहारी लाल (उत्तर प्रदेश) : इन टैक्सों के बाद एकस्ट्रा टैक्स लगाए जाएंगे।

श्री वाजपेयी : नहीं, मैं श्री भगत की बात नहीं कर रहा हूं। मैं स्मृति-पत्र में चौथी पंचवर्षीय योजना के जो आंकड़े दिए हैं, उनका उल्लेख कर रहा हूं।

प्रो. मुकुट बिहारी लाल : उसके बाद गैप होगा।

श्री वाजपेयी : वह गैप की बात मैंने पहले कह दी। आप चाहे अलग-अलग विदेशी सहायता और नए साधनों की व्यवस्था कहिए, जो ३००० करोड़ रु. है। इतनी राशि एकत्र करने का स्मृति-पत्र का हवाला दिया है। मैं गैप की चर्चा कर चुका हूं। अब मैं दूसरी चर्चा कर रहा हूं। इस बात से सभी सहमत हैं कि इतने बड़े पैमाने पर यदि नए साधन जुटाने का यत्न होगा, तो उससे आर्थिक व्यवस्था पर तनाव बढ़ेगा। कहा जाता है कि भारत ऐसा देश है, जहां सबसे अधिक

टैक्स हैं। वित्त मंत्री ने भी अपने भाषण में इसका उल्लेख किया है कि हम घाटे की अर्थव्यवस्था नहीं करेंगे, लेकिन मुझे ऐसा नहीं लगता कि योजना आयोग या वित्त मंत्रालय इस आश्वासन का पालन कर सकेंगे।

विकास की प्रकृति

सबसे बड़ी कठिनाई इसलिए पैदा होती है कि हमने विकास के काल को खंडों में बांटने का यत्न किया है। विकास एक निरंतर चलनेवाली प्रक्रिया है। उसे पांच खंडों में बांटा जाए, यह न तो तर्कसंगत है और न यह उपयोगी है। शासन का सारा ध्यान इस बात की ओर रहा है कि हम पांच वर्ष के लिए लक्ष्य निर्धारित करें और फिर उन लक्ष्यों को पूरा करने के लिए जुट जाएं, भले ही उसके अनुरूप साधन न हों या उन लक्ष्यों की प्राप्ति के लिए जिस तरह का संगठन, जिस तरह का प्रशासन चाहिए, उसकी भी स्थापना न की जा सके।

महोदया, मेरा सुझाव है कि पांच वर्ष के लिए विकास की योजनाएं बनाने के प्रश्न पर पुनर्विचार होना चाहिए। पांच वर्ष के साथ कोई पवित्रता जुड़ी हुई नहीं है। अभी भी हम ऐसे काम हाथ में लेते हैं, जिनकी चरम परिणति पांच वर्ष के बाद होती है। अगर हम नियोजन के मोटे-मोटे लक्ष्य तय कर दें, आधारभूत नीतियां निर्दिष्ट कर दें, वरीयताएं, प्रायरटीज तय कर दें और जो ब्यौरे की चीजें हैं वे छोड़ दें तो हमारे नियोजन में एक प्रैगमेटिक एप्रोच आएगी और उसके परिणाम अधिक फलदायी होंगे।

वित्त मंत्री महोदय ने यह भावना पैदा करने की कोशिश की है कि उन्होंने लोगों को राहत दी है। कुछ अर्थों में तो राहत दी है—उत्पादन-शुल्क में कमी की गई है, आयकर भी घट गया है, लेकिन राहत केवल ४२.९९ करोड़ रुपए की है और वित्त मंत्री ने इस बात का अनुमान लगाया है कि १७ फरवरी को बाहर से आनेवाले माल के ऊपर उसके मूल्य के ११०% के बराबर जो रेगुलेटरी ड्यूटी लगाई गई थी, उससे कितनी आमदनी होगी।

महोदया, मैं समझता हूं कि यह तरीका गलत है कि बजट पेश करने के १० दिन पहले इंपोर्ट ड्यूटी बढ़ा देना, उससे कितनी आमदनी होगी, इस संबंध में भी सदन को, देश को विश्वास में न लेना और फिर १० दिन बाद २७ फरवरी को आकर यह मायाजाल फैलाना कि हमने लोगों को राहत दी है और लोगों पर अधिक बोझा नहीं डाला। मैं समझता हूं कि वित्त मंत्री महोदय स्पष्ट करेंगे कि इंपोर्ट ड्यूटी बढ़ाने से सरकार को कितनी आमदनी होगी। हम यह भी नहीं भूल सकते कि कुछ दिन पहले रेल मंत्री ने २१ करोड़ रुपए का नया भार डाला।

वित्त मंत्री श्री टी.टी कृष्णामाचारी : क्या सम्मानित सदस्य मोल-भाव करेंगे? मैं उनसे ७० करोड़ रुपए लूंगा।

श्री वाजपेयी : महोदया, मेरे लिए यह बहुत मुश्किल काम होगा कि मैं वित्त मंत्री से मोल-भाव करूं।

श्री अकबर अली खान (आंध्र प्रदेश) : १०० रुपए के मामले का कोई तो आधार होगा ही।

प्रो. सत्यव्रत सिद्धांतालंकार (मनोनीत) : उन्हें आगे तो आने दीजिए।

श्री वाजपेयी : माननीय वित्त मंत्री को अपने आंकड़े रख लेने दीजिए।

प्रो. एम.बी. लाल : हमें जानकारी देना उनका कर्तव्य है।

श्री वाजपेयी : महोदया, मेरी शिकायत है कि आमदनी कम आंकी जाती है और खर्चा बढ़ा

कर बताया जाता है। इस साल के बजट में भी यह बात बिल्कुल साफ है। १९६४-१९६५ में रेवेन्यू सरप्लस ८३ करोड़ आंका गया था, लेकिन वह बढ़कर हो गया २२९ करोड़ और खर्च का भी जितना अनुमान किया गया था, उससे ४० करोड़ रुपए कम खर्च हुए हैं। अब इतनी बचत हुई है और ध्यान में रखना होगा कि जब पिछले साल बजट पेश किया गया था, तब वित्त मंत्री को यह ख्याल नहीं था कि ३८ करोड़ रुपया कर्मचारियों को महंगाई-भत्ते का और देना होगा, पुनर्वास पर खर्चा बढ़ेगा और राज्यों को भी अधिक सहायता हमें देनी पड़ेगी, ये नए खर्चे उठाने पड़ेंगे, किंतु उसके बाद भी १०४ करोड़ रुपए की बचत हुई।

श्री बी.आर. भगत : ७० करोड़ रुपए की जो कमी हो गई?

श्री वाजपेयी : वह तो अभी की बात है, उस पर भी आगे आऊंगा।

श्री बी.आर. भगत : नहीं, पहले की बात है।

श्री वाजपेयी : मैं समझता हूं कि आमदनी का सही अनुमान नहीं लगाया जाएगा तो फिर टैक्सों में कमी करने की जो और गुंजाइश थी, उसके साथ वित्त मंत्री जी न्याय नहीं कर सकेंगे।

जो आयकर में छूट दी गई है वह ऊंची श्रेणी के वर्ग को अधिक दी गई है, और नीची श्रेणी के वर्ग को कम दी गई है। चीनी आक्रमण के बाद सन् १९६२-६३ में आयकर के ऊपर एडिशनल सरचार्ज लगा था। वित्त मंत्री ने ने जो नई सुविधाएं दी हैं उनसे ऐसा लगता है कि जो अधिक आमदनीवाला वर्ग है उनको तो ५% की छूट दी जाएगी, लेकिन ७५०० और १०००० के बीच का जो वर्ग है, उसके लिए एडिशनल सरचार्ज एक प्रकार से स्थायी बनकर रह जाएगा। होना यह चाहिए था कि इस वर्ग को भी अधिक सुविधाएं दी जातीं।

उत्पादन-शुल्क में और कमी की जाए

उत्पादन-शुल्क में जो कमी की गई है, उसके लिए वित्त मंत्री ने आशा प्रकट की है कि वह उपभोक्ता तक पहुंचेगा, लेकिन अभी जो बाजार का ढंग है, उसमें वह उपभोक्ता तक पहुंचता हुआ दिखाई नहीं देता। वैसे भी उत्पादन-शुल्क जिस गति से बढ़ रहा है उसे देखते हुए उसमें और भी कमी करनी चाहिए थी। उत्पादन-शुल्क १९५०-५१ में ६३.४३ था और १९५५-५६ में १४५ करोड़ और १९६४-६५ में ७७० करोड़ रुपया हो गया। वित्त मंत्री जी टैक्सों में और भी राहत दे सकते थे, क्योंकि तीसरी योजना के पांच वर्षो के लिए जितनी आमदनी का अनुमान लगाया गया था उसे देखते हुए तीन वर्ष में ही, या अगर हम चौथा वर्ष भी जोड़ लें तो यह राशि २,५५० करोड़ रुपए हो जाती है, जबकि अनुमान इसके आधे के बराबर था। आर्थिक नियोजन के १३ वर्षों में राष्ट्रीय आमदनी के साथ टैक्सों का जो अनुपात है, वह ६% से बढ़कर १४% हो गया है। वित्त मंत्री ने शहरी संपत्ति पर कर लगाने का प्रस्ताव रखा है। कुछ क्षेत्रों में उस प्रस्ताव को समाजवादी कहकर उसका स्वागत किया गया है। मैं नहीं समझता कि उसमें समाजवादी क्या है? लेकिन उससे जो व्यावहारिक कठिनाइयां पैदा होंगी, उनको ध्यान में रखना चाहिए। रेलवे बजट में ऐसे माल के ढोने पर भाड़ा बढ़ाया गया है जिसका संबंध मकानों के निर्माण से है; जैसे चूना है, पत्थर है, लोहे की चीजें हैं जो कि मकान के बनाने में लगती हैं, उन्हें रेल मंत्री ने महंगा करने का यत्न किया है। वित्त मंत्री जी विचार करें कि क्या शहरी संपत्ति पर कर लगाने का प्रस्ताव देश में मकानों के निर्माण का जो कार्यक्रम पहले ही काफी धीमा चल रहा है, उसको और अधिक धीमा नहीं करेगा?

महोदया, इस वर्ष हमने मूल्यों में असाधारण वृद्धि देखी और आर्थिक समीक्षा में स्वीकार किया गया है कि १९६३-६४ में थोक मूल्यों में ९.१% की वृद्धि हुई थी, जब कि १९६४-६५ में १४% की वृद्धि हुई है। यदि हम आर्थिक नियोजन को सफल बनाना चाहते हैं, तो मूल्यों को स्थिर रखने के लिए प्रभावी पग उठाने होंगे। मूल्यों को स्थिर रखने की कुंजी खेती में है, क्योंकि खेती न केवल हमारे औद्योगिक विकास के लिए कच्चा माल देती है, बल्कि हमारी जनसंख्या के ५०% खर्चे को भी—जो कि भोजन के ऊपर होता है—वह पूरा करती है। लेकिन खाद्यान्नों का उत्पादन लक्ष्यों के अनुसार नहीं हो रहा। यद्यपि कुछ दिनों से स्थिति सुधरने के आसार दिखाई दे रहे हैं; तथापि मैं सरकार को चेतावनी देना चाहूंगा कि खाद्य के मोर्चे पर वह यह अनुभव करने की गलती न करे कि संकट टल गया है। यह ठीक है कि गेहूं की फसल अच्छी है, मूल्यों में कुछ कमी हो रही है, लेकिन जून में, जुलाई में बरसात में परिस्थिति फिर से विषम हो सकती है। किसान अब अपनी जरूरत से ज्यादा अधिक अनाज अपने पास रखना चाहता है। सरकार को खाद्यान्न के उत्पादन को बढ़ाने के लिए कोई ठोस योजना बनानी होगी; क्योंकि अगर हम अनाज के दामों पर नियंत्रण नहीं रख सकते, तो फिर जो कम आयवाले वर्ग के लोग हैं, वे निश्चय ही संकट में पड़ जाएंगे।

नेशनल प्राइस स्टेबिलाइजेशन

महोदया, यह सुझाव दिया गया है कि एक नेशनल प्राइस स्टेबिलाइजेशन बोर्ड बनना चाहिए जो उत्पादक और उपभोक्ता दोनों के हितों को ध्यान में रखकर मूल्यों का निर्धारण करे। अभी फूड कार्पोरेशन है, टैरिफ कमीशन भी है, कर्मचारियों के लिए भिन्न-भिन्न वेजबोर्ड भी बनते हैं, लेकिन हम मूल्यों की समस्या पर टुकड़ों में विचार करते हैं। अगर इस समस्या पर सम्यक विचार करना है तो नेशनल प्राइस स्टेबिलाइजेशन बोर्ड की स्थापना के सुझाव पर वित्त मंत्री को गंभीरता के साथ सोचना चाहिए।

श्री अकबर अली खान : प्रो. दारूवाला के नेतृत्व में एक आयोग इस मसले पर विचार करने के लिए नियुक्त किया गया है।

श्री वाजपेयी : केवल कृषि कीमतें। इसका औद्योगिक कीमतों और मेहनताने से कोई लेना-देना नहीं है। मैं चाहता यह हूं कि समस्या के तमाम पहलुओं पर विचार किया जाए।

महोदया, चौथी पंचवर्षीय योजना का जो स्मृति-पत्र है, उसमें यह कहा गया है कि जो सरकारी कल-कारखाने चल रहे हैं, उनमें अगर १२% का मुनाफा हो तो यह संतोषजनक है। मैं नहीं जानता, यह १२% की रकम, यह मुनाफे की दर, किस आधार पर तय की गई। लेकिन ऑडिट रिपोर्ट ने जो तथ्य सामने रखे हैं, उससे पता लगता है कि हमारे सरकारी कल-कारखाने १२% से कहीं अधिक लाभ कमा रहे हैं। अगर पब्लिक सेक्टर के कल-कारखाने लाभ या अधिक लाभ कमाते हैं तो उसका स्वागत होना चाहिए, लेकिन लाभ इस तरह की मूल्य नीति निर्धारित करके न हो कि उसमें एलीमेंट ऑफ टैक्सेशन-कर का तत्व आ जाए। उदाहरण के लिए स्टेट ट्रेडिंग कार्पोरेशन है। उसने ५१% से अधिक मुनाफा किया है। मुझे उसमें कोई शिकायत नहीं है। लेकिन जिस दर पर वह फर्टिलाइजर्स बाहर से ला रहा है और जिस दर पर हमारे किसानों को बेच रहा है, वह जरूर आपत्तिजनक चीज है। जब स्टेट ट्रेडिंग कार्पोरेशन ने रासायनिक खाद का आयात और उसका वितरण अपने हाथ में लिया तब यह कहा गया था कि यह 'नो लॉस नो प्रॉफिट' पर किया

जाएगा, लेकिन अब मुनाफाखोरी हो रही है—मैं इसे कोई और दूसरा नाम नहीं दे सकता। मेरे पास आंकड़े हैं जो ऑडिट रिपोर्ट (कमर्शियल) में दिए गए हैं। उनसे पता चलता है कि प्रति मीट्रिक टन पर अब ३०० रुपए से अधिक, फर्टिलाजर्स के ऊपर, स्टेट ट्रेडिंग कार्पोरेशन मुनाफा कमा रहा है।

श्री सी.एम. पूनाछा (मैसूर) : क्या मैं व्याख्या के अंदाज में माननीय सदस्य को यह सूचित कर सकता हूं कि यह ऐसा मामला नहीं है। एस.टी.सी. की कार्य प्रणाली के बारे में मुझे व्यक्तिगत स्तर पर जानकारी है। एस.टी.सी. खाद्य मंत्रालय के लिए एजेंट बतौर काम करता है। उर्वरकों के आयात का भी पूरा अधिकर खाद्य मंत्रालय के पास है। एस.टी.सी. को तो नाम-भर का खर्च दिया जाता है, ताकि वह अपना काम चला सके।

श्री वाजपेयी : महोदया, मैंने हवाला दिया...

उपाध्यक्ष महोदय : क्या आप दस मिनट और लेंगे?

श्री वाजपेयी महोदय : मैं जरा खत्म कर लूं।

उपाध्यक्ष : सदन की कार्यवाही डेढ़ बजे तक चलेगी।

श्री वाजपेयी : यह जो मैंने हवाला दिया, यह सन् १९६४-६५ की ऑडिट रिपोर्ट (कमर्शियल) है और माननीय सदस्य उसको देखने का प्रयत्न करें। यह कहना काफी नहीं है कि स्टेट ट्रेडिंग कार्पोरेशन मुनाफा नहीं कमा रहा है और फूड एंड एग्रीकल्चर विभाग मुनाफा कमा रहा है। देखना यह है कि किसान को किस दर पर फर्टिलाइजर दिया जाता है, और अगर कहीं मुनाफा हो रहा है तो किसान की कीमत पर हो रहा है और अनाज की पैदावार बढ़ाने की योजना को खटाई में डालकर हो रहा है। कोई भी नहीं चाहेगा कि हमारे सार्वजनिक उद्योग घाटे में चलें—उन्हें मुनाफा कमाना चाहिए। लेकिन, मुनाफा आम आदमी की, कन्जयूमर की कीमत पर नहीं होना चाहिए।

विदेशी पूंजी को न्यौता

महोदया, हमारे वित्त मंत्री विदेशी पूंजी के लिए भारत का द्वार चौड़ा खोलते जा रहे हैं। मैं विदेशी पूंजी के खिलाफ नहीं हूं, अगर वह हमारी शर्तों पर आती है और उससे भारत को आर्थिक दृष्टि से स्वावलंबी बनाने में मदद मिलती है। लेकिन जिस ढंग से नीतियां अपनाई जा रही हैं, उससे आशंका पैदा होती है कि कहीं ऐसा न हो कि विदेशी पूंजी के लिए हम इतना द्वार खोल दें कि उस द्वार से हमारी स्वाधीनता, हमारी स्वतंत्र विदेश नीति और आर्थिक दृष्टि से भारत को स्वावलंबी बनाने के लिए हमारा महान् लक्ष्य, ये भी बहार निकल जाएं। प्राचीन काल में हम एक अनुभव देख चुके हैं, जब तराजू की डंडी को राजदंड में बदला गया था। राजनैतिक पराधीनता का उस अर्थ में खतरा हमारे सामने नहीं है। लेकिन विदेशी पूंजी विदेशी प्रभाव को बढ़ाती है, इससे इन्कार नहीं किया जा सकता। मुझे आश्चर्य है, विदेशी पूंजी को ऐसी सुविधाएं दी जा रही हैं जो देशी पूंजी को भी प्राप्त नहीं हैं। यह कहना भी कठिन है कि विदेशी पूंजीपति सचमुच में भारत का आर्थिक या औद्योगिक विकास चाहते हैं। उनके सामने प्रमुख लक्ष्य मुनाफा कमाने का है और इसलिए अपने आधारभूत (बेसिक) उद्योगों को विकसित करने के लिए जितनी पूंजी हमें चाहिए, वह विदेशों से नहीं मिल रही है। ब्रिटेन और अमेरिका के हमारे सहयोगी हमें गेहूं देने के लिए तैयार हैं, मगर स्टील प्लांट देने के लिए तैयार नहीं हैं। ऐसे उद्योग जिनमें हम अपनी मशीनें तैयार करें, आर्थिक विकास की नींव रख सकें, उनको जिस मात्रा में विदेशी पूंजी को आकृष्ट करना चाहिए, वह नहीं

कर पा रहे हैं। अधिकतर विदेशी पूंजी उपभोग्य वस्तुओं के उत्पादन में लग रही है। सारा मुनाफा बाहर जाता है, विदेशी मुद्रा के रूप में, जो उसी अनुपात में हमारे आर्थिक विकास की गति रुद्ध करता है।

सरकार पेटेंट लॉ में संशोधन करने जा रही है। इसका रूप क्या होगा, यह हम जानना चाहेंगे। एक बात हम न भूलें कि भारत में अभी तक जितने भी पेटेंट्स रजिस्टर्ड हुए हैं, उनमें ९०% विदेशी हैं। वे हमारी कंपनियों के साथ जो समझौता करते हैं, उसमें शर्त लगाते हैं कि उनका जो टेकनीक है, उनकी जो विधि है, उसे गुप्त रखा जाएगा। एंटी बायोटिक्स में हमने एक विदेशी फर्म के साथ समझौता किया और उसमें भी उन्होंने इसी तरह की शर्त लगाई। हमें कच्ची फिल्म बनाने के लिए एक विदेशी फर्म से सरकारी समझौता करना था तो उसे यह भी आश्वासन दिया गया कि उस फर्म के ४० ऊंचे पद वह विदेशियों को दे दें। मगर वह कंपनी आई नहीं। आर्थिक समीक्षा में कहा गया है कि नए कल-कारखाने के लिए लाइसेंस देने की प्रणाली बदली जाएगी और गैर-सरकारी विदेशी निवेशकों को जो भारत में भारतीय भागीदारों के साथ सहयोग करके पूंजी लगाना चाहते हैं, स्वीकृति-पत्र (लेटर ऑफ इंटेंट) जारी किया जाएगा। नीति परिवर्तन हमारे देश के छोटी और मध्यम पूंजीवालों के खिलाफ जाएगा। अभी तक सरकार भारतीयों को लाइसेंस देती थी और फिर वे इस बात का प्रयत्न करते थे कि विदेशी पूंजीपतियों के साथ गठबंधन कर सकें। अब सीधे लाइसेंस विदेशी पूंजीपतियों को दिए जाएंगे, जिसका नतीजा यह होगा कि वे भारत में आकर इस बात का पता लागाएंगे कि किस पक्ष के साथ किस पार्टी के साथ, गठबंधन करें और इसमें जो बड़े-बड़े धनकुबेर हैं, जो हमारे देश में अट्ठारह-बीस परिवार हैं, जो सारी अर्थ-व्यवस्था पर हावी हो गए हैं और आर्थिक नियोजन के परिणामस्वरूप जिन्होंने दौलत के अंबार खड़े किए हैं, उनको लाभ होगा, छोटे और मध्यम श्रेणी के पूंजीपति को, उद्योगपति को नहीं। मैं समझता हूं सरकार की नीति आर्थिक शक्ति और आर्थिक संपत्ति का एकत्रीकरण रोकने की है। किंतु लाइसेंस देने की पद्धति में जो नया परिवर्तन किया जा रहा है, वह इस नीति के खिलाफ जाता है।

देश में विदेशी पूंजी बढ़ रही है

महोदया, सन् १९४६ से १९६१ तक देश में अमेरिकी पूंजी ११ करोड़ से बढ़कर ९६ करोड़ हो गई। सन् १९५७ में विदेशी कंपनियों के साथ देश में ८१ गठबंधन (कॉलोबोरेशन) हुए थे, जिनमें अमेरिकन गठबंधन केवल ६ थे। सन् १९६४ में अमेरिकन गठबंधनों की संख्या ७८ हो गई। ब्रिटिश पूंजी बड़ी तीव्र गति से हमारे देश में बढ़ रही है। १९४८ में २२६ करोड़ ब्रिटिश पूंजी थी और १९६१ में ४४७ करोड़ हो गई। सन् १९६४ में ब्रिटिश फर्मों के साथ १०५ गठबंधन के समझौते हुए। मैं इन आंकड़ों से कोई गलत अर्थ नहीं निकालना चाहता हूं, लेकिन विदेशी पूंजी निमंत्रित करते समय हमें सावधानी से काम लेना होगा। आस्ट्रेलिया के एक अर्थशास्त्री हैं, शायद वित्त मंत्री जी ने उनका लेख पढ़ा होगा; उन्होंने एक नोट प्लानिंग कमीशन को भेजा है। उनका नाम श्री इ.एल. ह्वील राइट है। उन्होंने भारत सरकार को चेतावनी दी है। वे कम्युनिस्ट नहीं हैं, वे भारत का अहित चाहने वाले भी नहीं हैं। श्री इ.एल. ह्वील राइट का कहना है कि विदेशी पूंजीपति पांच साल में मुनाफा कमाकर के अपनी संपत्ति वापस ले जाना चाहते हैं। अगर यह बात सच है तो विकास की कोई भी दूरगामी योजना विदेशी पूंजी पर निर्भर रहकर फलीभूत नहीं हो सकती। हमें विदेशी पूंजी का उपयोग करना चाहिए, लेकिन विदेशी पूंजी कोकाकोला के रास्ते से न आए, भारी उद्योग के रास्ते

से आए, तो उस पर विचार किया जा सकता है।

महोदया, मैं एक मुद्दा कहकर अपना भाषण समाप्त कर दूंगा। मैंने अधिक समय ले लिया है, इसके लिए मैं आपसे क्षमा मांगता हूं। वित्त मंत्री महोदय जो अनएकाउंटेड मनी, बेहिसाब आमदनी या संपत्ति है, उसका पता लगाने का प्रयत्न कर रहे हैं। उन प्रयत्नों के परिणामस्वरूप कितनी आमदनी होगी, उसका भी उन्होंने अनुमान नहीं लगाया है। क्या वित्त मंत्री महोदय यह समझते हैं कि इन छापों का अधिक परिणाम नहीं होगा और इस तरह से अधिक मात्रा में धनराशि नहीं पकड़ी जाएगी? फिर भी जितनी धनराशि अभी तक प्राप्त हो चुकी है, उसका बजट में हिसाब लगाया जाना चाहिए था और जितनी धनराशि प्राप्त करना चाहते हैं, आशा करते हैं, इसका भी बजट में संकेत देना चाहिए था। मगर वित्त मंत्री जी इस बात पर मौन धारण किए हुए हैं।

वित्त मंत्री का मौन भाषण में मुखर हो गया

उनका मौन उनके भाषण से भी मुखर हो जाता है, किंतु उसका अर्थ हम अपनी दृष्टि से लगाएंगे। यह स्वीकार करने में संकोच नहीं होना चाहिए कि छापे के द्वारा जितनी भी बिना हिसाब की संपत्ति है, आमदमी है, उसका पता लगाया जाएगा। अगर स्वेच्छा से लोग अपनी बेहिसाब संपत्ति घोषित कर रहे हैं, तो ठीक है। लेकिन ६०% जमा करके और ४०% में संतोष करके अधिक लोग अपना बेहिसाब धन बताएंगे, ऐसी मुझे आशा नहीं है। फिर यह जो ६० और ४०% का अनुपात है, वह केवल बड़े पूंजीपतियों और उद्योगपतियों पर लागू होता है, छोटे और मध्यम श्रेणी के पूंजीपतियों पर टैक्स की यह दर नहीं है। क्या वित्त मंत्री जी जो छोटे और मध्यवर्ग के पूंजीपति हैं, जिनके पास भी बेहिसाब धन हो सकता है, वे भी ६०% धन जाम करके ४०% में संतोष करेंगे, यह अनुमान लगाना चाहते हैं? अगर यह अनुमान लगाना चाहेंगे तो छोटे और मध्यम श्रेणी के पूंजीपतियों को अपना धन घोषित करने की प्रेरणा नहीं मिलेगी, इस बात पर वित्त मंत्री को विचार करना चाहिए।

अभी तक कुल ३५ करोड़ रुपया छापों से प्राप्त हुआ है, जबकि काले धन का अनुमान १५००० करोड़ रुपया और २०००० करोड़ रुपया लगाया गया है। हम लोग जानना चाहेंगे कि बाकी धन को निकालने के लिए कौन से कदम उठाए जा रहे हैं। वित्त मंत्री जी ने अपने भाषण में माना है कि बेहिसाब धन जो इकट्ठा होता है, वह करों की चोरी करके इकट्ठा होता है या मूल्यों के संबंध में जो नियम बने हुए हैं, उनका उल्लंघन करने से इकट्ठा होता है। उन्हें इस बारे में गंभीरता से विचार करना चाहिए कि क्या टैक्सों में ऐसा संशोधन नहीं किया जा सकता जिससे टैक्सों की चोरी करने का जो लोभ है, वह कम हो जाए? अगर ईमानदारी से कोई आदमी सारे टैक्स जमा कर दे तो उसका अपना खर्चा चलना संभव नहीं है। इस तरह से वह चोरी करने के लिए प्रेरित होता है और पुलिस के छापे इस प्रवृत्ति को नहीं रोक सकेंगे। वैसे जो छापे मारे गए हैं, वे छोटे-छोटे लोगों पर मारे गए हैं और बड़े-बड़े लोग अभी तक छापों से बचे हुए हैं। सरकार ऐसा जाल फैलाती है कि छोटी-छोटी मछलियां तो फंस जाती हैं, मगर बड़े-बड़े मगरमच्छ निकल जाते हैं।

महोदया, मैं एक सुझाव देना चाहता हूं कि जिन विवाहित व्यक्तियों के दो बच्चे हैं, जिनकी आमदनी ५००० रुपए तक है, उनसे इन्कमटैक्स न लेने के सवाल पर वित्त मंत्री जी को गंभीरता से विचार करना चाहिए। इससे केवल दो करोड़ रुपए का घाटा होगा, लेकिन ५ लाख लोग आयकर से बरी हो जाएंगे। आयकर देनेवालों की संख्या कुल १४ लाख है। इसके साथ ही कंपनियों पर

कर की जो व्यवस्था है, वह ६०% है। यदि हम चाहते हैं कि पूंजी इकट्ठी हो, उद्योग-धंधों में लगे, हमारी विकास की गति बढ़े, देश में समृद्धि आए और समानांतर वितरण हो तथा हर एक आदमी सुखी रहे, तो पूंजीनिवेश को बढ़ाना होगा। सात महीने पहले कंपनी टैक्स २५ फीसदी था और अब ६०% हो गया है। क्या वित्त मंत्री इस बात पर विचार करेंगे कि यह ५०% किया जा सकता है?

अविवाहितों के प्रति अन्याय हुआ है

एक बात मैं ब्रह्मचारियों के बारे में कहकर खत्म कर दूंगा। ब्रह्मचारियों से मेरा मतलब बैचलरों से है और अगर आप चाहें तो उन्हें अविवाहित कह सकते हैं। एक ओर तो सरकार परिवार नियोजन की बात करती है, परिवार नियोजन को प्रोत्साहन देना चाहती है, दूसरी ओर बैचलरों, ब्रह्मचारियों को अधिक टैक्स देना पड़ता है। इन्कमटैक्स कानून में जो संशोधन किया गया है...

श्री महावीर प्रसाद भार्गव (उत्तर प्रदेश) : उनका खर्च कम होता है।

श्री वाजपेयी : उनका खर्च कम नहीं होता है, खर्च करनेवाली घर में नहीं रहती, तो खर्च ज्यादा होता है।

श्री महावीर प्रसाद भार्गव : अगर आपने समझ लिया है, तो ले आइए।

श्री वाजपेयी : लेकिन मैं परिवार नियोजन में हिस्सा बटाना चाहता हूं। मेरा निवेदन है कि बैचलरों के बारे में जो इन्कमटैक्स का मसला है, उस पर वित्त मंत्री जरा सहानुभूति से विचार करेंगे। जब फाइनेंस बिल आएगा तो मैं इस संबंध में ठोस बात कहूंगा, लेकिन हम उनके साथ न्याय नहीं कर रहे हैं, यह बात हमें समझनी चाहिए।

इन शब्दों के साथ मैं धन्यवाद करता हूं और आशा करता हूं कि वित्त मंत्री महोदय ने जिस तरह का बजट पेश किया है, जो उन्होंने आशा लगाई है, उस आशा के अनुपात में नई दिशा में संशोधन करेंगे, ताकि हमारे विकास की गति और तेजी से बढ़े, जिससे हम अपने लक्ष्यों को प्राप्त कर सकें।

स्वर्ण नियंत्रण समाप्त कीजिए

महोदय, जो प्रस्ताव सदन के सामने प्रस्तुत किया गया है, मैं उसका विरोध करने के लिए खड़ा हुआ हूं और मैं चाहता हूं कि राज्यसभा इस विधेयक को लोकसभा को वापस कर दे और अपने किसी भी सदस्य को संयुक्त प्रवर समिति में शामिल करने से इन्कार कर दे। संकटकाल में भारत सुरक्षा अधिनियमों के अंतर्गत जिस स्वर्ण नियंत्रण को लागू किया गया था, वह अपने उद्देश्य में पूरी तरह विफल हो चुका है। शासन की ओर से यह दावा किया गया था कि स्वर्ण नियंत्रण के लागू होते ही विदेशों से चोरी-छिपे सोने का आना कम हो जाएगा और दूसरे, देश के भीतर सोने का भाव गिर जाएगा। यदि इन दो कसौटियों पर हम स्वर्ण नियंत्रण नियमों को कस कर देखें तो ईमानदारी का तकाजा है—और हमें यह स्वीकार करने में संकोच नहीं होना चाहिए—कि स्वर्ण नियंत्रण अपने मूलभूत उद्देश्य में सफल नहीं हुआ है। चोरी-छिपे सोना अबाध गति से आ रहा है। आज वित्त मंत्री श्री टी.टी. कृष्णामाचारी शायद इसे मानने के लिए तैयार नहीं होंगे। मंत्री बनकर तथ्य को, सत्य को मानना उतना सरल नहीं रहता है जितना मंत्री पद से हटने के बाद सत्य का साक्षात्कार करना सरल होता है। श्री टी.टी. कृष्णामाचारी जब वित्त मंत्री नहीं थे और जब यह स्वर्ण नियंत्रण कानून श्री मोरारजी भाई द्वारा लागू किया गया तो श्री कृष्णामाचारी ऐसा वक्तव्य दे चुके हैं जिसका उन्होंने बाद में खंडन नहीं किया, कि सोने का चोरी-छिपे देश में आना बढ़ गया है। आज उससे अलग बात कही जाती है, यद्यपि आंकड़ों से सरकार कुछ भी साबित कर सकती है। लेकिन इस तरह का कोई प्रमाण उपलब्ध नहीं है कि जिससे सदन को, जनता को यह समझाया जा सके कि स्वर्ण नियंत्रण लागू करने से चोरी-छिपे सोना देश में आना कम हो गया है। चोरी-छिपे सोना आना अगर कम करना है तो इसका प्रबंध सीमाओं पर होना चाहिए। शासन के तंत्र को बलवान किया जाना चाहिए, जिससे चोरी-छिपे सोना देश में न आ सके। लेकिन सोना देश में चोरी-छिपे आ रहा है और देश के भीतर भी सोने के बाजार भाव कम नहीं हुए हैं, गिरे नहीं हैं। श्री भगत ने शायद लोकसभा में कहा था कि अगर भाव कम नहीं हुआ, तो क्या हुआ, वह स्थायी हो गया, स्थिर हो गया। लेकिन हिंदुस्तान में जो सोने का बाजार भाव है, उसमें, और जो अंतरराष्ट्रीय बाजार भाव है, उसमें कितना फर्क है?

** स्वर्ण नियंत्रण विधेयक १९६३ पर राज्यसभा में ६ जून, १९६४ को विरोध प्रस्ताव।*

श्री बी.आर. भगत : बहुत है।

श्री वाजपेयी : यह फर्क कैसे कम होगा? क्या स्वर्ण नियंत्रण आदेश इसको कम कर सका? पिछले साल-भर में या डेढ़ साल में यह बाजार भाव कम नहीं कर सके तो उन नियमों को, अधिनियमों को स्थायी रूप देने के बाद वह भाव कम हो जाएंगे, इस बात की कोई आश्वस्ति नहीं है, गारंटी नहीं है। इस पर यह कहा जाता है—हम सोने के प्रयोग को कम करना चाहते हैं। इस उद्देश्य से किसी का मतभेद नहीं हो सकता। स्वर्ण का मोह कम होना चाहिए। प्राचीन काल में जब रुपया सुरक्षित रखने के अन्य प्रबंध उपलब्ध नहीं थे, तब लोग रुपए के बदले में आभूषण बनाकर रखते थे, जो सुरक्षित भी रहता था और संकटकाल में जन-साधारण के काम भी आता था। आभूषणों को गिरवी रखकर जब चाहे रुपया प्राप्त किया जा सकता था। तब गांव-गांव में बैंक नहीं थे। और रुपया रखने के इंतजाम उचित नहीं थे। महाजन सोने को गिरवी रखकर रुपया दे सकता था, यद्यपि उसमें कर्जे का ब्याज अधिक देना पड़ता था। फिर भी बेटी के ब्याह के अवसर पर, बैल मर जाने के समय, जब ग्रामीण बंधु, किसान मुसीबत में होता था, तो पसीने से कमाया हुआ सोना और उससे बने हुए अलंकार, गहने, उसके काम आते थे। अब परिस्थिति बदल गई। गांव-गांव में लोग रुपया जमा कर सकें, बैंकों में, डाकखानों में जमा कर सकें, इस बात का हम प्रबंध कर रहे हैं, यद्यपि यह प्रबंध भी जितना व्यापक होना चाहिए, विस्तृत होना चाहिए, उतना नहीं किया गया। लोगों में सोना इकट्ठा करने की, उसका गहना बनाने की, आदत बदलनी चाहिए। लेकिन क्या कानून परंपरा में इतनी शीघ्रता से परिवर्तन कर सकता है? क्या लोगों के सोचने का, लोगों के रहने का तरीका एक कलम की नोक से बदला जा सकता है?

कानून से समाज नहीं बदल सकता

मैंने देखा, अभी शादियां हो रही हैं, पिछले महीनों अनेकों शादियां हुईं। जिनकी बेटी का विवाह होता है, आप उनके हृदय से पूछिए। सोना देना किसी को अच्छा नहीं लगता, लेना भले ही अच्छा लगे। लेकिन जब बिना गहने दिए, बिना सोना दिए, बेटी का विवाह न होने की आशंका हो तो बाप चोरबाजार से जाकर भी सोना खरीदता है, सोने के आभूषण बनाकर देता है। १४ कैरेट के गहने लेने के लिए कोई तैयार नहीं है। जो लड़के के बाप हैं वे लेने के लिए तैयार नहीं, वे अपने लड़कों की पूरी कीमत चाहते हैं। यह समाज में दोष है, दुर्गुण है। पुरानी परिपाटी बदलनी चाहिए, मगर उसे बदलने का यह जो तरीका अपनाया गया है, दिल्ली के दरबार से फर्मान जारी करने का, यह समाज को बदलने का तरीका नहीं है। कानून से समाज नहीं बदल सकता। अगर स्वाधीनता के बाद हम इस बात का प्रचार करते, लोगों की मनोदशा बदलते, उनमें संस्कार डालते कि वे धीरे-धीरे सोने से अपना मोह छोड़ दें तो सत्रह साल में ऐसी परिस्थिति पैदा हो सकती थी कि सोने की खपत में कमी हो जाती। लेकिन जब तक चीनी आक्रमण नहीं हुआ, तब तक हमने इस परंपरा को सुधारने का कोई विचार नहीं किया, और चीनी आक्रमण होते ही इस पुरानी परिपाटी को बदलने की बात हमारी समझ में आई। देर से समझ में आई और अगर सही बात आई है तो मैं उसका विरोध नहीं करूंगा—लेकिन क्या उसका यही तरीका है?

अभी तक तो गनीमत थी उपसभापति जी, अब तो १७वें क्लॉज में यह व्यवस्था की जा रही है कि एडमिनिस्ट्रेटर जब चाहे आदेश निकाल सकता है, फर्मान निकाल सकता है कि कितने गहने हैं, इसका हिसाब दो। और यह आदेश किसको जारी किया जाएगा, यह नहीं बताया गया। वह

जिसको चाहे आदेश जारी कर सकता है। और किसके पास कम-से-कम कितने गहने होने चाहिए, इसका आदेश जारी किया जाएगा। इस संबंध में विधेयक चुप है। यह मैं समझ सकता हूं कि आप कानून बना दें कि अगर पुराने गहने भी हैं, तो इससे अधिक की मात्रा में स्वर्ण के गहने आपके पास नहीं रहने चाहिए और अगर इस मात्रा से अधिक के गहने हैं तो···(व्यवधान)

श्री बी.आर. भगत : आपकी राय क्या है?

श्री वाजपेयी : मैं, आप जो कर रहे हैं उस पर राय प्रकट कर रहा हूं। एडमिनिस्ट्रेटर को इतने व्यापक अधिकार नहीं दिए जा सकते—उन अधिकारों का दुरुपयोग होने की आशंका है। यह हमारे पारिवारिक जीवन में व्याघात उत्पन्न करेगा, यह लोगों में बेचैनी पैदा करेगा। बड़े लोग, जिनके पास आभूषणों का अंबार लगा है, उनके आभूषणों का हिसाब आप लें तो बात समझ में आ सकती है। लेकिन प्रशासन को इतने व्यापक अधिकार, और इतनी अस्पष्ट भाषा में, देने की कोई आवश्यकता प्रतीत नहीं होती। लेकिन धीरे-धीरे शासन अपना शिकंजा कसता जा रहा है। पहले जो चीज अस्थायी ढंग से नियम के रूप में आई थी, उसको कानून के द्वारा स्थायी रूप दिया जा रहा है। अब प्रशासक लाया जा रहा है और कहा जा रहा है कि जितने गहने रखोगे, उसका वह हिसाब ले सकता है। आगे चलकर आश्चर्य नहीं है कि शासन एक कदम और आगे यह कहे कि इतनी मात्रा से अधिक जिनके पास गहने हैं वे सब खजाने में जमा कर दें और अंतरराष्ट्रीय बाजार भाव से उसका मुआवजा दिया जाएगा।

गरीब आशंकित होंगे

जिन गरीबों ने गाढ़ी कमाई के पैसे सोना इकट्ठा करने में या एक-दो जेवर बनाने में खर्च किए हैं उनके मन में इस प्रकार के कानून से आशंका उत्पन्न होगी, इसको शासन को विचारना चाहिए। कोई कारण नहीं कि हम प्रशासक को इतने व्यापक और गोलमोल भाषा में अधिकार दें, लेकिन यह कानून बतलाता है कि शासन किस दिशा में आगे बढ़ना चाहता है।

एक बात तो माननीय मंत्री जी भी स्वीकार करेंगे और जिससे कोई भी ईमानदार आदमी इन्कार नहीं कर सकता है कि चोरी-छिपे गहने आज भी २२ कैरेट और २४ कैरेट के बन रहे हैं, चोरी-छिपे सोना बिक रहा है। एक्साइज के जिन आदमियों को इस बात की देखभाल करने का अधिकार दिया गया है, उन्होंने पिछले एक साल और डेढ़ साल में करोड़ों रुपया कमा लिया है। मैं ऐसे उदाहरण रख सकता हूं अगर माननीय मंत्री जी ऐसे कर्मचारियों के विरुद्ध कठोर दंड देने का आश्वासन दें, जिन्होंने स्वर्णकारों से साठगांठ कर रखी है, जो महीने के महीने बंधा-बंधाया रुपया लेते हैं।

स्वर्ण नियंत्रण से स्वर्णकारों के सामने बेरोजगारी का संकट खड़ा हो गया है और एक्साइज के कर्मचारियों के सामने कमाई का रास्ता खुल गया है। देश में जैसी नौकरशाही है वह किसी से छिपी नहीं है। वे हमारे समाज से ही आते हैं, इसलिए उनके दोष से भी परिचित हैं और उनके गुणों से भी परिचित होना चाहिए। लेकिन जितना इस सरकार का शिकंजा जनता के जीवन पर पड़ता जाता है, इरादा अच्छा होते हुए भी, नीयत साफ होते हुए भी, जीवन इतना दुखी होता जाता है कि हम इस बात से इन्कार नहीं कर सकते कि ये जो अधिकार बढ़ाए जा रहे हैं, उनका परिणाम घातक होगा। स्वर्णकारों के पुनर्वास की जो घोषणा की गई थी, वह क्या पूरी की गई है?

श्री बी.आर. भगत : बहुत कुछ।

श्री वाजपेयी : मैं कहता हूं कि बिल्कुल नहीं किया गया है। उन स्वर्णकारों के साथ खिलवाड़ किया गया है। उनके साथ मजाक किया गया है और उनकी जिंदगी के साथ उपहास किया गया है। केंद्र सरकार ने राज्यों के ऊपर इस जिम्मेदारी को छोड़ दिया है। राज्य सरकारों को समय नहीं है कि वे स्वर्णकारों की कठिनाइयों को समझ सकें और उन कठिनाइयों को दूर करने के लिए कोई ठोस कदम उठा सकें। जले पर नमक छिड़कने के लिए यह कहना कि उनका हमने बहुत अच्छा प्रबंध कर दिया है, शोभा नहीं देता है। जो लोग स्वर्णकारों की दुकानों पर काम करते थे, वे आज बेरोजगार हो गए हैं। उनके संबंध में घोषणा की गई थी कि नई नौकरियों में उन्हें प्राथमिकता दी जाएगी।

स्वर्णकारों को नौकरी

मैं माननीय मंत्री जी से पूछना चाहता हूं कि स्वर्णकारों के कितने लड़कों को केंद्रीय सरकार और राज्य सरकार की नौकरियों में प्राथमिकता दी गई है तथा आजीविका का कौन सा साधन उपलब्ध करा दिया गया है? मैं अपने क्षेत्र की बात जानता हूं कि पांच-छह स्वर्णकारों के लड़कों ने, जिन्होंने जन्म के साथ कला सीखी थी, उनकी कला का गला घोंट दिया गया है। आज वे दर-दर भटक रहे हैं। वे पढ़े नहीं थे, क्योंकि उन्होंने कला सीखी थी। आज चपरासी रखने के लिए मैट्रिक पास चपरासी मांगे जा रहे हैं। मैंने उनके प्रार्थनापत्र इस दलील के साथ भेजे कि ये स्वर्णकार हैं, सरकार की नीति के कारण इनका रोजगार छिन गया है, उनके संबंध में यह नियम लागू नहीं होना चाहिए। लेकिन कोई सुनने के लिए तैयार नहीं है, वे आत्महत्या कर रहे हैं और दर-दर की ठोकरें खा रहे हैं। हम स्वर्णकारों को बेरोजगार कर रहे हैं और हम देश में चोरी-छिपे जो सोना आता है, उस पर रोक नहीं लगा सके तथा हम सोने का बाजार भाव कम नहीं कर सके।

जहां तक परंपरा बदलने का सवाल है, डेढ़ साल में परंपरा नहीं बदली। श्री भगत बिहार प्रांत से आते हैं। मुझे बिहार प्रांत में एक शादी में जाने का अवसर मिला था। अगर वहां एक्साइज इंस्पेक्टर आ जाता तो उसकी आंख खुली रह जाती, लेकिन अगर आंख खुली नहीं रहती तो कम-से-कम जेब तो बंद हो जाती। यही हो रहा है। क्या हम एक्साइजवालों के लिए कमाई का रास्ता खोल रहे हैं? मेरा निवेदन है कि स्वर्ण के प्रश्न पर फिर से विचार करना चाहिए; क्योंकि जिस उद्देश्य को लेकर नियंत्रण लागू किया गया था, वह उद्देश्य पूरा नहीं हुआ। सरकार को संकोच नहीं करना चाहिए। अपनी गलती को मानने में और पुरानी गलती के प्रकाश में नई नीति निर्धारित करने में अगर यह बाधक बनता है, तो इसका अर्थ होगा कि सरकार गलत राह पर डटी रहना चाहती है। इतना ही नहीं; बल्कि अपना शिकंजा बढ़ाना चाहती है। इसलिए मैं इस विधेयक का विरोध करता हूं और सदन से कहूंगा कि इस विधेयक को लोकसभा को वापस कर दे, साथ ही यह स्पष्ट कर दे कि हम प्रवर समिति में अपने सदस्यों को शामिल करने के लिए तैयार नहीं हैं और स्वर्ण नियंत्रण आज की स्थिति में समाप्त होना चाहिए। धन्यवाद।

शांता वशिष्ठ के दो आरोप

महोदया, वित्त विधेयक पर विचार प्रकट करने का मेरा कोई इरादा नहीं था किंतु विवाद में दिल्ली की सदस्या कुमारी शांता वशिष्ठ ने जो बातें कहीं उनके संबंध में कुछ प्रकाश डालना मैं आवश्यक समझता हूं। मैंने कुमारी वशिष्ठ से कहा था कि जब मैं सदन में बोलूं तब वह उपस्थित रहें लेकिन लगता है कि वह किसी बैठक में भाग लेने के लिए गई हैं और इस समय सदन में उपस्थित नहीं हैं।

महोदया, अपने भाषण में कुमारी शांता वशिष्ठ ने दो आरोप लगाए हैं। पहले आरोप का संबंध सरकार से है और कांग्रेस पार्टी से भी है—उस आरोप की ओर मैं आपका ध्यान खींचना चाहता हूं। उन्होंने कहा कि अनेक केंद्रीय मंत्रियों ने चुनाव के लिए रुपया इकट्ठा किया और उस रुपए को न तो कांग्रेस पार्टी के खजाने में जमा किया और न उसका कोई हिसाब-किताब दिया। जब वह यह आरोप लगा रही थीं, तब उपाध्यक्ष महोदया, आपने उन्हें याद दिलाया कि वह बड़े गंभीर आरोप लगा रही हैं, लेकिन उन्होंने अपने आरोपों की पुष्टि की और कहा कि हां, वह समझ-बूझकर आरोप लगा रही हैं।

महोदया, ये आरोप कांग्रेस की एक सदस्या की ओर से लगाए गए हैं, विरोधी दल के किसी सदस्य की ओर से नहीं। आरोप बिल्कुल स्पष्ट हैं कि केंद्रीय सरकार के कुछ मंत्रियों ने चुनाव के समय फंड इकट्ठा किया और पार्टी को उस रुपए का कोई हिसाब नहीं दिया। मैं कुमारी शांता वशिष्ठ से जानना चाहता हूं—यद्यपि वह सदन में मौजूद नहीं हैं—कि किन मंत्रियों पर उनका आरोप है। उन्हें मंत्रियों के नाम लेने चाहिए, क्योंकि यदि मंत्रियों के नाम नहीं लिए जाएंगे तो पूरे मंत्रिमंडल की प्रतिष्ठा को बट्टा लगेगा। अगर मंत्रियों के नाम नहीं लिए जाएंगे तो हर एक मंत्री पर शक की उंगली उठाई जाएगी। यह न तो मंत्रियों के लिए उचित होगा और न उस पार्टी के लिए जिसके वे मंत्री हैं और जिसकी आरोप लगानेवाली सदस्या भी हैं। गृह मंत्रालय भ्रष्टाचार मिटाने का प्रयत्न कर रहा है और सदन में एक सदस्या ऐसे आरोप लगाए तो उस आरोप के संबंध में सरकार चुप्पी का रवैया नहीं धारण कर सकती। उनसे पूछा जाना चाहिए कि वे कौन से मंत्री हैं, किन-किन ने रुपया इकट्ठा किया है और क्या रुपया इकट्ठा करने में उन्होंने अपने पद का दुरुपयोग किया,

* *वित्त विधेयक पर चर्चा के अवसर पर राज्यसभा में २७ अप्रैल, १९६४ को भाषण।*

क्या जिनसे रुपया लिया गया उनको रुपए के बदले में शासन द्वारा सुविधाएं दी गईं, उद्योग के लिए, वाणिज्य के लिए लाइसेंस दिए गए? ये ऐसे तथ्य हैं जिनको प्रकाश में लाना चाहिए। मैं आशा करता हूं कि जब वित्त मंत्री महोदय इस विधेयक पर हुई बहस का उत्तर देंगे तब वह बताएंगे कि कांग्रेस की सदस्या द्वारा लगाए गए इस गंभीर आरोप के संबंध में वह क्या करने जा रहे हैं। गृह मंत्रालय को कुमारी शांता वशिष्ठ से आवश्यक जानकारी लेनी चाहिए और वह जानकारी सदन की मेज पर रखी जानी चाहिए। यह कांग्रेस पार्टी का घरेलू मामला नहीं है, क्योंकि आरोप कांग्रेस की मीटिंग में नहीं, सदन के भीतर लगाए गए हैं और सदन के हर एक सदस्य को यह जानने का हक है कि जो आरोप लगाए गए हैं उनमें कोई तथ्य है या नहीं; और अगर उनमें कोई तथ्य नहीं है तो कुमारी शांता वशिष्ठ से कहा जाना चाहिए कि वह अपने आरोप वापस लें। सारे मंत्रिमंडल की प्रतिष्ठा दांव पर लगी है। भ्रष्टाचार का उन्मूलन करने की भारी घोषणाएं व्यर्थ हो जाएंगी, अगर कांग्रेस के सदस्य इस तरह के आरोप लगाएंगे और उन सदस्यों से यह नहीं कहा जाएगा कि या तो वे अपने आरोप वापस लें या उन आरोपों को प्रमाणित करें।

जनसंघ बनाम दिल्ली प्रशासन

महोदया, कुमारी शांता वशिष्ठ ने एक बात कही जिसका संबंध मेरी पार्टी, भारतीय जनसंघ से है। अपने भाषण में उन्होंने दिल्ली के अफसरों पर यह आरोप लगाया कि दिल्ली के अफसर भारतीय जनसंघ के साथ पक्षपात करते हैं। उनके शब्दों को मैं आपके सामने उद्धृत करना चाहता हूं। वे ये हैं :

"दिल्ली प्रशासन का दिल्ली में कांग्रेस के प्रति बहुत खराब रवैया रहा है। वे लोग जनसंघ में बहुत दिलचस्पी लेते हैं। जनसंघ दल को लाभ पहुंचाने के लिए वे नियमों का उल्लंघन भी कर जाते हैं।"

भाषण में और स्थानों पर यह बात कही गई है कि दिल्ली के चीफ कमिश्नर, दिल्ली के बड़े अफसर जनसंघ की बात सुन लेते हैं, कांग्रेसवालों की बात नहीं सुनते। पहली दफा यह बात सदन में कही गई है कि जो सरकारी अफसर हैं, जो शासन का तंत्र है, वह किसी विरोधी दल के साथ पक्षपात करता है और सत्तारूढ़ दल के साथ अन्याय करता है। अभी तक तो इसके विरुद्ध ही आरोप लगाए जाते हैं, लेकिन यह जो आरोप लगाया गया है, मैं समझता हूं कि जान-बूझकर लगाया गया है। जहां तक भारतीय जनसंघ के साथ पक्षपात करने का प्रश्न है, हम तो दिल्ली में जनसंघ की ओर से यह शिकायत करते रहे हैं कि प्रमुख विरोधी दल होने के बाद भी हमारे साथ दिल्ली में न्याय नहीं किया जाता। समितियां बनाई जाती हैं और उसमें सत्तारूढ़ दल के लोग भरे जाते हैं, विरोधी दल को न तो विश्वास में लिया जाता है न उनका सहयोग प्राप्त करने की कोशिश की जाती है। फिर भी दिल्ली के अधिकारियों पर, चीफ कमिश्नर पर, आरोप लगाया गया है कि वे दिल्ली की कांग्रेस की उपेक्षा करते हैं। क्या इसका अर्थ यह है कि कुमारी शांता वशिष्ठ चाहती हैं कि दिल्ली के अफसर उनके इशारे पर नाचें? क्या वह यह चाहती हैं कि दिल्ली का शासन कांग्रेस दल के दलगत स्वार्थों की पूर्ति में सहायक बने? क्या वह यह चाहती हैं कि दिल्ली कांग्रेस के अंदर जो एक गुट है और जिसका, जिस गुट का, वह प्रतिनिधित्व करती हैं उस गुट के हाथ में शासन खेले और अगर दिल्ली का शासन उस गुट के हाथ में नहीं खेले तो वह सदन में खड़े होकर दिल्ली के शासन पर लांछन लगाएंगी, आरोप लगाएंगी, और अफसरों

को धमकाएंगी, डराएंगी और उनके मनोबल को तोड़ने का प्रयत्न करेंगी।

गुड़ की कालाबाजारी पकड़ी, कांग्रेसी बौखलाए

महोदया, मेरा आरोप है कि कुमारी शांता वशिष्ठ ने जो कुछ कहा है वह दिल्ली के प्रशासन को, यहां के चीफ कमिश्नर को डराने-धमकाने के लिए कहा गया है। इस आलोचना को बड़ी गंभीरता के साथ लिया जाना चाहिए। जब से दिल्ली में गुड़ की चोर-बाजारी का, उत्तरप्रदेश से लाए हुए गुड़ को अधिक दाम पर बेचने का मामला उठा है, तब से दिल्ली कांग्रेस का एक गुट दिल्ली के चीफ कमिश्नर और यहां के अन्य अफसरों के खिलाफ हो गया है और ये जो आरोप लगाए गए हैं यह उसी गुट द्वारा किए जा रहे प्रचार की श्रृंखला की एक कड़ी है। मैं चाहता हूं कि गृह मंत्री जी इस आरोप की जांच करें। अफसरों के बारे में इस तरह से सदन में कहना—जिन्हें इस बात की छूट नहीं है, स्वतंत्रता नहीं है कि वे इन आरोपों का खंडन कर सकें—और वह भी कांग्रेस पार्टी की एक सदस्या द्वारा कहना बड़ी दुर्भाग्य की बात है। हम दिल्ली के किसी अफसर से पक्षपात की आशा नहीं करते, उल्टे हमारी तो शिकायत यह है कि हमारे साथ अन्याय ही होता रहा है। लेकिन जबकि सदन में दिल्ली के अफसरों पर इस तरह का आरोप लगाया गया है, तो मैं चाहूंगा कि केंद्रीय शासन इस आरोप के संबंध में जानकारी प्राप्त करे और अगर ये आरोप गलत हैं···(व्यवधान)

श्री बंशीलाल (पंजाब) : ऑन ए प्वाइंट ऑफ आर्डर, ऑनरेबल मेंबर ने अभी कहा है कि उनकी यह शिकायत है कि चीफ कमिश्नर जो भी कमेटी बनाते हैं उसमें सत्तारूढ़ पार्टी के, मेजारिटी के ही आदमी लिए जाते हैं। क्या ऑनरेबल मेंबर बताएंगे कि कौन-कौन सी कमेटियां ऐसी हैं, जिनमें कांग्रेस पार्टी की मेजारिटीवाले लिए गए हैं?

उपाध्यक्ष महोदया : यह सूचना का मुद्दा है, व्यवस्था का नहीं। व्यवस्था का कोई मुद्दा नहीं है।

प्रो. एम.बी. लाल : क्या मैं श्री वाजपेयी जी से यह पूछ सकता हूं कि इस मामले में तटस्थ जांच के मेरे विचार से वे सहमत हैं? कुमारी शांता वशिष्ठ कहती हैं कि राज्य के अधिकारियों के साथ मिलकर मंत्रीगण सत्ताधारी दल के खिलाफ षडयंत्र कर रहे हैं, जबकि जनसंघ की तरफ से श्री वाजपेयी का कहना है कि जनसंघ प्रमुख विरोधी दल है। इसके साथ सरकारी अधिकारियों का बर्ताव ठीक नहीं है। मैं महसूस करता हूं कि इस मामले में तटस्थ जांच कराई जानी चाहिए, ताकि यह पता लग सके कि दिल्ली में प्रशासन कैसे चलाया जा रहा है। हम दिल्ली प्रशासन को कतई नजरंदाज नहीं कर सकते, क्योंकि इस पर केंद्र सरकार का भी असर बना रहता है। दिल्ली प्रशासन के लिए जिम्मेदारी केंद्र सरकार पर होती है।

श्री वाजपेयी : महोदया, प्रोफेसर मुकुट बिहारी लाल जी ने जो कहा है, मैं वही कहने जा रहा था। जो आरोप लगाए गए हैं वे बड़े गंभीर आरोप हैं और उनकी जांच होनी चाहिए कि उनमें कहां तक सच्चाई है। दिल्ली में विधानसभा नहीं है। संसद दिल्ली के कार्यभार के लिए उत्तरदायी है और जब संसद में इस तरह के आरोप लगाए जाएं तो केंद्रीय शासन उन आरोपों के प्रति उपेक्षा की नीति नहीं अपना सकता।

एक बात कुमारी शांता वशिष्ठ ने और कही है कि दिल्ली के कार्पोरेशन में कांग्रेस का बहुमत है, दिल्ली से कांग्रेस के सदस्य चुनकर आए हैं, इसलिए दिल्ली में जो कुछ किया जाना

है, वह केवल कांग्रेस पार्टी से पूछकर किया जाना चाहिए, अन्य किसी विरोधी दल से पूछकर नहीं। मैं उन्हें याद दिला दूं, दिल्ली कार्पोरेशन में कांग्रेस कभी अल्पमत में भी रह चुकी है, दिल्ली कार्पोरेशन में कभी विरोधी दलों का बहुमत था, कांग्रेस अल्पसंख्या में थी। हमने कभी नहीं कहा कि दिल्ली कार्पोरेशन में कांग्रेस अल्पसंख्या में है, इसलिए कांग्रेसवालों से बात मत करो। हमने दिल्ली के आफिसरों को डराने-धमकाने की कोशिश नहीं की। लेकिन, कांग्रेस में जो फासिस्ट प्रवृत्तियां पनप रही हैं, पैदा हो रही हैं, कुमारी शांता वशिष्ठ का भाषण उसका एक उदाहरण है। वे कहती हैं, विरोधी दलों से बातें ही न करो, दिल्ली की तकदीर का फैसला केवल कांग्रेसवाले करेंगे। यह लोकतंत्र नहीं है। लोकतंत्र में विरोधी दल भी शासन का एक हिस्सा होता है। मेरा विश्वास है, जो आरोप लगाए गए हैं, वित्त मंत्री उन आरोपों का खंडन करेंगे या स्पष्टीकरण करेंगे और गृह मंत्रालय को भी उन आरोपों को गंभीरता से देखना चाहिए, और उन आरोपों की निष्पक्ष और अदालती जांच की व्यवस्था करनी चाहिए जिससे कि दूध का दूध और पानी का पानी हो सके और दिल्ली की सिविल सर्विस का मनोबल तोड़ने का जो प्रयत्न किया गया है, उसको विफल किया जा सके। धन्यवाद।

पेचीदा है आम बजट

महोदया, इससे पहले कि मैं बजट के संबंध में कुछ कहूं, मैं इस बात पर अपना असंतोष प्रकट करना चाहता हूं कि प्रतिवर्ष बजट पर बहस इस सदन में पहले हुआ करती थी और बाद में बजट दूसरे सदन में विचार के लिए जाता था। दलों के नेताओं ने यह निश्चय किया है कि इसी पद्धति का अवलंबन किया जाए, लेकिन मैं यह समझने में असमर्थ हूं कि इस वर्ष यह तरीका क्यों बदला गया। संविधान इस संबंध में बिल्कुल स्पष्ट है। संविधान की धाराएं इस सदन को बजट पर बहस करने से नहीं रोकतीं और न संविधान वित्त मंत्री को इस बात से रोकता है कि यदि वे चाहें तो अपने कर-प्रस्तावों में कटौती की घोषणा इस सदन में करें। किंतु यदि वे कर-प्रस्तावों में संशोधन यहां पर घोषित नहीं करना चाहते हैं तो भी इस सदन को बहस में पहले भाग लेने के अधिकार से वंचित नहीं किया जा सकता। स्थिति यह है कि बजट पर दूसरे सदन में विचार हो चुका है और वित्त मंत्री, जो आलोचना की गई थी, उसके संबंध में अपनी प्रतिक्रिया भी प्रकट कर चुके हैं। अब अगर उनका दिमाग खुला हुआ नहीं है और इस सदन में जो कुछ कहा जाता है, उसकी रोशनी में वे अपने बजट को बदलने या उसमें संशोधन करने के लिए तैयार नहीं हैं, तो सारा वाद-विवाद एक अर्थ में बेमानी हो जाएगा।

दूसरी बात मैं यह स्पष्ट करना चाहता हूं कि बजट पर जो बहस हुई है उस दौरान अनेक सदस्यों ने महलानोबिस कमेटी की रिपोर्ट का हवाला दिया है। मुझे यह देखकर आश्चर्य हुआ है कि संसद के सदस्यों ने उस कमेटी की रिपोर्ट के बड़े-बड़े उद्धरण सदन में पढ़कर सुनाए। ये उद्धरण एक दैनिक पत्र से लिए गए हैं। किंतु जब सदन में कहा जाता है कि महलानोबिस कमेटी की रिपोर्ट सदन की मेज पर रखी जाए तो उत्तर दिया जाता है कि रिपोर्ट अभी तक पूरी आई नहीं है सरकार के पास, इसलिए वह पटल पर नहीं रखी जा सकती। मैं यह जानना चाहता हूं कि अगर रिपोर्ट सरकार के पास नहीं आई तो रिपोर्ट समाचारपत्रों में कैसे प्रकाशित हुई? क्या महलानोबिस कमेटी के कुछ सदस्य उस रिपोर्ट के आंशिक प्रकाशन के लिए जिम्मेदार हैं? क्या उस कमेटी के सदस्य कुछ समाचारपत्रों से संपर्क रखते हैं? जो बातें संसद को नहीं बताई जा सकतीं, जिस रिपोर्ट का ज्ञान संसद सदस्यों को नहीं है, उसका ज्ञान कुछ विशेष समाचारपत्रों को

** आम बजट पर चर्चा के दौरान राज्यसभा में ११ मार्च, १९६४ को भाषण।*

कैसे हो गया? यह बड़ी गंभीर बात है। मैं आपसे निवेदन करूंगा कि सरकार महलानोबिस कमेटी की रिपोर्ट सदन की मेज पर रखने में देर न करे और यदि सरकार की तरफ से बिना रिपोर्ट बताए हुए रिपोर्ट समाचारपत्रों में छप रही है तो इसकी छानबीन होनी चाहिए कि रिपोर्ट किस तरह से समाचारपत्रों के पास पहुंची। जो रिपोर्ट में तथ्य आए हैं वे बड़े भयंकर हैं और उन तथ्यों के संबंध···

महोदया, वित्त मंत्रालय का कोई भी मंत्री सदन में मौजूद नहीं है। बातचीत करने से क्या फायदा होगा? यहां सिर्फ सिंचाई एवं ऊर्जा मंत्री हैं। इस बहस का जवाब तो वे देंगे नहीं।

श्री सी.डी. पांडे (उत्तर प्रदेश) : डॉ. के.एल. राव सरकार का प्रतिनिधित्व कर रहे हैं।

श्री वाजपेयी : वित्त मंत्रालय में तीन मंत्री हैं। इनमें से एक को यहां मौजूद होना चाहिए।

उपाध्यक्ष महोदया : मैं सोच रही थी कि श्री भगत यहां होंगे। क्या वह यहां नहीं थे?

सिंचाई एवं ऊर्जा मंत्री डॉ. के.एल. राव : सरकार अविभाज्य है।

उपाध्यक्ष महोदया : यह मुझे मालूम है।

श्री सी.डी. पांडे : सरकार का प्रतिनिधित्व हो गया है। जिम्मेदारी सामूहिक जो है।

श्री वाजपेयी : महोदया, मेरी राय में वित्त मंत्री ने जो बजट रखा है, वह उनके व्यक्तित्व की तरह से ही बड़ा पेचीदा है।

श्री सी.डी. पांडे : वह यहीं हैं। वह आ गए हैं।

योजना मंत्री श्री बी.आर. भगत : महोदया, मैं क्षमा चाहता हूं। मुझे एक जरूरी फोन करना था। मैं लॉबी में था। मैं महज एक मिनट के लिए बाहर गया था।

श्री वाजपेयी : मैं यह निवेदन कर रहा था कि जो बजट प्रस्तुत किया गया है, वह वित्त मंत्री के व्यक्तित्व की तरह से ही बड़ा पेचीदा है। वित्त मंत्री ने इस बात का प्रयत्न किया है कि विकास की गति को बढ़ाने का और विषमता को मिटाने का जो कुछ अंशों में परस्पर विरोधी कार्य दिखाई देता है, उसे पूरा करने की कोशिश की जाए। किंतु इसमें उन्हें सफलता नहीं मिली है। मेरे लिए बजट आमदनी और खर्चे का एक ब्यौरा मात्र नहीं है। हमने जो आर्थिक क्षेत्र में राष्ट्रीय लक्ष्य निर्धारित किए हैं, बजट उनकी प्राप्ति का एक समर्थ साधन होना चाहिए। हमारे लक्ष्य हैं कृषि और औद्योगिक उत्पादन में वृद्धि, समांतर वितरण और विषमता में कमी। इस कसौटी पर जब हम बजट को कसते हैं तो ऐसा लगता है कि बजट हमारी आर्थिक आवश्यकताओं की पूर्ति नहीं कर सकेगा।

आम आदमी को राहत नहीं दी गई

गनीमत है कि वित्त मंत्री ने आम आदमी पर कोई नए टैक्स नहीं लगाए हैं, लेकिन इसके लिए उन्हें बधाई नहीं दी जा सकती। तीसरी पंचवर्षीय योजना के पांच वर्षों में करों से जितनी आमदनी का लक्ष्य रखा गया था, वह पूरा हो चुका है। पांच वर्षों में ११०० करोड़ रुपए करों से प्राप्त होनेवाले थे, किंतु योजना के तीन वर्षों में ही १९०० करोड़ रुपए करों से प्राप्त हो चुके हैं। स्पष्ट है कि करों से होनेवाली आमदनी ८०० करोड़ रुपए ज्यादा हो चुकी है जब कि तीसरी पंचवर्षीय योजना के अभी दो वर्ष बाकी हैं। ऐसी स्थिति में नए टैक्स लगाने का कोई औचित्य नहीं था, लेकिन वित्त मंत्री को बधाई दी जाती अगर वे आम आदमी पर बढ़े हुए बोझ को कम करने का प्रयत्न करते। कल उन्होंने लोकसभा में वाद-विवाद का उत्तर देते हुए एक्साइज ड्यूटी

कम न करने के संबंध में जो तर्क दिया है, वह गले के नीचे उतरनेवाला नहीं है। उनका कहना है कि अगर मिट्टी के तेल में या मोटे कपड़े में या दियासलाई की डिबिया में एक्साइज ड्यूटी कम कर दी गई तो उसका लाभ उपभोक्ता को नहीं मिलेगा, आम आदमी को प्राप्त नहीं होगा और जो बीचवाले हैं, वे उस लाभ को खा जाएंगे। यदि यह तर्क मान लिया जाए तो फिर मूल्यों को रोकने के संबंध में जिन कदमों को उठाने पर जोर दिया जा रहा है, उन कदमों की सफलता की कोई संभावना नहीं दिखाई देती। गत वर्ष जब मिट्टी के तेल पर एक्साइज ड्यूटी बढ़ाई गई थी तब उससे होनेवाली आमदनी का अनुमान कम लगाया गया था। आमदनी अधिक हुई है। आम आदमी को राहत दी जा सकती है, लेकिन वित्त मंत्री इसके लिए तैयार नहीं हैं।

पिछले कुछ वर्षों का अगर हम प्रत्यक्ष करों और अप्रत्यक्ष करों का हिसाब उठाकर देखें तो हमें पता लगेगा कि प्रत्यक्ष कर घटते जा रहे हैं और अप्रत्यक्ष करों में वृद्धि हो रही है। अप्रत्यक्ष करों का भार आम आदमी पर पड़ता है। यदि कोई ठोस सुविधा नहीं भी दी सकती थी तो भी देश में एक मनोवैज्ञानिक वातावरण बन सकता था कि बजट में आम आदमी को भी कोई राहत दी गई।

एक्साइज ड्यूटी में बढ़ोतरी की गति

महोदया, जिस गति से एक्साइज ड्यूटीज हमारे देश में बढ़ी हैं, उसका कुछ हिसाब रखना जरूरी है। १९५०-५१ में एक्साइज ड्यूटीज से ६७.५४ करोड रुपए की आमदनी थी, जो १९५५-५६ में बढ़कर १४५.२५ करोड़ हो गई। १९६१-६२ में यह राशि ४९० करोड़ रुपए बढ़ गई और १९६४-६५ के बजट के अनुसार ६०३ करोड़ रुपए सरकार को एक्साइज ड्यूटीज से प्राप्त होगा। जब हम बढ़ी हुई कीमतों पर विचार करते हैं और आज देश में इस बात की बड़ी चर्चा है कि सरकार कीमतों को कम करने में असफल रही है तो हमें इस बात को भी देखना होगा कि सरकार के ऐसे कौन से टैक्स हैं, कर हैं, जो वस्तुओं के मूल्यों को बढ़ाते हैं—इसमें एक्साइज ड्यूटीज का बहुत बड़ा हिस्सा है। यदि बुनियादी ड्यूटी कम कर दें और राज्यों से कहा जाए कि वे बुनियादी आवश्यकता की वस्तुओं पर बिक्री कर तथा अन्य कर न लगाएं तो मूल्यों को स्थिर रखने में या थोड़ी-बहुत मात्रा में घटाने में भी सहायता मिल सकती है।

मुझे आश्चर्य है, वित्त मंत्री ने अपने भाषण में यह तो कहा है कि मूल्य वृद्धि से उन्हें चिंता हो रही है, किंतु मूल्य वृद्धि को रोकने के लिए कौन से कदम उठाए जाएंगे, इस संबंध में वित्त मंत्री शायद अपने दिमाग में भी स्पष्ट नहीं हैं। मैं उनके इस कथन से सहमत नहीं हूं कि थोक मूल्यों में प्रायः ८% की वृद्धि हुई है। आम आदमियों का जीवन फुटकर मूल्यों के अनुसार चलता है, थोक मूल्यों के हिसाब से नहीं। यदि हम फुटकर मूल्यों का हिसाब लगाएं तो बढ़ोतरी २५% के करीब आती है। मुझे आश्चर्य है, उन्होंने अपने भाषण में एक वाक्य ऐसा कहा है कि जो कहीं भी और कभी भी उपयोग में लाया जा सकता है किंतु जिसका कोई अर्थ नहीं है। मूल्यों को रोकने के लिए सरकार क्या करेगी, इसका उत्तर देते हुए उन्होंने कहा :

"समस्या का परीक्षण सर्वोच्च स्तर पर पूरी सतर्कता के साथ किया जा रहा है।"

श्री बी.आर. भगत :···और यह जरूरी है।

श्री वाजपेयी : जो भी स्तर है वह तो उच्चतम है ही और सरकार जिस बात पर भी चिंता करेगी तो 'ग्रेटेस्ट केयर' से करेगी, यह भी हम मानने के लिए तैयार हैं, मगर ऊंचे स्तर पर विचार

करने के बाद और बड़ी चिंता से समस्या पर गौर करने के बाद परिणाम क्या निकला है? मूल्य वृद्धि कैसे रुकेगी? हमारी सारी योजनाएं मूल्य वृद्धि की चट्टान से टकराकर चूर-चूर हो जाएंगी, यदि हमने मूल्यों की वृद्धि को नहीं रोका। अनेक देश ऐसे हैं, जिनमें बगावत बाजारों से आरंभ हुई। हम अपने देश में यदि इस संभावना को, इस आशंका को, रोकना चाहते हैं तो मूल्यों को स्थिर करने के संबंध में कोई प्रभावकारी पग उठाना होगा, किंतु इसके लिए आवश्यक है कि हम इस बात का विचार करें कि मूल्यों में वृद्धि क्यों हो रही है और इसके लिए सरकार कहां तक उत्तरदायी है?

क्रय शक्ति बढ़ी, बाजार खाली है

मेरा निवेदन है कि जिस बड़ी मात्रा में हम पूंजी लगा रहे हैं विकास के लिए, रक्षा के लिए, इस अनुपात में हम माल का उत्पादन और सेवाओं में वृद्धि नहीं कर पा रहे हैं। लोगों की क्रय शक्ति बढ़ रही है किंतु उसके अनुसार बाजार में माल नहीं है। लेकिन इतना ही कहना पर्याप्त नहीं होगा कि मूल्यों को कम करने के लिए उत्पादन का बढ़ना जरूरी है। यह ऐसी चीज है जिससे किसी का मतभेद नहीं हो सकता, किंतु देखना यह होगा कि क्या सरकार की नीतियां मूल्य वृद्धि में सहायक होती हैं? मैंने एक्साइज ड्यूटीज का हवाला दिया। मैं चाहता हूं कि इस बात पर भी विचार किया जाए कि माल को ढोने में रेलगाड़ी के द्वारा या सड़क परिवहन के द्वारा उनके किराए में जो वृद्धि हुई है, उसका मूल्यों पर कहां तक असर पड़ा है। पेट्रोल पर एक्साइज ड्यूटी बढ़ी है, डीजल पर एक्साइज ड्यूटी बढ़ी है, सड़क परिवहन महंगा हुआ है, रेल में माल-भाड़े की दर १२% तक बढ़ गई है—ये नीतियां ऐसी हैं जो मूल्य वृद्धि में सहायक होती हैं और यदि शासन मूल्यों की बढ़ोतरी को रोकना चाहता है तो उसे तीसरी पंचवर्षीय योजना के जो बचे हुए दो साल हैं, उनमें ऐसा कोई काम नहीं करना चाहिए जिससे मूल्यों में वृद्धि हो।

मूल्य वृद्धि का सबसे बड़ा कारण खाद्य मोर्चे पर हमारी विफलता है। उसके लिए कौन उत्तरदायी है, इसका उत्तर दिया जाना चाहिए। हम मौसम को दोष देकर आर्थिक नियोजन की सफलता का ढिंढोरा नहीं पीट सकते। संकट काल में संसद अथवा केंद्रीय सरकार किसी ऐसे विषय में व्यवस्था करने के लिए कानून बना सकते हैं जो कि संविधान के अनुसार राज्य की विषय-सूची में आता है, किंतु इस असाधारण अधिकार का कोई उपयोग नहीं किया गया। कच्चे माल की कीमतों में भी वृद्धि हुई है, जिसका परिणाम कुल मिलाकर मूल्यों पर पड़ता है। देश में बिजली की कमी है, स्थानीय कच्चे माल की भी कमी है और विदेशी मुद्रा के संकट के कारण हम बाहर से भी पर्याप्त मात्रा में कच्चा माल नहीं ला पाते, इसका भी कुछ उद्योगों पर असर हुआ है और मूल्य बढ़ा है। बढ़ती हुई जनसंख्या भी मूल्य वृद्धि का एक कारण है, क्योंकि खपत बढ़ रही है मगर उस अनुपात में उत्पादन की वृद्धि नहीं हो रही। यह भी देखना चाहिए कि स्टेट ट्रेडिंग कार्पोरेशन के द्वारा अपनाई गई नीतियां कहां तक मूल्य वृद्धि का कारण हैं। जिस दर पर स्टेट ट्रेडिंग कार्पोरेशन मुनाफा कमा रहा है क्या उसका असर बाजार पर नहीं होता, बाजार की प्रवृत्तियों पर नहीं होता? सुपारी, कपूर, नारियल का तेल, ये ऐसी चीजें हैं जिन पर स्टेट ट्रेडिंग कार्पोरेशन के मुनाफे की दर का कोई हिसाब नहीं है। स्टेट ट्रेडिंग कार्पोरेशन मुनाफा करे, मैं इसके खिलाफ नहीं हूं। लेकिन उसका असर बाजार पर क्या होता है, इसको ध्यान में रखना होगा।

सबसे बड़ी बात जो मूल्य वृद्धि के संबंध में हमें याद रखनी होगी, वह यह कि आर्थिक

नियोजन का जो ढांचा हमने स्वीकार किया है, उसमें उपभोक्ता मालों के उत्पादन पर पर्याप्त बल नहीं दिया गया है—जिसे अंग्रेजी में कंज्यूमर गुड्स कहते हैं, उसकी हमने उपेक्षा की है और भारी उद्योगों पर अधिक बल दिया है। कम्युनिस्ट देशों का उदाहरण भी हमारे सामने है। वे उपभोक्ता माल के उत्पादन में वृद्धि होनी चाहिए, इस बात को अनुभव कर रहे हैं। लेकिन एक लोकतंत्रवादी देश में जहां आर्थिक नियोजन की सफलता के लिए जन-सहयोग आवश्यक है, वहां हम कंज्यूमर गुड्स के उत्पादन की उपेक्षा करके नहीं चल सकते। जो आंकड़े उपलब्ध हैं उनसे पता चलता है कि जहां प्रोड्यूसर गुड्स के उत्पादन में १४% की वृद्धि हुई है, वहां कंज्यूमर गुड्स के उत्पादन में केवल २% की वृद्धि हुई है। मैं समझता हूं, इस नीति को बदलने की आवश्यकता है। अगले सात सालों में हमें अपना ध्यान कृषि उत्पादन को बढ़ाने पर और उपभोक्ता वस्तुओं के उत्पादन की वृद्धि पर देना चाहिए।

नियंत्रण सफल नहीं होगा

मूल्यों की वृद्धि को रोकने के लिए कंट्रोल लगाने का सुझाव दिया जाता है। कल वित्त मंत्री ने भी दूसरे सदन में कहा कि सरकार को स्ट्रेटेजिक कंट्रोल्स लगाने पड़ेंगे। मैं चाहूंगा, वे इस बात को स्पष्ट करें कि स्ट्रेटेजिक कंट्रोल से उनका अभिप्राय क्या है? यदि उनका अभिप्राय यह है कि फसल आने पर सरकार उचित दाम पर उस फसल को खरीदेगी, उसका भंडार बनाएगी, और संकट काल में उस माल को बाजार में लाकर मूल्यों को बढ़ने से रोकेगी, तो किसी का मतभेद नहीं हो सकता। यदि उनका अभिप्राय यह है कि गांवों में किसान अपने माल को फसल के समय सुरक्षित रखकर कर्जा ले सकें और अपनी इच्छानुसार उस माल को बाजार में लाकर बेच सकें तो यह भी अच्छा प्रबंध है, होना चाहिए। लेकिन अगर नियंत्रण लगाने का अर्थ है कि हम प्रोक्योरमेंट से लेकर डिस्ट्रिब्यूशन तक, खलिहान में अनाज आने से लेकर उपभोक्ता तक उस अनाज को पहुंचाने तक, नियंत्रण की नीति को अपनाएंगे तो मैं चेतावनी देना चाहता हूं कि ये नियंत्रण सफल नहीं होंगे। हमारे देश में शासन तंत्र जैसा है, उससे हम अपरिचित नहीं हैं। लड़ाई के दिनों में कंट्रोल के अनुभव अच्छे नहीं हैं, हमारा राष्ट्रीय चरित्र उस समय से बहुत अच्छा हो गया है, यह मानने का भी कारण नहीं है। अगर अनाज के व्यापार को सरकार ने पूरी तरह—थोक व्यापार भी, फुटकर व्यापार भी—जैसा कि अभिप्राय है, अपने हाथ में ले लिया तो उसके अच्छे परिणाम नहीं होंगे। हमें कोई ऐसा इलाज नहीं करना चाहिए जो बीमारी से भी ज्यादा खराब हो। मैं आंशिक नियंत्रण के खिलाफ नहीं हूं, लेकिन जिस समाज में, जिस ढांचे में हमें काम करना है, उसकी क्षमता को आंखों से ओझल रखकर हम नहीं चल सकते।

मैं यह भी मानने के लिए तैयार नहीं हूं कि एक विकासशील अर्थ-व्यवस्था में मूल्यों का बढ़ना जरूरी है। अन्य देशों के उदाहरण हमारे सामने हैं, जिससे पता चलता है कि उन्होंने विकास की गति भी बढ़ाई है और मूल्यों को स्थिर रखने में सफलता प्राप्त की है। इटली की बात कही जाती है कि यद्यपि वहां विकास की गति ८% बढ़ी है किंतु मूल्यों में गिरावट आई है। जापान में भी नेशनल इन्कम, राष्ट्रीय आय बढ़ी है किंतु मूल्य वृद्धि २% से ज्यादा नहीं है। अपने देश में पहली पंचवर्षीय योजना में हमने देखा कि हमने विकास की गति बढ़ाई, मगर हमने मूल्यों को स्थिर रखा। इसलिए यह बात दिमाग से निकाल देनी चाहिए कि हम विकासशील अर्थ-व्यवस्था में लगे हैं, इसलिए मूल्यों को स्थिर नहीं रख सकते। जो बाधाएं उत्पादन वृद्धि के मार्ग में आती हैं, वे

हटनी चाहिए। शहरों में रहनेवालों के लिए, विशेषकर जिन्हें महीने में बंधी-बंधाई तनख्वाह मिलती है, उन्हें बुनियादी वस्तुएं उचित मूल्य पर मिल सकें, इसके लिए सरकार को प्रबंध करना चाहिए। यह देखना भी जरूरी है कि खेती में पैदा होनेवाले माल की कीमत में और कारखाने में बननेवाले माल की कीमत में उचित अनुपात होना चाहिए। आज किसान जो पैसा पैदा करता है, वह सस्ता बेचता है किंतु किसान जो खरीदता है, वह उतना सस्ता नहीं खरीदता। यदि मूल्य वृद्धि का लाभ किसान को मिलता तो इतनी आपत्ति नहीं होती किंतु आज मूल्य वृद्धि का लाभ बीचवाले उठाते हैं। उसका किस तरह से प्रबंध किया जाए, इसका विचार होना चाहिए।

विदेशी पूंजी को अधिक निमंत्रण

महोदया, अपने बजट में वित्त मंत्री ने विदेशी पूंजी को अधिक मात्रा में निमंत्रण देने की बात कही है। आज हमारे देश के आर्थिक विकास की जो स्थिति है, उसमें बिना विदेशी पूंजी के हम नहीं चल सकते। लेकिन, विदेशी पूंजी बड़ी मात्रा में देश में आए, इसके साथ जो खतरे हैं उनको भी आंख से ओझल नहीं किया जाना चाहिए। यह बात अभी तक स्पष्ट नहीं हुई है कि हम जो विदेशी पूंजी देश में लाना चाहते हैं वह किन शर्तों पर लाना चाहते हैं? उद्योग-धंधों में, कल-कारखानों में विदेशी पूंजी का हिस्सा अल्पमत में होगा, यह बात कल वित्त मंत्री ने कही। यह स्पष्टीकरण आवश्यक था, किंतु माइनारिटी शेयरवाले होते हुए भी कौन सी शर्तें लगाई गई हैं, इसका स्पष्टीकरण होना चाहिए। यह भी बताया जाए कि अगर पूंजी लगानेवाला अपनी पूंजी वापस लेना चाहता है तो किन शर्तों पर वापस ले सकेगा? यदि हमने राष्ट्रीयकरण का निर्णय किया तो किन शर्तों पर राष्ट्रीयकरण होगा? वैसे विदेशी पूंजी पर हमारे देश में जो मुनाफा हो रहा है, वह अन्य देशों की तुलना में काफी है और अगर विदेशी पूंजी मुनाफे के लिए देश में आना चाहती है तो उसे पर्याप्त प्रोत्साहन है। अमेरिका के कॉमर्स डिपार्टमेंट ने इस बात का जिक्र किया है कि भारत में जो अमेरिकी पूंजी लगी हुई है वह दुनिया के अन्य देशों में लगी पूंजी से अधिक मुनाफा कमाती है, हमारे मुनाफे की दर २०.६% है, फिर भी हमने निर्णय किया है कि हम विदेशी पूंजी को अधिक सुविधा देंगे। इसमें सावधानी की आवश्यकता है। योजना बनाते समय हम अगर योजनाओं के फॉरेन एक्सचेंज कंटेंट को कम कर सकें और देश में जो साधन उपलब्ध हैं, उन्हीं से प्रमुखतया आर्थिक विकास करें तो विदेशी पूंजी की इतनी बड़ी मात्रा में आवश्यकता नहीं होगी।

वित्त मंत्री जी ने यह सुझाव दिया है कि देश में संपत्ति का जो केंद्रीयकरण हुआ है और औद्योगिक क्षेत्र में जो मोनोपली बन रही है, उसकी जांच के लिए एक कमीशन कायम किया जाए। मुझे आश्चर्य है कि महलानोबिस रिपोर्ट को अभी तक प्रकाश में नहीं लाया गया, वह रिपोर्ट अभी खटाई में पड़ी हुई है, संसद के सदस्यों ने उसकी झलक तक नहीं देखी और वित्त मंत्री जी ने नया कमीशन बनाने का ऐलान कर दिया। जब किसी मामले को टालना होता है, तब कमीशन या कमेटी बनाई जाती है।

इससे कोई इन्कार नहीं कर सकता कि देश में संपत्ति का, धन का एकत्रीकरण हुआ है। उसे कैसे रोका जाए, इसका भी उपाय छिपा नहीं है। प्रश्न यह है कि शासन क्या सचमुच में गंभीरता से संपत्ति के उत्पादन के साधनों को मुट्ठी-भर लोगों के हाथों में संचित होने से रोकना चाहता है? यदि शासन की इच्छा यह है कि इस चीज को रोका जाए तो किसी कमीशन को बनाने की आवश्यकता नहीं है।

महोदया, यह सरकार किस ढंग से काम करती है, इसका उदाहरण इस कमीशन की नियुक्ति के संदर्भ में मिला। जिस दिन वित्त मंत्री जी ने संसद में बजट पेश किया, उसी दिन दूसरे सदन में प्रश्नोत्तरकाल में उद्योग और वाणिज्य मंत्री जी से पूछा गया कि क्या मोनोपली को रोकने के लिए किसी कमीशन को बनाने पर सरकार विचार कर रही है? इस पर वाणिज्य मंत्री जी ने जवाब दिया कि सरकार कोई कमीशन बनाने पर विचार नहीं कर रही है। यह जवाब प्रश्नोत्तर काल में दिया गया और शाम ५ बजे वित्त मंत्री जी ने ऐलान कर दिया कि सरकार कमीशन बनाने पर विचार कर रही है। जब यह आपत्ति की गई कि दो मंत्रियों के उत्तरों में इस प्रकार का अंतर क्यों है, तो वित्त मंत्री ने कहा कि बजट के प्रस्ताव मंत्रिमंडल के सदस्यों से कितने गोपनीय रखे जाते हैं, इसका यह उदाहरण है। कमीशन की नियुक्ति बजट प्रस्तावों के अंतर्गत नहीं आती। किसी टैक्स को बढ़ाने या कम करने का सवाल नहीं आता। यदि मोनोपली की जांच के लिए कमीशन नियुक्त किया जाना था, तो मंत्रिमंडल के अन्य सदस्यों को विश्वास में लेना चाहिए।

वित्तमंत्रियों में अंतर्विरोध

लेकिन मुझे ऐसा लगता है कि बजट बनाते समय वित्त मंत्री जी किसी से पूछते नहीं हैं और शायद मंत्रिमंडल के सदस्य भी उन्हें प्रभावित नहीं कर पाते। सारी दुनिया हंस रही है, सारा देश आश्चर्य कर रहा है कि एक वित्त मंत्री जी आते हैं, वे एक्सपेंडीचर टैक्स लगाते हैं और उस एक्सपेंडीचर टैक्स की बड़ी तारीफ करते हैं। दूसरे वित्त मंत्री जी आते हैं और वे अपने अनुभव से एक्सपेंडीचर टैक्स को खत्म कर देते हैं। एक्सपेंडीचर टैक्स लगानेवाले वित्त मंत्री जी पुनः आते हैं तो फिर टैक्स लगा दिया जाता है। एक्सपेंडीचर टैक्स पहले क्यों लगाया गया और फिर क्यों खत्म किया गया और अब फिर क्यों लगाया जा रहा है? क्या यह शासन की आर्थिक सूझबूझ, समझदारी और दूरदर्शिता का परिणाम है? क्या वित्त मंत्री जी स्वतंत्र हैं कि किसी भी टैक्स को लगाएं और किसी को हटा दें? क्या कुल मिलाकर सरकार इस बात पर विचार नहीं करती? अनुभव ने यह बतलाया है कि एक्सपेंडीचर टैक्स से जितनी आमदनी की आशा की जा सकती थी उतनी आमदनी नहीं हुई, इसलिए एक्सपेंडीचर टैक्स को हटा दिया गया और अब फिर एक्सपेंडीचर टैक्स लगाया जा रहा है। श्री मोरारजी भाई ने जो कुछ किया था, उसका शीर्षासन हो रहा है और वित्त मंत्री जी ने इसका भार अपने ऊपर ले लिया है। मुझे लगता है कि श्री मोरारजी भाई ने जो बोया था, उसको श्री टी.टी. कृष्णामाचारी जी काट रहे हैं और उनका काटा हुआ कौन खाएगा, यह आनेवाला कल बतलाएगा।

गत वर्ष आवश्यकता से अधिक टैक्स लगाए गए थे, उसके कारण जनता में परेशानी बढ़ी और शासन की अलोकप्रियता में वृद्धि हुई है और आज वित्त मंत्री जी को इन टैक्सों से होनेवाली पर्याप्त आमदनी के आधार पर आगे बढ़ना सरल हो गया। जब एक्सपेंडीचर टैक्स लगाया गया था, तब मैंने उसका समर्थन किया था और वह भी इस आधार पर कि हम अपने देश में किसी व्यक्ति को अनाप-शनाप खर्च करने की छूट नहीं दे सकते, क्योंकि कोई अगर अनाप-शनाप खर्च करेगा तो बचत का वातावरण बिगड़ेगा और देश में सादगी तथा सरल जीवन बिताने की जो आवश्यकता है, उस पर बुरा प्रभाव पड़ेगा। लेकिन दिखाई देता है कि एक्सपेंडीचर टैक्स से जो आमदनी होनेवाली थी, वह नगण्य थी और शायद उतना रुपया उस टैक्स को वसूल करने में ही खर्च हो गया और इस कारण कर को समाप्त कर दिया गया। आज वही कर फिर लगाया जा

रहा है। महोदया, आज स्थिति यह है कि अगर कोई रुपया कमाए तो उसे इन्कमटैक्स देना होता है, अगर रुपया जोड़े तो उसे वैल्थ टैक्स देना होता है, अगर रुपया खर्च करे तो उसे एक्सपेंडीचर टैक्स देना होता है, अगर रुपया दान करे तो उसे गिफ्ट टैक्स देना होता है, अगर बिना दान किए ही मर जाए तो इस्टेट ड्यूटी टैक्स देना होता है।

हमारे सदन में एक सदस्य हैं जिनका नाम है श्री करमरकर। मुझे उनका नाम बहुत पसंद है। अगर वे गलत न समझें तो मैं उनके नाम की इस तरह से व्याख्या करके बताऊं कि सरकार कर लगाती है और आप मर जाइए, फिर भी वह कर लगाती है। यह 'करमरकर' में 'कर' तो समझ में आता है, मगर 'मर' समझ में नहीं आता है। मैं उन लोगों पर टैक्स लगाने के खिलाफ नहीं हूं जो टैक्स देने की स्थिति में हैं। उन पर टैक्स लगाना चाहिए, लेकिन यह सरकार इस संबंध में अपना दिमाग बिल्कुल साफ कर ले कि क्या विकास की गति बढ़ाना और भुवनेश्वर के प्रस्ताव के अनुसार समाजवाद को लाना, ये कहीं परस्पर विरोधी काम तो नहीं हैं। मुझे लगता है कि वित्त मंत्री की कठिनाइयां इसलिए बढ़ जाती हैं कि वे इन दोनों चीजों को मिलाना चाहते हैं। विकास की गति अगर बढ़ानी है तो हमें ज्यादा रुपया इन्वेस्ट करना होगा और ज्यादा रुपया इनवेस्ट करना हो तो ज्यादा सेव करना होगा, बचत करनी होगी, लेकिन अगर सरकार टैक्सों में या एक्साइज ड्यूटी में वृद्धि करके सारी बचत खुद ही इकट्ठा कर लेगी तो फिर आर्थिक विकास की गति कैसे बढ़ाई जा सकती है?

राज्यों पर केंद्र का कर्ज बढ़ा

महोदया, वित्त मंत्री के बजट में एक बड़ी गंभीर बात है और वह यह है कि राज्यों की आर्थिक स्थिति बिगड़ती जा रही है। गत वर्ष भी मैंने बजट पर भाषण करते हुए कहा था कि कुछ राज्यों की आर्थिक स्थिति बहुत बिगड़ रही है। संविधान ने केंद्र सरकार को इस बात का अधिकार दिया है कि उन राज्यों में फाइनेंशियल इमर्जेंसी की घोषणा करके वहां की वित्तीय स्थिति को सुधारने के लिए सरकार प्रयत्न करे। किंतु शायद इसलिए कि सभी राज्यों में कांग्रेस की सरकारें काम कर रही हैं, केंद्र ने राज्यों को सीधी राह पर लाने का कोई प्रयत्न नहीं किया। परिणाम यह हो रहा है कि राज्यों पर केंद्र का कर्जा बढ़ता जा रहा है। अभी तक कुल मिलाकर राज्यों पर ३६०० करोड़ की रकम है। इस रकम को वापस करने का तो सवाल ही नहीं पैदा होता। यदि रकम वापस करने की मांग की जाती है तो राज्य सरकारें रकम को वापस करने के लिए नया कर्ज मांगती हैं। वे कर्जा ले करके कर्जा पाटना चाहती हैं। केंद्र की कर्जा देने की क्षमता अमर्यादित नहीं है! हम कब तक राज्यों को कर्जा देते रहेंगे और कब तक उस कर्जे को पूरा करने के लिए विदेशों से कर्जा लेते रहेंगे। हम विदेशों से कर्जा लेते हैं और राज्य सरकारें हमसे कर्जा लेती हैं। 'ऋणं कृत्वा घृतं पिबेत', यह पुरानी कहावत है कि कर्जा लेकर घी पियो, मगर यहां घी पीने की तो कोई संभावना नहीं है। कर्जा लेकर घाटा करो, कर्जा लेकर टैक्स बढ़ाओ, अपव्यय करो, यह स्थिति हमें दिखाई देती है। केंद्र सरकार को राज्यों की इस आर्थिक स्थिति की ओर गंभीरता से देखना चाहिए। अगर कोई राज्य सरकार अपनी आमदनी को बढ़ाने के लिए तैयार नहीं है और कर्जे को घटाने के लिए तैयार नहीं है और जो नियोजन के लिए दिया जाता है उसे ऐसे कामों पर खर्च करती है जिसका नियोजन से दूर का भी संबंध नहीं है, तो ऐसे राज्य को ऋण देना बंद कर देना चाहिए। आवश्यक हो तो संविधान का सहारा ले करके ऐसे राज्य में फाइनेंशियल इमर्जेंसी घोषित करनी चाहिए। आज

राज्यों में कांग्रेस की सरकारें हैं। इसलिए अगर केंद्र हस्तक्षेप नहीं करेगा तो जब भिन्न-भिन्न प्रांतों में भिन्न-भिन्न दलों की सरकारें होंगी, तब भी केंद्र के लिए हस्तक्षेप करना संभव नहीं होगा। इसलिए हस्तक्षेप की परंपरा आज से ही डालनी चाहिए और मुझे विश्वास है कि वित्त मंत्री राज्यों की बिगड़ती हुई आर्थिक स्थिति के संबंध में जरूर कोई कठोर कदम उठाएंगे।

सरकारी कारखाने असफल हो रहे हैं

मैं वित्त मंत्री की इस बात से सहमत हूं कि जो सरकारी कल-कारखाने चल रहे हैं, उनमें मुनाफा होना चाहिए, लेकिन सरकारी कल-कारखाने मुनाफा दे नहीं रहे हैं। जिस अनुपात में पूंजी लगी है, उस अनुपात में मुनाफा नहीं हो रहा है। सन् १९६२-६३ में १.३ करोड़ का मुनाफा हुआ था। सन् १९६३-६४ में २.३२ करोड़ मुनाफा हुआ था। इनवेस्टमेंट है हमारा ८०६.४७ करोड़ रुपया शेयर कैपिटल में और उस पर जो रिटर्न हुआ है वह ०.२५% है। जो एक्सप्लेनेटरी मेमोरेंडम दिया गया है उससे पता लगता है कि सरकारी कल-कारखाने, जिनको पब्लिक प्रोजेक्ट्स कहा जाता है, अभी सफलता के साथ नहीं चल रहे हैं। लेकिन मुनाफा होना चाहिए, यह कहने के बाद हम इन कल-कारखानों में बननेवाले माल के मूल्यों का निर्धारण इस प्रकार न करें कि जिसका बोझ आम आदमी पर ज्यादा पड़े। सरकारी कल-कारखानों में जो माल बनता है उसकी कीमतें निर्धारित करने के पीछे सिद्धांत क्या है, उपभोक्ता को वह माल किस दर पर मिलना चाहिए, सरकारी कल-कारखानों में कितना मुनाफा होना चाहिए, किस दर पर होना चाहिए, यह अभी तक स्पष्ट नहीं किया गया है। मैंने स्टेट ट्रेडिंग कार्पोरेशन का हवाला दिया। वह ४००% तक मुनाफा कमा रहा है। यदि इन कल-कारखानों के माल की कीमत निर्धारित करते समय एलिमेंट ऑफ टैक्सेशन, करके तत्व, आएंगे तो यह मुनाफा वास्तविक मुनाफा नहीं होगा। मुनाफा होना चाहिए इन कल-कारखानों को अच्छी तरह से चलाने में। लेकिन कल-कारखाने अच्छी तरह से नहीं चल रहे हैं, इस संबंध में कोई दो राय नहीं हो सकती। ब्यूरोक्रैटिक मिसमैनेजमेंट की आलोचना, जो जापान के विशेषज्ञ आए थे, उन्होंने भी की है। उनका आरोप है कि आयरन ओर का हमारा व्यापार कम हो गया है, क्योंकि हिंदुस्तान में नौकरशाही के तरीके से प्रबंध होता है, संचालन होता है। अभी नेशनल डेवलपमेंट कार्पोरेशन के संबंध में एस्टीमेट्स कमेटी ने जो रिपोर्ट रखी है, वह बड़ी गंभीर है। उसमें बताया गया है कि किस प्रकार दो साल में १.९० करोड़ रुपया मरम्मत में और प्लांट को चलाने में खर्च किया गया। पब्लिक एकाउंट्स कमेटी ने अपनी १९वीं रिपोर्ट में टी-बोर्ड की एक इमारत के संबंध में लिखा है। टी-बोर्ड ने ३९.३६ लाख रुपया खर्च करके एक इमारत बनाई, पब्लिक एकाउंट्स कमेटी का कहना है कि इमारत बनाने पर इतना रुपया खर्च नहीं होना चाहिए था, टी-बोर्ड के लिए इतनी बड़ी इमारत की आवश्यकता नहीं है, किंतु फिर भी इमारत बनाई गई है। राउरकेला स्टील प्लांट की कहानी हम सभी जानते हैं, जहां तालाबंदी के कारण सरकार को—दूसरे शब्दों में कहना चाहिए कि जनता को—७६ लाख रुपए का घाटा हुआ था, क्योंकि संचालक विशेष काम करनेवाले मजदूरों को अधिक भत्ता देने के लिए तैयार नहीं थे। मैसूर की एक साइकिल फैक्ट्री का भी उदाहरण दिया जाता है, जिसके बारे में कहा जाता है कि ढाई साल में केवल १८ साइकिलें बनीं। यह फैक्ट्री एक सरकारी फैक्ट्री है और हर एक साइकिल का मूल्य १६ हजार रुपए आया।

श्री बैरागी द्विवेदी (उड़ीसा) : एक साइकिल का?

श्री वाजपेयी : क्योंकि ढाई साल में केवल १८ साइकिलें बनीं। कारखाने को चलाने पर, वेतन पर, भत्ते पर···

श्री बैरागी द्विवेदी : उसे खरीदता कौन है?

श्री वाजपेयी : वे प्रदर्शनी में रखने के काम आती हैं।

मेरा निवेदन है कि जो भी कल-कारखाने सरकार चला रही है, उनको वह अच्छी तरह से चलाकर दिखाए; पब्लिक प्रोजेक्ट्स, पब्लिक सेक्टर का विस्तार होने के बजाय दृढ़ीकरण होना चाहिए। जो राष्ट्रीयकरण की मांग करते हैं, उनसे मैं निवेदन करना चाहता हूं कि क्या राष्ट्रीयकरण और समाजवाद पर्यायवाची शब्द हैं। कल वित्त मंत्री ने कहा कि विरोधी दल का कोई सदस्य भुवनेश्वर के प्रस्ताव की चर्चा न करे और वित्त मंत्री ने कांग्रेस के सदस्यों से भी कहा था कि बजट के खिलाफ अगर बोलना है तो पार्टी मीटिंग में बोलें, सदन में मुंह खोलने की जरूरत नहीं है। मैं नहीं समझता कि वह सदन के सदस्यों को इस प्रकार कह सकते हैं—लेकिन इस पर आपत्ति करना कांग्रेसवालों का काम है मेरा नहीं, यद्यपि सदन के एक सदस्य के नाते मैं इस प्रकार के किसी भी बंधन को स्वीकार करने के लिए तैयार नहीं हूं।

श्री सी.डी. पांडे : कोई बंधन नहीं है।

श्री वाजपेयी : कांग्रेस के प्रतिनिधि भी जनता के प्रतिनिधि हैं, उनकी वाणी में भी जनभावना का प्रकटीकरण होना चाहिए, वह पार्टी में जो कह सकते हैं, कहें; लेकिन अगर पार्टी सदन का स्थान लेनेवाली है तो फिर लोकतंत्र का भविष्य अंधकारमय है। वित्त मंत्री का यह कहना भी ठीक नहीं है कि वह विरोधी दलों की औषधि को स्वीकार नहीं करेंगे, क्योंकि विरोधी दल तो उनको खत्म करना चाहते हैं—हम किसी को खत्म करना नहीं चाहते हैं, हम उन्हें सुधारना चाहते हैं, हम उन्हें बदलना चाहते हैं। लेकिन अगर सत्तारूढ़ दल और विरोधी दलों के बीच में कोई सामान्य आधार नहीं है तो फिर राष्ट्र के निर्माण में सबका सहयोग लेने की बात कोई अर्थ नहीं रखती।

भुवनेश्वर के प्रस्ताव और बजट

महोदया, भुवनेश्वर के प्रस्ताव की कसौटी पर मैं बजट को कसना नहीं चाहता, क्योंकि भुवनेश्वर का प्रस्ताव राजनीतिक कारणों से पारित किया गया है और वित्त मंत्री को यथार्थता की भूमि पर पैर रखकर चलना होगा। समाजवाद मेरे लिए जीवन का पूर्ण दर्शन नहीं है, क्योंकि मैं मनुष्य को अर्थ का दास नहीं मानता, मैं मनुष्य को काम का कीड़ा भी नहीं मानता। मनुष्य की भौतिक आवश्यकताएं पूर्ण होनी चाहिए किंतु कुछ नैतिक और आध्यात्मिक मूल्य भी हैं, जिनकी रक्षा आवश्यक है; और समाजवाद उन नैतिक और आध्यात्मिक मूल्यों का विचार करके नहीं चलता है। लेकिन मैं पूछता हूं कि आपके समाजवाद के पीछे कौन सा जीवन दर्शन है? अगर कम्युनिस्ट समाजवाद की बात करते हैं तो मैं समझता हूं कि उसके पीछे एक मार्कसिस्ट फिलॉसफी है, उसके पीछे जीवन का एक भौतिकवादी दृष्टिकोण है, लेकिन अगर हम भौतिकवाद को पूरी तरह से स्वीकार करने के लिए तैयार नहीं हैं तो हमारे समाजवाद के पीछे कौन सा जीवन दर्शन है? क्या बैंकों का राष्ट्रीयकरण, पब्लिक सेक्टर को बढ़ाते जाना, अधिक से अधिक वस्तुओं को सरकार के नियंत्रण में लाना, यही समाजवाद है? क्या कुछ कार्यक्रमों का इकट्ठा स्वरूप समाजवाद है? इसे मैं मानने के लिए तैयार नहीं हूं। आवश्यकता होने पर कोई काम सरकार हाथ में ले सकती है, आवश्यकता नहीं हो तो उसे नहीं लेना चाहिए। लेकिन कुछ कार्यक्रमों का इकट्ठा रूप

समाजवाद नहीं हो सकता। उसके पीछे एक जीवन दर्शन खड़ा करना होगा—सरकार यह नहीं कर सकी, कांग्रेस पार्टी भी यह नहीं कर सकी है। इसलिए मैंने निवेदन किया कि वित्त मंत्री का काम कठिन है—वह विकास की गति भी बढ़ाना चाहते हैं और विषमता भी कम करना चाहते हैं, वह मोनोपलीज की जांच के लिए कमीशन भी बनाना चाहते हैं और यह भी स्वीकार करते हैं कि जिस परिस्थिति में हम आज हैं, उसमें यदि विकास की गति बढ़ानी है तो कुछ न कुछ मोनोपलीज होंगी, फिर वह यह भी कहते हैं कि मोनोपलीज का स्वरूप बदल रहा है—कंट्रोल अलग है, मैनेजमेंट अलग है, और शेयर होल्डर्स बढ़ रहे हैं।

मुझे लगता है कि हमारे वित्तमंत्री टाइट-रोप-डांसिंग कर रहे हैं और इसीलिए बजट ऐसा बना कि जो सबको संतुष्ट नहीं कर सका या मैं कहूं किसी को भी संतुष्ट नहीं कर सका—पूंजीपति इसलिए असंतुष्ट हैं कि उनसे ११ करोड़ रुपए अधिक वसूल किया जाएगा जबकि शिकायत की जा रही है कि पूंजीपतियों को सुविधाएं दी गई हैं। आम आदमी इसलिए असंतुष्ट है कि उसे कोई राहत नहीं मिली, जबकि यह भी सच है कि उस पर कोई अधिक कर नहीं लगाया गया है। तो मेरा निवेदन है कि यदि शासन अपने विचारों में स्पष्टता लाए और बिना राजनैतिक तथा आर्थिक दबाव के वास्तविकता के आधार पर अपनी नीतियां निर्धारित करे तो देश की आर्थिक समस्याएं हल की जा सकती हैं।

बजट में सरकारी खर्चे में कमी करने के कोई ठोस उपाय नहीं सुझाए गए। एस्टीमेट्स कमेटी, पब्लिक एकाउंट्स कमेटी की रिपोर्ट्स हमारे सामने हैं, जिनमें कहा गया है कि यदि दृढ़ता से प्रयत्न किया जाए तो सरकारी खर्चे में १०० करोड़ रुपए की बचत हो सकती है। लेकिन इन कमेटीज की सिफारिशों को अमल में नहीं लाया गया और जो सुझाव दिए गए थे, उनको क्रियान्वित नहीं किया गया। सिविल एक्सपेंडीचर बढ़ता जा रहा है, टैक्स लगाया जाता है योजना के नाम पर किंतु क्या उन टैक्सों से होनेवाली आमदनी योजना के कामों पर खर्च की जाती है?

उपाध्यक्ष महोदया : आप और कितना वक्त लेंगे? आप एक घंटा ले चुके हैं।

श्री वाजपेयी : सिर्फ पांच मिनट और महोदया। क्या मैं एक घंटा पूरा कर चुका हूं?

उपाध्यक्ष महोदया : जी हां, आप पांच मिनट और ले सकते हैं।

श्री वाजपेयी : मेरा निवेदन है कि सरकारी खर्चों में कमी करने की काफी गुंजाइश है, लेकिन इस संबंध में शासन कोई कदम नहीं उठा सका है।

...और भ्रष्टाचार?

अंत में एक विषय की चर्चा करना चाहता हूं और वह है भ्रष्टाचार। हम अगर देश में राजनैतिक और सामाजिक अनुशासन पैदा करना चाहते हैं तो उसके लिए भ्रष्टाचार का निराकरण आवश्यक है, लेकिन कुछ मामले ऐसे हैं जिन्होंने यह आशंका पैदा की है कि क्या सचमुच में सरकार भ्रष्टाचार को खत्म करना चाहती है? मंत्रियों—पूंजीपतियों का गठबंधन यह बड़ी खतरनाक स्थिति में पहुंच गया है। जो तथ्य प्रकाश में नहीं आए हैं, मैं उनकी चर्चा नहीं करूंगा। लेकिन मैं जानना चाहूंगा कि सिराजुद्दीन कांड की अदालती जांच के लिए अभी तक कमीशन क्यों नहीं कायम किया गया है? उन्होंने किसी मंत्री को कितना रुपया दिया, इसका उल्लेख मैं नहीं करना चाहता लेकिन ऐसा लगता है कि सिराजुद्दीन का जाल काफी फैला हुआ है जिसमें केंद्र के ही नहीं, राज्य के ऊंचे पदों पर बैठे हुए लोग भी शामिल हैं। आवश्यकता इस बात की है कि एक कमीशन

नियुक्त किया जाए जो सारे मामले की जांच करे, जिससे जनता का संदेह दूर हो। यहीं दिल्ली में केंद्रीय सरकार की नाक के नीचे जो गुड़ का घोटाला हुआ है, उसका अभी तक बुरा स्वाद हम लोगों के मुंह में बाकी है। दिल्ली की पुलिस, जो उस को-ऑपरेटिव के संचालक हैं, संसद के सदस्य हैं, उनके खिलाफ कार्यवाही करना चाहती है मगर विधि मंत्रालय ने उसमें कुछ रोड़े अटकाए हैं। मैं नहीं जानता, विधि मंत्रालय कहां तस्वीर में आता है? कोई इससे इन्कार नहीं कर सकता कि गुड़ का घोटाला हुआ है और गृह मंत्री सदन में घोषणा करते हैं कि बड़े से बड़े व्यक्ति के विरुद्ध कार्यवाही की जाएगी, लेकिन जब कार्यवाही करने का मौका आया तो केंद्रीय सरकार झिझक रही है, संकोच कर रही है। यह तरीका नहीं है भ्रष्टाचार को मिटाने का। यह तरीका नहीं है जनता में इस बात का विश्वास पैदा करने का कि शासन सचमुच में भ्रष्टाचार को मिटाना चाहता है। विरोधी दल भ्रष्टाचार का निराकरण करने में अपना सहयोग देने के लिए तैयार हैं। लेकिन पहले सरकार को यह साबित करना होगा कि वह राजनैतिक कारणों से किसी भी भ्रष्टाचार पर, किसी भी भ्रष्टाचारी पर पर्दा नहीं डालेगी। पंजाब के मुख्यमंत्री ने इस्तीफा नहीं दिया है, दिल्ली में चौधरी ब्रह्मप्रकाश के खिलाफ मुकदमा नहीं चलाया जा रहा है, सिराजुद्दीन कांड में अदालती जांच कायम नहीं हुई। ये ऐसी घटनाएं हैं जो यह नहीं बतातीं कि सरकार भ्रष्टाचार को मिटाने के लिए, राजनैतिक कारणों से भी ऊपर उठने के लिए तैयार है।

महोदया, इन शब्दों के साथ मैं अपना भाषण समाप्त करता हूं और आशा करता हूं कि वित्त मंत्री महोदय अपने कर-प्रस्तावों में जनता की भावनाओं के अनुरूप संशोधन करेंगे और आम आदमी को कुछ ठोस सुविधा या रियायत देने का प्रबंध करेंगे। धन्यवाद।

नियोजन अनुशासन से सफल होगा

महोदया, लोकतंत्र के तरीकों से आर्थिक समृद्धि लाने का एक महान प्रयोग हम अपने देश में कर रहे हैं। इस प्रयोग की सफलता के लिए यह आवश्यक है कि आर्थिक प्रगति की सफलता के लिए देश में एक मत हो और निर्माण के प्रयत्न सबके सहयोग से चलें। कल श्री खंडूभाई देसााई ने कहा था कि हमें योजना को राष्ट्रीय योजना मानना चाहिए। बड़ा अच्छा होता यदि इस प्रकार की स्थिति हम देश में उत्पन्न कर सकते। लेकिन जब तक कांग्रेस पार्टी योजना को बनाने में और उसे अमल में लाने में विरोधी दलों का सहयोग प्राप्त करने की आवश्यकता अनुभव नहीं करेगी, योजना को राष्ट्रीय स्वरूप देना संभव नहीं होगा।

लोकतंत्र कुछ मर्यादाएं लगाता है और हम उन मर्यादाओं को तोड़कर चाहते हुए भी आर्थिक विकास की गति को नहीं बढ़ा सकते। हम अपनी जनता पर ऐसा भार नहीं डाल सकते जिसे जनता उठा नहीं सकती या जिसको उठाने के लिए उसे त्याग की, परिश्रम की पराकाष्ठा करनी होगी। हर पांच साल बाद हमें उस जनता का दरवाजा खटखटाना है। इसके लिए एक ही रास्ता है कि हम नियोजन को राष्ट्रीय स्वरूप देने का प्रयत्न करें और जहां तक संभव हो, सभी दलों का सहयोग प्राप्त करने की कोशिश की जाए और कांग्रेस पार्टी योजना से प्राप्त होनेवाली समृद्धि के नाम पर चुनावों में वोट मांगना बंद कर दे। अगर यह योजना राष्ट्रीय योजना है तो इससे प्राप्त हानेवाले फलों का एक ही दल दावेदार नहीं हो सकता और एक ही दल दावेदार बनने का प्रयत्न करेगा तो अन्य दलों में स्वाभाविक रूप से नियोजन के प्रति आलोचना करने की प्रवृत्ति उत्पन्न होगी, फिर आलोचना चाहे रचनात्मक हो या ध्वंसात्मक हो, और अधिकतर ध्वंसात्मक होती है, रचनात्मक नहीं होती है, और मैं विरोधी दलों को भी इस दोष से मुक्त नहीं कर सकता। लेकिन जब सबसे बड़ी पार्टी, सबसे पुरानी पार्टी इस संकटकाल में अपने दायित्व का पालन करने के लिए तैयार नहीं है तो छोटे दलों से इससे अधिक अपेक्षा नहीं की जानी चाहिए।

योजना की सफलता के लिए एक राजनैतिक, आर्थिक अनुशासन की देश में आवश्यकता है जो हम पैदा नहीं कर सके हैं और जब तक वह अनुशासन हम पैदा नहीं कर सकेंगे, हमारे

** तीसरी पंचवर्षीय योजना की मध्यावधि में योजना की पुनर्समीक्षा के अवसर पर राज्यसभा में २६ फरवरी, १९६४ को भाषण।*

लक्ष्य प्राप्त नहीं होंगे और हम जनता का स्वेच्छा से मिलनेवाला सहयोग प्राप्त नहीं कर सकेंगे। मुझे खुशी है कि श्री अशोक मेहता को योजना आयोग का उपाध्यक्ष नियुक्त किया गया है। इससे उनकी पार्टी में जो संकट पैदा हो गया है, उसमें मैं नहीं जाना चाहता, लेकिन श्री अशोक मेहता की नियुक्ति सही दिशा में एक कदम है। मेरी इच्छा है कि योजना आयोग में और भी ऐसे व्यक्ति लिए जाएं जो आर्थिक मामलों के न केवल विशेषज्ञ हैं, अपितु जिनमें परिस्थिति को बदलने की एक बेचैनी है, जो नए समाज की रचना के लिए अपने को उत्सर्ग कर चुके हैं और जो अपने व्यक्तितत्व से इस कार्य में जनता का स्वेच्छा से मिलनेवाला सहयोग जगा सकते हैं।

योजना आयोग में मंत्रियों की संख्या कम होनी चाहिए। यदि गांधीवादी अर्थशास्त्री योजना आयोग में स्थान पा सकें तो नियोजन को आकाश की ऊंचाइयों से उतारकर यथार्थवाद की धरती पर लाने में सफलता मिलेगी। लेकिन इस संबंध में एक स्पष्टीकरण चाहूंगा। श्री अशोक मेहता योजना आयोग के उपाध्यक्ष नियुक्त हो गए, लेकिन वे अभी राजनैतिक पार्टी से अपना संबंध बनाए हुए हैं। क्या योजना आयोग के अन्य सदस्यों के लिए यह छूट होगी? संसद के सदस्य जो योजना आयोग के सदस्य नियुक्त किए गए, उन्हें संसद से इस्तीफा देना पड़ा, क्योंकि योजना आयोग की सदस्यता को ऑफिस ऑफ प्राफिट माना गया है, लाभ का पद माना गया है। यह नियम अगर सदस्यों पर लागू होता है तो क्या उपाध्यक्ष महोदय पर लागू नहीं होता? यदि इसकी छूट देने का निर्णय कर लिया गया है तो मैं इसका स्वागत करूंगा, लेकिन इसे समान रूप से लागू किया जाना चाहिए। किसी व्यक्ति विशेष को अपवाद बनाना ठीक नहीं होगा।

तीसरी योजना के हमने लक्ष्य रखे थे—खाद्यान्न में स्वावलंबन, बुनियादी उद्योगों का विकास, देश की जनशक्ति का पूर्ण उपयोग, रोजगार में वृद्धि तथा आय में और अवसर में समानता। किंतु दो वर्षों की जो कहानी है वह उन उद्देश्यों की प्राप्ति में हम सफल होंगे, इसकी गवाही नहीं देती। खाद्य के मोर्च पर हम पूरी तरह विफल हुए हैं और मुझे आशंका है कि अगले दो-तीन वर्षों में परिस्थिति और भी गंभीर होनेवाली है। रबी की फसल पाले से नष्ट हो गई है। गेहूं, चना और दालें पर्याप्त मात्रा में उत्पन्न नहीं होंगी। चीनी के उत्पादन में भी हमने जो लक्ष्य रखे हैं, वे पूरे नहीं किए जा सकेंगे। चीनी की मिलें अब बंद हो रही हैं, क्योंकि उन्हें गन्ना नहीं मिल रहा है। जब ये लक्ष्य पूरे नहीं होंगे तब क्या परिस्थिति उत्पन्न होगी, शासन को उसका विचार करना चाहिए। खाद्य तथा कृषि मंत्रालय अनेक मंत्रियों की प्रतिष्ठा की कब्र साबित हो चुका है। मौसम अगर साथ नहीं देगा तो इस मोर्चे पर हम कैसे आगे बढ़ेंगे, इसका विचार करना चाहिए। देश में कुछ तत्व हैं जो इस खद्यान्न के प्रश्न को लेकर गड़बड़ मचाना चाहते हैं। उत्तर प्रदेश के कई नगरों में अनाज की दुकानें लूटी गई हैं। यह जनता का आकस्मिक रोष प्रकट नहीं हुआ है, इसके पीछे योजना काम कर रही है। कानून और शांति बनाए रखने का प्रश्न भी जुड़ा है। यदि हम जो भी खाद्यान्न है, उसके वितरण की उचित व्यवस्था नहीं कर सके तो परिस्थिति बिगड़ेगी और उसे काबू में रखना सरकार के लिए मुश्किल होगा। हमें उन तत्वों पर कड़ी नजर रखनी चाहिए, जो संकटकाल का लाभ उठाकर जनता को अराजकता की ओर ले जाना चाहते हैं।

इसके संबंध में दो मत नहीं हो सकते कि जब तक खाद्यान्न का उत्पादन नहीं बढ़ेगा तब तक हमारी समस्या हल नहीं होगी, लेकिन उत्पादन क्यों नहीं बढ़ रहा है, इसके संबंध में अलग-अलग राय है। यदि हम चाहते हैं कि उत्पादन बढ़े तो केवल केंद्र में एक एग्रीकल्चरल प्रोडक्शन बोर्ड बनाना या राज्यों में मंत्रिमंडलों की उपसमिति कायम करना या एग्रीकल्चरल

कमिश्नर की नियुक्ति करना, इतना ही काफी नहीं है। यह काम होने चाहिए क्योंकि ये समन्वय के काम हैं, लेकिन असली समस्या यह है कि हम किसानों को अधिक उत्पादन करने के लिए किस प्रकार प्रेरित करें। प्लानिंग कमीशन की ओर से एक नोट सदस्यों को भेजा गया है, जिसमें कहा गया है कि हम खेती के लिए सीमेंट देने, सिंचाई की सुविधाएं बढ़ाने, ट्रेक्टर तैयार करने, बिजली की दर घटाने और अच्छे बीज की व्यवस्था करने का प्रबंध कर रहे हैं। इसके साथ ही कर्जे की समस्या है। सहकारी समितियां ऋण देती हैं, मगर ऋण के बदले में कुछ जमानत मांगती हैं। हर एक किसान के लिए जमानत देना संभव नहीं है। बड़े किसान ही जमानत दे सकते हैं। बड़े किसान ही ऋण पाते हैं। जबकि हम देखते हैं कि अगर खेती बढ़ानी है तो यह जरूरी है कि हर एक छोटे किसान को अधिक पूंजी लगाने, अधिक मेहनत करने और अपनी मेहनत का पूरा उपभोग करने का अवसर मिले; और इस प्रकार का उसमें विश्वास जगाने की आवश्यकता है। यह काम सरकार नहीं कर सकी है। यदि भविष्य में भी हम यह काम नहीं कर सके तो हमारी खेती के मोर्चे पर विफलता समाप्त नहीं होगी।

ग्रामसेवक दलबंदी में फंसे

अगर हम ग्रामसेवक को खाद्यान्न का उत्पादन बढ़ाने में पूरी तरह से लगा सके तो बड़ा लाभ होगा। लेकिन ग्रामसेवक दलबंदी में फंसे हैं। खेती को छोड़कर वह और सब काम करते हैं। नीचे के स्तर पर राजनीति इतनी गंदी है कि उत्पादन बढ़ाने का लक्ष्य पीछे हट जाता है। इसलिए मेरा निवेदन है कि योजना के लक्ष्यों को पूरा करने के लिए केवल केंद्र में ही नहीं अपितु हर एक स्तर पर, गांव की सतह पर भी, सबका सहयोग लेकर कैसे आगे बढ़ा जाए—यह हमारी सफलता की कुंजी है। यदि इन यक्ष-प्रश्नों का हम उत्तर नहीं दे सकते तो हम लोकतंत्र में आर्थिक नियोजन सफल करने का जो महान प्रयोग कर रहे हैं, उसे शायद कामयाब नहीं बना सकेंगे। स्पष्ट है कि हमारी आर्थिक विकास की गति बढ़नी चाहिए, उसके लिए हम जब तक जो इनवेस्टमेंट दर है, रुपया लगाने की दर है उसे नहीं बढ़ा सकेंगे, तब तक आर्थिक विकास की गति नहीं बढ़ेगी। इसके लिए विदेशी सहायता लेने में संकोच नहीं होना चाहिए। (समय समाप्ति के संकेत की घण्टी बजी) मुझे आश्चर्य है। मुझे कितने मिनट दिए गए हैं?

उपसभाध्यक्ष श्री महावीर प्रसाद भार्गव : १५ मिनट।

श्री वाजपेयी : अभी तो १५ मिनट नहीं हुए हैं।

उपसभाध्यक्ष श्री महावीर प्रसाद भार्गव : आपके १५ मिनट हो गए हैं।

श्री वाजपेयी : ताज्जुब है, मैंने १ बजकर ५ मिनट पर बोलना शुरू किया है।

उपसभाध्यक्ष श्री महावीर प्रसाद भार्गव : आपने १ बजे शुरू किया था।

श्री वाजपेयी : अगर आपकी इच्छा हो तो मैं बैठ जाऊं। अलग-अलग सदस्यों के लिए अलग-अलग नियम हैं।

उपसभाध्यक्ष श्री महावीर प्रसाद भार्गव : आप खत्म कर लें।

श्री वाजपेयी : मैं ऐसे कैसे खत्म कर सकता हूं। मैंने अभी बोलना शुरू किया है। आर्थिक नियोजन पर बोलने के लिए यह समय की मर्यादा मेरे संबंध में इतनी दृढ़ है तो मैं नहीं बोलूंगा।

उपसभाध्यक्ष श्री महावीर प्रसाद भार्गव : यह तो आपकी इच्छा है, लेकिन आप खत्म कर लें।

श्री वाजपेयी : अभी आपके सामने एक सदस्य बोलकर गए हैं, उनके दल को कितना समय मिला, उनको कितना समय मिला, कितनी बार घंटियां बजीं और वह बोलते रहे। मैं वह दृश्य उपस्थित नहीं करना चाहता। मैं ऐसा सदस्य हूं कि एक बार घंटी बजे तो बैठ जाना चाहूंगा। अगर आप यही ढंग चाहते हैं तो मुझे कुछ बोलना नहीं है। कमाल है।

उपसभाध्यक्ष श्री महावीर प्रसाद भार्गव : आप खत्म कर लीजिए। १५ मिनट के बाद मैंने कहा कि १५ मिनट हो गए। आप अपना भाषण खत्म कर लीजिए।

श्री वाजपेयी : मेरे विचारों की शृंखला टूट गई।

महोदय, मैं निवेदन कर रहा था कि अगर आर्थिक विकास की गति तीव्र करनी है तो हमें अधिक रुपया लगाना होगा और उस स्थिति में हम विदेशी सहायता से अपने को वंचित नहीं कर सकते। मुझे खेद है, कम्युनिस्ट पार्टी ऐसे सुझाव देती है जो परस्पर विरोधी हैं। वह आर्थिक विकास की गति को भी बढ़ाना चाहती है और आर्थिक विकास की गति बढ़ाने के लिए जहां से पूंजी प्राप्त होना संभव है, उस मार्ग में भी बाधा डालना चाहती है।

राष्ट्रीयकरण और कुछ कंपनियां

राष्ट्रीयकरण की बात कही जाती है, तेल कंपनियों के राष्ट्रीयकरण की भी आवाज उठाई जा रही है। यदि हम तेल कंपनियों का राष्ट्रीयकरण करें तो विदेशी पूंजी प्राप्त नहीं होगी और विदेशी पूंजी प्राप्त नहीं होगी तो क्या हम लोकतंत्र में अपनी जनता पर इतना भार डाल सकते हैं, जिसे वह उसे उठा न सके? फिर भी हम आर्थिक प्रगति में उसका उपयोग कर लें? इस संबंध में मेरा निवेदन है कि सरकार, जिसे पब्लिक सेक्टर कहते हैं, जो सार्वजनिक क्षेत्र हैं, उसको अधिक बढ़ाने की बजाए जो कल और कारखाने सरकार ने अपने हाथ में ले लिए हैं, उन्हीं को अच्छी तरह से चलाकर दिखाए।

हमारे पास प्रशिक्षित व्यक्तियों की कमी है। जो कारखाने हम चला रहे हैं, कुछ अपवादों को छोड़कर, वे ठीक तरह से नहीं चल रहे हैं। एक इकानामिक टेक्निकल सर्विस हो, योग्य और प्रशिक्षित व्यक्ति हों जो कारखानों को चला सकें, उसमें लाभ दिखा सकें तो फिर पब्लिक सेक्टर के संबंध में जो गलतफहमी पैदा हो गई है, वह दूर हो जाएगी। पब्लिक सेक्टर का विकास करने का कोई विरोधी नहीं है, होना भी नहीं चाहिए, लेकिन जो काम व्यक्तिगत प्रयत्नों से अच्छी तरह से हो सकता है, उसे सरकार अपने हाथ में लेने का प्रयत्न करे तो क्या होता है, इस संबंध में मैं एक उदाहरण का उल्लेख करके खत्म कर दूंगा। रांची में एक हैवी इंजीनियरिंग कार्पोरेशन है। उसके हैवी मशीन बिल्डिंग प्लांट में आग लग गई। मंत्री महोदय का अनुमान है कि ४५ लाख रुपए का नुकसान हुआ है। गैर-सरकारी अनुमान है कि १ करोड़ रुपए की संपत्ति का नुकसान हुआ है। सबसे आश्चर्य की बात यह है कि जब आग लगी तो धुरबा टेलीफोन एक्सचेंज के ऑपरेटर ने कार्पोरेशन के डायरेक्टर को फोन किया कि आग लग गई है, क्या इंतजाम होना चाहिए? डायरेक्टर ने कहा कि आग लगने-जैसी छोटी घटनाओं के बारे में कार्पोरेशन के चेयरमैन को या डायरेक्टर को परेशान करने की जरूरत नहीं है। यह बात टेलीफोन ऑपरेटर ने अपनी लॉग-बुक में लिखी है। वह लॉग-बुक पुलिस ने अपने कब्जे में ले ली है।

मैं चाहता हूं कि इस आग की घटना की अदालती जांच की जाए। इसे हम वहां के डायरेक्टर या वहां के चेयरमैन के भरोसे नहीं छोड़ सकते। उन्होंने वहां करोड़ों की संपत्ति खुले

आकाश के नीचे फैलाकर रखी है। यह सार्वजनिक धन का दुरुपयोग है। अगर हम पब्लिक प्रोजेक्ट्स में धन का इस तरह से दुरुपयोग करेंगे तो फिर हम पब्लिक प्रोजेक्ट्स में जनता की सहानुभूति पैदा नहीं कर सकते। आखिर जनता पर टैक्स लगाकर ही सरकार पब्लिक प्रोजेक्ट्स के लिए रुपया उगाहती है और जनता चाहेगी कि उसका रुपया ठीक तरह से लगाया जाए और उसके बदले में जनता को अच्छा लाभ दिखाया जाए। यह एक उदाहरण है जो यह बताता है कि हमारे पब्लिक प्रोजेक्ट्स में कहीं न कहीं पर गड़बड़ी जरूर है, और इसलिए हम जो उनसे मुनाफा करना चाहते हैं, वह नहीं कर पाते हैं। तीसरी पंचवर्षीय योजना में ४५० करोड़ रुपए के मुनाफे का अनुमान आप पब्लिक प्रोजेक्ट्स से करते हैं, यह मुनाफा कैसे मिलेगा अगर पब्लिक प्रोजेक्ट्स इस तरह से चलाए जाएंगे? मुझे विश्वास है कि इस संबंध में मंत्री महोदय विचार करेंगे।

जो सबसे बड़ी बात है, उसको मैं फिर दोहरा दूं कि आर्थिक नियोजन की सफलता के लिए देश में आर्थिक और राजनैतिक अनुशासन आवश्यक है, यह अनुशासन आज है नहीं। अगर सरकार, योजना आयोग यह अनुशासन पैदा कर सके तो हम दुनिया के सामने ऐसा उदाहरण रखेंगे जो उदाहरण आज तक रखा नहीं गया। वह उदाहरण यह होगा कि जनता की राय से हम विषमता को मिटाकर आर्थिक समृद्धि लाएंगे और उसके लिए व्यक्तिगत स्वाधीनता को समाप्त करने की आवश्यकता नहीं पड़ेगी। धन्यवाद।

नियोजन केवल केंद्र का विषय नहीं

अध्यक्ष महोदय, एक अविकसित और अर्धविकसित देश में आर्थिक नियोजन आवश्यक है, जिससे अल्प साधनों को कम-से-कम समय में प्रयोग में लाकर उससे अधिक से अधिक परिणाम प्राप्त किए जा सकें।

जो व्यक्ति अथवा दल आर्थिक नियोजन में विश्वास नहीं करते वे शायद वास्तविकता से दूर कल्पना के ऐसे राज्य में निवास करते हैं, जहां करोड़ों लोगों को जीवन की न्यूनतम आवश्यकताएं उपलब्ध कराने का सवाल उनके सामने नहीं है। यदि हम अपने देश की परिस्थिति पर विचार करें तो इस बात से किसी को इन्कार नहीं हो सकता कि हमें आर्थिक विकास की एक रूपरेखा निश्चित करनी पड़ेगी। हम प्रतिवर्ष बजट बनाते हैं जो एक वर्ष का आर्थिक नियोजन है और यह आर्थिक नियोजन पांच वर्ष का या उससे आगे के समय का भी हो सकता है।

हमें विचार यह करना होगा कि इस आर्थिक नियोजन का आधार क्या हो। भौतिक समृद्धि के साथ जीवन की हम और जो मान्यताएं लेकर खड़े हैं, उनकी कहां तक रक्षा की जाए? हमने लोकतंत्रात्मक तरीके से आर्थिक विकास का संकल्प किया है। हम विश्व में एक महान प्रयोग कर रहे हैं, और भारत में लोकतंत्री तरीके से आर्थिक विकास किस सीमा तक सफल होता है, इस बात के ऊपर एशिया और अफ्रीका में लोकतंत्र का भविष्य निर्भर करता है।

इस दिशा में हमने कुछ प्रगति भी की है और प्रत्येक नागरिक को उस प्रगति पर गर्व होना चाहिए। लेकिन तस्वीर का दूसरा पहलू भी है, जिसे हमें ध्यान में रखना होगा।

प्रधानमंत्री जी ने योजना को कार्यान्वित करने के लिए सर्वदलीय सहयोग की मांग की है। मेरा निवेदन है कि इस प्रकार का सहयोग यदि योजना बनाने से पूर्व आमंत्रित किया जाता तो उसको देने में किसी प्रकार का संकोच नहीं होना चाहिए था। लेकिन योजना दलीय आधार पर बनाई गई है। योजना के निर्माण में सभी दलों की सहमति नहीं प्राप्त की जाती और जब योजना बनाई जाती है तो फिर उसके कार्यान्वयन के लिए सबको निमंत्रित किया जाता है। मेरा निवेदन है कि पंचवर्षीय योजना की सफलता के लिए देश में जन-सहयोग का जैसा वातावरण उत्पन्न करने की आवश्यकता है, उस दृष्टि से यह तरीका ठीक नहीं है।

** तीसरी पंचवर्षीय योजना पर वाद-विवाद के दौरान लोकसभा में २२ अगस्त, १९६१ को हस्तक्षेप।*

प्रधानमंत्री ने केंद्र में एक सर्वदलीय समिति का निर्माण किया था जिसमें प्रायः सभी दलों के प्रतिनिधि थे, मगर उस समिति को ठीक तरह से काम करने का अवसर नहीं दिया गया। योजना के संबंध में उसे अपनी निर्णायक सम्मतियां रखने का अवसर प्रदान नहीं किया गया। और जब यह मांग की गई कि इस प्रकार की सर्वदलीय समितियां राज्यों में भी गठित की जाएं तो उसके प्रति शासन की प्रतिक्रिया अच्छी नहीं थी।

नियोजन केवल केंद्र का विषय नहीं है। जन-सहयोग के लिए तो हमें गांव-गांव तक जाना पड़ेगा, और इसलिए आवश्यक है कि प्रत्येक स्तर पर जनता का सहयोग प्राप्त करने के लिए प्रयत्न किए जाएं, नियोजन को सर्वदलीय स्वरूप दिया जाए। इसके लिए मेरा सुझाव है कि जो नेशनल डेवलपमेंट काउंसिल है, उसमें केंद्रीय मंत्रियों के अतिरिक्त अभी तक सभी प्रांतों के मुख्यमंत्री होते हैं, शासन इस बात पर विचार करे कि क्या उस नेशनल डेवलपमेंट काउंसिल में मंत्रियों और मुख्यमंत्रियों के अतिरिक्त संसद से और राज्य विधानसभाओं से प्रोपोरेशनल रिप्रेजेंटेशन के आधार पर चुने हुए कुछ सदस्यों को लेना उपयोगी नहीं होगा। आखिर में विकास योजनाओं का स्वरूप नेशनल डेवलपमेंट काउंसिल की बैठक में निर्धारित होता है और जनता के चुने हुए प्रतिनिधि यदि उसमें अपने विचार रख सकें, आर्थिक योजना को प्रभावित कर सकें, तो देश में एक ऐसा वातावरण बन सकता है जिससे हम निर्माण-योजनाओं को दलगत राजनीति से अलग रख सकें।

प्राक्कलन समिति ने यह सुझाव दिया था कि योजना आयोग में से मंत्रियों को हटा दिया जाए। योजना आयोग एक विशेषज्ञों की समिति रहे, क्योंकि मंत्रिमंडल के सामने योजना आयोग की सिफारिशें आती ही हैं। उसमें मंत्रियों को रखने की आवश्यकता नहीं है। पता नहीं क्यों इस सुझाव को भी अभी तक कार्यान्वित नहीं किया गया है।

विरोधी दलों से यह आशा की जाती है कि वे पंचवर्षीय योजनाओं को आगामी आम चुनावों से अलग रखेंगे। प्रधानमंत्री जी ने इस तरह के विचार एक भेंट में प्रकट भी किए हैं। मेरा निवेदन है कि कांग्रेस पार्टी पहले इस संबंध में अपने घर में बैठकर फैसला करे। क्या कांग्रेस पार्टी आगामी आम चुनावों में पंचवर्षीय योजनाओं की उपलब्धियों के आधार पर जनता से वोट नहीं मांगेगी? अगर कांग्रेस पार्टी इस आधार पर वोट नहीं मांगेगी और योजनाओं से जो भी राष्ट्रीय आमदनी में वृद्धि और विकास एवं निर्माण कार्यों में प्रगति हुई है, उसे एक राष्ट्रीय उद्योग और उपलब्धि के रूप में प्रस्तुत किया जाएगा तो योजनाओं को चुनाव से अलग रखने की बात सफल हो सकती है। लेकिन यदि कांग्रेस पार्टी अपने मंच से योजनाओं की सफलताएं अपनी सफलताएं बनाकर प्रकट करेगी तो योजना में जो कमियां हैं अथवा खामियां हैं, उन्हें विरोधी दलवाले जनता के सामने रखने के लिए विवश होंगे। मेरा निवेदन है कि अगर योजना को चुनाव से अलग रखना है, तो इस संबंध में कांग्रेस पार्टी को अपनी नीति स्पष्ट रूप से निर्धारित करनी चाहिए।

जहां तक योजना से जनता की समृद्धि का प्रश्न है, राष्ट्रीय आय में अभिवृद्धि हम सबके लिए आनंद की बात है। लेकिन हम एक बात का विचार करें कि हमारे देश में हमें दो क्षेत्र दिखाई देते हैं। एक तो गांवों का क्षेत्र है, ५ लाख गांव, जिनमें कुल जनसंख्या का ८५% भाग रहता है और एक शहरी क्षेत्र है जिनमें १५% जनसंख्या निवास करती है। यह जो समृद्धि आई है, यह जो विकास के चिह्न हमें दिखाई देते हैं, वे किस भाग तक सीमित हैं? क्या ८५% गांवों की जनता जिस क्षेत्र में निवास करती है, उसमें इतनी मात्रा में हम प्रगति कर सके हैं जितनी मात्रा में अपेक्षित थी?

मुझे लगता है कि इस दृष्टि से हमारी विकास योजनाओं में एक मूलभूत दोष है। हम औद्योगीकरण भी इस ढंग से कर रहे हैं कि यह जो शहरी आबादी का क्षेत्र है, वह उसको बढ़ाने में होता है और उसके परिणामस्वरूप जो ८५% आबादीवाला गांव का क्षेत्र है, उसके उद्योग-धंधे प्रतियोगिता में नहीं टिक पाते और हम दोहरे संकट में फंस जाते हैं। गांव में रोजगार नहीं है, इसलिए गांवों से बड़ी संख्या में जो शहरों की ओर आनेवाले लोग हैं, उनके लिए हमारे सामने सामाजिक सेवाओं की, निवास की और उनके लिए भोजन की व्यवस्था करने का प्रश्न है। दूसरी बड़े शहरों में जो उद्योग-धंधे केंद्रित हो रहे हैं और पश्चिम का अनुकरण करके बड़े पैमाने पर जो वहां औद्योगीकरण हो रहा है, वह हमारे कुटीर उद्योगों को और छोटे उद्योगों को समाप्त कर रहा है।

प्रति व्यक्ति आय कहां बढ़ी?

प्रति व्यक्ति आय के जो आंकड़े दिए गए हैं, अगर हम गांवों में निवास करनेवाले व्यक्तियों की आय का हिसाब लगाएं तो हमको यह बात माननी होगी कि संपूर्ण देश में शहरी-आबादी क्षेत्र में जो प्रति व्यक्ति की आय है, वह ग्रामीण क्षेत्र में निवास करनेवाले व्यक्ति की नहीं है।

उत्तर प्रदेश में इस तरह का कुछ अनुमान लगाया गया था कि गांव में निवास करनेवाले व्यक्ति की प्रति व्यक्ति आय कितनी बढ़ी है। उससे पता लगता है कि १९४८-४९ के मूल्यों के आधार पर गांवों में प्रति व्यक्ति आय १९४८-४९ से आज तक लगभग १९७ रुपए के आसपास ही रही है। १९४९-५० में यह १९७ रुपए और ६३ नए पैसे थी और १९५८-५९ में १८३ रुपए और ४७ नए पैसे है। मैं नहीं समझता कि अन्य प्रांतों में इस बारे में कोई आधारभूत अंतर होगा, यद्यपि अन्य प्रांतों में थोड़ा-बहुत इससे फर्क हो सकता है। गांवों में जो खपत है, अगर हम उसका अनुमान लगाकर देखें तो वह भी सरकार के एक सर्वेक्षण के अनुसार उत्तर प्रदेश के गांवों में १९५९-६० में प्रति व्यक्ति खपत खाद्य के आंकड़े हमारी आंखें खोल देनेवाले हैं। इनसे पता चलता है कि पूर्वी उत्तर प्रदेश में प्रति व्यक्ति खपत ८.८१ छटांक और ५१९.६ ग्राम है। पश्चिमी उत्तर प्रदेश में १०.६२ छटांक है। प्रति व्यक्ति की खपत में भी वृद्धि नहीं हुई है। शहरी आबादी की तुलना में ग्रामीण क्षेत्र में प्रति व्यक्ति आय में भी कोई अंतर नहीं पड़ा है। अब यह जो शहरी आबादी और ग्रामीण क्षेत्र का अंतर बढ़ता जा रहा है, उसके लिए तीसरी योजना में इस बात का कोई संकेत नहीं मिलता कि इस अंतर को किस तरीके से कम किया जाएगा? यदि हमारा आर्थिक नियोजन और इसमें चलनेवाला औद्योगीकरण इसी गति से और इसी दिशा में चलता रहा तो इस अंतर को पाटा नहीं जा सकेगा और यह अंतर और भी बढ़ता चला जाएगा। इसके लिए आवश्यक है कि ग्रामीण अर्थ-व्यवस्था का पुनर्गठन किया जाए और हम विकेंद्रित अर्थ-व्यवस्था की ओर ध्यान दें।

तीसरी पंचवर्षीय योजना में कुल ८४ करोड़ रुपया छोटी मशीनों से चलनेवाले उद्योगों के लिए रखा गया है। अगर दूसरी योजना में और तीसरी योजना में छोटे उद्योगों के लिए दी गई धनराशि का विचार करें तो तीसरी योजना में दी गई धनराशि छोटे उद्योगों, कुटीर उद्योगों और हाथ की कारीगरी के धंधों को पुनर्जीवित करने की मांग को पूरा नहीं कर सकती और जब तक हम गांवों के उद्योग-धंधों को उनके स्वयं के पैरों पर खड़ा नहीं करेंगे, हम देश के आर्थिक विकास के प्रयत्न में सफल नहीं हो सकते।

इसके लिए यह भी आवश्यक है कि भूमि सुधारों के संबंध में एक दृढ़ नीति अपनाई जाए।

भूमि की सीमा निर्धारित की गई है, मगर कहीं भी उस सीमा के अंतर्गत भूमि को लाने के लिए कोई प्रबल प्रयत्न नहीं किया गया है। कुछ राज्यों से तो भूमि की अधिकतम सीमा को निर्धारित करने की अवधि इतनी बढ़ा दी है कि उस बीच में जिनके पास सीमा से अधिक भूमि थी, उस अतिरिक्त भूमि को उन्होंने अपने घरवालों में और कुटुंबवालों में वितरित कर दिया है और जो भूमिहीन हैं, जिनके पास अनआर्थिक जोत है, उनको देने के लिए कोई भूमि नहीं बची। लेकिन अभी भी भूमि वितरण के जो आंकड़े मिलते हैं, उनसे पता चलता है कि आजकल ४०% परिवारों के पास प्रति परिवार एक एकड़ से भी कम भूमि है और उनके पास कुछ भूमि का केवल १% है। इसके विपरीत ४% परिवारों के पास कुल भूमि का एक-तिहाई भाग है। आवश्यकता इस बात की है कि भूमि सुधारों को दृढ़ता से कार्यान्वित किया जाए। जिनके पास आवश्यकता से अधिक भूमि है और जो व्यक्तिगत देखभाल नहीं कर सकते, वह सघन खेती के उद्देश्य में सफल नहीं हो सकते। उनसे मर्यादा से अधिक भूमि लेकर भूमिहीनों में—सहकारी समितियों में नहीं—वितरित की जानी चाहिए। लेकिन राज्य सरकारें इस संबंध में केंद्र के आदेशों का ठीक तरीके से पालन नहीं कर रही हैं। ऐसा मालूम होता है कि निहित स्वार्थों ने राज्य सरकारों को प्रभावित किया है और ये भूमि वितरण के मार्ग में रोड़ा बनकर बैठी हुई हैं, और इसका परिणाम यह हो रहा है कि हम अनाज की पैदावार बढ़ाने के लिए भी आम किसान को अधिक परिश्रम करने के लिए, और सघन खेती करने के लिए प्रोत्साहित नहीं कर पा रहे हैं...

अध्यक्ष महोदय : माननीय सदस्य अब अपना भाषण समाप्त करें।

श्री वाजपेयी : श्रीमान, मैं अपने ग्रुप की ओर से बोलनेवाला एक ही सदस्य हूं और मुझे बोलने के वास्ते कुछ अधिक समय दिया जाए। अब यह थर्ड प्लान का इतना बड़ा पोथा है और १५ मिनट में उसके साथ न्याय करना संभव नहीं है, और इसलिए मुझे कुछ अधिक समय मिलना चाहिए।

अध्यक्ष महोदय : माननीय सदस्य को १८ मिनट दिए गए हैं...

श्री वाजपेयी : मेरा निवेदन है कि मुझे कम-से-कम २५ मिनट मिलने चाहिए। अभी कई महत्वपूर्ण विषय बाकी बचे रहते हैं, जिनकी ओर मैंने संकेत भी नहीं किया है।

अध्यक्ष महोदय : ठीक है। माननीय सदस्य, दो-चार मिनट और ले लें।

ग्रामवासियों की आमदनी

श्री वाजपेयी : गांवों में निवास करनेवाले व्यक्तियों की आमदनी का क्या हाल है, इसका मैंने थोड़ा सा दिग्दर्शन कराया था। उत्तर प्रदेश में अभी हाल में एक सर्वे किया गया है, जिससे पता लगता है कि ४५% परिवार ऐसे हैं जिनका कि मासिक खर्च ५० रुपए प्रति परिवार से भी कम है। ५० प्रतिशत ऐसे हैं जिनका मासिक खर्च १५० रुपए है और कुल ५% परिवार ऐसे हैं, जो महीने में १५० रुपए से अधिक खर्च करते हैं। अगर इस रोशनी में हम राष्ट्रीय आमदनी बढ़ने के दावों को देखें, तो हमें पता लगेगा कि जो हमारी अर्थ-व्यवस्था का ग्रामीण क्षेत्र है, उसके साथ न्याय नहीं किया जा रहा है। भारत की जनता अंततोगत्वा इस ग्रामीण क्षेत्र में ही निवास करती है। अगर हम उसके लिए आर्थिक समृद्धि, बुनियादी चीजों की पूर्ति के रूप में, नहीं ला सकते हैं, तो राष्ट्र के निर्माण के महान प्रयत्न में ८५% जनता को अपना योगदान देने के लिए प्रोत्साहित नहीं किया जा सकता।

इस आर्थिक योजना के साथ सुरक्षा का कोई मेल नहीं बिठाया गया है। हमारे प्रधानमंत्री जी ने कहा कि अगर विश्व में किसी ने पलीता लगा दिया, तो हमारा आर्थिक नियोजन भी उसके साथ उड़ जाएगा। हमें आशा करनी चाहिए कि विश्व में शांति रहेगी, लेकिन हमारा आर्थिक नियोजन सुरक्षा की आवश्यकताओं को बिल्कुल दृष्टि से ओझल करके चले, यह बात मेरी समझ में नहीं आती। इसलिए यह आवश्यक है कि हम आर्थिक योजना के साथ-साथ सुरक्षा की भी योजना बनाएं और वह हमारी आर्थिक योजना का एक हिस्सा होनी चाहिए। दोनों को मिलाने की जरूरत नहीं है, लेकिन देश के सामने यह बात स्पष्ट की जानी चाहिए कि आर्थिक नियोजन के साथ-साथ सीमा सुरक्षा का प्रबंध भी ठीक चल रहा है। उसके लिए हम कौन से काम करने जा रहे हैं, कितनी धनराशि देने जा रहे हैं, उसकी एक पूरी तस्वीर हमारे सामने आनी चाहिए।

कभी-कभी ऐसा भी होता है कि जब विदेशी आक्रमण के विरोध का सवाल पैदा होता है, तो कहा जाता है कि हम इसलिए इस संबंध में कार्यवाही नहीं करेंगे, क्योंकि हमारी आर्थिक योजनाएं खटाई में पड़ जाएंगी और आर्थिक योजना बनाते समय शायद इस बात का हम ध्यान नहीं रखते कि हमें इस प्रकार के किसी संभावित संकट का सामना करना पड़ेगा। मैं निवेदन करना चाहता हूं कि आर्थिक नियोजन को देश की सुरक्षा के प्रश्न से अलग नहीं किया जा सकता है, और उसका भी पूरा विचार होना चाहिए।

योजना में नए टैक्सों के लक्ष्य

इस योजना में नए टैक्सों के जो लक्ष्य निर्धारित किए गए हैं, एक बात मैं उनके संबंध में कहना चाहता हूं। अगर हम विकास के नए कार्यक्रम हाथ में लेते हैं, तो जनता पर अधिक बोझा पड़ेगा। मगर जनता के किस वर्ग पर बोझा पड़ना चाहिए, इसका विचार करना आवश्यक है। यदि हम इस परिणाम पर पहुंच गए हैं कि प्रत्यक्ष कर लगाने की गुंजाइश नहीं है, जैसी कि वित्त मंत्री ने घोषणा की थी, तो फिर हम आर्थिक नियोजन के लिए रुपया प्राप्त करने के लिए ऐसे टैक्सों का सहारा लेंगे, जिनका बोझा आम आदमी पर पड़े और इसका परिणाम यह होगा कि हम जिनका जीवन-स्तर उठाने की बात करते हैं, उनके जीवन-स्तर को उठाने में कठिनाई पैदा होगी। अगर पिछले कुछ सालों के आंकड़े देखे जाएं, तो ज्ञात होगा कि अप्रत्यक्ष कर (इनडायरेक्ट टैक्सेज) का अनुपात धीरे-धीरे बढ़ता जा रहा है और प्रत्यक्ष करों का अनुपात धीरे-धीरे कम होता जा रहा है। एक्साइज ड्यूटीज़ भी बढ़ रही हैं। इसके अतिरिक्त केवल प्रांतीय सरकारें और केंद्रीय सरकार ही टैक्स नहीं लगातीं। इस योजना में केवल उनका विचार ही नहीं किया गया है, अपितु जो स्थानीय संस्थाएं हैं, नगरपालिकाएं और जिला परिषदें इत्यादि हैं, उनसे भी हम यह आशा करते हैं कि वे अपने साधनों को स्वयं इकट्ठा करेंगी और सरकार से मिलनेवाली सहायता के बराबर कोई इस तरह की सहायता, मैचिंग ग्रांट्स जोड़ेंगी। तो कुल मिलाकर जनता पर कितना बोझा पड़ता है, इसका विचार होना चाहिए और अगर हम इसका विचार करते हैं, तो यह कहना पड़ता है कि जनता की आवश्यकताओं को देखते हुए आर्थिक नियोजन के हमारे लक्ष्य कम हैं, किंतु हमारे साधनों को देखते हुए शायद वे हमारी शक्ति से बाहर चले जाएंगे। यह आवश्यक है कि हम जनता की बोझ उठाने की क्षमता का भी ध्यान रखें, क्योंकि हमें भूलना नहीं चाहिए कि हम लोकतंत्रीय ढांचे में नियोजन कर रहे हैं। अन्य देशों से हम तुलना नहीं कर सकते और न ही करनी चाहिए। हमारे आर्थिक लक्ष्य ही हमारे सामने नहीं हैं अपितु नैतिक और आध्यात्मिक मूल्य भी हैं।

बढ़ती हुई बेकारी का हम ध्यान रखें। तीसरी योजना के निर्माताओं ने इस बात को माना है कि आज देश में जितनी बेकारी है, पांच साल बाद तीसरी योजना पूरी होने पर उससे ज्यादा बेकारी होगी। बेकारी से केवल कुछ लोगों का श्रम अनुपयोगी होता है, केवल इतनी ही बात नहीं है। बेकारी हमारे लिए एक सामाजिक और राजनैतिक संकट पैदा करेगी। पढ़े-लिखे लोगों की बेकारी तो हमारे राज्य के स्थायित्व के लिए भयंकर वस्तु है। मगर हमारा नियोजन ऐसा है, जो बेकारी को बढ़ाता है। इसका एक ही तरीका है कि हमारी योजनाएं पूंजी-प्रधान कम होनी चाहिए, श्रम-प्रधान अधिक होनी चाहिए। हमारे यहां जन-बल ज्यादा है। वह हमारी सबसे बड़ी पूंजी है। अगर हम उसका समुचित उपयोग करें, तो हम अपनी विकास-योजनाओं को काफी सीमा तक पूरा कर सकते हैं। भगवान अगर किसी को जन्म देता है, तो केवल खाने के लिए पेट देकर नहीं भेजता है, उसे पेट को भरने के लिए दो हाथ देकर जन्म देता है। लेकिन हम उन दो हाथों का उपयोग नहीं कर पा रहे हैं।

काम का अधिकार

इसका कारण यह है कि हमारे औद्योगीकरण का ढांचा ऐसे देशों की पद्धति पर आधारित है, जिनके सामने बढ़ती हुई जनसंख्या को काम देने का शायद सवाल नहीं था। लेकिन हमारे सामने लोगों को काम देने की समस्या है। काम का अधिकार सबसे बड़ा अधिकार है। हमने इस भूमि को कर्म-भूमि माना है, लेकिन आज कर्म-भूमि में काम नहीं है और अगर हम उत्पादन के ऐसे तरीके अपनाएं, जिसमें उत्पादन बढ़ जाए, लेकिन श्रम की बचत हो, तो वह तरीका आज की देश की हालत में कारगर नहीं हो सकता। आज की स्थिति में भारत में आटोमेशन लागू करने का कोई मतलब नहीं है। हम मशीनों से काम लें और मनुष्य को बेकार कर दें, तो मशीनों के द्वारा पैदा किए गए माल को, मशीनों की पैदावार को खपाने के लिए बाजार कहां से मिलेगा? विदेशी बाजार पर निर्भर रहकर हम अधिक दिनों तक अपने आर्थिक ढांचे को स्थायी रूप से खड़ा नहीं रख सकते। यदि हमने अपने आर्थिक ढांचे को एक दृढ़ और ठोस आधार प्रदान करना है, तो फिर हमको बढ़ी हुई पैदावार के लिए अपने देश में ही बाजार तैयार करना होगा और वह यहां के आम आदमी की क्रय-शक्ति को बढ़ाए बिना संभव नहीं है। उसके लिए यह आवश्यक है कि इस देश में हर सबल और सक्षम आदमी को काम देने की व्यवस्था की जाए। लेकिन पंचवर्षीय योजनाएं हर सबल आदमी को काम देने में सफल नहीं हुई हैं।

पंचवर्षीय योजना को कार्यान्वित करने में, जो हमारे उद्योग-धंधों में और सरकारी कार्यालयों (दफ्तरों) में लगे हुए कर्मचारी हैं, उन्होंने भारी परिश्रम किया है, इससे कोई इन्कार नहीं कर सकता। पब्लिक सेक्टर बढ़ता जा रहा है। अधिकाधिक कार्य सरकार अपने हाथ में लेती जा रही है। लेकिन अब समय आ गया है कि सरकार इस बात पर विचार करे कि सरकारी कर्मचारियों और सरकारी उद्योग-धंधों में काम करनेवाले कर्मचारियों के अधिकार क्या होंगे, उन्हें अपने संगठन बनाने की छूट होगी या नहीं। जब से कर्मचारी-संगठनों की मान्यता वापस ली गई है, योजनाओं को सफल करने में कर्मचारियों का उत्साह बढ़ा है, यह विश्वास के साथ नहीं कहा जा सकता। लेकिन मान्यता वापस करने की बात तो अलग रही, गृह मंत्रालय ने एक आदेश निकाला है, जिसमें केंद्रीय सरकार और राज्य सरकारों के कर्मचारियों को चुनाव की सभाओं में भाग लेने से मना किया है। मेरी समझ में नहीं आता कि किसी कर्मचारी को चुनाव की सभा में भाग लेने से, चुनाव सभा

में जाकर भाषण सुनने से कैसे मना किया जा सकता है। वे राजनीति में भाग न लें, वह ठीक है। वे किसी दल से संबद्ध न हों, यह आवश्यक है। सरकारी कर्मचारियों को सक्रिय राजनीति से अलग रहना चाहिए, लेकिन अगर उन्हें वोट का अधिकार है, तो उस अधिकार का ठीक तरह से उपयोग करने के लिए यह आवश्यक है कि वे राजनैतिक दलों की सभाओं में जाकर इस बात पर विचार करें कि वे देश को क्या आर्थिक कार्यक्रम देते हैं, देश के भविष्य की कौन सी तस्वीर उनके सामने रखते हैं। मगर होम मिनिस्ट्री ने एक फरमान जारी कर दिया। मेरे पास गृहमंत्री द्वारा दिए गए उत्तर की प्रतिलिपि है। अध्यक्ष महोदय, मैं आपका ध्यान इस ओर खींचना चाहता हूं···

खान और तेल मंत्री श्री केशव देव मालवीय : संभवतः वक्तव्य से यह भ्रम फैल रहा है कि किसी सरकारी नौकर को किसी आम सभा में जो बात कही जा रही है, उसको सुनने तक का अधिकार नहीं है। ऐसा तो कोई भी आदेश गृह मंत्रालय की ओर से नहीं निकाला गया है, जहां तक मैं जानता हूं।

श्री वाजपेयी : जरा मुझे मौका दें बोलने का और मैं आपको सब कुछ बता देता हूं। मैंने और मेरे साथ-साथ श्री सुरेंद्रनाथ द्विवेदी ने तारांकित प्रश्न ६५७ पूछा था और उसका होम मिनिस्टर साहब ने जो जवाब दिया है, वह मैं आपके सामने रखना चाहता हूं। उन्होंने कहा है : "लेकिन श्रम, आवास और आपूर्ति मंत्रालय से प्राप्त एक संदर्भ में गृह मंत्रालय का सुझाव है कि सरकारी क़र्मचारियों को किसी भी राजनैतिक दल द्वारा आयोजित चुनाव सभा में शिरकत नहीं करनी चाहिए।"

इसका क्या मतलब है? चुनाव के दौरान अगर कोई राजनीतिक दल मीटिंग करे तो आप सरकारी कर्मचारी को उसमें श्रोता के रूप में जाने का मौका नहीं देंगे? यहां पर यही लिखा हुआ है। मैं माननीय गृह मंत्री जी से कहना चाहता हूं कि अगर यह बात गलत है तो वह इसका खंडन करें। अगर आपको राजनीतिक दलों की चुनाव सभाओं में सरकारी कर्मचारियों का जाना पसंद नहीं है, तो आप २० लाख कर्मचारियों के वोट के अधिकार को छीन लीजिए। लेकिन अगर आप वोट के अधिकार को रखना चाहते हैं तो उन्हें चुनाव सभाओं में जाकर सुनने से आप रोक नहीं सकते। वे चुनाव सभाओं के आयोजन में भाग न लें, चुनाव सभाओं में बोलें नहीं और किसी भी चुनावी गतिविधि में भाग न लें, यह तो समझ में आ सकता है, मगर आप मीटिंग में जाकर सुनने भी नहीं देना चाहते, यह बात समझ में नहीं आती है। शायद नई दिल्ली की पराजय आप अभी तक भूले नहीं हैं। मगर याद रखिए कि यह नई दिल्ली सारे देश में दोहराई जाएगी, अगर आप सरकारी कर्मचारियों को उनके आधारभूत अधिकारों से वंचित करेंगे। धन्यवाद।

योजना उत्पादक हाथ भी बढ़ाए

सभापति जी, तीसरी योजना हमारे आर्थिक निर्माण के पथ पर हमारा तीसरा कदम होगा। यह आवश्यक है कि यह तीसरा कदम रखते समय हम इस बात का विचार करें कि पहले और दूसरे कदम में हमने कितनी सफलता प्राप्त की है। कौन सी कठिनाइयां हमारे मार्ग में खड़ी थीं और उनका निराकरण करने के लिए तीसरी योजना की रूपरेखा में किस प्रकार के परिवर्तन और परिवर्द्धन की आवश्यकता है?

एक बात जो दोनों योजनाओं से हमारे सामने आती है, वह यह है कि इन योजनाओं को कार्यान्वित करने के लिए जितनी मात्रा में हमें जनता में उत्साह पैदा करना चाहिए था, वह हम नहीं कर सके। राष्ट्रीय पुनर्निर्माण, आर्थिक पुनर्निर्माण का कार्य केवल सरकारी मशीनरी के बूते पर नहीं हो सकता, केवल एक दल भी इस उत्तरदायित्व का निर्वाह नहीं कर सकता। इसके लिए संपूर्ण राष्ट्र की सोई हुई शक्ति को एक सहयोगात्मक ढंग से चलाना होगा। इस दृष्टि से हमारी योजनाएं कम पड़ती हैं। मेरा निवेदन है कि शायद इसका कारण यह है कि हम आर्थिक नियोजन के पीछे कोई जीवन दर्शन खड़ा नहीं कर सके हैं। हमने भौतिक लक्ष्यों की प्राप्ति के लिए प्रयत्न किए हैं, हमने उत्पादन में वृद्धि भी की है, और मैं इस बात से सहमत नहीं हूं कि पिछली दो योजनाओं में हमने कोई प्रगति नहीं की है। प्रगति की है। यह बात अलग है कि वह प्रगति संतोषजनक नहीं है। लेकिन क्या नियोजन केवल भौतिक लक्ष्यों का निर्धारण करना और उनकी पूर्ति के लिए प्रयत्न करना ही है या उसके पीछे हम एक जीवन की पद्धति खड़ी करना चाहते हैं, जो लोकतंत्रात्मक ढंग से देश में आर्थिक समता और सामाजिक न्याय की स्थापना कर सके। भारत जैसा महान देश लोकतंत्री पद्धति से आर्थिक प्रगति करना चाहता है। हम एक नया प्रयोग कर रहे हैं और एशिया और अफ्रीका के देशों के लिए, जो नए-नए स्वाधीन हो रहे हैं, हम एक रास्ता दिखा रहे हैं कि केवल तानाशाही के मार्ग से नहीं, लोकतंत्र के मार्ग से भी आर्थिक प्रगति हो सकती है। यह एक बड़ी जिम्मेदारी हमारे ऊपर है। लेकिन मुझे लगता है कि आर्थिक प्रगति के साथ हम कोई जीवन दर्शन नहीं रख सके जो लोगों को अनुप्राणित कर सके, जिसका संदेश लेकर हमारे कार्यकर्ता गांवों में जाएं और जनता के सामने एक ऐसा चित्र रख सकें जो धरती पर

** तीसरी पंचवर्षीय योजना के प्रारूप पर चर्चा के अवसर पर लोकसभा में २३ अगस्त, १९६० को भाषण।*

स्वर्ग का मूर्तिमान रूप लाने का चित्र हो, जो हमारी पुरानी संस्कृति के जो श्रेष्ठ मूल्य हैं, उनके साथ जुड़ा हुआ हो।

कल हमारे प्रधानमंत्री जी ने कहा कि केवल अर्थ ही सब कुछ नहीं है, आध्यात्मिकता भी है, नैतिकता भी है। मैं पूछना चाहता हूं कि क्या हमारे लिए यह संभव नहीं है कि हम एक ऐसे राष्ट्रीय नियोजन का स्वरूप प्रस्तुत करें जिसमें अर्थ और धर्म—धर्म संकुचित अर्थ में नहीं, सांप्रदायिक अर्थ में नहीं, जीवन धारण करनेवाले व्यापक तत्व के अर्थ में—दोनों का हम समन्वय कर सकें? अभी हम यह समन्वय नहीं कर सके हैं और इसलिए हमारा नियोजन भौतिक रह गया है, यह जनता की हृतंत्री के तारों को झंकृत नहीं कर सका है, और हम देश में, और जो नियोजन में विश्वास करती हैं ऐसी पार्टियों में, आगे बढ़ने की उद्दाम लालसा उत्पन्न नहीं कर सके हैं। हमारे सामने एक बड़ी चुनौती है, जिस चुनौती का हमें निराकरण करना है। कम्यूनिज्म जीवन का एक रास्ता है, क्या हम दूसरा रास्ता रख सकते हैं? इस दृष्टि से हमारे नियोजन को हमारे आध्यात्मिक मूल्यों से संबद्ध करने की आवश्यकता है।

अपना-अपना समाजवाद

अब कहा जाता है कि हमने समाजवाद का लक्ष्य रखा है। हमारे देश का चित्र ऐसा है कि समाजवाद में विश्वास करनेवाले अनेक हैं, और समाजवाद की कोई एक परिभाषा नहीं है। जो अलग-अलग समाजवादी हैं, वे दूसरे को कहते हैं कि तुम नाम के समाजवादी हो, असली नहीं हो। यहां पर चार-चार समाजवाद इस सदन में विराजमान हैं और हमारे लिए यह तय करना मुश्किल है कि कौन सा समाजवाद असली है, और कौन सा नकली है, कौन सा फसली है, किस का रूप किस तरह का है, और जो समाजवाद के संबंध में अलग-अलग धारणाएं हैं, अलग-अलग कल्पनाएं हैं, वे जनता के मन में एक भ्रम पैदा करती हैं। हमारे नियोजन को सफल बनाने के लिए विचारधारा की जो स्पष्टता और प्रखरता चाहिए, वह नहीं है। गलतफहमियां पैदा होती हैं। फिर कहा जाता है कि समाजवाद का तो हमने एक नारा लगा दिया है, हम उसे नहीं लाना चाहते हैं। मेरा निवेदन है कि कम-से-कम जो समाजवाद में विश्वास करते हैं, वे उसकी एक परिभाषा निश्चित करें—मैं शायद उससे सहमत न हो सकूं वह बात अलग है—मगर देश में विचारधारा की दृष्टि से स्पष्टता होनी चाहिए।

कल हमारे प्रधानमंत्री जी ने सहकारी खेती का उल्लेख किया। अभी इस संसद में और देश में भी सहकारी खेती करने का समर्थन करनेवाली बहुत सी पार्टियां हैं। वस्तुतः विरोध करनेवाले तो बहुत कम हैं, लेकिन जब वे पार्टियां कार्यक्षेत्र में जाती हैं तो यद्यपि वे संसद में खड़े होकर सहकारी खेती का समर्थन करती हैं, लेकिन कार्यक्षेत्र में वे कहती हैं, सहकारी खेती तो हो लेकिन इस सरकार के जमाने में सहकारी खेती होगी तो किसान बरबाद हो जाएगा। सहकारी खेती है तो अच्छी मगर यह सरकार नहीं कर सकती, हम कर सकते हैं। मैं नहीं समझता कि यह बात सहकारी खेती में उनके विश्वास का प्रतीक है। हिंदुस्तान में विचारों में एकता और समवेत प्रयत्नों को लाने की आवश्यकता है। नियोजन में इस बात की तरफ ध्यान नहीं दिया गया है।

दूसरी बात यह है कि इस नियोजन में राष्ट्रीय सुरक्षा का कोई उल्लेख नहीं। मैं समझ सकता हूं कि हम आर्थिक पुनर्निर्माण की योजना बना रहे हैं और इसमें सीधे-साधे शस्त्रों के उत्पादन की चर्चा नहीं हो सकती थी। मगर सवाल यह है कि अगर उत्तरी सीमा पर स्थिति बिगड़ गई, जो कि

हमारे हाथ में नहीं है, और हमें नए संकटों का सामना करना पड़ा, या चीन के साथ हमारे समझौते की जो बातचीत चल रही है वह टूट गई, जैसी कि आशंका दिखती है, तो फिर चीन के अधिकार में जो भारतीय प्रदेश हैं, उसको वापस पाने के लिए या चीन के नए आक्रमण को रोकने के लिए जो अधिक धन की आवश्यकता होगी, इस योजना के रिसोर्सेज तय करते समय क्या हमने इस बात का विचार किया है? कहीं ऐसा तो नहीं होगा, यदि उत्तरी सीमा पर नया संकट खड़ा हो गया तो हमारी पंचवर्षीय योजना खटाई में पड़ जाए? आर्थिक पुनर्निर्माण आवश्यक है, मगर देश की सुरक्षा को सर्वोच्च प्राथमिकता दी जानी चाहिए और आर्थिक प्रगति के लक्ष्य निर्धरित करते समय भी हमें इस संकट को ध्यान में रखने की आवश्यकता है कि कहीं अगर उत्तरी सीमा पर स्थिति बिगड़े तो उसका मुकाबला करने के लिए हमारे पास आर्थिक साधन पूरे होने चाहिए।

तीसरी बात—हम राष्ट्रीय आय बढ़ा रहे हैं और उत्पादन में वृद्धि कर रहे हैं। और यह आवश्यक भी है, क्योंकि जब तक उत्पादन अधिक नहीं होगा तब तक वितरण कैसे होगा। वितरण के औचित्य का प्रश्न तो बाद में आता है। लेकिन उत्पादन के दो तरीके हो सकते हैं; और हम विचार करें कि हमें कौन सा तरीका अपनाना चाहिए।

उत्पादन के दो उपाय

उत्पादन का एक तरीका यह है कि हम बड़ी-बड़ी मशीनों से काम लें, औद्योगिक क्षेत्र में भी, कृषि के क्षेत्र में भी। इस प्रकार हम उत्पादन तो बढ़ा लेंगे, मगर मेरा निवेदन है कि क्या यह पद्धति देश की परिस्थिति के अनुकूल है। आज देश में ऐसा दृश्य दिखाई देता है कि वस्तुओं का उत्पादन तो बढ़ रहा है लेकिन उसी मात्रा में लोगों को काम नहीं मिल रहा है, उनको खरीदने की ताकत नहीं मिल रही है।

हमें छोटे-छोटे उद्योगों के लिए मशीनों का निर्माण करने की भी आवश्यकता है। मगर हमें यह भी सोचना चाहिए कि हमारे उद्योगों और कृषि का ढांचा कैसा होना चाहिए। जब हम सहकारी खेती का विरोध करते हैं तो उसमें एक बड़ा कारण यह भी है कि अगर खेत बड़े होंगे तो मशीनों से उत्पादन बढ़ाने की प्रवृत्ति बढ़ेगी और अगर ऐसा होगा तो भूमि पर निर्भर रहनेवाली हमारी बड़ी जनसंख्या कहां जाएगी।

जिस मात्रा में हमें छोटे उद्योगों का विकास करना चाहिए, हम नहीं कर सके और इसीलिए देश में यह दशा दिखाई देती है कि उत्पादन बढ़ रहा है, मगर उत्पादन करनेवाले हाथ नहीं बढ़ रहे हैं, बेकारी बढ़ रही है। मैं जानता हूं कि यह एकदम दूर नहीं होगी, मगर हम नियोजन को इस दृष्टि से तो बनाएं कि उसका लक्ष्य अधिक से अधिक व्यक्तियों को काम देना हो। और अगर इस लोकतंत्र के ढांचे में बेकारों की संख्या बढ़ती ही गई, और भले ही हमने उत्पादन के लक्ष्य पूरे कर भी लिए, तो यह बढ़ती हुई बेकारों की संख्या हमारे आर्थिक नियोजन को तो खटाई में डालेगी ही, हमारे लोकतंत्र के लिए भी संकट बन जाएगी।

मैं कृषि के नए तरीकों के खिलाफ नहीं हूं। टेक्नालॉजी का विकास इस प्रकार भी किया जा सकता है कि जो छोटे पैमाने पर लागू की जा सके, ऐसी टेक्नालॉजी का विकास करना चाहिए जो बढ़ती हुई जनसंख्या को अधिक से अधिक काम दे सके।

चौथी बात—हमारी योजना में खाद्यान्न उत्पादन को प्राथमिकता दी गई है। देनी चाहिए। औद्योगीकरण आवश्यक है। मगर मैं उन लोगों से सहमत नहीं हूं जो यह समझते हैं कि

औद्योगीकरण के लिए किसानों को चूसा जाना जरूरी है। देश में कुछ ऐसे लोग हैं जिनकी दृष्टि में जब तक किसानों को चूसा नहीं जाएगा, तब तक औद्योगीकरण के लिए आवश्यक भूमिका तैयार नहीं हो सकेगी।

खाद्य उत्पादन में आत्मनिर्भरता लाएं

खाद्य उत्पादन की दृष्टि से देश को आत्मनिर्भर बनाना आवश्यक है। लेकिन योजना में इसके लिए कोई ठोस प्रयत्नों का परिचय नहीं दिया गया है। इसके लिए क्या किया जाएगा। पहले भी हमने अधिक लक्ष्य रखे थे, जो पूरे नहीं हो सके। क्यों नहीं हो सके? क्यों हम जैसा संगठन बनाना चाहिए, नहीं बना सके? उसमें क्या खामियां थीं? राज्यों में, कृषि मंत्रालयों में क्या सामंजस्य की कमी थी? क्या इस बार वे कमियां दूर कर दी जाएंगी?

मुझे डर है कि अमरीका से जो गेहूं आ रहा है, वह खाद्य उत्पादन के दामों को तो शायद नहीं बढ़ने देगा, मगर वह देश में यह भावना न पैदा कर दे कि अमरीका से तो गेहूं आ रहा है, ज्यादा उत्पादन की जरूरत नहीं है। इस बात की आशंका है कि देश में इस प्रकार की उपेक्षा और अवहेलना की भावना न पैदा हो जाए कि देने के लिए अमरीका है और लेने के लिए हमारे कृषि मंत्री और खाद्य मंत्री हैं और अब देश को अन्न उत्पादन में वृद्धि के लिए संगठित प्रयत्न करने की आवश्यकता नहीं है। मैं समझता हूं कि अगर इस प्रकार की भावना पैदा हो गई तो वह ठीक नहीं होगी। मगर इसके लिए खाद्य उत्पादन की एक ठोस योजना बनाई जानी चाहिए।

इस योजना में वैटरमेंट लेवी का जिक्र किया गया है। मैं मानता हूं कि जहां पर पानी पहुंचा है और किसानों ने उसका उपयोग किया है वहां खाद्य उत्पादन बढ़ा है, लेकिन कुछ ऐसे भी क्षेत्र हैं जहां अभी पानी नहीं पहुंचा है, लेकिन वैटरमेंट लेवी वसूल हो रही है और इसका नतीजा यह है कि राज्य सरकारें किसानों से लेवी वसूल नहीं कर पातीं और केंद्रीय सरकार राज्य सरकारों से वसूल नहीं कर पाती और वैटरमेंट लेवी से जो प्राप्त होनेवाला धन है, उसके लक्ष्य की पूर्ति नहीं होती, वह कम पड़ता है। मगर हमने तीसरी योजना में अभी से वैटरमेंट लेवी की बात शुरू कर दी है।

एक माननीय सदस्य : वह तो तीन साल बाद लगेगी।

श्री वाजपेयी : तीन साल बाद नहीं, कुछ प्रांतों में अभी ही वैटरमेंट लेवी ली जा रही है और वहां पानी नहीं पहुंचा है। ऐसी स्थिति प्रांतों में है, जिसका निवारण होना चाहिए। तीन साल बाद पानी पहुंचने पर भी राज्य सरकार किसानों से वसूली नहीं कर पाती और किसानों से वसूली नहीं कर पाती तो केंद्र को नहीं दे पाती। इस संबंध में भी ध्यान देने की आवश्यकता है।

जो हमारी तीसरी योजना के लिए रिसोर्सेज का निर्धारण किया गया है, मैं समझता हूं उसमें पिछली योजना की तुलना में काफी सावधानी से काम लिया गया है और जहां तक डेफिसेट फाइनेंसिंग का सवाल है, वह मैं समझता हूं सही दिशा में एक कदम है। अगर मर्यादा से अधिक हम घाटे की अर्थ-व्यवस्था करें तो फिर चीजों के अनाप-शनाप दाम बढ़ने से नहीं रोके जा सकते, और अगर चीजों के दाम बढ़ेंगे तो अधिक वेतन और मंहगाई-भत्ते की मांग होगी, जिसके परिणामस्वरूप फिर घाटे की अर्थ-व्यवस्था करनी पड़ेगी। तो इस प्रकार से हम एक विषम चक्र में फंस जाएंगे। इसलिए घाटे की अर्थ-व्यवस्था मर्यादा के भीतर होनी चाहिए, इतनी कि हमारी अर्थ-व्यवस्था उसका भार सहन कर सके।

लेकिन इसके साथ ही जीवनोपयोगी वस्तुओं के मूल्यों को स्थिर रखना बहुत आवश्यक है, और अगर तीसरी योजना के काल में हम एक स्थिर मुद्रा नीति का विकास न कर सके, अगर जीवनोपयोगी वस्तुओं के मूल्यों को निर्धारित करके उनको आगे बढ़ने से न रोक सके, तो हमारी यह विकास की योजना उस बढ़ती हुई मुद्रा की चट्टान से टकराकर चूर-चूर हो जाएगी, देश में असंतोष पैदा होगा, राजनीतिक स्वार्थ की लालसाएं जागेंगी और नियोजन के लिए जैसे वातावरण की आवश्यकता है, वैसा वातावरण भी उत्पन्न नहीं होगा। इसलिए सरकार के लिए आवश्यक है कि जीवनोपयोगी वस्तुओं के मूल्यों को निर्धारित करने के संबंध में एक स्पष्ट नीति बनाए और उसका दृढ़ता के साथ पालन करे।

पब्लिक एंटरप्राइजेज से आश

जहां तक रिसोर्सेज का सवाल है, जो हमारे पब्लिक एंटरप्राइजेज हैं, उनके द्वारा ४४० करोड़ रुपए की प्राप्ति की आशा की गई है। जो हमारे पब्लिक एंटरप्राइजेज हैं उनमें हमें लाभ हो और वह लाभ हम दूसरे कामों में लगा सकें, यह विचार ठीक है। लेकिन जो पब्लिक एंटरप्राइजेज हैं, उनसे बननेवाले माल की कीमत निर्धारित करते समय एक सावधानी की आवश्यकता है कि उसमें एलीमेंट ऑफ टैक्सेशन नहीं होना चाहिए। एफीशेंसी बढ़ाकर और खर्चा कम करके हम उत्पादन बढ़ाएं और मुनाफा दिखाएं यह तो ठीक है, लेकिन अगर मुनाफा बढ़ाने के लिए पब्लिक एंटरप्राइज में बननेवाले माल की कीमत ऐसी रखें जिसमें ऐलीमेंट ऑफ टैक्सेशन हो, कि भाई हमको मुनाफा करना है इसलिए अधिक दाम देने पड़ेंगे, तो यह ठीक नहीं होगा। मुनाफा हो यह ठीक है, मगर इस तरह से नहीं कि उसका असर सारे बाजार भाव पर पड़े। इस बात की भी सावधानी रखने की आवश्यकता है।

और अंत में एक बात कहकर समाप्त कर दूंगा। यह हमारा आर्थिक नियोजन इस बात पर भी निर्भर करता है कि किस मात्रा में हम उसे कार्यान्वित कर सकते हैं और यह प्रश्न जुड़ा है, शासन के ढांचे से। जनता समाजवादी ढांचे का निर्माण नहीं देखती। जनता यह देखती है कि जब वह गांव में पुलिस के संपर्क में आती है, या छोटी अदालतों के संपर्क में आती है, अथवा सरकारी अफसरों के संपर्क में आती है तब उसे न्याय मिलता है, तब उसके साथ प्रामाणिकता का व्यवहार होता है या नहीं। शासन के जिन अंगों के साथ जनता का संपर्क होता है, उन अंगों को प्रामाणिक और भ्रष्टाचार से रहित न बनाया गया तो जनता में यह विश्वास जगाना मुश्किल होगा कि हम देश में जिस शासन की स्थापना का प्रयत्न कर रहे हैं, वह सभी के विकास के लिए उत्तरदायी होगा। शासन को एफीशेंट बनाना, और ऑनेस्ट बनाना, भ्रष्टाचार का निराकरण करना और स्थानीय क्षेत्र में जनता का सहयोग प्राप्त करना, इन बातों पर निर्भर है तीसरी योजना का सफल होना। मैं समझता हूं कि तीसरी योजना को कार्यान्वित करने में सभी का सहयोग प्राप्त करने का प्रयत्न किया जाएगा। इस सदन में वाद-विवाद के पश्चात जो भी परिवर्तन या परिवर्द्धन आवश्यक होंगे, उनको कार्यान्वित किया जाएगा। धन्यवाद।

प्रत्यक्ष करों की सीमा क्या है?

उपाध्यक्ष महोदय, इसके पहले कि मैं कर-प्रस्तावों के संबंध में कुछ कहूं, भारत और चीन के प्रधानमंत्रियों के बीच जो वार्ता चल रही है, उसके संबंध में दो शब्द कहना चाहता हूं। हमारे प्रधानमंत्री ने हवाई अड्डे पर कल राजकीय भोज में भाषण करते हुए जिन भावनाओं का प्रकटीकरण किया है, इसके लिए मैं उन्हें बधाई देना चाहता हूं। संपूर्ण राष्ट्र की भावनाएं उनके शब्दों से प्रकट हुई हैं और मुझे विश्वास है कि इस वार्ता के अंत तक वह इसी दृढ़ता का परिचय देंगे। चीन के प्रधानमंत्री सारे विवाद को कम करके बताने की कोशिश कर रहे हैं। मैं उनसे एक ही बात कहना चाहता हूं कि अगर श्री चाऊ-एन-लाई हमारे आज के प्रधानमंत्री के साथ समझौता करने में सफल नहीं होते और जो मित्रता चली गई है चीन के आक्रमण के परिणामस्वरूप, उसको कायम करने में उन्हें कामयाबी नहीं मिलती तो भारत के साथ हजार, दस हजार और लाख साल तक मित्रता स्थापित करने की भविष्यवाणी उनकी पूरी नहीं होगी। मैं समझता हूं कि हमारे आज के प्रधानमंत्री जिस प्रकार चीन की मित्रता चाहते हैं, शायद इस प्रकार की मित्रता भविष्य में चाहने वाला व्यक्ति प्रधानमंत्री के आसन पर विराजमान न हो, और मैं समझता हूं कि चीन के नेताओं को इस अवसर का लाभ उठाना चाहिए, और जो भी गलतियां हुई हैं, जैसा कि हमारे प्रधानमंत्री जी ने कहा है, उन्हें ठीक करने की कोशिश करनी चाहिए।

हमारे वित्त मंत्री ने कल कुछ कटौतियों की घोषणाएं की हैं। मैं समझता हूं कि वे अपर्याप्त हैं। साइकिल पर किसी भी रूप में टैक्स लगाने का समर्थन नहीं किया जा सकता। केंद्रीय सरकार साइकिल पर टैक्स लगाए, यह तो अलग रहा, दिल्ली कार्पोरेशन में, जिनमें कांग्रेस पार्टी भी सम्मिलित है, सभी दल यह मांग करते हैं कि कार्पोरेशन भी साइकिल के ऊपर टैक्स न लगाए। यह जनसाधारण की सवारी है। एक ओर तो हमारे वित्त मंत्री मोटर पर एक्साइज ड्यूटी कम कर रहे हैं और दूसरी ओर साइकिल पर नई एक्साइज ड्यूटी लगा रहे हैं। मैं समझता हूं कि साइकिल पर ड्यूटी लगाने का कोई औचित्य नहीं है।

उन्होंने अल्यूमीनियम की सीटों पर, चादरों और चक्कों के ऊपर भी कुछ कटौती की घोषणा की है। लेकिन उनकी घोषणा से यह स्पष्ट नहीं होता कि जो लोग पुराने टूटे-फूटे अल्यूमीनियम

** वित्त विधेयक पर चर्चा के दौरान लोकसभा में २८ अप्रैल, १९६० को भाषण।*

का उपयोग करके उसकी चद्दरें और चक्के बनाकर बर्तन बनाते हैं, उनको एक्साइज ड्यूटी क्यों देनी चाहिए। जब बड़े-बड़े कारखानों में अल्यूमीनियम की चद्दरें और चक्के बनते हैं तो उन पर एक्साइज ड्यूटी ले ली जाती है। जब वे टूट-फूट जाते हैं और उसका बर्तन बनाने के लिए उपयोग किया जाता है तो उस पर एक्साइज ड्यूटी ली गई है। हमारे वित्त मंत्री कहते हैं कि २०० रु.. प्रति मीट्रिक टन यह ड्यूटी लगेगी। मैं समझता हूं कि इस संबंध में भी उन्हें पुनर्विचार करना चाहिए। अल्यूमीनियम के बर्तन बड़े लोगों के काम में नहीं आते, जनसाधारण के उपयोग की वस्तु है, उस पर भी दो जगह ड्यूटी लगाई जाए, यह ठीक नहीं दिखाई देता।

जो इंजिन बनते हैं अंदर से चलनेवाले उन सब तरह के इंजिनों पर भी ड्यूटी लगा दी गई है। इसके संबंध में मैं वित्त मंत्री महोदय से एक स्पष्टीकरण चाहूंगा। अभी वित्त मंत्रालय ने एक आदेश प्रसारित किया है जिसके अंतर्गत जो भी इंजिन बनते हैं उनकी कीमत ४४४० रु. तय कर दी गई है जबकि स्थिति यह है कि गाजियाबाद, पंजाब और दिल्ली में ऐसे इंजिन तैयार होते हैं, जिनकी कीमत २३०० रु. से ज्यादा नहीं है। लेकिन जिन इंजिनों की कीमत २३०० रु. है उसके निर्माताओं से भी कहा जा रहा है कि तुम्हारे इंजिनों की कीमत ४४०० रु. है और तुम्हें उतनी ड्यूटी देनी चाहिए। मैं नहीं समझता कि यह आदेश कैसे प्रसारित किया गया है। उनकी कीमत २३०० रु. है, यह उत्तर प्रदेश एक्साइज डिपार्टमेंट द्वारा पिछले १२ महीनों में उनकी बिक्री के रिकार्ड को देखकर तय कर दिया गया है। उनके इंजिन २३०० रु. में बेचे जाते हैं और खरीदे जाते हैं। हां, कुछ बड़े कारखाने हैं—किर्लोस्कर है, कपूर है वे ४४०० रु. के इंजिन बनाते हैं, वे ब्लैक मार्केट में ऊंचे दामों पर भी बिकते हैं। लेकिन यह जो इंजिन बनता है छोटे पैमाने पर गाजियाबाद, पंजाब और दिल्ली में, वह २३०० रु. के ही बनते हैं, मगर अब उनको कहा जा रहा है कि तुम्हें ४४०० रुपए प्रति इंजिन की कीमत के अनुसार इतनी ड्यूटी देनी पड़ेगी। कुछ निर्माता रेवेन्यू बोर्ड के अधिकारियों से मिले और उनसे कहा कि आपने इतनी ड्यूटी लगा दी, यह अच्छा नहीं किया। मुझे यह सुनकर बड़ा ताज्जुब हुआ कि एक अफसर ने उनसे कहा कि अगर हम आपके इंजिनों पर ड्यूटी नहीं लगाएंगे तो फिर किर्लोस्कर और कपूर के इंजिन बिकेंगे कैसे? मैं नहीं जानता कि यह कहां तक ठीक है।

श्री मोरारजी देसाई : मैं नहीं समझता कि ऐसा कहा गया होगा।

श्री वाजपेयी : जो निर्माता उनसे मिलकर आए हैं, उन्होंने यह कहा है। मैं चाहता हूं कि वह बात गलत हो, यह होना नहीं चाहिए कि उनसे वह ड्यूटी ली जाए जो ४४०० रु. के इंजिनों से ली जाती है। मैं समझता हूं कि इसके लिए कोई आधार नहीं है और वित्त मंत्रालय को इसके संबंध में विचार करना चाहिए।

कटपीस के ऊपर एक्साइज ड्यूटी लगाई गई है। मैं समझता हूं कि मिल के मालिक जो अच्छा कपड़ा कटपीस के रूप में बेच देते हैं, उसको रोकने के लिए एक्साइज ड्यूटी लगाई गई है। लेकिन गलती करते हैं मिल मालिक और गर्दन पकड़ी जा रही है छोटे कटपीस के व्यापारियों की। अब हमारे वित्त मंत्री महोदय ने दो गज की सीमा को बढ़ाकर सवा दो गज कर दिया है। मैं समझता हूं कि अगर वह ढाई गज तक बढ़ाई जाती तो अच्छा होता। ढाई गज कपड़े की एक ऐसी माप है जिसमें पहनने के कपड़े साधारणतया सब व्यक्तियों के बनाए जा सकते हैं, और अगर मिलें गड़बड़ करती हैं तो उसका नियंत्रण मिल में होना चाहिए। अच्छा कपड़ा कटपीस के रूप में बाजार में लाना एक अपराध है, उसको रोकने की व्यवस्था की जाए। और भी नई-नई ड्यूटी

लगाई जा रही हैं। मैं समझता हूं कि कटपीस की परिभाषा में संशोधन करने की आवश्यकता थी। अगर एक साल हम ड्यूटी लगाने के परिणाम को देख लेते और अगली बार इस पर विचार करते, कोई उतनी आपत्ति की बात नहीं थी। लेकिन वित्त मंत्री जी ने थोड़ा कंशेसन दिया है। मैं उनसे मांग करूंगा कि वह सवा दो गज से बढ़ाकर ढाई गज कर दें तो अच्छा होगा।

पिछले कई सालों से हमारे यहां एक्साइज ड्यूटी बढ़ती जा रही है। १९४८-४९ में ५० करोड़ ६३ लाख रु. एक्साइज ड्यूटी से होनेवाली आमदनी थी जो केंद्रीय सरकार को मिलती थी। मगर इस साल में ३८० करोड़ रुपए का अनुमान लगाया गया है। जीवन की सभी आवश्यक वस्तुएं मिट्टी का तेल, चीनी, माचिस, वेजिटेबल, कॉफी, चाय और सूती कपड़ा एक्साइज ड्यूटी के अंतर्गत ले आए गए हैं और इन वस्तुओं पर सेल्स टैक्स अलग लगता है और जब एक्साइज ड्यूटी बढ़ जाती है तो सेल्स टैक्स की दर भी बढ़ जाती है, जिसका दुष्परिणाम सर्वसाधारण को भोगना पड़ता है।

प्रत्यक्ष-कर की सीमा क्या है?

एक ओर हमारे वित्त मंत्री जी कहते हैं कि प्रत्यक्ष-कर अब ज्यादा नहीं लगाए जा सकते, क्योंकि उसकी लिमिट आ गई है। मैं जानना चाहता हूं कि आखिर वह लिमिट क्या है? क्या यह मनोवैज्ञानिक सीमा नहीं है? और यदि ऐसा है तब मैं समझता हूं कि अभी भी इस बात की गुंजाइश है कि प्रत्यक्ष करों से होनेवाली आमदनी को बढ़ाया जा सके। उसके लिए टैक्सेशन एडमिनिस्ट्रेशन को मजबूत करने की जरूरत है। हमारे त्यागी साहब की अध्यक्षता में जो समिति बनी थी, उसने एक जगह रिपोर्ट में लिखा है : 'डिटरमिंड एफर्ट्स आर बीइंग मेड।' जो पुराना बकाया है, उसको वसूल करने का पूरा प्रयत्न किया जा रहा है। मगर उन्होंने जो आंकड़े दिए हैं अपनी रिपोर्ट में, वह इस बात की गवाही नहीं देते कि नई सरकार पूरी तरह से कोशिश कर रही है। काम इतना अधिक है और कर्मचारियों की संख्या इतनी कम है और वे इतने अनुभवहीन हैं कि जितना भी बकाया है उसको वसूल करना तो दूर रहा, वह नया एसेसमेंट भी नहीं कर सकते और पुराना बकाया भी वसूल नहीं कर सकते। उसका परिणाम यह है कि प्रत्यक्ष कर से होनेवाली आमदनी सरकार को प्राप्त नहीं होती है।

एक बात मैं और कहना चाहूंगा कि पिछली पंचवर्षीय योजना के चार सालों की आर्थिक समीक्षा जो सरकार ने रखी है, उसके अनुसार चीजों के दाम २०% बढ़ गए हैं। चार सालों में दाम बढ़े हैं और ये दाम केवल खाद्यान्न के क्षेत्र में ही नहीं बढ़े हैं, बल्कि इंडस्ट्रीज में और सर्विसेज में सब जगह मूल्यों की वृद्धि की एक टेंडेंसी दिखाई देती है। अब अगर सरकार मूल्यों का बढ़ना नहीं रोक सकती है तो मैं नहीं समझता कि पंचवर्षीय योजना के अंतर्गत जो लक्ष्य निर्धारित किए गए हैं, वे पूरे किए जा सकेंगे। मूल्य इसलिए बढ़ रहे हैं कि सरकार आवश्यकता से अधिक खर्चा कर रही है और हमें मुद्रास्फीति और इनफ्लेक्शन की स्थिति दिखाई देती है। पब्लिक एक्सपेंडीचर जब तक कम नहीं किया जाएगा, यह इनफ्लेक्शन कम नहीं होगा। लेकिन हम देखते हैं कि सिविल एक्सपेंडीचर बढ़ता जा रहा है। १९४८-४९ में सिविल एक्सपेंडीचर ३५ करोड़ ५६ लाख था जो कि सन् १९६०-६१ में बढ़कर २६७ करोड़ ७६ लाख हो गया है। यह वह खर्चा है जो कि योजना से संबंधित कामों पर नहीं होता और अगर जनता पर टैक्स लगाकर हम नॉन डेवलपमेंट प्लांस पर रुपया खर्च करते हैं तो मैं नहीं समझता कि जनता पर टैक्स लगाने का कोई औचित्य है।

उपाध्यक्ष महोदय, मेरा निवेदन है कि टोटल प्लानिंग और डेमोक्रेटिक इंस्टीट्यूशंस, ये

साथ-साथ नहीं चल सकते। हमारी कठिनाई क्या है? अब आर्थिक क्षेत्र में तो हम टोटल प्लानिंग करना चाहते हैं, मगर राजनैतिक क्षेत्र में हमने लोकतंत्रीय संस्थाओं को अपना रखा है, जिन्हें हम छोड़ नहीं सकते और सरकार के सामने अगर सबसे बड़ी कठिनाई है तो इन दोनों में संगति बैठाने की है।

अब सरकार ने स्टेट ट्रेडिंग का फैसला किया है। मैं समझता हूं कि इसमें कोई डॉगमैटिक एप्रोच की जरूरत नहीं है। सरकार ने यह फैसला किया कि वह अनाज के व्यापार का राज्यीकरण करेगी, लेकिन वह नहीं कर सकी, क्योंकि उसको राशनिंग तक जाना पड़ेगा और अगर वह राशनिंग करने के लिए तैयार नहीं है तो फिर यह अनाज के व्यापार का सरकार द्वारा राज्यीकरण कोई अर्थ नहीं रखता। आवश्यकता इस बात की है कि टोटल प्लानिंग और डेमोक्रेटिक इंस्टीट्यूशंस, इनका मेल बैठाया जाए और अगर दोनों में किसी को छोड़ना पड़े, किसी को छोड़ा जाए तो जहां तक मेरा अपना सवाल है, मैं तो कहूंगा कि सरकार को डेमोक्रेटिक इंस्टीट्यूशंस को कायम रखना चाहिए और अगर उनकी रक्षा के लिए हमें प्लानिंग के दृष्टिकोण में कोई अंतर करना पड़े तो वह भी कर लेना चाहिए, और उसे करने की गुंजाइश है। धन्यवाद।

योजना आयोग में मंत्रियों का जमघट

उपाध्यक्ष महोदय, वित्त विधेयक पर विचार करते समय यह स्वाभाविक है कि हम देश की वर्तमान स्थिति के संबंध में कुछ विचार करें, और भविष्य में देश का आर्थिक निर्माण किस दिशा में किया जा रहा है, इसके बारे में सोचें। इस समय तृतीय पंचवर्षीय योजना की चर्चा चल रही है। उसका रूप क्या होगा इसका निर्धारण योजना आयोग को करना होगा। योजना आयोग का निर्माण किस तरह से किया जाए इसके संबंध में प्राक्कलन समिति ने, एस्टीमेट्स कमेटी ने, कुछ सिफारिशें की थीं। उसका मत है कि योजना आयोग में मंत्रियों की संख्या अधिक नहीं होनी चाहिए। प्रधानमंत्री, सुरक्षा मंत्री, वित्त मंत्री, योजना मंत्री योजना आयोग में यदि रख दिए जाएंगे और बाद में योजना आयोग द्वारा बनाई हुई योजना मंत्रिमंडल के विचार के लिए आएगी तो मैं नहीं समझता कि मंत्रिमंडल उसमें कोई व्यापक रूप से संशोधन या परिवर्तन कर सकता है। यह खेद का विषय है कि एस्टीमेट्स कमेटी की इस सिफारिश को स्वीकार नहीं किया जा रहा है कि अप्रत्यक्ष रूप से योजना आयोग का कार्य सत्तारूढ़ दल के अधिकाधिक नियंत्रण में चले। होना तो यह चाहिए था कि योजना आयोग में से मंत्री कम किए जाते और आर्थिक मामलों के विशेषज्ञ, जो किसी एक पार्टी से बंधे हुए न हों, योजना आयोग में लिए जाते, किंतु अभी योजना आयोग में जो नियुक्तियां हुई हैं उनमें हमारे इस सदन के एक सदस्य लिए गए हैं। और एक सदस्य ऑल इंडिया कांग्रेस कमेटी के भूतपूर्व सेक्रेटरी हैं। मुझे उनकी योग्यता के बारे में कुछ नहीं कहना, किंतु प्रश्न यह है कि यदि हम योजना सर्वोत्तम रूप की बनाना चाहते हैं और इस योजना को सफल बनाने के लिए संपूर्ण राष्ट्र में प्रेरणा और उत्साह पैदा करना चाहते हैं तो आयोग में सत्तारूढ़ दल के व्यक्तियों का बहुमत इस दिशा में सहायक नहीं हो सकता।

एक बात और है। ऑल इंडिया कांग्रेस कमेटी की बैठक होती है। उसमें योजना आयोग के डिप्टी चेयरमैन श्री टी.टी. कृष्णामाचारी भाग लेते हैं। मैं समझता हूं कि यह पद्धति बहुत आपत्तिजनक है। ऑल इंडिया कांग्रेस कमेटी कांग्रेस का नियंत्रण करती है। किंतु लोकतंत्र में पार्टी और सरकार में एक विभाजन रेखा होनी चाहिए और इसको अगर मिटाने का प्रयत्न किया जाएगा तो यह लोकतंत्र पर कुठाराघात होगा। मैं जानना चाहता हूं कि अगर देश में और भी पार्टियां अपनी

** वित्त विधेयक पर चर्चा के दौरान लोकसभा में २२ अप्रैल, १९५९ को भाषण।*

वर्किंग कमेटी की मीटिंग में योजना आयोग के डिप्टी चेयरमैन को भाषण करने के लिए बुलाएं, अपने विचार रखने के लिए निमंत्रण दें, तो क्या वे उस निमंत्रण को स्वीकार करेंगे या वे केवल कांग्रेस की वर्किंग कमेटी की बैठक में ही जाना ठीक समझते हैं? मैं समझता हूं कि अगर सच्चे अर्थों में नव-निर्माण की योजनाओं के प्रति उत्साह पैदा करना चाहते हैं तो योजना के दलीय स्वरूप को समाप्त करना होगा और केवल योजना के निर्माण में ही नहीं, अपितु उसे क्रियान्वित करने में व्यापक सहयोग प्राप्त करने का प्रयत्न होना चाहिए।

अभी केंद्र में तृतीय पंचवर्षीय योजना पर विचार करने के लिए एक सर्वदलीय समिति बनी है, मगर उसकी कोई बैठक नहीं हुई है और मुझे आशंका है कि भविष्य में बैठक होगी या नहीं। यह तभी होगी जब योजना की पूरी रूपरेखा निश्चित कर ली जाएगी। मैं समझता हूं कि शासन की ओर से इस दृष्टिकोण में परिवर्तन होना चाहिए।

इस संबंध में एक बात और है। इस सदन में इस बात की काफी चर्चा हुई है कि सरकार अपने खर्चे में कमी करे। सिविल एक्सपेंडिचर जो बढ़ता जा रहा है उसमें थोड़ी सी कटौती होनी चाहिए। लेकिन मैंने समाचारपत्रों में पढ़ा है कि कांग्रेस पार्टी ने सरकारी खर्चे में कमी करने के लिए एक कमेटी बनाई है, जिसके अध्यक्ष श्री फिरोज गांधी हैं। मैंने यह भी सुना है कि वह कमेटी सरकारी फाइलों को देख रही है और सरकार का खर्चा किस तरीके से बढ़ गया है, उसकी जांच कर रही है और किस तरीके से वह कम हो सकता है, इसके बारे में सुझाव दे रही है। खर्चा कम करने के संबंध में अगर कांग्रेस पार्टी कोई सुझाव देती है तो उसको इसका अधिकार है और उसका स्वागत किया जाना चाहिए; लेकिन कांग्रेस पार्टी की कोई कमेटी सरकार की फाइलें देखे, सरकारी अफसरों से इंटरव्यू करे और खर्चा किस तरीके से कम किया जा सकता है, इसकी चर्चा करे तो मैं समझता हूं कि यह उसी प्रवृत्ति की ओर संकेत करता है जिसके अंतर्गत सत्तारूढ़ दल देश के जीवन पर पूरी तरह से हावी होना चाहता है। मैं मानता हूं कि सरकारी खर्च में कमी की बहुत गुंजाइश है और जो कमी की गई है उसमें और अधिक कमी की जा सकती है, लेकिन किसी पार्टी की कमेटी सरकारी कामकाज में इतना दखल दे, इसे मैं लोकतंत्र की दृष्टि से उचित नहीं समझता।

श्री मोरारजी देसाई : क्या इस मामले में मैं कुछ सूचनाएं दे सकता हूं? उन्हें उस किस्म की कोई चीज या कागज देखने की अनुमति नहीं दी गई। वे वहां जाकर कुछ नहीं देखते। यदि माननीय सदस्यों ने कोई जानकारी चाही है, तो वह उन्हें पहुंचाई गई। इसलिए उनके साथ विशेष व्यवहार या उन्हें खास दर्जा देने का सवाल ही पैदा नहीं होता।

श्री वाजपेयी : क्या यह सच है कि वे अधिकारियों से अपने सामने पेश होने को कह रहे हैं?

श्री मोरारजी देसाई : नहीं श्रीमान!

श्री वाजपेयी : श्रीमान, मैं कुछ सुधार करना चाहूंगा।

इस सरकार द्वारा यह भी दावा किया जाता है कि पश्चिमी पाकिस्तान से जो पुरुषार्थी आए हैं, उन्हें पूरी तरह से बसा दिया गया है और अब जहां तक पुनर्वास मंत्रालय के पश्चिमी पाकिस्तान के विभाग का संबंध है, उसे बंद कर दिया जाएगा।

उपाध्यक्ष महोदय, यह बात स्पष्ट है कि यह एक बहुत बड़ा दावा है और मैं चाहूंगा कि सरकार इस बात को स्वीकार करे कि उसने पश्चिमी पाकिस्तान रो आए हुए पुरुषार्थियों को बसाने

के लिए अब तक जो कुछ किया है, उसको कसौटी पर कसने के लिए एक निष्पक्ष आयोग नियुक्त किया जाए। लोग बसाए गए हैं इसमें संदेह नहीं, लेकिन अभी भी बहुत से लोग ऐसे हैं जिन्हें बसाया नहीं गया है। जो भी धन का खर्चा किया गया है करोड़ों की राशि में है, क्या उस धन का सदुपयोग हुआ है? क्या पाई-पाई उसकी ठीक तरीके से खर्च हुई है? इस बात की भी जांच होनी चाहिए।

प्रधानमंत्री जी की कोठी के सामने बहुत से पुरुषार्थी भाई इस समय धरना दिए बैठे हैं। किसी को धरना देना अच्छा नहीं लगता लेकिन उनके सामने संकट है और वह यह कि मकान व दुकानें जो पुनर्वास मंत्रालय ने बनाई हैं, उन पुरुषार्थियों को नो लॉस नो प्रॉफिट बेसिस पर देने के बजाय उनको नीलाम किया जा रहा है। अब नीलामी में उन मकानों और दुकानों की कीमतें बढ़ जाती हैं और पुरुषार्थी भाई अपने सीमित साधनों से उन दुकानों और मकानों को प्राप्त नहीं कर सकते। होना यह चाहिए था कि सरकार ने जिस लागत पर मकान और दुकान बनाए हैं उन पर पुरुषार्थी भाइयों को देती, लेकिन सरकार पुरुषार्थी भाइयों से मुनाफाखोरी कर रही है। जो ऋण दिया गया वह किश्तों में वसूल किया जाए, इस संबंध में भी उनकी मांग अभी तक मानी नहीं गई है।

पब्लिक सेक्टर को संवारें, बढ़ाएं नहीं

हमारे देश में पब्लिक सेक्टर को बढ़ाने की बातें कही जा रही हैं। मैं पब्लिक सेक्टर का विरोधी नहीं हूं लेकिन अभी तक जिन-जिन क्षेत्रों में हमने हाथ डाला है उनमें कोई हमने बहुत खूबी से काम करके दिखाया हो, ऐसी बात नहीं कही जा सकती। १३ पब्लिक इंटरप्राइजेज का हिसाब-किताब इस सदन के सम्मुख रखा गया है। उससे पता चलता है कि एक सिंदरी की फर्टिलाइजर फैक्टरी को छोड़कर कोई भी पब्लिक इंटरप्राइज अच्छे तरीके से नहीं चल रही है। सिंदरी फर्टिलाइजर फैक्टरी में भी जो मुनाफा हो रहा है, वह इसलिए हो रहा है कि किसानों से खाद के दाम अधिक वसूल किए जा रहे हैं। अगर दाम ठीक वसूल किया जाए तो शायद इसका मुनाफा भी खत्म हो जाएगा। मेरा निवेदन यह है कि पब्लिक सेक्टर को बढ़ाने के बजाय जो उद्योग सरकार ने अपने हाथ में लिए हैं, उनको ठीक तरीके से चलाए, उनको सफल बनाए और जो व्यक्तिगत उद्योग हैं, उन पर नियंत्रण रखे, नियमन रखे और उनमें मुनाफाखोरी को रोके। लेकिन सरकार सर्वाधिकार अपने हाथ में ले ले तो आज की स्थिति में वह न तो सफल हो सकती है और न लोकतंत्र की दृष्टि से उसे वांछनीय ही कहा जा सकता है।

उपाध्यक्ष महोदय, एक बात मैं एक्साइज ड्यूटी के बारे में कह दूं। वित्त मंत्री महोदय ने खंडसारी पर थोड़ी सी एक्साइज ड्यूटी कम कर दी मगर मेरा निवेदन है कि वह पर्याप्त नहीं है और उससे छोटे उद्योगों को जितनी सहायता मिलनी चाहिए, उतनी सहायता प्राप्त नहीं होगी। असली समस्या तो उस एक्साइज ड्यूटी की वसूली से उत्पन्न होनेवाली है। क्या छोटे-छोटे कारखानेदार अलग-अलग रजिस्टर रखने के लिए बाध्य होंगे? क्या एक्साइज ड्यूटी इंस्पेक्टर उन्हें परेशान नहीं करेंगे? कहीं वसूली में सरकार का उतना खर्चा तो नहीं हो जाएगा जितनी कि कुल मिलाकर आमदनी भी नहीं होगी? मेरा निवेदन है कि इस वसूली की पद्धति को कुछ सरल किया जाना चाहिए और अगर एकमुश्त रकम ली जाए और जो तेलवाले हैं, खंडसारीवाले हैं या नकली रेशमवाले हैं, उनको वसूली के झंझट में न पड़ना पड़े, तो मैं समझता हूं कि उद्देश्य भी पूरा हो जाएगा और वसूली में भी सरलता होगी। धन्यवाद।

वर्तमान के लिए भविष्य रेहन

उपाध्यक्ष महोदय, वित्त मंत्री ने जो बजट पेश किया गया है, उसमें बी भी कैपिटल है, डी भी कैपिटल है और टी भी कैपिटल है। बी से मतलब बारोइंग से है, डी से मतलब डैफिसिट से है और टी का मतलब टैक्सेशन से है। मैं इन तीनों कसौटियों पर इस बजट को कसकर देखना चाहता हूं। वित्त मंत्री ने जो आंकड़े पेश किए हैं, उनके अनुसार पब्लिक डैट्स बढ़ते जा रहे हैं—जो कर्जा हमारी केंद्रीय सरकार देश के बाहर और भीतर ले रही है, उसमें द्रुत गति से वृद्धि हो रही है। मार्च १९५९ में यह रकम ४०६६.८२ करोड़ है और अगर इसमें और लायबिलिटी—अनफंडिट डैट्स—को जोड़ लिया जाए, तो यह रकम ३१ मार्च, १९६० को बढ़कर ६०२३.२० करोड़ हो जाएगी। यदि अनुमान लगाया जाए तो पता चलेगा कि जो पब्लिक डैट है, यह हमारी नेशनल इन्कम से ५०% ज्यादा हो जाता है। इससे भी ज्यादा चिंता की बात यह है कि १,००१ करोड़ रुपया अनप्रोडक्स्टिव है और इसे अनकवर्ड छोड़ दिया गया है। इसके साथ ही विदेशों से जो कर्जा लिया गया है वह भी बढ़ता जा रहा है। १९५९-६० के अंत में जो ऋण हमने विदेशों से प्राप्त किया है उसकी रकम ६८१.७५ करोड़ रुपया होती है। विदेशों से प्राप्त होनेवाला ऋण किस प्रकार विदेशों को वापस होने जा रहा है, इसके संबंध में वित्त मंत्री महोदय ने कोई स्पष्ट चित्र हमारे सामने नहीं रखा है। इस ऋण का एक पहलू और भी है। केंद्र की ओर से भिन्न-भिन्न राज्यों को विकास कार्यों के लिए कर्जे दिए गए हैं और उप वित्तमंत्री महोदय श्री भगत ने २ मार्च को इस सदन में बताया था कि अब तक केंद्र ने १२९५.८० करोड़ रुपया राज्यों को ऋण के रूप में दिया है। प्रश्न यह है कि क्या यह ऋण राज्यों से केंद्र को वापस मिलेगा? पंजाब में घटनाएं जिस तरह से हो रही हैं, उससे मालूम होता है कि केंद्र मूलधन तो वापस लेने में शायद सफल होगा ही नहीं, साथ ही उस ऋण का ब्याज भी बट्टे खाते में चला जाएगा। भाखड़ा नंगल के लिए १७० करोड़ रुपया दिया गया है जिसका ब्याज १९ करोड़ रुपया होता है। पंजाब की सरकार ने इसके लिए बेटरमेंट लेवी लगाई है। केवल कम्युनिस्ट दोस्त ही इसके खिलाफ आंदोलन नहीं कर रहे हैं, जो हमारे पंजाब के निर्वाचित कांग्रेस के सदस्य हैं, वे भी इस प्रयत्न में हैं कि जो १९ करोड़ रुपया ब्याज की रकम है वह केंद्र छोड़ दे। मैं समझता हूं जिस प्रकार का राजनीतिक दबाव पड़ रहा है, उसको

---

* आम बजट पर चर्चा के दौरान लोकसभा में १२ मार्च, १९५९ को भाषण।

देखते हुए शायद यह रकम छोड़ दी जाएगी। मगर प्रश्न यह है कि जो स्टेटों को ऋण दिया गया है, यह क्या वापस मिलेगा? विदेशों का ऋण हम किस तरह से लौटाएंगे और यह जो वर्तमान के आर्थिक संकट का निराकरण करने के लिए भविष्य की समृद्धि को रेहन रखा जा रहा है उसमें से निकलने का रास्ता क्या होगा, यह वित्त मंत्री महोदय ने न तो अपनी आर्थिक समीक्षा में स्पष्ट किया है और न बजट भाषण में इस बात की ओर कोई संकेत किया है।

जहां तक डिफिसिट का प्रश्न है, रेवेन्यू साइड में २८.३२ करोड़ का घाटा है और वित्त मंत्री २३.३५ करोड़ के नए टैक्स लगाकर घाटे को पूरा करना चाहते हैं। मेरा निवेदन है कि घाटा अनुमान से अधिक जाएगा। गत वर्ष प्रधानमंत्री ने अंतरिम वित्त मंत्री के रूप में जो बजट पेश किया था, उसमें रेवेन्यू डिफिसिट २९.२ करोड़ बताया गया, था मगर जब रिवाइज्ड फिगर्स आई तो उनमें वह ५९.९५ करोड़ का था। मेरा अनुमान है कि इस वर्ष के बजट में जो भी घाटे का अनुमान किया गया है, घाटा उससे कहीं अधिक होगा। उस घाटे को पूरा करने के लिए और डिफिसिट फाइनेंसिंग किया किया जा रहा है, घाटे की अर्थव्यवस्था का अवलंबन लिया जा रहा है। श्री देशमुख से लेकर श्री देसाई तक हर एक ने वित्त मंत्री के रूप में अपने भाषण में कहा है कि डिफिसिट फाइनेंसिंग आवश्यकता से अधिक नहीं होनी चाहिए, लेकिन जब कभी बजट बनाने का मौका आता है तो उनकी दशा उस शराबी-जैसी दिखाई देती है—यद्यपि वह शराबबंदी के पक्ष में हैं—कि जो प्रत्येक सवेरे तौबा करता है लेकिन शाम होते ही पीना शुरू कर देता है। हम अपने भाषण में तो डिफिसिट फाइनेंसिंग को एक सेफ डिस्टेंस पर, सेफर लिमिट पर रखने की हिमायत करते हैं मगर हमारे सारे आर्थिक ढांचे के अंतर्गत मुद्रा-स्फीति और भी बढ़ती जा रही है, घाटे की अर्थव्यवस्था का अवलंबन अधिक से अधिक लिया जा रहा है।

योजना आयोग ने द्वितीय पंचवर्षीय योजना में कुल मिलाकर १२०० करोड़ रुपए के डिफिसिट फाइनेंसिंग की व्यवस्था की थी। अब योजना ४८०० करोड़ से घटकर ४५०० करोड़ की रह गई है। लेकिन तीन वर्षों में ९५५ करोड़ रुपए का डिफिसिट फाइनेंसिंग हो रहा है और अगले वर्ष में २६० करोड़ रुपए का होगा। अगर इसके बाद के वर्ष को छोड़ दिया जाए तो १२०० करोड़ तो पूरा हो गया। अब अगर उस सीमा से, उस मर्यादा से अधिक डिफिसिट फाइनेंसिंग करेंगे तो उसका दबाव हमारे देश की अर्थव्यवस्था पर बुरा पड़ेगा। फिर एक विषम चक्र चलता है, सरकार नोट छापती है, रुपए की कीमत गिरती है, चीजों के दाम बढ़ते हैं, सरकारी कर्मचारी अधिक वेतन-भत्तों की मांग करते हैं और एक ऐसा विषम चक्र चलता रहता है जिसमें से हम निकल नहीं पाते। मेरा निवेदन है कि इस संबंध में बहुत सावधानी बरती जानी चाहिए।

कर-प्रस्ताव

अब मैं कुछ बातें कर-प्रस्तावों के बारे में कहना चाहता हूं। जहां तक डायरेक्ट टैक्सेशन का संबंध है, वित्त मंत्री महोदय ने कंपनियों पर से वैल्थ टैक्स हटा लिया है। मैं समझता हूं यह वैल्थ टैक्स जब लगा तभी यह मांग की गई थी कि कंपनियों पर संपत्ति-कर लगाना ठीक नहीं है, मगर सरकार को यह बात समझने के लिए दो साल लगे हैं। इसके लिए मैं उनको धन्यवाद नहीं दूंगा, क्योंकि मेरी आपत्ति यह है कि जब सरकार ने डायरेक्ट टैक्सेशन एडमिनिस्ट्रेशन की जांच के लिए एक इन्क्वारी कमेटी बिठाई है तो क्यों नहीं उस कमेटी की सिफारिशें आने तक डायरेक्ट टैक्सेशन में किसी प्रकार का संशोधन या परिवर्तन करने का काम रोक दिया गया। जो

भी परिवर्तन किए गए हैं वे उस कमेटी की रिपोर्ट आने तक रोके जा सकते थे। अगर सरकार को स्वयं ही निर्णय करना है तो उस कमेटी की नियुक्ति की ही क्या आवश्यकता थी।

जो कमेटी नियुक्त की गई है उसके बारे में भी निवेदन यह है कि उसके सदस्यों का चयन सावधानी से नहीं किया गया। आवश्यकता इस बात की थी कि उस कमेटी का चेयरमैन कोई हाई-कोर्ट का जज या कोई बहुत उच्च स्तरीय व्यक्ति बनाया जाता, जैसे कि यू.के. में कालविन कमीशन कायम हुआ था, जिसमें २२ सदस्य थे और सब सदस्य डायरेक्ट टैक्सेशन के एडमिनिस्ट्रेशन में निपुणता रखते थे, व्यक्तिगत अनुभव रखते थे। यह जो पांच सदस्यों की समिति बनाई गई है उसमें श्री के.एस. सुंदराजन् को छोड़कर, जो कि बोर्ड ऑफ रेवेन्यू के मेंबर हैं, अन्य कोई भी सदस्य प्रत्यक्ष करों के प्रशासन में निपुणता प्राप्त किए हुए नहीं हैं।

वित्त उपमंत्री श्रीमती तारकेश्वरी सिन्हा : चेयरमैन भी कर चुके हैं।

श्री ब्रजराज सिंह : मिनिस्टर होने से तो आप भी कर चुकेंगी।

श्री वाजपेयी : जो चेयरमैन नियुक्त किए गए हैं उनके बारे में कहने के लिए मेरे पास बहुत कुछ है, मगर कहना नहीं चाहता था, क्योंकि वह यहां नहीं हैं। लेकिन अगर उपमंत्री महोदया मुझे विवश करती हैं तो मैं कुछ कहने के लिए तैयार हूं।

उपाध्यक्ष महोदय : कोई जरूरत नहीं है।

श्री वाजपेयी : मेरा निवेदन है कि दूसरे ढंग से उस कमेटी के सदस्यों का चुनाव होना चाहिए था। उस कमेटी का चेयरमैन कोई और व्यक्ति होना चाहिए था। जब श्री महावीर त्यागी वित्त मंत्रालय में थे तो उन्होंने जो काम किए और यह जो इन्कमटैक्स है, इसके संबंध में जो नीति अपनाई, वह उनको इस कमेटी के चेयरमैन के पद के योग्य नहीं रखती। जो टर्म्स ऑफ रेफ्रेंस कमेटी के थे, उनके अंतर्गत भी इन्कमटैक्स के इवेशन को रोकने के लिए, उसके प्रशासन में सुधार करने के लिए जो बातें आनी चाहिए, वे नहीं आ सकतीं।

टैक्स आफिसरों का प्रशिक्षण अपर्याप्त

मैं एक छोटी सी बात ही कहूंगा। इन्कमटैक्स डिपार्टमेंट के जो आफिसर हैं उनकी ट्रेनिंग किस प्रकार से होती है, यह मैं आपको बतलाना चाहता हूं। श्री वेंकटाचार्य जो कि इन्कमटैक्स आफिसर थे और जो २५ साल तक काम करते रहे, वह दक्षिण से आए थे और उन्हें बंगाल के एक ऐसे जिले में रख दिया गया जहां मारवाड़ी भाइयों की संख्या बहुत अधिक थी। अब उनके बहीखाते वह नहीं समझ सकते थे। वित्त मंत्री से जब पूछा गया कि ट्रेनिंग की क्या व्यवस्था है तो उत्तर दिया गया कि ट्रेनिंग की व्यवस्था नागपुर में की गई है और अपनी मातृभाषा के साथ-साथ दो भाषाएं और भी सीखनी पड़ती हैं। अब ट्रेनिंग का समय तो एक साल का है। इस एक साल में अपनी मातृभाषा के साथ-साथ दो भाषाएं भी उनको सीखनी होती हैं, आफिस प्रोसीजर भी जानना होता है, प्रैक्टिकल वर्क का अनुभव भी प्राप्त करना होता है, ये सब चीजें कैसे हो सकती हैं, समझ में नहीं आता। इसका परिणाम यह होता है कि इन्कमटैक्स आफिसर जिस पद पर बिठाए जाते हैं, वे अपने कर्त्तव्यों का ठीक तरह से पालन नहीं कर सकते हैं।

इस कमेटी से बड़ी आशाएं की गई थीं कि इन्कमटैक्स की रकम को ठीक तरह से वसूल करने और प्रशासन की पद्धति में सुधार करने की सिफारिशें करेगी। प्रोफेसर कालडोर ने अनुमान लगाया है कि २०० करोड़ से लेकर ३०० करोड़ का इन्कमटैक्स चुराया जाता है। अगर हम और

टैक्स न भी लगाएं और इन्कमटैक्स की वसूली ठीक तरह से करें तो जितना रुपया पंचवर्षीय योजना के लिए हम समझते हैं कि हमें चाहिए, उतना प्राप्त किया जा सकता है।

जहां तक अप्रत्यक्ष करों का सवाल है, उपाध्यक्ष महोदय, मेरा निवेदन है कि वित्त मंत्री ने, जिनसे आशा की जाती थी कि गृह उद्योगों का, कुटीर उद्योगों का वह समर्थन करेंगे, उन्होंने उन पर बड़ा आघात पहुंचाया है। खंडसारी पर जो शुल्क डाला गया है, उसके संबंध में मेरा निवेदन यह है कि आज जबकि हम देश के बाहर दानेदार चीनी के लिए स्थायी बाजार प्राप्त करने की कोशिश कर रहे हैं तब कोई ऐसा कदम, जिससे देश के अंदर चीनी का उत्पादन कम हो जाए और चीनी की कीमत बढ़ जाए, ठीक नहीं माना जा सकता।

एक माननीय सदस्य : दानेदार चीनी का दाम ज्यादा नहीं होगा।

श्री वाजपेयी : दानेदार चीनी का दाम ज्यादा हो गया है। आप रहते कहां हैं, सदस्य महोदय! खंडसारी पर चुंगी लगने के फलस्वरूप दानेदार चीनी का दाम बढ़ गया है।

लाइसेंस फीस लगाएं

मेरा निवेदन यह है कि खंडसारी पर जो एक्साइज ड्यूटी डाली गई, उसके बारे में वित्त मंत्री महोदय ने राज्यसभा में यह स्पष्टीकरण दिया कि अभी जो मुनाफा खंडसारी का है, वह आगे भी होता रहेगा। १३ रु. में से ५ रु. सरकार लेना चाहती है और ८ रु. फिर भी बाकी बच रहेंगे। मैं कहना चाहता हूं कि यह ८ रु. किस तरह बंटते हैं, आप थोड़ा इस पर भी विचार करें। उसमें किसान का भी हिस्सा है जो राब बनाता है, मजदूर का भी है, जो बेचता है उसको भी कुछ मिलता है। अगर आप मिलों की चीनी को संरक्षण देना चाहते हैं तो उसका यह तरीका नहीं है। सबसे बड़ी आपत्ति की बात तो यह है कि जो छोटे-मोटे उद्योग-धंधे आज लोग खड़े करके बैठे हैं, उनको एक्साइज ड्यूटी देनी पड़ेगी तो उन्हें इतने फार्म भरने पड़ेंगे, इतने रजिस्टर रखने पड़ेंगे जिनका कोई ठिकाना नहीं है। जो अशिक्षित हैं और गांवों में बैठे हैं, वे उन फार्मों को पढ़ भी नहीं सकेंगे। जो एक्साइज ड्यूटी के इंस्पेक्टर हैं वे मनमाना वसूल करेंगे। अगर हमारे वित्त मंत्री एक्साइज ड्यूटी को कम करने के लिए तैयार नहीं हैं तो मैं यह सुझाव दूंगा कि वे कोई लाइसेंस फीस लगा दें जो कि एक वर्ष में और एक जगह पर वसूल हो जाए, ताकि जो खंडसारी पैदा करनेवाले गांवों में पड़े हुए हैं, वे अनेक फार्मों को भरने के झगड़े से बच जाएं।

दूसरी बात वेजिटेबल नॉनएसेंशल ऑयल के बारे में है। सन् १९५६ में जब उसके ऊपर शुल्क लगाया गया तो १२५ टन की जो छूट दी गई उत्पादकों को, वह घटाकर ७५ टन की कर दी गई। अब इस बार यह ७५ टन की छूट भी खत्म कर दी गई है। मेरा निवेदन यह है कि बड़ी-बड़ी तेल मिलों की प्रतियोगिता गांव की घानियों से नहीं है। घानी का क्षेत्र अलग है, बाजार अलग है। बड़ी-बड़ी मिलों की प्रतियोगिता आगरा, कानपुर और बरेली में जो छोटे-छोटे तेल के कारखाने खुल गए हैं उनसे है, जो कि भाप से नहीं चलते और जिनको बिजली की दर भी ज्यादा देनी होती है। बड़ी-बड़ी तेल मिलों के सामने अगर आप इन छोटी-छोटी मिलों को कुछ स्थान नहीं देंगे तो ये बंद हो जाएंगी। मैं वित्त मंत्री से जानना चाहूंगा कि आखिर सरकार की कुटीर और गृह उद्योग की परिभाषा क्या है?

यह परिभाषा बदलती रहती है। केंद्रीय सरकार ने उत्तर प्रदेश के गृह उद्योग को इसलिए सहायता नहीं दी कि वह अंबर चर्खे की जगह पर ट्रैडिशनल चर्खे को प्रश्रय दे रहा है। वह कहती

है कि अंबर चर्खा कुटीर उद्योग है और जो पुराना परंपरागत चर्खा है, वह कुटीर उद्योग नहीं है।

श्री मोरारजी देसाई : किसने कहा?

श्री वाजपेयी : केंद्रीय सरकार कहती है।

श्री मोरारजी देसाई : गलत बात है।

श्री वाजपेयी : गृह उद्योगों के अंतर्गत अन्य राज्यों को जो सुविधाएं दी जाती हैं, वह उत्तर प्रदेश को केवल इसलिए नहीं दी गईं कि वहां पर ट्रैडिशनल चर्खा चलता है, अंबर चर्खा नहीं चलता। और अब बड़ी चीनी मिलों को और बड़ी तेल मिलों को चलाने के लिए खंडसारी और छोटे-छोटे तेल उद्योगों को ऐसी स्थिति में रखा जा रहा है जहां वह प्रतियोगिता नहीं कर सकते। ऐसी हालत में यह होगा कि वे खत्म हो जाएंगे। अगर देश में प्रतियोगिता का विकास नहीं होगा और हम पश्चिमी ढंग का औद्योगीकरण चलाएंगे जिसमें कि छोटे और बड़े उद्योगों की तुलना में बड़े उद्योगों पर अधिक बल दिया जाएगा, जहां पर मनुष्य की तुलना में मशीन पर अधिक बल दिया जाएगा, तो देश में विकेंद्रित अर्थव्यवस्था निर्माण करने का प्रधानमंत्री का कल का भाषण कभी भी चरितार्थ नहीं होगा। सत्ता का, पूंजी का और श्रम का केंद्रीकरण होगा; और वित्त मंत्री का बजट इस आशंका की ओर संकेत करता है, यह बड़े दुर्भाग्य की बात है। मुझे इतना ही कहना है। धन्यवाद।

बजट भरोसा नहीं जगाता

उपाध्यक्ष महोदय, इस बात से इन्कार नहीं किया जा सकता कि आर्थिक दृष्टि से हम अपने को एक संकट की परिस्थिति में पाते हैं। यह संकट जहां कुछ अंशों में निर्माण का संकट है वहां अधिक अंशों में जिस ढंग से योजना बनाई गई है और जिस तरीके से उसे आगे बढ़ाया जा रहा है, उसके कारण भी पैदा हुआ है।

प्रधानमंत्री ने अंतरकालीन वित्त मंत्री के रूप में जो बजट पेश किया है और उसके साथ जो समीक्षा रखी गई है, उसमें से आर्थिक संकट की एक छोटी सी झलक दिखाई देती है। उन्होंने इस बात को स्वीकार किया है कि अन्न की उपलब्धि की स्थिति कठिन है। औद्योगिक उत्पादन में इस वर्ष वृद्धि की गति पिछले कुछ वर्षों की अपेक्षा बहुत मामूली रही है। प्रतिभूति बाजा़र (स्टाक मार्किट) में मूल्यों और काम-काज का रुख घटती की ओर रहा है। अनिश्चित ब्याजवाले हिस्सों (इक्विटी शेयरों) के मूल्यों में अगस्त १९५६ की तुलना में २५% की कमी हुई है। सर्वोत्कृष्ट प्रतिभूतियों (गिल्ट एज्ड सिक्योरिटियों) के सूचक अंक में ८.७% की कमी हुई है। सरकारी प्रतिभूतियों (गवर्नमेंट सिक्योरिटीज) के मूल्य में .७% की शुद्ध कमी है। रिजर्व बैंक की विदेशी संपत्ति जो १९५६ के अंत में ५३० करोड़ थी, १९५७ के अंत में घटकर २९८ करोड़ रह गई है। छोटी बचतों में पहले वर्ष की अपेक्षा १४ करोड़ रुपए की कमी है। चालू वर्ष में पिछले दस महीनों में ३७.६ करोड़ की शुद्ध प्राप्ति हुई है, जबकि गत वर्ष उस अवधि में ४४.८ करोड़ की प्राप्ति हुई थी।

उन्होंने यह स्वीकार किया है कि सौ करोड़ रुपए से अधिक विदेशी ऋण वापस करना हमारे लिए कठिन होगा। लेकिन उनके भाषण से यह स्पष्ट नहीं है कि हम इस विदेशी ऋण को किस तरह से वापस करेंगे। हमें विचार करना होगा कि किस क्षेत्र का कितना ऋण है? डॉलर एरिया का या यूरोप का किस मात्रा में हमने ऋण प्राप्त किया है और वह किस ढंग से वापस किया जाएगा।

श्री अशोक मेहता ने कहा कि हम स्टील का उत्पादन बढ़ाएंगे और उसका निर्यात करेंगे। देखना यह है कि जिन क्षेत्रों में हमने ऋण लिया है, क्या उन्हें हमारे स्टील की आवश्यकता होगी?

** आम बजट पर लोकसभा में १३ मार्च, १९५८ को चर्चा में हिस्सेदारी।*

इस चीज का एक और भी पहलू है। अमेरिका में ऐसा कहा जाता है कि मंदी आ रही है और श्री भगत ने राज्यसभा में इस बात को स्वीकार किया है। प्रश्न यह है कि उस मंदी का हमारी आर्थिक स्थिति पर क्या असर होगा? यूरोप में भी कॉमन मार्केट की स्कीमों की चर्चा चल रही है। वहां एक प्रस्ताव तो स्वीकार कर लिया जाता है लेकिन उसका असर हमारे देश पर क्या पड़ेगा, इस संबंध में भी विचार किया जाना चाहिए। किंतु इस दृष्टि से वित्त मंत्री के भाषण में किसी प्रकार की रोशनी नहीं डाली गई है, और नतीजा यह है कि बजट के प्रस्ताव देश की जनता के हृदय में यह विश्वास पैदा करने में समर्थ नहीं हैं।

हमारा बजट इस वर्ष घाटे का बजट है। २७ करोड़ से कुछ ऊपर का घाटा है। यदि मैं गलती नहीं करता तो सन् ४७-४८ के बाद पहली बार यह डेफिसिट का बजट रखा गया है। लेकिन इस घाटे के बजट से एक बात स्पष्ट हो जाती है कि सरकार भी इस परिणाम पर पहुंच गई है कि अब अधिक टैक्स नहीं लगाए जा सकते और इसीलिए शायद उन्होंने बजट में घाटा छोड़ दिया है। इस दृष्टि से जो पिछले साल का अनुभव है, वह भी अच्छा अनुभव नहीं है। प्रोफेसर कैल्डार के अनेक टैक्स सुझाव लेकर उनको हमने अपने देश में लगाया और उनसे देश में विरोध का वातावरण भी पैदा हुआ, लेकिन उन टैक्सों से जितनी आय होनी चाहिए थी उतनी आय नहीं हुई। प्रधानमंत्री ने इस बात को स्वीकार किया है कि जो भी टैक्स लगाए गए, उनसे अनुमान की तुलना में बहुत कम धन हमें मिला।

न खुदा ही मिला, न विसाले-सनम

अब एक गिफ्ट टैक्स लगाया है। उससे ३ करोड़ की प्राप्ति का अनुमान किया गया है। मुझे आश्चर्य नहीं होगा यदि आगामी वर्ष यह ३ करोड़ की प्राप्ति एक करोड़ ही रह जाए, क्योंकि संपत्ति कर और रेलों के किराए से होनेवाली प्राप्ति के संबंध में जो भी आंकड़े रखे गए हैं, वे सरकार के पिछले अनुमानों को गलत साबित करते हैं और इन टैक्सों को लगाकर हमने क्लाइमेट ऑफ इनवेस्टमेंट को, पूंजीपतियों की शब्दावली के मुताबिक उस क्लाइमेट ऑफ इनवेस्टर्स को भी बिगाड़ दिया और जो राशि हमें पंचवर्षीय योजना के लिए मिलनी चाहिए थी वह भी हमें नहीं मिली। मतलब यह है कि न खुदा ही मिला न विसाले-सनम, न इधर के रहे न उधर के रहे। टैक्सों के साथ-साथ अगर सरकार अपने खर्चों की ओर ध्यान दे तो ऐसा दिखाई देता है कि सरकार के खर्चे निरंतर बढ़ते चले जा रहे हैं। इस संबंध में मैंने कुछ आंकड़े इकट्ठे किए कि सरकार का खर्चा किस गति से बढ़ रहा है। सिविल ऐडमिनिस्ट्रेशन में सन् १९५३-५४ में ६४.१७ करोड़ रुपया खर्च किया था, जो बढ़ते-बढ़ते सन् ५८-५९ के बजट एस्टिमेट्स में २००.४४ करोड़ हो गया। पुलिस की मद में सन् ५३-५४ में हमने ३.१६ करोड़ रुपया खर्च किया था और सन् ५८-५९ में यह रकम बढ़कर ८.२७ करोड़ हो गई है। विदेश मंत्रालय के खर्चे में भी पर्याप्त वृद्धि हुई है। सन् ५३-५४ में यह खर्चा ४.५६ करोड़ था जब कि आज वह बढ़कर ७.५० करोड़ हो गया है। डिफेंस का खर्चा तो जिस मात्रा में बढ़ा है उसकी ओर प्रायः सभी सदस्यों ने संकेत किया है। सन् ५५-५६ की तुलना में यदि हम औसत लगाकर देखें तो सिविल एक्सपेंडिचर में ११३% की वृद्धि हुई है और डिफेंस एक्सपेंडिचर में ६२% की वृद्धि हुई है। टैक्सेशन इन्क्वायरी कमीशन ने इस बात का हिसाब लगाया था कि अगर सरकार सिविल ऐडमिनिस्ट्रेशन में एक रुपया खर्च करती है तो नॉन गवर्नमेंट ऐक्सपेंडिचर में उसे १ रुपए में से ९ आने ६ पाई खर्च करने होते हैं, ३ आने सोशल सर्विसेज

पर खर्च होते हैं और आर्थिक विकास पर केवल साढ़े तीन आने खर्च होते हैं। यह खर्चा बढ़ाया जा रहा है विकास के नाम पर, टैक्स लगाए जा रहे हैं निर्माण के नाम पर, मगर परिणाम यह हो रहा है कि जिन करों का विकास से कोई संबंध नहीं है, उन पर खर्चा बढ़ता जा रहा है।

फाइलें गुम, योजना गुम

प्रधानमंत्री ने एक बार कहा था कि ब्यूरोक्रेसी के जंगल में फाइलें गुम हो जाती हैं। मैं समझता हूं कि हमारी योजना का बहुत अंश भी नौकरशाही के जंगल में गुम होता जा रहा है।

फाइनेंस कमीशन के चेयरमैन मि. संथानम् ने अभी कुछ दिन हुए मद्रास में भाषण करते हुए कहा था :

"नई दिल्ली में सार्वजनिक व्यय की विकास से बराबरी करने की एक प्रवृत्ति है।"

सरकार का खर्चा बढ़ता है तो यह समझा जाता है कि निर्माण हो रहा है, लेकिन जो खर्चा निर्माण के कार्यों पर नहीं होता, उस खर्चे में सरकार कमी करने में असफल रही है। टैक्सेशन इन्क्वायरी कमीशन ने भी इस बात की ओर सरकार का ध्यान खींचा था। उन्होंने एक स्थान पर लिखा था :

"प्रशासन में कार्यक्षमता तथा सार्वजनिक व्यय में मितव्ययता, सार्वजनिक कोष के उपयोग को और अधिक प्रभावी बनाकर तथा करों के निवेश पर अच्छी वापसी सुनिश्चित करके कम से कम कर-भारों में वृद्धि को बर्दाश्त करने की जनता की अनिच्छा को कम किया जाना चाहिए।"

लेकिन आज न तो ऐडमिनिस्ट्रेशन में एफिशिएंसी बढ़ाई जा रही है और न खर्चे में कमी की जा रही है। आम जनता से त्याग की अपीलें की जाती हैं। मेरा निवेदन है कि दूसरी योजना के तीन वर्षों में आम जनता ने योजना के लिए जो भी सहयोग प्रदान किया है, वह कम नहीं है। अगर हम हिसाब लगाकर देखें तो हमें पता लगेगा कि जितना टैक्स लगाने की व्यवस्था की गई थी, आम जनता ने उतना टैक्स दिया है। सन १९५५-५६ में टैक्स रेवेन्यू में ४०६.९७ करोड़ रुपए की आय हुई थी। सन ५६-५७ में यह बढ़कर ४८९.७५ करोड़ हो गई और ५७-५८ के रिवाइज्ड ऐस्टिमेट्स में यह रकम बढ़कर ५५३.८५ करोड़ आंकी गई और सन् ५८-५९ के बजट ऐस्टिमेट्स में यह रकम ५६२.५१ करोड़ हो गई है और इस प्रकार पिछले तीन सालों में एडीशनल टैक्स रेवेन्यू ३७५.२० करोड़ का प्राप्त हुआ है। योजना के पांच वर्षों के अनुमानों के अनुसार यह रकम २२५ करोड़ रु. होनी चाहिए थी। पांच वर्षों में हर साल २५ करोड़ रु. इस टैक्स से प्राप्त होता है। अगर इसी को हम जोड़ लें तो यह रकम ८५० करोड़ रु. हो जाती है और द्वितीय योजना का जो अनुमान लगाया है, उसमें से भी जनता से ८५० करोड़ रु. के टैक्स की आशा की गई। तो जनता से वह धन ले लिया गया है, जिसकी प्राप्ति की उससे अपेक्षा की गई थी, लेकिन शासन से जो अपेक्षाएं जनता ने की थीं, उनको शासन पूरी नहीं कर सका है। यह कारण है कि योजना के चलते देश में निराशा पैदा हो रही है। यह निराशा विरोधी दलों ने उत्पन्न नहीं की। हम तो देश में आशा का वातावरण उत्पन्न करने में सहायता देना चाहते हैं, लेकिन सरकार की नीतियां ऐसी हैं कि देश की आर्थिक स्थिति को ठीक दिशा में नहीं ले जा रही हैं, और इसका परिणाम हमारे सामने आ गया है।

सुरक्षा व्यय में, डिफेंस एक्सपेंडिचर में जो भी वृद्धि हुई है, उसके बारे में कहा जाता है कि उसकी हमने पहले से कल्पना नहीं की थी। मुझे आश्चर्य होता है कि हम राष्ट्र की कोई योजना

बनाएं और उसमें सुरक्षा का विचार न करें। इससे बढ़कर हमारी अदूरदर्शिता का और कोई प्रमाण नहीं हो सकता। राष्ट्र के विकास की योजनाएं बनाएं तो उसमें सुरक्षा का विचार होना चाहिए, लेकिन हमने ऐसी योजना बनाई जिसमें राष्ट्रीय सुरक्षा का कोई ध्यान नहीं रखा गया। पाकिस्तान का निर्माण कल की बात नहीं है। अमेरिका के साथ उसका गठबंधन कोई नया नहीं है। उससे जो संकट पैदा हो रहा है, उसके संबंध में हमें पहले से पूरी जानकारी होनी चाहिए थी।

एक देश में जब सुरक्षा का खर्च बढ़ता है तो वहां के लोगों को काम भी मिलता है, लेकिन हमारे यहां डिफेंस एक्सपेंडिचर तो बढ़ता जा रहा है मगर उससे कुछ नए लोगों को काम मिल रहा हो, ऐसा नहीं दिखाई देता। आवश्यकता इस बात की है कि योजना के दौरान जो भी संकट खड़े हो गए हैं उनकी ओर हम यथार्थवादी दृष्टि से देखें। योजना किसी पार्टी की प्रेस्टिज का विषय नहीं है। अगर यह सच्चे अर्थों में राष्ट्रीय योजना है जिसका सत्तारूढ़ दल दावा करता है तो फिर उसे किसी पार्टी की प्रतिष्ठा के साथ नहीं जोड़ा जाना चाहिए। जो भी कठिनाइयां उत्पन्न हो गई हैं, उन्हें स्वीकार किया जाना चाहिए और वास्तविक नीति अपनाकर उनके निराकरण का प्रयत्न करना चाहिए।

गिफ्ट टैक्स

इस नए बजट में गिफ्ट टैक्स लगाया गया है। मैंने इस टैक्स का स्वागत किया है। प्रोफेसर कैल्डोर की जो टैक्स पद्धति थी उसमें गिफ्ट टैक्स की कमी थी और उस कमी को पूरा कर दिया गया है। लेकिन प्रोफेसर कैल्डोर का यह भी कहना था कि एस्टेट ड्यूटी बिल्कुल हटा दी जानी चाहिए। उन्होंने कहा ऐंटिक्वेटेड टैक्स है यह एस्टेट ड्यूटी। उनका कहना है :

"उत्तराधिकार-कर का वास्तविक असर उत्तराधिकार पानेवाले पर पड़ता है, मृतक पर नहीं।"

हमने एक्सपेंडिचर टैक्स ले लिया, वेल्थ टैक्स ले लिया, गिफ्ट टैक्स भी हमने जोड़ दिया। गिफ्ट टैक्स में भी शादी के अवसर पर जो १०००० रुपए तक देने की व्यवस्था की गई है, उसके बारे में भी मेरा निवेदन है कि कहीं इससे दहेज देने की पद्धति को प्रोत्साहन न मिले। हम देश में दहेज को, डावरी सिस्टम को खत्म करना चाहते हैं, लेकिन इस गिफ्ट टैक्स में जो १०००० की छूट दी गई है उसके कारण किन्हीं प्रांतों में दहेज की पद्धति को प्रोत्साहन मिलेगा, जो कि नहीं मिलना चाहिए, इस प्रकार की मुझे आशंका है। एक बात और है गिफ्ट टैक्स के बारे में कि सरकार ने चैरिटेबल ईंस्टिट्यूशंस और गवर्नमेंट कंपनियों को अपवाद बना दिया है, उनको छूट दे दी है। लेकिन इसके साथ ही जो पब्लिक कंपनियां हैं और जिनका कामकाज ६ या ६ से अधिक व्यक्तियों द्वारा नियंत्रित होता है, उनको भी एक्सेप्शन के रूप में रख दिया गया है। मैं यह समझने में असमर्थ हूं कि यह किस कारण से किया गया है। कोई भी कंपनी जिसमें ६ या ६ से अधिक व्यक्ति हैं, अगर वह गिफ्ट टैक्स से मुक्त कर दी जाएगी तो इस बात की संभावना है कि वह अपने धन का दुरुपयोग करे। राजनीतिक दलों को इस प्रकार की कंपनियां सहायता देंगी और वह धन गिफ्ट टैक्स के काम नहीं आ सकेगा। मैं समझता हूं कि इस संबंध में जो भी अपवाद किया गया है, मैं सरकारी कंपनियों या आटोनोमस कार्पोरेशंस के बारे में नहीं कहता, जो निजी कंपनियां हैं, जिनको ६ से अधिक व्यक्ति नियंत्रित करते हैं, उनमें यह छूट देना ठीक नहीं है, इस छूट का दुरुपयोग किया जा सकता है।

अब सवाल यह खड़ा होता है कि योजना के तीसरे वर्ष में हम कौन से उपाय अपनाएं जिनके

द्वारा हम राष्ट्र का विकास कर सकें? मेरा सुझाव है कि सरकार को अपने अनडेवलपमेंटल एक्स्पेंडिचर को कम करना चाहिए और यदि ठीक ढंग से काम किया जाए तो मेरा अनुमान है कि केंद्र और राज्यों को मिलाकर कम से कम ५० करोड़ रुपए की हर साल कमी की जा सकती है। जिस गति से खर्च हो रहा है, नए विभाग कायम हो रहे हैं, उनमें भरती हो रही है, अगर उसमें कटौती करें और मंद विधि अपनाएं, तो ५० करोड़ रुपया हर साल बचा लेना कोई बड़ी बात नहीं है। जो एक्सपेंडिचर ट्रैवलिंग के ऊपर होता है, जो भत्ते बनाए जाते हैं, जो यात्राएं की जाती हैं, जिन्हें जनसंपर्क का नाम दिया जाता है, उनमें कमी की जानी चाहिए। सबसे बड़ी बात तो यह कि जो पब्लिसिटी और प्रोपेगैंडे पर खर्च किया जा रहा है, उसमें भी कमी हो सकती है। दूसरी योजना में इसके लिए १३ करोड़ रु. रखा गया है। मेरा अनुमान है कि इसमें से कम से कम आधा रुपया बचाया जा सकता है। हर एक मंत्रालय अपनी पत्रिका निकालता है, उसमें अपना विज्ञापन करता है। इन पत्रिकाओं पर थोड़ा भी एक्सपेंडिचर करना उस रुपए को बेकार में बांटा जाना है। आज 'भगीरथ', 'सोशल वेलफेयर' और 'योजना' निकाली जाती हैं। और सबसे आश्चर्य की बात यह है कि एक 'मासिक लेखसार' और 'समाचार सार' निकाला जाता है, जो बिल्कुल निःसार है। पार्लियामेंट के मेंबरों को बांटा जाता है। जो प्रतिदिन दैनिक पत्र पढ़ते हैं उन्हें समाचारों के सार की जरूरत नहीं है, उनका प्रकाशन रोका जा सकता है। देश में योजना का काफी प्रचार हो गया है, देश की जनता कागजी प्रचार नहीं चाहती, इस योजना के परिणामस्वरूप जो ठोस निर्माण हुआ है, उसको अपनी आंखों से देखना चाहती है। इस संबंध में खर्च में कमी की जा सकती है।

हाउसिंग बांड्स, राशन बांड्स दो

एक बात मैं और भी निवेदन कर दूं। मैं सरकार के सामने दो सुझाव रखना चाहता हूं। अगर हमारी सरकार हाउसिंग बांड्स इश्यू करे, लोगों को हाउसिंग बांड्स दे और उनसे रुपया ले और उस रुपए से तीन या चार लाख प्लाट्स का विकास करे, उन प्लाटों का विकास करके लोगों को नो प्रॉफिट नो लॉस बेसिस पर जो उनको खरीदना चाहें, प्रिफरेंस देकर बेच दे तो सरकार को काफी आय हो सकती है और देश में जो मकानों की कमी है, उसे पूरा किया जा सकता है। इसके संबंध में सरकार को गंभीरता से विचार करना चाहिए।

एक सुझाव और भी है कि जो शहरों के रहनेवाले लोग हैं और जिनकी सीमित आय है और जो सरकारी कर्मचारी की कोटि में आते हैं, उनके लिए अगर सरकार राशन बांड जारी करे और एक निश्चित कीमत पर उन्हें राशन देने का विश्वास दिलाए तो मैं समझता हूं कि राशन बांड्स से भी आठ-दस करोड़ की प्राप्ति हो सकती है।

अल्पबचत योजना जितनी सफल होनी चाहिए थी, उतनी नहीं हुई। आवश्यकता इस बात की है कि हम धन को आकृष्ट करने के लिए नए तरीके अपनाएं और अगर मकान देने की और निश्चित कीमत पर लोगों को अनाज देने की व्यवस्था सरकार कर सके तो मेरा ऐसा अनुमान है कि इनसे सरकार को काफी धन की प्राप्ति हो सकती है। मुझे विश्वास है कि इस संबंध में सरकार गंभीरता से इन सुझावों पर विचार करेगी।

एक बात जो अंत में मैं निवेदन करना चाहता हूं वह यह है कि हमारी फाइनेंशल इयर पहली अप्रैल से शुरू होती है और ३१ मार्च को समाप्त होती है। यह पद्धति अंग्रेजों ने चलाई थी और इस पद्धति का हमारे देश की आर्थिक और सामाजिक स्थिति के साथ कोई संबंध नहीं है। हमारे

यहां रबी की फसल दीवाली के समय आती है। उस समय मानसून का भी पता लग जाता है। अगर हम बजट एक अक्तूबर को पेश करें और अपनी फाइनेंशल इयर में थोड़ा सा परिवर्तन कर दें तो मैं समझता हूं कि सरकार को जो बजट पेश करने के बाद सप्लीमेंटरी डिमांड्स पेश करनी पड़ती हैं क्योंकि बजट के समय फसल का ठीक अनुमान नहीं हो पाता, वह आवश्यकता नहीं रहेगी। फाइनेंशल इयर में अगर हम परिवर्तन करें और उसे दीवाली तक ले जाएं तो मैं समझता हूं कि वह देश की फसल की दृष्टि से अधिक उपयुक्त होगा।

श्री म.प्र. मिश्र (बेगूसराय) : बनियों को भी रुचेगी।

श्री वाजपेयी : बनियों को भी रुचेगा तो बहुत अच्छा, लेकिन मैं तो किसानों की दृष्टि से निवेदन करना चाहता हूं। बनियों का विचार तो सरकार कर ही रही है और कांग्रेस पार्टी भी करती है, और उनका विचार किया जाए यह आवश्यक भी है। लेकिन अगर हम और दृष्टियों से भी सोचें तो मैं समझता हूं कि यह सुझाव लाभदायक हो सकता है।

दूसरी योजना : चादर से बड़े पांव

उपाध्यक्ष महोदय, इससे पहले कि इस योजना के संबंध में जो कठिनाइयां पैदा हो गई हैं, उनके बारे में मैं अपने विचार प्रकट करूं, हमारे प्रधानमंत्री ने आज प्रारंभ में जो भाषण दिया है, उसके संबंध में मैं एक बात कहना चाहता हूं। आज देश की जनता और सदन इस बात की आशा करता था कि प्रधानमंत्री अपने भाषण में पंचववर्षीय योजना को पूरा करने में जो कठिनाइयां पैदा हो गई हैं, उनको हल करने का रास्ता बतलाएंगे और जो निराशा छा रही है, उसको दूर करने और देश में उत्साह का वातावरण पैदा करने का प्रयत्न करेंगे। मुझे यह कहने में बिल्कुल संकोच नहीं है कि प्रधानमंत्री का भाषण सुनकर ऐसा लगा जैसे कि वह भारतीय गणराज्य की संसद में भाषण नहीं कर रहे, बल्कि योगाश्रम द्वारा आयोजित किसी जनसभा में भाषण कर रहे हैं जिसमें न केवल पैरों के बल पर खड़ा होना सिखाया जाता है, बल्कि सिर के बल पर खड़े होने की भी शिक्षा दी जाती है।

आज देश सरकार से इस बात की आशा करता है कि वह इस योजना को पूरा करने के लिए जिन उपायों का अवलंबन किया जाना चाहिए, इसके संबंध में असंदिग्ध शब्दों में घोषणा करे। योजना के कार्यान्वयन में जो कठिनाइयां उत्पन्न हो गई हैं, वे दैवी कठिनाइयां नहीं हैं। प्रकृति को या स्वेज नहर के संघर्ष को या पाकिस्तान से होनेवाली हमारी खटपट को दोष देकर हम अपनी जिम्मेदारी से बच नहीं सकते। जिनके सामने इंडो-चाइना और कोरिया का संघर्ष था, वे यह मानकर कैसे चले कि दुनिया में शांति रहेगी और हमें योजना को पूरा करने में कोई कठिनाई पैदा नहीं होगी। अतिवृष्टि या अनावृष्टि भी हमारे देश में लगी ही रहती है। उनके कारण फसल बिगड़ गई और उसके फलस्वरूप योजना खटाई में पड़ गई, इस बहाने को भी स्वीकार करने के लिए जनता तैयार नहीं है।

अभी हमारे प्रधानमंत्री ने देश को यह उपदेश दिया कि हमें आत्मनिर्भर होना चाहिए। जिस सरकार के वित्त मंत्री दुनिया के देश-देश के द्वार-द्वार पर भीख का कटोरा लेकर 'भिक्षां देहि, भिक्षां देहि' की रट लगाते घूमते हैं, और इस प्रकार भारत के सम्मान को वाशिंगटन, लंदन और बॉन

** दूसरी पंचवर्षीय योजना और वर्तमान आर्थिक स्थितियों पर पुनर्विचार के अवसर पर लोकसभा में २० नवंबर, १९५७ को भाषण।*

के बाजारों में नीलामी पर चढ़ाते हैं, उस सरकार के प्रधानमंत्री देश की जनता को आत्मनिर्भर होने का उपदेश दें, इससे बढ़कर मजाक की बात और क्या हो सकती है। यदि आत्मनिर्भरता का पाठ पढ़ना है तो हमारी सरकार को पढ़ना है।

जब दूसरी योजना बनाई गई तो उसमें ८०० करोड़ की विदेशी सहायता का अनुमान किया गया। यह सोचा गया था कि अमेरिका हमको ८०० करोड़ की विदेशी सहायता देगा। क्या हम समझते थे कि अमेरिका में सब दानवीर कर्ण निवास करते हैं? क्या हमको नहीं मालूम था कि अमेरिका की नीति भारत के प्रति क्या है? यह नीति कोई साल-डेढ़-साल का सवाल नहीं है। यदि हम विदेशी नीति के क्षेत्र में स्वतंत्र मार्ग पर चलना चाहते हैं तो हमको अमेरिका जैसे देश से इतनी आशा नहीं लगानी चाहिए थी। अगर अमेरिका हमें थोड़ी सहायता दे भी दे और पाकिस्तान को उसी अनुपात में अधिक हथियार दे दे तो पाकिस्तान के हथियारों के मुकाबले में जो पूंजी हमको मिलनी है, वह बराबर हो जाएगी क्योंकि हमको उतना ही रुपया अपनी सुरक्षा पर खर्च करना पड़ेगा। आज कहा जाता है कि हमें सुरक्षा के लिए इतना रुपया लगाना पड़ेगा, इसकी हमको कल्पना नहीं थी। अगर कल्पना नहीं थी तो इसका दोष किस पर है? पाकिस्तान की भारत विरोधी नीति नई नहीं है और अमेरिका और पाकिस्तान का सैनिक गठबंधन भी नया नहीं है। जो इतनी दूर तक नहीं देख सकता वह देश का निर्माण कैसे कर सकता है? इस बारे में मुझे संदेह है।

हमारे प्रधानमंत्री स्वप्नदर्शी हैं, वह सपने देखते हैं। मगर उनके आस-पास ऐसे लोग नहीं हैं जो उन स्वप्नों को साकार करके दिखा सकें और इसका परिणाम यह है कि हम गणेश बनाने जाते हैं, और बंदर बन जाता है। विनायकं प्रकुर्वाणो, रचयामास वानरं। इस पर कहा जाता है कि थोड़ी गलती हो गई, जो सूंड आगे लगानी चाहिए थी, वह पीछे लगा दी। गलती तो जरूर थोड़ी सी हुई मगर उसका परिणाम आज हमारे सामने है। हम दूसरी योजना को सफल बनाने के लिए कोई भी रास्ता निकालें, इससे पहले यह आवश्यक है कि योजना के सामने जो कठिनाइयां आ गई हैं, उनके मूल में जाकर हम विचार करें।

लाइसेंस किस आधार पर दिए गए?

आज विदेशी मुद्रा की दृष्टि से जो कठिन परिस्थिति पैदा हो गई है, उसके लिए उत्तरदायी कौन है? योजना बनाई योजना आयोग ने। उन्होंने दूरदर्शिता से काम नहीं लिया। अब कहा जाता है कि आयात के लिए लाइसेंस दिए गए और आज के वित्त मंत्री जब वाणिज्य मंत्री थे तब उन्होंने अनाप-शनाप लाइसेंस दिए। वाणिज्य मंत्रालय लाइसेंस देता है पर रिजर्व बैंक को और फाइनेंस मिनिस्टर को उन लाइसेंसों का तब तक पता नहीं चलता जब तक कि बिल सामने नहीं आ जाता। और वाणिज्य मंत्रालय ने जितने लाइसेंस दिए हैं उनमें से कितने काम में लाए गए और कितने नहीं, इसका पता उस मंत्रालय को भी नहीं होता और न योजना आयोग को इस बारे में पता होता है। जो कैबिनेट की इकानामिक कमेटी है वह आयात नीति निश्चित करती है और वह जो आयात नीति निश्चित करती है, उसके लिए सारा केंद्रीय मंत्रिमंडल उत्तरदायी है। अतएव इस विषय में केवल पूर्व वाणिज्य मंत्री को दोष देने से काम नहीं चलेगा।

आखिर जो प्राइवेट सेक्टर के लिए लाइसेंस दिए गए थे किस आधार पर दिए गए? क्या यह सच नहीं है कि निजी क्षेत्र में विदेशी मुद्रा का आवश्यकता से अधिक उपभोग किया गया और यदि किया गया तो क्या वह दूसरी योजना में निर्धारित लक्ष्यों को पूरा करने के लिए किया गया?

लेकिन लक्ष्य तो निर्धारित करना योजना आयोग का काम है, तो क्या लक्ष्य गलत निर्धारित किए गए? मंत्रिमंडल के ऊंचे अधिकारियों की समितियां हैं, लाइसेंसिंग कमेटियां हैं, वे अलग-अलग प्रोजेक्टों के बारे में निर्णय करती हैं और यह सेविंग्स बैंक्स और रिजर्व बैंक का काम है कि उसके लिए विदेशी पूंजी की व्यवस्था करें। मुझे संदेह है कि इन सभी संस्थाओं में शायद समन्वय नहीं है, उनके बीच में तालमेल नहीं है।

विदेशी मुद्रा का संकट अगर खड़ा हो रहा था, कहा जाता है कि १५ महीने पहले चेतावनी दी थी तो इस चेतावनी पर कान क्यों नहीं दिया गया? आज इस बात का पता लगाने की आवश्यकता है कि इसके लिए कौन जिम्मेदार है। ऐसा हम इसलिए नहीं कहते कि गिरे हुए दूध के लिए हम शोक मनाना चाहते हैं, बल्कि ऐसा इसलिए चाहते हैं ताकि आगे गलती न हो। इस संबंध में मेरा सुझाव है कि योजना आयोग का पुनर्गठन किया जाना चाहिए। योजना आयोग में हमारे प्रधानमंत्री भी हैं और हमारे योजना मंत्री भी हैं। वे सर्वव्यापी हैं, योजना आयोग से लेकर साधु समाज के लोगों तक उनकी गति है। उसमें श्री कृष्ण मेनन भी हैं। वैदेशिक मामलों में उनका उपयोग हो सकता है किंतु योजना आयोग में, मेरा निवेदन है कि विशेषज्ञ रखे जाने चाहिए जो निर्लेप होकर, निष्पक्ष होकर और निर्भीकता के साथ अपनी बात कह सकें। प्रधानमंत्री के महान व्यक्तित्व के सामने कौन क्या कहता है, इसकी मुझे बड़ी शंका है और उसका परिणाम यह है कि हमने एक ऐसी योजना बना ली जिसको पूरा करने के लिए हमारे पास उपयुक्त साधन नहीं हैं।

जब यह कहा जाता है कि अगर योजना एमबिशस है, ओवर एमबिशस है तो गलत नहीं है। यह जरूरी है कि हमारी जो योजना बने, उसके लिए हमारे पास साधन हों। इन दिनों एक अमेरिकी विशेषज्ञ आए थे जिन्होंने यह विचार प्रकट किया कि जहां तक इस देश की जरूरतों का सवाल है, योजना एमबिशस नहीं है। लेकिन मेरा नम्र निवेदन है कि उसके लिए हमें अमेरिकी विशेषज्ञ की सलाह की आवश्यकता नहीं। देश का बच्चा-बच्चा यह जानता है कि हमारी योजना यथार्थवादी है या नहीं, इसका निर्धारण हमारे साधनों से होगा। आज हमारे पास साधन नहीं हैं। जितने हमारे पास साधन उपलब्ध हों उसी के अनुसार हमें अपने पैर फैलाने चाहिए। किंतु हमने पैर लंबे पसारने चाहे, जबकि चादर छोटी है। अब जाड़े का मौसम आ गया है और पैर सिकोड़ने की बात हो रही है।

गैर-जरूरी आयात किया गया

आयात के बारे में मेरा निवेदन है कि लोहा और इस्पात आवश्यकता से अधिक आयात किया गया। जो आंकड़े दिए गए हैं उनसे पता लगता है कि पिछले १८ महीनों में ४.३ मिलियन टन स्टील मंगाया गया। सन् १९५६-५७ में ३.४ करोड़ रुपए का लोहा और स्टील मंगाया गया। उपभोग्य वस्तुओं में भी वृद्धि हुई और करीब ९५ करोड़ रुपए की उपभोग्य वस्तुओं का आयात किया गया। कंज्यूमर्स गुड्स के आयात में जो पिछले साल वृद्धि हुई, उसी सबका परिणाम यह है कि विदेशी मुद्रा की हमारे देश में कठिनाई पैदा हो गई।

हमारे देश में प्रशिक्षित कर्मचारियों की भी कमी है। अभी भिलाई के स्टील कारखाने के संबंध में जो रिपोर्ट निकली है, उसके बारे में कहा जाता है कि वहां जितने सिविल इंजीनियर्स चाहिए उससे ३०% कम इंजीनियर्स लगे हुए हैं। वहां पर कोई चीफ मैकेनिकल इंजीनियर नहीं है, चीफ इलेक्ट्रिक इंजीनियर भी नहीं है और सीनियर डिवीजन इंजीनियर्स की भी कमी है, फिर भी भिलाई

का कारखाना चल रहा है।

हम आशा करते थे कि राउरकेला का कारखाना पहले उत्पादन करेगा। प्रथम पंचवर्षीय योजना के अंतिम वर्ष में राउरकेला के कारखाने में स्टील का आंशिक उत्पादन-कार्य आरंभ हो जाना चाहिए था, मगर वहां अभी भट्टी भी नहीं बनी है, जब वह बन जाएगी तब उत्पादन आरंभ होगा।

इसके साथ ही साथ वस्तुओं के दामों में भी निरंतर वृद्धि हो रही है। मैं उन आंकड़ों को दोहराना नहीं चाहता जो मेरे मित्र श्री मसानी ने सदन के सामने रखे थे, मगर आज थोड़े में अगर कहा जाए तो यह है कि हम आज एक ऐसी कठिनाई में फंस गए हैं, जिसमें से निकलने के लिए जिन आधारभूत मान्यताओं को लेकर हमने द्वितीय पंचवर्षीय योजना का निर्माण किया था, उनमें परिवर्तन और संशोधन करने की आवश्यकता है।

विदेश मंत्री यथा-अवसरवादी

हम देश को एक वाद के चक्कर में जकड़ देना चाहते हैं और मजा यह है कि हमारे वित्त मंत्री महोदय जब अमेरिका जाते हैं तो पूंजीवादी बन जाते हैं और जब भारतवर्ष में आते हैं तो समाजवादी बन जाते हैं। बाहरवालों के लिए हम पूंजीवादी हैं और देशवालों के लिए समाजवादी, शायद देशवासियों का वोट लेने के लिए समाजवादी और विदेशी सहायता के लिए पूंजीवादी होना जरूरी है। आज हमारी स्थिति त्रिशंकु जैसी हो गई है। जहां तक देश के जीवन को आगे बढ़ाने का सवाल है, विषमता को मिटाने और हर एक व्यक्ति को उसके व्यक्तित्व के विकास के लिए समान सुविधाएं देने का प्रश्न है, कोई मतभेद नहीं है; लेकिन इसके लिए हम देश के जीवन को किसी एक चौखटे में जकड़ दें, यह उचित नहीं होगा और अनुभव यह बता रहा है कि इस तरह का प्रयत्न सफल नहीं होगा।

मैं चीन की बात नहीं करता। मैंने चीन का चक्कर नहीं लगाया। जिन्होंने वहां का चक्कर लगाया है, उन्होंने वहां की बात की है। मगर हमारी योजना का आधारभूत सिद्धांत है लोकतंत्र के आधार पर नवनिर्माण करना। अगर लोकतंत्र हमने छोड़ दिया और हमने नवनिर्माण कर भी लिया तो वह एक शव का शृंगार होगा जिसमें कि आत्मा नहीं होगी; और मैं स्पष्ट शब्दों में कहूं कि हम अपने देश का तानाशाही के आधार पर निर्माण करने के प्रयत्नों का समर्थन नहीं कर सकते। चीन का रास्ता अलग है और भारत का रास्ता अलग है। अपने देश की प्रतिभा को और अपनी परंपरा को समझकर हमें अपना निर्माण करना चाहिए।

इसलिए मैंने जो संशोधन उपस्थित किया है उसमें मांग की है कि ५ साल की योजना को हम ७ साल में पूरा करें। इसको थोड़ा सा आगे बढ़ाएं और इसके साथ ही साथ जो काम सरकार को हाथ में नहीं लेने चाहिए, उनको सरकार हाथ में न ले। मगर हम दूसरी योजना की रिपोर्ट के ४२०वें पृष्ठ पर पाते हैं कि हमारी राज्य सरकारों ने कुछ कपड़े बनाने, चीनी और मिट्टी के बर्तन बनाने के कारखाने खोलने की योजनाएं रखी हैं। अब अगर राज्य सरकारें मिट्टी के बर्तन न बनाएं तो उससे कुछ बिगड़नेवाला नहीं है। हम यह कार्य निजी क्षेत्र के लिए छोड़ दें और स्वयं खाद्य उत्पादन के कार्य को प्राथमिकता दें। चूंकि उसकी उपेक्षा की, इसलिए आज हमें यह दिन देखना पड़ रहा है।

एक बात मैं और कहूंगा। हमारे आदरणीय मित्र सेठ गोविंद दास ने सभी दलों से अपील की

है कि वह योजना को सफल बनाने में सहयोग दें। सहयोग तो हम देना चाहते हैं, मगर सहयोग लेने के लिए कोई तैयार नहीं है। सामाजिक क्षेत्र में हम छुआछूत खत्म कर रहे हैं, मगर राजनैतिक क्षेत्र में उसे शुरू कर रहे हैं। भारतीय जनसंघ ने एक प्रस्ताव द्वारा सरकार की अल्प बचत योजनाओं में सहयोग देने का निश्चय किया है। हमने इस प्रस्ताव की सूचना राज्य सरकारों और केंद्रीय सरकार को भी दे दी है पर सहयोग लेना तो अलग रहा, अभी तक हमें उस चिट्ठी का जवाब भी नहीं मिला है।

भारत सेवक समाज कांग्रेस सेवक समाज बन गया

भारत सेवक समाज जो जनता का सहयोग प्राप्त करने के लिए बनाया गया था, वह भी कांग्रेस सेवक समाज होता जा रहा है। यह बात मैं नहीं कहता, बल्कि 'भारत सेवक समाज' का जुलाई १९५७ का जो अंक है, उसमें श्री रामनारायण चौधरी का एक लेख छपा है। उस लेख का शीर्षक है 'क्या हम ईमानदार हैं?' कुछ प्रश्न उन्होंने खड़े किए हैं और बाद में उन्होंने उनका उत्तर भी दिया है। उन्होंने अपने उत्तर में इस प्रकार लिखा है :

"मैं अपने इन उत्तरों से खुद संतुष्ट नहीं हूं और निश्चय ही प्रश्न करनेवाला भला इनसे कहां संतुष्ट होगा। इतना सब कहने के बाद और अपने विचारों को ऊंचे स्वर में प्रकट करने के बाद एक जिज्ञासु और आत्मचिंतक के हृदय में यह प्रश्न फिर भी बार-बार उठता है कि क्या हम ईमानदार हैं?"

श्रम और रोजगार तथा योजना मंत्री के सभासचिव श्री ल.ना. मिश्र : यह उनकी व्यक्तिगत राय है।

श्री वाजपेयी : यह भारत सेवक समाज का मुखपत्र है, मैं इसे व्यक्तिगत राय नहीं मान सकता। भारत सेवक समाज में जो काम कर रहे हैं, उनकी यह राय है।

श्री दी.चं. शर्मा : आपकी भी यही राय है?

श्री वाजपेयी : अगर आप भी गंभीरता से विचार करेंगे तो आपकी भी यही राय होगी।

भारत सेवक समाज को और अधिक व्यापक बनाने की जरूरत है। हम उसमें काम करना चाहते हैं, मगर कर नहीं सकते।

श्री ल.ना. मिश्र : आपका स्वागत है, कीजिए।

श्री वाजपेयी : अगर जन-सहयोग प्राप्त करना है तो उसके लिए उपयुक्त वातावरण का निर्माण करना होगा और सरकार देश में यह वातावरण उत्पन्न करने में असफल रही है। देश का नवनिर्माण किसी एक पार्टी के बूते की बात नहीं है, वह पार्टी चाहे कितनी ही बड़ी हो। इसके लिए देश की करोड़ों भुजाओं के सोए हुए साहस को और उसकी नवनिर्माण की शक्ति को जगाना होगा, और जब वह जागेगी तभी देश का नवनिर्माण होगा। आवश्यकता है कि हम यथार्थवादिता से काम लें। रिअलिज्म इन प्लैनिंग होनी चाहिए। हममें यथार्थवाद नहीं रहा, और उसका परिणाम हमारे सामने है।

मुझे आशा है कि जो संकट खड़ा हो गया है, वह हमारी सरकार को इस दिशा में पुनर्विचार करने को विवश करेगा और देश की जनता सरकार के साथ कंधे से कंधा लगाकर राष्ट्र निर्माण की योजनाओं को पूरा करने में हाथ बंटाएगी। इस आशा के साथ मैं भाषण समाप्त करता हूं।

बजट : अकेलेपन की सौगात

अध्यक्ष महोदय, इससे पूर्व कि मैं बजट प्रस्तावों के संबंध में अपने विचार प्रकट करूं, मुझे इस बात का खेद है कि आदरणीय प्रधानमंत्री ने अपने भाषण में पंजाब के हिंदी आंदोलन का उल्लेख किया है। मैं समझता हूं कि सदन के सामने जो बजट के प्रस्ताव उपस्थित हैं, उनसे पंजाब के हिंदी आंदोलन का कोई संबंध नहीं है। हिंदी आंदोलन के संबंध में मतभेद हो सकते हैं, किंतु इस सदन में आदरणीय प्रधानमंत्री द्वारा इस प्रश्न का उठाया जाना नितांत अप्रासंगिक है। आर्यसमाज के नेता प्रधानमंत्री के पास समझौते के लिए आए थे, किंतु प्रधानमंत्री जी समझौते का कोई रास्ता नहीं निकाल सके, और शायद अब उनके सामने इसके सिवा कोई चारा नहीं रहा है कि वह अपनी सद्भावना-यात्रा के द्वारा अपनी मांगें पंजाब सरकार के सम्मुख रखें। मैं अभी इस संबंध में कुछ नहीं कहूंगा। आदरणीय प्रधानमंत्री से मेरा निवेदन है कि यदि वे हस्तक्षेप करें तो अभी भी परिस्थिति को सुधारा जा सकता है। देश में कोई ऐसा व्यक्ति नहीं है जो भारत की सभी भाषाओं का विकास नहीं चाहता। पंजाबी भी हमारी भाषा है, भारत की राष्ट्रीय भाषाओं में से एक है, किंतु मतभेद उस समय खड़ा होता है जब हिंदी और पंजाबी के बीच भेदभाव किया जाता है। यह भेदभाव अगर दूर कर दिया जाए और सभी को दोनों भाषाओं के अध्ययन की छूट दे दी जाए तो मैं समझता हूं कि पंजाब में जो परिस्थिति पैदा हो गई है, उसका निराकरण किया जा सकता है। किंतु जो भी परिस्थिति पैदा हुई है, उसके लिए केंद्रीय सरकार उत्तरदायी है और इस उत्तरदायित्व से हमारे प्रधानमंत्री भी अपने को मुक्त नहीं कर सकते।

जो बजट प्रस्ताव हमारे सामने उपस्थित हैं, उनके संबंध में कुछ दिनों से विवाद चल रहा है, और मुझे आशा थी कि प्रधानमंत्री अपने भाषण में ऐसी बातें कहेंगे जिनसे बजट प्रस्तावों में आम जनता पर जो कर लगाए गए हैं, उनका कोई समर्थन किया जा सके। किंतु उनका भाषण सुनने के बाद...(व्यवधान)...मैं निवेदन करना चाहता हूं कि बजट प्रस्ताव में साधारण जनता के ऊपर जो भार डाला गया है, उसका प्रायः सभी पक्षों के सदस्यों ने विरोध किया है, और इस बात से इन्कार नहीं किया जा सकता कि जिस आम आदमी से त्याग और बलिदान की अपीलें की जा रही हैं, उसमें अधिक त्याग करने की क्षमता नहीं। मुझे संतोष है कि प्रधानमंत्री ने अपने भाषण

** आम बजट पर चर्चा के दौरान लोकसभा में ३० मई, १९५७ को भाषण।*

में इस बात को स्वीकार किया है कि पंचवर्षीय आयोजन कोई पावन पूजा की वस्तु नहीं है और उसमें परिवर्तन हो सकते हैं। सभी स्वीकार करेंगे कि योजना हमारा साध्य नहीं है, साधन है। हमारा उद्देश्य जन-जीवन को सुखी बनाना है, किंतु नए बजट प्रस्तावों के द्वारा जन-जीवन पर इतना भार डाला जा रहा है कि वह उसे सहन नहीं कर सकता। आयोजन की सफलता के लिए जनता में उत्साह चाहिए। आज जनता में निराशा फैली हुई है; एक असंतोष व्याप्त है। क्या बिना जनता में उत्साह पैदा किए आयोजन सफल हो सकता है? और क्या यह कर-प्रस्ताव जनता में उत्साह पैदा करने में समर्थ हो सकते हैं, इसका विचार किया जाना चाहिए। मुझे खेद है कि प्रधानमंत्री ने जो कुछ कहा शायद वित्त मंत्री उसे स्वीकार नहीं करते। यदि योजना पावन पूजा की वस्तु नहीं है तो देश के साधन-स्रोतों और जनता की सहनशक्ति को देखकर उसमें हेर-फेर क्यों नहीं किया जाता। कांग्रेस ने जो चुनाव-घोषणापत्र प्रकाशित किया था उसमें इस बात को माना था कि योजना में समय-समय पर हेर-फेर संभव है। उनके घोषणापत्र के दसवें पृष्ठ पर कुछ पंक्तियां हैं, जिन्हें मैं पढ़ रहा हूं। उनमें कहा गया है :

"यह एक लचीली योजना है। समय-समय पर इसे परिस्थितियों की मांग और देश के संसाधनों के अनुरूप ढलना होगा।"

यह कांग्रेस पार्टी का जनता के सामने आश्वासन है। किंतु वित्त मंत्री ने राज्यसभा में जो भाषण दिया उसमें उन्होंने इससे बिल्कुल उलटी बात कही। उन्होंने कहा :

"मुझे आशंका इस बात की है कि योजना कोई रबड़ का टुकड़ा नहीं है। मेरा अभिप्राय किसी ऐसी चीज से है जिसे खींचा जा सके।"

क्या चुनाव-घोषणापत्र चुनाव के लिए बनते हैं और बाद में अलमारियों में उन्हें सजाकर रख दिया जाता है? यदि घोषणापत्र जनता के लिए है तो हमें देश की वर्तमान परिस्थिति, हमारे साधन-स्रोत और जनता की सहनशक्ति का विचार करना होगा। और महोदय, मैं बड़े आदर से निवेदन करना चाहता हूं कि आज आम जनता इतना भार सहन नहीं कर सकती, जितना उसके ऊपर डाला जा रहा है। दिनों-दिन जीवन की आवश्यक वस्तुओं पर उत्पादन-शुल्क बढ़ाया जा रहा है, जैसे कि चाय, चीनी, दियासलाई, तंबाकू, वनस्पति तेल, सब महंगे कर दिए गए हैं। चीनी का भाव १३ आने प्रति सेर से बढ़कर एक रुपया प्रति सेर हो गया है। आप कहेंगे, और वित्त मंत्री ने कहा भी है कि हम इन चीजों की खपत को नियंत्रित करना चाहते हैं, और इनके निर्यात को प्रोत्साहन देना चाहते हैं। मेरा निवेदन है कि आपके दोनों उद्देश्य पूरे होंगे। ये वस्तुएं आराम की चीजें नहीं हैं। उनकी मांग इतनी बढ़ी नहीं है जिसे बहुत कम किया जा सकता हो।

लोग शक्कर फांकते नहीं हैं। देश में शक्करखोर आदमी अधिक संख्या में नहीं होंगे। एक चम्मच शक्कर से जो काम चलाते हैं वे अपनी खपत में कितनी कमी करेंगे? और चीनी के संबंध में आपसे निवेदन करूं कि अगर चीनी की मिलों को अपनी खुद की गन्ने की फार्म रखने से रोक दिया जाए तो हमारे देश में अभी इतना गन्ना पैदा होता है कि यदि उसके पेरने की ठीक व्यवस्था की जाए तो देश में खपत के लिए जितनी चीनी आवश्यक है, उतनी पैदा करके हम बाहर भेजने के लिए भी चीनी पा सकते हैं। किंतु इस संबंध में मुझे यह शंका है, मैं नहीं जानता कहां तक ठीक है, कि हम जिस लागत से चीनी तैयार कर रहे हैं, क्या भारत के बाहर हमें उसके लिए बाजार मिलेगा, इस पर भी विचार होना चाहिए।

महोदय, एक अमेरिकी विशेषज्ञ आए थे, जिन्होंने यह सुझाव दिया था कि अगर रेलगाड़ियों

में भीड़-भाड़ कम करनी है तो रेल का किराया बढ़ा दिया जाए। उस समय उनके सुझाव को अनैतिकपूर्ण माना गया किंतु वित्त मंत्री ने दूसरे रास्ते से रेल के किराए को बढ़ाने का निर्णय कर लिया है और लोगों को अब अधिक किराया देना पड़ेगा। उसके बदले में उन्हें अधिक सुविधाएं मिलेंगी, यह आश्वासन देने के लिए सरकार तैयार नहीं है। अगर आपको किराया बढ़ाना है तो पहले दर्जे के यात्रियों का किराया बढ़ाइए। अभी वह दूसरे दर्जे का किराया देकर पहले दर्जे की सुविधाओं का उपभोग करते हैं। तीसरी दर्जे का यात्री अधिक किराए का भार नहीं सह सकता।

डाक और तार की दरों में भी वृद्धि की जा रही है और उसके लिए एक बड़ा विचित्र तर्क दिया जा रहा है कि सरकार को इन सेवाओं को चलाने में घाटा होता है। वित्त मंत्री ने सरकार को एक टटपूंजिए दुकानदार के स्तर पर रख दिया है। घाटा है इसलिए जन-सेवाओं को कम कर दिया जाए, यह तो मंगल राज्य के निर्माण का दावा करनेवाली सरकार के लिए अशोभनीय है। कुछ ऐसे भी काम हैं जिन्हें हम जनता की सेवा के लिए चलाते हैं, जिन्हें पब्लिक यूटिलिटी सर्विसेज कहा जाता है। उन्हें घाटा सहकर भी चलाना पड़ता है, और डाक और तार इसी प्रकार की सेवा है।

पोस्टकार्ड का दाम नए पैसे के कारण आधा पैसा पहले ही बढ़ गया है। अब उसमें और वृद्धि की जा रही है और कुल मिलाकर हम देखें तो यह वृद्धि ३३% हो जाएगी। इसका कोई औचित्य नहीं है। शायद वित्त मंत्री नहीं चाहते कि लोग चिट्ठी द्वारा, यात्रा द्वारा अपने दिल का रोना एक-दूसरे के आगे रोएं, इसलिए आम जनता को इससे भी वंचित रखना चाहते हैं।

आयकर की सीमा घटाना अनुचित होगा

आयकर की सीमा घटाने के संबंध में एक बात निवेदन करने योग्य है कि क्या सरकार समझती है कि जो व्यक्ति २५० रुपया प्रतिमास कमा रहा है, उसके पास इतनी बचत है कि जिसको वह टैक्स के रूप में दे सके? पंचवर्षीय योजना ने जितनी प्रगति की है, इसकी रिपोर्ट तो अभी सदन के सामने नहीं आई। फिर भी यह माना जा सकता है कि कुछ क्षेत्रों में प्रगति हुई है, जैसे बेकारी बढ़ी है, चीजों के मूल्य बढ़े हैं, और आज आम आदमी, मजदूर, किसान और मध्यम वर्ग के व्यक्ति कर-भार और मुद्रास्फीति से उत्पन्न जो मूल्यवृद्धि है, उसके पाटों में पिस रहे हैं। आप अगर आयकर की सीमा को घटाते हैं तो आपको राहत देने के लिए अन्य उपाय अपनाने पड़ेंगे। अभी वेतन आयोग की मांग की जा रही है, प्रदर्शन हो रहे हैं। केंद्रीय कर्मचारी अपने लिए अतिरिक्त भत्ते की मांग कर रहे हैं। आप वेतन आयोग भी नियुक्त नहीं करना चाहते और उनकी जेबों को हल्की करना चाहते हैं। दोनों बातें साथ नहीं चल सकतीं। वित्त मंत्री ने कहा है कि आयकर की सीमा घटा दी गई है तो हम भत्ते की व्यवस्था के लिए उपाय करेंगे, जिनके बच्चे अधिक होंगे उनको भत्ता दिया जाएगा।

जब राज्यसभा में कहा गया कि क्या इससे परिवार नियोजन का जो कार्यक्रम है, उस पर असर नहीं पड़ेगा, तो वित्त मंत्री ने कहा कि जब हम बड़ी बातों पर विचार कर रहे हैं तो परिवार नियोजन जैसी छोटी बात पर विचार नहीं होना चाहिए। कभी परिवार नियोजन बड़ी बात बन जाता है और कभी छोटी बात बन जाता है। इस संबंध में हमारा दृष्टिकोण स्पष्ट होना चाहिए। मुझे खेद है कि वित्त मंत्री का भाषण परस्पर विरोधी बातों से भरा हुआ है। जब यहां कहा जाता है कि पहली योजना के परिणामस्वरूप आम जनता के जीवन-स्तर में कोई बहुत ऊंची वृद्धि नहीं

हुई तो वित्त मंत्री कहते हैं कि एक योजना से यह काम संभव नहीं है। किंतु जब कहा जाता है कि आप इतना बोझ डाल रहे हैं कि जिसको हमारी अर्थव्यवस्था सहन नहीं कर सकती, तो कहा जाता है कि पहले आदमी की हालत देखिए।

हम भविष्य का विचार करें यह ठीक है, किंतु उसके लिए वर्तमान को बिल्कुल बलि पर चढ़ा दें, यह शायद ठीक नहीं होगा। अगर भविष्य का भवन बनेगा तो वर्तमान के आधार पर बनेगा। भविष्य अपनी चिंता करेगा, किंतु आप वर्तमान का विचार करिए, और आज देश की जो हालत है, उसको अगर आप ध्यान में रखकर चलेंगे तो मैं नहीं समझता कि आम जनता पर जो नए टैक्स लादे जा रहे हैं उनको बनाए रखने की बात गंभीरता से कही जा सकती है। मगर प्रश्न यह है कि क्या किया जाए। कल मैंने कहा था कि इस सदन ने पंचवर्षीय आयोजन को स्वीकार किया है। यह सदन उसको बदल भी सकता है। शायद बदलने की बात मेरे बहुत से मित्रों को पसंद नहीं आएगी। अभी प्रधानमंत्री ने कहा कि हम काट-छांट नहीं करना चाहते, हम फैलाना भी नहीं चाहते। तीसरा रास्ता क्या है? वह यह है कि हम जिस रास्ते से चल रहे हैं, उसी पर चलेंगे। आप बहुमत में हैं। आप उस रास्ते पर चल सकते हैं। किंतु जिस जनता को आप साथ लेकर चलना चाहते हैं, उसके गले के भीतर यह बात उतारनी है कि जिस सहयोग और बलिदान की उससे अपेक्षा की जा रही है, वह त्याग और बलिदान करने की वह क्षमता रखती है।

सरकार अपने खर्चे घटाए

सदन के अनेक सदस्यों ने इस बात की चर्चा की है कि सरकार अपने खर्चे में कमी करे, मितव्ययिता लाए, सादगी का आचरण करे और हमारे मंत्री और उच्च अधिकारी अपने आचरण से जनता के सामने आदर्श उपस्थित करें। देश में योजना के पक्ष में जन-उत्साह का निर्माण करने के लिए यह नितांत आवश्यक है। किंतु इस बात से सहमत होते हुए भी इस दिशा में प्रगति नहीं दिखाई देती है।

कल एक आदरणीय सदस्य ने चंडीगढ़ का उल्लेख किया था। अब भोपाल में भी, मैंने सुना है, एक नए चंडीगढ़ का निर्माण होने जा रहा है। दो-तीन करोड़ रुपए की लागत से एक नई राजधानी बनाई जा रही है। राजधानी की ऊंची-ऊंची अट्टालिकाएं, जिनमें स्वतंत्रता की गंगा भगवान शंकर की जटाओं की भांति खोकर रह जाती है, भारत के सात लाख गांवों को लाभ नहीं पहुंचा सकती। ऊंची-ऊंची अट्टालिकाएं भारत के सात लाख गांवों के अंतःकरण में राष्ट्र निर्माण के लिए त्याग और बलिदान की प्रेरणा पैदा नहीं कर सकतीं। चंडीगढ़ में एक नया विधान भवन बनाया जा रहा है और उस पर कोई एक करोड़ चालीस लाख की लागत आएगी। उसे आप रोक सकते हैं। भोपाल की राजधानी को बनाने की योजना आप स्थगित कर सकते हैं और किया जाना चाहिए। अगर भोपाल में भवन नहीं है तो आप राजधानी को ग्वालियर में ले जा सकते हैं। संपूर्ण दृष्टिकोण को परिवर्तित करने की आवश्यकता है।

महोदय, योजना के लिए जो जनता में उत्साह नहीं है उसका एक बड़ा कारण यह भी है कि इस योजना को पार्टी के आधार पर चलाया जा रहा है। यह राष्ट्रीय नियोजन नहीं है। इसमें सभी दलों और वर्गों के सहयोग को प्राप्त करने का प्रयत्न नहीं किया गया है। लोकसभा का सदस्य होने के नाते मैं जिला नियोजन समिति में लिया गया हूं, मगर उसकी बैठक जो १०. मई को होने वाली थी, उस बैठक की खबर मुझे १६ मई को मिली। एक बाढ़ निरोधक समिति मेरे जिले में

है। उसकी बैठक २६ तारीख को थी जिसकी सूचना मुझे २९ तारीख को मिली है। अब यह डाक और तार विभाग की गड़बड़ है या जिला अधिकारियों की, यह मैं नहीं कह सकता; किंतु जब तक प्रत्येक स्तर पर जनता को आयोजन के साथ सहयोग के लिए आमंत्रित नहीं किया जाता और योजना को सच्चे अर्थों में राष्ट्रीय नियोजन के रूप में नहीं चलाया जाता, तब तक योजना की सफलता के लिए जनता में अपेक्षित उत्साह पैदा नहीं किया जा सकता। नए टैक्सों के कारण यह उत्साह और भी कम हो गया। इसमें कोई मतभेद की बात नहीं है कि देश का विकास योजनाबद्ध रीति से होना चाहिए। किंतु इस योजना के निर्माण में और उसे कार्यरूप में परिणत करने में प्रत्येक स्तर पर उसका राष्ट्रीय स्वरूप सुरक्षित रखने की आवश्यकता है। क्या मैं आशा करूं कि नए बजट प्रस्तावों में जो आम जनता पर बोझा डाला गया है, उसे कम किया जाएगा और इस बात का प्रयत्न किया जाएगा कि हम योजना के क्रम निर्धारण में, जिसे वित्त मंत्री जी ने रिफेजिंग कहा है, अगर उन्हें काट-छांट शब्द बुरा लगता है, तो मैं उसका उपयोग नहीं करूंगा, पहली चीज को पहले लेंगे और इस तरह से योजना को कार्यान्वित करेंगे, जिससे देश के साधन-स्रोतों का और जनता की सहनशक्ति का विचार किया जा सके?

पंचवर्षीय योजना पूंजी प्रधान है

योजना के संबंध में मेरी आधारभूत आपत्ति यह है कि हमारी योजना पूंजी प्रधान है, जबकि वह श्रम प्रधान होनी चाहिए। जन-बल हमारी सबसे बड़ी पूंजी है। हम सब लोगों को काम दें, अधिक से अधिक जन-बल को योजना के अनुसार निर्माण में लगाएं, तो अधिक पूंजी न होते हुए भी हम आर्थिक पुनर्निर्माण की दिशा में अवश्य प्रगति कर सकते हैं। किंतु खेद का विषय है कि योजना ऐसी बनाई गई है जिसमें जन-बल पर कम ध्यान दिया गया है और पूंजी पर अधिक जोर दिया गया है। आज विदेशी मुद्रा की समस्या हमारे सामने है, खाद्य स्थिति विकट हो रही है। मैं नहीं मानता कि देश में खाद्यान्न की कमी है, अपितु वितरण का दोष है। २५ करोड़ का अलग कोष रखकर भी आप उस वितरण के दोष का निराकरण नहीं कर सकते।

मैंने चुनावों के दिनों में देखा है कि देवरिया जिले में एक स्थान पर केवल उन्हीं लोगों को सरकारी गल्ले की दुकानों पर अनाज मिलता था जो कांग्रेस के मंत्री से बैलवाली जोड़ी की पर्ची लेकर जाते थे। दुकानें कहां होनी चाहिए, इसका भी पार्टी की दृष्टि से विचार किया जाता है और वितरण की व्यवस्था ठीक नहीं होती है। आप २५ करोड़ रुपए रख देंगे लेकिन फिर भी आर्थिक संकट का निराकरण नहीं होगा। आपको चाहिए कि आप वितरण की उचित व्यवस्था करें और सबका सहयोग लें।

कृषि के प्रति उपेक्षा की नीति बढ़ती गई है, कम धन देकर कृषि उत्पादन में वृद्धि की आशा की गई है, और उसका दुष्परिणाम हमारे सामने है। कृषि भारत की अर्थ-नीति का आधार है, हमारा प्रमुख उद्योग है। हमने कृषि उत्पादन की उपेक्षा की और आज अन्न-संकट हमारे सामने खड़ा है और अन्न-संकट का हवाला देकर देश की जनता पर ऐसे बोझ लादे जा रहे हैं जिनको वह सहन नहीं कर सकती। मैं चाहता हूं कि इस योजना के क्रम-निर्धारण पर फिर से विचार किया जाए और इस योजना के प्रत्येक क्षेत्र में जनता का समर्थन प्राप्त करने का प्रयत्न किया जाए।

मुझे इससे अधिक कुछ नहीं कहना है। धन्यवाद।

भ्रष्टाचार और घोटाले

दूरसंचार घोटाला : चर्चा निरर्थक

अध्यक्ष महोदय, हम आपसे सहमत हैं कि सदन चलना चाहिए, लेकिन यह परिस्थिति क्यों पैदा हुई है कि सदन नहीं चल रहा है?...(व्यवधान) आप यदि मुझे पूरा नहीं करने देंगे, तो आप बेनकाब हो जाएंगे।...(व्यवधान)

अध्यक्ष महोदय : मैं आपसे विनती करता हूं कि इस सदन के सारे नेतागण, अलग-अलग पक्षों के, बहुत सोच-समझकर, बहुत रेस्पांसिबिलिटी से बोलते हैं। उनका पाइंट ऑफ व्यू होता है। उनको भी बोलना पड़ता है। कृपया आप उनको बहुत ध्यान से सुनें। यदि जरूरत हुई, तो मैं आपको भी बोलने का मौका दूंगा।

श्री वाजपेयी : अध्यक्ष महोदय, आपने जो कुछ कहा है, मैं उसकी प्रतिक्रिया के स्वरूप खड़ा हूं। जो सत्तापक्ष के सदस्य हैं, उनको समझाना तो मेरे बूते की बात नहीं है।

अध्यक्ष महोदय, हम चाहते हैं कि सदन चले। सदन में चर्चा भी हो, लेकिन आप यह भी स्वीकार करेंगे कि चर्चा का कोई परिणाम निकलना चाहिए...(व्यवधान)

अध्यक्ष महोदय : अगर अच्छे ढंग से बोलनेवालों को आप नहीं सुनेंगे तो फिर आपको वहां से सिर्फ आवाज सुननी पड़ेगी।

श्री वाजपेयी : अध्यक्ष महोदय, इस मामले पर, जो मामला विचाराधीन है, जो विवाद का विषय बना है, जिसको लेकर संसद में गतिरोध है, इस पर चर्चा हो चुकी है। आपके कक्ष में लगातार चर्चा होती रही है, मैं उसका यहां पर कोई उल्लेख नहीं कर रहा हूं। आपने कहा था कि सदन में बैठकर तय कर सकते हैं, चर्चा हो रही है। अब आज स्थिति यह है कि जो कुछ भी परिस्थिति बनी है, जो लाइसेंस दिए गए हैं, जिस तरह से लाइसेंस दिए गए हैं, उसके बारे में सुप्रीम कोर्ट जांच कर सकता है, उसके बारे में मीडिया नतीजा निकाल सकती है, दोषारोपण कर सकती है। अगर कोई संस्था जांच नहीं कर सकती तो वह है, इस देश की सबसे बड़ी संस्था यह पार्लियामेंट, जो जांच नहीं कर सकती है।

अध्यक्ष महोदय, क्या इसलिए जांच नहीं कर सकती कि उधर बहुमत है?...(व्यवधान)

अध्यक्ष महोदय, मैं निवेदन कर रहा था कि सदन में चर्चा हो रही थी। यह तय हुआ था

---

* दूरसंचार घोटाले को लेकर चले लंबे गतिरोध पर लोकसभा में १९ दिसंबर, १९९५ को टिप्पणी।

कि इस मामले से संबंधित, इस घोटाले से संबंधित सभी फाइलें देख ली जाएं। फाइलें देखने के लिए हम इकट्ठे हुए थे। लेकिन हमने उस समय यह कहा था कि अगर फाइलें देखने के बाद हम इस नतीजे पर पहुंचते हैं कि ज्वाइंट पार्लियामेंट्री कमेटी बननी चाहिए तो क्या सरकार खुला दिमाग रख रही है? सरकार की ओर से कहा गया कि ज्वाइंट पार्लियामेंट्री कमेटी के बनाने का सवाल ही पैदा नहीं होता। हम इस प्रस्ताव को रूल-आउट करते हैं।...(व्यवधान)...

संसदीय कार्य मंत्री श्री विद्याचरण शुक्ल : हमने यह नहीं कहा। गलत बात...(व्यवधान)

श्री वाजपेयी : अब आपको और भी जवाब देने पड़ेंगे, इसलिए सारे जवाब इकट्ठे दीजिएगा...(व्यवधान)

अध्यक्ष महोदय, अगर सरकार बंद दिमाग से चर्चा चाहती है—आप भी जोर दे रहे हैं कि चर्चा होनी चाहिए, हम भी चर्चा चाहते हैं—चर्चा यदि बंद दिमाग से होगी और अगर सरकार ने पहले से फैसला कर लिया है कि कुछ भी हो जाए इस मामले की जांच नहीं होनी है तो फिर चर्चा निष्फल है, चर्चा निरर्थक है। इसलिए विरोध हो रहा है।...(व्यवधान)

अध्यक्ष महोदय, मैंने अभी पूरा नहीं किया है। हमारी यह भी मांग थी कि जब तक चर्चा हो रही है तब तक और लाइसेंस नहीं दिए जाने चाहिए। यह सुप्रीम कोर्ट ने मान लिया है। आप सुप्रीम कोर्ट के फैसले से बंधने को तैयार हैं और सदन में चर्चा करके जो एक आम सहमति बनती है, उसके लिए तैयार नहीं हैं।...(व्यवधान) इस गतिरोध को हल करने के लिए और भी सुझाव आए थे। गतिरोध चलते हुए देश के हित को प्रमुख रखकर हमने आपसे कहा और सरकार से भी कहा कि यदि काश्मीर का मामला है, उत्तर प्रदेश का मामला है तो हम नहीं चाहते कि कोई गतिरोध पैदा हो और हमने उसके लिए रास्ता निकाला...(व्यवधान) आज काश्मीर के मामले में भी हम रास्ता निकालने को तैयार हैं। मगर सत्तापक्ष ने इस सदाशयता का क्या उत्तर दिया है?...(व्यवधान)

एक बात और, और मेरे कांग्रेस के मित्र बिगड़ें नहीं।...(व्यवधान) नाराज होने की जरूरत नहीं है। इतने दिन से गतिरोध चल रहा है। सारा प्रतिपक्ष इकट्ठा है जो वैसे मतभेदों के कारण अलग-अलग रास्तों पर जाता है। यह मामला इतनी तीव्रता से अनुभव किया जा रहा है। लेकिन इस सारे गतिरोध को हल करने में इस सदन के नेता की कोई भूमिका नहीं है। प्रधानमंत्री कहीं नहीं हैं। क्यों नहीं हैं?...(व्यवधान) क्या प्रधानमंत्री विरोधी दलों के नेताओं को बुला नहीं सकते? अगर भ्रष्टाचार पर पर्दा डालना है और यह डर है कि यदि एक मामले पर जांच हुई तो जांच के लिए और भी मामले निकल आएंगे, तो मुझे कुछ नहीं कहना है। मगर सदन के नेता के नाते प्रधानमंत्री की भूमिका होनी चाहिए। कोई भूमिका नहीं है। अभी तक विद्याचरण शुक्ल जी अकेले सुखराम की मदद के लिए बोलते रहे। आज रूप कुछ बदला हुआ है।...(व्यवधान)

अध्यक्ष महोदय, मैं चाहता हूं कि जो प्रश्न उठाए गए हैं, उनके बारे में आप विद्याचरण शुक्ल जी का जवाब मांगिए। आप अगर रास्ता निकालना चाहते हैं तो प्रतिपक्ष को मना नहीं है। लेकिन रास्ता ऐसा नहीं होना चाहिए जो हमें किसी ठिकाने पर न ले जाए। चर्चा के लिए चर्चा नहीं हो सकती। अब वह वक्त नहीं है कि चर्चा के लिए चर्चा हो और मामला टॉक-आउट कर दिया जाए। वह स्टेज निकल गई।

संसदीय समिति की फिर उपेक्षा

अध्यक्ष महोदय, संसद में एक असाधारण परिस्थिति पैदा हो गई है। मैं १९५७ से संसद के साथ संबद्ध रहा हूं और मैंने अधिकांश समय प्रतिपक्ष में बिताया है। आज भी व्यवहार करते समय प्रतिपक्ष संसदीय मर्यादाओं का ध्यान रखे, इस बात पर हम बल देते रहे हैं। लेकिन जैसा मैंने वर्षाकालीन सत्र के पहले दिन कहा था, हमें इस बात का दुख है, हमें पीड़ा है।

संसदीय समिति की पद्धति में और उस पद्धति में संसदीय समितियों की रिपोर्टों के बारे में सरकार का जो नकारात्मक रवैया है, वह भी आता है। उससे लोगों के मन में संसदीय व्यवस्था के बारे में एक अविश्वास पैदा हुआ है। उस दिन तो यह रिपोर्ट नहीं आई थी। हमें कल्पना नहीं थी कि ऐसी रिपोर्ट आनेवाली है, लेकिन इस रिपोर्ट के आने से पहले देश की जनता यह अनुभव करने लगी थी, कि संसद अपने दायित्व का ठीक तरह से पालन नहीं कर रही है। हमसे पूछा जाने लगा था कि हम संसद में करते क्या हैं? जब कभी भ्रष्टाचार के आरोप लगते हैं, जांच नहीं होती। जांच होती है तो कार्रवाई नहीं होती, लीपापोती होती है।

सदन में इतने दिनों से गतिरोध चल रहा है। अध्यक्ष महोदय, हम आपके आभारी हैं, आप बार-बार प्रयत्न कर रहे हैं कि गतिरोध का हल निकलना चाहिए, यह सदन चलना चाहिए। आपने प्रतिपक्ष और सरकार को बैठाने की कोशिश की, रास्ता निकालने की कोशिश की है, मगर सरकार की ओर से कोई पहल नहीं की गई है। क्यों नहीं की गई है? क्या सरकार और प्रतिपक्ष के बीच में हमेशा आप ही माध्यम बनेंगे? क्या सीधा संवाद नहीं होगा? क्या सरकार ने सीधा संवाद करने की सारी संभावनाएं रद्द कर दी हैं? फिर संसदीय पद्धति चलेगी कैसे, लोकतंत्र कैसे चलेगा? हर मामले में अध्यक्ष महोदय, आपको डालने की जरूरत नहीं होनी चाहिए। आप अपना योगदान दे रहे हैं, इसके लिए हम सब आभारी हैं।

आखिर सरकार इस बात पर तो विचार करे कि कौन सी ऐसी चीज है जिसने सारे विपक्ष को एक कर दिया है। आज छोटे-छोटे दलों से, जो उत्तर-पूर्व से आते हैं और दक्षिण से आते हैं, उन सभी से अलग-अलग राय ली गई थी। सब एक स्वर में कह रहे हैं कि जे.पी.सी. की रिपोर्ट पर जो एक्शन टेकन रिपोर्ट आई है, वह ठीक नहीं है। सरकार को उसे वापस लेना चाहिए।

** जे.पी.सी. रिपोर्ट की उपेक्षा पर लोकसभा में २ अगस्त, १९९४ को प्रतिक्रिया।*

यह कोई राजनीतिक मुद्दा नहीं है। किस तरह की रिपोर्ट आई है? जब जे.पी.सी. बनी, अध्यक्ष महोदय, आपको याद होगा कि प्रतिपक्ष की ओर से हम लोगों ने मांग की थी कि चेयरमैन प्रतिपक्ष का होना चाहिए, क्योंकि एक बार संसदीय समिति में जाने के बाद हम दल के अनुसार आचरण नहीं करते हैं। यह महत्वपूर्ण विषय है। घोटाला है, शताब्दी का सबसे बड़ा घोटाला है। ५००० करोड़ रुपए कहां गए? इसमें आम आदमी फंसा हुआ है। छोटे-छोटे लोगों ने शेयर खरीदे और उनके सारे शेयर मिट्टी के मोल बिके। किसने इतना बड़ा घोटाला किया?

आपने संसदीय समिति की मांग को स्वीकार किया। सत्तापक्ष ने स्वीकार किया, सुझाव दिया गया कि प्रतिपक्ष का चेयरमैन होना चाहिए, क्योंकि सभी जानते थे कि इस पर जो चर्चा होगी, उसमें जो निर्णय होगा, वह दूरगामी निर्णय होगा और कुछ लोगों के सिरों को सड़क पर लुढ़काने की भी नौबत आ सकती है। इसलिए कांग्रेस पार्टी के एक वरिष्ठ सदस्य श्री रामनिवास मिर्धा को समिति का अध्यक्ष बनाया गया। हमने कोई आपत्ति नहीं की। उनमें हमारा विश्वास है। कांग्रेस का बहुमत था। क्योंकि दल के आधार पर हम नहीं चलते हैं। जो प्रमाण आए, जो तथ्य आए और गवाहियां ली गईं, आपने स्वयं संसदीय समिति से थोड़ा हटकर, लीक से हटकर, मंत्रियों को समिति के सामने उपस्थित होकर, अपनी बात कहने का मौका दिया। जब समिति बनी, तो प्रधानमंत्री ने सदन में कहा था कि दोषी के खिलाफ कार्रवाई होगी। १८ महीने परिश्रम हुआ। देश में, विदेश में चर्चा हुई। रिपोर्ट आ गई, लेकिन रिपोर्ट पर जो एक्शन टेकन रिपोर्ट आई है, सरकार स्वयं समझ रही है कि ऐसी रिपोर्ट नहीं आनी चाहिए थी। इसलिए कुछ शब्दों को निकालने की बात हुई। इसके अलावा इस प्रस्ताव पर भी चर्चा हो रही है कि इस रिपोर्ट को अंतरिम रिपोर्ट मान लिया जाए और एक दूसरी रिपोर्ट आ जाए, क्योंकि सरकार समझ रही है कि गलती हुई है। अगर गलती हुई है तो स्पष्ट रूप से यह मानने में संकोच नहीं होना चाहिए। उस दिन प्रधानमंत्री जी ने आपके द्वारा आहूत बैठक में कहा था कि हमारा खुला दिमाग है। खुला दिमाग और खाली दिमाग, दोनों में अंतर है। दिमाग खुला है और आप आ जाइए···(व्यवधान)

श्री विलास मुत्तेमवार : लेकिन बंद दिमाग का क्या करें?

श्री वाजपेयी : बंद दिमाग 'उघडून पहायचे'। मैं मराठी में बोल रहा हूं, तो आप क्या हंस रहे हैं?···(व्यवधान) मैंने मराठी में कहा है कि बंद दिमाग को खोलकर देखना पड़ेगा, मगर बंद दिमाग से काम नहीं चलेगा। यह संयुक्त विरोध और प्रबल विरोध का सरकार पर असर हुआ है। सरकार का पक्ष दुर्बल है, यह सरकार को अनुभूति हुई है। अब सरकार एक कदम और आगे बढ़ा सकती है।

अध्यक्ष महोदय, यहां श्री चिदंबरम् जी बैठे हुए हैं। उन्होंने बेकार इस्तीफे का प्रस्ताव रखा। वह भी बने रहते। समिति की रिपोर्ट आ जाती और समिति खिलाफ कह भी देती तब भी टस से मस नहीं होते और शंकरानंद जी के मार्ग पर चलते, मगर भले आदमी ने इस्तीफा दे दिया और इस्तीफा तत्काल मंजूर हो गया। प्रधानमंत्री किसी से इस्तीफा मांगेंगे नहीं, क्योंकि उन्हें डर है कि शायद इस प्रक्रिया में उनसे इस्तीफा न मांग लिया जाए। शंकरानंद जी ने सदन में जो कुछ कहा, वह हमको आश्चर्य में डालनेवाला है। उन्होंने कहा कि मैंने जो गड़बड़ की है, वह मैंने नियमों के अनुसार की है और कुछ मंत्रियों ने नियमों का उल्लंघन करके गड़बड़ की है, उनके खिलाफ कार्रवाई नहीं हुई, तब मेरे खिलाफ कैसे हो सकती है। उन्होंने जो कुछ कहा, मैं उसका निचोड़ बता रहा हूं। मैं उनके शब्दों को उद्धृत नहीं कर रहा हूं।

अध्यक्ष महोदय, भ्रष्टाचार हमारे सार्वजनिक जीवन और राजनीतिक जीवन को खोखला कर

रहा है। यह लोकतंत्र को खतरे में डाल देगा। क्या राजनीति, सत्ता, धन कमाने का साधन है? तरह-तरह के आरोप बाहर लगाए जा रहे हैं। राजनेताओं का सड़कों पर निकलना मुश्किल हो जाएगा। इसलिए हम बड़ी पीड़ा से मांग करते हैं कि कोई एक उदाहरण स्थापित करो, मोह छोड़ दो और सत्ता से चिपटे रहने की बात छोड़ दो। सत्ता चली जाएगी, मगर इस देश के जीवन को और सार्वजनिक जीवन को किस तरह शुद्ध रखना है, पूरा शुद्ध तो नहीं रह सकता है, लेकिन ज्यादा गंदा होने से रोकना तो चाहिए और यह मौका है। जे.पी.सी. की रिपोर्ट ने एक मौका दिया था। यह एक सर्वसम्मत रिपोर्ट थी। आप कार्यवाही कर सकते थे। अभी भी कर सकते हैं। हम उसी के लिए आपको प्रेरित करना चाहते हैं।

संसदीय समिति की सिफारिश के प्रति उपेक्षा का पहला मामला नहीं है। माफ करिए, रेलवे कन्वेंशन कमेटी थी, जाफर साहब बैठे हुए हैं, लोग कहते हैं कि मंत्रिमंडल में एक ही शरीफ है। मैं दूसरों पर कोई आरोप नहीं लगा रहा हूं। रेलवे कन्वेंशन कमेटी की सर्वसम्मत रिपोर्ट रद्दी की टोकरी में फेंक दी गई, क्यों?

समितियों के औचित्य पर शंका

लोग पूछते हैं कि आप समितियों में क्या करते हैं? समिति की सर्वसम्मत रिपोर्ट की भी अगर कद्र नहीं होगी तो लोकतंत्र की रक्षा कैसे हो पाएगी? मैं मानता हूं कि सरकार कह सकती है कि हमें स्वीकार करने में ये-ये कठिनाइयां हैं। समिति में सदस्य दलगत भावना से ऊपर उठकर विचार कर सकते हैं, निर्णय कर सकते हैं, लेकिन सदन में तो ऐसा नहीं हो सकता। या तो ह्विप इशू किया जाएगा या अन्य सौ बंधन लगाए जाएंगे, तो समिति की रिपोर्ट का महत्व और बढ़ना चाहिए। यह रिपोर्ट आ गई है। सर्वसम्मत रिपोर्ट है। अब सरकार गिना रही है कि हमने कितनी सिफारिशें स्वीकार की हैं। इस पर भी मतभेद है। किसी के विरुद्ध कार्यवाही नहीं की गई।

याद रखिए, जब तक किसी मंत्री के विरुद्ध कार्यवाही नहीं की जाएगी, तो लोग कैसे समझेंगे कि भ्रष्टाचार के निराकरण के लिए प्रयत्न किया जा रहा है। लोग यह नहीं समझेंगे। खाली सरकारी आफिसरों के ऊपर ही बात सीमित नहीं रहनी चाहिए। मैं किसी अपराध की बात नहीं कह रहा हूं। क्या नैतिक दायित्व नहीं है? वित्त मंत्री जी अच्छे वित्त मंत्री हैं। हमें उनकी व्यक्तिगत ईमानदारी पर कोई संदेह नहीं है। मगर वित्त मंत्रालय सारे के सारे घोटाले में विफल हुआ है। जब जांच चल रही थी तब वित्त मंत्री जी बराबर रिजर्व बैंक के गवर्नर का समर्थन करते थे। उस समय भी हमने आपत्ति की थी। रिपोर्ट से प्रभावित होकर और रिपोर्ट की सिफारिशों का लोहा मानकर डॉ. मनमोहन सिंह ने स्वयं इस्तीफा दे दिया था।

श्री चिदंबरम् का इस्तीफा मंजूर हो गया, लेकिन डॉ. मनमोहन सिंह का मंजूर नहीं हुआ। मैं यह मानने के लिए तैयार नहीं हूं कि उनके बिना कांग्रेस पार्टी के आर्थिक सुधार नहीं चलेंगे। एक बड़े सिद्धांत के लिए डॉ. मनमोहन सिंह का इस्तीफा स्वीकार किया जा सकता था। डॉ. मनमोहन सिंह की प्रतिष्ठा बढ़ती और पार्टी की भी प्रतिष्ठा बढ़ती। जब डॉ. मनमोहन सिंह ने इस्तीफा दिया था, तो उनका इस्तीफा वापस कर दिया गया, तो शंकरानंद का इस्तीफा कैसे हो? कर्नाटकं में चुनाव होनेवाले थे, पता नहीं क्या हो। कहां जाएगा सार्वजनिक जीवन?

अध्यक्ष महोदय, मुझे डर है कि जे.पी.सी. की रिपोर्ट के बारे में जो एक्शन टेकन रिपोर्ट आई है, सरकार की जो प्रतिक्रिया है, उसके बाद अब किसी संसदीय समिति में दल से ऊपर

उठकर काम करना असंभव होगा। इसका आरंभ हो गया है।

पब्लिक एकाउंट्स कमेटी शक्कर के घोटाले के बारे में जांच कर रही थी। फूड सेक्रेटरी को समिति के सामने पेश होने के लिए बुला लिया गया था¨(व्यवधान) यह तथ्य है। आज जब हम सब समितियों से त्यागपत्र देने का फैसला कर रहे हैं तो सरकार समितियों के साथ किस तरह का व्यवहार कर रही है, क्या हम इसका उल्लेख नहीं कर सकते? पब्लिक एकाउंट्स कमेटी के रास्ते में रुकावट पैदा की जा रही है। मैं कांग्रेस के सदस्यों की कठिनाई समझ रहा हूं। अगर उन्हें बुला-बुलाकर शुक्ला जी कहेंगे कि सारा बंटाधार कर दिया, यह क्या गुड़गोबर कर दिया, तो उसमें सदस्य क्या करेंगे?…(व्यवधान) शक्कर का गोबर।

अध्यक्ष महोदय, समितियां कैसे चलेंगी? मैं पुरानी बात कह रहा हूं, इस प्रसंग को छोड़ रहा हूं, क्योंकि आपसे टकराने की मेरी मुद्रा नहीं है।

शुगर घोटाला

पब्लिक एकाउंट्स कमेटी की शुगर इंपोर्ट के बारे में पहले रिपोर्ट आई थी। गंभीर आरोप लगाए गए थे। बाहर से ऊंची कीमत पर शुगर खरीदी गई थी। हमने जांच की। दल का कोई भेद नहीं था। मैं चेयरमैन था। हमने सिफारिशें की थीं। अब कल्पनाथ राय जी दावा करते हैं कि हम उन्हीं सिफारिशों पर चल रहे हैं। लेकिन हमने उसमें सिफारिश की थी कि उच्चस्तरीय जांच होनी चाहिए। सी.बी.आई. ने जांच की। सी.बी.आई. ने जांच करने के बाद उस समय के शुगर मंत्री, श्री सुखराम को दोषी ठहराया। मैं सदन के पटल पर वह रिपोर्ट रखने को तैयार हूं। वह रिपोर्ट जब तक मैं चेयरमैन था, जब तक पब्लिक एकाउंट्स कमेटी थी, हमारे सामने नहीं आने दी गई। अभी भी नहीं आने दी गई, मगर सरकार को पता था उस रिपोर्ट के बारे में। क्या सुखराम जी के खिलाफ कोई कार्यवाही की गई? उन्हें मंत्रिमंडल में ले लिया गया और अब वे किसी दूसरे घोटाले में फंसने की तैयारी कर रहे हैं। हम नहीं चाहते कि वह फंसें, लेकिन अब पी.ए.सी. कौन जाना चाहेगा? जाकर क्या करना चाहेगा?

मैंने प्रधानमंत्री से उस दिन कहा कि क्या आपने सी.बी.आई. की रिपोर्ट देखी? अब जे.पी. सी. की एक्शन टेकन रिपोर्ट आई है। कई जगह कहा जा रहा है कि सी.बी.आई. जांच कर रही है। क्या जांच कर रही है? जांच करेगी तो क्या उसकी फाइंडिंग्स पर अमल किया जाएगा? हमारा यह विश्वास हिल गया है और यह तीन साल चलनेवाली प्रक्रिया का परिणाम है। घोटाले पर पर्दा डालने का रवैया अपनाया गया है। इसका नतीजा है यह सारा विरोध और यह पूरा आक्रोश। आपको याद होगा, जिस दिन सत्र आरंभ हुआ था, हमने कहा था, हम लोग गरजना भी चाहते हैं और बरसना भी चाहते हैं। आपने कहा था कि क्या विपक्ष इकट्ठा होगा? इस सरकार ने ऐसी हवा चलाई है, सबको सदन के अंदर इकट्ठा कर दिया है। बादल कभी-कभी इकट्ठे हो जाते हैं, हवा के प्रभाव से और इसका परिणाम यह है कि गतिरोध और बढ़ता जा रहा है। हमें इस परिस्थिति में और कोई रास्ता दिखाई नहीं देता 'नान्याः पंथः विद्यते अयनाय' और कोई रास्ता नहीं है। एक असहयोग का रास्ता है, समितियों से त्यागपत्र देने का रास्ता है और आगे कौन सा कदम हो, इस पर हम सोचकर आपको सूचित करने के लिए विवश होंगे। आप अपना प्रयत्न जारी रखिए, मगर इस सरकार से हमें उम्मीद नहीं है। इसलिए ऐसा लगता है कि रास्ते अलग-अलग हो रहे हैं। धन्यवाद।

सरकार समझौता नहीं चाहती

अध्यक्ष महोदय, संसदीय कार्य मंत्री ने आपके द्वारा बुलाई गई बैठक में जो चर्चा हुई थी, और उसमें सरकार ने जो प्रस्ताव रखा था वह प्रस्ताव उन्होंने अभी पढ़कर बता दिया, उसे वे सदन के सामने ले आए।

मैं चाहता हूं कि यह प्रस्ताव श्री इंद्रजीत गुप्त के जिस प्रस्ताव के उत्तर के रूप में आया था, वह प्रस्ताव भी सदन के सामने आना चाहिए। श्री इंद्रजीत गुप्त जी ने एक रास्ता निकालने की कोशिश की थी। मगर सरकार ने उसको सफल नहीं होने दिया।

अध्यक्ष महोदय, रिकार्ड पूरा होना चाहिए।

अध्यक्ष महोदय : हां, बताइए।

श्री वाजपेयी : मैं उसको पढ़ना चाहता हूं। श्री इंद्रजीत गुप्त ने जो प्रस्ताव रखा था दलों के नेताओं की बैठक के सामने, वह इस प्रकार है :

"संयुक्त संसदीय रपट के संबंध में अमुक-अमुक तिथियों में सदन के पटल पर रखी गई एक्शन टेकन रिपोर्ट के विषय में विभिन्न विपक्षी पार्टियों से सलाह करने के बाद, क्योंकि कुछ हद तक लिए गए निर्णय सांसदों की अपेक्षाओं को संतुष्ट नहीं करते, सरकार की इच्छा एक्शन टेकन रिपोर्ट को संशोधित तथा वृद्धि करने की है, इस तरह से संशोधित रपट को उचित स्थिति में सदन के समक्ष लाया जाए। इस दौरान, वर्तमान एक्शन टेकन रिपोर्ट को अंतरिम रपट की तरह लिया जाए और अंतिम रपट की स्वीकृति या अस्वीकृति का निर्णय सदन द्वारा उचित समय पर किया जा सकता है।"

यह प्रस्ताव श्री इंद्रजीत गुप्त की ओर से आया था। हम तो यह आज सवेरे संसदीय दल की बैठक में रखना चाहते थे, लेकिन तत्काल निर्णय लेने के कारण नहीं रख सके, परंतु यदि दोनों प्रस्तावों की तुलना करेंगे तो शासक दल की ओर से जो यह कहा गया कि प्रतिपक्ष रीजनेबल एटीट्यूड नहीं अपना रहा है, यह आरोप गलत सिद्ध होगा। श्री इंद्रजीत गुप्त ने एक रास्ता निकालने की कोशिश की थी, उस मर्यादित, सीमित प्रस्ताव को भी सरकार ने नहीं माना, क्योंकि सरकार

** जे.पी.सी. रिपोर्ट के संदर्भ में संसदीयकार्य मंत्री द्वारा प्रस्तुत नए प्रस्ताव पर लोकसभा में २ अगस्त, १९९४ को प्रतिक्रिया।*

समझौता नहीं चाहती। सरकार हठधर्मी पर अड़ी हुई है···(व्यवधान)

जैसा मैंने कहा था, श्री इंद्रजीत गुप्त···(व्यवधान)

अध्यक्ष महोदय : कल वाजपेयी जी नहीं थे, इसलिए थोड़ी उनकी बात सुन लें।

श्री वाजपेयी : पहले से जो मैंने कहा था, उससे जुड़ा हुआ है, इसलिए मैं स्पष्ट कर देना चाहता हूं। मैंने कहा था कि श्री इंद्रजीत गुप्त का प्रस्ताव पहली बार आज सवेरे हमारे सामने आया और हमें पार्टी के स्तर पर उस पर विचार करना था इसलिए हमने उसे स्वीकार नहीं किया है, लेकिन मैं श्री शुक्ल के रवैए में जो अचानक परिवर्तन हुआ है, उसकी ओर सदन का ध्यान दिलाना चाहता हूं। हमने कमेटियों से इस्तीफा देने का फैसला किया, इसके बाद इन्होंने श्री इंद्रजीत गुप्त के प्रस्ताव को मान लिया। आपको याद होगा, अध्यक्ष महोदय, अब आपको इस बात की गवाही देनी पड़ेगी कि जब आपके चैंबर में···

अध्यक्ष महोदय : वह गलत हो या सही हो, मैं यह मानता हूं कि आप प्रेशर डालेंगे तो वह मान्य करेंगे और वह आपसे विनती करेंगे तो आप मान्य करेंगे।

श्री वाजपेयी : इसीलिए हम थोड़ा और प्रेशर डाल रहे हैं कि यह रिपोर्ट वापस ले लें। अगर वापस नहीं लेंगे तो हमें भी सदन के बाहर अन्य मित्रों के साथ जाना पड़ेगा।···(व्यवधान)

(तत्पश्चात श्री वाजपेयी तथा कुछ अन्य माननीय सदस्यों ने सदन से बहिर्गमन किया।)

एक्शन टेकन रिपोर्ट अपमानजनक है

अध्यक्ष महोदय, मैं क्षमा चाहता हूं, मुझे पहुंचने में थोड़ी देर हो गई। आप जानते हैं कि हमारी पार्टी सामान्यतया प्रश्न काल हो, इसके पक्ष में है। हम इस दृष्टि से हमेशा प्रयत्न भी करते रहे हैं, लेकिन आज जो उत्तेजना पैदा हुई है, उसको मैं समझ सकता हूं और आप भी समझ सकते हैं। एक रिपोर्ट आ गई और उस रिपोर्ट में इस सदी के सबसे बड़े घोटाले पर लीपापोती की गई है, मंत्री निर्दोष करार दिए गए, अफसर रिटायर हो गए, जांच जारी है। यह जांच तब तक जारी रहेगी, जब तक इस सरकार को लोग रिटायर नहीं कर देंगे, इस सरकार को नहीं बदल देंगे। इसलिए उत्तेजना हो रही है।

जे.पी.सी. की सर्वसम्मत रिपोर्ट थी और पार्लियामेंट्री कमेटियां दलों के आधार पर काम नहीं करतीं। उस रिपोर्ट का क्या हश्र हुआ? यह रिपोर्ट अपमानजनक है। यह रिपोर्ट संसद की मर्यादा को भंग करनेवाली है। सबको आपने क्लीन चिट दे दी और बाकी की जांच चल रही है। कब तक जांच चलेगी? अब प्रधानमंत्री ने भ्रष्टाचार के विरुद्ध बोलना शुरू किया है और परिणाम यह है।

अध्यक्ष महोदय, मैं आपसे सहमत हूं कि प्रश्न काल तो हमारा काल है, लेकिन आज तो ऐसा लगता है कि काल कुछ विकराल हो गया है। हमने भी एडजर्नमेंट मोशन दिया है, हम इस पर नियम १८४ के तहत चर्चा चाहते हैं, शॉर्ट ड्यूरेशन डिस्कशन नहीं। नियम १८४ के जरिए हम अपना वोट रिकार्ड कराना चाहते हैं। सदन अपनी राय रिकार्ड कराए और इस संबंध में सत्तापक्ष अपना दिमाग बना ले।

'शॉर्ट ड्यूरेशन डिस्कशन टॉक्ड आउट' जैसा नहीं होगा और यह बहाना कि अगर नियम १८४ के अंतर्गत डिस्कशन हुआ और वोट हुआ तो सत्तापक्ष अपनी बात नहीं कह सकता, यह कोई कारण नहीं है। असम के बारे में सत्तापक्ष के सदस्यों ने अपनी बात कही थी, हम तो उनकी आत्मा को भी झकझोरना चाहते हैं। मैं नहीं समझता कि वह भी इस रिपोर्ट का समर्थन करेंगे या इस रिपोर्ट का साथ देंगे। जो जे.पी.सी. के मेंबर थे, वे इस रिपोर्ट को पढ़ेंगे तो आठ-आठ आंसू रोएंगे।

** जे.पी.सी. रिपोर्ट पर सरकार द्वारा प्रस्तुत एक्शन टेकन रिपोर्ट पर लोकसभा में २७ जुलाई, १९९४ को टिप्पणी।*

यह रिपोर्ट स्वीकार नहीं की जा सकती। हम चाहते हैं कि सदस्यों की उत्तेजना और विषय का महत्व, दोनों बातों को ध्यान में रखकर आप फैसला करें। आप चाहें तो मैं अपने मित्रों से कहने के लिए तैयार हूं कि क्वैश्चन ऑवर होने दें और उसके बाद हमें सुनें।

अध्यक्ष महोदय, बी.ए.सी. में संसदीय कार्य मंत्री जी के साथ जो चर्चा हुई थी तो यह तय किया गया कि जब एक्शन टेकन रिपोर्ट आएगी तो उस पर किस रूप में बहस की जाए। यह भी उल्लेखनीय है कि सत्तापक्ष ने लगातार इस बात पर बल दिया कि यह बहस नियम १८४ के तहत न होकर नियम १९३ के तहत हो। जो अब यह रवैया बदल रहा है तो मैं उसका स्वागत करता हूं। लेकिन अध्यक्ष महोदय, यह चर्चा तब हुई थी जब कि एक्शन टेकन रिपोर्ट आई नहीं थी। हमने इसको नहीं देखा था, लेकिन हम समझते थे कि सर्वसम्मति से संयुक्त समिति ने जो सिफारिशें की हैं, अधिकांश रूप से उनको स्वीकार कर लिया जाएगा, किसी मंत्री को हटाया जाएगा या किसी अफसर को कठघरे में खड़ा किया जाएगा या किसी को गिरफ्तार किया जाएगा, क्योंकि दुनिया के अंदर जो आज भ्रष्टाचार हो रहा है और उस भ्रष्टाचार के खिलाफ जो हो रहा है, उसकी थोड़ी सी झलक हमें भी यहां देखने को मिलेगी। मगर अध्यक्ष महोदय, रिपोर्ट को पढ़ने के बाद तो चर्चा का कोई मतलब ही नहीं है। इसलिए, सरकार रिपोर्ट को वापस ले और इसके बारे में अपनी प्रतिक्रिया बताए।

प्रतिभूति घोटाला : व्यवस्था की विफलता

अध्यक्ष महोदय, मैं नियम १९३ के अधीन प्रतिभूतियों तथा संव्यवहार में अनियमितताओं की जांच करने संबंधी संयुक्त प्रवर समिति के प्रतिवेदन पर जो २१ दिसंबर, १९९३ को सभा में प्रस्तुत किया गया था, चर्चा उठाने के लिए खड़ा हुआ हूं। अच्छा होता अगर यह चर्चा नियम १८४ के अंतर्गत होती, जिसमें यह व्यवस्था है कि चर्चा के बाद सदन अपनी राय भी प्रकट कर सकता है। स्पष्ट है कि इसके लिए कोई और अवसर खोजना पड़ेगा। अभी जो अवसर उपलब्ध है, मैं उसका अच्छे से अच्छा उपयोग करना चाहता हूं।

अध्यक्ष महोदय, संसद के दोनों सदनों के ३० सदस्यों ने, जो अलग-अलग दलों से संबंधित हैं, १६ महीने के कठिन परिश्रम के बाद यह रिपोर्ट पेश की है। जैसा मैंने पहले कहा था कि यह एक ऐतिहासिक दस्तावेज है। समिति में विभिन्न विचारों के संदस्य थे। सत्तापक्ष के भी सदस्य थे और प्रतिपक्ष के भी सदस्य थे। समिति को प्रतिभूति घोटाले के संबंध में विचार करना था। उसमें विभिन्न मंत्रालयों पर चर्चा होनी थी। उनसे संबंधित बोर्ड और कार्पोरेशन भी समिति के विचार के लिए थे। एक तरह से पूरी सरकार इस बैंक घोटाले के रूप में निरीक्षण और परीक्षण के लिए प्रस्तुत थी। संयुक्त प्रवर समितियों में मतभेद हुआ करते हैं नोट ऑफ डिस्सेंट इस तरह की रिपोर्टों में एक आम बात है। लेकिन एक नई कहानी लिखी गई है और नया अध्याय जोड़ा गया है। संसदीय परंपरा को पुष्ट करने की दिशा में इस समिति में काम करनेवाले सभी सदस्यों ने आम राय से यह रिपोर्ट तैयार की है। यह अपने में बड़ी महत्वपूर्ण घटना है। इसे मैं एक उपलब्धि कहता हूं।

अध्यक्ष महोदय, इस तरह की रिपोर्ट से, संयुक्त प्रवर समिति जो संस्था है और जो पार्लियामेंट की एक महत्वपूर्ण संस्था है, उसकी खोई हुई प्रतिष्ठा फिर से वापस आई है। प्रतिष्ठा तब चली गई थी जब बोफोर्स के मामले में एक ऐसी समिति बनी थी जिसमें प्रतिपक्ष ने भाग लेने से इन्कार कर दिया था और श्री शंकरानंद जी की अध्यक्षता में बनी उस समिति ने लीपापोती करनेवाली रिपोर्ट प्रस्तुत की थी। तब संसद की संस्था पर चोट लगी थी। मुझे खुशी है कि यह रिपोर्ट संसदीय समिति की संस्था की प्रतिष्ठा को पुनर्स्थापित करने की दिशा में एक ठोस कदम

** जे.पी.सी. रिपोर्ट पर चर्चा आरंभ करते हुए लोकसभा में २१ दिसंबर, १९९३ को प्रतिपक्ष के नेता के रूप में भाषण।*

है। इस प्रतिवेदन से संसद की प्रतिष्ठा बढ़ेगी। लोकतंत्र को बल मिलेगा। प्रामाणिकता प्राणवान होगी। संसद-सदस्यों की साख भी सुधरेगी।

अध्यक्ष महोदय, मुझे आशा और विश्वास है कि समिति के सदस्यों ने अलग-अलग दल से संबद्ध होते हुए भी जिस तरह से समिति में एक राय कायम करने में सफलता पाई है, उसी तरह से चर्चा के दौरान भी कुछ महत्वपूर्ण मुद्दों पर एक राय उभरेगी। यह प्रतिभूति घोटाला, जो इस शताब्दी का सबसे बड़ा घोटाला है, अगर इस सदन को, इस संसद को और इस देश को झकझोर सके, अगर हमें जागरूक कर सके अपने दायित्व के प्रति तो मैं समझता हूं कि इस भयानक घोटाले में से भी देश के भविष्य के लिए कुछ अच्छे संकेत मिल सकते हैं।

उपाध्यक्ष महोदय, मैं सबसे पहले समिति के अध्यक्ष श्री रामनिवास मिर्धा और अन्य सदस्यों को उनके कठोर परिश्रम और कर्तव्यनिष्ठा के लिए बधाई देना चाहता हूं। लेकिन इसका अर्थ यह नहीं है कि मैं समिति की रिपोर्ट से पूरी तरह से संतुष्ट हूं। यह भी नहीं है कि समिति ने आम सहमति बनाने के लिए जो अत्यधिक विवाद के मुद्दे छोड़ दिए, इससे भी मैं सहमत हूं। रिपोर्ट में कई कमियां और खामियां हैं। यह मुख्यतया संसदीय समिति की संस्था को लेकर है। क्या ऐसे मामलों में जिसमें मंत्री लिप्त हैं, मंत्रालय लिप्त हैं, रिजर्व बैंक फंसा है, पब्लिक अंडरटेकिंग्स, बैंक, राष्ट्रीय बैंक, विदेशी बैंक फंसे हैं और जिसमें इन सबकी विफलता निर्धारित करनी है, छानबीन करने के बाद दंड के बारे में भी सिफारिश करनी है, क्या कोई संसदीय प्रवर समिति ऐसे पेचीदा और नाजुक मामले की जांच करने का एक प्रभावी औजार है?

रिपोर्ट सर्वसम्मत है, मगर...

जो रिपोर्ट आई है, जैसा मैंने पहले कहा, यह सर्वसम्मत है। इस रिपोर्ट के लिए मैं सदस्यों को धन्यवाद देता हूं, मगर इस प्रश्न पर संसद को विचार करना पड़ेगा, क्योंकि भविष्य में हम नहीं चाहेंगे कि कोई ऐसा घोटाला हो। लेकिन घोटाले करने की अपनी क्षमता को, यानी हम सबकी क्षमता को, मैं कम आंकने को तैयार नहीं हूं। परमात्मा न करे कोई नया घोटाला हो जाए तो उसकी जांच कैसे होगी? इस समिति के जो अनुभव हैं, वे सबके ध्यान में रहने चाहिए।

उपाध्यक्ष महोदय, समिति बनती है, सदन उसका गठन करता है। किंतु समिति के अध्यक्ष कहां बैठेंगे, यह स्थान तय नहीं है। उनका स्टाफ कहां से आएगा, किसी को मालूम नहीं है। थोड़ा यहां से, थोड़ा वहां से स्टाफ इकट्ठा कर दिया जाता है। स्टाफ की कमी नहीं है, स्टाफ ने बहुत अच्छा काम किया, यह मैं गवाही देने के लिए तैयार हूं। संसद की जितनी समितियां हैं उनमें काम करनेवाले हमारे कर्मचारी, अधिकारी निष्ठावान हैं और लगन से काम करते हैं, उनकी मैं चिंता नहीं करता हूं। लेकिन इस तरह की समिति की अपनी सीमाएं हैं, जैसे अगर सी.बी.आई. सहयोग न दे तो, अगर कोई गवाह सारी बात कहने से इन्कार कर दे तो? इन सब कठिनाइयों के होते हुए भी समिति ने काम किया है।

उपाध्यक्ष महोदय, अपने ३५ साल के संसदीय जीवन में मैंने अनेक प्रवर समिति की रिपोर्टों पर चर्चा उठाई, उनकी चर्चा में भाग लिया है। हमने अनेक घोटाले देखे हैं। लेकिन इस प्रतिभूति घोटाले से पूरी अर्थव्यवस्था की, पूरे शासन की जो तस्वीर उभरी है वह चौंकानेवाली है। मैं नहीं चाहता, इस सवाल पर दलगत राजनीति के आधार पर विचार किया जाए। आखिर हम कहां जा रहे हैं, यह देश में क्या हो रहा है? कितना रुपया गया, कितने का घोटाला है, इसी का पता नहीं

है। अलग-अलग आंकड़े दिए जा रहे हैं, लेकिन उपाध्यक्ष महोदय, क्या ये आंकड़े हमें चौंकाते नहीं हैं? क्या घोटाले में फंसी रकम की राशि हमारी नींद हराम करने के लिए पर्याप्त नहीं है?

प्रतिभूति घोटाले ने बोफोर्स को मात दी

मैंने बोफोर्स का उल्लेख किया था। बोफोर्स की तोपें बहुत दूर तक मार करती हैं, किंतु उन तोपों के सौदे में जो गोलमाल हुआ था और जिसकी जांच जारी है, पता नहीं कब तक जारी रहेगी, उस गोलमाल का आंकड़ा १६२ करोड़ रुपए से ऊपर नहीं जाता था। प्रतिभूति घोटाले के सामने १६२ करोड़ रुपया, यह तो मूंगफली के दानों के बराबर है। रिपोर्ट के अनुसार पब्लिक अंडरटेकिंग्स ने ३६००० करोड़ रुपए की विपुल धनराशि प्रतिभूति घोटाले के लिए उपलब्ध कराई। पृष्ठ १४४ देख लीजिए, पैरा १४.२१ कमेटी नोट।

३६००० करोड़! जब कि रक्षा का हमारा एक वर्ष का बजट १८००० करोड़ है। यहां अकेले पब्लिक अंडरटेकिंग्स के घोटाले के लिए ३६००० करोड़ हैं। अब वे कहेंगे, हमने घोटाले के लिए नहीं दिया था, हमने तो इसलिए लगाया था कि और रुपया कमाकर आए, पब्लिक सेक्टर सफलता के शिखर पर चढ़े। लेकिन वह खाई में गिर गया। मगर ३६००० करोड़ रुपया इसके लिए उपलब्ध था। अगर आप कहें कि ३६००० हजार करोड़ की रकम बहुत ज्यादा है, सारा रुपया डूबा नहीं, कुछ रुपया चला गया होगा, वापस आ गया होगा, तो मैं एक सवाल पूछना चाहूंगा कि आखिर प्रतिभूति घोटाले में कितना रुपया डूबा? जानकी रमण कमेटी का कहना है कि ४०००, २४ करोड़ रुपया डूबा। सी.बी.आई. का अनुमान इससे भी ज्यादा है। वे कहते हैं कि ८०००, ३३८ करोड़ डूबा। यदि हम ५००० करोड़ पर समझौता कर लें, तब भी हमें स्वीकार करना होगा कि गत वर्ष के केंद्रीय बजट में सामाजिक सेवाओं—जैसे शिक्षा, स्वास्थ्य, प्रसारण आदि पर जिस व्यय का अनुमान किया गया था, वह घोटाले की रकम ५००० करोड़ रुपए से आधा भी नहीं था। वह सिर्फ २३७३ करोड़ रुपए था। सारे देश की शिक्षा, स्वास्थ्य के बजट में, प्रसारण इसके साथ क्यों जोड़ दिया गया है, मैं नहीं जानता, लेकिन अगर प्रसारण को भी शामिल कर लिया जाए, तब भी इन मदों में हमने २३७३ करोड़ रुपया रखा था। लेकिन यहां ५००० करोड़ रुपया गायब हो गया, डूब गया। कहां गया? अब कमेटी ने सिफारिश की है कि यह पैसा कहां गया, इसका पता लगाने के लिए एक और कमेटी बनाई जाए, वह कमेटी जांच करेगी और शायद सरकार ने इसके बारे में फैसला किया है। यह ठीक फैसला है और सरकार को और फैसले करने हैं। एक्शन टेकन कमेटी न बनाते हुए भी सरकार को इस प्रतिवेदन में जो सिफारिशें हैं, उन पर अपनी प्रतिक्रिया प्रकट करनी है, कदम उठाने हैं, ठोस आचरण करना है और उसमें से एक कदम यह भी है।

उपाध्यक्ष महोदय, शिकायत तो यह थी कि किसी समिति को बनाने की घोषणा पार्लियामेंट के भीतर होनी चाहिए थी, लेकिन कटु सत्य यह है कि इतनी बड़ी धनराशि चली गई। उपाध्यक्ष महोदय, धनराशि तो एक पहलू है, महत्वपूर्ण जरूर है। इस देश में जहां ४०% से अधिक लोग गरीबी की रेखा से नीचे जीवन व्यतीत कर रहे हैं, वहां पर ५००० करोड़ रुपए के साथ जिन्होंने खिलवाड़ किया है, उन्हें समाज के शत्रु के अलावा और कोई संज्ञा नहीं दी जा सकती।

उपाध्यक्ष महोदय, पैसे से भी बड़ा प्रश्न है ईमानदारी का, प्रामाणिकता का, नैतिकता का। नैतिकता वह पूंजी है, जिसके बल पर हम आज तक खड़े रहे, जिस पर बाहरी और भीतरी दबावों का सामना करने की सामर्थ्य जुटाते हैं। इस देश की आंतरिक शक्ति क्या है? गरीबी में भी हम

लोग सिर उठाकर चलते थे, क्योंकि हमारे साथ नैतिकता का बल था। पिछड़े हुए होते हुए भी हम दुनिया में सम्मान के अधिकारी थे, क्योंकि हमने नैतिकता को आचरण की कसौटी बनाया था। मानदंड बनाया था। इस सारे घोटाले का सबसे दुखदायी पक्ष यह है कि उस नैतिकता की हमारी साख को धक्का लगा है।

समिति के विषय में जो कुछ चिंताजनक है, वह एक दुखद साइड प्रभाव है। सभी गवाहियों के बीच में जो समिति के समक्ष, गवाही में लिए गए इतने अधिक घंटों तक चली गवाही में, समिति अचानक ऐसे क्षण पर पहुंची जहां गलत की जिम्मेदारी आगे बढ़कर ली गई। आगे और अधिक चिंताजनक रूप में समिति ने पाया कि सरकारी मशीनरी के संपूर्ण तंत्र में जिम्मेदारी नीचे की ओर स्थानांतरित करने की हल्की-सी पकड़ फैलती-सी महसूस होती है। सरकारी मशीनरी के तंत्र में यह खेदजनक कमी राज्य को कमजोर कर सकती है। इस संपूर्ण मामले के तीसरे पहलू, जो कि नैतिकता है, पर संक्षिप्त टिप्पणी करने का इससे दबाव बना। कोई भी पद्धति केवल नियमों से नहीं चल सकती। कोई भी व्यक्ति यह कार्य नहीं कर सकता यदि उसका तिरस्कार होता है, लेकिन इससे भी अधिक यदि पद्धति नैतिकता से, सही और गलत की पहचान की सामान्य बुद्धि से, जन-कर्तव्य की भावना से जब यह सार्वजनिक कोष से संबंधित हो, तब यह काम नहीं कर सकती।

उपाध्यक्ष जी, क्या सही है, क्या गलत है, क्या इसका विवेक छोड़ दिया जाएगा? क्या सार्वजनिक धन के साथ इस तरह से खिलवाड़ किया जाएगा? पूरी रिपोर्ट पढ़ लीजिए, इस रिपोर्ट का एक-एक पन्ना ऐसी कहानी से भरा हुआ है, जो हृदय में पीड़ा भरती है।

सिस्टम फेल हो गया मात्र बहाना

यह कहने का कोई अर्थ नहीं है कि सिस्टम फेल हो गया। एक ही तर्क दिया जा रहा है 'सिस्टेमिक फेल्योर'। कौन बनाता है सिस्टम? क्या उसको सफल करने की जिम्मेदारी व्यक्तियों की नहीं है? और इसमें सिस्टम फेल नहीं हुआ। बरसों से चेतावनियां दी जाती रही हैं। १९८६ में भी अगस्तीन पी. कुरियास की जो रिपोर्ट है, वह चेतावनी देती है और उन्होंने कुछ बातें गिनाई हैं, चाहें तो मैं इसमें से उद्धृत कर सकता हूं :

"समिति ने ध्यान दिया है कि अनियमितताओं के प्रकार जो अभी सतह पर आए हैं, का पीछा करके अक्तूबर १९८६ तक पकड़ा जा सकता है। आंध्र बैंक और सिंडिकेट बैंक में प्रतिभूति स्थानांतरण की विशेष छानबीन के आधार पर वापस १९८६ में, भारतीय रिजर्व बैंक में डी.बी.डी. ओ. के संयुक्त मुख्य अधिकारी श्री अगस्तीन पी. कुरियास, द्वारा एक पत्र में इसका संकेत दिया गया है। अनियमितता में उस समय ध्यान में आनेवाली···"

अगर आप इररेगुलिटिज देखें तो ये वही इररेगुलिटिज हैं जो बाद में प्रकाश में आईं।

हमारे देश में वित्त मंत्रालय है, रिजर्व बैंक है, बैंकिंग डिपार्टमेंट है और सेबी है, इनसे लगातार सर्कुलर्स भेजे जाते रहे हैं, इस रिपोर्ट में उन सर्कुलर्स का उल्लेख है और इसका भी उल्लेख है कि किसी ने पालन नहीं किया। पालन नहीं हुआ, इतना ही नहीं, कोई देखनेवाला भी नहीं था कि पालन हो रहा है या नहीं हो रहा है। मेरे लिए यह व्यवस्था की विफलता है। व्यवस्था कहती है कि निगरानी होनी चाहिए। व्यवस्था कहती है कि लगातार निरीक्षण होना चाहिए। लेकिन निरीक्षण नहीं हुआ, निगरानी नहीं हुई, सर्कुलर्स भेजे जाते थे और ऐसा लगता है कि रद्दी की टोकरी में फेंके

जाते थे। क्या अफसरों को इसकी जिम्मेदारी से बचाया जा सकता है या उन्हें छोड़ा जा सकता है? सारे मामले में वित्त मंत्रालय की क्या भूमिका थी?

टाइगर मैन-ईटर न हो जाए

उपाध्यक्ष महोदय, हमारे वित्त मंत्री और उनके सहयोगी प्रतिभूति घोटाले में जो शेयरों के भाव बढ़ रहे थे, उनको यह समझते रहे कि जो नए आर्थिक सुधार अमल में आए हैं, यह उनका सुपरिणाम है। मैंने उस समय चेतावनी दी थी। आप मेरा भाषण पढ़िए। मैंने कहा था कि देश का जो पुरुषार्थ है, जो जंजीरों में बंधा था, उसको छोड़ा गया है, सावधानी रखिए कि कहीं यह टाइगर मैन-ईटर न हो जाए। उदारीकरण के साथ पर्याप्त सावधानी बरती जानी चाहिए, यह कमेटी ने भी कहा है। खुलेपन में घोटाला नहीं हो सकता है। अभी तक हमारे कम्युनिस्ट मित्र इस बात को नहीं समझे हैं कि खुलापन और घोटाला साथ-साथ नहीं चल सकते।

उपाध्यक्ष महोदय, वित्त मंत्री द्वारा इस प्रकार का सोच होते हुए भी, वित्त मंत्रालय को जागरूक होना चाहिए था, उचित कार्यवाही करनी चाहिए थी। इस रिपोर्ट में उल्लेख है कि वित्त मंत्री ने स्टॉक एक्सचेंजेज के प्रेजीडेंट्स की एक बैठक बुलाई। मैंने उसकी कार्यवाही देखी है। उसमें शेयरों के भाव असाधारण गति से बढ़ रहे हैं या सामान्य गति से बढ़ रहे हैं, इसकी चर्चा नहीं है। बैठक और विषयों पर चर्चा करती रही, मगर इस खास विषय की चर्चा नहीं हुई। उस समय कदम उठाए जा सकते थे, परिस्थिति पर काबू किया जा सकता था, मगर ऐसा नहीं किया गया।

उपाध्यक्ष महोदय, प्रतिभूति में वह धनराशि कहां से आई, यह पता लगाने के प्रयास में कमेटी ने जिन तथ्यों का उद्घाटन किया है, वे चौंकानेवाले हैं। मैं पहले ही कह चुका हूं कि पी.यू.एस. और विदेशी बैंक्स इनसे रकम प्राप्त हुई है। ३६००० करोड़ रुपए के आंकड़े का उल्लेख किया है। पी.यू.एस. स्थापित करने के पीछे कौन सी सोच थी, कौन सा चिंतन था? राष्ट्रीय अर्थव्यवस्था को मजबूत करने का विचार था, हम आत्मनिर्भर बनेंगे, यह लक्ष्य था। क्या पी.यू.एस. स्थापित करते समय यह सोचा गया था कि इस तरह के घोटाले में फंस जाएंगे? अपना काम मत करो, सट्टा बाजार में रुपया देकर ज्यादा से ज्यादा मुनाफा कमाओ। हो सकता है कि केंद्र की सरकार उन्हें कहती हो कि घाटे में चलना ठीक नहीं है। लेकिन केंद्रीय सरकार यह कह सकती थी कि घाटे में चलना ठीक है, लेकिन अनियमितताएं करके मुनाफा करके मत दिखाओ। आखिर पब्लिक एंटरप्राइजेज का डिपार्टमेंट है, बैंकिंग डिपार्टमेंट है। वे देख सकते थे कि किस तरह से पी.यू.एस. पैसा लुटा रहे हैं? सटोरियों के हाथ में दे रहे हैं। अतिरिक्त धन इकट्ठा करने के लिए भी योजनाएं बनाई गईं, उनका दुरुपयोग किया गया, क्योंकि ब्याज कम था और धन सीधे सटोरियों के हाथ में पहुंच गया। रिपोर्ट में एक जगह लिखा है कि पी.यू.एस. का काम है उत्पादन करना, मगर उन्होंने उत्पादन छोड़ दिया और सट्टा करने लगे। इस देश में जो जुआ चल रहा है, वह धन के साथ जुआ नहीं है, यह देश की तकदीर के साथ जुआ किया जा रहा है। पी.यू.एस. चलानेवाले इस तरह से बर्ताव कैसे कर सकते हैं? मगर अपनी अल्प बुद्धि के कारण और तत्काल कुछ मुनाफा कमा लिया जाए, इस दृष्टि से वे इस तरह से आचरण कर रहे थे कि कोई पूछनेवाला नहीं था, कोई देखनेवाला नहीं था। 'एमर्जेंस ऑफ द कल्चरल ऑफ नॉन-एकांउंटेबलिटी' समिति की रिपोर्ट में प्रयुक्त ये शब्द हैं।

उपाध्यक्ष महोदय, देश में एक नई संस्कृति का विकास हो रहा है—उत्तरदायित्वहीनता की

संस्कृति का। क्या इससे कोई सुधार चल सकता है? क्या इसमें राज्य अपने कर्तव्य का पालन कर सकता है? इस संस्कृति का विकास कैसे हुआ? वित्त मंत्री जिम्मेदारी लेने को तैयार नहीं हैं। यह कहने के लिए तैयार नहीं हैं कि मेरा अनुमान गलत था, मैंने भूल की। यह भी कहने के लिए तैयार नहीं कि मैं प्रायश्चित करने के लिए तैयार हूं। पता नहीं प्रधानमंत्री जी से उन्होंने क्या कहा और प्रधानमंत्री ने उनसे क्या कहा? त्यागपत्र देकर उन्होंने सही कदम उठाया है। उन्होंने संसदीय परंपरा का पालन किया है।

एक माननीय सदस्य : लेकिन आप लोगों ने नहीं किया।

श्री वाजपेयी : मैं कोई आरोप नहीं लगा रहा हूं कि वित्त मंत्री ने इससे कोई वित्तीय लाभ उठाया है, धन का कोई लाभ उठाया है। उनकी प्रामाणिकता के बारे में कोई संदेह नहीं है, लेकिन वे वित्त मंत्री हैं और वित्त मंत्रालय की विफलता के लिए, आर.बी.आई. की विफलता के लिए, पूरी व्यवस्था की जो सड़ी हुई निकली है, उसकी सड़ांध के लिए वित्त मंत्री को नैतिक जिम्मेदारी लेनी होगी···(व्यवधान) और मैं आशा करता हूं कि प्रधानमंत्री जी भी सही फैसला करेंगे।

उत्तरदायित्वहीनता की संस्कृति

उपाध्यक्ष महोदय, वैसे तो सारी सरकार घोटाले में फंसी है। बहुत भयावह तस्वीर सामने आई है। मैं किसी पार्टी के नाते ऐसा नहीं कह रहा हूं। लेकिन बीमारी इतनी बढ़ चुकी है कि पार्टियां इसमें गौण हो गई हैं। एक-एक चैप्टर को आप उठाकर देख लीजिए। रिजर्व बैंक सर्कुलर निकाल रहा है लेकिन कोई उस पर अमल नहीं कर रहा है। रिजर्व बैंक का नॉमिनी हर बोर्ड में है, लेकिन वह उसकी बैठकों में भाग नहीं लेता है। वह केंद्र सरकार का आफिसर है। उसे बैंकों के बोर्ड में भेजा गया है लेकिन वह बैठकों में भाग लेने को तैयार नहीं है। बैठकों में वह तथ्यों को मांगता नहीं है। ४९ बैठकों में से रिजर्व बैंक के प्रतिनिधि ने केवल १५ बैठकें अटैंड कीं और वह भी चलते-चलते।

यह क्या है? क्या यही एकाउंटेबिलिटी है? आप बोर्ड की बैठकों में जाते हैं, रिजर्व बैंक का प्रतिनिधित्व करते हैं, आप पूरी बैठकों में भाग नहीं लेते, यदि बैठक में भाग लेते हैं तो बैठक में क्या चल रहा है, उसकी जानकारी नहीं लेते हैं, यदि बैंक की रिपोर्ट आती है तो कोई उन्हें देखता नहीं है, जैसे एक खुशफहमी का साम्राज्य छाया हुआ था। क्या मंत्री महोदय इस जिम्मेदारी से बच सकते हैं? कोई मंत्री ऐसा नहीं कह सकता कि मेरे आफिसर ने जो फैसला किया था, उसमें मेरा हाथ नहीं था, अतः मैं जिम्मेदार नहीं हूं। आपके आफिसर ने अगर कोई गलत फैसला किया था तो आप उस फैसले को मानने से इन्कार कर सकते थे, लेकिन जिम्मेदारी आपको लेनी होगी, यह संसदीय परंपरा है, यह मानदंड है और आज सबको इस कसौटी पर खरा उतरना पड़ेगा।

जिनके नाम इस रिपोर्ट में लिए गए हैं, मैं उनकी चर्चा नहीं करता। हमारे शंकरानंद जी तो हलाहल पीने के आदी हैं। हलाहल पीने की उनकी क्षमता को किसी तरह कम नहीं आंकना चाहिए। लेकिन समुद्र मंथन में केवल हलाहल ही नहीं निकला था, लक्ष्मी जी भी निकली थीं और वारुणी भी प्राप्त हुई थी। आज वे हर जगह घूमते हुए कह रहे हैं कि मैं क्यों इस्तीफा दूं! मैं क्यों इस्तीफा दूं! अगर शंकरानंद जी की आत्मा कहती है कि मैं क्यों इस्तीफा दूं, तो मैं उस पर कोई टिप्पणी नहीं कर सकता। केवल इतना ही कह सकता हूं कि अगर शंकरानंद जी की जगह मैं होता तो मैं तुरंत इस्तीफा दे देता। यह दोष को बांटने का समय नहीं है। यह तोला, माशा और

रत्ती का हिसाब करने का वक्त नहीं है। सारी व्यवस्था एक कसौटी पर कसी जा रही है और इसमें विफल रहकर हम अपना भविष्य नहीं सुधार सकते।

उपाध्यक्ष महोदय, इस रिपोर्ट से बहुत से मामले उठे हैं। जब मैं विद्यार्थी था तब भी मैंने इतने ध्यान से अपनी पाठ्य पुस्तकें नहीं पढ़ी थीं, जितने ध्यान से मैंने यह रिपोर्ट पढ़ी है। इस रिपोर्ट का एक-एक पन्ना, जैसा मैंने कहा, एक ऐसी कहानी कहता है जो मुंह में बुरा स्वाद छोड़ जाती है। आखिर किस पहलू को हम यहां उठाएं।

विदेशी बैंकों की भूमिका क्या है?

फिर भी विदेशी बैंकों के पहलू का उल्लेख मैं जरूर करूंगा, क्योंकि विदेशी बैंकों में एक विदेशी बैंक ऐसा है, जिसका नाम मैं नहीं बताऊंगा, लेकिन जब इस घोटाले पर चर्चा शुरू हो गई तो उसके कुछ प्रतिनिधि मुझसे समय लेकर मिलने आए। मैं उन्हें देखकर बहुत प्रभावित हुआ। गोरा-चिट्टा रंग, साहबी ढंग, अंग्रेजों से भी अधिक शुद्ध अंग्रेजी भाषा का उच्चारण, दस्तावेजों से लैस, हर तर्क के लिए तैयार, और उस बैंक ने थोड़े से दिनों में कितनी प्रगति की है, उसका चिट्ठा भी उनके पास मौजूद था। इसके अलावा उनके पास डायरी और वीडियो कैसेट्स भी थे, जिससे मेरे जैसे साधारण आदमी का प्रभावित होना स्वाभाविक था। मैंने सोचा घपले तो बहुत हुए हैं, लेकिन जो सज्जन आए हैं, उनकी बातें सुनकर लग रहा है कि इन्होंने कुछ नहीं किया होगा, लेकिन बाद में पता लगा कि सबसे ज्यादा घपले उसी बैंक ने किए हैं।

उपाध्यक्ष महोदय, इन विदेशी बैंकों की भूमिका क्या है? वे किस तरह से व्यवहार करेंगे? नियमों का पालन करेंगे या नहीं? क्या उनके लिए नियमोल्लंघन में ही उनका पालन है? वे इस देश के नियमों का खुला उल्लंघन कर रहे हैं। वे इस देश के नियमों का अनुगमन नहीं कर रहे हैं और वे अपने देश जहां से आए हैं, वहां के भी नियमों का उल्लंघन कर रहे हैं। समिति ने बड़ी कठोर बातें कही हैं इन बैंकों के बारे में। इन बैंकों के लाइसेंस रद्द कर देने चाहिए। इन्होंने सीमा में रहकर जो मुनाफा कमाया है, उस मुनाफे को अपने देश में यानी विदेश में ले जाने की छूट नहीं होनी चाहिए। मैं सारे विदेशी बैंकों को वापस करने या बंद करने के पक्ष में नहीं हूं। विदेशी बैंक भी बहुत हैं, लेकिन कुछ चुने हुए बैंक हैं जो घोटाले में शामिल हैं। यह एक बड़ी विचित्र बात है जो बैंकों के बारे में ही नहीं, दलालों के बारे में भी है। सारे घोटाले में फंसे हैं, चुने-चुने लोग, चुनिंदा-चुनिंदा लोग, वे बैंक भी चुनिंदा-चुनिंदा हैं, दलाल भी चुनिंदा-चुनिंदा और अफसर भी चुनिंदा-चुनिंदा। लेकिन घोटाला इतना बड़ा, घोटाला करने की उनकी ताकत बहुत ज्यादा।

जो राष्ट्रीयकृत बैंक हैं, और उनके साथ जो फाइनेंशियल एजेंसीज चलती हैं उन पर लोगों का भरोसा था। शेयर बाजारों पर भरोसा था। हजारों-लाखों लोगों का पैसा शेयर के रूप में लगा हुआ था। और जब वित्त मंत्री ने कह दिया कि शेयरों के भाव चढ़ना तो आर्थिक सुधारों का परिणाम है, तो लोगों ने जो पूंजी घर में रखी थी, उसको निकालकर, गहने-बर्तन बेचकर शेयर खरीद लिए। डॉ. मनमोहन सिंह ने कहा है तो भाव और बढ़नेवाले हैं। देश आर्थिक सुधार की दिशा में तेजी से आगे दौड़ा जा रहा है। लोग बर्बाद हो गए। लोगों ने आत्महत्या कर ली। बैंक ऑफ कराड, दि मैट्रोपोलिटन को-ऑपरेटिव बैंक, इनका तो जैसे अस्तित्व ही विलीन हो गया। इनमें पैसा जमा करनेवाले जो लोग थे, उन्हें क्या राहत मिली है? अगर वे व्यवस्था के शिकार

हैं, तो भी उन्हें क्षतिपूर्ति मिलनी चाहिए, लेकिन वे केवल व्यवस्था के शिकार नहीं हैं, वे ऊंचे पदों पर बैठे हुए बड़े-बड़े लोगों की लापरवाही और आपराधिक उदासीनता के भी शिकार हैं और ऐसे लोगों की नीतियों के अनुसरण का शिकार हैं जिनके मन में सार्वजनिक धन के लिए कोई दर्द नहीं है, कोई पीड़ा नहीं है।

घोटाले का दर्दनाक पहलू

उपाध्यक्ष महोदय, मैं बार-बार उसी बात पर आ रहा हूं। इस घोटाले का सबसे दर्दनाक पहलू यही है। जब घोटाला हो गया, वह प्रकाश में आ गया और जब कार्रवाई का समय आया तो कैसे कार्रवाई की है, इसका विवरण भी प्रतिवेदन में लिखा हुआ है। छोटे-छोटे अधिकारी और अगर कुछ बड़े भी हैं, तो वे छुट्टी पर चले गए, या रिटायर हो गए, या तब्दील कर दिए गए, या उनसे एक्सप्लेनेशन पूछा गया। कोई कठोर कार्रवाई नहीं की, उदाहरण बननेवाला दंड नहीं दिया। सिर्फ लीपापोती। ऊपर से लेकर नीचे तक लीपापोती। यह लीपापोती का तरीका बंद होना चाहिए।

क्या यह रिपोर्ट हमें इस स्थिति के प्रति भी जागरूक नहीं करती? मैं सारे नाम पढ़ना नहीं चाहता, उनमें भी कुछ व्यक्ति ऐसे हैं जो एक जगह घोटाला करते हैं, दूसरी जगह प्रकट हो जाते हैं फिर कहीं तीसरी जगह मैनेजिंग डॉयरेक्टर बन जाते हैं और बाद में कहीं चेयरमैन बन जाते हैं। किन से जुड़े हुए हैं ये चुने हुए लोग? जो दलाल हैं वे किन से जुड़े हुए हैं? वे इस तरह से खुलकर कैसे खेलते रहे? लूट मची है देश में और इस लूट पर कोई रोक लगानेवाला नहीं है। जो रोक लगानेवाले हैं, वे अपने कर्तव्य पालन में विफल रहे।

एक डिपार्टमेंट ऑफ पब्लिक एंटरप्राइजेज है, वह पहले प्रधानमंत्री के सचिवालय का हिस्सा था। इसे बाद में इंडस्ट्री में भेज दिया गया। और अब पूरी इंडस्ट्री प्रधानमंत्री जी के पास है। उस विभाग की विफलता बिल्कुल स्पष्ट है। पब्लिक एंटरप्राइज क्या करता था, उसने क्या देखभाल की? उसने पता क्यों नहीं लगाया कि किस तरह से रुपया बाजार में फेंका जा रहा है? रुपया सट्टा बाजार में न जाए, देश के विकास में लगे, उपक्रम के भले के लिए काम में आए, क्या किसी ने देखा, किसने देखा?

मैं समझता था सेबी एक अच्छी संस्था है, वह कुछ लाभदायक काम कर रही होगी। लेकिन रिपोर्ट पढ़ने से, बातचीत करने से मुझे पता लगा कि सेबी दो तरह की बातें कर रही थी। एक ओर तो वित्त मंत्रालय को चिट्ठियां लिख रही थी, रिजर्व बैंक को पत्र लिख रही थी कि शेयरों के असाधारण गति से जो भाव बढ़ रहे हैं, वे ठीक नहीं हैं। मगर पार्लियामेंट के लिए जो जवाब तैयार कर रही थी, वह यह कर रही थी कि ये भाव आर्थिक सुधारों के परिणामस्वरूप बढ़ रहे हैं। क्या हमारे अफसरों में साफ बात कहने का साहस नहीं है? क्या बड़े-बड़े अफसर भी, जो ऊपर का रुख देखेंगे, वही कहेंगे? क्या ऊपर के अफसरों में इतना नैतिक बल नहीं होना चाहिए कि मंत्री जी से कहें, आप जो कर रहे हैं वह गलत है, वैसे आप आदेश दे दीजिए, हम उसका पालन करेंगे। क्या अफसरों में इतना साहस नहीं होना चाहिए? लेकिन ऐसे साहसवाले अफसर तो बहुत कम निकलेंगे, ज्यादातर अफसर ऐसे हैं जो कहेंगे—बहती गंगा में हाथ धो लो, रिटायर होनेवाले हैं।

उपाध्यक्ष महोदय, पता नहीं सरकार क्या कदम उठानेवाली है? प्रधानमंत्री साहस करके कोई फैसला करनेवाले हैं या नहीं करनेवाले हैं? हम एक नाजुक मोड़ पर खड़े हैं। अब तो प्रधानमंत्री जी की स्थिति उनके दल में सुधर गई है, चुनाव में उनकी विजय हुई है। अब तो वे दृढ़ता से

कदम उठा सकते हैं। ठीक है, गोल्डस्टार पर सिफारिश का फैसला किया गया है, उसकी तह तक पहुंचना चाहिए। उसकी तह तक पहुंचना जरूरी है। हर्षद मेहता भी यदि अगर अपने आरोप को सिद्ध नहीं कर सकता तो उसके खिलाफ भी कार्यवाही होनी चाहिए। इस तरह से कोई आरोप लगाकर, आरोप साबित किए बिना चला जाए, यह व्यवस्था ठीक नहीं है।

लोकपाल लाजमी हैं

मैं लगातार सुझाव दे रहा हूं, ऐडमिनिस्ट्रेटिव रिफॉर्म कमीशन ने एक लोकपाल नियुक्त करने की सिफारिश की थी। ऊपर बैठे हुए नेताओं पर अगर भ्रष्टाचार के आरोप लगें तो जांच की कौन सी प्रणाली अपनाई जाए। ऐडमिनिस्ट्रेटिव रिफॉर्म कमीशन ने सिफारिश की थी, लोकपाल होना चाहिए। उच्चाधिकार संपन्न, ओब्डस्मैन जैसा कोई अधिकरण, सबसे बड़ा, सबसे निस्पृह, बड़े से बड़े आदमी की जांच कर सके। जांच कर सके, इतना ही नहीं, वह अपनी जांच का तंत्र स्वयं जमा सके, इकट्ठा कर सके। अब सी.बी.आई. पर भरोसा नहीं कर सकते, सी.बी.आई. की विश्वसनीयता घट गई है। सी.बी.आई. ने कमेटी को जवाब देने से इन्कार कर दिया और कमेटी कुछ नहीं कर सकी। सी.बी.आई. ने कहा कि हम आपको यह जानकारी नहीं दे सकते, क्योंकि हम जो जांच कर रहे हैं, उस पर असर पड़ेगा। लेकिन समिति द्वारा जो जांच हो रही है, उसका क्या होगा? सी.बी.आई. ने सहयोग नहीं दिया, उसका पुनर्गठन जरूरी है।

लेकिन मैं आपसे दूसरी बात कह रहा था। ऊपर बैठे हुए व्यक्ति अगर उन पर भ्रष्टाचार के आरोप लगते हैं, उनकी जांच के लिए एक विशेष व्यवस्था होनी चाहिए और उस ओब्डस्मैन को यह अधिकार होना चाहिए कि वह सब जगह से जांच करनेवाली एजेंसी के लोगों को इकट्ठा कर सके। हर जांच के लिए नए तंत्र तो स्थापित नहीं हो सकते। लेकिन तंत्र ईमानदार हो, सचाई का पता लगाए, उस तंत्र की नियुक्ति, उस तंत्र की पदोन्नति सरकार पर निर्भर नहीं होनी चाहिए। देश में हजार, दो हजार, पांच हजार ऐसे ईमानदार लोग होने चाहिए, जो अपने को मुसीबत में डालकर भी सच बात कहें। तभी इस देश के भविष्य के लिए कुछ आशा हो सकती है।

मैं फिर कहना चाहता हूं, आज हम एक तिराहे पर खड़े हैं। यह रिपोर्ट खाली बैंकों में घोटाले की नहीं है, यह हमारे राष्ट्रीय चरित्र पर एक बड़ी तीखी टिप्पणी है। यह हम सबको कटघरे में खड़ा कर देगी। यह समूची सरकार से जवाब मांगती है। यह रिपोर्ट सर्वसम्मत है, मैं इस बात का फिर से उल्लेख करना चाहता हूं।

हमारे मित्र जेना जी जो प्रश्न उठा रहे थे, सचमुच में वह इस दृष्टि से उठा रहे थे कि जो सर्वसम्मत रिपोर्ट है, उसके बारे में सदन की सर्वसम्मत राय बन सकती है। जो नोट अलग दिए गए हैं, जिनमें कुछ और बातें दी गई हैं, मैं इस समय उनका उल्लेख नहीं करना चाहता हूं। वे अपने में महत्वपूर्ण हैं। लेकिन जो रिपोर्ट है, जिसके साथ कोई विमति टिप्पणी नहीं है, उस रिपोर्ट के बारे में यह सदन क्या एक राय नहीं बना सकता है? एक राय नहीं हो सकता है कि रिपोर्ट के अंतर्गत जिन पर दोष डाला गया है, जिनके विरुद्ध टिप्पणियां की गई हैं, उनके खिलाफ कार्रवाई होनी चाहिए? अगर मंत्री हैं तो उन्हें त्यागपत्र दे देना चाहिए और अगर अधिकारी हैं तो उन्हें कटघरे में खड़ा किया जाना चाहिए। इसी से लोगों का खोया हुआ विश्वास कुछ मात्रा में वापस आ सकता है। धन्यवाद।

प्रतिभूति पर चर्चा का समय बढ़ाएं

अध्यक्ष महोदय, कल जब हम आपके कक्ष में एकत्र हुए थे, बिजनेस एडवाइजरी कमेटी के रूप में, तो यह सुझाव आया था कि बैंकिंग प्रतिभूति घोटाले के बारे में जो संसदीय समिति की रिपोर्ट आई है, उस पर चर्चा के लिए समय निकाला जाए। लेकिन यह भी अनुभव किया गया था कि उसके लिए एक दिन पर्याप्त नहीं होगा। सदन २४ तारीख को न बैठे, इस तरह का निर्णय हुआ है। हम चाहेंगे कि क्रिसमस का त्योहार मनानेवाले मित्र २४ को अपने घर पहुंचें, वे त्योहार मनाएं। लेकिन देशवासी यह भी आशा करते हैं कि प्रतिभूति घोटाले के संबंध में जो रिपोर्ट आई है, उस पर चर्चा हो। अब सुझाव यह है कि हम २४, २५ तथा २६ को सदन की बैठक न करें, लेकिन सत्रावसान न किया जाए और हम २७, २८ तथा २९ तीन दिन विशेष रूप से जे.पी.सी. की रिपोर्ट के लिए रखें।

अध्यक्ष महोदय, यह रिपोर्ट एक ऐतिहासिक महत्व की रिपोर्ट है। सर्वसम्मत रिपोर्ट है। इतना बड़ा घोटाला पहले कभी नहीं हुआ और इस तरह की रिपोर्ट भी पहले कभी नहीं आई। देशवासी जानना चाहेंगे कि संसद इस पर चर्चा करके अपने दायित्व का निर्वाह कर रही है या नहीं? उस रिपोर्ट पर हम सरकार की प्रतिक्रिया भी जानना चाहेंगे। मैं समझता हूं कि सत्तापक्ष को इसमें कोई हिचक नहीं होगी कि सदन तीन दिन बैठे और रिपोर्ट पर पूरी तरह से चर्चा करे।...(व्यवधान)

अध्यक्ष महोदय, अगर सरकार चर्चा के लिए तैयार है और २३ तथा २४ तारीख को चर्चा के लिए तैयार है तो हमें चर्चा करने में कोई आपत्ति नहीं है।

अध्यक्ष महोदय, आप दो दिन निर्धारित कर दीजिए, मगर सरकार बाद में यह शिकायत न करे कि उसकी जो आवश्यक कानूनी कार्यवाहियां हैं, वे रुकी रह गई हैं। कल संसदीय कार्य मंत्री ने यह भी कहा है कि आर्डिनेंस है, जिसे स्वीकार किया जाना जरूरी है। उन्होंने कहा कुछ और भी आवश्यक काम हैं, तो मैंने जो सुझाव दिया है, उस सुझाव में सरकार का काम भी हो जाता है। तीन दिन का समय रिपोर्ट पढ़ने के लिए भी मिल जाता है और बाद में तीन दिन मिल जाते हैं चर्चा के लिए, और सारी बातें पूरी हो जाती हैं। मेरी समझ में नहीं आता है कि मंत्री महोदय विरोध क्यों कर रहे हैं?

---

* *जे.पी.सी. रिपोर्ट पर चर्चा के लिए अधिवेशन बढ़ाने की लोकसभा में २२ दिसंबर, १९९३ को मांग।*

भाजपा को फंसाने की कोशिश

अध्यक्ष महोदय, मैं आपकी अनुमति से एक गंभीर मामले को उठाने के लिए खड़ा हुआ हूं। यह मामला न केवल सदन की गरिमा से संबंधित है, एक आदरणीय सदस्य की प्रामाणिकता को चुनौती देनेवाले प्रसंग से भी जुड़ा हुआ है।

पिछले दो दिनों से 'स्टेट्समैन' एक रिपोर्ट प्रकाशित कर रहा है। 'स्टेट्समैन' एक सम्मानित और जिम्मेदार पत्र है, जांच-पड़ताल करके तथ्य सामने रखने का प्रयत्न करता है। कल मुखपृष्ठ पर एक रिपोर्ट छपी थी, मैं शीर्षक पढ़ रहा हूं : 'हर्षद मेहता के भुगतान में आडवाणी, जोशी जी को शामिल करने का प्रयास।'

जब हमने इस समाचार को पढ़ा तो हमें आशंका हुई कि कोई षडयंत्र गढ़ा जा रहा है और जिसमें जान-बूझकर आडवाणी जी, जोशी जी और भाजपा को फंसाने की कोशिश हो रही है। लेकिन हमने उसे अधिक गंभीरता से नहीं लिया, न हमने उसे सदन में उठाया और न ही किसी और माननीय सदस्य ने उसको उठाने की जरूरत समझी, क्योंकि वह कहानी इतनी बेबुनियादी, इतनी शरारतपूर्ण, इतनी निराधार थी कि उसको पढ़ने के बाद किसी का भी विश्वास नहीं जमता था। लेकिन हमने एक कदम उठाया, जो कदम सचमुच में यह बताने के लिए पर्याप्त है कि अगर इस तरह के आरोप लगते हैं, तो हम हर तरह से जांच के लिए तैयार हैं। इसलिए आडवाणी जी, जोशी जी और प्रमोद महाजन ने जे.पी.सी. के चेयरमैन श्री मिर्धा जी को एक पत्र लिखा और साथ में समाचारपत्र की कतरन भेजी और कहा कि हम इस मामले में जांच के लिए तैयार हैं। अगर समिति हमें बुलाएगी तो हम समिति के सामने उपस्थित होंगे।

श्री निर्मल चटर्जी (दमदम़) : क्या ये संवाद सार्वजनिक किए गए?

श्री वाजपेयी : हां, वे सार्वजनिक कर दिए गए हैं।

श्री इंद्रजीत गुप्त (मिदनापुर) : क्या ये आरोप 'द स्टेट्समैन' द्वारा लगाए गए हैं या किसी अन्य द्वारा?

श्री वाजपेयी : उस पर मैं आ रहा हूं। मगर आज जो समाचार छपा है, वह सारे प्रकरण को एक भयंकर षडयंत्र का रूप दे रहा है। इसमें एक विदेशी नागरिक है। इस षडयंत्र का कार्यक्षेत्र

---

* *'स्टेट्समैन' में छपे निराधार समाचार पर लोकसभा में २७ अगस्त, १९९३ को टिप्पणी।*

केवल भारत नहीं है, लंदन तक फैला है। जेनेवा भी इसकी लपेट में आ रहा है। इसमें एक अपराधी है, जो व्यवसायी है और उस व्यवसायी को विशेष सुरक्षा प्रदान की गई है, शायद उसको खतरा है। किससे खतरा है? या जिस सौदे में उसको शामिल किया गया है, क्योंकि यह केवल षडयंत्र नहीं है, यह एक षडयंत्र है और एक सौदा है, एक प्लांट है और एक डील है, शायद उसकी वजह से खतरा है।

विदेशी नागरिक का कहना है कि मेरे हर्षद मेहता के साथ संबंध हैं और मैं विदेशों में उसके धन की चिंता करता रहता हूं। उसका धन लाने-ले जाने के लिए अपनी सेवाएं समर्पित करता हूं। उस विदेशी नागरिक द्वारा कोई एफिडेविट तैयार किया गया है और उसको पत्र ने विस्तार से उद्धृत किया है, इस पर मैं बाद में आना चाहूंगा। लेकिन यह जो एक भारतीय व्यवसायी है और यहां भारत सरकार आती है, यहां पता लगता है कि सरकार में कोई ऐसा विभाग है, सरकार में कुछ ऐसे लोग हैं, जो इस षडयंत्र को उत्तेजना दे रहे हैं, षडयंत्र को चालना दे रहे हैं, आखिर इस व्यक्ति को सुरक्षा देने की क्या आवश्यकता है?···(व्यवधान)

ये कोई सज्जन हैं, मिस्टर रणधीर जैन, जिनको विशेष सुरक्षा प्रदान की गई है। ये वकील हैं, वकील होने का दावा करते हैं। अब ये किसके वकील हैं, मुझे नहीं मालूम, लेकिन इन्हें सुरक्षा दी गई है और सुरक्षा देते समय इंटेलीजेंस ब्यूरो ने जो कुछ लिखा है, और पेपर ने उद्धृत किया है और वह विदइन कोट्स है। अध्यक्ष महोदय, 'स्टेट्समैन' का वह अंश मैं पढ़कर सुनाना चाहता हूं :

"इंटेलीजेंस ब्यूरो के डॉ. के.के. पॉल का पत्र, जो बहुत-बहुत खास व्यक्तियों की सुरक्षा ही हाथ में लेते हैं और प्रधानमंत्री कार्यालय के साथ कार्य करते हैं, कहानी बताता है।"

दिल्ली पुलिस में तब अतिरिक्त आयुक्त प्रशासन एवं समन्वय, श्री पी.एस. बावा को २५ जून को लिखे गए पत्र का गद्य निम्नानुसार है। २५ जून भी ध्यान रखनेवाली तारीख है। समाचारपत्र उद्धृत करता है :

"संवेदनशील सूचना के आधार पर सुरक्षा के दृष्टिकोण से यह प्रार्थना की जाती है कि श्री रणधीर जैन, निवासी पी-४४८, न्यू फ्रेंड्स कालोनी, नई दिल्ली को दो सप्ताह के कालखंड के लिए वर्दीधारी सुरक्षा गार्ड उपलब्ध करवाए जाएं।

"यह भी प्रार्थना की जाती है कि वास्तविक कार्यवाही से पहले, कृपया हमें सूचित किया जाए, जिससे कि एक अधिकारी उपयुक्त गार्डों को लाकर सुरक्षा पानेवाले से उनका परिचय करवा सके।"

ये रणधीर जैन कौन हैं? इन्हें क्या खतरा है? ये किस षडयंत्र में शामिल थे? इसमें एक विदेशी नागरिक ही शामिल नहीं है, भारतीय अपराधी ही शामिल नहीं है, इसमें एक पुराना विदेश सचिव भी शामिल है, जो ऊंचे पद पर बैठा हुआ है। अध्यक्ष जी, मैं नाम नहीं लेना चाहता, आप जानते हैं कि मैं सदन की मर्यादा का ख्याल रखता हूं।

अध्यक्ष महोदय : आप मर्यादा का ख्याल ही नहीं रखते, उसको बढ़ाते भी हैं। मेरा दावा है कि मैं सरलता से कह रहा हूं क्योंकि आप वहां हैं और मैं यहां।

श्री वाजपेयी : अगर, आप कुछ और कहना चाहें तो मैं सदन से बाहर जा सकता हूं। आपको मेरे सामने कहने में कठिनाई है।···(व्यवधान)

यह बहुत गंभीर मामला है। इसने मुझे बहुत पीड़ा पहुंचाई है। आडवाणी जी और भारतीय जनता पार्टी से मतभेद हो सकते हैं, मगर आडवाणी जी एक बेदाग नेता हैं, और उनके चरित्र-हनन

का प्रयास किया जा रहा है और उन्हें हर्षद मेहता के साथ जोड़ा जा रहा है। कहा जा रहा है, हर्षद मेहता ने इन व्यक्तियों द्वारा दो करोड़ रुपया आडवाणी जी को और ४० लाख रुपया जोशी जी को दिया है। जोशी जी क्या उस तारीख को रुपया लेंगे जिस दिन वे अस्पताल के इंटेंसिव केयर में थे? २५ फरवरी··(व्यवधान)

श्री पायलट द्वारा छोड़ी गई जलधारा और अब हमारे वामपंथी मित्र भी उस जलधारा का स्वाद चखकर आए हैं। जोशी जी आई.सी.यू. में थे और उनको वहां पैसा दे दिया गया?

सबसे आश्चर्यजनक बात यह है कि इसमें विदेश मंत्रालय का उपयोग किया जा रहा है। जो हमारे विदेश मंत्रालय से संबंधित अधिकारी हैं, उन्हें पुराने विदेश सचिव द्वारा पत्र लिखने की क्या जरूरत थी? उन्होंने कौन सी मदद मांगी थी? एफिडेविट सरकार के पास है, वह जो स्विस नागरिक ने दाखिल किया है, तैयार किया है, वह कहां है? यह क्या कहानी है? यह चरित्र-हनन का प्रयास है।

अगर नेताओं पर आरोप लगते हैं तो वे अपनी सफाई दें, यह सीधा तरीका है। यहां तो सेंट किट्सवाला इतिहास दोहराया जा रहा है। एक बार पूर्व प्रधानमंत्री श्री वी.पी. सिंह को फंसाने के लिए इस तरह की कहानी गढ़ी गई थी। उसमें भी विदेश मंत्रालय के अधिकारी संलग्न थे। क्या इसमें भी संलग्न हैं? वह कहानी गलत साबित हुई, लेकिन किसी को दंड नहीं दिया गया। उलटे जो अधिकारी फंसे थे, उनको पदोन्नति दी गई। देश के सार्वजनिक जीवन को चलाने का क्या यह तरीका है? राजनीतिक लड़ाई के लिए विचारधारा को चुनौती देकर मैदान में आएं।

अध्यक्ष जी, मैं चाहता हूं कि यह बहुत ही गंभीर प्रश्न है और सरकार की ओर से इस संबंध में वक्तव्य आना चाहिए।

बैंक घोटाले की जांच रिपोर्ट

सभापति महोदय, जिसकी आशंका थी वही हुआ। २८ जुलाई को श्री रामनिवास मिर्धा इस सदन के सामने आए और उन्होंने बैंक घोटाले की जांच के लिए बनी संयुक्त प्रवर समिति की रिपोर्ट सदन में पेश करने की अवधि बढ़ाने की मांग की थी। उस समय मैंने कहा था कि इतने थोड़े समय में काम पूरा नहीं होगा, मिर्धा जी चाहें तो अधिक समय ले सकते हैं। लेकिन उन्होंने विश्वास प्रकट किया था कि समिति जल्दी से जल्दी काम खत्म करना चाहती है, आगे समय बढ़ाने की आवश्यकता नहीं पड़ेगी। श्री मिर्धा ने यह स्वीकार किया था कि दो बार पहले समय ले चुके हैं और तीसरी बार पिछली बार समय लिया। एक बात उन्होंने बहुत महत्वपूर्ण कही थी। मैं उद्धृत कर रहा हूं : "ज्यादा समय लेना उचित नहीं है क्योंकि उस पर विशेष तरह की प्रतिक्रिया होती है।" लेकिन अब फिर वे समय बढ़ाने की मांग लेकर आ गए हैं।

मेरा निवेदन है कि यदि समिति अपना प्रतिवेदन दो भागों में पेश करने का सुझाव मान लेती तो समिति की उपयोगिता, सार्थकता बढ़ जाती। जितना विलंब इस समिति की रिपोर्ट में हो रहा है, समिति का महत्व कम हो रहा है, समिति की प्रासंगिकता घट रही है। हरेक वि की चर्चा का एक समय होता है। यह समिति अधिक समय लेती जा रही है। इसके और भी दुष्परिणाम हो रहे हैं। समिति की रिपोर्ट पर बैंकिंग प्रणाली में सुधार का सवाल निर्भर है। समिति की रिपोर्ट पर, जिन बैंकों ने घोटाले में हिस्सा लिया, जो अधिकारी उसमें शामिल थे, उनके विरुद्ध कार्यवाही का सवाल निर्भर है। विदेशी बैंकों को क्या दंड दिया जाए, जिन्होंने हमारे निर्देशों का उल्लंघन कर घोटाले में भाग लिया, यह सवाल भी रिपोर्ट के साथ जुड़ा हुआ है। कई मंत्री रिपोर्ट के दायरे में आ गए हैं, रिपोर्ट की छाया में आ गए हैं। कई कार्पोरेशन उसमें लिप्त हैं, मगर उस पर काम नहीं हो रहा है, कार्यवाही नहीं हो रही है, सब मामला ठप्प है क्योंकि रिपोर्ट नहीं है।

मेरा निवेदन है कि समिति को अपनी रिपोर्ट का समय बढ़ाने के लिए सदन में प्रस्ताव लेकर नहीं आना चाहिए था, मिर्धा जी को रिपोर्ट लेकर आना चाहिए था। अभी भी वे जो प्रस्ताव लाए हैं, उसमें वे यह नहीं कह रहे हैं कि अगले सत्र के पहले दिन हम रिपोर्ट रख देंगे। अगले सत्र के अंतिम दिन, इसका अर्थ यह है कि अगर रिपोर्ट आ गई, मुझे उसमें भी संदेह है, और रिपोर्ट

** संयुक्त प्रवर समिति की जांच रिपोर्ट में विलंब पर लोकसभा में २५ अगस्त, १९९३ को टिप्पणी।*

सर्वसम्मति से आएगी या नहीं, इसके बारे में भी और आशंकाएं बढ़ गई हैं, लेकिन अगर रिपोर्ट आ गई तो पहले दिन नहीं आएगी, आखिरी दिन आएगी और सदन को चर्चा करने का मौका नहीं मिलेगा।

मेरा निवेदन है कि मिर्धा जी इस संबंध में फिर से विचार करें। अपने प्रस्ताव पर आज जोर न दें। इस प्रस्ताव को, मैंने जो भावनाएं प्रकट की हैं, उसके साथ वापस ले जाएं और अगर आवश्यकता हो तो कल प्रस्ताव ला सकते हैं। मगर अगले सत्र के अंतिम दिनवाला प्रस्ताव क्यों लाया गया है, यह समझने में मैं असमर्थ हूं।

सभापति महोदय, सचमुच में समिति की कार्यवाही के बारे में लोगों में अब आलोचना होने लगी है। संसदीय समिति की विश्वसनीयता दांव पर लगने लगी है। अब तक समिति ने अच्छा काम किया। पिछली बार अध्यक्ष महोदय ने समिति के सदस्य जिस ढंग से काम कर रहे थे, उसके लिए बधाई दी थी और कहा था कि वह अभिनंदन के पात्र हैं, लेकिन अब जो विलंब हो रहा है, उससे सारा महत्व खत्म हो रहा है। अगर स्थिति यही चलती रही तो हमें सोचना पड़ेगा, पार्टी के नाते कि क्या इस समिति में हमारे सदस्यों का रहना कुछ उपयोगिता रखता है या नहीं रखता है?

वित्त मंत्री सदन में क्षमा मांगें

अध्यक्ष महोदय, आदरणीय चंद्रशेखर जी ने जो मामला उठाया है, वह बहुत गंभीर हो गया है। कल सदन में अविश्वास प्रस्ताव पर चर्चा हो रही थी, चंद्रशेखर जी अपने विचार प्रकट कर रहे थे। उसमें वित्त मंत्री ने टोका। वित्त मंत्री चुप रह सकते थे, वे बाद में बोलनेवाले थे, पूरा रिकार्ड देखकर आ सकते थे। मगर उन्हें जल्दी थी। वे चंद्रशेखर जी के प्रभावी भाषण का असर खत्म करना चाहते थे। वे सारे सदन के वातावरण को अपने पक्ष में मोड़ना चाहते थे। इसीलिए उन्होंने बीच में टोका और टोककर जो कुछ कहा, मैं उसको यहां दोहराना चाहता हूं : "अगर आप रिकार्ड को देखेंगे, तब पता चलेगा कि यह प्रस्ताव तभी पास कर दिया गया था जब वे प्रधानमंत्री थे।" वे चंद्रशेखर जी को उपदेश दे रहे थे कि आप रिकार्ड देखिए और खुद रिकार्ड देखकर नहीं आए। उनका पूरा रिकार्ड कैसा रहा है, उसमें मैं नहीं जाना चाहता हूं। वे सरकारी अधिकारी के नाते देश की सेवा करते रहे, उन्हें संसद की परंपराओं का ज्ञान होना चाहिए, उन्हें मर्यादाओं का ख्याल रखना चाहिए। मगर वे आश्वस्त थे, उन्हें अपने मन में पूरा विश्वास था और उन्होंने खड़े होकर टोक दिया।

यह तो चंद्रशेखर जी का बड़प्पन था, अध्यक्ष महोदय, वरना कौन इस देश में अपनी गलती मानता है? कौन कहता है कि अगर मेरे जमाने में फैसला हुआ था, तो मुझे शर्मिंदगी है। यह चंद्रशेखर जी कर सकते हैं। कांग्रेस के मित्र उनसे कुछ सीखें। लेकिन चंद्रशेखर जी की पीड़ा मैं समझ सकता हूं और कांग्रेस के मित्रों के परिहास की मुद्रा भी मैं देख सकता था। हम लोगों को भी लगा कि यह कैसे हो गया कि अगर चंद्रशेखर जी की स्वीकृति नहीं थी, तो जापानी शहर बनाने का फैसला कैसे कर दिया गया, अब सारी बात सामने आ गई है।

अध्यक्ष महोदय, वित्त मंत्री जी को सदन में आहूत किया जाना चाहिए, वित्त मंत्री जी को सदन में बुलाया जाना चाहिए। वित्त मंत्री जी चंद्रशेखर जी से बात करने के बाद भी इस समय सदन में उपस्थित नहीं हैं, जबकि चंद्रशेखर जी ने उन्हें सूचित कर दिया था कि यह मामला उठाया जाएगा और उन्हें खुद समझना चाहिए था। अब वे कहते हैं कि फिजिबिलटी रिपोर्ट बनी थी। फिजिबिलटी रिपोर्ट तो प्रपोजल को एप्रूव करना नहीं है। फिजिबिलटी रिपोर्ट सरकार में बनती रहती है।

** श्री चंद्रशेखर द्वारा वित्त मंत्री के विरुद्ध उठाए गए मुद्दों पर लोकसभा में २९ जुलाई, १९९३ को टिप्पणी।*

चलते-चलते उन्होंने पूछ लिया होगा, यह प्रस्ताव आया है, फिजिबिलटी रिपोर्ट मंगा लें या नहीं मंगाएं? चंद्रशेखर जी ने कहा होगा कि देख लीजिए। उस मुद्दे को इस तरह से यहां पेश करना कि चंद्रशेखर जी अपनी सारी पुरानी मान्यताओं से हट रहे हैं, चंद्रशेखर जी सरकार को गलत ढंग से कटघरे में खड़ा करने की कोशिश कर रहे हैं, वित्त मंत्री जी से ऐसी आशा नहीं की जाती।

वित्त मंत्री जी को बुलाया जाए। वित्त मंत्री जी सदन के सामने क्षमा मांगें, देश के सामने क्षमा मांगें।...(व्यवधान) यदि वे ऐसा नहीं करते हैं, मैं भरोसा करता हूं कि जिस तरह से कल चंद्रशेखर जी ने बड़प्पन दिखाकर अपनी गलती मानी थी, वित्त मंत्री जी सदन में आकर क्षमा मांगें, चंद्रशेखर जी से क्षमा मांगें। यदि वे नहीं मांगते हैं तो फिर यह मामला आपके हाथों में है, इसे विशेषाधिकार समिति को सौंप दिया जाना चाहिए।

बैंक घोटाला : रिपोर्ट फिर टली

अध्यक्ष महोदय, मैंने आपको सूचना दी है। इस प्रस्ताव के द्वारा समिति का प्रतिवेदन प्रस्तुत करने का समय बढ़ाया जा रहा है। प्रतिवेदन मानूसन-सत्र के प्रथम सप्ताह के अंतिम दिन आना चाहिए था। अब उसे सत्र के अंतिम दिन तक ले जाया जा रहा है। मुझे नहीं लगता कि अंतिम दिन तक यह रिपोर्ट तैयार हो जाएगी।

अध्यक्ष महोदय, आप जानते हैं कि अधिवेशन के दिनों में किसी भी समिति की बैठक करना बहुत ही कठिन होता है। जिस तरह से इस समिति ने समय बढ़ाने की मांग की है, उससे लगता है कि समिति के सामने जो काम है, वह बड़ा गंभीर, व्यापक काम है, वह समय की मांग करता है। मैं समिति के सभापति से यह पूछना चाहूंगा कि क्या उन्हें विश्वास है कि इस सत्र के अंतिम दिन तक काम पूरा हो जाएगा?

एक कठिनाई और है कि समिति के बारे में चर्चा नहीं हो रही है, हो भी नहीं सकती है क्योंकि मामला समिति को सौंपा गया है। मगर सदन के बाहर सब जगह चर्चा हो रही है। समाचार पत्र तो भरे हुए हैं। अगर कोई वंचित है तो यह सदन है। आपकी मर्यादा हमें बांधती है। अब अगर अंतिम दिन रिपोर्ट आएगी तो चर्चा अगले सत्र में होगी।

एक तरीका हो सकता है। मैं चाहूंगा कि आदरणीय श्री रामनिवास मिर्धा जी इस सुझाव पर विचार करें क्योंकि उन्होंने जो निवेदन किया है, उससे स्पष्ट है कि बहुत सा काम हो गया है और रिपोर्ट का प्रारूप तैयार है। शायद जो नए आरोप लगे हैं और जिनकी जांच का काम समिति ने अपने हाथ में लिया है, उसकी वजह से देर लग रही है। जहां तक बैंक घोटाले का सवाल है, अगर रिपोर्ट तैयार है तो उसे रिपोर्ट के प्रथम भाग के रूप में सदन में प्रस्तुत किया जा सकता है, तत्काल प्रस्तुत किया जा सकता है। जो हर्षद मेहता के आरोप हैं, उनकी जांच का काम जारी रहना चाहिए, उसके बारे में अंतिम रिपोर्ट बाद में आ सकती है। अध्यक्ष महोदय, मैं चाहूंगा कि आप थोड़ा इसमें मेरी मदद करें और मिर्धा जी का काम आसान बनाने में सहायक हों।

** संयुक्त प्रवर समिति का समय बढ़ाने के लिए लोकसभा में २८ जुलाई, १९९३ को प्रस्ताव।*

चुरहट सोसायटी का दफ्तर कहां है?

उपसभापति जी, मैं प्रस्ताव करता हूं कि : "यह सभा संकल्प करती है कि आयकर अधिनियम, १९६१ की धारा २९ के अनुसरण में १४ जून, १९८६ को भारत के राजपत्र में प्रकाशित सरकारी अधिसूचना का.आ.सं. २२४२, जिसे १८ जुलाई, १९८६ को सभापटल पर रखा गया था, का वातिलीकरण किया जाए और यह लोकसभा से सिफारिश करती है कि लोकसभा इस संकल्प से सहमत हो।"

उपसभापति जी, १४ जून के गजट में एक अधिसूचना प्रकाशित हुई थी, जिसके अंतर्गत १९६१ के इन्कमटैक्स एक्ट के अधीन चुरहट बाल कल्याण सोसायटी को एक निर्धारित वर्ष १९८६-८७ और १९८८-८९ के अंतर्गत आनेवाली अवधि के लिए अधिसूचित किया गया था। उस तारीख के गजट में और भी संशोधन इसी तरह से अधिसूचित किए गए। लेकिन आप देख रहे हैं कि केवल चुरहट बाल कल्याण सोसायटी के संबंध में अधिसूचना रद्द करने का प्रस्ताव इस सदन के सामने उपस्थित हुआ है।

उपसभापति जी, इन्कमटैक्स एक्ट १९६१ की २३(सी) धारा के अंतर्गत चुरहट बाल कल्याण सोसायटी को सुविधा दी जा रही है।

मैं उद्धृत कर रहा हूं :

"किसी व्यक्ति द्वारा कोई आय निम्न की ओर से प्राप्त की गई :

(१) प्रधानमंत्री राष्ट्रीय राहत कोष, या

(२) लोक कलाओं के विकास के लिए, प्रधानमंत्री कोष, या

(३) छात्र कोष के लिए प्रधानमंत्री सहायता, या

(४) कोई अन्य कोष या संस्था जो धर्मार्थ उद्देश्य के लिए स्थापित की गई, जो कोष या संस्थान के उद्देश्य से केंद्र सरकार द्वारा सरकारी गजट में दर्शाया गया हो और इसकी प्रमुखता पूरे भारत या किसी पूरे राज्य या राज्यों में हो।"

स्पष्ट है कि आयकर अधिनियम के अंतर्गत चुरहट बाल कल्याण सोसायटी को इसलिए

** चुरहट सोसायटी के संदर्भ में आयकर अधिनियम में संशोधन संबंधी अधिसूचना पर राज्यसभा में २२ अगस्त, १९८६ को ध्यानाकर्षण।*

सुविधा दी जा रही है, क्योंकि वह बाल कल्याण के काम में लगी होने का दावा करती है, एक गैर-सरकारी संस्था है और अगर गैर-सरकारी प्रयत्नों से बालकों की, महिलाओं की, अपंगों की और अपाहिजों की सहायता होती है तो आयकर में उन्हें छूट मिले, राहत मिले, यह सरकार का इरादा रहा है।

लेकिन मैं जानना चाहता हूं कि यह सोयायटी जब से चर्चा का विषय बनी है, क्या उसके बाद वित्त मंत्रालय ने इस सोसायटी के कामकाज पर, उसके लेखा-जोखा पर, उसकी गतिविधियों पर कोई नजर रखी, कोई जांच-पड़ताल की? यह अधिसूचना १४ जून, १९८६ को गजट में प्रकाशित की गई थी, १८ जुलाई, १९८६ को इस अधिसूचना को सभापटल पर रखा गया था। अगर प्रतिपक्ष चौकन्ना न होता, जागरूक न होता तो यह अधिसूचना सदन द्वारा पुष्ट कर दी जाती, जैसे और अधिसूचनाएं पुष्ट होती हैं।

उपसभापति महोदय, आप स्वीकार करेंगे कि चुरहट बाल कल्याण सोसायटी काफी चर्चा का विषय बन गई है। कम से कम मैंने पहली बार इसका नाम तब सुना जब भोपाल में यूनियन कार्बाइड के कारखाने में जहरीली गैस रिसी, दो हजार से अधिक मरे हैं। उस समय पहली बार इस सोसायटी का नाम पता लगा और यह पता लगा कि चुरहट की सोसायटी को यूनियन कार्बाइड ने विपुल राशि दान में दी थी। कितनी राशि दान में दी थी, इसके बारे में मेरे पास आंकड़े नहीं हैं। मैं वित्त मंत्री महोदय से कहूंगा कि वे इस संबंध में सदन को जानकारी दें।

यूनियन कार्बाइड एक विदेशी कंपनी है, मल्टीनेशनल कंपनी है। चुरहट बाल कल्याण सोसायटी चुरहट में है। चुरहट मध्य प्रदेश के भूतपूर्व मुख्यमंत्री का निवास स्थान है। यह इस सोसायटी के कर्ताधर्ता रहे हैं, संहर्ता रहे हैं।...(व्यवधान)

उपसभापति महोदय, यूनियन कार्बाइड ने सीधी जिले के चुरहट गांव की बाल सोसायटी को ही धन देने के लिए क्यों चुना, क्या यूनियन कार्बाइड ने इस तरह की और संस्थाओं को भी दान दिया? मगर इस समय मैं उसमें नहीं जाना चाहता। मैं कहना चाहता हूं कि इस सोसायटी का नाम पहली बार हमने उस समय सुना। उसके बाद से यह सोसायटी चर्चा का विषय बनी हुई है। इन्कमटैक्स के लिए किसी सोसायटी के बारे में विचार करते समय वित्त मंत्रालय ने जरूर देखा होगा कि यह सोसायटी नियमों के अनुसार चल रही है या नहीं चल रही है, इसका हिसाब-किताब नियमों के अनुसार हर वर्ष आडिट होता है या नहीं होता है, नियमों के अनुसार सोसायटी के पदाधिकारियों का निर्वाचन होता है या नहीं होता है? क्या ये बातें वित्त मंत्रालय ने देखीं? क्या वित्त मंत्रालय के ध्यान में यह चीज लाई गई कि इस सोसायटी के पास पैसे की कोई कमी नहीं है। इसने लाटरी का धंधा शुरू किया। लाटरी के करोड़ों रुपयों के टिकट छपे, करोड़ों रुपए की टिकटें बेची गईं, एक रैफल में तो पहला इनाम एक करोड़ रुपए का था। केंद्र के गृह मंत्रालय ने जो गाइडलाइंस निकालीं उनको ताक पर रख दिया गया। अब सफाई में यह कहा जा रहा है कि इसमें एक करोड़ रुपए के पुरस्कार का ऐलान पहले कर दिया गया था और गाइडलाइन बाद में निकाली गई। क्या इस सोसायटी की लाटरी के पहले गाइडलाइन नहीं थी? वह एक करोड़ का पहला इनाम किस को दिया गया? सोसायटी ने घोषणा कर दी कि इस टिकट पर पहला इनाम दिया गया है, मगर उसका नाम क्या है, वह कहां रहता है? इसके बारे में हर कोई अंधकार में है। दूसरे इनाम की घोषणा ७७ लाख रुपए की की गई। वह किसको मिला, किसी को कंटेसा गाड़ी दी जानेवाली थी, वह किसको दी गई?

वित्त मंत्री महोदय ने जरूर पता लगाया होगा कि इस चुरहट की सोसायटी का दफ्तर कहां है? क्या वह दफ्तर चुरहट में है? मगर मेरे पास डाक विभाग का सबूत मौजूद है। एक नागरिक ने चुरहट के डाकखाने को लिखकर पूछा कि चुरहट चिल्ड्रन सोसायटी का पता क्या है? चुरहट के डाकखानेवालों ने लिख दिया कि इस नाम की कोई संस्था चुरहट में नहीं है। अब यह चुरहट के नाम से चलनेवाली संस्था यदि चुरहट में नहीं है, तो कहां है? लाटरी का जिन्हें पहला इनाम मिला उन्होंने बैंक का उपयोग किया और मालदा में, मद्रास में बैठकर अपने बैंक में जाकर विजय प्राप्त करनेवाली टिकट को जमा किया और कहा कि आप चुरहट में बैंक से संपर्क करिए, वह पैसा हमें मिले इसका प्रबंध करिए, मगर उन्हें कोई जवाब नहीं मिला। चिट्ठियां लिखी गईं। वे वापस कर दी गईं। चिट्ठियों पर लिख दिया गया कि चुरहट चिल्ड्रंस सोसायटी नाम की कोई संस्था नहीं है।

उपसभापति जी, यह चुरहट सीधी जिले में है। मगर जो लाटरी के टिकट छापे गए, उन पर रीवा जिला लिखा गया। जो भी इनाम लेने के लिए आता था, उसे कहा जाता था कि रीवा जिला जाओ। दूसरे जिले के नाम से लाटरी नहीं निकाली जा सकती। यह नियम के खिलाफ है। लेकिन लाटरी निकाली गई। इनाम पानेवाले भटकते रहे। उन्हें इनाम नहीं मिला, क्योंकि ४५ दिन के भीतर इनाम लेने का जो नियम था, उसका वे पालन नहीं कर सके। क्या चिल्ड्रंस सोसायटी का काम लोगों को धोखा देना है? करोड़ों रुपए का वारा-न्यारा करना है? क्या वित्त मंत्री महोदय ने, वित्त मंत्रालय ने इस सोसायटी को सुविधा देते समय इन सभी पहलुओं की जांच की थी?

चुरहट के तथ्य क्या हैं?

उपसभापति जी, उस दिन प्रश्नकाल में यह लाटरी का मामला उठा था। यह २४ जुलाई की बात है। उस समय चेयरमैन ने यह निर्देश दिया था कि गृह मंत्री महोदय लाटरी में जो भी अनियमितताएं हुई हैं और धांधलियां हुई हैं, उनके बारे में पूरी जानकारी एकत्र करें और जल्द से जल्द सभापटल पर रखें। आज २२ अगस्त है और एक महीना होनेवाला है, लेकिन रिपोर्ट सदन में नहीं आई है। आज सदन की बैठक स्थगित हो जाएगी। क्या सारे मामले पर लीपा-पोती करने की कोशिश की जा रही है? क्यों की जा रही है? क्या इसलिए कि इससे मध्य प्रदेश के भूतपूर्व मुख्यमंत्री जुड़े हुए हैं? क्या इसलिए कि उनका पुत्र इसमें शामिल है? क्या इसलिए कि उनका दामाद इसमें शामिल है? क्या कानून के सामने सब बराबर नहीं होंगे? स्वयं वित्त मंत्री महोदय ने आश्वासन दिया था और लाटरियों का मामला मध्य प्रदेश के एक सदस्य श्री नंदकिशोर भट्ट ने उठाया था कि लाटरियों में धांधलियों की बहुत सी शिकायतें आई हैं। मगर कोई बाल क़ल्याण में लगी हुई सोसायटी उसमें लिप्त हो जाए यह तो कल्याण के सारे काम पर पानी फेरना है। मगर दुर्भाग्य से यह सोसायटी लिप्त हो गई। वित्त मंत्री महोदय ने उस समय आश्वासन दिया था। यह आश्वासन श्री आडवाणी ने भी पढ़कर बताया था। वित्त मंत्री सदन में मौजूद नहीं थे। गृह मंत्री ने कहा कि मामला वित्त मंत्रालय का है, इसलिए मैं जवाब नहीं दे सकता। आज वित्त मंत्री सदन में मौजूद हैं। आज उन्हें इसका स्पष्टीकरण करना होगा। मैं उनके शब्दों को उद्धृत कर रहा हूं :

"११ मार्च, १९८५ को आयकर विभाग के निदेशक (अन्वीक्षा) को लाटरी के आयोजक की विस्तृत जानकारी, एकत्रित की गई धन राशि, प्रति लाटरी वितरित की गई पुरस्कार राशि, खर्चों की राशि एवं विवरण-कर में छूट तथा भुगतान आदि को सुनिश्चित करने के लिए सर्वेक्षण करने को

कहा गया।

"साक्ष्य पर आधारित, उचित कार्यवाही की जाएगी।"

बाल कल्याण या परिवार कल्याण?

क्या चुरहट की चिल्ड्रन सोसायटी को इन्कमटैक्स एक्ट के अंतर्गत नोटीफाई करते समय वित्त मंत्री महोदय ने अपने आश्वासन को ध्यान में रखा? क्या इस सोसायटी द्वारा जारी की गई लाटरी की अनियमितताओं की जांच की? अगर जांच के बाद वे इस परिणाम पर पहुंचे कि कोई अनियमितता नहीं है और हमने समझ-बूझकर इसको राहत दी है तो मैं चाहूंगा कि वे सदन को विश्वास में लें। हम अकारण इस गैर-सरकारी संस्था को जो यदि सचमुच में बाल कल्याण के काम में लगी हुई है, तो उसको लांछित नहीं करना चाहेंगे। हम राजनीतिक मतभेदों को राजनीतिक मैदान में जाकर लड़ेंगे। लेकिन बाल कल्याण के नाम पर परिवार कल्याण हो रहा है, बाल कल्याण के नाम पर धांधली हो रही है, करोड़ों रुपए का गोलमाल हो रहा है और वित्त मंत्री महोदय केवल इसलिए जांच नहीं करते कि जो बाल कल्याण के पुनीत कार्य में लगे हैं, वे उनके साथ संबंधित हैं। मेरा वित्त मंत्री महोदय से निवेदन है कि यदि वे इस सदन के साथ न्याय नहीं कर रहे हैं तो वह इस देश के साथ भी न्याय नहीं कर रहे हैं।

वित्त मंत्री श्री विश्वनाथ प्रताप सिंह : आपको जानकारी होगी कि ए.ए. एंटरप्राइजेज जो है, वह उस लाटरी में था और उसको इन्कमटैक्स डिपार्टमेंट ने ही रेड किया था।

श्री वाजपेयी : मुझे जानकारी है और मैं उसके बारे में पूछनेवाला था। उसका दफ्तर जहां पर है, मैं जानना चाहता हूं कि उस रेड में वहां से क्या निकला? मैं यह भी जानना चाहूंगा कि जब सरकार के पास ऐसी सूचनाएं हैं कि इस सोसायटी का कार्यभार जो कुछ दिखाई देता है, वह नहीं है···(व्यवधान)

श्री विश्वनाथ प्रताप सिंह : मैं पूरा उत्तर दूंगा आपको।···(व्यवधान) अभी आप बोल रहे हैं, इसलिए बीच-बीच में नहीं कहना चाहता, लेकिन उसको पहले ही कह देना चाहता हूं।

श्री वाजपेयी : तो फिर इस सोसायटी को इन्कमटैक्स एक्ट के अंतर्गत राहत क्यों दी गई? नोटिफाई क्यों किया गया? यह मुख्य सवाल है और इसका हमें संतोषजनक जवाब चाहिए।

इसलिए हम तो मांग कर रहे हैं, जब तक इस सोसायटी की पूरी जांच न कर ली जाए और सारे तथ्य प्रकाश में न आ जाएं और जांच ऐसी होनी चाहिए कि जो सदन के दोनों पक्षों में विश्वास पैदा कर सके, जनता को भी आश्वस्त कर सके, तब तक नोटिफिकेशन का अमल नहीं होना चाहिए। मैं तो सदन को कहूंगा कि मेरे प्रस्ताव का समर्थन करे और इसको रद्द कर दे।

सरकार के दामन पर तेल के दाग

अध्यक्ष महोदय, मैंने तेल मंत्री श्री शिव शंकर के वक्तव्य को बड़े ध्यान से सुना और बाद में उसे बड़े गौर से पढ़ा भी है। उन्होंने जिस मामले पर वक्तव्य दिया है, वह उनके जमाने का नहीं है। वह मामला उन्हें उत्तराधिकार में मिला है। उत्तराधिकार को वह अस्वीकार नहीं कर सकते। वह एक चतुर वकील हैं। उन्होंने कोशिश की है एक कमजोर मुकदमे की अच्छी पैरवी करने की। इसके लिए उन्होंने १९८० के अखबारों की छानबीन की है। पहली दफा शायद सरकार को अपने पक्ष का समर्थन करने के लिए दो साल पहले के अखबारों का सहारा लेना पड़ा है। अखबारों का कहना क्या है, इस पर भी मैं प्रकाश डालूंगा। अंतरराष्ट्रीय भावों की भी उन्होंने चर्चा की है। कुल मिलाकर उनका प्रयास यह है कि भारत सरकार के दामन पर जो तेल के दाग लगे हैं, उन्हें किसी तरह से धो दिया जाए। लेकिन ये दाग धुलने के बजाय उनके बयान से और गहरे हो गए हैं। मुझे उर्दू का एक शेर याद आ रहा है। इस सदन में शेर कहनेवाले वैसे भी कम हो गए हैं…(व्यवधान)

कपड़ा सड़ा-गला हो तो मुमकिन नहीं रफू
सीते थे आस्तीन गरेबान फट गया।
बारे-गुनाह बढ़ गया उज्रे-गुनाह से,
धोने से और दामने-ईमां चिकट गया।

अध्यक्ष महोदय : मेरी क्षतिपूर्ति इन्होंने कर दी है।

श्री वाजपेयी : मंत्री महोदय खड़े हुए थे सफाई देने के लिए लेकिन उन्हें कुछ बातें माननी पड़ी हैं, क्योंकि तथ्यों को पूरी तरह से झुठला नहीं सकते थे। उन्होंने लीपापोती करने की कोशिश की है। लेकिन वह कामयाब नहीं हुए। उन्होंने माना है कि तेल मंत्रालय ने १९८० के प्रारंभ में जब उधर के लोग अपनी विजय के उल्लास में डूबे हुए थे और उनके सदस्य समझते थे कि चुनाव की विजय न केवल उनके पुराने अपराधों को माफ कर सकती है, नए गुनाह करने की भी उन्हें खुली छूट देती है, इंडियन ऑयल कार्पोरेशन को ताक पर रखकर तेल का सौदा किया। उन्होंने यह भी माना है कि सौदे में करोड़ों का घाटा हुआ। उन्होंने यह भी स्वीकार किया है कि उस सौदे

** तेल घोटाले पर लोकसभा में २८ जुलाई, १९८२ को हुई चर्चा के दौरान भाषण।*

से संबंधित फाइल गुम हो गई। यह काम करनेवाली सरकार है, जिसमें एक मंत्री द्वारा फाइल गुम हो जाती है, साल-भर तक लापता रहती है।

प्रो. मधु दंडवते : दो साल तक।

श्री वाजपेयी : दो साल तक गुम रहती है।

मैं किसी पर निराधार आरोप लगाने के लिए खड़ा नहीं हुआ हूं। लेकिन गोलमाल के साथ समझौता नहीं किया जा सकता।

मंत्री महोदय ने अपने बयान में माना है कि टेंडर मंगाए गए। उसके लिए जो नोटिस निकाला गया, उसमें यह तो बताया गया कि कितनी क्वांटिटी चाहिए, कैसी क्वालिटी चाहिए, पेमेंट का तरीका क्या होगा, मगर मैं कोट कर रहा हूं :

"यह निर्दिष्ट नहीं किया गया कि निविदाएं निश्चित मूल्य आधार पर हों या चल मूल्य आधार पर।"

यह तय क्यों नहीं किया गया? इसको खुला हुआ क्यों छोड़ दिया गया? अगर उस समय का तेल मंत्रालय, और तेल मंत्री श्री सेठी यहां बैठे हुए हैं, अगर वह इस सवाल पर निश्चिंत थे कि अंतरराष्ट्रीय बाजार में तेल के भाव बढ़नेवाले हैं और वैरिएबिल प्राइस पर तेल खरीदना हमारे लिए घाटे का सौदा होगा, हमें निश्चित दाम पर तेल खरीदना चाहिए, तो फिर जो टेंडर के लिए नोटिस निकाला गया, उसमें फिक्स प्राइस की बात साफ क्यों नहीं कही गई?

श्री के.पी. उन्नीकृष्णन (बडागरा) : किया था, आई विल प्रूव इट।

श्री वाजपेयी : मैं श्री शिव शंकर जी के बयान की चर्चा कर रहा हूं। १४ फर्म्स ने ऑफर दिए और उसमें से ४ फर्म्स ऐसी थीं जो फिक्स प्राइस पर देने के लिए तैयार थीं। यह तथ्य भी सामने आ चुका है कि जिस हांगकांग की कंपनी को बाद में तेल की आपूर्ति करने का अधिकार दिया गया, उसने दोनों तरह के टेंडर दिए थे। सचमुच में वह कंपनी बड़ी चतुर थी। कुछ कंपनियां ऐसी थीं जिन्होंने फिक्स प्राइस पर टेंडर दिए, कुछ ने वैरिएबिल प्राइस पर टेंडर दिए। मगर हांगकांग वाली ने, जिनके बड़े प्रभावशाली संपर्क नई दिल्ली में बैठे थे, उसने दोनों दरवाजे बंद करने की कोशिश की। मंत्री महोदय किधर भी ढुलकें, हमारी गोद में गिरेंगे, ऐसा प्रबंध उसने किया। उसे अपना टेंडर रिवाइज करने का मौका दिया गया तो यह मौका बाकी की फर्म्स को क्यों नहीं दिया गया? लेकिन जो जानकारी मुझे उपलब्ध है और अध्यक्ष महोदय, आप स्वीकार करेंगे कि इस संबंध में पूरी जानकारी अभी तक न सदन के सामने आई है और न देश के सामने आई है, वह तो एक उच्चस्तरीय जांच से ही संभव है; उसके अनुसार एक कंपनी पर ही कृपा की गई। उसकी चर्चा मैं बाद में करूंगा।

अध्यक्ष महोदय, तेल के सौदे ऑयल कार्पोरेशन करता है, मंत्रालय नहीं। तेल के भाव बढ़ेंगे या नहीं बढ़ेंगे, क्या इसके ऊपर मंत्री महोदय का फैसला अंतिम फैसला होगा? मंत्रालय में कौन से विशेषज्ञ हैं? ऑयल कार्पोरेशन का उपयोग क्या है? उसमें विशेषज्ञ शामिल किए जाते हैं। वह संस्था एक स्वशासी संस्था है। अधिकांश सौदे ऑयल कार्पोरेशन करता है। इस मामले में ऑयल कार्पोरेशन की सलाह भी नहीं ली गई। कंसल्ट तक नहीं किया गया। अगर सलाह लेते तो ऑयल कार्पोरेशन की सलाह स्पष्ट होती कि भविष्य में भाव गिरनेवाले हैं और हम बैरिएबल प्राइस पर तेल खरीदने का फैसला करें। मगर यह फैसला मंत्री महोदय को मंजूर नहीं था।

श्री शिव शंकर कहते हैं कि ऐरर ऑफ जजमेंट है। यह भी कहते हैं कि ऐरर ऑफ जजमेंट

जनता सरकार में भी हुई होगी। हुई होगी। ऐरर ऑफ जजमेंट हो सकती है। लेकिन ऐरर ऑफ जजमेंट न होने पाए, इसीलिए कुछ ऐस्टेबलिश्ड प्रोसीजर्स हैं। कुछ तरीके हैं, कुछ प्रणालियां हैं, कुछ प्रक्रियाएं हैं; और उनमें से एक प्रक्रिया यह है कि ऑयल कार्पोरेशन यह सौदे करे, उससे सलाह ली जाए। मैं पूछना चाहता हूं कि ऑयल कार्पोरेशन के विशेषज्ञों का मत क्या था? फाइनेंशियल एक्सप्रेस कोट किया गया है, इकनॉमिक टाइम्स कोट किया गया है। उसमें खबरें कैसे छपवाई गईं, इसकी कच्ची कहानी भी मेरे पास है, मगर मैं जानना चाहता हूं, जब मंत्री महोदय जवाब दें तो इसको स्पष्ट करें कि भारत सरकार के तेल विशेषज्ञों की राय क्या थी? उस राय को ताक पर रखने का फैसला किसने किया और क्यों किया?

क्या यह सच नहीं है कि एक एम-पावर्ड कमेटी जनता सरकार में बनाई गई थी? ऑयल कार्पोरेशन के अफसर उसमें होते हैं, मिनिस्ट्री के भी होते हैं, वित्त मंत्रालय के भी होते हैं। एम-पावर्ड कमेटी को ताक पर क्यों रख दिया गया, बाई-पास क्यों कर दिया गया? यह फैसला मंत्रालय में क्यों किया गया?

जिसे मंत्री महोदय ऐरर ऑफ जजमेंट कहते हैं, उसको टाला जा सकता था, अगर विशेषज्ञों की सलाह ली जाती, निश्चित प्रक्रिया में से गुजरकर फैसले किए जाते, मगर इरादे कुछ और थे। इसलिए यह भूल में किया गया फैसला नहीं है। यह फैसले की भूल नहीं है, यह जान-बूझकर किया गया निर्णय है, जो कुछ लोगों को फायदा पहुंचाने के लिए किया गया। केवल एक उच्चस्तरीय जांच तथ्यों को सामने ला सकती है।

फाइल गुम हो गई?

श्री शिव शंकर जी ने अपने बयान में कहा कि फाइल गुम हो गई। अध्यक्ष महोदय, मैं उन्हें धन्यवाद दूंगा कि वह फाइल की बात ले आए। इसलिए हमें भी फाइल की चीर-फाड़ करने का मौका मिल गया।

उस समय तक सेठी जी जा चुके थे, श्री वीरेंद्र पाटिल आ चुके थे। तेल का सौदा हो चुका था। श्री शिव शंकर जी कहते हैं कि आगे सौदा हो तो उसमें कौन सी नीति अपनाई जाए, इसका फैसला प्रधानमंत्री की सलाह से करने के लिए फाइल प्रधानमंत्री जी के सचिवालय में भेज दी गई।

श्री सेठी जी ने प्रधानमंत्री की सलाह लेने की जरूरत क्यों समझी? सेठी जी के जमाने में मामला कैबिनेट में नहीं गया, मगर श्री वीरेंद्र पाटिल ने सोचा कि यह बला कहीं हमारे गले न मढ़ जाए, तो उन्होंने फाइल भेजी, सलाह के लिए फाइल भेजी गई, श्री वीरेंद्र पाटिल के पी.ए. ने फाइल ले जाकर दी, प्रधानमंत्री के एस.ए. को फाइल दी गई। यह एक महत्वपूर्ण मामला था, तेल की खरीद का मामला था, दुनिया में संकट था, सऊदी अरेबिया नीति बदलनेवाला था, पता नहीं तेल किस भाव पर मिलेगा या नहीं मिलेगा, खेती, उद्योग खतरे में पड़ जाएंगे! वीरेंद्र पाटिल चिंतित थे, प्रधानमंत्री की सलाह लेने के लिए उत्सुक थे। उन्होंने फाइल दफ्तर के जरिए नहीं भेजी, अपने पी.ए. से कहा—तुम स्वयं जाकर फाइल प्रधानमंत्री के एस.ए. के हाथ में रखो, यह बड़ा महत्वपूर्ण मामला है। और प्रधानमंत्री के सचिवालय में फाइल गुम हो गई? यह सरकार किस तरह से चल रही है? प्रधानमंत्री के सचिवालय का हाल क्या है?

मुझे आपत्ति है श्री शिव शंकर जी के बयान के इस हिस्से पर, जिसमें उन्होंने कहा है, मैं उद्धृत करना चाहता हूं :

"फाइल के विषय में, किसी भी व्यक्ति द्वारा लगभग एक वर्ष से या १९८१ के प्रारंभ से कोई पुनःस्मरण पत्र (रिमाइंडर) दिया हुआ नहीं लगता।"

यह बयान तथ्य पर आधारित नहीं है। क्या यह सच नहीं है कि ऑडिट ने दिसंबर के महीने में इस फाइल की तलाश की थी? उस समय इस फाइल की खोज नहीं की गई। क्या ऑडिट को इस गंभीरता से लिया जाएगा, इस सरकार में? ऑडिट से कह दिया गया कि फाइल नहीं मिलती। उस समय फाइल क्यों नहीं ढूंढी गई? लेकिन अगर उस समय फाइल मिल जाती, तो पब्लिक अंडरटेकिंग्स कमेटी के सामने भी आ जाती। चेहरा बेनकाब हो जाता। ऑडिट को भी मना कर दिया गया। मगर दिसंबर में ऑडिट फाइल चाहता था, यह फाइल से सिद्ध किया जा सकता है। श्री शिव शंकर ने सदन को गुमराह करने की कोशिश की।

दिन वही, आदेश वही, मूल्य अलग-अलग

सरकार ने आदेश दिया ऑयल कार्पोरेशन को कि तेल खरीद लो, लोएस्ट फिक्स्ड प्राइस पर खरीद लो। यह आदेश २२ फरवरी, १९८० का है। लंदन की कंपनी को कहा गया कि ३५० डॉलर प्रति मीट्रिक टन पर ३०,००० टन एच एस डी मुहैया करो। उसी दिन का आदेश है, जिसमें कहा गया है कि हांगकांग की कुओ कपंनी से ५०,००,००० टन एच.एस.डी. खरीदो ३५३.५० डॉलर प्रति मीट्रिक टन पर। एक ही दिन जारी किए गए एक ही आदेश में कीमत बढ़ा दी गई, हांगकांग की कंपनी के लिए कीमत बढ़ा दी गई। क्या मंत्री महोदय रिकार्ड से सदन को बताएंगे कि उन्होंने लंदन की कंपनी से कहा कि ३०,००० टन का ऑफर हम स्वीकार कर रहे हैं, लेकिन हमारी जरूरत ज्यादा है, क्या आप ज्यादा एच.एस.डी. दे सकते हैं? क्या और फर्मों से कहा गया है?

यह हांगकांग की कंपनी कौन है? क्या यह कोई नामी कंपनी है? इसका पेड-अप कैपिटल कितना है? इसकी साख क्या है? इसके हिस्सेदार कौन हैं? क्या यह सच नहीं है कि यह एक साइनबोर्ड कंपनी है, एक जालसाजी है, यह एक धोखा है? क्या इस कंपनी से हमने पहले भी सौदा किया था? मंत्री महोदय जरा इन तथ्यों पर प्रकाश डालें?

सचाई यह है कि हांगकांग की एक कंपनी को अनुग्रहीत करना था, इसलिए इस कंपनी को छांट लिया गया।

एक एस्टैब्लिश्ड प्रोसीजर और था। विदेशों से तेल खरीदने के लिए हिंदुस्तान में एजेंट या एजेंसी नहीं चाहिए। हम सीधा सौदा करते रहे हैं। इस तरह का सरकार का एक फैसला भी था। ये हिंदुस्तान में एजेंट कौन आ गए? इस एजेंसी को, जिसके बारे में कहा जाता है कि यह कंपनी साइकिल के स्पेयर पार्ट्स का बिजनेस करती है, कहा गया कि हांगकांग की कंपनी से हमें तेल खरीदना है। सरकार ने हांगकांग की कंपनी से सीधे बात क्यों नहीं की? जिस मामले में गड़बड़ होती है, उसमें सीधे बात करने में थोड़ी शर्म लगती है, कोई बिचौलिया चाहिए। सचाई यह है कि यह सारा मामला बिचौलिए ने तय करवाया।

ये इंडियन एजेंट कौन हैं? क्या ये तेल के सौदे में पहले भी हाथ डालते रहे हैं या यह उनका पहला सौदा है? क्या इनकी प्रतिष्ठा है और क्या इनकी साख है?

श्री शिव शंकर ने फाइनेंशियल एक्सप्रेस और इकानॉमिक टाइम्स का हवाला दिया है। मेरी जानकारी के अनुसार ये खबरें छपवाई गई हैं, ये न्यूज आइटम प्लांट किए गए और ये उनके द्वारा प्लांट किए गए, जो इस सारे सौदे से फायदा उठाना चाहते थे। मेरे पास इकानॉमिक टाइम्स की

भी प्रति है। फाइनेंशियल एक्सप्रेस को आप देखिए, हिंदुस्तान टाइम्स में भी एक ही तरह की खबर छपी। किसी पत्र में तो मैंने देखा है कि उसने अपने संवाददाता के नाम से खबर देने से इन्कार कर दिया। उसने कहा—ए कारेस्पांडेंट। क्योंकि पत्र को चलानेवाले जानते थे कि यह खबर कुछ स्वार्थों की सिद्धि के लिए दी गई है। उसने अपने ऊपर जिम्मेदारी लेने से इन्कार कर दिया। लेकिन पत्र देख लीजिए, जिसमें खबर छपी है। खबर एक ही है कि भाव बढ़ सकते हैं और फिक्स प्राइस के ऊपर खरीदना फायदेमंद रहेगा।

संसदीय समिति से जांच कराओ

यह गोलमाल है। करोड़ों रुपए के घाटे का सवाल है। पब्लिक अंडरटेकिंग्स कमेटी इस मामले पर विचार कर रही है। लेकिन जब तक एक्शन टेकन रिपोर्ट नहीं आएगी, वह अपना निर्णय नहीं दे सकती। मैं इस सारे गोलमाल की जांच के लिए एक संसदीय समिति कायम करने की मांग करता हूं जो इस विशिष्ट सौदे पर विचार करने के लिए बने। उस संसदीय समिति का गठन आप करेंगे। हम किसी भी राजनैतिक उद्देश्य से यह मांग नहीं कर रहे हैं। लेकिन गोलमाल पर अगर परदा डालने की कोशिश की जाएगी तो उससे लोकतंत्र मजबूत नहीं होगा। भ्रष्टाचार को अगर बढ़ावा दिया जाएगा तो संसदीय लोकतंत्र शक्तिशाली नहीं होगा। हम एक उच्चस्तरीय समिति का गठन करें, उसके सामने सारे तथ्य आएं।

चलते-चलते एक बात मैं समाप्ति पर और कहना चाहता हूं। मेरे मित्र श्री राकेश ने २७ अप्रैल को सवालों के दौरान यह मामला उठाने की कोशिश की थी। श्री शिव शंकर जवाब दे रहे थे। श्री राकेश ने कहा कि क्या यह सच है कि कोई फाइल प्रधानमंत्री के यहां गई है? श्री शिव शंकर का जवाब क्या था? जवाब पढ़कर तो उन्हें भोला शंकर कहने की इच्छा होती है।

"श्री शिव शंकर : प्राइम मिनिस्टर हाउस में? मैं समझता हूं, आपको जो इन्फार्मेशन है वह या तो खामख्याली है या सचाई पर आधारित नहीं है क्योंकि ऐसी कोई फाइल नहीं है जो प्राइम मिनिस्टर हाउस में मंगाई गई हो।"

अब श्री शिव शंकर कहेंगे कि मंगवाई नहीं थी, इसीलिए मैंने कहा कि मंगवाई नहीं थी। क्या वह शब्दों का खेल करेंगे? क्या इतनी महत्वपूर्ण फाइल गुम होने के लिए प्रधानमंत्री सचिवालय में किसी के खिलाफ कार्रवाई की गई या वहां भी लीपापोती की कोशिश की जा रही है? ऐसा स्पेशल असिस्टेंट अपने पद पर रहने लायक नहीं है, जो इतनी महत्वपूर्ण फाइल को गुम करने के लिए जिम्मेदार हो। लेकिन यह असावधानी नहीं है। यह अदक्षता नहीं है। यह भ्रष्टाचार के मामले को दबाने की कोशिश है। मगर जैसा मैंने प्रारंभ में कहा था, यह मामला आप जितना दबाएंगे उतना ही उभड़ेगा। ये तेल के दाग इस तरह से मिटनेवाले नहीं हैं।

ललित नारायण मिश्र का कदाचार

सभापति महोदय, सदन जिस प्रस्ताव पर विचार कर रहा है उसका आधार कपूर कमीशन की रिपोर्ट है। वह रिपोर्ट १४ जुलाई, १९६३ को सरकार को प्रस्तुत की गई थी। १३,००० पृष्ठों की यह भारी-भरकम रिपोर्ट भारत सेवक समाज से संबंध रखती है।

सभापति महोदय, अच्छा होता, अगर सरकार कमीशन ऑफ इन्क्वायरी एक्ट १९५२ के सेक्शन ३ और ४ के अंतर्गत कपूर कमीशन की रिपोर्ट के बारे में उसने जो फैसला किया है और जो कार्यवाही की है, उसकी सूचना भी सदन को देती। कानून के अनुसार यह काम ६ महीने के भीतर होना चाहिए। रिपोर्ट १९६३ में आई है, १९७४ में हम चर्चा कर रहे हैं, मगर सरकार इस रिपोर्ट पर क्या कार्यवाही करना चाहती है, शायद इसका पता १९७५ से पहले नहीं लगेगा।

सभापति महोदय, भारत सेवक समाज १९५० में रजिस्टर किया गया था। जिन उद्देश्यों को लेकर समाज का गठन हुआ था उनसे किसी का मतभेद नहीं हो सकता। विकास के कार्य में समाज अपनी स्फूर्ति से भाग ले और इस दृष्टि से उसको संगठित किया जाए, यह नितांत आवश्यक है। मैं तो यहां तक कहने के लिए तैयार हूं कि अगर हम राज्य के पूर्णाधिकार से बचना चाहते हैं तो समाज को अपने पैरों पर खड़े होने की किसी व्यवस्था का हमें विकास करना होगा। भारत सेवक समाज का गठन उसी सही दिशा में एक कदम था।

लेकिन सभापति जी, आप जानते हैं कि बहुत से अच्छे काम गलत लोगों के हाथ में पड़ कर बुरे हो जाते हैं। आज भारत सेवक समाज के नाम के साथ सम्मान जुड़ा हुआ नहीं है। यह स्थिति मुझे प्रसन्नता नहीं देती, यह स्थिति मुझे दुखी करती है। लेकिन ऐसा क्यों हुआ? १५ साल में सरकार ने तीन करोड़ रुपया भारत सेवक समाज को विभिन्न मंत्रालयों की ओर से सहायता के रूप में, अनुदान के रूप में सारे देश में विभिन्न काम करने के लिए दिया था। क्या भारत सेवक समाज का यह कर्तव्य नहीं था कि इस रुपए का हिसाब रखता? यह जनता की गाढ़ी कमाई का पैसा है। भारत सेवक समाज स्वयंसेवी संस्था है। लेकिन इसका मतलब यह नहीं है कि वह किसी के प्रति उत्तरदायी नहीं है। उसे सारे देश के प्रति अपने उत्तरदायित्व को निभाना होगा, पाई-पाई का हिसाब देना होगा। जो सार्वजनिक सेवा के व्रत पर चलते हैं उन्हें और भी कठिन

** कपूर कमीशन की रिपोर्ट पर लोकसभा में १८ दिसंबर, १९७४ को हुई चर्चा में उठाए गए सवाल।*

कसौटी पर कसा जाएगा। उनकी चादर पर लगा हुआ छोटा सा दाग भी माथे पर बड़ा कलंक का टीका बन जाएगा। इस देश में हमने ऐसे ही आदर्श स्थापित किए हैं।

लेकिन भारत सेवक समाज उन आदर्शों के अनुसार नहीं चल सका। यह कपूर कमीशन तो बाद में बना है। सबसे पहले तो पब्लिक एकाउंट्स कमेटी ने भारत सेवक समाज के मामले को लिया १९६५ में। मैं उस समय पब्लिक एकाउंट्स कमेटी का मेंबर था, श्री मोरारका उसके अध्यक्ष थे। कमेटी में हम पार्टी के नाते विचार नहीं करते। लेकिन इससे कोई इन्कार नहीं कर सकता कि समिति में कांग्रेस के सदस्यों का बहुमत है, भले ही माननीय ज्योतिर्मय बसु उसके अध्यक्ष हों। लेकिन हम अल्पमत, बहुमत की दृष्टि से समिति में नहीं सोचते। कंट्रोलर और ऑडिटर जनरल ने भारत सेवक समाज के बारे में टिप्पणी की, जिस पर विचार करना उस समिति के लिए आवश्यक था। जब भारत सेवक समाज की हमने जांच की, विभिन्न मंत्रालयों के द्वारा दिए गए अनुदानों की तह में जाकर हमने देखा तो हम थर्रा गए। श्री ललित नारायण मिश्र उस समय प्रकाश में नहीं थे, श्री गुलजारी लाल नंदा जरूर थोड़ा सा चमक रहे थे। लेकिन प्रश्न व्यक्तियों का नहीं है, व्यवस्था का है, संस्थाओं का है। भारत सेवक समाज से संबंधित अपनी रिपोर्ट में पी.ए.सी. ने अपनी रिपोर्ट दी थी, मैं उद्धृत कर रहा हूं :

"भारत सेवक समाज को उपलब्ध कराए गए सरकारी कोष की राशि तथा बड़ी मात्रा में स्थानांतरण को दृष्टिकोण में रखते हुए, सी. एंड ए.जी. द्वारा लेखा परीक्षण किए हुए वार्षिक संघटित खाते की तैयारियां, संघटन की कुल मिलाकर आर्थिक स्थिति का परिचय देती है, जिन पर गौर किया जाना चाहिए।"

समिति आगे जोड़ती है :

"यहां समिति अपनी आठवीं रपट (तीसरी लोकसभा) के ५१वें अनुच्छेद में दिए गए निम्न अवलोकन को दोहराना चाहती है :

"सरकार को यह सलाह दी जानी चाहिए कि उच्चपदस्थ व्यक्तियों द्वारा अवलोकन की विस्तृत एवं स्वस्थ परंपरा डाली जानी चाहिए जो गैर-आधिकारिक संगठनों के या तो हिस्सेदार हों या संरक्षक, जिनका सरकार से किसी भी तरह का वित्तीय लेन-देन हो।"

समिति आगे कहती है :

"केंद्रीय सरकार का कोई भी मंत्री ऐसे निजी संगठन से संबंधित नहीं होना चाहिए जो केंद्र सरकार के किसी विभाग से ठेकेदारी करता हो। उसी तरह का सिद्धांत अनुदान प्राप्त करनेवाले निजी संगठनों पर लागू होना चाहिए। यदि कोई अपवादस्वरूप किया जाता है तो वह मंत्रिमंडल की मंजूरी से किया जाना चाहिए।…"

सभापति महोदय, यह रिपोर्ट जब कैबिनेट के सामने गई तो मंत्रिमंडल ने कपूर कमीशन को जांच करने के लिए नियुक्त किया।

रेल मंत्री श्री एल.एन. मिश्र : वाजपेयी जी, आपको ठीक स्मरण नहीं है। जब बहस हो रही थी पी.ए.सी. में और नंदा जी का नाम आया तो उन्होंने वॉलेंटरी ऑफर किया कि कमीशन द्वारा जांच होनी चाहिए।

श्री वाजपेयी : सभापति जी, मेरे हाथ में एक कापी है, मैं इसमें से उद्धृत कर रहा हूं :

"केंद्रीय मंत्रिमंडल ने २२.११.१९६८ को हुई अपनी बैठक में १२.११.६८ के सारांश (समरी) पर विचार किया तथा समाज के मामलों की जांच के लिए एक आयोग नियुक्त करने के प्रस्ताव

को स्वीकृति प्रदान की।"

श्री एल.एन. मिश्र : उन्होंने मांग की थी कमीशन की।

श्री वाजपेयी : मैं जिस बात पर बल दे रहा हूं वह यह कि मंत्रिमंडल के निर्णय के अनुसार कमीशन का गठन हुआ, जस्टिस कपूर इसके अध्यक्ष बने। वह एक सम्मानित व्यक्ति हैं, आज भी वह डीलिमिटेशन कमीशन के अध्यक्ष हैं। सरकार ने उनमें अपनी अनास्था प्रकंट नहीं की। आज उनका प्रतिवेदन, उनकी सिफारिशें, उनकी जांच के कुछ परिणाम कुछ सदस्यों को पसंद नहीं आते, इसलिए आज कमीशन पर छींटाकशी की जा रही है। यह किसी भी सम्मानित सदस्य को शोभा नहीं देता।

सभापति महोदय, मेरा निवेदन है कि यह अच्छा होता अगर इस प्रस्ताव का दायरा बड़ा होता और केवल श्री ललित नारायण मिश्र जी को ही लक्ष्य न बनाया जाता। लेकिन प्रस्तावक महोदय अपनी भाषा में प्रस्ताव देने के लिए स्वतंत्र हैं। लेकिन प्रस्ताव के कारण मेरे सामने एक कठिनाई हो गई है कि मुझे घूम-फिरकर वहीं आना पड़ेगा, जहां प्रस्ताव लाना चाहता है।

सभापति महोदय, यह बात कांग्रेस के सदस्यों ने बड़ी सरलता से हंसी में उड़ाने की कोशिश की कि जो २ लाख ३ हजार ८९० रुपया श्री ललित नारायण मिश्र के पास था, उसके बारे में श्री ललित नारायण मिश्र बता चुके हैं कि कहां से आया था, वह यह भी बता चुके हैं कि उन्होंने किसको दिया था, लेकिन इसके साथ ही कमीशन ने जो कुछ कहा है, उसको दुबारा उद्धृत किया जा सकता है। शायद मेरे मित्र श्री ज्योतिर्मय बसु ने उद्धृत किया होगा और यह पुनरावृत्ति होगी, लेकिन मैं विवश हूं :

"श्री एल.एन. मिश्र द्वारा २ जून, १९७१ को संसद में दिए गए वक्तव्य के अनुसार वह भारत सेवक समाज के कोसी परियोजना के संयोजक पद से मई १९५७ में त्यागपत्र दे चुके हैं। उन्होंने यह भी कहा कि यह राशि उद्देश्य से संबंधित अनेक लोगों को भेजी गई थी जो इसी उद्देश्य के लिए गठित की गई समिति की सिफारिशों पर भेजी जाती थी, और बिना खाते का कोई धन नहीं बचा था।"

अब कमीशन पूछता है :

"समिति किसने बनाई और अभिलेख में नहीं दिखाया गया है कि इसे क्या अधिकार दिए गए और न यह ही बताया गया कि क्या भुगतान करनेवाले व्यक्ति ही उचित रूप से इस धन को प्राप्त करनेवाले असली व्यक्ति होंगे। जो कुछ श्री एल.एन. मिश्र ने कहा वह तालिका २९.१ में दर्शाया गया है।"

अब आप चैप्टर २९ को देखें—किन-किन को रुपया दिया गया है—श्री एल.एन. झा—१,३६,३०६ रुपया, श्री डी.एन. झा, श्री जे.पी. मंडल, एम.पी., श्री जगन्नाथ मिश्र, श्री मुरलीधर केजड़ीवाल, श्री देवी प्रसाद केजड़ीवाल, श्री राधाकांत मिश्र, श्री तेजनारायण सिंह, इंडियन नेशन, पटना—इनको भी ५८९ रुपया मिला है, श्री बिंददेव झा, सचिव मधेपुरा हाई स्कूल को समुदाय बचत योजना के लिए विभिन्न तारीखों पर कोसी की पूर्वी दिशा, को अग्रिम दिए गए, और भारत सेवक समाज को कार्य, बैंक खर्च, डाक खर्च, स्टेशनरी आदि के लिए दिया गया। प्रश्न यह है कि श्री मिश्र को यह धन कब मिला? कितने समय तक यह उनके पास रहा?...(व्यवधान)

प्रश्न यह है कि श्री मिश्र को यह रुपया कब मिला? यह रुपया कितने दिन उनके पास रहा?...(व्यवधान)...ये मंडल से मिश्र कैसे हो गए हैं?

श्री यमुना प्रसाद मंडल : जब से आप द्रोणाचार्य हो गए।

श्री वाजपेयी : क्या श्री मिश्र की रक्षा के लिए सब मंडल बांधकर आ गए हैं?

श्री यमुना प्रसाद मंडल : जब द्रोणाचार्य खड़ा हो जाए तब हम क्या करें।

श्री वाजपेयी : इस पर कमीशन ने और भी टिप्पणी की है—वह टिप्पणी भी सुनाई गई होगी—मैं भी उद्धृत करता हूं—कमीशन ने आगे कहा है :

"दुर्भाग्यवश यह दिखाने के लिए कि किन लोगों को यह धन दिया गया था समिति के वे व्यक्ति जिन्होंने अधिकृत किया, आदि दर्शाने के लिए आयोग के समक्ष रिकार्ड नहीं दिया गया और किए गए कार्य का विवरण भी नहीं है जिसके लिए यह धन दिया गया।

"(४) श्री एल.एन. मिश्र अपने वक्तव्य में कह चुके हैं कि वह वैस्टर्न एंबैंकमेंट के पूरे खाते १९६३ में दे चुके हैं और खाते स्वीकार कर लिए गए थे। उनकी लेखा परीक्षा की गई थी या नहीं, यह नहीं दिखाया गया है। लेकिन सरकार द्वारा इस वक्तव्य के किसी भी विरोध की अनुपस्थिति में, समिति इस वक्तव्य के ठीक या गलत होने का निर्णय लेने में असमर्थ है।"

बिहार विधानसभा में भी विचार हुआ

सभापति महोदय, यह मामला केवल कपूर कमीशन के सामने ही नहीं आया, बिहार की विधानसभा ने भी नदी घाटी योजना (कोसी योजना) विभाग के बारे में अपनी प्राक्कलन समिति की रिपोर्ट पर विचार किया था। यह रिपोर्ट २४ अगस्त, १९७३ को बिहार की विधानसभा में प्रस्तुत की गई। इस रिपोर्ट का एक अंश मैं पढ़ना चाहता हूं :

"दिनांक २६ मई, १९७३ को प्राक्कलन समिति की मुख्य समिति ने नदी घाटी योजना विभाग कोशी पर तीन प्रतिवेदन अनुमोदित करने के पूर्व जांच की कि क्या उक्त प्रतिवेदन में गाइड बांध, बाढ़ नियंत्रण और तल सफाई पर भरपूर प्रतिवेदन है, क्योंकि उपर्युक्त तीनों मदों पर अत्यधिक अपव्यय हुआ है और एक ही परिवार के लोग अधिकतर लाभान्वित हुए हैं। नदी घाटी योजना विभाग उप-समिति के संयोजक श्री विनायक प्रसाद यादव ने स्थिति स्पष्ट करते हुए कहा कि समयाभाव के कारण उपर्युक्त तीनों मुद्दों पर अधिक गहराई में उप-समिति प्रतिवेदन नहीं दे सकी है पर फिर भी इसमें जगह-जगह पर इसका उल्लेख है। इस पर समिति ने नदी घाटी योजना विभाग (कोशी) पर प्रस्तुत प्रतिवेदन स्वीकृत किया और उपर्युक्त तीन मुद्दों पर सर्वसम्मति से एक विशेष उपसमिति गठित की जिसके संयोजक श्री विनायक प्रसाद यादव बनाए गए।..."

श्री कृष्णचंद्र पांडेय : आप विधानसभा की प्रोसीडिंग्स से पढ़ रहे हैं, विधानसभा और लोकसभा का क्या मतलब है?

श्री वाजपेयी : पांडेय जी और मिश्र जी का क्या मतलब है? अब सभापति महोदय, इस उपसमिति ने क्या कहा, मैं उद्धृत कर रहा हूं :

"जहां तक कोसी योजना में अधिकतर एक ही परिवार के अधिकांश सदस्यों को ठेका देने एवं लाभान्वित करने का प्रश्न है, स्थानीय अभियंताओं, स्थानीय व्यक्तियों के समक्ष एवं उपलब्ध अभिलेखों के आधार पर उप-समिति इस निष्कर्ष पर पहुंची है कि वस्तुतः इस योजना में अधिकांश ठेका बलुआ बाजार के मिश्र परिवार के सदस्यों अथवा उनके अभिकर्ताओं को दिया गया है। ये सारे साक्ष्य शपथ पर लिए गए।..."

योजना मंत्री श्री डी.पी. धर : मुझे ऑनरेबिल मेंबर माफ फरमाएंगे, बात यह है कि इस वक्त

जो मोशन हमारे सामने है, उसमें कपूर कमीशन में जो तजाकिरा हुआ है, उस पर बहस करनी है। मैं समझता हूं कि मेरी नाचीज राय में अगर बिहार असेंबली या बिहार गवर्नमेंट या उस सिलसिले में जो कोई और रेजोल्यूशन वगैरह हुए हों, उनको इस वक्त बहस में लाना मेरे ख्याल से रूल्ज और रेगुलेशंस के खिलाफ है और ना-मुनासिब भी है। जैसा अटल जी ने खुद फरमाया है—इस बहस का दायरा महदूद है, जो मोशन ज्योति बसु ने पेश की है, उसी हद तक रहना चाहिए, उस दायरे से बाहर जाकर बिहार असेंबली में या यू.पी. असेंबली में या ब्रिटिश पार्लियामेंट की कार्यवाही को यहां कोट करेंगे तो यह नाइंसाफी होगी।

श्री वाजपेयी : मिश्र जी के बारे में कपूर कमीशन ने जो कुछ कहा है, वह कोसी परियोजना से संबंधित मामला है और कोसी परियोजना के बारे में बिहार की असेंबली ने जो अपनी रिपोर्ट बनाई थी, उसका हवाला इसलिए दे रहा हूं—आप जरा कपूर कमीशन की रिपोर्ट के पृष्ठ ११९ को देखें :

"बिहार सरकार द्वारा सामुदायिक बचत समिति, कोशी परियोजना निर्माण समिति तथा संगठनों के नेताओं को दिए गए अग्रिम धन की जांच के लिए दत्ता आयोग की नियुक्ति।"

इस मामले में बिहार विधानसभा की कार्यवाही को कपूर आयोग स्वयं ही निर्देश दे चुका है।

श्री डी.पी. धर : बिल्कुल नहीं।

श्री पीलू मोदी : क्या आप अध्यक्ष की व्यवस्था को चुनौती दे रहे हैं?

श्री धर : मैं व्यवस्था को बिल्कुल चुनौती नहीं दे रहा हूं। मैं इस प्रश्न पर चर्चा के लिए श्री मोदी को बढ़ावा देना नहीं चाहता।

श्री ज्योति बसु : कृपया मुझे यह स्पष्ट करने दें कि श्री एल.एन. मिश्र चाहते थे कि बिहार सरकार दत्त आयोग को हल्का कर दे और श्री भोला पासवान शास्त्री की सहायता से उन्होंने ऐसा किया।

श्री एल.एन. मिश्र : आप क्या बोल रहे हैं? यह बकवास है।

श्री डी.पी. धर : मैं सहमत हो सकता हूं कि माननीय सदस्य, दत्त आयोग को भंग करने के संबंध में किसी निष्कर्ष पर पहुंचने का प्रयास करेंगे, लेकिन हम भंग करने पर किसी निर्णय तक पहुंचने योग्य नहीं हैं या हम अपनी किसी चर्चा के लिए यहां आधार बना रहे हैं।

श्री ज्योतिर्मय बसु : यह श्री एल.एन. मिश्र से संबंधित प्रस्ताव है। श्री डी.पी. धर उनकी ओर से जवाब देनेवाले कोई नहीं हैं। मंत्री उपस्थित हैं, उन्हें स्वयं उत्तर देना चाहिए।...(व्यवधान)...नहीं, नहीं। यह प्रस्ताव श्री एल.एन. मिश्र के विरुद्ध है, कोसी परियोजना के संबंध में उनका दुर्व्यवहार एवं अनियमितताएं। इसलिए वह व्यक्ति जो बोल सकता है, जहां तक केंद्रीय मंत्री का प्रश्न है, वह श्री एल.एन. मिश्र हैं। हम उनकी उपद्रवी भाषा को बर्दाश्त करेंगे, लेकिन उन्हें बोलना चाहिए।

सभापति महोदय : मैं रूलिंग दे चुका हूं। भारत सेवक समाज के बारे में कहीं से भी अगर कोई रेफरेंस दिया जाता है तो मैं उसको रोक नहीं सकता हूं। लेकिन आप इस बात का लिहाज रखें कि जो भारत सेवक समाज से संबंध नहीं रखता है, उसको यहां न लाएं।

श्री वाजपेयी : योजना मंत्री बोल सकते हैं क्योंकि भारत सेवक समाज को सबसे ज्यादा पैसा प्लानिंग मिनिस्ट्री या प्लानिंग बोर्ड ने दिया है। इस पैसे को भारत सेवक समाज ने मिट्टी में मिलाया है। इसीलिए मैं तो इस पर भी हमला करना चाहता था। लेकिन श्री बसु ने खाली मिश्र जी के खिलाफ ही मोशन रखा है। उन्होंने श्री ललित नारायण को ही कदाचार का दोषी ठहराया है। यह

बिहार एसेंबली की एस्टीमेट्स कमेटी की रिपोर्ट है। क्या इस रिपोर्ट का कोई वजन नहीं है? क्या यह रद्दी की टोकरी में फेंकी जानेवाली चीज है? यह मामला वहां उठा था। कोसी परियोजना का यह मामला है और श्री ललित नारायण मिश्र कोसी परियोजना से संबंधित रहे हैं।...

श्री डी.पी. धर : अगर एस्टीमेट्स कमेटी ने भारत सेवक समाज का नाम लिया हो तो जरूर आप तशरीह करें।

मिश्रजी ने गड़बड़ की

श्री वाजपेयी : भारत सेवक समाज ने कोसी परियोजना को हाथ में लिया। कोसी परियोजना में मिश्र जी थे। उन्होंने उसमें गड़बड़ की। उस गड़बड़ पर बिहार की असेंबली ने विचार किया। यह कमेटी की रिपोर्ट सामने है। जोड़ने को हर चीज जोड़ी जा सकती है, लेकिन अगर आप सचाई जानना नहीं चाहते हैं तो कोई चीज नहीं जोड़ी जा सकती।

श्री डी.पी. धर : अध्यक्ष जी, वाजपेयी जी का गुस्सा बिल्कुल बेजा है। आपकी रूलिंग का शायद यह मकसद था कि भारत सेवक समाज के सिलसिले में अगर बिहार एसेंबली में भी कुछ बातें कही गई हैं, वे चाहे सही हों या गलत हों, अच्छी हों या बुरी, हम सुनने के लिए तैयार हैं। लेकिन जिस बात का हवाला अटल जी दे रहे हैं, उसका ताल्लुक भारत सेवक समाज से नहीं है।

सभापति महोदय : भारत सेवक समाज के सिलसिले में जो भी रेफरेंस दिए जाएंगे, मैं कह चुका हूं कि उनको मैं रोक नहीं सकूंगा।

श्री वाजपेयी : कोसी योजना को भारत सेवक समाज ने हाथ में लिया था या नहीं लिया था?

श्री डी.पी. धर : अगर योजना जैसा आप कहते हैं, भारत सेवक समाज ने ली और उसी भारत सेवक समाजवाली योजना के बारे में असेंबली ने कहा है तो आप जरूर कह सकते हैं।

श्री वाजपेयी : मैं आपको कनविंस करूंगा। इस रिपोर्ट में से ही निकालकर आपको बताता हूं। यूनिट लीडर्स की बात हो रही है या नहीं? श्री ज्योतिर्मय बसु ने यूनिट लीडर्स की बात कही है और वह रिपोर्ट में भी है। यूनिट लीडर्स को कितना रुपया दिया गया है, इसका सारा विवरण इस रिपोर्ट में है। अब उसका हवाला नहीं दिया जा सकता है? बिना बात के झगड़ा खड़ा आप न करें। यह रिपोर्ट छपी हुई है। सचाई को यह कहकर आप दबा नहीं सकते हैं कि सदन में बोल नहीं सकते।

श्री एल.एन. मिश्र : उत्तर भी छपा हुआ है।

श्री वाजपेयी : आप पढ़ दीजिए। मैं नहीं रोकूंगा।

धर साहब को मालूम नहीं है। वह दिल्ली से जल्दी जाने की तैयारी कर रहे हैं।

श्री डी.पी. धर : जहां तक जल्दी का ताल्लुक है, अटल जी और मैं दोनों विचार कर रहे हैं। अगर वह चाहें तो एक ही तारीख मुकर्रर कर सकते हैं।

वह मुझसे ज्यादती करें यह अलग सवाल है, गुस्सा करें यह अलग सवाल है। लेकिन इस वक्त जो वह कोट कर रहे हैं, जिसका हवाला दे रहे हैं बेजा है, उसका ताल्लुक कपूर कमीशन के साथ नहीं है। जनाबे-आला यह देखेंगे कि टर्म्ज ऑफ रेफरेंस में यह है कि जो रकम भारत सेवक समाज को हुकूमते-हिंद से हासिल हुई, उसकी जांच-पड़ताल की जाए। इसलिए जनाब की रूलिंग निहायत सही है कि भारत सेवक समाज को जो रकम भारत सरकार से हासिल हुई, कपूर

कमीशन ने उनके बारे में जांच-पड़ताल की, इसलिए बिहार असेंबली कहीं नहीं आती है। इसमें मेरा रिश्तेदार आए, वह एक अलग सवाल है। लेकिन चूंकि मेरा रिश्तेदार आए, इसलिए बिहार असेंबली की कार्यवाही का संबंध कपूर कमीशन के साथ नहीं होता है।

श्री वाजपेयी : मेरा ख्याल है कि धर साहब क्या कह रहे हैं, यह शायद वह भी नहीं समझ रहे हैं। उन्होंने यह रिपोर्ट नहीं देखी है, और न उन्होंने कपूर कमीशन की रिपोर्ट पूरी पढ़ी है। पेज १२८ और १२९ पर अंचल १, अंचल २ और अंचल ३ के बारे में चर्चा की गई है, कितना रुपया खर्च हुआ, कौन-कौन व्यक्ति नियुक्त थे, इसका उल्लेख है। और इन सब बातों की एस्टीमेट्स कमेटी की रिपोर्ट में चर्चा की गई है। दोनों का विषय एक ही है।

सभापति महोदय : मैं फिर कहना चाहता हूं कि भारत सेवक समाज के सिलसिले में वह जहां कहीं से जो रेफरेंस दें, मैं उसको हरगिज नहीं रोकूंगा और उसको एलाउ करूंगा। लेकिन वह इस बहस को इस तरह बढ़ाने की कोशिश न करें कि श्री ललित नारायण मिश्र उसमें थे और अब वह रेलवे मिनिस्टर हैं।

श्री वाजपेयी : सभापति महोदय, उस पद पर बैठकर आप इस तरह की बात न करें। रेलवे मिनिस्ट्री की बात नहीं हो रही है। कोसी प्रोजेक्ट कपूर कमीशन की जांच का विषय है या नहीं? कोसी प्रोजेक्ट के बारे में और जो रिपोर्ट्स हैं, उनका हवाला क्यों नहीं दिया जा सकता है?...(व्यवधान) जरूर दिया जा सकता है।...(व्यवधान) दिया जाएगा।...(व्यवधान)

सभापति महोदय : मैं श्री वाजपेयी से बड़े अदब के साथ कहता हूं कि मैं नहीं चाहता हूं कि इस बारे में मेरी और उनकी बहस हो।

श्री वाजपेयी : आप एक बार रूलिंग दे चुके और उनके कहने पर आपने अपनी रूलिंग को बदल दिया। क्या कपूर कमीशन की रिपोर्ट सारे भारत सेवक समाज के बारे में है?

सभापति महोदय : कपूर कमीशन की रिपोर्ट भारत सेवक समाज के बारे में है। वह मेरे सामने भी मौजूद है—'रिपोर्ट ऑफ दि कमीशन ऑफ इन्क्वायरी इंटू दि अफेयर्स ऑफ दि भारत सेवक समाज'। मेरी दरख्वास्त यह है कि भारत सेवक समाज के सिलसिले में जो भी बातें हैं, आप जाकर उनका रेफरेंस दें। लेकिन किसी चीज को लेकर अननेसेसरिली विवाद खड़ा न करें। मैं जानता हूं कि आपके पास इतना मैटीरियल है कि आप भारत सेवक समाज के बारे में बहुत काफी कह सकते हैं, और बहुत काफी कह भी चुके हैं।

श्री वाजपेयी : मैंने शुरू में कहा है कि इस प्रस्ताव का दायरा बहुत सीमित है। मैं चाहता हूं कि सारे भारत सेवक समाज पर विचार हो। तब धर साहब चुप बैठे रहे। अब वह कहते हैं कि सारा भारत सेवक समाज ले आओ, लेकिन कोसीवाले मामले के बारे में मत कहो, जिसमें श्री ललित नारायण मिश्र के बारे में टिप्पणी की गई है।

श्री डी.पी. धर : जहां तक कोसी प्रोजेक्ट का ताल्लुक है, वह स्टेट गवर्नमेंट का प्रोजेक्ट है। वहां की एस्टीमेट्स कमेटी उन रकमात की जांच-पड़ताल कर सकती है, जिनका ताल्लुक बिहार की सरकार के साथ है। यह जो कपूर कमीशन बना, वह इस बुनियाद पर बना कि जो रकमात मरकजी सरकार से भारत सेवक समाज को मिली हैं, उनकी तहकीकात और जांच-पड़ताल हो। जिस प्रोजेक्ट का तजकिरा श्री वाजपेयी फरमा रहे हैं, वह तो बिहार गवर्नमेंट का प्रोजेक्ट था।

श्री वाजपेयी : दोनों एक ही प्रोजेक्ट हैं।

श्री डी.पी. धर : प्रोजेक्ट तो एक ही है, लेकिन कपूर कमीशन का जूरिडिक्शन उस पर नहीं है। भारत सेवक समाज को जो रकमात हासिल हुई हैं, उन पर उसका जूरिडिक्शन है। इसलिए माननीय सदस्य एक हल्के से धोखे में मुब्तिला हैं, जिसमें से मैं उनको निकालना चाहता हूं।

सभापति महोदय : अपनी राय देने से पहले मैं सिर्फ यह जानना चाहता हूं कि श्री वाजपेयी जिस कोसी प्रोजेक्ट का जिक्र कर रहे हैं, क्या उसका कंस्ट्रक्शन भारत सेवक समाज की देख-रेख में हुआ या नहीं?

श्री डी.पी. धर : वाकया यह है कि कोसी प्रोजेक्ट एक स्टेट प्रोजेक्ट था। पार्लियामेंट स्टेट के बजट तो पास नहीं कर सकती है, हालांकि स्टेट्स को पैसा मरकज से जाता है। जहां हम स्टेट प्रोजेक्ट का तजकिरा करते हैं, वहां स्टेट एसेंबली का अख्तियार है और उसकी एस्टीमेट्स कमेटी उसमें आ सकती है। भारत सेवक समाज एक वालेंटरी आर्गनाइजेशन है, जिसको मरकज की सरकार ने कुछ पैसे दिए। उसके मुताबिक उसने कोसी प्रोजेक्ट में काम किया।...(व्यवधान) मैं नहीं कहता कि वहां घपला नहीं हुआ होगा। कहां घपले नहीं होते हैं?...(व्यवधान) हर जगह घपले होते हैं।

श्री जनेश्वर मिश्र (इलाहाबाद) : कहां घपले नहीं होते हैं, यह गजब का तर्क है। कहां घपले नहीं होते हैं, इसलिए श्री मिश्र को माफ कर दिया जाए! जहां उनके पैर पड़ते हैं, वहां घपले हो जाते हैं।

श्री डी.पी. धर : इस प्रतिष्ठित सदन के योग्य सदस्य को बोलने की स्वतंत्रता का लाभ लेते हुए मैं कहता हूं कि मैं भारत सेवक समाज और कोसी परियोजना के कार्यों में अंतर स्पष्ट करना चाहता हूं क्योंकि वे बिहार सरकार के अधिकार क्षेत्र में पड़ते हैं, इसलिए बिहार विधानसभा के अधिकार क्षेत्र में भी पड़ते हैं। दोनों अलग-अलग हैं। यदि वह इसको मानकर चलें तो कोई दिक्कत नहीं होगी।

सभापति महोदय : अगर श्री वाजपेयी इस बारे में मुतमइन हैं और इस बात की रेस्पांसिबिलिटी देते हैं कि जिस कोसी प्रोजेक्ट का वह जिक्र कर रहे हैं, उसका कंस्ट्रक्शन भारत सेवक समाज के जरिए हुआ है, तो वह जरूर बोल सकते हैं।

श्री वाजपेयी : मैं पूरी जिम्मेदारी के साथ कह रहा हूं। जो प्रस्ताव विचाराधीन है, उसमें श्री एल.एन. मिश्र पर आरोप लगाए गए हैं। उन आरोपों की पुष्टि केवल कपूर कमीशन के प्रतिवेदन से नहीं होती है, उसके अतिरिक्त भी होती है। मैं आगे उद्धृत करता हूं :

"जांच पड़ताल के दौरान उपसमिति इस निष्कर्ष पर पहुंची कि अधिकांश स्थानीय सम्मानित व्यक्ति मिश्र परिवार से भयभीत हैं। दिनांक ६ अगस्त, १९७३ की बैठक से अब सिद्ध हो गया। कुल तीन गैर-सरकारी व्यक्तियों ने शपथ पर साक्ष्य दिया। अन्य व्यक्ति या तो उस समिति के समक्ष आ नहीं सके या उन्हें आने से मना कर दिया गया।"

कांग्रेस के मित्र कह सकते हैं कि २ लाख १० हजार का मामला श्री ललित नारायण मिश्र के लिए कोई बड़ा मामला नहीं है। मैं उस से सहमत हूं। श्री ललित नारायण मिश्र इस समय लक्ष्मी के लाड़ले लालों में हैं। वे करोड़ों में क्रीड़ा करते हैं। लेकिन १९५९ में जब सार्वजनिक जीवन में उनका उदय हो रहा था और मुझे यह कहने में बिल्कुल संकोच नहीं है कि ललित बाबू से उस समय जो मेरा परिचय हुआ तो उनके प्रति मेरे हृदय में आदर उत्पन्न हुआ। एक नौजवान जनता को जुटा रहा है परिश्रम करने के लिए। लेकिन मुझे खेद है कि उस आदर की वे रक्षा

नहीं कर सके। मैं स्नेह आज भी करता हूं, आगे भी करूंगा। मैं विश्वास दिलाना चाहता हूं कि मैं किसी की चरित्र हत्या में रुचि नहीं रखता। लेकिन एक बात स्पष्ट है कि सार्वजनिक जीवन में जो व्यक्ति है, उसको आचरण का एक मानदंड रखना होगा। बद अच्छा बदनाम बुरा। हम राजनीति में हैं। आखिर लाइसेंस घोटाला…(व्यवधान) अब आप कहेंगे कि इसकी चर्चा नहीं कर सकते, मैं नहीं करूंगा।

एक माननीय सदस्य : नहीं, नहीं, इसको भारत सेवक समाज में लाइए और करिए।

श्री वाजपेयी : यह स्वयं सेवक समाज है, अगर भारत सड़क समाज होता तब तो कोई बात ही नहीं थी।

श्री एन.सी. पाराशर : स्वयं सेवक संघ पर भी कहिए।

श्री वाजपेयी : स्वयं सेवक संघ पर चर्चा करने का मौका आपको अब तक नहीं मिला। वह सरकारी पैसे पर नहीं पलते हैं। वे अपना खून-पसीना बहाकर जीते हैं।

आखिर एक के बाद एक घोटाले, ये क्या कहते हैं? क्या यह मिश्र जी की कीर्ति को उजागर करते हैं? क्या केवल कानूनी दांवपेंचों से यह लड़ाई जीती जा सकती है? मैं सहमत नहीं हूं श्री ज्योतिर्मय बसु से कि इनको हटा देना चाहिए। मैं तो मिश्र जी से अपील करता हूं कि आज की परिस्थिति में उनको स्वयं लोकसभा से इस्तीफा देकर अपने को, अपनी पार्टी को और अपनी पार्टी की नेत्री श्रीमती इंदिरा गांधी को सारी बुराइयों से बचा लेना चाहिए।

स्टील घोटाला : जांच ढाल बनी

सभापति महोदय, जो मामला सदन के सामने विचाराधीन है उस पर मैं कुछ कहूं इससे पहले मैं मित्रवर श्री मधु लिमये को बधाई देना चाहता हूं, उनकी तत्परता के लिए, उनकी जागरूकता के लिए और उनकी कर्तव्य परायणता के लिए। दस वर्ष से भी पहले उठाए गए मामले को उन्होंने छोड़ा नहीं। मामले तो बहुत से सदस्य उठाते हैं, लेकिन उन्हें एक तर्कसिद्ध परिणति तक पहुंचाना, नौकरशाही पर एक कड़ी नजर रखना, संसद को उसके एक अंकुश के रूप में प्रभावी बनाना, ये ऐसे गुण हैं जिन पर मुझे ईर्ष्या होती है। यह बात अलग है कि मैं १०० फीसदी उनसे सहमत नहीं हो पाता, लेकिन इसका अर्थ यह नहीं है कि जिस तरह से वह मामले उठाते हैं, उनके पीछे पड़े रहते हैं और अपराधियों को कठघरे में खड़ा करते हैं, उसकी हम सराहना न करें। उनका प्रयत्न अभिनंदनीय है और इस अर्थ में वह अपने नेता डॉ. लोहिया की बताई हुई पगडंडी पर चल रहे हैं, यह विश्वासपूर्वक कहा जा सकता है।

अब मैं इस मामले पर आना चाहता हूं। इस मामले से मेरा गहरा संबंध रहा है। पब्लिक अकाउंट्स कमेटी ने १९६० में इस स्टील के घोटाले की जांच के लिए जो उपसमिति बनाई थी, दुर्भाग्य से कहिए या सौभाग्य से, मैं भी उसका एक सदस्य था। उसके बाद मामला सरकार कमेटी को सौंपा गया। सरकार कमेटी की रिपोर्ट में एक विमति टिप्पणी है जिसको श्री मधु लिमये ने पकड़ लिया, और उस जानकारी के आधार पर श्री मधु लिमये ने फिर इस मामले को उठाया।

पब्लिक अकाउंट्स कमेटी सदन की कमेटी है, बड़ी महत्वपूर्ण कमेटी है। उसके सामने अफसर बुलाए जाते हैं। उनसे आशा की जाती है कि वह सही जानकारी देंगे। न वे तथ्यों को छिपाएंगे और न समिति को गुमराह करेंगे। अगर संसदीय समितियों को अफसरों के द्वारा गुमराह किया जाएगा या उससे तथ्यों को जान-बूझकर छिपाया जाएगा तो संसदीय समितियां अपनी सार्थकता खो देंगी। सदन फिर उनके द्वारा प्रभावशाली रूप से कार्य नहीं कर सकता। इसलिए अगर कोई ऐसा मामला प्रकाश में आता है जिससे यह सिद्ध हो सके कि किसी अफसर ने जान-बूझकर किसी संसदीय समिति को गुमराह किया है तो यह बड़ा गंभीर मामला है।

** स्टील घोटाले की जांच समिति की रिपोर्ट पर पुनर्चर्चा में लोकसभा में २ दिसंबर, १९७० को ध्यानाकर्षण।*

श्री मधु लिमये ने इस मामले पर नजर रखी। यह मामला प्रिविलेज कमेटी को सौंपा गया। अगर प्रिविलेज कमेटी चाहती तो दोनों अफसरों को बुलाकर उनसे जिरह कर सकती थी तथा स्वतंत्र निर्णय कर सकती थी। उस परिस्थिति में पब्लिक अकाउंट्स कमेटी को दुबारा तस्वीर में आने की आवश्यकता नहीं थी। लेकिन शायद प्रिविलेज कमेटी ने ठीक ही समझा कि जिस पब्लिक अकाउंट्स कमेटी में मामला शुरू हुआ, उनकी भी राय ले ली जाए। पब्लिक अकाउंट्स कमेटी ने जिसका अध्यक्ष आजकल मैं होता हूं, सारे मामले की जांच के लिए एक उपसमिति बनाई। प्रो. हीरेन मुखर्जी, श्री कौशिक, श्री सोनवाने और श्रीमती सुशीला रोहतगी जैसे सदस्यों को लेकर एक उपसमिति गठित की गई। उस उपसमिति ने श्री वांचू को भी बुलाया और श्री मुखर्जी से भी जिरह की। उस उपसमिति का जो भी निर्णय हुआ, उसे पब्लिक अकाउंट्स कमेटी ने स्वीकार कर लिया और अपना वह निर्णय विशेषाधिकार समिति के विचार के लिए भेज दिया। वह अगर हमारे निर्णय से संतुष्ट न होती तो स्वतंत्र जांच कर सकती थी और इन अफसरों को फिर से बुला सकती थी। बुलाती तो ज्यादा अच्छा होता, क्योंकि फिर हमारे मित्र श्री मधु लिमये को यह कहने का मौका न मिलता कि मेरा दिल बड़ा नरम हो गया है।

एक माननीय सदस्य : कोमल है।

श्री वाजपेयी : कोमल और नरम में ज्यादा फर्क नहीं है। मेरा निवेदन है कि मेरा हृदय न तो कोमल है और न कठोर है।

एक माननीय सदस्य : अटल है।

श्री वाजपेयी : अटल के साथ बिहारी भी लगा हुआ है। लेकिन यह कहना ठीक नहीं है कि श्री वांचू को इसलिए छोड़ दिया गया कि वह आई.सी.एस. हैं। अगर श्री लिमये विश्वास करें तो मुझे उनके मुंह से पता लगा है कि वह काश्मीरी हैं। जब हमने विचार किया वांचू के आचरण पर तो वह आई.सी.एस. हैं या काश्मीरी हैं, यह पहलू हमारे सामने नहीं था, उनके प्रकाश में हमने कोई निर्णय नहीं किया। जो तथ्य सामने थे, उनके प्रकाश में हमने फैसला किया। उससे प्रामाणिक मतभेद रखने का सबको अधिकार है, लेकिन हमने जो निर्णय किए उसके कारण भी पी.ए.सी. ने अपनी रिपोर्ट में दिए हैं।

उदाहरण के लिए एक कारण यह है कि जब यह मामला हुआ, उस समय श्री वांचू स्टील मिनिस्ट्री के सचिव नहीं थे। दूसरी बात यह है कि जो सूचनाएं जारी की गईं, इंस्ट्रक्शंस जारी किए गए, उनके बारे में श्री वांचू से जो बहस हुई थी वह छह साल बाद हुई। हो सकता है कुछ तथ्य तब तक उनके ध्यान में से निकल गए हों। इसलिए समिति इस परिणाम पर पहुंची कि उन्होंने जान-बूझकर समिति को गुमराह किया। लेकिन समिति ने इस बात पर टिप्पणी की है कि श्री वांचू पूरी फाइलें पढ़कर नहीं आए। यह साधारण बात नहीं है, एक बड़ी गंभीर बात है। भले ही यह मामला विशेषाधिकार उल्लंघन का न हो, लेकिन हमारे वरिष्ठ अफसर अगर संसदीय समितियों के सामने पूरी जानकारी प्राप्त किए बिना जाएंगे, गवाहियां देंगे, पूरी फाइलें नहीं पढ़ेंगे तो वे अपने कर्तव्यों के साथ न्याय नहीं करते और इतनी मात्रा में श्री वांचू दोषी हैं; अपने कर्त्तव्य का ठीक तरह से पालन न करने के।

जैसा श्री मधु लिमये ने कहा है, यह बड़ा महत्वपूर्ण मामला है और यह स्टील का घोटाला पिछले दस साल से चल रहा है। सरकार कमेटी की रिपोर्ट आ गई। पी.ए.सी. ने भी १९६० में इस पर टिप्पणी की थी कि इस क्षति के लिए, इस गोलमाल के लिए कौन-कौन उत्तरदायी है।

सरकार ने अभी तक दोषी अफसरों के खिलाफ कोई कार्रवाई नहीं की। यह सरकार की विफलता है, जिसके लिए सरकार को जवाबदेह ठहराया जाना चाहिए।

जहां तक श्री मुखर्जी का सवाल है, समिति गहराई से इस मामले में गई। कहीं हमने उन्हें संदेह का लाभ दे दिया, कहीं हम इस परिणाम पर पहुंचे कि उन्होंने जान-बूझकर तथ्यों को दबाया, ऐसा नहीं है। लेकिन जहां तक बैंक गारंटी का सवाल है, हम इस निष्कर्ष पर पहुंचे कि उन्होंने समिति को गुमराह किया।

संसदीय समिति को गुमराह करनेवाला व्यक्ति सरकारी नौकरी में रखने लायक नहीं है, ऐसे व्यक्ति को पदच्युत किया जाना चाहिए। अगर हमारे अधिकार में होता और अगर संवैधानिक कठिनाइयां मार्ग में न होतीं तो हम यह सिफारिश जरूर करते कि श्री मुखर्जी को तुरंत नौकरी से हटा दिया जाए, ऐसा व्यक्ति सेवा में रह नहीं सकता। वह केवल संसदीय समिति को अपमानित करने का दोषी नहीं है, वह सारी लोकतंत्रीय प्रक्रिया के प्रति अपनी अवज्ञा दिखाने का अपराधी है। गवाही देने के लिए जब वह आता है तो, सत्य कहूंगा, इस आश्वासन के साथ आता है लेकिन असत्य संभाषण करता है। उसे कभी क्षमा नहीं किया जा सकता है। लेकिन सभापति जी, आप संविधान के पंडित हैं। आप जानते हैं किसी सरकारी अधिकारी या कर्मचारी को नौकरी से निकालने से पहले कई प्रक्रियाओं का पालन करना पड़ता है। उसे अपराधों की सूची दी जाती है···(व्यवधान)

श्री स.मो. बनर्जी : हमें निकाला गया बिना कोई सूची दिए गए।

श्री वाजपेयी : शायद आप इसी लायक थे। सभापति महोदय, यह मैंने मजाक में कहा है। मैं जानता हूं कि इनको जो निकाला गया, वह भी गलत था।

सजा गंभीर होनी चाहिए

सभापति महोदय, संविधान हमारे मार्ग में आता है। एक प्रक्रिया है जिसमें से होकर जाना पड़ेगा। उसके लिए, हमने रास्ता निकालने की कोशिश की है। सदन के सामने श्री लिमये जी का प्रस्ताव है कि श्री मुखर्जी को सात दिन की सजा दी जाए। अगर सजा ही देनी है तो सात दिन की ही क्यों दी जाए? ऐसा लगता है कि श्री लिमये जी का हृदय भी कोमल है। इसका मतलब हुआ कि कोमलता में केवल डिग्री का सवाल हुआ। सात दिन के बजाय पंद्रह दिन की भी सजा दी जा सकती थी। लेकिन पंद्रह दिन की सजा देने की बात आपने नहीं कही है। कारण यह प्रतीत होता है कि आप भी सोचते हैं कि सात दिन से अधिक ठीक नहीं। अब हम सोचते हैं कि सात दिन देना भी ठीक नहीं है। इस तरह से कोई मौलिक अंतर नहीं है। मैं उनके गुस्से को समझ सकता हूं। वह शायद ऐसी सजा देना चाहते हैं जो अन्य अधिकारियों के लिए एक उदाहरण बन जाए। लेकिन सजा देने के लिए उन्होंने जो सात दिन की सजा की बात कही है, उससे मैं सहमत नहीं। सदन ने कभी कुछ दर्शक दीर्घाओं में प्रदर्शन करनेवालों को सजा दी है, इसलिए इस मामले में भी सजा दी जाए, क्या यह तर्कसंगत है?

श्री मधु लिमये : गंभीर मामला है।

श्री वाजपेयी : मैं यह मानता हूं कि श्री लिमये जिनको सजा दी गई है, उनको सजा देने के पक्ष में नहीं थे। अगर वह उनको सजा देने के पक्ष में नहीं तो किसी और को सजा देने की बात वह कैसे कहते हैं? मैं मानता हूं कि यह गंभीर मामला है और इसलिए इसमें हमें गंभीर सजा देनी

चाहिए। लेकिन किसी के लिए कोड़ा मारना भी सजा नहीं है और किसी के लिए दो अपमान के शब्द कह देना भी बड़ी सजा है। हमें दंड में एक रेखा खींचनी पड़ेगी। किसी सरकारी अफसर को सदन के सामने बुलाकर उसकी भर्त्सना करना और फिर सरकार को यह निर्देश देना कि इस मामले में आगे कोई कार्रवाई करो, यह जब हम अपने संशोधन के द्वारा सरकार से कहते हैं, जिस संशोधन को डॉ. राम सुभग सिंह ने पेश किया है और जिसे हमारे लायक मित्र श्री नाथ पई ने तैयार किया है, तो इसका मतलब यह नहीं है कि सदन अपनी किसी जिम्मेदारी का परित्याग करता है। हम सरकार से कह सकते हैं कि संविधान को ध्यान में रखकर, कानून की रोशनी में जिन प्रक्रियाओं में से जाना आवश्यक है, उनमें से जाते हुए अधिकतम सजा दो। हमने यह भी कहा है कि फिर इस सदन के सामने आओ और बताओ कि क्या सजा दी है। सदन यह निर्णय करने के लिए दरवाजा खुला रखना चाहता है कि सजा पर्याप्त है या नहीं है।

सजा पर्याप्त न हुई तो मामला फिर खुलेगा

मैं सरकार को चेतावनी देना चाहता हूं कि अगर सजा पर्याप्त नहीं होगी तो यह मामला फिर खुलेगा, सदन इस पर फिर विचार करेगा। सरकार हमारे एजेंट के रूप में काम कर रही है। हम किसी जिम्मेदारी का परित्याग नहीं कर रहे हैं।

श्री लिमये के प्रस्ताव पर श्री भंडारे ने एक संशोधन दिया है। मैं उस संशोधन के औचित्य को भी समझता हूं। प्रिविलेज कमेटी में सभी दल हैं। संसद की वह समिति है। उसने…(व्यवधान)

श्री रा.घों. भंडारे (बंबई-मध्य) : मैं समझाऊंगा।

श्री वाजपेयी : उससे पहले मैं समझा दूं। उस दिन हमारे मित्र श्री लिमये कह रहे थे कि रूल्ज कमेटी की बात माननी चाहिए। तो क्या प्रिविलेज कमेटी की बात नहीं माननी चाहिए? लेकिन इस मामले में हमें लगता है कि प्रिविलेज कमेटी को जितना जाना चाहिए था वह नहीं गई। इस वास्ते श्री भंडारे के संशोधन और श्री लिमये के प्रस्ताव के बीच में से हमने एक रास्ता निकाला है, हमने एक स्वर्ण मध्य खोजा है और वह स्वर्ण मध्य यह है कि श्री मुखर्जी को सदन के सामने बुलाया जाए, उनकी भर्त्सना की जाए और सरकार को निर्देश दिया जाए कि संवैधानिक प्रक्रियाओं का पालन करते हुए, उन्हें ज्यादा से ज्यादा सजा दो और फिर सदन को उसकी रिपोर्ट दो और बताओ कि जो सजा दी है, वह क्या है और फिर सदन फैसला करेगा कि सजा पर्याप्त है या नहीं है। संशोधन के प्रकाश में जो संयुक्त है, मैं अपने मित्र से, श्री लिमये से कहूंगा कि अगर वह अपने प्रस्ताव पर बल न दें, तो ज्यादा अच्छा होगा। मैं सदन से भी कहूंगा कि जो संयुक्त प्रस्ताव है, जिसमें सत्ताधारी दल भी शामिल हो गया है, देर आयद-दुरुस्त आयद, उसको स्वीकार किया जाए। धन्यवाद।

मोरारजी भाई ने गुमराह किया?

अध्यक्ष महोदय, मैं अपने मित्र श्री मधु लिमये को बधाई देना चाहता हूं। मैं जब उनका भाषण सुन रहा था तो मुझे बरबस डॉक्टर लोहिया की याद आ गई। डॉक्टर लोहिया मूर्तिभंजक थे, निर्माण के पहले वह ध्वंस में विश्वास करते थे। श्री लिमये ने डॉ. लोहिया की मूर्ति-तोड़क परंपरा को आगे बढ़ाने का प्रयत्न किया है। उनका जोश तथा लगन देखकर कभी-कभी मुझे ईर्ष्या होती है। मामला कितना भी कमजोर क्यों न हो, वह बड़ी दृढ़ता के साथ उसको पेश करते हैं और भले ही जजों का निर्णय उनके खिलाफ जाए, लेकिन दर्शक उनसे बिना प्रभावित हुए नहीं रहता।

अध्यक्ष महोदय, यह तो संयोग की बात है कि आज श्री लिमये ने उप प्रधानमंत्री को अपने प्रहार का विषय बनाया है, अभी उन्होंने कहा कि उप प्रधानमंत्री के प्रति उनके हृदय में बड़ा आदर है। सचमुच में श्री लिमये का उद्देश्य इस सरकार को तोड़ना, इस शासन को अपदस्थ करना है। इसके लिए वह कोई भी हथियार अपनाने के लिए तैयार रहते हैं, लेकिन इस प्रस्ताव में उन्होंने उप प्रधानमंत्री के साथ प्रधानमंत्री को भी लपेटा है। और इसके कारण उनके कुछ मित्रों को कठिनाई हो सकती है जो उप प्रधानमंत्री के विरुद्ध तो लट्ठ लिए घूमते रहते हैं, लेकिन प्रधानमंत्री को स्पर्श करने में भी कतराते हैं।

अध्यक्ष महोदय, श्री लिमये ने जिन तथ्यों को सदन के सामने रखा है, उनमें से बहुत से तथ्य बंबई के एक साप्ताहिक पत्र द्वारा प्रकाशित किए जा चुके हैं। यह साप्ताहिक उप प्रधानमंत्री के खिलाफ एक नियमित अभियान चला रहा है। उस अभियान को चरित्र हत्या की भी संज्ञा दी जा सकती है। यहां तक कि वह साप्ताहिक पत्र उप प्रधानमंत्री को गांधी हत्याकांड में भी अपरोक्ष रूप से शामिल करने का दुस्साहस कर रहा है। यह मामला जांच का विषय है, इसलिए मैं कुछ कहना नहीं चाहता। लेकिन आश्चर्य की बात यह है कि बंबई के उस साप्ताहिक को अनेक मंत्रियों का समर्थन प्राप्त है। वह समय-समय पर उसके साथ विशेष भेंटवार्ता करके उसे सम्मानित करते रहते हैं। राजधानी के राजनैतिक क्षेत्रों में खुलेआम यह चर्चा चल रही है कि उप प्रधानमंत्री के विरुद्ध इस साप्ताहिक द्वारा जो जेहाद छेड़ा गया है, उसके पीछे मंत्रिमंडल के कुछ लोगों का हाथ है। बंबई

** उप प्रधानमंत्री मोरारजी देसाई पर चर्चा के दौरान लोकसभा में १९ अगस्त, १९६८ को वक्तव्य।*

से एक नया साप्ताहिक प्रकाशित हुआ है। उसका नाम है 'इंडियन मानीटर'। कहते हैं उस साप्ताहिक के पीछे वे लोग हैं जो हाल ही में बंबई में इकट्ठे हुए थे और जिन्होंने कांग्रेस में सामूहिक नेतृत्व की चर्चा की थी। क्या प्रधानमंत्री के नेतृत्व पर से उनका विश्वास हट गया है? इस नए साप्ताहिक ने अपने पहले अंक में अपने नई दिल्ली स्थित संवाददाता का एक समाचार छापा है, जिसका एक अंश मैं उद्धृत करना चाहता हूं :

"इस तरह से प्रधानमंत्री की वरीयताएं श्री देसाई और श्री निजलिंप्पा को दबाने की ओर झुक गईं। यह सब कुछ कांति मामलों को इकट्ठा करने और लंदन में मैसूर सरकार के एजेंट विरोधी पीत पत्रकारिता के द्वारा किया गया। श्री दिनेश सिंह तथा अति उत्साही वाणिज्य राज्य मंत्री श्री रघुनाथ रेड्डी ने इन विसंगतियों के विषय में आंकड़े एकत्र करने में दिन-रात काम किया।"

मैं नहीं जानता, इन रिपोर्टों में कहां तक सचाई है। लेकिन इस बात की जांच होनी चाहिए कि जो तथ्य साधारण पत्रकारों के लिए उपलब्ध नहीं होते हैं, जो तथ्य संसद के सदस्यों के लिए भी प्राप्य नहीं हैं, वे तथ्य एक विशेष समाचारपत्र में किस तरह पहुंचे? किसी मंत्रालय ने तो उन तथ्यों को नहीं पहुंचाया? ऐसा लगता है कि वर्तमान सरकार एक विभाजित सरकार है, एक खंडित सरकार है। संसदीय लोकतंत्र में मंत्रिमंडल को संयुक्त उत्तरदायित्व के सिद्धांत पर काम करना चाहिए। लेकिन यह संयुक्त उत्तरदायित्व का सिद्धांत आज हवा में उड़ा दिया गया है। मंत्री एक-दूसरे के विरुद्ध काम कर रहे हैं। मंत्रिमंडल गुटों में बंट गया है। इस मंत्रिमंडल के हाथ में देश की स्वाधीनता, देश की अखंडता, देश की सीमाएं सुरक्षित नहीं हैं।

अध्यक्ष महोदय, एक बात मैं कहना चाहूंगा, श्री शांति लाल शाह ने उस बात को थोड़ा सा लिया है, उस बात को और भी अधिक स्पष्ट किया जाना चाहिए। यह बात कही जा रही है कि उप प्रधानमंत्री ने बजट के समय भाषण करते हुए यह कहा कि उनके पुत्र बिजनेस से मीलों दूर थे। यह तथ्य नहीं है। इस सदन में बैठे हुए सदस्यों को तथ्यों को पवित्र मानना होगा। राय प्रकट करने में हम स्वाधीन हैं। प्रश्न सार्वजनिक जीवन में शुद्धता और पवित्रता को बनाए रखने का है। जिसने जो गलती की है, उसको इंगित करना होगा। लेकिन गलत आरोपों को लगाने की प्रवृत्ति से बचना होगा। मैं उस कार्यवाही के अंश को पढ़ना नहीं चाहता। जब उप प्रधानमंत्री अपने पुत्र के बारे में उत्तर दे रहे थे तो वह बजट के रहस्योद्‌घाटन की चर्चा कर रहे थे, पुलिस द्वारा की गई जांच का उल्लेख कर रहे थे। उप प्रधानमंत्री ने यह कभी नहीं कहा था कि उनके पुत्र बिजनेस से मीलों दूर हैं, उन्होंने स्पष्ट कहा था कि उनके पुत्र इस तरह के गड़बड़घोटालों से मीलों दूर हैं। लेकिन यह बात जनता में प्रचारित की जा रही है, इसका खंडन होना चाहिए। गलत बातें प्रचारित करके हम लोकतांत्रिक जीवन की शुद्धता को कायम नहीं रख सकते और न हम जनता के सामने अच्छे मानदंड स्थापित कर सकते हैं।

इस बात से इन्कार नहीं किया जा सकता कि उप प्रधानमंत्री महोदय ने अपने पुत्र के बारे में सदन में जो वक्तव्य दिए, उन वक्तव्यों में थोड़ा अंतर है। मैं यह मानने के लिए तैयार हूं कि श्री मोरारजी भाई सदन को गुमराह नहीं करना चाहते थे, लेकिन उन्हें यह मान लेना चाहिए कि उनके पुत्र ने उनको जरूर गुमराह किया, और सारे तथ्य उनके सामने नहीं आए। पुत्र के नाते पिता की गरिमा को देखते हुए, पिता के उच्च पद को देखते हुए, कांतिभाई का यह कर्तव्य था कि सारे तथ्य उप प्रधानमंत्री के सामने रखते और वे तथ्य फिर सदन के सामने आते। लेकिन, अध्यक्ष महोदय, यह पहला ही मौका नहीं है जब किसी लायक बाप के नालायक बेटे ने, किसी

लायक पिता को किसी नालायक बेटे ने गुमराह किया हो, जब निकट संबंधियों के कारण किसी सार्वजनिक नेता की स्थिति जनता की दृष्टि में बिगड़ी हो। सरदार प्रताप सिंह कैरों का नाम लिया जा रहा है, लेकिन सरदार कैरों की मैं तारीफ करूंगा, उन्होंने अपने पुत्र से नाता तोड़ लिया था, सार्वजनिक रूप से वह अपने पुत्र से संबंध विच्छेद की बात करते थे। कोई बेटा पिता की सहायता करे, वृद्धावस्था में उसकी मदद के लिए, उसके कष्टों को कम करने की कोशिश करे, इसमें कोई आपत्ति नहीं कर सकता और जब श्री मोरारजी देसाई उप प्रधानमंत्री नहीं थे तब अगर बेटे को उन्होंने प्राइवेट सेक्रेटरी भी नियुक्त किया, इसमें किसी को कोई आपत्ति नहीं हो सकती। प्रत्येक पिता को अधिकार है अपने बेटे से सहायता प्राप्त करने का और हर एक बेटे को अपने बाप की सहायता करने का अधिकार है, लेकिन उप प्रधानमंत्री नियुक्त होने के बाद कहीं सीमा रेखा खींची जानी चाहिए थी।

मंत्रियों को न केवल संदेहों के परे होना चाहिए, बल्कि संदेहों के परे दिखाई भी देना चाहिए। इस विवाद से किसी ने उप प्रधानमंत्री की प्रामाणिकता पर संदेह नहीं किया, न उनकी देशभक्ति पर किसी को संदेह हो सकता है, लेकिन सार्वजनिक जीवन एक दुधारी तलवार की तरह से है, इसमें अपने सगे संबंधियों के प्रति कठोर बनना पड़ेगा, स्नेह के सारे संबंधों को तोड़ना पड़ेगा। यह भगवान राम का देश है, जिन्होंने एक व्यक्ति के कहने पर जगत जननी सीता का परित्याग कर दिया था। सीता की पवित्रता पर उन्हें संदेह नहीं था। भवभूति के शब्दों में उन्होंने कहा था :

स्नेह दयां च सौख्यं च यदि वा जानकीमपि,
आराधनाय लोकानाम् मुंचतो नास्ति मे व्यथा।

मैं स्नेह को छोड़ दूंगा, दया को तिलांजलि दे दूंगा, व्यक्तिगत सुख की चिंता नहीं करूंगा, आवश्यकता पड़ी तो सीता को भी छोड़ दूंगा, शासनाय लोकानाम नहीं, दंडनाम लोकानाम नहीं—दादा चिंतित न हों, उन्हें पत्नी को छोड़ने की जरूरत नहीं पड़ेगी—यह हमारा आदर्श है। उस आदर्श पर हम सब नहीं पहुंच सकते, लेकिन जो नेता हैं, जिन्हें जनता का मार्गदर्शन करना है, क्योंकि राजनीति आज जीवन का केंद्र बन गई है, लोग प्रेरणा के लिए राजनीतिक नेताओं की तरफ देखते हैं, उन्हें आदर्श रखना होगा। भगवान कृष्ण ने गीता में कहा है—जैसा बड़े लोग आचरण करते हैं, वैसा ही छोटे लोग अनुकरण करते हैं।

आज प्रश्न केवल पार्टी का नहीं है, प्रश्न केवल विरोधी दल और सरकार का भी नहीं है, इस देश में सार्वजनिक जीवन का स्तर गिर रहा है, राजनीति पर पूंजी का प्रभाव बढ़ रहा है, राजनीतिज्ञों और भ्रष्ट पूंजीपतियों का अपवित्र गठबंधन हो रहा है, पद का दुरुपयोग करने की प्रवृत्ति घर कर रही है, कोई सगा-संबंधी किसी सार्वजनिक नेता की उच्च स्थिति को बिगाड़ न दे, इसके लिए सार्वजनिक नेताओं को सावधान होना होगा।

अध्यक्ष महोदय, उप प्रधानमंत्री ने प्रारंभ में जो वक्तव्य दिया, उसमें उन्होंने यह बात मानी कि जो तथ्य उन्हें बताए गए, वे उन्होंने रखे और जो तथ्य बाद में उनके ध्यान में आए, उनके बारे में उन्होंने सदन को विश्वास में लेने का प्रयत्न किया। मैं जानता हूं यह काम बड़ा कठोर है—श्री कांति भाई उनके सहारे हैं, उनके इकलौते बेटे हैं, मां की तबीयत खराब है, परिवार में एक दुर्घटना हो चुकी है—हम मानवीय पहलुओं को भी दृष्टि से ओझल नहीं कर सकते, लेकिन गलती इंसान से होती है और गलती माननेवाला इंसानियत से थोड़ा ऊपर उठ आता है। मोरारजी देसाई अगर यह स्वीकार करें कि जहां तक सार्वजनिक जीवन का प्रश्न है, वे अपने पुत्र की मर्यादा

तय करेंगे तो मैं समझता हूं कि यह प्रकरण समाप्त हो सकता है और भविष्य के लिए इस प्रकार की संभावनाएं पैदा होने के दरवाजे बंद हो सकते हैं। कांति भाई ने मोरारजी भाई की कांति को थोड़ा कम कर दिया है, इसके लिए हम सब लोग बहुत दुखी हैं। हम नहीं चाहते कि उनकी कांति कम हो, लेकिन यदि वे अपने पुत्र को मर्यादा में रख सकें तो फिर लोकतांत्रिक मर्यादाओं की रक्षा हो सकेगी।

श्री मोरारजी देसाई : माननीय सदस्य ने कहा है कि मुझे सीमा बांधनी चाहिए। मैं पहले ही कह चुका हूं कि एक सीमा है—वह कोई सरकारी काम नहीं कर सकता। उस सीमा के साथ, मुझे क्या करना है? यदि कोई दिखाता है कि उसने ऐसा किया है, और यह सिद्ध कर सकता है, मैं कोई भी दंड स्वीकार करने के लिए निश्चित रूप से तैयार हूं।

स्टील मंत्री की कलई खुली

सभापति जी, मैं अपने मित्र श्री गुजराल को बधाई देना चाहता हूं कि उन्होंने यह मांग की है कि सारे मामले की जांच कमीशन ऑफ इन्क्वायरी एक्ट के अंतर्गत होनी चाहिए। यदि मेरे मित्र श्री धारिया भी इस मांग का समर्थन करते तो कांग्रेस पार्टी की प्रतिष्ठा और भी बढ़ जाती। प्रधानमंत्री ने जांच करना स्वीकार किया है, क्योंकि पब्लिक एकाउंट्स कमेटी की रिपोर्ट से एक प्राइमाफेसी केस बना है। श्री धारिया का यह कहना सत्य नहीं है कि कोई प्राइमाफेसी केस नहीं बना। प्रश्न यह है कि इस जांच का स्वरूप क्या हो? सभी स्वीकार करेंगे कि जांच ऐसी होनी चाहिए कि सभी संबंधित क्षेत्रों में विश्वास पैदा कर सके, जो निष्पक्ष हो, उच्चाधिकार से संपन्न हो और जिसको किसी तरह से प्रभावित न किया जा सके। स्पष्ट है कि जांच सुप्रीम कोर्ट के किसी जज की अध्यक्षता में होनी चाहिए। सारे कागज-पत्र, सभी संबंधित तथ्य, सभी गवाह उनके सामने आ सकें, इसके लिए जरूरी है कि वह जांच कमीशन ऑफ इन्क्वायरी एक्ट के अंतर्गत होनी चाहिए। यदि प्रधानमंत्री महोदय इस बात को स्वीकार कर लें और इस आशय की घोषणा कर दें, तो काफी हद तक वे इस सदन को और जनता को इस बात का विश्वास दिला सकेंगी कि वे सचमुच में चाहती हैं कि हमारे सार्वजनिक जीवन में भ्रष्टाचार का उन्मूलन हो।

सभापति जी, प्रश्न यह नहीं है कि कोई मंत्री इस्तीफा देता है या नहीं देता। सचमुच में इस्तीफे की मांग नहीं की जानी चाहिए थी। संबंधित मंत्री को स्वयं इस्तीफा दे देना चाहिए था। अगर सार्वजनिक जीवन की शुद्धता को बनाए रखना है, अगर देश में आचरण का मानदंड स्थापित करना है तो मंत्रियों को सीजर की पत्नी की तरह संदेह से परे होना होगा। केवल संदेह से परे होना ही काफी नहीं है, उन्हें संदेह से परे दिखाई भी देना होगा। क्या इस कसौटी पर श्री सुब्रह्मण्यम् का आचरण खरा उतरता है? यह कहना गलत होगा कि पब्लिक एकाउंट्स कमेटी ने उन्हें बरी कर दिया है। अपनी दूसरी रिपोर्ट में उनसे जिरह करने के बाद, उनकी सफाई को सुनने के बाद, जितने तथ्य श्री सुब्रह्मण्यम् उस समिति के सामने रख सकते थे, सबमें गहराई से जाने के बाद भी पब्लिक एकाउंट्स कमेटी कहती है : "हालांकि विस्तृत जांच कमेटी कर चुकी है, बावजूद इसके इस समीक्षा

** स्टील मंत्री के आचरण पर महालेखा परीक्षक की रिपोर्ट के परिप्रेक्ष्य में राज्यसभा में २७ अगस्त, १९६६ को भाषण।*

का कारण अभी तक अस्पष्ट है।"

श्री सी. सुब्रह्मण्यम् : यह पहला भाग ही है।

श्री वाजपेयी : मैं दूसरे पार्ट पर भी आ रहा हूं। दूसरे पार्ट में समिति ने यह नहीं कहा है कि जो कुछ सफाई दी गई है, वह उससे संतुष्ट है।

श्री आई.के. गुजराल : यह भी नहीं कहा है कि असंतुष्ट है।

श्री वाजपेयी : क्या जो नहीं कहा, आप उसको ही लेना चाहेंगे?

सभापति जी, मैं यह कह रहा था कि क्या सारे मामले पर एक संकीर्ण दृष्टि से विचार किया जाएगा या सारे मामले पर विचार करते समय इस बात का ध्यान रखा जाएगा कि किसी तरह का संदेह जनता के मन में नहीं होना चाहिए।

महोदय, श्री सुब्रह्मण्यम् ने अपने डिप्टी स्टील कंट्रोलर और चीफ स्टील कंट्रोलर को संदेह से परे करना जरूरी नहीं समझा है। उन्होंने अपने डिप्टी कंट्रोलर पर और चीफ कंट्रोलर पर संदेह किया है। मगर वे चाहते हैं कि उनके ऊपर कोई संदेह न करे, उन्होंने क्यों संदेह किया या उनके मन में ऐसी धारणा कैसे बनी? मैं उनके वक्तव्य का एक अंश आपके सामने रखना चाहता हूं।

जब उन्होंने आदेश जारी कर दिया २८ जून के आदेश का, तो वह ड्राफ्ट नहीं था, वह अंतिम आदेश था। उस आदेश पर तुरंत अमल होना चाहिए था, जैसे २३ जुलाई के आदेश पर तुरंत अमल हुआ था। यह बात सदन के ध्यान में लाने लायक है कि २० जुलाई को जीतपाल मंत्री महोदय को मिला, उसका पत्र २२ जुलाई को मिला, २३ जुलाई को आदेश पर मसौदा तैयार किया गया और सेक्रेटरी ने २४ जुलाई को दस्तखत कर दिए। सब काम बड़ी जल्दी, बड़ी फुर्ती से हुआ। क्या सरकारी दफ्तरों में फाइलें इतनी जल्दी चलती हैं? अगर यह बात है तब तो एडमिनिस्ट्रेटिव रिफार्म्स कमीशन कायम करने की जरूरत नहीं थी। आप देखें कि २८ जून का आदेश कलकत्ता को कब भेजा गया, चीफ कंट्रोलर के दफ्तर से उस पर अमल क्यों नहीं किया गया, १२ जुलाई की चिट्ठी, फिर १७ जुलाई की चिट्ठी क्यों भेजी गई, क्यों मौका दिया गया उस फर्म को मंत्री महोदय से संबंध स्थापित करने का, अपने प्रभाव को उपयोग में लाने का?

मैं आपसे निवेदन कर रहा था कि जो भी आदेश बदला गया उसके संबंध में मंत्री महोदय ने समिति के सामने, पब्लिक एकाउंट्स कमेटी के सामने जिरह में स्वीकार किया है कि दो कारण थे आदेश बदलने के—एक तो कंट्रोलर के दफ्तर से दो बार मुझे पूछा गया, मेरे मंत्रालय को पूछा गया। एक तो इस बारे में पूछा गया कि रोलिंग मिल्स पर यह आदेश लागू होगा या नहीं—यह डिपुटी कंट्रोलर ने पूछा, उस समय कंट्रोलर विदेश यात्रा पर गए थे। जब कंट्रोलर महोदय वापस आए तो आदेश को अमल में लाने की बजाय उन्होंने एक और स्पष्टीकरण मांग लिया। स्पष्टीकरण यह था कि क्या यह आदेश एपीजे पर भी लागू होगा? जब समिति के सदस्यों ने पूछा कि २८ जून के आदेश को कार्यान्वित करने के बजाय कंट्रोलर के दफ्तर से ये चिट्ठियां क्यों भेजी गईं तो मंत्री महोदय ने कहा कि चीफ कंट्रोलर और डिपुटी कंट्रोलर दोनों मिले हुए थे, यह तो मैं नहीं कह सकता क्योंकि अगर एक की चिट्ठी होती तो उस पर तो शक किया जा सकता था, मगर दोनों पर शक करना मुश्किल है। फिर भी उन्होंने आगे जोड़ दिया कि इसमें शक है :

"संदर्भ हालांकि दो लोगों द्वारा दिए गए हैं और व्यक्तिगत रूप से मैं यह नहीं मानता हूं कि वे दोनों ही दोषी होंगे। यदि यह किसी एक का किया होता तो इसमें संदेह की गुंजाइश हो सकती थी। बावजूद इसके, मैं यह नहीं कहूंगा कि यह संदेह से परे है।"

अपनी चमड़ी की रक्षा के लिए मंत्री महोदय अपने अधिकारियों पर संदेह की उंगली उठाने के लिए तैयार हैं। तब फिर उन्हें इस देश को, संसद को और विरोधी दलों को दोष नहीं देना चाहिए, अगर आचरण के मानदंड को स्थापित करने के लिए हम उनके आचरण पर उंगली उठाने के लिए तैयार हैं। सभापति जी, प्रश्न यही है कि २८ जून के आदेश को क्यों बदला गया? मंत्री महोदय ने दूसरे सदन में कहा कि ट्रांसपोर्ट मिनिस्ट्री से एक पत्र आया था। पब्लिक एकाउंट्स कमेटी में कहा गया कि बीच में फर्म का एक आदमी मुझे मिला था और फर्म ने माफी मांगी थी। दोनों बातें ठीक नहीं हो सकतीं। अब मंत्री महोदय दोनों में ताल-मेल बिठाने की कोशिश कर रहे हैं। मान लीजिए कि ट्रांसपोर्ट मिनिस्ट्री का आदेश आया था, तो क्या यह जरूरी नहीं था कि केवल एपीजे को उस आदेश से बरी कर दिया जाता, केवल शिपिंग से संबंधित फर्म को बरी कर दिया जाता? सारे मंत्रालयों को उस आदेश से बरी करने की जरूरत नहीं थी।

फर्म का व्यक्ति क्यों मिला, कैसे मिला?

जहां तक फर्म के व्यक्ति के मिलने का सवाल है, मंत्री महोदय समझा नहीं सके कि वह क्यों मिला, कैसे मिला, उनकी बैठक किसने आयोजित की, किसकी सिफारिश लेकर वह आया? उन्हें यह भी याद नहीं कि जब वह उनसे मिला तो उस कमरे में कौन था। क्यों नहीं उन्होंने विश्वासपूर्वक कहा कि मेरे अलावा कोई नहीं था। वे कह सकते थे, मगर शायद उनकी आत्मा ने कुरेदा होगा कि इतना झूठ बोलना ठीक नहीं है, इसलिए उन्होंने कहा कि मुझे मालूम नहीं है— कौन था। यह बात एक मंत्री के मुंह से जब सुनी जाती है और जिस पृष्ठभूमि में सुनी जाती है तो संदेह को कम नहीं करती, बढ़ाती है।

इस बात से भी इन्कार नहीं किया जा सकता और पब्लिक एकाउंट्स कमेटी ने भी इस ओर इंगित किया है कि जो सबसे पहले का आदेश था उसमें और जुलाई के आदेश में इतना ही अंतर है कि पहला आदेश तो अनिश्चित काल के लिए था, मगर जुलाई के आदेश द्वारा मंत्री महोदय ने अवधि कम कर ली। पहले आदेश में अवधि बढ़ सकती थी, इस आदेश में अवधि कम कर दी गई। अमीचंद प्यारेलाल की फर्म ने बीच में जो गड़बड़ किया था, उसके लिए सजा देने की बजाय पहले अपराध के लिए जो सजा दी गई थी, उसको कम कर दिया गया। क्यों कम किया गया? मंत्री महोदय एक और मौका देना चाहते थे अमीचंद प्यारेलाल को। मौका देना चाहते थे उस फर्म को जो ५०-५१ से सरकार के विभागों के साथ व्यापार करती रही है, संबंध रखती रही है और जिसके विरुद्ध पब्लिक एकाउंट्स कमेटी अपनी रिपोर्ट दे चुकी है, जिसके विरुद्ध पहले भी आदेश जारी किया जा चुका है।

यह मौका देने की जरूरत क्या थी? क्या मंत्री महोदय को विश्वास था कि एक मौका देंगे तो वह सुधर जाएंगे? मगर शासन ने उन्हें इस बात की छूट नहीं दी कि वे मौका देकर पापियों का सुधार करें। यह काम साधु समाज के जिम्मे सौंपा जा सकता है, स्टील मिनिस्टर के जिम्मे नहीं। इस पर संदेह की उंगली उठनी स्वाभाविक है कि उन्होंने ऐसा या तो दबाव के कारण किया या किसी अन्य कारण से किया। अब कहा जाता है कि विरोधी दल बताएं कि अन्य कारण क्या हैं—क्या आप यह कहते हैं कि मंत्री महोदय ने अमीचंद से रुपया ले लिया या श्री जीतपाल के द्वारा रुपए ले लिए? यह तो मंत्री महोदय साबित करें कि उन्होंने रुपए नहीं लिए। यह साबित करना विरोधी दलों का काम नहीं है। हमारा तो इतना ही कहना है कि मंत्री महोदय का आचरण संदिग्ध

है और जिसका आचरण संदिग्ध है, वह मंत्रिमंडल में रहने लायक नहीं है।

सुब्रह्मण्यम् प्रधानमंत्री के निकट हैं

कहा जाता है कि श्री सुब्रह्मण्यम् प्रधानमंत्री के बहुत निकट हैं। अगर यह बात सच है तो प्रधानमंत्री को धर्म-संकट से बचाने का श्री सुब्रह्मण्यम् के लिए एक ही तरीका है कि वे स्वयं इस्तीफा दे दें, प्रधानमंत्री के ऊपर यह निर्णय न डालें, जैसा कि मंत्री कहा करते हैं कि मेरा तो अपने नेता पर विश्वास है और अगर वे कहेंगे तो मैं छोड़ दूंगा, अलग हो जाऊंगा। यह प्रधानमंत्री के साथ न्याय नहीं है। अगर पब्लिक एकाउंट्स कमेटी की दोनों रिपोर्टों के बाद, संसद के विवाद के बाद श्री सुब्रह्मण्यम् की आत्मा जागती है, आचरण के मानदंड कायम करने का उनका इरादा है, तो उन्हें त्यागपत्र दे देना चाहिए। लेकिन अगर वे त्यागपत्र नहीं देंगे, तो प्रधानमंत्री महोदय को निर्णय करना होगा। यह बात देश में आमतौर पर कही जा रही है कि शास्त्री जी के निधन के बाद भ्रष्टाचार के उन्मूलन का जो अभियान चला था वह धीमा पड़ गया है, वह रोक दिया गया है, क्योंकि प्रधानमंत्री के निकटवर्ती लोग उसमें फंस सकते हैं, इस बात की आशंका है। अगर श्री सुब्रह्मण्यम् से त्यागपत्र नहीं मांगा गया तो यह धारणा और भी बल पकड़ेगी। यह न प्रधानमंत्री के लिए ठीक होगा और न देश के लिए ठीक होगा।

एक माननीय सदस्य : आपको तो फायदा होगा।

श्री वाजपेयी : सभापति जी, मैं फायदे की बात नहीं कर रहा हूं। यह प्रश्न पार्टी का नहीं है। जब कुछ भ्रष्ट मंत्रियों के विरुद्ध कार्यवाही की गई तो उससे हमारे लोकतंत्र की ताकत बढ़ी। उसका श्रेय कांग्रेस दल को भी मिला। अगर श्री सुब्रह्मण्यम् इस्तीफा दे देंगे तो विरोधी दलों का फायदा नहीं होगा; विरोधी दलों का फायदा तो इसमें है कि श्री सुब्रह्मण्यम् मंत्री बने रहें, मंत्रिमंडल में काम करते रहें और हम लगातार उनसे कहते रहें कि अगर शर्म हो तो इस्तीफा दे दो। यहां तो कांग्रेस दल को अपना हित देखना चाहिए। कांग्रेस दल का हित इसमें है कि श्री सुब्रह्मण्यम् से इस्तीफा मांगा जाए। जांच हो रही है, उच्चाधिकार संपन्न जांच होगी। सुब्रह्मण्यम् इस्तीफा दे सकते हैं, जांच में अपने को पेश कर सकते हैं। अगर जांच में निष्कलंक प्रमाणित हो जाएं तो दुगने उत्साह के साथ, शोभा के साथ वापस आ सकते हैं। इसमें लोकतंत्र की भी गरिमा बढ़ेगी, प्रधानमंत्री की प्रतिष्ठा में वृद्धि होगी और कांग्रेस दल का भी फायदा होगा। हमारा फायदा तो इसमें है कि भ्रष्ट, मंत्रिमंडल में बने रहें और हम जनता में इस मामले को उठाते रहें।

सभापति जी, मैं खत्म कर रहा हूं। प्रश्न यह नहीं है कि सुब्रह्मण्यम् जी का आज तक का आचरण क्या है, प्रश्न यह नहीं है कि स्वाधीनता संग्राम में उन्होंने किस तरह से योगदान दिया, प्रश्न यह भी नहीं है कि मद्रास में एक मंत्री के नाते उन्होंने कैसी सेवाएं कीं, प्रश्न यह है कि उनका एक कदम गलत पड़ा है, क्या उनका एक आचरण ऐसा है कि जिस पर संदेह किया जा सके? विश्वामित्र का सारा जीवन तपस्या में बीत गया, मगर एक पाप ने उनकी सारी तपस्या पर पानी फेर दिया। युधिष्ठिर कभी झूठ नहीं बोले, मगर एक बार झूठ बोले तो उनका रथ जो धरती से ऊपर चल रहा था, वह धरती पर नीचे आ गया। प्रश्न आज तक के जीवन का नहीं है, एक आचरण का है। एक आचरण संदेह से भरा है, इससे कोई इन्कार नहीं कर सकता। संसदीय लोकतंत्र का तकाजा है कि जो मंत्री संदेह से विमुक्त न हो, वह मंत्री न रहे। धन्यवाद।

मंत्रियों के खिलाफ जांच कैसे हो?

सभापति जी, जो विशेषाधिकार का प्रस्ताव रखा गया है वह एक अलग चीज है; क्योंकि मैं समझता हूं कि नंदा जी ने इस बात की कोशिश की है कि 'इंक्वायरी' में और 'लुकिंग इंटु' में फर्क करें। उन्होंने यह भी माना है कि जब सी.बी.आई. की टीम गई थी तो उसने कागज-पत्र देखे और रिपोर्ट तैयार की जो कि गृह मंत्रालय के पास है। मगर उन्होंने इस बात से इन्कार किया है कि जांच की कोई रिपोर्ट आई है। लेकिन अब जब कि कैबिनेट सब-कमेटी के सामने वह आ गई है तो इस बात से इन्कार नहीं किया जा सकता कि सी.बी.आई. ने वहां जाकर जो भी आरोप थे, उसके बारे में पता लगाकर कागज-पत्र देखे और सी.बी.आई. कुछ नतीजों पर पहुंची और वे नतीजे कैबिनेट सब-कमेटी के पास हैं। ऐसी स्थिति में, अगर हमें शाब्दिक कलाबाजियां खिलानी हैं, तब तो यह कहना ठीक है कि सी.बी.आई. ने कोई इंक्वायरी नहीं की। सी.बी.आई. लुक्ड इंटु दी पेपर। लेकिन ईमानदारी का तकाजा यह है कि नंदा जी इस बात को मान लें कि उन्होंने सी.बी.आई. से कहा था कि वह जाकर सारे कागज-पत्रों को देखे और अपनी रिपोर्ट पेश करे। क्या सी.बी.आई. को यह नहीं कहा गया था?...(व्यवधान)

अगर सी.बी.आई. जांच करने नहीं गया तो फिर यह सवाल कैसे उठा कि मंत्रियों के खिलाफ जो आरोप लगाए गए, उनकी सी.बी.आई. जांच करे या न करे? मंत्रिमंडल में ऐसे सदस्य हैं, जिन्होंने सार्वजनिक रूप से यह कहा है कि मंत्रियों के खिलाफ लगाए जानेवाले आरोपों की सी. बी.आई. को जांच नहीं करनी चाहिए और इस सवाल पर मंत्रिमंडल में मतभेद है। तो इससे बात साफ है कि सी.बी.आई. ने वहां जाकर जांच-पड़ताल की और जो नतीजे सामने आए उनसे इस बात की पुष्टि होती है। दोनों रिपोर्ट उस सदन में रख दी गई हैं और वह सार्वजनिक संपत्ति हो गई हैं, अखबारों में वह छप गई हैं...मगर सभापति महोदय, हमारे ऊपर आपका निर्णय बंधा हुआ है, हम यहां उस रिपोर्ट का हवाला न दे सके...क्या नंदा जी इस बात से इन्कार करते हैं कि जो रिपोर्ट लोकसभा में रखी गई है, वह ठीक नहीं है?

** मंत्रियों के खिलाफ लगे आरोपों की जांच के संदर्भ में विशेषाधिकार के सवाल पर नोटिस के संदर्भ में राज्यसभा में १४ मार्च, १९६५ को वाद-विवाद।*

दास कमीशन और भ्रष्ट मंत्रिगण

महोदया, भ्रष्टाचार का प्रश्न किसी पार्टी का प्रश्न नहीं है। देश के लोकतंत्र का भविष्य इसके साथ जुड़ा हुआ है कि हम शासन को भ्रष्टाचार से मुक्त रखकर चला सकते हैं या नहीं। इस बात को सभी स्वीकार करेंगे कि यदि भ्रष्टाचार का निराकरण करना है तो उसका आरंभ शिखर से होना चाहिए, चोटी से होना चाहिए। यदि मंत्रियों के आचरण संदिग्ध रहेंगे, तो सरकारी कर्मचारियों से, सेवाओं से इस बात की आशा नहीं की जा सकती कि वे अपने दायित्व के निर्वाह में प्रामाणिकता से काम लेंगे।

दास कमीशन की नियुक्ति से हमारे देश के राजनैतिक जीवन में एक नए अध्याय का श्रीगणेश हुआ है। इससे दोनों बातें साबित हो गईं। एक बात तो यह है कि ऊंचे पदों पर बैठे हुए व्यक्ति भी भ्रष्टाचार से मुक्त नहीं हैं। और दूसरी बात यह है कि भारतीय लोकतंत्र सजग है, सक्षम है। जनमत जाग्रत है, ज्वलंत है और भ्रष्टाचार कोई भी करे, कितने भी ऊंचे पद पर बैठा हो, जनमत उसे क्षमा नहीं करेगा। जनता की अदालत उसको सजा देगी।

भ्रष्टाचार के आरोप और भी लगाए जा रहे हैं। उनसे किसी को घबराना नहीं चाहिए। उन आरोपों की जांच जरूरी है और जांच का सर्वसम्मत तरीका निकालना होगा। अनेक मुख्यमंत्रियों के विरुद्ध आरोप लग रहे हैं, यद्यपि ऐसे मुख्यमंत्री देश में ज्यादा हैं जिनके विरुद्ध कोई आरोप नहीं है और इसलिए कांग्रेस पार्टी इस प्रश्न को इस तरह से न देखे कि हम आरोप लगाकर के किसी मुख्यमंत्री को गिराना चाहते हैं। यदि आरोपों में दम नहीं है, तो फिर कोई मुख्यमंत्री गिरेगा नहीं। वह निष्कलंक होकर निकलेगा, उसकी कीर्ति बढ़ेगी और कांग्रेस पार्टी की प्रतिष्ठा में भी वृद्धि होगी। किंतु यदि आरोपों में सार है, किसी का आचरण संदिग्ध है, तो उसे सजा मिलनी चाहिए। अगर मुख्यमंत्री आचरण का आदर्श नहीं रख सके, तो देश में लोकतंत्र की जड़ पर कुठाराघात होगा। सीजर की पत्नी की तरह से मंत्रियों को भी संदेह से परे होना चाहिए। क्या कोई कह सकता है कि सरदार प्रतापसिंह कैरों का आचरण संदेह से परे था? कितने आरोप साबित हुए, कितने

** प्रताप सिंह कैरों और अन्य मंत्रियों पर भ्रष्टाचार के आरोपों से संबंधित दास कमीशन की रिपोर्ट के संबंध में लोकसभा में २१ दिसंबर, १९६१ को ध्यानाकर्षण।*

संकुचित कानून की कसौटी पर नहीं कसा जा सकता। आखिर, नैतिक मूल्यों को भी ध्यान में रखना होगा कि अगर उंगलियां उठती हैं तो योग्य जांच की जाए और अगर जांच में आचरण संदेह से मुक्त न हो तो उसे पद से अलग कर दिया जाए।

महोदया, यह भगवान राम का देश है, जिन्होंने एक व्यक्ति के कहने पर सीताजी को छोड़ दिया था। उस व्यक्ति ने कोई स्मरणपत्र पेश नहीं किया। भगवान राम चाहते तो उसकी आवाज को दबा सकते थे, मगर उन्होंने जो श्लोक कहा है, मैं चाहूंगा कि हमारे मंत्री महोदय उसे मढ़वा कर अपने दफ्तरों में टांगें :

स्नेहं दयां च सौख्यं यदि वा जानकीमपि,
आराधनाय लोकानाम् मुंचतो नास्ति मे व्यथा।

मैं स्नेह को छोड़ दूंगा, दया को तिलांजलि दे दूंगा, व्यक्तिगत सुख की चिंता नहीं करूंगा, आवश्यकता पड़ी तो सीता को भी छोड़ दूंगा। 'आराधनाय लोकानाम्', लोक अपवाद के डर से अग्निपरीक्षा में निष्कलंक होकर निकलनेवाली सीता को भगवान राम ने छोड़ दिया। सवाल कानून का नहीं है। सवाल इस बात का है कि हम अपने जन-जीवन के सामने कौन सा आदर्श रखना चाहते हैं।

कोई इस बात से इन्कार नहीं कर सकता कि सरदार प्रताप सिंह कैरों के मुख्यमंत्री होने का लाभ उठाकर उनके पुत्रों ने जायदादें खड़ी कीं। कमीशन इस बात पर भी स्पष्ट है कि सरदार प्रताप सिंह कैरों को पता था, उनके ध्यान में लाया जा चुका था कि उनके लड़के उनके पद का दुरुपयोग कर के जायदाद खड़ी कर रहे हैं। वे यह कहकर नहीं बच सकते कि मेरा पुत्रों से क्या संबंध है। शासन की कुर्सी पर बैठकर व्यक्ति को निर्मम होना होगा, कठोर होना होगा। उसे स्नेह-संबंधों को तोड़ना होगा। उसे पुत्रों के प्रति, रिश्तेदारों के प्रति, नातेदारों के प्रति और प्रकार का व्यवहार करना पड़ेगा। अगर हमारे मंत्री ऐसे आदर्श का पालन नहीं कर सकते, तो देश में लोकतंत्र के विकास के लिए मुझे खतरा दिखाई देता है।

इस रिपोर्ट में चार श्रेणियों के विरुद्ध अभी कार्यवाही बाकी है। एक सरदार प्रताप सिंह कैरों स्वयं, दूसरे उनके परिवार के लोग, तीसरे ऐसे गैर-सरकारी लोग जिनका इस रिपोर्ट में उल्लेख है, जिनमें कुछ मंत्री भी आते हैं और जिनकी ओर हमारे कुछ मित्रों ने संकेत भी किया है; कुछ सरकारी अफसर जिन्होंने पद के दुरुपयोग में हिस्सा बंटाया, जिन्होंने कैरों के पुत्रों को लाभ उठाने देने के लिए अनियमितताएं कीं, जो उन्हें फायदा पहुंचाने में हिस्सेदार बने। इन चारों के खिलाफ हम जानना चाहेंगे, गृह मंत्रालय क्या कार्यवाही कर रहा है। मैं 'विचहंट' का हामी नहीं हूं लेकिन अगर अपराधी को पूरी सजा नहीं मिले तो न्याय का तकाजा पूर्ण नहीं होगा। हां, जिनका नाम लिया गया है उन्हें सफाई का मौका दिया जाना चाहिए, उन पर बाकायदा आरोप लगाए जाएं, सफाई का मौका दिया जाए, जांच हो और अगर जांच में साबित हो जाए कि जान-बूझकर उन्होंने पद का दुरुपयोग किया तो फिर वे दंड के भागीदार हैं। और, जो गलत ढंग से जायदाद इकट्ठी की गई है, उसका क्या होगा? जो ब्लैकमनी कमाए हुए हैं उनके खिलाफ वित्त मंत्रालय कार्यवाही कर सकता है, हम इस कार्यवाही का स्वागत करते हैं, लेकिन सत्ता का दुरुपयोग करके जिन्होंने पंजाब में जायदादें खड़ी की हैं वे जायदादें किस तरह से कमाई गई हैं, इसकी जांच होनी चाहिए। वह अपनी सफाई दें लेकिन अगर यह साबित नहीं कर सकते कि जायदाद जायज तरीकों से आई है, तो वह जायदाद जब्त होनी चाहिए। किसी के पीछे डंडा लेकर पड़ने की जरूरत नहीं है। मगर भ्रष्टाचार

के मामले में किसी के साथ रियायत भी नहीं होनी चाहिए।

सबकी जांच समान रूप से हो

एक बात कहकर मैं समाप्त कर दूंगा। मुख्यमंत्रियों के, मंत्रियों के विरुद्ध जो आरोप लगे हैं उन सबमें एक ही तरीका अपनाना जरूरी है। हम पंजाब में कुछ करें, उड़ीसा में दूसरा ढंग अपनाएं और मैसूर के आरोपों के संबंध में अलग नीति अपनाएं, इससे देश में सही वातावरण नहीं बनेगा। संथानम् कमेटी की सिफारिश सरकार स्वीकार कर ले कि एक 'नेशनल पैनल' बनेगा और अगर विधानसभा के, संसद के, १० सदस्य राष्ट्रपति के पास आरोप लगाएं तो उसे पैनल के पास भेज दिया जाए। गृह मंत्री जी को या प्रधानमंत्री जी को यह भार अपने ऊपर नहीं लेना चाहिए, वे सत्तारूढ़ दल के हैं, मैं उनकी ईमानदारी पर शक नहीं करता, मगर कुछ कांग्रेसी कल उनकी ईमानदारी पर शक करेंगे, इसमें कोई संदेह नहीं है। उन पर आरोप लगाएंगे कि गुटबंदी के आधार पर अलग-अलग ढंग का व्यवहार कर रहे हैं। उड़ीसा के संबंध में ये आरोप लग रहे हैं। मैं चाहता हूं कि एक समान तरीका अपनाया जाए।

मेरे मित्र श्री चौरड़िया जी और मणि जी ने भी कहा कि आरोप एटार्नी जनरल को भेज दिए जाएं और वह देखें कि प्राइमाफेसी केस है या नहीं, और अगर है तो फिर कमीशन ऑफ इंक्वायरी कायम होनी चाहिए। अगर सरकार इस प्रस्ताव को स्वीकार नहीं करती तो संथानम् कमेटी की सिफारिश को मान ले कि प्रमुख व्यक्तियों का एक नेशनल पैनल बने और उनमें से दो-तीन व्यक्तियों को, जो आरोप लगते हैं, भेज दिए जाएं। कांग्रेस के सदस्यों को इन आरोपों से भयभीत नहीं होना चाहिए। लोकतंत्र और भ्रष्टाचार इनमें बड़ा गहरा संबंध है और इसलिए भ्रष्टाचार के आरोपों के प्रति अधिक सावधान होना चाहिए।

सवाल सत्तारूढ़ दल या विरोधी दल का नहीं है, दल आएंगे-चले जाएंगे, सरकारें बनेंगी-बदल जाएंगी, मगर भारत में लोकतंत्र रहेगा, या नहीं रहेगा यह प्रश्न आज कसौटी पर कसा हुआ है; और यदि हम भ्रष्टाचार का उन्मूलन करने के लिए दृढ़ता से काम नहीं करेंगे तो आगे आनेवाली संतति हमें कभी क्षमा नहीं करेगी। धन्यवाद।

कराधान और बैंकिंग

बैंक राष्ट्रीयकरण : अध्यादेश क्यों?

उपाध्यक्ष महोदय, कार्य सूची के अनुसार अब प्रधानमंत्री जी को बैंकों के राष्ट्रीयकरण के संबंध में एक वक्तव्य देना है। इससे पहले संसद-कार्य मंत्री ने सभापटल पर बैंकों के राष्ट्रीयकरण संबंधी अध्यादेश की एक प्रति रखी है। मैं प्रातःकाल आपसे मिला था और मैंने निवेदन किया था कि जिस ढंग से यह अध्यादेश जारी किया गया है, उसके बारे में सदन को विचार करने का मौका मिलना चाहिए।

श्री जी.मो. विस्वास (बांकुरा) : बहुत ठीक किया है।

श्री वाजपेयी : मैं अध्यादेश के गुण और दोषों पर नहीं जा रहा हूं। प्रश्न यह नहीं है कि बैंकों का राष्ट्रीयकरण ठीक है या गलत। इसके बारे में अलग-अलग राय हो सकती हैं और जब वह अध्यादेश सदन के सामने पुष्टि के लिए रखा जाएगा, तब उस विषय पर माननीय सदस्यों को अपनी-अपनी बात कहने का मौका मिलेगा। इस समय केवल औचित्य का प्रश्न है। संसद की बैठक २१ तारीख को बैठने जा रही है, यह घोषित कर दिया गया था। राष्ट्रपति महोदय संसद को बुला चुके थे। संसद की कार्यवाही की सूची प्रकाशित हो चुकी थी। लेकिन संसद की बैठक शुरू होने से चालीस घंटे पहले प्रधानमंत्री के परामर्श पर कार्यवाहक राष्ट्रपति ने एक अध्यादेश जारी कर दिया।

कई सम्मानित सदस्य : शर्म...शर्म!

श्री रणधीर सिंह (रोहतक) : वह एक क्रांतिकारी कदम था...महोदय...(व्यवधान)

उपाध्यक्ष महोदय : क्या मैं सम्मानित सदस्यों से खामोश रहने को कह सकता हूं। वह सिर्फ औचित्य का प्रश्न उठा रहे हैं। इसके पार, उनसे यह उम्मीद नहीं की जाती कि वे इसकी गुणवत्ता पर भी जाएंगे। यह महज औचित्य का प्रश्न है, जिसका संबंध एक अध्यादेश के प्रवर्तन से है।

श्री वाजपेयी : उपाध्यक्ष महोदय, संविधान के अनुसार अगर संसद की बैठक न हो रही हो...(व्यवधान)

श्री बलराज मधोक (दक्षिण दिल्ली) : महोदय, मैं एक चीज स्पष्ट कर देना चाहता हूं। अगर

** बैंक राष्ट्रीयकरण अध्यादेश पर लोकसभा में २१ जुलाई, १९६९ को वाद-विवाद।*

श्री चिंतामणि पाणिग्रही (भुवनेश्वर) : महोदय, मैं व्यवस्था का प्रश्न उठाना चाहता हूं।

उपाध्यक्ष महोदय : वह नियम की तरफ ध्यान आकर्षित कर रहे हैं।

श्री चिंतामणि पाणिग्रही : नियम क्या है?

उपाध्यक्ष महोदय : वह नियम बता रहे हैं।

श्री वाजपेयी : उपाध्यक्ष महोदय, हमारा संविधान इस बात का अधिकार देता है कि अगर संसद की बैठक न हो रही हो···(व्यवधान)

एक माननीय सदस्य : हम जानते हैं।

श्री वाजपेयी : अभी इनको बहुत कुछ जानना बाकी है। उपाध्यक्ष महोदय, इस वातावरण में कोई भी शांत चर्चा नहीं चल सकती है और अगर कांग्रेस के सदस्य इस सदन में हंगामा करने पर तुले हुए हैं, तो उनको मुंहतोड़ जवाब दिया जाएगा। उपाध्यक्ष महोदय, आप इन्हें रोकिए।

श्री हुकमचंद कछवाय (उज्जैन) : बैठ जाओ।

उपाध्यक्ष महोदय : क्या मैं सम्मानित सदस्यों से सीट पर बैठने को कह सकता हूं। जैसा मैंने कहा कि सम्मानित सदस्य को औचित्य का प्रश्न उठाने का अधिकार है। उसके आगे जरूर वह नहीं जा सकते। कृपया अपनी-अपनी सीट पर बैठ जाएं।

श्री वाजपेयी : उपाध्यक्ष महोदय, मेरा निवेदन है कि यह प्रश्न पार्टी का नहीं है। इस प्रश्न का संबंध सारे सदन की गरिमा और महिमा से है। इस प्रश्न का संबंध संसदीय लोकतंत्री प्रक्रियाओं से है। यह पहला ही मौका नहीं है जब अध्यादेश जारी करने के सरकार के अधिकार पर संसद में चर्चा हुई है। आप जानते हैं कि पहली लोकसभा के अध्यक्ष श्री मावलंकर, जिनके प्रति सदन के सभी सदस्यों के हृदय में सम्मान का स्थान होगा, और हमारे पहले प्रधानमंत्री, श्री जवाहरलाल नेहरू के बीच में अध्यादेश जारी करने के सरकार के अधिकार के बारे में पत्र-व्यवहार हुआ था। मैं इस पत्र-व्यवहार का एक अंश सदन के सामने उद्धृत करना चाहता हूं। श्री कौल और श्री शकधर की लिखी हुई पुस्तक में उस पत्र-व्यवहार का कुछ अंश दिया गया है। मैं उसको उद्धृत कर रहा हूं :

सभापति मावलंकर ने प्रधानमंत्री को लिखे अपने १७ जुलाई, १९५४ के पत्र में कहा है :

"अध्यादेश का मुद्दा तब तक अप्रजातांत्रिक है और उसे उचित सिद्ध नहीं किया जा सकता जब तक कोई अनिवार्य आपातस्थिति न हो।"

उपाध्यक्ष महोदय, श्री मावलंकर ने आगे कहा :

"उन्होंने कहा कि लोकसभा पर परंपराएं स्थापित करने की भी जिम्मेदारी है। इसका मौजूदा सरकार चलानेवालों से उतना संबंध नहीं है, जितना परंपरा से है। यदि अध्यादेश अनिवार्यता को देखकर नहीं जारी किया गया है तो भविष्य में सरकारें लोकसभा को बगैर कोई मौका दिए मुहर लगाकर, अध्यादेश जारी करवाती रहेंगी।"

इसका उत्तर जो पंडित जी ने दिया, उसका एक अंश भी सदन के सामने रखना चाहता हूं। पंडित जी ने १९ जुलाई को उत्तर देते हुए कहा :

"अतीत में हम बहुत सीमित संख्या में अध्यादेश जारी करते रहे हैं। हमने हमेशा संसद के सम्मुख उनका कारण भी रखा है।"

और शायद प्रधानमंत्री भी यही करने जा रही हैं। लेकिन पंडित जी ने आगे क्या कहा, उसकी तरफ भी ध्यान देना होगा :

"मैं स्वयं यह समझ नहीं पा रहा हूं कि क्यों इसे अप्रजातांत्रिक मान लेना चाहिए। सचमुच, इस शक्ति को भी दूसरी शक्तियों की तरह बुरा-भला कहा जा सकता है। और अंततः संसद ही इस मामले में अंतिम निर्णायक होगी कि शक्ति का प्रयोग करना उचित है या अनुचित।"

अध्यादेश अनुचित समय पर जारी किया गया

इसलिए मैं इसे सदन के सामने रख रहा हूं...(व्यवधान) उपाध्यक्ष महोदय, मुझे पूरी बात कहने दीजिए। यह बात स्पष्ट है। संकट काल में जब सदन की बैठक न चल रही हो, अध्यादेश जारी किया जा सकता है, लेकिन यह कहीं भी नहीं कहा गया और आज तक ऐसा कभी नहीं हुआ कि संसद की बैठक बुला ली गई हो, ४० घंटे के भीतर संसद की कार्यवाही जारी होनेवाली हो और अध्यादेश जारी कर दिया गया हो।

अब मैं पूछना चाहता हूं कि बैंकों के राष्ट्रीयकरण के बारे में आपातस्थिति क्या थी? क्या बैंकिंग उद्योग संकट में था? या देश की अर्थव्यवस्था संकट में थी? कौन सा संकट था? अगर संकट था तो कांग्रेस पार्टी का संकट था। अगर संकट था तो प्रधानमंत्री का संकट था...(व्यवधान)

उपाध्यक्ष महोदय : सम्माननीय सदस्य बहस के दायरे से बाहर जा रहे हैं। वह निर्णय के औचित्य पर प्रश्न नहीं उठा सकते। मैंने उन्हें सिर्फ औचित्य के प्रवर्तन पर प्रश्न करने की अनुमति दी थी।

श्री वाजपेयी : मैं जिस समय पर अध्यादेश लाया गया, उस पर आपत्ति कर रहा हूं।

डिसीजन अलग है। इस वाद-विवाद में यह कहा गया है, स्पीकर मावलंकर ने भी यह माना है और आप स्वीकार करेंगे कि अगर कोई संकट है तो अध्यादेश जारी किया जा सकता है। प्रधानमंत्री को स्पष्ट करना होगा कि कौन सा संकट था? जहां तक हम समझते हैं, हमारी दृष्टि में एक राजनैतिक संकट था, पार्टी का संकट था।

उपाध्यक्ष महोदय, मैं अपनी बात समाप्त करना चाहता हूं। अब मुझे सिर्फ यह कहना है कि अब इस सदन के अधिकारों का संरक्षण आपको करना है। इस सदन की मर्यादा अब आपके हाथ में है। संसद की बैठक के ४० घंटे पहले यह अध्यादेश जारी करना, क्या यह उचित है? क्या यह लोकतांत्रिक है? क्या यह संसद की परंपरा के अनुकूल है? इस विषय पर संसद को चर्चा करने का आप मौका दीजिए। धन्यवाद।

बैंक राष्ट्रीयकरण : अदूरदर्शी

सभापति जी, मैं इस प्रस्ताव का विरोध करने के लिए खड़ा हुआ हूं, इसलिए नहीं कि मैं एक ऐसी अर्थव्यवस्था का हामी हूं जिसमें पूंजीपतियों को मुनाफा कमाने की खुली छूट होनी चाहिए। खुली छूट के दिन लद गए हैं और जो दल तथा व्यक्ति खुली छूट देने की बात करते हैं, वे युगधर्म को नहीं पहचानते। लेकिन जहां मैं खुली छूट का हामी नहीं हूं वहां मैं ऐसी अर्थव्यवस्था का भी समर्थन नहीं कर सकता जिसमें सारा नियंत्रण, सर्वाधिकार, शासन के हाथ में हो। सरकार ने समाजवाद का उद्देश्य स्वीकार किया है। मैं समाजवाद का विरोधी नहीं हूं, लेकिन मैं समाजवाद को जीवन का पूर्ण दर्शन नहीं मानता। मनुष्य केवल अर्थ का दास नहीं है, मनुष्य काम का भी कीड़ा नहीं है। हम नैतिक और आध्यात्मिक जीवन मूल्यों की अवहेलना करके नहीं चल सकते। हमें ऐसे समाज की रचना करनी चाहिए जिसमें शासन न हो, लेकिन अनुशासन हो; जिसमें नियंत्रण हो, संयम हो; उच्छृंखलता न हो, स्वतंत्रता हो; जिसमें अधिकारों का संघर्ष न हो, लेकिन कर्तव्य की स्पर्धा हो। समाजवाद की जो तस्वीर हमारें सामने आ रही है, वह भारतीय जनता को संतोष नहीं दे सकती। देश में एक हवा चली है, जिसके अनुसार राष्ट्रीयकरण किया जाना चाहिए, लेकिन राष्ट्रीयकरण किया जाए या न किया जाए, इसका निर्धारण व्यवहार की कसौटी पर होना चाहिए, किसी तात्विक या वैचारिक अभिनिवेश के कारण नहीं। राष्ट्रीयकरण को समाजवाद का पर्यायवाची समझा जाता है और यह सोचा जाता है कि अगर कोई धंधा या वाणिज्य या व्यापार सरकार अपने हाथ में ले लेगी तो समाजवाद आ जाएगा और जनता सुखी हो जाएगी। हमारे देश में राष्ट्रीयकरण का अर्थ सरकारीकरण हो गया है और बैंकों के क्षेत्र में तो नहीं, लेकिन अन्य क्षेत्रों में सरकारीकरण जनता को सुख नहीं दे सका, संतोष नहीं दे सका है।

जहां तक बैंकों के राष्ट्रीयकरण का सवाल है, हम व्यावहारिकता की कसौटी पर कसकर देखें कि क्या आज बैंकों का राष्ट्रीयकरण आवश्यक है? हमारे देश में पब्लिक सेक्टर, प्राइवेट सेक्टर की बात कही जाती है। मुझे यह शब्दावली ठीक नहीं लगती। सचमुच में देश में एक ही सेक्टर है, वह नेशनल सेक्टर है, राष्ट्रीय क्षेत्र है और अगर हमने यह फैसला नहीं किया कि हम प्राइवेट सेक्टर को खत्म कर देंगे, हमारे देश में व्यक्तिगत प्रयत्नों के लिए कोई गुंजाइश नहीं रहेगी,

---

** बैंकों के राष्ट्रीयकरण के प्रस्ताव के अवसर पर राज्यसभा में ६ दिसंबर, १९६३ को भाषण।*

उत्पादन के, विनिमय के, वितरण के सारे साधन सरकार के अधीन होंगे तो फिर जो व्यक्तिगत प्रयत्न हैं, उद्योग हैं, धंधे हैं, व्यापार हैं, उनके लिए पूंजी जुटाने के प्रयत्नों का हम विरोध नहीं कर सकते। या तो सरकार या सदन यह फैसला कर ले कि भारत में व्यक्तिगत प्रयत्नों के लिए कोई स्थान नहीं होगा, सब काम सरकार करेगी—सरकार रेल चला रही है, सरकार मोटर चलाएगी, सरकार होटल चलाएगी, सरकार बैंक चलाएगी, व्यापार चलाएगी, कल-कारखाने चलाएगी, सरकार खेती करेगी···(व्यवधान)

आर्थिक क्षेत्र में कोई भी नीति हम लोकतांत्रिक जीवन मूल्यों को दृष्टि से ओझल करके निर्धारित नहीं कर सकते। यह ठीक है कि उन लोकतांत्रिक मूल्यों का यह तकाजा है कि हम आर्थिक क्षेत्र में जितना आवश्यक हो उतना नियंत्रण करें, नियमन करें। अगर व्यक्तिगत बैंक अपनी पूंजी का और उस पूंजी से प्राप्त आर्थिक सत्ता का दुरुपयोग करते हैं, तो नियंत्रण कठोर किया जाना चाहिए। आज भी रिजर्व बैंक काफी नियंत्रण के अधिकार रखता है—किस प्रकार से बैंक कर्जा दें, रुपया एडवांस करें या न करें और सूद की दर कितनी लें, ब्याज-कर दर कितनी लें, इस सबका निर्धारण रिजर्व बैंक के परामर्श से होता है। सभी शेयरहोल्डरों को अधिकार दिए गए हैं कि वे अपना मत दे सकते हैं। आवश्यक हो तो उस नियंत्रण को और बढ़ाया जा सकता है। लेकिन कुछ बुराइयां हैं, इसलिए सरकार सारे बैंक उद्योग को अपने हाथ में ले ले, इसका समर्थन नहीं किया जा सकता।

मुआवजे का भी सवाल खड़ा होता है। लेकिन हमारे याजी महोदय ने तो यहां तक कहा कि मुआवजा देने की आवश्यकता बिड़ला और टाटा को नहीं है, तो फिर छोटे से किसान को भी, छोटे से दुकानदार को भी, मुआवजा देना संभव नहीं होगा। सरकार ने अनुमान लगाया कि १०० करोड़ रुपए का मुआवजा देना पड़ेगा। मुआवजे की रकम हजारों में नहीं होगी, सौ करोड़ रुपए की रकम हम कहां से जुटाएंगे? १९६२ में बैंक व्यवसाय में ६ करोड़ ५० लाख का मुनाफा हुआ था। अगर मुनाफे से प्राप्त होनेवाली सारी रकम मुआवजे में दे दी जाए तो हमें सोलह साल तक बैंक व्यवसाय से प्राप्त होनेवाला मुनाफा मुआवजे में देना होगा। २१०० करोड़ रुपए की पूंजी अलग-अलग बैंकों में जमा है, जिसमें ७०० करोड़ रुपए की पूंजी स्टेट बैंक तथा अन्य सरकारी बैंकों में है। व्यक्तिगत बैंकों की पूंजी और जो बाकी के १४०० करोड़ बचते हैं, उनमें ३०% सरकारी सिक्यूरिटीज़ में लगी है। मैं नहीं समझता जो बाकी की रकम बची है, केवल उसे प्राप्त करने के लिए राष्ट्रीयकरण जैसा चरमपंथी, एक्स्ट्रीम कदम उठाने की आवश्यकता है।

यह कहा जाता है : हमें विकास के लिए, निर्माण के लिए वित्तीय साधन चाहिए। इसका भी हम कुछ अनुमान लगाकर देखें। १९६२ में बैंक व्यवसाय से कुल लाभ २८ करोड़ ८० लाख रुपए का है जिसमें से करों के, टैक्सों के रूप में १४ करोड़ ४० लाख की रकम निकल गई, कर्मचारियों के बोनस में, शेयर होल्डरों के हिस्से में ४ करोड़ ६ लाख रुपए की रकम निकल गई। राष्ट्रीयकरण के बाद भी कर्मचारियों का बोनस कम करने का सवाल नहीं है—बढ़ाना पड़ेगा—और शेयरहोल्डरों को भी उनका हिस्सा देना पड़ेगा।

जो काम सरकार करती है महंगा करती है, इससे तो इन्कार नहीं किया जा सकता। और सबसे बड़ी बात यह है कि राष्ट्रीयकरण करने के बाद ८० करोड़ के बांडों पर ६ फीसदी की दर से सूद देना पड़ेगा जो ४ करोड़ रुपए के करीब आता है। तो इतना उत्तरदायित्व निभाने के बाद आर्थिक विकास के लिए कितनी पूंजी बचेगी, इसका थोड़ा सा अनुमान लगाकर बताना चाहिए।

सबसे बड़ी बात यह है कि हम अपने देश में जो आर्थिक विकास कर रहे हैं उसमें, हमने मध्यम मार्ग का अवलंबन किया है, जिसे अंग्रेजी में मिक्स्ड इकॉनामी कहते हैं। व्यक्तिगत प्रयत्नों को भी हम छूट देते रहे हैं, सार्वजनिक क्षेत्र को बढ़ाते जा रहे हैं, उसके लिए विदेशों से आर्थिक सहायता भी प्राप्त कर रहे हैं, कर्जा भी ले रहे हैं। हम कोई ऐसा कदम उठाने की गलती नहीं कर सकते, जिसका मनोवैज्ञानिक असर देश में और देश के बाहर खराब हो। जैसा मैंने पहले निवेदन किया, या तो हम व्यक्तिगत प्रयत्नों को खत्म कर दें—लेकिन उसके साथ—विदेशी पूंजी का सवाल भी जुड़ा हुआ है। मैं इतनी मात्रा में विदेशी पूंजी लगाकर आर्थिक विकास करने के हक में नहीं हूं। जो भी योजनाएं विदेशी कर्जे पर, विदेशी सहायता पर निर्भर करती हैं, उनके लिए बैंकों के राष्ट्रीयकरण का कदम क्या देश में पूंजी एकत्र करने का वातावरण बनाएगा, जिसकी आज आवश्यकता है? पूंजी हमारी नई बहू की तरह से कुछ शरमाती है, कुछ लजाती है, कुछ घबराती है। मैं चाहता हूं वह खुलकर मैदान में आए। क्या बैंकों के राष्ट्रीयकरण का कदम उस लजाती, शरमाती हुई पूंजी को और भी पर्दे के भीतर नहीं ढकेल देगा? हम विदेशी सहायता पर भी निर्भर करते हैं। कम्युनिस्ट पार्टी की बात मैं समझ सकता हूं—वे तो तेल कंपनियों का राष्ट्रीयकरण चाहते हैं, वे तो मित्र देशों के साथ हमारे संबंध, आर्थिक क्षेत्र में, अन्य क्षेत्रों में, कठिनाई में डालने का प्रयत्न कर सकते हैं।

श्री शीलभद्र याजी अखबारों के राष्ट्रीयकरण की बात कर सकते हैं तो फिर पार्लियामेंट भंग कर दीजिए, विरोधी दलों पर रोक लगा दीजिए। फिर समाजवाद का नाम मत लीजिए, अधिनायकवाद की बात करिए। ऐसा नहीं हो सकता कि हम राजनीतिक क्षेत्र में लोकतंत्र पर चलें और आर्थिक क्षेत्र में सारे साधन, सारे अधिकार, शासन के हाथ में रख दें। इसलिए मध्यम मार्ग का अवलंबन करना होगा, और मध्यम मार्ग का तकाजा है कि हम कोई चरमपंथी कदम न उठाएं। विकास के लिए हमें अधिक पूंजी चाहिए जबकि यह कदम उस प्रगति के निर्माण में बाधक बनेगा, विदेशों में हमारी साख को घटाएगा और हमारी विकास की गति को मंद करेगा। आवश्यकता विकास की गति को बढ़ाने की है, और शायद जो इस प्रस्ताव का समर्थन करते हैं, उनका उद्देश्य भी यह है कि विकास की गति बढ़े। लेकिन परिणाम उल्टा होगा। उद्देश्य कुछ भी हो, काम की सफलता की कसौटी उसके परिणाम से आंकी जाएगी। जहां तक परिणाम का संबंध है, इस बारे में दो राय नहीं हो सकतीं।

जो बैंक व्यक्तिगत कब्जे में हैं, उन्होंने भी सेवा की है, उनका रुपया भी उद्योग और व्यापार में लगा है, कल-कारखानों में लगा है, और उन्होंने लोगों में रुपया जमा करने की आदत डाली है। वे गांव-गांव तक रुपया जमा करने की व्यवस्था को ले गए। १९५२ में २६७१ ऑफिस थे और १९६२ में ४८११ ऑफिस रुपया जमा करने के हो गए। रुपया जमा करनेवाले १९५२ में ३२ लाख थे, अब उन खातों की संख्या ६५ लाख हो गई है। यह रुपया आम आदमी का है और हिस्सेदार भी आम आदमी हैं। अगर कहीं पूंजी का संग्रह हो रहा है तो उसको रोकना चाहिए, लेकिन उसके लिए इस तरह का कदम जो आर्थिक विकास की गति को रुद्ध करे, सरकार के हाथ में असीम अधिकार रखे, मनोवैज्ञानिक दुष्परिणाम पैदा करे, उसकी आवश्यकता नहीं है। यह कदम आज वांछनीय नहीं है। विचारधारा की कसौटी पर इस प्रश्न को नहीं देखा जाना चाहिए। एक ही कसौटी है और वह व्यवहार की कसौटी है और उस कसौटी पर कसेंगे तो इस परिणाम पर पहुंचेंगे कि यह कदम आज की स्थिति में न आवश्यक है और न वांछनीय है। धन्यवाद।

दिल्ली बिक्री कर विधेयक दोषपूर्ण

उपाध्यक्ष महोदय, दिल्ली के संबंध में इस सदन में कोई भी विधेयक प्रस्तुत किया जाए, उसकी रचना में पर्याप्त सावधानी की आवश्यकता है। दिल्ली एक केंद्र-शासित प्रदेश है, जिसमें जनता द्वारा चुनी हुई विधानसभा नहीं है, और यह संसद ही केवल ऐसा स्थान है कि जहां दिल्ली की भावनाओं का सही प्रतिनिधित्व होना चाहिए, और सभी परिणामों का विचार करके किसी कानून का निर्माण किया जाना चाहिए। यह खेद की बात है कि दिल्ली से संबंधित इस महत्वपूर्ण विषय पर जब विचार किया जा रहा है, तो दिल्ली से निर्वाचित हमारे एक माननीय सदस्य को छोड़कर शायद अन्य सदस्य सदन में उपस्थित रहने का समय नहीं पा सके।

चौ. रणवीर सिंह (रोहतक) : उन्हें पता नहीं है।

श्री वाजपेयी : इसलिए यह और भी आवश्यक है कि इस विधेयक को पास करने में कोई जल्दबाजी न की जाए और हम सब प्रकार की संभावनाओं पर विचार करें। दिल्ली के संबंध में इस बात का भी ध्यान आवश्यक है कि व्यापार और उद्योग की दृष्टि से दिल्ली की एक विशेष स्थिति है। कहने को तो यह केंद्र-शासित प्रदेश है, किंतु यह क्षेत्र बहुत ही छोटा है। इसकी सीमाएं पड़ोसी राज्यों से लगी हुई हैं और राजनीतिक रेखाओं के बावजूद व्यापार तथा वाणिज्य का प्रवाह इन सीमाओं को तोड़कर चलता है और बड़ी संख्या में खरीदार दिल्ली आते हैं। दिल्ली उन सबके लिए एक मंडी बन गई है और उन्हीं के भरोसे दिल्ली की आर्थिक समृद्धि चलती है। कोई ऐसा कदम जो दिल्ली के व्यापार पर प्रतिकूल प्रभाव डाले, बहुत ही घातक होगा। इसलिए केवल पंजाब की ओर ही नहीं देखना है, तो दिल्ली से लगा हुआ उत्तर प्रदेश का राज्य, उसके भिन्न नियमों और वहां चलनेवाले कानून, उन सबको दृष्टिगत रखकर हमें किसी प्रकार के अधिनियम की रचना करनी चाहिए।

मैं माननीय मंत्री जी से यह जानना चाहूंगा कि इस विधेयक को इस सदन में उपस्थित करने से पहले क्या उन्होंने दिल्ली प्रदेश की जो सलाहकार समिति है, उससे इस संबंध में परामर्श किया है? मैंने अभी कहा है कि दिल्ली में विधानसभा नहीं है। लेकिन एक सलाहकार समिति का निर्माण किया गया है, जिसमें सभी दलों और वर्गों को प्रतिनिधित्व प्राप्त है। दिल्ली के संबंध में हम कोई

** बिक्री कर (दिल्ली) संशोधन विधेयक पर लोकसभा में ३० अप्रैल, १९५९ को ध्यानाकर्षण।*

भी कानून लाएं, हमें इस परंपरा का निर्माण करना चाहिए कि उस सलाहकार समिति से यदि औपचारिक रूप से नहीं तो अनौपचारिक रूप से राय लें और उस राय को पूरा वजन दिया जाए, और उस राय की रोशनी में कानूनों को विधेयकों के रूप में इस सदन के सम्मुख उपस्थित किया जाए। मैं इस संबंध में माननीय मंत्री महोदय से यह जानना चाहूंगा कि सलाहकार समिति की राय इसमें ली गई है या नहीं ली गई है? अगर ली गई है, तो इस विधेयक की वर्तमान धाराओं के संबंध में उसका क्या मत है?

इस बात से इन्कार नहीं किया जा सकता कि बिक्री कर मूलतः एक प्रतिक्रियावादी स्वरूप का कर है, जिसका भार उपभोक्ताओं पर प्रमुख रूप से पड़ता है। नाम तो बिक्री कर है, किंतु व्यवहार में यह खरीद कर बन जाता है जिसका सीधा भार खरीदनेवाले पर पड़ता है। इसीलिए देश में निरंतर यह मांग की जाती रही है कि जो जीवन की आवश्यक वस्तुएं हैं, वे बिक्री कर से मुक्त होनी चाहिए।

दूसरी बात यह है कि बिक्री कर एक स्थान पर लगना चाहिए। तीसरी बात यह है कि बिक्री कर के संचय की पद्धति इतनी सरल होनी चाहिए कि जिसमें कर-वंचन के लिए और शासन के कर्मचारियों के भ्रष्टाचार के लिए स्थान न रहे।

इन कसौटियों पर यदि इस विधेयक को कसें तो थोड़ी सी निराशा होती है।

उपाध्यक्ष महोदय, मुझे यह कहने में संकोच नहीं है कि इस विधेयक की केवल एक बात को छोड़कर जिसमें समाचारपत्रों से बिक्री कर हटाने की व्यवस्था की गई है, बाकी समस्त धाराओं से मेरा विरोध है। समाचारपत्रों से बिक्री कर हटाने का मैं स्वागत करता हूं क्योंकि यह मूलतः गलत है कि समाचारपत्रों पर बिक्री कर लगाया जाए। अन्य राज्यों में यह बिक्री कर नहीं है। अभी तक यह यहां दिल्ली में लगता रहा, यह गलत था। उस गलती को सुधारा जा रहा है, यह उचित बात है। अब यदि समाचारपत्रों के मूल्य बढ़े हुए हैं जैसा कि अभी तर्क दिया गया है, तो उसका कारण बिक्री कर नहीं है, उसका कारण सूचना तथा प्रसारण मंत्रालय की असफलता है कि वह प्राइस पेज शेड्यूल अभी तक लागू नहीं कर सका है। अगर अखबारों के पृष्ठों की संख्या और उनके मूल्य शासन निर्धारित कर दे तो इस बात का कोई खतरा नहीं रहेगा कि अखबारों के पाठकों से उसका अधिक दाम लिया जा सकता है। लेकिन सरकार अभी तक इस संबंध में कोई अंतिम निर्णय नहीं कर सकी है, परिणाम यह है कि ग्राहकों से अधिक दाम लिया जा रहा है और छोटे अखबार बड़ों की तुलना में एक अस्वास्थ्यकर प्रतिद्वंद्विता के शिकार बने हुए हैं।

जहां तक अन्य धाराओं का संबंध है, इस विधेयक में दो पैसे से चार नए पैसे और कुछ सामग्री पर सात प्रतिशत टैक्स लगाने की बात कही गई है। मेरा निवेदन है कि आप कर कितना बढ़ाते हैं, यह इतना महत्वपूर्ण नहीं है। लेकिन कर बढ़ाते हैं, यह तथ्य आज की हमारी जो अर्थव्यवस्था है, उसमें अगर एक नए पैसे का भी टैक्स बढ़ाया जाए तो वह सारी अर्थव्यवस्था पर बुरा परिणाम डालता है। बाजार में एक हवा चल जाती है कि टैक्स बढ़ गया है, जिसका दुष्परिणाम उपभोक्ता को भोगना पड़ता है। जो अर्थव्यवस्था है, वह हमारी-आपकी बनाई हुई है और आप उससे इन्कार नहीं कर सकते। जिन चीजों पर ७% कर लगाने की बात कही गई है, उनकी लंबी सूची में अनेक वस्तुएं ऐसी हैं जो जीवनोपयोगी हैं, प्रत्यक्ष रूप से नहीं तो अप्रत्यक्ष रूप से; और जिन पर बढ़े हुए टैक्स का भार साधारण आदमी को वहन करना होगा। मै समझता हूं कि उस सूची का फिर से निरूपण किया जाना चाहिए और उसको और भी छोटा करने का प्रयत्न होना चाहिए।

दूसरी बात जिस पर विवाद हो रहा है, यह है कि दिल्ली के चीफ कमिश्नर को यह अधिकार होगा कि धारा ५(ए) के अंतर्गत वह किसी भी एक स्थान पर कर लगाने का निर्देश दे दें। अब इसकी दो व्याख्याएं की गई हैं। शायद माननीय मंत्री जी यह कहना चाहेंगे कि ५(ए) के अंतर्गत चीफ कमिश्नर ऐसा ही आदेश दे सकता है, जिसके अनुसार एक ही स्थान पर टैक्स लगे।

श्री ब.रा. भगत : इरादा यही है।

श्री वाजपेयी : लेकिन मैं उनका ध्यान ५(बी) की तरफ दिलाना चाहता हूं, जहां पर यह लिखा हुआ है :

"यह सिद्ध करने का दायित्व डीलर पर है कि उसके द्वारा बेचे गए सामान पर बिक्री कर लगाने की आवश्यकता नहीं है।"

मैं समझता हूं कि इस तरह की छूट देना और व्यापारी से यह कहना कि वह प्रमाणित करे कि उस पर एक ही स्थान पर टैक्स लगना चाहिए, यह तो एक दरवाजा खोल देता है उसको पकड़ में लाने का। इसमें ध्वनि यह निकलती है कि जो कर-संचय करते हैं, संभव है, उनका यह मत हो कि एक से अधिक स्थान पर कर लगना चाहिए। अगर वे कोई इस तरह की सिफारिश करते हैं तो यह व्यापारी का काम होगा कि वह अदालतों का दरवाजा खटखटाए और यह प्रमाणित करे कि कर एक से अधिक स्थान पर नहीं लगना चाहिए। मैं समझता हूं अगर माननीय मंत्री जी अपने दिमाग में बिल्कुल साफ हैं कि एक ही स्थान पर टैक्स देना होगा, तो इस ५ (बी) की उपयोगिता क्या होगी, ५(बी) को निकाल दिया जाना चाहिए। अगर आप कोई दुविधा पैदा करना नहीं चाहते और व्यापारी को मुकदमेबाजी से बचाना चाहते हैं और आपकी मंशा यह नहीं है कि एक से अधिक स्थान पर टैक्स लिया जाए क्योंकि लिया भी नहीं जाना चाहिए, तो मेरा निवेदन है कि ५ (बी) की इस विधेयक में कोई आवश्यकता नहीं है।

श्री ब.रा. भगत : सफाई के तौर पर मैं यह कहना चाहता हूं कि कानून और सरकार का जहां तक ताल्लुक है, यह बिल्कुल साफ है कि एक प्वाइंट पर टैक्स लगेगा। जहां तक ५(बी) का ताल्लुक है...

उपाध्यक्ष महोदय : बिल्कुल ही न लगे, उससे लेना ही नहीं चाहिए न कि एक प्वाइंट पर लिया जाए या दो प्वाइंट्स पर लिया जाए। इनके मुताबिक ५(बी) का अर्थ यह है कि वह अगर कहे कि मुझसे बिल्कुल नहीं लेना चाहिए, किसी जगह भी नहीं लेना चाहिए, तो जिम्मेदारी उस पर आए।

श्री वाजपेयी : दो जगह पर लेने के लिए इसको काम में नहीं लाना चाहिए। अगर आप जो कहते हैं वह सही है, तो फिर आपत्ति का कोई कारण नहीं है।

व्यापारियों के बहीखाते

एक बात यहां कही गई है कि व्यापारियों को बहीखाते ३० दिन तक रखने का जो अधिकार दिया गया है, उसका दुरुपयोग हो सकता है। इससे तो कोई इन्कार नहीं करेगा कि व्यापारियों के बहीखाते देखे जाएं, आवश्यकता पड़े तो उनको उपयोग में भी लाया जाए, किंतु धारा १२ के अंतर्गत जो अधिकार दिया गया है वह बड़ा व्यापक है, और बिक्री कर के संबंध में यदि कोई शिकायत आती है तो वह प्रमुख रूप से यही है कि कानून का दुरुपयोग किया जाता है। इस प्रकार का कोई शस्त्र हम सरकार के हाथ में रख दें जो व्यापारियों के विरुद्ध चलाया जा सके, मैं समझता

हूं कि यह ठीक नहीं होगा।

बिक्री कर की चोरी न हो और बिक्री कर के वसूल करने में कर्मचारियों को मनमानी करने का मौका न मिले, इस दृष्टि से भी जो संरक्षण मिलने चाहिए थे, वे इस विधेयक में दिए नहीं गए हैं। अनेक व्यापारी ऐसे हैं जो अनपढ़ हैं, हिसाब-किताब नहीं रख सकते। अब अगर १०,००० रु. तक उनकी आमदनी है तो उन्हें अपने को रजिस्टर कराना होगा। हिसाब-किताब रखना होगा। अगर वह स्वयं हिसाब-किताब नहीं रख सकते तो वे दूसरे आदमी नियुक्त करें, और उसके बाद भी वे सेल्स टैक्स इंस्पेक्टर की दया पर निर्भर करें, ऐसा दिखाई देता है।

सेल्स टैक्स इंस्पेक्टर का हौआ

मैंने बाजारों में देखा है, जब सेल्स टैक्स इंस्पेक्टर आते हैं तो दुकानदार दुकान छोड़कर भाग जाते हैं कि अरे भाई, आया-आया, जैसे कोई बड़ा भारी हौआ आ रहा है। अब अगर आपको टैक्स लेना है तो आप लीजिए, लेना चाहिए, लेकिन एक अनिश्चितता की भावना व्यापारियों में पैदा करें जो उन्हें टैक्स चुराने के लिए प्रेरित करे और सरकारी कर्मचारियों को भ्रष्टाचार का मौका दे, यह ठीक नहीं है। मैं समझता हूं कि बिक्री कर से आपको बचना है तो व्यापारी आपको रास्ता बता देगा। वह कैशमेमो काटकर आपको नहीं देगा, और बिना बिक्री कर दिए आप घड़ी ले आइए। इस तरह से घड़ी पर बिक्री कर लगाने का अर्थ क्या है? बिना कैशमेमो काटे हुए व्यापारी बेईमान बन रहा है, और दुर्भाग्य से कानून ऐसा है जो उसे इस बात की प्रेरणा देता है। व्यापारी इतना कुशल है कि वह खरीदार को इस अप्रामाणिकता के लिए प्रेरित कर रहा है। ऐसी अवस्था में जो सरकारी कर्मचारी हैं, उनकी पांचों उंगलियां घी में हैं।

मैं समझता हूं कि देश के भिन्न-भिन्न भागों में जिस तरह से बिक्री कर जारी किया गया है, उसकी वसूली की जो पद्धति है, वह दूषित है। उस पद्धति की रोशनी में, हम आशा करते थे कि भारत की लोकसभा में कोई विधेयक उपस्थित किया जाएगा, जिसमें कि सब दोषों का निराकरण कर दिया जाएगा और दिल्ली की आवश्यकताओं के अनुरूप विधेयक प्रस्तुत किया जाएगा। लेकिन यह विधेयक अपने वर्तमान रूप में दिल्ली की आवश्यकताओं को पूरा नहीं करता। पुराने अनुभवों से इसमें लाभ नहीं उठाया गया है और दिल्ली की विशेष स्थिति का बिना ध्यान रखे हुए यह विधेयक लाया गया है जो कि उद्योग और व्यापार में कठिनाइयां पैदा करेगा, व्यापारियों को अप्रामाणिकता की ओर प्रेरित करेगा और सरकारी कर्मचारियों को भ्रष्टाचार का अवसर मिलेगा। मुझे इस विधेयक को देखकर बड़ी निराशा हुई है। मैं समझता हूं कि सरकार को इस पर अभी थोड़ा और विचार करना चाहिए। धन्यवाद।

उपहार कर उपहास कर न बने

उपाध्यक्ष महोदय, प्रधानमंत्री ने अंतर्कालीन वित्त मंत्री के रूप में जो गिफ्ट टैक्स लागू करने का प्रस्ताव रखा था, कुछ अपवादों को छोड़कर, सभी ने उसका स्वागत किया था। गत वर्ष से हमने जिस कर पद्धति का अवलंबन किया है उसमें दान कर या उपहार कर को एक आवश्यक अंग के रूप में स्वीकार किया गया है। अच्छा होता यदि गत वर्ष ही व्यय कर और सम्पत्ति कर के साथ हम उपहार कर को भी लाते। लेकिन देर से ही सही, यह कदम सही दिशा में उठाया गया है और इसीलिए प्रायः सभी ने इसका स्वागत किया है।

लेकिन विधेयक का जो रूप हमारे सामने आया है, उसमें कई कमियां हैं, कई खामियां हैं और मुझे विश्वास है प्रवर समिति उस पर गंभीरता से विचार करेगी। कोई भी धनवान या पूंजीपति सरकार को टैक्स अदा न करे या दूसरे शब्दों में चोरी करे, उसे रोकने के लिए जो भी कदम संभव हों, उठाए जाने चाहिए। लेकिन उसमें इस बात का ध्यान रखना आवश्यक है कि उस कर का जाल इतना चौड़ा और लंबा न फैलाया जाए कि उसमें ऐसे लोग भी फंस जाएं जिन्हें फंसाने का शायद हमारा भी इरादा नहीं है।

सबसे पहले विधेयक के अंतर्गत जो एग्जेम्पशन दी गई हैं, उनकी ओर मैं आपका ध्यान दिलाना चाहता हूं। अभी अनेक माननीय सदस्यों ने इस बात का उल्लेख किया है कि देश में अनेक ऐसी संस्थाएं चलती हैं, विद्यालय हैं, अस्पताल हैं, जो किसी एक संप्रदाय तक भले ही सीमित हों किंतु जिनका उद्देश्य जनहित का है और वे अपने ढंग से राष्ट्र के निर्माण में योग देना चाहती हैं। इस संबंध में इंडियन इन्कमटैक्स एक्ट की जो १५-बी की धारा है, वह एक ही संप्रदाय तक सीमित है, दातव्य संस्थाओं को अपने में शामिल नहीं करती है। अभी यहां पर सैक्युलरिज्म का नाम लिया गया है। मैं समझता हूं सारा देश इस बात से सहमत है कि राजनीति में मजहब का समावेश नहीं किया जाना चाहिए। लेकिन यदि चैरिटेबल इंस्टीट्यूशंस हैं और भले ही वे एक वर्ग या समाज के एक भाग तक सीमित हों, उनको दिए गए दान के ऊपर किसी प्रकार का टैक्स लगाना आज की परिस्थिति में उचित नहीं है और इस इन्कमटैक्स विधेयक के अंतर्गत ऐसी संस्थाओं का भी समावेश किया गया है। जो इन्कमटैक्स एक्ट में व्यवस्था है, उसके अनुसार यदि

** उपहार कर विधेयक पर लोकसभा में २४ अप्रैल, १९५८ को ध्यानाकर्षण।*

कोई संस्था केवल एक संप्रदाय तक सीमित है, तो उसे १५-बी के अंतर्गत मिलनेवाली छूट नहीं मिलेगी। मैं समझता हूं इस विधेयक में इस तरह का संशोधन किया जाना चाहिए, जिससे कि सभी प्रकार की दातव्य संस्थाएं उसके अंतर्गत आ सकें।

सौ रुपए से ऊपर का दान गिफ्ट टैक्स में आना ठीक नहीं

इस संबंध में मेरा एक निवेदन है कि सौ रुपए से अधिक जो भी व्यक्ति दान करेगा, उसके ऊपर यह गिफ्ट टैक्स लागू किया जाएगा। कई सज्जन ऐसे हैं जो विद्यार्थियों को शिक्षा के लिए उन्हें प्रतिवर्ष सहायता देते हैं और शिक्षा का खर्चा जिस गति से बढ़ रहा है, उसको देखते हुए सौ रुपए की सीमा निर्धारित करना न्यायोचित नहीं कहा जा सकता। वह तो एक विद्यार्थी की एक वर्ष की पढ़ाई की फीस भी नहीं होगी। मैं समझता हूं कि इस विधेयक के द्वारा हम कोई ऐसा काम न करें जिससे देश की जनता में हजारों वर्ष के संस्कारों के कारण दान देने की जो प्रवृत्ति है, उसको चोट लगे। यह ठीक नहीं होगा। अन्य देशों से विपरीत हमने एक ऐसी समाज-व्यवस्था, ऐसी अर्थ-रचना का विकास किया था जिसमें सब बातों के लिए शासन पर निर्भर रहना आवश्यक न हो और व्यक्ति एक-दूसरे की तथा समाज की अपने आप सहायता करे। यदि इस गिफ्ट टैक्स का परिणाम यह हुआ कि हमारे देश में जो दान देने की पुरानी पद्धति चली आ रही है, उसको कुछ आघात लगे तो मैं नहीं समझता कि विधेयक के निर्माताओं का जो उद्देश्य है, वह उससे पूरा होगा।

शादियों के संबंध में जो उपहार दिए जाते हैं, उनकी भी यहां चर्चा की गई है। इसके बारे में इस विधेयक में यह लिखा है :

"महिला रिश्तेदार जीवन की अनिवार्य आवश्यकताओं और अपने विवाह के समय उस पर निर्भर करती है।"

मैं समझता हूं इस दायरे को बहुत संकीर्ण बना दिया गया है। ऐसी भी लड़कियां हो सकती हैं जो शादी के समय अपनी आजीविका कमाने के लिए छोटा सा काम करती हों और पूरी तरह से इस शब्दावली के अनुसार जो व्यक्ति उन्हें उपहार देनेवाला है, उस पर निर्भर न करती हों—कुछ अंशों में तो निर्भर करती हों—उनके लिए इस विधेयक में जो व्यवस्था की गई है, उसके अनुसार इस प्रकार की जो लड़कियां हैं, वे भी गिफ्ट प्राप्त करने से वंचित हो जाएंगी या अगर उन्हें गिफ्ट दिए जाएंगे तो देनेवाले को टैक्स देना पड़ेगा, जिससे वह बचना चाहेगा। इसलिए मेरा निवेदन है कि आजीविका कमाने या छोटा सा काम करने या पार्टटाइम काम करने और उससे थोड़ी सी आय प्राप्त करने को इसमें शामिल नहीं किया जाना चाहिए, और उसके लिए पूरी छूट दी जानी चाहिए।

इस विधेयक के सेक्शन ४ में कुछ ट्रांजेक्शंस का जिक्र किया गया है जिनके ऊपर यह गिफ्ट टैक्स लागू होगा और उसमें आगे चलकर कहा गया है, जिसका अभिप्राय यह है कि यदि कोई व्यक्ति किसी दूसरे व्यक्ति को कर्जा दे और कुछ कारणों से उस कर्जे को पूरी तरह से वसूल न कर सके और परेशान होकर यह फैसला कर ले कि कर्जा मैंने छोड़ दिया, क्योंकि मैं वसूल नहीं कर सकता या जिससे वसूल किया जाना है, उसकी स्थिति ऐसी है कि उससे अब लेना संभव नहीं है तो इस प्रकार की जो भी छूट दी जाएगी कर्जे में, उसके ऊपर छूट देनेवाले को गिफ्ट टैक्स देना पड़ेगा। इसका अर्थ यह है कि जो कर्जदार है और जो कर्ज देनेवाला है, उन दोनों के बीच हम मुकदमेबाजी को प्रोत्साहन देंगे और अगर मुकदमेबाजी के बाद भी कर्जा नहीं मिलेगा तो

उस स्थिति में जो अफसर होगा, वह निर्धारण करेगा कि कितना गिफ्ट टैक्स दिया जाना चाहिए। उसकी मर्जी के ऊपर छोड़ दिया गया है कि वह इस बात को देखे कि कर्जा पूरी तरह से वसूल हो सकता है या नहीं हो सकता है। मैं समझता हूं यह डिस्क्रीशन काफी बड़ा है, इसका दुरुपयोग हो सकता है और यह भी संभव है कि कर्जे की जो रकम छोड़ दी जाए, उसके बारे में अफसर का यह मत हो कि तीन-चौथाई रकम तो ठीक छोड़ी गई है, मगर एक-चौथाई ठीक तरह से नहीं छोड़ी गई है, और उसके ऊपर गिफ्ट टैक्स लिया जाए। मैं समझता हूं कि विधेयक में यह संशोधन होना चाहिए कि अगर कर्जा या इस प्रकार के और भी कोई ट्रांजेक्शन कोई व्यक्ति अगर छोड़ना चाहता है और जिसके लिए उनको छोड़ा जा रहा है, वह उस परिवार का नहीं है या उस व्यक्ति से संबंधित नहीं है, जिससे यह प्रकट हो कि उसकी नियत टैक्स को इवेड करने की है, तो उसको मजबूर नहीं किया जाना चाहिए गिफ्ट टैक्स देने के लिए।

इस संबंध में प्रवर समिति गंभीरता से विचार करे, इस बात की आवश्यकता है।

विधेयक में एक और भी व्यवस्था की गई है। अगर कोई व्यक्ति बैंक में ज्वाइंट एकाउंट रखे, और अगर जिसके नाम रखा, संयुक्त रूप से, वह उसकी पत्नी हो, और अगर पत्नी उस ज्वाइंट एकाउंट में से कुछ रुपया निकाले, चाहे वह रुपया घर के कामकाज के लिए ही निकाला जाए, तो उस धन राशि को उसके पति द्वारा, गिफ्ट टैक्स के अंतर्गत लगाया समझा जाएगा। अब उसमें एक यह व्यवस्था की गई है कि १ अप्रैल, १९५७ से इस तरह की जितनी ज्वाइंट टेनेंसी या बैंक एकाउंट्स हैं, उनके ऊपर यह विधेयक लागू होगा। अधिनियम में परिवर्तन होने के बाद में मैं समझता हूं कि इसे रिट्रास्पेक्टिव एफेक्ट देने की जरूरत नहीं है। अब तो यह विधेयक पास हो रहा है और ऐसे पति-पत्नियों को, जो एक ही बैंक में एकाउंट एक साथ रखते हैं, चेतावनी मिल गई है। वह तो अब अलग-अलग एकाउंट खोलेंगे। मगर पिछले एक साल तक जिन्होंने साथ-साथ रखा, वे किसी कठिनाई में न पड़ें, इस दृष्टि से बिल में संशोधन १ अप्रैल, १९५८ या १ मई, १९५८ से विधेयक की इस धारा को लागू किया जाना चाहिए।

प्रलोभन आकर्षक है

लोग जल्दी से टैक्स अदा करें, इसके बारे में विधेयक में रिबेट ऑन एडवांस पेमेंट की जो व्यवस्था की गई है वह बहुत अच्छी है, और उसका सभी लोगों ने स्वागत किया है। यदि अन्य टैक्सों के संबंध में भी इसी तरह का कोई आकर्षण हम लोगों के लिए पैदा कर सकें कि वे जल्दी से अपने टैक्स अदा करें और उनको कोई छूट दी जाए तो मैं समझता हूं कि उससे टैक्स की अदायगी में जल्दी होगी। लेकिन इस संबंध में भी मेरी दो आपत्तियां हैं। यह हो सकता है कि जो टैक्स आफिसर्स हैं, वे असेसमेंट करने में एक साल से ज्यादा समय लगाएं, और जिन कार्यों के लिए एडवांस दिया जाएगा उनके बारे में असेसमेंट में अधिक समय लगाने की प्रवृत्ति भी हमें दिखती है, जैसा कि इन्कमटैक्स की वसूली के समय होता है। ऐसी स्थिति में रिबेट की अदायगी में बहुत कम आकर्षण बाकी नहीं रह जाता।

एक दूसरी बात है, यदि कोई व्यक्ति ५०,००० रु. की गिफ्ट दे तो ४% के हिसाब से २००० रु. टैक्स हुआ और यदि वह एडवांस पेमेंट दे तो १००, २०० रु. का लाभ होगा। मैं समझता हूं कि यह काफी बड़ा लाभ है और लोग जल्दी से टैक्स की अदायगी करना चाहेंगे। लेकिन अगर कोई व्यक्ति २ लाख रु. की गिफ्ट दे तो १५% के हिसाब से उसे ३०,००० रु. टैक्स देना होगा,

लेकिन बिल के अनुसार वह केवल १६,००० एडवांस रुपया जमा करा सकता है, जिसका मतलब यह है कि उसे सिर्फ १६०० रु. का रिबेट मिलेगा। मैं समझता हूं कि यह रिबेट की राशि कम है। वे अगर अपना रुपया बाहर लगाएंगे तो उसके बदले में उन्हें जो प्राप्त होगा, इससे कहीं अधिक होगा। इस संबंध में भी जो आदमी गिफ्ट पानेवाले हैं, उनको भी जल्दी से जल्दी पेमेंट करने का आकर्षण हो सके, इसलिए कुछ संशोधन की आवश्यकता प्रतीत होगी।

...और वसूली

अंतिम बात इस टैक्स की वसूली के संबंध में है। जो भी आयकर, संपत्ति कर या व्यय कर की वसूली के बारे में व्यवस्था की गई है, वही इस पर भी लागू होगी। इसका अर्थ यह है कि जो भी कर्मचारी हैं, अधिकारी हैं, उनके ऊपर काफी बोझ पड़ेगा और इस कारण वसूली में अनेक प्रशासनिक कठिनाइयां खड़ी होंगी, जिनकी ओर टैक्सेशन इंक्वायरी कमीशन ने भी अपनी रिपोर्ट में ध्यान आकृष्ट किया था। वे कठिनाइयां आज भी अनुभव में आएंगी। इस विधेयक के अंतर्गत यह अनुमान किया गया है कि सरकार को ३ करोड़ रु. प्रति वर्ष की प्राप्ति होगी। मैं समझता हूं कि यह अनुमान अधिक है और ताज्जुब नहीं होगा, अगर एक वर्ष के बाद हम यह रकम काफी घटी हुई पाएं, जैसा कि अन्य टैक्सों के बारे में हुआ है। लेकिन यदि वस्तुतः ३ करोड़ रु. प्राप्त होता है तो जो सरकार ने इस टैक्स की वसूली के खर्च की व्यवस्था की है, वह ८ लाख रु. की है। मैं समझता हूं कि टैक्स वसूल करनेवाले कर्मचारी और अधिकारी अच्छी तरह से अपने कर्तव्य का पालन कर सकें, इस दृष्टि से यदि उनकी कार्यक्षमता को बढ़ाने के लिए उन्हें कुछ अधिक सुविधाएं दी जाएं तो यह उचित होगा। उनमें कार्य करने की आज जो कुशलता है, उसका हम अधिक उपयोग कर सकें और प्रामाणिकता से वे अपने दायित्व का वहन करें, इस दृष्टि से जो टैक्स वसूल करने का प्रशासन है, उसमें भी सुधार किए जाने चाहिए।

इन शब्दों के साथ सामान्य रूप से इस विधेयक को अपना समर्थन देते हुए मैं समाप्त करता हूं। धन्यवाद।

व्यय कर मितव्ययी भी बनाए

उपाध्यक्ष महोदय, इस विधेयक के मूल में जो उद्देश्य निहित है, मैं उसका समर्थन करता हूं। कोई भी व्यक्ति अनाप-शनाप व्यय करे, यह हमारी परंपरा और संस्कृति के विरुद्ध है। भारतीय संस्कृति मर्यादाओं में विश्वास करती है, और ये मर्यादाएं व्यक्तिगत व्यय पर भी लागू होनी चाहिए। जब कोई व्यक्ति अमर्यादित व्यय करता है तो समाज में उसके परिणामस्वरूप ऐसी प्रवृत्तियां पैदा होती हैं, जिनसे समाज का आधार ही हिल जाता है। इस दृष्टि से व्यय पर मर्यादा लगाई जाए, यह आवश्यक है।

इसके साथ ही हम राष्ट्र निर्माण के यज्ञ में भी लगे हैं। जो भी पंचवर्षीय योजना प्रस्तुत की गई है, उससे मैं पूर्णतया सहमत नहीं हूं, और मैंने इस बात को आपके सम्मुख रखा था कि उस योजना में देश के साधन-स्रोतों और जनता की टैक्सों को देने की सहनशक्ति को देखते हुए हेर-फेर होना चाहिए। मैं पिष्टपेषण नहीं करना चाहता, पिसे हुए को पीसना हमारा उद्देश्य नहीं है, किंतु फिर भी जो विकास योजनाएं हमने अपने हाथ में ली हैं वे सफल हों, यह हम सभी व्यक्ति चाहते हैं। राष्ट्र निर्माण का प्रश्न किसी पार्टी का प्रश्न नहीं है। आज सारा संसार भारत की ओर देख रहा है कि हम अपनी संपूर्ण शक्ति और क्षमता को एकत्र करके निर्माण योजनाओं को सफल बना सकते हैं या नहीं। इन योजनाओं के लिए हमें धन की आवश्यकता है, और व्यय कर वह धन प्राप्त करने में हमें सहायक होगा, इस दृष्टि से भी उसका स्वागत किया जाना चाहिए। किंतु, और इस 'किंतु' के बाद इस विधेयक के संबंध में जो मेरी आशंकाएं हैं, उन्हें मैं सदन के सम्मुख उपस्थित करना चाहता हूं।

स्वयं वित्त मंत्री महोदय ने अपने भाषण में यह स्वीकार किया है कि इस ढंग का कर इतिहास द्वारा अभी तक पुष्ट नहीं किया गया है। उनके शब्द हैं :

"यह कर लगाने का एक तरीका है, जिसके साथ कोई ऐतिहासिक अनुभव नहीं है।"

मैं अपने मित्र श्री भरूचा से सहमत नहीं हूं कि यदि यह टैक्स अन्य देशों में नहीं लगाया गया है तो यह कोई कारण नहीं है कि हम अपने देश में न लगाएं। हमें दूसरों की नकल करने की ही आवश्यकता नहीं है। हम अपनी अक्ल का भी प्रयोग कर सकते हैं। अन्य देशों में यह

** व्यय कर विधेयक पर लोकसभा में १७ जुलाई, १९५७ को ध्यानाकर्षण।*

टैक्स नहीं है, और केवल हम अपने देश में लगा रहे हैं, इससे कठिनाई पैदा हो सकती है। कल्पना कीजिए, कोई व्यक्ति इस टैक्स से बचने के लिए संपत्ति का संग्रह करता जाता है और संग्रह के बाद उसका व्यय करने के लिए दूसरे देश में चला जाता है। हमारा पड़ोसी देश है, हमारा ही एक अंग, नए राज्य के रूप में विद्यमान हो गया है। मैं निवेदन करूंगा कि इस संभावना पर गंभीरता से विचार किया जाना चाहिए। हमारा कोई नागरिक यहां संग्रह करे और किसी दूसरे देश में जाकर उसका व्यय करे, इस बात को रोकने की आवश्यकता है।

युद्ध काल में अमेरिका में एक्सपेंडिचर टैक्स लगाने के बारे में विचार हुआ था और प्रोफेसर फिशर ने उसके संबंध में कुछ सुझाव अमेरिकी सरकार के सम्मुख रखे थे। उस समय की अमेरिका की सरकार वर्तमान सरकार की तुलना में अधिक प्रगतिशील मानी जाती है। किंतु व्यावहारिक कठिनाइयों के कारण अमेरिकी सरकार ने प्रोफेसर फिशर के उस सुझाव को स्वीकार नहीं किया और अमेरिका में एक्सपेंडिचर टैक्स नहीं लगाया गया। मैं यह मानता हूं कि हमारी परिस्थिति अमेरिका से सर्वथा भिन्न है। किंतु टैक्स को लगाने में और वसूल करने में जो व्यावहारिक कठिनाइयां हैं, उनको हम दृष्टि से ओझल नहीं कर सकते। वित्त मंत्री महोदय ने अपने भाषण में इस बात को स्वीकार किया है कि टैक्स के लिए प्रभावशाली प्रशासनिक व्यवस्था होनी चाहिए।

अब इस बात की ओर ध्यान देना आवश्यक है कि क्या हम प्रभावशाली प्रशासनिक व्यवस्था का निर्माण कर सकते हैं? अभी जो अनुभव है इस दृष्टि से उत्साहवर्धक नहीं है, और मुझे आशंका है कि इसमें भविष्य में सुधार किया जा सकेगा। हमारे पास जो भी लोग हैं, उनसे हम अच्छी तरह से परिचित हैं। उनके हाथों में जब इस टैक्स को एकत्र करने के अधिकार रख दिए जाएंगे तो उससे परेशानियां नहीं होंगी, उत्पीड़न नहीं होगा, इसको विश्वासपूर्वक नहीं कहा जा सकता।

करदाता के परिवार की गोपनीयता भंग होगी

यह टैक्स व्यक्तिगत जीवन में, पारिवारिक जीवन में, उसकी पवित्रता में, उसके रहस्यों में राज्य को प्रवेश करने के लिए जितने विस्तृत अधिकार देता है, उससे सचमुच अंतःकरण में आशंकाएं उत्पन्न होती हैं। कैंब्रिज यूनिवर्सिटी के डॉ. ए.के. क्रेस्टर ने इस बात को स्पष्ट किया है। उन्होंने कहा है कि इस बात पर विचार होना चाहिए कि क्या राज्य को व्यक्तिगत जीवन में प्रवेश करने के इतने अधिकार दिए जाएं : "क्या सरकार के लिए यह सही होगा कि करदाता से उसकी गतिविधियों के बारे में जानकारी ली जाए।"

कर-संग्रह करने की हमारी जैसी प्रणाली है और जैसे व्यक्ति हैं, उनके द्वारा इसका दुरुपयोग न हो, इस बात की सावधानी रखना आवश्यक है। प्रोफेसर काल्डर ने स्वयं इस बात को स्वीकार किया है कि इस टैक्स को यदि लागू किया गया तो अंतरिम काल में अनेक कठिनाइयां खड़ी होंगी। हो सकता है कि जहां यह टैक्स लागू होनेवाला है, वहां लोग बैंकों में से अपनी संपत्ति को निकाल लें। इसलिए उन्होंने इस बात का संकेत दिया है कि संभव है कि जितने भी बैंकों के नोट चल रहे हैं, उन्हें हमको वापस लेना पड़े।

जो संकेत प्रोफेसर काल्डर ने दिया है, मैं नहीं समझता कि वित्त मंत्री महोदय इतना गंभीर कदम उठाने का विचार कर रहे हैं। ऐसा करना भी नहीं चाहिए। किंतु इस टैक्स के फलस्वरूप अंतरिम काल में जो भी कठिनाइयां उत्पन्नं होंगी, उनका विचार आवश्यक है।

मुझे यह देखकर सचमुच में खेद हुआ है कि टैक्स के अंतर्गत जम्मू और काश्मीर को समाविष्ट नहीं किया गया। कल जो संपत्ति कर-प्रस्ताव रखा गया था, उसमें जम्मू और काश्मीर को अलग नहीं किया गया था किंतु इस टैक्स के कार्यक्षेत्र में से जम्मू और काश्मीर को निकाल दिया गया है। मैं नहीं जानता कि किन विशेष कारणों से ऐसा किया गया है। यदि वहां संपत्ति कर लग सकता है, तो संपत्ति के व्यय पर कर क्यों नहीं लग सकता? मैं समझता हूं कि इस बात पर फिर से विचार किया जाना चाहिए। मैं आशा करता हूं कि प्रवर समिति जम्मू और काश्मीर के संबंध में कोई अंतर नहीं करेगी।

एक और महत्वपूर्ण बात, जिसकी ओर मेरे आदरणीय बुजुर्ग पंडित ठाकुर दास भार्गव ने ध्यान दिलाया है और जिसकी श्री भरूचा ने भी पुष्टि की है, उसकी ओर मैं वित्त मंत्री महोदय का ध्यान खींचना चाहता हूं। हिंदू संयुक्त परिवार की प्रणाली सामाजिक सुरक्षा की सबसे श्रेष्ठ पद्धति है, जिसे हमने युगों से कसौटी पर कसकर खरा पाया है। जब तक राज्य प्रत्येक बूढ़े के लिए, प्रत्येक विधवा के लिए, प्रत्येक अपाहिज के लिए भोजन, वस्त्र, निवास और चिकित्सा की व्यवस्था नहीं करता, तब तक संयुक्त हिंदू परिवार की प्रणाली सामाजिक सुरक्षा पद्धति के रूप में रखी जानी चाहिए। उसे तोड़ने का प्रयत्न नहीं होना चाहिए। काल-प्रवाह के कारण वह टूट रही है, इसे मैं स्वीकार करता हूं। किंतु उसे बचाने के बजाय, उसे दृढ़ करने के बजाय, हम इस प्रकार की अर्थनीति का अवलंबन करें जिससे वह संयुक्त परिवार की प्रणाली बिल्कुल ध्वस्त हो जाए, इससे मैं कदापि सहमत नहीं हूं। धन्यवाद।

उद्योग और कामकाजी वर्ग

एन.एम.टी.सी. में क्या हुआ?

अध्यक्ष महोदय, मेरे मित्र अर्जुन सिंह जी, मैं उन्हें मित्र मानता हूं, भले ही मेरे बारे में उनकी कुछ भी राय हो।

श्री अर्जुन सिंह : अध्यक्ष महोदय, मेरी राय इनके बारे में नहीं, इनके दल के बारे में है।

श्री वाजपेयी : अध्यक्ष महोदय, अब अर्जुन सिंह जी दलदल में फंस रहे हैं, उसमें से निकलना मुश्किल है।

अध्यक्ष महोदय, कल तक अर्जुन सिंह जी मंत्रिमंडल में थे, नंबर दो के स्थान पर विराजमान थे। यदि वे कोई मामला उठाते हैं तो स्वाभाविक है कि हम लोगों का ध्यान जाता है और यह भी आवश्यक है कि सरकार उसका संतोषजनक जवाब दे।...(व्यवधान) मैं संतोषजनक कह रहा हूं। संतोष मोहन देव नहीं कह रहा।...(व्यवधान)

अध्यक्ष महोदय, इस प्रश्न के साथ कुछ महत्वपूर्ण प्रश्न जुड़े हुए हैं। निजीकरण किया जा रहा है, इसका अर्थ क्या है? किन शर्तों पर निजीकरण होगा? अगर एन.एम.टी.सी. चलाने के लिए तैयार है और सरकार से धन भी नहीं मांगती, तो फिर उसे अवसर क्यों नहीं दिया गया? मध्य प्रदेश सरकार को सूचित क्यों नहीं किया गया? यह मामला मीडिया में, दूसरे सदन में, सार्वजनिक जीवन में चर्चा का विषय बना हुआ है। सरकार का यह दायित्व है कि सारे तथ्य सदन के सामने रखे, सदन को विश्वास में ले, देश को विश्वास में ले। पारदर्शी प्रामाणिकता की चर्चा होती है, मगर इस मामले में ऐसा लगता है कि कुछ पर्दा डाला जा रहा है, कुछ छिपाया जा रहा है, कुछ गोलमाल है, इसलिए गोलमटोल जवाब दिया जा रहा है।...(व्यवधान)

अध्यक्ष महोदय, मैं शरद.जी से कहूंगा कि वे मुझे न बोलने दें और मैं उन्हें न बोलने दूं और फिर खाली ये ही बोलें, यह तो ठीक नहीं।

श्री शरद यादव : मुझे समझ में नहीं आया, पीछे से आवाज आई थी।

श्री वाजपेयी : आप हमेशा पीछे की तरफ ध्यान मत दिया करो, आगे देखो, आगे।

अध्यक्ष महोदय, मैं समझता हूं कि इसका उत्तर जरूर मिलना चाहिए। सारे तथ्य प्रकाश में आ जाएं, सारा विवाद साफ हो जाए। अगर सरकार ने गलती की है, गलती कर रही है, उस गलती

** एन.एम.टी.सी के बारे में लोकसभा में १७ अगस्त, १९९५ को टिप्पणी।*

को सुधारने का मौका मिल रहा है और सरकार इस गलती को सुधारे। इसको प्रतिष्ठा का प्रश्न न बनाए। हमारे सामने सारे तथ्य नहीं हैं, लेकिन जो तथ्य अभी तक प्रकाश में आए हैं, वे सरकार को मुसीबत में डाल रहे हैं और यह सरकार का काम है कि वह तय करे कि वह मुसीबत में फंसना चाहती है या उसमें से निकलना चाहती है।

अध्यक्ष महोदय, एक सजेशन दिया गया है कि पब्लिक अकाउंट्स कमेटी सारे मामले को देख ले। आप भी इस तरह का संकेत दे सकते हैं। पहले ऐसा कई बार हो चुका है।

अध्यक्ष महोदय : वाजपेयी जी, मेरा मानना है आप सही हैं, लेकिन श्री अर्जुन सिंह जी ने सही रूप में प्रस्तुत किया है। पब्लिक अकाउंट्स कमेटी के अध्यक्ष इस मामले को किसी भी रूप में सुलझाने के लिए स्वतंत्र हैं। इसे लिया जा सकता है। इस समय मैं इसे किसी भी रूप में लूं, यह उचित नहीं होगा। इस बारे में हम एक फैसला लेते हैं। मुझे कोई आपत्ति नहीं है।

श्री वाजपेयी : सारे सदन की भावना को देखकर वे फैसला कर सकते हैं।

बिजली चाहिए; निजी क्षेत्र को लाइए

सभापति जी, इस विधेयक पर बोलने का मेरा कोई इरादा नहीं था, लेकिन जब मैंने देखा कि यह महत्वपूर्ण विधेयक श्री कल्पनाथ राय जी के द्वारा प्रस्तुत हुआ है, तो मुझे लगा कि मैं इसके लिए उन्हें बधाई जरूर दूंगा।

यह कहना ठीक है, जैसा हमारे मित्र अभी कह रहे थे कि एक नया सिलसिला शुरू हुआ है। ऐसा लगता है कि घड़ी की सुई पूरी घूम गई है। इसे आप कालचक्र कह सकते हैं। हम पहले कहते थे कि बिजली का उत्पादन, वितरण सरकार के हाथों में होना चाहिए, सार्वजनिक क्षेत्र में होना चाहिए, क्योंकि यह बुनियादी उद्योग है। बिजली पर अन्य उद्योग निर्भर करते हैं, अभी भी हैं, लेकिन अब आप उसमें निजी क्षेत्र को प्रवेश दे रहे हैं। यह आज तक के अनुभवों के परिणामस्वरूप किया जा रहा है। अगर बिजली सार्वजनिक क्षेत्र में ठीक तरह से उत्पादित होती तो उसका सही वितरण होता और आज देश बिजली के संकट से ग्रस्त न होता। बिजली के उत्पादन में निजी क्षेत्र का प्रवेश होने दिया जाए, यह मांग तो बहुत पहले से चली। लेकिन इस मांग को स्वीकार नहीं किया गया। लेकिन स्थिति ऐसी आ गई है कि अब इसके अलावा कोई और रास्ता नहीं है। प्रदेशों के बिजली उत्पादन केंद्र घाटे में चल रहे हैं। क्षमता से कम उत्पादन कर रहे हैं। वितरण में बड़े पैमाने पर चोरी हो रही है और कई प्रदेश इस समय बिजली के संकट से ग्रस्त हैं।

मैं उत्तर प्रदेश की बात कहना चाहता हूं और विशेष रूप से मैं इसीलिए खड़ा हुआ हूं। उत्तर प्रदेश के गांवों में आज कई-कई दिन तक बिजली नहीं आती है। प्रदेश के मंत्रियों का घेराव शुरू हो गया है। सरकार नई बनी है। उसको उत्तराधिकार में एक स्थिति मिली है। उसके ऊपर कर्जा है। बिजली बोर्ड पर कर्जा है। केंद्र सरकार कहती है कि कोयला तब तक नहीं दिया जाएगा, जब तक पुराना कर्जा नहीं चुकाओगे। हिसाब साफ नहीं करोगे। कहां से कर्जा चुकाएंगे? कोयला नहीं मिलेगा तो बिजली उत्पन्न नहीं होगी। संकट और बढ़ेगा। कल्पनाथ जी उस संकट से पूरी तरह परिचित हैं।

अब केंद्र सरकार भी कह रही है कि हमें ऊंचाहार का तापयंत्र दो। हम कर्जे के खिलाफ उसे हिसाब में जमा कर देंगे। कोई प्रदेश अपना तापयंत्र कैसे दे सकता है। प्रदेश में कठिनाई है।

---

* *विद्युत कानून में संशोधन विधेयक पर लोकसभा में १७ सितंबर, १९९१ को वाद-विवाद।*

मैं जानता हूं केंद्र की भी कठिनाई है।

हिमाचल में नदियां हैं। नदियों से बिजली बन सकती है। हिमाचल की आवश्यकता पूरी कर सकती है। आसपास के प्रदेशों की आवश्यकता को भी बहुत हद तक पूरा कर सकती है। लेकिन नए-नए बिजलीघर लगाने के लिए पैसा नहीं है। कहां से आए पैसा? उद्योगपति पैसा लगाना चाहते हैं। उन्हें मौका देना चाहिए। हम किसी मतवाद से बंधे हुए नहीं रह सकते। अगर अनुभव के प्रकाश में ऐसा लगता है कि आर्थिक क्षेत्र में नए प्रयोग करने की आवश्यकता है, तो उसमें संकोच नहीं करना चाहिए।

सोवियत संघ में, पूर्वी यूरोप के देशों में एक विचारधारा से प्रतिबद्धता के कारण आर्थिक क्षेत्र में जो संकट पैदा हुआ, वह हमारी आंखों के आगे है। हमें उससे लाभ उठाना चाहिए। एक ओर तो बिजली बोर्ड कर्जे में डूबे हुए हैं और दूसरी ओर मैंने कई प्रदेशों में देखा, जो बिजली बोर्ड के रेस्ट हाउस हैं, वे इस तरह से सजे हुए हैं कि उनमें प्रवेश करने के बाद कोई चीज हाथ लगाने से मैली न हो जाए, यह चिंता पैदा हो जाती है।

सभापति महोदय : क्या आपका सुझाव है कि नीलाम करें?

श्री वाजपेयी : सभापति जी, उनका क्या करें, मैं नहीं जानता। लेकिन किस बेरहमी से पैसा खर्च किया गया है। क्या सार्वजनिक उद्योग का यह मतलब है? क्या सार्वजनिक धन के प्रति यह रवैया होना चाहिए? प्रश्न पूंजी के साथ-साथ मैनेजमेंट का भी है। श्री मोहन सिंह का कहना ठीक है कि निजी उद्योगपति भी सरकार की फाइनेंशियल इंस्टीट्यूशन के बल पर चल रहे हैं।

यह इस देश की विचित्र तस्वीर है। समय नहीं है कि मैं उसके विस्तार में जाऊं, लेकिन प्रोफेशनल मैनेजमेंट अगर हो तो बिजली पैदा करने में घाटा हो, इसका कोई कारण नहीं है; और अगर हम निजी उद्योग को मौका दे रहे हैं तो इस आधार पर दे रहे हैं कि वह पूंजी भी लाएगा और प्रोफेशनल मैनेजमेंट भी लाएगा। मैं तो चाहूंगा कि एक कदम आगे बढ़कर नए-नए उद्योग अगर खोलना चाहते हैं और आप अपना कैप्टिव प्लांट लगाना चाहते हैं, तो उनको छूट दें। करें वह अपनी बिजली पैदा और उद्योग चलाए।

बिजली के संकट को हल करना बहुत जरूरी है। अगर बिजली नहीं हो तो खेती नहीं होगी, उद्योग नहीं होगा, शहरों में अंधेरा होगा, अपराध बढ़ेंगे। मैं मनाली गया था। वहां रोज शाम को जब बाजार में सबसे ज्यादा भीड़ होती है तो बिजली चली जाती है। दुकानदार रोते हैं। मैं सोमनाथ के मंदिर गया था, वहां लोगों ने कहा कि जब आरती का समय होता है तब बिजली चली जाती है।

श्री शहाबुद्दीन सैयद : मैं इसमें जोड़ दूं कि श्रीनगर में इफ्तार और सहरी के वक्त बिजली गायब रहती है।

श्री राम नाईक : मिली-जुली संस्कृति का यह बहुत अचछा संबंध हो गया है।

श्री वाजपेयी : मैं श्री कल्पनाथ राय जी से अपील करना चाहता हूं कि उत्तर प्रदेश के बिजली संकट का हल करने में उस सरकार की मदद करिए। यह धारणा पैदा नहीं होनी चाहिए कि केंद्र में कांग्रेस की सरकार है और लखनऊ में भाजपा की सरकार बनी है तो वह थोड़ी मुश्किल में पड़ जाए। मुझे मालूम है कि कल्पनाथ राय जी उस संकट के बारे में चिंतित हैं, लेकिन अगर कोई ठोस सहायता नहीं होती तो बात नहीं बनेगी। हम आपके बिल का तो समर्थन कर रहे हैं, मगर आप हमारी सरकार की भी जरा मदद करिए। धन्यवाद।

कार छोटी; कारनामे बड़े

उपाध्यक्ष जी, सरकार की कार संबंधी नीति पर विचार करते समय हमें इस बात को सोचना होगा कि आखिर औद्योगिक उत्पादन के क्षेत्र में सरकार की प्राथमिकताएं क्या होनी चाहिए। पहले चर्चा चली थी कि छोटी कार पब्लिक सेक्टर में बने, लेकिन योजना आयोग ने, जब डॉ. गाडगिल उसके उपाध्यक्ष थे, उसे उचित नहीं ठहराया। बाद में प्राइवेट सेक्टर में छोटी कारें बनाने का फैसला किया गया। खुद औद्योगिक विकास मंत्री ने कुछ दिन पहले कहा था कि हम देश के साधनों को, चूंकि साधन सीमित हैं, छोटी कार बनाने पर खर्च नहीं कर सकते हैं, इसलिए छोटी कार पब्लिक सेक्टर में नहीं बनेगी, प्राइवेट सेक्टर में बन सकती है। क्या देश के साधनों के बारे में इस तरह का दृष्टिकोण अपनाना सही है? सवाल यह है कि क्या आज देश को कार की आवश्यकता है? यहां पर मेरा सरकार से बुनियादी मतभेद है। हम वैभव और विलास की वस्तुओं का उत्पादन बढ़ाते जा रहे हैं, जबकि ३० करोड़ लोग गरीबी के स्तर से भी नीचे का जीवन बिता रहे हैं। अगर सरकार कहे कि हम प्राइवेट सेक्टर में कार बनने दे रहे हैं, पब्लिक सेक्टर में बनने नहीं दे रहे हैं तो यह कोई आर्थिक नियोजन की पूरी तस्वीर सामने रखकर चलने का तरीका नहीं है। आखिर में एक नेशनल सेक्टर है, साधन हमारे पास मर्यादित हैं, उन साधनों का उपयोग किस बात के लिए किया जाए? अभी चार करोड़ रुपए की एक वॉच फैक्टरी का उद्घाटन किया गया है, जो ऑटोमेटिक वॉच बनाएगी। बंबई, पूना में टेलीविजन लगाया गया है जिस पर ७५ करोड़ रु. खर्च होगा।...(व्यवधान) बंबई-पूना टी.वी. का उद्घाटन किया गया है और उस कांप्लेक्स को विकसित करने के लिए ७५ करोड़ नहीं, सौ करोड़ रुपए की लागत आने की संभावना है।

सूचना एवं प्रसारण राज्यमंत्री श्री आई.के. गुजराल : मैं अपने सम्मानित मित्र को रोकना नहीं चाहता था। लेकिन मुझे लगता है कि वह अपने आंकड़े गलत तरीके से प्राप्त करते हैं।

उपसभापति महोदय : यह अप्रासंगिक है।

श्री वाजपेयी : यह अप्रासंगिक नहीं है।

उपसभापति महोदय : अगर आप यह जानना चाहते हैं कि कैसे यह अप्रासंगिक है, तो मैं

** कार-निर्माण के संबंध में सरकारी नीति पर चर्चा के दौरान लोकसभा में २२ दिसंबर, १९७२ को वाद-विवाद।*

इसकी व्याख्या करूंगा। हम कार नीति पर बात कर रहे हैं। हम दूरदर्शन नीति पर बात नहीं कर रहे। हां, अगर आप बहस का दायरा इस तरह से बढ़ाना चाहते हैं, तो आप सरकार की समूची अर्थ नीति पर बात कर सकते हैं। समय बहुत सीमित है। मैं सम्मानित सदस्यों का इस ओर ध्यान आकर्षित करना चाहूंगा कि जब आपकी टिप्पणियों ने विषयांतर कर दिया और दूसरे मंत्री को भी बहस में खींच लिया गया, तो यह अप्रासंगिक हुआ।

श्री वाजपेयी : मुझे खेद है कि आप इस चर्चा को ठीक से चलने देना नहीं चाहते।

उपसभापति महोदय : लेकिन आप व्यापक अर्थ नीति पर जा रहे हैं।

श्री वाजपेयी : सवाल यह है कि हमारे नियोजन की प्राथमिकताएं क्या होनी चाहिए।...(व्यवधान) मैं फिर कहूंगा हैदराबाद में सरकारी रेफ्रीजरेटर फैक्टरी है जो रेफ्रीजरेटर्स का उत्पादन दुगना कर रही है, जिसको कहा गया है कि कूलर बनाओ—क्या यह सब पब्लिक सेक्टर में नहीं हो रहा है? मैं जानना चाहता हूं, सरकार औद्योगिक विकास में देश को किस दिशा में ले जाना चाहती है? आज कौन कार खरीद सकता है? बड़ी चर्चा हो रही है छोटी कार की, लेकिन मैंने उसको देखा हरियाणा में, वह बहुत छोटी नहीं होगी। अभी जो कारें बन रही हैं, वे भी काफी छोटी हैं। अब उससे भी छोटी क्या बनेगी। अगर यह हिसाब बताया जाए कि छोटी कार ११००० में मिल सकती है, तो ११००० की कार हिंदुस्तान में कितने खरीद सकते हैं? कितने प्रतिशत लोग खरीद सकते हैं? हमारा नियोजन किन लोगों के लिए चलनेवाला है...(व्यवधान)

जब प्राथमिकता तय करने का सवाल आएगा तो फिर बंबई में टेलीविजन की जरूरत होगी या गंदी बस्तियों में रहनेवालों के लिए पीने के पानी का प्रबंध करने की आवश्यकता होगी? अभी तक हम सब लोगों को साइकिल भी खरीदने की क्षमता नहीं दे सके हैं, लेकिन हम अपने सीमित साधनों को वैभव-विलास की वस्तुओं पर खर्च कर रहे हैं। उपभोग के क्षेत्र में हम आधुनिकतम देशों की श्रेणी में जा रहे हैं, लेकिन उत्पादन के क्षेत्र में हमारी स्थिति बड़ी दयनीय है। जो लोग अपना जीवन निर्वाह करने के लिए भोजन नहीं जुटा पाते, उनके लिए कार की आवश्यकता है या बुनियादी प्राथमिक जरूरतों को पूरा करने की आवश्यकता है?

मैं आपका ध्यान दिलाना चाहता हूं, लोकसभा के चुनावों के बाद स्वयं प्रधानमंत्री जी ने कहा था, मैं उद्धृत कर रहा हूं :

"जो संसाधन ऐयाशी की चीजों के लिए प्रतिबद्ध हैं, उन्हें व्यापक स्तर पर आम उपभोक्ता वस्तुओं के लिए नहीं उपलब्ध कराया जा सकता। जैसे यातायात या गरीबों के लिए घर।"

यह एफ.सी.आई. का उनका भाषण है। अब इस बुनियादी पब्लिक ट्रांसपोर्ट का विकास किया जाएगा। अभी मेरे मित्र श्री चंद्रशेखर ने, जिनकी प्रगतिशीलता में कोई संदेह नहीं हो सकता, जो कांग्रेस वर्किंग कमेटी के मेंबर हैं, अपने एक लेख में कहा है कि आगामी पंचवर्षीय योजना में पब्लिक ट्रांसपोर्ट के लिए २५० करोड़ रुपए रखे गए हैं, लेकिन सरकारी कर्मचारियों और अफसरों को कार खरीदने के लिए कर्जा देने के लिए २८० करोड़ रुपए रखे गए हैं। क्या यह २८० करोड़ रुपया इसलिए रखा गया है...(व्यवधान) मैं आपको सोर्स बता रहा हूं, मंत्री उसका खंडन करें।

श्री बी.आर. भगत (शाहाबाद) : यह सच नहीं हो सकता।

श्री श्यामनंदन मिश्र : यह 'फाइनेंशियल एक्सप्रेस' में भी आया है।

श्री वाजपेयी : आप पता लगा लीजिए।

सवाल यह है कि पब्लिक ट्रांसपोर्ट का विकास करें या कर्मचारियों को कार खरीदने के लिए कर्जा देने के लिए उससे अधिक धनराशि निश्चित करें? यदि मेरे आंकड़े गलत हैं तो मंत्री महोदय सही कर देंगे। मैं जानना चाहता हूं वह सही आंकड़े हैं या नहीं।

उड़नेवाले सपूत की मां ठहरी मारुति

इस चर्चा में मारुति का काफी वर्णन हुआ है। मारुति हनुमान जी की मां का नाम है। पवनसुत के बारे में कहा जाता है वे चलते नहीं हैं, उड़ते हैं या छलांग लगाते हैं। तो जो गुण पुत्र के बारे में हैं, माता उनसे वंचित नहीं हो सकती है। मारुति कार भी जिस तेजी से आगे बढ़ी है उससे लगता है हर मामले में वह छलांग लगाती है, सड़क पर नहीं चलती है। जिस गति से जमीन प्राप्त की गई, हम जानते हैं कि जमीन प्राप्त करने में कितनी कठिनाइयां होती हैं। अगर हरियाणा की सरकार किसानों के साथ धोखाधड़ी न करती, सारे नियमों को ताक पर न रख देती तो मारुति के लिए इस तरह से जमीन कभी प्राप्त नहीं हो सकती थी। जिन किसानों की जमीन ली गई है, वे किसान खुद कहते थे कि ११००० रु. एकड़ के हिसाब से हमारी जमीन ले ली गई, जबकि बगल में जमीन ४०००० रु. एकड़ के हिसाब से बिक रही है। उन्होंने इस आशय के एफिडेविट भी दिए हैं। हमारे साल्वे जी कहते हैं कि किसानों के लिए अदालत का दरवाजा खुला हुआ है। लेकिन क्या उन्हें मालूम है कि किसान शिकायत करते हैं कि उनको धमकियां दी जा रही हैं कि अगर अदालत का दरवाजा खटखटाओगे तो तुम्हारे लिए हमारे राज्य में रहना मुश्किल हो जाएगा।

श्री सतपाल कपूर (पटियाला) : कुछ तो अदालत में गए हैं, बाकी को आप ले जाइए।

श्री वाजपेयी : कुछ गए हों या न गए हों, आप कुछ नहीं करेंगे, आप मारुति की वकालत करेंगे। मैं यह भी कहना चाहूंगा कि केवल जमीन की प्राप्ति में धांधली का सवाल नहीं है।...(व्यवधान)

एक माननीय सदस्य : आप बिड़ला जी की बात कह रहे हैं।

श्री वाजपेयी : आप लोग बिड़ला की गोद में बैठनेवाले और बिड़ला जी की कृपा से इस सदन में आनेवाले, इस तरह की बातें क्यों कर रहे हैं?

अभी यह तर्क दिया गया कि खाली मारुति को लेटर ऑफ इंटेंट नहीं दिया गया, और भी ले सकते हैं और कार बना सकते हैं। जब उनकी रोडवर्दीनेस प्रमाणित हो जाएगी तो उनको भी लाइसेंस मिल जाएगा। क्या मेरे मित्र श्री साल्वे को मालूम है कि एक प्राइवेट फर्म लगातार लिख रही है कि रोडवर्दीनेस की शर्तें क्या हैं, वे शर्तें उनको बतलाई जाएं। लेकिन उससे कहा जा रहा है कि अभी वे शर्तें आपको नहीं बतलाई जाएंगी। पहले आप कार बनाइए, फिर हम देखेंगे कि वह हमारी शर्तें पूरी करती है या नहीं। क्या यह आपत्तिजनक नहीं है? आप चाहते हैं कि प्राइवेट पार्टीज छोटी कार बनाएं तो रोडवर्दीनेस की शर्तें घोषित कर दीजिए, फिर प्राइवेट पार्टीज उनके हिसाब से कारें बनाएंगी। मगर अभी तक रोडवर्दीनेस की शर्तें नहीं बतलाई गई हैं। कारण यह है कि शर्तें वही होंगी जो मारुति पूरी करेगी। इसीलिए शर्तों को खोला नहीं जा रहा है। मैं चाहता हूं कि मंत्री महोदय इसका स्पष्टीकरण करें। रोडवर्दीनेस के बारे में अभी तक कोई पब्लिक घोषणा क्यों नहीं की गई?

यह मारुति है, छलांग लगाती है

दूसरी बात यह है कि जिस तेजी से मारुति लिमिटेड को स्टील प्राप्त हुआ है, ६,००० टन, वह भी सचमुच में सरकारी फुर्ती और चुस्ती का नमूना है। अगर सरकार इतनी तेजी से काम करने लगे तब तो हमारे देश में समस्याओं के हल होने में कोई कठिनाई ही न रहे। लेकिन औरों के बारे में यह तेजी नहीं दिखलाई देती। मैंने कहा कि यह मारुति है। यह छलांग लगाती है। यह एक दफ्तर से दूसरे दफ्तर लांघकर जाती है, यह एक नगर से दूसरे नगर को पार करती है। कोई मंत्रालय इसमें बाधक नहीं बन सकता। किसी मंत्री की हिम्मत नहीं है कि कोई आपत्ति उठा सके। कोई राष्ट्रीयकृत बैंक इसे ऋण देने से मना नहीं कर सकता, क्योंकि यह किसी और शक्ति के बल पर चलती है।

मैं यह भी जानना चाहूंगा कि क्या यह सच है कि मारुति लिमिटेड को अभी तक ३५ रेक कोयला दिया गया है? मारुति लिमिटेड में एक भट्ठा है। अगर मंत्री महोदय को जानकारी न हो तो वह जानकारी प्राप्त कर लें।

एक माननीय सदस्य : कोयला कोई कंट्रोल्ड कमोडिटी नहीं है।

श्री वाजपेयी : उस पर कंट्रोल नहीं है, लेकिन कोयला मिलता किनको है? मुझे मालूम है कि कंट्रोल रेट पर कितना मिलता है और जितना कोयला मारुति लिमिटेड को अभी तक दिया गया है—३५ रेक—उतना तो शायद १०० साल में ईंट बनाने में खर्च नहीं होगा। क्या उनसे कुछ पता लगाया गया कि उनकी वास्तविक आवश्यकता क्या है? फिर उन्हें इतना अधिक कोयला क्यों दिया गया?

इतनी ही बात नहीं है। अगर आप गुड़गांव को टेलीफोन करें तो उसके लिए आपको एक्सचेंज का सहारा लेना पड़ेगा, मगर दिल्ली से मारुति लिमिटेड तक टेलीफोन की सीधी लाइन है। आप जब चाहें टेलीफोन कर सकते हैं।

एक और छोटी सी चीज है। आप कभी उस सड़क पर जाइए। दिल्ली से शुरू हुई वह सड़क चौड़ी हो गई है, मगर वहीं तक चौड़ी की गई है जहां तक मारुति लिमिटेड का भवन है, जहां उनकी फैक्टरी है। उससे आगे सड़क चौड़ी नहीं की गई है। मैं मानता हूं कि ये छोटी-छोटी बातें हैं, मगर ये छोटी-छोटी बातें··(व्यवधान)

श्री तैयब हुसैन खां (गुड़गांव) : टेलीफोन लाइन रानी शावर में भी है और दूसरी फैक्टरियों में भी है। सड़क दिल्ली से जयपुर तक है।

श्री वाजपेयी : मुझे मालूम है, मैं रोज टेलीफोन करता हूं।

कोई नौजवान पुरुषार्थी बने, कोई नौजवान अपने परिश्रम से कारखाना खड़ा करे, इसमें कोई आपत्ति नहीं हो सकती। लेकिन क्या कोई इस बात से इन्कार कर सकता है कि जिन लोगों ने पूंजी लगाई है, उनकी पूंजी लागत से ज्यादा हो रही है? क्या वह इसलिए ज्यादा नहीं हो रही है कि वह नौजवान प्रधानमंत्री के सुपुत्र हैं? इस देश में पुरुषार्थी नौजवानों की कमी नहीं है, मगर उनमें से कोई कार बनाने का कारखाना नहीं खोल सकता, क्योंकि किसी को प्रधानमंत्री के घर में जन्म लेने का सौभाग्य प्राप्त नहीं हुआ। लोग क्यों पूंजी लगा रहे हैं? क्योंकि जो लोग पूंजी लगा रहे हैं, वहां पूंजी लगाने से उनको सरकार द्वारा और जगह लाभ पहुंचाया जा रहा है। जो डायरेक्टर हैं, उन्हें कारखाना खोलने का लाइसेंस दिया जा रहा है। उत्तर प्रदेश में एक लाइसेंस दिया

है प्राइवेट उद्योगपति को, जिन्होंने उसमें पूंजी लगाई। इसी प्रकार रौनक सिंह को भी लाइसेंस दिया गया है। क्या यह प्रधानमंत्री के पद का प्रभाव नहीं है?

इस चर्चा का उद्देश्य किसी की प्रतिभा को धूमिल करना नहीं हो सकता।

श्री सतपाल कपूर : और क्या हो सकता है?

श्री वाजपेयी : लेकिन अगर कुछ काम ऐसे हैं जिनसे प्रतिभा धूमिल होती है तो कोई रोक नहीं सकता। यह मारुति लिमिटेड नहीं है, यह करप्शन अनलिमिटेड है। इस शताब्दी का सबसे बड़ा घोटाला है, प्रधानमंत्री की प्रतिभा को कलंकित करनेवाला मामला। मैं इसको समझने में असमर्थ हूं। प्रधानमंत्री को अपनी जनता का विश्वास प्राप्त है, इतना प्रभाव है, मगर एक पुत्र के छोटे से कारखाने के लिए आज उन्होंने लोगों को अपने ऊपर उंगली उठाने का मौका दिया है। यह मां की ममता नहीं है, सार्वजनिक जीवन में जो मर्यादा कायम करनी चाहिए, उस मर्यादा से सहमत न होने का नमूना है। जिसके हाथ में शासन की सत्ता होगी, उसको इस बात की चिंता करनी होगी कि किसी को भी उंगली उठाने का मौका न मिले। पुत्र के साथ न्याय करना पड़ेगा। यहां न्याय नहीं हो रहा है, यहां तो पुत्र को आगे बढ़ाने के लिए सारे नियम-कायदे ताक पर रखकर उनको लक्ष्मी से मंडित करने की कोशिश की जा रही है।

श्री आर.वी. स्वामिनाथन (मदुरै) : क्या ऐसा प्रतिभावान बेटा पाना अपराध है?

श्री एच.के.एल. भगत (पूर्वी दिल्ली) : श्री वाजपेयी इसका जवाब कैसे दे सकते हैं?

श्री वाजपेयी : यह उतना छोटा सवाल नहीं है। और देशों में यह अपराध नहीं है, वहां ऐसा होता है, लेकिन भारत में यह नहीं चल सकता।

संसदीय कार्य तथा नौवहन और परिवहनमंत्री श्री राज बहादुर : वाजपेयी मर्यादा से नीची बात कर रहे हैं।

श्री वाजयेयी : मैं मर्यादा से नीची बात नहीं कर रहा हूं, मर्यादा से नीचा आचरण किया गया है। मेरी और आपकी राय अलग हो सकती है। आज भी मौका है कि जो भी धांधलियां इस संबंध में हुई हैं, उनके बारे में जांच कराना आप स्वीकार कर लीजिए। मुझे इस नौजवान के खिलाफ कुछ नहीं कहना है। मैंने उसे देखा तक नहीं है। लेकिन इससे कोई इन्कार नहीं कर सकता कि आज जिस तरह से फैक्टरी खड़ी की जा रही है उससे प्रधानमंत्री के पद का, उनकी प्रतिष्ठा का, उनके प्रभाव का दुरुपयोग हुआ है। वह करना चाहती हैं, ऐसा मैं नहीं कहता। लेकिन जो लोग इस फैक्ट्री के बनाने में मदद कर रहे हैं, वे बाहर उनके प्रभाव का लाभ उठाना चाहते हैं। यह अच्छी परंपरा नहीं है। इससे प्रधानमंत्री की प्रतिष्ठा बढ़नेवाली नहीं है।

लघु उद्योगों को प्रोत्साहन चाहिए

सभापति जी, मैं तंगामणि के प्रस्ताव का समर्थन करता हूं। इसलिए नहीं कि उन्होंने अपने प्रस्ताव में जो मांग की है, मैं उसका समर्थक हूं, या अपने प्रस्ताव के पक्ष में उन्होंने जो भाषण दिया है, उससे मेरी सहमति है, किंतु मैं उसका स्वागत करता हूं, क्योंकि वह हमें इस बात का अवसर प्रदान करता है कि हम १९५६ में निर्धारित औद्योगिक नीति के प्रस्ताव के संबंध में फिर से विचार करें। देश के सामने तीसरी पंचवर्षीय योजना का प्रारूप उपस्थित है। दूसरी योजना समाप्त होने जा रही है। यह आवश्यक है कि तीसरी योजना के लिए अपने प्रयत्नों का संगठन करने से पूर्व हम इस बात का सिंहावलोकन करें कि औद्योगिक क्षेत्र में हमने जिस नीति का अवलंबन किया है, वह देश की परिस्थिति और देश की प्रकृति के अनुसार कहां तक ठीक उतरी है और क्या उसमें संशोधन करने की आवश्यकता है, और संशोधन करने की आवश्यकता है तो वह किस दिशा में होना चाहिए।

मैंने दो संशोधनों की सूचना दी है। १९५६ की औद्योगिक नीति के प्रस्ताव में बड़े उद्योगों के साथ छोटे-छोटे गृह उद्योगों और कुटीर उद्योग की भी चर्चा की गई थी, लेकिन उस क्षेत्र में अभी तक जो भी प्रगति हुई है, वह नितांत अपर्याप्त है। दूसरी योजना में हमने छोटे उद्योगों के विकास के लिए २०० करोड़ रुपए की राशि निर्धारित की थी और मुझे यह देखकर ताज्जुब हुआ कि तीसरी योजना के प्रारूप में केवल २५० करोड़ रुपए की व्यवस्था करने का सरकार विचार कर रही है। प्रश्न धन-राशि का ही नहीं है। प्रश्न इस बात का है कि हम देश में औद्योगीकरण का कौन सा ढांचा लाना चाहते हैं? हमारे सामने कौन सा चित्र है? रूस या अमरीका का है, जहां बड़े-बड़े उद्योग छोटे उद्योगों को प्रतियोगिता में परास्त करते हुए आगे बढ़ते हैं, या हम अपने देश में औद्यगीकरण का ऐसा ढांचा उत्पन्न करना चाहते हैं, जिसका आधार छोटे, ग्रामोद्योग और कुटीर-उद्योग होंगे? यह घोषणा करते हुए भी कि बड़े और छोटे उद्योगों में संगति बिठाई जानी चाहिए, शासन अभी तक उनसे संगति नहीं बिठा सका है। गुड़ और खांडसारी उद्योग और चीनी के उद्योग में प्रतियोगिता हो रही है और चीनी के उद्योग के सामने खांडसारी और गुड़ के उद्योग टिक नहीं पा रहे हैं। शासन की नीतियां भी ऐसी हैं, जो इन उद्योगों के लिए निरुत्साह का काम

** औद्योगिक नीति के संबंध में लोकसभा में ५ अगस्त, १९६० को संशोधन-प्रस्ताव।*

करती हैं। इसी प्रकार खादी, हथकरघे से बने हुए कपड़े और मिल के कपड़े के उत्पादन के बीच में भी सरकार ताल-मेल नहीं बिठा सकी है।

मेरा निवेदन है कि केवल छोटे उद्योगों की सहायता करना पर्याप्त नहीं है, उत्पादन के क्षेत्र निर्धारित किए जाने चाहिए और उनके अनुसार छोटे उद्योगों के लिए निर्बाध रूप से उत्पादन का क्षेत्र प्राप्त हो सके, इस बात की आवश्यकता है। मैं एक उदाहरण दूं कि कपड़े की मिलों को इस बात से रोका जा सकता है कि वे धोतियां या साड़ियां न बनाएं, और अगर वे बनाती हैं, तो उन्हें निर्यात के लिए सुरक्षित रखा जा सकता है और धोतियां और साड़ियां बनाने का काम हथकरघा उद्योग को पूरी तरह से सौंपा जा सकता है।

छोटे उद्योग उत्पादन का आधार बनें

आवश्यकता इस बात की है कि छोटे उद्योग हमारे उत्पादन के आधार बनें। एक ओर तो हम छोटे उद्योगों का विकास करना चाहते हैं, वहीं हथकरघे का कपड़ा बनानेवालों को सूत नहीं मिलता। सूत के लिए उन्हें मिल पर निर्भर रहना पड़ता है। सरकार इस प्रकार की व्यवस्था नहीं कर सकी कि छोटे और बड़े उद्योगों के बीच में उत्पादन का पृथक-पृथक क्षेत्र निर्धारित कर दिया जाए, जिसके अनुसार वे बिना प्रतियोगिता के आगे बढ़ सकें। सरकार ने औद्योगिक नीति संबंधी प्रस्ताव में छोटे उद्योगों की उपयोगिता स्वीकार की है। उनसे धन एक जगह इकट्ठा नहीं होता। श्रम भी एक जगह इकट्ठा नहीं होता और औद्योगिक शक्ति का विकेंद्रीकरण होता है, लेकिन प्रत्यक्ष व्यवहार में ऐसी बात दिखाई नहीं देती। छोटे-छोटे उद्योग अभी अपने पैरों पर खड़े नहीं हो सके हैं।

सरकार उन्हें सहायता देती है, मगर वह सहायता ऐसी है, जैसे भरी हुई थाली तो बड़े उद्योगों के सामने रख दी जाती है और कुछ टुकड़े छोटे उद्योगों के सामने फेंक दिए जाते हैं। मेरा निवेदन है कि यह औद्योगीकरण का ढांचा देश की परिस्थिति के अनुकूल नहीं है, क्योंकि अगर बड़े उद्योगों का निर्माण करके हमने देश का उत्पादन बढ़ा भी लिया, तो बढ़े हुए उत्पादन के लिए हमें बाजार अपने देश में ही प्राप्त करना होगा और उसके लिए हमें हर आदमी की खरीदने की ताकत बढ़ानी होगी। मेरा निवदेन है कि अगर हम छोटे उद्योगों का विकास नहीं करेंगे, तो हम बढ़ती हुई जनसंख्या को काम नहीं दे सकते और अगर काम नहीं दे सकते, तो बड़े उद्योगों द्वारा तैयार होनेवाला माल हमारे लिए संकट का कारण बन जाएगा।

विदेशी निर्यात पर हमें बल देना चाहिए। लेकिन हम यह देख रहे हैं कि निर्यात की संभावनाएं कम होती जा रही हैं। जैसे-जैसे एशिया और अफ्रीका के गुलाम देश स्वतंत्र हो रहे हैं, जैसे-जैसे वे अपने पैरों पर खड़े होंगे और अपना औद्योगिक विकास करेंगे, निर्यात का क्षेत्र और भी सीमित हो जाएगा। फिर हम जो भी माल तैयार करेंगे, उसके लिए हमें अपने देश के भीतर ही बाजार तैयार करना पड़ेगा। यह बाजार तब तक तैयार नहीं होगा, जब तक कि हम हर एक आदमी के लिए काम की व्यवस्था नहीं करेंगे। दूसरी योजना के अनुभव के आधार पर हम कह सकते हैं कि औद्योगिक क्षेत्र में उत्पादन की वृद्धि करते हुए भी हम बेकारी में कमी करने में सफल नहीं हो सके हैं। मैं समझता हूं कि इसका एक ही रास्ता है कि हम औद्योगीकरण का तरीका बदलें। बड़े उद्योगों पर बल देने के बजाए हम गांव-गांव और झोंपड़ी-झोंपड़ी में कुटीर-उद्योगों का जाल फैलाएं। अधिक से अधिक लोगों को इससे काम मिल सकेगा। उनकी क्रय-शक्ति बढ़गी और बढ़े

हुए उत्पादन को अपने देश में खपाकर हम उनके जीवन का स्तर भी ऊंचा कर सकेंगे।

मेरा निवेदन है कि औद्योगिक नीति में इस दृष्टि से संशोधन आवश्यक है कि छोटे उद्योगों को हमारे औद्योगीकरण का आधार बनाया जाए और उन्हें आधार बनाकर फिर हम बड़े उद्योगों की संगति बिठाएं। अभी तक सारी सुविधाएं बड़े उद्योगों की दृष्टि से होती हैं और छोटे उद्योगों को उनके सहारे चलना पड़ता है। मेरा निवेदन है कि इस संबंध में सरकार को विचार करना चाहिए।

विदेशी सहायता घातक

जहां तक विदेशी आर्थिक सहायता का प्रश्न है, चाहे वह सरकार के द्वारा आए, चाहे वह प्राइवेट रूप में आए, मेरा निवेदन है कि अगर वह शर्तों के साथ नहीं आती है, तो हमें आपत्ति नहीं हो सकती है। लेकिन आज देश की जो परिस्थिति है, उसमें बहुत बड़ी मात्रा में विदेशी सहायता हमारे लिए राजनैतिक कठिनाई पैदा करेगी। मैं श्री तंगामणि से इस बात में सहमत नहीं हूं कि सहायता अगर सरकारी आती है तो ली जा सकती है और अगर व्यक्तियों से आती है, तो उस पर उन्हें आपत्ति है। अगर विदेशी सहायता का कोई राजनैतिक प्रभाव देश में होना है; तो चाहे वह सरकारी हो या व्यक्तिगत हो, वह प्रभाव तो होगा। अगर भिलाई के निर्माण में रूस हमारी सहायता करता है—और हम उसके लिए उसके आभारी भी हैं—तो उसकी एक राजनैतिक प्रतिक्रिया होती है। अगर भिलाई में काम करनेवाले हमारे सोवियत विशेषज्ञ भारतीयों के साथ मिलकर काम करते हैं, तो उसकी भी एक प्रतिक्रिया होती है। फिर अगर राउरकेला में व्यवहार दूसरी तरह का होता है, तो उसकी भी एक प्रतिक्रिया होती है। इस संबंध में सरकारी और व्यक्तिगत, इस प्रकार का भेद मैं मानने के लिए तैयार नहीं हूं। अगर हममें शक्ति है, तो हम विदेशी सहायता हजम कर सकते हैं। यह बात अलग है कि इधर हमारा हाजमा जरा कमजोर हो गया है और इसलिए विदेशी सहायता हमारे लिए कठिनाई का कारण बन सकती है। हमें सावधानी रखनी होगी कि विदेशी सहायता शर्तों के साथ न आए। अगर देश का विकास होगा, जनता में राष्ट्र-प्रेम की भावना होगी, तो विदेशी सहायता हमारे देश में जनता के मनोभावों में विकार पैदा नहीं कर सकती। मगर इसके साथ यह आवश्यक है कि देश के सभी दल विदेश नीति के सवाल पर एकमत हों। फिर किसी भी ओर से सहायता आए, हम उस सहायता से अपने राष्ट्र का निर्माण कर सकते हैं। लेकिन अगर कोई दल कहेगा कि इस गुट में मिल जाओ, कोई कहेगा कि उस गुट में मिल जाओ, तो विदेशी सहायता हमारे लिए संकट बन जाएगी और उससे हमें बचना चाहिए। धन्यवाद।

मजदूरों के हकों पर हमला

उपाध्यक्ष महोदय, मैंने सुखाड़िया जी के भाषण को बड़े ध्यान से सुना।

श्री मोहन लाल सुखाड़िया : अब मैं आपका सुनूंगा।

श्री वाजपेयी : अच्छा हुआ वे कलकत्ता नहीं गए, नहीं तो हम उनके भाषण से वंचित हो जाते। लेकिन मुझे ताज्जुब है कि इस अध्यादेश के अंतर्गत उनकी सेवाओं को पश्चिम बंगाल के लिए आवश्यक रूप से प्राप्त क्यों नहीं कर लिया गया? पश्चिम बंगाल के लिए अगर आपकी यह धारणा है कि सबसे ज्यादा अधिनायकवादी शासन पश्चिम बंगाल में चल रहा है, तब तो आपको वहां पर राज्यपाल बनाना भी नहीं चाहिए था। शायद आपको राज्यपाल बनाने का प्रस्ताव इसलिए आया कि पश्चिम बंगाल की सरकार के बारे में यह आपकी धारणा है।

उपाध्यक्ष जी, मुझे ताज्जुब है कि आज गृह मंत्री जी भी सदन में नहीं हैं।

राज्य मंत्री, गृह एवं संसदीय मामले श्री पी. वेंकटसुबैया : वह एक महत्वपूर्ण विषय पर राज्यसभा में ध्यानकर्षण कर रहे हैं। वह शीघ्र यहां आ पहुंचेंगे।

श्री वाजपेयी : श्रम मंत्री महोदय तो इस मामले से संबंध रखते ही नहीं हैं। ऐसा दिखाई देता है कि मजदूरों के मामले का, सार्वजनिक उद्योग में काम करनेवाले कर्मचारियों के मामले का और केंद्रीय कर्मचारियों के मामले का संबंध गृह मंत्रालय से है। गृह मंत्रालय के सामने सबसे बड़ी समस्या यह है कि इन मजदूरों को ठीक कैसे किया जाए। गृह मंत्रालय को यह चिंता नहीं है कि बढ़ती हुई महंगाई के कारण, जिसके फलस्वरूप दिन-प्रतिदिन उनकी वास्तविक आमदनी कम हो रही है, उनके लिए परिवार का भरण-पोषण करना मुश्किल हो रहा है, उसमें मजदूरों को और कर्मचारियों को राहत कैसे दी जाए। आखिर पिछले १८ महीने का इस सरकार का आर्थिक क्षेत्र में रिकार्ड क्या है? जब इस सरकार ने सत्ता संभाली तो होलसेल प्राइस इंडेक्स २२३ था और इस समय प्राइस इंडेक्स २८९ है। हर महीने चार प्वाइंट से ज्यादा की वृद्धि हो रही है। लगी-बंधी तनख्वाह पानेवाले मजदूरों और कर्मचारियों पर इसका क्या असर हो रहा है? केंद्रीय कर्मचारियों को महंगाई-भत्ते की तीन किस्तें मिल जानी चाहिए थीं। जनता पार्टी के राज्य में कर्मचारियों को महंगाई-भत्ते के लिए आंदोलन नहीं करना पड़ा था। क्या केंद्रीय कर्मचारी चुप बैठे रहें? आप

** आवश्यक सेवाओं संबंधी विधेयक और अध्यादेश पर लोकसभा में १५ सितंबर, १९८१ को भाषण।*

आवाज उठाने का अधिकार भी उनसे छीन लेना चाहते हैं। अब सरकार तैयारी कर रही है कि आधे महंगाई-भत्ते को इंपाउंड किया जाए। केंद्रीय कर्मचारियों का खर्च कैसे चलेगा? महंगाई-भत्ते के लिए केंद्रीय कर्मचारी जिम्मेदार नहीं हैं। ये महंगाई-भत्ता नहीं चाहते हैं, बल्कि मूल्यों में स्थिरता चाहते हैं। १९७८ में जो कीमतें थीं, यह सरकार उस स्तर पर कीमतों को ले आए, असंतोष कम हो जाएगा। लेकिन कीमतें बढ़ रही हैं, यह सरकार उन्हें रोकने में असफल रही है और अब तैयारी कर रही है कि वेज-फ्रीज कर दी जाए, बोनस की मांगों को दबा दिया जाए, केंद्रीय कर्मचारियों का आधा महंगाई-भत्ता उनकी इच्छा के खिलाफ सरकारी खजाने में जमा कर दिया जाए, बिगड़ती हुई आर्थिक स्थिति के कारण जो भी मजदूर अपनी न्यायोचित मांगों के लिए आवाज बुलंद करे, उसको जेल में बंद कर दिया जाए।

उपाध्यक्ष महोदय, इस सदन में परस्पर विरोधी तर्क दिए जा रहे हैं। मैंने गृह मंत्री महोदय का इंटरव्यू टेलीविजन पर देखा था। उनसे पूछा गया कि पार्लियामेंट की बैठक होनेवाली थी तो उसी समय अध्यादेश निकालने की क्या जरूरत थी? बड़े भोलेपन से गृह मंत्री ने कहा—पार्लियामेंट की बैठक का समय तय करना पार्लियामेंट अफेअर्स मिनिस्टर का काम है, मैं तो गृह मंत्री हूं, मेरा काम यह देखना है कि देश में सब कुछ ठीक-ठाक चलता है या नहीं चलता है। एक तरफ सरकार कहती है—हमने इस अध्यादेश का, इस काले अध्यादेश का, मजदूरों और ट्रेड यूनियनों के अधिकारों पर हमला करनेवाले अध्यादेश का उपयोग नहीं किया, तब फिर इस अध्यादेश को निकालने की क्या जरूरत थी? क्या सरकार पार्लियामेंट के अधिवेशन तक रुक नहीं सकती थी?

उपाध्यक्ष महोदय, मुझे याद आती है स्पीकर मावलंकर की। स्पीकर मावलंकर ने एक बार यह फैसला किया कि सदन के अधिवेशन को प्रोरोग नहीं किया जाएगा और चूंकि प्रोरोग नहीं किया जाएगा, इसलिए सरकार अध्यादेश नहीं निकाल सकेगी। अध्यादेश असाधारण परिस्थितियों में निकाला जाना चाहिए, लेकिन अध्यादेश निकाले जाते हैं—इसलिए नहीं कि आवश्यक है—मुद्रास्फीति को रोकने में अपनी विफलता पर पर्दा डालने के लिए, इस आरोप का खंडन करने के लिए कि जो सरकार इस वायदे पर चुनी गई थी कुछ करके दिखलाएगी, वह कुछ नहीं कर रही है, तो घबराहट में, हड़बड़ी में, पैनिक में, भविष्य की आशंकाओं से भयभीत होकर सरकार ने अध्यादेश की तलवार निकाली है। वित्त मंत्री ने वायदा किया था—पैकेज का, एंटी-इंफ्लेशनरी पैकेज का, वह पैकेज कहां है? उस पैकेज में से यह काला अध्यादेश निकला है।

क्या कीमतों को रोकने के लिए कोई दूसरे कदम उठाए जा रहे हैं, कोई ठोस उपाय किए जा रहे हैं? कर्मचारियों के असंतोष को आप दमन के द्वारा दबा सकते हैं, लेकिन शांत नहीं कर सकते, समाप्त नहीं कर सकते। मैं नहीं जानता—कौन सी मजबूरी थी इस अध्यादेश को निकालने की। हम नहीं चाहते मजदूर, कर्मचारी हड़ताल करें। हड़ताल आखिरी हथियार होना चाहिए। लेकिन हड़ताल के अधिकार को छीनने के बजाय ऐसा रास्ता निकालने की जरूरत थी, जिसमें हड़ताल करने की नौबत ही न आए। लेकिन इस सरकार ने कर्मचारियों के साथ जो कुछ किया, रेलवे के लोको कर्मचारियों के साथ जो व्यवहार कर रही है, उससे अगर कर्मचारियों के मन में यह संदेह पैदा हो कि सरकार उनके कलैक्टिव-बारगेनिंग के अधिकार को छीनना चाहती है तो कर्मचारियों और मजदूरों को दोष नहीं दिया जा सकता।

हम नहीं चाहते कि रेलें रुकें लेकिन रेल मजदूरों पर सेबोटॉज के झूठे आरोप लगाकर, निराधार आरोप लगाकर आप रेलों में औद्योगिक शांति नहीं रख सकते। दुर्घटनाओं के लिए रेल

मंत्री जिम्मेदार हैं, रेलवे बोर्ड जिम्मेदार है। त्रिपाठी जी को इसलिए हटा दिया गया था कि रेलें ठीक से चलती नहीं थीं और पांडे जी के जमाने में रेलें नदी में गोता लगा रही हैं। अब पांडे जी को छुआ नहीं जाएगा। रेलवे बोर्ड के चेयरमैन इन दुर्घटनाओं के लिए जिम्मेदार नहीं ठहराए जा रहे हैं और कर्मचारियों को बलि का बकरा बनाने की कोशिश की जा रही है। लोको कर्मचारियों को एक रेलवे से दूसरी रेलवे में, देश के एक कोने से दूसरे कोने में स्थानांतरित किया जा रहा है। आप कह सकते हैं कि तबादला करना कोई सजा नहीं है, मगर दूसरे शहरों में जाकर मकान लेना कितनी बड़ी समस्या है, इसको हममें से बहुत से लोग अनुभव करते हैं। उन्हें परेशान करने का प्रयत्न हो रहा है।

घटनाचक्र आपातस्थिति की ओर जा रहा है!

अब अगर उनमें असंतोष बढ़ेगा तो यह अध्यादेश तैयार है। बिना वारंट के पकड़ा जा सकता है, समरी ट्रायल हो सकता है, छह महीने के लिए जेल में डाला जा सकता है। आप समझते हैं कि ये कदम कारगर होनेवाले हैं? ये कदम कारगर नहीं होंगे। १९७४ में भी नहीं हुए थे। लगता है घटनाचक्र धीरे-धीरे १९७५ की ओर जा रहा है, आपातस्थिति की ओर जा रहा है। मैं नहीं जानता, इस देश की क्या स्थिति होगी। मैं नहीं जानता कि भारत के भविष्य में क्या लिखा हुआ है, मगर धीरे-धीरे घटनाचक्र उधर जा रहा है और सभी विवेकशील, सभी दूरदर्शी व्यक्ति इस बात को देख सकते हैं। मजदूरों के अधिकारों पर हमला, यह समस्या का बुनियादी हल नहीं है।

उपसभापति महोदय : अगर ऐसा है, तो आप सत्ता में वापस आ रहे हैं। आप इस बिल का विरोध क्यों कर रहे हैं?

श्री वाजपेयी : मुझे आपकी चिंता है। मैं उम्मीद करता हूं जब हम सत्ता में आएंगे, तो आप हमारे साथ होंगे।

उपाध्यक्ष महोदय, महंगाई के लिए सरकार की गलत आर्थिक नीतियां जिम्मेदार हैं और बढ़ता हुआ भ्रष्टाचार जिम्मेदार है। पंजाब के किसानों से १३० रुपए प्रति क्विंटल गेहूं खरीदा गया और बंबई में वह गेहूं ३ रुपए ३० पैसे प्रति किलो और ३ रुपए ५० पैसे प्रति किलो बिक रहा है।

एक माननीय सदस्य : लोकदल जिम्मेदार है।

श्री वाजपेयी : इसके लिए कोई दल नहीं, बल्कि दलदल में फंसी हुई यह सरकार जिम्मेदार है। जिले से जिले में अनाज ले जाने पर रोक है। किसी हड़ताल की वजह से नहीं, कर्मचारियों के आंदोलन की वजह से नहीं, बल्कि इसलिए कि आप रोक लगाकर परमिट जारी करने का अधिकार लेना चाहते हैं और परमिट के द्वारा पैसा कमाना चाहते हैं।

उपाध्यक्ष महोदय, एक महीना हो गया जब मैंने प्रधानमंत्री जी को एक पत्र लिखा था, लेकिन उस पत्र की पावती भी मुझे नहीं मिली है। वे बहुत व्यस्त हैं। उन्हें सदन में आने का समय भी नहीं है।

श्री एम. रामगोपाल रेड्डी (निजामाबाद) : तीन दिन में उनका उत्तर आ जाता है।

श्री वाजपेयी : मैं आपको अपना अनुभव बता रहा हूं। अगर आपका अनुभव भिन्न है तो आप सौभाग्यशाली हैं, मैं आपसे ईर्ष्या करता हूं।

मैंने प्रधानमंत्री जी को पत्र लिखकर यह मांग की है कि जिन परिस्थितियों में कुछ कंपनियों को एडिबिल ऑयल इंपोर्ट करने के लाइसेंस दिए गए, उनकी जांच होनी चाहिए। इन खाद्य तेलों

को आयात करने की कीमत ५००० रुपए मीट्रिक टन है, जबकि उनका बाजार भाव ९०००, १०००० रुपए प्रति मीट्रिक टन है। एक मीट्रिक टन पर चार या पांच हजार का मुनाफा है। एक कंपनी है, जिसका नाम है प्रभात सालवेंट रिकंस्ट्रक्शन कंपनी प्राइवेट लिमिटेड। उसे ९.४.८० को २,१२,७८,४०० का खाने का तेल आयात करने का लाइसेंस दिया गया। पहले इस कंपनी को लाइसेंस देने से मना कर दिया गया था। कंपनी सरकार के इस फैसले के खिलाफ दिल्ली हाई कोर्ट में गई। हाई कोर्ट ने रिट को रद्द कर दिया और फैसला दिया कि इस कंपनी को लाइसेंस पाने का अधिकार नहीं है, क्योंकि लाइसेंस के लिए दरख्वास्त भेजने की जो अंतिम तिथि थी, उसके बाद कंपनी ने अपना आवेदन दिया था। रिट रद्द हो गई, लेकिन लाइसेंस जारी कर दिया गया। दो करोड़ के लाइसेंस का मतलब है चार करोड़ का मुनाफा। यह मुनाफा किसकी जेब में गया? क्या उस कंपनी के मजदूरों को यह बात मालूम नहीं है? क्या मुनाफा केवल कंपनी के मालिकों के पास गया कि वे उसमें हिस्सा बंटाएं? कौन-कौन हैं हिस्सेदार?

एक और प्राइवेट कंपनी है एसोसिएटिड ऑयल इंडस्ट्रीज कोयंबटूर। लाइसेंस के लिए उसका आवेदन भी रद्द कर दिया गया था। ६.२.७९ को कंट्रोलर, इंपोर्ट्स और एक्सपोर्ट्स ने उनके आवेदन पर एक नोट लिखा था। मैं नोट पढ़ रहा हूं :

"आपकी अर्जी दफ्तर में २३ दिसंबर, १९७८ को दर्ज हुई है, इसका मतलब अर्जी लेने की अंतिम तारीख १८ दिसंबर, १९७८ निकल जाने के बाद। इसलिए, आपकी अर्जी समय खत्म हो जाने की वजह से अस्वीकृत की जाती है।"

फिर भी इस कंपनी को आयात लाइसेंस दे दिया गया। २९ करोड़ का लाइसेंस केवल एडीबल ऑयल इंपोर्ट करने के लिए दिया गया। मैंने प्रधानमंत्री से कहा था कि इस मामले की जांच होनी चाहिए। अगर एडीबल ऑयल जो इंपोर्ट किया जाता है, वह देश में महंगी कीमत पर बिकेगा और आम आदमी के मन में यह धारणा होगी कि राजनेताओं और उद्योगपतियों के बीच में एक अपवित्र गठबंधन हो गया है तो फिर आप मजदूरों से, कर्मचारियों से ईमानदारी से काम करने की अपील नहीं कर सकते। उनसे हड़ताल न करने की अपील भी करेंगे तो उसका असर नहीं होगा। कौन नहीं चाहता कि मजदूर ठीक काम करें? लेकिन मजदूर ठीक काम करें तो अफसर भी ठीक काम करेंगे या नहीं? अफसर अगर ठीक काम करेंगे तो राजनेता कैसे काम करेंगे? जिस तरह से हम संसद चला रहे हैं, वह देश में लोकतंत्र को मजबूत करने का तरीका नहीं है।

एक माननीय सदस्य : आप इसके लिए जिम्मेदार हैं।

श्री वाजपेयी : हम इसके लिए जिम्मेदार हैं, महंगाई के लिए भी हम जिम्मेदार हैं, जो हड़तालें होनेवाली हैं उनके लिए भी हम ही जिम्मेदार हैं, लाला जगत नारायण की हत्या हो गई, उसके लिए भी हम जिम्मेदार हैं और आप सत्ता में आए तो उसके लिए भी हम ही जिम्मेदार हैं। यह सही बात है न? एक बात समझ लीजिए कि हमारी वजह से आपको जाना भी होगा। लेकिन यह आप नहीं मानेंगे।⋯(व्यवधान)

अराजकता अधिनायकवाद से नहीं रुकेगी

उपाध्यक्ष महोदय, आपने घंटी बजा दी है। मैं अपील करना चाहता हूं। मेरे लिए यह अध्यादेश का मामला पाकीजा मामला नहीं है। यह ठीक है कि आज देश में संकट है, भारी संकट है, देश धीरे-धीरे अराजकता की ओर जा रहा है, लेकिन इसको रोकने का तरीका अधिनायकवाद

नहीं है। यह प्रहार अब काम नहीं करेगा। एक हथियार एक बार चलता है, धीरे-धीरे वह अपनी धार खोता जाता है। अगर इस देश को बनाना है तो लोगों की सहमति से, सबकी सलाह से चलाना पड़ेगा। लेकिन सरकार जिस तरह से आचरण करती है, उसका मैं एक छोटा सा उदाहरण देना चाहता हूं।

सरकारी विभागों में कैंटीन चलती हैं, टिफिन रूम्ज चलते हैं। ११ दिसंबर, १९७८ को हमने एक एलान कर दिया था गृह मंत्रालय की ओर से कि कैंटीनों में काम करनेवाले कर्मचारी सरकारी कर्मचारी माने जाएंगे। उनको वे सब सुविधाएं प्राप्त होंगी जो केंद्रीय कर्मचारियों को प्राप्त होती हैं। अभी तक उस विज्ञप्ति के अनुसार आचरण नहीं हुआ। कैंटीनों में काम करनेवाले कर्मचारी केंद्रीय दर पर महंगाई-भत्ता नहीं पा रहे हैं। उनके लिए ९५ रुपए प्रतिमाह तय कर दिया गया है, न कम न ज्यादा। महंगाई बढ़ेगी, लेकिन उनका भत्ता नहीं बढ़ेगा। कैसे संतुष्ट कर सकते हैं आप उनको? उन्होंने बोट क्लब पर रैली की थी, मैंने उनको हड़ताल पर जाने की सलाह नहीं दी, मगर उनसे कोई भी बात करने के लिए तैयार नहीं है।

उपाध्यक्ष महोदय, मजदूरों की समस्याएं हल करने के लिए अगर समझौते के द्वारा, बातचीत के द्वारा, आवश्यकता पड़े तो मध्यस्थता के द्वारा और पंचफैसले के द्वारा निर्णय नहीं होंगे तो समस्याएं बिगड़ेंगी, समस्याएं उग्र होंगी और यह डंडा दिखाकर ज्ञानी जी···(व्यवधान)

गृह मंत्री श्री जैल सिंह : डंडा तो बाद में दिखाएंगे।

श्री वाजपेयी : डंडा बाद में दिखाएंगे। ज्ञानी जी, आप इरादे छिपाते नहीं हैं।

श्री इंद्रजीत गुप्त : पहले विटामिन टैबलेट खाएंगे, बाद में डंडा दिखाएंगे।

श्री वाजपेयी : मैं चाहता हूं कि आप इस विधेयक पर फिर से विचार करिए और जो राष्ट्रीय संकट घिरता जा रहा है, उसको टुकड़ों में मत देखिए।

सन् १९७७ में ऐसी स्थिति आई थी कि हमने विदेशों से अनाज मंगाना बंद कर दिया था। चार साल में ही आपने हिंदुस्तान को वाशिंग्टन के बाजार में भीख का कटोरा लेकर फिर से खड़ा कर दिया। इसलिए नहीं कि हिंदुस्तान में गेहूं कम पैदा हुआ है, बल्कि इसलिए कि आपकी निकम्मी सरकार गेहूं वसूल नहीं कर सकती है। पंजाब और हरियाणा के मुख्यमंत्री किसानों से गेहूं वसूल करने के बजाय गढ़वाल में बहुगुणा को हराने में लगे हुए थे, पुलिस लेकर गए थे। किसानों को अधिक कीमत देकर गेहूं नहीं खरीद सकते थे।

आज मैं पंजाब का दौरा करके आया हूं। वहां पर सूखा पड़ रहा है, धान पीला पड़ रहा है, खड़ी फसल सूख रही है, आसमान धोखा दे गया है, किसान को बिजली नहीं मिल रही है, डीजल के लिए फिर से लाइनें लगी हुई हैं। किसान भी भड़क सकता है। यह बिल किसान को काबू में नहीं रख सकता। देश ज्वालामुखी के मुख पर बैठा है। इस तरह से बिल लाकर और तनाव पैदा करके आप समस्याएं हल नहीं कर सकते। इससे पहले राष्ट्रीय संकट पर राष्ट्रीय दृष्टिकोण से विचार करने की आवश्यकता है, मगर ऐसा लगता है कि यह सरकार उसमें असमर्थ है, इसकी नियति है कि इसकी दुर्गति होनेवाली है। हम लाख कहें, ये सुनेंगे नहीं, यह हमें भरोसा है। धन्यवाद।

मजदूर संगठन : मान्यता का आधार?

उपाध्यक्ष महोदय, इस बात से किसी को इन्कार नहीं हो सकता कि ट्रेड यूनियन आंदोलन को मजबूत बनाने और उसका स्वस्थ दिशा में विकास करने की आवश्कता है। अगर यह आंदोलन मजबूत होगा तो केवल मजदूरों को ही संतुष्ट नहीं करेगा, औद्योगिक शांति बनाए रखने में भी अपना योगदान देगा। सरकार के लिए और मालिकों के लिए भी यह आवश्यक है कि वे ट्रेड यूनियन को प्रोत्साहन दें और ऐसी परिस्थितियां पैदा करें कि मजदूरों के हितों के साथ-साथ राष्ट्र के हितों का मेल बिठाकर आगे चला जा सके।

इस समय ट्रेड यूनियनों को मान्यता देने के प्रश्न पर सरकार की कोई निश्चित नीति नहीं है। आज प्रातःकाल प्रश्नोत्तर काल में भी चर्चा हुई थी कि वह सवाल इस विधेयक से भी जुड़ा हुआ है। अनेक उद्योग ऐसे हैं, जहां स्वयं केंद्रीय सरकार ने एक से अधिक यूनियनों को मान्यता दे रखी है। उदाहरण के लिए रेलवे है या हमारे बनर्जी साहब जिन सुरक्षा कर्मचारियों से संबंधित हैं, वहां भी दो अखिल भारतीय ट्रेड यूनियनें चल रही हैं। इस वास्ते प्रश्न यह पैदा होता है कि अगर एक से अधिक ट्रेड यूनियन होनी है, तो फिर मान्यता का निर्धारण किस आधार पर किया जाए? प्रस्तुत विधेयक में यह बात कही गई है कि केवल एक ही यूनियन को सामूहिक शक्ति के आधार पर मालिकों से या सरकार से जैसी भी स्थिति हो, बातचीत करने का अथवा सौदा करने का अधिकार होना चाहिए। सिद्धांत के तौर पर यह बात ठीक दिखाई देती है, लेकिन व्यवहार में इसमें कठिनाई पैदा होती है। उदाहरण के लिए रेल कर्मचारियों की बात मैं रखना चाहता हूं। डाक और तार विभाग में श्रेणी के अनुसार कर्मचारियों के संगठन बने हैं, उन्हें मान्यता प्राप्त है। वे अपनी मांगें प्रशासन के सामने रख सकते हैं और ऐसे मान्यता-प्राप्त संगठनों की केंद्र में कनफैडेरेशन है जो केंद्रीय सरकार के स्तर पर समझौते की बात करती है। लेकिन रेलवे में इस तरह की मान्यता का कोई प्रबंध नहीं है। रेलों में कर्मचारियों की अनेक श्रेणियां हैं। उनकी अपनी कठिनाई है, उनके अपने हित हैं, लेकिन उन्हें मान्यता देने का कोई प्रबंध नहीं है। उदाहरण के लिए मैं स्टेशन मास्टरों और सहायक स्टेशन मास्टरों के संगठन से संबंधित हूं। आप पूना में उनकी बैठक में शामिल हो चुके हैं और उनके अधिवेशन का उद्घाटन कर चुके हैं। अब उनकी श्रेणियों

** ट्रेड यूनियन विधेयक पर चर्चा के दौरान लोकसभा में ११ अप्रैल, १९६८ को ध्यानाकर्षण प्रस्ताव।*

की कठिनाइयां कौन शासन के सामने रखेगा, उनका निराकरण कैसे होगा? क्या उन्हें ट्रेड यूनियन के क्षेत्र में अस्पृश्य समझा जाएगा? केंद्र में बने हुए संगठन उनके प्रति न्याय नहीं कर सके हैं। इसलिए जो पद्धति डाक-तार में अपनाई गई है, उसे रेलों में भी अपनाना होगा। जो संगठन मान्यता प्राप्त नहीं हैं, उनके अधिकार क्या होने चाहिए, इस पर भी विचार करना होगा।

श्रमिक संगठन बदलने के लिए स्वतंत्र हैं

मान्यता बदलनेवाली चीज है। कर्मचारी किसी संगठन का रवैया देखकर उससे विमुख हो सकते हैं। यदि कोई ट्रेड यूनियन लोकतांत्रिक तरीकों से काम नहीं करती है या राष्ट्र के संकट के समय ऐसी नीतियां अपनाती हैं, जो सुरक्षा को खतरे में डालनेवाली हो सकती हैं, तो कर्मचारी और मजदूर उससे विरत हो सकते हैं, वे किसी दूसरी ट्रेड यूनियन में जाने का निश्चय कर सकते हैं। क्या जब तक उस ट्रेड यूनियन को मान्यता नहीं मिलेगी, तब तक उसे कर्मचारियों की ओर से किसी भी तरह की बात करने का अधिकार नहीं होगा? मेरा निवेदन है कि जिन्हें मान्यता प्राप्त है, उनके साथ सरकार सौदेबाजी करे, लेकिन जो मजदूर संगठन रजिस्टर्ड हो चुके हैं और मजदूरों के किसी अंश का प्रतिनिधित्व करते हैं, उनसे पत्र प्राप्त करने का, उन्हें पत्रों के उत्तर देने का और उनके द्वारा पेश किए गए मामलों पर विचार करने का रास्ता खुला रहना चाहिए, चैनल ऑफ कम्यूनिकेशन कायम रहना चाहिए।

श्री मधु लिमये : इस विधेयक में उस पर कोई रोक नहीं है।

श्री वाजपेयी : माननीय सदस्य श्री मधु लिमये कह रहे हैं कि यह विधेयक इस संबंध में रोक नहीं लगाता है। मेरा निवेदन है कि वह रोक तो नहीं लगाता है, लेकिन इस बात का स्पष्ट उल्लेख नहीं करता है और इस दृष्टि से इस विधेयक में यह कमी है।

श्रम मंत्री महोदय यह स्वीकार करेंगे कि मजदूरों में ऐसे संगठन चल रहे हैं जिनकी मान्यता का प्रश्न अभी सरकार के विचाराधीन है। उदाहरण के लिए मैं भारतीय मजदूर संघ का नाम लेना चाहता हूं। केंद्रीय आधार पर उसे मान्यता क्यों नहीं दी जा रही है? इसमें कौन सी कठिनाई है? राज्यों में भी उसके साथ भेदभाव हो रहा है। मान्यता के संबंध में कोई नियम बनाए जाएं, इस बात का मैं स्वागत करूंगा, लेकिन नियम बनाते समय इस बात का ध्यान रखना होगा कि जो मजदूर संगठित नहीं हैं, या ऐसे संगठन से संबंधित नहीं हैं, जो मान्यता प्राप्त हैं, उन मजदूरों के हितों पर आंच नहीं आनी चाहिए। हमारा प्रयत्न हो कि हम अधिक से अधिक मजदूरों को संगठित ट्रेड यूनियन आंदोलन में लाएं, लेकिन सभी इस बात को जानते हैं कि मजदूर एक साथ कई संगठनों से अपने को जोड़ते हैं, कई संगठनों के एक साथ चंदे देते हैं। अगर कुछ काम करना हो, तो वे आई.एन.टी.यू.सी. के पास जाते हैं और अगर लड़ाई लड़नी हो तो दूसरे मजदूर संगठनों के पास जाते हैं।

इसका अर्थ यह नहीं है कि आई.एन.टी.यू.सी. की शक्ति ज्यादा है। इसका अर्थ इतना ही है कि सरकार के साथ मिलकर, या मालिकों के साथ जुड़कर वे उनके साथ कुछ सौदेबाजी करने में सफल हो जाते हैं। लेकिन इस बात का ध्यान रखना होगा कि मजदूरों के संगठनों को मान्यता देते समय हम उन मजदूरों का भी ख्याल करें, जो अभी तक ट्रेड यूनियन आंदोलन से सीधी तरह संबद्ध नहीं हुए हैं, लेकिन जिनकी कठिनाइयां वास्तविक हैं और जिनको अपनी बात कहने का मौका मिलना चाहिए।

प्रस्तुत विधेयक में कुछ सुझाव अच्छे हैं। उदाहरण के लिए मजदूरों के क्षेत्र में ऐसे संगठन होने चाहिए जिनके दरवाजे सबके लिए खुले हों। हम सांप्रदायिक या जातीय आधार पर मजदूरों को बांटने की गलती नहीं कर सकते। मजदूर मजदूर के नाते अपने अधिकारों के लिए लड़े, भाई-चारे के आधार पर काम करे, यह बहुत आवश्यक है। मजदूरों के क्षेत्र में सांप्रदायिकता या संकुचित संकीर्णता के लिए किसी प्रकार का स्थान नहीं हो सकता है।

यह भी जरूरी है कि ट्रेड यूनियन की बैठक प्रतिवर्ष हो और पदाधिकारियों का चुनाव ठीक तरह से किया जाए। मैं इस बात से सहमत हूं कि मजदूर संगठनों की बैठक नहीं होती है या बैठक की सूचना इस तरह से दी जाती है कि वह सबको नहीं मिल पाती है। कुछ व्यक्ति मजदूर संगठनों पर कब्जा जमा बैठे हैं और वे अपनी चौधराहट को खत्म नहीं होने देना चाहते। उनके विरुद्ध मजदूरों को आगे बढ़ाने का और अपनी इच्छा से पदाधिकारी चुनने का अवसर मिले, इस बात की बहुत आवश्यकता है।

इस विधेयक में यह कहा गया है कि ट्रेड यूनियन अथारिटी का निर्माण होना चाहिए, जो मान्यता के संबंध में विचार करे, निर्णय करे। अभी मान्यता का प्रश्न सरकार या मालिकों पर छोड़ा गया है। मैं समझता हूं कि यह सुझाव ऐसा है, जिस पर श्रम मंत्री महोदय को गंभीरता के साथ विचार करना चाहिए। मान्यता के प्रश्न को मालिकों या सरकार पर नहीं छोड़ा जा सकता। लेकिन जिन्हें मान्यता प्राप्त नहीं है, उनके संबंध में क्या व्यवस्था की जाए, इसके बारे में सरकार को सोचना होगा।

आज श्रम मंत्री महोदय ने प्रश्नों के उत्तर देते समय कहा है कि नेशनल लेबर कमीशन इन पहलुओं पर विचार कर रहा है। मैं समझता हूं कि श्री मधु लिमये का यह सुझाव अच्छा है कि इस विधेयक को जनमत जानने के लिए प्रसारित कर दिया जाए, इस पर मजदूर संगठन अपनी अलग-अलग प्रतिक्रिया प्रकट करें और फिर यह इस सदन में आए। तब तक शायद कमीशन की रिपोर्ट भी इस सदन के सामने आ जाएगी और सदन इस स्थिति में होगा कि कोई ठीक फैसला कर सके। धन्यवाद।

घरेलू नौकर : दिशा न बदलें

सभापति महोदय, मैं श्री वाल्मीकि द्वारा प्रस्तुत विधेयक की भावना का अंतःकरण से स्वागत करता हूं। यह स्वाभाविक है कि देश में घरेलू कर्मचारियों की सेवा की शर्तों, काम के घंटों और वेतन की अदायगी के बारे में विचार किया जाए और ऐसा प्रयत्न किया जाए जिससे घरेलू कर्मचारियों का पारिश्रमिक उनको उचित रीति से मिल सके। बहुत बड़ी संख्या में हमारे देश में घरेलू कर्मचारी काम करते हैं, और जब तक शासन हर एक सक्षम व्यक्ति के लिए काम नहीं जुटा सकेगा, घरेलू कर्मचारी रहेंगे और उनकी सेवा की शर्तें तय करने का सवाल भी इस सदन और देश के सामने रहेगा।

लेकिन इस सवाल पर विचार करते हुए केवल भावना के आधार पर हम बहुत दूर तक नहीं जा सकते। अन्य देशों से हमारे देश की तुलना भी ठीक नहीं होगी। जहां मनुष्य श्रम के लिए बहुत बड़ी संख्या में प्रस्तुत नहीं रहते, जहां स्टेशनों पर कुली नहीं मिलते, जहां घरों में कर्मचारी रखना बहुत महंगा पड़ता है, उन देशों की स्थिति से हमारे देश की स्थिति की तुलना नहीं हो सकती। यह ठीक है कि हम उसी स्थिति को लाना चाहते हैं, जबकि प्रति घंटे आदमी को पांच या सात रुपए पारिश्रमिक मिल सके, जैसा कि अन्य देशों में मिलता है, जिसके कारण घरेलू कर्मचारी रखना संभव नहीं होता, लेकिन आज इस प्रकार के नियम हम लागू कर सकें, यह व्यावहारिक नहीं है। इसलिए इस विधेयक पर व्यावहारिक दृष्टि से विचार करना होगा।

देश के अनेक प्रांतों में अलग-अलग स्थितियां हैं और मैं प्रस्तावक महोदय की इस बात से सहमत नहीं हूं कि संपूर्ण देश के लिए कोई एक कानून बनाया जाए, जिसे यहां विद्यमान परिस्थिति का बिना विचार किए हुए लागू कर दिया जाए। हां, मैं इस संबंध में यह सुझाव अवश्य दूंगा कि केंद्रीय सरकार को इस संबंध में कोई 'मॉडल बिल' बनाना चाहिए और उसे राज्य सरकारों को विचार और स्वीकृति के लिए भेजना चाहिए, जिसे वहां की परिस्थितियों के अनुसार लागू किया जा सके।

जहां तक इस विधेयक का प्रश्न है, कुछ ऐसी बातें हैं जिन पर विचार करना आवश्यक है।

** घरेलू कर्मचारियों से संबंधित विधेयक पर चर्चा के दौरान लोकसभा में ५ मई, १९६१ को ध्यानाकर्षण प्रस्ताव।*

घरेलू कर्मचारियों के लिए हफ्ते में एक दिन की छुट्टी होनी चाहिए, यह बात बिल्कुल ठीक है। लेकिन मेरा व्यक्तिगत अनुभव यह है कि मेरा घरेलू कर्मचारी एक दिन की भी छुट्टी लेना नहीं चाहता। क्योंकि छुट्टी लेने का अर्थ होता है उस दिन घर में भोजन नहीं बनेगा, क्योंकि भोजन वही बनाता है। अगर भोजन नहीं बनेगा तो उसे भी अपने भोजन की व्यवस्था अलग करनी पड़ेगी। अब अगर प्रस्तावक महोदय इसमें ऐसी व्यवस्था कर दें कि जिस दिन घरेलू कर्मचारी की छुट्टी हो, उस दिन जो उसे नौकर रखे वह उसे भोजन बनाकर खिलाए—लेकिन यह व्यवस्था उन्होंने नहीं की है—तब तो समझ में आ सकता है। उन्होंने ऐसी व्यवस्था नहीं की है। इससे मैं समझता हूं कि शायद इतनी दूर तक जाने के लिए वह भी तैयार नहीं हैं।

श्री एस.एम. बनर्जी (कानपुर) : आप चूंकि छड़े हैं, इसलिए परेशानी होती है, वरना खाना तो पत्नी बनाएगी।

कर्मचारी तो छुट्टी नहीं चाहता

श्री वाजपेयी : यह कठिनाई अवश्य है। इसीलिए घरेलू कर्मचारी छुट्टी नहीं चाहता। इसलिए इसके बारे में नियम बनाने के पहले हमको सोचना चाहिए कि कहीं ऐसा न हो कि हम कानून बनाकर उनका हित करने का प्रयत्न करें और इससे उनका अहित हो जाए। तो जहां तक भावना का सवाल है वह तो बिल्कुल ठीक है, लेकिन अगर कानून बनाया गया तो घरेलू कर्मचारियों के सामने कठिनाइयां उत्पन्न हो जाएंगी और जो प्रस्तावक महोदय का उद्देश्य है वह पूरा नहीं होगा।

जहां तक वेतन का सवाल है, वेतन भी आज की स्थिति को देखते हुए बहुत कम रखा गया है। इसमें रखा गया है कि १८ साल की उम्र से कमवाले को ३० रुपया प्रतिमास वेतन दिया जाए और जिसकी उम्र इससे ज्यादा हो, उसको ४० रुपए प्रतिमास वेतन दिया जाए। मैं उनसे स्पष्टीकरण चाहूंगा कि इसमें भोजन का हिसाब भी शामिल है या नहीं? अगर इसमें भोजन का हिसाब शामिल नहीं है, तो वह वेतन के अंतर्गत कैसे आएगा और अगर कोई घरेलू कर्मचारी अपने पैसे से भोजन की व्यवस्था करता है, तो इस ३० रुपए में उसका निर्वाह कैसे होगा? अभी जो दिल्ली में घरेलू कर्मचारी हैं, वे भोजन के साथ ३० और ४० रुपया प्रति मास लेते हैं। अतः भोजन के संबंध में कुछ स्पष्टीकरण होना चाहिए। जहां तक काम के घंटों का प्रश्न है, १० घंटे की व्यवस्था इस तरह हो सकती है कि किसी परिवार के भोजन के दोनों समय उसको काम के लिए बुला लिया जाए और उसको अपने भोजन की व्यवस्था बाहर करनी पड़े।

इस तरह से १० घंटे की व्यवस्था कर दी गई तो भी कर्मचारी को कठिनाई हो सकती है। आज तो अगर १० घंटे का काम नहीं है तो वह बैठ सकता है या अपना समय और काम में लगा सकता है, लेकिन अगर एक बार हम मालिक और कर्मचारी के संबंधों का निर्धारण ट्रेड यूनियनवाद के आधार पर करेंगे तो घरेलू कर्मचारियों को १० घंटे बराबर काम करने के लिए तैयार रहना चाहिए।

इसमें जो पुलिस को अधिकार दिया गया है, वह भी घरेलू कर्मचारियों के हित में प्रमाणित नहीं होगा। पुलिस छानबीन करेगी, वह कहां से आया है, इसका पता चलाएगी। अब कुछ ऐसे घरेलू कर्मचारी भी होते हैं जो अपने घरों की परिस्थितियों से विवश होकर मैदानों में चले आते हैं, कुछ घरवालों से बगैर कहे चले आते हैं और कुछ कमाकर घर वापस जाना चाहते हैं। अगर पुलिसवाले उनके घरवालों को बता देंगे कि वे कहां हैं, तो हो सकता है कि उनके घरवाले आकर उनको

पकड़कर ले जाएं। और कितने कर्मचारी पुलिस को पूरी जानकारी देने के लिए तैयार होंगे? और पुलिस अगर जानकारी एकत्र करेगी तो मैं नहीं समझता कि घरेलू कर्मचारियों के लिए यह कोई अच्छी बात होगी।

जहां तक मालिक का सवाल है, अगर मालिक उसको रजिस्टर नहीं करता तो उसको केवल २५ रुपए देने होंगे। यह जुर्माना बहुत कम है।

मेरा निवेदन है कि यह विधेयक जितना दूर जाना चाहिए, उतना दूर नहीं जाता और दूसरी ओर ऐसी दिशा में आगे बढ़ने का प्रयत्न करता है कि जिससे घरेलू कर्मचारियों की कठिनाइयां बढ़ जाएं। इसलिए मेरा आग्रह है कि इस प्रश्न पर विचार करने के लिए संसद को चाहिए कि एक समिति का निर्माण करे जो यह सोचे कि कानून बनाने के अलावा घरेलू कर्मचारियों की स्थिति को सुधारने के लिए कौन-कौन से उपाय अपनाने चाहिए। वह सब बातों पर विचार करके ऐसी व्यवस्था का विकास करे जिसमें घरेलू कर्मचारियों के जीवन में आवश्यक सुख-सुविधा भी लाई जा सके और कानून से उनके मार्ग में अनावश्यक कठिनाइयां भी न आएं। धन्यवाद।

केंद्रीय कर्मचारियों की हड़ताल

सभापति महोदय, इस बात से इन्कार नहीं किया जा सकता कि केंद्रीय कर्मचारियों की हड़ताल के लिए केंद्रीय शासन बहुत अंशों में जिम्मेदार है। वेतन आयोग की रिपोर्ट के प्रकाशन के पश्चात जिम्मेदार कर्मचारियों के परामर्श के बिना ऐसे परिवर्तन किए गए जो कर्मचारियों के हितों के प्रतिकूल थे। आज कहा जाता है कि वेतन आयोग की रिपोर्ट एक पंच फैसला था। यदि वह पंच का फैसला था तो भी उसमें एकतरफा परिवर्तन नहीं किया जाना था। शनिवार की छुट्टी का सवाल है या एक जुलाई से कर्मचारियों को सुविधाएं देने का प्रश्न था; सरकार ने उसमें मनमाना परिवर्तन किया। वेतन आयोग ने सिफारिश की थी कि एक शनिवार को पूरा काम होना चाहिए और एक शनिवार को पूरी छुट्टी, किंतु केंद्रीय सरकार ने उसे बदल दिया। एक जुलाई से जो सुविधाएं लागू की जानी चाहिए थीं, उन्हें ३१ दिसंबर तक हटा दिया गया। मैं नहीं समझता कि केंद्रीय सरकार ने उस रिपोर्ट को एवार्ड मानकर अपना कार्य आरंभ किया। अगर यह मान भी लिया जाए कि वेतन आयोग की रिपोर्ट एक एवार्ड थी तो इस प्रकार के उदाहरण मौजूद हैं, जब सरकार ने एवार्डों में परिवर्तन किया है। बैंक एवार्ड में परिवर्तन के विरुद्ध श्री गिरि ने अपने पद से त्यागपत्र दे दिया था। यदि बैंकों के, मिल मालिकों के पक्ष में किसी एवार्ड में परिवर्तन हो सकता है तो कोई कारण नहीं है कि २२ लाख कर्मचारियों के हितों का विचार करते हुए, अगर पे-कमीशन की रिपोर्ट एक एवार्ड थी, तो उसमें भी कोई संशोधन क्यों नहीं किया जा सकता था; उसमें भी संशोधन किया जा सकता था।

मुझे शिकायत है कि सरकार ने उसे एवार्ड नहीं माना और यह शिकायत हमारे आई.एन.टी.यू.सी. के नेताओं को भी है कि कमीशन ने कुछ ऐसी सिफारिशें की थीं जो पहले कमीशन की सिफारिशों के खिलाफ जाती थीं। पे-कमीशन की रिपोर्ट में कुछ ऐसी भी सिफारिशें की गई थीं जिनमें कर्मचारियों की सुविधाओं में, जो उन्होंने वर्षों संघर्ष करने के पश्चात प्राप्त की थीं, कटौती कर दी गई। क्या यह स्वाभाविक नहीं था कि सरकार उन सिफारिशों को लागू करने से पहले केंद्रीय कर्मचारियों के प्रतिनिधियों को वार्ता के लिए बुलाती? क्या पहले पे-कमीशन की रिपोर्ट एक एवार्ड नहीं थी? क्या उसमें महंगाई-भत्ते के संबंध में जो सिफारिशें की गई थीं, उसे

** केंद्रीय कर्मचारियों की हड़ताल और अध्यादेश पर लोकसभा में ८ अगस्त, १९६० को भाषण।*

सरकार ने लागू किया? क्या उस सिफारिश को लागू करने के लिए जिस प्रकार की मशीनरी की स्थापना की जानी थी, सरकार ने लागू की? हमारी सरकार ने पहले पे-कमीशन की रिपोर्ट को खटाई में डाला, क्योंकि वह कर्मचारियों के हित में जाती थी और दूसरे पे-कमीशन की रिपोर्ट को पंच परमेश्वर का फैसला कहकर लागू करने की कोशिश की। मेरा निवेदन है कि अगर दोनों वेतन आयोगों में मतभेद था और अगर दूसरे वेतन आयोग की सिफारिशें ऐसी थीं जिनसे कर्मचारियों की वर्तमान सुविधाओं में कटौती होती है, तो उसके संबंध में केंद्रीय कर्मचारियों के प्रतिनिधियों से मिलने में किसी प्रकार की आपत्ति नहीं होनी चाहिए। ज्वाएंट काउंसिल ऑफ एक्शन बाद में बनी।

जब इस सदन में वेतन आयोग की रिपोर्ट पर विचार हुआ और एक प्रश्न के रूप में वित्त मंत्री महोदय से पूछा गया कि क्या आप केंद्रीय कर्मचारियों के प्रतिनिधियों को बुलाकर बात करेंगे, तो वित्त मंत्री जी ने साफ इन्कार कर दिया। उन्होंने कहा कि बात जो होनी थी, वह पहले हो गई। अब तो रिपोर्ट आ गई है और हम उसे लागू करेंगे। मेरा निवेदन है कि यह रवैया बहुत ही गलत था और इसलिए केंद्रीय सरकार इस हड़ताल को निमंत्रण देने के लिए जिम्मेदार है। ज्वाएंट काउंसिल ऑफ एक्शन का निर्माण बाद में हुआ। मैं समझता हूं कि हमारे प्रधानमंत्री जी जानते थे कि वित्त मंत्री जी ने केंद्रीय कर्मचारियों के प्रतिनिधियों से मिलने से इन्कार कर दिया है। उस समय हड़ताल की कोई बात नहीं थी। शायद लोगों के दिमाग में हड़ताल का विचार भी नहीं था। अगर उसी समय केंद्रीय कर्मचारियों के प्रतिनिधियों से सरकार की बातचीत हो जाती तो हड़ताल की नौबत न आती। मगर सरकार ने हठधर्मी का रुख अपनाया, जिसका परिणाम यह हुआ कि हमें हड़ताल के दुर्भाग्य का सामना करना पड़ा। मैं हड़ताल को दुर्भाग्य कहता हूं। वह केंद्रीय सरकार के लिए भी दुर्भाग्य की बात थी, और जिनके हाथों में केंद्रीय कर्मचारियों का नेतृत्व था, उनके लिए भी दुर्भाग्य की बात थी कि हमको देश में हड़ताल का दृश्य देखना पड़ा। लेकिन मेरा निवेदन है कि अगर सरकार चाहती तो हड़ताल को टाल सकती थी।

कर्मचारियों की मांगें

मैंने केंद्रीय कर्मचारियों के नेताओं से बातचीत की। वे नहीं सोचते थे कि हड़ताल करनी पड़ेगी, यहां तक कि उन्होंने हड़ताल की तैयारी भी नहीं की थी। उन्होंने हड़ताल के लिए कर्मचारियों को प्रोत्साहित भी नहीं किया था। मैं आपसे कहना चाहता हूं कि अगर उन्होंने केंद्रीय कर्मचारियों को हड़ताल के लिए तैयार किया होता तो आज आप यह दावा नहीं करते कि केवल २०% कर्मचारियों ने ही हड़ताल की है। भले ही २०% ने हड़ताल की हो, मगर जो उनकी मांगें थीं, उनके पीछे सारे केंद्रीय कर्मचारियों की सहानुभूति थी और रहेगी। वे समझते थे कि समय रहते बुद्धिमानी काम आएगी और हमारे प्रधानमंत्री जी कम से कम मिलने से इन्कार नहीं करेंगे। मान लीजिए कि उन्होंने ज्वाइंट काउंसिल ऑफ एक्शन बना भी ली, तो उससे कौन सा आसमान सिर पर टूट पड़ा? हमारे प्रधानमंत्री जी कहते हैं कि वे पिछले ४० साल से हर व्यक्ति से, हर जगह मिलने को तैयार हैं। अब ये केंद्रीय कर्मचारियों के प्रतिनिधि उन्हीं के अनुयायी हैं और उनके नेतृत्व में देश का निर्माण करने के लिए प्रयत्नशील हैं। अगर उन्होंने संघर्ष समिति का निर्माण करके गलती की तो प्रधानमंत्री जी को दूसरी गलती उनसे मिलने से इन्कार करके नहीं करनी चाहिए थी। उनसे मिलने से इन्कार करके सरकार ने बातचीत का दरवाजा बंद कर दिया। उससे

एक असंतोष की भावना फैली और केंद्रीय कर्मचारियों के जो नेता थे, उनके लिए एक असमंजस पैदा हो गया कि क्या न करें और क्या करें। मैं समझता हूं कि परिस्थितियों से मजबूर होकर उन्होंने हड़ताल का फैसला किया।

मैं श्री नाथ पई से हड़ताल के एक दिन पहले मिला था और मैंने निवेदन किया था कि श्री फीरोज गांधी का फार्मूला मान लेना चाहिए। यद्यपि वह पूरी तरह से केंद्रीय कर्मचारियों की मांगों का समर्थन नहीं करता, लेकिन जब सरकार हठधर्मी पर अड़ी थी और अपनी सारी सामूहिक शक्ति के बल पर हड़ताल को कुचलने पर तुली थी, तो मैंने श्री नाथ पई को कहा था कि फीरोज गांधी का फार्मूला मान लेना चाहिए। हमारे जो हड़ताली नेता थे, उनको डर था कि यदि हमने कुछ ऐसी चीज मान ली जिसे कर्मचारियों ने पसंद नहीं किया तो फिर हमारे लिए कठिनाई पैदा होगी। मैं समझता हूं कि यह नेतृत्व का सवाल नहीं है और जिनके हाथों में शासन की बागडोर है, उन्हें भी इस स्थिति को समझना चाहिए था। लेकिन उन्होंने नहीं समझा और जो हड़ताली नेता थे, वे ऐसी परिस्थिति में फंस गए कि उससे बाहर नहीं निकल सके।

मैंने श्री नाथ पई को सुझाव दिया था कि अगर उन्हें हड़ताल करनी ही हो तो वे एक दिन की हड़ताल करें। केंद्रीय सरकार के कर्मचारी अगर शासन की नीतियों के विरोध में अपना रोष प्रकट करना चाहते हैं तो एक दिन की टोकन स्ट्राइक करें, उससे उनका विरोध प्रकट हो जाएगा। इस तरह अनिश्चितकाल की हड़ताल से जो भयंकर परिणाम हो सकते हैं, उन दुष्परिणामों से भी वे बच जाएंगे। लेकिन मालूम ऐसा होता है कि चीज उनके हाथ से फिसल गई और हड़ताल हो गई।

न्यूनतम-अधिकतम वेतन का अनुपात

सभापति महोदय, मेरा निवेदन है कि हमारे प्रधानमंत्री जी ने जो रेडियो पर भाषण दिया, उसका कर्मचारियों पर बड़ा प्रभाव हुआ, क्योंकि उसमें भावुकता थी। उसमें उन्होंने दो तस्वीरें खींची थीं। एक हिमालय की चोटियों पर काम करनेवाले मजदूरों, जवानों की तस्वीर और एक मैदानों में, दफ्तरों में कलम की तलवार से जूझनेवाले कर्मचारियों की तस्वीर थी। मुझे खेद है कि ये तस्वीरें उन्होंने इस तरह से पेश की थीं कि सेना में काम करनेवाले जवानों और सिविल एम्पलाईज के बीच में एक दरार खड़ी कर दी। यह देश के लिए बड़े ही दुर्भाग्य की बात थी। जो भी कर्मचारी हैं वे सब सरकार के कर्मचारी हैं, देश के सेवक हैं। उनमें इस तरह का कोई भेदभाव नहीं किया जाना चाहिए। और मेरा निवेदन है कि दो तस्वीरें केवल पहाड़ की चोटियों पर तैनात जवानों की और मैदानों में काम करनेवाले सिविल एम्प्लाईज की ही नहीं, बल्कि दो तस्वीरें पहाड़ की चोटियों पर भी मिल सकती हैं और दो तस्वीरें मैदान में भी मिल सकती हैं। जवानों और अफसरों की तनख्वाहों के बीच का भारी अंतर पहाड़ की चोटी पर भी मिल सकता है और मैदानों में भी मिल सकता है।

अगर सरकार मानती है कि एक कर्मचारी का न्यूनतम वेतन ८० रुपए होना चाहिए तो मेरा कहना है कि अधिक से अधिक वेतन ८०० रुपए होना चाहिए। क्या सभी पार्टियां इस बात से सहमत नहीं हैं कि न्यूनतम-अधिकतम आमदनी का अंतर १ और १० के बीच में होना चाहिए? अगर आप मान लेते हैं कि आमदनी में १ और १० का अंतर नहीं, बल्कि आज की परिस्थितियों में १ और २० के बीच में होना चाहिए तो भी अधिक से अधिक वेतन, अगर आप न्यूनतम वेतन

८० रुपया मानते हैं तो वह १६०० रुपए से ज्यादा नहीं हो सकता। मगर आज हालत यह है कि एक चौथे दर्जे का कर्मचारी ३०, ४० रुपया पा सकता है और एक बड़ा अफसर ३०००, ४००० रुपए पा सकता है। यह चीज है, जो कर्मचारियों के हृदय में खलती है। अगर यह भेद कायम रहता है, तो सरकार कानून बनाकर हड़ताल को नहीं रोक सकती। महाभारत में कुंती ने कहा था कि मेरे पुत्र भूखे हैं, इसका मुझे दुख नहीं है, मगर जब मैं कौरवों के पुत्रों को राजसी ठाठ में देखती हूं, तो मेरे हृदय में रोष की लहर दौड़ जाती है।

यह स्वाभाविक भावना है, सभापति जी। केंद्रीय सरकार को प्रयत्न करना चाहिए इस भेद को कम करने का। ऊंची से ऊंची तनख्वाह तय नहीं की गई, मुनाफे पर कोई रोक नहीं लगाई गई। आर्डिनेंस जारी किया गया केंद्रीय कर्मचारियों के खिलाफ, मगर आर्डिनेंस कपड़े के दाम बढ़ानेवाले मिल-मालिकों के खिलाफ जारी नहीं हो सकता। मेरा निवेदन है कि यह जो प्रयत्न था, यह कोई सिविल रिबेलियन (विद्रोह) का प्रयत्न नहीं था। यह बड़े दुर्भाग्य की शब्दावली है, जिसका हमारे प्रधानमंत्री ने प्रयोग किया। लेकिन आज देश में चारों ओर असंतोष की बारूद फैली हुई है। ये तीसरे और चौथे दर्जे के केंद्रीय कर्मचारी, विश्वविद्यालय में भर्ती होने के लिए स्थान न पानेवाले विद्यार्थी; यह असंतोष कोई भी चिंगारी पाकर भड़क सकता है। आवश्यकता इस बात की है कि हड़ताल हमारे लिए एक झटके का काम दे। अगर हड़ताल का स्वागत किया जाए इस दृष्टि से कि उसने हमें एक शॉक ट्रीटमेंट दिया है, सारे देश को, सरकार को, अगर हम इससे लाभ उठाएं और ऐसी नीतियों का निर्धारण करें कि जिनसे देश में महंगाई न बढ़ने पाए, तो यह सबके लिए अच्छा होगा।

कीमतें बढ़ेंगी तो वेतन, भत्ता बढ़ाना होगा

अगर सरकार जीवन की आवश्यक वस्तुओं की कीमतों पर रोक लगाने में सफल नहीं होती, तो फिर वेतन और भत्ता बढ़ाने की मांग खड़ी होगी और सरकार का कोई कानून उस मांग को नहीं रोक सकता। मैं यह जानना चाहता हूं कि सरकार हड़ताल की धमकी के ऊपर ही काम क्यों करती है? पे-कमीशन की रिपोर्ट साल भर अलमारी में बंद पड़ी रही, मगर उसे लागू नहीं किया गया। जब हड़ताल का संकट सिर पर आ गया, तब फिर फरमान जारी किए जाने लगे। हमारे प्रधानमंत्री जी ने भी अपने ब्रॉडकॉस्ट भाषण में इस बात पर खेद प्रकट किया है कि पे-कमीशन की रिपोर्ट को लागू करने में देर हुई। इस देर के लिए कौन जिम्मेदार है?

एक माननीय सदस्य : सरकार।

श्री वाजपेयी : अगर सरकार जिम्मेदार है तो सरकार को अपने तौर-तरीके बदलने चाहिए। हड़ताल को रोकने के लिए कानून बनाने की जरूरत नहीं है। जिन कारणों से हड़ताल होती है, उन कारणों को दूर करने की जरूरत है। हड़ताल रोग का कारण नहीं है। हड़ताल तो रोग का प्रकटीकरण है। अगर कारण दूर किए जाएंगे, तो फिर प्रकटीकरण बंद हो सकता है। मेरा निवेदन है कि सरकार इस प्रकार की व्यवस्था करे, इस प्रकार की मशीनरी बनाए जिसमें केंद्रीय कर्मचारियों के साथ अगर मतभेद होते हैं, तो मिलकर, बैठकर, उन पर बातचीत की जाए, उन्हें सुलझा लिया जाए और अगर मतभेद हों, तो उन्हें अनिवार्य पंच फैसले के लिए सौंप दिया जाए, कंपलसरी आरबिट्रेशन के लिए सौंप दिया जाए। मैं समझता हूं कि फिर हड़ताल की कोई आवश्यकता नहीं होगी। इस मामले में भी अगर सरकार चाहती, तो इंडस्ट्रियल डिस्प्यूट्स एक्ट की धारा १० के

अनुसार हड़ताल को वर्चुअली बैन कर सकती थी और सारे मामले को पंच फैसले के लिए सौंप सकती थी। मगर शायद सरकार जोर-आजमाई करना चाहती थी। मुझे खेद है जिस ढंग से आई.एन.टी.यू.सी. ने काम किया। जब हड़ताल वापस ले ली गई और रेलवे कर्मचारी लखनऊ के वर्कशॉप में काम करने लग गए, तो वहां के डिपार्टमेंटल हैड ने उन्हीं कर्मचारियों को अंदर जाने दिया, जिनके लिए आई.एन.टी.यू.सी. वालों ने दरवाजे पर खड़े होकर कहा कि हां, वे जा सकते हैं, दूसरे नहीं जा सकते हैं।

कुछ माननीय सदस्य : शेम, शेम।

कुछ माननीय सदस्य : गलत है।

कुछ माननीय सदस्य : ठीक है।

श्री काशीनाथ पांडे : यह बिल्कुल गलत है। माननीय सदस्य यह साबित नहीं कर सकते कि वहां पर आई.एन.टी.यू.सी. ने कुछ किया है।

श्री वाजपेयी : सभापति जी, मैं उस दिन लखनऊ में था। यह प्रत्यक्ष आंखों देखी हुई बात है। आई.एन.टी.यू.सी. को चाहिए कि जरा अपने नेताओं को संभालकर रखें। केंद्रीय कर्मचारियों का विश्वास प्राप्त करने का यह तरीका नहीं है। बदले की भावना, प्रतिशोध की भावना लेकर आप कर्मचारियों का विश्वास प्राप्त नहीं कर सकते। मेरा निवेदन है कि जो कुछ हो गया, वह पुरानी गाथा थी, एक दुःस्वप्न था, जिसको हमें भूल जाना चाहिए और नए संबंधों का श्रीगणेश करना चाहिए। मगर इसके लिए जो गिरफ्तार हैं, जेलों में पड़े हैं, नौकरियों से निकाले जा रहे हैं, उन्हें वापस लेना चाहिए। और हिंसा का अर्थ यह न लगाया जाए कि अगर किसी ने हड़ताल के लिए कहा, तो वह हिंसा में आता है और अगर किसी रेलवे कर्मचारी ने काम छोड़ने से पहले इंजन का कोयला निकाल दिया तो कहा कि तुमने सैबोटेज किया।

रेलवे मंत्री श्री जगजीवन राम : और क्या है?

श्री वाजपेयी : तो क्या वह रेलवे कर्मचारी इंजिन का कोयला इंजिन में ही छोड़ देता? वह भी सेबोटेज होता, क्योंकि उससे इंजिन खराब हो जाता। मेरा कहना यह है कि सेबोटेज और वॉयलेंस की परिभाषा इतनी लंबी न बनाएं कि सरकार के जाल में सब फंस जाएं। धन्यवाद।

वेतन आयोग ने निराश किया

महोदया, वेतन आयोग की सिफारिशों ने बीस लाख से अधिक केंद्रीय कर्मचारियों में बड़ी निराशा उत्पन्न की है। अनेक वर्षों से बढ़ती हुई महंगाई और बढ़ते हुए टैक्सों के पाटों में पिसने वाले कर्मचारी यह आशा करते थे कि वेतन आयोग उनकी तनख्वाह और मदों में इतनी वृद्धि करेगा कि जिससे देश की आर्थिक परिस्थितियों को ध्यान में रखते हुए वे अपना जीवन-यापन ठीक तरह से कर सकेंगे, जो उनके कर्त्तव्यपालन के लिए भी आवश्यक है और पंचवर्षीय योजना के अंतर्गत जीवन के स्तर को ऊंचा करने का हमने जो लक्ष्य रखा है, उसके भी अनुरूप होगा। लेकिन वेतन आयोग की रिपोर्ट के परिणामस्वरूप कर्मचारी बड़े असंतुष्ट हैं। सरकार ने आयोग के सम्मुख जिस तरह के टर्म्स ऑफ रेफ्रेंस रखे, विचार की जो सीमा निर्धारित की, उसके कारण बहुत कुछ अंश में वेतन आयोग के हाथ-पैर बंध गए। लेकिन जो सिफारिशें की गई हैं, उनमें से कुछ ऐसी हैं जिन्हें सरकार ने ज्यों का त्यों स्वीकार नहीं किया। कांग्रेस पार्टी से संबंधित जो मजदूर संगठन हैं, वे भी इस बात की आलोचना कर रहे हैं कि सरकार ने जो सिफारिशें उसके हित में थीं, उनको तो स्वीकार कर लिया, मगर जो सिफारिशें कर्मचारियों के हित में थीं, उनको बदल दिया। सरकार के सम्मुख एक रास्ता यह था कि कमीशन की रिपोर्ट को जैसे का तैसा स्वीकार कर लेती और उसको कार्यान्वित करती। किंतु यदि सरकार सिफारिशों में कोई परिवर्तन करना चाहती है तो उसके लिए कर्मचारियों के जो प्रतिनिधि संगठन हैं, उनसे विचार-विनिमय की बहुत आवश्यकता है।

छुट्टियों का प्रश्न है। सभी लोग चाहते हैं कि भारत का प्रत्येक नागरिक अधिक से अधिक काम करे, अधिक से अधिक श्रम करे, और हमारे सरकारी कर्मचारी मेहनत करने में किसी से पीछे नहीं हैं। लेकिन वेतन आयोग ने जो सिफारिश की है, विशेषतः शनिवार को काम के घंटे बढ़ाने के बारे में, उसे भी सरकार ने ज्यों का त्यों स्वीकार नहीं किया। छुट्टियां कम कर दी गईं। कुल मिलाकर छुट्टियों की संख्या घटा दी गई। कर्मचारियों पर इससे कार्य का बोझ अधिक पड़ेगा। उस बोझ के उत्तरदायित्व का निर्वाह करने के लिए तो कर्मचारी तैयार हो सकते हैं, यदि बदले में उनकी जो सुविधाएं आज तक चली आ रही हैं, उनको कम न किया जाए, और परिस्थिति की

** वेतन आयोग की रिपोर्ट पर चर्चा के दौरान लोकसभा में ११ फरवरी, १९६० को भाषण।*

मांग को देखते हुए कुछ अधिक सुविधाएं दी जाएं। लेकिन वेतन आयोग की सिफारिश के परिणामस्वरूप काम में वृद्धि हो गई और सुविधाओं में कमी हो रही है।

अभी रेलवे कर्मचारियों की बात हो रही थी। रेलवे कर्मचारियों को जो मकान दिए जानेवाले हैं, अब उनका किराया जोड़ते समय जिस जमीन पर मकान बने हैं, और अगर जमीन महंगे दामों पर प्राप्त की गई है, तो उसको भी कर्मचारी से किराए के रूप में वसूल किया जाएगा। जो चिकित्सा की सुविधाएं हैं उनको भी व्यापक नहीं बनाया गया। जिन कर्मचारियों को रहने के लिए सरकार मकान दे सकी है, उनकी संख्या बहुत कम है और जो शेष कर्मचारी हैं वे इस समय मकानों की कमी को अनुभव करते हैं और उसके लिए अधिक किराया देने के लिए विवश होते हैं। जो सुविधाएं थीं पास या पी.टी.ओ. की, उन्हें भी कम किया गया है। और मुझे पता लगा है कि रेलवे मंत्रालय ने आदेश जारी कर दिया है कि मार्च तक जो कमीशन ने कटौती के सुझाव दिए हैं, उन्हीं के अनुसार फ्री पास और पी.टी.ओ. जारी होने चाहिए। अब यह तर्क दिया जाता है कि जो कर्मचारी रेलवे में काम नहीं करते हम उनके लिए भी वर्ष में एक बार यात्रा की व्यवस्था कर रहे हैं, वह भी घर से आने के लिए।

अब मेरा निवेदन है कि रेलवे कर्मचारी जिन परिस्थितियों में काम करते हैं, उनका थोड़ा सा विचार किया जाना चाहिए। जो सुविधाएं उन्होंने वर्षों के संघर्ष के पश्चात प्राप्त की हैं उनको छीनना नहीं चाहिए, जब तक उनकी सेवाओं की शर्तों में कोई अंतर नहीं होता। आज भी रेलवे कर्मचारी रूल १४८ के अंतर्गत एक महीने का नोटिस देकर, बिना कारण बताए हुए नौकरी से अलग किया जा सकता है। सेवा की ये शर्तें और कर्मचारियों के साथ नहीं हैं। उनके काम में भी अंतर है। डाक और तार विभाग के कर्मचारी भी एक विशेष तरह का काम करते हैं। रात को रात और दिन को दिन नहीं समझते और अपनी संगठन शक्ति से जो सुविधाएं उन्होंने प्राप्त की हैं, वे अपने कर्त्तव्य का ठीक तरह से निर्वाह कर सकें, इसके लिए उनकी आवश्यकता है। सरकार उन्हें भी कम करने जा रही है। कुछ मिलना तो अलग रहा, उलटे कर्मचारियों की जेब में से कुछ जा रहा है। चौबे जी चले थे छब्बे बनने मगर रह गए दुबे। कर्मचारी कुछ प्राप्ति की आशा करते थे, मगर उनके सामने सुविधाओं की कमी का सवाल खड़ा है। मैं मंत्री महोदय से कहना चाहूंगा कि पे-कमीशन की सिफारिशों ने कर्मचारियों को असंतुष्ट किया है। यदि वर्तमान सुविधाओं में कमी की गई तो उसकी प्रतिक्रिया होनी स्वाभाविक है और यदि कर्मचारियों ने सुविधाओं की रक्षा के लिए कोई ऐसा कदम उठाया जिससे सरकार को पता लगे कि वे अपनी सुविधाओं को छोड़ने के लिए तैयार नहीं हैं, तो मैं समझता हूं कि वह उनका बिल्कुल न्यायोचित कदम होगा।

योजना सफल, कर्मचारी का जीवनयापन दूभर

हमारे प्रधानमंत्री ने ३० जनवरी को नई दिल्ली की एक सभा में भाषण करते हुए कर्मचारियों से अपील की है कि वे देश के व्यापक हितों का ध्यान रखें। मैं समझता हूं कि पंचवर्षीय योजना की सफलता के लिए जितना अधिक श्रेय कर्मचारियों को है उतना और किसी को नहीं। सरकार दावा भी करती है कि योजनाएं सफल होती जा रही हैं। लेकिन यह बड़े आश्चर्य की बात है कि उन योजनाओं के चलते कर्मचारियों का जीवन स्तर कम होता जा रहा है। महंगाई बढ़ रही है, सरकार जिस तरह की अर्थ नीति अपना रही है उसमें महंगाई कम हो जाएगी, यह आशा करना भी ठीक नहीं होगा। मुद्रास्फीति के लक्षण बिल्कुल स्पष्ट हैं। अभी हमने देखा कि अनाज के दाम

बढ़े, कपड़े के दाम बढ़े, जीवन की आवश्यक वस्तुओं के मूल्य में वृद्धि हो रही है। उस वृद्धि से अगर सबसे अधिक कोई वर्ग परेशान होता है तो वह सरकारी कर्मचारियों का वर्ग होता है जिन्हें बंधी-बंधाई महीने की तनख्वाह मिलती है; और उनके संबंध में ये अंक रखे जाते हैं कि वे ५६ नए पैसे में दिल्ली में भोजन कर सकते हैं। कमीशन इस परिणाम पर पहुंच सकता है, मगर जो मंत्री हमारे दिल्ली में रहते हैं और दिल्ली की महंगाई ने अधिक नहीं तो थोड़ा सा उन्हें भी स्पर्श किया है, वे जरा हृदय पर हाथ रखकर देखें कि क्या ५६ नए पैसे में ३२ आउंस भोजन मिल सकता है? वह उनके जीवित रहने के लिए पर्याप्त हो सकता है, लेकिन उससे अधिक काम करने की प्रेरणा नहीं मिल सकती।

पे-कमीशन से यह भी आशा की जाती थी कि वह सर्विस कंडक्ट रूल्स में कोई परिवर्तन करेगा। दिखाई ऐसा देता है कि हमारे कर्मचारियों को पहले जितनी सुविधा थी उससे भी शायद अब कम होती जा रही है, और सरकारी कर्मचारी अब और भी बंधनों में बांधे जा रहे हैं। जो मान्यता प्राप्त संगठन हैं, उनसे भी कहा जा रहा है कि बाहर के व्यक्ति को अपना पदाधिकारी न बनाएं। वे कार्यालय की सीमा के भीतर सभा भी नहीं कर सकते। धीरे-धीरे उनके काम करने के लिए जो प्रेरणा है, उसे कम करने की कोशिश हो रही है। जब एक बार सरकार ने यह स्वीकार कर लिया कि जो कर्मचारियों के संगठन हैं वे कर्मचारियों की दक्षता बढ़ाने के लिए और शासन के साथ उनके संबंध ठीक रखने के लिए आवश्यक हैं, तो मैं समझता हूं कि कर्मचारियों के संगठनों को पूरा प्रोत्साहन दिया जाना चाहिए। पे-कमीशन यदि चाहता तो सर्विस कंडक्ट रूल्स में ऐसे संशोधन करने के सुझाव दे सकता था जिनसे कर्मचारी आसपास की गतिविधियों में, सामाजिक और सांस्कृतिक कामों में और अधिक सुविधा से भाग ले सकते। लेकिन ऐसा पता लगा है कि गृह मंत्रालय ने कुछ ऐसे संगठनों की सूची बना रखी है, जिसे काली सूची कहा जाता है। और संदेह पर भी, अगर कोई छोटा सा गुप्तचर विभाग का कर्मचारी नीचे से यह रिपोर्ट कर दे कि अमुक कर्मचारी एक कथित संगठन के साथ संपर्क रखता प्रतीत होता है, तो उसे नौकरी से अलग कर दिया जाता है। मैं समझता हूं कि देश की बदली हुई परिस्थितियों के साथ कर्मचारियों की जो सेवा शर्तें हैं, और जो नियम हैं, उनमें भी संशोधन होना चाहिए।

पे-कमीशन पे नहीं करता, पीछे धकेलता है

पे-कमीशन ने अपने से पहले कमीशन वरदाचारी कमीशन द्वारा महंगाई का भत्ता निर्धारित करने के लिए जो आधार निश्चित किया गया था, उसको भी स्वीकार नहीं किया है। एक तरफ तो कमीशन यह मानता है कि निकट भविष्य में महंगाई को कम करना सरल नहीं होगा, लेकिन वह दूसरी तरफ मूल वेतन भी नहीं बढ़ाना चाहता, क्योंकि वह समझता है कि ८० रुपए में हिंदुस्तान में पढ़े-लिखे, हट्टे-कट्टे लोग मिल सकते हैं, इसलिए बेसिक सैलरी को बढ़ाने की मांग मानने के लिए कमीशन तैयार नहीं है। मैं समझता हूं कि सरकार को अपने कर्मचारियों की तनख्वाह निर्धारित करते समय यह डिमांड और सप्लाई का नियम लागू नहीं करना चाहिए। ८० रुपया तो क्या, अगर वेतन और भी कम कर दिया जाए तो भी देश की परिस्थिति ऐसी है कि पढ़े-लिखे लोग फिर भी काम करने के लिए तैयार हो जाएंगे। लेकिन सरकार को तो आदर्श मालिक के रूप में काम करना चाहिए। जब हम इंडस्ट्रियल वर्कर्स के लिए निजी मालिक से अधिक वेतन और अधिक भत्ते की मांग करते हैं, तो सरकार के लिए आवश्यक है कि अपने

कर्मचारियों को समुचित वेतन दे और महंगाई बढ़ने के साथ उनके महंगाई-भत्ते में भी उसी प्रकार से वृद्धि होनी चाहिए। इस दृष्टि से आयोग की सिफारिशें पिछले पे-कमीशन द्वारा निर्धारित आधार से भी पीछे चली जाती हैं।

जहां तक १२० या १२५ रुपए बेसिक सैलरी तय करने का सवाल है, मैं नहीं समझता कि आज की परिस्थिति में सरकार को उसे स्वीकार करने में क्यों आपत्ति होनी चाहिए। कहा जाता है कि अगर कमीशन की सभी सिफारिशों को स्वीकार कर लिया जाए, तो सरकार को ३१ करोड़ का व्यय देना होगा। मेरा निवेदन है कि कर्मचारियों से जो सुविधाएं ली जा रही हैं, उनसे अधिक काम करा के जो आमदनी की जा रही है, उनके पासों में और उनके पी.टी.ओज. में जो कटौती करके बचत की जाएगी और जो अधिक काम के घंटों के परिणामस्वरूप कर्मचारी सरकारी कोष में आमदनी की वृद्धि करेंगे, अगर उस सबको जोड़ा जाए, तो सरकार ३१ करोड़ रुपया खर्च करके घाटे में रहेगी, ऐसा मैं नहीं समझता। जो कर्मचारी संगठन हैं, उन्होंने भी अपना कुछ हिसाब लगाया है। रेलवे के कर्मचारी यह दावा करते हैं कि वे स्वयं अधिक काम करके कम से कम २६ करोड़ रुपया सरकार को देंगे। यह रेलवे कर्मचारियों का दावा है और मैं समझता हूं कि इस दावे में तथ्य है।

श्री हरिश्चंद्र माथुर : इसकी जांच आपने की होगी?

श्री वाजपयी : जी हां।

श्री हरिश्चंद्र माथुर : वही तो हम सुनना चाहते हैं।

श्री वाजपेयी : अगर रेलवे कर्मचारी अधिक काम करेंगे और उनकी सुविधाओं में कमी होगी, जैसा कि पे-कमीशन की सिफारिशों के अनुसार हो रहा है, तो स्पष्ट है कि सरकार के कोष में बचत होगी और वह कर्मचारियों का ही योगदान होगा। लेकिन यदि सरकार को अपने कोष से भी कर्मचारियों के वेतन में या भत्ते में कुछ योगदान देना पड़ता है, तो मैं समझता हूं सरकार को उसके लिए भी तैयार रहना चाहिए। अंततोगत्वा शासनतंत्र कर्मचारियों के भरोसे ही चलता है। ये कर्मचारी प्रामाणिक हों और निष्ठा के साथ अपना काम करें, हम उनसे यह आशा करते हैं। इस आशय की अपीलें भी की जाती हैं। लेकिन इस बात का ध्यान रखना आवश्यक है । पंचवर्षीय योजनाओं के चलते कर्मचारियों के जीवन-स्तर में कमी नहीं होनी चाहिए, जिसका आज संकट दिखाई देता है।

वेतन आयोग और वेतन-क्रम

वेतन आयोग ने जो विभिन्न सेवाओं में श्रेणियां हैं, उनके लिए भी वेतन-क्रम की कोई ठीक दर निर्धारित नहीं की। कोई वैज्ञानिक पद्धति के आधार पर वेतन-क्रम की दरें तय की गई हों, ऐसा नहीं दिखाई देता। पोस्ट और टेलीग्राफ विभाग में और विशेषकर रेलवे में जो अलग-अलग श्रेणियां हैं, उनकी अलग-अलग ग्रेड्स हैं और उनमें उतार-चढ़ाव है, जिनके कारण कहीं एक-दूसरे का संघर्ष होता है जो कर्मचारियों के मन में ईर्ष्या पैदा करता है, उनके काम करने की क्षमता को घटाता है। कमीशन से आशा की गई थी कि वह इन सभी केटेगरीज के बारे में विचार करके उनके लिए वेतन-क्रम की सिफारिश करेगा।

मैं रेलवे में देखता हूं। स्टेशन मास्टर हैं, असिस्टेंट स्टेशन मास्टर हैं, उनकी योग्यता की शर्तें अधिक हैं। उनके पास काम का भार अधिक है। मगर जो उनके ग्रेड हैं, वह उनके उत्तरदायित्व

के अनुकूल नहीं हैं। इस तरह के और भी उदाहरण दिए जा सकते हैं।

कमीशन के लिए एक बड़ा काम था कि सेवाओं की विभिन्न श्रेणियों में जाकर उनके उत्तरदायित्व के अनुसार उनके वेतन-भत्ते निर्धारित करता। लेकिन जो काम कमीशन ने नहीं किया, वह सरकार कर सकती है। कुछ सिफारिशें अभी सरकार के विचाराधीन हैं। मेरा सुझाव है कि विशेषतः ऐसी सिफारिशें जो कर्मचारियों की वर्तमान सुविधाओं में कमी करती हैं, उनके संबंध में कोई अंतिम निर्णय करने से पूर्व सरकार को कर्मचारियों के संगठनों के प्रतिनिधियों को बुलाना चाहिए, उनसे बात करनी चाहिए। देश में आज जो परिस्थिति है, उसके संबंध में उनको विश्वास में लेना चाहिए। मै समझता हूं अगर कर्मचारियों के प्रतिनिधियों को बुलाया जाएगा, वार्ता की जाएगी तो कोई ऐसा मार्ग निकल सकता है जिसमें कर्मचारियों को भी संतुष्ट किया जा सके और सरकार उन्हें अपना दृष्टिकोण भी समझा दे। लेकिन हमारे वित्त मंत्री यदि दूर से बात करेंगे और कर्मचारियों को विश्वास में नहीं लेंगे, और सरकार पर कितना बोझ पड़ता है, इसी पक्ष पर बल देंगे, और कर्मचारियों के अंतःकरण में क्या प्रतिक्रिया होती है इसका ध्यान नहीं रखेंगे, तो मैं समझता हूं कि कर्मचारियों में और भी असंतोष पैदा होगा। ऐसी परिस्थिति उत्पन्न न हो, इसलिए मेरा निवेदन है कि वित्त मंत्री को समय रहते कर्मचारियों के संगठनों को विश्वास में लेना चाहिए। धन्यवाद।

कर्म करना जन्मसिद्ध अधिकार है

उपाध्यक्ष महोदय, इस बात से इन्कार नहीं किया जा सकता कि देश में बेकारी बढ़ रही है। पंचवर्षीय योजनाओं के चलते हुए बेकारी का बढ़ना सचमुच में बड़ी चिंता की बात है। संसार के किसी देश में ऐसा नहीं हुआ कि निर्माण की योजना चलती हो और बेकारी बढ़ती हो। दूसरी योजना के अंतर्गत पहले अस्सी लाख लोगों को काम देने का अनुमान किया गया था। उसमें भी इस बात को योजना आयोग ने स्वीकार किया था कि इन पांच वर्षों में नब्बे लाख नए बेकार तैयार हो जाएंगे। अब वह ८० लाख का आंकड़ा घटाकर ६० लाख कर दिया गया है। वह भी पूरा होगा या नहीं, इसमें भी मुझे संदेह है।

हम विचार करें कि योजनाओं के चलते हुए आखिर यह बेकारी क्यों बढ़ रही है? योजनाओं के अंतर्गत हम उत्पादन बढ़ाना चाहते हैं। उस बढ़े हुए उत्पादन के लिए हमें देश के भीतर बाजार चाहिए। धीरे-धीरे यह स्पष्ट होता जा रहा है कि आप माल का निर्यात करके देश की अर्थव्यवस्था को बहुत दूर तक विकसित नहीं कर सकते, क्योंकि दुनिया के बाजार में हमें कठोर प्रतियोगिता का सामना करना पड़ रहा है। स्पष्ट है कि बढ़े हुए उत्पादन के लिए हमें अपने देश के भीतर बाजार चाहिए। इसका मतलब यह है कि हमें लोगों की क्रय-शक्ति बढ़ानी पड़ेगी। पंचवर्षीय योजना के अंतर्गत उत्पादन की वृद्धि और आम आदमी की क्रय शक्ति बढ़ाना, मैं समझता हूं ये दोनों एक-दूसरे के पूरक हैं। लेकिन आज स्थिति ऐसी हो रही है कि हम उत्पादन की वृद्धि पर जोर देते जा रहे हैं, लेकिन आम आदमी की क्रय-शक्ति घट रही है। इसका सबसे बड़ा कारण यह है कि देश में करोड़ों व्यक्ति ऐसे हैं जिनके पास काम नहीं है और लाखों व्यक्ति ऐसे हैं कि जिनके पास करने के लिए काम तो है, मगर उस काम का इतना पारिश्रमिक नहीं मिलता, जिससे वे अपना जीवन ठीक तरह से बिता सकें।

यदि हम चाहते हैं कि हमारी अर्थव्यवस्था विकसित हो और बढ़े हुए उत्पादन के लिए हम अपने देश में बाजार कायम करें तो हमें लोगों को काम देना होगा। अगर वह हमने नहीं दिया तो हमारी अर्थव्यवस्था स्थायी आधारों पर प्रतिष्ठित नहीं हो सकती।

** बेरोजगारी की समस्या के अध्ययन के लिए समिति गठित किए जाने की चर्चा के दौरान लोकसभा में २१ नवंबर, १९५८ को ध्यानाकर्षण प्रस्ताव।*

अब प्रश्न यह है कि काम कैसे दिया जाए? मेरा निवेदन है कि सरकार अपनी औद्योगिक नीति में परिवर्तन करे। हमारी औद्योगिक नीति ऐसी होनी चाहिए, जिसमें इस बात पर बल दिया जाए कि हमारे देश में आदमी ज्यादा हैं और भूमि कम। यूरोप के और देशों में जमीन अधिक होगी, आबादी कम होगी। हमारे यहां उलटी स्थिति है। मनुष्य अधिक हैं और जमीन कम है। काम करनेवाले हाथ अधिक हैं और काम कम है। अगर करोड़ों नौजवानों को हमें काम देना है और हमारे प्रधानमंत्री जी कहते भी हैं कि आराम हराम है, तो हमें कोई और ही नीति अपनानी होगी। जो बेकार बैठे हैं, एंपलायमेंट एक्सजेंज के सामने लंबी-लंबी लाइनें लगाकर या कि दिल्ली के स्टेशन के बाहर एक बिस्तर की ढुलाई के लिए चील-कौवों की तरह से झपटते हैं, उनके सामने अगर नारा लगाया गया कि आराम हराम है, तो इससे बड़ा मजाक और क्या हो सकता है?

हमारी योजनाओं में बड़े-बड़े उद्योगों पर अधिक बल दिया जा रहा है, जिनमें मशीनों से काम होता है। मैं यह नहीं कहता कि मशीनों का बहिष्कार कर दिया जाए मगर अधिक काम अगर लोगों को दिया जा सकता है तो दिया जाना चाहिए। मनुष्य भूखा है तो मशीनों से काम लेना ठीक नहीं है। मुझे चीन जाने का मौका नहीं मिला। मेरे दोस्त जो वहां हो आए हैं, उनका कहना है कि वहां भी बड़े-बड़े बांधों का निर्माण हो रहा है, मगर बड़ी-बड़ी मशीनों के बगैर। लाखों चीनी चीटियों की तरह उन बांधों को बनाने में लगे हुए हैं। पारिश्रमिक कम होगा जिसे पूंजीपति देश 'फोर्स्ड लेबर' कहते हैं, लेकिन हमें उस भ्रम में नहीं पड़ना चाहिए। तो अगर आप विकास योजनाओं के द्वारा ही काम दे सकते हैं तो मैं समझता हूं कि योजनाओं को आप थोड़ा धीमे भी चलावें तो उसमें कुछ बिगड़नेवाला नहीं है। आखिर योजनाएं किसके लिए हैं? बड़े-बड़े बांधों का निर्माण किसके लिए किया जा रहा है? मनुष्यों के लिए ही तो किया जा रहा है। जिस मनुष्य के लिए यह किया जा रहा है, उसी मनुष्य को काम चाहिए। कर्म करने का अधिकार मनुष्य का जन्मसिद्ध अधिकार है। यह कर्मभूमि है। हम यहां कर्म करने के लिए पैदा हुए हैं; और मेरा निवेदन है कि यह कर्म करने का अधिकार हमारे मूलभूत अधिकारों में शामिल किया जाना चाहिए। आज हमें बात करने का अधिकार है, लिखने का अधिकार है, चुनाव लड़ने का अधिकार है, मगर काम करने का अधिकार नहीं है।

श्री स.म. बनर्जी : मरने का अधिकार है।

श्री वाजपेयी : आजीविका का अधिकार नहीं है। मैं चाहता हूं कि कर्म के अधिकार को भी सरकार को संविधान के मूलभूत अधिकारों में शामिल कर लेना चाहिए और अपने उत्तरदायित्व को समझना चाहिए कि हर एक व्यक्ति को काम दे। काम कैसे दे, इसके बारे में मैंने आपके सामने एक सुझाव रखा है। मैं चाहता हूं कि औद्योगिक नीति में परिवर्तन किया जाए, छोटे-छोटे उद्योगों पर बल दिया जाए।

दूसरी बात मैं यह कहना चाहता हूं कि हमारी शिक्षा पद्धति में भी संशोधन होना चाहिए। जो भी यूनिवर्सिटी की टकसाल में से ढलकर निकलते हैं, वे बेकारी के बाजार में पहुंच जाते हैं। श्रम की प्रतिष्ठा नहीं है। कोई हाथ से काम नहीं करना चाहता। विदेशी शासकों ने यह शिक्षा पद्धति क्लर्क तैयार करने के लिए चलाई थी। वे चले गए और उनके साथ उनकी शिक्षा पद्धति भी जानी चाहिए। ऐसी शिक्षा पद्धति जो श्रो श्रम की प्रतिष्ठा करे, जो हमें हाथ से काम करने की शिक्षा दे, जिससे हमारा शिक्षित वर्ग दफ्तरों की ओर न जाकर गांवों की ओर जाए, चलाई जानी चाहिए। आज स्थिति यह है कि गांव उजड़ रहे हैं और शहरों में आबादी बढ़ रही है। गांवों में रहने के

लिए लोग नहीं हैं और शहरों में लोगों के रहने के लिए मकान नहीं हैं। हमारी औद्योगिक नीति ऐसी है जो लोगों की क्रय शक्ति नहीं बढ़ाती। इसके परिणामस्वरूप बाजार में कपड़ा पड़ा रहता है और मिलें बंद होती जाती हैं। बाजार में नंगे आदमी भी हैं और कपड़ा भी है। नंगों को कपड़ा चाहिए, मगर कपड़े के दुकानदार को ऐसा नंगा चाहिए जिसकी जेब में पैसा हो। मगर पैसा नहीं है, क्योंकि काम नहीं है, और शासन काम नहीं दे पा रहा है। एक बड़ी संकट की स्थिति हमारे सामने खड़ी हो गई है। यह किसी पार्टी का प्रश्न नहीं है। बेकारों को उत्तेजित करके राजनीतिक लाभ उठाने की कोशिश की जाए, यह भी सवाल नहीं है। मगर शासन अपनी औद्योगिक नीति में, अपनी शिक्षा संबंधी नीति में आमूल परिवर्तन करे तो यह समस्या हल हो सकती है। शासन को चाहिए कि काम के अधिकार को मूलभूत अधिकारों में शामिल कर, उसे स्वीकार कर इस लक्ष्य की ओर कदम बढ़ाए, तभी बेकारी की समस्या का निराकरण संभव है।

मैं समझता हूं कि यह काम एक समिति बना देने से ही पूरा नहीं हो सकता, यद्यपि मैं उस समिति का विरोधी नहीं हूं। धन्यवाद।

मूल्यवृद्धि और प्रकोप

चीनी कड़वी किसने की?

अध्यक्ष महोदय, सदन के संचालन की नियमावली मेरे हाथ में है और आज मैं इस नियमावली के एक नियम का उपयोग करना चाहता हूं। वह नियम सदस्यों को इस बात का अधिकार देता है कि वे किसी विशेष मुद्दे पर बहस के लिए सदन का काम रोकने की मांग कर सकें। यह एडजर्नमेंट मोशन है, काम रोको, क्योंकि चीनी के दाम बढ़ने से आप रोक नहीं पाए, इसलिए सदन का काम रोको।

अध्यक्ष महोदय, मैंने सूचना दी है, सूचना आपके विचाराधीन है। प्रश्न सार्वजनिक महत्व का है, आम आदमी के जीवन से जुड़ा हुआ है। चीनी खुले बाजार में १६.५० रुपए किलो बिक रही है।…(व्यवधान) मैंने जो कुछ कहा है, मैं उसमें संशोधन करता हूं। चीनी २० रुपए किलो तक पहुंची है। यह क्यों हुआ? क्या सरकार को पता नहीं था कि गन्ने का उत्पादन कम होगा, चीनी कम पड़ेगी? क्या आयात की पहले से व्यवस्था नहीं होनी चाहिए थी? आयात कौन करेगा, इस सरकार में यह भी तय नहीं हुआ। एक मंत्रालय दूसरे मंत्रालय को दोष देता है। एक मंत्री अपने सचिव को सार्वजनिक रूप से डांट लगाता है। प्रधानमंत्री का सचिवालय क्या करता है, कुछ पता नहीं है।

चीनी के दाम खुले बाजार में जिस तरह से बढ़े हैं, उसमें करोड़ों रुपए का वारा-न्यारा हुआ है। चीनी के उद्योगपतियों ने कमाया है और व्यापारियों ने भी लाभ उठाया है। ये गर्मी के दिन हैं, इन दिनों चीनी की खपत ज्यादा होती है। शादी-ब्याह का मौसम है, फिर विदेशों से चीनी मंगाने का जो पहलू है, उसकी भी जांच करना आवश्यक है, लेकिन जांच से पहले पूरी बहस होनी चाहिए, हम आपसे यह मांग कर रहे हैं। यह चीनी का घोटाला पहली बार नहीं हुआ है। १९८९ में मैं पब्लिक एकाउंट्स कमेटी का चेयरमैन था और तब हिमाचल प्रदेश के हमारे पंडित सुखराम जी मंत्री थे, वह अभी तक चीनी की मार भूले नहीं हैं।

चीनी की मार हमेशा मीठी नहीं होती है, कभी-कभी चीनी बहुत कड़वी हो जाती है और आज देश में ऐसी स्थिति पैदा हो गई है। यह बहुत गंभीर मामला है, यह आम जनता के जीवन से जुड़ा हुआ मामला है, तात्कालिक महत्व का है। आप यह कहकर मेरे काम रोको प्रस्ताव को

※ चीनी की मूल्यवृद्धि पर लोकसभा में १३ जून, १९९४ को काम रोको प्रस्ताव।

अस्वीकार न करें कि दाम तो बढ़ते ही रहते हैं, आपने पहले क्यों नहीं उठाया।

अध्यक्ष महोदय, मेरा आपसे निवेदन है कि इस सार्वजनिक महत्व के मामले पर आप सदन को बहस करने का मौका दें।...(व्यवधान) सरकार को भी अपनी बात कहने का अवसर मिले।

श्री नितीश कुमार (बाढ़) : हम लोगों ने भी एडजार्नमेंट मोशन दिया है।

श्री वाजपेयी : अध्यक्ष महोदय, मेरे प्रस्ताव के और भी समर्थक हैं।...

अध्यक्ष महोदय : बारह लोगों के आए हैं।

श्री वाजपेयी : अध्यक्ष महोदय, आप इसमें निर्णय करने में देर न लगाएं। कोई काम तो बहुत फुर्ती के साथ होना चाहिए। और यह मुद्दा ऐसा है, आज सारे देश की आंखें सदन की ओर लगी हैं। मैं जानता हूं, आप कहेंगे विशेष अधिवेशन है, हमें संविधान में संशोधन करना है, हमें जनप्रतिनिधि कानून में संशोधन करना है।

अध्यक्ष महोदय : मैं समझता हूं हम जो करने जा रहे हैं उसे आप जरूरी नहीं मानते।

श्री वाजपेयी : नहीं, नहीं, ये तर्क दिए जाएंगे तो सरकार की ओर से, मैं आपके लिए नहीं कह रहा हूं। यह कहकर मामले को टालने की कोशिश की जाएगी। और विषयों पर चर्चा रोकी जा सकती है, और विषय ठहर सकते हैं, मगर देश में आज चीनी की कीमतें बढ़ने के कारण जो सार्वजनिक असंतोष है, उसको वाणी देना बहुत आवश्यक है। उसके लिए हम सरकार की निंदा करना चाहते हैं, केवल चर्चा से काम नहीं चलेगा।

अध्यक्ष महोदय, जिस काम रोको प्रस्ताव पर हमारे मित्र ने चर्चा आरंभ की है, वह केवल एक मंत्रालय से संबंधित नहीं है। चीनी के आयात में जो विलंब हुआ और जिस विलंब के कारण चीनी के दाम अनाप-शनाप बढ़े, उसको केवल खाद्य मंत्रालय ने अपने कार्य-क्षेत्र में नहीं रखा, उसके साथ वाणिज्य मंत्रालय जुड़ा हुआ है। प्रधानमंत्री का सचिवालय भी इस मामले में सक्रिय था, कैबिनेट सेक्रेटरी की भी भूमिका है। लेकिन मैं यहां देख रहा हूं कि केवल खाद्य मंत्री उपस्थित हैं। इतना गंभीर विषय है और इसका जन-जीवन पर इतना व्यापक प्रभाव है कि सरकार को इस मामले में अपनी पूरी सफाई देनी चाहिए और यह काम केवल प्रधानमंत्री जी कर सकते हैं, खाद्य मंत्री पर तो स्वयं आरोप हैं।

प्रधानमंत्री को सदन में होना चाहिए

अध्यक्ष महोदय, अब कैबिनेट सेक्रेटरी की भूमिका की चर्चा होगी, इसका कौन उत्तर देगा? प्रधानमंत्री के सचिवालय से जो समय-समय पर निर्देश दिए गए या फैसला दिया गया, उनकी सफाई कहां से प्राप्त होगी? यह काम हमारे मित्र श्री कल्पनाथ राय नहीं कर सकते। इसलिए मैं चाहूंगा कि अगर इस काम रोको प्रस्ताव के साथ न्याय करना है तो प्रधानमंत्री जी को सदन में होना चाहिए। जैसा मैंने कहा कि मामला केवल एक मंत्रालय से संबंधित नहीं है।

देश में गन्ने की पैदावार कम हुई, चीनी कम बनेगी, इसका अनुमान था, लेकिन उसके अनुसार चीनी की आपूर्ति को बढ़ाने के लिए, चाहे वह सार्वजनिक खुले बाजार में हो, या पी.डी. एस. की तरफ से जो चीनी दी जाती है उसमें हो, इसका सही आकलन क्यों नहीं हुआ? पहले से पता था कि गन्ने का उत्पादन कम है, लेकिन समय पर कदम नहीं उठाए गए। जो तथ्य हैं, आंकड़े हैं, वे न केवल चौंकानेवाले हैं, बल्कि वे मन में संदेह भी पैदा करनेवाले हैं। दुर्भाग्य से देश का वातावरण ऐसा है कि हर चीज में घोटाला दिखाई देता है और इसलिए पारदर्शी प्रामाणिकता

की जरूरत है। इस सदन के सामने सारे तथ्यों को रखने की आवश्यकता है, लेकिन यह नहीं हो रहा है।

अध्यक्ष महोदय, २४ जनवरी को खाद्य मंत्री ने मंत्रिमंडल को एक नोट भेजा, जिसमें कहा गया कि १० लाख टन चीनी की कमी हो सकती है। इस पर कब कार्यवाही हुई? छह-सात हफ्ते तक इस मामले में कोई फैसला नहीं हुआ, क्यों नहीं हुआ? क्या यह दिखाई नहीं दे रहा था कि चीनी की कमी हो जाएगी? चीनी के बढ़ते हुए दाम एक चेतावनी थे और जब त्योहार के महीने के बाद भी चीनी के दामों में कमी नहीं हुई तो वह खतरे की घंटी थी। त्योहार के दिनों में खुले बाजार में चीनी का दाम थोड़ा सा बढ़ जाता है, लेकिन फिर लौटकर अपनी स्थिति पर आ जाता है, लेकिन इस बार ऐसा नहीं हुआ। मैं आंकड़े उद्धृत कर सकता हूं। यह खतरे की घंटी थी। इसके अनुसार तत्काल चीनी आयात का प्रबंध होना चाहिए था। मैं फिर दोहरा रहा हूं कि छह-सात हफ्ते कोई फैसला नहीं हुआ। २४ जनवरी के पत्र के उत्तर में ८ मार्च को मीटिंग हुई, जिसमें ओ.जी. एल. के माध्यम से चीनी मंगवाने का फैसला किया गया, लेकिन यह फैसला 'लीक' हो गया। मैं गंभीरता के साथ यह आरोप लगा रहा हूं। भारत ओ.जी.एल. में चीनी आयात करेगा, यह बात अंतरराष्ट्रीय बाजार में पहुंच गई। वैसे भी चीनी का अंतरराष्ट्रीय बाजार लंदन में सिमटा हुआ है, कुछ कंपनियां उसको अपनी मुट्ठी में रखती हैं और उनको इस बात की भनक पड़ गई कि भारत में चीनी की कमी है, जिसको ओ.जी.एल. के माध्यम से आयात किया जाएगा। सरकार ने स्वयं आयात करने का फैसला क्यों नहीं लिया? फैसला 'लीक' हो गया, जिससे अंतरराष्ट्रीय बाजार में ५०-६० डॉलर प्रति टन चीनी के दाम बढ़ गए। मैं पहले के आंकड़े उद्धृत कर सकता हूं, उस समय दाम कम थे। उस समय बिना शोर मचाए हुए चीनी आयात की जा सकती थी। आवश्यकता का आकलन करके सस्ते दामों पर अंतरराष्ट्रीय बाजार से चीनी खरीदी जा सकती थी, लेकिन विलंब हो गया और विलंब से उठनेवाले कदम की सूचना भी विदेशों में पहुंच गई और भावों में तत्काल वृद्धि हो गई।

एक हजार करोड़ का घोटाला!

मैं ऐसा मानता हूं कि यह एक हजार करोड़ रुपए का घोटाला है। ३०० करोड़ रुपए विदेशों में ज्यादा देने पड़े, इसमें थोड़ा-बहुत इधर-उधर हो सकता है, और देश के भीतर उपभोक्ताओं को ज्यादा दाम देने पड़े, उसकी गणना की जाए तो यह ७०० करोड़ बैठता है। चीनी किस भाव थी और किस भाव बिक रही है? लूट मची हुई है। आजकल शादी-ब्याह का मौका है, गर्मियां हैं, लोग शरबत भी अधिक पीते हैं। तो क्या यह सब किसी योजना के तहत किया गया है? इसकी भी जांच करने की आवश्यकता है। जो संदेह पैदा हो रहे हैं, उनका निरूपण किसी सफाई से नहीं किया जा सकता।

अध्यक्ष महोदय, मैं फिर दोहराना चाहूंगा कि छह-सात हफ्ते का विलंब हुआ, इसके लिए कौन उत्तरदायी है। खाद्य मंत्री तो कहेंगे कि हमने मंत्रिमंडल को पत्र लिखा था, मंत्रिमंडल ने फैसला क्यों नहीं लिया। इसका भी स्पष्टीकरण मंत्रिमंडल की तरफ से आना चाहिए। घर के उपभोक्ताओं को घाटा हुआ और बाहर के बेचनेवालों को फायदा हुआ।

अध्यक्ष महोदय, खुले बाजार के साथ-साथ हमारे यहां पब्लिक डिस्ट्रीब्यूशन सिस्टम में भी एक मिलियन टन चीनी की कमी होने का अनुमान लगाया गया। जब हम बाहर से चीनी मंगाने

पर विचार कर रहे थे, तब पी.डी.एस. के बारे में विचार नहीं हो रहा था। गन्ना कम पैदा हुआ, जिसके लिए सूखा काफी हद तक जिम्मेदार है। गन्ना चीनी मिलों में जाने की बजाय गुड़ की तरफ चला गया, जिससे चीनी कम बनी और पी.डी.एस. के लिए लेवी के रूप में मिलनेवाली चीनी में भी कमी आई। जिस चीनी को गरीब लोग खरीदते हैं, वह चीनी सार्वजनिक वितरण प्रणाली का एक अंग है। चीनी आवश्यक वस्तुओं में गिनी जाती है।

प्याज भी महंगा हुआ था

मुझे याद है कि एक दफा प्याज महंगा हो गया था। देश में हाहाकार मचा हुआ था। उधर बैठे हुए हमारे मित्र प्याज को काट-काटकर आंखों में लगाकर आंसू बहा रहे थे। प्याज काटने से आंसू आते हैं। मगर, चीनी की कड़वाहट और यह चीनी का संकट? बीस रुपए प्रति किलो चीनी खरीदनेवाली गृहिणी का दुख? अगर यह मिस-मैनेजमेंट है तो किसका मिस-मैनेजमेंट है या कोई घोटाला है? सरकार जिस चीज को हाथ लगाती है तो वह घोटाला हो जाता है। जैसे गांधी जी जिस चीज को हाथ लगाते थे तो वह सोने में बदल जाती थी। अब यह शासन हर चीज को घोटाले का रूप दे रहा है। यह प्रतिपक्ष का प्रचार नहीं है। यह सार्वजनिक रूप से लोगों के मन में जो भावना भर गई है, उसका प्रकटीकरण है।

अध्यक्ष महोदय, क्या पी.डी.एस. के लिए चीनी का आयात करना पड़ेगा, इसका विचार नहीं होना चाहिए था? यह विचार किसको करना था? वह क्यों नहीं किया गया? खाद्य मंत्रालय के मैं आंकड़े देख रहा था। खाद्य मंत्रालय की ओर से चीनी रिलीज की जाती है और मिलों से कहा जाता है कि इस महीने की इतनी चीनी रिलीज करो। मई के महीने में जो चीनी रिलीज की गई तो उसकी मात्रा कम थी। ऐसा क्यों हुआ? मई में ज्यादा चीनी रिलीज की जानी चाहिए थी। गर्मी का मौसम, शादी-ब्याह के समारोह, और मई का महीना—इसका परिणाम यह हुआ कि सार्वजनिक वितरण प्रणाली के अंतर्गत जो दुकानें चलती हैं उनमें भी लोगों को पर्याप्त चीनी नहीं मिली। अगर गरीब भी बेटी का ब्याह करेगा तो बेटेवालों को गुड़ का शरबत नहीं पिला सकता, उसे चीनी का शरबत पिलाना पड़ेगा। उसने भी खुले बाजार में महंगी चीनी खरीदी। पी.डी.एस. की दुकानों पर पर्याप्त चीनी क्यों नहीं थी? अगर उसके लिए चीनी के आयात की आवश्यकता थी, तो पहले से अनुमान क्यों नहीं लगाया गया? यह किसकी जिम्मेदारी थी? पी.डी.एस. में हम नौ रुपए प्रति किलो के हिसाब से चीनी देते हैं, उसमें तीन रुपए सबसिडी है।

अध्यक्ष महोदय, जब से विश्व बैंक और आई.एम.एफ. के साथ हमारे प्रेम संबंध प्रगाढ़ हुए हैं, तो यह सबसिडी कदम-कदम पर हमारा रास्ता रोक लेती है और हमारे निर्णयों को विकृत कर देती है। जब यह तय हो गया कि बाहर से चीनी मंगानी है और वह चीनी पी.डी.एस. के द्वारा आम आदमी को वितरित की जाए तो उसके साथ क्या यह प्रश्न तय नहीं होना चाहिए था कि पी.डी.एस. में सबसिडाइज चीनी बेची जाती है तो सबसिडी कौन देगा? वित्त मंत्री इशारा देते रहे कि हम सबसिडी नहीं देंगे। तो फिर एस.टी.सी. और एम.एम.टी.सी. चीनी मंगा लें और वह घाटा सहें तो उनकी खिंचाई होगी। जो सस्ते में चीनी देगा तो उसका जवाब-तलब किया जाएगा। क्या इन सवालों का साथ-साथ उत्तर नहीं दिया जाना चाहिए था कि चीनी मंगाई जाएगी और सबसिडी कौन देगा? पहले इसका निर्धारण होना चाहिए था। यह नहीं किया, इसलिए मंगाने में देर हुई। इसलिए विदेशों में भी भाव बढ़े और देश के भीतर भी भाव बढ़े। आप तारीख देखें कि अप्रैल

के अंत में तय हुआ कि पी.डी.एस. के लिए चीनी इंपोर्ट की जाएगी, लेकिन निर्णय के बाद कार्यवाही नहीं हुई। इसका फैसला नहीं हुआ कि सबसिडी कौन देगा और कितनी सबसिडी दी जाएगी। यह मामला पी.एम.ओ. में था और कैबिनेट सेक्रेटरी तस्वीर में आ गए और फिर १४ मई को प्रधानमंत्री विदेश यात्रा पर जा रहे थे, तो जहाज पर चढ़ने से पहले कैबिनेट सेक्रेटरी को एक तरफ ले गए और उनका हाथ हाथ में लेकर बोले, यह मैंने समाचारपत्रों में पढ़ा है; मैं वहां उपस्थित नहीं था। हाथ में हाथ लेकर बोले : समथिंग विल हैव टु बि डन इन रिगार्ड टु सूगर।

हाय चीनी-हाय चीनी

प्रधानमंत्री ऐसी महत्वपूर्ण यात्रा पर जा रहे हैं, उस यात्रा में कौन से मुद्दे उठेंगे, उनका कैसे निपटारा किया जाएगा, कैसे जवाब दिए जाएंगे, इसका चिंतन करने के बजाय, मेरे जाने के बाद हाय चीनी-हाय चीनी, सारी यात्रा की मिठास खत्म हो जाएगी और इसलिए कैबिनेट सेक्रेटरी को अलग ले जाकर प्रधानमंत्री ने कुछ कहा। जब कहा तो यह कैबिनेट सचिव का काम था कि खाद्य मंत्रालय से चर्चा करते, कॉमर्स मिनिस्ट्री से चर्चा करते। हमारे खाद्य मंत्री को शिकायत है, वे हमारे गाजीपुर में दौरा कर रहे थे। वे वोटों की चिंता में थे, मैं भी था। कहा जा रहा है कि खाद्य मंत्री नहीं मिले। कोई छोटा-मोटा आदमी, दुबला-पतला आदमी होता तो समझ में आ सकता था। खाद्य मंत्री छुपकर भी नहीं बैठ सकते, वे किसी की ओट भी नहीं ले सकते कि उनको ढांपकर ढूंढ़ने की जरूरत पड़े। सरकार कहती है कि खाद्य मंत्री से संपर्क नहीं हुआ। जिला मजिस्ट्रेट के माध्यम से देश के किसी भी कोने से किसी से भी संपर्क हो सकता है। अगर सरकार वक्त आने पर अपने मंत्री से संपर्क नहीं कर सकी तो इस सरकार का निकम्मापन और भी उजागर हो जाता है। आवश्यकता पड़ने पर जो रक्षा विभाग को संभाले हुए राज्य मंत्री हैं, उनसे भी संपर्क नहीं कर सकेंगे। उनकी राय के बिना एक फैसला कर लिया गया, खाद्य मंत्री जी वापस आए तो उन्होंने फ़ैसला रद्द कर दिया। रद्द करने के लिए हवाला देते हैं संसद की लोक लेखा समिति की उस रिपोर्ट का, जिसका मैं अध्यक्ष था।

श्री मोहन सिंह (देवरिया) : आपको खुश करने के लिए।

श्री वाजपेयी : अपने को बचाने के लिए। वह रिपोर्ट मेरे पास है। इतिहास किस तरह से अपने को दोहराता है, यह इससे पता चलता है। १९८९ में जो स्थिति थी वह १९९४ में फिर हो गई। लोक लेखा समिति ने गहराई से छानबीन करके रिपोर्ट दी। अगर मैं उस रिपोर्ट के कुछ हिस्सों को पढ़कर सुनाऊं तो आप समझेंगे कि १९८९ की रिपोर्ट नहीं, १९९४ की रिपोर्ट है : इनिशियल डिले ऑफ अबाउट थ्री मंथ्स इन एकार्डिंग एप्रूवल टु द इंपोर्ट ऑफ सूगर।

पहले इतनी बड़ी मात्रा में चीनी मंगाने की आवश्यकता नहीं थी। एक-दो लाख टन का मामला था, तब भी संकट पैदा हो गया था। तब भी पंडित सुखराम जी आरोपों के घेरे में आ गए थे। इसीलिए उस समय लोकसभा तक नहीं पहुंच सके। मगर उस समय भी इसी तरह का घोटाला हुआ। चीनी मंगाने में देर की गई। कौन मंगाए, उस समय भी यह विवाद का विषय बना था। जिन पर दायित्व था उन्होंने समय पर नहीं मंगाई, कारण यह दिया कि 'फर्स्ट टेंडर इंक्वायरी फ्लोटेड ऑन २३ अगस्त, १९८९ प्रूव्ड इंफ्रक्टियस ड्यू टु द फेलियर ऑफ टेलेक्स मशीन', टेलेक्स मशीन फेल हो गई। बाद में अफसर ने बताया कि उसमें कागज ही नहीं था, मशीन चल रही थी। कागज गायब था, वह भाव नहीं बता रही थी। टेंडर किसका है, कौन खरीदार है, इसका संकेत

नहीं दे रही थी और सरकार चल रही थी। चीनी का आयात करने की तैयारी हो रही थी।

वक्त बदल जाता है, मगर सरकार के तरीके नहीं बदले। इस बार घोटाला और ज्यादा है। बड़ी मात्रा में चीनी का सवाल है। इस बार लोगों को बहुत परेशानी हुई है। लेकिन १९८९ की पी.ए.सी. की रिपोर्ट और एक्शन टेकन रिपोर्ट, यह रिपोर्ट अभी नहीं आई है, मगर जो कुछ जानकारी मिली है, उससे पता चलता है कि एफ.सी.आई. ने कहा कि वे इस मामले में नहीं पड़ते और पी.ए.सी. ने भी सिफारिश की है कि यह एफ.सी.आई. का काम नहीं है। एफ.सी.आई. का काम तो देश में चीनी का वितरण करना है और अगर बाहर से मंगानी हो या बाहर के बाजार में सौदा तय करना हो और लंदन में जो बड़े घाघ बैठे हुए हैं या बड़े मगरमच्छ हैं, उनके साथ बराबरी के आधार पर और चतुराई के साथ सौदा तय करना हो तो इसके लिए विशेषज्ञ चाहिए और वे विशेषज्ञ एस.टी.सी. के साथ हो सकते हैं और एम.एम.टी.सी. के पास हो सकते हैं। इसमें वाणिज्य मंत्रालय के अधिकारियों की सेवाएं ली जा सकती हैं। मगर हर चीज का सौदा होना चाहिए, खुला सौदा होना चाहिए, परंतु ऐसा नहीं हुआ।

अब बताया जा रहा है कि चीनी आ रही है। अब ये आंकड़े भी मेरे पास हैं। बंदरगाहों पर जो चीनी पहुंची है, वह कम है। जो बाजार में आई है, वह उससे कम है और जो दुकानों पर पहुंच रही है, वह उससे भी कम है। क्या इसमें तेजी नहीं लाई जा सकती थी? क्या इस मामले के पीछे पड़कर टॉस्क फोर्स नहीं बनाई जा सकती थी, जो चीनी के संकट पर विजय प्राप्त कर सके? मुझे तो यही लगता है कि सरकार ने इस मामले को गंभीरता से लेने के लिए कोई तैयारी नहीं की।

फिर, अध्यक्ष महोदय, जो पिछली बार पी.ए.सी. की रिपोर्ट आई थी, जिसमें उसने सिफारिश की थी कि अनरजिस्टर्ड कंपनियों को इस सौदे में पड़ने की इजाजत नहीं होनी चाहिए। उनकी पृष्ठभूमि नहीं है, विश्वसनीयता नहीं है। मगर इस संबंध में कैबिनेट सेक्रेटरी की पहल पर जो फैसले हुए, उसमें अनरजिस्टर्ड कंपनियां भी तस्वीर में आ गईं। ये कैसे आ गईं? इसके पीछे क्या कारण है? इसका कौन जवाब देगा? जैसा कि मैंने शुरू में कहा कि खाद्य मंत्री इसका जवाब नहीं दे सकते। प्रधानमंत्री जी दे सकते हैं। कैबिनेट सेक्रेटरी का फैसला है। अनरजिस्टर्ड कंपनियों को बीच में लाने की क्या जरूरत है? रजिस्टर्ड कंपनियां वह सौदा कर सकती हैं, मत दे सकती हैं, और फिर ओ.जी.एल. के अंतर्गत खुले बाजार में चीनी मंगाने का फैसला किया। यहां तो भाव बढ़े, विदेशों में भी भाव बढ़ गए। यहां पर मुसीबत पैदा हो गई। खाद्य मंत्रालय द्वारा खुले बाजार के लिए चीनी ठीक से रिलीज नहीं की गई तो इस कारण भी भाव बढ़े।

आखिर चीनी नीति है क्या?

अध्यक्ष महोदय, दुर्भाग्य के साथ कहना पड़ता है कि चीनी के बारे में कोई समन्वित नीति तय नहीं की जा सकी है। कभी गन्ने की पैदावार बढ़ती है तो कभी कम होती है। मुझे याद है कि आचार्य विनोबा भावे ने कहा था कि गन्ना और गल्ला दोनों में लड़ाई है। आप गन्ना बोइए या गल्ला बोइए। हमें तो अनाज की जितनी जरूरत है उतनी चीनी की जरूरत नहीं है। लेकिन अब चीनी की मांग बढ़ रही है। गुड़ से काम नहीं चलता है। अब तो गुड़ भी २० रुपए किलो बिक रहा है, मगर उसकी चाय तो हलक के नीचे नहीं जाती है। गुड़ कितना बनेगा, खांडसारी कितनी बनेगी और चीनी के लिए कितने गन्ने की आवश्यकता होगी, क्या इसका ठीक से अनुमान

लगाकर समन्वित नीति नहीं बनाई जा सकती थी? इसमें प्रदेशों को सहयोग करना पड़ेगा। अब चीनी के भाव बढ़े हैं, चीनी मिल मालिकों को कितना मुनाफा हुआ है, व्यापारियों ने कितनी कमाई की है, जरा अनुमान लगाया जाना चाहिए। लूटमार मची है। आम आदमी और गरीब आदमी ज्यादा दाम देने के लिए विवश है। वह झक मारकर दे रहा है। अच्छा नहीं लग रहा है, मगर दे रहा है। यह ठीक है कि लोग बड़ी संख्या में सड़कों पर उतरकर सरकार की जिस तीव्रता से निंदा करनी चाहिए, यह नहीं करते हैं। मगर एक घोटाला है और सरकार के निकम्मेपन का जीता-जागता प्रमाण है। एक और प्रश्न है—नई चीनी मिल के लिए लाइसेंस दिए जाएं या नहीं? दिए जाएं तो कितने दिए जाएं? लाइसेंस दे दिए, वापस ले लिए। उत्तर प्रदेशवाले लाइसेंस मांगते रहे, पंजाबवाले लाइसेंस ले गए। कितने लाइसेंस दिए जाएंगे, कितनी चीनी की हमें जरूरत पड़ेगी, इसका निर्णय कैसे होगा? एक सरकार है, मगर विभाजित सरकार है, अलग-अलग हिस्सों में बंटकर फैसले कर रही है। मंत्री अफसरों को दोष दे रहे हैं, अफसर पीठ पीछे मंत्री की बुराई कर रहे हैं, और चीनी खरीदनेवाले मर रहे हैं।

अध्यक्ष महोदय, इसलिए हम यह काम रोको प्रस्ताव लाने के लिए विवश हो रहे हैं। इस सारे चीनी घोटाले की एक उच्चस्तरीय जांच की जरूरत है। पहले तो सदन के सामने संतोषजनक स्पष्टीकरण होना चाहिए। जो भी चीज है, जो भी तथ्य हैं वे सबके सामने रख दिए जाएं। बात बड़ी सफाई से होनी चाहिए। १९८९ के बाद यह दूसरी बार घोटाला हो गया है। मैं कहना चाहता था कि आगे यह घोटाला न हो, इसका प्रबंध किया जाना चाहिए। लेकिन यह कहने की मेरी इच्छा नहीं है, क्योंकि इस सरकार के चलते दूसरा घोटाला हो गया और यह सरकार रहेगी तो तीसरा घोटाला भी होगा। यह सरकार किसी घोटाले में ही जाएगी, लेकिन वह अलग विषय है। मैं जानता हूं कि जो प्रश्न विचाराधीन है, उस पर कांग्रेस के सदस्य भी थोड़ा गंभीरता से सोचें। काम रोको प्रस्ताव हम लाए हैं, इसका अर्थ यह नहीं है कि आपके जो उपभोक्ता हैं, आपके जो मतदाता हैं, आपके जो समर्थक हैं, वे चीनी की बढ़ती हुई कीमतों से परेशान नहीं हैं। कहीं न कहीं तो जवाब मांगना पड़ेगा, किसी न किसी को कटघरे में खड़ा करना पड़ेगा, किसी न किसी का सिर तो सड़क पर लोटना होगा। कब तक पर्दा रखा जाएगा? कब तक लोगों के गलत कामों का समर्थन किया जाएगा? कब तक गलत कामों की ओर से आंख मूंद ली जाएगी? चाहे बड़े से बड़ा मंत्री हो, बड़े से बड़ा अफसर हो, उन सबको कटघरे में जवाबदेही के लिए खड़ा करने की आवश्यकता है। अगर यह काम रोको प्रस्ताव उस दिशा में सरकार को थोड़ा सा भी कुरेद सका, तो हम समझेंगे कि यह काम रोको प्रस्ताव अपने काम में सफल हुआ है।

सत्ता सूखे की भी चिंता करे

उपाध्यक्ष महोदय, नियम १९३ के अंतर्गत मैं कृषि मंत्री महोदय द्वारा २० जुलाई, १९८२ को इस सदन में सूखे की स्थिति के संबंध में दिए गए वक्तव्य पर चर्चा उठाना चाहता हूं।

कृषि मंत्री महोदय ने २० जुलाई को एक नहीं दो वक्तव्य दिए थे। एक दिया था राज्यसभा में और दूसरा दिया था लोकसभा में। पहला वक्तव्य दोपहर के भोजन के पहले था और दूसरा रात्रि के भोजन के पहले। उनके स्वर में चिंता थी, निराशा थी, दूसरे वक्तव्य में कुछ आशा की झलक थी। कुछ ही घंटों में यह अंतर कैसे हो गया? बीच में कुछ पानी बरस गया राजस्थान में, हरियाणा में, पंजाब में, उन्हें और वर्षा होने के समाचार मिले थे। वर्षा के समाचारों से आनंदित होना स्वाभाविक है, लेकिन केंद्र सरकार के कृषि मंत्री को 'क्षणे तुष्टा क्षणे रुष्टा' से बचना चाहिए। हमें स्थिति को न आशावादी के नाते, न निराशावादी के नाते बल्कि यथार्थवादी के नाते देखना होगा और हमारा आकलन वास्तविकतावादी होना चाहिए।

उस दिन मंत्री महोदय ने जो कुछ कहा था, उसके अनुसार तो इस समय स्थिति १९७९ के सूखे से भी अधिक गंभीर है। १९७९ के सूखे के बारे में यह कहा गया था कि वैसा सूखा पिछले १०० सालों में इस देश में नहीं पड़ा। क्या उनका अनुमान यह है कि इस बार का सूखा पुराने सभी सूखों को पीछे छोड़ देगा। मौसम विभाग ने यह भविष्यवाणी की है। मैं नहीं जानता कि उस पर भरोसा करना चाहिए। मौसम विभाग के कथनानुसार १९७९ में जितनी बारिश हुई थी, इस बार उससे कम होगी। अगर ऐसा होता है तो सूखा अधिक व्यापक होगा, परिस्थिति अधिक गंभीर होगी।

उस दिन मंत्री महोदय ने स्वीकार किया था कि ९ राज्यों के २४३ जिलों में से १४६ जिलों में वर्षा कम हुई है। ये राज्य गुजरात से लेकर पश्चिमी बंगाल और उड़ीसा तक फैले हुए हैं। महाराष्ट्र भी इसकी चपेट में है।

एक माननीय सदस्य : राजस्थान भी है।

श्री वाजपेयी : राजस्थान की स्थिति बड़ी गंभीर है। मध्य प्रदेश और पश्चिमी बंगाल से जिस तरह के समाचार आ रहे हैं, उनसे मन में यह डर पैदा होता है कि अगर तत्काल बारिश नहीं हुई या सरकार ने तत्काल प्रभावी उपाय नहीं अपनाए तो लूटमार होने लगेगी। अभी लोग घर

** सूखे के संबंध में कृषि मंत्री के वक्तव्य पर लोकसभा में ३ अगस्त, १९८२ को चर्चा।*

छोड़कर जा रहे हैं। रोजगार की तलाश में जा रहे हैं। इस तरह के समाचार अनेक प्रदेशों से आ रहे हैं।

मध्य प्रदेश के छत्तीसगढ़ में यही हो रहा है। धान की फसल लगाई गई थी, वर्षा के अभाव से सूख गई है। पश्चिम बंगाल में धान की पौध ही नहीं हुई। धान के जो सीड बेड्स लगाए जाते हैं, और जिनमें से धान का पौधा निकालकर और जगह रोपा जाता है, वे सीड बेड्स भी बर्बाद हो गए। पश्चिमी बंगाल के जो समाचार हैं, जो अखबारों में छप रहे हैं, उनसे ऐसा लगता है कि अनाज के लिए लोगों ने गांवों में सरकारी अफसरों का घेराव करना शुरू कर दिया है।

पश्चिम बंगाल के ऐसे हिस्से जिन्हें चावल का भंडार कहा जाता था, उनमें बर्दवान आता है, बांकुरा की भी उनमें गणना होती है, वे जिले आज पीड़ित हैं। मैं 'स्टेट्समैन' में यह रिपोर्ट देख रहा था :

"रायपुर-२ के खंड विकास अधिकारी का बांकुरा में आठ घंटे तक घेराव किया गया जब वह विकास खंड के दौरे पर था। प्रदर्शनकारी काम और भोजन की मांग कर रहे थे। अगले दिन अन्य बड़े समूह ने अनेकों घंटों तक उनका उनके कार्यालय में घेराव किया। इंदपुर के खंड विकास अधिकारी का भी ४००० लोगों ने जल्दी ही घेराव किया था।"

यह भी खबर है कि मिदनापुर से जो ट्रक अनाज ले जा रहे थे, उनको रोका गया, उनको लूटा गया। मैं नहीं कह सकता कि इस खबर में कहां तक सचाई है। जो कुछ प्रकाशित हुआ है, उसके आधार पर बोल रहा हूं।

छत्तीसगढ़ से बहुत बड़ी संख्या में लोग घरबार छोड़कर जा रहे हैं। वर्षा की कमी के कारण, अनाज के न मिलने के कारण यह स्थिति उत्पन्न हो रही है। बिहार के पलामू, छोटा नागपुर और अन्य अनेक भागों में लोगों के सामने एक गहरा संकट उत्पन्न हो गया है।

सभापति महोदय, जो खेतिहर मजदूर हैं, वे क्या करें? आसमान धोखा दे गया, मेघों ने साथ नहीं दिया, जमीन सूखी पड़ी है। खेत में काम बंद है। जो रोज मजूरी करके पेट भरता था, उसकी जठराग्नि कैसे शांत होगी।

केंद्रीय मंत्री महोदय तो थोड़े से पानी के बरसने से आशान्वित हो गए। राजस्थान सरकार तो पानी बरसने से फूलकर कुप्पा हो गई। मेरे सामने 'पैट्रियाट' की एक रिपोर्ट है २७ जुलाई की :

"पहले मानसून की बौछारों को 'पर्याप्त' पाकर राजस्थान सरकार ने सभी अकाल राहत कार्यों को राज्य में ३१ जुलाई से बंद करने का निर्णय लिया है।"

देखिए, सरकार फैसले करने में कितनी फुर्ती करती है। कोई सरकार पर फैसलों में ढिलाई करने का आरोप नहीं लगा सकता। लेकिन यह फैसला कितना खतरनाक है, यह बताने की आवश्यकता नहीं है।

राजस्थान पिछले पांच साल से अकाल की दाढ़ों में जकड़ा हुआ है, हजारों गांव पीड़ित हैं। लोगों के पास पीने का पानी नहीं है। पशुओं के लिए चारा नहीं है, पानी नहीं है। थोड़ी बरसात हुई और राजस्थान की सरकार ने सारे काम बंद कर दिए :

"राज्य सरकार द्वारा कल लिए गए निर्णय की घोषणा करते हुए, आधिकारिक प्रवक्ता ने कहा कि इन बौछारों से किसान खेतों में व्यस्त हो गए हैं और राज्य में राहत कार्य जारी रखने की कोई जरूरत नहीं है।"

क्या इन राज्य सरकारों के भरोसे सूखे से लड़ने की तैयारी हो रही है? मैं यह नहीं कहता

कि सभी राज्य सरकारें एक ही ढंग से आचरण कर रही हैं, लेकिन अगर केंद्र में छोटा सा भी आशावाद होगा तो कुछ प्रदेशों में संक्रामक रूप धारण कर लेगा। राज्य सरकारें पहले वक्तव्य को भूल जाएंगी। बरसात हो गई है, सब कुछ ठीक है, चिंता की कोई बात नहीं है।

दूसरी तरफ मैं इस बात के खिलाफ चेतावनी देता हूं···(व्यवधान)

सभापति महोदय : आशावाद भी संक्रामक होता है।

श्री वाजपेयी : हां, दोनों संक्रामक होते हैं। दुख और सुख दोनों संक्रामक होते हैं, फैलते हैं। आशा और निराशा पर भी यही लागू होता है।

दूसरी ओर मुझे इस बात का खतरा है कि कहीं स्थिति को ज्यादा बढ़ा-चढ़ाकर दिखाने की कोशिश न की जाए। राज्य सरकारों को केंद्र पर निर्भर करना है। केंद्र अपने पिटे-पिटाए पुराने ढंग से चल रहा है। स्थिति का अध्ययन करने के लिए केंद्र से एक स्टडी टीम जाएगी। मैं पूछना चाहता हूं कि कितने राज्यों में गई है? फिर उसकी रिपोर्ट आएगी। रिपोर्ट के बारे में राज्य सरकारें यह कहेंगी कि स्थिति का आकलन सही नहीं हुआ है। राजस्थान के मुख्यमंत्री कह रहे हैं कि दूसरी स्टडी टीम आनी चाहिए जो करेक्ट असेसमेंट कर सके। फिर इस पर वाद-विवाद चलेगा। नई दिल्ली में फैसले करने में देर हो गई। इतने बड़े संकट पर सफलतापूर्वक विजय कैसे प्राप्त की जाएगी?

१९४३ का अकाल याद आया

अगर स्थिति १९७७ से अधिक गंभीर है, अगर पश्चिम बंगाल के लोगों को १९४३ के अकाल की याद आ रही है, अगर हजारों लोग घर-द्वार छोड़कर नगरों की तरफ भागने के लिए विवश हैं, तो मानना होगा कि देश के सामने ऐसी परिस्थिति पैदा हो गई है, जिसका सामना करने के लिए युद्धस्तर की भावना जरूरी है।

केंद्र अपनी जिम्मेदारी राज्यों पर डाले, राज्य सरकार जिला अधिकारियों के भरोसे बैठी रहे, तो हम अकाल पीड़ित लोगों के साथ न्याय नहीं कर सकते।

राव साहब सदन में नहीं हैं, शायद वे मानेटरिंग कर रहे होंगे।

कृषि एवं ग्रामीण विकास राज्यमंत्री श्री आर.वी. स्वामीनाथन : वह आएंगे, मैं यहीं हूं।

श्री वाजपेयी : आप यहां हैं, लेकिन वह यहां नहीं हैं।

श्री आर.वी. स्वामीनाथन : वह आ रहे हैं।

श्री वाजपेयी : लेकिन मैं कैबिनेट मंत्री चाहता हूं। वे चर्चा को गंभीरता से नहीं ले रहे हैं।

श्री आर.वी. स्वामीनाथन : हम बहुत गंभीर हैं।

अध्यक्ष महोदय : वह आ रहे होंगे, मैं सोचता हूं।

श्री वाजपेयी : यह औचित्य का प्रश्न है। मैं जानता हूं उनकी और अनिवार्यता की कोई बात नहीं है। लेकिन कम से कम संसदीय औचित्य का तो निर्वहन होना चाहिए। उन्होंने आपको नहीं लिखा।

मैं इस पर गर्मागर्म बहस नहीं चाहता। यह पार्टी मामला नहीं है। एक बड़ी गंभीर स्थिति पैदा हुई है। मैं नहीं जानता क्या होनेवाला है। अगर आप अपने कर्तव्य के प्रति जागरूक नहीं हैं···

श्री आर.वी. स्वामीनाथन . क्या मैं देश में हुई वर्षा के विषय में आपको कुछ जानकारी दूं?

श्री वाजपेयी : अभी नहीं। ये मेरे ऊपर पानी बरसाना चाहते हैं। जो पानी बरसा है, उसको रोककर रखिए और उसको नहरें बनाकर चर्चा के बाद तरीके से बहाइए···

श्री रामावतार शास्त्री (पटना) : ऊपर छाता लगाए रखिए।

श्री वाजपेयी : कृषि मंत्री ने उस दिन अपने बयान में बार-बार प्रधानमंत्री के बारह प्वाइंट प्रोग्राम की चर्चा की थी। सूखे का सामना करने के लिए १९९० में प्रधानमंत्री ने एक दर्जन सूत्रों का एक कार्यक्रम तैयार किया था। मैंने उस कार्यक्रम को देखा है। वह अच्छा कार्यक्रम है। कागज पर बड़ा सुंदर है। व्यवहार में कितना आता है, यह कसौटी है।

मैं पूछना चाहता हूं कि इस कार्यक्रम के अनुसार जो ड्राउट प्रोन एरियाज हैं, उनमें फुल टाइम रिलीफ ऑफीसर्स नियुक्त होने चाहिए। कितने अफसर नियुक्त हुए हैं? कृषि मंत्री जी इस सदन में उसका विवरण पेश करें और बताएं कि क्या वे नियुक्त कर दिए गए हैं···(व्यवधान)···जी हां, प्रदेशों को करने हैं, लेकिन प्रदेशों को मिलाकर ही केंद्र बना है।

दूसरा सूत्र यह था कि डेली मानिटरिंग होना चाहिए अनाज के बारे में, रोजगार के अवसरों के बारे में, स्टारवेशन डेथ्स के बारे में, पीने का पानी उपलब्ध है या नहीं, इसके बारे में। मैं पूछना चाहता हूं कि कितने प्रदेशों में, कितने ड्राउट प्रोन एरियाज में डेली मानिटरिंग हो रहा है? प्रधानमंत्री के सुझाव के अनुसार जो एफैक्टिव एरियाज हैं, उनमें बफर गोडाउंज होने चाहिए। कितने बफर गोडाउंज कायम हुए हैं, यह भी मैं जानना चाहता हूं।

केंद्र में अनाज की कमी

केंद्र में अनाज की कमी है। १५ मिलियन टन का भंडार पर्याप्त भंडार नहीं है। लेकिन संकट के समय यह अनाज प्रभावित इलाकों में उपलब्ध होना चाहिए, ताकि लोगों को तत्काल दिया जा सके। यातायात की समस्याएं हैं। इसी दृष्टि से शायद प्रधानमंत्री ने सुझाव दिया है कि बफर गोडाउंज वहीं बनाए जाएं। क्या इस पर अमल किया गया है?

१२ प्वाइंटर प्रोग्राम में यह भी कहा गया है कि दो हजार की आबादी पर एक फेयर प्राइस शॉप होनी चाहिए। यह भी कहा गया है कि बैंक इसमें सहायता दें।

क्या यह सच नहीं है कि सरकार की अनाज वितरण करने की सारी मशीनरी टूट गई है? गांवों में तो पहले ही दुकानें नहीं थीं। जहां दुकानें हैं भी, उन्हें पूरी सप्लाई नहीं हो रही है। केंद्र से कह दिया जाता है कि हमने अनाज दे दिया, लेकिन राज्यों में पूरा पहुंचता ही नहीं है। बीच में कहां जाता है? फिर समस्या राज्य से गांव तक पहुंचाने की है। इन नौ प्रदेशों में गांवों में सस्ते दर पर अनाज वितरित करने की व्यवस्था आपको करनी पड़ेगी। क्या कोई सर्वे किया गया है कि दो हजार की आबादी के हिसाब से अगर एक दुकान खोली जाए जैसा कि प्रधानमंत्री चाहती हैं तो कितनी दुकानों की आवश्यकता होगी और उनमें से कितनी दुकानें खुली हैं? क्या यह काम केंद्र में नहीं होगा? क्या केवल १२ सूत्री प्रोग्राम बनाकर भेज देना पर्याप्त है? मैंने कहा कि प्रोग्राम अच्छा है, मगर असली कसौटी···(व्यवधान)

सभापति महोदय, कृषि मंत्री ने अपने बयान में ड्राउट प्रोन एरियाज का उल्लेख किया है। यह प्रोग्राम कई वर्षों से चल रहा है। उस प्रोग्राम के अंतर्गत कुछ काम अच्छे हुए हैं, उनकी तारीफ होनी चाहिए। मगर ड्राउट प्रोन एरियाज के संबंध में मैं एक आडिट रिपोर्ट देख रहा था। १९८०-८१ की, इसके अंतर्गत ५०% सेंटर को देना है, ५०% राज्यों को। मगर आडिट रिपोर्ट कहती है कि

सेंटर ने ५०% राज्यों को दे दिया, राज्यों ने नहीं दिया। राज्यों की जो आर्थिक समस्या है, मैं उस पर आनेवाला हूं। जितना रुपया दिया गया वह भी खर्च नहीं हुआ। १९८०-८१ की आडिट रिपोर्ट ऐसे उदाहरणों से भरी हुई है, जिसके अनुसार इस कार्यक्रम के अंतर्गत स्वीकृत धनराशि खर्च नहीं की गई। बिहार में तीन एजेंसियों को १,२४७ लाख रु. मिला था और व्यय हुआ केवल १,००० लाख। मध्य प्रदेश, उत्तर प्रदेश में धनराशि बची रही। आंध्र का हाल तो यह है कि उसने ९ करोड़ ६३ लाख रु. का कोई हिसाब ही नहीं दिया। ड्राउट प्रोन एरियाज प्रोग्राम के संबंध में केंद्र का स्पष्ट निर्देश था कि जब तक हाथ में लिए काम पूरे नहीं हो जाते, तब तक नया काम हाथ में नहीं लेना चाहिए। प्रदेशों ने इस बात को नहीं माना। चौथी योजना के अनेक काम पांचवीं योजना में शामिल नहीं किए गए। आंध्र प्रदेश में ५० लाख रु. खर्च करने के बाद ७ प्रोजेक्ट छोड़ दिए गए। आंध्र में, उड़ीसा में, मध्य प्रदेश में पांचवीं योजना में २८० सिंचाई प्रकल्प हाथ में लिए गए, इनमें से ८६ अधूरे छोड़ दिए गए। ७ करोड़ पर पानी फिर गया।

पैसा खर्च हुआ, काम नहीं हुआ

रिपोर्ट के अनुसार ऐसे उदाहरणों की भी कमी नहीं है कि पैसा खर्च हो गया, पोटेंशियल तैयार हो गया, मगर उस पोटेंशियल का उपयोग नहीं हो रहा है, क्योंकि कमांड एरिया नहीं बना सिंचाई के लिए। आज जब सूखा पड़ रहा है और मौसम हमारा साथ नहीं दे रहा है, तब इस कार्यक्रम के अंतर्गत जो कमियां रह गई हैं वे हमें कितना नुकसान पहुंचा रही हैं, इसका सहज में अनुमान लगाया जा सकता है। ऐसे भी उदाहरण हैं कि पैसा दिया गया सूखे से लड़ने के लिए, पैसा खर्च किया गया गोदाम बनाने पर। सूखे से लड़ने के बजाय मकान बनाए गए।

सभापति महोदय, मेरा निवेदन है कि कृषि मंत्री सदन को विश्वास में लें कि आज स्थिति क्या है? २० जुलाई के बाद कितनी वर्षा हुई? उस वर्षा के फलस्वरूप सूखे की भयावहता में कितनी कमी आई? आई भी कि नहीं आई? और इस समय नक्शा क्या है, उसे सदन के सामने रखा जाना चाहिए।

बरसात की कमी के कारण जहां पानी से बिजली पैदा होती है, उसमें भी कठिनाई हो रही है। खेती के लिए हम कितनी बिजली दे पा रहे हैं? बिजली की आपूर्ति बढ़ाने के लिए क्या प्रयत्न हो रहे हैं?

उत्तर प्रदेश का हाल क्या है? बिजली मंत्री यहां नहीं हैं। बिजली मंत्री और सिंचाई मंत्री यहां होने चाहिए थे, मगर जब एग्रीकल्चर मिनिस्टर ही गायब हैं···(व्यवधान)···मेरी आंख पीछे थोड़े ही है, सामने ही देख सकता हूं।

सभापति महोदय, उत्तर प्रदेश की तस्वीर क्या है : "स्थापित क्षमता २२६७ मेगा वाट के समक्ष ताप विद्युत की उत्पत्ति ५२५ मेगा वाट है जबकि स्थापित क्षमता १२१२ मेगा वाट के विरुद्ध जल विद्युत ४८५ मेगा वाट पैदा होती है।" उस पर बरसात की कमी, पानी का धरातल नीचे जाने का दृश्य, अचानक सिंचाई के लिए पानी की बढ़ती हुई मांग, इसे कैसे पूरा किया जाएगा?

कृषि मंत्री यह भी बताएं कि राज्य सरकारों ने सूखे का सामना करने के लिए कितनी धनराशि की मांग की है और उसमें से केंद्र कितनी धनराशि दे पा रहा है? मैं मानता हूं कि कुछ राज्यों ने बढ़ा-चढ़ाकर कुछ दावे किए होंगे, यह स्वाभाविक है, लेकिन किसी राज्य के साथ इसलिए भेदभाव नहीं होना चाहिए कि केंद्र की उसके साथ पटती नहीं है। सूखे से सामना करने का सवाल

अगर राष्ट्रीय सवाल है, तो इस मामले में किसी प्रदेश और पार्टी के साथ भेदभाव बर्दाश्त नहीं किया जाएगा।

पश्चिम बंगाल के माननीय सदस्य अपनी बात कहेंगे, ओवर ड्राफ्ट बंद कर दिया है, गांव में रोजगार चालू रखने के लिए अनाज नहीं है, वितरण की प्रणाली टूट रही है। ऐसी स्थिति में केंद्र को ऐसा व्यवहार करना पड़ेगा जो सब प्रदेशों में विश्वास पैदा करे।

मैं यह भी जानना चाहता हूं कि सरकार खेतिहर मजदूरों को काम देने के लिए कौन सी योजनाएं हाथ में लेने जा रही है? अगर बड़े पैमाने पर गांव से मजदूरों का शहर में निष्क्रमण हुआ तो इसके परिणाम भयावह होंगे। लूटमार की खबरें आने लगी हैं। देश में कानून और व्यवस्था की स्थिति पहले से खराब है, अगर समय रहते प्रभावी उपाय नहीं किए गए तो इस सूखे के ऐसे परिणाम होंगे जिसकी शायद हम आज कल्पना नहीं कर सकते। खेतिहर मजदूरों को बड़े पैमाने पर गांव में काम जुटाने की आवश्यकता है, और काम केवल सड़क निर्माण के नहीं होने चाहिए।

सूखा सत्ता के लिए शुभ

वैसे कभी-कभी सूखा सत्तारूढ़ दल के लिए बड़ा लाभप्रद साबित होता है। उदयपुर में लोकसभा की एक सीट का उप चुनाव था। मतदान की तिथि के पहले एक लाख लोगों को, ८० हजार लोगों को उसी क्षेत्र में काम दे दिया गया और मतदान खत्म होने के थोड़े दिन बाद वह काम बंद कर दिया गया।

श्री गिरधारी लाल व्यास (भीलवाड़ा) : आज तक चल रहा है।

श्री वाजपेयी : मैं जांच की मांग करता हूं। हम अपने आरोप साबित करने के लिए तैयार हैं। आप चुनाव जीत गए, हमें चिंता नहीं, मगर लोगों को भूखा मरने से बचाइए।

केंद्रीय कृषि मंत्री से मेरा निवेदन है कि वह मुख्यमंत्रियों की एक बैठक नई दिल्ली में बुलाएं। प्रधानमंत्री तब तक विदेश से लौट आएंगी, वह भी उस बैठक में भाग लें। केंद्र में, प्रदेशों में, जिला स्तर पर, गांवों में क्या कदम उठाए जाने चाहिए, इस पर विचार हो, फैसले किए जाएं और वे फैसले अमल में आते हैं या नहीं, इसकी मानिटरिंग होना चाहिए।...(व्यवधान) केंद्र ने स्टडी टीमें भेजी हैं, लेकिन मांग की जा रही है कि कोई दूसरी स्टडी टीम भेजी जाए।

आज प्रदेशों को धन चाहिए, धान्य चाहिए, भूमिहीन मजदूरों के लिए रोजगार चाहिए, जानवरों के लिए चारा चाहिए, पीने के पानी का प्रबंध चाहिए, और इन सबको युद्धस्तर पर करने की आवश्यकता है। मैंने संसदीय कार्यमंत्री को भी सुझाव दिया है कि कृषि मंत्री अलग-अलग प्रदेशों के, विशेषकर सूखा पीड़ित प्रदेशों के, संसद सदस्यों से लगातार मुलाकात करते रहें।

मैं फिर यह दोहराना चाहता हूं कि यह पार्टी का सवाल नहीं है। लेकिन आज कई प्रदेश ऐसे हैं, जिनमें शासन ठीक नहीं चल रहा है, जहां प्रशासन तंत्र को लकवा मार गया है, जहां मुख्यमंत्री को चिंता है कि अखबारों में मेरे खिलाफ क्या छपता है—लोगों के दिलों में क्या लिखा हुआ है, इसकी मुख्यमंत्री को कोई चिंता नहीं है। बिहार का प्रशासन जा रहा है जहन्नुम में, उसके लिए मुख्यमंत्री चिंतित नहीं हैं। वह चाहते हैं कि उनके प्रतिकूल कोई समाचार न छपने पाए। क्या प्रेस की स्वाधीनता के खिलाफ विधेयक लाकर सारे अपोजीशन से दो-दो हाथ करने का यही वक्त है? आपस की लड़ाई चलती रहेगी। अगर आप सूखे का सामना करने के लिए सहयोग का वातावरण बनाना चाहते हैं तो इस तरह से नहीं बना सकते। मगर मुझे सूखे की चिंता नहीं दिखाई

देती, सत्ता की चिंता दिखाई देती है। मुख्यमंत्रियों को चिंता है अपनी सत्ता की।

राव साहब आ गए हैं।

सभापति महोदय, मेरा निवेदन है कि परिस्थिति का सामना करने के लिए जैसी अरजेंसी चाहिए, वैसी अरजेंसी अभी दिखाई नहीं देती। लेकिन अगर हमने अरजेंसी की भावना से काम न किया तो देश एक महान विपत्ति में फंस जाएगा। इस चर्चा को प्रारंभ करने का मेरा यही उद्देश्य है कि मंत्री महोदय सदन की भावनाओं से अवगत हों और हमें विश्वास में लेकर सरकार की योजना के बारे में बताएं। हम संकट को टालना चाहते हैं। हम नहीं चाहते कि देश एक बड़ी भारी मुसीबत में फंस जाए।

कृषि तथा ग्रामीण विकास तथा नागरिक पूर्ति मंत्री राव वीरेंद्र सिंह : प्रार्थना करो।

श्री वाजपेयी : मैं प्रार्थना भी कर सकता हूं और इनको आशीर्वाद भी दे सकता हूं। लेकिन मुश्किल यह है कि मेरा आशीर्वाद उलटा लगता है।

श्री गिरधारी लाल व्यास : तो फिर मेहरबानी कीजिए।

श्री वाजपेयी : आशीर्वाद मैं नहीं दे रहा हूं। प्रार्थनाओं से यह काम नहीं होगा। जो मंत्री हैं, वे प्रार्थनाओं की बात न करें। प्रार्थना की बात पुजारी करेंगे। मंत्री प्रशासन की बात करें। भूखे प्रार्थना करेंगे भगवान से। मगर इस देश के सूखा पीड़ित लोगों को अनाज, पानी, रोजगार चाहिए, और अगर यह सरकार नहीं दे पाएगी, तो प्रार्थनाएं इस सरकार को नहीं बचा सकतीं। लोगों की भूख की ज्वाला में यह सरकार दग्ध हो जाएगी।

अकाल ने पेट; सरकार ने दिल जलाया

महोदय, मंत्री महोदय ने अपने बयान में बड़ी रंगीन तस्वीर खींचने की कोशिश की है। अगर तस्वीर सचमुच में इतनी अच्छी है तो किसी को आनंद मनाने में आपत्ति नहीं होनी चाहिए। लेकिन मुझे डर है कि सरकार फिर वही गलती कर रही है जो उसने हरित क्रांति का ढिंढोरा पीटने के समय की थी। ग्रीन रेवोल्यूशन के नाम पर सरकार क्रांति की हरियाली में खो गई और देश को अकाल की विभीषका का सामना करना पड़ा। यह ठीक है कि कुछ इलाकों में वर्षा अच्छी हुई है, लेकिन चार महीने जब तक नई फसल नहीं आती, बड़े संकटपूर्ण हैं। मैं जानना चाहता हूं कि सरकार के भंडार में कितना अनाज है, पाइप लाइन में अनाज की मात्रा कितनी है, विदेशों से सरकार ने कितना मंगाने का प्रबंध किया है और इस सयम पब्लिक डिस्ट्रीब्यूशन सिस्टम से जिन लोगों को सरकार को अनाज देना है, उनके लिए कितने अनाज की सरकार को जरूरत है?

अनाज की दुकानें बढ़ाई जा रही हैं मगर उन दुकानों में अनाज नहीं है। जो अनाज है, उसका एक नमूना कल रात मेरे पास आया है डाक से। यह गदरा रोड में २२ मई को सरकारी राशन शॉप से दिया गया है। यह अनाज क्या है, ज्वार है, बाजरा है या इन सबका मिक्सचर है, यह मनुष्य का भोजन है या पशु का खाना है, यह आप तय नहीं कर सकते। मैं चाहता हूं कि मंत्री महोदय इसको देखें। अगर राशन की दुकान से यह अनाज दिया जाना है तो फिर इस अनाज को खाकर लोग मरेंगे ही और आप कहेंगे कि मरनेवाले बीमारी से मरे हैं, भूख से नहीं मरे। यह अनाज जरूर बीमारी पैदा करनेवाला है। सरकार जो अनाज दे रही है वह तीन आउंस चावल दे रही है, यह गदरा रोड की चिट्ठी में लिखा हुआ है। तीन माह में चार किलो अनाज दिया गया है। तीन माह में चार किलो अनाज से लोग पेट कैसे भर सकते हैं? खुले बाजार में अनाज के दाम आसमान को छू रहे हैं। गेहूं की तुलना में ज्वार, बाजरा, मक्का २१० रुपया क्विंटल तक बिक रहा है। गरीब आदमी कैसे अनाज खरीदेगा? पानी बरस गया, इसलिए उस आदमी की खरीदने की ताकत नहीं बढ़ गई। मैं जानना चाहता हूं सरकार ने कम से कम कितना राशन देने का फैसला किया है? मांग हो रही है कि एक महीने में कम से कम बारह किलो गेहूं मिलना चाहिए। सरकार बताए कि आप अनाज की दुकानों से कितना दे सकते हैं? क्या जिसको वरनरेबल सैक्शन ऑफ

** अकाल और राहत कार्यों पर लोकसभा में २४ जुलाई, १९७३ को वाद-विवाद।*

सोयाइटी कहा जाता है, वह खुले बाजार में अनाज खरीदकर अपनी आवश्यकताओं की पूर्ति कर सकता है? अगर नहीं तो उन्हें आप भूख से मरने से कैसे बचा सकते हैं?

श्री लिमये ने ठीक प्रश्न उठाए हैं। महाराष्ट्र में वर्षा हो गई और राहत के काम बंद किए जा रहे हैं। केंद्र सरकार जो रुपए में पचास पैसे देती थी अपनी तरफ से, उसको रोक दिया गया है। एक परिवार के दो लोगों से ज्यादा लोग काम नहीं कर सकते। यह नियम बनाया जा रहा है। सब लोग तो खेती में जाने के लिए तैयार नहीं हैं। खेती के लिए साधन नहीं हैं। जो रिलीफ कैंप्स में रहकर काम करना चाहते हैं, उन्हें आप क्यों नहीं काम करने की छूट देते हैं? केंद्रीय सरकार सहायता-कार्य बंद क्यों कर नही है? महाराष्ट्र की तुलला में अधिक नहीं तो वैसा ही भयावह अकाल पूर्वी उत्तर प्रदेश में और बिहार में पड़ने जा रहा है, पड़ रहा है। स्थिति गंभीर है। कानून और व्यवस्थ भी टूटकर बिखर जाएगी, इसका अंदेशा है। भूखा आदमी क्या नहीं करता : बुभुक्षितः किं न करोति पापम्?

अगर इस अकाल का मुकाबला करने के लिए केंद्र ने बिहार, उत्तर प्रदेश आदि में राहत कार्य शुरू नहीं किए, पर्याप्त मजूरी नहीं दी और जहां राहत कार्य चालू हैं, वहां अनाज देने का प्रबंध नहीं किया तो बड़ी शंका है कि लोग गांवों को छोड़कर नगरों की ओर दौड़ पड़ेंगे। मिर्जापुर की सारी तहसील से लोगों का एक काफिला रवाना हो गया है, जो वाराणसी की तरफ बढ़ रहा है। यही स्थिति बिहार की भी है। वहां भी अनेक भागों में ऐसा ही हो रहा है। इस भयावह स्थिति का इस बयान में कोई संकेत नहीं है। इसमें अपनी पीठ ही थपथपाने का प्रयास किया गया है। अकाल से लड़ने के लिए जो भी प्रयत्न किए गए हैं, उसकी कीमत को कम करके मैं आंकना नहीं चाहता हूं। लेकिन केंद्रीय सरकार असावधान होने की गलती न करे।

मैं दोहराना चाहता हूं कि तीन महीने अभी और बड़े संकटपूर्ण हैं। बरसात के कारण गांवों में अनाज पहुंचाना और कठिन हो गया है। आवागमन के साधन अवरुद्ध हो जाते हैं। गांवों में दुकानें नहीं हैं, भूमिहीन मजदूरों को खाने के लिए अनाज कहां से मिलेगा? उसके लिए बड़े पैमाने पर राहत कार्य शुरू करने पड़ेंगे। वहां अनाज देने की व्यवस्था करनी पड़ेगी, लोगों को मजूरी उपलब्ध करानी पड़ेगी। इस राहत का इसमें कोई हवाला नहीं है। केवल इतना कहना काफी नहीं है कि लोग भूख से नहीं मर रहे हैं। मैं जानता हूं कि मर रहे हैं। यह पार्टी का सवाल नहीं है। कल भी वित्त मंत्री जी ने सहयोग की अपील की थी। प्रधानमंत्री विरोधी दलों के नेताओं को बुला रही हैं आर्थिक स्थिति पर चर्चा करने के लिए। लेकिन अकाल से लड़ने के लिए हम एक क्यों नहीं हो सकते हैं। क्यों नहीं एक संसदीय समिति अभी उत्तर प्रदेश के पूर्वी जिलों और बिहार आदि के क्षेत्रों का दौरा करके पता लगाती कि कितने अनाज की कमी है? वहां परिस्थिति कितनी गंभीर है और कैसे प्रभावी उपाय उसको अपनाने चाहिए? इसके बारे में सर्वदलीय समिति सुझाव क्यों नहीं दे सकती है? क्यों नहीं मंत्री महोदय इस तरह की समिति गठित करने का प्रस्ताव लेकर स्पीकर महोदय के पास आते? कहीं न कहीं राजनीतिक लाभ उठाने की चिंता की जा रही है। मुझे दुख है कि मंत्री महोदय ने परिस्थिति की गंभीरता पर प्रकाश डालने से इन्कार कर दिया है या उसे देखने से इन्कार कर दिया है। मैं चाहता हूं कि बताया जाए कि उत्तर प्रदेश, बिहार आदि में लोगों को राहत कार्यों में काम देने के लिए कौन से कदम उठाए जा रहे हैं? महाराष्ट्र में जहां राहत कार्य चल रहा है, क्या यह सच है कि केंद्रीय सरकार ने पचास पैसा अनुदान देने से मना करके उन राहत कार्यों को बंद

कर दिया और लोगों के सामने फिर अनाज की कठिनाइयां पैदा कर दी हैं?

५६ करोड़ लोगों को सरकार खिलाए

सरकार ने गेहूं के व्यापार को अपने हाथ में लिया है, उसका राजकीय व्यापार शुरू किया है, तो ५६ करोड़ लोगों को खिलाने की जिम्मेदारी भी सरकार ले ले। इससे बचने का कोई रास्ता नहीं है। विरोधी दलों को दोष देकर आप अपने दायित्व से बच नहीं सकते। 'फॉर ईस्टर्न इकॉनोमिस्ट' ने लिखा है :

"यदि खाद्य सामग्री पर्याप्त होती, तो भारत में ऐसी भुखमरी न होती।"

बलि के बकरों से पेट भरा जा सकता तो हिंदुस्तान में कोई भूखा नहीं मरता। लेकिन बलि के बकरों से पेट नहीं भरा जा सकता। लोगों की जठराग्नि प्रबल हो रही है और अगर आप पर्याप्त मात्रा में और उचित दामों पर अनाज नहीं दे पाए तो परिस्थिति काबू के बाहर हो जाएगी। और फिर क्या होगा, यह तो भविष्य ही बताएगा।

श्री फ़खरुद्दीन अली अहमद : जो बयान गवर्नमेंट की तरफ से हाउस के सामने रखा गया है, उसमें यह बताया गया है कि जो ड्राट हमारे मुल्क में पिछले साल हुआ, उसके दौरान क्या-क्या काम गवर्नमेंट ने किए और उनके जरिए से लोगों को क्या-क्या मदद पहुंचाई गई। मैंने अपने बयान में कहा है कि हम उत्तर प्रदेश और बिहार में इस काम को आगे बढ़ाने के लिए और एफेक्टिड लोगों को काफी मदद पहुंचाने के लिए कदम उठा रहे हैं।...(व्यवधान) मैंने अभी कहा है कि जहां तक ईस्टर्न यू.पी. का ताल्लुक है, मुझे अभी-अभी इत्तिला मिली है कि यह इंतजाम किया जा रहा है कि सरप्लस डिस्ट्रिक्ट्स से दस हजार क्विंटल अनाज वहां भेजा जाए और फेयर प्राइस शॉप्स के जरिए लोगों को दिया जाए।

श्री वाजपेयी : फेयर प्राइस शॉप्स से एक आदमी को एक हफ्ते के लिए कितना अनाज दिया जाएगा?

श्री फखरुद्दीन अली अहमद : आनरेरी मेंबर ने यह ठीक सवाल उठाया है। आज तमाम हिंदुस्तान में एक यूनिफॉर्म रेट नहीं है। किसी जगह कम दिया जाता है और किसी जगह ज्यादा...(व्यवधान) मैंने कहा है कि सारे कंट्री में एक यूनिफॉर्म रेट नहीं है। अलग-अलग स्टेट्स में मुख्तलिफ रेट हैं। स्टेट्स गवर्नमेंट से सलाह करके यह तय किया जाता है कि फेयर प्राइस शॉप्स के जरिए से अनाज की कितनी मिकदार दी जाए।...(व्यवधान)

श्री एस.एम. बनर्जी : उन्हें सवाल का जवाब चाहिए। श्री वाजपेयी द्वारा उठाया गया सवाल राशन की मात्रा पर था, जो दी गई है। उत्तर प्रदेश में पिछले सप्ताह यह मात्रा कम कर दी गई। उन्हें सवाल का जवाब देने दीजिए।...(व्यवधान)

श्री फखरुद्दीन अली अहमद : मैंने कहा है कि यह तो इस बात पर मुनहसिर है कि कितना अनाज उस स्टेट में मौजूद है, कितना फ्री मिल सकता है और कितना हम राशन शॉप के जरिए से दे सकते हैं। यह देखकर हम हर एक स्टेट में अनाज की मिकदार फिक्स करते हैं। हमने अभी तक कोई यूनिफॉर्म रेट फिक्स नहीं किया है।

मनी सप्लाई बढ़ी, मूल्य बढ़े

सभापति जी, अगस्त के महीने में इस सदन में मूल्य वृद्धि पर चर्चा हुई थी। उस समय वित्त मंत्री महोदय ने कहा था, मैं उनके शब्दों को उद्धृत कर रहा हूं :

"स्वाभाविक रूप से इस मामले में हम परीक्षण पर होंगे। हम नहीं कह सकते कि हमने निर्णय ले लिया है और इसलिए हमारी जिम्मेदारी पूरी हो गई। अंतिम रूप से निर्णय की परीक्षा लागू होने की स्थिति में है।"

और अपने भाषण में उन्होंने यह भी कहा था कि सदस्यों को कुछ हफ्ते के लिए धैर्य रखना चाहिए और जो निर्णय किए जाएंगे वे केवल कानूनी नहीं होंगे, उनके पीछे पोलिटिकल साल्यूशन भी होगा। हफ्तों की बात नहीं है। महीने गुजर गए हैं। अब वित्त मंत्री महोदय और कितना अधिक धैर्य रखने के लिए कहना चाहते हैं? सरकार कसौटी पर कसी गई है। सरकार कसौटी पर विफल सिद्ध हो गई।

इस बात से कोई इन्कार नहीं कर सकता कि मौसम की खराबी से, युद्ध के परिणामस्वरूप, विस्थापितों के आगमन की वजह से हमारी अर्थव्यवस्था पर भार पड़ा। लेकिन क्या मूल्यों में जो वृद्धि हुई है, वह इसी अनुपात में है? अगर सूखा है तो उससे उत्पन्न परिस्थिति का सामना करने के लिए हमारा बफर स्टाक पर्याप्त होना चाहिए था। सरकार दावा करती है कि ९० लाख टन बफर स्टाक था। वह भी आंकड़ा गलत है। मुझे लगता है कि ५० लाख टन से ज्यादा बफर स्टाक नहीं था। इतना अधिक बफर स्टाक होने के बाद अनाज के दामों में इतनी वृद्धि क्यों होनी चाहिए। शरणार्थी आए। उनके लिए हमने जनता पर टैक्स लगाया। वित्त मंत्री महोदय दावा करते हैं कि जितना रुपया हमें टैक्स से मिलने की आशा थी, उससे ज्यादा उन्होंने वसूल करके दिखाया। वह साधुवाद लेने के लिए तैयार हैं। फिर दोष कौन लेगा? जब अनाज के दाम बढ़ते हैं तो हमारे जैसे देश में, जहां आम आदमी का ७०% खर्चा अनाज पर होता है या खाद्यान्नों पर होता है, उसका पारिवारिक बजट बिगड़ जाता है और महंगाई हर एक क्षेत्र में दिखाई देती है। वित्त मंत्री महोदय ने कहा था कि हम सस्ते अनाज की दुकानें खोलेंगे। इस वक्तव्य में इस बात का कोई संकेत नहीं है कि वे दुकानें कितनी संख्या में प्रभावी रूप में चल रही हैं; और अगर आपका दावा यह

** मूल्यवृद्धि पर लोकसभा में १४ नवंबर, १९७२ को सरकार की निंदा।*

है कि वे सारी दुकानें खुल गईं और प्रभावी रूप में चल रही हैं तो आपको यह स्वीकार कर लेना चाहिए कि केवल सस्ती दुकानें खोलने से मूल्य वृद्धि की समस्या का समाधान नहीं होगा।

असली बात यह है कि मूल्य वृद्धि का मुख्य कारण मनी सप्लाई का बढ़ना है। केवल युद्ध का प्रश्न नहीं है। जिस गति से सरकार घाटे की अर्थव्यवस्था कर रही है, उसमें इसके अलावा कोई परिणाम नहीं हो सकता। पहली योजना में घाटे की अर्थव्यवस्था ३३३ करोड़, दूसरी में ९५४ करोड़, तीसरी में ११३३ करोड़, चौथी में ८५० करोड़ थी। ७१-७२ में ७०० करोड़ रुपए की घाटे की अर्थव्यवस्था की जा रही है। अब जिस मात्रा में हम घाटे की अर्थव्यवस्था कर रहे हैं, उस मात्रा में अगर हम माल और सेवाओं का उत्पादन बढ़ा लेते तो यह घाटे की अर्थव्यवस्था हमारे लिए संकट नहीं बनती। लेकिन एक ओर मनी सप्लाई बढ़ता जा रहा है; रिजर्व बैंक की रिपोर्ट है कि मनी सप्लाई १५% प्रतिवर्ष के हिसाब से बढ़ रही है, जबकि माल की पैदावार खाली ३.५% प्रतिवर्ष के हिसाब से बढ़ रही है। गत वर्ष तो औद्योगिक उत्पादन में बहुत भारी कमी हो गई। मैं समझ सकता हूं अन्न के क्षेत्र में संकट मौसम के कारण है। मगर औद्योगिक क्षेत्र के उत्पादन में जो कमी हुई है, उसके लिए कौन जिम्मेदार है? उसके लिए तो सरकार इंद्र को दोष देकर अपनी जिम्मेदारी से नहीं बच सकती। पहले औद्योगिक उत्पादन की दर ४.५% थी। फिर १.५% रह गई और अब बताया गया है कि इस बार तो रेट ऑफ नेशनल ग्रोथ ज़ीरो है और इसीलिए आंकड़े नहीं दिए जा रहे हैं। आंकड़े प्रधानमंत्री के सचिवालय से दिए जाने थे, मगर सचिवालय उन आंकड़ों को दबाकर बैठा है। वे आंकड़े दो महीने पहले आने चाहिए थे, लेकिन अभी तक नहीं आए हैं। मेरा निवेदन है कि आखिर औद्योगिक उत्पादन के मार्ग में कौन सी बाधाएं हैं? क्या उनका संबंध मूल्य वृद्धि से नहीं है? उन बाधाओं को हटाने के लिए सरकार ने क्या किया? क्या यह ताज्जुब की बात नहीं है कि रेफ्रिजरेटर, एयर कंडीशनर आदि का उत्पादन २०० से ४०० गुणा बढ़ गया है और नमक, कपड़ा, तेल इनका उत्पादन घटा है।

आम आदमियों की जरूरत में आनेवाली चीजें अगर कम पैदा होंगी और बाजार में रुपया फैलाया जाएगा तो फिर मुद्रास्फीति के कारण मूल्य बढ़ने से आप रोक नहीं सकते हैं। मुझे क्षमा कीजिए, जो उपाय सुझाए जा रहे हैं, वे बीमारी का इलाज नहीं हैं, बल्कि बीमारी से भी ज्यादा खराब हैं। उस समय वित्त मंत्री जी से पूछा गया था—हमारे कम्युनिस्ट मित्र तो पहले से इस बात पर बल दे रहे हैं कि सरकार को सारा व्यापार अपने हाथ में ले लेना चाहिए, लेकिन वित्त मंत्री जी ने उस समय इसी सदन में खड़े होकर कहा था कि यह व्यावहारिक नहीं है। मगर इंदु चाचा नगर में—लोग कहते हैं कि वह इंदु चाची नगर था—मैं उस विवाद में नहीं पड़ता, उसमें यह फैसला किया गया था कि हम थोक अनाज के व्यापार को अपने हाथ में लेंगे।

सभापति जी, यह सिद्धांत का सवाल नहीं है, राष्ट्रीय हितों का तकाजा हो तो व्यापार हाथ में लिया जा सकता है, लेकिन प्रश्न है व्यवहार का। उस निर्णय का क्या हुआ? एक के बाद एक मुख्यमंत्री कह रहे हैं कि हम व्यापार अपने हाथ में नहीं ले सकते। हमारे यहां सूखा है, हम व्यापार नहीं ले सकते, हमारे यहां बांटने की मशीनरी नहीं है। हम अगर व्यापार लेंगे तो व्यापारी से ही अनाज खरीदेंगे, फिर इतनी बड़ी बात का लाभ क्या है?

मेरा निवेदन है कि अगर आप थोक व्यापार की जिम्मेदारी लेंगे तो आपको और पैसा बाजार में लाना पड़ेगा, अनाज खरीदना पड़ेगा, उसका भुगतान करना पड़ेगा, उसके भंडार की व्यवस्था करनी पड़ेगी, उसको बांटने का तंत्र स्थापित करना पड़ेगा। फूड कार्पोरेशन किस हिसाब से अनाज

का भंडार कर रहा है, कितना खर्चा पड़ता है, क्या वह खर्चा ज्यादा नहीं है?

सभापति महोदय, मैंने कहीं पढ़ा था कि किसी राज्य की पब्लिक एकाउंट्स कमेटी ने इस बात का पता लगाया था कि उस राज्य के खजाने से बिल्ली पालने के लिए रुपया दिया जा रहा है। इससे सदस्यों को बड़ी चिंता हुई है कि राज्य बिल्ली क्यों पाल रहा है, तो पता लगा कि उसका जो अनाज का भंडार है, उसमें चूहे लगे हुए हैं, उनको पकड़ने के लिए बिल्ली पाली गई है, जिसका खर्चा सरकारी खजाने से दिया जा रहा है।

मेरा निवेदन है कि केवल तात्कालिक दृष्टि तथा यथार्थवादी दृष्टिकोण अपनाने से यह समस्या हल नहीं होगी। जब तक उत्पादन नहीं बढ़ेगा, सेवाओं में वृद्धि नहीं होगी, मूल्य वृद्धि को रोका नहीं जा सकता। उत्पादन बढ़ाने के मार्ग में जितनी बाधाएं हैं, सबको हटा देना चाहिए।

हमारे ट्रेड मिनिस्टर ने तो कपड़ों का काफी इंतजाम कर दिया है। फॉरेन ट्रेड मिनिस्टर ने विदेशों से चीथड़ों की जगह सिले-सिलाए कपड़े मंगाने की व्यवस्था की है। अब देश में वस्त्रों की कमी नहीं रहनी चाहिए—यह मामला अलग है, मैं इस समय इसको उठाना नहीं चाहता…

विदेश राज्य मंत्री श्री एल.एन. मिश्र : उसका खात्मा हो गया है।

श्री वाजपेयी : उसमें भी आप भेदभाव कर रहे हैं, २६ कंपनियों को इजाजत दी गई है…

श्री एल.एन. मिश्र : एक-दो रोज में मालूम हो जाएगा।…

श्री वाजपेयी : उत्पादन में वृद्धि, मनी सप्लाई पर रोक लगाना और जो नॉन-डेवलपमेंट एक्सपेंडीचर है, उसमें भारी कटौती करना जरूरी है। जनता को सादगी का उपदेश और शान-शौकत का जीवन साथ-साथ नहीं चल सकते। एक आई.सी.एस. ऑफिसर हैं जो अपने मकान में लगाने के लिए एयर-कंडीशनर विदेश से लाए हैं। नॉन-डेवलपमेंट एक्सपेंडिचर में कटौती की गुंजाइश है। उसमें कटौती की जा सकती है। यह भी आवश्यक है कि पब्लिक सेक्टर को हम ठीक रूप से चलाएं। अभी मैं राष्ट्रीयकरण की चर्चा कर रहा था—दुर्गापुर की स्टील फैक्टरी को सरकार चला रही है, उसमें घाटा क्यों हो रहा है?

उद्योग भी हाथ में न लें

कोई उद्योग सरकार अपने हाथ में ले लेगी तो उससे उद्योग ठीक तरह से चलने लगेगा, यह बात विश्वासपूर्वक नहीं कही जा सकती। इसलिए उद्योगों को हाथ में लेना—इसका निर्णय वास्तविकता के आधार पर करना पड़ेगा।

सभापति जी, अभी हम सरकार की निंदा कर रहे हैं। सरकार मूल्यों को बढ़ने से रोक नहीं पाई। लेकिन जब सरकार ही मूल्य बढ़ाती है तो क्या जवाब है! पार्लियामेंट की बैठक होनेवाली थी, चीनी का दाम बढ़ाया जाएगा—ऐसा ऐलान किया गया। कहा जा रहा है कि मजदूरों को बोनस दे रहे हैं, गन्ने की कीमत दे रहे हैं—तो क्या यह बोझा मिल मालिकों पर नहीं डाला जा सकता था? मिल मालिक आज खुले बाजार में चीनी बेचते हैं, जिससे सैकड़ों का मुनाफा कमा रहे हैं, क्या यह घाटा उससे पूरा नहीं कर सकते? जब गन्ने के दाम का सवाल आया था तो इसीलिए उनको खुले बाजार में चीनी बेचने की छूट दी गई थी, लेकिन अब आप उपभोक्ता पर बोझा डालना चाहते हैं। मैं इस विवाद में राजनीति नहीं लाना चाहता, लेकिन जनता यह कह रही है कि चीनी के मिल मालिकों ने चुनाव में आपका साथ दिया, इसलिए उन्हें जनता को लूटने का अवसर

दिया जा रहा है।

सभापति जी, राष्ट्रीयकरण की बात भी राजनीतिक कारणों से होती है। बंबई के अधिवेशन में राष्ट्रीयकरण का प्रस्ताव पास कर दिया—उत्तर प्रदेश की चीनी मिलों का राष्ट्रीयकरण होगा, क्योंकि श्री पी.बी. गुप्ता उन चीनी मिलों का लाभ उठा रहे थे। तब राष्ट्रीयकरण उचित था, लेकिन जब पंडित कमलापति त्रिपाठी आए तब से कहा जाने लगा, राष्ट्रीयकरण उचित नहीं⋯

एक माननीय सदस्य : इसी को डबल-स्टैंडर्ड कहते हैं।

मिलें ज्यादा, उत्पादन कम

श्री वाजपेयी : डबल स्टैंडर्ड की बात मत करें। मेरा निवेदन है कि राष्ट्रीयकरण से भी ज्यादा राष्ट्रीयकरण की चर्चा खराब है। करना हो तो एकदम कर डालिए। आप चर्चा करते हैं, मिल मालिक पैसा नहीं लगाते हैं, मशीनरी सड़ने के लिए छोड़ दी गई है। उत्तर प्रदेश की मिलों को लेकर आप राष्ट्रीयकरण करेंगे तो उससे कोई बहुत ज्यादा लाभ नहीं होगा। मिलें हमारे यहां जरूरत से ज्यादा हैं, उत्पादन कम है। सरकार उन्हें लेना चाहती है तो ले सकती है लेकिन राष्ट्रीयकरण का एलान हो रहा है, आचरण नहीं, और बोझा डाला जा रहा है उपभोक्ता पर।

सभापति जी, वेजिटेबल ऑयल के दामों में वृद्धि का कोई औचित्य नहीं है। आम आदमियों पर जो बोझा डाला जाता है तो मिल मालिकों पर भी डाला जा सकता है, उसको क्यों बांटना नहीं चाहिए—लेकिन ऐसा नहीं किया गया, और दाम बढ़ रहे हैं। मेरा निवेदन है कि दामों का बढ़ना एक लक्षण है, बीमारी नहीं है। अर्थव्यवस्था एक गहरे संकट में फंस गई है, आनेवाला समय और भी कठिन होनेवाला है। विदेशी सहायता बंद हो रही है, अपने पैरों पर देश को खड़ा करना पड़ेगा। हर क्षेत्र में अधिक से अधिक उत्पादन की प्रेरणा जगानी पड़ेगी, वितरण में समानता लानी पड़ेगी और उपभोग में संयम का आदर्श रखना होगा। लेकिन यह शासन ऐसा नहीं कर सका है, और इसीलिए जनता का असंतोष सड़कों पर आ रहा है। देश की हवा बदली हुई है, कोई भी आंदोलन अब हिंसात्मक रूप ले सकता है।

जनता में धैर्य नहीं रहेगा। आपके ऊंचे-ऊंचे वादे अगर आचरण में नहीं आते तो लोगों के धैर्य का बांध टूटकर फूटेगा और लोग सड़कों पर सवाल करने के लिए प्रेरित होंगे। मेरा निवेदन है कि युद्ध में भारत की विजय, बंगला देश का निर्माण, पाकिस्तान की पराजय, एक आत्मविश्वास का जागरण, लेकिन आज देश में आत्मविश्वास परिलक्षित क्यों नहीं हो रहा है? हम जनता के जोश को राष्ट्र के निर्माण में क्यों नहीं लगा सके?⋯(व्यवधान)⋯इतना बड़ा श्रेय हमको मत दीजिए। हमने उस आत्मविश्वास को कम हो जाने दिया है। हमने जनता के मन में निराशा पैदा हो जाने दी है। हमने लोगों के असंतोष का ठीक तरह से माप नहीं किया है। मेरा निवेदन है कि मूल्य वृद्धि खतरे की घंटी है। आनेवाले समय में सरकार आर्थिक मोर्चे पर और भी विफल सिद्ध न हो, इसलिए आज से ही नीतियों में परिवर्तन आवश्यक है। बैक टु नेहरू—आज नेहरू जी का जन्मदिन है, मैं किसी दूसरे भाव से नहीं कह रहा हूं लेकिन बैक टु वेदाज, बैक टु नेहरू, ये नियोजन मंत्री, नया प्रस्ताव, नया-नया बैक टु नेहरू—क्या होगा? भविष्य की ओर देखिए।

एक निवेदन मैं कर दूं कि जो हमारे कम्युनिस्ट मित्र हैं, ये आपको ऐसे ढलान पर ले जाना चाहते हैं, जहां से आप वापस नहीं आ सकते। अब आप ढुलकना ही चाहते हों तो आप जाएं, मुझे कोई आपत्ति नहीं है। लेकिन आर्थिक क्षेत्र में जो भी हल होंगे वे हमें लोकतांत्रिक ढांचे में

करने पड़ेंगे, इसका आप विश्वास रखिए। वे जो हल बता रहे हैं, वे लोकतांत्रिक ढांचे में चलनेवाले नहीं हैं। हमारा शासनतंत्र कैसा है, इसका ध्यान रखकर निर्णय करना पड़ेगा। हमने फूड कार्पोरेशन की हालत देखी है, भ्रष्टाचार के आरोपों की जांच हो रही है। गांव-गांव तक अन्न के वितरण का काम आप किसे सौंपना चाहते हैं, यह मैं जानना चाहता हूं। उससे कौन सी समस्याएं पैदा होंगी, इसका विचार करिए। कम्युनिस्ट देशों में यह संभव है कि लाइन लगी हुई है, लोग डबल रोटी लेकर चले जाते हैं और कोई चूं नहीं कर सकता। लेकिन यह भारत है, यहां पर अभी एक लोकतंत्र कायम है। आप नीतियां बदलिए, लेकिन लोकतांत्रिक ढांचे में परिवर्तन करके दिखाइए और इस परिवर्तन के लिए जनता को स्वेच्छा से सहयोग कीजिए। आपने एक मौका खो दिया है, दूसरा मौका आनेवाला नहीं है। सरकार अपना आत्मनिरीक्षण करके देखे और बढ़ते हुए मूल्य की चेतावनी की घंटी को सुने।

उड़ीसा में भुखमरी

महोदया, प्रधानमंत्री का वक्तव्य सुनकर मुझे निराशा हुई।...(व्यवधान) मैं तो उन्हें बधाई देना चाहता था कि वे अपनी आंखों से उड़ीसा की स्थिति देखने गईं। लेकिन उनका भाषण सुनकर ऐसा लगा कि वे सारी स्थिति पर लीपापोती करने की कोशिश कर रही हैं। उन्होंने कहा कि जो लोग उनसे मिलने के लिए आए थे वे हंस रहे थे, मुस्करा रहे थे और इससे उन्होंने क्या नतीजा निकाला? मुझे एक शेर याद आता है :

"उनके देखे से जो आ जाती है मुंह पर रौनक,
वह समझते हैं कि बीमार का हाल अच्छा है।"

लोग भूख से मरे या नहीं मरे, यह विवाद अभी तक चल रहा है। न यह सरकार की प्रतिष्ठा बढ़ाता है, न ही देश के सम्मान में वृद्धि करता है। किसी को यह मानने में कोई संकोच नहीं होना चाहिए कि हम उड़ीसा के संकट को दूरदर्शिता से देख नहीं सके और उस संकट पर विजय प्राप्त करने के लिए प्रभावी कदम नहीं उठा सके। शब्दों का जाल हमारी सहायता नहीं कर सकता। यह कहना कि मरनेवाले भूख से नहीं मरे हैं, लगातार कम खाने से मरे, दोनों में क्या अंतर है—माल्न्यूट्रिशन में और स्टारवेशन में—और मेरे लिए तय करना मुश्किल है कि दोनों में रेखा कहां तक खींची जानी है? किन कारणों से उड़ीसा में ऐसी परिस्थिति पैदा हो गई, जिसमें ६० लाख व्यक्ति प्रभावित हुए और ५ लाख व्यक्ति अपने घर छोड़ने पर मजबूर हुए? माताओं ने बच्चे सड़कों पर छोड़ दिए जो एक-एक रुपए में बेचे गए और खरीदे गए। पतियों ने पत्नियों को छोड़ दिया। उच्च वर्ग के हिंदू गौ-मांस खाने के लिए विवश हुए। आज भी लोग पीपल की पत्तियां खा रहे हैं, महुवा के फूल खा रहे हैं। पत्रकारों से हमें पक्षपात की आशा नहीं है। अभी टाइम्स ऑफ इंडिया का उद्धरण दिया गया था। इंडियन एक्सप्रेस के ९ मई के अंक में उड़ीसा की जो स्थिति का वर्णन किया गया है, उसको पढ़कर लज्जा आती है। सरकार को ईमानदारी से अपनी विफलता मान लेनी चाहिए। उड़ीसा सरकार और केंद्रीय सरकार विफल हुई, यह स्वीकार करने में संकोच नहीं होना चाहिए। अगर विरोधी दल यह बात राजनीतिक कारणों से प्रेरित होकर कहता है तो गलत है, और यदि सरकार अपनी विफलता छिपाने के लिए इस तरह की बात कहती है तो वह भी

** उड़ीसा की विषम स्थितियों पर राज्यसभा में १६ मई, १९६६ को चिंता।*

उतना ही गलत है।

महोदया, सवाल यह है कि उड़ीसा में यह परिस्थिति क्यों पैदा हुई? उड़ीसा सरकार जानती थी कि सूखा पड़ा है और लाखों लोग उससे प्रभावित होनेवाले हैं। अगस्त १९६५ में उड़ीसा विधानसभा में सूखे से उत्पन्न परिस्थिति पर बहस हुई थी। दिसंबर १९६५ में फिर से इस बारे में विवाद हुआ और बजट के दौरान फिर से चर्चा हुई, लेकिन उड़ीसा सरकार ने कौन से कदम उठाए? संकट आनेवाला है, इसकी केवल जानकारी काफी नहीं है। संकट को आने से रोकने के लिए और अगर संकट आ जाए तो उस पर काबू पाने के लिए शासन को कदम उठाने चाहिए। स्पष्ट है, उड़ीसा सरकार ने कदम नहीं उठाए। अगर उठाए होते तो ऐसी गंभीर परिस्थिति पैदा नहीं होती।

केंद्रीय सरकार भी अपनी जिम्मेदारी से बच नहीं सकती। क्या केंद्रीय खाद्य मंत्री इस तथ्य से इन्कार कर सकते हैं कि उड़ीसा से बड़ी मात्रा में चावल केरल और पश्चिमी बंगाल में भेजा गया? वह कह सकते हैं कि उड़ीसा एक सरप्लस स्टेट है, अति उत्पादन करनेवाला राज्य है, लेकिन अगर राज्य सरकार से सही सूचना मिलती कि सूखे के कारण पैदावार कम हुई है, कुछ क्षेत्रों में अभाव और अकाल की परिस्थिति पैदा हो गई है, तो उड़ीसा से बाहर चावल भेजने की आवश्यकता नहीं थी।

अनाज मंगाया, फिर भी भुखमरी

महोदया, इसी सदन में खाद्य मंत्री ने कहा था कि हम किसी को भूख से मरने नहीं देंगे और इसी आधार पर विदेशों से अनाज मंगाने का समर्थन किया गया था। लेकिन हम भुखमरी को बचा नहीं पाए। इतनी बड़ी मात्रा में विदेशों से गेहूं और चावल मंगाकर भी अगर हम उड़ीसा का संकट टाल नहीं सके तो हमें गहराई से विचार करना चाहिए कि केवल बाहर से अनाज मंगाना काफी नहीं है। मुझे आश्चर्य है कि न प्रधानमंत्री महोदया ने कहा और न केंद्रीय खाद्य मंत्री कहने के लिए तैयार हैं कि इन अभावग्रस्त इलाकों में जो वहां के सरकारी अफसर, नौकरशाही अपने कर्तव्य का पालन करने में विफल रही, उसको क्या सजा दी जा रही है। उनके पाप पर परदा डाला जा रहा है। राजनैतिक स्तर पर नेतृत्व विफल हो गया और प्रशासन के स्तर पर गवर्नमेंट की मशीनरी, सरकार का तंत्र विफल हो गया, अन्यथा उड़ीसा में ऐसी स्थिति पैदा नहीं होती। यदि विदेशों से अनाज मंगाकर हम समझेंगे कि हमारा काम पूरा हो गया तो उड़ीसा का उदाहरण अन्य प्रांतों में भी दोहराया जा सकता है। शासन तंत्र हृदयहीन हो गया है। वह संग-दिल है, पाषाण-हृदय है, उसमें जनता के प्रति सहानुभूति नहीं है। कुछ महीनों से मैं देख रहा हूं कि गवर्नमेंट मशीनरी पर पोलिटिकल लीडरशिप का कंट्रोल ढीला होता जा रहा है। सरकारी अफसर मनमानी कर रहे हैं, अवहेलना कर रहे हैं, उदासीनता दिखलाते हैं। केवल उड़ीसा में नहीं, केवल अनाज के क्षेत्र में नहीं, हर क्षेत्र में केंद्रीय सरकार और राज्य सरकारों के अफसर उदासीनता दिखाते हैं। प्रधानमंत्री महोदया को इस बात को ध्यान में रखना चाहिए कि धीरे-धीरे सरकारी मशीनरी पर कंट्रोल ढीला हो रहा है, धीरे-धीरे सरकारी मशीनरी सरकार पर हावी हो रही है, राजनैतिक नेताओं पर हावी हो रही है। यह परिस्थिति देश के लिए बड़ी भयंकर है, और उड़ीसा हमारे लिए एक चेतावनी है।

महोदया, फरवरी में योजना आयोग की एक टीम उड़ीसा गई थी। उसने एक रिपोर्ट भी दी है। लेकिन खाद्य मंत्री महोदय ने उस सदन में माना है और वे यहां भी इस बात को स्वीकार करेंगे

कि उड़ीसा में अगर परिस्थिति को बिगड़ने से रोकने के लिए कदम उठाए गए तो अप्रैल के महीने में उठाए गए। इतनी देर क्यों हुई? क्या उड़ीसा की राज्य सरकार इसकी सफाई दे सकती है? क्या केंद्रीय सरकार को जब राहत के काम करने चाहिए थे, तब किए गए? अगर नहीं किए गए तो क्यों नहीं किए गए, आज भी इसका कोई जवाब नहीं है। मैं कहना चाहूंगा कि अभी परिस्थिति काबू में नहीं है। खाद्य मंत्री महोदय भी यह कहते हैं कि 'सिचुएशन इज अंडर कंट्रोल।' प्रधानमंत्री महोदय ने भी इस बात को दोहरा दिया : 'सिचुएशन इज अंडर कंट्रोल'। ह्वाट सिचुएशन? कौन सी स्थिति नियंत्रण में है? अभी और समस्याएं हमारे सामने हैं। किसानों को बीज देने का सवाल है। पशुओं की समस्या कैसे हल होगी? मैं नहीं समझता कि उड़ीसा सरकार अकेले इस पर काबू पा सकती है। केंद्रीय सरकार को भी अपनी जिम्मेदारी निभानी होगी। बीज के साथ यह सवाल पैदा होगा कि खेतों में काम करने के लिए मजदूर कहां से आएंगे। अभी कम खाने से हालत यह है कि छह घंटा या आठ घंटा लोग काम नहीं कर सकते, चार घंटा काम करते हैं तो थक जाते हैं। इसलिए उनको मजदूरी कम मिलती है। अब यह मजदूरी एक रुपया कर दी गई है। यह भी पर्याप्त नहीं है।

श्री बांके बिहारी दास : यह ६१ पैसा है, जैसा कि केंद्रीय दल द्वारा रपट दी गई है।

श्री वाजपेयी : अब वे इसे १ रु. तक बढ़ा चुके हैं। ऐसा प्रधानमंत्री कह चुकी हैं।

श्री बांके बिहारी दास : यह अनुबंध पर आधारित है।

श्री वाजपेयी : लेकिन आगे आनेवाली फसलें हो सकें, इसके लिए वहां मजदूरों की समस्या पैदा होगी। बैल कहां से आएंगे? बैल किस तरह से जुटेंगे? कहा जाता है कि ५६,००० पशु वहां बेच दिए गए। एक पंचायत ने उनकी बिक्री पर १४,००० रु. मुनाफा कमाया।

उड़ीसा में विशेष अधिकारी भेजा जाए

मेरा सुझाव है कि केंद्रीय सरकार को एक विशेष अधिकारी उड़ीसा में नियुक्त करना चाहिए। राज्य सरकार के भरोसे सब कुछ कैसे छोड़ा जा सकता है। यह सदन और यह सरकार इस उत्तरदायित्व को संभाले कि किसी को भी भूख से मरने नहीं दिया जाएगा। किसी को भी अकाल के गाल में समाने की छूट नहीं होगी। इसलिए यहां जो राहत के काम हो रहे हैं, वे ठीक हो रहे हैं या नहीं, इसकी जांच के लिए, इसकी देखभाल के लिए केंद्र से एक आफीसर जाना चाहिए, एक विशेष अधिकारी की नियुक्ति जरूरी है।

दूसरी बात यह है कि जो स्थानीय अफसर अपने कर्तव्य का पालन करने में विफल रहे हैं उनको सजा मिलनी चाहिए, कम से कम उनका वहां से तबादला हो जाना चाहिए। यह कहना मेरी समझ में नहीं आता कि अभी हम संकट पर काबू पाने की कोशिश करें, बाद में फिर किसकी गलती है, किसको सजा दी जाए, यह देखा जाएगा। भारत-पाकिस्तान संघर्ष के दिनों में भी हमने ऐसा ही कहा और आज भी हम उड़ीसा की स्थिति पर लीपापोती करने के लिए यही कह रहे हैं। जो अफसर अपना कर्तव्य पालन करने में विफल रहे हैं, अविलंब उनका स्थानांतरण होना चाहिए। उनके कामों की जांच होनी चाहिए, उनसे जवाब तलब होना चाहिए कि वे अपने काम को क्यों पूरा नहीं कर सके।

एक बात कहकर मैं खत्म कर दूंगा। जून में, जुलाई में खाद्य स्थिति और बिगड़ेगी। बरसात के दिनों में हर साल देश के कुछ भागों में अन्न की कठिनाई पैदा होती है। इस साल यह कठिनाई

बहुत ज्यादा पैदा, होगी क्योंकि सूखे का प्रभाव सब जगह है। उस समय केंद्रीय सरकार कहीं असावधान न रह जाए, इस बात की जरूरत है। किसी भी भाग में परिस्थिति बिगड़ने से पहले हम अनाज पहुंचा सकें, बच्चों के लिए दूध की व्यवस्था कर सकें, राहत के काम शुरू कर सकें, यह देखना जरूरी है।

एक भीषण संकटकाल हमारे सामने है। इस संकटकाल में केंद्रीय सरकार, राज्य सरकार और सभी राजनैतिक दलों को मिलकर काम करना होगा। यह प्रश्न राजनीति का प्रश्न नहीं है, एक मानवीय प्रश्न है। मगर मुझे खेद है कि प्रधानमंत्री महोदया अपने साथ विरोधी दल के किसी संसद सदस्य को नहीं ले गईं। क्या वे उनको अपने साथ नहीं ले जा सकती थीं? श्री सुरेंद्र नाथ द्विवेदी उनके साथ जा सकते थे। महाराजा कालाहांडी उनके साथ जा सकते थे। कांग्रेस के सदस्य भी उनके साथ जाते।

श्री एन. पात्री : महाराजा कालाहांडी उनके साथ थे।

श्री वाजपेयी : खाद्य मंत्री महोदय भी इस बारे में विरोधी दलों से सुझाव ले सकते थे।

श्री सी. सुब्रह्मण्यम् : कालाहांडी के राजा वहां थे।

श्री वाजपेयी : प्रधानमंत्री के निमंत्रण पर नहीं, अपनी इच्छानुसार।

श्री सुब्रह्मण्यम् : उन्हें क्यों निमंत्रित किया जाना चाहिए? वह उसी क्षेत्र से संबंधित हैं।

श्री वाजपेयी : लेकिन प्रधानमंत्री को अपना साथ देने के लिए विपक्षी सदस्यों को निमंत्रित करने की नम्रता दिखानी चाहिए थी। यही विशेष प्रवृत्ति है, जो सरकार के रास्ते में खड़ी होती है। और यदि सत्तारूढ़ पार्टी अपने विशाल बहुमत के साथ दलगत राजनीति से ऊपर नहीं उठ सकती, उसे विरोधी पार्टियों पर आरोप नहीं लगाना चाहिए। यह विपक्षी पार्टियों की तरह ही सत्तारूढ़ पार्टी पर लागू होना चाहिए। धन्यवाद।

कृषि

भूमि सुधार : आंकड़ों की भरमार • २६ अगस्त, १९७४
जिसकी लाठी, उसका खेत! • १९ अगस्त, १९७०
निगम कंगाल; अधिकारी मालामाल • १२ दिसंबर, १९७३
कृषि वैज्ञानिक का आत्मदाह • २८ नवंबर, १९७३
जोत की सीमा का आधार आय हो • २९ मई, १९७२
अन्नहीन जन मौत का कौर बने • २२ मई, १९६७
मांगा था चावल; मिली केवल गोली • २/८ मार्च, १९६६
खाद्य संकट का हल बंटवारा नहीं • ८/९ सितंबर, १९६५
किसान को डराइए मत, जगाइए • ८ दिसंबर, १९६५
खाद्य संकट का हल अध्यादेश नहीं • १५ दिसंबर, १९६४
अन्न संकट सरकार ने उपजाया • १७ सितंबर, १९६४
सीलिंग कानून में समानता जरूरी • ५ जून, १९६४
सहकारिता बनाम आर्थिक साम्राज्य • ९ दिसंबर, १९६३
गन्ने में खटास लाएगा अध्यादेश • २८ सितंबर, १९६१
पशुधन बढ़ाइए, खाद्यान्न पाइए • ३ दिसंबर, १९५७

भूमि सुधार : आंकड़ों की भरमार

अध्यक्ष महोदय, देश को अनाज की दृष्टि से आत्मनिर्भर बनाना हमारी सबसे पहली आवश्यकता है। इस कसौटी पर कृषि के क्षेत्र में उठाए गए कदमों को कसना होगा। जमींदारी उन्मूलन, जोत की अधिकतम सीमा का निर्धारण; ये आवश्यक कदम हैं। हमें भूमि का मालिक उसे बनाना होगा जो भूमि के उत्पादन में व्यक्तिगत रुचि ले सके और जिसका भविष्य उस भूमि के साथ जुड़ा हुआ हो। इस दृष्टि से भूमि सुधार आवश्यक हैं।

लेकिन क्या केवल कानून बनाना काफी है? हमारे देश में भूमि सुधारों की चर्चा बहुत है, लेकिन उन पर जितना प्रभावी आचरण चाहिए, उतना नहीं किया गया। यदि अदालतें भूमि सुधारों के कानून को अमल में लाने में बाधक बनती हैं तो उन कानूनों को उचित संरक्षण दिया जाना चाहिए। हम इससे पहले भी ६६ कानूनों को संरक्षण दे चुके हैं, लेकिन इन संरक्षणों के बावजूद भूमि सुधार अमल में नहीं लाए गए हैं, इसको मंत्री महोदय स्पष्ट करें। उदाहरण के लिए उत्तर प्रदेश के दो कानून हैं :

उत्तर प्रदेश जमींदारी उन्मूलन और भूमि सुधार एक्ट, १९५०

उत्तर प्रदेश सीलिंग और जमीन अधिकरण एक्ट, १९५८

इन्हें हम संरक्षण दे चुके हैं। इस समय जो विधेयक लाया गया है, उसमें उत्तर प्रदेश के किसी कानून का उल्लेख नहीं है। इसका मतलब यह है कि उत्तर प्रदेश में भूमि सुधार करने में अदालत बाधक नहीं है, लेकिन इसके बावजूद उत्तर प्रदेश में भूमि सुधारों की अवस्था क्या है।

सभापति महोदय, उत्तर प्रदेश सरकार ने एक भूमि व्यवस्था जांच समिति बनाई थी। इस समिति के अध्यक्ष श्री मंगलदेव विशारद थे। इस समिति ने ३० मार्च, १९७४ को अपना प्रतिवेदन प्रस्तुत किया। इसमें जो कुछ लिखा है, उसको अगर आप पढ़ें तो यह विश्वास करना कठिन हो जाता है कि क्या सचमुच में उत्तर प्रदेश में भूमि सुधार लागू किए गए हैं? परिशिष्ट १८ में कुछ ऐसे महत्वपूर्ण मामलों का उल्लेख है, जिनमें सीलिंग अधिनियम के प्रभाव से बचने की तरकीबें दी गई हैं। एक मामला मजेठिया परिवार गोरखपुर का है। इसमें लिखा है :

** कृषि संबंधी संविधान संशोधन विधेयक (३४वां) पर लोकसभा में २६ अगस्त, १९७४ को ध्यानाकर्षण प्रस्ताव।*

"मजेठिया परिवार जिला गोरखपुर में बहुत बड़े फारमर्स का परिवार है। इसके चार मुख्य सदस्य सर्वश्री गुरजीत सिंह, सुरेंद्र सिंह, गुरनिहाल सिंह और दलीप सिंह हैं। सीलिंग अधिनियम के अंतर्गत कार्यवाही प्रारंभ होने के समय इन चारों के खातों में कुल ३,१३१.७१ एकड़ भूमि थी।"

रिपोर्ट में आगे कहा गया है कि कानून लागू होने के बाद केवल २९ एकड़ जमीन अतिरिक्त घोषित की गई। कमेटी का कहना है कि "इस परिवार ने किसी तरीके से अपनी संपूर्ण जोत को अतिरिक्त घोषित होने से बचा लिया है।" यह कैसे हुआ?

दूसरा मामला है रामगढ़ फार्म एंड इंडस्ट्रीज कलकत्ता का। इसके बारे में कमेटी ने कहा है :

"इस खातेदार की कुल जोत का क्षेत्रफल ५,५४८ है।" कमेटी के अनुसार इस भूमि का इंदराज रामगढ़ फार्म एंड इंडस्ट्रीज कलकत्ता के पक्ष में गलत तरीके से हो गया था, जिसकी पूर्ण जांच करने की आवश्यकता है। यह फार्म भी अतिरिक्त भूमि रख रहा है।

एक और उदाहरण सरदार जोगेन्दर सिंह, निवासी भनगहा, जिला बहराइच का है। इसके बारे में कमेटी ने कहा है :

"खातेदार की कुल जोत २,२६०.६० एकड़ थी। जिन्होंने बाग भूमि के निमित्त बहुत बड़े क्षेत्रफल पर छूट की मांग की जिस पर यह निर्णय दिया गया कि पेड़ १ मई, १९५९ से पूर्व के लगाए हुए सिद्ध नहीं हो सके। केवल दो एकड़ भूमि बाग के निमित्त छोड़ी गई।" इसके आगे कमेटी ने यह कहा है कि इसकी भूमि का बहुत बड़ा रकबा बिना बंदोबस्त के पड़ा हुआ है।

एक और उदाहरण गोपालपुर फार्म, जिला मिर्जापुर का है। इसके बारे में कमेटी ने लिखा है :

"जिला मिर्जापुर में ग्राम गोपालपुर में गोपालपुर फार्म के नाम से ४,५३२ एकड़ का बहुत बड़ा फार्म है। भू-अभिलेखों के अनुसार इस भूमि पर १४ व्यक्तियों के नाम दर्ज थे, जिनमें से अधिकांश वाराणसी के निवासी हैं। यदि इन १४ खातेदारों का हिस्सा संपूर्ण जोत में बराबर-बराबर मान लिया जाए तो प्रत्येक हिस्से में ३२३.७१ एकड़ भूमि होती है। जिला कार्यालय से ज्ञात करने पर मालूम हुआ कि उत्तर प्रदेश अधिकतम जोत सीमा आरोपण अधिनियम, १९६० के अंतर्गत इन खातेदारों की जोत के विषय में कोई कार्यवाही सीलिंग क्षेत्र अवधारण की नहीं की गई, जबकि प्रत्येक के पास केवल इसी फार्म में ही अधिकतम क्षेत्र से अधिक भूमि थी। कहा जाता है कि इन फार्म होल्डरों की कोई सहकारी कृषि समिति है। यदि ऐसी कोई समिति बनाई भी गई तो भी उसे अधिनियम की पुरानी धारा ६(१५) के अंतर्गत छूट नहीं मिल सकती थी। खतौनी में अंकित इंदराज इस बात का सबूत है। यह संपूर्ण जोत १४ व्यक्तियों के नाम दर्ज थी। किसी सहकारी कृषि समिति का नाम दर्ज नहीं था।

"इस फार्म के सिलसिले में एक और दिलचस्प बात नोटिस में यह आई है कि जुडीशियल अफसर के आदेश दिनांक १७ अप्रैल, १९७२ के आधार पर गोपालपुर फार्म की संपूर्ण भूमि पर ९३ अन्य नाम बतौर सह खातेदार दर्ज कर दिए गए हैं। जिला कार्यालय से यह सूचना प्राप्त हुई है कि उक्त दावा २४ जनवरी, १९७१ से पूर्व दायर किया गया था। इसका नतीजा यह होगा कि इतने बड़े फार्म की जोत में से कोई भूमि अतिरिक्त घोषित नहीं हो पाएगी। मौके पर यह फार्म एक ही इकाई है और लगता है कि केवल एक ही परिवार के लाभ के लिए यह फार्म विद्यमान है। प्रदेश के कई जिलों, बिहार व नेपाल के लोगों के नाम फार्म में प्रत्यक्ष रूप से फर्जी दर्ज कराए गए हैं, ताकि फार्म सीलिंग अधिनियम के प्रावधानों की लपेट से बच जाए।"

ये कुछ उदाहरण इस रिपोर्ट में दिए गए हैं, जो हमारे भूमि संबंधी कानूनों का मखौल उड़ाते

हैं। पंजाब में इसी तरह की भूमि पर जबरदस्ती कब्जा करने की घटनाएं हरचंद सिंह कमेटी के द्वारा प्रकाश में लाई जा चुकी हैं।

सभापति महोदय, अगर भूमि सुधार लागू करने की ईमानदारी से इच्छा नहीं है, तो कोई कानून सरकार की ठीक मंशा होने के बाद भी उद्देश्य को पूरा नहीं कर सकता।

हां, भूमि सुधारों की अधिक चर्चा करने से एक बुराई जरूर पैदा होती है कि किसान के मन में एक अनिश्चितता जाग जाती है। मैं कृषि मंत्री महोदय से यह बात बलपूर्वक कहना चाहता हूं कि भूमि सुधारों को ईमानदारी के साथ कार्यान्वित कीजिए, एक बार भूमि सुधार ईमानदारी से लागू हो जाएं तो एलान कर दीजिए कि अगले दस-पंद्रह सालों तक भूमि की जोत में किसी प्रकार का परिवर्तन नहीं होगा ताकि किसान भूमि में ज्यादा पैसा लगाएं, खेती के नए तरीके अपनाकर देश में खाद्यान्न का उत्पादन बढ़ाएं और देश अनाज की दृष्टि से आत्मनिर्भर बने।

सुधारों की चर्चा ने उत्पादन घटाया

आज स्थिति यह है कि भूमि सुधारों की चर्चा बहुत अधिक होने से कृषि के उत्पादन को बढ़ाने में एक अनिश्चितता-सी पैदा हो गई है। अगर आप चाहते हैं कि ईमानदारी से भूमि सुधार हों और कृषि का उत्पादन बढ़े, तो इस अनिश्चितता की तलवार को हटाना आवश्यक है। इसलिए मैं इस विधेयक का विरोध कर रहा हूं। यद्यपि मुझे मालूम है कि ये सारे कानून जो आप अदालत की परिधि से बाहर रखना चाहते हैं, ये अमल में नहीं आएंगे, क्योंकि जिनके हाथ में शासन की बागडोर है, उनमें इच्छाशक्ति का अभाव है।

दूसरी बात मैं यह कहना चाहता हूं कि हम चाहते हैं कि जो लोग भूमिहीन हैं, उनको भूमि मिले। अधिकांश हरिजन और बनवासी ऐसे हैं, जिनको भूमि की परमावश्यकता है। लेकिन केवल भूमि देने से काम नहीं होगा। उन्हें खेती के औजार चाहिए, उन्हें कर्जा चाहिए। हमने उत्तर प्रदेश के तराई के इलाके में देखा कि जिन्हें खेती करने की आदत नहीं है, उन्हें जमीन दी गई। हुआ क्या, उन्होंने जमीन बेच दी। अगर जमीन पास है और जमीन में खेती करने के साधन नहीं हैं, तो वे खेती नहीं कर सकते और आगे चलकर वे फिर भूमिहीन बन जाएंगे। इसलिए यह आवश्यक है कि जिन्हें आप भूमि देते हैं, उनकी सहकारी समिति बनाएं और उन्हें खेती करने के साधन दें, खेती के औजार दें, ताकि वे मिलकर खेती कर सकें। अगर कोई व्यक्तिगत रूप से खेती करना चाहता है, तो वह खेती करे, लेकिन केवल जमीन देने से ही समस्या हल नहीं होगी।

सभापति महोदय, मैं निवेदन करना चाहता हूं कि हमने भूमि की भूख जगा दी है, मगर इस भूख को संतुष्ट करने के लिए पर्याप्त भूमि हमारे पास नहीं है। होना तो यह चाहिए कि हम भूमि का भार कम करें, भूमि से हटाकर लोगों को उद्योगों में लगाएं। हम खेती के साथ जुड़े हुए कल-कारखानों का जाल नहीं बिछा सके। जापान का उदाहरण देना पर्याप्त नहीं है। जापान में खेत छोटे हैं, मगर हर एक खेत के साथ जुड़ा हुआ एक कारखाना है।

एक कम्युनिस्ट देश में मैं गया था। उसका नाम लेने की आवश्यकता नहीं है। हमारे यहां जो लैंड सीलिंग है, उससे तिगुनी जमीन वहां के किसानों के पास है। वहां कोई जमीन लेने को तैयार नहीं है, क्योंकि देश का औद्योगीकरण हो चुका है। हमारे यहां औद्योगीकरण नहीं हुआ है। इसलिए भूमि पर लोग अधिक निर्भर हैं। सबको भूमि दे नहीं सकते हैं। लेकिन उनमें आशा जगा रहे हैं। भूमि सुधारों के साथ-साथ जब तक हम खेती से जुड़े हुए कल-कारखानों का विकास नहीं

करेंगे, ग्रामीण क्षेत्रों की समस्या हल नहीं होगी।

जोत की अधिकतम सीमा लगाना जरूरी है। अच्छा होता सीमा एकड़ों में नहीं, आमदनी के रूप में होती। लेकिन मैंने देखा है कि कई कानून ऐसे हैं जो कम से कम जमीन कितनी होगी, इस बारे में चुप हैं। क्या हम भूमि के टुकड़े करना चाहते हैं? क्या हम अनार्थिक जोतों को बढ़ाना चाहते हैं? अधिकतम सीमा आपने बता दी है। सामाजिक न्याय के नाम पर यह काम किया गया है। उससे पैदावार कितनी बढ़ेगी, इसके बारे में मुझे संदेह है। लेकिन यह बात तो कृषि मंत्री स्वीकार करेंगे कि अगर अधिकतम सीमा कम है और परिवार में पिता के अनेक पुत्रों में वह जमीन बांटी जाती है तो हर कानून में यह इंतजाम होना चाहिए कि एक मर्यादा से नीचे कोई जमीन नहीं बांटने दी जाएगी। लेकिन हम यहां एक ब्लैंकिट पावर दे रहे हैं। सदन के लिए यह संभव नहीं है कि वह हर एक कानून की गहराई में जाकर विचार करे। कौन से अपवाद छोड़े गए हैं, इसके बारे में मुख्यमंत्रियों ने एक नीति बनाई है, उस नीति पर सब राज्यों में समान रूप से अमल हो रहा है या नहीं हो रहा है। चाय बागान के बारे में क्या नीति है, गन्ना फार्म्ज के बारे में क्या नीति है? सहकारी समितियों के नाम पर परिवारों ने जो सहकारी समितियां बनाई हैं, उनको अपवाद के रूप में छोड़ने के बारे में क्या नीति है? इन प्रश्नों पर गहराई में जाना जरूरी है।

भूमि के दस्तावेज ही नहीं हैं

कुछ प्रदेशों की स्थिति विचित्र है। बिहार में लैंड रिकार्ड्ज ही नहीं हैं। वहां भूमि सुधारों का कानून लागू कैसे होगा? आंध्र में भूमि सुधारों की बहुत चर्चा हुई है, लेकिन बड़े-बड़े किसान मौजूद हैं। मंत्री लोग अंगूर के बाग लगा रहे हैं। खाने को गेहूं नहीं है और अंगूर उगाए जा रहे हैं। अब अंगूरों का क्या करेंगे, इसलिए शराब के कारखाने खोले जा रहे हैं। फिर हरियाणा में पियो और जिओ के साइन बोर्ड लगाए जा रहे हैं। क्या कृषि मंत्री जी कह सकते हैं कि बागों के बारे में हमारी नीति एक समान है?

जिन कानूनों को हमने अदालत की परिधि से बाहर रखा है, इन कानूनों को पारित करके आप यह न समझें कि आपने खाद्य का मोर्चा जीत लिया है। भूमिहीनों को हमने जमीन दे दी है और हमारे कर्तव्य की इतिश्री हो गई है। यह मामला बहुत पेचीदा है। सचमुच में यह हमारी सारी सामाजिक व्यवस्था के साथ जुड़ा हुआ सवाल है। कानून बना देने से यह काम नहीं होगा। अगर जमीन का वितरण करना है तो भूमि वितरण के लिए जो समितियां होंगी, उनमें क्या भूमिहीनों का बहुमत होगा, क्या सरकार की मशीनरी इतनी सक्षम होगी कि जिन्हें जमीन दी जाएगी, वे जमीन का कब्जा भी पा सकें? मैंने देखा है उत्तर प्रदेश में बलरामपुर के इलाके में उत्तर प्रदेश सरकार ने हरिजनों को लखनऊ से जमीन देने का एलान कर दिया। मैंने जाकर देखा कि कहां जमीन मिली है, तो कहने लगे—दे दी है, मगर मिली नहीं है। लखनऊ आकर मैंने पूछा कि कहां दी है, तो बताया गया कि हमने यहां से भेज दी है, अभी वहां पहुंच रही होगी।

जो जमीन आप दे रहे हैं वह दूसरों के कब्जे में है। वे केवल जमीन के मालिक नहीं हैं, वे गांवों में प्रतिष्ठित भी हैं। उनके हाथ में डंडा है। साथ में वोट है। अब उन्हें जमीन से बेदखल कौन करेगा? अदालतें एक तरफ बैठी रहेंगी और डंडे का राज दूसरी तरफ चलता रहेगा। इस कानून को आप पारित करें, इसमें मतभेद नहीं है। लेकिन इससे भूमि सुधारों का मोर्चा हमने सर कर लिया, यह भावना आपके दिल में पैदा नहीं होनी चाहिए। धन्यवाद।

जिसकी लाठी, उसका खेत!

सभापति महोदय, मैं आपसे सहमत हूं, कि जिस विषय पर हम चर्चा कर रहे हैं वह बड़ा महत्वपूर्ण है। और इस पर गंभीर चर्चा करने की आवश्यकता है, इससे कोई इन्कार नहीं कर सकता और उधर बैठे हुए सदस्य भी स्वीकार करेंगे कि भूमि सुधारों को दृढ़तापूर्वक और प्रभावी रीति से लागू करने में शासन विफल रहा है। यह विफलता की कहानी २३ साल की लंबी कहानी है। जमींदारी, जागीरदारी तथा इनामी प्रथा के उन्मूलन के बाद जमीन जोतनेवालों को जमीन का मालिक बनाने के लिए, भूमि की अधिकतम सीमा निर्धारित करने के लिए और रैयतदारों के हितों का रक्षण करने के लिए जो कानून बनाए गए थे, उन्हें अमल में नहीं लाया गया। कुछ राज्य तो ऐसे हैं, जहां अधिकतम जोत के कानून अभी तक बने नहीं हैं। उदाहरण के लिए पंजाब है। पेप्सू में अधिकतम जोत का पुराना कानून चल रहा है। लेकिन पेप्सू के बाद का जो भाग है, उसमें अधिकतम जोत का कोई कानून नहीं है। बिहार में कानून है, मगर उस पर अमल नहीं किया गया, भूमि की सीमा निर्धारित नहीं की गई।

श्री क.ना. तिवारी : कर दी गई है।

श्री वाजपेयी : निर्धारित की गई है कानून में। मुझे भी मालूम है। बिहार के बारे में बिहार के लोग ज्यादा बुद्धिमत्ता का प्रदर्शन न करें। बड़ा ताज्जुब होता है कि जो भी कानून ने सीमा निर्धारित की है वह कानून में की है, जमीन पर वह नहीं हुई है। उसको अभी अमल में लाना बाकी है। ये ख्वाम-ख्वाह बीच में टोका-टोकी कर रहे हैं। समझते ही नहीं हैं।

अभी साल भर पहले मुख्यमंत्रियों का सम्मेलन हुआ था, जिसमें निर्णय लिया गया था कि सन् १९७० के अंत तक भूमि सुधार संबंधी कानूनों को शीघ्रता से कार्यान्वित कराया जाएगा। अगस्त का महीना समाप्त होने जा रहा है। अब कितने माह बाकी हैं, जिनमें कानूनों को कार्यान्वित कराया जाएगा? प्रश्न राज्य सरकारों से संबंधित है। राज्य सरकारें अगर कानूनों को अमल में नहीं लाना चाहतीं, तो केंद्र क्या करेगा? क्या राजनीतिक दल राजनीतिक स्तर पर इस प्रश्न को लेने के लिए तैयार हैं? अगर तैयार होते तो २३ साल में जो स्थिति बनी है, वह न बनती। मेरा आरोप है कि भूमि सुधार संबंधी कानून इसलिए कार्यान्वित नहीं किए जा रहे हैं कि सत्ता उन लोगों के

---

* *भूमि सुधारों की विफलता पर लोकसभा में १९ अगस्त, १९७० को टिप्पणी।*

हाथ में है, जो बड़े-बड़े किसान हैं। जो भी जमीन अधिकतम जोत की सीमा निर्धारित करने के बाद बचनी चाहिए थी, वह नहीं बची और जो बची, उसका बंटवारा नहीं किया गया। लोगों ने बेनामी जमीन पर कब्जा कर लिया। कोई इस बात से इन्कार नहीं कर सकता कि उत्तर प्रदेश का जमींदारी उन्मूलन कानून बहुत अच्छा कानून था, अन्य राज्यों के कानूनों की तुलना में प्रगतिशील कानून था। लेकिन उस कानून के फलस्वरूप जो जमीन बची, वह गांव सभा को दे दी गई और गांव सभा में जिसका भी जोर था, और कोई भी दल इससे अछूता नहीं है, वे दल भी अछूते नहीं हैं जो आज भूमि पर जबर्दस्ती कब्जा करने का आंदोलन चला रहे हैं, जहां मौका लगा वहां उसने जमीन पर कब्जा कर लिया और उस पर बैठ गया। क्या उन लोगों से जमीन वापस ली जा सकती है? क्या यह काम शांतिपूर्ण ढंग से हो सकता है? क्या सरकार पर दबाव डालकर भूमि सुधारों को तुरंत कार्यान्वित करने के लिए जोर डाला जा सकता है?

कुछ माननीय सदस्य : नहीं।

श्री वाजपेयी : सत्तारूढ़ दल के सदस्य कह रहे हैं, नहीं। अगर हमारे आंदोलनकारी मित्र सरकार के विरुद्ध सत्याग्रह करते—इसलिए कि सरकार ने कानूनों पर अमल नहीं किया, इसलिए कि सरकार के कानून दोषपूर्ण हैं, इसलिए कि जितनी भी जमीन परती पड़ी है, उसे खेती लायक बनाकर अभी तक भूमिहीनों में बांटा नहीं गया है—तो इस आंदोलन में हम भी उनका साथ दे सकते थे। लेकिन यह आंदोलन फिर प्रधानमंत्री श्रीमती इंदिरा गांधी की कोठी के सामने होना चाहिए था, किसी के फार्म पर नहीं।

श्री राम सेवक यादव : हो चुका है आंदोलन शांतिपूर्ण ढंग से सरकार के खिलाफ १९५७ और १९६० में।

श्री वाजपेयी : अभी भी आपका दावा है कि आंदोलन शांतिपूर्ण है?

श्री समर गुहा : नौ अगस्त को प्रजा सोशलिस्ट पार्टी की तरफ से कई सौ आदमी प्रधानमंत्री की कोठी पर जाकर सत्याग्रह कर चुके हैं।

श्री वाजपेयी : अभी भी दावा किया जा रहा है कि आंदोलन शांतिपूर्ण है। अभी भी आंदोलनकर्ता पहले से घोषणा कर देते हैं कि अमुक तिथि को इस मुहूर्त पर हम उपस्थित होंगे, हमें गिरफ्तार कर लिया जाए। प्रश्न इतना ही है कि किसी के फार्म पर जाने के बजाय क्या सत्याग्रह सरकार के सामने नहीं हो सकता था?

सभापति महोदय, आज स्थिति यह है कि जो भी फार्म बने हैं वे कानून के अनुसार बने हैं। आप कह सकते हैं कि कानून गलत है। आप कह सकते हैं कि कानून में परिवर्तन होना चाहिए। लेकिन क्या आप इससे इन्कार कर सकते हैं कि चाहे बिड़ला का फार्म हो या किसी और का, जो भी फार्म बने हैं, वे कानून से नहीं बने हैं? यह कानून बनानेवाला कौन है? इन कानूनों को अमल में लानेवाला कौन है? आज कहा जा रहा है कि जमीन पर कब्जा करो। किसी सज्जन के विचार मैंने समाचारपत्रों में पढ़े हैं। वह कह रहे हैं कि शहरों में जो मकान खाली पड़े हैं, उन पर भी कब्जा करो। इसकी कोई सीमा होगी या नहीं? कम-ज्यादा की मर्यादा है या नहीं? यह मर्यादा कहां है? इसको बनाओ। मर्यादा संसद तय करेगी। खेतों पर लड़कर यह समस्या हल नहीं होगी। भस्मासुर मत जगाओ। आप सस्ती लोकप्रियता प्राप्त करने के लिए जो भस्मासुर जगा रहे हैं, कल को वह आपको भी भस्म कर सकता है।

क्या इससे कोई इन्कार कर सकता है कि छोटे किसानों की जमीन पर भी हमले हुए हैं,

गांवों में व्यक्तिगत बदला लेने के लिए जमीन को हथियाया जा रहा है। यह तरीका नहीं है। भूमि सुधारों में जो गलतियां हैं, उनको ठीक कराने का तरीका यह नहीं है। यह तरीका नहीं है समाज में परिवर्तन लाने का।

सभापति महोदय, आप स्वयं एक विचारशील कम्युनिस्ट कहे जाते हैं। आपके माध्यम से मैं अपने कम्युनिस्ट मित्रों से कहना चाहता हूं कि श्री लेनिन और रोजा लग्जमबर्ग के बीच में इस बात पर बड़ी बहस हुई थी कि जमीन पर जबर्दस्ती कब्जा किया जाए या नहीं किया जाए, और रोजा लग्जमबर्ग ने कहा था कि जमीन पर जबर्दस्ती कब्जा करने की भावना किसान में बढ़ाई गई तो फिर साम्यवाद नहीं आ सकता है। किसी की चीज को हड़पो, जो चीज मिले उस पर कब्जा करो, यह तो वृत्ति नहीं है जिससे समता स्थापित हो सकती है, यह वृत्ति नहीं है जिससे विषमताहीन समाज की सृष्टि की जा सकती है।

सभापति महोदय, आज मर्यादाएं टूट रही हैं, कानून भंग हो रहे हैं, व्यवस्थाएं बिखर रही हैं, हवा में हिंसा है। ऐसी अवस्था में कोई भी ऐसा काम जो लोगों को मर्यादाहीन बनाता है, देश को अराजकता की ओर ले जाएगा, जिसमें न स्वाधीनता सुरक्षित रहेगी और न ही जमीन को जोतनेवाले के अधिकार सुरक्षित रहेंगे।

आवश्यकता इस बात की है कि सरकार यहां घोषणा करे कि इतने महीने में भूमि सुधारों को दृढ़तापूर्वक कार्यान्वित किया जाएगा। अधिकतम जोत का कानून लागू होना चाहिए। मैं इस समय जोत की मर्यादा कम करने के पक्ष में नहीं हूं। किसान के मन में अगर आप अस्थिरता पैदा करेंगे तो खेत में पूंजी नहीं लगेगी। पूंजी नहीं लगेगी तो उत्पादन नहीं बढ़ेगा। क्या भूमि का वितरण करना, यही प्रमुख उद्देश्य है? क्या देश को अन्न की दृष्टि से आत्मनिर्भर बनाना, यह उद्देश्य नहीं है? हमें दोनों उद्देश्यों को सामने रखकर चलना पड़ेगा।

फिर यह भी भूलना नहीं चाहिए कि देश में बांटने के लिए कितनी भूमि है? भूमि की भूख ज्यादा है, भूमि कम है और भूमि के वितरण पर बल देते हुए भी हम सबकी भूमि की भूख को संतुष्ट नहीं कर सकते हैं। आज जमीन पर बोझा ज्यादा है, और हमें जमीन के बोझे को हटाकर कल-कारखानों में लोगों को लगाना पड़ेगा। इस दृष्टि से भी आंदोलन एक प्रतिक्रियावादी आंदोलन है जो लोगों को भूमि के साथ जुड़ा हुआ रखना चाहता है, जो भूमि की भूख को बढ़ाता है। हमें भूमि सुधारों को दृढ़तापूर्वक कार्यान्वित करना होगा, प्रति एकड़ पैदावार को बढ़ाना होगा, जो हरिजन बंधु हैं, जो आदिवासी बंधु हैं या जो भूमिहीन लोग हैं, इनमें परती पड़ी हुई भूमि को खेती लायक बनाकर वितरित करना होगा अैर साथ ही साथ छोटे और मध्यम उद्योग-धंधों का जाल फैलाना होगा, ताकि ग्रामीण क्षेत्रों में पड़े हुए बेकार लोगों को काम मिल सके।

आदिवासियों की जमीन छिनी

सभापति महोदय, आप तो जानते ही हैं कि १९६० में ढेवर कमीशन बना था और उसने आदिवासी बंधुओं की समस्याओं पर विचार किया था। उस समय यह कानून था कि किसी आदिवासी की जमीन किसी गैर-आदिवासी को नहीं मिल सकती है, जब तक कि सरकारी अफसर की अनुमति न हो। लेकिन इस कानून का उल्लंघन हुआ है। लाखों एकड़ जमीन आदिवासियों के हाथ से निकल गई है और गैर-आदिवासियों के हाथ में पहुंच गई है। यह स्थिति बड़ी विस्फोटक है। १९६० में ढेवर कमीशन सरकार ने बिठाया। श्री ढेवर कांग्रेस के वरिष्ठ नेताओं में से हैं। उन्होंने

सिफारिश की थी कि जितनी भी जमीन गैर-आदिवासियों के हाथ में चली गई है, उसे वापस ले लेना चाहिए। सरकार मुआवजा दे और वह जमीन फिर से आदिवासियों में बांटे। दस साल हो गए, लेकिन उस सिफारिश पर कोई अमल नहीं किया गया है। संकल्पों की कमी नहीं है, भावनाओं का अभाव नहीं है, मगर यह सरकार आचरण करने में असमर्थ है और शायद इसका कारण यह है कि वह अपनी सत्ता के लिए उन पर निर्भर करती है, जो गांवों में डंडे के बल पर शासन चलाते हैं, जिनके हाथ में भूमि बड़ी मात्रा में एकत्रित हो गई है। आज भी समय है, सरकार वक्त की चेतावनी पर कान दे।

गृह मंत्रालय ने कहा था कि अगर भूमि सुधारों को दृढ़ता से कार्यान्वित नहीं किया गया, तो ग्रीन रेवोल्यूशन रेड रेवोल्यूशन में बदल सकता है। रेड रेवोल्यूशन में नहीं बदलेगा, क्योंकि किसान अपनी भूमि की रक्षा करेगा। लेकिन जो भूमिहीन हैं, उन्हें या तो भूमि चाहिए या रोजगार के अन्य अवसर चाहिए। अगर हम ये दोनों नहीं दे सकते, तो हम इस देश का विकास तो कर ही नहीं सकते, हम इस देश की स्वतंत्रता और लोकतंत्र को भी सुरक्षित नहीं रख सकते।

जो आंदोलन चला है, वह तो विफल हो गया है।...(व्यवधान) समस्या आंदोलन से हल नहीं होगी। समस्या पेचीदा है, गहरी है। राजनैतिक स्तर पर इसका कोई हल निकाला जाना चाहिए। करोड़ों लोगों की आशा-अपेक्षाएं बढ़ गई हैं। अगर हम उन्हें संतोष नहीं दे सके तो फिर देश की परिस्थिति और भी बिगड़ेगी।

यह आंदोलन एक चेतावनी के रूप में काम कर सकता है—अगर सरकार की आंखें खुलें, अगर सरकार सही कदम उठाए। लेकिन अच्छा होता, अगर यह आंदोलन न होता।...(व्यवधान) जबरिया जोत का आंदोलन नहीं, सरकार के विरुद्ध शांतिपूर्ण सत्याग्रह का आंदोलन चलता, जिसमें केवल भूमि हथियाने का कार्यक्रम नहीं, बल्कि हर एक नौजवान को रोजगार देने का भी कार्यक्रम शामिल होता।

निगम कंगाल; अधिकारी मालामाल

उपाध्यक्ष महोदय, मैं प्रस्ताव करता हूं कि यह सभा भारतीय खाद्य निगम के कार्यकरण पर विचार करती है।

खाद्य निगम का निर्माण १ जनवरी, १९६५ को हुआ था। जब निगम बना तो उसे कुछ गंभीर दायित्व सौंपे गए थे। इस संबंध में पारित कानून में कहा गया था कि निगम अनाज की खरीद करेगा, उसका भंडार बनाएगा, उसके लाने, ले जाने का प्रबंध करेगा, उसके वितरण के लिए उत्तरदायी होगा और साथ ही अनाज उत्पादन के प्रयत्नों को भी प्रोत्साहन देगा।

यह भी कहा गया है कि खाद्य निगम चावल की मिलें या तो अपनाएगा या बनाने में सहायता प्रदान करेगा और ऐसे कदम उठाएगा, जिससे खाद्यान्न का ठीक तरह से वितरण हो सके।

ये उद्देश्य अपने में अच्छे हैं और इन उद्देश्यों में किसी का मतभेद नहीं हो सकता। अपने देश में हम ऐसी अर्थव्यवस्था विकसित नहीं कर सकते, जिसमें उत्पादक और उपभोक्ता दोनों के हितों का संरक्षण न हो। यदि किसान अधिक अनाज पैदा करता है और अधिक पैदावार के कारण दाम गिरते हैं, किसान घाटे में रहता है तो कार्पोरेशन के लिए आवश्यक है कि वह अनाज खरीदे, उसका ठीक तरह से भंडार बनाए और उसे बाजार में लाए, जिससे मूल्य स्थिर हो सकें और जनता को, विशेषकर गरीब वर्गों को, उचित कीमत पर पर्याप्त मात्रा में अनाज मिल सके।

लेकिन कठिनाई यह है कि हमने खाद्य निगम के हाथ में असाधारण अधिकार तथा दायित्व रख दिए। गेहूं के थोक व्यापार का सरकारीकरण स्वयं में एक सही निर्णय नहीं था। खाद्य निगम के द्वारा अब उसे कार्यान्वित किया गया तो वह सर्वथा विफल हो गया। आज खाद्य निगम में व्याप्त भ्रष्टाचार, अदक्षता, सार्वजनिक धन का अपव्यय, अफसरों की मनमानी, किसान और उपभोक्ता दोनों के साथ होनेवाला अन्याय सार्वजनिक चर्चा का विषय बना हुआ है। यहां तक कि हमारे केंद्रीय मंत्री भी खाद्य निगम में व्याप्त भ्रष्टाचार के विरुद्ध अपना मुंह खोलने के लिए विवश हो गए। सदन को ज्ञात है कि कुछ दिन पूर्व स्वयं श्री शिंदे ने समाचारपत्रों को एक भेंट में कहा था, मैं उनके शब्दों को उद्धृत कर रहा हूं :

"फूड कार्पोरेशन ऑफ इंडिया में भ्रष्टाचार की कोई सीमा नहीं है।"

** भारतीय खाद्य निगम के कार्यकरण पर लोकसभा में १२ दिसंबर, १९७३ को प्रस्ताव।*

कृषि राज्यमंत्री श्री अण्णासाहब पी. शिंदे : मैं कहना चाहूंगा कि मैंने फूड कार्पोरेशन ऑफ इंडिया की कुछ खराबियों के बारे में एक वक्तव्य जारी किया था। लेकिन प्रेस में जो भाषा दी गई है, वह मेरी बात को सही और ईमानदार तरीके से पेश नहीं करती। मैंने गड़बड़ियों का जिक्र किया, मैंने फूड कार्पोरेशन ऑफ इंडिया में भ्रष्टाचार की बात की··(व्यवधान) लेकिन जो शब्द माननीय सदस्य यहां पढ़ रहे हैं, मैं कहूंगा कि ये वही शब्द नहीं हैं जो मैंने कहे थे। ये मेरे मुंह में डाल दिए गए हैं।

श्री वाजपेयी : उपाध्यक्ष जी, अब मैं कठिनाई में पड़ गया हूं। मंत्री महोदय ने अखबारों में जो कुछ छपा था, उसका खंडन नहीं किया। वह यह भी बताने के लिए तैयार नहीं हैं कि सचमुच में उन्होंने क्या कहा था। अगर वह बताएं तो मैं बैठने को तैयार हूं।

श्री अण्णासाहब पी. शिंदे : मैंने कुछ ऐसे केसों का जिक्र किया था जिनमें मेडिकल बिलों में जान-बूझकर गड़बड़ी की गई थी और फूड कार्पोरेशन ऑफ इंडिया से ज्यादा पैसा वसूला गया था। मैंने यह भी कहा था कि कुछ जगहों पर तो कुछ कर्मचारियों को गैर-कानूनी तौर पर तुष्ट किया जा रहा है।

श्री जगन्नाथ राव जोशी (शाहजहांपुर) : बड़ी जगह की बड़ी बख्शीस।

श्री वाजपेयी : उपाध्यक्ष महोदय, महाराष्ट्र की सरकार को बंबई में बंदरगाह पर प्रति ट्रक··(व्यवधान)

श्री अण्णासाहब पी. शिंदे : मैंने मुख्यमंत्री का वक्तव्य उल्लिखित किया था।

श्री वाजपेयी : उपाध्यक्ष महोदय, शिंदे साहब ने रिश्वतखोरी की पुष्टि कर दी। जो कुछ समाचारपत्रों में छपा है, उसमें एक-दो शब्दों का हेर-फेर हो सकता है। उन्होंने महाराष्ट्र के मुख्यमंत्री का हवाला दिया है—जब महाराष्ट्र के ट्रक बंबई के बंदरगाह से विदेशों से आया हुआ अनाज लेकर निकलते हैं तो प्रति ट्रक ३५ रुपए रिश्वत देनी पड़ती है। मैंने पढ़ा है कि महाराष्ट्र के मुख्यमंत्री ने पूछा है कि रिश्वत जो हम दे रहे हैं, यह किस एकाउंट में लिखा जाएगा, कृपा कर यह भी हमको बता दें।

शिंदे साहब ने यह भी पुष्टि की है कि मेडिकल बिल बहुत बढ़ गए हैं। कलकत्ता के यूनिट का मेडिकल बिल २२ लाख रुपए से बढ़कर ८२ लाख रुपए हो गया है। उन्होंने यह भी कहा है कि यह मामला सी.बी.आई. को सौंप दिया गया है और इन्कमटैक्स डिपार्टमेंट भी इसकी छानबीन कर रहा है।

उपाध्यक्ष महोदय, केवल कलकत्ता के मेडिकल बिलों का ही मामला सी.बी.आई. को नहीं सौंपा गया है, फूड कार्पोरेशन के जो पुराने चेयरमैन थे, जो कभी इस सदन के सदस्य थे, बाद में मंत्री बने, बाद में चुनाव हार गए, बाद में फूड कार्पोरेशन के चेयरमैन बने और जिनके ऊपर भ्रष्टाचार के गंभीर आरोप लगे, अब कुछ आरोपों की जांच—मैंने पढ़ा है—सी.बी.आई. कर रही है। मैं मंत्री महोदय से जानना चाहता हूं कि वे आरोप क्या हैं? सी.बी.आई. की जांच की परिधि क्या है? मैं यह भी जानना चाहता हूं कि सी.बी.आई. की जांच कब समाप्त होगी?

अभी तक सी.बी.आई. की जांच की कालावधि के बारे में संतोषजनक स्थिति नहीं है। एक मामला मेरे सामने है, जिसमें सी.बी.आई. ने जांच करने में सात साल लगाए। अगर भ्रष्टाचार के आरोपों की जांच करने में इतना समय लगेगा तो फिर भ्रष्टाचार की जांच करने का उद्देश्य ही विफल हो जाएगा।

उपाध्यक्ष महोदय, कई तरह की शिकायतें खाद्य निगम के विरुद्ध आ रही हैं। इस प्रकार की शिकायतें हैं कि खाद्य निगम ने सरकार द्वारा स्थान-स्थान पर ७६ रुपए क्विंटल निर्धारित गेहूं का दाम किसानों को नहीं दिया, यह कहकर कि वह गेहूं घटिया है, वापस कर दिया गया और बाद में व्यापारियों से वही गेहूं ऊंचे दामों पर खरीद लिया गया। अगर मंत्री महोदय चाहें तो मैं स्थानों के नाम ले सकता हूं।

दूसरी शिकायत इस तरह की आई है कि फूड कार्पोरेशन के हैंडलिंग चार्जिज निरंतर बढ़ते जा रहे हैं। पहले यह भी कहा गया था कि प्रति क्विंटल गेहूं के रख-रखाव पर २२ रुपए से लेकर ३२ रुपए हैंडलिंग चार्जिज होते हैं। लेकिन मैंने इस आशय की प्रेस रिपोर्ट्स देखी हैं कि यह खर्चा बढ़कर अब ५६ रुपए तक पहुंच गया है। मैं चाहूंगा, मंत्री महोदय इस पर प्रकाश डालें।

श्री अण्णासाहब पी. शिंदे : अगर वह ५६ रुपए रैफर कर रहा है तो?

श्री वाजपेयी : गेहूं संभालने के प्रति क्विंटल ऊपरी खर्चे।

श्री शंकर दयाल सिंह (चतरा) : पर क्विंटल?

श्री वाजपेयी : जी हां।

उपाध्यक्ष महोदय, यह भी गंभीर आरोप लगाया गया है कि निगम प्रति वर्ष करोड़ों रुपए का घाटा उठा रहा है, क्योंकि वह ठेकेदारों को अनुगृहीत करना चाहता है, उनको लाभ पहुंचाना चाहता है। १० मई, १९७३ को खाद्य निगम के कर्मचारियों ने कलकत्ता में एक प्रेस कान्फ्रेंस की, जिसमें उन्होंने कहा कि :

"चोरी और भ्रष्टाचार की एफ.सी.आई. में हद ही हो गई। गाड़ियों के रेलवे स्टेशनों पर रुक-रुककर आने से जो नुकसान एफ.सी.आई. को भरना पड़ता है, वह भी कम नहीं। वैगनों में हुए नुकसान और चोरी से तकरीबन ४०% अनाज का घाटा उठाना पड़ता है।"

यह बात भी सर्वविदित है कि फूड कार्पोरेशन के पास अपने गोदाम खाली पड़े रहते हैं और प्राइवेट गोदामों को किराए पर लिया जाता है। यह इसलिए किया जाता है कि प्राइवेट गोदामों के मालिकों को फायदा पहुंचे और उस फायदे में निगम के अधिकारी स्वयं हिस्सा बटा सकें।

उपाध्यक्ष महोदय, मेरे ध्यान में कई मामले इस तरह के आए हैं—जैसे हाथरस में फूड कार्पोरेशन का अपना गोदाम खाली पड़ा है और चीनी रखने के लिए प्राइवेट गोदाम किराए पर लिया गया है। इसका क्या औचित्य है, यह समझने में मैं असमर्थ हूं। हापुड़, अलीगढ़ में जिस जमीन का किराया, ५००० रुपए हो सकता है, उसके लिए फूड कार्पोरेशन १५००० रुपया महीना किराया दे रहा है।

उपाध्यक्ष महोदय, पहले भी इस सदन में चर्चा हो चुकी है, खाद्य निगम आटे की मिलों को बोरियों में भरकर अनाज देता है। उन बोरियों की कीमत मिल मालिकों से वसूल नहीं की जाती। मिलों को सस्ती दर पर आटा बनाने के लिए अनाज देने का प्रयत्न होता है। बोरियों की कुल कीमत प्रतिवर्ष २०-२२ करोड़ रुपए होती है। खाद्य निगम बोरियों की कीमत आटा मिल मालिकों से वसूल कर सकता है। पब्लिक अंडरटेकिंग कमेटी ने इस संबंध में कुछ सिफारिशें भी की थीं, लेकिन जहां तक मेरी जानकारी है—मैं चाहूंगा अगर मैं गलत हूं तो मंत्री महोदय मुझे सही करें—बोरियों की कीमत वसूल नहीं की जा रही है और फूड कार्पोरेशन खुद घाटा सहकर आटे के मिल मालिकों का फायदा कर रहा है। १९७२ के आंकड़े मेरे पास हैं—फूड कार्पोरेशन ने प्रति क्विंटल २४ रुपए का घाटा उठाया। मैं जानना चाहूंगा—१९७३ में यह घाटे की रकम क्या है?

उपाध्यक्ष महोदय, अनाज के लाने-ले जाने में बड़ा घोटाला होता है। इस संबंध में पब्लिक अंडरटेकिंग कमेटी ने कुछ आंकड़े दिए हैं। १९६९-७० में ८.८३ करोड़ रुपए का घाटा हुआ। १९७०-७१ में ८.४० करोड़ रुपए का घाटा हुआ। इस साल के आंकड़े हमारे पास नहीं हैं, क्योंकि पब्लिक अंडरटेकिंग कमेटी की रिपोर्ट अभी नहीं आई है, लेकिन एक मामला अभी मेरे ध्यान में लाया गया है—वाराणसी में गेहूं के ८ डिब्बे आए, वे बिहार से आए और वाराणसी डिपो के मैनेजर ने फर्जी रसीद बनाकर माल उतार दिया, माल बेच दिया और वह माल गोदाम में गया ही नहीं। रेलवे स्टेशन से ही उस माल का वितरण हो गया···(व्यवधान)

लुधियाना में खन्ना डिपो से १६०० बोरे गायब पाए गए। इस तरह की और भी शिकायतें प्राप्त हुई हैं। ऐसा लगता है कि खाद्य निगम, जनता के धन का एक-एक पैसा, गाढ़ी कमाई का पैसा, किसान के परिश्रम का एक-एक कण अनाज, उसकी रक्षा होनी चाहिए, उसका सदुपयोग होना चाहिए—इस महती भावना से प्रेरित नहीं है।

अपने-अपने खाद्य विभाग

आज स्थिति यह है कि राज्य सरकारें अपने अलग-अलग कार्पोरेशन कहिए या खाद्य विभाग कहिए, अलग-अलग एजेंसीज स्थापित कर रही हैं। क्या अलग-अलग एजेंसियां स्थापित करना, यह केंद्रीय सरकार ने मान लिया है? क्या केंद्र ने मान लिया है कि यह काम अगर राज्यों को सौंप दिया जाएगा तो सस्ते में होगा? क्या केंद्र ने मान लिया है कि अगर यह काम राज्य करेंगे तो भ्रष्टाचार नहीं होगा? क्या केंद्र ने मान लिया है कि यह काम राज्यों को सौंपते ही, जो भी भ्रष्टाचार या अक्षमता है, अफसरों की मनमानी है, वह समाप्त हो जाएगी? ऐसा लगता है कि केंद्र अपनी जिम्मेदारी टालना चाहता है, सारी बला को अपने सिर से उतारना चाहता है।

इस समय खाद्य निगम में छंटनियों का जोर है, कर्मचारियों को काम से हटाया जा रहा है। उत्तर प्रदेश के ९२४ कर्मचारी निकाल दिए गए। १२०० कर्मचारी ऐसे हैं जिन्हें अपने पदों से और नीचे के पदों पर भेज दिया गया है···(व्यवधान) बनर्जी साहब कह रहे हैं उनकी संख्या १२४२ है, मैं उसे स्वीकार कर लेता हूं। लेकिन आश्चर्य की बात यह है कि जब छोटे-छोटे कर्मचारी निकाले जा रहे हैं, अफसरों की फौज बढ़ाई जा रही है। इन्हीं दिनों में ५३ डिप्टी मैनेजर नियुक्त किए गए हैं, १० फाइनेंशियल एडवाइजर्स तैनात किए गए हैं, ८० सीनियर असिस्टेंट मैनेजर्स को डिप्टी मैनेजर्स बनाया गया है। जो छोटे कर्मचारी रबी अभियान के लिए भर्ती किए गए थे, रबी अभियान समाप्त होने के बाद उनकी छुट्टी कर दी गई, लेकिन उसी रबी अभियान में जो अफसर रखे गए थे, उनको खाद्य निगम ने हजम कर लिया। अफसरों के लिए खाद्य निगम ने जगह बना ली।

क्या खाद्य निगम का काम अफसरों को स्थान देने की दृष्टि से चलेगा? क्या किसी एक विशेष अफसर के लिए सेवा की शर्तों में परिवर्तन होगा? मेरे ध्यान में एक मामला लाया गया है, मैं किसी का नाम नहीं लेना चाहता, लेकिन एक सज्जन क्वालिटी कंट्रोल मैनेजर हैं, उनका ग्रेड १६००-२००० रुपए का है, चूंकि वे जून १९७५ में रिटायर होनेवाले हैं, उनका ग्रेड २००० से बढ़ाकर २५०० कर दिया गया है। बाद में उनके रिटायर होते ही वह ग्रेड फिर कम हो जाएगा। क्या व्यक्ति के साथ ग्रेड घटता-बढ़ता है? अगर वे व्यक्ति असाधारण योग्यतासंपन्न हैं तो शिंदे साहब सदन को विश्वास में ले सकते हैं, वरना इस तरह से ग्रेड में अंतर करने का कारण मेरी समझ में नहीं आता।

उपाध्यक्ष महोदय, आपको सुनकर ताज्जुब होगा, खाद्य निगम में मितव्ययता की चर्चा हो रही है। ४३ लाख रुपया बचाया जाएगा, इस तरह का प्रचार किया जा रहा है। लेकिन खाद्य निगम का राज्यों पर २९१ करोड़ रुपया बकाया है, उसे वसूल करने का कोई प्रयत्न नहीं हो रहा है। वह रुपया खाद्य निगम ने बैंकों से लिया है, इस रुपए पर खाद्य निगम ब्याज दे रहा है। ढाई साल में ४५ करोड़ रुपए खाद्य निगम ने ब्याज की रकम का दिया है और ४३ लाख रुपए की बचत की जा रही है। क्या राज्य सरकारों को खाद्य निगम का पैसा वापस करने के लिए प्रेरित नहीं किया जा सकता? क्या राज्य सरकारों को खाद्य निगम का रुपया वापस करने के लिए विवश नहीं किया जा सकता? राज्य सरकार अगर खाद्य निगम का काम करना चाहती है, तो कम से कम खाद्य निगम को ब्याज देने में घाटा हो रहा है, उससे खाद्य निगम की स्थिति विपन्न दिखाई देती है तथा उसके नाम पर छोटे कर्मचारियों की छंटनी हो रही है। क्या केंद्र राज्य सरकारों से २९१ करोड़ रुपए वसूल नहीं कर सकता?

खाद्य निगम क्या कर रहा है?

उपाध्यक्ष महोदय, सरकार अनाज का व्यापार करे या न करे, इसमें मतभेद की गुंजाइश है। यह प्रश्न केवल सिद्धांत का नहीं है, बल्कि प्रश्न व्यवहार का भी है। हम किस एजेंसी के द्वारा यह चाहते हैं कि किसान को उचित मूल्य मिले और उपभोक्ता को ठीक दाम पर अनाज उपलब्ध हो? हम व्यापारियों की मिडिलमेन कहकर निंदा करते हैं, व्यापारियों में ऐसे तत्व हैं जो अभाव के समय मुनाफाखोरी करते हैं, इससे कोई इन्कार नहीं कर सकता, लेकिन फूड कार्पोरेशन क्या कर रहा है? क्या फूड कार्पोरेशन स्वयं एक मिडिल एजेंसी के रूप में कायम नहीं हो गया है? क्या फूड कार्पोरेशन के हैंडलिंग चार्जेज ज्यादा नहीं हैं? क्या फूड कार्पोरेशन मिलावट के लिए जिम्मेदार नहीं है?

पंजाब के दोराहा से मुंगेर के लिए गेहूं गया, किसी व्यापारी ने नहीं भेजा, सरकारी एजेंसी के द्वारा भेजा गया और उस गेहूं में लोहे के कण निकले। गेहूं में लोहे के कण कहां से आ सकते हैं? माइलो में धतूरा तो आ सकता है, क्योंकि अमेरिकी मित्रों के अनुसार माइलो और धतूरा एक साथ खेत में पैदा होता है, मशीन से काटा जाता है, वह इकट्ठे कट सकता है, लेकिन मैं जानना चाहता हूं क्या वर्तमान शासन के अंतर्गत अब लोहा भी खेत में पैदा होने लगा है? अगर लोहा खेत में पैदा नहीं होता तो फिर मुंगेर को भेजे गए गेहूं में लोहे के कण कहां से आ गए?...(व्यवधान) उनको भेजा सरकारी एजेंसी ने, उसको उतारा सरकारी एजेंसी ने और वह गया सरकार की रेलवे में...(व्यवधान)

श्री अण्णासाहब पी. शिंदे : कुछ व्यापारियों ने तो शायद हमारे अधिकारियों को ही खरीद लिया था।

श्री वाजपेयी : फिर तो वे आपके मंत्रियों को भी खरीद सकते हैं।

उपाध्यक्ष जी, मैं यह कहना चाहता हूं कि खाद्य निगम के काम को राज्यों को सौंपने से समस्या हल नहीं होगी। उससे खर्चे बढ़ेंगे, देख-भाल में ढिलाई आएगी और भ्रष्टाचार में भी वृद्धि हो तो कोई ताज्जुब नहीं। न कर्मचारियों को हटाने से समस्या का हल होगा। होना यह चाहिए कि फूड कार्पोरेशन का आर्गेनाइजेशन जिस तरह से लाइफ इंश्योरेंस कार्पोरेशन बना है, उसी तरह से बनाया जाए। सारे देश के लिए एक संगठन बनाने के बजाय जोन के हिसाब से संगठनों की रचना

हो सकती है। उसमें राज्य सरकारों से तालमेल भी स्थापित किया जा सकता है। जो भ्रष्ट तत्व हैं—माफ कीजिए, अफसरों में ज्यादा हैं, उनके खिलाफ कड़ी कार्यवाही होनी चाहिए।

किसान और उपभोक्ता दोनों के हितों को देखते हुए ऐसी एजेंसी की आवश्यकता हरदम रहेगी जो किसान को लाभप्रद मूल्य दे और उपभोक्ता को उचित मूल्य पर अनाज उपलब्ध कराए। ऐसी व्यवस्था को मजबूत करने की आवश्यकता है। किंतु सरकार को मोनोपोली अपने हाथ में नहीं लेनी चाहिए। मोनोपोली न खरीद में, न बिक्री में। मोनोपोली से बुराइयां उत्पन्न होती हैं। वैसे, डिस्ट्रिब्यूशन सिस्टम को हम और भी सुदृढ़ करें, लेकिन उसके साथ-साथ हम उसमें से भ्रष्टाचार मिटाएं और उसमें दक्षता लाएं। फूड कार्पोरेशन आज फूड करप्शन के नाम से विख्यात हो गया है, और उसका दोष छोटे कर्मचारियों को दिया जाता है। जब भ्रष्टाचारियों को पकड़ने का जाल बिछाया जाता है तो छोटी-छोटी मछलियां तो फंस जाती हैं, लेकिन बड़े-बड़े मगरमच्छ निकल जाते हैं। यह भ्रष्टाचार को मिटाने का तरीका नहीं है।

मैं चाहता हूं कि इस विषय पर सदन गंभीरता से चर्चा करे और इस चर्चा में कुछ ऐसे सुझाव आएं, जो केंद्रीय सरकार का मार्गदर्शन कर सकें। धन्यवाद।

कृषि वैज्ञानिक का आत्मदाह

सभापति महोदय, इस चर्चा में भाग लेते समय एक प्रश्न बार-बार मेरे मन में उठ रहा है कि क्या डॉ. विनोद साहा का बलिदान व्यर्थ जाएगा? क्या फिर किसी नवयुवक वैज्ञानिक को हमारी वैज्ञानिक संस्थाओं में व्याप्त दमघोंटू वातावरण के विरुद्ध आत्महत्या के अतिरेकपूर्ण पग को उठाना पड़ेगा?

मुझको शिकायत है सरकार से। उसने सारे मामले को जितनी गंभीरता से लेना चाहिए था, नहीं लिया। सारे देश में आवाज उठाने के बाद, इस संसद में पर्याप्त उत्तेजना के पश्चात उसने गजेंद्र गडकर समिति का निर्माण किया।

कमेटी का निर्माण करने के बाद उसके टर्म्स ऑफ रेफरेंस बदल दिए गए, उन्हें सीमित कर दिया गया। कमेटी ने यह माना है कि वह पुराने मामले नहीं देख सकती। ऐसे मामले, जिनमें वैज्ञानिकों को शिकायत है कि उनके साथ अनियमितता बरती गई, ऐसे मामले जिनमें वैज्ञानिकों को शिकायत है कि उनके साथ भेदभाव किया गया है, ऐसे मामले देखने में समिति ने अपनी असमर्थता स्पष्ट शब्दों में व्यक्त की है।

मुख्य रूप से समिति की सिफारिशें सरकार ने अस्वीकृत कर दीं। अगर इतनी उच्चाधिकार संपन्न समिति की सिफारिशें रद्दी की टोकरी में फेंकी जानेवाली हैं, तो इस तरह की समिति को बनाने का कोई औचित्य नहीं था। यदि ऐसी समिति की सिफारिशों के साथ इस तरह का व्यवहार किया जाएगा, जैसा सरकार कर रही है, तो मैं नहीं समझता कि कोई सम्मानप्रिय अवकाशप्राप्त न्यायाधीश या कोई गणमान्य वैज्ञानिक सरकार द्वारा नियुक्त समितियों की अध्यक्षता या सदस्यता स्वीकार करेगा।

सभापति महोदय, समिति की रिपोर्ट १० महीने तक सरकार ने दबाए रखी। समिति की रिपोर्ट को सभा पटल पर लाने के लिए हमको कृषि मंत्री महोदय पर दबाव डालना पड़ा। मंत्री महोदय ने उस समय स्वीकार किया था कि जो १२०० जगह खाली हैं, उनको पब्लिक सर्विस कमीशन के जरिए भरा जाएगा। लेकिन अब वह बात भी रद्दी की टोकरी में फेंक दी गई। अब कहा जा रहा है कि स्पेशल रेक्रूटमेंट बोर्ड बनेगा। मैं पूछना चाहता हूं कि उस बोर्ड का निर्माण कौन करेगा?

** भारतीय कृषि अनुसंधान परिषद पर लोकसभा में २८ नवंबर, १९७३ को टिप्पणी।*

अभी तक यह अस्पष्ट है। इस प्रकार की आशंका व्यक्त की जा रही है कि समिति के द्वारा जो लोग कठघरे में खड़े किए गए हैं, उन्हीं की सलाह से वह बोर्ड बनाया जाएगा। यह भी बात कही जा रही है कि उस बोर्ड की कार्य-सीमा में हैडक्वार्टर्स पोस्ट्स का समावेश नहीं होगा। वह बोर्ड नई नियुक्तियां करेगा लेकिन हेडक्वार्टर्स पोस्ट्स में जो स्थान हैं, उनके बारे में नियुक्तियों का अधिकार बोर्ड को नहीं होगा। मैं चाहता हूं कि मंत्री महोदय इस मुद्दे को स्पष्ट करें। मैं तो चाहता हूं कि यूनियन पब्लिक सर्विस कमीशन के द्वारा भर्ती होनी चाहिए। एडमिनिस्ट्रेटिव रिफार्म्स कमीशन ने भी इसी आशय की सिफारिश की थी। लेकिन यदि आप बोर्ड बनाने पर तुले हुए हैं तो बोर्ड के बारे में पार्लियामेंट का एक्ट बनाइए। बोर्ड में कौन होंगे और इसके बारे में संसद को विश्वास में लीजिए। बोर्ड का जिस तरह से गठन होनेवाला है, उसकी स्पष्ट तस्वीर सामने आनी चाहिए।

सभापति महोदय, दूसरी बात यह है कि समिति ने सिफारिश की है कि कृषि अनुसंधान परिषद् को सरकार के एक विभाग के रूप में चलाया जाए। इसके बारे में पर्याप्त मतभेद हैं। मतभेद स्वाभाविक है। कोई वैज्ञानिक अनुसंधान परिषद सरकार का विभाग होकर चले, यह बात सुनने में कुछ अटपटी लगती है। मैं भी आटोनोमी का समर्थक हूं, लेकिन इस संदर्भ में मैं पूछना चाहता हूं कि आटोनोमी किसकी? क्या बॉसेज की? आटोनोमी मनमाना काम करने की? नियमों को ताक पर रखने की? योग्यता के अनुसार नियुक्तियां न करने की? ऐसी आटोनोमी, जिससे परेशान होकर एक वैज्ञानिक को अपनी जान देनी पड़े? मैं आटोनोमी चाहता हूं, लेकिन जूनियर साइंटिस्ट्स के लिए भी वह होनी चाहिए। आज वह उनकी नहीं है। हमारी अनुसंधान संस्थाएं एक साम्राज्य बन गई हैं, उनमें बॉसिज्म चल रहा है। मैं इस चर्चा में व्यक्तियों को घसीटना नहीं चाहता। लेकिन हमारे जूनियर साइंटिस्ट. इसीलिए परेशान होकर देश से बाहर जा रहे हैं—इसलिए नहीं कि तनख्वाह कम है—कि उन्हें काम करने के लिए क्षेत्र नहीं है। आज सवेरे ही प्रतिभा-पलायन पर चर्चा चल रही थी। श्री सुब्रह्मण्यम् साहब उत्तर दे रहे थे। हमारे नौजवान वैज्ञानिक काम करना चाहते हैं, लेकिन काम वे करते हैं और नाम बड़े वैज्ञानिकों का होता है। मैं बिना नाम लिए एक समाचारपत्र के एक अंश को उद्धृत करना चाहता हूं :

"यह पता लगाया गया है कि आई.ए.आर.आई. में कार्यरत एक वैज्ञानिक प्रति बारहवें दिन एक पेपर की दर से काम कर रहे हैं। सन् १९४२ से १९५२ तक उसने २० 'पेपर' प्रस्तुत किए। १९५२ से १९६२ के बीच १९ और आगामी पांच वर्षों में, यानी १९६७ में यह संख्या अचानक तिगुनी हो गई। डिवीजन में अपनी स्थिति बेहतर बनाते हुए उसने अगले पांच वर्षों में १६० पेपर प्रस्तुत किए। इससे औसत १२ दिन में एक पेपर का निकलता है।"

बारह दिनों में एक पेपर? जरूर कोई बड़ी वैज्ञानिक प्रतिभा का धनी है…

इसका अर्थ यह है कि जूनियर साइंटिस्ट्स की मदद से पेपर लिखे जाते हैं, जो रिसर्च स्कॉलर हैं उनकी सहायता ली जाती है, लेकिन श्रेय उन्हें नहीं दिया जाता, नाम अपना डाला जाता है। क्या इससे प्रतिभाएं विकसित हो सकती हैं? क्या इससे वैज्ञानिकों को प्रोत्साहन मिल सकता है? मैं चाहता हूं कि आटोनोमी का विचार करते समय आप इस पहलू को भी ध्यान में रखें।

मैं इस कमेटी की रिपोर्ट से सहमत हूं। अगर भारतीय कृषि अनुसंधान परिषद् सरकार का विभाग बना दी गई, तो कोई आसमान टूटनेवाला नहीं है। अगर एटामिक एनर्जी कमीशन सरकार के विभाग के रूप में चल सकता है, तो क्या यह उससे भी अधिक बारीक काम है?

एक बात निश्चित है कि वहां अनियमितता नहीं होनी चाहिए, नियुक्तियों में धांधली नहीं होनी

चाहिए, बड़े और छोटे वैज्ञानिकों के बीच में भाईचारे की भावना होनी चाहिए, मिलकर काम करने की भावना होनी चाहिए, खाद्य मोर्चे पर देश को सफल बनाने का एक संकल्प होना चाहिए।

मैं श्री इंद्रजीत गुप्त से सहमत हूं कि एक वैज्ञानिक दूसरे वैज्ञानिक के विरुद्ध क्यों कार्य करता है। मेरे पास इतने पत्र आए हैं और शिंदे साहब बताएं कि आखिर कमेटी के पास भी इतनी शिकायतें क्यों गईं, क्या वहां सब शिकायतें करनेवाले हैं, कोई काम करनेवाला नहीं है? अगर काम करने का वहां वातावरण नहीं है तो उसके लिए भी कौन जिम्मेदार है? हमारी अनुसंधान सस्थाएं एक परिवार के नाते चलनी चाहिए। वहां सहयोग होना चाहिए। स्वस्थ प्रतिस्पर्धा के लिए गुंजाइश हो सकती है। लेकिन एक-दूसरे की टांग पकड़कर खींचने के लिए कोई जगह नहीं होनी चाहिए, यह आपको मानना पड़ेगा।

मैं कहना चाहता हूं कि डेनमार्क के राज्य में कुछ न कुछ गड़बड़ जरूर है।

हमारी अनुसंधान संस्थाओं में जरूर कुछ गड़बड़ है। डॉ. विनोद साहा की आत्महत्या से वह एक विस्फोटक के रूप में सामने आ गई है। अगर हम इससे कुछ शिक्षा ले सकें, इन संस्थाओं का सुधार कर सकें, एक-एक वैज्ञानिक को संतुष्ट कर सकें तो मैं समझता हूं कि वह बलिदान व्यर्थ नहीं जाएगा।

लेकिन मुझे निराशा हुई सरकार की इस सिफारिश को पढ़कर कि जिन वैज्ञानिकों ने अपनी उपलब्धियों के गलत दावे किए, उनके बारे में भी सरकार सिफारिश को स्वीकार करने के लिए तैयार नहीं। शरबती सोनारा एक मजाक का विषय बन गया है। क्या डॉ. गजेंद्र गडकर की रिपोर्ट इस संबंध में कोई अर्थ नहीं रखती···(व्यवधान)। हमारे वैज्ञानिक कृषि के क्षेत्र में अगर कुछ अनुसंधान करके दिखाते हैं, प्रगति करके दिखाते हैं तो उसकी सराहना की जानी चाहिए और अगर झूठे दावे किए जाते हैं तो उन पर पर्दा डालने का प्रयत्न नहीं होना चाहिए।

श्री इंद्रजीत मल्होत्रा : यहां सियासत को मत लाइए···(व्यवधान)

श्री वाजपेयी : आप किसी का नाम लेकर तारीफ के पुल बांध रहे हैं तो क्या वह सियासत नहीं है?

श्री इंद्रजीत मल्होत्रा : वह साइंटिस्ट का सम्मान है।

श्री वाजपेयी : मैं भी जो रिपोर्ट में लिखा हुआ है, वही बता रहा हूं। उसमें यह है कि शरबती सोनारा के बारे में जो दावा किया गया है, वह बढ़ा-चढ़ाकर था। दावा यह था कि गेहूं इतना अच्छा हो गया कि उसको खाने के बाद दूध पीने की जरूरत ही नहीं। जो अच्छा काम किया, मैं उसकी तारीफ करने में किसी से पीछे नहीं हूं। लेकिन केवल तारीफ ही नहीं, जहां वैज्ञानिक आलोचना के अधिकारी हैं, उनकी आलोचना भी होनी चाहिए। साथ ही साथ संसद सदस्यों को भी किसी का पक्ष लेकर या किसी के विरोध में बोलकर वैज्ञानिकों को इस बात का मौका नहीं देना चाहिए कि पार्लियामेंट के मेंबरों में लॉबिंग कर सकें और इस सदन की प्रतिष्ठा को नीचे गिरा सकें। धन्यवाद।

जोत की सीमा का आधार आय हो

सभापति महोदय, जोत की अधिकतम सीमा को कम करने के सवाल पर सत्तारूढ़ दल में जो विवाद चल रहा है, वह विवाद कुलक और छोटे किसानों का विवाद नहीं है, वह विवाद नारे और यथार्थवाद का विवाद है। चुनाव घोषणापत्र में यह कहना सरल है कि अधिकतम जोत १० एकड़, १२ एकड़ और अधिक से अधिक १८ एकड़ होनी चाहिए। किंतु जब उसको व्यवहार में लाने का प्रश्न पैदा होता है, तो कठिनाइयां सामने आती हैं।

अभी तक मैं यह समझने में असमर्थ हूं कि एकड़ों की जो बात कही जा रही है, उसका आधार क्या है? कम से कम १० एकड़ क्यों, ८ एकड़ क्यों नहीं? ज्यादा से ज्यादा १८ एकड़ क्यों, ३० एकड़ क्यों नहीं? क्या इन आंकड़ों के पीछे कोई वैज्ञानिक आधार है? क्या यह निकाल कर देखा गया है कि एक एकड़ में से कितनी आमदनी होगी? भूमि की किस्में अलग-अलग हैं, उनकी उत्पादन क्षमता में भी अंतर है। इसलिए राज्यों में अलग-अलग कानून बने। अगर हम एकड़ों के हिसाब से विचार करेंगे तो मेरा निवेदन है कि हम सही निर्णय पर नहीं पहुंच सकते। इसलिए इसे यहां से आरंभ होना चाहिए कि एक किसान परिवार को उसके जीवन-यापन की आवश्यकताएं जुटाने के लिए हम कितनी आमदनी देना चाहते हैं। क्या हम नहीं चाहते कि किसान का बेटा विश्वविद्यालय तक पढ़े? क्या हम नहीं चाहते कि किसान का बेटा नगर में रहनेवालों के साथ समान जीवन स्तर पर आ सके? मेरा निवेदन है कि एकड़ों में बात करने के बजाय रुपयों में बात होनी चाहिए। इसलिए हमने कहा है, हमारी पार्टी ने कहा है···(व्यवधान)

श्री अमृतलाल नाहटा : पंद्रह हजार।

श्री वाजपेयी : आप पंद्रह हजार न कहें, जो कहना चाहते हैं वह कहें।

अमृतलाल नाहटा : आपकी पार्टी ने पंद्रह हजार कहा है।

श्री वाजपेयी : हमने कहा है कि पंद्रह सौ रुपया मासिक आमदनी कम से कम रखें, इस दृष्टि से सीलिंग लगाने का प्रस्ताव हो।

दूसरी बात यह है कि हम सीलिंग घटाने की बात कर रहे हैं। क्या इसका कारण यह है कि सीलिंग के आज जो कानून थे, उनको लागू करने में हुई विफलता पर आप पर्दा डालना चाहते

** जोत की सीमा निर्धारण के संबंध में लोकसभा में २१ मई, १९७२ को वाद-विवाद।*

हैं? क्या सीलिंग कानून बने नहीं हैं? क्या यह सच है कि उन पर अमल नहीं किया गया? मुझको जानकर बड़ा ताज्जुब हुआ कि कहीं-कहीं व्यक्ति के नाम से सीलिंग है, परिवार के नाम से नहीं। पति के लिए अलग जमीन, पत्नी के लिए अलग, बच्चों के लिए अलग। आज सीलिंग के कानून का मजाक बना दिया गया है। कहीं-कहीं तो रेकार्ड भी नहीं हैं। उनको एकत्र नहीं किया गया। उनके एकत्रीकरण का प्रयास नहीं किया गया। ईमानदारी से सीलिंग का कानून अमल में नहीं लाया गया। सत्तारूढ़ दल को मान लेना चाहिए कि वह सीलिंग का कानून अमल में लाने में विफल हुआ है, और उस विफलता पर पर्दा डालने के लिए सीलिंग कम करने का नारा लगा रहा है।

मैं पूछना चाहता हूं कि सीलिंग कम करने का उद्देश्य क्या है? मैं पढ़ रहा था 'पावर्टी इन इंडिया' बाई—वी.एम. दांडेकर, नीलकांत रथ, उन्हें कोई प्रतिक्रियावादी अर्थशास्त्री नहीं कह सकता। आप उनके लेख को पढ़कर देखिए। उन्होंने कहा कि सीलिंग कम करने से ग्रामीण क्षेत्र में गरीबी की समस्या हल नहीं होगी। कितनी जमीन बचेगी लोगों को देने के लिए? क्या केवल जमीन देना पर्याप्त है? क्या जमीन के साथ पानी देना जरूरी नहीं होगा? कुछ आंकड़े 'इंडियन एग्रीकल्चर इन ब्रीफ' में अपनी कहानी कहते हैं। आंकड़े बोलते हैं। पिछले कुछ वर्षों में भूमिहीनों की संख्या बढ़ी है। जिनके पास अनइकॉनोमिक होल्डिंग है, कम जमीन है, वे जमीन बेच रहे हैं, क्योंकि उस जमीन पर खेती करना उनके लिए लाभदायक नहीं है। हम क्या उन्हें जमीन देना चाहते हैं जो खेती नहीं कर सकते? फिर साधन कहां से जुटाएंगे? पानी का प्रबंध कैसे होगा? क्या सरकार के पास इतने वित्तीय साधन हैं? इसलिए किसान के मन में डर पैदा हो रहा है। आज हम सीलिंग १० एकड़ करने की बात कर रहे हैं। कल को यह सीलिंग और भी कम हो सकती है। क्या किसान के मन में अनिश्चितता पैदा करना अन्नोत्पादन को बढ़ावा देने का तरीका है?

किसान के मन में यह भी डर है कि जब से कम्युनिस्ट पार्टी के साथ कांग्रेस का गठबंधन हुआ है, वह फिर से को-ऑपरेटिव-फार्मिंग को जिंदा करना चाहती है, कलैक्टिवाइजेशन लाना चाहती है, किसान को सरकार पर निर्भर करना चाहती है। मैं मानता हूं कि हमें खेती में से अधिकतम पैदावार करनी है। घनी खेती हमारी समस्याओं का हल है, इसलिए जोत की कोई अधिकतम सीमा हमेशा के लिए पवित्र नहीं हो सकती। अगर पैदावार बढ़ जाए तो सीलिंग घट सकती है, हमें भूमि पर से लोगों का भार कम करना है। लेकिन यह भूमि को बांटने मात्र से नहीं होगा। बांटने के लिए भूमि है कहां? भूमि की भूख ज्यादा है और भूमि सीमित है। भूमि पर पहले से ही भार अधिक है। अगर हम कृषि से जुड़े हुए उद्योग-धंधों का जाल फैला सकें और जो भूमिहीन आज खेती पर निर्भर हैं, उन्हें कल-कारखानों में लगा सकें तब तो हम समस्या का समाधान कर सकते हैं, नहीं तो भूमि की जोत को कम करने की बात एक हास्यास्पद स्थिति तक जाएगी और परिस्थिति ऐसी पैदा होगी जिसमें खेती तो आपकी बिगड़ेगी ही, लेकिन साथ-साथ किसान के स्वामित्व में से भी जमीन चली जाएगी। देश में कलैक्टिवाइजेशन नहीं चलेगा। भारत का किसान अपनी जान दे देगा, जमीन नहीं देगा। पोलैंड की कम्युनिस्ट सरकार भी किसान की जमीन नहीं ले सकी। अभी तो देश में लोकतंत्र है, लेकिन मुझे लगता है कि हम खेती के साथ खिलवाड़ करना चाहते हैं। मेरा निवेदन है कि यह सवाल नारों से हल नहीं हो सकता, यथार्थवाद के धरातल पर खड़े होकर आप इसको तय करिए।

प्रश्न केवल भूमि की सीमा को घटाने का नहीं है। भूमि की सीमा घटाने के बाद भी ग्रामीण क्षेत्रों में रोजगार नहीं मिलेगा। गांव के लोग नगरों में आ रहे हैं। गंदी बस्तियां बढ़ रही हैं। उन्हें

अगर वहां रोजगार देना है तो खेती से जुड़े हुए कल-कारखानों का विकास करना होगा। यह सरकार नहीं कर सकी और समस्या का हल गलत ढंग से ढूंढ़ना चाहती है।···(व्यवधान)

श्री पीलू मोदी : बेकार सरकार है।

श्री वाजपेयी : जिन किसानों ने व्यक्तिगत प्रयत्नों से सिंचाई का प्रबंध किया है, उनमें और सरकारी साधनों से सिंचाई के लिए जल प्राप्त करनेवाले किसानों में आपको अंतर करना होगा। एक किसान ने कुआं लगाने में पैसा खर्च किया···(व्यवधान)

श्री सतपाल कपूर (पटियाला) : कितना अंतर?

श्री अमृत नाहटा : पैसा कहां से पाया?

श्री वाजपेयी : अपने परिश्रम से पाया है। वहां से पाया जहां से मालवीय जी ने पाया। लेकिन मालवीय जी की आय पर कोई सीमा नहीं, खर्च पर कोई सीमा नहीं। हमको फैसला करना होगा कि हम चाहते हैं या नहीं कि किसान खेती में पूंजी लगाए। जहां सरकार सिंचाई के साधन उपलब्ध नहीं करा सकती है, वहां किसान स्वयं सिंचाई के साधनों का विकास करें। आज स्थिति यह है कि लोग कुएं उखाड़ रहे हैं। क्या सीलिंग को कम करने का आपका यह अभिप्राय था?

एक बात और मैं कहना चाहता हूं, सरकार एलान करे कि आगामी दस वर्षों के लिए सीलिंग में फिर किसी तरह की कमी नहीं की जाएगी, जिससे अनिश्चितता का वातावरण समाप्त हो सके और लोग अपने प्रयत्नों से अधिकतम उत्पादन कर सकें···(व्यवधान)

श्री श्यामनंदन मिश्र : ये इनके हाथ में है? हालात जैसे होते जाएंगे, वैसे करना है। आपने तो इनको दस साल का दस्तावेज लिख दिया···(व्यवधान)

सभापति महोदय : इनका यह विश्वास है कि ये दस बरस रहेंगे पावर में।

श्री वाजपेयी : मिश्र जी ठीक कह रहे हैं। मेरे कहने का अभिप्राय यह है कि नीति जो बनेगी, वह तो संसद द्वारा स्वीकृत होगी। किसान के मन में जो अनिश्चितता पैदा हो गई है, उसे हटाना पड़ेगा। उसके मन में यह विश्वास जमाना पड़ेगा कि बार-बार कानून बनाकर उसकी जमीन को कम नहीं किया जाएगा। अगर ऐसा नहीं होता है तो खेती में उसकी रुचि नहीं रहेगी। खेती में व्यक्तिगत रुचि नहीं रहेगी तो खेती नहीं बढ़ेगी। कारखाने और खेती में यह जो अंतर है, इसको हम समझ लें। बिना किसान द्वारा ध्यान दिए हुए खेती नहीं पनप सकती। इसलिए किसान के मन में अनिश्चितता पैदा नहीं होनी चाहिए। जो विवाद चल रहा है, उसने अनिश्चितता पैदा कर दी है।

एक बात और कहकर मैं समाप्त कर दूंगा। हमारे कुछ कम्युनिस्ट मित्र कांग्रेस पार्टी में नए विभाजन की तैयारी कर रहे हैं। मैं चाहता हूं कि सीलिंग पर आप कोई फैसला करें···(व्यवधान)

श्री अमृत नाहटा : बड़ी चिंता है आपको हमारी पार्टी की।

श्री वाजपेयी : चिंता करनी पड़ेगी। जब आप उनके साथ मिल जाते हैं, तब चिंता करनी पड़ती है। कांग्रेस की गाय तो मैं समझ सकता हूं लेकिन यह जो बछड़ा है, यह कम्युनिस्ट पार्टी का बछड़ा दूध पी रहा है। जरा हमारे कांग्रेसी मित्र उससे सावधान रहें। धन्यवाद।

अन्नहीन जन मौत का कौर बने

उपाध्यक्ष महोदय, सारे देश का ध्यान इस विवाद की ओर लगा हुआ है। लाखों लोग जिंदगी और मौत के झूले में झूल रहे हैं। मुझे विश्वास है कि यह सदन बड़ी गंभीरता के साथ खाद्य स्थिति पर विचार करेगा।

मुझे खेद है कि खाद्य मंत्री के वक्तव्य में इस सच्चाई को मानने से इन्कार किया गया है कि अन्न के अभाव में कुछ लोग मरे हैं। उनका कहना है कि मरनेवालों के संबंध में पुष्टि नहीं हुई है, इसलिए वह इसको मानने के लिए तैयार नहीं हैं। मेरा निवेदन है कि यह शब्दों की कलाबाजी का समय नहीं है।

एक माननीय सदस्य : अब तो वहां आपकी सरकारें हैं।

श्री वाजपेयी : मैं जो कुछ कह रहा हूं वह दोनों पक्षों पर लागू होता है, और अगर हम खाद्य के मामले में प्रदेश और दल के विचार से ऊपर नहीं उठेंगे तो लाखों को मौत के मुंह में समाने से नहीं रोका जा सकेगा।

मैं अभी बिहार के दौरे पर गया था और अपने इस दौरे में मुझे ऐसे लोग मिले हैं, जिन्होंने कहा है कि पंद्रह दिन पहले उनके घरवाले अन्न के अभाव में मर गए हैं। खाद्य मंत्री महोदय किन आंकड़ों की बात करते हैं? लोग भूख से मरते हैं तो इसको मान लेना चाहिए। यह किसी एक सरकार के ऊपर नहीं, बल्कि सारे देश के माथे पर कलंक है, और कोई भी दल, कोई भी प्रदेश इसकी जिम्मेदारी से बच नहीं सकता। तथ्यों पर परदा डालने से हम किसी उद्देश्य की सिद्धि नहीं कर सकते।

श्री विभूति मिश्र (मोतीहारी) : क्या वहां का कोई मिनिस्टर भूखों मर रहा है?

श्री वाजपेयी : बिहार में क्या कुछ क्षेत्रों को अकाल-क्षेत्र घोषित किया गया? उसके विरोध में कहा गया है कि इससे संसार में हमारी प्रतिष्ठा को बट्टा लगेगा, इससे एक आतंक पैदा हो जाएगा।

श्री जगजीवनराम : जिसने यह बात कही हो, माननीय सदस्य उसको यह बात कहें। यह यहां क्यों सुना रहे हैं?

** खाद्य-स्थिति पर लोकसभा में २२ मई, १९६७ को वाद-विवाद।*

श्री वाजपेयी : यहां बैठनेवालों में से कुछ की तरफ से यह कहा गया था। मैंने मंत्री महोदय का नाम तो नहीं लिया है।

एक माननीय सदस्य : माननीय सदस्य का इशारा तो उसी तरफ है।

श्री वाजपेयी : माननीय सदस्य इशारा क्यों समझते हैं। वह मेरे शब्दों को सुनें।

यदि राज्य सरकारें इस बात की पुष्टि कर दें कि भूख से लोग मर रहे हैं तो फिर केंद्रीय खाद्य मंत्री की स्थिति क्या होगी?···(व्यवधान)

श्री क.ना. तिवारी : प्रदेश की रेस्पांसिबिलिटी क्या है?

श्री कंवरलाल गुप्त : उपाध्यक्ष महोदय, ये लोग क्यों डिस्टर्ब कर रहे हैं।

श्रीमती तारकेश्वरी सिन्हा : हम माननीय सदस्य की बात को सुनेंगे, लेकिन उस तरफ जो लोग हल्ला मचाते हैं, उनको भी कहिए।

श्री वाजपेयी : हमें इस कठोर सत्य को मान लेना चाहिए कि अन्न के अभाव में कुछ लोगों की मृत्यु हुई है और अगर परिस्थिति को सम्हाला नहीं गया, तो आगे आनेवाले दो-तीन महीने बड़े पैमाने पर भुखमरी का दृश्य उपस्थित करेंगे।

यह आरोप लगाया गया है—और खाद्य मंत्री महोदय को अभी उसका उत्तर देना बाकी है—कि केंद्र से राज्यों को जितना अनाज एलॉट किया गया है, उतना अनाज राज्यों को पहुंचा नहीं है। प्रश्न राज्यों की मांग का नहीं है, बल्कि प्रश्न यह है कि उनकी मांग का विचार करके जितना अनाज केंद्रीय सरकार ने देना तय किया, उतना अनाज उन राज्यों को नहीं मिलता।

मंत्री महोदय ने इस बारे में जो कारण बताए हैं, उनमें सच्चाई है। बर्मा से जिस मात्रा में चावल आना चाहिए था, वह नहीं आया। बंबई और विशाखापत्तनम के बंदरगाहों में हड़ताल हुई, जिसके कारण अनाज को जहाजों से उतारकर रेल में लादना मुश्किल हो गया। लेकिन इससे इस तथ्य को झुठलाया नहीं जा सकता कि जितना अनाज देने का वादा किया गया था, वह पूरा नहीं किया गया। यह भी बड़े ताज्जुब की बात है कि जिन राज्यों के साथ वादाखिलाफी की गई है, उनमें अधिकांश में गैर-कांग्रेसी सरकारें हैं। मैं इस प्रश्न को राजनीतिक रूप नहीं देना चाहता।

श्री जगजीवनराम : दूसरे राज्यों के बारे में माननीय सदस्य ने जानना ही नहीं चाहा।

श्री वाजपेयी : मुझे तथ्यों की जो जानकारी है, मैं वही रखूंगा। अगर उनके प्रास दूसरे तथ्य हैं, अगर उनके पास अन्य राज्यों के बारे में भी आंकड़े हैं, तो वह उनको यहां पर रखें।

एक माननीय सदस्य : माननीय सदस्य सुनी-सुनाई बात कह रहे हैं।

श्री वाजपेयी : मैं सुनी-सुनाई बात नहीं कह रहा हूं। वह स्वयं भी कोई ब्रह्मज्ञान की बात नहीं करते हैं।

मेरा निवेदन यह है कि जितना अनाज सरकार के पास है, जितना अनाज निकट भविष्य में वह मंगा सकती है या एकत्र कर सकती है, उस अनाज का वितरण राज्यों में किस प्रकार किया जाएगा, इसके बारे में केंद्रीय खाद्य मंत्री और राज्यों के खाद्य मंत्रियों में मतभेद नहीं होना चाहिए। आम चुनाव के बाद नई सरकार बनी है, केंद्र में नए खाद्य मंत्री नियुक्त हुए हैं, आठ राज्यों में गैर-कांग्रेसी सरकारें चल रही हैं, मगर खाद्यान्न के मोर्चे पर किसी क्रांतिकारी परिवर्तन का अभी तक सबूत नहीं मिला है, न वितरण में और न उत्पादन में।

यह बात कही गई है—और मैं उसे दोहराना चाहता हूं—कि आज अमेरिका से गेहूं लाना सरल है, लेकिन अधिकतावाले राज्य से कमीवाले राज्य में अन्न ले जाना कठिन है। एक जिले से दूसरे

जिले में अनाज ले जाने पर रोक लगी हुई है। इससे मूल्यों में असमानता पैदा होती है। एक जगह उत्पादक के साथ न्याय नहीं होता है और दूसरी जगह उपभोक्ता के साथ अन्याय होता है। मैं इस संबंध में कुछ आंकड़े सदन के सामने रखना चाहता हूं। मध्य प्रदेश एक राज्य है और उस राज्य में अनाज के मूल्यों में कितना अंतर है।

इंदौर में गेहूं ७५ रु. प्रति क्विंटल बिक रहा है, लेकिन वही गेहूं सागर और जबलपुर में १५० रु. प्रति क्विंटल है। इंदौर में चना ६० रु. प्रति क्विंटल है और वही चना रायपुर में और रायगढ़ में १४० रु. प्रति क्विंटल है। मैं यह समझने में असमर्थ हूं कि मोटे अनाज को सारे देश में लाने, ले जाने पर लगे हुए प्रतिबंध क्यों नहीं हटाए जा सकते? अगर क्षेत्रीय प्रतिबंधों को एकदम समाप्त करना संभव न हो, क्योंकि राज्यों के हित इस मार्ग में बाधक हैं, तो भी मोटे अनाज पर लगी हुई रोकें हटाई जानी चाहिए।

श्रीमती तारकेश्वरी सिन्हा : माननीय सदस्य का दल कई सरकारों में है। क्या वह इस बारे में मदद करेंगे?

श्री वाजपेयी : मैंने कहा है कि यह पार्टी का सवाल नहीं है।

श्रीमती तारकेश्वरी सिन्हा : अगर वह सहायता करें, तो कोशिश की जा सकती है।

श्री वाजपेयी : कोशिश की जानी चाहिए।

श्री प्रेमचंद वर्मा (हमीरपुर) : पंजाब और हरियाणा में उनकी सरकारें हैं, लेकिन वे हमारी सहायता नहीं कर रही हैं। हम भूखों मर रहे हैं।

श्री वाजपेयी : हमारी सरकारें भी कठिनाइयों का सामना कर रही हैं।

श्रीमती तारकेश्वरी सिन्हा : माननीय सदस्य जनसंघ के नेता हैं और हरियाणा और पंजाब में जनसंघ की सरकारें हैं। क्या हम श्री वाजपेयी से यह अनुरोध कर सकते हैं कि वह अपनी सरकारों से कहें कि वे जोनल सिस्टम के बारे में दूसरी तरह से सोचें, क्योंकि यू.पी., हरियाणा और पंजाब का जो जोन था, हरियाणा और पंजाब ने उसको तोड़कर सिंगल स्टेट जोन्स में कनवर्ट करवाया।

श्री प्रेमचंद वर्मा : उसमें हिमाचल प्रदेश को भी मिला देना चाहिए।

श्री वाजपेयी : उपाध्यक्ष महोदय, इस थोड़े से समय में मैं इन सब प्रश्नों का उत्तर कैसे दे सकता हूं?

मैं इस बात से सहमत हूं कि सब राज्यों को और सब राजनीतिक दलों को खाद्य के प्रश्न पर एक राष्ट्रीय नीति का निर्धारण करना होगा। आज अगर गैर-कांग्रेसी सरकारों के लिए मुश्किल हो गई है, तो इसलिए कि जब सब प्रदेशों में कांग्रेसी सरकारें थीं, तब उनका आचरण क्या था।

श्री के.ना. तिवारी : यह थोथी दलील है।

श्री वाजपेयी : ये अलग-अलग जोन अभी नहीं बने हैं। ये पहले से चल रहे हैं।

श्री प्रेमचंद वर्मा : जब पंजाब में कांग्रेसी सरकार थी, तो हिमाचल प्रदेश के साथ एक जोन था।

श्री वाजपेयी : मैसूर में बाजरा बड़ी मात्रा में पड़ा हुआ है। वहां के लोग खाने के लिए बाजरे को अधिक मात्रा में काम में नहीं लाते और वह बाजारा ५० या ५५ रुपए प्रति क्विंटल बिक रहा है, लेकिन यू.पी. में बाजरा १२५ रुपए प्रति क्विंटल है, बिहार में १३० रुपए प्रति क्विंटल है और दिल्ली में ९८ रुपए प्रति क्विंटल है।

श्री प्रेमचंद्र वर्मा : पंजाब की बात कीजिए।

श्री वाजपेयी : राज्यों को, चाहे वहां कांग्रेसी सरकार है या गैर-कांग्रेसी सरकार, इस बात के लिए तैयार करना होगा कि वे एक राष्ट्रीय खाद्य नीति का निर्धारण करें और उसको अमल में लाएं।

मैं यह सुझाव देना चाहता हूं कि अन्नोत्पादन का काम राज्यों पर छोड़कर किसानों से गल्ले की खरीद और उसका वितरण केंद्रीय सरकार को अपने हाथ में ले लेना चाहिए। फूड कार्पोरेशन की शाखाएं सभी राज्यों में कायम होनी चाहिए और किसानों से उचित मूल्य पर और उचित मात्रा में गल्ला खरीदने की व्यवस्था की जानी चाहिए। मैं जानता हूं कि पहले विरोधी दल प्रोक्यूरमेंट की आलोचना करते थे और आज कांग्रेसमैन प्रोक्यूरमेंट का विरोध कर रहे हैं।

श्रीमती तारकेश्वरी सिन्हा : ठीक तो है।

श्री वाजपेयी : यह ठीक नहीं है। इससे कठिनाई हल नहीं होगी। हमें किसानों और व्यापारियों से अपील करनी होगी। सब दल मिलकर यह काम अपने हाथ में ले लें। जब हम एक संकटकाल में से गुजर रहे हैं, दुनिया के सामने झोली फैलाकर खड़े हैं, हम यह कह रहे हैं कि लोग भूख से मर रहे हैं, हम यह भी दोहरा रहे हैं कि लाखों लोगों के भूख से मरने का खतरा है, तो देश और राजनीतिक दलों को इस संकट की परिस्थिति के अनुरूप ऊपर उठना होगा। व्यापारियों और किसानों से अपील करनी होगी कि डेढ़-दो साल के खाने लायक गल्ला अपने पास रखकर बाकी का सारा गल्ला उचित मूल्य पर सरकारों को बेच दें। अगर अपीलें काम नहीं देंगी तो आचरण करना होगा। लेकिन आचरण तब तक संभव नहीं होगा, जब तक राजनीतिक स्तर पर एक समझौता नहीं होगा कि खाद्यान्न की परिस्थिति का कोई अपने स्वार्थ के लिए लाभ नहीं उठाएगा। इसके लिए पहल कांग्रेसी दल को करनी होगी। धन्यवाद।

मांगा था चावल; मिली केवल गोली

महोदया, मैं प्रस्ताव करता हूं कि :

"देश की खाद्य स्थिति पर विचार किया जाए।"

महोदया, खाद्य-स्थिति के संबंध में सरकार ने जो समीक्षा प्रकाशित की है, उससे यह ज्ञात होता है कि खाद्य स्थिति अत्यंत गंभीर है। अवर्षण के कारण अनेक राज्यों में फसलों को गहरी क्षति पहुंची है। महाराष्ट्र, गुजरात, राजस्थान, मध्य प्रदेश, मैसूर, आंध्र प्रदेश और उड़ीसा के कुछ भाग इस अवर्षण से सर्वाधिक प्रभावित हैं। संकट की गंभीरता का अनुमान इस बात से भी लग सकता है कि इस समय २० लाख व्यक्ति भिन्न-भिन्न राज्यों में राहत के कार्य पर लगे हैं। सरकारी अनुमान के अनुसार मार्च के महीने में यह संख्या ५० लाख तक हो जाएगी।

प्रश्न यह है कि देश में कितनी अनाज की कमी है, क्या सरकार उसका कोई ठीक अनुमान लगा सकी है? कुछ क्षेत्रों में यह शिकायत की जाती है कि खाद्य मंत्री महोदय अनाज की कमी के अनुमान निरंतर बढ़ाते रहे हैं। समीक्षा के अनुसार कमी के आंकड़े १४० से १५० लाख मीट्रिक टन तक पहुंच सकते हैं। प्रश्न उठता है कि क्या ये आंकड़े ठीक हैं। सभी इस बात को स्वीकार करेंगे कि आंकड़े एकत्र करने की प्रणाली दोषपूर्ण है। यह भी है कि परिस्थिति को जितना गंभीर बताकर पेश किया जाता है, उतनी गंभीर परिस्थिति नहीं है। पूछा जाता है कि अगर देश में सचमुच में अनाज की कमी है तो फिर कमीवाले क्षेत्रों में भी कालेबाजार में अधिक दाम देकर जितना अनाज चाहें, कैसे मिल जाता है?

महोदया, शायद सरकार भी इस प्रश्न पर एकमत नहीं है कि देश में कितने अनाज की कमी है। आज के ही समाचारपत्रों में प्रधानमंत्री श्रीमती इंदिरा गांधी ने लंदन के संध्याकालीन पत्र 'स्टैंडर्ड' को जो भेंट दी है, उसका विवरण छपा हुआ है। प्रधानमंत्री महोदय का कहना है, मैं उन्हीं शब्दों को उद्धृत कर रहा हूं :

"भारत में अन्न की कमी उतनी नहीं है जितनी कमी उसके अच्छे ढंग से वितरण की है। फिलहाल देश में अनाज का समान वितरण नहीं हो पा रहा है।" उन्होंने यह भी कहा कि "देश में अनाज की कमी है, लेकिन भुखमरी की हालत नहीं है। अनाज की कमी का खाका बहुत ही

** खाद्य-स्थिति पर राज्यसभा में २ और ८ मार्च, १९६६ को ध्यानाकर्षण प्रस्ताव और चर्चा का उत्तर।*

बढ़ा-चढ़ाकर खींचा गया है।"

सरकार जिस तरह से भिन्न-भिन्न देशों से, वहां की सरकारों से, गैर-सरकारी संस्थाओं से, अनाज या दूध का पाउडर या अन्य उपयोग की वस्तुएं प्राप्त करने का प्रयत्न कर रही है, उससे तो यह पता लगता है कि परिस्थिति भयावह है। स्पष्टतः इस बात के पक्के अनुमान लगाए जाने चाहिए कि सचमुच में कमी कितनी है और फिर सोचा जाए कि उसे किस तरह से दूर किया जा सकता है।

महोदया, एक बात साफ है कि अन्न की कमी के सवाल को कानून या व्यवस्था का सवाल बनाकर हल नहीं किया जा सकता। केरल में जो कुछ हुआ या पश्चिम बंगाल में जो कुछ हो रहा है या अन्य प्रांतों में जो कुछ हो सकता है, उससे एक बात साफ है कि यदि राज्य सरकारें लाठी या गोली से जनता के असंतोष को दबाने का प्रयत्न करेंगी तो उसके परिणाम अच्छे नहीं होंगे। देश में अनाज की कमी है, वितरण ठीक न हाने के कारण कमी का प्रभाव और भी बढ़ गया है, लोगों में अंसतोष है, अन्य प्रश्नों पर जो असंतोष है वह भी अपने निकलने के लिए मार्ग खोजता है, और अन्न की कमी लोगों के सामने आ जाती है। जब राज्य सरकारें दमन के तरीके अपनाती हैं, तो समस्या सुलझने के बजाय और उलझ जाती है।

केरल की जनता को इस बात पर रोष होना स्वाभाविक था कि उसे मद्रास और आंध्र की तुलना में राशन में चावल की मात्रा कम दी जा रही है। वहां के भूतपूर्व राज्यपाल महोदय ने भी लोगों को केंद्र के विरुद्ध उकसाया। यह बात अलग है कि जब लोग भड़क गए तो उन्होंने दमन की धमकी दी जिससे परिस्थिति और भी बिगड़ी।

अभी-अभी पश्चिम बंगाल में जो कुछ हुआ है, बड़ा खेदजनक है। बशीरहाट में १६ तारीख को लोग एक स्मृतिपत्र पेश करने के लिए अधिकारियों के पास जा रहे थे। यदि कोई अधिकारी स्मृतिपत्र ले लेता और सहानुभूति के साथ जनता की मांगों पर विचार करने का आश्वासन देता तो शायद परिस्थिति न बिगड़ती, लेकिन मुझे आश्चर्य है किं वहां जनता का स्मरण-पत्र लेने के लिए भी कोई अधिकारी नहीं था। राज्य सरकारें किस तरह से काम करती हैं, यह इसका एक उदाहरण है। वहां के लोगों का कहना है कि पिछले तीन महीने से उन क्षेत्रों में चावल की कमी है। यह बात नहीं है कि चावल सरकारी गोदाम में नहीं है। लेकिन जो चावल सरकारी गोदाम में है, वह जनता में वितरण के लिए नहीं लाया गया। चावल की कमी के साथ मिट्टी के तेल की कभी भी मिल गई। लोगों का उत्तेजित होना स्वाभाविक था, लेकिन अगर अधिकारी कुशलता से परिस्थिति पर काबू पाने का प्रयत्न करते तो दुर्भाग्यपूर्ण घटनाएं न होतीं। लोगों की आवाज को दबाने के लिए वहां गोली चली और बशीरहाट में हुए गोलीकांड के विरोधस्वरूप दूसरे दिन स्वरूपनगर में विद्यार्थियों ने जलूस निकाला। वहां भी गोली चली और दस वर्ष का एक लड़का पुलिस की गोली का शिकार हो गया। उसका नाम था नूरुल इस्लाम। उसे स्कूल के मैदान में दफनाया गया तो स्कूल के हैडमास्टर ने आंखों में आंसू भरकर कहा कि इस लड़के की कब्र पर हम एक 'एपिटाफ' लिखेंगे कि "यहां सोया हुआ है नूरुल इस्लाम जिसने मांगा था चावल और जिसको मिली गोली।" बड़ा दर्दनाक प्रसंग है यह।

खाद्य मंत्री महोदय राज्य सरकारों को यह बात अच्छी तरह से समझाएं कि जब देश में अन्न का अभाव है और शासन सबको उचित मात्रा में पर्याप्त अनाज देने की स्थिति में नहीं है, तो लोग अगर उत्तेजित होते हैं तो जरा कुशलता से, समझदारी से, काम लें। मेरा स्पष्ट मत है कि जब

तक किसी अधिकारी के या पुलिसवाले के मारे जाने का खतरा न हो तब तक गोली नहीं चलनी चाहिए। थोड़े से पत्थर फेंके जाएं और पुलिस गोली चला दे और गोली चलाने का आदेश देने के लिए मैजिस्ट्रेट भी न हो, न्यायाधीश भी न हो, तो फिर लोगों की भावनाओं को नियंत्रित करना कठिन होगा। हमें परिस्थिति का मुकाबला बड़ी सहानुभूति के साथ करने का यत्न करना चाहिए।

इस सयम मुख्य समस्या अनाज के वितरण की है। देश में जितना अनाज प्राप्त है, जितना हम विदेशों से ला रहे हैं, क्या उसे ठीक तरह से बांटा जा रहा है? जब हम इस प्रश्न की चर्चा करते हैं तो हमारा ध्यान क्षेत्रीय प्रतिबंधों की ओर जाता है। जोनल रेस्ट्रिकशंस रहें या हट जाएं, यह एक विवाद का विषय बन गया है।

विशेषज्ञ कैसे-कैसे?

खाद्य मंत्री महोदय ने लोकसभा में बताया कि उन्होंने विशेषज्ञों की कमेटी बनाई है, जो जल्दी ही अपनी रिपोर्ट देनेवाली है। मैं जानना चाहूंगा, इसमें कौन-कौन से विशेषज्ञ हैं? क्या विशेषज्ञ खाद्य तथा कृषि मंत्रालय से संबंधित हैं या कुछ स्वतंत्रचेता विशेषज्ञों के हाथ में यह सवाल सौंपा गया है।

महोदया, मुझे आप क्षमा करें, विशेषज्ञ हमें हर तरह की राय देनेवाले मिल सकते हैं। जैसे किसी मामले को लड़ने के लिए हर तरह के वकील मिल सकते हैं, उसी तरह से किसी पक्ष को पुष्ट करने के लिए विषेशज्ञों की सम्मति ली जा सकती है। अगर विशेषज्ञ मंत्रालय से संबंधित हैं तो वे मंत्री महोदय का रुख देखकर रिपोर्ट देंगे, और मंत्री महोदय का रुख स्पष्ट है। वे क्षेत्रीय प्रतिबंध हटाने के पक्ष में हैं।

श्री अकबर अली खान (आंध्र प्रदेश) : तब वे विशेषज्ञ नहीं होंगे।

श्री वाजपेयी : मेरा अनुरोध है कि खाद्यान्न से संबंधित किसी भी प्रश्न पर हमें आइडियालॉजी के आधार पर विचार नहीं करना चाहिए फिर वह आइडियालॉजी, वह विचारधारा चाहे सोशलिज्म की हो या मुक्त व्यापार की, लेसेज फेरी—Laissez faire—की, स्वतंत्र पार्टी की विचारधारा हो। हम यदि विचारधारा के पूर्वग्रह से मुक्त होकर यथार्थवादी दृष्टिकोण से खाद्यान्न के प्रश्न पर विचार करेंगे, तभी हम आज की परिस्थिति में उसे हल कर सकेंगे।

कभी-कभी कहा जा सकता है कि हमने देश में समाजवादी समाज रचना का संकल्प किया है, अब हम अनाज का व्यापार व्यक्तिगत हाथों में कैसे छोड़ सकते हैं। मेरी दृष्टि से यह सोचने का तरीका ठीक नहीं है। जापान में समाजवाद नहीं है, मगर सरकार अनाज का राजकीय व्यापार कर रही है और सफलतापूर्वक कर रही है। प्रश्न किसी सिद्धांत का नहीं है, प्रश्न इस बात का है कि आज की परिस्थिति में व्यावहारिक क्या है। मंत्री महोदय क्षेत्रीय प्रतिबंधों का इस आधार पर समर्थन करते रहे हैं कि इससे अच्छा कोई विकल्प उनके सामने नहीं है। लेकिन क्षेत्रीय प्रतिबंधों के कारण जो बुराइयां पैदा हो रही हैं, उन पर भी हमको गौर करना होगा। हमारे यहां दो तरह के राज्य बन गए हैं—एक बचतवाले राज्य हैं, एक कमीवाले राज्य। दोनों के बीच में एक दीवार-सी खड़ी हो रही है। बचतवाले राज्य कमीवाले राज्यों को अनाज देने के लिए तैयार नहीं हैं। मध्य प्रदेश के मुख्यमंत्री ने साफ कह दिया कि हम अपना अनाज बाहर नहीं जाने देंगे। आंध्र से, मद्रास से केरल में चावल भेजने में एक कठिनाई अनुभव हुई। यह ठीक है कि खाद्य मंत्री सभी मुख्य मंत्रियों को साथ लेकर चलने का प्रयत्न करते हैं। मगर मेरा निवेदन है, बचतवाले

राज्यों में अपनी फसल अपने तक सीमित रखने की जो प्रवृत्ति पैदा हो रही है, यह बड़ी घातक है। आज तो सभी राज्यों में एक ही पार्टी का शासन है, कल अगर भिन्न-भिन्न राज्यों में अलग-अलग दलों का शासन हुआ तो इस समस्या पर कैसे पार पाया जाएगा? मंत्री महोदय यह कहकर मुझे चुप कर सकते हैं कि निकट भविष्य में अन्य राज्यों में अन्य दलों की सरकारें बनने की कोई आशंका नहीं हैं, लेकिन दूरदर्शिता की मांग है कि हम समस्या के इस पहलू पर भी विचार करें। क्षेत्रीय प्रतिबंधों के कारण कमीवाले क्षेत्रों में कृत्रिम अभाव पैदा होता है, मूल्यों में असाधारण वृद्धि होती है और उपभोक्ता गहरी कठिनाई में फंस जाता है। इसके विपरीत क्षेत्रीय प्रतिबंधों के कारण बचतवाले राज्यों में किसान को उसके परिश्रम का पूरा मूल्य नहीं मिल पाता और वह गेहूं, चावल की बजाय व्यावसायिक फसलें बोने की ओर आकृष्ट होता है।

व्यावसायिक फसलों की पैदावार बढ़ी

महोदया, मैंने कुछ आंकड़े इकट्ठे किए हैं जिससे पता चलता है कि पिछले कुछ वर्षों में गन्ना, जूट, तंबाकू, इनका क्षेत्र बढ़ता जा रहा है। नेहरू जी ने एक बार कहा था कि हमारे देश में गन्ने और गल्ले में होड़ लगी है। ऐसा लगता है कि इस होड़ में गन्ना जीत गया है, गल्ला पिछड़ गया है। १९५०-५१ में गन्ना ४२.१७ लाख एकड़ में बोया गया था और १९६१-६२ में यह क्षेत्रफल बढ़कर ५९ लाख ४५ हजार हो गया। तंबाकू का क्षेत्रफल भी बढ़ रहा है। सन् १९५०-५१ में १ करोड़ ११ लाख ६ हजार एकड़ भूमि में तंबाकू बोया जाता था, जो बढ़कर १ करोड़ ५८ लाख ४० हजार एकड़ हो गया है। जूट में १४ लाख ११ हजार से बढ़कर २५ लाख ५९ हजार एकड़ क्षेत्रफल हो गया है। पंजाब के किसानों को, विशेषकर बड़े किसानों को जो अनाज रखने की क्षमता रखत हैं, इस समय शिकायत है कि उन्हें क्षेत्रीय प्रतिबंध के कारण अपनी फसल का पूरा मूल्य नहीं मिल रहा है। यह ठीक है कि अगर प्रतिबंध हटा दिए जाएं तो व्यापारी मुनाफा कमाने की कोशिश करेंगे, मैं इस तथ्य की ओर से आंख मूंदना नहीं चाहता हूं। लेकिन आज सरकार को तय करना है कि बचतवाले क्षेत्रों में जिस अनाज के सड़ने और जिस अनाज में घुन लगने की आशंका है, उसे कमीवाले क्षेत्रों में जाने दिया जाएगा या नहीं? यदि व्यापारी थोड़ा मुनाफा कमाते हैं तो कड़वी गोली की तरह से उसे निगलने के लिए तैयार रहना पड़ेगा। मेरे पास आंकड़े हैं, उनसे पता लगता है कि पंजाब में इस समय १५ लाख मन गेहूं, ४० लाख टन चना, २५ लाख मन मक्का और बाजरा बाजार में पड़ा हुआ है और बाजार जाने के रास्ते बंद हैं। जिन दामों पर सरकार खरीदना चाहती है, उस दाम पर लोग बेचने के लिए तैयार नहीं हैं। नतीजा यह हो रहा है कि यह अनाज बिगड़ रहा है। महोदया, मुझे आज सबेरे कुछ चने दिए गए, ये चने मेरे पास हैं और मैं उन्हें टेबल पर नहीं रख सकता। इन चनों में घुन लगा हुआ है। चना बड़ी मात्रा में पड़ा हुआ है। अब इस चने का क्या होगा?

यही स्थिति अन्य राज्यों में भी है। राजस्थान में भी चने की समस्या है। वहां पर ५० लाख मन चना, १० लाख मन मक्का, ५ लाख मन जुआर पड़ी हुई है और उसे बाहर भेजने की छूट नहीं है। मध्य प्रदेश में ५ लाख मन चना पड़ा हुआ है, जबकि चने की नई फसल आनेवाली है। गेहूं की भी नई फसल आएगी। मैं माननीय मंत्री जी से कहना चाहूंगा कि जो नई फसल आनेवाली है, उसको ध्यान में रखकर आप इस प्रश्न पर विचार करें कि अनाज के लाने-ले जाने पर जो प्रतिबंध लगा हुआ है, अंतरप्रांतीय और अंतरराज्यीय प्रतिबंध, उन प्रतिबंधों को हटाया जाए तो क्या

अनर्थ होगा?

हम यह दावा करते हैं कि हमारा देश एक है। आज प्रधानमंत्री महोदया ने कहा कि देश में अगर कमी है तो मिलकर उसे बांटना चाहिए। बांटने से दुःख कम होता है और बांटने से सुख बढ़ता है। लेकिन उचित बंटवारे की शर्त यह है कि हम देश के सभी भागों में अनाज के एक मूल्य निर्धारित करने का प्रयत्न करें। लेकिन क्षेत्रीय प्रतिबंधों के कारण यह संभव नहीं है। मूल्यों में जमीन-आसमान का अंतर बना हुआ है। जो गेहूं पंजाब में ५६ रुपया प्रति क्विंटल बिकता है, वह महाराष्ट्र में १५० रुपया प्रति क्विंटल बिक रहा है और मद्रास में १६० रुपया क्विंटल बिक रहा है। यही हाल चने का है। पंजाब में चना ५४-५५ रुपया प्रति क्विटंल बिक रहा है, लेकिन बंगाल में १४५ रुपया प्रति क्विटंल बिक रहा है। मध्य प्रदेश में चना ५० रुपया प्रति क्विंटल बिक रहा है, लेकिन केरल में १५० रु. और मद्रास में भी १५० रु. प्रति क्विंटल बिक रहा है। जब दामों में इतना बड़ा अंतर होता है तब अनाज को चोरी-छिपे लाने-ले जाने की प्रवृत्ति को प्रोत्साहन मिलता है। कभी रात में उत्तर प्रदेश और पंजाब की सीमा पर या पंजाब-दिल्ली की सीमा पर खड़े हो जाएं तो हमें चोरी-छिपे अनाज लाने ले-जाने के दृश्य दिखाई देंगे। इस तरह से कर्मचारियों में भ्रष्टाचार करने का लोभ जागता है और हम उन्हें परिस्थितियां देते हैं, मौका देते हैं कि एक ट्रक पर २५० रु. लेकर ट्रक को जाने दें। ५ सेर ले जानेवाले को पकड़ लेते हैं, लेकिन ट्रक के ट्रक निकल जाते हैं, क्योंकि चैकपोस्ट पर लगे सिपाही और कर्मचारी बहती गंगा में हाथ धोना चाहते हैं और क्षेत्रीय प्रतिबंध लगाकर हम इस गंगा को हर एक प्रदेश के किनारे पर बहाने की कोशिश कर रहे हैं।

क्षेत्रीय प्रतिबंधों से भाव बढ़े

यह बात भी साफ है कि क्षेत्रीय प्रतिबंध से पहले अनाज के भाव कम थे और क्षेत्रीय प्रतिबंध के बाद भाव बढ़ गए। सूखे के कारण जो परिस्थिति पैदा हुई है, उसका विचार हम न भी करें, तो भी प्रतिबंधों के परिणामस्वरूप भावों में वृद्धि हुई है इससे इन्कार नहीं किया जा सकता।

बड़ी विचित्र बात यह है कि इस संकटकाल में व्यापारी तो मुनाफा कमाने की कोशिश कर ही रहे हैं, लेकिन सरकारें, विशेषकर राज्य सरकारें भी मुनाफा कमाने में लगी हुई हैं। माननीय मंत्री जी के ध्यान में ये आंकड़े आए होंगे कि बचतवाले क्षेत्र अपना अनाज बाहर नहीं जाने देना चाहते और अगर अनाज बाहर जाने की छूट देते हैं तो उस पर अनुचित मुनाफाखोरी करते हैं। वह अपना खर्चा निकालें, इस पर मुझे कोई आपत्ति नहीं होगी। सरकारी स्तर पर अनाज जाए, मैं इसका भी विरोधी नहीं हूं, यदि व्यावहारिक दृष्टि से उसे सफल किया जा सके। लेकिन सरकार को दाम की कोई नीति तय करनी होगी। हम आज की स्थिति में अनाज के मामले में सरकार को अनाप-शनाप मुनाफा कमाने की छूट नहीं दे सकते। लेकिन ऐसा लगता है कि राज्य सरकारें किसी के अंकुश में नहीं हैं। वे निरंकुश हो गई हैं।

मैं एक उदाहरण रखना चाहता हूं चने का। पंजाब ५८ रु. क्विंटल चना महाराष्ट्र को देता है और वहां यह चना १०० रु. प्रति क्विंटल बेचा जाता है। पंजाब से चना गुजरात को ५४ रु. प्रति क्विंटल गया। और उसको वहां पर ८० रु. क्विंटल बेचा गया। इसी तरह पंजाब से चना मद्रास को ६५ रु. क्विंटल गया और वहां पर १२८ रु. क्विंटल बिका। गुलाबी चना मध्य प्रदेश से महाराष्ट्र को ९० रु. क्विंटल गया और वहां पर १७० रु. क्विंटल बिका। इसी तरह राजस्थान

अपने क्षेत्र में मुनाफा कमा रहा है। राजस्थान सरकार ने मक्का ४० रु. क्विंटल के भाव से खरीदी और बिहार को ७१ रु. क्विंटल के हिसाब से बेची। महाराष्ट्र की सरकार ने चावल १०० रु. प्रति क्विंटल के हिसाब से बेचा, जबकि चावल का थोक भाव ७५ रु. से लेकर ९० रु. प्रति क्विंटल तक था। को-ऑपरेटिव सोसायटियों के नाम पर मुनाफे की अनुचित छूट दी जा रही है। राजस्थान को-ऑपरेटिव सोसायटियों को चना बेचती है, लेकिन प्रति क्विंटल ९ रु. मुनाफा कमाती है। मध्य प्रदेश सरकार तो सबसे बाजी ले गई। उसने अपेक्स मार्केटिंग सोसायटी को अपने राज्य का गुलाबी चना खरीदने और बेचने का अधिकार दे दिया है। अपेक्स मार्केटिंग सोसायटी के अलावा मध्य प्रदेश में कोई चना न खरीद सकता है और न बाहर भेज सकता है।

एक मंत्री महोदय ने मध्य प्रदेश की विधानसभा में बताया है कि अपेक्स मार्केटिंग सोसायटी ९५ रु. प्रति क्विंटल के हिसाब से गुलाबी चना खरीदती है और बंबई के किसी ऑल इंडिया फेडरेशन को १३० रु. से लेकर १५० रु. प्रति क्विंटल की दर से बेचती है। ९५ रु. की खरीद, १५० रु. की बिक्री, एक क्विंटल के ऊपर ६० रु. से ज्यादा मुनाफा, वह भी अनाज में और आज की संकटपूर्ण स्थिति में! क्या राज्य सरकारों को सीधी राह पर नहीं लाया जा सकता? मध्य प्रदेश में चना बाहर भेजने की इजाजत केवल को-ऑपरेटिव सोसायटियों को है, मगर हर जिले में को-ऑपरेटिव सोसायटियां नहीं हैं। जो सोसायटियां हैं, वे मुट्ठी भर लोगों के हाथ में हैं। वे किस तरह से चलती हैं, इसका उदाहरण हम दिल्ली में देख चुके हैं। राजस्थान में सरकार ने लोगों से वादा किया था कि अगर ४० रु. ५० पै. क्विंटल के हिसाब से चना सरकार को बेचा जाए, तो जितना चना सरकार को बेचा जाएगा, उतने चने की मात्रा राज्य से बाहर भेजने की छूट दी जाएगी। लेकिन बाद में यह छूट वापस ले ली गई और राज्य सरकार अपने वादे से मुकर गई।

दीवारें और भी हैं

खाद्यान्न की दृष्टि से अलग-अलग प्रांतों की दीवारें ही नहीं खड़ी हैं, एक-एक प्रांत में भी दीवारें खड़ी कर दी गई हैं, जिसका परिणाम यह है कि कमीवाले क्षेत्र अलग पड़ गए हैं, बचतवाले क्षेत्र अलग पड़ गए हैं। राजस्थान में मक्का कहीं ४० रु. प्रति क्विंटल बिक रही है, कहीं ६५ रु. प्रति क्विंटल बिक रही है। जुआर का भाव कहीं ४२ रु. प्रति क्विंटल है, दूसरी ओर ६२ रु. प्रति क्विंटल। मेरा निवेदन है कि नई फसल को देखते हुए इस बात की आवश्यकता है कि क्षेत्रीय प्रतिबंधों को हटाने के संबंध में निर्णय किया जाए। विशेषज्ञों के भरोसे मंत्री महोदय न बैठें। 'कामन सेंस' से काम लें। कुछ खतरा जरूर है लेकिन खतरा मोल लेने का साहस दिखाना होगा। समस्या केवल अन्न के अभाव की नहीं है। समस्या मनोवैज्ञानिक भी है, जिसको हल करने के लिए क्षेत्रीय प्रतिबंधों को हटाना बहुत कुछ कारगर साबित होगा।

महोदया, मेरा निवेदन है कि संविधान में संशोधन किया जाए जिसके द्वारा राज्यों के जिम्मे अनाज का उत्पादन बढ़ाने का काम सौंपा जाए। अनाज की वसूली और अनाज का वितरण केंद्रीय सरकार को अपने हाथ में ले लेना चाहिए। इसके लिए संविधान में संशोधन जरूरी होगा। मंत्री महोदय यह आशंका प्रकट कर सकते हैं कि राज्य सरकारें ऐसा संशोधन करने की स्वीकृति नहीं दे सकतीं, लेकिन देश के व्यापक हितों में और दूरदर्शिता के आधार पर आज इस तरह का निर्णय लिया जाना जरूरी है। निकट भविष्य में अनाज की समस्या हल होने के आसार नहीं हैं। लेकिन अलग-अलग राज्य सरकारें अलग-अलग नीतियां अपनाकर इस प्रश्न पर देश की शांति और

व्यवस्था को संकट में न डालें, इसके लिए केंद्र के हाथ में अंतिम अधिकार होना चाहिए। मैं कह चुका हूं कि आज जब एक ही दल की सब जगह सरकार है, तब यह स्थिति है। भविष्य में यह स्थिति बदल सकती है। उसका निराकरण करने के लिए भी संविधान में संशोधन करके उत्पादन का भार राज्यों पर डाल देना चाहिए और प्रोक्योरमेंट और डिस्ट्रिब्यूशन का भार केंद्र को ले लेना चाहिए।

खाद्यान्न क्षेत्र समाप्त किए जाएं

खाद्यान्न क्षेत्र समाप्त कर दिए जाएं और अनाज लाने-ले जाने पर लगे सभी प्रतिबंध हटा लिए जाएं। फूड कार्पोरेशन की शाखाएं सभी राज्यों में कायम की जाएं। उसको रुपए की जरूरत है। कल मैंने समाचारपत्र में पढ़ा कि आंध्र में लोग चावल बेचने के लिए तैयार हैं, लेकिन फूड कार्पोरेशन के पास रुपया नहीं है। ३०० करोड़ रुपए की आवश्यकता है। केंद्रीय सरकार को फूड कार्पोरेशन की रुपए की आवश्यकता पूरी करनी चाहिए, जिससे बचतवाले क्षेत्रों में बड़ी मात्रा में अनाज खरीद सकें और अनाज के उचित वितरण की व्यवस्था कर सकें।

बड़े शहरों में दृढ़तापूर्वक राशन लागू किया जाए। जो राज्य सरकारें इसके लिए तैयार नहीं हैं, उन्हें विवश किया जाए। छोटे किसानों के लिए, खेतिहर मजदूरों के लिए बाहर से जो गेहूं आता है, उसे उचित मात्रा में बांटने की व्यवस्था की जाए।

दूरगामी दृष्टि से पांच वर्ष के भीतर अन्न के सवाल पर देश को आत्मनिर्भर बनाने का संकल्प लिया जाए और उसके लिए ठोस तथा प्रभावी उपाय अपनाए जाएं। खेती के योग्य समस्त परती भूमि को, चाहे वह सरकार के कब्जे में हो अथवा स्थानीय निकायों के, जोता जाए। वनों की खेती योग्य भूमि हल के नीचे लाई जाए। अभी कुल ४९.२३ मिलियन एकड़ भूमि ऐसी है जो खेती योग्य है, लेकिन उस पर खेती नहीं होती। बड़े पैमाने पर वहां खेती का प्रबंध किया जाए।

भूमि सुधार तथा अधिकतम जोत के कानून दृढ़ता के साथ लागू किए जाएं। किसानों पर नए टैक्स न लगाए जाएं। बढ़े हुए अधिभार वापस ले लिए जाएं। सिंचाई की दरें ऐसी हों जिससे किसान सिंचाई की सुविधा का उपयोग कर सकें। अनार्थिक जोतें करमुक्त करने के प्रश्न पर गंभीरता से विचार किया जाए।

अन्न संकट गंभीर है। हम चाहते हैं कि यह समस्या सबके सहयोग से सुलझाई जाए। शासन सबका सहयोग प्राप्त करने की बात तो करता है किंतु इस दिशा में ठोस कदम नहीं उठाता। यदि केंद्र से लेकर जिला स्तर तक सर्वदलीय समितियां बनें, लोगों के रोष को, क्रोध को ठीक तरह से शांत करने के उपाय ढूंढ़े जाएं तो परिस्थिति गंभीर होते हुए भी उस पर विजय प्राप्त की जा सकती है। लेकिन शायद वर्तमान शासन से इतनी दूरदर्शिता, दृढ़ता और बुद्धिमत्ता की आशा करना दुराशा मात्र है।

इन शब्दों के साथ मैं अपना प्रस्ताव पेश करता हूं।

चर्चा का उत्तर

श्री वाजपेयी : महोदया, विवाद में खाद्य स्थिति को हल करने के लिए अनेक सुझाव सामने आए हैं। सारा सदन दो बातों पर एकमत है। एक तो यह कि आज की जो गंभीर खाद्य स्थिति है, उसको हल करने के लिए हमें विदेशों से अनाज मंगाना होगा, और हमारे सामने अन्य कोई

चारा नहीं है। मेरे मित्र श्री भूपेश गुप्त ने भी विदेशों से अनाज मंगाने का विरोध नहीं किया, केवल उन्होंने इतना कहा था कि हम अपने प्रयत्न पूरी तरह से करें और उसके बाद भी यदि अनाज मंगाना जरूरी हो तो हम मंगाएं। कोई भी सरकार लोगों को भूखा मरने के लिए नहीं छोड़ सकती। भावना के आधार पर, सिद्धांत के आधार पर हम अनाज के आयात का कितना भी विरोध करें, आज जो परिस्थिति पैदा हो गई है, उसमें इसके सिवाय कोई चारा नहीं है। लेकिन प्रश्न इतना है कि क्या हम विदेशी गेहूं की आवश्यकता को इस रूप में पेश करें कि हमारे यहां अन्न उत्पादन के जो प्रयत्न हैं, उन पर बुरा असर पड़े? खाद्य मंत्री महोदय इस बात को स्वीकार करेंगे कि जब हम बड़ी मात्रा में बाहर से अनाज मंगाते हैं—और आज की हालत में मंगाने के अलावा कोई रास्ता नहीं है—तो देश के भीतर अनाज की पैदावार बढ़ाई जाए, इस भावना को एक धक्का लगता है। व्यवहार में ऐसा न होने पाए। खाद्योत्पादन बढ़ाने के हमारे प्रयत्न शिथिल न हों, इस बात का ध्यान रखना होगा।

इस प्रश्न पर भी सदन एकमत है कि अगर हमें अनाज का उत्पादन बढ़ाना है, तो खेती के नए तरीके अपनाने होंगे। रासायनिक खाद के प्रयोग के कोई खिलाफ नहीं है, बात सिर्फ इतनी कही गई है कि निकट भविष्य में हम शायद फर्टिलाइजर हर एक किसान तक पहुंचा नहीं सकेंगे। मांग अधिक है और हमारा उत्पादन कम है। इस दृष्टि से गांव-गांव में खाद बनाने का जो कार्यक्रम है, वह रोका नहीं जाना चाहिए, हम फर्टिलाइजर की पैदावार बढ़ाने की कोशिश करें, लेकिन इसके साथ-साथ उसके पूरक के रूप में गांवों में हरी खाद बनाने के जो प्रयत्न हैं, वे चलते रहें।

महोदया, हमारे खाद्य मंत्री महोदय ने बड़ा जोरदार भाषण दिया है—अंग्रेजी में कहना हो तो 'फाइटिंग स्पीच' दी है। वे एक बड़ी कठिन जिम्मेदारी निभा रहे हैं और वे इस कठिनाई पर विजय प्राप्त करें यह हमारी सद्‌भावना है, यह हमारी शुभकामना है। उन्हें शायद समय नहीं मिला है, अन्यथा वितरण के बारे में जो दोष जोनल रेस्ट्रिक्शंस के कारण हमारे सामने आए हैं, उनको किस तरह से दूर किया जा रहा है, इस पर भी वे प्रकाश डालते। वैसे उनके भाषण का सबसे कमजोर हिस्सा वह था, जिसमें उन्होंने जोनल रेस्ट्रिक्शंस के बारे में कहा।

श्री सैयद अहमद : बिल्कुल आखिरी हिस्से में था।

श्री वाजपेयी : आखिरी हिस्सा था, लेकिन प्रभाव नहीं डाल सका। यह कहने का कोई मतलब नहीं है कि यदि हम स्टेट के जोंस खत्म कर भी देते तो भी डिस्ट्रिक्ट अथार्टीज अनाज नहीं जाने देतीं। रेस्ट्रिक्शंस लगा देतीं और एक इन्फार्मल बैन हो जाता। इसका अर्थ तो यह हुआ कि हम एक नेशनल फूड पालिसी कभी बना नहीं सकेंगे, दृढ़ता से इंप्लीमेंट नहीं कर सकेंगे। नई फसल को देखते हुए जोनल रेस्ट्रिक्शंस को हटाने के बारे में गंभीरता से विचार करना होगा।

श्री अकबर अली खान : तय कुछ भी नहीं है।

श्री वाजपेयी : मैंने अपने भाषण में पूछा था, ये कौन-से एक्सपर्ट्स हैं जो जोनल रेस्ट्रिक्शंस के बारे में विचार कर रहे हैं, मगर मंत्री महोदय ने उनके नाम नहीं बताए। मैं आशा करता हूं वह इंडिपेडेंट एक्सपर्ट्स हैं जो सारी परिस्थिति को देखकर अपनी ठीक राय सरकार को देंगे और नई फसल आने से पहले जोनल रेस्ट्रिक्शंस को हटाने के बारे में कोई फैसला कर लिया जाएगा।

श्री प्र.ना. सप्रू (उत्तर प्रदेश) : मुश्किल तो चीफ मिनिस्टरों की है।

श्री बाजपेयी : हां, तो उनको मनवाएंगे। मैंने कहा था कि अगर आज हम सब मुख्यमंत्रियों को एक समान नीति के लिए तैयार नहीं कर सकेंगे तो आगे जाकर और भी कठिनाइयां पैदा होंगी।

श्री अकबर अली खान : लेकिन उनकी भी कई दिक्कतें हैं।

श्री वाजपेयी : महोदया, देश के भिन्न-भिन्न भागों में अन्न की कमी को लेकर जो परिस्थिति पैदा हो रही है उस पर केंद्रीय सरकार को दृष्टि रखनी होगी। केरल में जो कुछ हुआ, वह पश्चिमी बंगाल में दोहराया जा रहा है। अब खाद्य मंत्री महोदय ने कहा है कि बंगाल में अन्न की परिस्थिति अब उतनी संकटपूर्ण नहीं है, लेकिन वे यह स्वीकार करेंगे कि वितरण की गड़बड़ी के कारण कहीं-कहीं लोग अभाव का अनुभव करते हैं और उस स्थिति में लोग प्रदर्शन करें, जलूस निकालें—यह ठीक है कि प्रदर्शन से कोई अनाज की पैदावार बढ़ती नहीं या अनाज को बांटने का काम भी कोई शीघ्रता से नहीं होता—लेकिन लोकतंत्र के ढांचे में जलूस निकालना, अपनी बात कहना, यह एक तरीका है जो हम सब अपनाते रहे हैं। राज्य सरकारों पर इस बात के लिए जोर डाला जाना चाहिए कि कहीं भी वे परिस्थिति को बिगड़ने से बचाने के लिए पहले दूरदर्शिता से कदम उठाएं। उदाहरण के लिए, अगर कहीं गोली चले···

श्री अकबर अली खान : वायलेंस न हो।

श्री वाजपेयी :···अगर कहीं भी गोली चले तो जुडीशल इंक्वायरी की मांग मानने में कोई एतराज नहीं होना चाहिए। पुलिस गोली चलाए, उसकी गोली से कोई मर जाए, तो जुडीशल इंक्वायरी हो सकती है। राज्य सरकारें उसे एक 'प्रेस्टिज इश्यू' बनाकर बैठें, मैं समझता हूं कि यह आज की स्थिति में परिस्थिति पर काबू पाने का तरीका नहीं है।

श्री प्रकाशनारायण सप्रू : एक बात है कि जब गोली चलती है तो मैजिस्टीरियल इंक्वायरी तो फौरन होती है। उसके लिए क्रिमिनल प्रोसीजर कोड में प्रोविजन है।

श्री वाजपेयी : सप्रू साहब मानेंगे कि ऐसे भी मामले हैं जहां आर्डर देने के लिए मजिस्ट्रेट नहीं था, पुलिस ने आत्मरक्षा के नाम पर गोली चला दी। यह जांच कौन करेगा कि वहां गोली चलनी चाहिए थी या नहीं चलनी चाहिए थी; जितनी फोर्स यूज में लाई गई, उतनी फोर्स यूज में लानी जरूरी थी क्या? ये चीजें ऐसी हैं जो अदालती जांच में प्रकट हो सकती हैं और लोगों के असंतोष को बहुत हद तक दूर कर सकती हैं। यह बात ठीक है कि अन्न के प्रश्न पर हमें राजनीति को छोड़कर विचार करना चाहिए। लेकिन आपके मुख्यमंत्री अन्न के प्रश्न पर राजनीति को छोड़ने के लिए तैयार नहीं हैं और इसलिए कठिनाइयां पैदा हो रही हैं। विरोधी दलों के लिए कुछ लोभ स्वाभाविक है—मंत्री महोदय ने भी इशारा किया—यह चुनाव के पहले का साल है। इसलिए अगर सरकार गलती करती है और वितरण में दोष है, लोगों को अनाज उचित मात्रा में और ठीक मूल्य पर प्राप्त नहीं हो सकता, तो फिर जनता का रोष प्रकट करने का काम विरोधी दल करेगा। मेरा निवेदन है कि अगर इन सब बातों को ध्यान में रखकर खाद्यनीति निर्धारित करें और राज्य सरकारों को केंद्र द्वारा अपनाई गई नीति को मानने के लिए ईमानदारी से अमल करने के लिए तैयार किया जा सके, तो बहुत कुछ समस्या हल हो सकती है। धन्यवाद।

खाद्य संकट का हल बंटवारा नहीं

सभापति जी, मैं प्रस्ताव करता हूं कि :
"देश की खाद्य स्थिति पर विचार किया जाए।"

इस बात से इन्कार नहीं किया जा सकता कि जिस परिस्थिति में से देश आज गुजर रहा है, इस पर विजय प्राप्त करने के लिए जैसी खाद्य व्यवस्था चाहिए, वैसी आज नहीं है। हमारे सामने एक राष्ट्रीय संकट है और यह आवश्यक था कि जब हमारे ज़वान मोर्चे पर बहादुरी से लड़ रहे हैं, तो देश के हर मोर्चे पर हम संतोषजनक स्थिति रखते और उनके कार्य में हिस्सा बंटाते। लेकिन शासन की गलत नीतियों के कारण और प्रकृति के प्रकोप के परिणामस्वरूप देश की खाद्य स्थिति बिगड़ी। इस स्थिति को संभालने के लिए ऐसा लगता है, शासन के सामने कोई राष्ट्रीय खाद्य नीति नहीं है।

हम मौसम से मौसम तक, वर्ष से वर्ष तक, राज्य से राज्य तक और एक खाद्य मंत्री से दूसरे खाद्य मंत्री तक अपनी खाद्य नीति बनाते हैं, बदलते हैं, बिगाड़ते हैं। मौसम पर पूरी तरह नियंत्रण नहीं किया जा सकता और हमारे खाद्य मंत्री उन्नत देशों के उदाहरण देकर यह सिद्ध कर सकते हैं कि जहां वैज्ञानिक और तकनीकी साधनों से खेती का विकास किया गया है, वहां भी अनाज के उत्पादन पर मौसम असर करता है। हम मौसम के प्रभाव से अछूते नहीं रह सकते। लेकिन नियोजन का अर्थ यह होता है कि प्रकृति के प्रकोपों से होनेवाले दुष्परिणामों को कम किया जाए। खाद्य नीति का लक्ष्य होना चाहिए, आवश्यकता के अनुरूप उत्पादन। खाद्य मंत्री का लक्ष्य होना चाहिए, आवश्यकता के अनुरूप उत्पादन।

खाद्य मंत्री दावा करेंगे कि देश में अनाज की पैदावार बढ़ी है और यह बात कुछ अंशों में सत्य भी है, विशेषकर इस वर्ष तो रिकार्ड उत्पादन हुआ, लेकिन यह उत्पादन हमारी बढ़ती हुई आवश्यकता के अनुरूप नहीं। आवश्यकता बढ़ रही है, जनसंख्या में वृद्धि के कारण और औद्योगीकरण के परिणामस्वरूप लोगों की खाने की आदतों में जो परिवर्तन हो रहा है, उसकी वजह से। जब ग्रामीण क्षेत्र को छोड़कर लोग बड़ी संख्या में शहरों की ओर आएंगे, नियोजन के

** खाद्य संकट के निदान के लिए राज्यसभा में ८ और ९ सितंबर, १९६५ को ध्यानाकर्षण प्रस्ताव और चर्चा का उत्तर।*

परिणामस्वरूप उनके पास पैसा पहुंचेगा, तो अनाज के खाने की उनकी आदतें बदलेंगी जो आज कुछ मात्रा में हमें दिखाई देता है। प्रश्न यह है कि हम इतना उत्पादन क्यों नहीं कर पा रहे जो हमारी सामान्य आवश्यकताओं को पूरा करे। कभी मौसम खराब हो जाए तो उस स्थिति में भी हमारे काम आए और जैसा कि आज युद्ध का संकट हमारे सामने खड़ा हो गया है, उस संकट के समय भी देश में अन्न की समस्या पैदा न हो।

कोई भी इस बात से इन्कार नहीं करेगा कि देश के कुछ भागों में खाद्य स्थिति बड़ी चिंताजनक है, पर्याप्त मात्रा में अनाज प्राप्त नहीं है और जो प्राप्त है वह उचित दामों पर प्राप्त नहीं है। देर में वर्षा के कारण जो खरीफ की फसल थी, उसको बड़ा नुकसान पहुंचा है और जो वर्ग अनाज को दबाकर अनाज के व्यापार से लाभ कमाना चाहता है उसको मौका मिला है कि वह इस परिस्थिति का फायदा उठाए। उसमें बड़े किसान भी हैं, व्यापारी भी हैं और परिणाम, उपभोक्ता के सामने एक संकट पैदा हो गया है। इस संकट को हल करने के लिए शासन कौन से कदम उठा रहा है? मैंने अभी कहा कि क्या हमारी कोई राष्ट्रीय खाद्य नीति है या अलग-अलग राज्यों की खाद्य नीति को जोड़कर, तोड़कर, मोड़कर हमने एक नीति बनाई है और उसे एक खाद्य नीति के रूप में हम पेश करते हैं? क्या समग्र देश का विचार करके, उत्पादन और वितरण, इन समस्याओं का एक प्रभावी हल देने में सरकार समर्थ हुई है?

प्रतिबंध-दर-प्रतिबंध

अभी जो नीति है उसके अनुसार क्षेत्रीय प्रतिबंध है, हर एक राज्य एक अलग क्षेत्र है, चावल और गेहूं एक राज्य से दूसरे राज्य में नहीं जा सकता, और राज्यों में जिले और जिले के बीच में दीवारें खड़ी कर रखी हैं। खाद्यान्न की दृष्टि से देश सैकड़ों टुकड़ों में बंट गया है। क्या यह स्थिति ठीक है? मुझे लगता है कि यह स्थिति न तो राजनीतिक दृष्टि से ठीक है और न आर्थिक दृष्टि से उपयुक्त है। अगर हम खाद्यान्न की दृष्टि से सारे राष्ट्र को एक इकाई नहीं मान सकते तो फिर जहां अनाज की पैदावार कम है, उन राज्यों की जनता को असंतुष्ट होने से नहीं रोका जा सकेगा और जिन राज्यों की पैदावार ज्यादा है, जो सरप्लस स्टेट हैं, उनमें अपने स्वार्थ की नीति को अपनाने के भाव को भी नहीं रोका जा सकेगा। ऐसा लगता है कि एक राज्य दूसरे राज्य की समस्या समझने के लिए तैयार नहीं है। ऐसा लगता है कि संपूर्ण देश की दृष्टि से हम खाद्य नीति को निर्धारित करने में सफल नहीं हो सके हैं। अलग-अलग राज्यों के दबाव पड़ते हैं और मुझे खेद के साथ कहना पड़ता है कि केंद्रीय सरकार उन दबावों के सामने झुकती है। सबको साथ लेकर चलने की खाद्य मंत्री की भावना मैं समझ सकता हूं, मगर सबको साथ लेकर चलने का अर्थ यह नहीं है कि देश को खाद्यान्न की दृष्टि से अलग टुकड़ों में बांटा जाए और हम सरप्लस स्टेट्स और डेफिसेट स्टेट्स के बीच में एक ऐसी दीवार खड़ी कर दें कि जिससे किसी को भी लाभ न हो।

जिन्हें सरप्लस स्टेट कहा जाता है, उनकी क्या हालत है? मध्य प्रदेश में गेहूं किस भाव बिक रहा है? मध्य प्रदेश से गेहूं बाहर जाना रोका गया इसलिए कि मध्य प्रदेश में संकट पैदा हो जाएगा, व्यापारी स्थिति का अनुचित लाभ उठाएंगे और इसलिए हर एक राज्य का अलग क्षेत्र बनाया गया, किंतु क्या इससे मध्य प्रदेश में अनाज के दाम कम हुए? वहां एक रुपया किलो गेहूं बिकता है। उसे आम आदमी नहीं खरीद सकता। लोग कैसे गुजारा करते हैं, यह कल्पना करना कठिन है।

एक तरफ जब हम कहते हैं कि प्रति व्यक्ति, गांव में रहनेवाले प्रति व्यक्ति, की एक दिन की औसत आमदनी २७ या २३ पैसे तक है, तब उसका गुजारा कैसे चलता होगा, यह हमारे लिए सोचने की बात है। और जो डेफिसिट स्टेट्स हैं, जिनमें पैदावार कम है, उनके संकट की अनुभूति तो इस सदन को होनी चाहिए। बिहार में, महाराष्ट्र में और राजस्थान में भी अनाज उपलब्ध नहीं है, शासन लोगों को उचित मूल्य पर अनाज देने में विफल रहा है। राज्यवाले केंद्र की शिकायत करते हैं, जिले का कलेक्टर अपनी असमर्थता प्रकट करता है, उपभोक्ता कहां जाएं, अपनी भूख कैसे मिटाएं?

आंकड़ों से पेट नहीं भरता

सभापति जी, आंकड़ों से पेट नहीं भरता। चौथी पंचवर्षीय योजना में हम देश को अन्न की दृष्टि से आत्मनिर्भर बना लेंगे, यह भविष्यवाणी भी आज के संकट की तीव्रता को कम नहीं कर सकती। उसके लिए ठोस उपाय अपनाने होंगे और उन उपायों को अपनाते समय हमें दूरगामी और तात्कालिक दोनों दृष्टियों से विचार करना होगा। उत्पादन बढ़ाने की समस्या एक दूरगामी समस्या है और मैं समझता हूं कि उस पर यथार्थवादी दृष्टिकोण से विचार होना चाहिए। हमने किसान को जमीन का मालिक बना दिया है।, हमने सीलिंग के कानून भी बनाए हैं, उन कानूनों को दृढ़ता से लागू किया जाए और किसान को यह आश्वासन दिया जाए कि अगले १५-२० वर्षों में जो अधिकतम जोत की मर्यादा के कानून होंगे, उनमें कोई परिवर्तन नहीं किया जाएगा, जिससे उसके मन में एक विश्वास पैदा हो और वह खेती में पूंजी लगा सके। खेती में जब तक पूंजी नहीं लगेगी, खेती जब तक उद्योग नहीं बनेगा, तब तक खेती का विकास नहीं होगा।

हमारे यहां खेती जीवन का एक ढंग बन गया है, किसान का बेटा किसान होता है, चाहे उसका पेट न भरे, चाहे अपनी आवश्यकताओं की पूर्ति करके वह देश की अन्न समस्या के हल में योगदान न दे सके। वह जन्मजात किसान है, उसके पूर्वज किसान थे, इसलिए वह किसान है, वह अपनी इच्छा से किसान नहीं है, वह शायद किसी विधि के विधान के अनुसार किसान है। यह ढंग बदलना चाहिए।

खेती जीवन का तरीका नहीं है, खेती एक उद्योग होना चाहिए, खेती मुनाफे के लिए की जानी चाहिए, खेती अपनी समृद्धि और देश की समृद्धि में हिस्सा बंटाने के लिए की जानी चाहिए। खेती की ओर देखने का हमारा दृष्टिकोण बदलना चाहिए, खेती पूंजी को आकृष्ट कर सके, ऐसा प्रबंध हमें करना चाहिए। अगर किसान के मन में अनिश्चितता रहेगी, भविष्य के प्रति आशंका रहेगी तो वह पूंजी नहीं लगा सकता। बीज के लिए, खाद के लिए, सिंचाई के लिए वह अधिक धन लगा सके, खेती के नए तरीके अपना सके, इसके लिए उसके मन में यह विश्वास जगाना आवश्यक है कि १५-२० साल सीलिंग के कानूनों में परिवर्तन नहीं होगा। जिस भूमि का आज वह मालिक है, उसका वह मालिक रहेगा, और उसे अनाज की पैदावार बढ़ाने की पूरी सुविधा मिलनी चाहिए।

दूसरी बात यह है कि किसान को उसकी पैदावार की पूरी गारंटी दी जाए, उसके परिश्रम का उसे पूरा फल मिले और मैं समझता हूं कि इस संबंध में जो नीति अपनाई जा रही है, वह ठीक है। पहली बार किसानों को उचित मूल्य मिल रहा है। इससे कठिनाई भी पैदा हो रही है कि अनाज को अपने पास रखने की उसकी शक्ति बढ़ रही है। कुछ मात्रा में हम इसे टाल नहीं सकते, लेकिन उचित मूल्य देकर या प्रतियोगितात्मक कीमतें देकर हम किसान को अपना अनाज बाजार में लाने

के लिए प्रेरित कर सकते हैं। आज वह अनाज को दबाएगा तो कल बाहर लाएगा, उसे बहुत समय तक दबा नहीं सकता, किंतु आज मार्केट्स में एराइवल्स कम हो जाती है, बाजार में आनेवाली मात्रा घट जाती है, और उससे हमारे लिए तत्काल में कठिनाई पैदा होती है, लेकिन अगर उसके लिए सरकार लाभदायक कीमतें दे तो किसान अपना अनाज बाजार में ला सकता है और इस बात का प्रयत्न हो सकता है कि वे व्यापारियों की उपेक्षा कर दें और सीधे सरकार के हाथ में अनाज बेचें।

खाद्य मंत्री का दावा

सबसे बड़ी समस्या है वितरण की। देश में इस बार पर्याप्त अनाज हुआ। ८८.५ मिलियन टन बंपर क्राप और बंपर इंपोर्ट भी हुआ। बाहर से अनाज इस वर्ष हमने इतनी मात्रा में मंगाया है कि जितना हमने बहुत कम वर्षों में मंगाया—६.३ मिलियन टन। और हमारे खाद्य मंत्री दावा करते हैं कि पर कैपिटा एवेलिबिलिटी १४.५ आउंस प्रति दिन है—इतना पिछले दो-तीन वर्षों में नहीं रहा। लेकिन फिर भी अनाज मिलता नहीं है, अनाज उचित दाम पर मिलता नहीं है। यह विरोध की स्थिति कैसे है? यह पैराडॉक्स क्यों है? यह समृद्धि में अभाव क्यों है? क्या इसका कारण यह नहीं है कि वितरण व्यवस्था दोषपूर्ण है? जैसा मैंने निवेदन किया, वितरण में ये जो बंधन लगाए गए हैं, ये बनावटी अभाव पैदा करते हैं। बंधन इसलिए लगाए जाते हैं कि समाज विरोधी तत्वों के हाथ में अनाज न पड़ जाए, वे परिस्थिति का फायदा उठाकर अनुचित मुनाफाखोरी न करें। मगर स्थिति उल्टी होती है, आम आदमी उससे संकट में पड़ता है। जब राज्यों के ऊपर खाद्य नीति के निर्धारण का, उसको अमल में लाने का भार पूरी तरह सौंप दिया जाता है तो वे किस तरह से काम करते हैं, इसका मैं उदाहरण देना चाहता हूं।

राज्यों से कहा गया था कि वे मैक्सिमम प्राइस तय करें, किस अधिकतम मूल्य पर उपभोक्ता को अनाज मिलेगा, खरीदार को अनाज मिलेगा, यह तय करें, और राज्यों ने एक कीमत तय की। मगर उस कीमत पर अनाज नहीं मिलता, इसलिए राज्यों ने अपने जिलों के कलेक्टरों को छूट दे दी कि जो आदेश द्वारा कीमत तय हुई, उससे ज्यादा पर अगर व्यापारी बेचता है तो बेचने दो, बोलो मत, मगर उसे इतना कहो कि तुम्हें रसीद जो देनी है वह निश्चित कीमत की दो; जिस कीमत में बेचते हो, उसकी नहीं। मैं राजस्थान के सुजानगढ़ जिले का एक प्रत्यक्ष अनुभव आपके सामने रखना चाहता हूं। वहां ५८ पैसा किलो गेहूं का भाव तय हुआ है, लेकिन कोई व्यापारी ५८ पैसा किलो के मूल्य से गेहूं बेचने के लिए तैयार नहीं हुआ। सरकार के पास इतना भंडार नहीं है, स्टाक नहीं है देशी गेहूं का या विदेशी गेहूं का कि हर जगह की, हर व्यक्ति की आवश्यकता पूरी कर सके। उसे व्यापारियों पर निर्भर रहना पड़ता है। लेकिन मैक्सिमम प्राइस तय करते समय उसने इस पहलू का विचार नहीं किया।

सुजानगढ़ के व्यापारियों ने जब कह दिया कि वे ५८ पैसा किलो अनाज नहीं बेचेंगे, तो वहां के कलेक्टर ने व्यापारियों को बुलाकर कहा : अच्छा ५८ पैसा किलो नहीं बेचते तो ७० पैसा किलो बेचिए, मगर रसीद ५८ पैसे किलो की दीजिए। अब सुजानगढ़ में अनाज मिल रहा है, खरीदार ७० पैसे किलो देता है मगर रसीद उसको ५८ पैसे किलो की मिलती है। सरकार को आमदनी कर में घाटा होता है, बिक्री कर में घाटा होता है, सरकार जान-बूझकर बेईमानी, भ्रष्टाचार, अप्रामाणिकता को प्रोत्साहन देती है। मैं जानना चाहता हूं, यह मैक्सिमम प्राइसेज का चुनाव किस आधार पर किया

गया, क्यों किया गया? क्या यह जरूरी था? एग्रीकल्चरल प्राइस कमीशन ने इस संबंध में राय दी है, उसकी आलोचना भी हुई है, मगर आज जो परिस्थिति है, उसमें हम मैक्सिमम प्राइस फिक्स करके समस्या को उग्र करते हैं, तय नहीं करते; अगर जो दाम हमने तय किए हैं उस पर व्यापारी नहीं बेचते तो हम व्यापारी को दंड दें, उसको कार्यान्वित कराएं, जबर्दस्ती लागू करें और फिर लोगों की आवश्यकता अपने खजाने से, अपने भंडार से पूरी करें। अगर हम दोनों बातें नहीं कर सकते तो फिर मैक्सिमम प्राइस फिक्स करने का मतलब क्या है? मैं समझता हूं, इस समय मैक्सिमम प्राइस फिक्स करना ठीक नहीं है। सुजानगढ़ में जब बाजरा ६२ पैसे किलो बिक रहा है, तब ५८ पैसा किलो गेहूं का प्राइस फिक्स करके गेहूं कैसे बेचा जा सकता है? स्पष्ट है कि प्राइस को तय करते समय बाजार पर दृष्टि नहीं रखी गई और आज की स्थिति पर दृष्टिं नहीं रखी गई।

इसी के साथ सरकारें भी मुनाफा कमा रही हैं। जो व्यापारी आज की परिस्थिति का लाभ उठाकर मुनाफा कमाते हैं—मुझे कल से दिल्ली में कुछ शिकायतें मिल रही हैं आटे के बारे में, चावल के बारे में—वे व्यापारी, वे दुकानदार देशद्रोह का अपराध करते हैं। उनसे खाद्य मंत्री अपील करें कि वे परिस्थिति का फायदा न उठाएं। सरकार को उन्हें चेतावनी भी देनी चाहिए कि आज के संकट के काल में जो व्यापारी या दुकानदार अनाज को दबाएगा या अनाज की मुनाफाखोरी करेगा, उसके साथ डिफेंस ऑफ इंडिया रूल्स के अंतर्गत कड़ी से कड़ी कार्यवाही की जाएगी।

सरकार ने मुनाफा कमाया

मगर राज्यों का रिकार्ड इस संबंध में अच्छा नहीं है। प्रश्नोत्तर काल में इसकी चर्चा हुई थी। मैं राजस्थान का ही एक उदाहरण देता हूं। राजस्थान में चना २२ रुपए मन से लेकर २८ रुपए मन तक बिक रहा था। राजस्थान की सरकार ने व्यापारियों से कहा कि हम तुम्हें राजस्थान से बाहर चना भेजने की छूट दे देंगे और उस पर तुम्हें जितना मुनाफा कमाना है कमाओ, मगर २०% चना हमको दे दो और १६ रुपए मन के भाव से दो। बाजार में भाव था २२ रुपए से २८ रुपए मन तक, मगर राजस्थान सरकार ने खरीदना चाहा १६ रुपए मन। व्यापारी तैयार हो गए, उन्होंने १६ रुपए मन राजस्थान सरकार को बेच दिया, केवल २०% बेचा और बाकी उन्होंने बाहर अनाप-शनाप दाम में बेचा। वह चना मद्रास में ३२ रुपए मन जनता को बेचा गया। यह मुनाफा कहां गया? राजस्थान की सरकार ने मुनाफा कमाया है, मद्रास की सरकार ने कमाया है। जो चना राजस्थान में १६ रुपए मन खरीदा गया वह चना ३२ रुपए मन मद्रास में कैसे बेचा गया, किस नियम के अनुसार बेचा गया? यही शिकायत महाराष्ट्र की है। मध्य प्रदेश से मोटा अनाज जो महाराष्ट्र को जाता है उस पर ३०, ४०% मुनाफा है, जो मध्य प्रदेश की और महाराष्ट्र की सरकार कमाती है। यह तो मूल्यों को स्थिर रखने का तरीका नहीं है, यह तो लोगों में विश्वास पैदा करने का ढंग नहीं है कि जिससे उचित मात्रा में और ठीक मूल्य पर सबको अनाज मिले। मैं चाहूंगा कि राज्य सरकारों पर, जहां तक खाद्यान्न का प्रश्न है, इस बात के लिए दबाव डाला जाए कि वे देश के हित में नीति निर्धारित करें, अपने राज्यों का विचार न करें। मैं यह सुझाव देना चाहता हूं कि अनाज के उत्पादन का काम सरकारें करें, किसानों से उसकी वसूली का, उसके भंडार बनाने का और लोगों में बांटने का काम केंद्रीय सरकार को अपने हाथ में ले लेना चाहिए। वैसे भी फूड कार्पोरेशन बना है। आज नहीं तो कल फूड कार्पोरेशन की शाखाएं भी हमें हर जगह स्थापित करनी होंगी और सरकार को अधिकाधिक लोगों को खिलाने का भार अपने ऊपर लेना होगा। मैं नहीं

समझता, राज्य सरकारों से आसानी से यह काम पूरा हो सकता है। मेरा आरोप है कि अधिकांश राज्य सरकारों पर मुनाफाखोरों का, चोरबाजारियों का प्रभाव है। उस प्रभाव का कारण राजनैतिक है। मैं आज उसकी चर्चा करना नहीं चाहता। लेकिन मैं उत्तर प्रदेश के बारे में जानता हूं। वहां कठोर कार्यवाही की जाती है, तो राजनैतिक कारण बीच में आते हैं और राज्य सरकारें उनसे प्रभावित होकर उपभोक्ताओं के साथ न्याय नहीं कर पातीं। इसलिए मेरा सुझाव है कि खाद्य उत्पादन का काम राज्यों को देकर अनाज के वितरण का, भंडार बनाने का, वसूली का काम केंद्रीय सरकार को अपने हाथ में ले लेना चाहिए।

मैंने यह भी सुझाव दिया है कि खाद्यान्नों की दृष्टि से देश को एक इकाई माना जाना चाहिए। जब तक सरकार सबको खिलाने की जिम्मेदारी लेकर उसको ठीक तरह से निभाने में सफल न हो, तब तक किसी तरह के बंधन कृत्रिम अभाव पैदा करते हैं। दूसरी बात यह है कि राज्यों ने मोनोपॉली, प्रोक्योरमेंट की नीति अपनाई और कहीं लेवी लगा दी। बिहार में लेवी से वसूली ३ लाख टन होनी थी, किंतु हुई ३० हजार टन। और राज्यों में भी इसी तरह का लक्ष्य है। लेकिन जो लक्ष्य उन्होंने स्थापित किए हैं, वे उसको पूरा नहीं कर सके। खाद्य मंत्री जी ने स्वयं अपने वक्तव्य में यह माना है कि आंध्र प्रदेश, मद्रास और उड़ीसा ने अनाज वसूल करने का जो लक्ष्य रखा था, वह पूरा नहीं किया गया। हमारे उत्तर प्रदेश में भी यही हाल है। जहां सरकार अनाज इकट्ठा करना चाहती है वहां पर और उतनी मात्रा में वह नहीं कर पाई। ऐसी स्थिति में जो व्यापार के सहज मार्ग हैं, उनमें बाधा डालकर क्या लाभ होगा?

अनाज व्यापार का राष्ट्रीयकरण

मैं कहना चाहता हूं कि यदि केंद्रीय सरकार इस परिणाम पर पहुंचे कि खेत से लेकर रसोई घर तक अनाज का उत्पादन, वितरण, उसकी वसूली, यह सब राज्यों के हाथ में होना चाहिए, तो मैं और मेरा दल इसमें बाधक नहीं बनेगा। हम अनाज व्यापार के राष्ट्रीयकरण की नीति से सहमत नहीं हैं और वह नीति आज की स्थिति में अव्यावहारिक है। यह ठीक है कि आप कहते हैं कि हम इस तरह की बात नहीं कर सकते, लेकिन अगर आप अनाज का पूरा व्यापार करना चाहते हैं, तो हम बाधक नहीं बनेंगे। लेकिन मैं समझता हूं कि आप अनाज के व्यापार को अपने हाथ में नहीं लेंगे और व्यापार के जितने सहज मार्ग हैं, उनको बंद नहीं करेंगे। आपने बीच का मार्ग दोनों तरफ की अच्छाई का मेल बैठाने के लिए अपनाया है। लेकिन इसका नतीजा उल्टा होता है और दोनों तरफ की बुराई आ जाती है। इसका परिणाम यह होता है कि जो व्यापार के सहज मार्ग हैं, नार्मल चैनल्स हैं, उनको आप चैक कर देते हैं, उन्हें बंद कर देते हैं और सबको पर्याप्त मात्रा में खिलाने की जिम्मेदारी आप लेने के लिए तैयार नहीं हैं। केंद्रीय सरकार ने राज्यों को विदेशी गेहूं का कोटा देने का जो वादा किया था, वह भी पूरा नहीं किया। अब राज्य सरकारें जनता को क्या खिलाएंगी? राज्यों में इन्फार्मल राशनिंग जारी है और मैं अभी तक समझने में असमर्थ हूं कि 'इन्फार्मल राशनिंग' क्या बला है? क्या इन्फार्मल राशनिंग का मतलब यह है कि अनाज देने के लिए सरकार की जिम्मेदारी नहीं है? सरकार आज इस तरह का भार लेने के लिए तैयार नहीं है और इस तरह से वह कठिनाई पैदा कर रही है तथा जहां से जनता अनाज ले सकती है वहां से भी वह नहीं ले पाती है। मैं नहीं समझता कि यह कोई बीच का मार्ग है। यदि सरकार यह चाहती है कि राज्य अनाज का व्यापार करे तो कराइए, मगर क्या वह इसका खतरा मोल लेने

के लिए भी तैयार है? इस तरह की नीति से चोरबाजारी होगी, स्मगलिंग होगी, भ्रष्टाचार बढ़ेगा और जन-असंतोष बढ़ेगा। जैसा शासनतंत्र आपके पास चाहिए वैसा नहीं है, लेकिन अगर राज्य अनाज का व्यापार नहीं कर सकते हैं तो फिर आपका प्रयत्न होना चाहिए कि जो व्यापार के तरीके आज चल रहे हैं उनमें सहायता करना और उनमें जो बुराइयां हैं, उनको कम करना। इस काम में जो कमी है, उस कमी को पूरा करने के लिए प्रयत्न करना सरकार का काम होना चाहिए, लेकिन सरकार व्यापार के प्रवाह को पूरी तरह से खंडित करने का प्रयत्न कर रही है।

फूड कार्पोरेशन खुले बाजार में आए

आखिर बिहार में जो लेवी रखी गई और उत्तर प्रदेश में जितना लक्ष्य रखा गया था, वह पूरा नहीं हो पाया तथा केंद्रीय सरकार के दबाव के बाद भी वह पूरा नहीं हुआ। इन सब तथ्यों को सामने रखकर सरकार को अपनी एक नीति बनानी चाहिए। मेरा सुझाव है कि जो फूड कार्पोरेशन है वह खुले बाजार में अनाज खरीदे, प्रतियोगी बनकर जाए और अगर प्रतियोगिता के कारण उसे किसानों को अनाज के ज्यादा दाम देने पड़ेंगे तो ज्यादा दाम किसान के पास पहुंचेंगे, फिर खेती में लगेंगे और फिर किसी न किसी तरह सरकार के पास आएंगे। किसान के पास जो अनाज है उसके लिए अगर उसको अधिक दाम नहीं मिलेगा, आप कंपीटीटिव प्राइसेज नहीं देंगे, तो आप भंडार नहीं बना सकते हैं। फिर १० लाख आबादीवाले शहरों में राशनिंग करने का जो फैसला किया गया है, वह पूरा होगा या नहीं होगा इसमें मुझे संदेह है। पहले मुख्यमंत्री ३ लाख आबादी के शहरों में राशनिंग करने के लिए तैयार हो गए थे, लेकिन अब १० लाख तक आ गए हैं। कहा जाता है कि जब एडमिनिस्ट्रेशन बन जाएगा तब हम ३ लाख आबादीवाले शहरों में भी आ जाएंगे। लेकिन इस तरह का एडमिनिस्ट्रेशन बनेगा कि नहीं, इस बारे में मुझे संदेह है।

हम १० लाखवाले शहरों में स्टैच्युटरी राशनिंग करने के सरकार के निर्णय का स्वागत करते हैं। बड़े-बड़े शहरों में जहां बड़ी संख्या में मजदूर केंद्रित हैं, उन्हें खिलाने का भार आप ले लीजिए। किंतु आप उन्हें कितना अनाज देंगे? एक व्यक्ति को प्रतिदिन के हिसाब से ६ औंस अनाज दिया जाता है। महाराष्ट्रवाले शिकायत करते हैं कि उन्हें १ किलो अनाज १५ दिन के लिए मिलता है। यह ठीक है कि यह ग्रामीण क्षेत्र में मिलता है, लेकिन मैं यह जानना चाहता हूं कि क्या सरकार ने इस बात का अनुमान लगाया है कि उसको कितने अनाज की आवश्यकता होगी? अगर आपने स्टैच्युटरी राशनिंग कर दिया और लोगों की आवश्यकता पूरी नहीं हुई तो वे अपनी आवश्यकता कहां से पूरी करेंगे? मैं इस संबंध में एक सुझाव देना चाहता हूं लेकिन मैं नहीं जानता कि इसका मेल कैसे बैठेगा। स्टैच्युटरी राशनिंग के अंतर्गत आप जितना अनाज दें, अगर उससे भी प्रति व्यक्ति को अधिक आवश्यकता हो, तो उसे खरीदने की छूट होनी चाहिए। ये दोनों परस्पर विरोधी बातें हैं, लेकिन इसमें मेल बैठाना ही होगा। नहीं तो स्टैच्युटरी राशनिंग के द्वारा आप सबकी आवश्यकता पूरी कर सकेंगे, इसमें मुझे संदेह है।

महोदय, आज की स्थिति में हमें विदेशों से अनाज मंगाना बंद नहीं करना चाहिए, क्योंकि सरकार १ लाख ५ हजार सस्ती गल्ले की दुकानें चला रही है और उन दुकानों को चलाने के लिए अनाज चाहिए तथा वह जितना भंडार बनाना चाहती है, वह बना नहीं सकेगी। इसलिए जरूरी है कि कुछ काल तक हमें विदेशों से अनाज मंगाना पड़ेगा और हमारा लक्ष्य यह होना चाहिए कि इस विदेशी निर्भरता को जल्द से जल्द कम किया जाए। लेकिन इसके लिए भावना से काम नहीं

लिया जा सकता। आवश्यकता इस बात की है कि सरकार अनाज के संकट को हल करने के लिए यथार्थवादी, तर्कसंगत और संपूर्ण देश को ध्यान में रखकर एक नीति बनाए।

अनाज मांगने पर गोलियां मिलती हैं

लोग अनाज मांगते हैं तो गोलियां दी जाती हैं। बिहार में, कोल्हापुर में जो कुछ हुआ वह खेदजनक है, लेकिन भूखे को भोजन चाहिए गोली नहीं, भविष्य के वायदे नहीं। आपको सुनकर ताज्जुब होगा, महोदय, कोल्हापुर में जो उपद्रव हो गया, हिंसा हो गई, तो महाराष्ट्र सरकार ने आदेश दिया कि कोल्हापुर में अनाज भेजा जाए तथा बांटा जाए। कई जिलों से हमारे पास खबरें पहुंच रही हैं कि हमारे पास बांटने के लिए अनाज नहीं है। वे क्या करेंगे, कहां जाएंगे? गांवों में ऐसे लोग हैं जो जमीनों के मालिक नहीं हैं, दूसरों के खेतों में काम करते हैं और पैसा देकर अनाज लेते हैं। इसी तरह से शहरों में भी मजदूर और श्रमिक वर्ग के लोग हैं जिनकी आमदनी कम है, लेकिन अनाज के दाम बढ़ने की वजह से उनका जीवन विषम बन रहा है।

यह ठीक है कि आज के संकट काल में अनाज के अभाव को लेकर जनता में असंतोष भड़काने की गलती नहीं की जा सकती और मैं समझता हूं कि सभी दल अपने राष्ट्रीय कर्तव्य को पहचानते हैं। हम चाहते हैं कि अनाज के प्रश्न पर देश में कोई गड़बड़ न हो, मगर सरकार को इस बात का दायित्व देना होगा।

श्री आबिद अली (महाराष्ट्र) : गोदाम क्यों जलाते हैं और इससे अनाज जमा नहीं होता।

श्री वाजपेयी : इसलिए जलाते हैं कि आपके हाथ में शासन है और आप शासन को ठीक तरह से नहीं चलाते हैं।

श्री आबिद अली : तो क्या गोदाम जलाने से अनाज की कमी पूरी हो जाएगी?

श्री वाजपेयी : गोदाम जलाने का कोई समर्थन नहीं करता है। मगर आपका शासन इतना निकम्मा है, आपके आफिसरों में जितनी नौकरशाही की मनोवृत्ति है, उतनी और किसी देश में नहीं है।

श्री आबिद अली : इस तरह गोदाम जलाने से अनाज नहीं बढ़ेगा।

श्री वाजपेयी : यह तो मूर्ख भी समझता है और आपको भी समझना चाहिए। अनाज जलाने से अनाज नहीं बढ़ता, मगर जब पेट में आग लगती है तो फिर दिमाग पर संयम नहीं रखा जा सकता। आबिद अली साहब एक मजदूर कार्यकर्ता रह चुके हैं और उन्हें इसे समझना चाहिए। कोई हिंसात्मक कामों का समर्थन नहीं करेगा। आज की स्थिति में तो उनकी और भी गुंजाइश नहीं रह गई है। मगर शासन भी इतना निष्ठुर और हृदयहीन बनकर नहीं चल सकता। इसलिए केंद्र में एक समिति बने, प्रांतों में समितियां बनें और जिलों में समितियां बनें और लोगों को अनाज की प्राप्ति में अगर कठिनाइयां हों तो वे उन समितियों में रखी जाएं और उनका हल निकाला जाए। अगर लोगों की कठिनाइयां बिना आंदोलन के हल होंगी, तो लोग आंदोलन नहीं करेंगे। मगर शासन यह करने में असफल रहा है। विरोधी दलों की एक बैठक बुलाई थी खाद्य मंत्री ने। उसके बाद कोई बैठक नहीं बुलाई गई। हम बैठकों में जाने के लिए उत्सुक नहीं हैं, मगर आज की परिस्थिति में विशेष रूप से जनता की कठिनाइयों का हल निकालना चाहिए।

चर्चा का उत्तर

सभापति जी, खाद्य नीति पर इस सदन में जो विवाद हुआ है, उसमें एक बार फिर से यह स्पष्ट हो गया है कि संकट की परिस्थिति में यह सदन और इस सदन में बैठे हुए सभी दल परिस्थिति के तकाजे को पूरा कर सकते हैं, परिस्थिति के अनुरूप ऊपर उठ सकते हैं। सरकार यदि हमारा सहयोग न भी चाहे, तो भी हम सहयोग करेंगे क्योंकि देश के प्रति अपने कर्तव्य को हम समझते हैं। यह खुशी की बात है कि सरकार भी सहयोग चाहती है। वह सहयोग उसे पर्याप्त मात्रा में मिलेगा, इस संबंध में कोई संदेह नहीं होना चाहिए।

अच्छा होता कि हमारी मांग के बिना ही खाद्य आंदोलनों में जो व्यक्ति गिरफ्तार किए गए हैं, उन्हें छोड़ दिया जाता। सचमुच में ऐसी मांगें करने की आवश्यकता नहीं पड़नी चाहिए। परिस्थिति बदल गई है। जिस चुनौती का हम सामना कर रहे हैं, उसके संदर्भ में ऐसे आंदोलन और उनके संबंध में की गई गिरफ्तारियां—अब हमारे लिए कोई समस्या पैदा नहीं करनी चाहिए। आवश्यकता इस बात की है कि हर एक स्तर पर खाद्य के संकट को हल करने के लिए जनता का प्रभावी सहयोग प्राप्त करने का यत्न करना चाहिए। मुख्यमंत्रियों को यह कहा जा सकता है कि वे अपने राज्य में सर्वदलीय समितियां बनाएं, जिनमें विभिन्न राजनीतिक दल, जनता की कठिनाइयां शासन के सामने रख सकें और उनके निराकरण का प्रयत्न कर सकें। केंद्र में भी इस तरह की एक स्थायी समिति बनाई जा सकती है। स्वर्गीय नेहरू जी ने एक फूड कमेटी बनाई थी, जिसमें दोनों पक्षों के संसद सदस्य एकत्र होकर खाद्य स्थिति पर विचार करते थे और उसके निराकरण के लिए सुझाव देते थे। यह भी आवश्यक है कि खाद्य के मोर्चे पर जनता के सामने कोई ठोस कार्यक्रम रखा जाए।

खाद्य मंत्री महोदय ने अपील की है कि बंगलों के बागों में फूल न लगाकर तरकारियां लगाई जाएं, लेकिन ग्रामीण क्षेत्रों के लिए हम इस युद्धकाल में कौन सा कार्यक्रम दे रहे हैं? क्या यह संभव नहीं है कि हम एक बड़ी वालंटियर कोर खड़ी करें, एक खाद्य-सेना बनाएं, और जो जमीन उपजाऊ है लेकिन जिसमें खेती नहीं हो रही है, उस जमीन को तुरंत छांटकर खेती के लिए दे दें? ये बरसात के दिन हैं, सिंचाई की समस्या नहीं है। अगर लोगों को निश्चित जमीन दी जाए, खेती के उपकरण दिए जाएं तो इस युद्ध काल में जनता में जो उत्साह पैदा हो रहा है, उसका ठीक तरह से और ठोस रूप में उपयोग किया जा सकता है।

मंत्री महोदय का उत्तर अपूर्ण

मुझे यह देखकर खेद हुआ कि खाद्य मंत्री महोदय ने अपने उत्तर में इस बात पर प्रकाश नहीं डाला कि बाजारों में जो अनाज कम आ रहा है और जिसके कारण हमारे लिए कठिनाई पैदा हो रही है, उस अनाज को बाजार में लाने के लिए क्या प्रयत्न किया जाए? कहा जाता है कि बड़े किसान और व्यापारी अनाज को दबाए हुए हैं। हो सकता है कि देशभक्ति की भावना से प्रेरित होकर कुछ मात्रा में अनाज बाजार में आ जाए। यद्यपि कहीं-कहीं समाचार इससे उलटे हैं। जो छोटे लोग हैं, वे भी अनाज दबाने की ओर प्रेरित हो सकते हैं। देशभक्ति की अपील किए जाने के अतिरिक्त शासन ऐसा कौन सा कदम उठा रहा है जिससे दबा हुआ अनाज बाहर आए, बाजार में आए और वह लोगों तक पहुंच सके? इस संबंध में खाद्य मंत्री का मौन क्या यह नहीं बताता

है कि शासन अपनी नीति निर्धारित नहीं कर पा रहा? यदि यह बात है तो यह चिंता की बात है, क्योंकि जो मार्केट एराइवल्स हैं अगर उनको बढ़ा नहीं सकते, जो अनाज बाजार में नहीं आया है उसे बाजार में नहीं लाते, तो वर्तमान परिस्थिति में हमारे लिए जो कठिनाइयां हैं, वे बहुत बढ़ जाएंगी।

मेरे मित्र श्री भूपेश गुप्त ने उदाहरण दिए थे कि अभी भी बैंकों से एडवांस दिया जा रहा है अनाज पर। हमें कहा जाता है कि बैंकों ने एडवांस देना बंद कर दिया और बैंक अब अनाज के बदले में रुपया नहीं दे रहे हैं, लेकिन उन्होंने आंकड़े देकर बताया और उसमें १९६५ के आंकड़े भी हैं कि अभी भी बैंक रुपया दे रहे हैं अनाज के बदले में। यह तो व्यापारियों को सुविधा देना है कि वे अनाज को दबाकर रख सकें। इस संबंध में तो किसी तरह की छूट की गुंजाइश नहीं होनी चाहिए। मैं समझता हूं कि जो परिस्थिति उत्पन्न हुई है उसमें खाद्य की समस्या को युद्धस्तर पर हल करने का प्रयत्न किया जाए। केंद्र में भी और राज्यों में भी खाद्य के मोर्चे पर निश्चित कार्यक्रम बनाकर अगर हम लोगों को उस कार्यक्रम को पूरा करने के लिए लगा सकें तो यह जो युद्ध का संकट है, यह हमारे लिए एक महान अवसर भी बन सकता है। यह एक चुनौती भी है और यह एक अवसर भी है। जो काम हम १७-१८ वर्षों में नहीं कर सके, वह खाद्य के मोर्चे पर भी हम पूरा करके दिखा सकते हैं, अगर सरकार का दिमाग साफ है और अगर वह एक निश्चित कार्यक्रम बनाकर लोगों को उसमें लगा सके।

मैं उन सभी माननीय सदस्यों को धन्यवाद देता हूं जिन्होंने इस बहस में भाग लिया और आशा करता हूं कि जो सुझाव शासन के सामने रखे गए हैं, उनको ध्यान में रखकर शासन अपनी नीतियां निर्धारित करेगा। धन्यवाद।

किसान को डराइए मत, जगाइए

महोदया, देश के सामने एक गंभीर अन्न संकट है। इस संकट को न तो कम करके दिखाना चाहिए और न इसको बढ़ा-चढ़ाकर ही पेश किया जाना चाहिए। यदि परिस्थिति सामान्य होती, देश युद्ध में न फंसा होता तो इस समय देश में बड़ा भारी आंदोलन उठ खड़ा होता। विरोधी दल देशभक्ति की भावना से प्रेरित हैं। हमारा समाज संकट की गंभीरता को समझता है। इसलिए अकाल जैसी स्थिति होने के बाद भी देश के अनेक भागों में लोग धैर्य के साथ इस बात की प्रतीक्षा कर रहे हैं कि शासन संकट पर विजय पाने के लिए कोई प्रभावी नीति अपनाएगा। वर्तमान अन्न संकट के लिए, जहां प्रकृति कुछ अंशों में उत्तरदायी है, वहां शासन की नीतियां भी इस संकट के लिए कारणीभूत हैं।

खाद्य मंत्री महोदय ने, भविष्य में अन्न का उत्पादन किस तरह से बढ़ाया जाएगा, इसकी योजनाएं रखी हैं। योजनाएं पहले भी रखी जा चुकी हैं, लेकिन वे कागज तक ही सीमित रह गई हैं, उन्हें कार्यान्वित नहीं किया गया। इन योजनाओं को कार्यान्वित किया जाएगा, ऐसा मानने का कोई ठोस आधार हमारे पास नहीं है, क्योंकि केंद्र में और राज्यों में शासन का तंत्र वही है। खाद्य मंत्री महोदय उसी तंत्र के द्वारा अपनी दीर्घकालीन योजनाओं की सफलता की आशा करते हैं जो तंत्र, जो व्यवस्था, आज तक अन्न के मोर्चे पर विफल साबित हुई है। प्रश्न यह है कि जो तात्कालिक कठिनाई पैदा हो गई है, उसको हल करने के लिए कौन से कदम उठाए जा रहे हैं? दूरगामी योजनाएं कितनी भी आकर्षक हों, वे आज लोगों का पेट नहीं भर सकतीं। उसके लिए सरकार को कुछ कठोर कार्यवाही करनी होगी।

अनेक महीनों से हम सुन रहे हैं कि एक लाख जनसंख्यावाले और जिन शहरों की जनसंख्या एक लाख से अधिक है, उनमें राशनिंग लागू की जाएगी। क्या खाद्य मंत्री महोदय प्रांतों से इस नीति को मनवाने में सफल हुए हैं? क्या सभी राज्य सरकारें राशनिंग लागू करने के लिए तैयारी कर रही हैं? कुछ राज्य ऐसे हैं जो राशनिंग लागू करना नहीं चाहते और उसके कारण आर्थिक नहीं है, कारण राजनैतिक हैं। कुछ राज्यों के शासन, कुछ राज्यों के प्रशासन राशनिंग लागू करने के खिलाफ हैं, क्योंकि वह नीति निहित स्वार्थों के विरुद्ध जाती है और गल्ले के बड़े-बड़े व्यापारियों

** खाद्य-समस्या पर राज्यसभा में ८ दिसंबर, १९६५ को भाषण।*

के साथ उनकी सांठगांठ है।

भारत की राजधानी दिल्ली में ही हम देख रहे हैं कि १५ दिसंबर से राशनिंग होनेवाली है, मगर अभी तैयारी पूरी नहीं हुई है और अभी सब जगह कार्ड भी नहीं बंटे हैं।

कुछ माननीय सदस्य : आज से शुरू हो गई है।

खाद्य एवं कृषि मंत्री श्री सी. सुब्रह्मण्यम : इसे आज लागू कर दिया गया है।

श्री एम. गोविंद रेड्डी (मैसूर) : चीनी से।

श्री वाजपेयी : जी हां, १५ तारीख से चीनी को भी शामिल किया जाएगा और गल्ले की राशनिंग आज से शुरू हो गई, लेकिन अभी राशनिंग की तैयारी नहीं है और मुझे शक है कि सचमुच में दिल्ली प्रशासन राशनिंग को लागू करके उसे सफल बनाना चाहता है। अगर खाद्य मंत्री महोदय चाहते हैं कि राशनिंग की उनकी नीति सफल हो तो उसके अनुरूप उन्हें दृढ़ता अपनानी चाहिए। हमारी पार्टी अभी तक राशनिंग के खिलाफ थी, किसी सैद्धांतिक कारण से नहीं, बल्कि इसलिए कि राशनिंग का आज तक का अनुभव अच्छा नहीं है। उससे चोरबाजारी होती है, भ्रष्टाचार पनपता है और स्मगलिंग को प्रोत्साहन मिलता है। लेकिन देश आज जिस संकट में फंसा हुआ हैं, उसमें राशनिंग के अलावा और कोई विकल्प नहीं है। अगर हमें युद्ध लड़ना है, हमें युद्ध जीतना हैं और प्रकृति के प्रकोपों और शासन की विफलताओं के बीच लोगों को उचित मूल्य पर निश्चित मात्रा में अनाज देना है, तो राशनिंग को अपनाना होगा। हम राशनिंग का समर्थन करने के लिए तैयार हैं। मैंने पहले भी कहा था, मैं इस बात को फिर दुहराता हूं, मैं अपने दल की ओर से कह सकता हूं कि वर्तमान खाद्य संकट पर विजय प्राप्त करने के लिए सरकार जो भी कदम उठाएगी हम उसका समर्थन करेंगे, हम उसे कार्यान्वित करने में सहयोग देंगे, लेकिन सत्तारूढ़ पक्ष के मार्ग में राजनीति नहीं आनी चाहिए। अगर विरोधी दलों से यह आशा की जाती है कि वे अन्न के संकट को राजनैतिक प्रश्न नहीं बनाएंगे तो हम सत्तारूढ़ दल से भी यही आशा करते हैं। हमें केंद्र से शिकायत नहीं है, मुझे राज्य सरकारों से शिकायत है। अभी भी वे राशनिंग लागू करने के बारे में गंभीर नहीं हैं। कभी कहा जाता है कि राशनिंग अगर लागू होगा तो जनता को राशनिंग का खर्चा देना पड़ेगा, इससे लोगों को अनाज महंगे दामों पर मिलेगा, और कभी कहा जाता है कि हम खर्चा केंद्र से वसूल करेंगे। ऐसा लगता है कि राज्य सरकारों में संकट की गंभीरता की अनुभूति नहीं है। हम एक विस्फोटक परिस्थिति में रह रहे हैं, देश के कुछ भागों में स्थिति बड़ी भयावह है, आम आदमी वहां किस तरह से जीते रहते हैं यह मेरे लिए एक प्रश्न है, यक्ष-प्रश्न है, कि आज जब कि अनाज एक रुपए किलो या उससे ज्यादा का बिक रहा है, लोग किस तरह से अपना जीवन निर्वाह करते हैं। लेकिन राज्य सरकारें यदि परिस्थिति के अनुरूप ऊंचा नहीं उठेंगी तो फिर इस संकट पर विजय प्राप्त करना मुश्किल होगा।

एक बात स्पष्ट है कि हमको सारे देश के लिए एक राष्ट्रीय खाद्य-नीति का निर्धारण करना पड़ेगा। मंत्री महोदय कह चुके हैं कि एक लाख की आबादीवाले शहरों में जब राशनिंग हो जाएगी तो फिर खाद्य क्षेत्रों के लिए स्थान नहीं रहना चाहिए। अभी जो अधिक उपजवाले प्रांत हैं, वे कम उपजवाले प्रांतों की चिंता करने को तैयार नहीं, एक राज्य से दूसरे राज्य के बीच में दीवारें खड़ी हैं, एक राज्य में एक जिले से दूसरे जिले के बीच में दीवारें खड़ी हैं। मुझे अभी पश्चिम बंगाल जाने का मौका मिला, वहां जो डेफिसिट डिस्ट्रिक्ट्स हैं उनमें सरप्लस डिस्ट्रिक्ट्स से अनाज नहीं आ सकता, इससे दोनों जगह कठिनाई हो रही है। पश्चिम बंगाल की सरकार कलकत्ते में तो

राशनिंग लागू कर चुकी है और हमारे खाद्य मंत्री महोदय उसके लिए पश्चिम बंगाल सरकार के बड़े प्रशंसक हैं, मगर मुझे पश्चिम बंगाल सरकार की खाद्यनीति से बहुत सी शिकायतें हैं। एक शिकायत मैं खाद्य मंत्री महोदय के सामने रखना चाहता हूं जो केवल पश्चिम बंगाल तक ही सीमित नहीं, अन्य प्रांतों में भी है।

आप किसानों पर लेवी लगा रहे हैं कि किसान अपनी उपज को, चाहे वह उपज धान की हो, या गेहूं की हो, सरकार द्वारा निश्चित कीमत पर सरकारी भंडार में दे। लेकिन यह कीमत किस आधार पर तय की जा रही है? मैं आपको पश्चिम बंगाल की बात बताऊं, वहां पैडी का दाम १४ रु. से १६ रु. मन तक तय किया गया है, मगर पश्चिम बंगाल सरकार का ही आंकड़ा है कि पैडी का उत्पादन व्यय ५ रु. से २१ रु. मन तक आता है। अगर उत्पादन व्यय ५ रु. से २१ रु. मन तक है तो फिर आप १६ रु. मन पर पैडी कैसे खरीदना चाहते हैं? १६ रु. मन ज्यादा से ज्यादा कीमत है। इस स्थिति में किसान अनाज बेचने के लिए प्रेरित कैसे होगा? यह ठीक है कि अनाज उसे सरकार को ही बेचना पड़ेगा तो झख मारकर बेचेगा, मगर उसमें प्रवृत्ति पैदा होगी कि अनाज को दबाकर रखे, चोरी से छिपाकर रखे जिससे बाजार में उसे अच्छी कीमत मिल सके। अगर हम चाहते हैं कि किसान अपनी जरूरत के लिए अनाज रखकर बाकी का सारा अनाज सरकार को दे दे तो फिर दाम लाभदायक होना चाहिए, दाम आकर्षक होना चाहिए, दाम इस बात का ध्यान रखकर तय किया जाना चाहिए कि उत्पादन-व्यय कितना आता है; और भविष्य में वह खेती में पूंजी लगाकर उत्पादन बढ़ा सके, इसके लिए भी उसको प्रोत्साहन मिलना चाहिए। पश्चिम बंगाल में जूट की कीमत ज्यादा है और धान की कीमत कम है, फिर किसान धान क्यों बोएगा, जूट क्यों नहीं बोएगा। हमारे देश में किसान नकदी फसलों की ओर आकर्षित होता है, क्योंकि उससे उन्हें अधिक आमदनी की आशा होती है। अगर हमें उधर जाने से किसान को रोकना है तो फिर जिस कीमत पर किसानों का अनाज खरीदा जाना है, वह कीमत लाभप्रद होनी चाहिए।

किसानों पर लेवी ज्यादा लगाई गई

एक बात और भी है कि हर एक किसान पर लेवी इतनी ज्यादा लगाई जा रही है कि वह किसान के लिए देना संभव नहीं होगा। मैं पश्चिम बंगाल का ही उदाहरण देता हूं। १० एकड़ में खेती करनेवाले किसान को १२८ मन पैडी की लेवी देनी होगी। इसका मतलब यह है कि एक एकड़ में १२.८ मन पैडी की सरकार आशा करती है, मगर पश्चिम बंगाल का एवरेज यह है कि एक एकड़ में १० मन पैडी होती है; तो फिर वह १२ मन कहां से देगा? नहीं देगा तो वह नौकरशाही के हाथ में फंसेगा, उसे परेशान किया जाएगा। हमारा हृदयहीन शासनतंत्र लेवी के नाम पर किसानों में आतंक पैदा करेगा। इससे तो अन्न उत्पादन बढ़ाने के लिए किसान का सहयोग नहीं मिलेगा। मैं जानता हूं कि धर्म-संकट सामने है। जो गवर्नमेंट की मशीनरी हमारे पास है उसी का उपयोग लेकर हमें अपनी योजना, अपना कार्यक्रम पूरा करना पड़ेगा, लेकिन किसान की आवश्यकता के लिए अनाज उसके पास रहे, लेवी की मर्यादा तय करते समय इसका ध्यान रखा जाना चाहिए। बिहार से भी यही शिकायत आ रही है। क्या हम देश में सरकारी स्तर पर, गैर-सरकारी स्तर पर एक ऐसा आंदोलन शुरू नहीं कर सकते जिसमें कि हग किसान की देशभक्ति को जगाकर कहें कि अपनी जरूरत के लिए अनाज अपने पास रखकर बाकी का सारा अनाज सरकार को दे दें? क्या सब दल, सब नेता मिलकर, सब पार्टियां मिलकर देश में यह हवा पैदा

नहीं कर सकते? मुझे विश्वास है कि कर सकते हैं, मगर इसका प्रयत्न नहीं किया गया है। गांव-गांव में जाकर हम एक ऐसा आंदोलन चला सकें कि देश महान अन्न संकट में फंसा हुआ है और इस समय अपने पास अनाज रखना जरूरी नहीं है, अनाज उचित मूल्य पर सरकार को दे देना चाहिए तो बड़ी सफलता मिलेगी। लेकिन अगर आप जबरदस्ती करेंगे, सरकारी मशीनरी के हाथ में अधिकार रखेंगे तो—मुझे उसके दुरुपयोग की आशंका होती है और मेरा हृदय कांपता है—उसमें कहां तक सफलता मिलेगी। बिहार में लेवी लगाई गई थी राइस मिल्स के ऊपर, उसका अनुभव अच्छा नहीं हुआ, बाद में वह खत्म कर दी गई, अब किसानों पर लगाई जा रही है। उसको अमल में लाने का भार हमने छोटे-छोटे ब्यूरोक्रेट्स पर छोड़ दिया तो सरकार राजनीतिक दृष्टि से भी घाटे में रहेगी और अन्न को प्राप्त करने का उद्देश्य भी सफल नहीं होगा।

टैक्स लगाने की होड़ मची

महोदया, राज्य सरकारों में होड़ लगी है कि किसानों पर अधिक से अधिक टैक्स कौन लगाता है। कहीं सौ फीसदी लगान बढ़ाने की बात हो रही है, कहीं लगान बढ़ा दिया गया है। बिहार में लगान बढ़ाने की चर्चा की जा रही है। कहा जाता है कि देश युद्ध में फंसा है, युद्ध प्रयत्न के लिए हमें रुपया चाहिए और इसलिए हम किसानों पर लगान बढ़ा रहे हैं। मैं जानना चाहूंगा कि क्या राज्य सरकारों को इस बारे में केंद्र ने कोई सलाह दी है? मेरा सुझाव है कि अगर युद्ध के लिए रुपया चाहिए, तो आप युद्ध चलाने के नाम से केंद्रीय सरकार की ओर से एक लेवी लगा दीजिए, टैक्स लगा दीजिए, मगर राज्य सरकारें जब किसानों पर टैक्स लगाती हैं तो फिर स्वाभाविक रूप से एक असंतोष पैदा होता है। यह ठीक है कि अनाज के दाम बढ़े हैं और जो किसान अधिक अनाज पैदा करते हैं उनकी हालत भी सुधरी है, लेकिन टैक्स लगाते समय छोटे किसान, बड़े किसान, मध्यम किसान का फर्क नहीं किया जाता, सब किसानों को उसकी चपेट में लेने की कोशिश होती है। इसका नतीजा यह होता है कि हवा बिगड़ती है। राज्य सरकारों को सलाह दी जाए कि वे लगान की वृद्धि करने से पहले केंद्र से, योजना आयोग से, विचार-विनियम कर लें और अच्छा हो कि अगर हमें युद्ध-प्रयत्नों के लिए पैसा चाहिए तो हम सीधे-सीधे युद्ध के नाम से टैक्स लगाएं, लोग देंगे और फिर किसी के लिए उसका विरोध करना भी मुश्किल हो जाएगा। आज टैक्स बढ़ाया जाता है योजना के लिए, उस योजना में आवश्यक क्या है, अनावश्यक क्या है, यह अभी तक तय नहीं हो सका है।

मैं समझता हूं कि लैंड रेवेन्यू बढ़ाने के बारे में राज्य सरकारें जो कदम उठा रही हैं, उस पर केंद्रीय सरकार को नजर रखनी चाहिए।

महोदया, इस बात की भी आवश्यकता है कि हम यह एलान करें कि भूमि सुधार जिन राज्यों में पूरी तरह कार्यान्वित नहीं हुए हैं उन राज्यों में पूरी तरह कार्यान्वित किए जाएं, लेकिन साथ ही हम किसानों को यह आश्वासन दें कि अगले पंद्रह या बीस वर्ष तक जो सीलिंग के कानून हैं उनमें कोई परिवर्तन नहीं होगा। मैं सीलिंग के हक में हूं। अधिकतम जोत की मर्यादा के कानून प्रायः सभी राज्यों में बन गए हैं। जहां नहीं बने हैं वहां पूरे किए जाएं, उन्हें दृढ़ता से लागू किया जाए। लेकिन अगर हम चाहते हैं कि भविष्य में लोग खेती में पूंजी लगा सकें और आधुनिक तरीकों से खेती का विकास कर सकें तो किसानों के मन में यह विश्वास जगाना जरूरी है कि आगामी पंद्रह-बीस साल खेत को हाथ नहीं लगाया जाएगा। यदि मन में अस्थिरता रहेगी, चिंता

रहेगी तो फिर वह खेती छोड़कर उद्योगों की तरफ भागेगा और फिर खेती का विकास करना हमारे लिए मुश्किल होगा।

महोदया, आज देश में यह चर्चा चल रही है कि हम पी.एल. ४८० के अंतर्गत अमरीकी गेहूं मंगाएं या न मंगाएं। हमारे खाद्य मंत्री ने कल लोकसभा में कहा कि अमरीका से आनेवाली हर चीज बुरी नहीं होती। कोई यह नहीं कहता कि अमेरिका से आनेवाली हर चीज बुरी होती है। लेकिन गेहूं का बड़े पैमाने पर आयात, यह हमारी कृषि के लिए बाधक बन गया है, क्या इससे हम इन्कार कर सकते हैं? आज हम गेहूं मंगाएं या न मंगाएं, यह कोई बड़ी बहस का सवाल नहीं है। भूखे को अनाज देना होगा, और कोई विचारधारा, कोई भी सिद्धांत, उसमें बाधक नहीं बनना चाहिए। खाद्य मंत्री महोदय सबको अनाज देने की जिम्मेदारी से बच नहीं सकते और इसके लिए अमेरिका से ही गेहूं प्राप्त हो सकता है। लेकिन खाद्य मंत्री महोदय के लिए यह जरूरी नहीं है कि वह देश में जो एक भावना ज़ागी है कि हम विदेशी गेहूं से अपने को मुक्त कर लेंगे, उस भावना का आदर न करें और उस भावना को चोट पहुंचानेवाली बात कहें। मुझे अखबार में उनके वक्तव्य को पढ़कर बढ़ा दुख हुआ। हम मजबूर हैं अनाज मंगाने के लिए, इसलिए मंगाते हैं। मगर देश में एक फौलादी संकल्प पैदा किया जा सकता है कि हम विदेशी अनाज पर निर्भर नहीं रहेंगे। इस संकल्प को किसी तरह से चोट नहीं पहुंचानी चाहिए। हम बड़ी मात्रा में अनाज मंगाते रहे हैं, इसका नतीजा यह हुआ है कि हम किसान को उचित मूल्य नहीं दे सके, क्योंकि विदेशी गेहूं सस्ता पड़ता था और उसकी कम कीमत की वजह से हमारे यहां का गेहूं भी कम कीमत में बिका। किसान गेहूं छोड़कर और फसलों की ओर आकृष्ट हुआ। फिर पी.एल. ४८० के बदले में जो रुपया आता है वह जिस तरह से खर्च होता है, उसे कोई पसंद नहीं करेगा। कुल मिलाकर उसका एक इन्फ्लेशनरी असर है, जिसका प्रभाव हमारी अर्थव्यवस्था पर बुरा पड़ता है।

अमेरिका से कितना गेहूं आएगा?

मुझे दुःख है कि अमेरिकावाले अब महीने के महीने गेहूं भेजने का विचार कर रहे हैं। हमने चौथी पंचवर्षीय योजना में ६० लाख टन गेहूं के आयात का अनुमान लगाया है। हमने तीसरी योजना में भी अमेरिका से कितना गेहूं आएगा, इसका हिसाब रखकर अपनी योजना बनाई थी। जब अमेरिका से गेहूं कितना आएगा, यह तय नहीं है तो फिर खाद्य मंत्री महोदय के लिए अपने उत्पादन के लक्ष्य तय करना मुश्किल होगा। मैं नहीं समझता महीने के महीने भेजने में अमेरिका को क्या फायदा है। प्रेसीडेंट जॉनसन जिस डेमोक्रेटिक पार्टी के हैं, वह पार्टी अपने इलैक्शन मैनिफेस्टो में भारत का हवाला देकर यह कह चुकी है कि हम भारत को एक दूरगामी सहायता देंगे, केवल गेहूं की नहीं, आर्थिक सहायता भी। वे लांग टर्म देने पर विश्वास करते हैं। चुनाव के दिनों में मुझे अमेरिका जाने का मौका मिला था। मैं स्वर्गीय प्रेसीडेंट कैनेडी से भी मिला था और उन्होंने उस समय कहा था कि रिपब्लिकन पार्टी में और डेमोक्रेटिक पार्टी में यही फर्क है कि रिपब्लिकन पार्टी महीने के महीने, वर्ष के वर्ष, सहायता देना चाहती है, मगर डेमोक्रेटिक पार्टी एक लांग टर्म एड की नीति लेकर चलती है—उसी तरह से भारत को मदद देना चाहती है। मैं नहीं जानता कि अब डेमोक्रेटिक पार्टी ने अपनी नीति बदल दी है या फिर गेहूं का उपयोग हमारे ऊपर राजनैतिक दबाव डालने के लिए किया जा रहा है। खाद्य मंत्री जी जब यह कहते हैं कि हमारे ऊपर कोई दबाव नहीं डाल सकता तो हमें बड़ा आनंद होता है। मगर दबाव डालने के कई तरीके होते हैं—बिना

कहे ही दबाव डाला जाता है, अप्रत्यक्ष रूप से दबाव डाला जाता है। और अगर गेहूं राजनीति का विषय बनाया जा रहा है तो यह दुर्भाग्य की बात है। यह भारत और अमेरिका की मित्रता के संबंधों को मजबूत करनेवाली बात नहीं है। आज अपनी भूखी जनता के पेट में दो निवाला डालने के लिए हम अमेरिकी गेहूं मंगा सकते हैं, लेकिन देश के सामने यह निर्णय करने की घड़ी आ गई है कि हमें विदेशी गेहूं से मुक्ति लेनी है—फ्रीडम फ्रॉम फॉरैन फूड, यह हमारा नारा होना चाहिए। और आज अगर लोग भूखे रहकर भी शांत हैं, कानून हाथ में नहीं लेते, तो इसलिए कि हमने एक राष्ट्रीयता का भाव भरा है। यह राष्ट्रीयता का भाव किसान तक पहुंचे, गांव के हमारे कर्मचारी तक पहुंचे तो अन्न के क्षेत्र में भी हम एक अद्वितीय प्रगति करके दिखा सकते हैं। इसलिए अमेरिका से मजबूरी के तौर पर अनाज मंगाते हुए भी हम अपना यह लक्ष्य न छोड़ें, जनता की स्वाभिमान की भावना कम नहीं होने दें, अमेरिकी गेहूं हमारे आत्मसम्मान के खिलाफ है और आज नहीं तो कल इस शर्म से हमको देश को मुक्त करना होगा।

जमीन उजाड़, भूमिहीन बेकार

महोदया, इस बात की भी आवश्यकता है कि जो जमीन परती पड़ी है, जो खेती के लायक है लेकिन जिसमें इस समय खेती नहीं होती, उस जमीन को जोतने-बोने का एक देशव्यापी कार्यक्रम बनाया जाए। अगर वह जमीन भूमिहीन किसानों को देना संभव हो तो भूमिहीन किसानों को दी जाए, लेकिन यदि शासन समझता है कि उस जमीन पर सरकारी फार्म बनाना अधिक लाभदायक होगा तो मैं उसका विरोध नहीं करूंगा, सरकारी फार्म बनाए जाएं, लेकिन जो आंकड़े उपलब्ध हैं उनसे ज्ञात होता है कि अभी बड़े पैमाने पर जमीन पड़ी है जो खेती के लायक है, मगर जिसमें खेती नहीं की गई है। वनों में भी ऐसे क्षेत्र हैं कि जिनमें खेती होती है। हमें वनों का संरक्षण करना है, लेकिन वनों में जमीन बेकार नहीं पड़ी रहनी चाहिए। इस बात की भी आवश्यकता है कि बेदखलियां बंद कर दी जाएं। यदि सरकार ऐसा कर रही है या कुछ प्रांतों में जहां भूमि सुधार पूरी तरह से लागू नहीं किए गए, वहां किसानों को बेदखल किया जा रहा है तो इस तरह की बेदखलियों का कोई औचित्य नहीं है। कानून से बेदखलियां बंद होनी चाहिए।

खाद्य मंत्री महोदय रासायनिक खाद के ऊपर बहुत जोर दे रहे हैं। यह संतोष की बात है कि इस मामले में वित्त मंत्री महोदय से उनका मतैक्य हो गया है। जब अखबारों में ये खबरें आती हैं कि मंत्रिमंडल के सदस्य एक-दूसरे से बात तक नहीं करते, तब हमें बड़ा दुःख होता है। और खबरें ऐसे अखबारों में आती हैं जिन पर अविश्वास करने का कोई कारण नहीं है। अगर केंद्रीय मंत्रिमंडल एक 'कामरेडरी' की भावना से काम नहीं कर सकता, एक भाई-चारे की भावना से काम नहीं कर सकता, खाद्य मंत्री और वित्त मंत्री महोदय अपना मतभेद बैठकर हल नहीं कर सकते तो फिर सारे देश से यह आशा करना कि इस संकटकाल में एकता की, मिलकर काम करने की, सहयोग की भावना का परिचय देगा, यह आशा व्यर्थ है।

यह संभव भी नहीं है। जरूरी है कि कांग्रेस पार्टी अपने घर को ठीक करे, जरूरी है कि नई दिल्ली के निर्णय देश के हर प्रांतों की राजधानियों में लागू किए जाएं। आज दृढ़ता की आवश्यकता है, पार्टी के हितों को पीछे रखकर आगे बढ़ने की आवश्यकता है। मगर मुझे खेद है कि खाद्य के मोर्चे पर जो कुछ करना चाहिए, था वह हम नहीं कर पा रहे हैं। क्या कारण है? शायद हम अपनी पुरानी जड़ता से, अपने सोचने के ढंग से, योजना बनाकर उन्हें अमल में

न लाने के तौर-तरीके से, अब भी मुक्त नहीं हो सके। प्रांतों में कृषि की उपेक्षा होती है, कृषि के बीच, सिंचाई के बीच और गांवों में सहकारी आंदोलनों के बीच तालमेल नहीं है। कम्युनिटी डेवेलपमेंट से हमने आशा की थी कि अन्नोत्पादन बढ़ाने में सहयोग देगा, परंतु इस समय वह तस्वीर में दिखाई नहीं देता। गांव-गांव में किसान को प्रोत्साहित करना और देश को आत्मनिर्भर बनाने की दृष्टि से लोगों को तैयार करना हमारे प्रयत्नों के ऊपर और इस बात पर निर्भर करता है कि हम इस खाद्य संकट से सीख लेने के लिए तैयार हैं या नहीं? अगर खाद्य मंत्री महोदय जिन योजनाओं का हवाला देते हैं, उन्हें अमल में ला सकें, तब तो फिर हम खाद्य संकट पर विजय प्राप्त कर सकते हैं, अन्यथा योजनाएं पहले भी बनी हैं, वे कागजों की फाइल तक सीमित रहीं। फाइलों और कागजों के खेत पर, स्याही की नहर निकालकर, कलम के हल का उपयोग कर, वायदों का बीज बोकर, हमने अभी तक देश को आत्मनिर्भर बनाने का प्रयत्न किया है। मगर निर्भरता निकट भविष्य में आती दिखाई नहीं देती। इसके लिए हमें दृढ़ता, कठोरता दिखाने और क्रांतिकारी कदम उठाने की आवश्यकता है और तब ही हम इस खाद्य संकट पर विजय प्राप्त कर सकते हैं।

हम आशा करें कि सरकार इस संकट पर विजय प्राप्त करने में सफल होगी और देश को अनाज की दृष्टि से आत्मनिर्भर बनाएगी। धन्यवाद।

खाद्य संकट का हल अध्यादेश नहीं

महोदया, मैं निम्नलिखित संकल्प उपस्थित करता हूं :

"यह सभा ५ नवंबर, १९६४ को राष्ट्रपति द्वारा प्रख्यापित अत्यावश्यक वस्तु (संशोधन) अध्यादेश, १९६४ (१९६४ का अध्यादेश संख्या ३) का निरनुमोदन करती है।"

महोदया, ५ नवंबर को केंद्रीय सरकार ने एक अध्यादेश जारी किया। उस अध्यादेश को कानून का रूप देने के लिए अब एक विधेयक सामने लाया जा रहा है। प्रश्न यह है कि जब संसद की बैठक १६ नवंबर से शुरू होनेवाली थी, तो ५ नवंबर को अध्यादेश जारी क्यों किया गया? खाद्य मंत्री महोदय सदन को यह बताएं कि इन ११ दिनों में—५ नवंबर को अध्यादेश जारी करने के बाद और १६ नवबंर को संसद की बैठक शुरू होने तक—इस अध्यादेश के अंतर्गत कितने लोगों के खिलाफ कार्यवाही की गई? जहां तक मुझे पता है, एक-दो मामलों को छोड़कर इस अध्यादेश के अंतर्गत कार्यवाही नहीं की गई। क्या उन एक-दो मामलों में जो अधिकार शासन के पास हैं, उनके अंतर्गत दंडित नहीं किया जा सकता था? क्या यह जरूरी था कि संसद की बैठक आरंभ होने से ११ दिन पहले सरकार अध्यादेश जारी करती? क्या इन ११ दिनों में ही खाद्य स्थिति बहुत बिगड़नेवाली थी? क्या ५ नवंबर को कोई ऐसा विषम संकट पैदा हो गया था, जिसका सरकार न तो संसद की पिछली बैठक में अंदाज लगा सकती थी और न जिस संकट को रोकने के लिए सरकार के पास जो असाधारण अधिकार हैं, उनको सरकार पर्याप्त समझती थी?

महोदया, संसदीय लोकतंत्र में अध्यादेश केवल उसी समय जारी किया जाना चाहिए, जब उस अध्यादेश के बिना काम न चलता हो और उस अध्यादेश के अभाव में ऐसी परिस्थितियां पैदा होने का डर हो, जिन्हें शासन साधारणतया नियंत्रण में न कर सके। अभी तक शासन की ओर से यह बात स्पष्ट नहीं की गई है कि ५ नवंबर को ही अध्यादेश जारी करने की आवश्यकता क्यों पड़ी। शासन अगर चाहता तो संसद की पिछली बैठक में जब इस ओर से चेतावनी दी गई थी कि खाद्य की परिस्थिति और बिगड़ेगी, इस तरह का कानून में संशोधन कर सकती थी। लेकिन उस समय हमसे कहा गया कि परिस्थिति बिगड़ी जरूर है, लेकिन हमने उसे संभाल लिया है और

** अत्यावश्यक वस्तु (संशोधन) अध्यादेश (१९६४) और विधेयक पर राज्यसभा में १५ दिसंबर, १९६४ को संकल्प और उस पर चर्चा का उत्तर।*

थोड़े ही दिनों में परिस्थिति पर काबू पा लिया जाएगा। अध्यादेश का जारी करना यह बताता है कि शासन दूरदर्शिता से काम नहीं ले सका। हम शासन को अधिकार देने में संकोच नहीं करेंगे, अगर शासन इस बात का औचित्य सिद्ध कर दे कि उन अधिकारों के बिना वह खाद्य संकट पर विजय प्राप्त नहीं कर सकेगा।

अध्यादेश क्यों?

इसके साथ यह भी देखना होगा कि अध्यादेश जारी करने के लिए कौन से कारण दिए गए हैं? इसके साथ जो वक्तव्य जारी किया गया है, उसे पढ़कर हंसी आती है। यह कहा गया है कि देश में संकटकाल की स्थिति है। भारत सुरक्षा अधिनियम लागू है, लेकिन यह स्थिति स्थायी नहीं है, अस्थायी है, बदल सकती है और भारत सुरक्षा अधिनियम हरदम नहीं रहेगा, इसलिए इसेंशियल कमोडिटीज ऐक्ट में संशोधन करने जरूरी हैं। मैं जानना चाहता हूं कि क्या शासन यह समझता था कि १६ नवंबर को संसद की बैठक शुरू होगी, उससे पहले इमर्जेंसी खत्म हो जाएगी और भारत सुरक्षा अधिनियम रद्द कर दिया जाएगा? यह ठीक है कि यह स्थिति हरदम बनी नहीं रह सकती, लेकिन आज तो यह स्थिति है कि भारत सुरक्षा अधिनियम के अंतर्गत शासन को असाधारण अधिकार प्राप्त हैं और उन अधिकारों का उपयोग करके शासन अनाज के व्यापारियों पर, जखीराबाजों पर, संग्रह करनेवालों पर, कठोर कार्यवाही कर सकता है। लेकिन संकटकाल की स्थिति आगे नहीं रहेगी, इसलिए अध्यादेश जारी करने का समर्थन नहीं किया जा सकता। जो वक्तव्य दिया गया है, उसमें यह बात स्पष्ट नहीं की गई कि यह अध्यादेश दो दृष्टियों से प्रभाव डालेगा। एक तो इस अध्यादेश के अंतर्गत समरी ट्रॉयल की व्यवस्था की गई है और दूसरी कुछ मामलों में अपील करने की अनुमति छीन ली गई है। वक्तव्य में केवल एक तथ्य पर प्रकाश डाला गया है और दूसरे तथ्य को छिपाया गया है। मैं नहीं जानता कि ऐसा किस कारण हुआ है।

अध्यादेश अगर ५ नवंबर को न भी जारी होता, तो १६ नवंबर को संसद की बैठक आरंभ होते ही, खाद्य मंत्री महोदय अपना संशोधन विधेयक लेकर हमारे सामने आ सकते थे और सदन की स्वीकृति प्राप्त कर सकते थे। मैं जाना चाहूंगा कि केंद्रीय सरकार ने किन कारणों से प्रेरित होकर ५ नवंबर को अध्यादेश जारी किया? क्या खाद्य मंत्री महोदय इस सदन को संतुष्ट कर सकते हैं कि अध्यादेश जारी किए बिना काम नहीं चल सकता था? उन्हें बताना होगा कि कितने मामले ऐसे हैं, जिनमें इस अध्यादेश के अंतर्गत मुकदमे चलाए गए? शायद दिल्ली का एक मामला छोड़कर और तो मुकदमे नहीं चलाए गए हैं। दूसरे—सदन में २ दिसंबर को एक प्रश्न पूछा गया था कि इस अध्यादेश के अंतर्गत कितने मामले सरकार के सामने आए हैं? उसका यह जवाब दिया गया था कि अभी तक कोई मामला नहीं आया। शायद २ दिसंबर के बाद कुछ तथ्य खाद्य मंत्री महोदय के पास आए हों, तो उन्हें सदन को विश्वास में लेकर बताना चाहिए कि कितने मामलों में अध्यादेश के अंतर्गत कार्यवाही की गई है। लेकिन यह समझने का कोई कारण नहीं है कि ऐसे मामलों की संख्या ज्यादा है।

अच्छा होता, अगर सरकार यह अध्यादेश जारी न करती। कभी-कभी यह संदेह होता है कि क्या खाद्य के मार्चे पर अपनी असफलताओं पर पर्दा डालने के लिए सरकार अधिकाधिक अधिकार अपने हाथ में लेना चाहती है? अभी शासन के पास अधिकारों की कमी नहीं है। सरकार के

तरकश में तीर नहीं हैं, इसलिए एक और तीर खाद्य मंत्री महोदय मांगते हैं, यह बात नहीं है। कटु सत्य यह है कि जो अधिकार संसद ने शासन को दिए, उन अधिकारों का प्रभावी रूप से उपयोग करके शासन खाद्य स्थिति को संभाल नहीं सका। नजरबंदी कानून का उपयोग किया जा सकता है, किया गया है, भारत सुरक्षा अधिनियम सरकार के पास है, एसेंशियल कमोडिटीज एक्ट में अगर आर्डिनेंस द्वारा संशोधन न भी किया जाता तो भी ऐसे अधिकार सरकार के पास थे, जिनको काम में लाया जा सकता था। लेकिन शायद सरकार सोचती है कि अधिकारों को बढ़ाने मात्र से समस्या हल हो जाएगी। मेरा इसमें मतभेद है। जब तक अधिकारों को दृढ़ता से उपयोग में नहीं लाया जाएगा तब तक जिस उद्देश्य के लिए यह अध्यादेश जारी किया गया है या जिस उद्देश्य के लिए सरकार यह विधेयक ला रही है, वह उद्देश्य पूरा नहीं होगा।

इस बात से कोई इन्कार नहीं कर सकता कि खाद्य स्थिति गंभीर है और चेतावनियों के बावजूद सरकार दूरदर्शिता से काम नहीं ले पा रही है। सरकार की कठिनाइयां भी हैं, उनसे मैं अपनी दृष्टि ओझल नहीं करता, किंतु व्यापारियों का समरी ट्रॉयल किया जाए, इसका प्रावधान करना सरल है। उन्हें सजा दे दी जाए और उन्हें उस सजा के खिलाफ अपील करने की इजाजत न हो, यह अधिकार भी सरकार प्राप्त कर सकती है। लेकिन यह इस बात की गारंटी नहीं है कि जो शासन का तंत्र है, वह सचमुच में जिन मामलों में कार्यवाही होनी चाहिए, उन्हीं में कार्यवाही करेगा। अनुभव ऐसा है कि जब नौकरशाही के हाथ में व्यापक अधिकार रख दिए जाते हैं तो उनका दुरुपयोग होता है और ईमानदार व्यापारी भी, छोटे व्यापारी भी उनकी चपेट में आ जाते हैं।

सरकार मुनाफाखोरी के खिलाफ कड़ी कार्यवाही करे, उसमें दो मत नहीं हो सकते। जो अन्न को दबाए हुए हैं या अन्न के अभाव का लाभ उठाकर कमाई कर रहे हैं वे दया के पात्र नहीं हैं, वे हमारे समाज के शत्रु हैं और वे कठोर से कठोर दंड के भागी हैं, लेकिन उन्हें दंड देने में सरकार अभी तक विफल रही है। यह विफलता इसलिए नहीं है कि सरकार के पास दंड देने के अधिकार नहीं हैं। इसलिए भी नहीं है कि वे अपील में छूट जाते हैं। इसलिए भी नहीं है कि समरी ट्रॉयल नहीं होता है; बल्कि जिनके खिलाफ कार्यवाही होनी चाहिए उनके खिलाफ कार्यवाही नहीं होती; क्योंकि कुछ राजनीति बीच में आती है, और जिनके खिलाफ कार्यवाही नहीं होनी चाहिए उनके खिलाफ असाधारण अधिकारों में कार्यवाही हो सकती है। मैं दिल्ली का उदाहरण जानता हूं।

व्यापारी के यहां छापा मारने की वजह

एक व्यापारी के यहां केवल इसलिए तलाशी ली गई—मैं सदन में नाम नहीं लेना चाहता, अगर खाद्य मंत्री महोदय जानना चाहेंगे तो मैं उन्हें नाम बताऊंगा—दिल्ली के एक प्रतिष्ठित व्यापारी के यहां केवल इसलिए तलाशी ली गई कि वह व्यापारी विरोधी दल से संबंध रखते हैं; वे व्यापारी सत्तारूढ़ दल के खिलाफ हैं। तलाशी लेने के बाद कुछ निकला नहीं, ये बात अलग है। लेकिन जिनके यहां तलाशी ली गई है और माल मिला, ऐसों के खिलाफ भी कठोर कार्यवाही नहीं की गई; क्योंकि वे सत्तारूढ़ दल से संबंधित हैं।

दिल्ली का सेंट्रल को-ऑपरेटिव स्टोर किस तरह के गोलमाल कर रहा है, यह सदन को बताने की आवश्यकता नहीं है। उनके अध्यक्ष के विरुद्ध कार्यवाही नहीं की गई, क्योंकि वह संसद के सदस्य हैं, कांग्रेस से संबंधित हैं, यद्यपि उनके नीचे के जो कर्मचारी हैं उन्हें गिरफ्तार किया गया है, पुलिस उनको अदालत में ले जा रही है। अगर राजनीति बाधक बनेगी तो फिर सरकार कितने

भी अधिकार प्राप्त कर ले, समस्या सुलझनेवाली नहीं है। जब हम इस ओर से सरकार को अधिक अधिकार देने में झिझकते हैं, संकोच करते हैं, विरोध करते हैं तो इसलिए नहीं कि हम मुनाफाखोरों का समर्थन करना चाहते हैं, बल्कि हमें डर है कि इन अधिकारों का दुरुपयोग होगा, राजनैतिक आधार पर भेदभाव की नीति अपनाई जाएगी।

हमें यह भी डर है कि बड़े और बेईमान व्यापारियों के साथ छोटे और ईमानदार व्यापारी भी फंसेंगे। हमें यह भी डर है कि किसान की स्थिति क्या होगी? अगर किसान घर में अनाज रखना चाहेगा और वह समय आने पर उस अनाज को बेचने का विचार करेगा तो क्या यह जो विधेयक आ रहा है उस विधेयक के अंतर्गत वह डीलर की श्रेणी में, व्यापारी की श्रेणी में नहीं आएगा? क्या उसके खिलाफ भी कार्यवाही नहीं होगी?

खाद्य मंत्री महोदय स्वीकार कर चुके हैं कि जो अनाज दबाया गया है, उसमें बड़े व्यापारियों और बड़े किसानों की एक संधि का हाथ है, उनके एक्सिस का हाथ है, एक एक्सिस है बड़े व्यापारियों में और बड़े किसानों में। इस एक्सिस को कैसे खत्म किया जाएगा? आज बड़े व्यापारी अपने गोदामों में अनाज नहीं रखते, उन्होंने किसानों को रुपया दिया हुआ है और उस रुपए के बदले में वह अनाज खलिहानों में रखते हैं, किसानों के भंडारों में रखते हैं। सरकार के लिए यह तो संभव नहीं है कि वह गांव-गांव में छापे मारे, किसानों का भंडार उनके खलिहानों से निकाले। व्यापारियों के यहां अगर छापे मारे जाएंगे तो अनाज नहीं मिलेगा; वे छूट जाएंगे, क्योंकि उनकी तरफ से अनाज बड़े किसानों ने अपने यहां रखा हुआ है। इस परिस्थिति का निराकरण इस अध्यादेश से कैसे होगा? जो कठोर सजा के अधिकारी हैं उन्हें सजा मिलनी चाहिए, लेकिन समरी ट्रॉयल हो, अपील की छूट न हो, ये कोई ऐसी चीजें नहीं हैं जिनका स्वागत किया जा सके। हां, मुनाफाखोरी भी ऐसी चीज नहीं है जिसका स्वागत हो। देश में जब भुखमरी फैली हो तो हम किसी को आवश्यकता से अधिक अनाज का संग्रह करने की छूट नहीं दे सकते। लेकिन क्या केवल कानून को कठोर बनाना, कानून में संशोधन करना ही काफी है?

संशोधन तो पहले भी हुए, लेकिन नतीजा?

अगर कानून में संशोधन करने मात्र से समस्या हल हो सकती तो यह समस्या कभी पैदा नहीं होती। यह पहला ही मौका नहीं है कि जब एसेंसियल कमोडिटीज एक्ट में संशोधन किया जा रहा है। इसमें पहले भी संशोधन किए गए थे, मगर संशोधन के आधार पर कितने मामलों में कार्यवाही की गई? यह सवाल अलग है कि शासनतंत्र वही है और देश का राजनैतिक स्वरूप भी बदला नहीं है। केवल अधिकार ले लेने मात्र से ही सरकार अन्न संकट पर विजय प्राप्त कर लेगी, यह राय कम से कम मैं तो नहीं बना सकता।

कुछ सुझाव दिए गए थे कि कम से कम एक महीने की सजा और अपील न करने का जो प्रावधान है इसको बढ़ा दिया जाए, कम से कम तीन महीने की सजा की जाए जिससे कि क्रिमिनल प्रोसीजर कोड की सतह पर यह संशोधन आ सके। यह सुझाव कांग्रेस के सदस्यों ने भी दिया था, लेकिन शायद खाद्य मंत्री महोदय उसे स्वीकार नहीं कर सके। यह भी सुझाव दिया गया था कि जो टैक्निकल ढंग के अपराध हैं उनमें सजा कम होनी चाहिए, उनकी गरिमा, उनका महत्व उतना नहीं होना चाहिए जितना कि बड़े ढंग के अपराधों का होता है, लेकिन यह अध्यादेश इस बात में भी कोई फर्क नहीं करता। अगर कोई गलती से सूची लटकाना भूल जाए तो वह भी उतनी

कड़ी सजा का भागी होगा, जितनी बड़ी सजा किसी को बहुत बड़े पैमाने पर अनाज का संग्रह करने पर मिलेगी।

महोदया, देश के अन्न संकट के निराकरण के लिए तात्कालिक और दूरगामी दोनों तरह के उपाय अपनाने होंगे। सरकार दूरगामी दृष्टि से कौन से उपाय अपनाए जाएं, यह अभी निश्चित नहीं कर पा रही है। आज अंग्रेजी के एक समाचारपत्र ने एक कार्टून दिया है, मैं उसका उल्लेख करने के लोभ का संवरण नहीं कर सकता। उसमें खाद्य मंत्री हमारे प्रधानमंत्री जी से यह पूछते दिखाए गए हैं कि आज की हमारी खाद्य नीति क्या है, जिसका संकेत यह है कि खाद्य नीति रोज बदलती है। कभी कहा जाता है कि खाद्य स्थिति पर, खाद्य संकट पर कब्जा पा लिया, काबू पा लिया और कभी कहा जाता है, यह खाद्य संकट वर्षों चलेगा। कभी कहा जाता है हमने कानून बनाया है, उसका रामबाण सा प्रभाव होगा—दाम कम हो जाएंगे, पर्याप्त मात्रा में अनाज मिलेगा। लेकिन कोई भी उपाय कारगर साबित नहीं हो रहा है।

हास्यास्पद उपदेश

मुझे कभी-कभी बड़ा आश्चर्य होता है, हमारे प्रधानमंत्री जी आजकल जहां जाते हैं, विद्यार्थियों को गांवों में जाने का उपदेश देते हैं और विद्यार्थियों से कहते हैं, वे गांवों में जाकर किसानों को समझाएं कि अधिक अनाज किस तरह से पैदा किया जा सकता है। आजकल विद्यार्थियों के पढ़ने के दिन हैं, परीक्षाएं निकट आनेवाली हैं, विद्यार्थी गांवों में जाएं, यह कहने का कोई अर्थ नहीं है। और विद्यार्थी गांव में जाकर क्या करेंगे? वे गांववालों के ऊपर भार बनेंगे। उन्हें यह तो पता नहीं है कि जौ की बाली कौन सी होती है, गेहूं की बाली कौन सी होती है। उन्होंने कृषि का अध्ययन नहीं किया है। जो कृषि कालिजों से निकले हैं, वे भी गांववालों की कोई सच्ची सहायता नहीं करते। यह कहने का क्या अर्थ है कि विद्यार्थी गांवों में जाएं और किसानों से कहें कि वे अनाज की पैदावार बढ़ाएं? मगर सरकार के सब काम बेतरतीब हो रहे हैं। ऐसा लगता है जैसे सरकार की पकड़ ढीली हो गई है, जैसे सपड़ा बिगड़ गया है, जैसे संकट का सामना करने के लिए दृढ़तापूर्वक कौन सी नीति अपनाई जाए, यह शासन तय नहीं कर पा रहा है। इसलिए कभी दो साल की योजनाएं बनती हैं, कभी दस साल की बात कही जाती है। इन तरीकों से खाद्य संकट हल नहीं होगा। खाद्य मंत्री महोदय अगर अधिक अधिकार लेते हैं, तो हम मार्ग में बाधक नहीं बनेंगे, हम शासन को यह कहने का मौका नहीं देंगे कि हमने अधिकार मांगे थे, आपने अधिकार नहीं दिए, इसलिए हम अन्न संकट पर विजय प्राप्त नहीं कर सके।

हमारे स्वर्गीय प्रधानमंत्री कहा करते थे कोई अगर मुनाफाखोरी करेगा, चोरबाजारी करेगा तो हम बिजली के खंभों से उसको लटका देंगे—तब अंग्रेजों का राज था यहां। जब आजादी आई और आजादी के सेनानी हमारे प्रधानमंत्री बने तो सत्रह साल तक हम देखते रहे—बिजली के खंभे पर लटका हुआ कोई दिखाई नहीं पड़ा। अब तो खैर किसी को लटकाने की बात नहीं कही जाती और किसी को लटकाना ठीक भी नहीं है। हमारे यहां लोकतंत्र है, हमारे यहां संविधान है, मौलिक अधिकार हैं और मौलिक अधिकारों की रक्षा के लिए न्यायपालिका है। हम चाहते हैं जिस किसी व्यक्ति को सजा दी जाए, कानून के अंतर्गत सजा दी जाए और उसे इस बात की छूट होनी चाहिए कि वह अपील कर सके। यह ऐसा कानून जो अपील की छूट नहीं देता, मुझे पसंद नहीं है। लेकिन अगर मंत्री महोदय ऐसा ही कानून चाहते हैं तो मैं विरोध नहीं करूंगा, वे ऐसा कानून बनाएं और

जिनको सजा देना चाहते हैं, सजा दें। अगर गेहूं के साथ घुन भी पिस जाएं, तब भी संकटकाल में हम आवाज नहीं उठाएंगे। लेकिन गेहूं के साथ घुनों के पिसने के बाद भी अगर यह शासन बढ़ती हुई कीमतों को नीचे नहीं ला सका, अगर यह शासन पर्याप्त मात्रा में अनाज जनता को मुहैया नहीं करा सका तो यह शासन शासन चलाने का अधिकारी नहीं होगा।

मंत्री महोदय ने जल्दबाजी की

मैं एक बार फिर से निवेदन करना चाहता हूं कि ५ नवंबर को अध्यादेश जारी करने की कोई आवश्यकता नहीं थी। मंत्री महोदय सदन की बैठक होने के लिए रुक सकते थे। मगर मंत्री महोदय ने एक ओर तो दूरदर्शिता से काम नहीं लिया और दूसरी ओर जल्दबाजी से काम लिया। इन ग्यारह दिनों में कोई आसमान टूटनेवाला नहीं था। अध्यादेशों से शासन करने की नीति कोई बड़ी लोकतंत्रवादी नीति नहीं है और इसलिए मैंने यह प्रस्ताव पेश किया है कि यह अध्यादेश समाप्त कर दिया जाए; क्योंकि जो विधेयक लाया गया है उसमें रेट्रोस्पेक्टिव एफेक्ट से सजा देने की बात कही गई है। अगर सदन मेरा प्रस्ताव ले और अध्यादेश रद्द हो जाए तो भी कुछ बिगड़नेवाला नहीं है। मंत्री महोदय का बिल पास किया जा सकता है। एक ही फर्क पड़ेगा कि दो-चार मामले जो आर्डिनेंस के अंतर्गत चलाए गए हैं, उनको रेट्रोस्पेक्टिव एफेक्ट में लाकर सजा नहीं दी जा सकेगी।

उपाध्यक्ष महोदया : श्री वाजपेयी, इसका जवाब वह देंगे।

श्री वाजपेयी : महोदया, मेरे संकल्प के ऊपर और खाद्य मंत्री महोदय के विधेयक के संबंध में जो विवाद हुआ है और जिसमें सभी दलों के सदस्यों ने भाग लिया है, उससे एक बात साफ हो गई है कि सारा सदन इस मत का है कि सरकार को अधिक अधिकारों की आवश्यकता नहीं है। आवश्यकता इस बात की है कि जो भी अधिकार सरकार के पास हैं, उन्हें दृढ़ता से काम में लाया जाए। मंत्री महोदय ने संसद की बैठक से ११ दिन पहले अध्यादेश जारी करने का समर्थन करते हुए एक बात कही थी कि हमें अलग-अलग राज्यों में मशीनरी तैयार करने में कुछ समय लगता है और उसके लिए हमने ५ नवंबर को अध्यादेश जारी करना उपयुक्त समझा। मैं उनसे जानना चाहूंगा कि राज्यों ने अलग-अलग मशीनरी कब स्थापित की? क्या यह सच नहीं है कि अध्यादेश जारी करने के कई दिन बाद तक राज्यों ने किसी प्रकार के तंत्र का निर्माण करने के बारे में विचार नहीं किया। मैं उनका ध्यान अंग्रेजी के अखबार 'हिंदुस्तान टाइम्स' के एक समाचार की ओर दिलाना चाहता हूं। यह पटना की खबर है और १३ नवंबर के अखबार से मैं उसको उद्धृत कर रहा हूं :

"बिहार सरकार जल्द ही जमाखोरी और मुनाफाखोरी के खिलाफ अध्यादेश का इंतजाम करने जा रही है। इसके तहत व्यापारियों और अधिकारियों के विरुद्ध छोटी सुनवाई के फैसलों का प्रावधान होगा।"

बिहार सरकार ने इस तरह की घोषणा की है कि १३ नवंबर को वह मशीनरी बनाएगी। अब अगर मशीनरी नहीं थी और केंद्र द्वारा सावधानी बरतने के बाद भी मशीनरी राज्यों में नहीं बनी—और मैं समझता हूं कि बिहार इस मामले में अकेला नहीं है, अन्य प्रांत भी पीछे रहनेवाले नहीं हैं—तो राज्य में जब मशीनरी नहीं थी, तो राज्यों में आर्डीनेंस जारी करने का मतलब क्या था? अगर १३ तारीख तक भी राज्यों में मशीनरी नहीं थी और राज्य मशीनरी तैयार करने के

बारे में सोच रहा था तो खाद्य मंत्री संसद की बैठक होने तक भी रुक सकते थे—अन्य बिलों के ऊपर एसेंशियल कमोडिटीज बिल को प्राथमिकता दी जा सकती थी और सरकार को अध्यादेश जारी करने की आवश्यकता नहीं पड़नी थी। लेकिन मुझे इसमें अभी भी संदेह है कि क्या सचमुच सरकार ने गंभीरतापूर्वक विचार करके अध्यादेश जारी किया?

प्रधानमंत्री का वक्तव्य

अगर गंभीरतापूर्वक विचार किया होता, तो हमारे प्रधानमंत्री जी १२ नवंबर को इलाहाबाद में एक भाषण देते हुए यह नहीं कहते कि खाद्य संकट थोड़े ही दिनों में समाप्त होनेवाला है।

१२ नवंबर, का भाषण १३ नवंबर के अखबारों में छपा है और समाचार का शीर्षक है : शास्त्री कहते हैं : "खाद्य समस्या का अंत जल्द ही हो जाएगा।"

"इलाहाबाद, पी.टी.आई. नवंबर १२। प्रधानमंत्री श्री लाल बहादुर शास्त्री ने कहा है कि सरकार कुछ ही दिनों में खाद्य समस्या पर काबू पा लेगी।"

इस समाचार का खंडन नहीं किया गया। क्या यह भाषण इसलिए दिया गया था कि उस समय फूलपुर में चुनाव हो रहे थे या इसलिए दिया गया था कि प्रधानमंत्री महोदय यह समझते थे कि थोड़े ही दिनों में खाद्य संकट हल हो जाएगा? अगर थोड़े ही दिनों में खाद्य संकट हल होनेवाला था तो फिर ५ नवंबर को अध्यादेश का कोई मतलब नहीं और अब बिल लाने की आवश्यकता क्या है? अगर अध्यादेश जारी किया गया था, तो आपको देश में वातावरण पैदा करना चाहिए था कि मुनाफाखोरों के खिलाफ और चोरबाजारी के विरुद्ध कड़ी से कड़ी कार्यवाही की जाएगी और इस कार्य के लिए जनता और विरोधी दल आपका साथ दें। लेकिन प्रधानमंत्री जी ने ऐसा भाषण दिया कि हम अन्न संकट पर थोड़े ही दिनों में विजय प्राप्त कर लेंगे। इस तरह के भाषणों से वातावरण बिगड़ता है। यह सरकार के संकल्पों में संदेह पैदा करता है और यह आशंका जगाता है कि सरकार परिस्थिति को अगंभीरता से या बहुत कम करके देख रही है या कम करके देखना चाहती है।

पिछले सत्र में मैंने कहा था और आज कांग्रेस के अनेक माननीय सदस्यों ने इस बात को दोहराया कि अन्न संकट और भी गंभीर होनेवाला है। परिस्थिति और भी बिगड़ेगी और केरल में जो कुछ हुआ है, उससे हमें शिक्षा लेनी चाहिए। पंजाब में जो कुछ हुआ है, वह हमारी आंखें खोलने के लिए पर्याप्त है। हमारे खाद्य मंत्री जी कल चंडीगढ़ दौड़कर गए थे, मैं उनकी तारीफ करता हूं कि जहां भी संकट पैदा होता है, वे दौड़कर जाते हैं, उस संकट को हल करने का यत्न करते हैं। लेकिन संकट तात्कालिक नहीं है, संकट क्षणिक नहीं है, संकट दूरगामी है, संकट गंभीर है और हमें विदशी विशेषज्ञों की चेतावनी पर ध्यान देना चाहिए कि खाद्य स्थिति और भी बिगड़ने की संभावना है।

एक बात मैं कहूंगा कि यह जो अध्यादेश जारी किया गया है, उसके जारी करने के बाद भी कलकत्ते में कुछ व्यापारियों को डिफेंस ऑफ इंडिया रूल्स के तहत पकड़ा गया, इस अध्यादेश के अंतर्गत नहीं। मैं १५ नवंबर के 'हिंदुस्तान स्टैंडर्ड' के संपादकीय का कुछ अंश आपके सामने रखना चाहता हूं। वहां पर व्यापारी पकड़े गए, लेकिन नए आर्डिनेंस के अंतर्गत नहीं। समाचारपत्र इस बारे में टिप्पणी करता है कि सरकार इस अध्यादेश को अमल में नहीं लाना चाहती तो इसे जारी क्यों किया गया। मैं उद्धृत कर रहा हूं :

"यह समझ से बाहर है कि क्यों पिछले सप्ताह जमाखोरी के विरुद्ध अध्यादेश को लागू करने को कहा गया? पिछले सप्ताह कलकत्ता में की गई गिरफ्तारियां नए अध्यादेश के तहत नहीं थीं।"

खाद्य एवं कृषि मंत्री श्री सी. सुब्रह्मण्यम : क्या मैं स्पष्ट कर सकता हूं कि इसमें गिरफ्तारी का प्रावधान नहीं है। इसमें उत्पादक को मुकदमे के अवसर दिए जाते हैं। गिरफ्तारियां सिर्फ फौजदारी मामलों में की जाएंगी या फिर डिफेंस ऑफ इंडिया कोड के तहत। मैं नहीं समझता कि इसमें कुछ गलत है।

श्री वाजपेयी : क्या पश्चिम बंगाल सरकार को यह जानकारी नहीं थी कि अध्यादेश के मुताबिक घोषणा करवाकर तदनुसार व्यापारियों के खिलाफ कार्यवाही की जाए?

श्री सी. सुब्रह्मण्यम : ऐसा तभी किया जाता है जब संक्षिप्त सुनवाई की प्रक्रिया में परिवर्तन किया जाए। गिरफ्तारियों के लिए तो उन्हें दूसरे कानूनों का उपयोग करना होगा।

उपाध्यक्ष महोदया : यह सामान्य कानून हैं।

श्री वाजपेयी : मैं माननीय मंत्री महोदय से पूरी तरह समहत हूं, लेकिन इस मामले में संक्षिप्त सुनवाई क्यों नहीं हुई?

श्री सी. सुब्रह्मण्यम : उसका संक्षिप्त सुनवाई से कोई सरोकार नहीं है। उन्हें डिफेंस ऑफ इंडिया रूल्स या फौजदारी प्रक्रिया के तहत लिया जाएगा। यह गलत सूचनाओं पर आधारित आलोचना है।

उपाध्यक्ष महोदया : यह केवल व्यवस्था से संबंधित है।

श्री वाजपेयी : तो उस समय अध्यादेश क्यों जारी किया गया? यदि अध्यादेश संशोधित व्यवस्था मुहैया कराता है, तो पश्चिम बंगाल सरकार ने कार्यवाही करने से पहले गजट में सूचना जारी क्यों नहीं की? उसने अध्यादेश के तहत कार्यवाही क्यों नहीं की?

संशोधन की मांग किसने की?

महोदया, मैं नहीं जानता कि कानून में यह जो संशोधन किया जा रहा है, यह राज्यों के कहने पर किया जा रहा है, या मुख्यमंत्रियों के कहने पर किया जा रहा है या केंद्रीय सरकार अपने आप कर रही है; क्योंकि इस कानून को भी अमल में लाना राज्य सरकारों के ऊपर होगा। अगर उनके अधिकारी चाहेंगे तो कार्यवाही करेंगे और राज्य सरकारों को गजट में नोटिफिकेशन प्रकाशित करके इस कानून के अंतर्गत समरी ट्रॉयल करने की व्यवस्था करनी पड़ेगी। क्या राज्य सरकारों की तरफ से ऐसा कानून बनाने का सुझाव आया है? और क्या वे ईमानदारी के साथ इस कानून के अंतर्गत कार्यवाही करेंगे? अभी जो कुछ हुआ है, उससे ऐसा पता चलता है कि राज्य सरकारें ऐसी कार्यवाही नहीं करेंगी। अगर राज्य सरकारें सहयोग नहीं देंगी तो केंद्रीय सरकार नए-नए कानून बनाकर खाद्य संकट पर कैसे विजय प्राप्त करेगी, यह मैं जानना चाहता हूं।

एक बात हम न भूलें कि सभी प्रांतों में कांग्रेस सरकारें हैं। एक ही पार्टी सब प्रांतों में शासन चला रही है। यदि इस समय प्रांत और केंद्र की नीति में समन्वय इतना कठिन है और केंद्रीय खाद्य मंत्री जी राज्यों के मुख्यमंत्रियों से अपनी बात नहीं मनवा सकते, तो जब प्रांतों में भिन्न-भिन्न दलों की सरकारें होंगी तब फिर एक केंद्रीय नीति को अमल में लाना कितना कठिन होगा, इस पर हमें विचार करना चाहिए।

खाद्य मंत्री जी इस बात से सहमत थे कि खाद्यान्नों की दृष्टि से क्षेत्र नहीं होने चाहिए, सारे देश को एक इकाई माना जाना चाहिए। मगर मुख्यमंत्रियों के दबाव में आकर उन्होंने अपना विचार छोड़ दिया। अब हर एक प्रांत का एक-एक क्षेत्र बन गया है। अब प्रांतों के भीतर जिलों के बीच में दीवार खड़ी की जा रही है। खाद्य संकट को हल करने का यह तरीका नहीं है।

दूरगामी दृष्टि से भी सरकार का दिमाग साफ नहीं है। खाद्य मंत्री जी ने कहा था कि वह एक कृषि कमीशन बनाने के बारे में विचार कर रहे हैं, लेकिन सरकार इस पर कोई फैसला नहीं कर सकी है। फिर दबा हुआ अनाज कैसे निकाला जाएगा? क्या किसानों के पास से भी दबा हुआ अनाज निकाला जाएगा? यदि हां, तो इसके लिए कौन से कदम उठाए जाएंगे? क्या सरकार अलोकप्रिय होने का खतरा मोल लेगी? ये ऐसे प्रश्न हैं जिनके संबंध में सरकार को असंदिग्ध रूप से अपनी राय तय करनी चाहिए। मगर ऐसा लगता है कि सरकार अपनी विफलता को छिपाने के लिए अधिक से अधिक अधिकार प्राप्त करना चाहती है।

सरकार सही उपाय तलाशे

महोदया, हम सरकार को अधिकार देने में आपत्ति नहीं करेंगे, लेकिन हम एक क्षण के लिए यह मानने के लिए तैयार नहीं हैं कि अभी से इस तरह के अधिकार लेने मात्र से समस्या का हल हो जाएगा। परिस्थिति गंभीर है, काबू से बाहर जा सकती है और उसके लिए अभी से सरकार उपाय तथा योजना तैयार करे। कहीं ऐसा न हो कि संसद की अगली बैठक में जब हम एकत्र हों, तो परिस्थिति और बिगड़ी हुई मिले और फिर शासन के लिए संसद के सामने किसी और अधिकार को मांगने की गुंजाइश न रह जाए।

जब खाद्य मंत्री जी नियुक्त हुए थे, तो मैंने उनका स्वागत किया था। उन्होंने जो नीतियां अपनाई हैं, वे नीतियां सही दिशा में जाती हुई दिखाई देती हैं, लेकिन उनके परिणाम नजर नहीं आ रहे। कहीं न कहीं, किसी न किसी प्रकार की कमी जरूर है, जिसका पता लगाया जाना चाहिए। अगर परिस्थिति बिगड़ेगी, फिर शासन को क्षमा नहीं किया जाएगा। आप जो भी अधिकार चाहते हैं, वे अधिकार आपको प्राप्त हो रहे हैं। इन अधिकारों का उपयोग कर, अगर आप अनाज के बढ़ते हुए दामों को नहीं रोक सके, अगर उचित मूल्य पर लोगों को पर्याप्त अनाज नहीं दे सके तो इस देश में क्या होगा, इसकी कल्पना करते हुए मैं थर्रा उठता हूं। कांग्रेस के सदस्यों ने भी चेतावनियां दी हैं और मैं चाहूंगा कि अगर विरोधी दल की बात खाद्य मंत्री न भी सुनें, तो कम से कम कांग्रेस के सदस्यों की चेतावनियां सुनें। वे दीवार पर लिखे हुए को पढ़ें। खाद्य के मोर्चे पर शासन की विफलता कानून को, व्यवस्था को, आर्थिक नियोजन को, यहां तक कि हमारे लोकतंत्र को भी खतरे में डाल देगी। शासन यदि दीवार पर लिखे हुए को नहीं पढ़ सका, तो यह शासन का भी दुर्भाग्य होगा और साथ ही साथ देश का भी दुर्भाग्य होगा। धन्यवाद।

अन्न संकट सरकार ने उपजाया

सभापति जी, विरोधी दलों पर यह आरोप लगाया गया है कि वे अन्न संकट का राजनैतिक लाभ उठाना चाहते हैं। क्या सरकार और उसके समर्थक विरोधी दलों से यह आशा करते हैं कि जब जनता जीवन की आवश्यक वस्तुओं को उचित मूल्य पर प्राप्त न कर सके और जनजीवन पर प्रहार हो जाए तो विरोधी दल राजनीति से संन्यास ले लें, अपने कर्तव्य का पालन करना छोड़ दें और हाथ पर हाथ रखकर बैठ जाएं? इस देश की जनता के प्रति हम भी कुछ जिम्मेदारी अनुभव करते हैं और जब शासन अपने कर्तव्यों का पालन करने में विफल हो जाता है, जब शासन की खाद्य नीति में संकट उत्पन्न होता है और शासन उस संकट का सफलतापूर्वक निराकरण नहीं कर सकता तो जनता के रोष को, जनता के क्रोध को शांतिपूर्ण तरीके से प्रकट करने की जिम्मेदारी विरोधी दलों पर आती है।

सभापति जी, जब भूखा आदमी गुस्से से भर जाता है तब अगर गुस्सा दबाया जाता है तो बगावत पैदा होती है। क्रोध जब मौन होता है तो क्रांति को जन्म देता है। आपको विरोधी दलों को धन्यवाद देना चाहिए था कि उन्होंने जनता के गुस्से को, रोष को, शांतिपूर्वक तथा संगठित तरीके से प्रकट किया। अगर यह गुस्सा और रोष अंदर ही अंदर दबता तथा घुटता रहता तो देश में शांति व व्यवस्था के लिए संकट पैदा हो जाता।

एक माननीय सदस्य : संकट किसने पैदा किया?

श्री वाजपेयी : यह अन्न संकट सरकार ने पैदा किया। फूड सिचुएशन के बारे में जो रिव्यू रखा गया है उसमें यह बात मानी गई है कि १९६२ की पहली छमाही में ही इस बात के लक्षण प्रकट हो गए थे कि खाद्य स्थिति पर दबाव पड़ रहा है। सरकार को पता था १९६२-६३ में कि १९६१-६२ की तुलना में ३० टन अनाज कम पैदा हुआ है। गेहूं की फसल बिगड़ चुकी थी, इसकी भी सरकार को जानकारी थी और प्रायः १९ लाख टन गेहूं का उत्पादन कम हुआ था। मैं जानना चाहता हूं कि सरकार ने इस आनेवाले संकट को दूरदर्शिता से क्यों नहीं देखा? फसलें खराब होंगी, इस पर सरकार को विश्वास नहीं होगा लेकिन फसलें खराब होने के कारण देश में गेहूं की मांग बढ़ेगी, भावों में वृद्धि होगी, उसके लिए हमें अपने भंडार भरे रखने चाहिए, उसका इंतजाम क्यों

** अन्न संकट पर राज्यसभा में १७ सितंबर, १९६४ को ध्यानाकर्षण।*

नहीं किया गया? मैं खाद्य मंत्री जी से कहूंगा कि वे सदन के सामने ये आंकड़े प्रस्तुत करें। जब सरदार स्वर्ण सिंह जी ने खाद्य मंत्रालय का भार संभाला था, तब सरकार के बफर स्टाक में कितना गेहूं था और जब वे मंत्रालय से चले गए, तब बफर स्टाक में कितना गेहूं था?

क्या यह सच नहीं है कि उन्होंने बफर स्टाक रिलीज करने में, छोड़ने में बड़ी उदारता से, बड़ी दरियादिली से काम लिया और उस बफर स्टाक को भरने की चिंता नहीं की? आज हम क्या सुनते हैं कि आस्ट्रेलिया से जानेवाले जहाजों को बंबई बुलाया जा रहा है। अमेरिका, इंग्लैड और कनाडा की सरकारों को कहा जा रहा है कि वे अपने जहाजों का मुंह फेर दें और देश की भूखी जनता के लिए अन्न दें। मैं जानना चाहता हूं कि जब सरकार लगातार यह घोषणा करती रही कि हम अन्न संकट पैदा नहीं होने देंगे और अगर पैदा होगा तो हमारे पास इतना अनाज है कि हम उससे बाजारों को पाट देंगे और लोगों को भूखा नहीं मरने देंगे तथा चीजों के दाम नहीं चढ़ने देंगे; तब बाजारों को पाटा क्यों नहीं गया? विदेशी अनाज जो हम बड़ी मात्रा में मंगा रहे हैं, वह अनाज आवश्यकता के समय बाजारों में क्यों नहीं आया? मैं पूछना चाहता हूं कि हमारे भंडार क्यों नहीं भरे गए?

एक प्रश्न मैं और भी पूछना चाहता हूं कि बंबई के बंदरगाह पर जहाजों से अनाज उतारने में जो संकट पैदा हुआ और जिसके कारण जहाज महीनों तक बंदरगाहों में खड़े रहे और अभावग्रस्त क्षेत्रों में अनाज नहीं पहुंच सका, क्या आपसे पहले जो भी खाद्य मंत्री आए, वे इस बात की व्यवस्था नहीं कर सकते थे कि बंदरगाह में जहाजों को आवश्यकता से अधिक खड़ा रहना न पड़े और उनका अनाज उतारने में और उस अनाज को अभावग्रस्त क्षेत्रों में पहुंचाने में किसी तरह की कठिनाई न हो? मेरा निवेदन है कि इन दोनों प्रश्नों की उपेक्षा की गई।

श्री एस.के. पाटिल की खाद्य नीति से किसी का मतभेद हो सकता है, मगर एक भारी भंडार बनाकर उन्होंने देश के बाजार के विश्वास को बनाए रखा। उनके बाद यह विश्वास कम हो गया, इस विश्वास को धक्का लगा और देश में यह हवा फैल गई कि सरकार के भंडारों में पर्याप्त अनाज नहीं है और दाम चढ़ गए। लोगों ने अनाज की जमाखोरी शुरू कर दी और उसका नतीजा यह है कि आज का संकट हमारे सामने है। यह संकट सरकार की गलत नीतियों के कारण पैदा हुआ है। विरोधी दल केवल दोष लेने में हिस्सा नहीं बटा सकते। क्या सरकार ने इस संकट को राष्ट्रीय संकट के रूप में देखा है? आज हमारे कांग्रेस के सदस्य कह रहे थे कि विचार-विनिमय करके यह संकट टाला जाना चाहिए। मैं उन्हें बता दूं कि केंद्र में विरोधी दलों के नेताओं की बैठक मेरे सुझाव पर बुलाई गई। वह सुझाव प्रधानमंत्री जी की तरफ से नहीं आया। हमारे खाद्य मंत्री जी ने भी विरोधी दलों के नेताओं की बैठक बुलाने की आवश्यकता नहीं समझी। मैंने उन्हें लिखा कि परिस्थिति गंभीर हो रही है, आप विरोधी दलों के नेताओं की बैठक बुलाइए। आप विचार-विनिमय करने के लिए भी तैयार नहीं हैं।

सभापति जी, सरकार संकट पैदा करे और हम राष्ट्रीयता के नाम पर उस संकट में अपना कर्त्तव्य छोड़ दें, ऐसा नहीं हो सकता। हां, कहीं बाढ़ आ जाए, कहीं भूकंप आ जाए, विदेशी आक्रमण का खतरा हो, तो हम सरकार के साथ मिलकर खड़े रहेंगे। लेकिन जो आंतरिक संकट सरकार की गलत नीतियों के कारण पैदा होते हैं, उसमें जनता की सेवा करने के लिए उसे शांतिपूर्ण तरीके से हम अवश्य संगठित करेंगे। प्रदर्शन, हड़तालें ये तो लोकतंत्र के अंग हैं। आपको विरोधी दलों को और जनता को बधाई देनी चाहिए कि अहमदाबाद को छोड़कर कहीं भी हिंसात्मक घटना

नहीं हुई और हम आशा करते हैं कि आंदोलन हिंसात्मक होने भी नहीं चाहिए। लेकिन आखिर सब्र की भी एक सीमा होती है। उत्तर प्रदेश में, महाराष्ट्र में उन लोगों से हम पूछें जो चीजों के बढ़े हुए दाम नहीं दे सकते और जो पर्याप्त अनाज खरीद नहीं सकते।

क्या आवश्यकता थी देश को अलग-अलग क्षेत्रों में बांटने की? यूरोप में राष्ट्रों की सीमाएं टूट रही हैं, कॉमन मार्केट बन रहे हैं, और हम अपने देश में राज्यों के बीच में दीवारें खड़ी कर रहे हैं। अमेरिका का गेहूं बंबई में जल्दी पहुंच सकता है। अमेरिका का गेहूं कांडला बंदरगाह में जल्दी आ सकता है। मगर पंजाब का गेहूं पूर्वी उत्तर प्रदेश में नहीं पहुंच सकता। ये जोन क्यों बनाए गए? राष्ट्रीयता पर कुठाराघात करनेवाले, व्यापार के सहज मार्ग में बाधा पैदा करनेवाले? विरोधी दल इस बात पर सहमत थे कि ये जो गेहूं के क्षेत्र हैं, ये खत्म कर दिए जाएं। क्या कठिनाई है इन गेहूं के क्षेत्रों को खत्म करने में? क्या इनमें पंजाब और मध्य प्रदेश की राजनीति नहीं आती? मैं मानता हूं कि सरकार को यह प्रबंध करना होगा कि अगर क्षेत्र हटा दिए जाएं और अनाज का आवागमन मुक्त कर दिया जाए तो उसका लाभ व्यापारी न उठा सकें और जिन क्षेत्रों से गेहूं अभावग्रस्त क्षेत्रों में जाना हो, वहां अप्रत्याशित रूप से भाव न बढ़ जाए। लेकिन इस क्षेत्रीय योजना का कोई औचित्य नहीं है।

अपनी-अपनी शर्म

मुझे खेद है कि इस विवाद में कहा गया है कि हम अमेरिका से गेहूं मंगा रहे हैं, इसके लिए हमें शर्म आनी चाहिए। काका साहब गाडगिल को, पंजाब से चावल आता है, इसलिए शर्म आती है। श्री भूपेश गुप्त को अमेरिका से गेहूं आता है, इसलिए शर्म आती है। मगर किसी को इसलिए शर्म नहीं आती थी कि हम जनता को पर्याप्त अनाज नहीं दे सकते। हम आंकड़े पेश नहीं करना चाहते। यह विवाद का विषय नहीं है। मगर अनाज न मिलने के कारण उत्तर प्रदेश में, बिहार में लोग भूख से मरे हैं, यह बात सही है, और शर्म आनी चाहिए तो इसलिए कि अनाज नहीं मिलता जिसके कारण लोग आम की गुठलियां खाते हैं, पेड़ों की जड़ें खाते हैं। हम अमेरिका से गेहूं खरीदते हैं, भीख नहीं मांगते हैं। हम पाकिस्तान से चावल लेते हैं तो दाम देकर लेते हैं। इसमें शर्म आने की बात नहीं है। मगर मैं पूछना चाहता हूं कि जब देश में आज अनाज का उत्पादन पर्याप्त मात्रा में नहीं बढ़ा सकते तो देश की जनता की भूख मिटाने का इसके अतिरिक्त क्या तरीका है कि हम बाहर से अनाज लें? कोरी भावुकता से किसी का पेट नहीं भरता और फिर :

"बुभुक्षितः किम् न करोति पापम्?"

भूखा आदमी क्या पाप नहीं करता है? यह सस्ती भावुकता है, जिसने हमारे स्वर्गीय प्रधानमंत्री को प्रेरित किया सन् १९४८ में इस बात की घोषणा करने के लिए कि दो-तीन वर्ष में देश अनाज की दृष्टि से आत्मनिर्भर हो जाएगा। मैं खाद्य मंत्री से कहना चाहूंगा कि यह हमारा लक्ष्य होना चाहिए कि हम देश को अनाज की दृष्टि से आत्मनिर्भर बनाएं, लेकिन इस सस्ती भावुकता में आकर हम विदेशों से अनाज मंगाना बंद न करें। यह अब भी हमारे देश के लिए इतना आंतरिक संकट पैदा करेगा, जिसको शायद हम संभाल नहीं सकते।

कुछ दूरगामी उपाय भी अपनाने की आवश्यकता है। कहा जाता है कि खेती का हमारी अर्थव्यवस्था में बड़ा महत्व है। कल रात प्लानिंग कमीशन ने एक नोट सदस्यों को भेजा है, जिसमें कहा गया है कि हमारी ७०% जनसंख्या प्रत्यक्ष खेती पर निर्भर करती है। हमारी राष्ट्रीय आय का

प्रायः ५०% खेती से प्राप्त होता है। औद्योगिक विकास के लिए कच्चा माल खेती से मिलता है और औद्योगिक उत्पादन के लिए भी बाजार खेती से संबंधित लोग देते हैं। हमारी जनसंख्या का दो-तिहाई भाग कृषि पर निर्भर है। बिना कृषि के विकास के हम औद्योगिक विकास नहीं कर सकते। मगर केवल इसकी दुहाई देने से कृषि का विकास नहीं होगा। उसी नोट में कुछ आंकड़े दिए गए हैं जिनसे पता लगता है कि तीसरी योजना में हमारा लक्ष्य था १० करोड़ टन अनाज पैदा करने का और हम ९ करोड़ २० लाख टन से ज्यादा अनाज पैदा नहीं कर सके। ८० लाख टन अनाज की कमी रह गई है। यह कमी कैसे पूरी हागी?

खेती लक्ष्य से पिछड़ी क्यों?

हमने सिंचाई के जो लक्ष्य रखे, हमने उन्नत बीज के जो लक्ष्य रखे, हमने उर्वरक खाद के जो लक्ष्य रखे, वे लक्ष्य तो हमारे पूरे नहीं हुए और प्लानिंग कमीशन मान रहा है कि इन लक्ष्यों के पूरा न होने की वजह से ४५ लाख टन अनाज पैदा नहीं होगा। मैं जानना चाहता हूं कि ये सिंचाई के, बीज के और खाद के जो लक्ष्य पूरे नहीं हुए हैं, क्या इसके लिए भी विरोधी दल जिम्मेदार हैं?

एक माननीय सदस्य : या मौसम जिम्मेदार है?

श्री वाजपेयी : या इसके लिए मौसम जिम्मेदार है? इसके लिए शासन जिम्मेदार है। शासन को अपनी गलतियां स्वीकार करनी चाहिए।

सबसे बड़ी बात यह है कि तीसरी योजना में खाद्यान्नों के उत्पादन की जो वार्षिक दर है, वही पहली योजना में थी। पहली योजना में २.५% वार्षिक वृद्धि हुई। दूसरी योजना में यह वृद्धि बढ़कर ३.५% हो गई और अब हम फिर २.६% पर तीसरी योजना में आ गए हैं। हमारी जनसंख्या २.३% की गति से बढ़ रही है। गांवों से लोग शहरों में आ रहे हैं। उसके खाने की आदत बदल रही है। लोगों के पास अधिक पैसा आता है, तो वे अधिक अच्छा अनाज खाना चाहते हैं। किसान की हालत भी सुधरी है और वह भी अनाज को अपने पास रखना चाहता है। समस्या यह है कि इस गति से कैसे हम इस अन्न की समस्या को हल करेंगे?

दो चीजें और हैं जिन्होंने संकट पैदा किया है। एक कांग्रेस पार्टी की खोखले नारे लगाने की नीति है। नागपुर में नारा दे दिया, हम सहकारी खेती करेंगे। उसने किसानों के मन में एक अनिश्चितता पैदा कर दी। हमने इस सिद्धांत को स्वीकार किया कि जमीन जोतनेवाले को जमीन का मालिक बनाया जाए, मगर सहकारी खेती का नारा लगाकर हमने किसान के मन में यह डर पैदा कर दिया कि उसकी जमीन कभी भी उसके हाथ से निकल सकती है। अगर किसान को यह भय होगा कि उसकी जमीन उसके हाथ से जानेवाली है तो जमीन के विकास के लिए वह पूंजी नहीं लगाएगा, कुआं नहीं खोदेगा, खेती के नए तरीके नहीं अपनाएगा। आवश्यकता इस बात की है कि किसान के इस डर को निकाला जाए। किसान मिलकर खेती करें, यह कहना सरल है मगर मिलकर खेती करना कठिन है। जब कांग्रेस के नेता देश-सेवा के लिए मिलकर काम नहीं कर सकते तो हम किसानों से किस मुंह से कह सकते हैं कि वह मिलकर खेती करें? जब सरकार और विरोधी दल भी राष्ट्रीय संकट पर मिलकर काम नहीं कर सकते तो केवल किसानों से यह आशा नहीं की जा सकती कि वे मिलकर खेती करेंगे। हम व्यावहारिकता से अपनी आंखें मूंद नहीं सकते।

केवल नारा लगाना ही आवश्यक नहीं है, उस नारे को अमल में लाने के लिए पर्याप्त व्यवस्था करना भी जरूरी है। हमने अपने देश में भूमि सुधार किए हैं और अन्न-उत्पादन के लिए भूमि सुधारों को पूरा करना जरूरी है। हमने लैंड सीलिंग लागू किया है और इस सीलिंग का भी दृढ़ता के साथ पालन होना चाहिए। जिन राज्यों में यह प्रक्रिया अभी पूरी नहीं हुई है, उन राज्यों में यह प्रक्रिया पूरी की जानी चाहिए। लेकिन साथ ही यह एलान कर दिया जाना चाहिए कि आगे आनेवाले १०-१५ वर्षों तक सीलिंग के कानूनों में किसी तरह का फर्क नहीं किया जाएगा। यह सुझाव योजना आयोग के सदस्य श्री श्रीमन्नारायण जी ने दिया है, यह सुझाव अत्यंत समीचीन है। हमने भूमि सुधार कर दिया, हमने सीलिंग के कानून बना दिए, उसके अंतर्गत सीलिंग की एक मर्यादा तय कर दी, अब किसानों से कहना चाहिए कि उस मर्यादा की भूमि उनके पास रहेगी और वह उसमें जितना अधिक अनाज पैदा करेंगे, उतने अनाज की उन्हें प्रोत्साहक कीमत मिलेगी। इससे उनका भी भला होगा और वे राष्ट्र के अन्न संकट को, अन्न की कमी को भी पूरा कर सकेंगे।

सरकार बाजार में खरीददार बनकर आए

सभापति जी, देश में कुछ दल हैं जो मांग करते हैं कि सरकार को अनाज का व्यापार अपने हाथ में लेना चाहिए। कुछ दल ऐसे हैं जो यह मांग करते हैं कि सरकार थोक व्यापार अपने हाथ में ले ले, कुछ दल ऐसे हैं जो मांग करते हैं कि सरकार फुटकर व्यापार भी अपने हाथ में ले ले। मैं कहता हूं कि यह सिद्धांत का प्रश्न नहीं है, यह व्यवहार का प्रश्न है। मैं चाहता हूं कि सरकार बाजार में खरीदार बनकर आए और इस दृष्टि से खाद्य मंत्री की एक कार्पोरेशन की जो योजना है, उसका मैं स्वागत करता हूं। लेकिन जो लोग आज सरकार को यह सलाह देते हैं कि वह खलिहान से लेकर रसोईघर तक अनाज के वितरण की हर एक स्तर पर व्यवस्था अपने हाथ में ले ले, वे सरकार के मित्र नहीं हैं। वे जानते नहीं हैं कि इसमें क्या कठिनाइयां पैदा होंगी। क्या सरकार के पास अनाज खरीदने के लिए पर्याप्त पूंजी है? क्या उस अनाज को रखने के लिए उचित भंडार की जगह है? क्या वितरण के लिए सरकार के पास तंत्र है? ये सब चीजें सरकार के पास नहीं हैं। तो पहले वे चीजें खड़ी करनी पड़ेंगी और उसके बाद ही सरकार पूरा व्यापार अपने हाथ में लेने का विचार कर सकती है। आज अगर सरकार सारा व्यापार अपने हाथ में लेने की जिम्मेदारी लेगी तो अन्न संकट और गंभीर हो जाएगा। सरकार को आंशिक व्यापार अपने हाथ में लेना चाहिए, केवल विदेशी अनाज का नहीं, देशी अनाज का भी, जिसे बाजार में लाकर सरकार मूल्यों को बढ़ने से रोक सके। आज अगर सरकार के भंडार में पर्याप्त अनाज होता—चाहे विदेशी, चाहे देशी—तो चीजों के, अन्न के दाम इतने नहीं बढ़ सकते थे। अगर अंततोगत्वा सरकार यह निर्णय करे कि पूरा व्यापार सरकार के हाथ में आ जाना चाहिए तो मैं उसमें बाधक नहीं बनूंगा। लेकिन सरकार के हाथ में जो चीज आती है, उससे जनता की परेशनी बढ़ जाती है, कंट्रोल के साथ भ्रष्टाचार आता है। सरकारी मशीनरी जैसी है उससे हम आंखें नहीं मूंद सकते, जो हमारे पास ह्यूमन मैटीरियल है, मानव तत्व है, उसकी कमियों और खामियों से भी हम अपनी दृष्टि ओझल नहीं कर सकते। इसलिए सरकार एकाधिकार अपने हाथ में न ले, मगर आंशिक व्यापार अपने हाथ में लेकर इस स्थिति में आए कि वह आवश्यकता पड़ने पर बाजार को प्रभावित कर सके।

मैं एक बात कहकर समाप्त कर दूंगा। अनाज के मूल्यों का प्रश्न है। मूल्यों का प्रश्न बाकी की अर्थव्यवस्था से अलग करके नहीं देखा जा सकता। तीसरी योजना में एक बात कही गई थी,

उसमें एक वाक्य कहा गया था : "मूल्य नीति की सफलता एक सफल फॉर्म मूल्य नीति पर आधारित है।"

यह 'फॉर्म प्राइस पॉलिसी' तो अभी तक बनाई नहीं, अब मंत्री महोदय उसे विकसित करने का प्रयत्न कर रहे हैं और हम उनकी सफलता की कामना करते हैं। जिस दिशा में वह आगे बढ़ रहे हैं उस दिशा में व्यवहारवादी दृष्टिकोण अपनाकर और आगे बढ़ना चाहिए। मैं उनकी अधिक तारीफ नहीं करना चाहता अन्यथा यह भी उनके लिए कठिनाई का विषय हो जाएगा, उनसे कहा जाएगा कि जनसंघवाले आपकी तारीफ कर रहे हैं, आपकी नीति में जरूर कोई दोष है, जरूर कोई गलती है। लेकिन मूल्यों के सवाल पर गंभीरता से विचार करना होगा। एक विकासमान, विकासशील अर्थव्यवस्था में मूल्य बढ़ते हैं मगर मर्यादा के भीतर बढ़ने चाहिए। मूल्य बढ़ते हैं तो उसके साथ खरीदने की ताकत भी बढ़नी चाहिए। आज जो मूल्य बढ़े हैं, उसका लाभ किसान को नहीं हो रहा है। आज उपभोक्ता उस मूल्य पर अनाज खरीदने की क्षमता नहीं रखता। इसलिए सारी अर्थव्यवस्था पर पुनर्विचार करने की आवश्यकता है।

नीतियां जड़ नहीं, जीवंत होनी चाहिए

मुझे दुख होता है कि हर एक जगह स्वर्गीय नेहरू जी का नाम लिया जाता है और सरकार से कसम खाकर यह एलान करवाया जाता है कि हम उनकी नीतियों में फेरबदल नहीं करेंगे। मैं पूछना चाहता हूं कि अगर स्थिति बदल जाएगी तब भी फेरबदल नहीं करेंगे? नीतियां जड़ होती हैं या नीतियां जीवंत होती हैं? परिस्थितियों के अनुसार नीतियों में हेर-फेर करना होता है। आज बुनियादी नीतियों में परिवर्तन करने की आवश्यकता नहीं है, लेकिन परिस्थितियों का तकाजा यदि नीतियों में परिवर्तन की मांग करता है तो कोई भी सरकार अपने स्वर्गीय नेता के प्रति श्रद्धा रखते हुए भी उन नीतियों में हेर-फेर करने से इन्कार नहीं कर सकती। मैं पूछना चाहता हूं कि लोगों की बुनियादी आवश्यकता की चीजें कैसे पूरी होंगी? देश का औद्योगिक विकास आवश्यक है, उसके लिए भारी उद्योगों की रचना भी होनी चाहिए, मगर हम लोगों की बुनियादी आवश्यकताओं की उपेक्षा नहीं कर सकते। आखिर देश में लोकतंत्र है, तानाशाही नहीं है, हर पांच साल के बाद आपको जनता का दरवाजा खटखटाना है और अगर आप गलती करेंगे तो उसका फायदा उठाने के लिए हम भी यहां बैठे हुए हैं।

लोकतांत्रिक ढांचे में आर्थिक नियोजन जनता की तात्कालिक आवश्यकताओं की उपेक्षा करके नहीं चल सकता। औद्योगिक विकास के लिए दृढ़ आधार कायम करते हुए हम खेती पर, उपभोग्य वस्तुओं के उत्पादन पर अधिक बल दें और दूरगामी दृष्टि से अपनी आर्थिक, भौतिक और वित्तीय नीतियों में परिवर्तन करें, सरकारी खर्चे को घटाएं, नोट छापना कम करें, और अपनी नीतियों को अधिक यथार्थवादी बनाएं, तभी हम इस संकट पर काबू पा सकेंगे। परिस्थिति केवल कठिन नहीं है, गंभीर भी है। और अगर उचित उपाय नहीं किए गए, उचित योजना नहीं बनाई गई तो यह काबू से बाहर हो सकती है, जिसके लिए सरकार को सजग होकर कदम उठाना चाहिए। धन्यवाद।

सीलिंग कानून में समानता जरूरी

सभापति जी, संविधान में संशोधन का यह विधेयक संयुक्त प्रवर समिति द्वारा जिस रूप में प्रस्तुत किया गया है, वह रूप उसके पहले रूप से काफी भिन्न है। जब विधेयक प्रवर समिति में भेजा जाए इस दृष्टि से विचारार्थ प्रस्तुत किया गया था, तब यह आशंका प्रकट हो गई थी कि भूमि सुधारों के नाम पर उन किसानों को भी भूमि रखने के अधिकार से वंचित कर दिया जाएगा जिनकी भूमि जोत की अधिकतम सीमा निर्धारित करने के संबंध में जो कानून बने हैं, उन कानूनों के अंतर्गत आती है। यह संतोष की बात है कि संयुक्त प्रवर समिति ने इस विधेयक में यह सुधार कर दिया है कि यदि किसान के पास जो सीलिंग के संबंध में कानून बने हैं, उनके अनुसार जो मर्यादा निश्चित की गई है उस मर्यादा के नीचे भूमि होगी तो उस भूमि का अधिग्रहण तभी किया जाएगा, जबकि बाजार भाव से उन्हें उस भूमि का मूल्य पाने का अधिकार हो। मैं समझता हूं कि इस संशोधन का स्वागत किया जाना चाहिए।

भारतीय जनसंघ भूमि पर अधिकतम मर्यादा लगाने के पक्ष में है। इस प्रश्न को हम शहरों में जो संपत्ति है, उसके साथ जोड़कर देखने की गलती नहीं कर सकते। देश में भूमि की भूख बहुत प्रबल है। सामाजिक न्याय की दृष्टि से कुछ हाथों में भूमि का एकत्रीकरण होना न उत्पादन बढ़ाने के लिए सहायक होगा और न विषमता को कम करने के हमारे सामाजिक उद्देश्य की पूर्ति में मदद देगा। इस दृष्टि से अधिकतम जोत की मर्यादा लगाने के कानूनों का स्वागत होना चाहिए, किंतु इस संबंध में एक कठिनाई है। किसान के पास अधिक से अधिक कितनी भूमि रहे, उसका निश्चय राज्य सरकारें करती हैं। इस विधेयक में इस बात की कोई गारंटी नहीं है, यदि राज्य सरकारें चाहें तो सीलिंग की मर्यादा को कम कर दें और किसानों के मन में एक अनिश्चितता उत्पन्न करें। प्रवर समिति में यह सुझाव दिया गया था कि कम से कम दस-पंद्रह साल के लिए सीलिंग के संबंध में राज्यों में जो कानून बने हैं उनमें परिवर्तन नहीं होना चाहिए, क्योंकि उत्पादन बढ़ाने के लिए किसान प्रेरित हो, उसके लिए जहां यह जरूरी है कि जमीन जोतनेवाले को जमीन का मालिक बनाया जाए, वह अपने परिश्रम का पूरा लाभ प्राप्त करे और अधिकाधिक उत्पादन की वृद्धि में

** भूमि सुधारों पर केंद्रित संविधान संशोधन विधेयक (१७वां) पर राज्यसभा में ५ जून, १९६४ को भाषण।*

योग दे, वहां यह भी आवश्यक है कि किसानों के मन में एक निश्चितता का भाव पैदा किया जाए कि जिस जमीन के आज वे मालिक हैं, वह जमीन निकट भविष्य में न तो उनसे छीनी जाएगी और न उस जमीन की जोत की मर्यादा ही कम की जाएगी।

यह ठीक है कि ये कानून राज्यों के हैं, लेकिन राज्यों में भी एक नीति के निर्धारण में कम से कम आज तो कोई कठिनाई नहीं होनी चाहिए, जबकि सभी राज्यों में एक ही दल का शासन काम कर रहा है और शासक दल अपनी नीतियां सभी राज्यों से मनवाने की स्थिति में है। यदि हम सीलिंग संबंधी कानूनों को संरक्षण देंगे—जैसा संरक्षण इस विधेयक के द्वारा दिया जा रहा है कि उन कानूनों को अब अदालतों में चुनौती नहीं दी जा सकेगी—तो हमें इस बात का भी प्रबंध करना होगा कि राज्य सरकारों ने जो सीलिंग संबंधी कानून इस समय बना दिए हैं, उन कानूनों में निकट भविष्य में हेर-फेर न किया जाए।

उड़ीसा की कांग्रेस ने यह प्रस्ताव दिया है कि किसान के पास अधिक से अधिक जमीन ६ एकड़ होनी चाहिए। यदि उड़ीसा की कांग्रेस सरकार अपनी पार्टी के इस प्रस्ताव को कार्यान्वित करेगी तो वहां के कानून को बदलना होगा। इसके फलस्वरूप किसानों के मन में अनिश्चितता पैदा होगी, भविष्य के बारे में वे आशंकावान होंगे और अनिश्चित मन से, सशंकित स्थिति में, उत्पादन बढ़ाने के लिए जितना परिश्रम और साधन जुटाने चाहिए, उतने साधन नहीं जुटा सकेंगे।

मैं मांग करता हूं कि यदि केंद्रीय सरकार संविधान में ऐसी व्यवस्था नहीं कर सकती, जिसके अनुसार सीलिंग के संबंध में बने हुए कानूनों को निकट भविष्य में बदला न जाए तो भी राज्य सरकारों से परामर्श करके उसे यह घोषणा करनी चाहिए कि जो सीलिंग के कानून बन गए हैं और उनके अंतर्गत जितनी जमीन एक किसान को, कृषक परिवार को मिल गई है, उसकी वह जमीन निकट भविष्य में ली नहीं जाएगी। हां, दस-पंद्रह साल बाद अगर समाज की बदली हुई परिस्थिति में हम सीलिंग संबंधी कानूनों में पुनर्विचार करना चाहें तो हमें आपत्ति नहीं होगी। लेकिन निकट भविष्य में किसानों को पूरा आश्वासन दिया जाना चाहिए कि सीलिंग के अंतर्गत उनके पास जितनी जमीन है उस जमीन के वह मालिक रहेंगे, उस जमीन में वे रुपया लगाएं, खेती की उन्नति के साधन अपनाएं और अपनी स्थिति भी सुधारें और देश में जो अन्न के अभाव की स्थिति है, उसे भी पूरा करें।

सीलिंग की अधिकतम मर्यादा कौन सी होगी?

मैं आशा करता हूं कि केंद्रीय सरकार इस संबंध में गंभीरता से विचार करेगी। इस प्रश्न को हम राज्यों के ऊपर नहीं छोड़ सकते और अगर राज्यों के ऊपर छोड़ना है तो फिर संविधान में यह संशोधन करने की आवश्यकता नहीं थी। हम राज्यों को कानूनों का संरक्षण दे रहे हैं तो हम उनसे मांग कर सकते हैं कि वे सीलिंग संबंधी कानूनों के साथ खिलवाड़ नहीं करें।

सभापति जी, इससे जुड़ा हुआ एक दूसरा पहलू भी है—सीलिंग के अंतर्गत अधिकतम मर्यादा कौन सी हो और सीलिंग लागू करते हुए, जोतबंदी लागू करते हुए, कौन सी बातें ध्यान में रखी जाएं, इस संबंध में योजना आयोग ने कुछ नीतियां निर्धारित की थीं। वे नीतियां राज्य सरकारों को भेजी गईं, जिनके अनुसार वे सीलिंग के संबंध में अपने कानूनों का निर्माण करें। लेकिन संयुक्त प्रवर समिति में हमें यह देखकर बड़ा आश्चर्य हुआ कि राज्यों ने सीलिंग के संबंध में अलग-अलग नीतियां अपनाईं। किसी राज्य में जो गन्ने के फार्म हैं, उनको सीलिंग कानून के अंतर्गत नहीं लाया

गया, उन फार्मों को सीलिंग की परिधि से छोड़ दिया गया, जबकि किसी अन्य राज्य में गन्ने के फार्म को भी सीलिंग के अंतर्गत ले लिया गया है। महाराष्ट्र से जो प्रतिनिधि संयुक्त प्रवर समिति के सम्मुख आए थे, उन्होंने इस बात की शिकायत की।

यद्यपि व्यक्तिगत रूप से मैं और मेरा दल भी इस बात के हामी हैं कि सीलिंग का कानून सभी तरह की फसलों पर लागू होना चाहिए, लेकिन योजना आयोग की सिफारिश अगर यह है कि गन्ने के फार्म, चाय के, कॉफी के फॉर्म और अच्छी तरह से एफीशियंटली रन मैकनाइज्ड फॉर्म सीलिंग के अंतर्गत न आएं तो योजना आयोग को इस नीति को सभी राज्यों में मनवाना चाहिए था। अभी राज्यों की नीति भिन्न-भिन्न है। ऐसी स्थिति में संसद से सभी राज्य अपने कानूनों के लिए संरक्षण की मांग करते हैं तो इसमें एक राज्य के नागरिकों की तुलना में दूसरे राज्य के नागरिकों के साथ भेदभाव होने की, अन्याय होने की आशंका है और संसद को कहा जा रहा है कि वह इस प्रकार की भेदभावपूर्ण नीति पर अपनी मोहर लगा दे।

मैं समझता हूं कि अभी भी केंद्रीय सरकार को, योजना आयोग को इस बात का प्रयत्न करना चाहिए कि सीलिंग के संबंध में सभी राज्यों में एक से कानून हों, क्योंकि अगर सभी राज्यों में एक से कानून नहीं होंगे तो उससे कठिनाइयां पैदा होंगी। लोगों में एक-दूसरे के विरुद्ध बातें कहने की प्रवृत्ति बल पकड़ेगी। इस दृष्टि से सभी राज्यों के कानूनों में एकरूपता जरूरी है।

तीसरी बात यह है कि जब विधेयक सदन में पहली बार प्रस्तुत किया गया, तब उसमें १२४ अधिनियम जोड़े गए थे, जो नाइंथ शिड्यूल में, नवें परिशिष्ट में रखे जाने थे। बाद में उनकी संख्या घटाई गई और यह काम जिस तरह से किया गया उससे ऐसा लगता है कि विधि मंत्रालय ने इस बात का विचार नहीं किया कि भूमि सुधार लागू करने के लिए किस कानून को संविधान में संरक्षण देना जरूरी है और किस कानून को संरक्षण देना जरूरी नहीं है। अगर विधि मंत्रालय ने ठीक तरह से विचार किया होता तो पहले विधेयक में, संयुक्त प्रवर समिति को भेजने से पहले १२४ कानूनों की लंबी सूची न दी जाती। फिर संयुक्त प्रवर समिति में कहा गया कि अब सूची घटाई जा रही है और सूची ८८ कर दी गई। फिर एक नई सूची कर दी गई, जिसमें कहा गया कि आप ८ या ९ कानून और शामिल कर लीजिए। मैं समझता हूं, सारा काम जिस ढंग से हुआ है वह यह बताता है कि विधि मंत्रालय संशोधन करने के महत्वपूर्ण प्रश्न पर भी अपने दिमाग में यह निश्चय नहीं कर पाता कि कौन से कानून संरक्षण चाहते हैं और कौन से कानूनों को संरक्षण की आवश्यकता नहीं है।

भूमि सुधार में न देर हो, न अंधेर

हम यह चाहते हैं कि भूमि सुधार के काम में देरी नहीं होनी चाहिए और अगर कोई ऐसा कानून हो जिसे उच्च न्यायालय ने, सर्वोच्च न्यायालय ने रद्द कर दिया है और उससे बहुत से लोगों के प्रभावित होने की संभावना है तो उस कानून को संसद अपना विशेष संरक्षण दे, उसके हम खिलाफ नहीं हैं। लेकिन इस विधेयक में ऐसे कानून भी शामिल कर दिए गए हैं, जिनकी वैधता को न तो अभी तक चुनौती दी गई है, न जिन्हें किसी न्यायालय ने, हाई कोर्ट ने या सुप्रीम कोर्ट ने, अभी तक रद्द किया है। हां, विधि मंत्रालय के दिल में शंका है कि इस कानून को कभी चुनौती दी जा सकती है और जिसको कभी चुनौती दी जा सकती है, उसको अभी से संरक्षण दे दिया जाए। यह सोचने का तरीका ठीक नहीं है। सीलिंग से संबंधित कानूनों की एक-दो धाराओं को छोड़कर,

बाकी को उच्च न्यायालय, सर्वोच्च न्यायालय अपनी स्वीकृति दे चुके हैं। सीलिंग लगाना, अधिकतम जोत की मर्यादा लागू करना—यह हमारे संविधान की धाराओं के खिलाफ नहीं है, यह संपत्ति रखने के मौलिक अधिकार के खिलाफ भी नहीं है।

इस विधेयक के संबंध में कहा जाता है कि संपत्ति कमाने, उसे रखने का अधिकार मूलभूत अधिकार है और यह विधेयक उस पर प्रहार कर रहा है। मैं इस बात को स्वीकार करता हूं कि व्यक्ति को संपत्ति कमाने, संपत्ति को रखने का अधिकार होना चाहिए और लोकतंत्र में हम इस अधिकार को मिटा नहीं सकते। लेकिन कोई भी अधिकार बिना मर्यादा के नहीं हो सकता। जहां हम अधिकार देते हैं, वहां उसके साथ उनकी मर्यादा भी लगी हुई है। हम किसी को अनाप-शनाप दौलत का अंबार खड़ा करने की छूट नहीं देना चाहते। जब समाज, विशेष रूप से उसका बड़ा वर्ग ऐसा है जिसको जीवन की बुनियादी आवश्यकताएं भी अभी प्राप्त नहीं हुईं, तब संपत्ति के अधिकार पर भी हमको मर्यादा लगानी होगी। मर्यादा लगाने में मतभेद नहीं है। लेकिन मतभेद इस बात में है कि बड़ी जायदाद पर मर्यादा लगाना और छोटी सी मेहनत की कमाई को ले लेना, इन दोनों में कोई अंतर होना चाहिए या नहीं होना चाहिए? देशी रियासतें खत्म हो गईं, जमींदारियां मिट गईं, ताल्लुकेदारियां समाप्त हो गईं—हमने उसका विरोध नहीं किया। विरोध करने की आवश्यकता भी नहीं थी। बदलती हुई व्यवस्था समय के अनुकूल होनी चाहिए और जो इस काल के प्रवाह को रोकने का प्रयत्न करेंगे वे प्रवाह को तो नहीं रोक पाएंगे, शायद उठाकर प्रवाह के किनारे फेंक दिए जाएंगे। लेकिन मुझे डर है कि कहीं छोटे किसान भी अपनी जमीनों से वंचित न कर दिए जाएं। क्या उन्हें पूरा मुआवजा मिलेगा? गाजियाबाद के किसान मुआवजे के लिए किस तरह से संसद के दरवाजे पर सर टकराते रहे हैं, उसको हम भुला नहीं सकते।

विधेयक आशंकाएं जगाता है

हम बड़े लोगों को उनकी पूरी जायदाद का पूरा मुआवजा नहीं दे सकते। उसको तो जनहित में कम करेंगे। लेकिन छोटा किसान, छोटा दुकानदार, जो श्रमजीवी है, मेहनतकश है, वह अपनी जायदाद कमा सके, उस जायदाद का उपभोग कर सके, उस जायदाद का संरक्षण किया जाए, इस बात की पूरी व्यवस्था आवश्यक है। लेकिन इस विधेयक के अंतर्गत जिस तरह के कानूनों को संरक्षण दिया गया है, उससे मन में आशंका पैदा होती है। सरकार समझती है कि संविधान में संशोधन किया जा रहा है इसलिए जो भी कानून अदालत में जा सकते हैं, भले ही उन कानूनों का संबंध भूमि सुधार से न हो, उन कानूनों को भी संरक्षण दे दिया जाए।

उदाहरण के लिए मैसूर का एक कानून इसमें शमिल किया गया है, जिसमें १२००० लोगों की नौकरियों को खत्म करने का सवाल है। यह ठीक है कि वे नौकरियां परंपरा से चली आ रही हैं, बाप की जगह बेटा नियुक्त किया जाता है, बेटे की जगह पोता नियुक्त किया जाता है। स्वतंत्र भारत में और लोकतंत्रीय भारत में, ऐसे जन्म के आधार पर इस प्रकार की नौकरियां चलें, उसे हम उचित नहीं समझते। मगर मैं यह पूछना चाहता हूं कि उस कानून को जिसे 'मैसूर विलेज आफिसेज एबोलिशन एक्ट' कहते हैं और जिसे इस विधेयक में संरक्षण के लिए शामिल किया गया है, उस कानून का भूमि सुधार से क्या संबंध है? अगर वह कानून पास नहीं होगा, अगर संसद उस कानून को संरक्षण नहीं देगी, तो हो सकता है कि १२००० लोगों की नौकरियां आज खत्म करना संभव नहीं हो; लेकिन क्या मैसूर में भूमि सुधार का काम रुक जाएगा अगर इन १२०००

लोगों की नौकरियां बनी रहें? हम उस कानून को संरक्षण कैसे दे सकते हैं, क्योंकि यह तो अपवाद के लिए व्यवस्था है?

संविधान में जो मूलभूत अधिकार दिए गए हैं उनके अंतर्गत उनका उपयोग करके कोई किसी कानून को चुनौती नहीं दे सकेगा। इसी चीज के लिए विशेष व्यवस्था की जा रही है और संविधान में संशोधन किया जा रहा है, ताकि उन कानूनों को चुनौती न दी जा सके। मगर हम इस अवसर का उपयोग उन कानूनों को इस विधेयक में शामिल करके नहीं कर सकते हैं जिन कानूनों का संबंध भूमि सुधार से नहीं है। शायद मैसूर सरकार यह सोचती है कि यह एक अच्छा मौका है, संविधान में संशोधन हो रहा है, यह कानून हमें परेशान कर रहा है, वह कानून परेशान कर रहा है।

श्री एम. गोविंद रेड्डी (मैसूर) : क्या मैं इस विषय में कुछ कह सकता हूं। ऐसा संभवतः इसलिए हुआ कि गांव के कुछ अधिकारियों के जमीन के दलाल हैं, जो उनसे वेतन पाते हैं। यह इसमें शामिल हो गया है। बस।

श्री वाजपेयी : लेकिन मैं यह समझने में असमर्थ हूं कि भूमि सुधार की प्रक्रिया को फिर से कैसे वापस किया गया? मान लीजिए, हम कहते हैं कि इन १२००० लोगों को अपनी जमीन रखने की इजाजत दे दी जाए, तो भूमि सुधार प्रक्रिया कैसे वापस हो गई? यह किसी सीमा तक असरदार हो सकती है।

श्री वी. रामकृष्ण राव (आंध्र प्रदेश) : यदि वह धारा कार्यवाही में शामिल नहीं की गई है तो वह इन जमीनों के किराएदारों पर लागू नहीं होगी। इसलिए उस कानून को संरक्षण दिया जा रहा है।

श्री वाजपेयी : क्या उनके पास सीमा से ज्यादा जमीन है?

विधि उपमंत्री श्री बिबुधेंद्र मिश्र : यह मुद्दा भूमि सुधारों से संबंधित है, क्योंकि काश्त के लिए जमीन की स्वीकृति दी गई थी। वे अब काश्त करते नहीं हैं, अब आप जमीन वापस कैसे लेंगे? आपको बाकायदा कानून पारित करना होगा, कि चूंकि अब काश्त की ही नहीं जाती, इसलिए जमीनें वापस ली जाएंगी। इस रूप में यह कर भी लिया गया है।

श्री वाजपेयी : मैं अब भी संतुष्ट नहीं हूं। काश्त न करने के बावजूद जमीन उनके अधिकार में है। यदि वे काश्त करने को राजी हैं, और वह जमीन सीलिंग सीमा में आती है तो उन्हें जमीन से बेदखल करने की कोई जरूरत नहीं हैं।

श्री बिबुधेंद्र मिश्र : एक्ट में मुआवजे का प्रावधान भी है।

श्री वाजपेयी : एक आशंका है जो संविधान में संशोधन करने के संबंध में प्रकट की गई है। आशंका बलवती है, जिसका निराकरण करना चाहिए। बहुत से समाधान सीलिंग के संबंध में परिवर्तन कर के कर दिए गए हैं, मगर यह आश्वासन दिया जाना चाहिए कि सीलिंग के कानून का उपयोग इस तरह से नहीं किया जाएगा कि किसानों को उनकी इच्छा के विरुद्ध सहकारी खेती में शामिल होने के लिए मजबूर किया जाए। यह आशंका व्यापक है कि कांग्रेस ने नागपुर के अधिवेशन में सहकारी खेती का निश्चय किया है। सहकारी खेती के संबंध में दो मत हैं और यह समझने का कोई कारण नहीं है कि सहकारी खेती लागू करते ही हमारी सारी भूमि संबंधी समस्याएं, उत्पादन की समस्याएं हल हो जाएंगी। जिन देशों ने सहकारी खेती लागू की है, उन कम्युनिस्ट देशों में भी खेती का अनुभव अच्छा नहीं है। यदि मैं स्पष्ट कहूं तो कम्युनिस्ट देशों का तरीका

अपनाकर हम अपने देश में न तो उत्पादन बढ़ा सकते हैं और न व्यक्ति की स्वाधीनता ही कायम रख सकते हैं।

अगर कुछ किसान मिलकर काम करना चाहते हैं, मिलकर जोतना चाहते हैं, मिलकर सिंचाई का प्रबंध करना चाहते हैं, जो उपज है उसको मिलकर बेचना चाहते हैं, तो उसमें कोई आपत्ति नहीं हो सकती। वे मिलकर काम करने के लिए स्वतंत्र हैं और शासन उन्हें प्रोत्साहन दे सकता है। लेकिन यदि किसान नहीं चाहता कि उसकी भूमि सारे गांव की भूमि में मिला दी जाए, वह अपनी भूमि पर अपना स्वामित्व कायम रखना चाहता है, वह अपनी जमीन का मालिक बनकर रहना चाहता है और अपनी जमीन को जोतना और बोना चाहता है तथा मरने के बाद अपनी जमीन को अपने बेटों को देकर जाना चाहता है, तो ऐसे किसान को जबर्दस्ती को-ऑपरेटिव फार्मिंग में शामिल होने के लिए मजबूर नहीं किया जाना चाहिए।

खेती में सहकारिता लादी न जाए

केंद्रीय सरकार को स्पष्ट घोषणा करनी चाहिए कि सहकारी खेती स्वेच्छा पर आधारित होगी। लोग जब चाहेंगे तभी मिलकर खेती करेंगे और तब ही सहकारी खेती लागू की जाएगी। सहकारी खेती लादी नहीं जाएगी। यदि लादी जाएगी तो वह सहकारी खेती नहीं होगी, सरकारी खेती होगी। सहकारी खेती लादने के लिए, किसानों को उनकी भूमि से वंचित करने के लिए यदि कानून का उपयोग किया गया तो संविधान में संशोधन करके लोगों के असंतोष को आप रोक नहीं सकते हैं। ऐसा व्यापक आंदोलन देश में खड़ा होगा जिसके सामने सरकार को जनमत का आदर करना पड़ेगा। लेकिन किसानों के मन में किसी तरह की कोई आशंका पैदा न होने दें, यह आशंका अब भी जोर पकड़ती जा रही है।

इस कानून में, इस विधेयक में गुजरात के एक ऐसे कानून को जोड़ा गया है, जिसके अंतर्गत किसी किसान की जमीन सहकारी खेती में तब्दील की जा सकती है और फिर वह किसान उस मामले को अदालत में नहीं ले जा सकेगा और न चुनौती ही दे सकेगा। हम उस कानून को इस विधेयक द्वारा संरक्षण दे रहे हैं। सीलिंग के संबंध में बने हुए कानूनों को—अगर कुछ राज्यों में सीलिंग कानून ऐसे हैं जिनसे आप चोर दरवाजे से सहकारी खेती लाना चाहते हैं—तो मेरा निवेदन है कि सहकारी खेती लानी है तो खुले दरवाजे से लाइए, चोर-दरवाजे से नहीं। सहकारी खेती के संबंध में हम किसी कानून को सरंक्षण नहीं दे सकते, क्योंकि सहकारी खेती एक ऐसा विषय है जिस पर व्यापक मतभेद है। और सरकार भी स्वीकार करेगी कि किसानों की इच्छा के विरुद्ध उन पर सहकारी खेती नहीं लादी जानी चाहिए। लेकिन हमने गुजरात के जिस कानून को संरक्षण दिया है, उसमें यह व्यवस्था है कि किसानों की जमीन सहकारी समिति को स्थानांतरित कर दी जाए और किसान अदालत का दरवाजा न खटखटा सके।

सहकारी खेती लाने का एक तरीका यह भी हो सकता है कि जमीन का मालिक तो किसान ही बना रहे कागज में, लेकिन जोतने के लिए वह जमीन सहकारी समिति के जिम्मे कर दी जाए। मैं समझता हूं कि यह तरीका ठीक नहीं होगा। इसलिए ऐसे कानून जो किसानों के मन में अपने भविष्य के प्रति आशंका पैदा करते हैं, इन कानूनों को भी अगर संरक्षण दिया जाएगा तो फिर इस प्रचार को रोका नहीं जा सकता कि सरकार किसानों की जमीन छीनना चाहती है, किसानों को उसकी जमीन से वंचित करना चाहती है। मैं समझता हूं कि ऐसा सरकार का इरादा नहीं है और

ऐसा सरकार को करने की इजाजत दी भी नहीं जाएगी। लेकिन जब आप ऐसा करना नहीं चाहते, आपकी घोषित नीति यह है कि किसानों को उनकी इच्छा से किसी भी खेती के प्रबंध में शामिल करें, तो फिर ऐसा कानून बनाने की क्या आवश्यकता है और उन कानूनों को संसद के द्वारा संरक्षण दिलाना क्यों जरूरी होना चाहिए जो कानून किसानों के मन में यह भय पैदा करते हैं कि उनकी जमीन कभी छीन ली जाएगी?

महोदय, जो प्रश्न मैंने उठाए, उनका विधि मंत्री महोदय समाधानकारक उत्तर देंगे इसकी मुझे आशा नहीं है, क्योंकि वे तुले हुए हैं कि संविधान में संशोधन हो जाए और इसे जल्दी से जल्दी लागू करें। मैं संविधान में संशोधन का विरोधी नहीं हूं। मैं उन लोगों में से नहीं हूं जो संविधान को पूजा की वस्तु मानते हैं, और यह समझते हैं कि उसमें बदलाव नहीं होने चाहिए, उसमें परिवर्तन नहीं होने चाहिए। हम क्रांतिकारी काल में रह रहे हैं। सन् १९५० में जब संविधान बना, तब से परिस्थिति बदल रही है, जनता की भावनाएं परिवर्तित हो रही हैं। लोगों की आशाएं, आकांक्षाएं बढ़ रही हैं। उसकी तुलना में हमारी उपलब्धियां, हमारी पूर्तियां कम हैं और बढ़ती हुई आकांक्षाएं और हमारे किए गए कामों के बीच में जो खाई है, वह अगर बढ़ती गई तो लोकतंत्र के लिए ही खतरा नहीं पैदा होगा, इस देश के स्थायित्व के लिए भी खतरा पैदा हो जाएगा।

इसलिए सामाजिक न्याय देने के लिए, देश में ऐसी व्यवस्था लाने के लिए, जो शोषण पर आधारित न हो, पोषण पर आधारित हो, जिसमें हर व्यक्ति समान रूप से प्रगति कर सके, आवश्यक हो तो संविधान में संशोधन करना चाहिए। लेकिन संविधान में संशोधन का आवरण लेकर के ऐसे कानून शामिल करना उचित नहीं है, जिनकी वैधता को अभी तक चुनौती नहीं दी गई और न जिन्हें हाई कोर्ट ने या सुप्रीम कोर्ट ने अभी तक अवैध घोषित किया है। यह परंपरा अच्छी नहीं है। अगर कोई राज्य सरकार या राज्य विधानसभा ऐसा कानून बनाती है जो संविधान की वर्तमान मर्यादाओं का अतिक्रमण करता है तो उस कानून को अदालतों में चुनौती दी जानी चाहिए और अगर अदालत उस कानून को रद्द कर दे तो विधानसभा को उस कानून में संशोधन करना चाहिए। हम अपवाद कर सकते हैं, मगर इस बात को नियम नहीं बना सकते कि राज्य विधान सभाएं, राज्य सरकारें कोई भी कानून बनाएं, और यदि वे कानून संविधान की भावना के विपरीत जाते हैं और उच्च न्यायालय, सर्वोच्च न्यायालय उन कानूनों को रद्द करते हों, तो संसद में आकर हम कहें कि इन कानूनों को हमारा संरक्षण मिलना चाहिए; और कांग्रेस पार्टी अपने बहुमत के दबाव के आधार पर ऐसा संरक्षण उन्हें प्रदान कर दे।

भूमि सुधार कौन सी प्रदेश सरकारें चाहती हैं?

आखिर हम एक संघीय पद्धति में रहते हैं, जहां कानून बनाना विधान मंडलों का और संसद का कार्य है और कानून की व्याख्या करना न्यायपालिका का काम है। यदि हमने ऐसी प्रवृत्ति को पनपने दिया कि विधानसभाएं और संसद चाहे जैसे कानून बनाएं और फिर अदालतों का उन कानूनों की आलोचना करने का, उन कानूनों को अवैध घोषित करने का अधिकार हम सीमित कर दें; इस तरह का संविधान में संशोधन ला करके, तो यह भारतीय गणराज्य के लिए बड़ा दुर्भाग्य का दिन होगा। अपवाद के लिए हम यह स्वीकार कर सकते हैं कि कुछ कानूनों को संरक्षण दिया जाए, क्योंकि भूमि सुधार रुक नहीं सकता। उसमें काफी देरी हो गई है। मुझे शक है कि राज्य सरकारें भूमि सुधार लागू करने में ईमानदार भी है या नहीं। सीलिंग का कानून तब बनाया गया

जब लोगों ने अपनी सारी जमीन घरवालों में बांट दी। सीलिंग का कानून लागू करने का जो उद्देश्य है, वह यह है कि जो फालतू जमीन बचे, वह ऐसे लोगों को दी जाए जो बेजमीन हैं। जिनके पास मेहनत तो है मगर मेहनत के अलावा साधन नहीं हैं। वे जमीन के मालिक बनें और वे उत्पादन की प्रगति में योग दें, हम यह चाहते थे। मगर सीलिंग कानून बने तो देर से बने और इस ढंग से बने कि फालतू जमीन बचे ही नहीं। सारी जमीन घरवालों में बांट दी गई। खैर, मैं उसका विरोधी नहीं हूं, बांट दी गई तो भी इकट्ठे हाथ में नहीं रही। लेकिन जो जमीन सरकार के पास है, राज्य सरकारों के पास है, केंद्रीय सरकार के पास परती जमीन पड़ी है, खेती के लिए जिस जमीन को उपयोगी बनाया जा सकता है, भूमिहीनों को जमीन का मालिक बनाया जा सकता है, उस जमीन को खेती के योग्य बनाकर भूमिहीनों में वितरित करने के लिए राज्य सरकारों ने क्या किया है?

हमारे विधि मंत्री कहेंगे कि इस प्रश्न का उनके साथ कोई संबंध नहीं है। बात ठीक है। यह कानून का सवाल नहीं है। लेकिन राज्य और केंद्रीय सरकारें जो भूमि सुधारों का ढोल पीटती हैं और भूमि सुधारों के नाम पर संविधान में संशोधन किया जाए इस बात पर भी बल देती हैं, उन राज्य सरकारों से और केंद्रीय सरकार से पूछा जाना चाहिए कि जो जमीन परती है, जो जमीन उपजाऊ बनाई जा सकती है, उस जमीन को उपजाऊ बनाकर भूमिहीनों में बांटने के लिए उन्होंने अभी तक क्या कदम उठाए? इस संबंध में राज्य सरकारों का जो काम है, वह संतोषप्रद नहीं है। केंद्रीय सरकार भी जो केंद्र प्रशासित क्षेत्र हैं, उन क्षेत्रों में इस संबंध में क्रांतिकारी नीति नहीं अपना सकी है। नतीजा यह हो रहा है कि भूमि की भूख बनी हुई है और उत्पादन की वृद्धि के लिए किसानों को, मजदूरों को जितना प्रोत्साहन मिलना चाहिए, उतना प्रोत्साहन नहीं मिल रहा है।

मैं आशा करता हूं कि मैंने जो सुझाव दिए हैं, केंद्रीय सरकार उन पर गंभीरता से विचार करेगी और अगर इस विधेयक में उन सुझावों को शामिल करना संभव न हो तो भी नीति के तौर पर यह स्पष्ट रूप से घोषित करे :

(१) किसी भी किसान को उसकी इच्छा के खिलाफ सहकारी खेती में शामिल करने के लिए विवश नहीं किया जाएगा।

(२) भूमि की अधिकतम मर्यादा के जो कानून राज्यों में बन चुके हैं, सीलिंग के कानून बन चुके हैं, आनेवाले दस-पंद्रह वर्षों में उन कानूनों में कोई परिवर्तन नहीं किया जाएगा।

इससे किसानों में विश्वास पैदा होगा कि उनकी जमीन छीनी नहीं जाएगी और भूमि सुधारों के द्वारा सामाजिक न्याय और उत्पादन वृद्धि के हम जो दो उद्देश्य प्राप्त करना चाहते हैं, उनको प्राप्त करने में सहायता मिलेगी। धन्यवाद।

सहकारिता बनाम आर्थिक साम्राज्य

महोदया, यह बड़े खेद की बात है कि शासन खाद्य संकट की गंभीरता को कम करके दिखा रहा है। इस बात को स्वीकार कर लिया जाना चाहिए कि खाद्य के मोर्चे पर हम बुरी तरह से विफल रहे हैं, उत्पादन घटा है, लक्ष्यों की पूर्ति नहीं की जा सकी है, मूल्यों में वृद्धि हुई है, समुचित रीति से वितरण नहीं हो सका है और भविष्य के लिए भी ऐसी खाद्य नीति या कृषि नीति का निर्धारण नहीं किया जा रहा है, जिनसे आगे आनेवाली योजनाओं के उत्पादन लक्ष्य पूरे किए जा सकें।

बड़े आश्चर्य की बात है कि जब अनाज की पैदावार बढ़ जाती है तब सरकार आर्थिक नियोजन को शाबासी देती है, अपनी पीठ ठोकती है, लेकिन जब पैदावारी कम जो जाती है तब मौसम के ऊपर दोष डाला जाता है। दोनों बातें साथ नहीं चल सकतीं। हम नियोजन इसलिए करते हैं कि मौसम के कारण उत्पन्न होनेवाली कमियों को, तनावों को, पूरा कर सकें, लेकिन हर विफलता को छिपाने के लिए मौसम का हवाला नहीं दिया जाना चाहिए। अनाज की पैदावार क्यों घटी है—इसके कारणों पर गंभीरता से विचार करना आवश्यक है। मेरी दृष्टि में एक बड़ा कारण यह है कि दूसरी पंचवर्षीय योजना में हमें खेती को जितना महत्व देना चाहिए था, उतना हमने नहीं दिया। खेती की तुलना में हमने उद्योगों पर अधिक बल दिया। यह जानते हुए भी कि जब तक खेती की पैदावार नहीं बढ़ेगी, हम उद्योगों के लिए आवश्यक कच्चा माल भी प्राप्त नहीं कर सकते। हमारे देश में रुई की कमी है, जूट की कमी है, गन्ने की कमी है और इस कमी का इन फसलों से संबंधित उद्योगों पर भी प्रभाव पड़ रहा है। हम विदेशों से रुई मंगा रहे हैं जिसमें विदेशी मुद्रा खर्च हो रही है। हम अपने देश में जो व्यापारिक फसलें हैं और जिनके संबंध में कहा जाता है कि उनके अच्छे दाम मिलते हैं और जिनको बोने के लिए लोग उत्साहित भी होते हैं, उन व्यापारिक फसलों की भी पैदावार नहीं बढ़ा सके और देश की आवश्यकताओं को पूरा नहीं कर पा रहे।

तीसरी योजना में खेती के महत्व को फिर से बढ़ाकर देखने की कोशिश की गई है, लेकिन यहां योजना को कार्यान्वित करने का सवाल पैदा होता है। कृषि के प्रश्न पर केंद्र और राज्य के बीच में कोई समन्वय नहीं है, केंद्र सरकार के अनेक मंत्रालयों में भी समन्वय नहीं है। आज

** खाद्य नीति पर चर्चा के दौरान राज्यसभा में ९ दिसंबर, १९६३ को संशोधन प्रस्ताव।*

कम्युनिटी डेवलपमेंट के मंत्री यहां पर उपस्थित होने चाहिए थे। कम्युनिटी डेवलपमेंट का भी खेती से संबंध है, सिंचाई का भी खेती से संबंध है। लेकिन राज्यों में ये मंत्रालय अलग-अलग मंत्रियों के हाथ में हैं, उनके बीच में कोई तालमेल नहीं है। वे सारे प्रयत्नों को संगठित करके खाद्य के मोर्चे पर किसानों को अधिक पैदावार बढ़ाने के लिए प्रेरित नहीं कर पा रहे हैं।

दूसरी बात यह है कि जब कभी खाद्य संकट खड़ा होता है, हम ऐसे तरीके अपनाना चाहते हैं जो न लोकतांत्रिक ढांचे में ठीक बैठते हैं, न व्यावहारिकता की कसौटी पर कसकर उन्हें अच्छा साबित किया जा सकता है। खेती के मामले में हमारे नेताओं का ध्यान कम्युनिस्ट देशों की तरफ जाता है, हम कम्युनिस्ट तरीके अपनाना चाहते हैं जब कि सच्चाई यह है कि कम्युनिस्ट देशों में खेती को अभी तक समुचित रूप से संगठित नहीं किया जा सका है। सोवियत संघ भी अमेरिका से गेहूं आयात कर रहा है, २५० करोड़ रुपए का गेहूं मंगाना चाहता है। चीन में खाद्य स्थिति अच्छी नहीं है, वह भी विदेशों से आयात कर रहा है। हम अपने देश में खेती में कम्युनिस्ट तरीकों को लाकर पैदावार नहीं बढ़ा सकते।

किसान जमीन का मालिक हो

सहकारी खेती का नारा दिया गया था, जिससे किसानों के मन में अनिश्चितता पैदा हुई है। भूमि सुधार किए जाने चाहिए। जो जमीन को जोतता है, बोता है, वह जमीन का मालिक होना चाहिए। जो जमीन का मालिक बन गया, उसको यह विश्वास दिलाना चाहिए कि किसी भी हालत में उसकी जमीन छीनी नहीं जाएगी। अगर संविधान के सत्रहवें संशोधन के विरुद्ध प्रचार किया जा रहा है तो खाद्य मंत्री को इस अवसर का लाभ उठाना चाहिए और इस बात का एलान करना चाहिए कि जहां-जहां सीलिंग लागू कर दी गई है, भूमि की जोत निर्धारित कर दी गई है, वहां किसानों से जमीन किसी भी हालत में नहीं ली जाएगी। जितनी जमीन सीलिंग के अंदर आती है, किसान उसके मालिक रहेंगे और अगर भूमि छीनी जाएगी तो उनको बाजार-भाव से उचित मुआवजा दिया जाएगा। एक ही घोषणा में सारा प्रचार खत्म हो जाएगा। लेकिन अगर आपके मन में कहीं यह चोर बसा हुआ है कि आप आगे जाकर छोटे किसानों की जमीन छीनकर, उस जमीन को इकट्ठा करके, उस पर सामूहिक खेती कराना चाहते हैं, तो मैं आपसे निवेदन करना चाहता हूं कि देश की जनता इस बात को कभी स्वीकार नहीं करेगी। किसान को जमीन के साथ ममता होती है, वह छाती फाड़कर...(व्यवधान)

श्री अकबर अली खान : हम छोटे कर्मियों को अपदस्थ करना नहीं चाहते।

श्री वाजपेयी : वही तो किया जा रहा है।

श्री एम. गोविंद रेड्डी : इसका आश्वासन देना है।

श्री वाजपेयी : हां, सरकार की तरफ से इसकी घोषणा हो जाने दीजिए।

श्री लोकनाथ मिश्र : लेकिन उनकी घोषणा कोई अर्थ नहीं रखती।

श्री पी.एल. कुरील, यू.आर.एफ. तालिब (उत्तर प्रदेश) : उनके लफ्जों में सच्चाई नहीं है।

श्री वाजपेयी : हां, एक बात और भी है, आज आप घोषणा कर दें, कल बदल भी सकते हैं। इसलिए, यह जो संविधान में संशोधन आ रहा है, इसमें आप विश्वास दिलाएं कि सीलिंग से नीचे की जमीन किसान की नहीं ली जाएगी—सीलिंग तय होनी चाहिए, किसान जमीन का मालिक होना चाहिए। चोर-दरवाजे से सहकारी खेती लाने से किसान की प्रेरणा बढ़ेगी नहीं, उससे पैदावार

भी नहीं बढ़ेगी और नौकरशाही के हाथ में अधिक ताकत जाएगी। चकबंदी बहुत अच्छा सिद्धांत है, सभी दल चकबंदी से सहमत हैं, लेकिन जब चकबंदी को आचरण में लाया जाता है तो वह किसान के उत्पीड़न का कारण बन जाता है और चकबंदी का विरोध करने की स्थिति पैदा होती है। हमें अपनी सीमाओं को देखकर अपनी नीति निर्धारित करनी चाहिए।

जहां तक वितरण का प्रश्न है, सरकार ने मध्यम मार्ग का अवलंबन किया है। कुछ हमारे मित्र यह सुझाव देते हैं कि सरकार पूरी तरह से अनाज का व्यापार अपने हाथ में ले ले। मैं इस सुझाव से सहमत नहीं हूं क्योंकि मेरा मत है कि इससे न तो किसान को उसकी फसल का उचित दाम मिलेगा, क्योंकि सरकार कम दाम निर्धारित करके उसका माल खरीदेगी; और इससे उपभोक्ता को भी उचित दाम पर चीज नहीं मिलेगी। संकट के समय उपयोग के लिए सरकार को भंडार बनाने चाहिए, सस्ते गल्ले की दुकानें खोलनी चाहिए, लेकिन खुले बाजार और सरकारी सस्ते गल्ले की दुकानें साथ-साथ चलनी चाहिए। हम अगर उत्पादन से लेकर वितरण तक अनाज का व्यापार अपने हाथ में ले लेंगे तो इससे देश में असंतोष पैदा होगा। कंट्रोलों का अनुभव बहुत कटु है। जनता का स्वभाव नहीं बदला, नौकरशाही का काम करने का ढंग नहीं बदला। और हम इस बात को न भूलें कि यह लोकतांत्रिक देश है। आपको भी हर पांच साल के···

श्री तारकेश्वर पांडेय (उत्तर प्रदेश) : एक सवाल मैं रखना चाहता हूं···

श्री वाजपेयी : मेरा निवेदन है कि समय बहुत कम है।

श्री तारकेश्वर पांडेय : एक मिनट समय बढ़ा दीजिए। एक सवाल मेरा यह है कि जब इतने बड़े देश का शासन आपकी यह पार्लियामेंट चला सकती है और एडमिनिस्ट्रेशन चला सकती है, पुलिस रख सकती है तो क्या यह हुकूमत स्टेट ट्रेडिंग चलाकर बीच में नफा खानेवालों को बंद नहीं कर सकती है? यह सवाल मेरा आपसे है।

श्री वाजपेयी : बीच में जो नफा खानेवाले हैं उनका नफा बंद होना चाहिए, उसके लिए कदम उठाने चाहिए। लेकिन वे कदम ऐसे न हों कि उनसे पैदा होनेवाली कठिनाई आज की मुनाफाखोरी की कठिनाइयों से बढ़ जाए। हम किस स्टेट ट्रेडिंग की बात कर रहे हैं? आज सरकारी संस्थाओं को बढ़ावा दिया जा रहा है और कहा जा रहा है : व्यापारियों की जगह सहकारी संस्थाएं लेंगी। मगर सहकारी संस्थाएं किस तरह से काम कर रही हैं, इसका दिल्ली में एक ताजा उदाहरण मिला। मेरे मित्र श्री भूपेश गुप्त ने उसकी ओर संकेत किया है। मैं उसको विस्तार-रूप से इस सदन के सामने रख देता हूं।

दिल्ली में को-ऑपरेटिव स्टोर्स चलते हैं और उन को-ऑपरेटिव स्टोर्स को अधिकार दिए गए हैं कि वे उत्तर प्रदेश से ५० टन गुड़ ला सकते हैं। उत्तर प्रदेश से गुड़ आने पर रोक लगी है। किसानों को अगर गुड़ का अधिक दाम मिल रहा था तो सरकार को गुरेज नहीं करना चाहिए था। लेकिन, एक ओर गुड़ पर रोक लगा दी ओर दूसरी ओर को-ऑपरेटिव स्टोर्स को परमिट दे दिए—५०० टन गुड़ लाने का परमिट दिया गया। वह गुड़ किस भाव खरीदा गया और वह दिल्ली में किस भाव पर बेचा जा रहा है? दूसरे सदन में कहा गया कि इस मामले की जांच की जा रही है। जांच करने की कोई आवश्यकता नहीं है। यह बात तो जो को-ऑपरेटिव स्टोर्स के संचालक हैं, उन्होंने स्वयं स्वीकार की है कि उन्होंने गुड़ में मुनाफाखोरी की। वे सस्ते दाम में गुड़ लाए, उन्होंने महंगे दाम पर उसको बेचा और एक क्विंटल पर कम से कम १७ रु. मुनाफा कमाया।

क्या मुनाफाखोरी व्यापारी के लिए बुरी है और को-ऑपरेटिव स्टोर्स के लिए बुरी नहीं है?

अभी दिल्ली के कुछ व्यापारी पकड़े गए हैं। उन्होंने दामों की सूची नहीं लटकाई या दामों की सूची में एक चीज का दाम लिखना रह गया तो डिफेंस ऑफ इंडिया रूल्स को काम में लाया गया। क्या को-ऑपरेटिव स्टोर्स के पदाधिकारियों के खिलाफ डिफेंस ऑफ इंडिया रूल काम में नहीं लाया जा सकता है? गृह मंत्रालय इस में क्यों नहीं कड़ी कार्यवाही करता कि किस भाव पर गुड़ खरीदा गया और किस भाव पर बेचा गया। इसकी रसीदें हैं। मगर कहा जा रहा है कि 'शो-कॉज नोटिस' दिया गया है। मेरा निवेदन है प्राइमाफेसी केस है, 'शो कॉज नोटिस' देने की जरूरत नहीं है। इस मामले में पुलिस को, सेंट्रल इंटेलिजेंस को तस्वीर में आना चाहिए। मेरा आरोप है कि मुजफ्फरनगर में जो गुड़ खरीदा गया, उसकी रसीद में भी दाम बढ़ाकर दिखाए गए हैं—गुड़ सस्ता खरीदा गया, रसीद में महंगा लिखा गया। दिल्ली में और भी महंगा लिखा गया—स्टोर के संचालक भी इन बातों से इन्कार नहीं कर सकते। मगर उनको कोई हाथ लगाने का प्रयत्न नहीं करेगा, क्योंकि वे कांग्रेस के नेता हैं, संसद के सदस्य हैं। वह मुनाफाखोरी कर सकते हैं, इस राज्य में उनको मुनाफाखोरी करने की छूट है। मगर कोई दूसरा सूची गलत लिखेगा तो डिफेंस ऑफ इंडिया रूल्स में पकड़ा जाएगा।

को-ऑपरेटिव स्टोर्स माल किसको बेचेंगे?

मैं यह भी जानना चाहता हूं कि ये को-ऑपरेटिव स्टोर्स किसको माल बेचेंगे? उनका काम व्यापारियों को माल बेचना है या उपभोक्ताओं को माल बेचना? इस को-ऑपरेटिव स्टोर ने एक व्यापारी के जरिए गुड़ मंगाया और व्यापारी के जरिए यह गुड़ बेचा गया। यह को-ऑपरेटिव स्टोर्स दिल्ली में ५०% कोयला बेचता है, मगर जनता को नहीं बेचता, व्यापारियों को बेचता है और इसके ऊपर ३,५०,००० रुपए महीने मुनाफा कमाता है।

सवाल केवल गुड़ का नहीं है, चावल का भी है। खाद्य मंत्रालय ने इन को-ऑपरेटिव स्टोर्स को चावल दिया था। १३ अगस्त, १९६३ को मिनिस्ट्री ने ५०० टन चावल का कोटा को-ऑपरेटिव स्टोर को दिया। दिल्ली में चावल के भाव बढ़ रहे थे। कोटा इसलिए दिया कि दिल्ली में चावल लाया जाए और उचित दाम पर जनता को बेचा जाए। मगर उस को-ऑपरेटिव स्टोर ने चावल बेचा नहीं, इसने सेंट्रल वेयरहाउसिंग कार्पोरेशन में ४१८० बोरे चावल ले जाकर जमा कर दिया। क्या यह जमाखोरी नहीं है? को-ऑपरेटिव स्टोर चावल जमा करे, इसकी क्या आवश्यकता थी? वह चावल जनता में बेचने के लिए दिया गया था। आज भी ४१८० बोरों में १९८० बोरे वेयरहाउसिंग कार्पोरेशन में जमा हैं। क्या यह जमाखोरी नहीं है? क्या उसके खिलाफ कोई कार्यवाही होगी? सरकार की इस संबंध में क्या नीति है?

हमारे खाद्य मंत्री जी ने लोकसभा में कहा कि जांच की जा रही है। जांच किस बात की करनी है? यह तो साबित हो गया है कि उन्होंने मुनाफा कमाया है। और उन्होंने एक बात और कही कि हमने गुड़ इसलिए मंहगा बेचा कि रेलवे के वैगन लेने के लिए हमको रिश्वत देनी पड़ी। उन्होंने तो रेलवे मंत्री जी को भी चुनौती दी है। रेलवे मंत्री जी को वे चुनौती दें या न दें, लेकिन हमारे गृह मंत्री जी यह घोषणा करते फिरते हैं कि हम दो साल में भ्रष्टाचार खत्म कर देंगे। वह यह भी कहते हैं कि रिश्वत लेना ही जुर्म नहीं, रिश्वत देना भी जुर्म है। यहां एक को-ऑपरेटिव का संचालक, संसद का सदस्य, कांग्रेस का एक बड़ा नेता सदन में खड़ा होकर कहता है कि हमको रेलवे वैगन लेने के लिए रिश्वत देनी पड़ी। क्या उनके खिलाफ कोई कार्यवाही नहीं होगी? यह

रिश्वत उन्होंने कहां से दी थी? क्या अपनी जेब से दी थी? क्या यह को-ऑपरेटिव स्टोर के हिसाब में बतलाई गई? प्रश्न है कि रिश्वत के लिए उनके खिलाफ कार्यवाही क्यों नहीं होनी चाहिए?

सरकार अगर मूल्यों को आगे बढ़ने से रोकना चाहती है तो कठोर दंड दे, कठोर कार्यवाही करे। सवाल एक व्यक्ति का नहीं है, सवाल एक दल का भी नहीं है। अगर आप देश में सही वातावरण बनाना चाहते हैं तो उसकी शुरुआत घर से होनी चाहिए। सरकार की नाक के नीचे दिल्ली में भ्रष्टाचार चलता रहे, सहकारिता के नाम पर एक आर्थिक साम्राज्य बनाया जाए; यह स्थिति सर्वथा अवांछनीय है। कपूर में ४००% मुनाफा हो रहा है और इस को-ऑपरेटिव स्टोर को दिल्ली में कपूर लाने का सर्वाधिकार दिया गया है। यह को-ऑपरेटिव स्टोर घड़ियां मंगा रहा है। और किसको दे रहा है? आम जनता को नहीं दे रहा है, व्यापारियों को दे रहा है और मुनाफा कमा रहा है। आप कहते हैं मुनाफाखोरी खत्म करेंगे। ये मुनाफाखोरी खत्म करने के ढंग नहीं हैं। मेरा निवेदन है कि इस को-ऑपरेटिव स्टोर के पदाधिकारियों के खिलाफ कड़ी कार्यवाही होनी चाहिए। सरकार मुनाफाखोरी, चोरबाजारी रोकना चाहती है या नहीं, यह एक उदाहरण से मालूम पड़ेगा। विजिलेंस कमीशन कायम करने की घोषणा से मालूम नहीं पड़ेगा।

मैं आखिर में एक बात कहकर खत्म कर दूंगा। मैंने संशोधन दिया है कि उत्तर प्रदेश और बिहार में गन्ने का दाम २ रुपए प्रति मन होना चाहिए। गन्ने के दाम कम निर्धारित करने से बड़ा असंतोष पैदा हो रहा है। असंतोष की यह लोकतंत्रीय सरकार चिंता न भी करे, लेकिन अगर गन्ने के उचित दाम न मिले तो मिलों को ठीक गन्ना नहीं मिलेगा। फिर खंडसारी पर, गुड़ पर कितना ही नियंत्रण लगाएं, चीनी की मिलें जितना गन्ना चाहती हैं और जितनी चीनी बनाना चाहती हैं, उतनी पैदा नहीं कर सकेंगी और ३ लाख टन चीनी उत्पादन करने का लक्ष्य प्राप्त नहीं होगा। आपको विचार करना चाहिए कि गन्ने के दाम कम से कम २ रुपए मन कर दिए जाएं। उत्तर प्रदेश और बिहार के किसानों की आर्थिक स्थिति पहले से ही खराब है। अगर उस रूप में उन्हें कुछ सहायता दी जाएगी, उनके साथ न्याय किया जाएगा तो सरकार के लिए बहुत ही उपयुक्त होगा। धन्यवाद।

गन्ने में खटास लाएगा अध्यादेश

सभापति महोदय, खाद्य मंत्री जी के भाषण से दो बातें स्पष्ट नहीं होती हैं। पहली तो यह है कि यदि गन्ने के क्षेत्र को मर्यादित करना है तो इसकी व्यवस्था गन्ने की बुवाई होने से पहले क्यों नहीं की गई? इस बात को सभी स्वीकार करेंगे कि हम गन्ना उत्पादकों को और भी अधिक खेती योग्य भूमि पर गन्ना पैदा करने की अमर्यादित छूट नहीं दे सकते। कहीं न कहीं कोई मर्यादा निश्चित करनी होगी। इसलिए असल प्रश्न इस प्रकार की रोक लगाने के सिद्धांत का नहीं है। प्रश्न यह है कि क्या कृषि और खाद्य मंत्रालय ने व्यावहारिक दृष्टि से उस समय यह कदम उठाया है, जब उठाना चाहिए था? आज हालत यह है कि गन्ना खेतों में खड़ा है और इस आदेश से किसान के मन में बड़ी चिंता पैदा हो गई है। मुझे खाद्य और कृषि मंत्री जी के मुंह से यह सुनकर बड़ा ताज्जुब हुआ कि जो कमी होगी वह ४% से ज्यादा नहीं होगी। जहां तक मेरे क्षेत्र का प्रश्न है, वहां दो चीनी मिलें हैं, एक बलरामपुर में और एक तुलसीपुर में। तुलसीपुर चीनी मिल के संबंध में मुझे जो आंकड़े मिले हैं, उनसे पता लगता है कि पिछले साल तुलसीपुर की चीनी मिल ने ४५ लाख मन गन्ना पेरा था, लेकिन इस बार उसे ३६ लाख मन गन्ना पेरने के लिए कहा जा रहा है। इसका अर्थ यह है कि कटौती १०% की नहीं होगी, बल्कि २०% की होगी। माननीय मंत्री महोदय इन आंकड़ों के बारे में उत्तर प्रदेश शासन से पता लगा सकते हैं या सीधे जानकारी प्राप्त कर सकते हैं।

सभापति महोदय, अब अगर किसी मिल में गन्ने को पेरनी में २०% की कटौती होनेवाली है तो फिर गन्ना पैदा करनेवाला जो किसान है उस पर इसका क्या असर होगा, इस बात का भी विचार हो जाना चाहिए।

खाद्य एवं कृषि मंत्री श्री एस.के. पाटिल : अगर १०% से बाहर कुछ है, तो वह इस बिल के दायरे से बाहर है।

श्री वाजपेयी : यह बिल के दायरे से बाहर हो कैसे सकता है? यह तो सरकार को खुलासा करना होगा कि क्यों किसी चीनी मिल को निश्चित तादाद से ज्यादा गन्ना पेरने को मना किया गया।

** गन्ना उत्पादन और चीनी उद्योग संबंधी संशोधन विधेयक और अध्यादेश पर लोकसभा में २८ सितंबर, १९६१ को ध्यानाकर्षण प्रस्ताव।*

श्री एस.के. पाटिल : १०% के बाहर? अगर यह १०% से ज्यादा है, तो निश्चय ही भूल हुई है। उसे सुधारा जा सकता है।

श्री वाजपेयी : दूसरी बात जो खाद्य मंत्री जी ने कही कि अगर प्रति एकड़ गन्ने की पैदावार बढ़ाने की कोशिश की जाती तो यह समस्या खड़ी नहीं होती। लेकिन चूंकि गन्ने का क्षेत्र बढ़ गया है, इसलिए हम संकट में हैं। मेरा निवेदन है कि प्रति एकड़ पैदावार बढ़ाने का सवाल यहां खड़ा करना ठीक नहीं है। इसका कारण यह है कि अगर प्रति एकड़ पैदावार बढ़ जाती तो शक्कर अधिक पैदा होने का संकट हमारे सामने खड़ा रहता। किसान चाहे प्रति एकड़ पैदावार बढ़ाते या चाहे इसका क्षेत्र बढ़ाते, समस्या गन्ने की अधिक पैदावार से उत्पन्न हुई है। पैदावार किस तरीके से की गई है, यह प्रश्न मुख्य नहीं। मेरा निवेदन है कि इस संदर्भ में इस प्रश्न को उठाना कोई अर्थ नहीं रखता है, क्योंकि गन्ना अगर अधिक पैदा होता है, चाहे प्रति एकड़ पैदावार बढ़ने से होता हो या क्षेत्रफल बढ़ने से, मिलों में गन्ना अधिक जाता है और चीनी उससे अधिक बनती है और चूंकि देश में चीनी की खपत कम है, इसलिए समस्या तो ज्यों की त्यों बनी रहती है। इस वास्ते मैं समझ नहीं पाया हूं कि खाद्य मंत्री जी ने प्रति एकड़ पैदावार बढ़ाने के सवाल को इस विवाद में क्यों खड़ा किया है? समस्या तो गन्ने की बढ़ती हुई पैदावार से संबंध रखती है। मैं जानना चाहता हूं कि अगर आपने क्षेत्रफल कम कर दिया और क्षेत्रफल को बढ़ने से रोक दिया और उस सूरत में किसान ने पैदावार के अच्छे साधन अपनाकर जितनी जमीन में वह गन्ना पैदा करता है, उसमें ही अधिक गन्ना पैदा कर दिया तो क्या देश के सामने समस्या खड़ी नहीं होगी? मेरा निवेदन है कि यह सवाल घनी खेती का और विस्तार की खेती का नहीं है। सवाल तो यह है कि जितना गन्ना चीनी में खप सकता है, आज वह उस सीमा पर पहुंच गया है। अब हमें विचार करना चाहिए कि क्या चीनी की खपत बढ़ाने के लिए कोई कदम उठाए जा सकते हैं?

श्री त्यागी देहरादून : हलवा खाओ।

श्री वाजपेयी : जब हम इस सवाल पर विचार करते हैं तो हमें देखना होगा कि हमारे देश में चीनी खानेवाले व्यक्तियों की संख्या कितनी है? इसका हमें थोड़ा सा विचार करना चाहिए कि कितने लोग चीनी खाते हैं और क्या उनकी तादाद बढ़ नहीं सकती? गांवों मे जाकर हम देखें, बहुत से लोगों को चीनी खाने के लिए नहीं मिलती। वे चीनी खाना भी चाहते हैं, मगर चीनी के दाम इतने अधिक हैं कि उन दामों पर वे चीनी खरीद नहीं सकते।

कंट्रोल हटा, दाम घटे

अभी कंट्रोल हटा है। चीनी के दाम भी कुछ कम हुए हैं। इसके फलस्वरूप चीनी की खपत बढ़ी है। मेरा निवेदन है कि अगर गर्मी के समय में जब ब्याह-शादियों का मौका था, अगर यह कंट्रोल हटा दिया जाता तो चीनी की खपत और भी बढ़ सकती थी। इस वास्ते इस बात का प्रयत्न होना चाहिए कि चीनी की खपत बढ़ाई जाए। इसके लिए मैं समझता हूं एक्साइज ड्यूटी में कुछ कमी करने के सवाल पर सरकार को विचार करना होगा। कुछ दिनों से समाचारपत्रों में इस तरह की बात छप रही है कि सरकार चीनी पर एक्साइज ड्यूटी कम करने के बारे में विचार कर रही है। अगर ऐसा कोई विचार है तो मैं उसका स्वागत करूंगा। मैं आशा करता हूं कि खाद्य मंत्री जी इस वाद-विवाद का उत्तर देते समय इस बारे में कोई घोषणा करेंगे, कोई स्पष्टीकरण करेंगे कि क्या सरकार एक्साइज ड्यूटी कम करने के बारे में विचार कर रही है।

इस संबंध में एक बात का और भी हमें स्मरण रखना चाहिए। गन्ना बोने के लिए किसान सहज रूप से तैयार होता है, यह बात तो ठीक है। इसका कारण यह है कि गन्ने से उसे प्राप्ति अधिक होती है। लेकिन कुछ क्षेत्र ऐसे भी हैं कि जिनमें किसान अगर गन्ना न बोएगा तो वह अपनी आजीविका के लिए भी आवश्यक साधन नहीं जुटा सकेगा। उदाहरण के लिए तराई का इलाका है। जिस क्षेत्र से मैं चुनकर आया हूं वहां गत तीन वर्ष से गेहूं की, धान की, चावल की फसल बरबाद हो रही है, कभी बाढ़ से, कभी सूखे से और कभी ओले गिरने से। उस क्षेत्र में अगर किसान गन्ना न बोएगा तो फिर किसान जीवित रहने के लिए भी सामग्री न जुटा सकेगा। मुझे पता लगा है कि माननीय मंत्री जी ने बिहार के गन्ना-उत्पादकों को इस तरह का आश्वासन दिया है कि क्योंकि वहां बाढ़ आ गई थी इसलिए उनका गन्ना खेत में खड़ा रहे, इस प्रकार की स्थिति न होने दी जाएगी। मेरा उनसे निवेदन है कि उत्तर प्रदेश में जिन पूर्वी जिलों में बाढ़ आई थी; और किसानों को उससे अपार क्षति हुई है, उनके संबंध में भी विशेष प्रयत्न करके इस बात की कोशिश की जाए कि उनका सारा गन्ना इस बार बिक जाए।

जहां तक खंडसारी और गुड़ बनाने का सवाल है, आप जानते हैं कि केंदीय सरकार खंडसारी के संबंध में टैक्स लगाने की ऐसी नीति अपनाने की भूल करती रही है, जिसके कारण खंडसारी उद्योग को बड़ा धक्का लगा है। लेकिन अब हम फिर उसी खंडसारी उद्योग की शरण में जा रहे हैं। मेरा निवेदन है कि खंडसारी उद्योग के विकास के लिए जितना प्रयत्न होना चाहिए, नहीं किया गया। लेकिन एक बड़ी कठिनाई है कि यह गन्ना उन क्षेत्रों में अधिक पैदा होता है, जहां मिलें लगी हुई हैं और नियम के अनुसार मिलों के आसपास के क्षेत्रों में खंडसारी उद्योग खड़ा नहीं किया जा सकता। अब नया संकट पैदा हो गया है। किसान का गन्ना खरीदा नहीं जाएगा। खंडसारी वह बना नहीं सकते। तो जो गन्ने की बढ़ी हुई पैदावार है उसे केवल गुड़ बनाने में लगाया जा सके, इसकी कोई संभावना नहीं दिखाई देती। मैं अन्य क्षेत्रों की नहीं कह सकता, लेकिन मैंने अपने क्षेत्र में व्यापक दौरा करके इस बात को अनुभव किया है कि अगर चीनी की मिलों ने गन्ना न खरीदा और गन्ना खेतों में खड़ा रहा तो यह आशा कि किसान उस गन्ने का गुड़ बना लेगा, पूरी नहीं होगी। किसान को बड़ी कठिनाई का सामना करना पड़ेगा।

समन्वित नीति बनाई जाए

इस सदन में यह प्रश्न कई बार उठाया जा चुका है कि सरकार चीनी, खंडसारी, गुड़ उत्पादन की संपूर्ण देश के लिए कोई समन्वित योजना बनाए जिसमें योग्य विचार करके चीनी का, खंडसारी का और गुड़ का स्थान नियत किया जाए। लेकिन अभी तक इस संबंध में शासन की ओर से कोई प्रयत्न नहीं किया गया है। पिछले साल इस संभावना को देखकर कि गन्ना अधिक पैदा होगा, गुड़ बनाने के लिए किसानों को जितना प्रोत्साहन दिया जाना चाहिए था, नहीं दिया गया और इसका परिणाम यह हुआ कि पिछले साल जितना गुड़ बनाना चाहिए था नहीं बना, बाजार में गुड़ बहुत महंगा बिका। किसानों में यह प्रवृत्ति है कि वे अपना गन्ना चीनी मिलों को ले जाना चाहते हैं, लेकिन अगर किसानों को समय पर गुड़-उत्पादन के लिए सहायता मिले और उन्हें विश्वास हो कि गुड़ बनाएंगे तो बाजार में अच्छी कीमत पर बिकेगा तो किसान गुड़ बनाने के लिए तैयार हो सकता है। लेकिन आज की स्थिति में किसानों से यह आशा करना कि वह सारा गन्ना गुड़ बनाने में खर्च कर सकेंगे, उचित नहीं होगी। यह आशा पूरी नहीं होगी।

मेरा निवेदन है कि यह जो खाद्य मंत्री महोदय ने ४% की बात कही है, वह किस तरह से हर एक चीनी मिल पर लागू होती है, इसका विचार होना चाहिए। मुझे पीलीभीत की चीनी मिल से खबर मिली है कि चीनी मिल के आसपास जो गन्ना पैदा करनेवाले किसान हैं, वे तो अब चीनी मिल में गन्ना नहीं दे सकेंगे, मगर सरकार का जो फार्म तराई में है, उसका गन्ना पीलीभीत की चीनी मिल में लाया जाएगा। तो इन किसानों में अंसतोष क्यों पैदा नहीं होगा? सरकार का यदि फार्म खड़ा है तो किसानों के हितों को संकट में डालकर इस फार्म का गन्ना पीलीभीत में खरीद लिया जाए, इस बात की अनुमति नहीं दी जानी चाहिए। किसानों के हितों का ध्यान रखकर चलना चाहिए। लेकिन यह आदेश इस तरह लागू किया गया है कि इस बात का ध्यान नहीं रखा गया। इसकी खाद्य मंत्री महोदय ने न पुष्टि की है और न इसका खंडन किया है। मेरा निवेदन है कि जो अधिकार सरकार प्राप्त कर रही है, उसको ठीक तरह से काम में नहीं लाया जाएगा, इस बात की आशंका है।

केंद्र सरकार मामला प्रांतों पर न छोड़े

इस बात का विचार करना चाहिए कि एक चीनी मिल कितने किसानों का गन्ना खरीदेगी, कितना गन्ना बाकी बचा रहेगा, और फिर उस गन्ने को पेरने के लिए किसानों के पास साधन हैं या नहीं, और इसके लिए अगर उनको सहायता देने की आवश्यकता हो तो वह सहायता दी जाए, इस प्रश्न का विचार केंद्रीय सरकार को करना चाहिए। प्रांतीय सरकारों पर यह मामला छोड़ने से काम नहीं चलेगा। वहां चीनी में कुछ राजनीति काम करती है। केंद्र के लिए मैं यह नहीं कह सकता। लेकिन अगर सब चीजें प्रांतों पर छोड़ दी जाएंगी तो गन्ना पैदा करनेवाले किसानों और चीनी खानेवाले उपभोक्ताओं के हितों की अवहेलना करके राजनीतिक कारणों से चीनी मिलों को ऐसी सुविधाएं दी जाएंगी कि अंततोगत्वा जनता के हितों की हानि होगी।

इसलिए मैं खाद्य मंत्री महोदय से आग्रह करना चाहूंगा कि वह इस बात को स्पष्ट करें कि यह आर्डिनेंस गन्ना बोने से पहले जारी क्यों नहीं किया गया, पहले से किसानों को सूचना क्यों नहीं दी गई, सरकार ने दूरदर्शिता से काम क्यों नहीं लिया? सरकार की गलती की सजा गन्ना पैदा करनेवाले किसान भुगतें, यह तो उचित नहीं कहा जा सकता। गन्ना पैदा हो गया है, अगर गन्ना खेत में पड़ा रहा और चीनी मिलों ने उसको न खरीदा तो गन्ना पैदा करनेवाले क्षेत्र में असंतोष की व्यापक लहर फैलेगी और वह किसी के लिए ठीक नहीं होगी। मैं नहीं समझता कि सत्तारूढ़ दल भी इस तरह की स्थिति पैदा किया जाना पसंद करेगा। मगर शासन का आदेश ऐसा है कि किसानों में इस बात की आशंका व्याप्त हो गई है। मैं खाद्य मंत्री जी से जानना चाहूंगा कि वह यह ४% की कटौती की बात किस आधार पर करते हैं? क्या उन्होंने इस संबंध में प्रांतों से अलग-अलग पूछा है? क्या हर एक क्षेत्र का पृथक रूप से विचार किया जाएगा? मैं चाहूंगा कि वह यह आश्वासन दें कि उत्तर प्रदेश के पूर्वी जिलों में जहां बाढ़ आई थी, वहां किसी भी किसान का गन्ना खेत में खड़ा नहीं रहने दिया जाएगा और उसको पेरने की पूरी व्यवस्था होगी। धन्यवाद।

पशुधन बढ़ाइए, खाद्यान्न पाइए

सभापति जी, आज देश में जो भी खाद्य परिस्थिति पैदा हो गई है, उसके कारणों पर अगर हम विचार करें तो इस परिणाम पर पहुंचेंगे कि दूसरी योजना में हमने जो कृषि की उपेक्षा की, उसके फलस्वरूप हमारे सामने आज का खाद्य संकट खड़ा हो गया है। दूसरी योजना में औद्योगीकरण पर आवश्यकता से अधिक बल दिया गया। कृषि भारत का सबसे बड़ा उद्योग है, और हम यदि आर्थिक विकास करना चाहते हैं तो उसका आधार खाद्योत्पादन की दृष्टि से हमारी आत्मनिर्भरता ही हो सकती है। मैं अशोक मेहता समिति के इस विचार से सहमत नहीं हूं कि अन्न की दृष्टि से हम आत्मनिर्भरता प्राप्त नहीं कर सकते। यदि प्रयत्न किया जाए, सही ढंग से और सही दिशा में, तो अवश्य ही देश इस संबंध में अपने पैरों पर खड़ा हो सकता है। लेकिन इसके लिए यह आवश्यक है कि हम सही दृष्टिकोण अपनाएं। यह संतोष की बात है कि हमारे खाद्य मंत्री महोदय ने इस तथ्य को स्वीकार किया है कि सिंचाई की बड़ी-बड़ी योजनाओं की अपेक्षा हमें अपना ध्यान छोटी योजनाओं पर केंद्रित करना चाहिए। देर आयद दुरुस्त आयद, सुबह का भूला हुआ शाम को घर आ जाए तो भूला हुआ नहीं कहा जाता। लेकिन मुझे डर है कि सचमुच में हम फिर कहीं न भूल जाएं।

अशोक मेहता कमेटी ने उत्तर प्रदेश के पूर्वी जिलों के संबंध में जिस स्थिति पर प्रकाश डाला है, उससे पता लगता है कि बाढ़ को रोकने के लिए और सिंचाई के प्रबंध के लिए जितनी भी धनराशि दूसरी योजना में दी गई है, ९ करोड़ के लगभग, उसमें से केवल ४० लाख रुपया खर्च किया गया है। सिंचाई की छोटी-छोटी योजनाएं धन के अभाव में और सरकारी कर्मचारियों की अकर्मण्यता के कारण पूरी नहीं हो पातीं, और इसका परिणाम हमारे सामने है। अधिकतर जो भी खाद्य के संबंध में विषम परिस्थिति पैदा हो गई है उसके लिए प्राकृतिक कारण भी उत्तरदायी हैं, लेकिन इस संबंध में मानवी प्रयत्नों द्वारा जो कुछ किया जाना चाहिए, उसको भी करने में हम समर्थ नहीं हुए हैं। विदेशों से अन्न मंगाए बिना अब परिस्थिति का सफलता से सामना नहीं किया जा सकता, यह वस्तुस्थिति बिल्कुल स्पष्ट है। लेकिन सवाल यह है कि इस संबंध में उत्पादन बढ़ाने के लिए और जो भी उपाय हम करते हैं, उसे उचित दामों पर आम आदमी तक पहुंचाने के लिए

** खाद्य परिस्थिति पर अशोक मेहता समिति की रिपोर्ट पर लोकसभा में ३ दिसंबर, १९५७ को टिप्पणी।*

क्या प्रयत्न किए जा रहे हैं?

अशोक मेहता समिति ने एक विचित्र-सा सुझाव दिया है। मैं उसे विचित्र ही कहूंगा। उन्होंने कहा है कि अनाज के व्यापार के विषय में न तो खुली छूट होनी चाहिए और न पूर्ण नियंत्रण की नीति अपनाई जानी चाहिए। उन्होंने बताया है कि अन्न के थोक व्यापार का पूरी तरह से समाजीकरण किया जाना चाहिए। मैं नहीं जानता, हमारी सरकार इसे नीति के रूप में अपना रही है या नहीं। किंतु इस तथाकथित समाजीकरण का व्यावहारिक रूप क्या होगा, इसको स्पष्ट करने की आवश्यकता है। मेरा अभिप्राय यह है कि आज की स्थिति में यह जो समाजीकरण का सुझाव है यह न तो व्यावहारिक है और न उपयुक्त, और हमारी सरकार इसे अपनाए या न अपनाए, किंतु इस सुझाव के कारण जो दुष्परिणाम होनेवाला है, वह अवश्य होगा। लोग अनाज दबाकर बैठ जाएंगे, और जब हम चाहते हैं कि सारा अनाज बाजार में आए और उचित दामों पर आम आदमियों तक पहुंचे, उस उद्देश्य की प्राप्ति में भी कठिनाई पैदा होगी।

अशोक मेहता समिति ने एक और भी विचित्र बात कही है। मेरा अंग्रेजी का ज्ञान तो सीमित है। मैं चाहूंगा कि इसके संबंध में सफाई दी जाए। समिति की रिपोर्ट के ५४वें पेज पर जहां अनाज के दामों के संबंध में समिति ने चर्चा की है, वहां लिखा है :

"इसकी पहचान की जानी है कि विकासशील अर्थव्यवस्था में मूल्य वृद्धि की सेकुलर टेंडेंसी पैदा होगी।"

यह 'सेकुलर टेंडेंसी' क्या है? मैं खाद्य मंत्री महोदय से इसके स्पष्टीकरण के बारे में प्रार्थना करूंगा। अन्य प्रश्नों पर तो यह सेकुलरवाद आकर खड़ा हो जाता है, अब दामों की घटती-बढ़ती के बारे में भी सेकुलर टेंडेंसी की चर्चा की गई है, उसका अभिप्राय क्या है, यह स्पष्ट किया जाना चाहिए।

अशोक मेहता समिति ने एक और भी विचित्र बात कही है। जहां उसने देश में खाद्यान्न की कमी को पूरा करने के उपाय सुझाए हैं, वहां देश में जो पशुधन है और उसकी राय में निरुपयोगी है, बेकार है, उसको कम करने का भी सुझाव दिया है। इस सुझाव के संबंध में मेरा इतना ही निवेदन है कि भारत में कोई भी खाद्य नीति तब तक सफल नहीं हो सकती जब तक उस खाद्य नीति के अंतर्गत पशुधन के संरक्षण और विकास की पूरी व्यवस्था नहीं की जाती। हमारा देश अगर खाद्यान्न की दृष्टि से आत्मनिर्भर होना चाहता है, तो हम पशुधन के संरक्षण और विकास के प्रश्न को अपनी खाद्य नीति से अलग नहीं कर सकते। मेरा निवेदन है कि दूध देनेवाले पशु, विशेषकर गाय और भैंस, कभी निरुपयोगी नहीं होते। किसी न किसी रूप में उनका उपयोग किया जा सकता है। लेकिन सरकार ने द्वितीय योजना में जिन गोसदनों के निर्माण की व्यवस्था की थी, वे अभी तक बने नहीं हैं। इस संबंध में सरकार अपने कर्तव्य का पालन करने में असफल रही है। दूध की हमें पौष्टिक पदार्थ के रूप में आवश्यकता है और इस दृष्टि से मैं समझता हूं अशोक मेहता समिति ने जो कुछ कहा है, उसे गंभीरता से लेने की आवश्यकता नहीं है।

जहां तक आज जो खाद्य के संबंध में परिस्थिति पैदा हो गई है, उसके निराकरण का सवाल है, मेरा निवेदन है कि हम दूरगामी उपाय भी अपनाएं और तात्कालिक उपाय भी अपनाएं।

पूर्वी उत्तर प्रदेश के संबंध में मैं खाद्य मंत्री महोदय से निवेदन करना चाहूंगा कि अशोक मेहता समिति ने उन जिलों से अन्न को बाहर भेजने के संबंध में जो सुझाव दिया है, उसके संबंध में उनकी क्या प्रतिक्रिया है। समाचारपत्रों से ज्ञात होता है कि उत्तर प्रदेश की सरकार ने इस संबंध

में केंद्र को लिखा है। यदि यह ठीक है, तो इस बारे में तुरंत कार्यवाही होनी चाहिए। इन जिलों से बाहर, जिनमें कि मैं चौदह जिले शामिल करता हूं, केवल दस नहीं, जो अनाज का निर्यात हो रहा है, उसको रोक दिया जाए और इस बात की व्यवस्था की जाए कि वहां जो विषम परिस्थिति पैदा हो गई है, उसकी पूर्ण जानकारी के लिए, उसके निराकरण के लिए, हम केवल उत्तर प्रदेश सरकार पर ही निर्भर न रहें, बल्कि केंद्र को भी इस संबंध में अपने दायित्व का पालन करना चाहिए। समाचारपत्रों के अनुसार राज्य सरकार से जो भी रिपोर्ट प्राप्त हुई है, उससे मुझे लगता है कि परिस्थिति जितनी बिगड़ी है, उससे कम दिखाई जा रही है। इस हालत में थोड़ी सी असावधानी भयंकर परिणाम ला देगी। आवश्यकता इस बात की है कि हम परिस्थिति के प्रति सजग हों, और जैसा कि अभी कहा गया, सभी दलों और वर्गों का सहयोग प्राप्त करते हुए इस राष्ट्रीय समस्या के हल के लिए प्रयत्न करें।

इससे अधिक मुझे कुछ और नहीं कहना है।

रेलवे और परिवहन

मृतक सिर्फ लाशें नहीं

अध्यक्ष महोदय, प्रधानमंत्री जी ने रेल दुर्घटना के बारे में वक्तव्य दिया है। रेल मंत्री देश में नहीं हैं। प्रधानमंत्री रेल मंत्रालय को भी देख रहे हैं। यह व्यवस्था अपने में संतोषजनक नहीं है, यह बात तो स्पष्ट है। इस दुर्घटना के कारण यह तथ्य और भी उजागर हो गया है कि सरकार में जिम्मेदारियों का जिस तरह से विभाजन, बंटवारा होना चाहिए था, वह नहीं है। अब यदि प्रधानमंत्री जी रेल मंत्री का दायित्व निभा रहे हैं, रेल मंत्री की तरफ से सदन में वक्तव्य दे रहे हैं तो देश उनसे यह आशा करता था और हम भी यह आशा करते थे कि वे दुर्घटना स्थल पर जाएंगे और जो घायल और आहत हुए हैं, उनको शोक संवेदना देंगे और उन्हें भरोसा दिलाएंगे। लेकिन मल्लिकार्जुन जी गए हैं और उनकी रिपोर्ट अभी हमारे सामने नहीं है।

यह अब तक की हुई दुर्घटनाओं में सबसे भयंकर दुर्घटना है। हो सकता है इससे मिलती-जुलती या इसकी टक्कर की और भी दुर्घटनाएं हुई हों। इस दुर्घटना के तीन पहलू हैं—एक तो तथ्यों का सवाल है कि वहां क्या हुआ। सरकार के वक्तव्य में इस पर प्रकाश डाला गया है, समाचारपत्रों में भी कुछ जानकारी है। हमारे मित्र श्री कठेरिया और रावत जी जो वहां पर गए थे, ये सदन को कुछ और भी तथ्य देना चाहेंगे। एक गाड़ी स्टेशन पर खड़ी थी, दूसरी गाड़ी उससे आकर टकरा गई। लोग मर गए। मरनेवालों की संख्या सैकड़ों में है। मैं इस पहलू को बाद में लूंगा कि संख्या के बारे में देश में और सदन में सरकार और विरोधी पक्ष के बीच में अलग-अलग आंकड़े क्यों दिए जाने चाहिए; लेकिन मैं दूसरी बात कह रहा था। तथ्य अपनी जगह हैं, उन पर चर्चा होगी। किस छोटे कर्मचारी की गलती हुई, किस सिगनल मैन ने चूक की, एक गाड़ी थी तो उसकी सूचना क्यों नहीं दी गई, यदि वह गाड़ी डेढ़ घंटे से वहां खड़ी थी तो क्या सूचना देना इतना कठिन था? इन तथ्यों पर बहस होती रहेगी, तथ्यों को उजागर किया भी जाना चाहिए, तथ्य जानना बहुत आवश्यक है।

लेकिन एक दूसरा पहलू है कि पिछले कुछ सालों में रेल दुर्घटनाओं की बाढ़ आ गई है। मैं गिनाना नहीं चाहता, समाचारपत्रों ने आज उनकी तिथि के अनुसार, वर्ष के अनुसार उन्हें उद्धृत किया है। ७ जनवरी, १९९१ से लेकर, जब कलकत्ता में एक दुर्घटना हुई थी, ये दुर्घटनाएं लगातार

** फिरोजाबाद में रेल दुर्घटना पर लोकसभा में २१ अगस्त, १९९५ को चिंता।*

हो रही हैं। १५-१६ बड़ी दुर्घटनाएं हो चुकी हैं, भयंकर दुर्घटनाएं हो चुकी हैं। हो सकता है कि यह सदन समाप्त हो, उससे पहले कोई भयंकर दुर्घटना और भी हो जाए। दुर्घटनाओं की संख्या क्यों बढ़ गई है, यह प्रश्न पूछा जाना चाहिए, इसका उत्तर दिया जाना चाहिए।

रेलवे दावा करती है और उस दावे को न मानने का कोई कारण नहीं है कि रेलवे का इलेक्ट्रिफिकेशन हो रहा है, मैकेनाइजेशन हो रहा है, कंप्यूटराइजेशन हो रहा है, सिग्नलिंग की पद्धति बदली जा रही है। दुर्घटनाएं न हों, इसके लिए कदम उठाए गए हैं, मगर दुर्घटनाएं हो रही हैं। हम विज्ञान और टेक्नालॉजी में प्रगति का दावा करते हैं, लेकिन उसका उपयोग करके हम दुर्घटनाएं रोकना तो दूर की बात है और शायद पूरी तरह से दुर्घटनाएं रोकी न जा सकें, लेकिन क्या उनकी संख्या नहीं घटाई जा सकती? यहां पूरे रेलवे तंत्र का सवाल पैदा होता है। रेलवे को जो सुविधाएं दी जानी चाहिए, रेलवे के द्वारा जो कदम उठाए जाने चाहिए, उन सारे सवालों पर बहस जरूरी हो जाती है।

जब दुर्घटना होती है, हम दो तरह की इंक्वायरी करते हैं। या तो कभी-कभी ज्यूडीशियल इंक्वायरी होती है या रेलवे सेफ्टी के जो इंस्पेक्टर हैं, वे जांच करते हैं, उसकी रिपोर्ट आ जाती है। हमारी शिकायत है कि पूरी रिपोर्ट प्रकाशित नहीं की जाती। उसके एक-दो पैरे प्रकाशित कर दिए जाते हैं। सिफारिशों का क्या होता है, इसके बारे में सदन अनभिज्ञ है, देश को भी जानकारी नहीं है।

मुझे वह दिन याद है, जब श्री जगजीवन राम रेल मंत्री हुआ करते थे। कुछ दुर्घटनाएं बढ़ी थीं और मैं रेलवे बजट पर बोल रहा था। मैंने कहा कि आज रेलवे में इतनी असुरक्षा की भावना पैदा हो गई है कि यदि कोई यात्री जाता है तो वह जग और जीवन को छोड़कर केवल राम का नाम लेते हुए रेल में बैठता है। यह वर्षों पहले की बात है, अब तो दुर्घटनाएं आम बात हो गई हैं। सुरक्षित रेलवे, मोटो लगा हुआ है, सेफ ट्रैवल। रेलवे की जिम्मेदारी है कि यात्रा को सुरक्षित रखेगी। अब यह कहकर नहीं बचा जा सकता, रेलवे प्रशासन नहीं बच सकता और न प्रधानमंत्री हमें संतुष्ट कर सकते हैं कि नील गाय आ गई, भैंस आ गई, वह गाड़ी से टकरा गई और इंजन खराब हो गया, ड्राईवर को गाड़ी रोकनी पड़ी। यह मैं समझ सकता हूं कि नील गाय टकरा सकती है, नील गाय इस सरकार के काबू में नहीं है, लेकिन वहां नील गाय आई कैसे, यह भी एक प्रश्न है···(व्यवधान)

श्री शरद यादव : नील गाय नहीं, अटल जी, वह नील घोड़ा है।

श्री वाजपेयी : आप अगर गधा कहें तो वह भी मैं मानने को तैयार हूं।···(व्यवधान)

श्री भगवान शंकर रावत : माननीय सदस्य गलत कह रहे हैं, नील घोड़ा नहीं है, गाय है, मैं वहां देखकर आया हूं।···(व्यवधान)

श्री वाजपेयी : वह गाय को नहीं लाना चाहते, आपकी भावनाओं का आदर कर रहे हैं, उनको धन्यवाद दीजिए।

अध्यक्ष महोदय, एक जानवर घूम रहा था, टकरा गया। जानवर रोके नहीं जा सकते। उन्हें टकराना नहीं चाहिए, यह उनकी समझ में नहीं आता। सरकार की रेल है और उससे नील गाय को टकराने से जान देनी पड़ेगी, वह एक अलग पहलू है। लेकिन मैं यह जानना चाहता हूं कि अगर यह तथ्य गलत है तो मैं सही बात जानना चाहूंगा, डेढ़ घंटे गाड़ी रुकी रही तो पीछे कौन सी गाड़ी आ रही है और पुरुषोत्तम एक्सप्रेस बड़ी तेज रफ्तार से चलनेवाली गाड़ी है, उसको वहीं

रोका जाए, न रोकने पर लाइन बदलने के कारण बड़ी भारी दुर्घटना हो सकती है, क्या इसका प्रबंध किया गया? क्या इसके बारे में सोचा गया? क्या इसके बारे में कदम उठाए गए? यह तथ्य से संबंधित मामला है।

लेकिन एक व्यवस्था का प्रश्न है। पूरे रेलवे सिस्टम पर एक प्रश्न चिह्न लग गया है। अगर इस तरह की घटना हुई है तो क्या हम दुर्घटना नहीं रोक सकते, तो फिर हम किस प्रगति का दावा कर रहे हैं और रेलें सुरक्षा से चलें, यह बार-बार कहने का क्या अर्थ है? एक व्यवस्था का प्रश्न होता है और यहां तंत्र का प्रश्न भी उठता है। लेकिन मैं एक बात पर जोर देना चाहता हूं, वह है एकांउटिबिलिटी। दुर्घटना हो गई, ३०० से ज्यादा लोग मर गए। पहले भी दुर्घटनाएं हुई थीं। कुछ मंत्रियों ने इस्तीफे दिए, कुछ इस्तीफा नहीं देते। केवल मंत्री का सवाल नहीं है, मैं सरकार की एकाउंटेबिलिटी की बात कर रहा हूं। यह सरकार सदन के प्रति उत्तरदायी है। यह रेलवे यात्रियों के प्रति उत्तरदायी है। अगर इतनी बड़ी दुर्घटना हो जाती है तो नैतिकता का तकाजा क्या है और संवैधानिक नैतिकता का तकाजा क्या है, यह सदन उसका उत्तर चाहता है। इसीलिए सरकार को कटघरे में खड़ा करने की बात हो रही है। इसीलिए स्थगन प्रस्ताव पर जोर देने की बात कही जा रही है। क्या सरकार जवाबदेह है? इन बढ़ती हुई दुर्घटनाओं का उसके पास क्या उत्तर है? क्या वह अपने कर्तव्य के पालन में विफल नहीं रही है? क्या उसने बने रहने का नैतिक अधिकार नहीं खो दिया है?

मरनेवालों की संख्या की बात हो रही है। संख्या हो सकता है शाम तक उधर हो जाए। लेकिन मैं इस सवाल को संख्या से नहीं जोड़ना चाहता। ठीक है, अगर हमारा काम रोको प्रस्ताव आप लेते, अगर वह ठुकरा दिया जाता, लेकिन प्रश्न दूसरा है। लगातार एक क्षेत्र में शासन विफल होता रहे, मंत्री अपने दायित्व का पालन नहीं कर सकें, यह सदन क्या चुपचाप बैठा रहे और देश की जनता को जब उत्तर देना होगा तब देगी? क्या कोई संवैधानिक दायित्व नहीं है? कोई जवाबदेही नहीं है? लोग इसी तरह से मरेंगे, बेमौत शिकार होंगे? कितनी बड़ी ट्रैजिडी हुई है।

अब मैं अपने अंतिम मुद्दे पर आना चाहता हूं। मैं कम समय लूंगा, क्योंकि मैं चाहता हूं कि माननीय सदस्य इस पर अपने विचार प्रकट करें।

मरनेवाले कितने थे?

अध्यक्ष महोदय, यह विवाद हर रेल दुर्घटना के समय क्यों खड़ा होता है कि सरकार मरनेवाले कम बता रही है, जब कि मरनेवाले ज्यादा हैं? क्या हम लाशें गिनना नहीं जानते? क्या हम मरे हुओं का भी हिसाब नहीं रख सकते? जिंदा रहनेवालों की हम चिंता नहीं कर सकते, उनको तो हमने शव में बदल दिया। मगर जो मर गए उनका भी हिसाब नहीं रखा जाता। सरकार की विश्वसनीयता इतनी घट गई है कि जब भी कोई आंकड़ा आता है, इसी दुर्घटना के बारे में लोग अलग-अलग आंकड़े दे रहे हैं। कितने लोग मरे हिसाब रखा जा सकता है, गिनती की जा सकती है। उनके घरवालों को सूचित किया जा सकता है। आखिर जो रेल यात्री थे, वे रेल के टिकट खरीदकर बैठे थे। रेलवे का उनके प्रति कोई दायित्व है या मरनेवालों की कोई गिनती नहीं है? क्यों नहीं है? इस बारे में अविश्वास क्यों पैदा होना चाहिए? हम ट्रांसपेरेंसी की बात कहते हैं। लेकिन हम इस मामले में ट्रांसपेरेंसी नहीं दिखा सकते कि इतने लोग मरे हैं। हमने एक-एक गिनकर देखा है, घरवालों को सूचना दी जा रही है। मरनेवालों को केवल लाशें न समझें। वे

जीते-जागते इंसान थे, जो हमारी गलती के शिकार हो गए। उनका भी कोई हिसाब नहीं है।

हमारे मित्र कह रहे हैं, वे स्वयं बोलेंगे जो फिरोजाबाद से आए हैं और आगरा से आए हैं। जिस तरह की देखभाल की तत्परता दिखाई जानी चाहिए थी, जब वे वहां थे, वह नहीं थी। पीने के पानी की कमी थी। बड़ी संख्या में लोग हताहत हुए हैं और मरनेवालों की जितनी चिंता की जानी चाहिए थी, वह नहीं की जा रही है। जो घायल हुए हैं उनके इलाज में कुछ कमी दिखाई दे रही है। ये सारी बातें हैं जिनका जवाब सरकार को देना चाहिए, विवरण देने चाहिए।

अध्यक्ष महोदय, जब बड़ी दुर्घटना होती है, कमीशन बनाया जाता है। तीन बड़े कमीशन अभी तक बन चुके हैं। न्यायिक जांच की जा चुकी है। जो सेफ्टी के इंस्पेक्टर हैं वे अपनी जांच अलग ढंग से करते हैं। मैंने कहा कि उनकी सभी रिपोर्टें प्रकाशित नहीं की जातीं। उन सारी रिपोर्टों को प्रकाशित करने की जरूरत है। एक-एक सिफारिश अमल में आई या नहीं, इसको देखने की जरूरत है। रेल यात्रा में लोगों का विश्वास बहुत हिल गया है। उस विश्वास को अगर पुनः स्थापित करना है तो एक साथ कई-कई कदम उठाने पड़ेंगे। और जैसा मैंने कहा कि जहां तक एकाउंटेबिलिटी का सवाल है, पार्लियामेंट के प्रति एकाउंटेबिलिटी, देश के प्रति जवाबदेही का सवाल है, उसका सरकार को परिचय देना चाहिए।

कोयले से ज्यादा यात्रियों का दिल जला

सभापति जी, लगभग एक वर्ष के भीतर किराए और माल भाड़े की दर में ३०% की वृद्धि की गई है। यह वृद्धि असाधारण है। मंत्री महोदय ने उसका औचित्य यह कहकर ठहराया है कि ईंधन का खर्चा बढ़ा है, कर्मचारियों को अधिक भुगतान करना पड़ेगा। इससे इन्कार नहीं कर सकते कि ईंधन का खर्चा बढ़ा है, लेकिन उसी मात्रा में रेलवे की अक्षमता और इनएफीशिएंसी में भी वृद्धि हुई है।

एक बात जो मैं विशेष रूप से उठाना चाहता हूं कि रेलवे में कोयले की खपत क्यों बढ़ रही है, कोयले का खर्चा क्यों बढ़ रहा है? सारे प्रयत्न डीजलाइजेशन और उससे आगे जाकर इलेक्ट्रिफिकेशन करने की ओर हैं। अगर हम जाकर देखें तो यह पाएंगे कि कोयले का खर्चा पहले से बढ़ रहा है। यह कैसा रहस्य है? इसका उद्घाटन आवश्यक है।

सभापति महोदय, पर थाउजेंड ग्रौस किलोमीटर पैसेंजर्स और गुड्स सर्विसेज के हिसाब से अगर आप कोयले का कंजंशन देखें तो जो १९७०-७१ में पर थाउजेंड ५२% था वह ७८-७९ में ७०.२५% हो गया। यह २८.२५% इंक्रीज पेसेंजर्स सर्विसेज की है। यह कैसे हो सकता है। अब आप मालगाड़ियों के बारे में देखें। १९७०-७१ में ६०.३% थी और १९७९-८० में ८१% हो गई। इस तरह से ३४.७% कोयले का खर्चा बढ़ा है। मुझे तो कोयले में बड़ा गोलमाल दिखाई देता है। कहीं ऐसा तो नहीं है कि कोयले की दलाली में कोई हाथ काला कर रहा है। इस पर कड़ी नजर रखनी होगी। मंत्री महोदय को आंकड़े देकर यह सिद्ध करना पड़ेगा कि जब डीजलाइजेशन की कोशिश हो रही है और इलेक्ट्रिफिकेशन की तरफ हम जा रहे हैं, तो फिर कोयले का खर्च बढ़ने का औचित्य क्या है?

इलेक्ट्रिफिकेशन की बात हुई। ८१-८२ में हम १४१८ किलोमीटर लाइन का इलेक्ट्रिफिकेशन करना चाहते हैं। पांच साल में आपको ४५० इलेक्ट्रिक लोकोमोटिव की जरूरत होगी। हमारी क्षमता ३०० या ३५० इलेक्ट्रिक लोकोमोटिव की है। इससे ज्यादा तैयार करने की नहीं है। मैं जानना चाहता हूं कि बाकी के लोकोमोटिव कहां से आने हैं या उनका निर्माण करने के लिए कौन से कदम उठाए जा रहे हैं? हो रही उलटी बात है। आप डीजल लोकोमोटिव का उत्पादन

** रेल किराए और माल भाड़े में असाधारण वृद्धि पर लोकसभा में ३ मार्च, १९८१ को तीखी टिप्पणी।*

बढ़ाने की ओर अधिक ध्यान दे रहे हैं। इसमें भी फिजूलखर्ची को टाला जा सकता है। अभी पटियाला में ३० करोड़ रुपए की लागत से डीजल कंपोनेंट्स के उत्पादन को बढ़ाया जा रहा है। मंत्री महोदय इस बात की जांच करें कि वाराणसी में डी.एल.डब्ल्यू. कारखाना जिसमें कि अभी तक अतिरिक्त उत्पादन क्षमता बेकार पड़ी है, क्या इसका लाभ उठाकर डीजल लोकोमोटिव का उत्पादन नहीं बढ़ाया जा सकता? क्या उसका लाभ नहीं उठाया जा सकता है? फिर पटियाला के कारखाने को क्यों बनाया जा रहा है?

सभापति महोदय, भारत सरकार के विभिन्न मंत्रालयों में काम करनेवाले साथियों की बैठक हुई। उसमें यह तय किया गया कि हमें जो ऊर्जा नीति बनानी है, उसको ध्यान में रखते हुए इलेक्ट्रो लोकोमोटिव्स को हमें प्राथमिकता देनी है, विद्युतीकरण का हमें विस्तार करना है। लेकिन ऐसा लगता है कि रेल मंत्रालय ने इस ओर पूरा ध्यान नहीं दिया है। कहीं इसका कारण यह तो नहीं है कि रेलवे बोर्ड के सदस्य मैकेनिकल इंजीनियरिंग डिपार्टमेंट के हैं। बिजली का सारा काम मैकेनिकल इंजीनियरिंग के अंतर्गत आता है। जब भी विस्तार की बात होती है, चाहे वह इंजन बनाने की बात हो या विद्युतीकरण की बात हो, कहीं ऐसा तो नहीं कि रेल मंत्रालय में जो परस्पर प्रतियोगिता चलती है, प्रतिस्पर्धा चलती है, विद्युतीकरण का सारा प्रोग्राम उनका शिकार बन जाता हो? यह सिफारिश की गई थी कि इलेक्ट्रीकल इंजीनियरिंग विभाग का भी एक प्रतिनिधि रेलवे बोर्ड में होना चाहिए। मैं नहीं जानता कि उस सिफारिश का क्या हुआ, लेकिन मैं यह जरूर जानता हूं कि प्रतियोगिता और प्रतिस्पर्धा के कारण डिपार्टमेंटल राइवलरी है और जो अलग-अलग विभागों को बांटकर देखते हैं, उनकी समग्रता को नहीं देखते, वे रेलवे प्रशासन की सेवा नहीं कर सकते और न ही देश का कल्याण कर सकते हैं। इस प्रतिस्पर्धा को हमें समाप्त करना होगा। मंत्री महोदय इस ओर ध्यान दें।

सभापति महोदय, नई टेक्नालॉजी हम लाना चाहते हैं। हमारा रेल मंत्रालय किस तरह से नई टेक्नालॉजी ला रहा है, इसका एक उदाहरण मेरे सामने लाया गया है। अमेरिका के कोलोबरेशन से बंगलोर में कॉस्ट-स्टील-ह्वील्स बनाने का प्लांट बना लिया, ह्वील बनाने का फैसला कर लिया, मगर यह कॉस्ट-ह्वील कहां काम में आएगा, इसका अभी तक निर्णय नहीं हुआ है। क्या वह लोकोमोटिव्स...

सभापति महोदय : वह कौन सी चीज है जिसका पता नहीं चला?

श्री वाजपेयी : सभापति महोदय, हम दो तरह से पहिए बनाते हैं। इस नई टेक्नालॉजी में कॉस्ट ह्वील तैयार किया जाएगा, लेकिन यह ह्वील कहां काम में आएगा, यह अभी तक पता नहीं है। इस प्लांट पर ३४ करोड़ रुपए खर्च करने का अनुमान लगाया गया था। अब १३२ करोड़ हो गया है और जब तक प्रोजेक्ट पूरा होगा तब तक खर्चा २०० करोड़ तक पहुंच जाएगा। लेकिन यह पहिया कहां लगेगा? क्या इंजन में लगेगा? इंजन में तो लगेगा नहीं। सवारी डिब्बों में भी नहीं लगेगा। मंत्री महोदय ने बॉक्स वैगंस का उल्लेख किया है, उसमें भी नहीं लगेगा। इसलिए मैं जानना चाहता हूं कि यह कॉस्ट ह्वील कहां काम में आएगा? मुझे इसका उत्तर चाहिए।

सभापति महोदय, गेज परिवर्तन की बड़ी चर्चा हो रही है। हमने तो यहां मंत्री परिवर्तन देखा है। पांच साल के लिए रेल मंत्रालय की गाड़ी पंडित कमलापति त्रिपाठी के गार्ड के रूप में चलेगी, हम तो यही समझते थे, लेकिन रास्ते में दुर्घटना हो गई, त्रिपाठी जी चले गए, पांडे जी आ गए। मुझे इसमें कोई लेना-देना नहीं है, मगर साल भर के भीतर यह मंत्रियों का परिवर्तन समझ में न

आनेवाली बात है। या तो त्रिपाठी जी की नियुक्ति गलत थी या उनको हटाना गलत था। दोनों बातें सही नहीं हो सकतीं। मगर मैं इसकी चर्चा नहीं करूंगा, यह सत्तारूढ़ दल का घरेलू मामला है।

एक माननीय सदस्य : आप चर्चा कर भी रहे हैं और कह रहे हैं कि चर्चा नहीं करना चाहते?

श्री वाजपेयी : सभापति महोदय, थोड़ा-बहुत इशारा तो करना ही पड़ता है। मैं जो बात कह रहा हूं वह दूसरी है। मंत्री महोदय ने एक बड़ा ही साहसपूर्ण एलान किया है, मैं उसका स्वागत करना चाहता हूं कि मीटर गेज को ब्रॉड गेज में बदलने की कोई जरूरत नहीं होनी चाहिए। देश के अनेक भाग ऐसे हैं जहां रेल लाइन नहीं है, वहां रेलवे लाइन ले जाना प्राथमिकता का काम है। हमें सड़क यातायात को बढ़ावा देना है। हमारे साधन सीमित हैं। मैं तो समझता हूं कि यह नीति संबंधी फैसला हमने पहले क्यों नहीं किया। यह ठीक है कि यह फैसला लोकप्रिय होनेवाला नहीं है। जिन क्षेत्रों में ब्रॉड गेज नहीं है और जो सदस्य या मंत्री वहां से आते हैं, वे इसकी वहां के लिए मांग करेंगे···

सभापति महोदय : इसकी आलोचना हो चुकी है और आगे भी होगी। 'हिंदू' जैसे पत्र ने अपने संपादकीय में इसकी आलोचना की है।

श्री वाजपेयी : आप तो बड़े पंडित हैं और विद्वान भी हैं।

सभापति महोदय : पंडित नहीं हूं।

श्री वाजपेयी : सभापति महोदय, एक श्रेय होता है और एक प्रेय होता है। श्रेय और प्रेय में लगातार संघर्ष चलता रहता है। मंत्री महोदय का कदम श्रेयपूर्ण है, लेकिन वह प्रिय नहीं होगा। मैं अप्रिय बात कह रहा हूं। जब फैसला कर लिया है कि गेज परिवर्तन नहीं होगा तो फिर ग्यारह सैक्शंज में गेज परिवर्तन के वास्ते सर्वे कराने की क्या जरूरत है? क्या राजनीतिक दबाव में ऐसा नहीं किया जा रहा है? मऊ-शाहगंज सैक्शन का किसके दबाव में आकर कराया जा रहा है? किसकी चिट्ठी उसके लिए प्राप्त हुई है? क्या योजना आयोग ने स्वीकृति दी है? सत्तारूढ़ दल के एक माननीय मंत्री हैं, मैं उनका नाम नहीं लेना चाहता, वह इस कनवर्शन में रुचि रखते हैं और मंत्री महोदय को मानना पड़ा है। लेकिन रेल मंत्रालय ने, रेलवे बोर्ड ने या किसी दूसरे विभाग ने विचार नहीं किया है, कितना खर्चा पड़ेगा इसका अंदाज तक नहीं बनाया। एक कनवर्शन और है बंगलोर से मैसूर तक का। यह भी राजनीतिक दबाव में हुआ है।

एक माननीय सदस्य : दंडवते जी ने यह किया था।

श्री वाजपेयी : कर्ता-धर्ता यहां बैठे हैं। लेकिन अब तो नीति नई बनी है। नीति में परिवर्तन की घोषणा भी है। लेकिन नीति का निर्धारण एक ओर है और आचरण दूसरी ओर है। इससे रेल मंत्री की विश्वसनीयता नहीं बढ़ेगी और न रेल मंत्रालय की। आप्रेशनल या फाइनेंशियल कारणों से गेज परिवर्तन की बात कही जाए तो मैं समझ सकता हूं, लेकिन राजनीतिक दबाव में यह चीज बिल्कुल नहीं होनी चाहिए।

दुर्घटनाएं बढ़ रही हैं। क्यों बढ़ रही हैं, इसकी गहराई में जाने की जरूरत है। दुर्घटनाओं की जांच के लिए सीकरी कमेटी बनी थी। उसने सिफारिशें की थीं। उन पर अमल क्यों नहीं किया गया? क्या यह संभव नहीं था कि दो तीन जोनल रेलवेज में उन सिफारिशों पर अमल करके देखा जाता? समिति ने दुर्घटनाओं की चर्चा करते हुए एक टिप्पणी की थी। मैं मंत्री महोदय का ध्यान

उस ओर दिलाना चाहता हूं।

सभापति महोदय : इसी के साथ समाप्त कर दें।

श्री वाजपेयी : खत्म कर दूंगा, अगर बच गया तो।

श्री रघुनंदन लाल भाटिया : दुर्घटनाओं के ऊपर दुर्घटनाएं न करें।

श्री वाजपेयी : सीकरी कमेटी में यह लिखा था :

"सुरक्षा संगठन किन्हीं पांच मुख्य विभागों, यथा ऑपरेटिंग, सिविल इंजीनियरिंग, मैकेनिकल इंजीनियरिंग, सिगनल एवं टेली कम्युनिकेशन इंजीनियरिंग तथा विद्युत विभाग, जो मुख्य रूप से रेल गाड़ी परिचालन से संबंधित है, के अधिकारियों द्वारा भरे जाने चाहिए।"

अभी तक तो यह होता है कि सारे सेफ्टी के मामले ट्रैफिक ट्रांस्पोर्टेशन डिपार्टमेंट देखता है। सीकरी कमेटी की सिफारिशों के प्रकाश में क्या इसमें संशोधन करने की आवश्यकता नहीं है? इस बारे में जो विभागीय प्रतिस्पर्धा है, उसको हावी होने का मौका नहीं दिया जाना चाहिए। रेलों में जो यात्रा करते हैं वे सुरक्षित पहुंचें—भले ही देर से पहुंचें—इसकी व्यवस्था होनी चाहिए। लेकिन हमारी रेलें इतनी क्षमतावाली हो गई हैं कि आप कहीं का टिकट लें, आपको पहुंचा कहीं और दिया जाता है। लेकिन ऐसी जगह न पहुंचाएं जहां से वापस आना असंभव हो जाए, मुश्किल हो जाए।

गिरफ्तारी की पटरी मत बिछाइए

सभापति जी, इस स्थगन प्रस्ताव की परिधि बहुत सीमित है। रेल मंत्री इस बात से इन्कार नहीं कर सकते कि रेल कर्मचारियों के जो नेता उनसे बातचीत कर रहे थे, उन्हें कल रात में गिरफ्तार किया गया। वह इस बात से भी इन्कार नहीं कर सकते कि उन नेताओं को आज सवेरे रेल मंत्री से मिलना था। यह सदन जानना चाहेगा, इस देश के २० लाख रेल कर्मचारी जानना चाहेंगे, इस देश की ५६ करोड़ जनता जानना चाहेगी कि जब आज सवेरे १० बजे मुलाकात का समय तय हो चुका था और श्री जार्ज फर्नांडीज बातचीत के लिए दिल्ली आनेवाले थे, तो रात में उनकी गिरफ्तारी क्यों की गई?

सभापति जी, इस बात का अभी तक कोई समाधानकारक उत्तर नहीं दिया गया है। कांग्रेस के मित्र मुझे क्षमा करें, उन्होंने कल रात रेल कर्मचारियों के नेताओं की गिरफ्तारी करके अपने को गलत स्थिति में डाल दिया है।...(व्यवधान) किसने गिरफ्तारी की? क्या विरोधी दलवालों ने जार्ज फर्नांडीज को पकड़ा है?...(व्यवधान)

सभापति जी, वह कह रहे हैं कि उन्होंने अपने से गिरफ्तार कराया होगा। यह बात हंसी में टालने की नहीं है। आप अगर इस मामले को इस तरह से मजाक में टालना चाहते हैं तो इस हड़ताल जैसे गंभीर प्रश्न पर आम जनता का समर्थन प्राप्त नहीं कर सकते। आपको लोगों को संतुष्ट करना होगा कि कल रात से लेकर आज सवेरे तक क्या बात हुई थी जो सवेरे ३ बजे लखनऊ में श्री जार्ज फर्नांडीज को और अन्य रेल कर्मचारियों के नेताओं को दिल्ली में गिरफ्तार करना पड़ा?

अगर आपका कहना यह है कि वह हड़ताल की तैयारी कर रहे थे तो यह कोई नई बात नहीं है, वे ऐसा चोरी-छिपे नहीं कर रहे थे। खुलेआम कर रहे थे। आप भी हड़ताल को रोकने की तैयारी कर रहे थे। आप भी चोरी-छिपे नहीं कर रहे थे। खुलेआम कर रहे थे। उसके बाद फिर गिरफ्तारी करने के लिए कौन सी उत्तेजना थी, कौन सा प्रोवोकेशन था, इसके बारे में सदन को विश्वास में लिया जाना चाहिए। रेल मंत्री का मौन इस सारे प्रश्न पर एक ऐसा रहस्य का पर्दा डालता है कि जो सरकार की नीयत के बारे में शक पैदा करता है।

** रेलवे हड़ताल पर लोकसभा में २ मई, १९७४ को प्रस्तुत स्थगन प्रस्ताव।*

सभापति जी, मुझे शक हो गया है कि सरकार ईमानदारी से समझौता वार्ता नहीं करना चाहती। और यह संदेह पुष्ट हो गया है···(व्यवधान) आपका आचरण बोल रहा है शर्मा जी।

श्री ए.पी. शर्मा : बराबर कोशिश इस बात की हो रही है कि समझौता हो।

श्री वाजपेयी : आप यह बताइए कि जार्ज फर्नांडीज को और अन्य नेताओं को कल रात क्यों गिरफ्तार किया गया?···(व्यवधान)

सभापति जी, शर्मा जी ने स्वयं इस बात को स्वीकार किया कि जब को-आर्डिनेटिंग कमेटी की श्री कुरैशी से बातचीत शुरू हुई तो चर्चा का पहला मुद्दा था विक्टिमाइजेशन। क्या इसका अर्थ यह नहीं है कि विक्टिमाइजेशन हो रहा था? चर्चा से पहले रेल कर्मचारी पकड़े जा रहे थे। दंड देने के लिए उनके तबादले हो रहे थे? यह उत्तेजनात्मक कार्यवाही किसने शुरू की? अगर विक्टिमाइजेशन नहीं था तो यह पहला मुद्दा आया कैसे? विक्टिमाइजेशन था इसीलिए रेल मंत्री बातचीत करने के लिए तैयार हुए, और उस विक्टिमाइजेशन की परिणति गिरफ्तारी में हुई। प्रारंभ से ही सरकार चर्चा के द्वारा रास्ता निकालने के बारे में प्रामाणिक नहीं थी।

दूसरी बात, यह कहा गया है कि बोनस का मामला रिव्यू कमेटी की रिपोर्ट आने के बाद देखा जाएगा। सभापति महोदय, यह बाद में सोचा गया विचार है—ऑफ्टर थॉट है। जब शर्मा जी इस देश में नहीं थे, पता नहीं विदेश में थे, कहां थे भगवान जाने, तब आई.एन.टी.यू.सी. के प्रेसीडेंट श्री भगवती अन्य कुछ नेताओं के साथ प्रधानमंत्री से मिले थे···(व्यवधान)

श्री ए.पी. शर्मा : इसके ऊपर बराबर बातचीत चलती रही और यह निगोशिएशंस के दौरान में तय हुआ था।

श्री वाजपेयी : आई.एन.टी.यू.सी. के नेताओं ने प्रधानमंत्री को कहा था कि बोनस की मांग उचित है। अभी शर्मा जी ने दावा किया कि बोनस की मांग हम पहले से कर रहे थे, लेकिन जिस दिन आई.एन.टी.यू.सी. के प्रेसीडेंट श्री भगवती प्रधानमंत्री से मिले तब यह नहीं कहा गया। जब बोनस रिव्यू कमेटी की रिपोर्ट आई तब कहा गया कि बोनस की मांग उचित है। सरकार को मान लेना चाहिए। अगर सरकार नहीं मानेगी तो रेल कर्मचारियों में असंतोष फैलेगा।

सभापति जी, आपको याद होगा कि एक बैंकिंग कमीशन बना था जिसकी कार्यवाही चालू थी, लेकिन जब सरकार को बैंकों के राष्ट्रीयकरण का फैसला करना पड़ा तो उसने बैंकिंग कमीशन की रिपोर्ट की चिंता नहीं की, रिपोर्ट की प्रतीक्षा नहीं की। यह जो बोनस रिव्यू कमेटी की बात है, यह बहानेबाजी है। इसमें भी ईमानदारी नहीं झलकती···(व्यवधान)

सभापति जी, अब हमारे कांग्रेसी मित्रों को चिंता हो रही है कि बोनस में पैसा देना पड़ता है। जब इन्होंने कानून बनाया था कि जो कारखाने घाटे में चलते हैं, उन्हें भी बोनस देना चाहिए तब पैसे का ख्याल नहीं आया था।···(व्यवधान)

श्री एम. रामगोपाल रेड्डी (निजामाबाद) : वह गलत हो गया।

श्री वाजपेयी : अगर रेलवे मिनिस्टर और लेबर मिनिस्टर यह बात मान लें कि वह गलती थी, कि हम फिर से अपनी स्थिति पर विचार करने के लिए तैयार हैं।

सभापति महोदय : माननीय रेड्डी जी, आप बीच में न बोलें।

श्री वाजपेयी : सभापति जी, जब एक बार कानून बन गया कि जो कारखाने घाटे में चलते हैं, उनके कर्मचारियों को भी बोनस दिया जाएगा तो कोई भी उद्योग बोनस देने से इन्कार नहीं कर सकता। आप अपने ही जाल में फंस गए हैं। आपने ऐसी मांग को स्वीकार किया है। एक

कर्मचारी जो टाटा के कारखाने में रेल के इंजन बनाने का काम करता है, वह बोनस पाता है और दूसरा भारत का नागरिक जो भारत सरकार के इंजन बनाने के कारखाने में काम करता है, वह बोनस नहीं पाता, यह स्थिति अब किसी के गले के नीचे नहीं उतरेगी। यह अन्याय कोई बर्दाश्त नहीं करेगा। यह समझ लेना चाहिए। जिस दिन आपने बोनस का कानून बनाया, उस दिन आपने सबके लिए दरवाजे खोल दिए। अब कोई खिड़की बंद नहीं की जा सकती, अब किसी रोशनदान में कपड़ा या टाट लगाने से काम नहीं चलेगा। उनकी मांग उचित है।

सभापति महोदय, मैं जानना चाहता हूं कि अगर सचमुच में...(व्यवधान) मगर रेलवे को तो आइडियल एंप्लायर होना चाहिए, रेलवे को तो आदर्श मालिक होना चाहिए। अगर बोनस का मामला बोनस रिव्यू कमेटी से जुड़ा हुआ था, तो प्रधानमंत्री जी को मुख्यमंत्रियों को यह पत्र लिखने की क्या जरूरत थी कि सरकार बोनस देने की स्थिति में नहीं है! मान लीजिए बोनस रिव्यू कमेटी ने कह दिया कि रेल कर्मचारियों को बोनस मिलना चाहिए तो प्रधानमंत्री के पत्र का क्या होगा?

रेल मंत्री श्री एल.एन. मिश्र : हम अपना मत सुरक्षित रखते हैं।

श्री वाजपेयी : अच्छा, इसका मतलब यह है कि अगर रिव्यू कमेटी ने कह दिया कि बोनस मिले तब भी यह बोनस नहीं देंगे, तो फिर बोनस कमेटी की बात न कीजिए...(व्यवधान) यह देखिए बिल्ली थैले से बाहर आ गई। शर्मा जी कहते हैं कि बोनस का मामला रिव्यू कमेटी के सामने है...(व्यवधान) प्राइम मिनिस्टर को चिट्ठी लिखने की क्या जरूरत थी कि सरकार बोनस देने की स्थिति में नहीं है? क्या इससे कर्मचारियों के मन में संदेह पैदा नहीं हुआ? मामला अगर बोनस कमेटी के ऊपर छोड़ना था तो छोड़ देना चाहिए था, लेकिन अब अधिकार आप चाहते हैं कि अगर बोनस कमेटी उसके पक्ष में सिफारिश करती है तो अंतिम निर्णय हमारा होगा।

श्री एल.एन. मिश्र : ऐसा तो सबमें होता है।

श्री वाजपेयी : अगर सबमें अंतिम निर्णय आपका होगा तो फिर मजदूर अब आखिरी कदम उठाने जा रहे हैं। मैं उन्हें दोष नहीं दे सकता। अभी जो बहस हुई है, उससे यह बात साफ हो गई कि रेलवे कर्मचारियों को जो कुछ मिला है, वह संगठित होकर और कलेक्टिव बार्गेनिंग करने के कारण मिला है। मियाभाई ट्रिब्यूनल की शर्मा जी ने बहुत चर्चा की है। मैं पूछना चाहता हूं कि मियाभाई ट्रिब्यूनल का फैसला कब हुआ? जुलाई १९७२ में हुआ और अब है मई १९७४। उस ट्रिब्यूनल ने जब अपना एवार्ड दिया तो रेलवे मंत्रालय ने उस पर अभी तक कोई अमल नहीं किया।

श्री ए.पी. शर्मा : बहुत सारा अमल किया।

श्री वाजपेयी : जब मजदूर संगठित होकर कार्यवाही करने के लिए विवश हो गए, जब उन्होंने अपनी शक्ति के प्रदर्शन का फैसला किया, तब आपको ऐसा लगा कि उनकी मांगों को मानना चाहिए। लेकिन मियाभाई ट्रिब्यूनल की सिफारिशों का अब कोई मतलब नहीं है। लोको कर्मचारी हड़ताल करके काम के घंटों को पहले ही कम करने का फैसला करा चुके हैं। लोको कर्मचारियों की हड़ताल के बाद ही आपको उनकी मांगें उचित लगीं? इसलिए हर श्रेणी के कर्मचारियों में यह भावना भर गई है कि यह सरकार तब तक नहीं सुनेगी, मांग चाहे कितनी ही उचित हो, कितनी भी तर्कसंगत हो, जब तक हड़ताल की धमकी नहीं दी जाएगी। और अब कर्मचारी यही कर रहे हैं। अब अगर कर्मचारियों को हड़ताल के रास्ते से वापस लाना है, मैं नहीं चाहता कि हड़ताल हो, हड़ताल देश में ऐसी कठिनाइयां पैदा करेगी जिनका वर्तमान स्थिति में हम सामना नहीं कर

पाएंगे, लेकिन इसका तरीका यह नहीं है कि बातचीत जारी हो और नेताओं को गिरफ्तार कर लो।

चह्वाण साहब मेरे सामने बैठे हैं। मुझे इतिहास का एक उदाहरण याद आता है। दिल्ली के दरबार में औरंगजेब बैठा था और—आप छत्रपति शिवाजी का त्रि-शताब्दी राज्यारोहण समारोह मना रहे हैं—औरंगजेब ने जय सिंह के पुत्र राम सिंह को भेजकर छत्रपति शिवाजी को वार्ता के लिए बुलाया और जब वे आ गए तो उन्हें जेल में बंद कर दिया। उन्हें वहां से जाने नहीं दिया।···(व्यवधान)

युग-युग के औरंगजेब

सभापति जी, इतिहास अपने को दोहरा रहा है। आज औरंगजेब नहीं है, आज छत्रपति शिवाजी भी नहीं हैं, मगर औरंगजेब किसी एक युग में नहीं पैदा होता, औरंगजेब हरेक युग में पैदा होता है। प्रश्न मनोवृत्ति का है। बातचीत जारी रहते हुए कर्मचारियों के नेताओं को गिरफ्तार किया गया, इसका औचित्य क्या है?

सभापति महोदय, अभी भी समय है। रेलवे कर्मचारियों की हड़ताल का फैसला ८ मई का है, आज २ मई है। स्थिति को बिगड़ने से रोका जा सकता है। जो नेता गिरफ्तार हुए हैं, उनको बिना शर्त रिहा कर दिया जाना चाहिए और बैठकर बातचीत के द्वारा एक रास्ता निकालने का प्रयत्न करना चाहिए। अगर वित्तीय कठिनाइयां हैं तो रेलवे कर्मचारी उनको समझने के लिए तैयार नहीं हैं, यह मैं मानने को तैयार नहीं हूं। रेलवे कर्मचारी देशभक्त हैं। यही रेलवे कर्मचारी युद्ध के समय आपके साथ कंधे से कंधा मिलाकर खड़े थे और उन्हीं कर्मचारियों ने हर संकटकाल में आपकी योजनाओं को सफल बनाने में योगदान दिया है। आप कर्मचारियों की देशभक्ति को जगाइए। उन पर आप दमन का दुधारा मत चलाइए। कर्मचारियों से प्रेम से बात करिए, अप्रामाणिकता का परिचय मत दीजिए। अभी भी कर्मचारियों के नेताओं को छोड़ा जा सकता है और उनसे बातचीत की जा सकती है।

सभापति महोदय, मैं जानना चाहता हूं कि क्या यह सच नहीं है कि जब कर्मचारियों से बातचीत जारी हुई और यह सवाल आया कि उनकी जो मांगें हैं, उनकी फाइनेंशियल इंप्लीकेशंस क्या हैं, इस पर थोड़ी बहस हो जाए, तो रेलवे मंत्रालय की ओर से कहा गया कि इस पर चर्चा नहीं हो सकती।

श्री ए.पी. शर्मा : चार घंटे चर्चा हुई···(व्यवधान)

श्री वाजपेयी : क्या यह मुद्दा खुला हुआ है कि अगर रेल कर्मचारी चाहें तो बताएं कि खर्च को किस तरह से घटाया जा सकता है, आमदनी किस तरह से बढ़ाई जा सकती है और किस तरह से उनकी उचित मांगों को पूरा करने के लिए धन इकट्ठा किया जा सकता है। मैं रेल मंत्री के मुंह से सुनना चाहता हूं, शर्मा जी के मुंह से नहीं। क्या यह विषय अभी भी खुला हुआ है चर्चा के लिए?

श्री ए.पी. शर्मा : इसके लिए एक कमेटी बनाई गई है।

श्री वाजपेयी : जिस मामले को टालना होता है, उसको कमेटी के सुपुर्द किया जाता है।···(व्यवधान)

सभापति जी, शुक्रिया, आपका स्वागत है। अब मुझे घंटी बजने का डर कम हो गया है।

सभापति जी, मैं कह रहा था कि अभी इस पर विवाद हो रहा है कि कर्मचारियों की पूरी

मांगें पूरा करने के लिए कितने करोड़ रुपए की आवश्यकता होगी। रेडियो, समाचारपत्र, प्रचार के सारे सरकारी साधन जनता को इस बात पर गुमराह करने में लगे हुए हैं कि अगर हमने कर्मचारियों की मांगें मान लीं तो ५०० करोड़ रुपए लगेंगे।

श्री ए.पी. शर्मा : साढ़े चार सौ करोड़।

श्री वाजपेयी : कर्मचारियों के नेता कहते हैं कि ये आंकड़े ठीक नहीं हैं, इससे कम लगेंगे। मैं जानना चाहता हूं कि क्या इस बारे में बैठकर आप मानें या न मानें, एक आंकड़े पर नहीं आ सकते? क्या बातचीत के द्वारा इस बात पर फैसला नहीं हो सकता।

रेल मंत्री कह सकते हैं कि हम आज बोनस देने की स्थिति में नहीं हैं, आपकी बोनस की मांग उचित है, मगर आज उसको पूरा नहीं कर सकते। हम बोनस का सिद्धांत मानते हैं, ५०% आप आज ले लीजिए और ५०% हम आपके प्रोवीडेंट फंड में जमा करा देते हैं। अगर समझौता करने की इच्छा हो तो कई रास्ते निकल सकते हैं। जहां चाह वहां राह। लेकिन जहां परवाह नहीं है, वहां सारे रास्ते बंद कर दिए जाते हैं। अभी समय है, परिस्थिति को संभाला जा सकता है। उत्तेजनात्मक कार्यवाही को वापस लिया जा सकता है, देश को गहरे आर्थिक संकट में डालने से रोका जा सकता है। लेकिन सरकार ने दो बड़ी गलतियां की हैं। एक है प्रधानमंत्री जी के पत्र का प्रकाशन और दूसरा नेताओं की गिरफ्तारी। इससे सरकार की नीयत पर शक पैदा हो गया है। आप जनता को भी नहीं समझा सकते हैं कि आप ईमानदारी से समझौता वार्ता करना चाहते थे। कल की गिरफ्तारी ने आपके सारे मामले को बिगाड़ दिया और मैं आशा करता हूं कि शासक दल में ऐसे सदस्य निकलेंगे जो इस समय बुद्धिमत्ता और विवेक का परिचय देंगे और सरकार पर दबाव डालेंगे कि जो गलती हो गई है, उसको ठीक करो और नेताओं को रिहा करके वार्ता को फिर से आरंभ करो और समझौते के द्वारा समस्या का समाधान करो। इसी से रेलवे की हड़ताल टाली जा सकती है, नहीं तो रेलवे के कर्मचारी हड़ताल के लिए मजबूर होंगे और फिर सारे देश को उसके परिणाम भुगतने होंगे।

रेलों में केवल दो दर्जे हों

उपाध्यक्ष महोदय, इस बात से इन्कार नहीं किया जा सकता कि हमारी रेलें गंभीर आर्थिक संकट में डूबी हुई हैं। इस संकट के अनेक कारण हैं। लेकिन सबसे बड़ा कारण यह है कि रेल मंत्रालय और योजना आयोग में जैसा तालमेल होना चाहिए, वैसा तालमेल नहीं है। योजना आयोग रेलों को ऐसी क्षमता निर्मित करने के लिए प्रेरित करता है, जिसका उपयोग नहीं होता है। ओवर-कैपिटलाइजेशन और अंडर-यूटिलाइजेशन ऑफ कैपेसिटी, इन दो व्याधियों से रेलों की वित्तीय व्यवस्था ग्रस्त है। इस दिशा में कुछ प्रयत्न अवश्य हुए हैं, लेकिन भविष्य के बारे में इस बात का सही आकलन किया जाना चाहिए कि रेलें कितना माल और कितने यात्री ढोएंगी। साथ ही योजना आयोग तथा रेल मंत्रालय के बीच पूरा तालमेल होना चाहिए।

कभी-कभी मैं सोचता हूं कि हमारी रेलें किसके लिए चलती हैं? क्या रेल मंत्री महोदय के लिए, जो किसी भी स्टेशन पर जब चाहें उतर सकते हैं? या रेल अफसरों के लिए जो सैकड़ों सैलून रख सकते हैं? या राजधानी और वातानुकूलित ट्रेनों में यात्रा करनेवालों के लिए? मेरा निवेदन है कि रेलों के लिए अगर कोई बहुत महत्वपूर्ण व्यक्ति है, तो वह तीसरे दर्जे का यात्री है। लेकिन आज कोई उसकी सुननेवाला नहीं है। अगर रेल मंत्री सचमुच में रेल व्यवस्था में कोई बुनियादी परिवर्तन करना चाहते हैं तो वह परिवर्तन एक ही हो सकता है कि रेलों में दो दर्जे रहें—एक तो दिन में यात्रा करनेवालों का, जो बैठकर यात्रा करें और एक रात को यात्रा करनेवालों का, जो सोकर यात्रा करें।

आज जितने टिकट जारी किए जाते हैं, अगर उनके अनुसार रेलों में स्थान देना शुरू कर दिया जाए तो रेलों का घाटा भी बढ़ेगा, और जो लोग दब-पिसकर, भेड़ों की तरह भरकर अपने गंतव्य पर पहुंच जाते हैं, उनकी कठिनाई भी बढ़ेगी। लेकिन कभी हम किसी महत्वपूर्ण गाड़ी के तीसरे दर्जे के डिब्बे का दृश्य देखें। संसद सदस्य होने के नाते मैं प्रथम श्रेणी में चलने का अधिकारी हूं, लेकिन बगल में बैठकर रोंगटे खड़े हो जाते हैं।

अभी कुछ दिन पूर्व होली से एक दिन पहले मैं बरेली जा रहा था। लोग छतों पर बैठकर यात्रा कर रहे थे और पहले दर्जे के कॉरीडोर में घुसे हुए थे। क्या होली के त्योहार के अवसर

** रेल बजट पर लोकसभा में १२ मार्च, १९७४ को हुई चर्चा में हिस्सेदारी।*

पर यात्रियों के लिए, विशेषकर तीसरे दर्जे के यात्रियों के लिए, कोई विशेष व्यवस्था नहीं की जा सकती? क्या पर्वों और त्योहारों के लिए कुछ अलग से प्रबंध नहीं हो सकता? क्षमा करें, स्थिति वह आनेवाली है कि जब तीसरे दर्जे के यात्री पहले दर्जे के लोगों को शांति से बैठने नहीं देंगे। हमने लोगों की अपेक्षाएं इतनी जगाई हैं और समाजवाद का मंत्र इतना दोहराया है, अब जिन्हें जगह नहीं मिलती है, वे प्रथम श्रेणी के यात्रियों को देखकर कहते हैं कि यह कैसा समाजवाद है कि हम पायदान पर लटककर जा रहे हैं और ये आराम से पहले दर्जे में बैठे हैं? मेरा निवेदन है कि मंत्री महोदय इस सवाल पर बुनियादी ढंग से सोचने का प्रयत्न करें।

क्या यह संभव नहीं है कि रात में यात्रा करनेवाले सब यात्रियों को हम सोने की जगह दे सकें? क्या यह संभव नहीं है कि दिन में यात्रा करनेवालों को हम बैठने की जगह दे सकें? क्या यह संभव नहीं है कि जितने टिकट जारी किए जाते हैं, उतनी जगह हम दें या जितनी जगह हो, हम उतने टिकट जारी करें? मंत्री महोदय अनुमान लगाएं कि इससे कितना घाटा होगा। मुझे ताज्जुब नहीं होगा कि रेल यात्रियों में यह आंदोलन चल पड़े कि हमें टिकट मिला है, तो हमें जगह भी मिलनी चाहिए, हम भेड़ों की तरह भरकर नहीं जाएंगे। अगर ऐसा आंदोलन आरंभ हो गया, तो रेल मंत्री इसका क्या उत्तर देंगे?

रेल यात्रा के तीन हिस्से

रेल यात्रा के तीन हिस्से हैं। पहला इंतजारी का है।

श्री मुहम्मद जमीलुर्रहमान (किशनगंज) : बड़ा मजा है इंतजारी में।

श्री वाजपेयी : जब मजा लंबा हो जाता है, तब जरा बेमजा हो जाता है। गाड़ी नहीं आ रही है और यात्री इंतजार कर रहे हैं। जब गाड़ी के आने की सूचना होती है तो दूसरा दौर शुरू हो जाता है, और वह है बेकरारी का। इंतजारी के बाद बेकरारी। लेकिन जब गाड़ी आ जाती है, तो फौजदारी शुरू हो जाती है।

रेल मंत्री इतना तक इंतजाम नहीं कर सके हैं कि यात्रियों को यह पता चल सके कि रेल में कंडक्टर कहां मिलेगा, उसके बैठने की जगह तय नहीं है। उसका एक स्थान निश्चित होना चाहिए। स्टेशन पर आते ही डिब्बे में से बिजली का एक सिग्नल निकल सकता है, जो यात्रियों को बताए कि कंडक्टर कहां मिलेगा। क्या यह करना कोई बड़ी बात है? लेकिन अभी तक इस पर ध्यान नहीं दिया गया है। लोग जगह को ढूंढ़ने के लिए भागते हैं। कभी-कभी कंडक्टर रात्रि की निद्रा में निमग्न पाए जाते हैं। उन्हें जगाना एक कठिन समस्या होती है। यह छोटी सी बात यात्रियों की सुविधा को बढ़ा सकती है। लेकिन अभी तक इसका विचार नहीं किया गया है।

कभी-कभी मुझे ताज्जुब होता है कि क्या रेल मंत्रालय सचमुच में यात्रियों को सुविधा देने के बारे में गंभीर है? सुविधा केवल धनराशि की बढ़ती हुई संख्या से नहीं नापी जा सकती। ऐसा भी हो सकता है कि धन अधिक खर्च हो, लेकिन यात्रियों को सुविधा कम पहुंचे। इसके लिए सारे ढांचे को प्रेरित करना आवश्यक है। यह खेद का विषय है कि रेल मंत्री अभी तक यह नहीं कर सके हैं। अभी मुझसे पूर्व जो वक्ता बोल रहे थे, उन्होंने कहा कि रेल मंत्री महोदय ने उद्घोष किया था प्रथम मई के पावन पर्व पर कि मजदूर प्रबंध में पूर्ण सहभागी होंगे। यह पूर्ण सहभागी होना क्या रेलवे बोर्ड में रेल मजदूरों को प्रतिनिधित्व देने तक जाएगा? क्या रेल मजदूरों को रेलवे बोर्ड में प्रतिनिधित्व नहीं दिया जा सकता? क्या रेल मजदूर रेलों के संचालन में सक्रिय योगदान देने

के योग्य नहीं हैं? क्या हम सबसे बड़े सार्वजनिक संस्थान में यह प्रयोग करके नहीं देख सकते? आज तो रेल मजदूर और रेलवे बोर्ड के बीच में एक खाई है। वह खाई पट नहीं रही है। वह खाई बढ़ रही है। इस खाई को पाटना आवश्यक है।

इस बात की भी प्रशंसा की गई कि रेलवे सर्विस कमीशन बहुत जगह कायम कर दिए गए। मेरा यह कहना है कि यह पर्याप्त नहीं है। असली समस्या यह है कि कमीशन जिन लड़कों का चयन कर लेता है, उन्हें नौकरी मिलने से पूर्व ही कमीशन उसी पद के लिए नए उम्मीदवारों को बुला लेता है। ऐसे कई मामले मेरे सामने आए हैं और मैंने रेल मंत्री को लिखा है। एक उम्मीदवार चुन लिया गया, लेकिन उसे जगह नहीं दी गई और जिस पद के लिए उसे चुना था, उसके लिए कमीशन ने दोबारा विज्ञापन कर दिया। नए उम्मीदवार बुला लिए और पुराने उम्मीदवार बट्टे खाते में डाल दिए गए। जो पहले चुन लिया गया था वह रह गया। मैं समझता हूं कि यह उनके साथ बड़ा अन्याय है। केवल कमीशन अलग-अलग स्थान पर नियुक्त कर देना यह कोई समस्या का हल नहीं है। इससे आने-जाने में सुविधा मिल सकती है, कुछ कमीशन के मेंबरों को नियुक्ति मिल सकती है, लेकिन इससे बुनियादी समस्या हल नहीं होगी।

एक बात मैं और कहना चाहता हूं। मेरी उम्र ४८ साल हो गई। लेकिन दिल्ली से झांसी होकर बंबई जानेवाली गाड़ियों में कोई वृद्धि नहीं हुई है। क्या बंबई के लिए सारी गाड़ियां पश्चिम होकर ही जाएंगी? क्या रतलाम और बड़ौदा की लाइन ही रेल मंत्रालय ने देखी है? केवल दो ही गाड़ियां हैं, जो दिल्ली से झांसी होकर बंबई जाती हैं। उनमें भीड़ का कोई हिसाब नहीं है। चढ़ना मुश्किल है। अगर चढ़ गए तो उतरना मुश्किल है। मैं समझता हूं कि इस दृष्टि से भी इस पर विचार करना चाहिए।

पुराने ग्वालियर राज्य में एक छोटी लाइन चलती थी नैरो गेज। वह अभी भी ग्वालियर से शिवपुरी तक जाती है। उसका भविष्य क्या है?...(व्यवधान) अंधकारमय है तो फिर तो उसके लिए लड़ना पड़ेगा। आप उसे बड़ी लाइन में बदल सकते हैं। उसे गुना तक जोड़ सकते हैं। बीना से गुना तक आप बड़ी लाइन ले गए हैं, इसको भी जोड़ सकते हैं। सारी कृपा केवल बिहार पर ही न्योछावर नहीं होनी चाहिए। मैं कोई आरोप नहीं लगा रहा हूं। मैं अपने पिछड़े क्षेत्र की वकालत कर रहा हूं। अगर कृपा का पूरा सागर बिहार में ही न्योछावर होनेवाला है तो उसकी बूंदें हमारे मध्य प्रदेश में भी पड़नी चाहिए, विशेषकर ग्वालियरवाले क्षेत्र में।

मैं फिर 'ताज' वाला मामला उठाना चाहता हूं। सेंट्रल रेलवे के साथ हमारी रेलवे कन्वेंशन कमेटी की बैठक हुई थी। उसमें जनरल मैनेजर ने मान लिया था कि झांसी तक उसे बढ़ाया जाएगा। आज वह साढ़े दस बजे आगरे पहुंच जाती है। वहां इंजन पड़ा रहता है, डिब्बे पड़े रहते हैं। शाम को वहां से चलती है। रानी झांसी के रूप में उस ताज को आगरा से झांसी तक ले जाकर शाम तक वापस लाया जा सकता है।

लोको में हड़ताल : विवश किसने किया?

उपाध्यक्ष महोदय, इस बात से इन्कार नहीं किया जा सकता कि रेलें एक गंभीर वित्तीय संकट से ग्रस्त हैं। लेकिन यह संकट रेलवे ने स्वयं पैदा किया है। रेलों के अलावा सरकार के अन्य मंत्रालय और विभाग भी इस संकट के लिए उत्तरदायी हैं। कभी रेलें लाभ में चला करती थीं। अब रेलें घाटे में चलती हैं। तीसरे दर्जे के मुसाफिरों की क्या दशा होती है, उसका वर्णन करने की आवश्यकता नहीं है। लेकिन उसके बावजूद भारतीय रेलें जिनमें ४,००० करोड़ रुपया जनता का लगा है, मुनाफा देने के बजाय एक घाटे का उद्योग बनकर रह गई हैं। रेलवे कनवेंशन कमेटी ने, जिसका मैं भी एक सदस्य था, रेलों को कुछ राहत दी। १०७ करोड़ ३.१ लाख रुपया रेलों को प्राप्त हुआ। लेकिन वह रुपया देना ऐसा ही था जैसे एक जेब से निकालकर दूसरी जेब में पैसा रख दिया जाए। आम राजस्व के लिए रेलों का भाग अगर कम किया जाता है तो उससे कागज पर भले ही रेलवे अपना घाटा कम दिखा सकती है, लेकिन देश की कुल मिलाकर वित्तीय स्थिति में रेलवे का जो योगदान होना चाहिए, वह नहीं कर सकती है।

सबसे बड़ी बात यह है कि रेलें जितना माल और जितने मुसाफिर ढोने के लिए अपनी क्षमता का विकास करती हैं, न उतना माल उन्हें मिलता है और न ही उतने मुसाफिर। चौथी योजना में रेलों का वित्तीय प्रावधान ४०० करोड़ था और उसमें ४२ करोड़ रुपया बढ़नेवाला है। लेकिन इसके बावजूद ३२.५ मिलियन यात्रियों की संख्या में घाटा होनेवाला है। मैं चाहता हूं कि पांचवीं योजना बनाते समय बहुत सावधानी से काम लिया जाए। योजना आयोग कल्पना के लोक में विचरण करता है। वह रेल मंत्रालय को मजबूर करता है कि वह यात्रियों और माल के यातायात के अनुमान अधिक लगाए। उसके अनुसार रेलें अपनी क्षमता को बढ़ाती हैं। किंतु न उतना माल मिलता है और न यात्री। परिणामस्वरूप रेलों को घाटा उठाना पड़ता है। आवश्यकता इस बात की है कि वास्तविकतावादी यथार्थ आकलन किया जाए कि आगामी पांच वर्षों में रेलों की क्षमता कितनी बढ़नी चाहिए और क्या बढ़ी हुई क्षमता के अनुसार रेलें सामान और यात्रियों को ढो सकेंगी?

अंग्रेजी में रेलवे बजट अलग से पेश करने का तरीका चला था। मेरी समझ में नहीं आता है कि वह तरीका क्यों आगे चलना चाहिए। या तो हम रेलों का एक ऑटोनोमस कार्पोरेशन बना

---

* लोको हड़ताल और रेलवे कनवेंशन कमेटी पर लोकसभा में १७ दिसंबर, १९७३ को वाद-विवाद।

सकते हैं या रेलों को और मंत्रालयों की तरह से देख सकते हैं। लेकिन रेलवे बजट अलग है, रेलवे की कनवेंशन कमेटी पृथक है, यह स्थिति मेरी समझ में नहीं आती है। इसमें आमूल परिवर्तन करने की आवश्यकता है।

अभी इस बात की चर्चा हो रही है कि लोको कर्मचारी हड़ताल पर हैं। कोई नहीं चाहेगा कि रेल सेवाएं अस्तव्यस्त हों। कर्मचारी हड़ताल पर कोई नहीं कहेगा कि रेलवे कर्मचारी मौज के लिए हड़ताल पर जाते हैं। जिनके सिर पर नौकरी से निकाले जाने की तलवार लटकती है, जिनके सामने भविष्य प्रश्नवाचक चिह्न बनकर खड़ा होता है, वे केवल किसी के बहकाने या भड़काने से हड़ताल पर नहीं जाया करते हैं। सच्चाई यह है कि अलग-अलग श्रेणियों के रेल कर्मचारियों की आज कोई सुनवाई करनेवाला नहीं। एक उद्योग में एक यूनियन होनी चाहिए, यह सिद्धांत सर्वमान्य है। अगर आप भी इसको मानते हैं तो रेलवे में दो यूनियनें क्यों हैं? आप दोनों यूनियनों को समाप्त कर दें। रेलवे कर्मचारियों को इस बात का मौका दें कि वे गुप्त मतदान द्वारा यह प्रकट कर सकें कि वे किस ढंग की यूनियन के साथ अपने को जोड़ना चाहते हैं...(व्यवधान)

श्री ए.पी. शर्मा (बक्सर) : समाप्त कौन करेगा?

श्री वाजपेयी : जिन्होंने मान्यता दी है वे मान्यता को वापस भी ले सकते हैं। आई.एन.टी. यू.सी. वाला यूनियन आया कैसे? चोर-दरवाजे से? मंत्री महोदय यह कहते हैं कि हम श्रेणीबद्ध कर्मचारी संघों को मान्यता नहीं दे सकते, लेकिन इतना ही कहना पर्याप्त नहीं है। आपको स्वीकार करना होगा कि जो अखिल भारतीय संगठन हैं, वे आम रेलवे कर्मचारियों का प्रतिनिधित्व नहीं करते। रेलों में २७००० स्टेशन मास्टर हैं, उनकी शिकायतें कौन सुनेगा।

श्री ए.पी. शर्मा : हम सुनेंगे।

श्री वाजपेयी : गलत बात है। रेल मंत्री ने जो आश्वासन लोको कर्मचारियों को दिए थे वे पूरे हुए या नहीं हुए, इसका निर्णय कौन करेगा?

श्री एल.एन. मिश्र : आप कीजिए, आपको मान लेते हैं।

श्री वाजपेयी : विरोधी दलों के नेताओं की बैठक बुलाइए, उनके सामने सारे तथ्य रखिए। लोको कर्मचारियों के प्रतिनिधियों को भी बुलाया जा सकता है...(व्यवधान)

श्री जगन्नाथ मिश्र : जो मंत्री कहते हैं, उसको मान लिया जाना चाहिए।

श्री वाजपेयी : वह कोई सत्य के अवतार नहीं हैं।

कर्मचारियों की कुछ जायज शिकायतें हो सकती हैं..(व्यवधान)

श्री एस.एम. बनर्जी : यह एक तार है जो अभी-अभी सभापति महोदय को मिला है। इसमें कहा गया है :...(व्यवधान)

"रेल मंत्रालय अगस्त समझौते के अनुरूप मांगें पूरी कर पाने में असमर्थ रहा। रेलवे अधिकारी पश्चिम और उत्तर के ताजा रेलवे प्रदर्शनों के बाद अधिकृत यूनियनों के सहयोगी हस्तक्षेप से समझौते की शर्तें लागू करने की मांग कर रहे हैं।"

उपसभापति महोदय : इसे वह माननीय मंत्री को दे सकते हैं।

श्री एस.एम. बनर्जी : इसमें आगे कहा गया है : "सभी छंटनियां औद्योगिक और राष्ट्रीय शांति के लिए रद्द की जाएं। वह भी जो पिछले ४८ घंटे के प्रदर्शन के दौरान की गई हैं। यदि ऐसा न हुआ तो शेष रेलवे स्टाफ भी प्रदर्शन में शामिल होने को बाध्य होगा।"

श्री वाजपेयी : रेल मंत्री को इस तथ्य को स्वीकार करना चाहिए कि रेलों में भी उसी प्रकार

के कर्मचारी संगठन आवश्यक हैं जिस प्रकार के कर्मचारी संगठन डाक और तार विभाग में हैं, जो केवल फेडरेशन नहीं है, कनफेडरेशन है, जिसके अंतर्गत श्रेणीगत कर्मचारी संगठनों को भी मान्यता है। लेकिन कुल मिलाकर एक कनफेडरेशन से भी सरकार बातचीत करती है। इस तरह की रेलवे में भी आपको व्यवस्था करनी पड़ेगी। आप इस प्रश्न पर पुनर्विचार करें। यह प्रश्न केवल लोको कर्मचारियों तक सीमित नहीं है। चाहे वे स्टेशन मास्टर हों, रनिंग स्टाफ के और कर्मचारी हों, लोको कर्मचारी हों, अखिल भारतीय संगठन यदि उनका प्रतिनिधित्व नहीं करता तो उनमें असंतोष इकट्ठा होता रहता है और कभी न कभी वह प्रकट भी हो जाता है। आपने बड़ी कृपा करके यह कागज हमें भेजे हैं, इसमें आप कहते हैं कि कौन जिम्मेदार है? आपने कहा है कि Left adventurism and right reaction जिम्मेदार है। यह कम्युनिस्ट शब्दावलि उधार लेकर मिश्र जी, आप रेलों की समस्या हल नहीं कर सकते। आप किसी को गाली दे सकते हैं···(व्यवधान)

श्री ए.पी. शर्मा : बात सही है।

श्री वाजपेयी : मेरा कहना यह है कि इस संकट को टालने के लिए आपने १७ जनवरीवाली बैठक की जो बात कही है, उसको आप आगे कर सकते हैं। उसको आप आगे करें। दस घंटे काम के बारे में समझौता होना चाहिए। कर्मचारी संगठनों को आप नेगोशिएटिंग फैसिलिटी न दें तो चैनल ऑफ कम्यूनिकेशन तो दे दें। चैनल ऑफ कम्यूनिकेशन देना मान्यता देना नहीं है। उनकी सुनवाई नहीं होती, कोई उनकी सुननेवाला दिल्ली में नहीं है, यह कर्मचारियों में भावना पैदा होगी तो उन्हें गलत रास्ते पर जाने से कोई रोक नहीं सकता।

मीटर गेज-ब्रॉड गेज परिवर्तन कब, कहां, कैसे?

अभी उत्तर प्रदेश के वित्तमंत्री ने जो घोषित किया है मैं चाहता हूं कि रेल मंत्री उसको ध्यान से सुनें। उन्होंने कहा है कि कुमाऊं को जोड़नेवाली मीटर गेज लाइन को ब्रॉड गेज में बदलने का फैसला कर लिया गया है। यह मामला मैंने उस दिन भी अध्यक्ष महोदय की इजाजत से उठाया था। मैंने सप्लीमेंटरी डिमांड्स को देखा है, सारे रेलवे बजट को छान मारा है, लेकिन कहीं भी मुझे, इस तरह की लाइन के परिवर्तन के लिए धन की व्यवस्था की गई हो, दिखाई नहीं दिया। मैं जानना चाहता हूं कि यह कुमाऊं रेलवे मीटर गेज से ब्रॉड गेज हो रही है, इसकी घोषणा उत्तर प्रदेश के वित्तमंत्री ने कैसे की?

एक माननीय सदस्य : उन्होंने इसकी मांग की है।

श्री वाजपेयी : उन्होंने मांग नहीं की है। उन्होंने कहा है : "दि यूनियन गवर्नमेंट हैज एक्सेप्टिड दि प्रपोजल टू कनवर्ट दि मीटरगेज इनटू ब्रॉड गेज।" मैं चाहूंगा कि रेल मंत्री इस बारे में सफाई दें।

सामरिक महत्व के स्थलों पर बनी हुई रेलवे लाइनों का या तो परिवर्तन किया जा रहा है और या वहां नई रेल लाइनें बिछाई जा रही हैं। पिछड़े इलाकों के संबंध में भी रेल मंत्री विशेष रूप से विचार करते हैं। लेकिन मैंने सुना है कि जो रेलवे लाइन ग्वालियर से शिवपुरी तक जाती है, जो नेरोगेज है, उसको उखाड़ा जा रहा है। शाहदरा-सहारनपुर रेल लाइन को तो, जो बंद कर दी गई थी और जो छोटी थी, ब्रॉड गेज किया जा रहा है, क्योंकि उत्तर प्रदेश में चुनाव होनेवाले हैं···(व्यवधान)

एक माननीय सदस्य : क्या उत्तर प्रदेश में सब काम बंद कर दिया जाए?

श्री वाजपेयी : उत्तर प्रदेश में नई लाइनें बिछाई जाएं, उनको ब्रॉड गेज किया जाए और हमारे

यहां, मध्य प्रदेश में, उनको उखाड़ा जाए! मंत्री महोदय से मेरा निवेदन है कि उसको ब्रॉड गेज किया जाए। वह पिछड़ा हुआ इलाका है, उसको आगे जोड़ा जाए। शिवपुरी से गुना तक ब्रॉड गेज रेलवे लाइन बढ़ाई जा सकती है। ऐसा करने से उस क्षेत्र का विकास हो सकता है।

जब श्री मिश्र ने अभी रेल मंत्रालय का भार नहीं संभाला था, तो रेलवे बोर्ड ने सिद्धांततः यह स्वीकार कर लिया था कि ताज एक्सप्रेस को, जो ११ बजे आगरा पहुंच जाती है और शाम के ६ बजे तक वहां पड़ी रहती है, ग्वालियर और झांसी तक बढ़ा दिया जाए। मैं रेलवे कनवेंशन कमेटी का मेंबर था।

श्री बी.पी. मौर्य (हापुड़) : माननीय सदस्य अकेले में मंत्री महोदय से मिल लें।

श्री वाजपेयी : यह अकेले में मिलने की बात नहीं है। अकेले में ये लोग मिलते हैं। हम तो आमने-सामने बात करते हैं।

बंबई में सेंट्रल रेलवे के मैनेजर ने कहा था कि केवल ग्वालियर के प्लेटफार्म की समस्या है और जैसे ही यह समस्या हल हो जाएगी, हम ताज एक्सप्रेस को वहां तक ले जाएंगे—हम तो उसको झांसी तक ले जाना चाहते हैं। लेकिन मंत्री महोदय ने मेरे पत्र के जवाब में कहा है कि ताज एक्सप्रेस को आगरा से आगे ले जाने का कोई सवाल ही पैदा नहीं होता, क्योंकि वह विदेशी पर्यटकों के लिए है। वह ११ बजे आगरा पहुंचती है और ६ बजे शाम तक वहीं खड़ी रहती है। क्या यह है रेलवे कर्मचारियों और रेल के डिब्बों का समुचित उपयोग? मंत्री महोदय उसको आगे ले जा सकते हैं, इस तरह उस क्षेत्र के विकास में भी मदद दे सकते हैं और रोलिंग स्टाफ का पूरा उपयोग भी कर सकते हैं मैं चाहूंगा कि रेल मंत्री इस बारे में सारे कागजात मंगाकर देखें और इस बारे में पुनर्विचार करें। धन्यवाद।

रेलवे बोर्ड में कर्मचारी भी हों

सभापति महोदय, इस विवाद में भाग लेने की मेरी इच्छा नहीं थी, लेकिन श्री भागवत झा आजाद के भाषण को सुनकर मुझे लगता है कि कुछ कहने की आवश्यकता है।

श्री डी.एन. तिवारी : कुछ इलहाम हो गया है।

श्री वाजपेयी : रेलवे में जो भी अच्छाई होती है, रेलवे की जो उपलब्धियां हैं, इससे कोई इन्कार नहीं कर सकता कि रेलवे की कुछ उपलब्धियां अवश्य हैं—मंत्री महोदय उनके लिए श्रेय लेते हैं, लेकिन जो कमियां हैं, जो अभाव हैं, उसका दोष अफसरों के मत्थे मढ़ा जाता है—यह तर्क पद्धति ठीक नहीं है।...(व्यवधान)

श्री डी.एन. तिवारी : अफसर ऐसा बोलते हैं, इसलिए कहा गया है।

श्री वाजपेयी : मुझे रेलवे बोर्ड की वकालत करने की आवश्यकता नहीं है...(व्यवधान)

श्री भागवत झा आजाद : उन्हें लालफीताशाहों को बचा लेने दीजिए। इससे कोई फर्क नहीं पड़नेवाला।

श्री सतपाल कपूर (पटियाला) : आप वकालत भी करते हैं और डिफेंस भी करते हैं—क्या पोलिटिक्स है आपकी?

सभापति महोदय : आपने अपनी बात कही है, अब उनको अपनी बात कहने दीजिए।

श्री वाजपेयी : हम इस सदन में रेलवे बोर्ड को समाप्त करने की मांग कर चुके हैं।

हम इस सदन में यह भी मांग कर चुके हैं कि रेलवे बोर्ड में रेलवे कर्मचारियों का भी प्रतिनिधित्व होना चाहिए। रेलवे बोर्ड का गठन आवश्यक है, लेकिन इस मांग का सत्तारूढ़ दल के सदस्य समर्थन नहीं करते।

संसदीय लोकतंत्र में मंत्री परिषद् सदन के प्रति जिम्मेदार होती है। मंत्रालय की विफलता के लिए हम मंत्री को दोषी ठहराते हैं, सफलता के लिए भी हम मंत्री को बधाई देते हैं। आवश्यकता होने पर मंत्रालयों के काम के ब्यौरे में जाकर आलोचना भी की जा सकती है। सदन को इस अधिकार से कदापि वंचित नहीं किया जा सकता। लेकिन हमारी परंपरा रही है कि हम अपने व्यवहार में जहां तक संभव हो, अधिकारियों को नहीं घसीटते। अभी विमान दुर्घटना हुई। देश के

** रेल मंत्रालय की पूरक अनुदान मांगों पर लोकसभा में २३ और २४ अगस्त, १९७३ को वाद-विवाद।*

सामने गंभीर परिस्थिति पैदा हुई। विमानन मंत्रालय की विफलता सामने आई, लेकिन किसी ने विमानन मंत्रालय के सेक्रेटरी पर सीधा आक्षेप करने की आवश्यकता नहीं समझी। क्योंकि मंत्री महोदय यहां जवाब और सफाई देने के लिए हैं, इस वास्ते ऐसा नहीं किया गया। अगर उनका मंत्रालय कोई गड़बड़ी कर रहा है तो उसको अनुशासित करने के लिए मंत्री महोदय हैं। लेकिन इसका यह अर्थ नहीं है कि रेलवे बोर्ड की आलोचना नहीं होती। जब रेलवे बजट पर बहस हम करते हैं, रेलवे बोर्ड पर तीखे प्रहार हुआ करते हैं, तो रेलवे बोर्ड में जो कमियां हैं, यह सदन उनकी ओर इंगित करेगा। लेकिन अगर रेलवे बोर्ड ने कोई अच्छा काम किया है, तो उसकी तारीफ करने में भी कंजूसी से काम नहीं लिया जाना चाहिए...(व्यवधान)

मुझे क्षमा करें, मैं प्रतिपक्ष में बैठा हूं, रेलवे बोर्ड से मुझे सैकड़ों शिकायतें हैं, लेकिन मैंने रेलवे बोर्ड को निकट से काम करते हुए भी देखा है—पहले पब्लिक एकाउंट्स कमेटी में और फिर रेलवे कनवेन्शन कमेटी के मेंबर के नाते। मैं जानता हूं कि जब बंगला देश का सवाल पैदा हुआ, तो देश में रेल के यातायात को बनाए रखने में पूरे मंत्रालय ने, जिसमें रेलवे बोर्ड भी शामिल है, अच्छा काम करके दिखाया। हमने इस सदन में इसके लिए उनको बधाई दी थी...(व्यवधान)

अभाव नहीं, कुप्रबंधन है

आज यह प्रश्न पैदा हो रहा है कि देश में वैगनों की कमी है। अभी केरल के माननीय सदस्य ने यह सवाल उठाया। हम लोगों ने इस प्रश्न पर बड़ी गहराई से विचार किया था। मैं निवेदन करना चाहता हूं कि देश में वैगनों की कोई कमी नहीं है—अगर कोई बात है, तो वह कुप्रबंध है। रेलवे को जितना माल ढोना था, उतना माल ढोने के लिए उसे मिला नहीं, फिर भी वैगन कम पड़ते हैं, क्योंकि वैगन इधर-उधर पड़े रहते हैं। कभी-कभी मजदूरों के आंदोलन के कारण कठिनाई पैदा होती है, कभी-कभी चोरी होती है सामान की।

यह बात भी स्पष्ट है कि वैगनों के निर्माण में ढिलाई हो रही है। जो प्राइवेट वैगन निर्माता हैं, इस संबंध में उन पर भी दृष्टि रखनी होगी। अगर रेल मंत्रालय चाहे तो वह स्वयं वैगन निर्माण के लिए अलग से एक कारखाना खोल सकता है। यह सदन इस संबंध में उसको अधिकार देने के लिए तैयार है। लेकिन वैगनों की कमी के प्रश्न को हमें सारी तस्वीर में रखकर देखना पड़ेगा और मैं चाहूंगा कि रेल मंत्रालय इस संबंध में देश की आवश्यकता को पूरा करने का प्रयत्न करे।

रेल मंत्रालय मजदूरों की यूनियनों को मान्यता देने के संबंध में जो नीति अपनाता रहा है, मेरा उससे विरोध रहा है। अब यह नीति पूर्णतया निष्फल साबित हो रही है। कहा जाता है कि एक उद्योग में एक यूनियन होगी। फिर रेलवे के एक उद्योग में दो यूनियन क्यों हैं? और अगर दो हैं, तो फिर तीसरी क्यों नहीं हो सकती? एक यूनियन होनी चाहिए, लेकिन उसका स्वरूप पी. एंड टी. की कनफेडेरेशन जैसा होना चाहिए, जिसमें अलग-अलग कैटेगरीज के प्रतिनिधियों की भी आवाज हो, उनके दुख-दर्द को कोई सुने, उनके साथ बैठकर चर्चा करे और अगर उनकी शिकायत जायज है, तो उसका निराकरण करे।

लोको कर्मचारियों की हड़ताल के पीछे एक यह भावना काम कर रही थी कि कोई उनकी सुननेवाला नहीं है। यह बात कमर्शियल क्लर्क्स, स्टेशन मास्टरों और गार्ड्स में भी है। मैं मंत्री महोदय की कठिनाई को जानता हूं। सैकड़ों कैटेगरीज, श्रेणियां हैं और उन सबको मान्यता देना संभव नहीं है। लेकिन उन कैटेगरीज को रीग्रुप किया जा सकता है और पी. एंड टी. की तरह

श्रेणीबद्ध यूनियनों को एक कनफेडेरेशन में जोड़कर उन्हें इस बात का मौका दिया जा सकता है कि वे अपनी शिकायतें रख सकें और उत्तर पा सकें।

मंत्री महोदय इस मंत्रालय में नए-नए आए हैं। वह जोश से काम करना चाहते हैं। वह लेबर यूनियन की मान्यता के प्रश्न पर भी एक नई दृष्टि से सोचें। एक बंधे-बंधाए ढर्रे में काम करने का जो रेल मंत्रालय का तरीका है—रेलवे बोर्ड भी उसी तरीके में जकड़ा हुआ है। नई परिस्थितियों में यह तरीका कारगर साबित नहीं हो सकता। अब हड़ताल होती है, तो मंत्री महोदय को बातें सुननी पड़ती हैं और काम ठप्प हो जाता है। हम नहीं चाहते कि रेलवे में हड़ताल हो। हम नहीं चाहते कि पहिया जाम हो। हम चाहते हैं कि रेलें चलें, अधिक से अधिक माल इधर से उधर ले जाएं और लोगों की आवश्यकताएं पूरी करें। लेकिन मंत्री महोदय और रेलवे प्रशासन को हर श्रेणी के कर्मचारियों को यह विश्वास दिलाना पड़ेगा कि अगर उनकी कोई जायज शिकायत है, तो कहीं न कहीं उन्हे दरवाजा खटखटाकर अपना दुखड़ा रोने का मौका मिलेगा। आज सब दरवाजे बंद हैं, इसलिए कि उन्हें मान्यता नहीं है। सरकार मान्यता न दे, लेकिन वह चैनल ऑफ कम्यूनिकेशंज तो दे सकती है। वह उनके प्रतिनिधिमंडल से मिल सकती है, उनकी अर्जियों पर विचार कर सकती है और उन्हें उत्तर दे सकती है। मैं कहूंगा कि मान्यता के प्रश्न पर भी नए सिरे से विचार होना चाहिए।

श्री नरेंद्रकुमार साल्वे (बैतूल) : क्या माननीय सदस्य दो यूनियन चाहते हैं?

श्री वाजपेयी : महोदय, यह मुझे टोक रहे हैं, मुझे जवाब देना पड़ेगा।

अध्यक्ष महोदय : आप अंदाज लगाइए कि जब आप लोग टोकते हैं तो उनकी क्या हालत होती है।

श्री वाजपेयी : 'वन इंडस्ट्री वन यूनियन' के सिद्धांत का पहले ही परित्याग किया जा चुका है। जब रेलवे में दो यूनियन बना सकते हैं, तो तीन क्यों नहीं बना सकते? एक यूनियन बनाई जाए और उसका स्वरूप ऐसा हो कि उसमें सभी कैटेगरी के कर्मचारियों का भी प्रतिनिधित्व हो—वह फेडरेशन न हो, कनफेडेरेशन हो। आज तो केवल वर्कशॉप में काम करनेवाले कर्मचारी यूनियन को नियंत्रित करते हैं। अन्य कैटेगरीज के कर्मचारी जो बिखरे हुए हैं, जो गाड़ियां चलाने में जुटे हुए हैं, जो एक जगह इकट्ठे नहीं हो पाते, अपनी बात प्रभावी ढंग से नहीं रख पाते। मंत्री महोदय इस पर विचार करें। धन्यवाद।

किराए न बढ़ाएं, खर्चे घटाएं

सभापति जी, मैं प्रस्ताव करता हूं :

"यह सदन राष्ट्रपति द्वारा २२ अक्तूबर, १९७१ को प्रख्यापित रेलयात्री-भाड़ा अध्यादेश, (१९७१ का अध्यादेश संख्या १७) का निरनुमोदन करता है।"

अभी हमने एक अध्यादेश पर सदन की स्वीकृति की मोहर लगाई है और अब सदन के सामने दूसरा अध्यादेश विचार के लिए प्रस्तुत है। पिछले अंतर-सत्रकाल में १३ अध्यादेश जारी किए गए। इतने अध्यादेश संविधान बनने के बाद से लेकर आज तक कभी जारी नहीं किए गए। संविधान के अंतर्गत अध्यादेश जारी करने का अधिकार राष्ट्रपति महोदय को दिया गया है, लेकिन संविधान इस अधिकार के दुरुपयोग की इजाजत नहीं देता। यदि परिस्थिति असाधारण है, यदि जनहित में अध्यादेश जारी करना आवश्यक है, तो अपवाद के तौर पर अध्यादेश का आश्रय लिया जा सकता है। लेकिन अब तो ऐसा दिखाई देता है कि यह सरकार अध्यादेशों के बल पर राज्य चलाना चाहती है। सदन में सत्तारूढ़ दल का दो-तिहाई से अधिक भारी-भरकम बहुमत है। बहुमत के बल पर शासन जो चाहे कर सकता है, फिर भी इस सदन की प्रतीक्षा नहीं करता।

सभापति जी, यह बड़े आश्चर्य की बात है कि टैक्स लगाने के लिए, रेल किराए में वृद्धि करने के लिए, डाक-तार की दर बढ़ाने के लिए अध्यादेश का अवलंबन लिया गया है। इस सदन में पहले भी उल्लेख किया जा चुका है कि स्वर्गीय मावलंकर ने अध्यक्ष पद से यह बात स्पष्ट शब्दों में कही थी; और मैं उनके शब्दों को उद्धृत करना चाहता हूं :

"अध्यादेश जारी करने के तरीके भीतरी तौर पर अप्रजातांत्रिक हैं। अध्यादेश तर्कसंगत हों या न हों, प्रायः ज्यादातर अध्यादेशों का असर खराब ही पड़ा है। लोग यह समझने लगे हैं कि सरकार अध्यादेशों के बल पर चलाई जाती है। सदन एक तरह से अदेखा कर दिए जाने के एहसास में रहता है, जबकि केंद्रीय सचिवालय को ढीलेपन की आदत पड़ चुकी है। यह जाहिर किया जाता है कि सदन से उचित कार्रवाई की गुजारिश है, जैसे और कोई विकल्प ही न हो। बस मुहर लगाकर अध्यादेश को मान्यता-भर दे दीजिए। इस तरह के शासन में बेहतर संसदीय परंपराओं को प्रस्तुत करने का कोई मौका ही नहीं रहता।"

** रेल भाड़ा अध्यादेश, १९७१ के निरनुमोदन पर लोकसभा में २४ नवंबर, १९७१ को विरोध-प्रस्ताव।*

इसके बाद अध्यक्ष मावलंकर ने कहा कि अध्यादेश के द्वारा टैक्स लगाना तो समझ में ही नहीं आ सकता। इस संबधं में १७ जुलाई, १९५४ को प्रधानमंत्री श्री नेहरू को उन्होंने एक पत्र लिखा था, जिसका एक अंश मैं उद्धृत करना चाहता हूं :

"मैं आपका ध्यान एक और पहलू की तरफ खींच सकता हूं। नाम-भर के लिए आर्थिक पहलू उस संशोधन से जुड़ा है जो इंडियन इन्कमटैक्स एक्ट १९२२ के संदर्भ में था। यह सीधे-सीधे कराधान का मामला नहीं है। लेकिन इसका अभिप्राय टैक्स इकट्ठा करना ही है। अप्रत्यक्ष रूप से यह अर्थ को प्रभावित करता है और ऐसे मामले में अध्यादेश जारी करना गलत परंपराओं को बढ़ावा देगा।"

अध्यक्ष मावलंकर अप्रत्यक्ष रीति से टैक्स इकट्ठा करने के संबंध में जारी किए गए अध्यादेश का भी समर्थन करने के लिए तैयार नहीं थे, यहां तो अध्यादेश के द्वारा नए टैक्स लगा दिए गए हैं।

इस प्रवृत्ति की निंदा की जानी चाहिए। सरकार का यह कथन और जैसा कि इस विधेयक के उद्देश्यों में दिया गया है कि राज्यों के राज्यपालों और मुख्यमंत्रियों की बैठक हुई और उन्होंने यह निश्चय किया कि बंगला देश के विस्थापितों पर जो खर्चा हो रहा है, उसको पूरा करने के लिए रेल किराए में वृद्धि की जानी चाहिए—यह बैठक १२ अक्तूबर को हुई थी। २२ अक्तूबर को यह आर्डिनेंस जारी किया गया। १५ नवंबर से यह आर्डिनेंस आचरण में आ रहा है और १५ नवबंर से इस संसद की बैठक आरंभ हुई है। राज्यपालों और मुख्यमंत्रियों ने अध्यादेश जारी करने का सुझाव दे दिया, लेकिन उन्होंने यह नहीं बताया कि बिना आम आदमियों पर नया बोझ डाले हुए विस्थापितों की सहायता के लिए धन एकत्र करने के लिए और कौन से उपाय अपनाए जाने चाहिए।

विस्थापित और टैक्स भार

क्या सरकारी खर्चे में कोई कमी की गई है, अपव्यय रोका गया है, ऐसे छिद्र बंद करने की कोशिश की गई है, जिनमें से जनता की गाढ़ी कमाई का पैसा अनुचित तरीकों से गलत हाथों में पड़ता है? बंगला देश के विस्थापितों के प्रति हमारा दायित्व है, हम उनके लिए अपने द्वार बंद नहीं कर सकते थे। पूर्वी बंगाल में मरने से बचने के लिए जो हमारी शरण में आए हैं, उनकी देखभाल करना हमारा नैतिक कर्तव्य है और शासन इसके लिए अगर अधिक धन चाहेगा तो यह सदन धन देने से इन्कार नहीं करेगा। लेकिन धन किससे लिया जाना चाहिए? क्या विस्थापितों के नाम पर यह आवश्यक है कि तीसरे दर्जे के किराए में वृद्धि कर दी जाए? क्या इस दर्जे में यात्रा करनेवाला अधिक किराया देने की क्षमता रखता है? पिछले वर्षों में अनेक बार रेल किरायों में वृद्धि हुई है। जिस अनुपात में किराए बढ़े हैं तीसरे दर्जे के यात्रियों के, स्थान उनके लिए नहीं बढ़ा है, उनकी सुविधाओं में वृद्धि नहीं हुई है। वे खड़े-खड़े यात्रा करते हैं, भेड़ों की तरह से भरकर जाते हैं। अब उन्हें बंगला देश के विस्थापितों के नाम पर अधिक किराया देने के लिए मजबूर किया जा रहा है। इतना ही नहीं, जो एक रुपए का टिकट खरीदेगा, उसको भी यात्री कर देना होगा। एक रुपए का टिकट और उस पर यात्री कर, क्या यह गरीबी हटाओ अभियान का एक हिस्सा है?

मैंने निवेदन किया है कि विस्थापितों के लिए अधिक साधन जुटाने की आवश्यकता है तो

इन टैक्सों से तो केवल ७० करोड़ की व्यवस्था की गई है, जबकि साल-भर में ५००-६०० करोड़ रुपए आवश्यक होंगे। पहले कहा गया था कि विस्थापित छह महीने में वापस चले जाएंगे, आठ महीने बीत गए हैं, वापस जाने के बजाय उनकी संख्या बढ़ रही है। इनकी समस्या एक ढंग से हमने ही पैदा की है। यदि अप्रैल मास में ही हमने बंगला देश की स्वाधीन सरकार को मान्यता देकर भारी पैमाने पर सैनिक सहायता दी होती तो फिर न तो मुक्तिवाहिनी को इतने बलिदानों का अंबार लगाना पड़ता और न भारत को इतनी भारी तादाद में विस्थापितों के आ जाने से जो समस्या पैदा हो गई है, उसका ही सामना करना पड़ता। तब सरकार उचित अवसर की प्रतीक्षा करती रही, विश्व-जनमत को जाग्रत करने के लिए प्रयत्नशील रही।

आठ महीने बीत गए, विस्थापितों के वापस जाने की फिलहाल कोई स्थिति दिखाई नहीं देती। प्रश्न यह है कि विस्थापितों के लिए साधन किस ढंग से जुटाएं? मेरा सुझाव है कि अगर सरकार विदेशी शराबों पर, बड़े-बड़े होटलों के कमरों पर, घुड़दौड़ों पर, बड़ी-बड़ी कंपनियों के शेयरों पर और अगर आप शामिल करना चाहें तो लाटरियों पर, अधिभार लगा देती तो ७० करोड़ से अधिक की आमदनी हो सकती थी। इस विधेयक में अनुमान लगाया गया है कि साल-भर में ७ करोड़ रुपया प्राप्त होगा। इस वर्ष में तो यह राशि केवल २.६ करोड़ है।

रेलों की आमदनी, खर्चे और घाटा

रेल मंत्री जी विराजमान हैं। ७ करोड़ का तो रेलों में प्रतिवर्ष कोयला चोरी चला जाता है। रेलों ने इस चोरी को रोकने के लिए कोई कदम नहीं उठाया है। रेलों में लाखों यात्री बिना टिकट चलते हैं। अगर उन्हें पकड़ने की व्यवस्था की जाए, प्रबंध में कड़ाई हो, कर्मचारी ईमानदारी से काम करें तो रेलों की आमदनी बढ़ सकती है और नए टैक्स लगाने की आवश्यकता नहीं होगी। लेकिन रेल यात्रियों पर अधिक भार डाला जा रहा है और रेलें अपनी आमदनी बढ़ाने में, फिजूलखर्ची घटाने में, अपव्यय रोकने में किसी तरह का प्रयत्न नहीं कर रही हैं। मैं समझ सकता था इस विधेयक के औचित्य को, अगर रेल मंत्री इसके साथ ही इस बात का विवरण भी सदन के सामने रखते कि संकटकाल की स्थिति को देखते हुए विस्थापितों के लिए अधिक धन की आवश्यकता है, इस वास्ते रेलों के अनावश्यक खर्चे में भी कटौती करने की कोशिश की जा रही है।

सभापति महोदय, आप तो पी.ए.सी. के चेयरमैन हैं। आपके सामने स्थिति आ चुकी है। इस आशय की रिपोर्ट भी सदन में पेश की जा चुकी है कि रेलों में ओवर-कैपिटलाइजेशन है और जो कैपेस्टी है, उसका अंडरयूटीलाइजेशन हो रहा है।

१९६९-१९७० में रेलों की कुल आमदनी १००० करोड़ थी। अगर अपने खर्चे में रेलें १०% की भी कटौती करें तो भी १०० करोड़ रुपया आपका बच सकता था। मैंने समाचारपत्रों में पढ़ा है—मुझे पता नहीं कहां तक सच है—कि केंद्रीय सरकार ने सबसे कहा है कि खर्चे में कटौती करो। ऐसी अवस्था में ७ करोड़ की रकम तो नगण्य है, उससे कहीं अधिक रुपया रेलें अपने खर्चे में कटौती करके जुटा सकती थीं। लेकिन इस तरह का कोई प्रयत्न नहीं किया गया है। रेलें अधिक साधन जुटाने के बजाय मंत्री और रेलवे बोर्ड के चेयरमैन, उन्हीं के चौं-चौं में व्यस्त हैं। रेलवे बोर्ड के पुराने चेयरमैन चले गए हैं। उनका वक्तव्य अगर कोई कीमत रखता है तो उन्होंने कहा कि ३० करोड़ रुपया भ्रष्टाचार के द्वारा जो नष्ट किया जा रहा है, उसे वह बचाना चाहते थे। श्री गांगुली को इसकी इजाजत नहीं दी गई। इसलिए उनका डिब्बा पटरी से उतार दिया गया, उनकी

गाड़ी टकरा गई, एक दुर्घटना हो गई।

जनविरोधी कदम

सभापति महोदय, मैं इस विधेयक का विरोध करने के लिए खड़ा हूं क्योंकि मैं समझता हूं कि आम आदमी पर और बोझा लादना कोई औचित्य नहीं रखता है। अगर साधन चाहिए तो आप वातानुकूलित डिब्बे में यात्रा करनेवालों की जेब से कुछ निकालें, मैं आपत्ति नहीं करूंगा, प्रथम श्रेणी के यात्री भी सरकारी खजाने में कुछ योगदान दे सकते हैं, लेकिन तीसरे दर्जे के यात्रियों पर बोझा डालना और एक रुपए का जो टिकट लेता है, उसको भी अधिक कर देने के लिए विवश करना, यह जनविरोधी कदम है। इससे जनता का मनोबल ऊंचा नहीं होगा, और इससे महंगाई को रोकने का सरकार का घोषित उद्देश्य भी पूरा नहीं होगा। देश पहले ही मुद्रास्फीति का शिकार है। दाम चढ़ रहे हैं। बंधी-बंधाई तनख्वाह पानेवाला वर्ग परेशान है और अब उस पर विस्थापितों के नाम पर और भी बोझा लादा जा रहा है। मैं चाहता हूं कि मंत्री महोदय इसमें संशोधन करें। तीसरे दर्जे के मुसाफिरों को इससे मुक्त कर दें। रेलवे प्रशासन की ओर से सदन को आश्वासन दें कि खर्चे में कमी करने का और मितव्ययिता लाने का प्रयत्न किया जाएगा। उससे कितनी बचत होगी, इसका कोई लक्ष्य भी निर्धारित किया जाना चाहिए और उस लक्ष्य से सदन को अवगत करना आवश्यक है।

मैंने आपसे निवेदन किया, मैं फिर दोहराना चाहता हूं, आम आदमी पर बिना बोझा लादे हुए विस्थापितों को राहत देने के लिए साधन जुटाए जा सकते हैं, लेकिन इसके लिए सरकार को अपना जनविरोधी स्वरूप छोड़ना होगा और ऐसे लोगों पर बोझा लादना होगा जो देने की क्षमता रखते हैं। लेकिन मुझे ऐसा लगता है कि इन अध्यादेशों के द्वारा जो कर लगाए गए हैं, उनका विचार करते समय इस पहलू को बिल्कुल दृष्टि से ओझल कर दिया गया है, इसीलिए यह विरोध हो रहा है। यह विरोध जनता तक जाएगा और इससे इस संकट की घड़ी में अनावश्यक कटुता पैदा होगी।

समाप्त करने से पहले मैं एक बात और जानना चाहता हूं। सरकार कहती है, बंगला देश के विस्थापित वापस चले जाएंगे। कितने विस्थापित जाने के बाद यह टैक्स लेना बंद कर दिया जाएगा? सब विस्थापित वापिस चले जाएं, इसकी संभावना नहीं दिखाई देती। क्या यह टैक्स भी स्थायी बन जाएगा? श्रीमती सुशीला रोहतगी स्पष्ट आश्वासन दें कि यह कब तक के लिए अस्थायी होगा? अभी तक का अनुभव ऐसा है कि संकटकाल के नाम पर जो भी टैक्स लगाए जाते हैं, वे फिर वापस होने का नाम नहीं लेते। हो सकता है, विस्थापित वापस चले जाएं, मगर टैक्स वापस न हों। यह स्थिति बड़ी संकटपूर्ण है और इस संबंध में असंदिग्ध आश्वासन आवश्यक है। धन्यवाद।

रेलें लाभ की पटरी से उतरीं

उपाध्यक्ष महोदय, रेल मंत्री ने जो बजट प्रस्तुत किया है वह घाटे का बजट है और पच्चीस सालों में पहली बार यह घाटे का बजट रखा गया है। यह घाटे का बजट रेलों में दिखाई जानेवाली उस लाल झंडी की तरह से है जिसे न देखने का अर्थ होगा, रेलों को एक वित्तीय खाई में पटकना और देश के अर्थ संकट को और भी गहरा करना।

रेल मंत्री ने यह कहा है कि घाटे का कारण कम माल की ढुलाई का होना है। माल ढोने का जो अनुमान लगाया गया था, उसकी तुलना में प्रायः ८० लाख टन कम माल ढोया गया। लेकिन मैं पूछना चाहता हूं कि यह अनुमान लगाने के लिए जिम्मेदार कौन है? रेलों को कितना माल ढोना पड़ेगा इसका गलत अनुमान लगाया गया, और इस गलती के लिए योजना आयोग और अन्य मंत्रालय उत्तरदायी हैं, लेकिन आश्चर्य की बात यह है कि उनकी गलती के लिए अब यात्रियों पर किराया बढ़ाया जा रहा है और माल ढोने की दर में भी वृद्धि की जा रही है।

रेल मंत्रालय स्वयं किस तरह से अनुमान लगाता है, यह हमने मार्च और मई में पेश किए गए बजट में देखा। मार्च के बजट में अनुमान था कि कुल मिलाकर १५ करोड़ रुपए का घाटा होगा, लेकिन मई के बजट में घाटा १५ करोड़ रुपए से बढ़कर २४ करोड़ रुपए हो गया। अब यदि रेल मंत्रालय दो महीनों की अवधि में अपने अनुमानों में इतना अंतर करता है तो समझना चाहिए कि न तो आमदनी के अनुमान सही किए जाते हैं और न खर्च के अनुमान सही किए जाते हैं; और न माल ढोने के बारे में जो लक्ष्य निर्धारित किए जाते हैं, उन लक्ष्यों का निर्धारण यथार्थवादी आधार पर किया जाता है।

यह कहा गया है कि माल ढोने में इसलिए कमी हुई कि सूखा पड़ा और अनाज तथा अन्य कृषि उत्पादनों में कमी हुई; लेकिन इस बात से इन्कार नहीं किया जा सकता कि रेलों को काफी मात्रा में अमेरिका से आया हुआ गेहूं ढोना पड़ा। यदि सूखा न होता, अभाव न होता तो इतनी बड़ी मात्रा में अमेरिका से गेहूं मंगाने की आवश्यकता न पड़ती। यह भी कहा गया है कि कोयला ढोने में कमी हुई, इससे घाटा हुआ।

उपाध्यक्ष महोदय, आपको सुनकर ताज्जुब होगा कि एक ओर तो कोयला ढोने में कमी की

** रेल बजट पर लोकसभा में ३० मार्च, १९६७ को भाषण।*

शिकायत की जा रही है और दूसरी ओर सौराष्ट्र में कोयला पानी के जहाज से ढोकर ले जाया जा रहा है। मंत्री महोदय इसका पता लगाएं कि भावनगर और कांडला में कोयला रेलों से नहीं ले जाया जाता, पानी के जहाज से सारी परिक्रमा करके ले जाया जाता है। यदि रेलों के पास वैगन खाली हैं, उन वैगनों के लिए माल नहीं है, तो हम जहाज से कोयला ले जाएं, इस बात की क्या आवश्यकता है?

मंत्री महोदय ने अपने भाषण में कहा है कि इस्पात के कारखानों का जो माल ढोया जाता है और वहां से जो माल लाया जाता है, उसमें कमी होने की वजह से भी माल की ढुलाई में घाटा हुआ है। लेकिन मैं निवेदन करना चाहूंगा कि इस्पात के कारखाने में कच्चे माल के ले जाने या वहां से पक्के माल के लाने में इतना बड़ा घाटा नहीं हो सकता। आश्चर्य की बात तो यह है कि एक ओर तो माल कम ढोया गया है, उसकी वजह से घाटा हुआ और दूसरी ओर माल ढोने की दर बढ़ाई जा रही है, पूरक प्रभार को ३% से बढ़ाकर ६% किया जा रहा है। क्या यह रेलों में अधिक माल को आमंत्रित करने का तरीका है?

रेलों का माल ढोने का तरीका

इस बात से कोई इन्कार नहीं कर सकता कि रेलों में और सड़क पर चलनेवाले परिवहन में जो प्रतियोगिता हो रही है, उसमें रेलें पिछड़ रही हैं और सड़क-परिवहन रेलों को पछाड़ रहा है। माल-भाड़े की दर बढ़ाकर मंत्री महोदय शायद २५ करोड़ रुपए कमा लें, लेकिन वे रेलों को अधिक माल ढोने के लिए आकर्षक नहीं बना रहे हैं। सभी जानते हैं कि सड़क से माल ढोना महंगा पड़ता है, क्योंकि उसकी चालन-कीमत ज्यादा है। लेकिन फिर भी हम रेलों की तुलना में सड़क-परिवहन का आश्रय लेते हैं, कम से कम उन मालों को ढोने के लिए जिनका मूल्य ज्यादा है, क्योंकि एक तो माल ठीक समय पर अपने गंतव्य स्थान पर पहुंचता है और दूसरे बीच में माल की क्षति नहीं होती और जो माल ढुलानेवाले हैं, उनको संतोष मिलता है। लेकिन रेलों का माल ढोने का तरीका क्या है? क्या रेलों ने माल ढोने के अपने तरीके में सुधार करके सड़क-परिवहन की प्रतियोगिता में अपने को अधिक योग्य सिद्ध करने का प्रयत्न किया है? मेरा निवेदन है कि नहीं। मैं एक उदाहरण आपके सामने रखता हूं। मैं अभी पटना गया था। वहां सोन नदी की रेत बाहर भेजी जाती है। उसका सीमेंट बनाने और अन्य कामों में उपयोग होता है। जब रेल कंपनी की थी तो वे माल ढोने की दर कम रखकर सोन नदी की रेत बाहर ले जाते थे, लेकिन आज रेत के लिए वही माल-भाड़ा है जो अनाज के लिए भाड़ा है। थोड़ा-बहुत अंतर हो सकता है, लेकिन अधिक अंतर नहीं। नतीजा यह हो रहा है कि सोन नदी का जो रेत रेलों में ढोया जाता था, वह ट्रकों से ढोया जा रहा है। मालगाड़ियों का यह हाल है कि फलों से लदी मालगाड़ी ने फरीदाबाद से जालंधर पहुंचने में २० दिन लगा दिए। इन २० दिनों में माल खराब हो गया, व्यापारी को घाटा हुआ और जब मुआवजे के लिए वह व्यापारी क्लेम लेकर गया तो साल-भर जांच में लगा और जांच का नतीजा यह निकला कि फरीदाबाद से जालंधर पहुचंने में जो २० दिन लगे, वह बिल्कुल ठीक था, इससे पहले मालगाड़ी जालंधर नहीं पहुंच सकती। अब रेलों से फलों को कौन ले जाएगा, क्यों ले जाएगा, वैगन क्यों नहीं खाली पड़े रहेंगे?

एक तीसरा उदाहरण मैं देना चाहता हूं। रेलें एक ओर तो शिकायत कर रही हैं कि उनके पास वैगनें पड़ी रहीं, उनके पास माल नहीं था लेकिन दूसरी ओर देश में व्यापारियों की यह

शिकायत रही है कि उनका माल पड़ा रहा और उनको वैगन नहीं मिले। मैं रेल मंत्रालय के आंकड़ों पर विश्वास करने में बड़ी कठिनाई अनुभव करता हूं। आंकड़े कहां तैयार किए जाते हैं, यह मेरे लिए कहना कठिन है। लेकिन कभी-कभी संसद की और जनता की आंखों में धूल झोंकने के लिए आंकड़े गढ़े जाते हैं और देश के माथे पर मढ़े जाते हैं, इस बारे में मैं एक बहुत गंभीर आरोप लगाना चाहता हूं। रेल मंत्रालय दावा करता है कि रेलों के समय से चलने में उत्तरोत्तर प्रगति हो रही है, अब अनेक रेलें समय पर आने लगी हैं। लेकिन क्या उपाध्यक्ष महोदय, आपको और इस सदन को मालूम है कि गाड़ियों के आने-जाने का वास्तविक समय नहीं बताया जाता है, जिस समय गाड़ियों सचमुच स्टेशन पर आती हैं, वह बता दिया जाता है। एक गाड़ी शाहदरा में ढाई घंटे लेट आई और वह गाड़ी दिल्ली स्टेशन पर ठीक समय पर पहुंच गई। यह कैसे हुआ? एक रेल इंजिन मुगलसराय के लोको में से दो बजे निकला, लेकिन गाड़ी उसकी साढ़े ग्यारह बजे रवाना हो गई। जिस गाड़ी के लिए लोको से इंजिन नहीं आता, वह गाड़ी साढ़े ग्यारह बजे कैसे रवाना हो गई? रेलों के आगे जाने का समय अलग रखा जाता है, स्टेशन मास्टर का समय अलग होता है, गार्ड का समय अलग होता है और कंट्रोलर का समय अलग होता है। स्टेशन मास्टर कहता है गाड़ी दो घंटें लेट आई है, कंट्रोलर कहता है चिंता मत करो, गाड़ी को राइट टाइम दिखाओ और गाड़ी राइट टाइम दिखाई जाती है। यह बड़ा गंभीर आरोप है। संसद को अंधेरे में रखा जाता है, देश को धोखा दिया जाता है। मैं इस आरोप को साबित करने के लिए तैयार हूं। अगर संसद के सदस्यों की कोई कमेटी बने तो मैं साबित कर सकता हूं कि रेलवे बोर्ड और रेल मंत्रालय अभी तक संसद को धोखा देते रहे हैं, जनता को गुमराह करते रहे हैं। गाड़ी जिस समय पर स्टेशन पर आती है, वह समय कंट्रोलर के चार्ट में नहीं दिखाया जाता। इस तरह से और भी आंकड़ों में गड़बड़ हो सकती है। मैं चाहता हूं कि रेलों के पास माल की कमी या वैगनों की कमी थी, इस बात की भी पूरी जांच होनी चाहिए।

मालगाड़ियों को कितने डिब्बे चाहिए?

रेलें किस तरह से अपने उपभोक्ताओं का काम करती हैं, इसका मैं उदाहरण आपको देने लगा था। नार्दन रेलवे के दिल्ली डिवीजन में वैगंज की कमी हो गई। खन्ना स्टेशन पर व्यापारी वैगंज मांग रहे थे, जिससे वे पंजाब से अनाज बाहर ले जा सकें। वे जानते थे कि पंजाब की सरकार अनाज बाहर ले जाने पर प्रतिबंध लगानेवाली है। लेकिन डिब्बे नहीं थे और इसलिए बीमार और नॉन-वाटर प्रूफ डिब्बे दिए गए, ऐसे डिब्बे दिए गए जो लीक हो सकते थे। कुछ डिब्बे व्यापारियों ने लिए, कुछ डिब्बे व्यापारियों ने लेने से इन्कार कर दिया। उस स्टेशन मास्टर से कहा गया कि तुमने डिब्बे नहीं दिए, तुम जिम्मेदार हो और उस स्टेशन मास्टर का तबादला कर दिया गया। वह चार महीने पहले उस स्टेशन पर आया था। मैंने उसका मामला मंत्री महोदय को दिया। क्या रेलवे प्रशासन व्यापारियों को मजबूर कर सकता है कि वे बेकार, बीमार और जिनमें पानी रिसता हो, ऐसे डिब्बे लें? मैं चाहता हूं कि मंत्री महोदय जवाब देते समय इस बात का ठीक तरह से स्पष्टीकरण करें कि सारे देश में मालगाड़ी के कितने डिब्बों की मांग थी और कितने डिब्बे बेकार पड़े रहे। कोयले के लिए, स्टील कारखानों के सामान को ढोने के लिए अगर अलग से डिब्बे बनाए गए है, अलग तरह के डिब्बे बनाए गए हैं तो मैं उन्हें इस गिनती से निकालने के लिए तैयार हूं। लेकिन मैं मंत्री महोदय का यह दावा नहीं मानता कि घाटे के लिए माल की ढुलाई ही मुख्य

रूप से जिम्मेदार है। और भी चीजें हैं जो जिम्मेदार हैं।

अलग-अलग रेलें हैं, उनके अलग-अलग डिवीजन हैं। जहां दो रेलों के दो डिवीजन मिलते हैं, वहां मालगाड़ी कई दिनों तक पड़ी रहती है। डिवीजन डिवीजन के बीच संघर्ष होता है, रेलों और रेलों के बीच में लड़ाई होती है, माल ढोनेवाले घाटे में रहते हैं, व्यापारी नुकसान उठाते हैं। इसका नतीजा यह होता है कि रेलों का रास्ता छोड़कर वे सड़क-परिवहन का रास्ता पकड़ते हैं।

रेल मंत्री जी ने दावा किया है कि १९६५-६६ में सबसे कम दुर्घटनाएं हुईं। लेकिन इसी रिपार्ट में उन्होंने यह भी माना है कि १९६६-६७ में जिन दुर्घटनाओं की जांच कमीशन ऑफ रेलवे सेफ्टी के द्वारा की गई है, वे दुर्घटनाएं ज्यादा हुई हैं और ऐसी दुर्घटनाओं में मरनेवाले लोगों की संख्या भी ज्यादा है। अभी तक हम अपनी रेलों को सुरक्षित नहीं बना सके हैं। दुर्घटनाएं क्यों होती हैं?

दुर्घटनाएं होती नहीं, की जाती हैं

मेरा निवेदन है कि दुर्घटनाएं होती नहीं, दुर्घटनाएं की जाती हैं। दुर्घटनाओं को टाला जा सकता है। जिस दिन रेल मंत्री महोदय इस सदन में रेलवे बजट पेश कर रहे थे, उसी दिन दक्षिण में हुई एक दुर्घटना का हवाला दिया गया था जिसमें बहुत बड़ी संख्या में लोग मरे थे। यहां तक कि गोहद से भिंड के लिए जो लाइट रेलवे जाती है नैरोगेज और जिसमें आज तक हमने कभी दुर्घटना की बात नहीं सुनी, उस पर भी दुर्घटना हो गई—गोहद और नोनेरा के बीच में। इसमें तीन लोग मर गए, ३२ घायल हो गए। जब कभी दुर्घटना का सवाल उठाया जाता है, मंत्री महोदय दावा करते हैं कि अधिकतर दुर्घटनाएं इसलिए होती हैं कि रेलवे कर्मचारी अपने कर्त्तव्य का ठीक तरह से पालन नहीं करते। इसे वह फेल्योर ऑफ ह्यूमैन एलीमेंट कहते हैं। इस रिपोर्ट में भी उन्होंने दावा किया है कि गाड़ियों की टक्कर और पटरी से उतरने की १०४६ घटनाओं में से ६८८ घटनाओं के लिए अर्थात ६०.५८% के लिए रेलवे कर्मचारी जिम्मेदार हैं। मैं पूछना चाहता हूं कि रेलवे कर्मचारी जिन परिस्थितियों में काम करते हैं, उनके लिए जिम्मेदार कौन है? रेलवे कर्मचारी गलती कर सकते हैं, लेकिन रेलवे कर्मचारी गलती न करें, रेलवे कर्मचारी अपने कर्त्तव्य का अच्छी तरह से पालन करें, यह वातावरण पैदा करना, इस तरह की काम की शर्तें उन्हें देना, ताकि वे ठीक तरह से काम कर सकें, उपयुक्त सुविधाएं देना, क्या यह रेल मंत्रालय की जिम्मेदारी नहीं है?

उपाध्यक्ष महोदय, अगर रेल दुर्घटनाओं के लिए केवल रेलवे कर्मचारी जिम्मेदार होते, तो फिर १ दिसंबर से लेकर २१ दिसंबर के बीच में, जब स्टेशन मास्टरों और असिस्टेंट स्टेशन मास्टरों ने वर्क टू रूल कैंपेन किया था, ऐसा न होता कि एक भी दुर्घटना न होती। जब ३०००० स्टेशन मास्टर और सहायक स्टेशन मास्टर वर्क टू रूल कैंपेन चला रहे थे, उन २१ दिनों में देश में एक भी रेल दुर्घटना नहीं हुई।

रेल दुर्घटनाएं इसलिए होती हैं कि रेलवे कर्मचारियों को मजबूर किया जाता है कि वे नियमों का पालन न करें और शॉर्टकट तरीके अपनाएं। ऊपर के अधिकारी अपनी दक्षता को दिखाने के लिए और अपना रिकार्ड बनाने के लिए रेलवे कर्मचारियों को नियमों का उल्लंघन करने और शॉर्टकट तरीके अपनाने के लिए मजबूर करते हैं।

मैं इस संबंध में दो उदाहरण आपके सामने रखना चाहता हूं। आगरा में एक स्टेशन मास्टर को इसलिए मुअत्तिल कर दिया गया कि उसने कहा कि जिस मालगाड़ी में वैक्यूम नहीं है और

गार्ड नहीं है, मैं उसको आगे बढ़ाने से इन्कार करता हूं। क्या आपने कभी बिना वैक्यूम के और बिना गार्ड के गाड़ी चलते हुए सुना है? जब उस स्टेशन मास्टर ने शिकायत की, चूंकि गार्ड और वैक्यूम नहीं है, इसलिए गाड़ी आगे नहीं बढ़ सकती, तो उसको धमकी दी गई कि गाड़ी आगे बढ़ाओ, वर्ना इनसबार्डिनेशन के लिए तुम्हारे खिलाफ कार्यवाही की जाएगी। कार्यवाही की गई और बाद में वह वापस भी ले ली गई। मगर प्रश्न यह है कि कर्मचारियों को नियमों का उल्लंघन करने के लिए मजबूर क्यों किया जाता है?

गाड़ी में वैक्यूम नहीं था

अभी ४ मई को एक मालगाड़ी हरिद्वार से देहरादून जाते हुए डोईवाला पर दुर्घटनाग्रस्त हो गई, जिसमें गार्ड सहित पांच लोग मारे गए। जब गाड़ी हरिद्वार से चली, तो उसको देखभाल करके नहीं निकाला गया। गाड़ी में वैक्यूम नहीं था—खाली इंजिन में वैक्यूम था, लेकिन पूरी गाड़ी में वैक्यूम नहीं था और इसलिए जब गाड़ी ऊपर चढ़ने लगी डोईवाला की तरफ, तो उसके लिए ऊपर चढ़ना संभव नहीं हुआ। मालगाड़ी के डिब्बे इंजिन से निकल गए और ढलान पर दौड़े। आगे जाकर वे डिब्बे चकनाचूर हो गए। डी.एम.ई. की प्रिलिमिनरी इंक्वायरी हुई। रेल मंत्री इस बात का पता लगाएं कि डी.एम.ई. ने यह प्रिलिमिनरी इंक्वायरी रिपोर्ट देने की कोशिश की कि यह दुर्घटना अपने आप हुई, इसके लिए कोई जिम्मेदार नहीं है। मैं चाहता हूं कि इस मामले की विशेष जांच कराई जाए, क्योंकि जिस डी.एम.ई. ने प्रिलिमिनरी इंक्वायरी रिपोर्ट दी, वही डी.एम.ई. इंक्वायरी कमेटी का भी एक मेंबर है और वह कर्मचारियों को धमका रहा है कि वे सही बात न कहें।

उस गाड़ी के इंजिन का ड्राइवर १२ घंटे से ज्यादा काम कर चुका था। उस गाड़ी का इंजिन, जिसका नंबर सी.डब्ल्यू.डी. १२४९९ है, एक निकम्मा इंजिन था। डोईवाला में दुर्घटना के बाद वह इंजिन देहरादून में मुश्किल में फंस गया, और बाद में मुरादाबाद में मुश्किल में फंस गया। वह खराब इंजिन दे दिया गया। ड्राइवर को १२ घंटे से ज्यादा काम करने के लिए मजबूर किया गया और गाड़ी में वैक्यूम नहीं था, इसलिए वह मालगाड़ी चकनाचूर हो गई। ड्राइवर समेत पांच आदमी मर गए। मंत्री महोदय कह सकते हैं कि यह भी फेल्योर ऑफ ह्यूमैन एलिमेंट है, मगर क्या इस दुर्घटना के संबध में किसी अफसर के खिलाफ कार्यवाही हुई, क्या किसी अफसर को जवाबदेही के लिए बुलाया गया? दुर्घटनाएं टाली जा सकती हैं, लेकिन इसके लिए छोटे कर्मचारियों को विश्वास में लेना होगा। खाली भारी-भरकम सेफ्टी आर्गेनाइजेशन खड़ी करने से और सेफ्टी इंस्पेक्टर भर्ती करने से दुर्घटनाएं नहीं टलेंगी। करोड़ों रुपया सेफ्टी आर्गेनाइजेशन पर बरबाद किया जा रहा है, मगर जिस ह्यूमैन एलिमेंट से रेलवे प्रशासन को काम लेना है, उसको कोई चर्चा के लिए नहीं बुलाता, उससे कोई नहीं पूछता कि वर्किंग रूल्स में कितने ऐसे रूल हैं जो अव्यावहारिक हैं, जो अमल में नहीं लाए जा सकते हैं, जो पुराने पड़ गए हैं, जिनको बदलने की जरूरत है।

३०००० स्टेशन मास्टरों और सहायक स्टेशन मास्टरों ने इसलिए वर्क टू रूल कैंपेन किया था कि नियमों के अनुसार काम हो और शॉर्टकट तरीके न अपनाए जाएं। लेकिन रेलवे अफसर शॉर्टकट तरीके अपनाने के लिए मजबूर करते हैं। उस वर्क टू रूल कैंपेन के दौरान कोई दुर्घटना नहीं हुई। उस समय के रेल मंत्री, श्री पाटिल ने यह आश्वासन दिया था कि ३०००० स्टेशन मास्टरों की मांग पर विचार किया जाएगा और किसी भी कर्मचारी के खिलाफ बदले की कार्यवाही नहीं की जाएगी। मगर दानापुर डिवीजन में तीन कर्मचारी अभी तक सस्पेंशन में हैं और उनको काम

पर वापस नहीं लिया गया है। अभी सारे तबादले रद्द नहीं किए गए है। हजारों स्टेशन मास्टरों पर चार्जशीट लगाई गई है।

उन चार्जशीट्स को वापस नहीं लिया गया है। मुझे लगता है कि रेल मंत्रालय पुराने रेल मंत्री के द्वारा दिए गए आश्वासन का पालन करने के लिए उत्सुक नहीं है। वह आश्वासन मुझे और मेरी एसोसिएशन को दिया गया था। यह हमारे लिए प्रतिष्ठा का सवाल है। अगर ये सस्पेंशन, ट्रांसफर और चार्जशीट्स वापस नहीं लिए जाएंगे तो मुझे कुछ करना होगा, मेरी एसोसिएशन को कुछ करना होगा। मैं धमकी नहीं दे रहा हूं। मैं रेलों में शांति और अनुशासन चाहता हूं। कोई मुझे गलत समझने की कोशिश न करे। लेकिन आंदोलन रोकते समय जो शर्तें तय हुई थीं, यदि उनका उल्लंघन किया जाएगा तो रेलवे कर्मचारियों के एक सेवक के नाते मैं चुप नहीं बैठ सकता। मुझे कठोर कार्यवाही करनी पड़ेगी।

रेलों का भाग्यविधाता कौन?

मुझे रेल मंत्री पर अभी भी विश्वास है। वह नए-नए आए हैं, मगर रेलवे बोर्ड के चंगुल में फंस रहे हैं। रेलों में जो अफसरशाही है, किसी भी रेल मंत्री के लिए उससे बच निकलना बड़ा मुश्किल है। कभी-कभी मुझे शक होता है कि भारतीय रेलों का भाग्यविधाता कौन है? इस लोकसभा के प्रति जिम्मेदार मंत्री या रेलवे बोर्ड के ऊंचे-ऊंचे अफसर? यह जरूरी है कि कर्मचारियों के साथ अच्छे संबंध कायम किए जाएं। रेल मंत्री महोदय ने दावा भी किया है कि जो अखिल भारतीय संगठन हैं, उनके साथ हमारे संबंध बहुत अच्छे हैं। लेकिन जो कर्मचारी इन संगठनों में नहीं हैं, उनका क्या होगा?

रेलवे प्रशासन ने दो कर्मचारी-संगठनों को मान्यता देकर वन इंडस्ट्री-वन रिकगनाइज्ड यूनियन के सिद्धांत को तिलांजलि दे दी। अगर रेलवे में दो कर्मचारी संगठन माने जा सकते हैं तो तीन क्यों नहीं माने जा सकते, चार क्यों नहीं माने जा सकते? मैं पूछना चाहता हूं कि जो कैटेगरीवाइज कर्मचारी हैं, चाहे वे बुकिंग क्लर्क हों या कमर्शियल क्लर्क, स्टेशन मास्टर हों या गार्ड हों, या जो और भी ऐसे कर्मचारी हैं, जो वर्कशॉप में काम नहीं करते, लेकिन रेलों को चलाने में, रेल का पहिया चालू रखने में जिनका महत्त्वपूर्ण योगदान है, उनके हितों का संरक्षण और संवर्द्धन कौन करेगा? दो अखिल भारतीय संगठन उनके हितों का रक्षण नहीं कर सके, इसलिए मैं चाहता हूं कि रेलों में भी डाक-तार विभाग की तरह कैटेगरीवाइज यूनियंज रिकगनाइज किए जाएं। यह ठीक है कि रेलों में कैटेगरीज ज्यादा हैं, मगर उनकी ग्रुपिंग की जा सकती है और उन यूनियंज को रिकगनाइज करके उनका एक कनफेड्रेशन बने, जैसा पी. एंड टी. में कनफेड्रेशन है, और इस तरह से हर एक श्रेणी के कर्मचारियों की शिकायतों को सुना जाए। रेल मंत्री को अपनी श्रम नीति पर फिर से विचार करना होगा।

महोदय, मैं आपका अधिक समय नहीं लूंगा। रेलवे बजट में यात्रियों के किराए और मालभाड़े में जो वृद्धि की गई है, उस वृद्धि का कोई औचित्य नहीं है, उस वृद्धि को वापस ले लेना चाहिए। शायद वित्त मंत्री महोदय ने अपना बोझा रेल मंत्री पर डाल दिया है। रेल घाटे में नहीं चल रही है, रेल जनरल रेवेन्यू में अपना हिस्सा बराबर दे रही है। अगर वह हिस्सा थोड़ा कम कर दिया जाता तो यात्रियों का किराया बढ़ने से रोका जा सकता था, माल-भाड़े की दरों को भी यथावत बनाए रखा जा सकता था, मगर रेल मंत्री ने यह रास्ता नहीं अपनाया। मैं उनसे एक बात कहना

चाहता हूं कि अगर वे रेलों का पुनर्गठन करें, अगर रेलों का अपव्यय रोकें, अगर किफायतशारी अपनाएं, तो २० करोड़ रुपए का घाटा बिना किराया बढ़ाए, बिना भाड़े की दरों को बढ़ाए पूरा किया जा सकता है। मैं इस संबंध में अब कुछ ठोस सुझाव देना चाहता हूं :

घाटा रोकने के कुछ उपाय

१. रेलवे के अफसरों को यह अधिकार है कि वे डेमरेज और वारफेज माफ कर सकते हैं। जितना बड़ा अफसर, उसे उतनी बड़ी रकम माफ करने का अधिकार है। यह अधिकार उपयोग में लाया जाता है बड़ी-बड़ी कंपनियों को, मिलों को, बड़े-बड़े व्यापारिक संगठनों को छूट देने के लिए। जिन मिलों से, व्यापारिक संगठनों से रुपया वसूल किया जाना चाहिए, जिनसे डेमरेज और वारफेज लिया जाना चाहिए, उनके साथ सांठ-गांठ करके रेलवे के अफसर उसको माफ कर देते हैं। करोड़ों रुपया इस तरह से माफ किया जाता है। मैं मंत्री महोदय से जानना चाहता हूं कि जिस साल का बजट हम चर्चा में इस वक्त लिए हुए हैं, उस साल में डेमरेज और वारफेज में अफसरों ने कितने करोड़ रुपए की माफी दी है—इसका ब्यौरा वे सदन के सामने रखें। मेरा निवेदन है कि यह अधिकार अफसरों से वापस ले लेना चाहिए, इससे रेलवे की आमदनी बढ़ सकती है।

२. कर्मचारियों को अकारण चार्जशीट दी जाती है, उन पर मामले चलते हैं और सरकारी धन का अपव्यय होता है, कर्मचारियों का वक्त बरबाद होता है। सभापति जी, आपको जानकर ताज्जुब होगा कि केवल एक कोटा डिवीजन में ३०० रेल कर्मचारियों को मुअत्तिल किया गया और बाद में उनको वार्निंग देकर ड्यूटी पर लिया गया। एक कोटा डिवीजन का यह हाल है, सभी डिवीजनों में कर्मचारियों को अगर इस तरह से मुअत्तिल किया जाएगा तो पैसा भी खर्च होगा और कर्मचारियों में असंतोष भी होगा।

३. सेफ्टी संगठन बनाए जाएं या नहीं—इस पर गंभीरता से विचार होना चाहिए। मुझे लगता है कि सेफ्टी संगठन के बाद भी दुर्घटनाएं बढ़ रही हैं। कागजी उपायों से दुर्घटनाएं कम होंगी भी नहीं, अफसरों की लम्बी फौज तैयार करने की आवश्यकता नहीं है, सेफ्टी संगठन पर खर्च होनेवाला रुपया बचाया जा सकता है।

४. बिना टिकट यात्रा से ९ करोड़ रुपए का घाटा होता है—ऐसा कहा जाता है। अगर मंत्री महोदय सभी राजनीतिक दलों और विद्यार्थी संगठनों का सहयोग लें तो इस घाटे को बहुत मात्रा में कम किया जा सकता है। बिना टिकट यात्रा करना एक अपराध है, लेकिन उसके लिए हमें जागृति पैदा करनी होगी, रेलों को चैक करने और यात्रियों की चैकिंग करने का इंतजाम भी कड़ा करना होगा, तभी बिना टिकट यात्रा करनेवालों की संख्या घटाई जा सकती है—ऐसा मेरा निवेदन है। इस दिशा में प्रभावी कार्यवाही होनी चाहिए।

५. यह भी जरूरी है कि अफसरों को जो सैलून दिए जाते हैं, वे सैलून बंद कर दिए जाएं। रेलवे के अफसर सैलूनों में चलें, यह आज के युग में शोभा नहीं देता। रेलवे के अफसर अन्य मंत्रालयों के अफसरों के समकक्ष होने चाहिए। अगर अन्य मंत्रालयों के अफसर साधारण गाड़ी में चल सकते हैं, अपना काम कर सकते हैं तो रेलवे के अफसरों के लिए सैलूनों की जरूरत नहीं है। मुझे बताया गया है कि इस समय ९०० सैलून हैं, अगर ९०० सैलूनों को सवारी गाड़ियों में परिवर्तित कर दिया जाए, तो कम से कम ५०-६० नई गाड़ियां चल सकती हैं। रेलवे मंत्रालय ने इस साल कुल ६७ गाड़ियां नई चलाकर बताई हैं, अगर ये सारे सैलून सवारी गाड़ियों में परिवर्तित

कर दिए जाएं तो इस साल में जितनी नई गाड़ियां चली हैं, उतनी ही और नई गाड़ियां चल सकती हैं।

६. यह भी जरूरी है कि अफसरों के गोल्ड-पास और सिल्वर-पास रद्द होने चाहिए। गोल्ड-पास की क्या जरूरत है? पार्लियामेंट के मेंबर कार्ड पास से काम चला सकते हैं, अफसरों के लिए गोल्ड-पास, सिल्वर पास...

श्री ओंकारलाल बेरवा (कोटा) टोकन दिए हुए हैं।

श्री वाजपेयी : वह मुझे टोक रहे हैं—बात टोकन की कर रहे हैं। मैं चाहता हूं कि गोल्ड-पास और सिल्वर-पास की जरूरत नहीं है। यह बहुत पुरानी व्यवस्था है, अंग्रेजी राज से चल रही है, अब जरा रेलवे अफसरों को अपना ढंग बदलना होगा, उनको अपना काम करने का तरीका बदलना होगा। जब अफसर स्टेशनों पर जाते हैं तो नवाबी जमाने का उनका स्वागत-सत्कार किया जाता है। उनको अंग्रेजी सलामी दी जाए, हटो-बचो का वातावरण बनाया जाए—यह लोकतंत्र के साथ मेल नहीं खाता है, इस वातावरण को बदलना होगा।

महोदय, मैं आशा करता हूं कि मैंने जो मुद्दे उठाए है, रेल मंत्री महोदय उन पर विचार करेंगे और जो आश्वासन हमें 'वर्क-टू-रूल-कैंपेन' के बारे में दिया गया था, उसको अमल में लाने की कोशिश करेंगे। धन्यवाद।

यात्री, कर्मचारी दुखी के दुखी

महोदया, मुझे खेद है कि रेलवे बजट पर मंत्री महोदय की कोई छाप नहीं है और अफसरों का प्रभाव स्पष्ट दिखाई देता है। यह परंपरावादी पुराने ढर्रे का, घिसा-पिटा हुआ बजट है, जिसमें न तो विकासशील अर्थव्यवस्था की आवश्यकताओं का ध्यान रखा गया है और न आर्थिक पुनर्निर्माण के लिए जिस प्रकार के परिवहन के साधन हमें जुटाने हैं, उनकी चिंता की गई है। हर साल जब रेलवे बजट पेश होता है तो उसमें हम देखते हैं कि खर्चे का अनुमान ज्यादा लगाया जाता है और आमदनी कम करके आंकी जाती है। नतीजा यह होता है कि प्रति वर्ष बचत अनुमान से ज्यादा होती है। इस साल के बजट में यही स्थिति है। सन् १९६३-६४ में यात्री यातायात में, पैसेंजर ट्रैफिक में, ५ करोड़ की अधिक आमदनी हुई है। माल ढोने में साढ़े तीन करोड़ रुपए की अधिक आमदनी हुई है, और निलंबित लेखे में १.३ करोड़ रुपए की बचत हुई है। कुल मिलाकर १० करोड़ रुपए की बचत हुई है। लेकिन इसका अनुमान पहले से नहीं लगाया गया। जो बचत का संशोधित अनुमान है, वह ३७.७५ करोड़ है। जो नकद बचत हुई है, वह ४९.२४ करोड़ है। आमदनी का अनुमान कम लगाना और खर्चे को बढ़ाकर दिखाना, चह कभी भी रेल मंत्री को या रेलवे बोर्ड को सही नतीजे पर पहुंचने में सहायता नहीं दे सकता।

जब आमदनी कम आंकी जाती है और खर्चा ज्यादा समझा जाता है, तो फिर यह लोभ होता है कि यात्रियों का किराया बढ़ा दिया जाए, माल-भाड़े की दर में वृद्धि कर दी जाए। इस साल भी ऐसा ही किया गया है। मैं चाहूंगा कि सदन इस वृद्धि के खिलाफ अपनी आवाज उठाए, क्योंकि यदि हमने रेल मंत्री को सरलता के साथ यह वृद्धि कर लेने दी, तो पता नहीं २७ फरवरी को कितनी वृद्धियों का सामना करना पड़ेगा। यह रेलवे बजट बताता है कि हवा का रुख किधर जा रहा है।

रेलों में घाटा नहीं है। जनरल रेवेन्यू में, सामान्य राजस्व में, रेलें अधिकाधिक हिस्सा दे रही हैं। कितना हिस्सा देना चाहिए, इसका भी अभी अच्छी तरह से निर्धारण नहीं हुआ है। लेकिन वह योगदान बढ़ता जा रहा है, और फिर कहा जाता है कि कर्मचारियों को हमने जो महंगाई-भत्ता दिया है, उसे किराया और भाड़े की दर बढ़ा करके पूरा किया जाएगा। मेरा निवेदन है कि कहीं न कहीं

** रेल बजट पर राज्यसभा में २४ फरवरी, १९६५ को भाषण।*

सदन को, संसद को, इस बात पर अंकुश लगाना होगा कि रेलें जनरल रेवेन्यू में अपना कितना योगदान दें। उसके पीछे कोई सिद्धांत होना चाहिए, उसूल होना चाहिए। महोदया, आप देखें कि सन् ५० से ६० तक यह योगदान ४% था। सन् ६१ में बढ़कर ४.२५% हो गया। सन् ६३ में ४.५०% और सन् ६४ में ५.७५% हो गया है। किस आधार पर किया गया है? सरकार कर्जा लेती है ४% से कम की दर पर किंतु रेलों से अंशदान लिया जा रहा है पौने छह की दर पर। इसका क्या औचित्य है? रेलें मुनाफा करें, सामान्य राजस्व में अधिक योगदान दें, राष्ट्र के आर्थिक पुनर्निर्माण में हिस्सा बटाएं, इसका कोई विरोध नहीं करेगा। लेकिन इस योगदान के कारण रेलें घाटे में चलती हैं, यह बता दिया जाए और फिर उस घाटे को पूरा करने के लिए किराया बढ़ाया जाए, माल-भाड़े की दर में वृद्धि की जाए, इसका समर्थन नहीं किया जा सकता।

महोदया, सन् ५५ से लेकर अब तक, पिछले १० वर्ष में रेल के किराए में ३०% की वृद्धि हुई है। सन् ५५ में १०% रेलवे के किराए बढ़े थे और सन् ५७ में किराए पर जो कर लगाया, वह भी १०% था। रेल मंत्री ने अपने भाषण में कहा है कि किराए पर कर लगाया गया था, वह तो राज्यों को मिलता है, वह रेलवे के खजाने में नहीं आता है। मैं यह बात स्वीकार करता हूं कि वह रेलवे के पास नहीं आता। लेकिन जिस जेब में से निकाला जाता है, वह जेब तो एक ही है। चाहे छुरी तरबूज के ऊपर गिरे, चाहे तरबूज छुरी के ऊपर गिरे, कटेगा तो तरबूज ही।

रेलवे मंत्रालय में राज्य मंत्री श्री रामसुभग सिंह : उल्टा कट गया।

श्री वाजपेयी : उल्टा कट गया, तो भी तरबूज ही कट गया। वह हिस्सा रेल किराए का अगर राज्यों को दिया गया, इसलिए उसे बढ़ा हुआ किराया न माना जाए, यह बात मेरे गले के नीचे नहीं उतरेगी। और अभी भी तीसरे दर्जे में ८०० किलोमीटर तक के किराए में १०% की वृद्धि की जा रही है। ५० किलोमीटरवालों तक को भी नहीं छोड़ा गया है। नतीजा यह है कि पिछले १० साल में रेल के किराए में ३०% की वृद्धि हुई है। क्या यह वृद्धि आवश्यक थी? रेलवे की अर्थव्यवस्था तो यह नहीं कहती कि आप जनरल रेवेन्यू में अपना अंशदान बढ़ाते जाएं और फिर किराया बढ़ाकर, माल-भाड़े की दर बढ़ाकर, उस वृद्धि का समर्थन करें। इस संबध में एक निश्चित नीति तय होनी चाहिए। जनरल रेवेन्यू को रेलवे कितना हिस्सा दे, किसी सिद्धांत के आधार पर रेलवे की आवश्यकताओं को ध्यान में रखते हुए उसके विकास का चित्र सामने रखकर ही फैसला किया जाए। अभी तक इस संबंध में कोई ठीक नीति नहीं बनी है।

माल-भाड़े की दर भी बढ़ाई गई है। यह दर भी पिछले अनेक सालों से बढ़ रही है। १ अक्तूबर, १९५८ को ४% दर बढ़ी थी, १ अप्रैल सन् ६० को ५%, १ जुलाई सन् ६१ को भी कुछ वृद्धि की गई थी और पिछले साल हमने २% वृद्धि की थी। होना तो यह चाहिए कि एक फ्रेट स्ट्रक्चर कमेटी गठित की जाती और उसकी सिफारिश के अनुसार यदि वह आवश्यक समझती तो माल-भाड़े की दर में वृद्धि का विचार किया जाता। फ्रेट स्ट्रक्चर कमेटी का गठन नहीं किया गया और मंत्रालय ने एकतरफा फैसला कर लिया। लोहा और इस्पात, सीमेंट, पत्थर, चूना और कच्ची धातुओं के भाड़े में ४ से लेकर ७% तक की वृद्धि की जा रही है, और निरापद पेट्रोलियम के भाड़े की दर में ८% तक की वृद्धि की जा रही है। हमें इसे राष्ट्रीय अर्थव्यवस्था की पृष्ठभूमि में देखना होगा। हमारी अर्थव्यवस्था एक तनाव, एक दबाव में से निकल रही है। चीजों के दाम बढ़ रहे हैं, मुद्रास्फीति हो रही है और ऐसा कोई भी काम जो भावों में वृद्धि करेगा, मुद्रास्फीति को बढ़ाएगा, उचित नहीं कहा जा सकता। जब शास्त्रीजी ने अपना मत्रिमंडल बनाया

तब उन्होंने घोषणा की थी कि चीजों के बढ़ते हुए दाम हमारी सबसे बड़ी समस्या है और हम उन्हें कम करने के लिए कदम उठाएंगे। किंतु चीजों के दामों में कभी कमी नहीं हुई है, शायद चीजों के दाम कम होना इतना सरल भी नहीं है। यह एक पेचीदा समस्या है जिसको दो-तीन महीने में हल नहीं किया जा सकता। लेकिन कम से कम सरकार इतना तो कर सकती है कि चीजों के दाम कम करने के लिए कोई ठोस प्रभावकारी कदम न उठाए तो ऐसा काम भी न करे जिससे दाम बढ़ें, मुद्रास्फीति हो। आज अर्थव्यवस्था ऐसी है कि उसमें आप किसी चीज पर कितना ही कम कर क्यों न बढाएं, कितना ही कम भाड़ा क्यों न बढ़ाएं, बाजार में एक हवा फैल जाती है और आम आदमी तक, उपभोक्ता तक वह पांच नए पैसे की वृद्धि २०-२५ पैसे में बदल जाती है। इस पृष्ठभूमि को यदि ध्यान में रखा गया होता तो फिर किराए में या माल-भाड़े की दर में वृद्धि करने की आवश्यकता नहीं पड़ती। मगर मुझे ऐसा लगता है कि यह सब योजनापूर्वक हुआ है। अभी तो रेल मंत्री जी वृद्धि का प्रस्ताव लेकर आए हैं और आगे वित्त मंत्री जी भी कुछ प्रस्ताव लेकर आएंगे और शायद जनता को, संसद को उसी के लिए तैयार किया जा रहा है। इससे आर्थिक स्थिति और भी गंभीर बनेगी।

आखिर, रेल और सड़क परिवहन में प्रतियोगिता हो रही है। अभी आप यह दावा कर रहे हैं कि रेलों की माल ढोने की जितनी क्षमता है, उतनी क्षमता का उपयोग हो रहा है और कुछ क्षमता हम और भी काम में ला सकते हैं। और मुझे यह स्वीकार करने में संकोच नहीं है कि माल ढोने के क्षेत्र में सचमुच रेलों ने अच्छा काम करके दिखाया है, उसके लिए उनकी तारीफ होनी चाहिए, लेकिन भाड़े की दर में वृद्धि करने का औचित्य क्या है? आखिर सड़क परिवहन की प्रतियोगिता में आपके ग्राहक आपके साथ रहें तो फिर इस समय भाड़े की दर में वृद्धि न की जाती, तो ज्यादा अच्छा होता। यह भी कहा जाता है कि हम कर्मचारियों को महंगाई-भत्ता दे रहे है, हमारे खर्चे बढ़ गए हैं, चीजों के दाम चढ़ गए हैं। क्या ये बातें रोड ट्रांसपोर्ट पर लागू नहीं होतीं? वहां भी गाड़ी की कीमत बढ़ी है, पुर्जों की कीमत बढ़ी है, वहां भी कर्मचारियों को अधिक वेतन देना पड़ता है, मगर जिस अनुपात में रेल ने वृद्धि की है, उस अनुपात में रोड ट्रांसपोर्ट ने वृद्धि नहीं की। फ़िर भी वे मुनाफा कर रहे हैं, लोगों को अच्छी सेवा दे रहे हैं, वहां चोरियों का डर कम है, दरवाजे से माल ले जाकर दरवाजे पर उतारा जाता है और इसलिए सड़क परिवहन की प्रगति हो रही है। रेल को उस प्रगति से ईर्ष्या नहीं करनी चाहिए। अगर स्वस्थ प्रतियोगिता हो तो इसमें देश की अर्थव्यवस्था को लाभ होगा, लेकिन अपनी सेवा में सुधार किए बिना अगर माल-भाड़े की दर बढ़ाई जाएगी तो आमदनी कम होगी और आमदनी बढ़ाने का जो उद्देश्य है, वह पूरा नहीं होगा। यात्रियों की संख्या बढ़ रही है। रेलें अगर सब यात्रियों को ढो सकें, जो मजबूर होकर बस से यात्रा करते हैं, उनको भी आकृष्ट कर सकें तो फिर बिना किराया बढ़ाए हुए अधिक आमदनी प्राप्त की जा सकती है।

महोदया, रेल दुर्घटनाओं के संबंध में एक अलग समीक्षा रखी गई है। उसमें यह दावा किया गया कि १९६३-६४ में रेलों में अब तक के रिकार्ड के अनुसार सब से कम दुर्घटनाएं हुई हैं, इसके समर्थन में कुछ आंकड़े भी रखे गए हैं। आंकड़े ऐसी वस्तु है जिनसे कोई भी निष्कर्ष निकाला जा सकता है और आंकड़ों को उपस्थित करने का भी एक तरीका हो सकता है। इस समीक्षा में दिए हुए आंकड़ों से यह बात साफ है कि सवारी गाड़ियों की टक्कर की दुर्घटनाएं बढ़ी हैं। १९६२-६३ में २४ दुर्घटनाएं हुई थीं और १९६३-६४ में ३० दुर्घटनाएं हुईं। सवारी गाड़ियों के पटरी से उतर

जाने की १६० दुर्घटनाएं हुई हैं जिनमें ३४ व्यक्ति मरे हैं, ३०१ व्यक्ति घायल हुए हैं। १९६३-६४ में गंभीर दुर्घटनाएं कुल ९ हुई थीं, लेकिन १९६४-६५ में दिसंबर तक गंभीर दुर्घटनाओं की संख्या ११ है, जिसमें २० लोग मरे हैं और १८६ घायल हुए हैं। मेरा निवेदन है कि दुर्घटनाएं होती नहीं, की जाती हैं। तूफान से या प्राकृतिक प्रकोप से जो दुर्घटना हो जाए उसके संबंध में मैं नही कहता, लेकिन इस समीक्षा में भी स्वीकार किया गया है कि ६७.२% दुर्घटनाएं ह्यूमन फेल्योर, मानवीय विफलता के कारण हुई हैं। टक्कर या पटरी से उतरने की कुल १४.१८% दुर्घटनाएं हुईं, जिनमें से ९५३ दुर्घटनाएं कर्मचारियों की गलती के कारण हुईं।

कुंजरू कमेटी की सिफारिशें और दुर्घटनाएं

मनुष्य मशीन नहीं है, कभी-कभी गलती कर सकता है, लेकिन क्या रेल मंत्रालय ने इस बात की व्यवस्था की है कि कर्मचारियों को काम करने के लिए ऐसी सुविधांए दे जिनमें दुर्घटनाओं की संभावना अगर नामशेष नहीं तो बहुत कम हो जाए? कुंजरू कमेटी ने दुर्घटनाओं के संबंध में जो सिफारिशें की थीं, जिन कमियों और खामियों की ओर संकेत किया था वे अभी तक जारी हैं? कुंजरू कमेटी ने कहा था कि कर्मचारियों की कमी है, स्टेशन मास्टर, सहायक स्टेशन मास्टर की श्रेणी में, फायरमैन की श्रेणी में और जो पर्मानेंट-वे-इंस्पेक्टर्स हैं, उनकी श्रेणी में। क्या मंत्री महोदय यह दावे के साथ कह सकते हैं कि सहायक स्टेशन मास्टर, स्टेशन मास्टर की श्रेणी में अब जगहें खाली नहीं पड़ी हैं। मेरा इस श्रेणी से संबंध है और मैं जानता हूं कि आज भी स्थान खाली हैं, कर्मचारी छुट्टी नहीं पा सकते क्योंकि रिलीफ नहीं है, और ऊपर से तुर्रा यह है कि कर्मचारी स्टेशनों से कम किए जा रहे हैं।

मेरे पास एक उदाहरण मौजूद है। सदर्न रेलवे के जनरल महोदय ने अभी एक आदेश निकाला है कि मंगलपेट और रेणिकुंडा लाइन पर हर एक स्टेशन से एक सहायक स्टेशन मास्टर कम कर दिया जाए और उन्होंने आदेश दिया है कि अब हर एक को १२ घंटे काम करना होगा, हफ्ते में ७२ घंटे, ४८ घंटे नहीं। मंत्री महोदय इसके बारे में पता लगाएं। अगर एक कर्मचारी प्रतिदिन १२ घंटे काम करेगा, जब उसे छुट्टी चाहिए छुट्टी नहीं मिलेगी, तब उसकी कार्य करने की शक्ति जवाब दे जाएगी, दुर्घटना की आशंका बढ़ जाएगी। इस बात का प्रयत्न होना चाहिए कि जितने भी पद रिक्त हों वे पद भर दिए जाएं और कर्मचारियों को छुट्टी देना जब आवश्यक हो तब उनको छुट्टी दी जाए। दुर्घटनाएं कम करने के लिए जो रूल्स हैं, उन पर भी पुनः विचार होना चाहिए। अनेक नियम ऐसे हैं जो व्यावहारिक नहीं हैं। हमारे रेलवे बोर्ड के सदस्य भी जानते हैं कि सहायक स्टेशन मास्टर से, स्टेशन मास्टर से जितने नियमों का पालन करने की आशा की जाती है, अगर वे उन नियमों का अक्षरशः पालन करेंगे जो कागज पर लिखे हुए हैं तो गाड़ियों का चलना रुक जाएगा, यातायात रुक जाएगा। नियम वस्तुस्थिति को देखकर नहीं बनाए गए हैं, दफ्तर में बैठकर बनाए गए हैं। यह ठीक है कि कर्मचारियों को शिक्षा देने का प्रबंध हो रहा है, उसका फल भी हमें दिखाई दिया है। लेकिन इस बात की भी आवश्यकता है कि इसको देखा जाए कि कितने नियम ऐसे हैं जो व्यावहारिक नहीं हैं और जिनमें संशोधन की आवश्यकता है।

कर्मचारियों की सेवा की शर्तें, उनकी सुविधाएं भी बढ़नी चाहिए। रेल मंत्री महोदय ने अपने भाषण में कहा है कि कर्मचारियों के जो दो फेडरेशन हैं, उनके साथ हमारे बड़े अच्छे संबंध हैं। एक निवेदन मैं उनसे करना चाहूंगा। ये दोनों फेडरेशन सब रेलवे कर्मचारियों का प्रतिनिधित्व नहीं

करते। जहां आपने एक फेडरेशन के अलावा दूसरे फेडरेशन को मान्यता दे दी, वहां आपने इस बात को तो स्वीकार कर लिया कि एक उद्योग में एक ट्रेड यूनियन चलेगा, यह बात गलत है। जब दो फेडरेशन चल सकते हैं तो श्रेणी के अनुसार कर्मचारियों के संगठनों को मान्यता क्यों नहीं दी जा सकती है? २७,००० स्टेशन मास्टर तथा सहायक स्टेशन मास्टर हैं, वे अपना अलग संगठन बनाए हुए हैं, ऑल इंडिया कमर्शियल क्लर्क्स एसोसिएशन अलग चला हुआ है, स्टेनोग्राफर्स अपनी संस्था अलग बनाए हुए हैं, रनिंग स्टाफ के अलग संगठन हैं, क्योंकि जो दो फेडरेशन हैं वे न तो सब कर्मचारियों के हितों का प्रतिनिधित्व कर पाते हैं और न उनके हितों की रक्षा कर सकते हैं।

पुराने से नए का वेतन ज्यादा

पाटिल साहब पी. एंड टी. में रह चुके हैं। मैं उनसे निवेदन करूंगा, क्यों नहीं रेलों में भी कर्मचारियों के संगठन डाक और तार विभाग की तरह से संगठित किए जाएं? हर एक श्रेणी के अलग-अलग संगठन हों और उनके ऊपर एक कनफेडरेशन बनाया जाए जो सब कर्मचारियों का मिलकर प्रतिनिधित्व करे। आखिर हर एक श्रेणी की शिकायतें, हर एक श्रेणी की कठिनाइयां भी तो रेल मंत्रालय और रेलवे बोर्ड के सामने आनी चाहिए। अभी तक की जो पद्धति है, उसमें सुधार की गुंजाइश है। अगर आप सब कर्मचारियों को, सब श्रेणियों को संतुष्ट नहीं रख सकेंगे तो फिर रेल का एक पुर्जा बिगड़ने पर गाड़ी नहीं चलेगी। मुझे संतोष है कि स्टेशन मास्टर, सहायक स्टेशन मास्टर की कुछ कठिनाइयों की तरफ रेल मंत्रालय ने ध्यान दिया है, उनके वेतन-दर बढ़ाए गए हैं, लेकिन जो बढ़ोतरी हुई है उसका अभी तक भुगतान नहीं हुआ है और बढ़ोतरी इस ढंग से नहीं हुई है कि जिसमें हर एक कर्मचारी को फायदा हो। मेरे पास एक उदाहरण मौजूद है कि जहां सीनियर कर्मचारी की तनख्वाह कम हो गई, जूनियर कर्मचारी की तनख्वाह ज्यादा हो गई। पहली अप्रैल को जो नए वेतन-दर लागू किए, उसका नतीजा यह हुआ कि जिनकी इन्क्रीमेंट की अलग-अलग तारीखें थीं वे घाटे में रहे। रेल मंत्रालय ने तय कर दिया कि १ अप्रैल, १९६४ से नए ग्रेड कार्यान्वित होंगे। इसका नतीजा यह हुआ कि ४ अप्रैल, १९६४ को जिसका इन्क्रीमेंट होना था, वह मारा गया। सचमुच में उसे दो इन्क्रीमेंट मिलने चाहिए, एक तो इसलिए कि ग्रेड बढ़ा है और दूसरे ४ अप्रैल को जो उसका इन्क्रीमेंट ड्यू था, वह भी उसको मिलना चाहिए। लेकिन उसे तो खाली चार-पांच नए पैसे का फायदा हुआ नए ग्रेड बढ़ने से। होना यह चाहिए था कि हर एक कर्मचारी को २० रु. की एकमुश्त में वृद्धि दे दी जाती। नए आनेवाले कर्मचारी अधिक पाएं और पुरानी सेवा किए हुए कर्मचारियों का वेतन न बढ़े, यह चीज असंतोष पैदा करती है। इस संबंध में फिर से विचार होना चाहिए।

महोदया, कुंजरू कमेटी ने सिफारिश की थी कि रेलवे विभाग में २५% जगहें रेल कर्मचारियों के लड़कों द्वारा भरी जानी चाहिए। क्या रेल मंत्रालय ने इस सिफारिश को माना है? २५% जगहें यदि रेलवे कर्मचारियों के लड़कों से भरी जाने लगें तो फिर उन्हें अपना भविष्य सुरक्षित दिखाई देगा, मनोबल बढ़ेगा और वे और भी अच्छा काम करेंगे। रेल मंत्रालय अभी तक इस सिफारिश के बारे में चुप है।

एक घटना की ओर मैं संकेत कर दूं। रेलवे बोर्ड किस तरह काम करता है, इसका एक नमूना है। पूर्वोत्तर रेलवे के जो स्टोर्स के कर्मचारी हैं, उनसे कहा जा रहा है कि आपने जो ४५ छुट्टियां वर्कशॉप के कर्मचारी के साथ पूर्वोत्तर रेलवे में स्टोर्स के कर्मचारियों को भी मिल गईं,

उन्होनें मांगी नहीं थीं, उन्हें दे दी गईं। कहीं न कहीं गलती हुई होगी, जिससे ४८ छुट्टियों का वे उपभोग कर सके। वे काम पर नहीं आए, क्योंकि छुट्टी थी। अब रेलवे बोर्ड को पता लगा है कि स्टोर्स के कर्मचारी उन छुट्टियों के हकदार नहीं थे, छुट्टियां खाली वर्कशॉप के कर्मचारियों के लिए थीं, तो स्टोर्स के कर्मचारियों से कहा जा रहा है ४५ दिन की दरख्वास्त लाओ और अगर तुम्हारी छुट्टी बकाया नहीं होगी तो तुम्हारी तनख्वाह काटी जाएगी। यह क्या तरीका है? गलती रेलवे बोर्ड करे और सजा पूर्वोत्तर रेलवे के स्टोर्स के कर्मचारी भुगतें! यह आर्डर, यह आदेश, वापस लिया जाना चाहिए। स्टोर्स के कर्मचारियों को छुट्टियां दी गई थीं, उन्होंने छुट्टियों का उपभोग किया। अगर आप उनसे कहें कि उन छुट्टियों के एवज में तुम्हारी तनख्वाह काटी जाएगी तो यह उनके साथ अन्याय होगा, इसका कर्मचारियों को विरोध करना पड़ेगा। मैं चाहता हूं कि रेलवे मंत्री महोदय हर एक स्तर पर कर्मचारियों से संपर्क रखें। जो मान्यता प्राप्त संगठन हैं वे चिट्ठी लिखकर देते हैं कि जिनको मान्यता नहीं है उनसे उनको नहीं मिलना चाहिए तो मंत्री महोदय मिलने में झिझकते हैं, संकोच करते हैं। यह पद्धति ठीक नहीं है। आप केवल मान्यता प्राप्त संगठन के कर्मचारियों के मंत्री नहीं हैं, आप समस्त रेलवे कर्मचारियों के हितों के संरक्षक हैं और जहां दुख हो, दर्द हो, जहां लोगों को तकलीफ हो, वह सुनने के लिए, उसका समाधान करने के लिए, आपको हरदम तैयार रहना चाहिए।

सुधार की गुंजाइश

रेलों में सुधार के लिए काफी गुंजाइश है। जो काम रेलवे कर रही है वह कम तारीफ के लायक नहीं है। दुनिया की प्रायः सबसे बड़ी रेलवे हमारे देश में है जिसमें प्रतिदिन ५० लाख यात्री सफर करते हैं तथा १०००० गाड़ियां रोज चलती हैं। इस बड़े काम को और अच्छे ढंग से निभाया जा सकता है।

अंत में, मैं प्रार्थना करूंगा कि यात्रियों के किराए को परमात्मा के लिए वापस ले लीजिए, यह वृद्धि उचित नहीं है, इसका समर्थन नहीं किया जा सकता और जो थोड़ी दूर के छोटे यात्री हैं उन पर भी यह बोझ डालें, यह ठीक नहीं है। श्री पाटिल साहब के नेतृत्व में रेलें और प्रगति करतीं, इसकी आशा थी, लेकिन इस बजट में उनके व्यक्तित्व का दर्शन नहीं है। हां, रेलवे बोर्ड की छाप साफ है। क्या ही अच्छा होता कि जो उनका प्रभावी व्यक्तित्व है, वह रेलों में भी कुछ ऐसा परिवर्तन करके दिखलाता जिससे जनता समझती कि रेलों के पुराने ढर्रे में कुछ तब्दीली हुई है। परंतु मुझे कभी-कभी लगता है कि शायद रेल मंत्रालय उनके लिए थोड़ा पड़ता है, और हाथ फैलाने के लिए उन्हें कुछ और जगह चाहिए। लेकिन जितना समय है उस समय का ठीक तरह से सदुपयोग किया जाए तो रेलों में पर्याप्त सुधार किया जा सकता है। कुछ किया भी जा रहा है। तीसरे दर्जे के यात्रियों की स्थिति में सुधार करना, उनको सुविधा देना, कर्मचारियों के साथ अधिक निकट का संबंध बनाए रखना, अगर इन बातों की तरफ ध्यान दिया जाए, तो स्थिति बदल सकती है। हमारी रेलवे व्यवस्था आज भी दुनिया की किसी भी रेलवे व्यवस्था की टक्कर में गर्व के साथ खड़ी हो सकती है। किंतु उसमें कुछ कमियां और खामियां हैं जो खटकती हैं, उन्हें दूर करने का प्रयत्न किया जाना चाहिए, इस निवेदन के साथ मैं अपना वक्तव्य समाप्त करता हूं। धन्यवाद।

रिजर्वेशन का गोलमाल

महोदया, रेलवे में जो एक बड़ी बुराई प्रचलित है, उसकी रोकथाम करने के लिए यह विधेयक प्रस्तुत किया गया है। लेकिन इस विधेयक से हमारा संतोष नहीं हो सकता। शायद रेल मंत्रालय यह समझता है कि अगर किसी अपराध के लिए सजा दे दी जाए या अगर सजा कम है, तो सजा बढ़ा दी जाए तो उससे अपराध नहीं होगा—मैं सोचने के इस तरीके से अपने को सहमत नहीं कर सकता। अभी जो कानून प्रचलित है उसके अंतर्गत भी सजा का विधान किया गया है, तीन महीने की सजा दी जा सकती है, २५० रु. जुर्माना हो सकता है या सजा और जुर्माना दोनों हो सकते हैं। अब कानून-धारा ११४ में संशोधन किया जा रहा है। मैं जानना चाहता हूं कि अभी जो कानून चल रहा है, उसके अनुसार कितने लोगों को टिकट बेचने या आधा रिटर्न किसी दूसरे यात्री को बेचने के कारण सजा हुई है? क्या सरकार के पास कोई आंकड़े हैं, तथ्य हैं, जिनसे पता लगे कि कानून था और उस कानून को अमल में लाया गया, लोगों को सजा दी गई लेकिन वह कानून कम पड़ा, उसके अंतर्गत दी जानेवाली सजा कम साबित हुई इसलिए कानून में संशोधन किया जा रहा है, सजा बढ़ाई जा रही है? इस सदन के सामने कोई तथ्य नहीं रखे गए हैं, कोई आंकड़े नहीं रखे गए हैं, जिनसे हम इस नतीजे पर पहुंच सकें कि अभी जो कानून चल रहा है, वह पर्याप्त नहीं है और उसमें संशोधन की आवश्यकता है।

मंत्री महोदय ने अपने प्रारंभिक भाषण में कहा कि अभी जो कानून है, वह सीजन टिकट से संबंध रखता है या रिटर्न टिकट से संबंध रखता है और बाकी तरीके से चलनेवाले टिकटों का उसमें समावेश नहीं है। मैं यह जानना चाहता हूं कि रिजर्वेशन में जो गड़बड़ हो रही है, नकली नाम से, जाली नाम से सीट, बर्थ, रिजर्व कर दी जाती है और जब कोई सच्चा यात्री टिकट लेने के लिए, रिजर्वेशन कराने के लिए पहुंचता है तो उसको कहा जाता है कि जगह नहीं है और जब वह वापस आता है तो प्लेटफार्म पर ही ऐसे लोग मिलते हैं जो कुछ रुपए ले करके सीट दे सकते हैं, बर्थ रिजर्व कर सकते हैं—मैं पूछना चाहूंगा कि क्या कोई ऐसा कानून नहीं है कि इस प्रकार की बुराई को रोका जा सके? क्या यह बुराई इसीलिए चल रही है कि कानून में दंड की व्यवस्था नहीं है? अभी तक जो कानून चल रहा है उसके अनुसार भी अगर कार्यवाही की जाए तो इस

** रेल संबंधी कानून-धारा ११४ संशोधन विधेयक पर राज्यसभा में २१ अप्रैल, १९६४ को संशोधन प्रस्ताव।*

प्रकार के लोगों को सजा मिल सकती है, लेकिन उन्हें सजा नहीं मिलती, इसका कारण यह नहीं है कि कानून में उसकी व्यवस्था नहीं है। सजा नहीं मिलती इसका कारण यह है कि जितना भी गोलमाल चल रहा है एक बड़ा रेकेट है—जगह रिजर्व कराने में, बर्थ रिजर्व कराने में—इसमें केवल बाहर के लोग नहीं, रेलवे कर्मचारियों के सहयोग से, उनकी सहायता से, उनकी मिलीभगत से चल रहा है, और इस विधेयक के द्वारा इस बात की कोई गारंटी नहीं है कि रेलवे के कर्मचारी इस प्रकार की गड़बड़ी को उत्तेजना नहीं देंगे। फिर यह बुराई कैसे रुके?

महोदया, आप दिल्ली स्टेशन पर जाकर देखिए, जब गाड़ी के लिए रिजर्वेशन का काम शुरू होता है तब लोग लाइन लगाते हैं और जब यात्री लाइन में खड़े रहते हैं तब कुछ दलाल आते हैं जो उनसे कहते हैं कि आपको जगह नहीं मिलेगी, हमने पहले से जगह रिजर्व करा ली है, आपको जगह चाहिए तो उसके लिए हम व्यवस्था कर सकते हैं। ऐसे दलाल नियमित रूप से प्लेटफार्म पर घूम रहे हैं। क्या मैं यह समझूं कि दिल्ली स्टेशन के अफसरों को ऐसे दलालों की कार्यवाहियों के बारे में पता नहीं और रेलवे पुलिस भी उसके बारे में जानकारी नहीं रखती? क्या उन्हें इसलिए नहीं पकड़ा जा रहा है कि कानून में इसके लिए व्यवस्था नहीं है? आज तो संकटकाल है और सरकार ने असाधारण अधिकार अपने हाथ में ले रखे हैं। क्या वे राजनैतिक विरोधियों के लिए काम में लाए जाएंगे? और ऐसे लोग जो जाली यात्री बनकर सच्चे यात्रियों के ठीक तरह से यात्रा करने के मार्ग में बाधक बनते हैं, उन्हें क्या सामान्य कानून के अंतर्गत कठघरे में नही खड़ा किया जा सकता? रेलवे के आफिसर जानते हैं कि ऐसे लोग यात्रियों को गुमराह कर रहे हैं और वे इसलिए गुमराह करने में सफल होते हैं क्योकि रेलवे अफसर उनके साथ मिले हुए हैं, रिजर्वेशन में काम करनेवाले स्टाफ की उनके साथ मिलीभगत रहती है, वे आमदनी में हिस्सा बंटाते हैं। जब तक रेल मंत्रालय अपना घर ठीक नहीं करेगा और अपने कर्मचारियों को प्रामणिकता के साथ कर्तव्य-पालन के लिए प्रेरित नहीं करेगा, जिनके विरुद्ध शिकायतें की जाती हैं उनको कठोर दंड नहीं देगा, तब तक केवल कानून बनाने से यह बुराई रुकनेवाली नही है।

महोदया, मैं एक अपना उदाहरण देना चाहता हूं। मैं लखनऊ से दिल्ली आ रहा था। किसी कारण से मैं स्थान सुरक्षित नहीं करा सका। मुझे बड़ी शंका थी, जगह मिलेगी या नहीं मिलेगी। मेरे साथ एक यात्री भी जा रहे थे। उन्हें कोई चिंता नहीं थी और उन्होंने अपने लिए स्थान सुरक्षित भी नहीं कराया था। वे बड़े गर्व के साथ कहने लगे : मैं अपने लिए कभी जगह रिजर्व नहीं कराता, मैं हर बार प्लेटफार्म पर जाकर ही जगह लिया करता हूं। हम दोनों प्लेटफार्म पर पहुंचे। मैं ढूंढता रहा कहां जगह मिलेगी और पूछताछ करता रहा। वे सज्जन चक्कर लगाकर आ गए और कहने लगे कि मुझे जगह मिल गई है। उनका रिजर्वेशन नहीं था लेकिन उनको जगह मिल गई। रिजर्वेशन मेरा भी नहीं था मगर मुझे जगह नहीं मिली। फिर मैंने उनसे पूछा यह कौन सा रहस्य है जो आपको बिना रिजर्वेशन कराए जगह मिल गई और मुझे नहीं मिली। वे कहने लगे, पांच मुद्राएं हमने भेंट की थीं, पांच रुपए नगद दिए थे और हमने बर्थ पा ली और आपको बर्थ नहीं मिली।

मैं चाहता तो जिस रेलवे कर्मचारी ने पांच रुपए लिए उसके खिलाफ बवंडर खड़ा कर सकता था। अगर हम इस बात के लिए उतारू हो जाएं तो इस तरह का कांड पैदा हो, कि गाड़ी भले ही छूट जाए, मगर ऐसे अफसरों और कर्मचारियों को सजा भुगतने के लिए मजबूर किया जा सके। मगर मैं जानना चाहता हूं कि क्या रेल मंत्रालय, रेल मंत्री महोदय इस गोलमाल के खिलाफ कर्मचारियों को भी ठीक ढंग से दंडित किया जाए, क्या इसकी कोई व्यवस्था कर रहे हैं? यह देख

कर मुझे ताज्जुब हुआ कि जो टिकट बेचेगा-जो बेचना अवैध है—कानून के हिसाब से ठीक नहीं हैं, जिसे आप दंडनीय बना रहे हैं—उसको भी उतनी सजा मिलेगी जितनी सजा गलत रूप से टिकट खरीदनेवाले को मिलेगी। जो टिकट बेचेगा वह लाभ के लिए बेचेगा, जो टिकट खरीदेगा वह मजबूरी में ही टिकट खरीदेगा, उसको भी एक ही तराजू में तौला जाएगा। यह नया ढंग अपनाया जा रहा है कि रिश्वत देना भी जुर्म है और लेना भी जुर्म है।

सजा किसे मिलनी चाहिए?

मैं पूछना चाहता हूं जो गलती से टिकट खरीदते हैं उनको सजा मिलनी चाहिए या जो अधिक दाम पर टिकट बेचते हैं उनको सजा मिलनी चाहिए? टिकट खरीदनेवाले को सजा देने की जरूरत नहीं है, उससे आप पता लगाइए कि उसने किससे टिकट खरीदे हैं, उसका सहयोग प्राप्त कीजिए, ऐसी परिस्थिति पैदा करिए कि किसी को टिकट गलत ढंग से खरीदना न पड़े। एक गांववाला अनपढ़ आदमी जिसे जल्दी जाना है और टिकट नहीं ले सकता, उसे अगर टिकट खरीदना हो तो क्या उसे सजा दी जाए? उसका आप टिकट जब्त कर लीजिए इतना ही काफी है, उसे नया टिकट लेकर यात्रा करनी पड़े। लेकिन तीन महीने की सजा और दो सौ रुपए जुर्माना—क्या यह आवश्यक है कि दोनों तरह की सजाएं हों। मैं समझता हूं, इसमें संशोधन करने की आवश्यकता है।

एक और बात कहकर मैं समाप्त कर दूंगा। मैंने निवेदन किया, रिजर्वेशन में और टिकट बेचने में एक देशव्यापी गोलमाल किया जा रहा है।, कंट्रीवाइड रैकेट है, और रेल मिनिस्टर को चाहिए कि एक कमेटी अपाइंट करें—संसद के सदस्यों को लेना अगर जरूरी समझें तो ले सकते हैं—लेकिन रेलवे बोर्ड के किसी मेंबर की अध्यक्षता में कमेटी अपाइंट की जानी चाहिए जो सभी बड़े-बड़े स्टेशनों का दौरा करे, यात्रियों से मिले, उनकी शिकायतों का पता लगाए और अगर आवश्यक हो तो वेश बदलकर जाकर देखे कि किस तरह से गोलमाल होता है। एक गोलमाल तो साधारण तौर पर होता है। तीसरे दर्जे में सोने के लिए स्थान मिलता है। आप अगर दिल्ली से बंबई जाएं तो सोने के लिए स्थान मिलना चाहिए। लेकिन स्थान कम है, इसलिए जो पहले आ जाते हैं उनको स्थान सोने के लिए मिल जाते हैं, अन्य यात्रियों को रुपया देकर, तीन रुपए देकर, स्लीपिंग बर्थ लेनी पड़ती है। लेकिन दिल्ली से जो रवाना हो जाते हैं और रास्ते में जो गाड़ी में बैठते हैं, उसमें एक आम ढंग है भ्रष्टाचार का कि वे-साइड स्टेशन से बैठनेवाले यात्रियों को गाड़ी में जगह तो दे दी जाती है, उनसे रुपया भी वसूल कर लिया जाता है, मगर उन्हें टिकट नहीं दिया जाता है और जहां उतरते हैं, वहां दरवाजे पर जो आफिसर खड़ा रहता है या कर्मचारी खड़ा रहता है, उससे मिलकर यात्री को बाहर करवा दिया जाता है और यात्रियों से प्राप्त होनेवाली आमदनी रेलवे कर्मचारियों की जेब में चली जाती है। आवश्यकता है कि इस मामले की जांच की जाए। दिल्ली में, लखनऊ में और भी बड़े-बड़े स्टशनों पर सीटों के रिजर्वेशन में इतने गोलमाल हो रहे हैं कि खाली एक कानून बनाकर इस गोलमाल को रोका नहीं जा सकता। मैं रेल मंत्री जी से कहूंगा कि वे रेलवे बोर्ड के किसी मेंबर की अध्यक्षता में एक कमेटी बनाएं जो इन स्टेशनों का दौरा करके, यात्रियों से संपर्क स्थापित करके, इस बात का निर्णय करे कि रेलवे कर्मचारियों को इस गोलमाल से निकालने के लिए कौन से प्रशासनिक और दंडात्मक कदम उठाने आवश्यक हैं। धन्यवाद।

रेलें बढ़ीं, यात्री बढ़े, घाटा बढ़ा!

उपसभापति जी, रेलें हमारी यातायात-व्यवस्था का एक बड़ा महत्वपूर्ण भाग हैं। ५७००० वर्ग किलोमीटर में रेलें फैली हुई हैं। प्रतिदिन १०००० गाड़ियां चलती हैं जो ५ लाख यात्री और ५ लाख मीट्रिक टन माल ढोती हैं। इस दृष्टि से हमें विचार करना होगा कि रेलों के साथ-साथ देश में यातायात के और भी जो प्रबंध हैं, उनके बीच में तालमेल कैसे स्थापित किया जाए। यह खेद की बात है कि अभी तक सरकार किसी राष्ट्रीय यातायात नीति का निर्धारण नहीं कर सकी है जिसमें रेलों के अतिरिक्त सड़क परिवहन और जहाजरानी का भी विचार किया जाए और एक समन्वित दृष्टिकोण लेकर राष्ट्रीय विकास की आवश्यकताओं के अनुरूप हम अपनी यातायात पद्धति का पुनर्गठन करें।

रेलों को सड़क-यातायात से प्रतियोगिता का सामना करना पड़ रहा है। यह प्रतियोगिता किस तरह से टाली जाए, इस पर विचार कने के लिए एक समिति भी बनाई गई थी, किंतु श्री नियोगी ने उससे इस्तीफा दे दिया और ऐसा लगता है एक राष्ट्रीय यातायात नीति के निर्धारण में कुछ दबाव काम कर रहे हैं जो हमें कोई सही फैसला नहीं लेने देते। अगर प्रतियोगिता में रेलों को टिकना है तो फिर सड़क-परिवहन की तुलना में अच्छा काम करके दिखाना होगा। इस वर्ष जो भी प्रगति हमें दिखाई देती है उस पर फूले नहीं समाना चाहिए, क्योंकि इस वर्ष देश में आर्थिक विकास की गति मंद हुई है जिसके कारण रेलें माल ढो सकी हैं। अगर आर्थिक स्थिति सुधरी, विकास की गति बढ़ी और कृषि तथा औद्योगिक उत्पादन में हमारे लक्ष्यों की दृष्टि से उपलब्धियां हुईं तो फिर रेलों को और अधिक भार ढोना होगा, अधिक सामान ले जाना होगा। हम इस वर्ष रेलों ने जो प्रगति की है, उसी पर संतोष करके नहीं बैठ सकते। सचमुच यह आश्चर्य की बात है कि एक तरफ तो रेलों में मुनाफा बढ़ता जा रहा है और दूसरी तरफ माल ढोने की दर बढ़ाई गई है। इसके लिए जो कारण दिए जा रहे हैं वे संतोषजनक नहीं हैं। माल ढोने की दर में वृद्धि करने का कोई औचित्य नहीं है। कुल मिलाकर १२% की वृद्धि हो जाएगी। अगर कोई वृद्धि करनी थी तो फ्रेट स्ट्रेक्चर कमेटी का गठन होना चाहिए था और उसकी सिफारशों के प्रकाश में नीति बननी चाहिए थी। कुल मिलाकर इस दर को बढ़ाने का एक ही परिणाम होगा कि मुद्रास्फीति बढ़ेगी, चीजों के

** रेल बजट पर राज्यसभा में २ मार्च, १९६४ को भाषण।*

दाम और चढ़ेंगे, महंगाई में वृद्धि होगी। जो दर बढ़ाई गई है वह २% बढ़ाई गई है, यह कहकर उसके दुष्परिणामों को हम कम नहीं कर सकते, क्योंकि अर्थव्यवस्था की आज ऐसी स्थिति है कि कहीं अगर एक नए पैसे की भी वृद्धि हो जाए तो उपभोक्ता तक जाते-जाते माल कई नए पैसे कीमत में चढ़ जाता है।

यह भी कहा गया है कि हम कर्मचारियों को अधिक भत्ता दे रहे हैं, इसके लिए हमें अधिक आमदनी की आवश्यकता है। मेरा निवेदन है कि रेलें प्रति वर्ष अपनी आमदनी का कम अनुमान लगाती हैं जब कि आमदनी अनुमान से ज्यादा होती है। खर्च का अनुमान अधिक लगाया जाता है जब कि खर्च अनुमान से कम होता है। यदि आंकड़े उपस्थित किए जाएं तो पता लगेगा कि हमने बचत के जितने अनुमान लगाए थे, उनसे अधिक बचत हुई है। १९६२-६३ में शुद्ध बचत ४२.०६ करोड़ रुपए थी, जबकि संशोधित अनुमान २३.२० करोड़ रुपए की बचत का ही था। १९६३-६४ में भी ६.७५ करोड़ रुपए की अधिक बचत दिखाई गई है। इस वर्ष भी आमदनी के जो अनुमान लगाए गए हैं वे अनुमान कम हैं, अगले साल के जब संशोधित अनुमान आएंगे तो आमदनी उनसे भी अधिक बढ़ी हुई दिखाई देगी। अतः माल-भाड़े की दर में बढ़ोतरी का कोई आधार नहीं है। दूसरे बढ़े हुए खर्चों के लिए आपको धन चाहिए तो रेल के खर्चे में भी कमी की गुंजाइश है, जिसकी तरफ पूरा ध्यान नहीं दिया गया है। अगर वर्किंग एक्सपेंसिस के आंकड़े देखे जाएं तो वे प्रति वर्ष बढ़ते जा रहे हैं। उनमें कटौती करना असंभव है, ऐसा मानकर चलना ठीक नहीं होगा। कोयले की चोरी से लाखों रुपए का घाटा प्रति वर्ष हो रहा है, अभी तक चोरी को रोकने के लिए जो कदम उठाए गए हैं, वे प्रभावकारी साबित नहीं हुए हैं।

कोयले के भाड़े की दर रेशनलाइजेशन के नाम पर बढ़ाई जा रही है। मैं नहीं समझता इसमें रेशनलाइजेशन क्या है? अगर दर बढ़ानी है तो कोई बहाना लेने की आवश्यकता नहीं है। मैं चाहूंगा कि मंत्री महोदय स्पष्ट करें कि जो कोयले की भाड़े की दरों का रेशनलाइजेशन किया गया है, वह किस आधार पर किया गया है। जो क्षेत्र कोयले की खानों से दूर हैं, अब उन्हें कोयला महंगा पड़ेगा और यह देश के औद्योगिक, आर्थिक विकास में रेलवे के योग देने का तरीका नहीं हो सकता।

एक बात मैं और कहना चाहूंगा। हम जनरल रेवेन्यू में रेलवे की तरफ से हिस्सा देते हैं, इसके लिए कन्वेंशन कमेटी बनती है। उसने सिफारिश की थी कि १ अप्रैल, १९६१ से यह जो रेलवे का कांट्रीब्यूशन है, अंशदान है, उसको ४% से बढ़ाकर ४.२५% कर दिया जाए। लेकिन संकटकाल आया तो रेलवे ने बिना किसी समिति को नियुक्त किए यह अंशदान ४.२५% से ४.५०% कर दिया। क्या यह वृद्धि उचित थी? अगर संकटकाल के कारण अंशदान बढ़ाने की आवश्यकता समझी भी गई थी तो उसे बढ़ाने की जो एक प्रक्रिया है कि एक समिति नियुक्त होगी, उसकी राय से बढ़ाया जाएगा, इसका रेलवे ने विचार नहीं किया और संसद या समिति को बिना विश्वास में लिए हुए ४.२५% से ४.५०% कर दिया। इस वृद्धि पर कोई आपत्ति नहीं है लेकिन जिस ढंग से यह वृद्धि की गई, वह गलत है और जो हमने नीति निर्धारित की है, उसके अनुसार नहीं है।

श्री देवकीनंदन नारायण : अब ४.५०% से ५.७५% कर दिया है।

श्री वाजपेयी : उपसभापति जी, जो विवरण हमें दिया गया है उनमें यह दावा किया गया है कि इस वर्ष रेल दुर्घटनाएं कम हुई हैं। गिनती में तो रेल दुर्घटनाएं कम हुई हैं, मगर रेल दुर्घटनाओं

से घायल होनेवालों, मरनेवालों और उससे रेलवे की संपत्ति की जो क्षति हुई है, उसमें कमी नहीं आई है। १९६१-६२ की तुलना में १९६२-६३ में ज्यादा मारे गए हैं। पहले १२० आदमी मारे गए हैं, जबकि १९६२-६३ में १८७ आदमी मरे। घायल होनेवाले भी पहले ४९१ थे, अब ५०४ हैं। पहले संपत्ति १५ लाख रुपए की नष्ट हुई थी और १९६२-६३ में २३ लाख रुपए की संपत्ति नष्ट हुई है। दुर्घटनाओं के संबंध में जो विवरण दिया गया है वह वड़ा रोष पैदा करता है। मैं एक विशेष दुर्घटना की ओर सदन का ध्यान आकृष्ट करना चाहता हूं। इसमें यात्री रेलगाड़ी की छत के ऊपर बैठकर गए और वह रेलगाड़ी पुल से टकरा गई, २८ यात्री मारे गए और २ घायल हो गए। यह दुर्घटना ११ नवंबर, १९६२ को हुई थी। इस दुर्घटना की जांच की गई और जांच के बाद जो रिर्पार्ट आई उसमें कहा गया था कि रेल के डिब्बे के ऊपर जो यात्री बैठे थे, उन्हें पता नहीं था कि आगे पुल आएगा और पुल से टकराकर उन्हें मरना पड़ेगा। किंतु रेल मंत्रालय ने जांच की इस रिपोर्ट को नहीं माना और रेल मंत्रालय ने कहा, रेलवे बोर्ड ने कहा—मैं रिपार्ट में से पढ़ रहा हूं : "रेलवे बोर्ड ने रेलवे सुरक्षा के अपर आयुक्त के इस निष्कर्ष को स्वीकार नहीं किया। रेलवे बोर्ड की राय है कि दुर्घटना यात्रियों की उद्दंडता और लापरवाही के कारण हुई, क्योंकि यात्रियों ने भारतीय रेल-अधिनियम के ११८(२) का उल्लंघन किया और अनधिकृत रूप से हठपूर्वक छत पर बैठकर यात्रा की।"

छत के ऊपर बैठकर यात्रा करना रेल के नियमों के खिलाफ है, लेकिन कौन सा रेल का नियम यह कहता है कि अगर यात्री छत पर बैठे हों तो उन्हें बिना उतारे ही आप रेलगाड़ी चला दीजिए और पुल से टकराकर उन यात्रियों को मार दीजिए?

रेल मंत्रालय में उपमंत्री श्री शाहनवाज खां : कई बार उनको उतारा गया था।

श्री वाजपेयी : कई बार उतारा गया था तब भी गाड़ी चलाने का कोई औचित्य नहीं था, वह गाड़ी आप वहां रोक देते।

रेल उपमंत्री श्री एस.वी. रामास्वामी : गाड़ी तीन बार रोकी गई।

श्री वाजपेयी : चलाई ही क्यों गई थी?

उपाध्यक्ष श्री एम. गोविन्द रेड्डी : श्री वाजपेयी, परेशानी यह थी कि गाड़ी चल पड़ी थी और वे लोग छत पर चढ़ गए। घुप्प अंधेरा था। वह देख नहीं पाए। मामला दरअसल यह है।

श्री वाजपेयी : मेरा निवेदन यह है कि अगर गाड़ी चलानी है तो हम किसी को छत पर बैठा कर नहीं ले जा सकते। इस दुर्घटना के बारे में हमारे पास जो रिपोर्ट आई है वह यह बतलाती है कि रेल के डिब्बे के ऊपर यात्री बैठे थे, फिर भी गाड़ी चला दी गई। शायद जिन्होंने गाड़ी चलाई, वे भी समझते थे कि इस तरह से पुल से टकराहट नहीं होगी। लेकिन इस संबंध में जो रेलवे बोर्ड की रिपोर्ट हमारे सामने रखी गई है, उसका यह कहना है कि यात्री उद्दंडता से रेल की छत पर बैठ गए। दुर्घटना के प्रति रेलवे बोर्ड का यह रवैया अमानवीय है। रेलवे जब यात्रियों को टिकट देती है और उसके बदले रेल में जगह नहीं दे सकती तो क्या यह रेलवे प्रशासन की अक्षमता नहीं है? क्या यह रेलवे प्रशासन का निकम्मापन नहीं है? हम यात्रियों को टिकट देते हैं और डिब्बे में जगह नहीं दे सकते तो टिकट देना बंद कर दिया जाए, अगर टिकट देते हैं और जगह नहीं दे सकते हैं और यात्रियों को जाना जरूरी है तो फिर उसके लिए दोष स्वीकार करने में संकोच नहीं होना चाहिए। अगर इस स्टेशन में उपस्थित अधिकारी दूरदर्शिता से काम लेते तो इस दुर्घटना को टाला जा सकता था। हो सकता है कि कुछ और शिकायतें पैदा हो जाती लेकिन २८ लोगों

की जानें बचाई जा सकती थीं। रेलवे प्रशासन उन लोगों की मृत्यु से अपनी जिम्मेदारी को बचा नहीं सकता।

जांच कमीशन की रिपोर्ट कहां है?

मुझे इस संबंध में यह भी कहना है कि डुमराव में जो दुर्घटना हुई थी, उसकी जांच के लिए कमीशन बनाया गया था, उसकी रिपोर्ट क्या हुई? रिपोर्ट के आने में देरी क्यों हो रही है? दुर्घटना को हुए काफी समय हो गया है और अभी तक उसकी रिपोर्ट नहीं आई। कुंजरू कमेटी ने इस बात पर आपत्ति प्रकट की है कि दुर्घटनाओं की जांच ठीक तरह से नहीं होती है। रेलवे इंस्पेक्टरेट जांच करता है मगर जांच खाना-पूरी के लिए की जाती है और दुर्घटनाओं की तह में जाकर कि भविष्य में दुर्घटनाएं न हों, इस काम में रेलवे इंस्पेक्टरेट अपना योगदान नहीं दे सका है। कुंजरू कमेटी का मत है कि ७०% दुर्घटनाएं मानवीय तत्वों की विफलताओं के कारण होती हैं। रेलवे में जो कर्मचारी काम करते हैं, वे कर्मचारी गलती कर सकते हैं और उन गलतियों में कमी होनी चाहिए। लेकिन वे कर्मचारी किन परिस्थितियों में काम करते हैं, उसका भी थोड़ा विचार करना होगा। मैं ऐसे उदाहरण जानता हूं, जिनमें रोड साइड पर काम करनेवाला एक सहायक स्टेशन मास्टर जिसकी पत्नी मर गई थी, उसके दाह संस्कार के लिए नहीं जा सका, क्योंकि रिलीफ नहीं आया, उसका काम संभालने के लिए दूसरा सहायक स्टेशन मास्टर नहीं आया और लाश २४ घंटे तक घर में ही पड़ी रही। उस लाश को जलानेवाला कोई नहीं था, क्योंकि सहायक स्टेशन मास्टर अपनी जगह छोड़कर नहीं जा सकता था और वह जगह छोड़कर तब ही जाएगा, जब वहां कोई सहायक होगा। रेल मंत्री जी पता लगाएं कि ऐसे मामले कितने हैं जिनमें छुट्टी मांगने पर भी छुट्टी नहीं मिलती, क्योंकि रिलीफ नहीं है। हम लोगों ने आंकड़े इकट्ठे किए हैं कि सदर्न रेलवे में करीब एक हजार सहायक स्टेशन मास्टरों के पद खाली थे। मैं नहीं जानता कि इधर कुछ महीनों में स्थिति बदली है या नहीं।

आप अगर कर्मचारियों को समय पर छुट्टी नहीं देंगे, कर्मचारियों को आवश्यकता से अधिक काम करने के लिए विवश किया जाएगा तो क्या कर्मचारियों के काम करने की शक्ति जवाब नहीं देगी? इस देश में करीब २७००० सहायक स्टेशन मास्टर हैं और उस दिन रेल मंत्री ने कहा था कि उनकी वेतन-दर क्या है, उनके बारे में वे दुबारा देखेंगे। मगर इस रेलवे बजट में और उनके भाषण में इस बात का कोई संकेत नहीं मिलता। रेलवे कर्मचारी कितनी कठिनाइयों में काम करते हैं, इसका हमें थोड़ा सा अनुमान लगाना चाहिए। छोटे-छोटे स्टेशनों पर बैठे हुए स्टेशन मास्टर या सहायक स्टेशन मास्टर नाम के वे स्टेशन मास्टर हैं—वे टिकट भी बेचते हैं, टिकट भी लेते हैं, माल भी बुक करते हैं, टेलीफोन भी सुनते हैं, वे जनता को जवाब भी देते हैं, गाड़ियों को लाना और गाड़ियों को रवाना करने का काम भी करते हैं और इस तरह से वे लोग सब काम करते हैं। इतना काम एक कर्मचारी करे, उसके लिए उसकी क्षमता कितनी विकसित होनी चाहिए, इतने उत्तरदायित्व के बदले में उसे कितना वेतन, कितना भत्ता, और कितनी सुविधा मिलनी चाहिए? अनेक श्रेणियां रेलवे में ऐसी हैं जो रेलवे को चलाने में प्रमुख दायित्व का निर्वाह करती हैं, परंतु उस अनुपात में उनके साथ न्याय नहीं होता।

रेल मंत्री जी नए हैं और मैं उनके सामने एक नया विचार रखना चाहता हूं। अभी रेलवे में कर्मचारियों के संगठनों को मान्यता देने का जो तरीका है, उस पर पुनर्विचार होना चाहिए।

डाक-तार विभाग की तरह से हम रेलवे में श्रेणी के अनुसार मान्यता दे सकते हैं और सब कर्मचारियों से कहा जाए कि वे अपने को एक कनफेडरेशन से संबद्ध कर लें। अभी जो कर्मचारी संगठन चलाते हैं, वे सभी श्रेणी का प्रतिनिधित्व नहीं करते और उन्हें सब श्रेणियों की समस्याओं का पता भी नहीं होता। इसका नतीजा यह हो रहा है कि स्टेशन मास्टर, सहायक स्टेशन मास्टर, गार्ड, कमर्शियल क्लर्क्स, टेलीग्राफ इंपलाईज सब में अपनी-अपनी जगह पर तरह-तरह का असंतोष उमड़ रहा है। वे अपनी बात नहीं कह सकते, क्योंकि उनके संगठन मान्यता प्राप्त नहीं हैं। रेलवे बोर्ड से उन्हें मिलने का मौका नहीं दिया जाता। रेलवे मंत्री जी उनके लिए अपना समय नहीं निकालेंगे तो उनकी कठिनाइयां जो रेलवे को चलाने के मार्ग में भी बाधक बनती हैं, उनको कौन सुनेगा और उनकी शिकायत कैसे दूर होगी? इस समय रेलवे में दो अखिल भारतीय कर्मचारी संगठन चल रहे हैं और वे सभी रेलवे कर्मचारियों की आवश्यकताओं को पूरा नहीं कर पा रहे हैं। ये पार्टीबंदी में फंसे हुए हैं। कर्मचारियों की कठिनाइयों से अवगत नहीं हैं। वे उनका सही-सही प्रतिनिधित्व कैसे कर सकते हैं? मेरा आपसे निवेदन है कि डाक-तार विभाग के आदर्श पर रेलवे में भी कैटेगरीवाइज संगठनों को मान्यता प्रदान करें और बाद में इन संगठनों का एक महासंघ बना दिया जाए, जो रेलवे मिनिस्ट्री या रेलवे बोर्ड लैवल पर कर्मचारियों की शिकायत को रखें। जो भिन्न-भिन्न कैटेगरी में कर्मचारी बैठे हैं, उनके दुख-दर्द को सुने। इस प्रकार की व्यवस्था की जानी चाहिए।

उपसभापति जी, वर्कशॉप में एक इंसेटिव स्कीम चालू हो गई है। लखनऊ वर्कशॉप से मेरा निकट का संपर्क है, इसलिए मैं व्यक्तिगत जानकारी के आधार पर कहना चाहता हूं कि जिस उद्देश्य को लेकर यह स्कीम चालू की गई थी, उसकी पूर्ति में यद्यपि थोड़ी सी सफलता मिली है, लेकिन स्कीम के परिणामस्वरूप कर्मचारियों में असंतोष फैल रहा है। असंतोष तीन बातों के ऊपर है। एक तो पोस्ट सरेंडर की जा रही हैं, कर्मचारियों को सरप्लस किया जा रहा है और उन्हें दूसरा काम सिखाने, दूसरा ट्रेड सिखाने की बात हो रही है। एक रेलवे कर्मचारी जो ३० या ३५ साल से एक निश्चित काम करता आ रहा है, उसे नया ट्रेड सिखाना कितना कठिन कार्य है, इस पर सहानुभूति के साथ थोड़ा विचार होना चाहिए। इस नई स्कीम को चलाने से वर्कशॉप्स में अपग्रेडेशन का काम भी रुक गया है और कर्मचारियों की नई नियुक्ति का काम भी रुक गया है। कुल मिलाकर यह चीज देखने में आई है जो इस स्कीम के प्रति कर्मचारियों में कोई उत्साह पैदा नहीं करती। सचमुच में इस स्कीम पर, जो अभी अनुभव आए हैं, उनके प्रकाश में पुनर्विचार होना चाहिए।

भ्रष्टाचारी पुनः प्रतिष्ठित

१९५६ में आलम बाग, लखनऊ के स्टोर्स डिपार्टमेंट में खलासियों की भर्ती को लेकर एक मामला मैंने सदन में उठाया था। मैंने आरोप लगाया था कि खलासियों की भर्ती में भ्रष्टाचार किया गया है। बाद में उसकी जांच हुई और जो एक चीफ क्लर्क थे, उन्हें चार साल मुअत्तल रखा गया। बाद में उनका दर्जा कुछ कम करके उनका तबादला जोधपुर कर दिया। जितना बड़ा गोलमाल था, उसके अनुपात में यह सजा बिल्कुल कम थी। किंतु दबाव आने के बाद यह सजा भी खत्म कर दी गई और वे जोधपुर से फिर लखनऊ के वर्कशॉप में आ गए हैं, जहां खलासियों की भर्ती में उन पर गोलमाल करने का आरोप लगाया गया था। क्या राजनैतिक दबाव में भ्रष्टाचार के लिए

जो कठोर कदम उठाए जाने चाहिए, उन कदमों को नरम किया जाएगा? मैं लखनऊ का एक ऐसा मामला जानता हूं जिसमें हड़ताल में भाग लेनेवाले एक कर्मचारी का तबादला कर दिया गया। उसकी पत्नी बीमार थी। डॉक्टरों ने कहा कि उसका लखनऊ में रहना आवश्यक है। मगर उसके तबादले को रद्द नहीं किया गया। उसके विपरीत भ्रष्टाचार के आरोप में सजा देकर जिस व्यक्ति को जोधपुर भेज दिया गया था, उस व्यक्ति को फिर से वापस लाया गया है। लखनऊ डिवीजन में आज भी खलासियों की भर्ती में गोलमाल हो रहा है। यह गोलमाल तब तक होगा जब तक सरकार अफसरों पर कड़ा नियंत्रण नहीं रखेगी।

मुझे खेद है कि रेल मंत्री महोदय ने अपने भाषण में, जो कर्मचारियों के साथ प्रशासन के संबंध हैं, इतने महत्वपूर्ण विषय को एक वाक्य में समाप्त कर दिया है। वैसे कुल मिलाकर उनका भाषण काफी लंबा है, मगर जहां कर्मचारियों का सवाल आया है, वह एक वाक्य से अधिक स्थान नहीं पा सका। पृष्ठ ४२ पर उन्होंने यह कहा है :

"कुल मिलाकर रेल कर्मचारियों के साथ मैत्रीपूर्ण संबंध बने रहे।"

क्या इसके अलावा कर्मचारियों की समस्याएं नहीं हैं? कर्मचारी अनुभव करते हैं कि दो रुपए की जो महंगाई-भत्ते में वृद्धि की गई है, पर्याप्त नहीं है। कीमतें अधिक बढ़ी हैं और उनसे कैसे राहत दी जाएगी? रेल मंत्री महोदय को कर्मचारियों के लिए उचित मूल्य पर बुनियादी आवश्यकताओं की चीजें मुहैया करने के लिए दुकानें खोलने पर विचार करना चाहिए। महंगाई तो निकट भविष्य में शासन रोक नहीं सकेगा। किंतु उस महंगाई के कारण कर्मचारियों का जीवन स्तर नीचे न जाए, इसके लिए केवल महंगाई-भत्ते में वृद्धि पर्याप्त नहीं है। इस बात का भी इंतजाम होना चाहिए कि उचित मूल्य पर बुनियादी आवश्यकताओं की चीजें मिल सकें। रेलवे विभाग में पहले कर्मचारियों के लिए दुकानें बनाई गई थीं, किंतु उनके कुछ दोष सामने आए। यदि हम ठीक प्रबंध कर सकें तो उन दोषों का निराकरण करते हुए फिर सस्ती और उचित मूल्य की दुकानें कर्मचारियों के लिए चलाई जा सकती हैं।

सुप्रीम कोर्ट का नया फैसला

आज प्रश्नोत्तर काल में सुप्रीम कोर्ट के नए फैसले को लेकर एक चर्चा हुई थी। सुप्रीम कोर्ट का फैसला ५ दिसंबर को हुआ था और यह मार्च का महीना है। इमर्जेंसी में सरकार कितनी गति से काम करती है, उसका यह एक उदाहरण है। सर्वोच्च न्यायालय का निर्णय बिल्कुल स्पष्ट है। इस सदन में हम इस पक्ष में हरदम यह मांग करते हैं कि रेलवे एस्टब्लिशमेंट कोड की धारा १४८ और १४९ भारतीय संविधान की भावना के प्रतिकूल है। हम किसी कर्मचारी को बिना कारण बताए, बिना उससे सफाई मांगे और बिना जांच का मौका दिए नौकरी से नहीं निकाल सकते। अंग्रेजी राज में रेलवे कर्मचारियों को एक अलग स्तर पर रखा गया था। जिस ठेके की शर्त यह थी कि एक महीने की नोटिस देकर वे नौकरी से जा सकते थे और एक महीने की नोटिस देकर रेलवे प्रशासन उन्हें नौकरी से अलग कर सकता था। स्वतंत्रता प्राप्ति के बाद यह व्यवस्था बदलनी चाहिए थी। हम रेलवे कर्मचारियों को अन्य केंद्रीय कर्मचारियों से अलग श्रेणी में नहीं रख सकते और यदि किसी कर्मचारी को नौकरी से अलग किया जाना हो तो उसको कारण बताना जरूरी होगा, सफाई का मौका देना जरूरी होगा। लेकिन रेलवे में सैकड़ों कर्मचारी बिना कारण बताए, बिना जांच किए ही नौकरी से निकाल दिए गए हैं। सर्वोच्च न्यायालय ने रेलवे एस्टब्लिशमेंट कोड की

इन दोनों धाराओं को अवैध घोषित कर दिया है। अब रेल मंत्रालय के सामने इसके सिवा कोई रास्ता नहीं है कि इन कर्मचारियों को वापस नौकरी पर लाया जाए। इसमें विधि मंत्रालय तस्वीर में कहां आता है? विधि मंत्रालय से क्या हम कोई ऐसा रास्ता पूछ रहे हैं जिससे इन कर्मचारियों को वापस नौकरी पर न लेना पड़े? यह स्थिति बड़ी गंभीर होगी। सर्वोच्च न्यायालय का फैसला अगर शीघ्रातिशीघ्र पूरा नहीं किया जाएगा तो फिर हम सर्वोच्च न्यायालय की प्रतिष्ठा को बचाए नहीं रख सकते। मेरा निवेदन है कि अगर हर एक मामले में जाना जरूरी हो तो भी विभागीय आधार पर कार्यवाही की जा सकती है। उसके लिए सर्वोच्च न्यायालय के फैसले को कार्यान्वित करने में देर नहीं होनी चाहिए।

प्रशासन का संगठन में हस्तक्षेप

उपसभापति जी, रेलवे प्रशासन कर्मचारियों के संगठनों में किस तरह से हस्तक्षेप करता है, इसका एक उदाहरण है ईस्टर्न रेलवेमेंस यूनियन। ईस्टर्न रेलवेमेंस यूनियन के पदाधिकारियों में कुछ मतभेद हो गया था, लेकिन इसके कारण उस यूनियन की समझौता करने की, प्रशासन से वार्ता करने की सुविधा समाप्त करना उचित नहीं था। किस संगठन में मतभेद नहीं होते? किस संगठन में पदाधिकारियों में संघर्ष नहीं होते? लेकिन ईस्टर्न रेलवेमेन्स यूनियन के झगड़े के बारे में ऐडमिनिस्ट्रेशन ने जो रवैया अपनाया है वह कर्मचारियों के हितों पर कुठाराघात करनेवाला है। मैंने एक प्रश्न पूछा था कि क्या ईस्टर्न रेलवेमेंस यूनियन की मान्यता वापस ले ली गई है? मंत्री महोदय ने उत्तर दिया था कि नहीं, मान्यता वापस नहीं ली गई है। टेकनिकली यह उत्तर सही है कि मान्यता वापस ले ली गई है; मगर मान्यता के साथ समझौता-वार्ता करने का, अपनी शिकायतें रखने का जो अधिकार है, वह अधिकार यूनियन काम में नहीं ला सकती। मैं समझता हूं कि अगर मान्यता बनाए रखने का यही अर्थ है कि यूनियन रेप्रिजेंटेंशन नहीं कर सकती, यूनियन निगोशिएशन नहीं कर सकती, तो फिर मान्यता ही वापस ले ली जाए। कर्मचारियों के झगड़ों में ऐडमिनिस्ट्रेशन को नहीं पड़ना चाहिए। बहुमत किसके साथ है, यह देख करके जो भी बहुमत में गुट हो, उसके साथ काम करना चाहिए। इसके लिए कर्मचारियों के हितों पर आंच आना ठीक नहीं है।

उपसभापति जी, नाइट एलाउंस के बारे में कोई युनिफार्म पालिसी नहीं है। टेलिग्राफ एंप्लाइज शिकायत करते हैं कि उन्हें नाइट एलाउंस नहीं मिलता। कमर्शियल क्लर्क्स शिकायत करते हैं कि उन्हें नाइट एलाउंस नहीं मिलता। नार्दर्न रेलवे के स्टेशन मास्टरों का यह कहना है कि उन्हें नाइट एलाउंस दिया गया है, मगर उसके साथ यह शर्त लगाई गई है कि अगर एक निश्चित संख्या में गाड़ियां स्टेशन से निकलेंगी तब उनको नाइट एलाउंस मिलेगा, वरना नहीं मिलेगा। तो क्या हम उन कर्मचारियों से यह आशा करते हैं कि एक गाड़ी निकल जाए और दूसरी जब तक न आए जब तक वे सो जाएं।

श्री शाहनवाज खां : वक्त हो तो सो जाएं।

श्री वाजपेयी : क्या आप उसको सोने की इजाजत देंगे?

श्री शाहनवाज खां : जी, बिल्कुल। एक गाड़ी आए और उसके बाद दूसरी गाड़ी आने में ८ घंटे का फर्क हो तो उसमें वह सो जाएं।

श्री वाजपेयी : आठ घंटे का फर्क हो नहीं सकता और अगर आठ घंटे का फर्क हो तो भी आप उसको सोने की इजाजत नहीं दे सकते।

श्री शाहनवाज खां : क्यों नहीं दे सकते? वह सो सकता है। उसमें कोई ऐतराज नहीं है।

श्री वाजपेयी : मगर दुर्घटना होगी, तब?

श्री शाहनवाज खां : गाड़ी आने के पहले जाग जाए और ड्यूटी पर चला जाए।

श्री वाजपेयी : मेरा निवेदन यह है कि ओवरटाइम के सवाल को गाड़ियों की संख्या से नहीं जोड़ा जाना चाहिए, अगर काम के घंटे कर्मचारी अधिक बिताते हैं तो गाड़ियों की संख्या कितनी भी रहे, उन्हें नाइट एलाउंस मिलना चाहिए।

मैं दो मिनट में समाप्त करता हूं। तीसरे दर्जे के यात्रियों के लिए बड़ी सहानुभूति प्रकट की गई है। परंतु निकट भविष्य में उसकी हालत सुधरने की कोई भी संभावना नहीं है। जिस गति से रेलवे ट्रेफिक बढ़ रही है और जिस गति से डिब्बे बन रहे हैं, रोलिंग स्टाक तैयार हो रहा है, उससे ऐसा लगता है कि हम १५ साल में भी जिस आदमी को टिकट देंगे, उसको जगह देने की गारंटी नहीं दे सकते।

श्री आर.के.भुवालका (पश्चिमी बंगाल) : उससे ज्यादा आदमी बढ़ रहे हैं।

श्री वाजपेयी : यह स्थिति बड़ी चिंताजनक है। गाड़ियों की संख्या बढ़ाई जाए और जो डिब्बे इधर-उधर काम में आते हैं वे भी तीसरे दर्जे के यात्रियों के मुसाफिरों के काम में आ सकें—इस तरह का कोई प्रबंध होना चाहिए।

इस बारे में मुझे एक शिकायत है। इसे कहना चाहिए या नहीं कहना चाहिए, मैं अभी तक तय नहीं कर सका था, लेकिन मैं कहे देता हूं कि रेल मंत्रालय के अफसर, रेलवे बोर्ड के अफसर जब रेलों में चलते हैं तो उनके लिए स्पेशल सैलून होना चाहिए, वे उसी सैलून में जाएंगे, उसके लिए वे लाइन घेरकर रखेंगे—यह बात १९६४ ई. में अच्छी दिखाई नहीं देती। अन्य मंत्री हैं, उनके लिए डिब्बा रिजर्व हो सकता है—तो रेल मंत्री को भी उनकी तरह ही चलना चाहिए। सरकार के और अफसर हैं, रेलवे का कोई अफसर रेलवे में क्यों विशेष सुविधा पाए, वह अपना स्पेशल सैलून क्यों ले जाए, और फिर छोटे-छोटे कर्मचारियों के लिए अपशब्दों का व्यवहार करे! यह तरीका ठीक नहीं है। रेलवे के अफसरों के दिमाग में अभी तक अफसरशाही भरी हुई है। इस अफसरशाही को आपको निकालना चाहिए। इस तरह हम कर्मचारियों को कभी भी अधिक से अधिक काम करने के लिए प्रेरित नहीं कर सकेंगे। मुझे चंदौसी के प्लेटफार्म की घटना मालूम है जब कि नार्दर्न रेलवे के डिवीजनल सुपरिटेंडेंट ने प्लेटफार्म पर खड़े होकर रेलवे कर्मचारियों को गालियां दीं, इसलिए कि उनका डिब्बा जोड़ने में थोड़ी देर हो गई। कर्मचारी गलती कर सकते हैं और जहां गलती करें वहां उन्हें सजा मिलनी चाहिए, मगर रेलवे के सी.ओ.पी.एस. या डिवीजन के अफसर स्टेशन मास्टर को, सहायक स्टेशन मास्टर को प्लेटफार्म पर खड़े होकर गालियां दें इससे तो रेलवे की प्रतिष्ठा नहीं बढ़ेगी, इससे तो रेलवे के प्रति जनता में अच्छी भावना पैदा नहीं होगी। लेकिन रेलवे के अफसर अभी भी अफसरशाही छोड़ने के लिए तैयार नहीं हैं। अगर कर्मचारियों के साथ अच्छे संबंधों का निर्माण करना है तो वह बराबरी के आधार पर होगा, मालिक और गुलाम के आधार पर नहीं। धन्यवाद।

मंत्री जी दुर्घटनाओं के तथ्य छिपा गए

उपाध्यक्ष महोदय, मेरा संशोधन यह है :

"मूल प्रस्ताव में यह जोड़ा जाए; यह सदन सरकार से सिफारिश करता है कि वह इन दुर्घटनाओं की अदालती जांच कराने की वांछनीयता के संबंध में विचार करे।"

रेल मंत्री जी के वक्तव्य में तीन बड़ी दुर्घटनाओं का उल्लेख किया गया है। ये तीनों दुर्घटनाएं २० दिन के अंदर हुई हैं, जिनमें ७५ व्यक्ति मरे और २४० बुरी तरह घायल हुए हैं। इन दुर्घटनाओं के परिणामस्वरूप रेल यात्रियों का इस बात में विश्वास हिल गया है कि रेलवे उन्हें गंतव्य स्थान तक सुरक्षा के साथ पहुंचा सकती है। रेलवे प्रशासन यात्रियों को बैठने की जगह नहीं दे सका है, जो माल ढोया जाता है उसे भी ठीक तरह से पहुंचाने में रेलवे विफल रही है, रेल कर्मचारी भी पर्याप्त सुविधाएं प्राप्त नहीं कर पा रहे हैं, किंतु कम से कम यह आशा तो की जाती है कि जो यात्री रेल गाड़ी में बैठकर यात्रा करते हैं, उन्हें वह अपनी जगह पर पहुंचा देगी। यह प्रमुख कार्य है, जिसे रेलवे अभी तक नहीं कर पा रही है।

मुझे रेल मंत्री जी के वक्तव्य में रांची एक्सप्रेस की दुर्घटना के बारे में जो आंकड़े दिए गए हैं, उन्हें पढ़कर बड़ा ताज्जुब हुआ। मेरा निवेदन है कि इस वक्तव्य में जो आंकड़े दिए गए हैं, उनका जोड़ ठीक नहीं बैठता है। वक्तव्य में कहा गया है कि ४५ लोग मर गए और ६ बाद में मर गए। इसके अलावा ११ लोगों को बुरी तरह चोटें लगीं, १८४ व्यक्ति ऐसे थे जिन्हें हल्की चोटें लगीं, जिनमें से ७१ व्यक्ति फर्स्ट एड के बाद छोड़ दिए गए, ९२ व्यक्तियों को अस्पताल में चिकित्सा के बाद छोड़ दिया गया, और ३२ व्यक्ति ऐसे हैं जो कि जिस दिन उन्होंने वक्तव्य दिया था, उस दिन भी अस्पताल में थे। अब अगर इन ३२ व्यक्ति, ७१ व्यक्ति और ९२ व्यक्ति को हम जोड़ दें तो उनका जोड़ १९५ होता है, १८४ नहीं। जो लोग अस्पताल में हैं उन्हें भी अगर शामिल कर लिया जाए, तो भी जोड़ १९५ होता है और रेल मंत्री जी कहते हैं कि जिन व्यक्तियों को चोटें लगीं उनकी संख्या १८४ थी, और इसमें हल्की चोटवाले भी शामिल हैं। मैं जानना चाहूंगा कि किस आधार पर ये आंकड़े दिए गए हैं जो कि रेल मंत्री जी के वक्तव्य में दिए गए आंकड़ों पर ठीक नहीं बैठते, और इन दुर्घटनाओं के संबंध में रेलवे प्रशासन की ओर से जो बात कही

** गंभीर रेल दुर्घटनाओं पर चर्चा के दौरान लोकसभा में २ दिसंबर, १९६१ को संशोधन प्रस्ताव।*

जाती है, उन्हें किस तरह से ठीक माना जा सकता है?

रांची एक्सप्रेस की दुर्घटना के बारे में कहा जाता है कि वह तोड़-फोड़ का परिणाम है और इसके लिए गवाही दी जाती है रेलवे इंस्पेक्टर की! कहा जाता है कि रेलवे इंस्पेक्टर रेलवे से संबंधित नहीं हैं, वह ट्रांसपोर्ट और कम्यूनिकेशन मिनिस्ट्री के हैं। मैं बड़ी नम्रता से कहना चाहता हूं कि रेलवे इंस्पेक्टर दूसरे मंत्रालय से संबंधित हैं, केवल इसी आधार पर उनकी रिपोर्ट को ठीक नहीं कहा जा सकता। अभी तक रेल मंत्री जी ने यह नहीं बतलाया कि आखिर तोड़-फोड़ करने का मंतव्य क्या था? इससे पहले इस क्षेत्र में तोड़-फोड़ की कोई घटना नहीं हुई। हां, जम्मू तथा काश्मीर की सीमा के निकट पंजाब के क्षेत्र में तोड़-फोड़ की कार्रवाइयां हुई हैं, जिनमें कुछ लोगों पर संदेह करने का कारण हो सकता है। लेकिन उस क्षेत्र में जहां पर कि रांची एक्सप्रेस की दुर्घटना हुई कोई तोड़-फोड़ की कार्रवाई करेगा, इस प्रकार का संदेह करने का कोई कारण नहीं है, और अगर हो तो मैं रेल मंत्री जी से कहूंगा कि वे इंस्पेक्टर की रिपोर्ट दिखलाकर जनता के मन में जो संदेह पैदा हो गए हैं, दूर नहीं कर सकते। उनको दूर करने का एक ही तरीका है कि इस दुर्घटना की जांच किसी हाईकोर्ट जज के द्वारा कराई जाए।

समाचारपत्रों में इस प्रकार की बातें छपी हैं कि तोड़-फोड़ की बात को मानने के लिए लोग तैयार नहीं है।। मैं इस संबंध में अपनी कुछ राय देना नहीं चाहता लेकिन मेरा निवेदन है, दुर्घटना की बात कहकर आप लोगों का समाधान नहीं कर सकते। अगर तोड-फोड़ हुई है तो किसने की? उसका उद्देश्य क्या था? किसी भी संदेह के परे यह बात साबित होनी चाहिए कि यह दुर्घटना तोड़-फोड़ का परिणाम है, अन्यथा इस पर विश्वास करना संभव नहीं होगा।

मैं मुख्य रूप से मैनपुरी के निकट जो दुर्घटना हुई है उसके बारे में अपने विचार प्रकट करना चाहता हूं। मैंने घटनास्थल पर जा करके भी कुछ जानकारियां प्राप्त की हैं। मैंने रेलवे कर्मचारियों से भी कुछ बातें की हैं। यह जो दुर्घटना हुई, इसका कारण दिया गया है कि रेलगाड़ी तेज रफ्तार से चल रही थी और रेल मंत्री जी कहते हैं कि नियमानुसार ३० मील की रफ्तार से इस इंजिन को नहीं चलना चाहिए था। उनका कहना है कि तेज रफ्तार से चल रही थी, लेकिन उनके वक्तव्य से यह प्रकट नहीं होता कि कितनी तेज रफ्तार से चल रही थी। जहां तक मेरी जानकारी है, और मैंने रेलवे कर्मचारियों से बातचीत करके पता लगाया है, जहां तक मेरा अनुमान है कि रेलगाड़ी १२ मील प्रति घंटे की रफ्तार से चल रही थी। जिस स्टेशन से रेलगाड़ी चली, अगर आप उसका हिसाब लगाएं कि कितने बजे रेलगाड़ी वहां पहुची और कितने बजे वहां से छूटी; तो आपको सारी बातें मालूम हो जाएंगी। यह दुर्घटना किसी रेलवे स्टेशन पर नहीं हुई थी, बीच में हुई थी।

बहरहाल, सवाल यह उठता है कि यह रेलगाड़ी अगर तेज रफ्तार से चल रही थी तो क्यों चल रही थी? अगर यह मान लिया जाए कि रेलगाड़ी ३० मील की रफ्तार से चल रही थी, तो क्यों चल रही थी? क्या रेलगाड़ी लेट थी? क्या ड्राइवर को आदेश दिया गया था कि गाड़ी तेज रफ्तार से चलाई जाए?

रेलगाड़ी में जो मुसाफिर थे, मैंने उनसे भी बात की थी और उन्होंने कहा कि रेलगाड़ी तेज रफ्तार से नहीं चल रही थी। जिस वक्त दुर्घटना हुई है, वहां पर आस-पास खेतों में काम करने वाले लोग भी कहते हैं कि रेलगाड़ी बहुत तेज रफ्तार से नहीं चल रही थी। जहां तक मुसाफिरों का संबंध है, अगर मुसाफिर किसी गाड़ी में बैठते हैं और वह गाड़ी ३० मील प्रति घंटे के हिसाब से ज्यादा तेज चलती है तो पैसेंजरों के लिए यह पहचानना कठिन नहीं है कि रेलगाड़ी बहुत तेज

चल रही है। मगर उस रेलगाड़ी में बैठे हुए यात्री कहते हैं कि रेलगाड़ी तेज रफ्तार से नहीं चल रही थी। अगर यह मान भी लिया जाए कि रेलगाड़ी तेज रफ्तार से चल रही थी, तो क्यों चल रही थी? फिर रेल मंत्री जी कहते हैं कि ड्राइवर ने ब्रेक लगाया। मैं पूछना चाहता हूं कि ब्रेक क्यों लगाया गया? क्या रेल मार्ग पर कोई बाधा पैदा हो गई थी? बीच में कोई आदमी आ गया, कोई बैलगाड़ी आ गई, कोई संकट आ गया? फिर ड्राइवर को ब्रेक लगाने की जरूरत क्यों पड़ी?

यहां पर ए.डब्ल्यू.सी. इंजिनों की चर्चा हुई है। क्या यह बात सच नहीं है कि अगर इस इंजिन पर एकदम से ब्रेक लगा दिए जाएं तो इतनी बड़ी दुर्घटना नहीं हो सकती? जो ड्राइवर इन इंजिनों को ले जाते हैं, मैंने उनसे बातचीत की, और उन्होंने कहा कि अगर एकदम से ब्रेक लगा दिया जाए, यद्यपि यह स्पष्ट नहीं है कि एकदम से ब्रेक क्यों लगाया गया, लेकिन अगर यह मान भी लिया जाए कि एकदम से ब्रेक लगा दिया गया, तो भी इतनी बड़ी दुर्घटना होने का कोई कारण नहीं है। मैं चाहूंगा कि रेल मंत्री जी इन बातों पर प्रकाश डालें। केवल इतना कहने से काम नहीं चलेगा कि गाड़ी तेज रफ्तार से चल रही थी, ड्राइवर ने ब्रेक लगा दिया और गाड़ी पटरी पर से उतरकर चली गई। इस संबंध में रेल मंत्री जी का वक्तव्य तथ्यों पर प्रकाश नहीं डालता। इंस्पेक्टर की जांच पर विश्वास करके हम नहीं बैठ सकते।

मैं यह भी जानना चाहूंगा कि क्या यह सच नहीं है कि रेलवे ड्राइवरों को गाड़ी को तेज रफ्तार से चलाने के लिए प्रोत्साहित किया जाता है? रेलवे गजट देखने से पता चलता है कि ड्राइवरों को इस बात के लिए इनाम दिए जाते हैं कि वे गाड़ी को तेज रफ्तार से ले गए और मैं एक ऐसा मामला भी जानता हूं कि जिसमें एक ड्राइवर के खिलाफ इसलिए कार्रवाई की गई कि वह गाड़ी लेट हो गई थी। यह कहा गया कि तेज रफ्तार से चलाओ तो उसने कहा कि मैं बूढ़ा हो गया हूं, मैं तेज रफ्तार से नहीं ले जा सकता, यह मेरी शक्ति में नहीं है। तो उस रेलवे ड्राइवर के खिलाफ कार्रवाई की गई। अगर आप रेलवे ड्राइवरों को इसलिए प्रोत्साहन देंगे कि वे गाड़ियों को तेज रफ्तार से चलाएं तो फिर दुर्घटनाओं से नहीं बचा जा सकता।

ट्रैक और इंजिन का बोझ

मैं यह भी जानना चाहूंगा कि क्या यह सच नहीं है कि यह इंजिन जिस ट्रैक पर चल रहा था, वह ट्रैक इतने इंजिन का बोझा नहीं सह सकती थी। यह ट्रैक ९० पाउंड थी जबकि इस प्रकार के इंजिन के लिए १२६ पाउंड की ट्रैक होनी चाहिए। क्या इस बात का पता लगाया गया है कि इस ट्रैक की ठीक से जांच नहीं की गई थी। मुझे पता चला है कि पिछले तीन साल से इस लाइन पर ट्रैक रिकार्डिंग नहीं किया गया है। ट्रैक रिकार्डिंग मशीन के द्वारा ट्रैक की छानबीन की जाती है, पर यह पिछले तीन साल से नहीं की गई थी। डी.एस. की स्पेशल भी इस लाइन पर कई महीने से नहीं पहुंची। मैं मंत्री जी से जानना चाहूंगा कि तथ्य क्या हैं? यदि ट्रैक खराब थी तो रेलवे का जो ड्राइवर मारा गया, उसके माथे पर सारा दोष थोपकर रेलवे मंत्री और रेलवे प्रशासन अपनी जिम्मेदारी से नहीं बच सकते।

सभापति जी, मैं यह कहना चाहता हूं कि अगर गाड़ी तेज रफ्तार से चल रही थी और ड्राइवर को ब्रेक लगाना था तो हमें यह नहीं भूलना चाहिए कि वह अनुभवी व्यक्ति था और अगर इंजिन को ब्रेक लगाने से गाड़ी के उलट जाने और मुसाफिरों और ड्राइवर के मारे जाने की आंशका होती तो वह ऐसा कभी न करता, क्योंकि कोई भी ड्राइवर अपनी जान की और यात्रियों की जान की

चिंता किए बगैर नहीं रह सकता, और अगर एकदम से ब्रेक लगाने से गाड़ी के उलट जाने की संभावना हो तो ड्राइवर इसको जान सकता है।

मैं यह भी जानना चाहूंगा कि क्या इस ट्रैक पर गाड़ी ले जाने से पहले ड्राइवर ने शिकायत नहीं की थी कि ट्रैक ठीक नहीं है, इसमें मुझे कठिनाई का अनुभव होता है। आपका आज तो ऐसा कहना सरल है कि ऐसी कोई शिकायत नहीं की गई। मगर मुझे छानबीन से पता लगा है कि इस तरह की शिकायतें पहले ड्राइवरों ने की थीं मगर कोई कार्रवाई नहीं की गई, ट्रैक की जांच-पड़ताल नहीं की गई और इसका परिणाम यह है कि यह दुर्घटना हमारे सामने आ गई।

शिकायत करो, सजा पाओ

मैं यह भी जानना चाहूंगा कि क्या यह सच नहीं है कि इंजिनों के फेल होने की ठीक रिपोर्ट नहीं की जाती? क्या यह सच नहीं है कि शेड से डिफेक्टिव इंजिन दिए जाते हैं, और क्या यह सच नहीं कि अगर कोई ड्राइवर शिकायत करता है कि यह इंजिन खराब है, मैं इसको नहीं ले जाऊंगा, तो उसके खिलाफ कार्यवाही की जाती है? मुझे मालूम है कि एक ड्राइवर को ऐसे डिफेक्टिव इंजन की शिकायत करने के लिए और उसे न ले जाने के लिए चार्जशीट किया गया।

अंत में मैं यही मांग करूंगा कि इन रेल दुर्घटनाओं की अदालती जांच की जाए। रेलवे की विभागीय जांच या सरकार के दूसरे मंत्रालय से संबंधित अधिकारी की जांच जनता में पैदा हुए संदेहों को दूर नहीं कर सकती।

मैंने रांची एक्सप्रेस के संबंध में कुछ नहीं कहा है, यद्यपि उसके बारे में भी कहने को बहुत सी बातें हैं; लेकिन मैनपुरी दुर्घटना के संबंध में जो तथ्य सामने आए हैं, उनके आधार पर मैं कह सकता हूं कि रेलवे प्रशासन तथ्यों को छिपाने की कोशिश कर रहा है। सही बात किसी के सामने नहीं आने देना चाहता और इस प्रकार अपने पापों पर पर्दा डालना चाहता है। इसलिए मेरा निवेदन है कि जब तक इस मामले की अदालती जांच नहीं होगी, रेलवे प्रशासन जनता के जीवन के साथ खिलवाड़ करने के अपने दोष से नहीं बच सकता।

अभी मेरे मित्र श्री राजेंद्र सिंह ने कहा कि श्री लालबहादुर शास्त्री द्वारा दिए गए त्यागपत्र के उदाहरण का अनुकरण करते हुए हमारे वर्तमान रेल मंत्री जी त्यागपत्र दें। लेकिन उनसे ऐसी आशा नहीं है, यद्यपि त्यागपत्र देने का समय है क्योंकि चुनाव आ रहे हैं। जिस समय श्री शास्त्री ने त्यागपत्र दिया था, उस समय कहा गया था कि हम स्वस्थ लोकतंत्री परंपराएं कायम कर रहे हैं और उसका ढिंढोरा पीटा गया था। उस समय प्रधानमंत्री जी ने सदन में खड़े होकर कहा था :

"मैं भी संवैधानिक औचित्य के नाते से यही अनुभव कर रहा हूं कि इस मामले में हमें मिसाल कायम करनी चाहिए।"

शास्त्री जी ने त्यागपत्र दिया तो कहा गया कि हम उदाहरण उपस्थित कर रहे हैं, यद्यपि प्रधानमंत्री जी ने कहा था कि शास्त्री जी किसी पुल के टूट जाने के लिए व्यक्तिगत रूप से जिम्मेदार नहीं हैं। मैं जानना चाहूंगा कि अब वे लोकतंत्री परंपराएं कहां गईं? रेल मंत्री उस उदाहरण का अनुगमन क्यों नहीं करते? अपने प्रशासन और रेलवे कर्मचारियों की कमजोरियों के लिए और यात्रियों की जिंदगी के साथ खिलवाड़ करने के लिए। रेल मंत्री जी के लिए सम्मानजनक रास्ता यही है कि इस समय अपने पद से त्यागपत्र दे दें और उससे पहले इन दुर्घटनाओं की अदालती जांच का आदेश दें। धन्यवाद।

रेलकर्मियों का उद्धार भी जरूरी

सभापति जी, इस बात से इन्कार नहीं किया जा सकता कि पिछले वर्ष में भारतीय रेल-व्यवस्था ने अनेक दिशाओं में उल्लेखनीय प्रगति की है। चल स्टाक तथा उन्य उपकरणों की दृष्टि से देश को आत्मनिर्भर बनाने में, दुर्घटनाओं को घटाकर रेलवे यात्रा को अधिक सुरक्षित करने में, गंगा, गंडक और ब्रह्मपुत्र के ऊपर पुलों के निर्माण द्वारा और तीसरे दर्जे के यात्रियों की सुविधाओं में वृद्धि के प्रयत्नों से प्रगति की एक तस्वीर हमारे सामने आती है।

लेकिन तस्वीर का एक दूसरा पहलू भी है जिसकी ओर हमें ध्यान देना होगा। दूसरी पंचवर्षीय योजना में जो लक्ष्य निर्धारित किए गए थे रेल मंत्रालय उन्हें पूरा नहीं कर सका, फिर वे लक्ष्य चाहे दोहरी लाइन बिछाने के हों या विद्युतीकरण के। इस संबंध में जो भी प्रयत्न हुए हैं, वे लक्ष्यों से बहुत कम हैं।

ब्रॉड गेज वैगंस के निर्माण का लक्ष्य भी पूरा नहीं किया जा सका है, और सबसे बड़ी बात तो यह है कि दूसरी योजना के अंतर्गत यात्रियों की संख्या में वृद्धि का जो अनुमान लगाया गया, वह गलत साबित हुआ है। यात्रियों की संख्या अधिक बढ़ी है। रेलवे प्रशासन को इस संबंध में सही अनुपात लगाने चाहिए। जहां तक तीसरी योजना का सवाल है, उसमें भी यात्रियों की संख्या में वृद्धि होने का जो अनुमान लगाया गया है, वह वर्तमान लक्ष्यों से कम जान पड़ता है। रेल मंत्रालय का काम है कि बढ़ती हुई यात्रियों की संख्या का ठीक अनुमान लगाकर यातायात की समुचित व्यवस्था करे। हमारे देश में रेल परिवहन और रोड परिवहन के बीच में जो विवाद चल रहा है, उसमें भी, यह कहते हुए भी कि हम समन्वय करना चाहते हैं, अभी तक कोई समुचित व्यवस्था नहीं की जा सकी है।

नियोगी कमेटी ने जो सिफारिशें की हैं उन पर गंभीरता से विचार होना चाहिए, यद्यपि कोई भी इसको स्वीकार नहीं करेगा कि हम रेल और रोड परिवहन को प्रतिस्पर्धा करने की खुली छूट दे दें। दोनों व्यवस्थाओं का राष्ट्र के हित की दृष्टि से समन्वय करना होगा। लेकिन एक बात हम नहीं भूल सकते कि दुनिया के सभी देशों में रेलवे ट्रांसपोर्ट के ऊपर रोड ट्रांसपोर्ट हावी होता जा रहा है। धीरे-धीरे यात्री यदि उन्हें माल ले जाना और पहुंचाना है तो वह रेल को छोड़कर रोड

** रेल बजट पर लोकसभा में २ मार्च, १९६१ को भाषण।*

ट्रांसपोर्ट की ओर आकर्षित हो रहे हैं और इसके कारण भी हैं, जिनसे कोई इन्कार नहीं कर सकता।

यदि हम दूसरे देशों के आंकड़े देखें तो अमेरिका में एक मील के ऊपर ४३ मोटर लारियां हैं। फ्रांस में यह संख्या २२ है। यूनाइटेड किंगडम में २१ और भारत में यह संख्या अभी ३ है। अमेरिका में तो रेल ट्रांसपोर्ट का विकास एक तरह से बंद हो गया है और उसका स्थान रोड ट्रांसपोर्ट लेता जा रहा है। वैसे भी हम देखें तो जितना रुपया रेलों के विस्तार में लगता है, बदले में उसका भुगतान नहीं मिलता और यह बात जो मैं कुछ आंकड़े पेश करनेवाला हूं उनसे सिद्ध हो जाएगी। सन् १९४७-४८ में भारतीय रेलों का माइलेज ३३९८५ था जो कि सन् ५८-५९ में बढ़ कर ३५०८१ मील हो गया अर्थात १% बढ़ गया है किंतु उसकी तुलना में अगर हम कैपिटल ऐट चार्ज और वर्किंग एक्सपेंडीचर के हिसाब से देखें तो १९४७-४८ में जो ७४२ करोड़ रुपया था, वह ५८-५९ में १३८२ करोड़ रुपया हो गया, ८४% की वृद्धि हुई और वर्किंग एक्सपेंडीचर ११०% बढ़ गए।

रेणुका रे कमेटी के अनुसार सरकार जो रेलों के द्वारा सस्ती दर पर ऑयरन की ढुलाई करती है, उसकी वजह से रेलवे को घाटा होता है। मैं नहीं समझता कि रेलवे सरकारी माल को कम दर पर ढोना शुरू कर दे। जिस दर से औरों से वसूल किया जाता है, उसी दर पर सरकारी माल को भी ढोना चाहिए और अगर उससे कहीं घाटा होता है तो फिर वह घाटा कुल मिलाकर सरकारी घाटे के रूप में दिखाया जाना चाहिए। रेलवे को मजबूर किया जाए कम दर पर माल ढोने के लिए और फिर रोड कंपटीशन में रेलवे टिक न सके, यह स्थिति हमारे लिए अच्छी नहीं है।

उपाध्यक्ष महोदय, रेल मंत्री महोदय ने अपने भाषण में कर्मचारियों की हड़ताल का उल्लेख किया है। निःसंदेह हड़ताल बड़ी दुर्भाग्यपूर्ण थी। वह अब समाप्त हो गई है, लेकिन उसके दुष्परिणामों को अभी भी ठीक तरीके से सुधारा नहीं जा सका है। रेल मंत्री जी ने और रेलवे प्रशासन ने जो दृष्टिकोण अपनाया है, वह बड़ा उदार है। यह ठीक है कि जिन्होंने हिंसा नहीं की, तोड़फोड़ नहीं की, उन्हें दंड नहीं मिलना चाहिए। 'ग्रौस मिसबिहेवियर' की जो अभी परिभाषा की गई है, वह भी कर्मचारियों के हित में है, लेकिन खेद की बात यह है कि रेलवे बोर्ड से जो भी आदेश जाता है उसका उनके नीचे के कर्मचारियों द्वारा ठीक तरीके से पालन नहीं किया जाता है।

मैं लखनऊ की बात जानता हूं। वहां कोई हिंसा नहीं हुई, कोई तोड़फोड़ नहीं हुई, मगर कर्मचारियों को नोटिस दिए जा रहे हैं और बड़े अजीब ढंग से नोटिस दिए जा रहे हैं। ऐसे भी कर्मचारी हैं जिन्होंने हड़ताल में भाग नहीं लिया और जो हड़ताल के दिनों में काम करते रहे। जब हड़ताल खत्म हो गई तो उसके सात दिन बाद उनको 'कारण बताओ' नोटिस दिया गया। एक कर्मचारी तो ऐसा है जो हड़ताल के दिनों में काम पर था, जो यूनियन का सदस्य नहीं है, डेलीगेट नहीं है, मगर उसे राइवल यूनियन की शिकायत पर पहले गिरफ्तार करा दिया गया। अब चूंकि पुलिस में उसके खिलाफ कोई मामला नहीं था, इसलिए वह छोड़ दिया गया। ६१ दिन बाद उसको फिर से काम पर लिया गया, मगर लखनऊ से उसको बीकानेर भेज दिया गया। एक ऐसा भी उदाहरण है, जिसमें एक कर्मचारी पर आरोप लगाया गया कि उसने १० जुलाई को काम नहीं किया और दूसरों को भी काम नहीं करने दिया। जब उसके मामले में जांच होने लगी और गवाहियां सामने आईं तो पता चला कि १० जुलाई को तो इतवार था और उस दिन तो वर्कशॉप बंद था, इसलिए उस दिन उसके काम करने या न करने और दूसरों को काम करने या न करने देने का

सवाल ही नहीं उठता। जब यह चीज मालूम हुई कि चार्जशीट में १० जुलाई की तिथि गलत लिखी है, क्योंकि उस दिन इतवार था तो चार्जशीट को वापस लेने की बजाय उस तारीख को चार्जशीट में बदल दिया गया।

एक कर्मचारी के खिलाफ १७.११.६० को शिकायत की गई है और शिकायत यह की गई है कि उसने ११.७.६० को एक सभा में भाग लिया। अब अगर उसने ११ जुलाई को सभा में भाग लिया था तो उसकी शिकायत १७.११.६० को नहीं होनी चाहिए थी और फिर रेलवे बोर्ड का सरकुलर है कि सभा में भाग लेना कोई जुर्म नहीं है। रेल मंत्री ने बड़े उदार होकर अपना यह निर्देश दिया है, मगर पता नहीं लखनऊ के डिवीजनल सुपरिंटेंडेंट कैसे हैं कि उन निर्देशों का ठीक तरीके से पालन नहीं कर रहे। मेरा निवेदन है कि किसी कर्मचारी की नौकरी ली जाए, इससे पहले रेल मंत्री हर मामले को खुद मंगाकर देखें।

अभी २४ फरवरी को लखनऊ की कैरिज एंड वर्कशॉप में कुछ गड़बड़ हो गई। रेलवे प्रोटेक्शन फोर्स के साथ कुछ आपस में झगड़ा हुआ। अब दोनों तरह की बातें कही जाती हैं, लेकिन मेरा निवेदन है कि अगर कोई झगड़ा हुआ था तो उसमें पुलिस को बुलाने की आवश्यकता नहीं थी। डिपार्टमेंटल कार्यवाही की जा सकती थी। लेकिन नीचे के अधिकारी अगर तुले हुए हैं वातावरण बिगाड़ने पर, तो यह बड़े दुर्भाग्य की बात है। रेल मंत्री महोदय का कर्त्तव्य है कि इस संबंध में रेलवे अधिकारियों को चेतावनी दें और जिनके साथ न्याय किया जाना चाहिए, उनके साथ न्याय करें।

रेलवे की खान-पान व्यवस्था

रेल मंत्री ने अपने भाषण में खान-पान व्यवस्था के बारे में कहा है, डिपार्टमेंटल केटरिंग की बात कही है। उस संबंध में मैं उनसे स्पष्टीकरण चाहूंगा और वह घाटेवाली बात है। अपने भाषण में उन्होंने कहा कि १९५८-५९ में खान-पान का सीधा घाटा ११ लाख रुपया था जो घटकर १९५९-६० में लगभग ४ लाख रुपया रह गया।। सन् १९६०-६१ में घाटे का अनुमान लगभग ४ लाख रुपया है। इस संबंध में मैं उनका ध्यान पब्लिक एकाउंट्स कमेटी की २१वीं रिपोर्ट की ओर आकर्षित करना चाहता हूं जिसमें यह कहा गया कि १९५७-५८ में २१ लाख ९८ हजार रुपया घाटा था, ५८-५९ में यह घाटा १८ लाख १६ हजार रुपया था और सन् ५९-६० के संबंध में इस रिपोर्ट का कहना है कि १८ लाख ३५ हजार रुपए का घाटा हुआ। मैं यह समझने में असमर्थ हूं कि रेल मंत्री जी द्वारा दिए गए आंकड़े सही हैं या पब्लिक एकाउंट्स कमेटी ने जो आंकड़े उपस्थित किए हैं, वे सही हैं? किन आंकड़ों को सही माना जाए? रेल मंत्री जी अगर प्रकाश डालें तो बड़ा अच्छा होगा। लेकिन एक बात मैं कहना चाहता हूं कि डिपार्टमेंटल केटरिंग के घाटे का जो अनुमान लगाया जाता है, वह अनुमान सही नहीं है और जो आंकड़े उपस्थित किए जाते हैं, वे भ्रमपूर्ण हैं, क्योंकि जो घाटा होता है उसमें सरकार या डिपार्टमेंट की तरफ से भोजन की व्यवस्था की जाती है और वह भोजन व्यवस्था किसी ठेकेदार को सौंप दी जाती तो उससे जो लाइसेंस फीस ली जाती, उससे जो सेल्स टैक्स लिया जाता, उससे जो बिजली-पानी का खर्चा वसूल किया जाता, वह इस घाटे में शामिल नहीं किया जाता। इस घाटे में इस बात को भी शामिल नहीं किया जाता कि जब से डिपार्टमेंटल केटरिंग हाथ में ली गई है तो जिन भावों पर, जिन दामों पर पहले यात्रियों को खाने-पीने की चीजें मिलती थीं उनके दाम बढ़ा दिए गए हैं, और इससे यात्रियों को कष्ट है।

पहले कहा गया था कि हम डिपार्टमेंटल केटरिंग को नो-प्राफिट नो-लॉस बेसिस पर चलाना चाहते हैं, मगर नो-प्राफिट नो-लॉस बेसिस पर चलाने का मतलब क्या यह है कि यात्री को खाने के लिए मिलनेवाली चीजों के दाम बढ़ा दिए जाएं? मैं डिविजंस के अलावा कुछ दामों की तालिकाएं आपके सामने रखना चाहता हूं। जब तक प्राइवेट हेंडलिंग था तो जो पूरी थी, वह डेढ़ रुपए सेर बिकती थी। लेकिन जब से डिपार्टमेंटल केटरिंग हुआ है, पूरी का दाम दो रुपए सेर कर दिया गया है। जलेबी डेढ़ रुपया सेर थी, उसका दाम दो रुपया सेर कर दिया गया है। दूध ७५ नए पैसे सेर बिकता था, आजकल ८७ नए पैसे हो गया है। पेठा एक रुपया ५० पैसे सेर बिकता था, उसका दाम अब दो रुपया सेर कर दिया गया है। यात्रियों से अधिक पैसा लेकर यह दावा करना कि डिपार्टमेंटल केटरिंग घाटे में नहीं चल रहा है, क्या ठीक होगा? आखिर को यदि गवर्नमेंट खान-पान की व्यवस्था को विभाग द्वारा करना चाहती है तो उसका अंतिम लक्ष्य यात्रियों को उचित दामों पर अच्छी चीजें देना है, मगर चीजों के दाम तो पहले ही बढ़ा दिए गए हैं। अच्छी चीज दी जाती है या नहीं, इस पर भी थोड़ा सा विचार कर लिया जाना चाहिए।

केटरिंग से यात्रियों को घाटा

अभी यह नियम बनाया गया है कि डिपार्टमेंटल केटरिंग जो भी होता है उससे हॉकर्स को, बेंडर्स को, जो चीजें भी दी जाएं, वे नकद, कैशमेमो काटकर दी जाएं, उनको वापस न लिया जाए। खाने-पीने की चीजें अगर बिकती नहीं हैं तो हॉकर्ज वही चीजें दूसरे दिन बेचा करते हैं। प्राइवेट केटरिंग होता था तो चीजों को, जो बिकती नहीं थीं, वापस ले लिया जाता था। जो काम करनेवाले हैं, उनके भी भोजन की व्यवस्था ठीक नहीं है और खान-पान की सामग्री की दृष्टि से आप देखें, मूल्यों की दृष्टि से आप विचार करें तो आपको पता चलेगा कि यात्रियों के लिए यह डिपार्टमेंटल केटरिंग कोई फायदे की चीज नहीं रही है।

जो कमेटी बनी थी, उसने सिफारिश की थी कि दोनों पद्धतियां साथ-साथ चलनी चाहिए, साइड बाइ साइड चलनी चाहिए। मैं नहीं समझता कि साइड बाइ साइड का मतलब यह है कि एक आगरे में और एक टूंडला में चलनी चाहिए। क्या यह संभव नहीं है कि एक ही स्थान पर दोनों प्रकार की व्यवस्थाएं चलने दी जाएं? जहां सहूलियतें नहीं हैं, वहां सरकार खान-पान के इंतजाम को अपने हाथ में ले, इसका कोई औचित्य नहीं है। जो घाटा हो रहा है वह जनता से टैक्सों के रूप में वसूल किया जाता है। चीजों के दाम बढ़ गए हैं, सेवा करने की उतनी भावना नहीं है, क्योंकि मुनाफा मिलने की उतनी आशा नहीं है और इसके बावजूद जब डिपार्टमेंटल केटरिंग होता है तो उसके लिए फ्री पास दिए जाते हैं, दिल्ली आ सकते हैं, यहां से सामान ले जा सकते हैं। रेलों को और भी प्रकार से खर्चे करने पड़ते हैं, लाइसेंस फी का घाटा होता है, सेल्सटैक्स नहीं मिलता है। इस सबके बावजूद यह व्यवस्था घाटे में चल रही है। मैं निवेदन करना चाहता हूं कि घाटे के जो आंकड़े दिए गए हैं, ये सही आंकड़े नहीं हैं। डिपार्टमेंटल केटरिंग के विस्तार की आवश्यकता नहीं है, जहां यह चालू है, वहां इसको सफल करके आपको दिखाना चाहिए। डिपार्टमेंटल केटरिंग से पहले जो पुराने दुकानदार थे, काम करनेवाले थे, वे बेकार हो गए हैं, उनमें से जो छोटे लोग थे, वे भी बेकार हो गए हैं और उनको बसाने की कोई व्यवस्था नहीं की गई है। मैं ऐसे उदाहरण जानता हूं कि जहां पर चार-चार स्टेशनों पर एक ही केटरर काम कर रहा है, मगर जो दूसरे लोग थे, जो पुराने लोग थे, वे बेकार बैठे हैं। उनको बसाने की कोई

व्यवस्था नहीं की गई है। मेरा निवेदन है कि डिपार्टमेंटल केटरिंग आज की स्थिति में विस्तार का विषय नहीं होना चाहिए। और जो आंकड़े दिए जाते हैं उनमें दाम बढ़ाने से और सरकार को मिलनेवाला रुपया न मिलने से जो घाटा होता है, उसका भी विचार होना चाहिए।

जम्मू तक रेल लाइन ले जाएं

उपाध्यक्ष महोदय, इस वाद-विवाद के अंतर्गत अनेक क्षेत्रीय मांगें रखी गई हैं। मैं अपने क्षेत्र की बात नहीं कहता, किंतु जम्मू तक रेलवे लाइन का विस्तार होना चाहिए। यह बड़ा आवश्यक है। मैं आशा करता था कि रेल मंत्री जी अपने बजट भाषण में इस संबंध में कोई घोषणा करेंगे, लेकिन उन्होंने ऐसा नहीं किया है। सुरक्षा की दृष्टि से हम देखें या जम्मू-काश्मीर को भावना की दृष्टि से शेष भारत के अधिक निकट लाने की दृष्टि से देखें, यह काम अविलंब हाथ में लिया जाना चाहिए। चंडीगढ़ को भी मेन लाइन पर लाने की आवश्यकता है। समाचारपत्रों से ज्ञात होता है कि प्रधानमंत्री जी ने इस संबंध में कई आश्वासन दिए हैं। मैं जानना चाहता हूं कि स्थिति क्या है? अभी हमारे सुरक्षा मंत्री जी ने घोषणा की थी कि चंडीगढ़ को बड़ा अड्डा बनाया जाएगा, उस पर्वतीय क्षेत्र में सड़कों का विस्तार करने के लिए। चंडीगढ़ के बढ़ते हुए महत्व को देखते हुए यह आवश्यक है कि चंडीगढ़ को मेन लाइन पर लाया जाए।

उसी तरह से कानपुर और झांसी के बीच जो कौंच नामक स्टेशन है और जहां से एक इंजन के साथ दो डिब्बे जाते हैं और शाम को वापस आते हैं, उसको भी मेन लाइन पर लाने का अगर विचार किया जाए तो यह कोई बड़े घाटे की चीज नहीं होगी। पहले इसका सर्वे किया भी गया था और इसको कर देने से कोई बहुत लंबा चक्कर नहीं पड़ेगा। अगर मेन लाइन को कौंच में से निकाल दिया जाए तो लाभवाली चीज होगी। कौंच एक बड़ी मंडी है और इससे उस क्षेत्र का विकास होगा। वैसे भी बुंदेलखंड एक पिछड़ा हुआ इलाका है। कौंच को मेन लाइन पर लाकर उसके विकास में आप सहायक हो सकते हैं। इस ओर भी माननीय मंत्री जी ध्यान दें।

वेतन आयोग ने जो सिफारिशें की थीं, उन्हें भी पूरी तरह से कार्यान्वित नहीं किया गया है। कुछ श्रेणियां ऐसी भी हैं जिनको असंतोष है। रेल मंत्री जी उनके असंतोष से परिचित नहीं हैं, ऐसी बात नहीं है, किंतु उस असंतोष को दूर करने के लिए कोई सक्रिय पग नहीं उठाया गया है। आठ हजार से अधिक स्टेशन मास्टरों और सहायक स्टेशन मास्टरों ने रेलवे बोर्ड को एक स्मृतिपत्र भेजकर व्यक्तिगत रूप से मांग की है कि उन पर जो कार्य-भार है, वह उन्हें मिलनेवाले वेतनों से बहुत अधिक है। अगर उन्हें यही वेतन दिया जाना है और यही सुविधाएं दी जानी हैं, तो वे चाहते हैं कि अच्छा हो उन्हें और कोई काम दे दिया जाए। मैं जानता हूं कि उनकी मांग को रेलवे मंत्रालय के लिए स्वीकार करना संभव नहीं होगा। किंतु किन परिस्थितियों में वे काम करते हैं और कितने असंतोष पर वे पहुंच गए हैं कि जहां नैराश्य और उदासीनता उन्हें इस हद तक जाने के लिए तैयार कर रही है, इसका अनुभव आप इसी से कर सकते हैं। मैं चाहता हूं कि उनके संबंध में सहानुभूति के साथ विचार करना चाहिए।

अब आप ह्विटल काउंसिल बनानेवाले हैं। कर्मचारियों के संगठनों की मान्यता जो वापस ले ली गई है, वह मान्यता किसी न किसी रूप में वापस करनी पड़ेगी। मैं चाहता हूं कि रेल मंत्री जी इस पर विचार करें कि पोस्ट एंड टेलीग्राफ की तरफ से रेलवे में भी श्रेणियों के अनुसार संगठनों को मान्यता देना क्या अधिक उपयोगी नहीं होगा? अभी जो भी कर्मचारियों के संगठन होते

हैं, ट्रेड यूनियन होती हैं, उनमें वर्कशॉपों के लोग प्रभुत्व जमा लेते हैं। चूंकि वे संख्या में अधिक होते हैं, इस वास्ते लोकतंत्र में यह स्वाभाविक चीज है। मगर उसके कारण और जो श्रेणियां हैं, उनके हितों का ठीक तरह से प्रतिनिधित्व नहीं होता। जब हम पुनर्गठन का विचार कर रहे हैं, तो इस बात का भी विचार होना चाहिए कि क्या कर्मचारियों को प्रतिनिधित्व देने की पद्धति में इस प्रकार का प्रयत्न किया जाए अथवा नहीं, जिससे कि सभी के हितों की रक्षा हो सके और सब के हितों को प्रतिनिधित्व मिल सके।

एक आखिरी बात कहकर मैं समाप्त कर दूंगा। कर्मचारियों की शिकायत है कि उन्हें जो सिली-सिलाई वर्दियां दी जाती हैं, वह उनके शरीर के माप के अनुसार ठीक नही आतीं। क्योंकि वर्दियां थोक में लाई जाती हैं और कर्मचारियों का निर्माण थोक में नहीं होता, यह स्वाभाविक ही है कि वे वर्दियां उनके शरीर में फिट न आएं। उन वर्दियों को कर्मचारीगण कटवाते हैं, छंटाते हैं और अपने शरीर के अनुसार बनवाते हैं। क्या रेल मंत्री जी के लिए संभव नहीं है कि वह कर्मचारियों को कीमत दे दें या कपड़ा दे दें, ताकि वे अपने आप उनको सिलवा सकें। सिलाई वे अपनी तरफ से देने के लिए तैयार हैं। लेकिन उनको सिलाई पर खर्च किए जाने को मजबूर किया जाए, यह ठीक नहीं है। वे कहते हैं कि हमको दुबारा सिलाई कराने पर खर्च करना पड़ता है, इससे अच्छा यही है कि हमें आप कपड़ा दे दीजिए और हम उसको खुद सिलवा लें। मगर आप उनको कपड़ा दें, सिलाई के पैसे दें ताकि वे अच्छी वर्दियां सिलवाकर चुस्त बनकर रेल मंत्री जब जाते हैं, उनका स्वागत करें, न कि ढीली वर्दियों में जिनमें कि वे अच्छे दिखाई नहीं देते हैं। मैं चाहता हूं कि इस बारे में भी थोड़ा सा विचार होना चाहिए। धन्यवाद।

आजाद देश के गुलाम रेलवे कर्मचारी

अध्यक्ष महोदय, रेल मंत्री जी के बजट-भाषण से रेलवे की वित्तीय स्थिति का जो चित्र हमारे सामने आता है वह बड़ा चिंताजनक है। जो रेवेन्यू रिजर्व फंड है उसमें नहीं के बराबर वृद्धि हुई है और जो डेवलपमेंट फंड है, वह पूर्णतः समाप्त हो चुका है। डैप्रीसिएशन फंड में १९५५-५६ और १९५६-५७ में १०३.४७ करोड़ रुपया था जो कि १९६०-६१ में १७.७५ करोड़ रह गया। यदि उसकी तुलना कैपिटल ऐट लार्ज से करें जो कि १५६३.२९ करोड़ है तो ऐसा लगेगा कि यह बचत सर्वथा निराशाजनक है। इसका यह भी अर्थ हुआ कि आगामी वर्षों में पुराना सामान हटाने के लिए और नया सामान लाने के लिए, जिसकी कि उम्र खत्म हो चुकी है, स्टाक को बदलने के लिए रेलों के पास पर्याप्त रकम नहीं होगी। पिछले साल की तरह से इस साल के बजट में भी आमदनी का ज़ो अनुमान लगाया गयाा था, उससे आमदनी कम हुई है और खर्च के जो अनुमान लगाए गए थे, उनसे खर्चा बढ़ गया है। मैं समझता हूं रेलवे बजट की रचना में विशेष सावधानी की आवश्यकता है। सन् १९५८-५९ में अनुमान के अनुसार यातायात से जितनी आमदनी की आशा थी, उससे ४.१७ करोड़ की आमदनी कम हुई है। शुद्ध बचत का भी जो संशोधित अनुमान है, उसमें १३ करोड़ के बजाए ८.६३ करोड़ की बचत हुई है।

रेल मंत्री जी ने रेल भाड़े की दर में वृद्धि की है। १९५८ में ४% की वृद्धि की गई और ५% की वृद्धि हो गई। ऐसा मालूम पड़ता है कि माल ढोने की आमदनी का कारण सड़क यातायात की प्रतियोगिता है, और इस बात को स्वीकार भी किया गया है। रेल यातायात और सड़क यातायात में समन्वय किस प्रकार स्थापित हो, इस दृष्टि से विचार करने के लिए एक समिति की भी नियुक्ति की गई है। किंतु नियोगी समिति की सिफारिशों से पूर्व ही रेल भाड़े में वृद्धि करना एक ऐसी चीज है जो समझ में नहीं आती। अच्छा होता अगर रेलवे की ऑपरेशनल एफीशेंसी बढ़ाई जाती और खर्चा कम किया जाता, जिससे अधिक मात्रा में सड़क यातायात को हम रेलवे की ओर मोड़ सकते और रेलवे की आमदनी में वृद्धि हो सकती। रेल भाड़े में वृद्धि का एक ही परिणाम होगा कि वस्तुओं के दाम बढ़ेंगे, और जब हमारे वित्त मंत्री अपने बजट में डीजल के ऊपर टैक्स लगाकर रेलवे की अप्रत्यक्ष रूप से सहायता करना चाहते थे और सड़क परिवहन को नियंत्रित करना चाहते

** रेल बजट पर लोकसभा में १ मार्च, १९६० को भाषण।*

थे, तो मैं नहीं समझता कि रेल भाड़े की दर में वृद्धि करने का क्या औचित्य था। अभी भी यदि रेलवे प्रशासन चाहे तो खर्चे में कमी करके वेतन आयेग की सिफारिशों के परिणामस्वरूप उसके ऊपर जो अर्थ का भार बढ़ा है, उसकी पूर्ति कर सकता है। लेकिन खर्चे में कमी का कोई संकेत नहीं मिलता। मैं आपको एक ही उदाहरण देना चाहता हूं। हमारी डिप्टी मिनिस्टर महोदय ने एक प्रश्न के उत्तर में यह बताया था कि आर.डी.एस.ओ.—अनुसंधानकर्त्ता और मानक संगठन—की सभी शाखाओं को लखनऊ में एक स्थान पर एकत्रित किया जाएगा। शायद इसमें दो साल लगेंगे। मगर अब उसकी एक शाखा शिमला भेजी जा रही है। उसका जो हिस्सा चितरंजन में मौजूद है, उसको भी शिमला की यात्रा करनी पड़ेगी और हो सकता है कि दो साल बाद उन्हें शिमला से लखनऊ ले जाना पड़े। इसमें प्रति वर्ष कम से कम पांच लाख का रिकरिंग एक्सपेंडीचर होगा।

शिमला में मकानों की कमी है। अगर कर्मचारी वहां जाएंगे तो कहां रहेंगे? केंद्रीयकरण की दृष्टि से भी शिमला देश का उपयुक्त स्थान नहीं हो सकता। मुझे पता लगा है कि एक अफसर हाल में शिमला गए थे। उन्होंने जो रिपोर्ट दी है, उसमें कहा है कि वह भी इस बात से सहमत नहीं हैं। जब दो साल बाद इस पूरे संगठन को लखनऊ ले जाना है, तो इस अंतरिम काल में इसको शिमला ले जाने की क्या आवश्यकता है? यहां नई दिल्ली में भी एक गगनचुंबी भवन रेलवे हाउस के नाम से बन रहा है। यह बात कही गई थी कि उसमें रेलवे के कार्यालयों को स्थान दिया जाएगा लेकिन अब कहा जा रहा है कि उसमें उन कार्यालयों को भी स्थान दिया जाएगा, जिनका रेलवे से कोई संबंध नहीं है और आर.डी.एस.ओ. को शिमला की यात्रा कराई जाएगी और उसको दो साल बाद फिर लखनऊ ले जाया जाएगा। इसे रोककर खर्चे की बचत की जा सकती है।

स्टेशनों पर बड़े टाइम टेबिल क्यों?

इसी तरह से हम देखते हैं कि आम स्टेशनों पर बड़े-बड़े टाइम टेबिल के पोस्टर छापकर बड़े-बड़े खानों में लगाए जाते हैं। वह इतने बारीक छपे होते हैं कि उनको देखने के लिए दूरबीन की आवश्यकता होगी। शायद ही कोई ऐसा रेल यात्री हो जो उन्हें देखता हो। केवल रेलवे स्टेशनों की शोभा बढ़ाने के लिए लाखों की संख्या में ये पोस्टर छापे जाते हैं। मैं नहीं समझता कि उनको छापने की कोई आवश्यकता है। हर स्टेशन पर एक छोटे बोर्ड पर स्थानीय गाड़ियों के समय बताने वाले टाइम टेबिल लगे रहते हैं, फिर इन बड़े अखिल भारतीय टाइम टेबिलों को हर स्टेशन पर क्यों लगाया जाता है? इस रकम की बचत की जा सकती है। इस दिशा में रेल मंत्रालय को विशेष रूप से सतर्क रहना चाहिए।

पे-कमीशन की सिफारिशों के परिणामस्वरूप रेलवे प्रशासन पर कुछ व्यय का भार बढ़ा है। लेकिन उससे कर्मचारियों में संतोष की भावना पैदा नहीं हुई है। मैं समझता हूं रेलवे कर्मचारियों के वेतन और भत्तों के निर्धारण के लिए एक अलग से वेज बोर्ड स्थापित करने की आवश्यकता है। रेलवे कर्मचारी कहने के लिए तो केंद्रीय कर्मचारियों का ही भाग हैं, लेकिन उनके काम की शर्तें इतनी भिन्न हैं कि जब सब कर्मचारियों के साथ मिलाकर उन पर विचार किया जाता है, तो उनके साथ न्याय नहीं हो पाता।

अध्यक्ष महोदय, आपको सुनकर ताज्जुब होगा कि अभी भी रेलवे कर्मचारी एक ठेके की पद्धति में बंधे हुए हैं। कहने के लिए वह सरकार के कर्मचारी हैं मगर मालूम पड़ता है कि वे किसी ठेकेदार के नौकर हैं। आज भी उनके साथ ठेका किया जाता है। किसी भी रेलवे कर्मचारी

को बिना कारण बताए एक महीने का नोटिस देकर नौकरी से अलग किया जा सकता है। वह अदालत का दरवाजा नहीं खटखटा सकता। किस कारण से उसे नौकरी से अलग किया गया है, वह कारण भी नहीं पूछ सकता और रेलवे प्रशासन को कारण बताने के लिए मजबूर भी नहीं किया जा सकता। कंपनियां खत्म हो गईं, अंग्रेज चले गए, मगर रेलवे कर्मचारियों के साथ अभी भी ठेकेदार के नौकरों की तरह व्यवहार होता है।

हम समझते थे कि पे-कमीशन सेवा की इस शर्त के बारे में विचार करेगा। रेल एसटेब्लिशमेंट बोर्ड का रूल १४५ और संविधान की धारा ३११ (२) रेलवे कर्मचारियों को ठीक तरह से काम नहीं करने देते। रेलवे कर्मचारी विदेशी आक्रमण के संबंध में भी प्रस्ताव पास करते हैं तो सरकार आपत्ति करती है। आपको सुनकर ताज्जुब होगा कि सरकारी कर्मचारियों ने चीनी आक्रमण के विरुद्ध प्रस्ताव पास किया और सरकार को अपने इस निश्चय की सूचना दी कि इस आक्रमण का मुकाबला करने के लिए अपने-अपने पद पर डटे रहकर के अपने कर्त्तव्य का पूरा पालन करेंगे, तो सरकार ने उस पर आपत्ति की है कि आपने विदेशी आक्रमण के खिलाफ प्रस्ताव क्यों पास किया?

सरकार कहती है कि विदेशी आक्रमण के खिलाफ प्रस्ताव पास करना राजनीति में दखल देना है। मैं नहीं समझता कि राजनीति की क्या परिभाषा की जाती है। अगर सरकारी कर्मचारी विदेशी आक्रमण के विरुद्ध राष्ट्रीय सुरक्षा के प्रति अपने संकल्प की घोषणा करते हैं तो सरकार को उसका स्वागत करना चाहिए। मगर जो सेवा की शर्तें हैं, वे इतनी संकुचित और संकीर्ण हैं कि कर्मचारियों के कर्त्तव्य के पालन के मार्ग में भी बाधक बनती हैं। मैं समझता हूं कि समय आ गया है कि जब उन पर पुनर्विचार किया जाए।

दुर्घटना-दुर्घटना में अंतर

हमारे रेल मंत्री महोदय ने दुर्घटनाओं का भी उल्लेख किया है और उन्होंने इस बात पर प्रसन्नता प्रकट की है कि इस वर्ष कोई बड़ी दुर्घटना नहीं हुई। मैं उनसे यह जानना चाहूंगा कि बड़ी दुर्घटना की परिभाषा क्या है? उनके मंत्रालय ने एक दुर्घटनाओं की समीक्षा प्रकाशित की है, जिसमें बड़ी और छोटी दुर्घटनाएं, यह भेद नहीं किया गया है, गंभीर और अगंभीर दुर्घटना का भेद किया गया है और उस परिभाषा के अनुसार किसी रेल-गाड़ी की गंभीर दुर्घटना वह है, जिस में यात्री सफर कर रहे हों और उस घटना में जन-हानि हो और अथवा लोगों को सख्त चोट पहुंचे और या लगभग बीस हजार रुपए या इससे अधिक की संपत्ति की हानि हो। मैं यह जानना चाहता हूं कि उन्होंने जब कहा है कि कोई बड़ी दुर्घटना नहीं हुई, तो क्या इस परिभाषा के अनुसार कोई बड़ी दुर्घटना नहीं हुई?

एक बात उन्होंने और कही है कि जो दुर्घटनाएं कम हो गई हैं, वह चाहे दैवयोग से हुआ हो, या रेल कर्मचारियों के अनवरत प्रयास के कारण। मैं समझना चाहता हूं कि यह दैवयोग क्या है? अगर दुर्घटनाएं कम हुई हैं, तो क्या इसमें दैवयोग है और क्या यह समझा जाए कि जो दुर्घटनाएं होती थीं, वे दैवयोग से होती थीं और उसके लिए कर्मचारी दोषी नहीं थे? अगर दुर्घटनाएं दैवयोग से होती हैं, अध्यक्ष महोदय, तो मेरा निवेदन है कि जनरल मैनेजरों को सारी पॉवर्ज देने की जरूरत नहीं है। एक तरफ तो रेल मंत्री जी यह कहते हैं कि अधिकांशतः दुर्घटनाएं मुख्यतः कर्मचारियों की असावधानी के कारण घटित हुई हैं और दूसरी तरफ यह कहा जाता है कि जो

दुर्घटनाएं कम हो रही हैं, वे चाहे दैवयोग से हुई हों, या रेल कर्मचारियों के अनवरत प्रयास के कारण। मेरा निवेदन है कि जब रेल दुर्घटनाएं कम होती हैं, तब दैवयोग बीच में लाया जाता है, लेकिन जब दुर्घटनाएं बढ़ जाती हैं, तो रेल कर्मचारियों की गर्दन दबाई जाती है। अच्छा हो कि इस दैव को बीच में न लाया जाए और हम गंभीरता से विचार करें कि दुर्घटनाएं क्यों होती हैं। मैं यह नहीं मानता कि दुर्घटनाएं होती हैं। मेरा निवेदन है कि दुर्घटनाएं की जाती हैं और जब तक दुर्घटनाओं के कारण दूर नहीं किए जाएंगे, रेल कर्मचारियों को हटाने से दुर्घटनाएं दूर नहीं हो सकतीं। इस समीक्षा में कहा गया है कि कर्मचारियों की असावधानी के कारण दुर्घटनाएं हुई हैं। लेकिन मैं आपसे निवेदन करना चाहता हूं कि अगर काम करने की शर्तें ऐसी हों, जिनमें कर्मचारियों को काम करना पड़ता है, वे परिस्थितियां ऐसी हों कि जिनमें दुर्घटना होने के अतिरिक्त कर्मचारी कुछ और कर नहीं सकते, तो दुर्घटनाओं को आप रोक नहीं सकते। इसके लिए कर्मचारियों की काम की शर्तों पर विचार करना चाहिए।

शोलापुर डिवीजन में राहुरी स्टेशन पर दुर्घटना होते-होते बच गई। वह एक एबॉर्टिड कॉलिजन था। कहते हैं कि दो मालगाड़ियां एक ही लाइन पर आ गईं और वहां के असिस्टेंट स्टेशन मास्टर को समरी पॉवर्ज के अंतर्गत निकाल दिया गया। मगर वह असिस्टेंट स्टेशन मास्टर कहता है कि स्टेशन मास्टर के कमरे में जो स्लाइड इंस्ट्रूमेंट है, उसकी मास्टर-की नहीं थी और हम कई महीने से मांग रहे थे कि वह मास्टर-की आनी चाहिए। अगर मास्टर-की की कमी के कारण दुर्घटना हुई नहीं और होते-होते बच गई, तो भी असिस्टेंट स्टेशन मास्टर को नौकरी से अलग कर दिया गया।

मैंने पिछले बजट भाषण में शिकायत की थी कि जो नए रूल बने हैं, कर्मचारियों को उनकी शिक्षा नहीं दी गई। जो इंस्पेक्टर थे, उन्होंने कर्मचारियों से इस आशय के दस्तखत करा लिए कि हम नियमों को जानते हैं, जब कि वे नहीं जानते हैं। और अगर कर्मचारी उन नियमों को नहीं जानते और उन नियमों का ठीक तरह से पालन नहीं हो सकता, तो दुर्घटनाएं होंगी। केवल जनरल मैनेजरों को समरी पॉवर्ज देकर जिनका दुरुपयोग किया जा रहा है, मनमानी की जा रही है, आप दुर्घटनाओं को कम नहीं कर सकते। रेल कर्मचारियों में असुरक्षा की भावना पैदा करके यात्रियों की सुरक्षा की गारंटी नहीं की जा सकती। मैं रेल मंत्री जी से निवेदन करूंगा कि वह बड़ी सहानुभूति के साथ ऐसे मामलों पर विचार करें। अगर उनको फिर से नौकरी पर रखना संभव नहीं है, तो दोबारा हरेक मामले के मेरिट्स पर विचार करके उनको किसी और नौकरी पर रखा जाए। अगर कोई स्पष्ट ऐसे मामले हैं, जिनमें असावधानी और उपेक्षा हुई है, तो उनकी वकालत कोई नहीं करेगा। यह संसद ऐसे कर्मचारियों के विरुद्ध कार्यवाही करने में रेल मंत्री जी के हाथ मजबूत करेगी, मगर कई मामले ऐसे हैं, जिनमें कर्मचारियों की गलती के कारण नहीं, नियमों के कारण, उन मशीनों में कमी के कारण, जिन पर वे काम करते हैं, दुर्घटनाएं हुई हैं। इसलिए उनके बारे में सहानुभूति से विचार करना चाहिए।

वैसे हमारे कर्मचारी अच्छा काम कर रहे हैं। रेलवे ने प्रगति की है। सैकंड प्लान में ९० करोड़ रुपए का फॉरेन एक्सचेंज बचाया है। इसके लिए हमारे रेल मंत्री बधाई के पात्र हैं, लेकिन अभी भी सुधार की बहुत गुंजाइश है। उस ओर ध्यान दिया जाना चाहिए। धन्यवाद।

नौकरी सुरक्षित न यात्रा सुखमय

उपाध्यक्ष महोदय, रेलवे बजट से रेलवे की वित्तीय स्थिति का जो चित्र हमारे सामने आता है, उसे उत्साहवर्द्धक नहीं कहा जा सकता। दो रेखाएं, जो उस चित्र में से गहरे तौर पर उभर कर आती हैं, वे हैं कि आमदनी में कमी हो रही है और संचालन व्यय में वृद्धि हो रही है। मुझे खेद है कि रेलवे बजट की रचना में जितनी पर्याप्त सावधानी और दूरदर्शिता से काम लिया जाना चाहिए, वह नहीं लिया जा रहा है। इसका परिणाम यह है कि जो अनुमान लगाए जाते हैं, वे सही नहीं उतरते। जहां तक आमदनी का सवाल है, वह अनुमान से कम हो जाती है और जहां तक खर्च का सवाल है, वह अनुमान से बढ़ जाता है। २४ तारीख को मैंने माननीय मंत्री महोदय से एक प्रशन पूछा था जिसमें और भी सदस्य शामिल थे कि क्या रेलवे के वर्किंग एक्सपेंसिस जिस अनुपात में रेलों द्वारा माल ढोने से और यात्रियों को लाने-ले जाने से आमदनी हो रही है, वह अनुपात में बढ़ गए हैं? तो रेल मंत्री महोदय ने उत्तर में कहा था कि नहीं, वर्किंग एक्सपेंसिस नहीं बढ़े हैं। लेकिन इस संबंध में मैं उनका ध्यान रेलवे बोर्ड के ११.१२.५८ को जनरल मैनेजरों के नाम भेजे गए आदेश की ओर दिलाना चाहता हूं जिसमें ८.११.५८ के एक पत्र का हवाला देते हुए कहा गया था :

"बोर्ड के विचार में यह जरूरी है कि वर्किंग एक्सपेंस में बढ़ोत्तरी करनेवाली प्रवृत्ति पर भी फौरन रोक लगनी चाहिए जो आनुपातिक रूप से आवागमन और रेलवे की आय की तुलना में खर्चे को बढ़ाती है।"

माननीय मंत्री महोदय ने जो उत्तर दिया उसके साथ एक वक्तव्य भी जोड़ दिया, जिसमें बहुत से आंकड़े हैं। आंकड़ों के जंगल में पड़कर अगर पता लगाने की कोशिश की जाए कि स्थिति क्या है, तो उस स्थिति का पता लगना बहुत कठिन है। अंग्रेजी में एक कहावत है कि तीन तरह के झूठ होते हैं : "झूठ, जान-बूझकर बोले गए झूठ और आंकड़ों के झूठ।"

अब रेल मंत्री महोदय ने जो आंकड़े दिए हैं उसके अनुसार और रेलवे बोर्ड ने जो पत्र भेजा है जिसका मैंने उल्लेख किया है, दोनों में विसंगति दिखाई देती है। इसमें तथ्य क्या है इस बात पर विचार किया जाना चाहिए। तो रेलवे की जो आमदनी कम हो रही है, उसका दुष्परिणाम यह

** रेल बजट पर लोकसभा में २७ फरवरी, १९५९ को भाषण।*

हुआ है कि रेलवे का जो डेवलपमेंट फंड है उसमें माइनस बैलेंस है और जनरल रेवेन्यूस से हम कुछ उधार ले रहे हैं। उपाध्यक्ष महोदय, यह बात मेरी समझ में नहीं आ रही है कि रेलवे अपने फायदे में से जनरल रेवेन्यू के लिए अंशदान दे और इतना अंशदान दे जो उसकी क्षमता के बाहर है और फिर बाद में उसी जनरल रेवेन्यू में से डेवलपमेंट फंड के लिए रुपया ले। मैं समझता हूं कि रेलवे जिस अनुपात में जनरल रेवेन्यू में अपना कांट्रीब्यूशन देती है, उसको कुछ कम किया जाना चाहिए। इस संबंध में जो १९५४ का कनवैंशन है, उसकी अवधि एक साल तक बढ़ाने से समस्या हल नहीं होगी। आवश्यकता इस बात की है कि रेलवे का कांट्रीब्यूशन कम हो। इस वर्ष रेलवे को जो शुद्ध आय हुई है राजस्व से, वह ७५ करोड़ ६० लाख है और उसमें से ५४ करोड़ ४१ लाख हमको जनरल रेवेन्यू में रेलवे का कांट्रीब्यूशन दे देना है। नतीजा यह है कि रेलवे के पास २१ करोड़ के लगभग बचत ही रहती है।

मुझे इसमें भी संदेह है कि उतनी भी बचत हो पाएगी या नहीं, क्योंकि पिछले साल जो अनुमान लगाया गया था, उससे १३ करोड़ १० लाख कम की प्राप्ति हुई है। डेवलपमेंट फंड में कमी होने का परिणाम यह हुआ है कि पैसेंजर एमेनेटीस या लेबर वैलफेयर के लिए जो धनराशि दी जाती है, उसमें कटौती की गई है। इस संबंध में मैं आपके सामने आंकड़े रख सकता हूं लेकिन उनको रखने की मैं कोई आवश्यकता नहीं समझता हूं। माननीय रेल मंत्री इस बात को स्वीकार करेंगें कि विकास निधि में कमी के परिणामस्वरूप पैसेंजर एमेनेटीस और लेबर वैलफेयर की स्कीमों में थोड़ी सी कटौती कर दी गई है। जब तक जनरल रेवेन्यू के लिए रेलवे का कांट्रीब्यूशन कम नहीं होता, तब तक रेलवे में जो सुविधाएं आप देना चाहते हैं, वे नहीं दे सकेंगे।

जो आमदनी कम हो रही है, इसके संबंध में एक कारण यह दिया गया है—मैं तो कहूंगा कि एक हौवा खड़ा किया गया है और वह हौवा है रेल और रोड की लड़ाई का, जैसे खाद्यान्नों के क्षेत्र में ऐसी आशंका प्रकट की जाती है कि गल्ले और गन्ने की लड़ाई होनेवाली है। ऐसा मालूम होता है कि हमारे देश में रेल और रोड में भी एक लड़ाई होनेवाली है, मगर मैं उससे अधिक चिंतित होने की आवश्यकता नहीं समझता। रेलवे की आमदनी कम होने के प्रमुख दो कारण हैं। एक तो रेलवे की इनएफिशेंसी और दूसरे माल ढोने के जो भाव हैं, उनके परिणामस्वरूप लॉ डिमिनिशिंग रिटर्न अपना काम कर रहा है। अब यह कहा गया है कि हम रेलवे को प्रगति का अवसर देने के लिए, आमदनी बढ़ाने के लिए रोड ट्रैफिक पर प्रतिबंध लगाएंगे।

मैं समझता हूं इस तरह के जितने भी सुझाव हैं, दे विल एमाउंट टू पुटिंग ए प्रीमियम ऑन इनएफिशेंसी। हमारा देश काफी बड़ा है और उसमें रेल के परिवहन, रोड़ के परिवहन, सबके लिए पर्याप्त अवसर हैं। मैं चाहता हूं कि रेल मंत्रालय अपना घर ठीक करे जिससे पता चल सके कि लोग रेल के बजाय रोड से अपना सामान क्यों भेजते हैं। क्या इसका कारण यह है कि सामान घर पर पहुंच जाता है, उसमें चोरी कम होती है या अन्य सुविधाएं हैं? वैसे आर्थिक दृष्टि से रेल कम पैसे में अधिक दूरी तक सामान ले जाती है। लेकिन फिर भी अगर मोटर परिवहन को लोग पैट्रनाइज कर रहे हैं, प्रोत्साहित कर रहे हैं तो इसका कारण क्या है? इसका हल यह नहीं है कि रोड ट्रांसपोर्ट पर रैस्ट्रिक्शंस लगा दी जाएं। माननीय मंत्री महोदय ने अपने भाषण में यह आशा प्रकट की है कि जैसे-जैसे स्टील के कारखाने काम करने लगेंगे और आर्थिक अवस्था सुधरेगी, वैसे-वैसे रेल के यातायात में जो भी कमी दिखाई देती है, वह पूरी हो जाएगी और रेलें जितना सामान ढो सकती हैं, उतना सामान उनको ढोने के लिए मिल जाएगा।

इस संबंध में मैं यह भी निवेदन करना चाहता हूं कि मालगाड़ियों की रफ्तार औसतन कुछ कम हो गई है और वह इस तथ्य के बावजूद कि एक्सप्रेस गाड़ियां चलाई गई हैं, एक्सप्रेस मालगाड़ियां चलाई गई हैं। ब्रॉड गेज में १९५०-५१ में यह औसत १०.८ था और १९५७-५८ में यह औसत ९.२८ रह गया। मीटर गेज में जहां १९४९-५० में यह औसत ९.५८ था, १९५७-५८ में यह औसत ८.२३ ही रह गया। आगरा कैंट से एक मालगाड़ी को टूंडला पहुंचने के लिए १० घंटे या कभी-कभी १६ घंटे भी लगते हैं, जबकि आगरा कैंट से टूंडला की दूरी केवल १८ मील है। अगर मालगाड़ियों की रफ्तार यही रही तो फिर हम रोड ट्रांसपोर्ट पर कितना भी प्रतिबंध लगाएं, व्यापारी रेल के यातायात के साधन का उपयोग नहीं करेंगे। इसमें यह भी खतरा है कि अगर आप रोड ट्रांसपोर्ट पर प्रतिबंध लगाएंगे तो मोटर गाड़ियां कहीं बैलगाड़ियों की जगह न ले लें। हमारे देश की अर्थव्यवस्था में और माल के परिवहन में बैलगाड़ियों का भी बड़ा स्थान है। मैं समझता हूं कि ये तीनों व्यवस्थाएं एक-दूसरे की पूरक होनी चाहिए, विरोधी नहीं। साथ ही मैं यह भी चाहूंगा कि एक समन्वित दृष्टिकोण लेकर आगे बढ़ा जाए। इस नीति का अपनाया जाना आवश्यक प्रतीत होता है।

अब मैं रेल की दुर्घटनाओं के संबंध में कुछ कहना चाहूंगा। माननीय मंत्री महोदय ने अपने भाषण में इस बात को स्वीकार किया है कि दुर्भाग्यवश टक्कर लगने और पटरी से उतरने की दुर्घटनाएं कुछ समय से थोड़ी बढ़ गई हैं। जितनी बढ़ गई हैं, इसके भी मैंने आंकड़े दिए हैं। १ जनवरी, १९५८ से ३१ दिसंबर, १९५८ तक हमारे देश में १८ गंभीर रेल दुर्घटनाएं हुईं, जिनमें ८० लोग मारे गए और ४२४ आदमी घायल हो गए। रेलवे संपत्ति ६,९०,०००.०० रुपए का नुकसान हुआ। जो मुआवजा दिया गया घायल या मरनेवालों को वह रकम होती है ३,७२,१९९.०० रुपए। मैं समझता हूं यह स्थिति चिंताजनक है और मैं माननीय मंत्री महोदय से जानना चाहूंगा कि दुर्घटनाएं रोकने के लिए सेफ्टी आर्गेनाइजेशन और सेफ्टी इंस्पेक्टर्स की नियुक्ति के अलावा और कौन से ठोस कदम उठाए गए? सब इस बात को जानते हैं कि अधिकांश दुर्घटनाएं इसलिए होती हैं कि नियमों का सही तरीके से पालन नहीं होता। अब जो नए नियम बनाए गए हैं, यूनिफाइड जनरल रूल्स, मैं जानना चाहता हूं कि क्या कर्मचारियों के पास जाते हैं या उनसे इस आशय का फार्म भरवा लेते हैं कि हम इन रूल्स को जानते हैं और उनके अनुसार काम कर सकते हैं। मेरा निवेदन है कि अगर आपने नए रूल्स लागू किए हैं तो उनका ठीक तरह से शिक्षण दिया जाए, इस बात की बहुत आवश्यकता है। अगर इस पहलू की उपेक्षा की गई और कर्मचारियों से केवल लिखवा लिया गया कि वे नियमों को जानते नहीं हैं, लेकिन अफसर के सामने संकोच के कारण कह नहीं सकते हैं, तो इसका परिणाम बड़ा भयावह होगा और रेल-दुर्घटनाओं में कोई कमी आने की संभावना दिखाई नहीं देगी।

इस संबंध में जोनल जनरल मैनेजर्स को अधिकार दे दिया गया है, असाधारण अधिकार दे दिया गया है और दुर्घटनाओं को रोकने के नाम पर रेलवे एस्टैब्लिशमेंट कोड के रूल १४५ के अनुसार रेल कर्मचारियों को एक महीने का नोटिस देकर अपनी नौकरियों से निकाला जा रहा है। रूल १४८ के अंदर किसी कर्मचारी से सफाई नही मांगी जाती, जवाब-तलब नहीं किया जाता, उसको अपनी सफाई देने का मौका नहीं दिया जाता।

रेल मंत्री ने राज्यसभा में किसी सदस्य से पूछा था कि ऐसे कितने कर्मचारी हैं जो निकाले गए हैं? मैं उन लोगों के नाम उनको दे सकता हूं। रेलवे एक्सिडेंट्स खत्म होने चाहिए, यह सब

चाहते हैं। रेल कर्मचारी भी यह चाहते हैं कि एक्सिडेंट्स कम हों, और रेल मंत्री महोदय ने भी अपने भाषण में इस बात को माना है कि ऐसी असाधारण परिस्थिति उत्पन्न हो गई है, जिसके परिणामस्वरूप कभी-कभी कर्मचारियों से गलती हो जाती है। अगर वस्तुस्थिति यह है कि कभी-कभी गलती हो जाती है तो इसका परिणाम यह नहीं होना चाहिए कि उन्हें नौकरी से निकाल दिया जाए। मेरा निवेदन है कि रूल १४८ का प्रयोग, जिसके अंदर समरी पॉवर्स दे दी गई है, अभी रोके रखना चाहिए। आवश्यकता तो इस बात की है कि रेलवे एस्टैब्लिशमेंट कोड में से रूल १४८ निकाल ही दिया जाए, लेकिन अगर आप उसको निकालते नहीं हैं तो उसको उपयोग में न लाएं।

सावधानी दिखाई, सजा पाई

रेल मंत्री जी ने कहा है कि हम जो उपाय अपना रहे हैं, उनसे कर्मचारियों में सुरक्षा की भावना प्रतिष्ठित होगी। मेरा यह निवेदन है कि इससे कर्मचारियों में उनकी नौकरियों के प्रति असुरक्षा की भावना आती है। कर्मचारी अगर गलती करता है तो उसके कारणों का पता लगाया जाए। मैं ऐसे उदाहरण गिना सकता हूं जिनमें कर्मचारियों को इसलिए नहीं निकाला गया है कि उन्होंने एक्सिडेंट कर दिया, बल्कि उन्होंने एक्सिडेंट को बचा लिया, इसलिए निकाला गया।

एक माननीय सदस्य : क्या गलती करनेवाले को सजा न दी जाए?

श्री वाजपेयी : जो अपराधी हों, उन्हें सजा दी जाए, लेकिन यहां केवल सजा देने का ही काम नहीं है। इसका पता लगाया जाए कि एक्सिडेंट क्यों हुआ है, उसमें ह्यूमन एलिमेंट कितना इन्वाल्व्ड है? मंत्री जी ने कहा कि सिर्फ आदमी का ही कसूर नहीं है। मेरा निवेदन है कि हर एक को अलग-अलग रिस्पांसिबिलिटी देकर काम कराया जाए। एक वेसाइड स्टेशन का स्टेशन मास्टर टिकट भी बांटता है, सिग्नल उठाता है, लोगों के सवालों के जवाब देता है, फार्म भरता है, साथ ही आप उससे यह आशा करते हैं कि वह जाकर प्वाइंट भी सेट करे, तो वह ऐसा नहीं कर सकता। नियम अगर इस तरह की व्यवस्था करते हैं तो वे अव्यावहारिक हैं, त्रुटिपूर्ण हैं, और वे कभी पूरे नहीं हो सकते। एक-एक व्यक्ति पर अलग-अलग उत्तरदायित्व डाला जाए, संयुक्त उत्तरदायित्व से हमें कोई लाभ नहीं होगा।

इस संबंध में मैं यह भी निवेदन करना चाहता हूं कि अगर कोई एक्सिडेंट होता है तो रेलवे कर्मचारियों के विरुद्ध जांच होती है। आस्ट्रेलियन रेलवे एक्ट में इस तरह की व्यवस्था है कि जो रेलवे कर्मचारियों की यूनियंस हैं, उनके प्रतिनिधियों को भी बुलाया जाता है। अगर हमें दुर्घटनाओं को रोकना है तो इसके लिए हमें कर्मचारियों का विश्वास प्राप्त करना होगा और इस संबंध में भी रेल मंत्री जी को काफी ध्यान देने की जरूरत है।

यहां रेलवे की श्रम नीति के संबंध में काफी चर्चा हुई है। इस संबंध में रेल मंत्री जी की जो कठिनाई है उसे मैं समझता हूं क्योंकि ऑल इंडिया रेलवेमेंस फैडरेशन आई.एन.टी.यू.सी. से संबंधित हैं और आई.एन.टी.यू.सी. सत्तारूढ़ पार्टी की प्रेयसी है। उसके लिए थोड़ा व्यामोह होना स्वाभाविक है, लेकिन फिर भी मैंने देखा कि उन्होंने नेशनल फैडरेशन ऑफ रेलवेमेंस को थोड़ी-बहुत मान्यता दी है। पर उसके दर्जे को थोड़ा-बहुत घटाया है, उससे थोड़ा प्यार कम है। मैं समझता हूं कि इस घाटे को भी ठीक कर दिया जाएगा। जहां तक रेलवे कर्मचारियों की एकता का सवाल है, माननीय मंत्री जी जो ईमानदारी से एकता चाहते हैं वह सराहनीय है, लेकिन एकता का रास्ता यह नहीं है कि एक लड़खड़ाते हुए फैडरेशन को थोड़ा सा सहारा देकर बनाए रखें।

फैडरेशन की उत्तर रेलवे मजदूर यूनियन एक शाखा है। उस उत्तर रेलवे मजदूर यूनियन का रिकग्निशन तो चल रहा है, मगर रजिस्ट्रेशन खत्म हो गया। रजिस्ट्रेशन नहीं है, इस कारण से कि उनका हिसाब-किताब ठीक नहीं है, उनके घर में चोरियां हो रही हैं, लेकिन रिकग्निशन दे रहे हैं, यह निष्पक्ष नीति नहीं कही जा सकती। स्वतंत्र चुनाव कराए जाएं और उसके द्वारा जिस यूनियन को, जिस फैडरेशन को बहुसंख्यक रेलवे कर्मचारियों का विश्वास प्राप्त हो, उसे मान्यता दी जानी चाहिए। मैं समझता हूं कि समय आ गया है और इस संबंध में कोई निर्णायक कदम उठाना चाहिए, तभी रेलवे कर्मचारियों में विश्वास उत्पन्न किया जा सकता है।

इस संबंध में मैं एक बात और भी कहूंगा कि रेलवे मंत्रालय इतना बड़ा कंसर्न है, उसमें काम करनेवाले कर्मचारियों की संख्या इतनी ज्यादा है कि एक एसोसिएशन या एक फैडरेशन रेलवे कर्मचारियों की देखभाल पूर्णतया नहीं कर सकता, उनके हितों का संरक्षण नहीं कर सकता। स्टेशन मास्टरों और असिस्टेंट स्टेशन मास्टरों का भी सवाल है। अभी अंग्रेजी राज के समय की तरक्की देने में जो पद्धति थी, वह चल रही है। उसके अनुसार ऐंग्लो इंडियन को प्रिफ्रेंस दिया जाता था। अभी तक वही चैनल ऑफ प्रोमोशन चल रही है। उन्होंने रेल मंत्री जी का दरवाजा खटखटाया, मगर न्याय नहीं मिला। अब वे सर्वोच्च न्यायालय का दरवाजा खटखटा रहे हैं। यह भारतीय संविधान की भावना के प्रतिकूल है, मगर एक परंपरा चल रही है।

जंगली क्षेत्र में रेलकर्मी असुरक्षित

इसके साथ ही उनकी सुरक्षा का भी प्रश्न है। शाहजहांपुर और पीलीभीत के बीच में जिंदपुर स्टेशन के पास एक ट्रेन पर डाकुओं ने हमला किया। वे रेलवे की संपत्ति ले गए, यही नहीं, वे स्टेशन मास्टर को घायल कर गए। एक व्यक्ति और घायल हुआ। उसके जेवर डाकू लूट ले गए। जो लोग जंगलों में पड़े हुए हैं, उनकी सुरक्षा के लिए रेलवे ने क्या व्यवस्था की है?

श्री शाहनवाज खां : सड़कों पर भी तो डाके पड़ते हैं?

श्री वाजपेयी : सड़कों के डाकों की बात नहीं हो रही है, मंत्री जी। आपके स्टेशनों पर जो डाकू हमले करते हैं और उनमें जो आपके कर्मचारी घायल होते हैं और आपकी संपत्ति की रक्षा नहीं कर सकते, उनके लिए आप क्या कर रहे हैं? सड़कों पर जो डाके पड़ते हैं, उनका उदाहरण देकर आप जिम्मेदारी से बच नहीं सकते। अगर इस तरह के डाके पड़ेंगे तो आपके लोगों में सुरक्षा की भावना पैदा नहीं हो सकती; अगर रेलवे कर्मचारी एसेंशल सर्विसेज के अंतर्गत आते हैं और उन्हें अपने क्वार्टरों में रहना आवश्यक है, तो मैं पूछना चाहता हूं कि क्या यह संभव नहीं है कि आप उन क्वार्टरों का किराया माफ कर दें, या उनसे कहें कि वे जहां चाहें वहां रहें? वे लोग गांवों में जाकर रह सकते हैं, जहां पर उनकी संपत्ति और बच्चे सुरक्षित रहें। लेकिन यदि आपके नियमों के अंतर्गत उनको इस बात की आवश्यकता पड़ती है कि वे स्टेशन पर ही रहें तो उनकी सुरक्षा का कोई प्रबंध होना चाहिए। स्टेट सरकार कहती है कि वह रेलवे का क्षेत्र है और रेलवे के क्षेत्र में कोई इंतजाम नहीं है उनकी सुरक्षा का। मैं निवेदन करना चाहता हूं कि यह समस्या वास्तविक है, आप कोई उत्तर देकर इसे टाल नहीं सकते और उसका कोई हल आपको निकालना चाहिए। इस संबंध में जो कुछ वेसाइड स्टेशन के स्टेशन मास्टर हैं, उन्होंने एक सुझाव दिया कि उनको बंदूकों के लाइसेंस दिए जा सकते हैं, कुछ रेलवे प्रोटेक्शन फोर्स का भी इंतजाम किया जा सकता है। मैं मानता हूं कि यह सवाल बहुत बड़ा है और वेसाइड स्टेशंस बहुत से हैं, लेकिन इसके

संबंध में कुछ न कुछ तो होना ही चाहिए।

माननीय मंत्री जी ने कहा कि जो डिपार्टमेंटल केटरिंग है, सरकारी खाने-पीने का इंतजाम है, वह अब लोकप्रिय हो रहा है। मेरा इससे थोड़ा मतभेद है। सरकारी खाने-पीने का इंतजाम लोकप्रिय नहीं हो रहा है। इसीलिए वाराणसी में, कटनी और अन्य स्टेशनों पर डिपार्टमेंटल केटरिंग खत्म कर दिया गया है। उसमें घाटा भी हो रहा है। वहां पर सन् १९५७-५८ में २१,९८ लाख रुपए का घाटा हुआ। शुद्ध घाटा १९५९-६० के लिए जो बजेटेड एस्टिमेट्स हैं, उनके अनुसार १८.३८ लाख का घाटा होगा। कुल मिलाकर अनुमान है कि डिपार्टमेंटल केटरिंग में अभी तक रेलवेज को ३५ करोड़ रुपए का घाटा हुआ है।

मेरा निवेदन है कि इस तरह का प्रयोग करने का कोई लाभ नहीं है और आप अपना नियंत्रण कड़ा रखें और यह डिपार्टमेंटल केटरिंग खत्म कर दें। इससे साधारण यात्रियों को सुविधा नहीं मिली है। कुछ चुने हुए लोगों को छोड़कर जिनके कि अच्छे कमेंट्स प्रयत्नपूर्वक रिमार्क्स-बुक्स में लिखवा दिए जाते हैं कि उन्हें भोजन अच्छा मिला।

एक बात मैं और कहना चाहूंगा कि रेल मंत्री महोदय ने अपने बजट भाषण में इस बात का संकेत किया है कि जगह-जगह जो मीटर गेज लाइनें हैं, उनको तोड़कर ब्रॉड गेज में बदला जाएगा। मैं इससे सहमत नहीं हूं क्योंकि मेरा यह दावा है कि ब्रॉड गेज का जो फंक्शन है, जिस तरह से काम करता है उससे मीटर गेज अच्छे तरीके से काम कर रहा है और जिन क्षेत्रों में अभी रेलवे नहीं, उपेक्षित क्षेत्र हैं, जैसे बुंदेलखंड के और विंध्य प्रदेश के इलाके, वहां हम नई रेल लाइनें डालें और उस काम में हमें रुपया व्यय करना चाहिए, मीटर गेज को ब्रॉड गेज में बदलने में नहीं। नैरो गेज खत्म कर दिया जाए, उसके लिए मुझे कुछ नहीं कहना, मगर मीटर गेज को ब्रॉड गेज में बदलने का कार्यक्रम अभी जो देश की स्थिति है और साधन सुलभ हैं, उनको देखते हुए अभी इसको हाथ में लेना ठीक नहीं है।

रेलवे विद्युतीकरण

विद्युतीकरण का जहां तक संबंध है, मेरा निवेदन है कि सरकार ने ठीक तरीके से योजना नहीं बनाई। अभी जब भोपाल का कारखाना इंजन और पुर्जे तैयार नहीं कर रहा है, तब आप विद्युतीकरण करना चाहते हैं। अब विद्युतीकरण और भोपाल के कारखाने का अन्योन्याश्रयी संबंध है, मगर भोपाल का कारखाना पिछड़ रहा है और आप विद्युतीकरण में आगे बढ़ना चाहते हैं, तो आपको उसके लिए बाहर से इंजन और पुर्जे मंगाने पड़ेंगे और उससे विदेशी मुद्रा का सवाल पैदा होगा। मगर विद्युतीकरण करना आवश्यक है क्योंकि बिजली ज्यादा पैदा हो रही है, उसका क्या किया जाए और कोयला जो रेलवे इतना अधिक खो रही है, उसकी बचत कैसे की जाए।

उपाध्यक्ष महोदय : अब माननीय सदस्य समाप्त करें।

श्री वाजपेयी : ठीक है, मैं समाप्त किए दे रहा हूं। मगर विद्युतीकरण करने के लिए इंजन और पुर्जे भी तो चाहिए। इसलिए मैंने कहा कि यह कोई अच्छे नियोजन का नमूना नहीं है। मैं समझता हूं कि रेलवे की जो भी स्थिति है, वित्तीय स्थिति के संबंध में बड़ी गंभीरता से विचार किए जाने की आवश्यकता है और रेलवे के कर्मचारियों और जनता का सहयोग प्राप्त करने के लिए रेल मंत्रालय और विशेषकर रेलवे बोर्ड एक नए दृष्टिकोण को अपनाए, यह मेरी प्रार्थना है। धन्यवाद।

यात्रियों के हिस्से अपमान और घाटा

उपाध्यक्ष महोदय, इस विवाद में...

श्री भक्तदर्शन (गढ़वाल) : विवाद नहीं, वाद-विवाद।

श्री वाजपेयी : अनेक सदस्यों ने इस बात पर बल दिया है कि पंचवर्षीय योजना के काल में अधिक यात्रियों और बढ़ते हुए माल को ढोने के लिए रेलों पर जो भार पड़ेगा, उसका वितरण जिस मात्रा में जल-मार्गों और सड़कों में होना चाहिए, उतना नहीं किया गया है। जल-मार्गों के विस्तार के संबंध में जो भी नीति अपनाई गई है, उसमें काफी सुधार की गुंजाइश है। संपूर्ण देश में सड़कों का जाल फैलाने के लिए जो प्रयत्न होना चाहिए था, वह अभी तक नहीं किया गया है। मुझे आशा है कि इस संबंध में सरकार एक राष्ट्रीय यातायात नीति का निर्धारण करने का प्रयत्न करेगी, जिसमें रेल-मार्गों के साथ-साथ जल और थल मार्गों से यातायात की व्यवस्था को भी संतुलित स्थान दिया जाएगा।

कुछ दिन हुए, इसी सदन में पोस्ट एंड टेलीग्राफ एक्ट में एक संशोधन लाया गया था। उस समय कुछ विरोधी सदस्यों ने सरकार का ध्यान इस तथ्य की ओर आकृष्ट किया था कि उक्त अधिनियम के अंतर्गत चिट्ठियों को सेंसर करने की जो व्यवस्था है, उसका दुरुपयोग किया जाता है। मैं उस दिन इस सदन में उपस्थित नहीं था, अन्यथा उनकी आवाज के साथ अपनी आवाज मिलाकर मैं भी यह कहता...(व्यवधान)

श्री राज बहादुर : मैं इतना निवेदन कर दूं कि उस अधिनियम में सेंसरशिप का तनिक-सा भी अधिकार विभाग को नहीं दिया गया है।

श्री बलराज सिंह : इसकी चर्चा की गई थी।

श्री राज बहादुर सिंह : चर्चा की गई थी, लेकिन मेरे ख्याल में चर्चा न्यायसंगत नहीं थी।

श्री वाजपेयी : खैर, अगर उस दिन न्यायसंगत नहीं थी, तो आज तो न्यायसंगत है। मेरा आरोप है कि सरकार द्वारा विरोधी सदस्यों की चिट्ठियां—विशेषकर राजनीतिक दलों के प्रमुख कार्यकर्ताओं की चिट्ठियां—सेंसर की जाती हैं। यह मेरा स्पष्ट आरोप है और यदि मंत्री महोदय उन कर्मचारियों को अभयदान दें, जो इस कार्य में संलग्न हैं, तो मैं इसको प्रमाणित करने के लिए तैयार

** परिवहन मंत्रालय की अनुदान मांगों पर लोकसभा में २७ मार्च, १९५८ को वाद-विवाद।*

हूं। अधिनियम के अंतर्गत जो व्यवस्था की गई है, उसमें सेंसरशिप के लिए जो नियम बनाए गए हैं, उन नियमों का भी पालन नहीं किया जाता है। और इंटेलिजेंस डिपार्टमेंट की ओर से कुछ नाम भेज दिए जाते हैं, जिनके नामों पर आनेवाली चिट्ठियां खोली जाती हैं और देर से डिलिवर की जाती हैं। मैं नहीं समझता कि यह किस कारण किया जाता है। स्वतंत्र देश में शांतिपूर्ण, वैधानिक मार्गों से शासन में परिवर्तन करनेवाले दल अपनी गतिविधियां स्वतंत्र रूप से चला सकें, इस बात की गारंटी देना शासन का कर्त्तव्य है।

लेकिन अभी तक अंग्रेजी राज के समय का कानून बना हुआ है। कानून में संशोधन करना तो अलग रहा, ऐसे तरीके अपनाए जाते हैं जिन्हें लोकतंत्र के अनुकूल नहीं कहा जा सकता। मैं समझता हूं इस संबंध में शासन को अपनी नीति स्पष्ट करनी चाहिए। अगर सरकार विरोधी दलों के प्रमुख कार्यकर्ताओं की चिट्ठियों को सेंसर करना चाहती है तो खुले रूप से यह काम करे और हमें भी इसकी सूचना दे। हम कोई गुप्त काम नहीं करते। जो भी विरोध चलता है, वैधानिक मर्यादाओं के भीतर चलता है। अगर आप को शक है कि हम कोई गुप्त काम करते हैं तो, जो अधिनियम में व्यवस्था की गई है सेंसरशिप के अंतर्गत, उसका पालन किया जाना चाहिए। मेरा आरोप यह है कि उस व्यवस्था का भी पालन नहीं किया जाता।

अनेक माननीय सदस्यों ने संपूर्ण देश में यातायात के साधनों की कैसी कमी है, इसका उल्लेख किया है। उपाध्यक्ष महोदय, मैं इस संबंध में दिल्ली और नई दिल्ली की जो कठिनाइयां हैं, उनकी ओर माननीय मंत्री महोदय का ध्यान आकर्षित करना चाहता हूं। जो भी हमारे सामने रिपोर्ट रखी गई है, उसके अनुसार दिल्ली में अभी तक यातायात की कोई संतोषजनक व्यवस्था नहीं की जा सकी है। ५३४ बसें चल रही हैं जो केवल २९,४७५ आदमियों को एक समय ढोती हैं। जिस गति से दिल्ली की आबादी बढ़ी है, संपूर्ण देश के कोने-कोने से व्यक्ति भारत की राजधानी में आते हैं, उसे देखते हुए जो भी बसों की व्यवस्था है, अपर्याप्त है। आवश्यकता इस बात की है कि बसों की संख्या बढ़ाई जाए। आधा-आधा घंटा खड़े रहने के बाद भी आप बस पकड़ सकेंगे, यह निश्चयपूर्वक नहीं कहा जा सकता।

इसके साथ ही जो बारह साल से कम उम्र के बच्चे हैं, उनके लिए बसों में आधी टिकट की व्यवस्था नहीं की गई है। रिपोर्ट के अनुसार, दिल्ली ट्रांसपोर्ट आथॉरिटी को लाभ हो रहा है। १९५७-५८ में काफी लाभ दिखाया गया है। यदि बच्चों को इस प्रकार की सुविधा दी जाए तो अच्छा होगा।

कुछ दिन हुए मेरे मित्र श्री नवल प्रभाकर ने इस तरह का एक प्रश्न किया था कि बंबई और कलकत्ता में जो बसों के किराए हैं, उनमें और दिल्ली के किरायों में क्या अंतर है? इसके उत्तर में जो विवरण सदन में रखा गया उससे यह पता लगता है कि यहां पर किराए अधिक हैं। उस उत्तर से यह नहीं ज्ञात होता कि शासन के सामने ऐसी कौन सी कठिनाइयां हैं कि यहां की बसों के किराए सभी मार्गों पर बंबई और कलकत्ता के किराए के अनुरूप नहीं लाए जा सके हैं।

बसों से यात्रा करनेवालों को और भी कठिनाइयों का अनुभव होता है। देखा ऐसा जाता है कि अगर कोई यात्री बस में शिकायत किताब मांगता है तो उसे शिकायत की किताब नहीं दी जाती और यदि किसी तरह से शिकायत लिख भी दी जाती है तो उसकी जांच नहीं की जाती। मैं अपने व्यक्तिगत अनुभव से कह सकता हूं कि मैंने दो शिकायतें दर्ज की थीं और उनके संबंध में क्या हुआ, इसकी कम से कम मुझे जानकारी नहीं है। अगर डी.टी.एस. के अधिकारी जनता की

शिकायतों के प्रति इसी प्रकार की उपेक्षा की नीति अपनाएंगे तो कभी संघर्ष की स्थिति भी पैदा हो सकती है।

जो रिपोर्ट रखी गई है, उसमें डी.टी.एस. के कर्मचारियों द्वारा विनय सप्ताह मनाने की बात कही गई है। विनय सप्ताह चलता रहता है और कर्मचारियों में विनय का अभाव देखा जाता है।

डी.टी.एस. में भ्रष्टाचार भी काफी मात्रा में है। हमारे गृह-कार्य मंत्रालय के राज्य मंत्री श्री दातार साहब ने इस बात को स्वीकार किया कि जब मंत्री महोदय हारून-अल-रशीद की तरह से वेश बदलकर डी.टी.एस. की बसों में सफर करने गए तो उन्हें पता लगा कि बहुत से विधार्थी बसों में कम दाम देकर बिना टिकट लिए लंबी-लंबी यात्रा करते हैं और जो भी पैसा होता है उसमें से कुछ तो विद्यार्थियों के लिए बच जाता है और कुछ जो बस को चलानेवाले कंडक्टर होते हैं, उनकी जेबों में चला जाता है। इस संबंध में दृढ़ता की नीति अपनाई जानी चाहिए। इस तरह से विद्यार्थियों की नैतिकता गिरती है और कर्मचारियों को भ्रष्टाचार का मौका मिलता है।

बसों के कुछ ऐसे स्टाप हैं, जहां पर हाथ का इशारा देने से बस खड़ी होती है। वहां पर लिखा हुआ है 'बाई रिक्वेस्ट'। लेकिन मैंने स्वयं देखा है कि बस खाली है, स्टाप पर लोग खड़े हैं, बस की प्रतीक्षा कर रहे हैं, मगर हाथ देने के बाद भी बस नहीं रुकती और आगे बढ़ती चली जाती है। जब बसें कम हैं तो इस संबंध में कर्मचारियों को दृढ़ता से हिदायत दी जानी चाहिए।

अंत में मैं एक बात कहना चाहता हूं जिसका संकेत मैंने अपने कटौती प्रस्ताव में किया है। पोस्ट एंड टेलीग्राफ के डायरेक्ट्रेट में जो सैकिंड डिवीजन ग्रेड के क्लर्क हैं, उनकी कुछ कनफर्मेशंस की गई हैं। कनफर्मेशंस किस आधार पर की गई हैं, न तो कर्मचारी समझते हैं और न शायद जिहोंने कनफर्मेशंस किए हैं, वे ही उनको ठीक तरह से समझा सकते हैं। जो लोग पुराने सर्विस में हैं, उनकी उपेक्षा कर दी गई है और १०-१०, १२-१२ साल से काम करनेवाले कर्मचारी जो डायरेक्ट्रेट में ले लिए गए, उनको यह कहकर कनफर्म नहीं किया गया है कि जब से वह डायरेक्ट्रेट में आए हैं, तब से उनकी सर्विस मानी जाएगी। अब उन्होंने डायरेंट्रेट में आकर तो सर्विस शुरू नहीं की। वे छोटे-छोटे पोस्ट आफिसेज में थे, अपनी योग्यता के कारण वह डायेरेक्ट्रेट में बुलाए गए। उनके बाद जो लोग नियुक्त किए गए हैं, उन्हें कनफर्म कर दिया गया है।

पदोन्नति के संबंध में भी इस प्रकार की नीति अपनाई गई है जो कि गृह मंत्रालय द्वारा निर्धारित नियमों के भी विरुद्ध है। मैं मंत्री महोदय से निवेदन करूंगा कि इस तरह की जहां भी कठिनाइयां उत्पन्न होती हैं, कर्मचारियों में जो असंतोष पैदा होता है, उसकी ठीक तरीके से जांच की जानी चाहिए और उनका असंतोष यदि उचित हो तो निराकरण का प्रयत्न होना चाहिए।

श्री दातार ने इस बात को स्वीकार किया था कि डायरेक्ट्रेट में जो कनफर्मेशंस किए गए हैं उनमें से ६ कनफर्मेशंस गलत हैं और उन्होंने आश्वासन दिया था कि उनको ठीक कर दिया जाएगा, मगर ठीक ऐसे किया गया है कि जो ६ नए लोग कनफर्म किए गए हैं वे भी सीनियारिटी के हिसाब से कनफर्म नहीं किए गए हैं। अगर पुराने कर्मचारियों की उपेक्षा होगी तो हम उनसे अच्छे कार्य की आशा नहीं कर सकते। इस ओर मंत्री महोदय का ध्यान आकर्षित करते हुए मैं समाप्त करता हूं। धन्यवाद।

रेलें लोगों को रौंद रही हैं!

अध्यक्ष महोदय, इससे पहले कि मैं रेलवे बजट के संबंध में कुछ विचार प्रकट करूं, मैं अपने माननीय मित्र सेठ गोविंद दास जी के इस कथन से अपनी असहमति प्रकट करता हूं कि जो भी दुर्घटनाएं हुई हैं, उनके लिए हमारे रेलवे मंत्री सहानुभूति के पात्र हैं।

सहानुभूति रेलवे मंत्री महोदय के साथ नहीं, उन हजारों व्यक्तियों के साथ होनी चाहिए, जिन्होंने रेलवे प्रशासन की अक्षमता, अयोग्यता और शिथिलता के कारण अपने जीवन से हाथ धोए हैं।

रेलवे मंत्री के साथ नहीं, सहानुभूति एक दुर्बल व्यक्ति के साथ की जाती है। रेलवे मंत्री समर्थ हैं, वे यदि चाहें तो रेलवे प्रशासन में ऐसे परिवर्तन कर सकते हैं जिनसे इन दुर्घटनाओं की संख्या बहुत कम की जा सके। मैं इस तर्क को स्वीकार करता हूं कि कुछ दुर्घटनाएं दैवी कारणों के फलस्वरूप हुई हैं। जो भी कारण हैं और जांच के द्वारा हमारे सामने आए हैं, वे इस बात को प्रकट करते हैं कि अगर पहले से सावधानी बरती जाती, दूरदर्शिता से काम किया जाता, रेलवे के प्रत्येक कर्मचारी में अपने कर्तव्य के प्रति निष्ठा का भाव जाग्रत किया जाता तो बहुत सी दुर्घटनाएं टल सकती थीं। गत वर्ष की तुलना में इस वर्ष रेलों की दुर्घटनाओं में जो व्यक्ति मरे हैं, उनकी संख्या ५,०४५ है जब कि पिछले वर्ष ४,३२२ थी। घायल होनेवाले इस वर्ष ३२,३४१ हैं जब कि गत वर्ष २८,७७० थे। इन मरने और घायल होनेवालों में रेलवे के वे कर्मचारी शामिल नहीं हैं जो वर्कशॉप में काम करते हुए अपने जीवन से हाथ धो बैठे हैं या जिन्हें घायल होना पड़ा है। और इन दुर्घटनाओं के कारण रेलवे के यात्रियों में एक असुरक्षा का भाव पैदा हो गया है। वे रेलों में चढ़ते हैं तो सारे जग को और अपने जीवन को राम के भरोसे छोड़ देते हैं। उन्हें आशा नहीं है कि वापस आएंगे तो जग मिलेगा या उनका जीवन सुरक्षित रहेगा। बाद में केवल राम रह जाता है। हमारे रेलवे मंत्री महोदय के नाम का जो अंतिम पद है, सचमुच वही सार्थक है। जग और जीवन दोनों यात्रियों के हाथ से चले जाते हैं। साथ ही इन दुर्घटनाओं को रोकने के संबंध में अभी तक जो भी पग उठाए गए हैं वे पर्याप्त नहीं हैं, प्रभावी नहीं हैं।

इन दुर्घटनाओं का आश्रय लेकर मैं रेलवे मंत्री महोदय से त्यागपत्र की मांग नहीं करूंगा,

---

** रेल बजट पर लोकसभा में २७ फरवरी, १९५८ को टिप्पणी।*

यद्यपि स्वस्थ वैधानिक परंपरा का निर्माण करने के नाम पर इस तरह का त्यागपत्र एक दुर्घटना के लिए देने की परंपरा इस सदन में स्थापित की जा चुकी है। लेकिन त्यागपत्र से दुर्घटनाएं नहीं रुकतीं। यह बात सत्य है। इसलिए ऐसे कदम उठाए जाने चाहिए जो दुर्घटनाओं को रोकने में समर्थ हो सकें। इस संबंध में जनरल मैनेजरों की मीटिंग में जो भी निर्णय किए गए, उनके संबंध में माननीय मंत्री महोदय ने राज्यसभा में प्रकाश डाला है। मुझे इस संबंध में केवल इतना ही निवेदन करना है कि जो ऑपरेशन एफिशिएंसी है और जिन लोगों से हमें काम लेना है, उनमें उच्च स्तर तक यह विश्वास पैदा किया जाना चाहिए कि उनके ऊपर एक बड़ी जिम्मेदारी है। मैं समझता हूं कि रेलवे प्रशासन प्रत्येक क्षेत्र में और प्रत्येक स्तर पर काम करनेवाले एक-एक कर्मचारी के हृदय में अभी तक वह भाव पैदा नहीं कर सका है। गत दस वर्षों में स्वतंत्रता के बावजूद यह उसकी सबसे बड़ी असफलता है। जो भी संकट खड़े होते हैं, जो भी कठिनाइयां आती हैं, उनके मूल में जाकर यदि हम विचार करें तो इसी निष्कर्ष पर पहुंचेंगे कि कर्मचारियों में, जिनमें अधिकारी भी शामिल हैं और जिनका दोष अधिक है, वे अभी तक अपने कर्तव्यों के प्रति जिस मात्रा में जागरूक होना चाहिए, सतर्क होना चाहिए, उतना नहीं हो सके हैं। रेलवे मंत्री महोदय को देश की जनता को आश्वस्त करना है कि रेलों की यात्रा में उसके जीवन का और धन का संरक्षण किया जाएगा। पिछले वर्ष जो दुर्घटनाएं हुई हैं, उनसे यह विश्वास हिल गया है, उसे फिर से कायम किया जाना चाहिए।

रेलवे की श्रम नीति

कल भी और आज भी रेलवे मंत्रालय द्वारा जो श्रम नीति अपनाई जा रही है, उसके संबंध में पक्ष और विपक्ष दोनों तरह की बातें कही गई हैं। हमारे कम्युनिस्ट मित्र अगर श्रम के पक्ष की कोई बात कहते हैं तो उसे यह कहकर नहीं टाला जा सकता कि जिन देशों में कम्युनिस्ट पार्टी का राज्य है, उनमें श्रम की क्या हालत है। यदि उनमें हालत ठीक नहीं है तो यहां हालत ठीक न होने के लिए वह कोई तर्क नहीं हो सकता। मुझे यह कहने में बिल्कुल संकोच नहीं है कि श्रम के संबंध में, श्रम संगठनों को मान्यता देने के संबंध में रेलवे मंत्रालय और रेलवे बोर्ड की जो नीति है, वह प्रतिक्रियावादी नीति है, प्रतिगामी नीति है। उससे दलबंदी की भावना टपकती है और वह नीति रेलवे कर्मचारियों में स्वस्थ ट्रेड यूनियनिज्म का विकास नहीं कर सकती। मैं नार्थ रेलवे में ही देखता हूं कि उत्तर रेलवे मजदूर यूनियन को मान्यता दी गई है, जबकि वह मजदूरों का विश्वास खो चुकी है। यदि वहां चुनाव कराए जाएं तो मजदूर बहुमत में उस यूनियन का साथ नहीं देंगे। मगर जनरल मैनेजमेंट और रेलवे के अधिकारी अपने बल पर उस यूनियन को टिकाए हुए हैं। यही कारण है कि मजदूरों में, कर्मचारियों में निराशा की भावना पैदा होती है और जो व्यक्ति निराश हैं, असंतुष्ट हैं, उनसे अच्छे काम की आशा नहीं की जा सकती। हाल में ही उत्तर रेलवे मजदूर यूनियन का एक बड़ा भाग नार्दर्न रेलवेमैन यूनियन में शामिल हो गया। अन्य क्षेत्रों में दो-दो यूनियन को मान्यता दी गई है। मगर नार्थ-ईस्टर्न रेलवे पर केवल सत्तारूढ़ दल द्वारा अधिकृत यूनियन को ही सरकारी दल के समर्थन पर खड़ा किया जा रहा है। मैं आशा करता हूं कि इस नीति में परिवर्तन किया जाएगा। मजदूर संगठन यदि सही दिशा में चलते हैं, राष्ट्र के हित को ध्यान में रखकर आगे बढ़ते हैं तो रेलवे प्रशासन के लिए वे सहायक होंगे। वे उसके मार्ग में बाधक नहीं होंगे। रेलवे संगठनों को प्रशासन का विरोधी समझना, यह धारणा भ्रामक है। दोनों

सहयोग से काम करें, इस बात की आवश्यकता है। लेकिन सहयोग न्याय के आधार पर हो सकता है, दलगत स्वार्थों की तुष्टि के आधार पर नहीं। इस संबंध में मंत्रालय को अपनी श्रम नीति पर पुनर्विचार करना चाहिए।

रेलवे पेंशन योजना

माननीय रेलवे मंत्री महोदय ने अपने भाषण में सभी रेलवे कर्मचारियों के लिए पेंशन योजना का उल्लेख किया है। उस योजना के अनुसार जो भी कर्मचारी १५ नवंबर सन् १९५७ के बाद नौकरी में आए हैं, उनके लिए वह योजना अनिवार्य होगी और १५ नवंबर सन् १९५७ से पहले के जो कर्मचारी हैं, उनके लिए इस योजना में शामिल होना ऐच्छिक होगा। लेकिन जिनके लिए यह योजना विकल्प के रूप में रखी गई है, उन पर भी यह बंधन लागू किया गया है कि वे ३१ मार्च, १९५८ तक अपनी राय प्रकट करें और यह बताएं कि वे पेंशन योजना में शामिल होना चाहते हैं या प्रोवीडेंट फंड के अनुसार आगे बढ़ना चाहते हैं। मेरा निवेदन है कि यह अवधि बहुत कम है। इस अवधि को आगे बढ़ाया जाना चाहिए। ३१ मार्च, १९५८ तक हर एक कर्मचारी फैसला नहीं कर सकता। जो भी योजना रखी गई है वह व्यवस्था में आमूल परिवर्तन करती है। उसके दूरगामी परिणाम होंगे। हर एक कर्मचारी का भविष्य उससे संबंधित है। उनको पूरा मौका दिया जाना चाहिए ताकि वे समस्या के हर एक पहलू पर विचार कर सकें। इसलिए मेरा निवेदन है कि इस ३१ मार्च सन् १९५८ तक की अवधि को ६ महीने के लिए आगे बढ़ाया जाए और पेंशन योजना के जो नियम हैं, वे सभी कर्मचारियों को उनकी भाषा में छापकर दिए जाएं। रेलवे मंत्री महोदय ने रेलवे में किस तरह से हिंदी का प्रयोग बढ़ता जा रहा है, इसकी ओर संकेत किया है। मैं उनका ध्यान खींचना चाहता हूं कि पेंशन योजना के संबंध में जो नियमावली है, वह सभी कर्मचारियों को उनकी अपनी भाषा में अभी तक नहीं पहुंचाई गई है। छोटे-छोटे कर्मचारी अंग्रेजी में लिखे हुए नियमों से यह निर्णय नहीं कर सकते कि उन्हें किस योजना के साथ अपने को जोड़ना चाहिए।

एक बात और है। इस संबंध में जितना प्रचार होना चाहिए था, कर्मचारियों को इस योजना के लाभ बताने के लिए जो कदम उठाए जाने चाहिए थे, वे नहीं उठाए गए। उनके हृदय में तरह-तरह की आशंकाएं पैदा हो रही हैं और वे निश्चय नहीं कर पा रहे हैं कि उन्हें किस ओर जाना चाहिए। इस दृष्टि से अवधि बढ़ाना आवश्यक है और उन्हें पूरा मौका दिया जाना चाहिए कि वे इस संबंध में कोई फैसला कर सकें। जहां तक मैं समझता हूं रेलवे मंत्रालय ने पेंशन योजना के पक्ष में अपना निर्णय कर लिया है क्योंकि जो भी १५ नवंबर, १९५७ के बाद के कर्मचारी हैं, उन पर यह अनिवार्य रूप से लागू होगी। मेरा निवेदन है कि दोनों प्रकार के विकल्प आगे भी कर्मचारियों के सामने रहने चाहिए। अगर वे पेंशन योजना में शामिल होना चाहते हैं तो उन्हें इसकी छूट दी जानी चाहिए, यदि वे उसमें शामिल न होना चाहें तो १५ नवंबर, १९५७ के बादवालों को भी इस बात की छूट होनी चाहिए कि वे प्रोवीडेंट फंड के अनुसार अपना आगे का हिसाब रख सकें।

रेलवे में भ्रष्टाचार के निराकरण के संबंध में अनेक सदस्यों ने बल दिया है। अनुभव में ऐसा आता है कि भ्रष्टाचार के निराकरण के जैसे-जैसे प्रयत्न किए जाते हैं, भ्रष्टाचार नए रूप में और बढ़े हुए आकार में हमारे सामने आता है। इस संबंध में आचार्य कृपलानी की अध्यक्षता में जो कमेटी नियुक्त की गई थी, उसकी सभी सिफारिशों को अभी तक कार्यान्वित नहीं किया गया है।

भर्ती बोर्डों पर भ्रष्टाचार के मामले सामने आते हैं। इन पर परदा डालने का प्रयत्न किया जाता है। मुझे मालूम है कि अभी लखनऊ में खलासियों की भरती का एक मामला सामने आया है। भरती के लिए जो सिलेक्शन बोर्ड नियुक्त किया गया था उसने जो भरती की उसमें जिन्हें भरती किया जाना चाहिए था, जिन्हें स्वीकृत किया गया था, उनकी जगह दूसरे लोग भरती कर लिए गए हैं। जब सीनियर विजिलेंस आफिसर के पास इस बात की शिकायत की गई तो उन्होंने जांच की। ५०० खलासियों में से उन्होंने १०० खलासियों की जांच की और उनमें ७ ऐसे थे जिन्हें सिलेक्ट नहीं किया गया था। उनमें से ७ व्यक्ति ऐसे निकले जो दूसरे व्यक्तियों की जगह काम कर रहे थे। सिलेक्शन के समय मुहम्मद नाम के व्यक्ति छांटे गए थे मगर जब नियुक्ति का मौका आया तो उसकी जगह गुलाब नाम के व्यक्ति को नियुक्त कर दिया गया। यह मामला पकड़ा गया है, मगर मुझे आशंका है कि इस मामले को दबाया जा रहा है। मैं आशा करता हूं कि भ्रष्टाचार के जो भी मामले सामने लाए जाएंगे दृढ़ता के साथ उनका निराकरण करने का प्रयत्न किया जाएगा और रेलवे कर्मचारियों के हृदय में यह भावना पैदा नहीं होने दी जाएगी कि रेलवे का प्रशासन किसी तरह से भ्रष्टाचार के मामलों को दबाना चाहता है।

रेलवे के साम्राज्यवादी नियम

इसी संबंध में एक बात यह और कह दूं, रेलवे के कर्मचारियों को छोटे-छोटे कारणों से परेशान किया जाता है, उन पर आरोप लगाए जाते हैं जो प्रमाणित नहीं हो सकते, मगर उन्हें नौकरी से अलग कर दिया जाता है। जबलपुर के अस्पताल में एक कर्मचारी काम करते थे जिन्हें सन् १९५० में आरोप लगाकर नौकरी से अलग कर दिया गया। वह अदालत में मामला ले गए और अदालत ने उन्हें पुनः काम पर लेने का आदेश दिया। वह काम पर हाजिर हुए पर तीन घंटे बाद उन्हें फिर से मुअत्तिल कर दिया गया, और बाद में उनको बरखास्त कर दिया गया। वह अपना मामला बंबई की हाई कोर्ट में ले गए। बंबई की हाई कोर्ट ने बरखास्तगी का आदेश रद्द कर दिया। मगर आदेश के रद्द होने के बाद जैसे ही वह नौकरी पर फिर आए उन्हें फिर मुअत्तिल कर दिया गया और वह अभी तक मुअत्तिल हैं। श्रीमान, इस तरह के उदाहरण रेलवे प्रशासन की प्रतिष्ठा को बढ़ाने में सहायक नहीं हो सकते।

रेलवे कर्मचारियों के लिए जो आचरण नियम निर्धारित किए गए हैं उनमें से भी साम्राज्यवादी शासन की बू आती है। मैं रेलवे मंत्री महोदय का ध्यान हिंदी में छपे आचरण नियमों की ओर दिलाना चाहता हूं। दूसरे पृष्ठ पर यह लिखा हुआ है : "हर रेलवे कर्मचारी का कर्तव्य होगा कि वह अपने परिवार के सदस्यों को किसी ऐसे आंदोलन या काम में जिसका उद्देश्य खुलेआम या छिपे तौर पर विधिवत सरकार को उलटना हो, भाग लेने, चंदा देने या किसी और ढंग से सहायता करने से रोकने की पूरी कोशिश करे।" मैं यह जानना चाहता हूं कि अगर सरकार को विधिवत रूप से उलटने का प्रयत्न किया जाएगा तो उसमें कोई आपत्ति क्यों होनी चाहिए? विधिवत सरकार को उलटना हो तो उसमें क्या गलत बात है? देश के हर एक नागरिक का अधिकार है कि वह वैधानिक रूप से, शांतिपूर्ण प्रयत्नों से सरकार को बदलने में योग दे। मैं समझता हूं कि जो भाषा रखी गई है वह कुछ अशुद्ध है। इसको शुद्ध किया जाना चाहिए।

श्री भक्त दर्शन (गढ़वाल) : यह अनुवाद की गलती है। मैं समझता हूं कि यह अनुवाद 'गवर्नमेंट एज कांस्टीट्यूटेड बाई लॉ' का है।

श्री वाजपेयी : इस तरह की भाषा से गलतफहमियां पैदा न करें। इसमें भी सावधानी की आवश्यकता है।

नार्थ-ईस्टर्न रेलवे पर तारघरों को स्टेशनों से अलग हटाने की नीति अपनाई जा रही है। गोंडा, गोरखपुर और बनारस सिटी में जो तारघर रेलवे स्टेशन पर थे, उन्हें दूर शहर में भेज दिया गया है और स्टेशन पर तार लेने की कोई व्यवस्था नहीं है। ऐसा क्यों किया गया, यह स्पष्ट कर देना चाहिए। कहा जाता है कि नार्थ-ईस्टर्न रेलवे में तारघरों की तुलना में वायरलैस को अधिक प्रमुखता दी जा रही है। मैं समझता हूं कि वायरलैस में खर्चा भी अधिक होता है और हम जो भी संवाद भेजते हैं, वे गुप्त रह सकेंगे या नहीं, इसका विश्वास नहीं किया जा सकता। कारण कुछ भी हो, लेकिन रेलवे स्टेशनों पर तारघर की व्यवस्था जरूर होनी चाहिए।

नई रेलवे लाइनों के संबंध में अनेक सुझाव दिए गए हैं। मैं समझता हूं कि माधोपुर से ऊधमपुर तक रेलवे लाइन बिछाने का जो सुझाव है, उसको प्राथमिकता दी जानी चाहिए। माधोपुर से ऊधमपुर तक सड़क का निर्माण हो गया है और अब रेलवे लाइन बिछाने में कोई कठिनाई नहीं होगी। सामरिक दृष्टि से भी इस बात की आवश्यकता है। मुझे संतोष है कि रेलवे मंत्री जी ने कल राज्यसभा में इस संबंध में विचार करने का आश्वासन दिया है।

इसी तरह गोवा से संबंध जोड़नेवाली कोंकण की रेलवे लाइन है, उसके संबंध में भी गंभीरता से विचार किया जाना चाहिए।

मध्य प्रदेश के पिछड़े क्षेत्र की तरफ भी ध्यान देने की आवश्यकता है, जिसे राज्य पुनर्गठन आयोग ने यातायात द्वारा प्रदेश के सभी क्षेत्रों से संबंधित करने पर बल दिया है।

अंत में अध्यक्ष महोदय, मैं अपने चुनाव क्षेत्र की बात कह दूं। हमारे यहां बलरामपुर, उतरौला, डुमरियागंज, बांसी तथा सहजनवा से एक रेलवे लाइन निकालने का विचार उत्तर प्रदेश सरकार के द्वारा केंद्र के सामने रखा गया था। माननीय श्री शास्त्री जी ने, जब कि वह रेलवे मंत्री के पद पर आसीन थे, इस संबंध में आश्वासन दिया था, परंतु पुराने आश्वासन पालन किए जाएं, यह शायद हमारे मंत्री महोदय की नीति दिखाई नहीं देती। मैं उनका ध्यान उनके सहयोगी द्वारा दिए गए आश्वासन की ओर खींचना चाहता हूं। जो रेलवे लाइन इस प्रकार निकाली जाएगी, वह ८२ मील के क्षेत्र में होगी और गोंडा और बस्ती का क्षेत्र उसके अंतर्गत आ जाएगा। वह एक ऐसा क्षेत्र है, जहां कि अनाज और चावल बड़ी मात्रा में पैदा होता है और जहां यातायात के साधन नहीं हैं। वहां रेलवे स्टेशन पंद्रह-बीस मील की दूरी पर है। अगर इस विषय पर विचार किया जाएगा, तो मुझे बड़ी खुशी होगी।

रोहतक-गोहाना-पानीपत की जो रेलवे लाइन है, वह उखाड़ दी गई है। अब उसे फिर से शुरू किया जा रहा है। मेरा सुझाव यह है कि उसको गोहाना तक सीमित न रखकर पानीपत तक बढ़ा देना चाहिए। पहले वह पानीपत तक ही थी। पिछली लड़ाई में उसको हटा दिया गया था। इसलिए अब भी उसे पानीपत तक ही बढ़ा देना चाहिए।

रेलकर्मियों की भी सुनिए

उपाध्यक्ष महोदय, रेल मंत्री महोदय ने, क्लास ३ और क्लास ४ के कर्मचारियों में जो भेदभाव है, उसको दूर करने की जो घोषणा की है, मैं उसका स्वागत करता हूं, लेकिन मैं रेल मंत्री महोदय से जानना चाहता हूं कि क्या यह सुविधा आर्टिजन स्टाफ के कर्मचारियों पर भी लागू होगी? जो कर्मचारी रेलवे शैड और वर्कशॉप में काम कर रहे हैं और जिनकी स्थिति खराब है, उनके विषय में भी रेल मंत्रालय और रेलवे बोर्ड को विचार करना चाहिए। मुझे खेद है कि मंत्री महोदय ने, रेलवे के जो अन्य कर्मचारी वर्ग हैं, उनकी मांगों के बारे में कुछ भी नहीं कहा है। कमर्शियल क्लर्कों की तनख्वाह बहुत कम है, लेकिन १० फरवरी, १९५७ को रेल मंत्री ने जो घोषणा की थी, जिसे न्यू डील के नाम से पुकारा जाता है, उसमें कमर्शियल क्लर्कों को इसलिए अधिक सुविधाएं नहीं दी गई थीं कि उन्हें तरक्की के लिए इन्स्पैक्ट्रेट पोस्ट्स मिलेंगी, लेकिन सच्चाई यह है कि वे स्थान कमर्शियल क्लर्कों में से नहीं भरे जाते और वे घाटे में रहते हैं।

मैं रेल मंत्री महोदय का ध्यान असिस्टेंट स्टेशन मास्टर्स और स्टेशन मास्टर्स की ओर भी खींचना चाहता हूं। उनका पद बड़ा महत्वपूर्ण है और उनकी जिम्मेदारी भी बड़ी है। वे सबका नियंत्रण करते हैं, निरीक्षण करते हैं। लेकिन १० फरवरी को जो घोषणा की गई, उसका असिस्टेंट स्टेशन मास्टरों और स्टेशन मास्टरों को शायद लाभ नहीं हुआ। एक रेल कर्मचारी दस महीनों की ट्रेनिंग के बाद सिगनलर होता है और ६० रुपया महीना तनख्वाह पाता है। चार साल तक सिगनलर के रूप में काम करने के बाद वह असिस्टेंट स्टेशन मास्टर बनता है और इन चार सालों में उसकी तनख्वाह ७६ रुपए महीना हो जाती है। रेल मंत्री महोदय ने १० फरवरी की घोषणा में असिस्टेंट स्टेशन मास्टरों को जो सुविधा दी है, वह यही है कि ७६ रुपए के बजाए अब उन्हें ८० रुपए महीना मिला करेंगे। चार रुपए महीना की सुविधा आज के समय में, जब कि चीजों की महंगाई और टैक्स बढ़ रहे हैं, संतोषजनक नहीं मानी जा सकती। यही बात स्टेशन मास्टरों के बारे में है। एक असिस्टेंट स्टेशन मास्टर पंद्रह साल नौकरी करने के बाद स्टेशन मास्टर बना है। जो उनके वेतन के स्तर हैं, उनके अनुसार उनकी तनख्वाह ११४ रुपए महीना हो जाती है, रेल मंत्री महोदय ने जो सुविधाएं दी हैं, १९६० तक जो स्टेशन मास्टर रिटायर होनेवाले हैं, उनको वे प्राप्त नहीं होंगी और

---

* *रेल मंत्रालय की अनुदान मांगों पर चर्चा के दौरान लोकसभा में ११ जुलाई, १९५७ को भाषण।*

इस दृष्टि से उसे इमिडियेट रिलीफ नहीं माना जा सकता।

स्पष्ट है कि असिस्टेंट स्टेशन मास्टरों और स्टेशन मास्टरों में अपनी स्थिति के बारे में असंतोष है। यह असंतोष उन्होंने प्रकट भी किया है। १ जुलाई, १९५६ को उन्होंने वेतन सत्याग्रह किया था और ९२% स्टेशन मास्टरों और असिस्टेंट स्टेशन मास्टरों ने अपनी तनख्वाह नहीं ली। यह कदम उन्होंने रेल मंत्रालय या रेलवे बोर्ड पर दवाब डालने के लिए नहीं उठाए। वे चाहते हैं कि उनकी मांगों पर सहानुभूति के साथ विचार किया जाए। लेकिन स्थिति यह है कि रेल मंत्रालय उनसे बात तक करने के लिए तैयार नहीं है। मुझे आश्चर्य है कि यह कैसा लोकतंत्र है, जिसमें कर्मचारियों के संगठन से बात करने से भी इन्कार किया जाता है। उस एसोसिएशन को अभी तक मान्यता तक नहीं दी गई है, लेकिन यह एक अलग सवाल है। आप उनसे बात करें, उनकी कठिनाई को समझें और जो आपकी कठिनाई है, वह उनको समझाएं। यदि आपने ऐसा किया तो मैं समझता हूं कि कोई न कोई रास्ता अवश्य निकल आएगा। लेकिन जब बातचीत के सब दरवाजे बंद कर दिए जाएंगे तो उनके सामने इसके सिवा कोई चारा नहीं रहेगा कि वे कोई गंभीर कदम उठाएं। मैं नहीं चाहता कि वे लोग ऐसा कोई कदम उठाएं।

यह केवल उन्हीं के ऊपर निर्भर नहीं करता। अगर रेलवे बोर्ड और मंत्रालय उनको मजबूर करना चाहते हैं एक गंभीर कदम उठाने के लिए तो उनके सामने इसके सिवा कोई चारा नहीं रहेगा कि वे कोई ऐसा कदम उठाएं जिससे न केवल हमारी विकास योजनाओं में बाधा पहुंचे, बल्कि संपूर्ण राष्ट्र का जीवन अस्त-व्यस्त हो जाए। मैं आशा करता हूं ऐसी स्थिति उत्पन्न नहीं होगी, और कोई रास्ता निकाल लिया जाएगा।

अभी कुछ देर हुई रेल मंत्री महोदय ने यूनियनों को मान्यता देने के बारे में कुछ कहा है, मैं उससे अपनी असहमति प्रकट करना चाहता हूं। उनका यह दावा कि रेलवे बोर्ड या रेल मंत्रालय कर्मचारियों के संगठनों में दखल नहीं देता, मुझे केवल शाब्दिक मालूम होता है। उत्तरी रेलवे मजदूर यूनियन का झगड़ा मेरे सामने है। कोई दो साल से वह झगड़ा चल रहा है। जिनके हाथों में आज उत्तरी रेलवे मजदूर यूनियन है, वे मजदूरों में अपना विश्वास खो चुके हैं और अगर वे अपने पदों पर टिके हैं तो केवल इसलिए कि रेलवे बोर्ड उनका समर्थन करता है और उनको उनके पदों पर बनाए रखने में सहायक होना चाहता है। स्थिति यह है कि उत्तरी रेलवे के मजदूरों में व्यापक असंतोष है और यह असंतोष प्रकट भी हुआ है। उत्तरी रेलवे के जनरल मैनेजर जहां कहीं भी जाते हैं, उनके विरुद्ध प्रदर्शन किए जाते हैं। मैं नहीं समझता कि इस स्थिति को ज्यादा दिन तक कैसे चलाया जा सकता है। अगर आप नई यूनियनों को मान्यता नहीं देना चाहते तो जो यूनियनें अपने मेंबरों का विश्वास खो चुकी हैं, उनसे मान्यता वापस कर लीजिए। यदि उनकी मान्यता बनाए रखने का केवल एक ही उद्देश्य है कि वे सत्तारूढ़ दल द्वारा समर्थित हैं तो मैं कहूंगा कि रेलवे में शांति स्थापित करने की कामना कभी भी सफल नहीं होगी। संघर्ष होगा और उसे टाला नहीं जा सकता।

इस संबंध में मैं यह भी निवेदन करना चाहता हूं कि सभी रेल कर्मचारियों का एक ही संगठन बने, यह सबकी इच्छा है और उनमें फूट न हो, यह सभी चाहते हैं, कम से कम मैं तो चाहता हूं। लेकिन फूट पैदा करनेवाले तत्व केवल विरोधी दलों में ही हैं, ऐसा मैं नहीं मानता। ये तत्व सत्तारूढ़ पक्ष में भी हैं। जब दलगत और स्वार्थी भावनाएं पैदा हो जाती हैं, तो एकता की सारी बातें धरी रह जाती हैं, उनको आचरण में नहीं लाया जाता। मैं निवेदन करना चाहता हूं कि उत्तरी

रेलवे मजदूर यूनियन के बारे में रेलवे बोर्ड को विचार करना चाहिए। जनरल मैनेजर महोदय के विरुद्ध प्रदर्शन हुए और वह दिन में दौरा करें, रात में दौरा करें, जहां कहीं जाएं काले झंडों से उनका स्वागत किया जाए, यह स्थिति अच्छी नहीं और न यह किसी को अच्छी लग सकती है। रेलें सफलता से काम करें, इसके लिए यह आवश्यक है कि अधिकारियों और कर्मचारियों में परस्पर स्नेह और सहयोग हो। रेलवे कर्मचारियों को जगजीवन राम जी से बड़ी-बड़ी आशाएं थीं। मगर मैं बड़े विनम्र शब्दों में कहना चाहता हूं कि ये आशाएं थोड़ी सी धूमिल हो गई हैं। अभी भी समय है। परिस्थिति बिगड़ी नहीं है, उसको सुधारा जा सकता है। इस संबंध में मुझे और अधिक नहीं कहना है।

एक बात जो रेलवे प्रशासन में पिछले कुछ दिनों से दिखाई दे रही है, वह है केंद्रीयकरण की प्रवृत्ति। जो नए डिवीजन बनाए जा रहे हैं उनके हैडक्वार्टर ऐसी जगहों पर रखे जा रहे हैं, जहां पहले से कई कार्यालय विद्यमान हैं। बांदीकुई में जो हैडक्वार्टस था उसे जयपुर तथा गोंडा में जो था उसे लखनऊ में लाया जा रहा है। मैं नहीं समझता यह केंद्रीयकरण प्रशासन की क्षमता को या रेल कर्मचारियों की सुविधा को बढ़ाने में सहायक सिद्ध हो सकता है। हमें प्रशासन में क्षमता को बनाए रखते हुए जिसे ऑप्रेशनल एफिशेंसी कहा जाता है, उसको बनाए रखते हुए विकेंद्रीयकरण कायम रखना चाहिए। इस दृष्टि से विचार करें, यह मेरा निवेदन है।

रेलों में जो चोरियां होती हैं उनके बारे में मुझे यह निवेदन करना है कि एक प्रोटेक्शन फोर्स बनाई गई और उस पर जो आपत्तियां की गई हैं वे इस सदन में आ चुकी हैं। अगर हम चोरियों को रोकना चाहते हैं तो हमें इस बात का ध्यान रखना चाहिए कि ऐसे लोगों के हाथों में राष्ट्रीय संपत्ति, जो रेलों की संपत्ति है, का संरक्षण न सौंपा जाए जो उसकी रक्षा करने में समर्थ सिद्ध नहीं होते।

रेलवे वैगंस की भी समस्या है। निजामुद्दीन रेलवे बोर्ड की नाक के नीचे है। बड़ा ट्रांजिट यहां होता है। मैंने देखा है कि केवल लेबर की कमी के कारण गाड़ियां लदती नहीं हैं और वैगन पड़े रहते हैं। अगर लेबर की कमी है, मजदूरों की कमी है, तो इसके लिए ठेकेदार जिम्मेदार हैं, उनको दंडित किया जाना चाहिए। मैं रेल मंत्री महोदय से निवेदन करूंगा कि अगर वह पिछले दो महीनों के आंकड़े मंगाकर देखें कि कितने वैगन बेकार पड़े रहे और उससे रेलों को कितनी क्षति हुई, तो मुझे ऐसा लगता है कि कुछ गंभीर रहस्योद्घाटन होंगे। आश्चर्य की बात यह है कि जो मजदूरों की कमी है, उसे रेल कर्मचारियों की कमी कहकर टाल दिया जाता है।

रेलवे कर्मचारी अधिक काम करने को तैयार हैं और प्रथम पंचवर्षीय योजना को सफल बनाने के लिए रेलवे कर्मचारियों ने पूरा सहयोग दिया है। किंतु जो निहित स्वार्थ हैं वे रेलों में कुछ ऐसे अधिकारियों और कर्मचारियों के साथ गठबंधन करते हैं जिनकी ईमानदारी संदिग्ध है। उसका परिणाम यह होता है कि कठिनाई पैदा होती है। इस कठिनाई का निराकरण करने के लिए जितने भी इस प्रकार के केंद्र हैं, उन पर कड़ी दृष्टि रखी जानी चाहिए और जो भी सुझाव कर्मचारियों की ओर से प्राप्त होते हैं, जो स्वयं काम में लगे हैं और उस काम की स्थिति सुधारना चाहते हैं, उनके सुझावों पर गंभीरतापूर्वक विचार किया जाना चाहिए।

मुझे और अधिक कुछ निवेदन नहीं करना है। धन्यवाद।

पं. गोविंद बल्लभ पंत

अध्यक्ष महोदय, हिमालय के समान दृढ़ और समुद्र के समान गंभीर पंडित गोविंद बल्लभ पंत भारत की उन महान् विभूतियों में से थे, आगे आनेवाली संतति जिनके जीवन से सदैव प्रेरणा प्राप्त करती रहेगी। संघर्ष में या शांति में उन्होंने सदैव राष्ट्र का सफल नेतृत्व किया। पहले प्रदेश में और पश्चात् संपूर्ण देश में अपनी असाधारण प्रतिभा से, अपने प्रकांड पांडित्य से और प्रशासन कुशलता से उन्होंने हमारे सामने एक आदर्श उपस्थित किया और शरीर का कण-कण तथा जीवन का क्षण-क्षण राष्ट्र की सेवा के लिए ही समर्पित कर दिया। उनका जीवन हमारे लिए मार्गदर्शन का काम करेगा।

स्वतंत्रता की प्राप्ति और स्वतंत्रता को अमरत्व प्रदान करने में उनका महान् योगदान इतिहास में स्मरणीय रहेगा। उनके चरणों में विनम्र श्रद्धांजलि अर्पित करते हुए परमेश्वर से मैं यही प्रार्थना करता हूं कि उनके अधूरे कार्य को पूरा करने के लिए हमें शक्ति प्रदान करे।

(लोकसभा, ७ मार्च, १९६१)

डॉ. राजेंद्र प्रसाद

सभापति जी, मृत्यु ने जिन्हें हम से छीन लिया, लेकिन जिनकी कीर्तिगाथा काल के भाल पर अमिट अक्षरों से अंकित रहेगी, उन राजेंद्र बाबू की स्मृति में मैं भी अपनी विनम्र श्रद्धांजलि अर्पित करता हूं।

चिंतन-मनन में, भाव में, भाषा में, खानपान में, चाल-ढाल में, रूप-रंग में डॉक्टर राजेंद्र प्रसाद भारत की सनातन संस्कृति के नित्यनूतन प्रतिनिधि थे। विद्वता के साथ विनय, शासन के साथ सौजन्य, वज्र के समान कठोर किंतु कुसुम के समान मृदुल, उनका जीवन भावी संतति के लिए सदैव प्रेरणा देता रहेगा।

वह अजातशत्रु थे। सब दलों के, सब मतों के माननेवालों के हृदय में उनके प्रति समान आदर था। वे सबके अपने थे और उनके निकट जाकर, उनके सान्निध्य में ऐसा लगता था कि जैसे किसी ऋषि की छत्रछाया में हम बैठे हैं। पद पाकर भी उन्हें मद नहीं हुआ। राष्ट्रपति भवन में भी वे सदाकत-आश्रम का वातावरण ले आए। राजा जनक की तरह से विदेह रहे।

भरत के बाद निस्पृहता का आदर्श उनके जीवन में हमने चरितार्थ देखा। उनके साथ एक युग समाप्त हो रहा है। अतीत को वर्तमान से जोड़नेवाली परंपरा मिटती हुई दिखाई देती है।

परमात्मा से हम प्रार्थना करें कि वह हमें वज्रपात को सहन करने की शक्ति दे और उनके स्वप्नों के भारत की रचना करने का सामर्थ्य दे, जिससे हम उनके ऋण से उऋण हो सकें।

(राज्यसभा, १ मार्च, १९६३)

पं. जवाहरलाल नेहरू

सभापति जी, एक सपना था जो अधूरा रहा गया, एक गीत था जो गूंगा हो गया, एक लौ थी जो अनंत में विलीन हो गई। सपना था एक ऐसे संसार का जो भय और भूख से रहित होगा, गीत था एक ऐसे महाकाव्य का जिसमें गीता की गूंज और गुलाब की गंध थी, लौ थी एक ऐसे दीपक की जो रात-भर जलता रहा, हर अंधेरे से लड़ता रहा और हमें रास्ता दिखाकर एक प्रभात में निर्वाण को प्राप्त हो गया।

मृत्यु ध्रुव है, शरीर नश्वर है। कल कंचन की जिस काया को हम चंदन की चिता पर चढ़ा कर आए, उसका नाश निश्चित था। लेकिन क्या यह जरूरी था कि मौत इतनी चोरी-छिपे आती। जब संगी-साथी सोए पड़े थे, जब पहरेदार बेखबर थे, हमारे जीवन की अमूल्य निधि लुट गई। भारत माता आज शोकमग्ना है—उसका सबसे लाड़ला राजकुमार खो गया। मानवता आज खिन्नवदना है—उसका पुजारी सो गया। शांति आज अशांत है—उसका रक्षक चला गया। दलितों का सहारा छूट गया। जन-जन की आंख का तारा टूट गया। यवनिका-पात हो गया, विश्व के रंगमंच का प्रमुख अभिनेता अपना अंतिम अभिनय दिखाकर अंतर्ध्यान हो गया।

महर्षि बाल्मीकि ने रामायण में भगवान राम के संबंध में कहा था कि वे असंभवों के समन्वय थे। पंडित जी के जीवन में महाकवि के उसी कथन की एक झलक दिखाई देती है। वह शांति के पुजारी, किंतु क्रांति के अग्रदूत थे; वे अहिंसा के उपासक थे, किंतु स्वाधीनता और सम्मान की रक्षा के लिए हर हथियार से लड़ने के हिमायती थे।

वे व्यक्तिगत स्वाधीनता के समर्थक थे, किंतु आर्थिक समानता लाने के लिए बद्धपरिकर थे। उन्होंने किसी से समझौता करने में भय नहीं खाया, किंतु किसी से भयभीत होकर समझौता नहीं किया। चीन और पाकिस्तान के प्रति उनकी नीति इसी अद्‌भुत सम्मिश्रण की प्रतीक थी, जिसमें उदारता भी थी, दृढ़ता भी थी। यह दुर्भाग्य है कि इस उदारता को दुर्बलता समझा गया, कुछ लोगों ने उनकी दृढ़ता को हठवादिता समझा।

मुझे याद है, चीनी आक्रमण के दिनों में जब हमारे पश्चिमी मित्र इस बात का प्रयत्न कर

रहे थे कि हम काश्मीर के प्रश्न पर पाकिस्तान से कोई समझौता कर लें; तब एक दिन मैंने उन्हें बड़ा क्रुद्ध पाया। जब उनसे कहा गया कि काश्मीर के प्रश्न पर समझौता नहीं होगा तो हमें दो मोर्चों पर लड़ना पड़ेगा, तो वे बिगड़ गए और कहने लगे : अगर जरूरत पड़ेगी तो हम दोनों मोर्चों पर लड़ेंगे। किसी दबाव में आकर वे बातचीत करने के भी खिलाफ थे।

सभापति जी, जिस स्वतंत्रता के वे सेनानी और संरक्षक थे, आज वह स्वतंत्रता संकटापन्न है। संपूर्ण शक्ति के साथ हमें उसकी रक्षा करनी होगी। जिस राष्ट्रीय एकता और अखंडता के वे उन्नायक थे, आज वह भी विपदग्रस्त है। हर मूल्य चुकाकर हमें उसे कायम रखना होगा। जिस भारतीय लोकतंत्र की उन्होंने स्थापना की, उसे सफल बनाया, आज उसके भविष्य के प्रति भी आशंकाएं प्रकट की जा रही हैं; हमें अपनी एकता से, अनुशासन से, अपने आत्मविश्वास से इस लोकतंत्र को भी सफल करके दिखाना है। नेता चला गया, अनुयायी रह गए। सूर्य अस्त हो गया, तारों की छाया में हमें अपना मार्ग ढूंढ़ना है। यह एक महान परीक्षा का काल है। यदि हम सब अपने को समर्पित कर सके एक ऐसे महान उद्देश्य के लिए जिसके अंतर्गत भारत सशक्त हो, समर्थ और समृद्ध हो और स्वाभिमान के साथ विश्वशांति की चिर-स्थापना में अपना योग दे सके, तो हम उनके प्रति सच्ची श्रद्धांजलि अर्पित करने में सफल होंगे।

संसद् में उनका अभाव कभी नहीं भरेगा। शायद तीनमूर्ति को उन जैसा व्यक्ति कभी भी अपने अस्तित्व से नहीं सार्थक करेगा। वह व्यक्तित्व, वह जिंदादिली, विरोधी को भी साथ लेकर चलने की वह भावना, वह सज्जनता, वह महानता शायद निकट भविष्य में देखने को नहीं मिलेगी। मतभेद होते हुए भी, उनके महान आदर्शों के प्रति, उनकी प्रामाणिकता के प्रति, उनकी देशभक्ति के प्रति, उनके अटूट साहस और दुर्दम्य धैर्य के प्रति हमारे हृदयों में, आदर के अतिरिक्त और कुछ नहीं है।

इन शब्दों के साथ मैं उस महान आत्मा के प्रति विनम्र श्रद्धांजलि अर्पित करता हूं।

(राज्यसभा, २९ मई, १९६४)

डॉ. राममनोहर लोहिया

अध्यक्ष महोदय, एक-एक कर पुरानी पीढ़ी के प्रकाश-स्तंभ ढहते जा रहे हैं, एक-एक कर हमारे मार्गदर्शक हमसे मुंह मोड़ते जा रहे हैं, एक-एक कर हमारे कर्णधार राष्ट्र की नौका को मंझधार में छोड़कर अनंत में अदृश्य होते जा रहे हैं। जो जीवन भर आजादी के लिए जूझे, जिनकी जवानी जेल में जली और कष्टों के कांटों में खिली, स्वतंत्रता की गंगा को लाने के लिए जिन्होंने भगीरथ प्रयत्न किया और स्वाधीन भारत के नवनिर्माण में जिन्होंने अपनी शक्ति के अनुसार योगदान दिया; उन सबकी स्मृति में—आपने उनका नामोल्लेख किया है—हमारे सिर श्रद्धा से नत हैं, हम हृदय से उनके प्रति कृतज्ञ हैं।

डॉ. लोहिया के निधन का समाचार मुझे बैंकाक में मिला। मेरे साथ स्वतंत्र पार्टी के श्री सोलंकी और कांग्रेस के चौ. राम सेवक जी भी थे। एक क्षण के लिए हम स्तब्ध हो गए, जड़ से रह गए, अपनी सुध-बुध भूल गए, मानो वज्रपात हो गया हो। हर मोर्चे पर संघर्ष लेनेवाला योद्धा, हर अन्याय और अभाव के विरुद्ध सबको लड़ने के लिए ललकारनेवाला सेनानी, हर परिस्थिति को अपने अदम्य आत्मविश्वास और अपनी कर्तृत्व शक्ति से अनुकूल मोड़ देनेवाला नेता इतनी जल्दी जीवन की बाजी हार जाएगा, ऐसा हमने कभी नहीं सोचा था। शायद उनकी चिकित्सा में कोई चूक हो गई, संभवतः क्रूर काल ने अपनी क्रूरता में कोई कमी नहीं छोड़ी।

डॉ. लोहिया एक महान देशभक्त, स्वतंत्रता संग्राम के अग्रगण्य नेता, मौलिक विचारक और क्रांतिदर्शी व्यक्ति थे। उनका व्यक्तित्व अनूठा, विविधताओं से परिपूर्ण और बहुमुखी प्रतिभाओं से संपन्न था। वे स्वयं विवाद का विषय रहते थे और नए-नए विवाद खड़े करने में रस लेते थे। वे जीवन से बागी थे और बगावत जैसे उनके स्वभाव का अंग बन गई थी। उन्होंने राष्ट्र के जीवन को एक नई दिशा देने का यत्न किया, वह एक नए राज और एक नए शासन के संदेशवाहक और संयोजक थे। उनके विचारों से किसी को मतभेद हो सकता है किंतु दलितों के लिए, पीड़ितों के लिए उनके हृदय में जो अग्नि जलती थी वह उनके निकट आनेवालों को बिना झुलसाए, बिना आलोकित किए नहीं रहती थी।

अध्यक्ष महोदय, डॉ. लोहिया अब नहीं रहे, उनका स्थान शायद रिक्त ही रह जाएगा। राष्ट्र जीवन में उनकी कमी शायद पूरी नहीं हो सकेगी। समाजवादी होते हुए सरकारीकरण का विरोध करनेवाले, पुराने राजा-महाराओं के साथ-साथ नए राजा-महाराजाओं के विरुद्ध तर्क के तेज तीर और व्यंग्य के बाण छोड़नेवाले, अंग्रेजी को हटाओ का नारा देनेवाले, भारतीय भाषाओं की अवहेलना करनेवालों को भारत माता की जीभ काटने का अभियुक्त बतानेवाले, एवरेस्ट को सगरमाथा, नेफा को उर्वसीअं कहने पर जोर देनेवाले डॉक्टर लोहिया संसार से उठ गए। सबको खरी-खोटी सुनानेवाले, अपने संगी-साथियों को भी किसी तरह से माफी न देनेवाले, लेकिन सबके गले में बांह डालकर उन्हें हृदय से लगानेवाले, उन्हें साथ लेकर चलने का प्रयत्न करनेवाले डॉ. लोहिया हम से रूठ गए। काल ने उनका शरीर नष्ट कर दिया, लेकिन उनकी कीर्ति अमर है और अमर है उनका सपना, महान और शक्तिशाली भरत का सपना, भारत और पाकिस्तान के एकीकरण का–दोनों का महासंघ बनाने का सपना, तिब्बत की मुक्ति का सपना, स्वतंत्र पख्तूनिस्तान का सपना, जन्म, वंश और कुल के आधार पर होनेवाले सभी भेदभावों की समाप्ति का सपना, भारतीय भाषाओं की प्रतिष्ठा का सपना; उनके ये सपने हमें उत्तराधिकार में मिले हैं। वह सपने आज हमारी थाती हैं। यदि हम उन्हें सत्य सृष्टि में परिणत करने का प्रयत्न कर सकें तो यह उनके प्रति हमारी सच्ची श्रद्धांजलि होगी।

(लोकसभा, १३ नवंबर, १९६७)

पं. दीनदयाल उपाध्याय

अध्यक्ष महोदय, हम शोक की छाया में यहां एकत्र हैं। आज जो घाव सब से हरा है, वह श्री दीनदयाल उपाध्याय के देहावसान का है। वे संसद् के सदस्य नहीं थे, लेकिन भारतीय जनसंघ के जितने सदस्य आज इस सदन में और दूसरे सदन में बैठे हैं, उनकी विजय का, जनसंघ को बनाने का, बढ़ाने का, यदि किसी एक व्यक्ति को श्रेय दिया जा सकता है तो वह उपाध्याय जी को है। देखने में सीधे-सादे लेकिन मौलिक विचारक, कुशल संगठनकर्ता, दूरदर्शी नेता, सबको साथ लेकर चलने का जो गुण उन्होंने अपने जीवन में प्रकट किया वह नई पीढ़ी के लिए मार्गदर्शन का काम करेगा। ऊंची से ऊंची शिक्षा प्राप्त करके उन्होंने नौकरी नहीं की, वे परिवार के बंधनों में नहीं बंधे, शरीर का कण-कण और जीवन का क्षण-क्षण उन्होंने भारत माता के मस्तक को सौभाग्य के सिंदूर से मंडित करने के लिए समर्पित कर दिया।

जिन परिस्थितियों में उनका निधन हुआ है, वे हृदयविदारक हैं। यह कहना ठीक नहीं होगा कि वह किसी रेल दुर्घटना के शिकार हुए। यह तथ्यों के विपरीत है। लखनऊ से पटना जाते हुए मुगलसराय स्टेशन से थोड़ी दूर पर उनका शव पाया गया। अगर दुर्घटना में उनकी मृत्यु होती तो शरीर लेटी अवस्था में न मिलता, फिर शरीर के ऊपर चादर पड़ी हुई न मिलती, फिर उनके हाथों में ५ रु. का नोट प्राप्त न होता। उनके शरीर पर जो घाव लगे, वे भी इस बात की ओर संकेत करते हैं कि मृत्यु रेल दुर्घटना में नहीं हुई। मृत्यु के कुछ और कारण हैं। उन कारणों की छानबीन होनी चाहिए। उत्तर प्रदेश सरकार जांच कर रही है। केंद्रीय सरकार को उच्चस्तरीय जांच करने की आवश्यकता है। ३.४५ पर उनकी लाश देखी गई, लेकिन यह प्लेटफार्म पर नहीं लाई गई। क्यों नहीं लाई गई? उनकी जेब में टिकट था। रिजर्वेशन की स्लिप थी। वह लखनऊ से पटना जा रहे थे, यह पता लगाया जा सकता था। मगर मुगलसराय स्टेशन के कर्मचारियों ने अपने कर्तव्य का पालन नहीं किया। अगर अचानक हमारा एक कार्यकर्ता वहां न पहुंच जाता तो उनकी लाश लावारिस लाश बनाकर अंतिम संस्कार के लिए भेज दी जाती। प्रश्न केवल एक नेता का ही नहीं है, एक नागरिक के जीवन की सुरक्षा का भी है, प्रश्न रेल यात्रियों की सुरक्षा का भी है, और

यह आवश्यक है कि इस मृत्यु पर पड़े हुए सारे रहस्य के पर्दे खोले जाएं, तह में जाने का प्रयत्न किया जाए जिससे भविष्य में इस प्रकार की कोई दुर्घटना न हो सके, जिससे भविष्य में किसी दल को अपना अनमोल कार्यकर्ता न खोना पड़े, जिससे भविष्य में राजनीतिक कारणों की ओर इंगित करने का किसी को अवसर न मिले।

अध्यक्ष महोदय, आपने, प्रधानमंत्री ने और आचार्य रंगा ने जो कुछ कहा है, हम अपने को उसके साथ संबद्ध करते हैं। जहां तक मेरा सवाल है, मुझको अंधेरा दिखाई देता है। मेरे लिए तो रोशनी बुझ गई। वाणी में संयम, दूरदर्शी दृष्टि, संपूर्ण देश का विचार, सबको साथ लेकर चलने की भावना, जो भी उपाध्याय जी के संपर्क में आए थे वे आज उनके अभाव को अनुभव करेंगे। हमारे लिए उनकी क्षति कभी पूरी नहीं होगी। लेकिन राष्ट्र के जीवन में फिर ऐसी दुर्घटना न हो, इसके लिए प्रयत्न करने की आवश्यकता है।

(लोकसभा, १२ फरवरी, १९६८)

श्री नाथ पई

अध्यक्ष महोदय, मृत्यु शरीर का धर्म है। लेकिन जब श्री नाथ पई जैसे साथी संघर्ष के मार्ग पर असामयिक निधन को प्राप्त होते हैं तो हृदय विचलित हो जाता है और जीवन की क्षण भंगुरता अपनी संपूर्ण भयानकता के साथ हमारे सम्मुख स्पष्ट हो जाती है।

श्री नाथ पई के बिना लोकसभा की कल्पना करना ही कठिन है। जब यह समाचार सुना तो सहसा विश्वास नहीं हुआ। इतनी जल्दी ऐसा व्यक्तित्व हमारे बीच से उठ जाएगा, इसकी कल्पना ही कठिन है। हृदय में देश-भक्ति की धधकती ज्वाला, अंतःकरण में मानवता की स्वतंत्रता, समता और गरिमा के लिए अटूट निष्ठा, सदैव संघर्ष के लिए उद्यत मगर समझौते के लिए बड़प्पन के साथ तैयार, शब्दों के जादूगर, लाखों लोगों को मंत्रमुग्ध करने की क्षमता, अपने तर्क के तेज तीरों से, व्यंग्य के बाणों से, तथ्यों से प्रतिपक्षी को व्याकुल करने की शक्ति, किंतु कभी उन्होंने ऊंचे स्तर से उतरकर वार करने का प्रयत्न नहीं किया। कोई विवाद जब शिथिल पड़ता था, किसी चर्चा में जब सदन की रुचि कम हो जाती थी, श्री नाथ पई को खड़ा कर दीजिए, सारे विवाद में एक जान आ जाती थी। चर्चा एक ऊंचे स्तर पर चली जाती थी। संविधान का गहरा अध्ययन, नियमों का पूर्ण विचार और बात को इस तरीके से कहने का ढंग कि जिसमें केवल प्रखर आलोचना ही नहीं होती थी, अपितु प्रतिस्पर्धी को अपने दृष्टिकोण का बनाने का प्रयत्न भी परिलक्षित होता था। सारा सदन, सारा देश विशेषकर तरुण वर्ग, हम सब लोग श्री नाथ पई के निधन से दुखी हैं। शायद शब्द हमारे दुःख को व्यक्त नहीं कर सकते।

उनकी पत्नी के साथ, उनके बच्चों के साथ स्वाभाविक रूप से हमारी संवेदना जुड़ी है। श्री नाथ पई के रूप में हमने एक होनहार राजनीतिज्ञ खो दिया है।

जो अन्य महानुभाव हम से बिछुड गए हैं, उनके प्रति भी हम अपनी विनम्र श्रद्धांजलि समर्पित करते हैं और दिवंगत व्यक्तियों के परिवारों के प्रति संवेदना प्रकट करते हैं। मैं आपसे अनुरोध करता हूं कि आप हमारी भावनाओं को उनके परिवार तक पहुंचा दें।

(लोकसभा, २३ मार्च, १९७१)

श्री राजगोपालाचारी

अध्यक्ष महोदय, राजा जी के निधन से आधुनिक भारत का एक ॠषि हमारे बीच से उठ गया। राजा जी विलक्षण प्रतिभा के धनी थे। उनका व्यक्तित्व समय-समय पर कसौटी पर कसा गया और अधिकाधिक उज्ज्वल होकर वह हमारे सामने निखरा। एक महान देशभक्त, योग्य प्रशासक, भारतीय संस्कृति के ज्ञाता, भारतीय दर्शन के व्याख्याता राजा जी इस शताब्दि के महानतम पुरुषों मे गिने जाएंगे। उनके निधन से इस पीढ़ी को पुरानी पीढ़ी से जोड़नेवाली एक और कड़ी टूट गई। राजा जी जीवन के अंतिम क्षण तक सतत कर्म करते रहे, विश्वासों पर अडिग खड़े रहे। मतभेद पर पर्दा डालने का उन्होंने प्रयास नहीं किया। उनकी लेखनी और वाणी में बड़ा व्यंग्य था, लेकिन विरोधियों पर कभी उन्होंने घटिया आरोप नहीं लगाए। कभी किसी की प्रामाणिकता पर संदेह नहीं किया। आखिरी दिनों में इस बात को स्वीकार कर के कि मतभेद की गुंजाइश है, वह अपने विश्वासों पर अडिग खड़े रहे और उन्होंने असहमति के स्वर को, जो लोकतंत्र के लिए आवश्यक है, बल प्रदान किया। राजा जी के निधन से हमारा सार्वजनिक जीवन अकिंचन हो गया। उनकी कमी शायद ही हम पूरी कर सकें।

मैं उनके प्रति अपनी और अपने दल की विनम्र श्रद्धांजलि समर्पित करता हूं।

(लोकसभा, १९ फरवरी, १९७३)

बाबू जगजीवन राम

सभापति जी, मैं सदन के नेता से सहमत हूं कि बाबूजी के निधन से एक युग का अंत हो गया है। वर्तमान को अतीत से जोड़नेवाली एक कड़ी, राजनीति के वर्तमान को राष्ट्रनीति के अतीत से जोड़नेवाली अंतिम कड़ी टूट गई है। स्वतंत्रता संग्राम का एक महारथी हमारे बीच में से उठ गया है। भारतीय गणतंत्र का एक आधार ढह गया है। राजनीति का एक मंजा हुआ खिलाड़ी हमें छोड़कर चला गया है। स्वतंत्र भारत का योग्यतम प्रशासक हमारे बीच में नहीं है। उस उद्भट संसदज्ञ को खोकर संसद कुछ सूनी-सूनी नजर आती है।

बिहार के एक छोटे से गांव में एक दलित परिवार में उत्पन्न वह बालक, जिसने दुनिया में आंखें खोलते ही जन्म और जाति से जुड़े हुए अभिशापों और संतापों से जूझने का मानो जीवन भर का उत्तराधिकार पाया, वह शताब्दियों की विषमताओं, अपमानजनक परिस्थितियों और भेदभावों से लड़कर, उन्हें हराकर राष्ट्रीय रंगमंच के केंद्र स्थान पर प्रतिष्ठित हो गया और अनेक दशकों तक आकर्षण का केंद्र बना रहा। यह तथ्य जहां उस व्यक्ति की विराटता का द्योतक है, वहां इस बात का भी परिचायक है कि हमारा समाज गतिशील है, भले ही हमारी गति अपर्याप्त हो, असमाधानकारक हो। बाबूजी जिस पद पर बैठे उसे अलंकृत किया, जिस सभा में गए उसे शोभा प्रदान की। उन्होंने जीवन में काफी जहर पिया, लेकिन जब बांटा तो सद्भाव का अमृत बांटा। उनके हृदय में विषमता के विरुद्ध आग जलती थी। कभी-कभी उस आग की चिनगारियां इधर-उधर फूट पड़ती थीं, मगर कुल मिलाकर उन्होंने राष्ट्र की एकता, सामाजिक सद्भाव, सौहार्द को बनाने में महत्त्वपूर्ण योगदान दिया। देश को अनाज की दृष्टि से आत्मनिर्भर बनाने में, बंगला देश की मुक्ति के युद्ध में उनका योगदान हमेशा याद रखा जाएगा। उन्हें खोकर हमारा सार्वजनिक जीवन थोड़ा अकिंचन हो गया है।

सभापति महोदय, मुझे खेद है कि बाबूजी के अंतिम क्षण छोटे से विवाद के घेरे में फंस गए। रेडियो से उनकी मृत्यु की खबर, फिर उस खबर का खंडन, प्रधानमंत्री जी का हवाई अड्डे से अस्पताल में उन्हें देखने जाना, बिना सुरक्षा के पर्याप्त प्रबंध के और फिर उनका मॉरीशस के

लिए प्रयाण—यह सार्वजनिक चर्चा का विषय बन गया है। एक बात निश्चित है कि बाबू जी को महाप्रयाण के लिए प्रस्थित देखकर हमारे प्रधानमंत्री मॉरीशस की यात्रा रद्द कर देते या टाल देते तो मॉरीशस में किसी प्रकार की गलतफहमी पैदा न होती, मॉरीशस के लोग उसे अन्यथा नहीं समझते। हमारे और मॉरीशस के संबंध इतने घनिष्ठ हैं, इतने निकट हैं। सभापति जी, बाबूजी के निधन को इतने दिन बीत गए। क्या सरकार इस संबंध में कोई बयान नहीं दे सकती थी? मैं विवाद खड़ा नहीं करना चाहता।...(व्यवधान)

सभापति महोदय, मुझे खेद है कि मैंने ऐसी बात कह दी। शायद मैं नया हूं इसलिए ऐसी बात कह दी। या अभी तक इस सदन के सदस्यों को मेरा परिचय नहीं हुआ, इसलिए बुरी लग रही हो। मगर अगले ६ साल तक आपको ऐसी बातें सुननी पड़ेंगी।...(व्यवधान)

सभापति महोदय, बात उपसंहार की ओर ले जाते हुए कहना चाहता हूं कि बाबूजी के प्रति हमारी सच्ची श्रद्धांजलि यही होगी कि हम उनके सपनों के एक समतायुक्त भारत के निर्माण के कार्य को गति दें। वे जीवन भर विषमताओं से लड़े, उन्हीं विषमताओं के कारण उन्हें जहां पहुंचना चाहिए था, वहां वे नहीं पहुंचे। लेकिन...(व्यवधान)

सभापति जी, मैं समाप्त करना चाहता हूं मगर हमारे मित्र समाप्त करने देना नहीं चाहते। अगर मैंने कोई ऐसी बात कही हो जिससे आपको चोट पहुंची हो तो मुझे इस बात का खेद है। लेकिन आपको चोट पहुंचाने के लिए मैंने ये बातें नहीं कहीं, यह ध्यान में रखिए।

सभापति जी, मैं अपनी श्रद्धांजलि को समाप्त करता हूं और कहना चाहता हूं कि भेदभाव से मुक्त और सामाजिक समता से युक्त जब तक समाज का निर्माण नहीं होता, हम बाबूजी के प्रति सच्ची श्रद्धांजलि अर्पित करने के अधिकारी नहीं होंगे।

(राज्यसभा : १७ जुलाई, १९८६)

चौधरी चरण सिंह

महोदया, पुरानी पीढ़ी के महारथी एक-एक करके हमारे बीच में से उठते जा रहे हैं। अभी श्री जगजीवन राम जी के दुखद निधन से जो घाव लगा था, वह पूरी तरह भरा नहीं था कि चौधरी चरण सिंह जी के देहांत से हमारे सार्वजनिक जीवन में एक बड़ी रिक्तता हो गई है। ज़ैसा कि सदन के नेता और अन्य मित्रों ने कहा, चौधरी साहब एक स्वतंत्रता सेनानी के रूप में, एक योग्य प्रशासक के रूप में, पिछड़े हुए वर्गों, विशेषकर किसानों के एक प्रबल पक्षधर के रूप में बहुत दिनों तक याद किए जाएंगे।

चौधरी साहब को हम ग्रामीण भारत का प्रतिनिधि प्रवक्ता, जीती-जागती तस्वीर कह सकते हैं। भाव में, भाषा में, भूषा में, भोजन में, चौधरी साहब वास्तविक भारत की तस्वीर पेश करते थे।

कभी-कभी यह भ्रम होता था कि उनके आर्थिक चिंतन को लेकर यह आलोचना की जाती है कि वे भारत को पीछे ले जाना चाहते हैं, मगर इस आलोचना में सार नहीं था। उनका आर्थिक चिंतन देश की धरती से जुड़ा हुआ था। कम से कम उत्तर भारत में खेती को प्राथमिकता देने, किसानों को भूस्वामी बनाने, छोटे और गृह उद्योगों का जाल फैलाकर बेकारी की बुनियादी समस्या को हल करने के संबंध में चौधरी साहब ने एक वैकल्पिक चिंतन प्रस्तुत किया। उससे मतभेद हो सकता है लेकिन जिस ईमानदारी और दृढ़ता से उन्होंने इस पर काम किया, इतनी लंबी उम्र में भी हम उन्हें देखते थे, किस तरह से अखबारों की कतरनें वे इकट्ठी करते थे, किस तरह से १० साल पहले हुई बात को वह निकालकर ले आते थे और उसका संदर्भ देकर के अपनी बात को पुष्ट करते थे, सचमुच में उसे देखकर आश्चर्य होता था।

पंडित गोविंद बल्लभ पंत के नेतृत्व में चौधरी साहब ने उत्तर प्रदेश में भूमि सुधारों को दृढ़ता से लागू किया, जमीन जोतनेवाला जमीन का मालिक बन गया, चकबंदी कानून उन्होंने सफलता-पूर्वक कार्यान्वित कर के दिखाया। और जब नागपुर की कांग्रेस में सामूहिक खेती का प्रस्ताव आया तो चौधरी साहब किसानों के अधिकारों की रक्षा के लिए खड़े हो गए, पंडित जवाहरलाल नेहरू

से भिड़ गए। वे खेती में सहकारिता के सिद्धांत के खिलाफ नहीं थे, लेकिन सामूहिक खेती के खिलाफ थे और अंततोगत्वा पार्टी को सामूहिक खेती की बात छोड़नी पड़ी।

यह ठीक है कि उनका आर्थिक चिंतन जितना प्रभावित करना चाहिए था, उतना कर नहीं सका। यह कटुसत्य है कि भारत के चौधरी चरण सिंह को इंडिया ने पूरी तरह से स्वीकार नहीं किया। यह दुख और दर्द उनके दिल में हमेशा रहा।

लेकिन उनका जो स्वरूप मुझे सबसे अधिक पसंद आया, वह था उनका समाज सुधारक का स्वरूप। वे स्वयं स्वामी दयानंद जी के अनुयायी थे, कट्टर आर्यसमाजी थे। वे जन्म पर आधारिक वर्ण-व्यवस्था को भारत की पराधीनता और पतन का सबसे बड़ा कारण मानते थे। वे जीवन भर उसके खिलाफ लड़ते आए, कभी-कभी उन्हें दुख होता था, शायद उन्हें भी इसलिए स्वीकार नहीं किया गया कि वे एक पिछड़े वर्ग से आते हैं। यह बात गलत है। हमने उन्हें ऊंचे से ऊंचा पद दिया। गांधी जी से उन्होंने प्रेरणा ली, सरदार पटेल ने उन्हें अनुप्राणित किया।

मुझे याद है जब वे प्रधानमंत्री बन गए, यह बात उनके एक निकटवर्ती सूत्र ने मुझे बताई है कि जब एक उद्योगपति २५ लाख रुपया नगद अपनी झोली में, अपने बैग में भरकर ले गए और चौधरी साहब के यहां जाकर रख दिया, चौधरी चरण सिंह ने उसे वापस कर दिया। उन्हें अपना घर छोड़ने के लिए कहा। वह उद्योगपतियों से पैसे लेकर चुनाव लड़ने के पक्ष में नहीं थे। उन्होंने जीवन की शुद्धता और पवित्रता बनाए रखी। आज वह बड़ी दुर्लभ चीज है।

हम सब लोग उनके निधन से दुखी हैं। श्रीमती गायत्री देवी, उनके सुपुत्र और उनके परिवार-जनों के साथ हम अपनी संवेदना प्रकट करते हैं।

(राज्यसभा, २७ जुलाई, १९८७)

श्री राजीव गांधी

सभापति जी, मृत्यु शरीर का धर्म है। जन्म के साथ मरण जुड़ा हुआ है। लेकिन जब मृत्यु सहज नहीं होती, स्वाभाविक नहीं होती, प्राकृतिक नहीं होती, जीर्णानि वस्त्राणि यथा विहाय—गीता की इस कोटि में नहीं आती, जब मृत्यु बिना बादलों से बिजली की तरह गिरती है, भरी जवानी में किसी जीवन-पुष्प को चिता की राख में बदल देती है, जब मृत्यु एक साज़िश का नतीजा होती है, एक षड्यंत्र का परिणाम होती है तो समझ में नहीं आता कि मुनष्य किस तरह से धैर्य धारण करे, परिवारवाले किस तरह से उस वज्रपात को सहें। श्री राजीव गांधी की जघन्य हत्या हमारे राष्ट्रीय मर्म पर एक आघात है, भारतीय लोकतंत्र पर एक और कलंक है। एक बार फिर हमारी महान सभ्यता और प्राचीन संस्कृति विश्व में उपहास का विषय बन गई है। शायद दुनिया में और कोई देश नहीं होगा जो अहिंसा की इतनी बातें करता हो। लेकिन शायद कोई और देश दुनिया में नहीं होगा, जहां राजनेताओं की इस तरह से हत्या होती हो। यह हिंसा और हत्या का सिलसिला बंद होना चाहिए।

सभापति जी, मैंने श्री राजीव गांधी को अनेक रूपों में देखा। बहुत निकट से तो नहीं, लेकिन बहुत दूर से भी नहीं। मैंने उन्हें एक विनयी पायलेट के रूप में देखा, फिर भाई के लिए शोक में डूबे हुए एक भाई के रूप में देखा, फिर सत्ता के शिखर पर चढ़े प्रधानमंत्री के रूप में देखा और फिर पराजय में अपने मोर्चे पर डटे रहनेवाले एक सेनानी के रूप में भी देखा। कुछ लोग यह सोचते थे कि चुनाव में कांग्रेस की पराजय हो गई और श्री राजीव गांधी प्रधानमंत्री नहीं रहे तो शायद वे राजनीति से किनारा कर लेंगे, अलग-थलग बैठ जाएंगे। लेकिन उनमें एक जुझारू प्रवृत्ति थी, वे लड़े। उन्होंने भरपूर वार झेले और कसकर वार किए। वे एक साहसी व्यक्ति थे, बहादुर थे। जैसा प्रधानमंत्री ने कहा था कि जब वे मिलते तो हंसते हुए मिलते, पूरे शिष्टाचार का पालन करते थे, मधुर भाषी थे। मतभेद होने पर समझाने की कोशिश करते थे और समझने का प्रयत्न करते थे। कभी-कभी विरोधी दलों की बैठकों में बहस के लिए तैयार हो जाते थे और अपने पक्ष को प्रभावी तरीके से प्रस्तुत करते थे। यह ठीक है कि हमारे मतभेद थे। राजनीति में मतभेद

स्वाभाविक है, कुछ मात्रा में मतभेद आवश्यक है। मगर मतभेदों के कारण श्री राजीव गांधी ने कभी व्यक्तिगत संबंधों को बिगड़ने नहीं दिया। मैं उनका विशेष रूप से आभारी हूं। बीच में मेरी तबीयत खराब हो गई। पता नहीं किसने उन्हें खबर दी, मेरा ख्याल है कि शायद फोतेदार साहब ने उन्हें बताया था कि वाजपेयी जी को इलाज के लिए विदेश जाना चाहिए।

उन्होंने मुझे बुलाया और मेरा तत्काल प्रबंध किया। बात छोटी सी है, मगर हृदय को स्पर्श करनेवाली है। जब तक भारतीय लोकतंत्र में एक-दूसरे के प्रति यह समादर, स्नेह है, हत्यारों के आक्रमण का सामना करने की शक्ति हमारा गणतंत्र जुटा सकता है। जिस दिन एक-दूसरे की प्रामाणिकता पर संदेह पैदा हो जाएगा, उस दिन भारत का भविष्य अंधकारमय हो जाएगा।

श्री राजीव गांधी अब हमारे बीच में नहीं हैं, उनकी जघन्य हत्या से एक बार फिर भारत जिन गंभीर संकटों में घिरा है, वे संकट हमारे सामने उजागर होकर खड़े हो गए हैं। हमें उन चुनौतियों का उत्तर देना होगा। मैं इस अवसर पर कोई राजनैतिक भाषण नहीं करना चाहता, उसके लिए कल का समय तय है। किसने हत्या की, हत्या के लिए कौन शक्तियां जिम्मेदार हैं, इसकी चर्चा कल होगी। हत्यारों को बेनकाब किया जाना चाहिए, लेकिन किसी दल को इस जघन्य कृत्य का राजनैतिक लाभ उठाने का प्रयत्न नहीं करना चाहिए। यह श्री राजीव गांधी के बलिदान के साथ न्याय नहीं होगा। उनकी आत्मा के साथ भी न्याय नहीं होगा। अगर इतने भारी बलिदान के बाद हम दलबंदी की छोटी-छोटी दीवारों में बंधे रहे तो भविष्य हमें कभी माफ़ नहीं करेगा।

सभापति महोदय, मैं अपनी ओर से, अपने दल की ओर से, हृदय से, श्री राजीव गांधी की स्मृति में विनम्र श्रद्धांजलि अर्पित करता हूं और परमात्मा से प्रार्थना करता हूं कि दिवंगत नेता की आत्मा को सद्‌गति दे और शोक-संतप्त परिवार को इस वज्रपात को सहन करने की शक्ति दे।

(लोकसभा, ६ जून, १९९१)

श्री जे.आर.डी. टाटा

अध्यक्ष महोदय, अभी आपने और प्रधानमंत्री जी ने भूकंप पीड़ितों के संबंध में संवेदना प्रकट की है। मुझे प्रधानमंत्री जी के साथ वहां जाने का अवसर मिला था। वह तो ऐसी त्रासदी थी जिसकी कल्पना भी नहीं की जा सकती थी। आज भी वहां भूकंप के झटके आ रहे हैं, लोगों के मन में अस्थिरता है। उसका निवारण करना होगा।

जहां तक श्री टाटा का संबंध है, केवल भारतरत्न के रूप में नहीं, उद्योगपिता के रूप में, मैं उन्हें उद्योगपति नहीं कहना चाहूंगा, वे उद्योगपिता थे, वे अमर रहेंगे। इस देश में औद्योगिकीकरण मानो टाटा के रूप में मूर्तिमान हो गया था। जो अन्य उद्योगपति हुए, उनका तुलनात्मक मूल्यांकन करने की कोई आवश्यकता नहीं है, लेकिन टाटा का व्यक्तित्व, उनका कृतित्व अनूठा था और देश में औद्योगिकीकरण का सूत्रपात करनेवालों के रूप में उनको स्मरण किया जाएगा। उनका व्यक्तित्व उद्योग तक सीमित नहीं था। जैसा प्रधानमंत्री जी ने उल्लेख किया, उनके पांव धरती पर दृढ़ता के साथ जमे थे, मगर वे ऊंची उड़ान भरा करते थे। इस देश के बारे में उनके सपने थे, उन सपनों के साथ किसी का मतभेद हो सकता है। परिवार नियोजन में उनकी रुचि थी और उसके लिए सदा प्रयत्नशील रहे। सार्वजनिक जीवन में उनका अनुदान, टाटा को एक अलग श्रेणी में खड़ा कर देता है। उनके निधन से एक युग का अंत हो गया, अगर मैं ऐसा कहूं तो कोई अतिशयोक्ति नहीं होगी।

हमें तेजी के साथ औद्योगिकीकरण के रास्ते पर आगे बढ़ना है, मगर औद्योगिकीकरण केवल लाभ के लिए नहीं होना चाहिए। उसके मूल में देश के विकास की प्रेरणा होनी चाहिए और टाटा के कृतित्व में इसकी झलक दिखाई देती है।

अध्यक्ष महोदय, आपने और प्रधानमंत्री जी ने जो कुछ कहा है, उसके साथ अपने को और अपनी पार्टी को मैं संबद्ध करता हूं और सभी दिवंगत व्यक्तियों के प्रति अपनी विनम्र श्रद्धांजलि अर्पित करता हूं।

(लोकसभा : २ दिसंबर, १९९३)

श्री मोरारजी भाई देसाई

अध्यक्ष जी, जीवेम शरदः शतम् की वैदिक कामना जिनके जीवन में पूरी होती हुई दिखाई दी थी, किंतु जो बाद में पूरी नहीं हुई, मोरारजी भाई अपनी आयु का शतक पूरा नहीं कर सके, बीच में ही काल की गति ने उन्हें खेल के मैदान से हमेशा के लिए अवकाश दे दिया। जब हम उनका जन्मदिन मना रहे थे, तो ऐसा लगता है कि किसी की नजर लग गई, अन्यथा जहां ९९ वर्ष पार हो गए, वहां थोड़े दिन और काटना असंभव नहीं होना चाहिए था।

मोरारजी भाई की मृत्यु से एक युग का अंत हो गया। अतीत को वर्तमान से जोड़नेवाली एक सशक्त कड़ी हमारे बीच नहीं रही। एक शती का जीवन एक दृष्टि से आधुनिक भारत का इतिहास ही था। उसमें स्वतंत्रता का संघर्ष था। स्वतंत्रता की प्राप्ति का आनंद था, जेल की यातनाएं थीं, विभाजन की पीड़ा भी थी और फिर खंडित देश को एकसूत्र में बांधकर विकास के पथ पर आगे बढ़ाने की चुनौती भी थी। उस समय के हमारे नेताओं ने इस सारे कालखंड में अपने-अपने दायित्वों का भली-भांति पालन करने का प्रयास किया। मोरारजी भाई भी उन्हीं में से एक थे। वे एक विशिष्ट व्यक्तित्व के धनी थे। उनके स्वभाव में कुछ विशेषताएं भी थीं, जो ठीक से न समझने वाले को उनके बारे में गलत धारणाएं भी दे देती थीं। उनके विचारों में दृढ़ता थी। कभी-कभी वह दृढ़ता हठ का रूप ले रही है, ऐसा लगता था, लेकिन दृढ़ता थी।

शायद इसका कारण यह था कि उनके मूल में एक नैतिकता का संबल था, ईश्वर पर अटूट विश्वास था, कर्मफल में आस्था थी। व्यक्ति अपना कर्तव्य करें और जो फल मिले, उसे सहज भाव से ग्रहण करें—मोरारजी भाई के जीवन में यह प्रतिबिंबित होता हुआ दिखाई देता था। उन्होंने अनेक पदों को संभाला, भिन्न-भिन्न दायित्वों का पालन किया और जिस जिम्मेदारी को संभाला, उसको ठीक तरह से निभाया भी। उन्हें भारत का प्रधानमंत्री होने का सौभाग्य मिला, अवसर मिला। जिस दिन वे प्रधानमंत्री बने उस दिन भी मैंने उन्हें देखा था, जिस दिन वे प्रधानमंत्री पद से हटे, उस दिन भी मैंने उन्हें देखा था। अवश्य ही उन्होंने अपनी भावनाओं पर नियंत्रण पाने का सफल अभ्यास किया था। वे कभी विजय के प्रवाह में बहे नहीं। सत्ता से अलग होते समय भी उनका

मन दुख के सागर में डूब गया हो, ऐसा नहीं दिखाई देता था। पड़ोसी राष्ट्रों के साथ संबंध सुधारने के लिए जो उनके प्रयास थे, वे उस समय फलीभूत हुए थे। वे ही एकमेव राजनेता हैं जिन्हें भारत का भी सबसे बड़ा सार्वजनिक सम्मान मिला और पाकिस्तान का भी सबसे बड़ा सार्वजनिक सम्मान प्राप्त हुआ है। वे स्पष्टवादी थे, सत्य का आग्रह करते थे। हमारे यहां कहा गया है कि अगर सत्य अप्रिय है तो नहीं बोलना चाहिए। मोरारजी भाई ने इसे नहीं माना।

कई महत्वपूर्ण सवालों पर उनके साथ मतभेद हुए। उदाहरण के लिए गोवा को सेना के माध्यम से मुक्त करना उन्हें पसंद नहीं था। हम लोग उनके खिलाफ थे। हमने कहा था कि सिक्किम का विलय एक सही कदम है। सिक्किम षडयंत्र का अड्डा बन जाएगा, मिला लिया। बहुत अच्छा किया। मोरारजी भाई के गले के नीचे यह बात नहीं उतरी। उसी प्रकार और भी मसले थे, समय नहीं है विस्तार में उनमें जाने का। वे अपनी बात प्रामाणिकता से कहते थे। एक बार निर्णय हो जाए तो उसको मानते भी थे। अनुशासन में रहते थे, दूसरों को अनुशासन में रखना चाहते थे।

प्रधानमंत्री के रूप में मैंने उन्हें देखा कि जब उनसे मिलने के लिए समय मांगा जाए, मोरारजी भाई खाली हैं। कभी इंतजार करो, ऐसा नहीं होता था। इंतजार भी अधिक से अधिक पांच, दस या पंद्रह मिनट का होता था। जब उनसे इसका रहस्य पूछा गया कि आप करते क्या हैं, कहने लगे, मैं बहुत सवेरे उठता हूं और जितनी फाइलें होती हैं, सवेरे निपटा लेता हूं। फिर बैठ जाता हूं, जिसको मिलना है वह आए। इसलिए वह काफी संपर्क रखते थे। उनके निधन से सचमुच में सार्वजनिक जीवन में एक गहरी क्षति हुई है, जो क्षति शायद ही पूरी हो।

हमारे और भी सहयोगी श्री रेड्डी, श्री सिंह जो लोकसभा में साथी थे, हम उनके निधन पर भी शोक प्रकट करते हैं।

अध्यक्ष महोदय, आपने और प्रधानमंत्री जी ने दिवंगत साथियों के विषय में जो कुछ कहा है, मैं उसके साथ स्वयं को और अपनी पार्टी को पूरी तरह संबद्ध करता हूं। परमात्मा दिवंगत आत्माओं को सद्गति प्रदान करे। कृपया हमारे शोक संवेदना का संदेश उनके परिवारवालों तक पहुंचा दें।

(लोकसभा : २४ अप्रैल, १९९५)

निर्देशिका

म

य

र

ल

□